MARK HELPRIN
WINTER MÄRCHEN

Aus dem Amerikanischen von
Hartmut Zahn

BASTEI-LÜBBE-TASCHENBUCH
Band 11 314

Titel der Originalausgabe: Winter's Tale
© 1983 by Mark Helprin
© 1984 für die deutsche Ausgabe by
Gustav Lübbe Verlag GmbH, Bergisch Gladbach
Herausgeber: Gustav Lübbe Verlag GmbH, Bergisch Gladbach
Printed in West Germany, Oktober 1988
Einbandgestaltung: Reinhard Borner unter Verwendung einer Zeichnung
von Fred Monticello, New York
Titelillustration: Fred Monticello, New York
Satz: ICS Communications-Service GmbH
Druck und Bindung: Ebner Ulm
ISBN 3-404-11314-4

Der Preis dieses Bandes versteht sich einschließlich
der gesetzlichen Mehrwertsteuer

INHALT

PROLOG (8)

I. Die Stadt (9)

Ein weißes Pferd auf der Flucht (10)
Die Fähre brennt in der Morgenkälte (19)
Pearly Soames (31)
Peter Lake hängt an einem Stern (53)
Beverly (110)
Eine Göttin im Bad (128)
Im Sumpfland (149)
Der Coheeries-See (163)
Das Spital am Printing House Square (195)
Akeldamach (214)

II. Vier Tore zur Stadt (241)

Vier Tore zur Stadt (242)
Der Coheeries-See (244)
In der Drift (290)
Ein neues Leben (385)
Hell Gate – das Tor zur Hölle (410)

III. Die »Sun« ... und der »Ghost« (445)

Nichts ist Zufall (446)
Peter Lake kehrt zurück (448)
Die »Sun« ... (465)
... und der »Ghost« (488)

Ein frühsommerliches Diner bei *Petipas* (496)
Das Zeitalter der Maschinen (508)

IV. Ein Goldenes Zeitalter (561)

Eine sehr kurze Geschichte der Wolken (562)
Die Battery-Brücke (564)
Weißes Pferd und dunkles Pferd (606)
Der weiße Hund aus Afghanistan (645)
Abysmillard Redux (658)
Ex Machina (675)
Für die Soldaten und Seeleute von Chelsea (714)
Stadt im Licht (742)
Ein Goldenes Zeitalter (777)

Epilog (830)

»ICH WAR IN EINER
ANDEREN WELT UND KEHRE ZURÜCK.
HÖRT MIR ZU.«

PROLOG

Eine große Stadt stellt scheinbar nichts weiter dar als sich selbst, doch bei genauerer Betrachtung entpuppt sie sich mit ihrer bunten Vielfalt von Bildern und Ereignissen als Teil eines groß angelegten, zutiefst bewegenden Planes – gewissermaßen als Buch, in dem dieser Plan aufgezeichnet ist. Das gilt auch für New York, die unvergleichliche Weltstadt am Hudson, die im Verlauf ihrer Geschichte zum schlagenden Herz der Menschheit wurde, ein Rang, der ihr nicht vorbestimmt schien.

New York liegt wieder einmal unter einer weißen Decke aus Schnee. Der kalte Wind treibt die glitzernden Flocken in der Dämmerung heulend vor sich her, er läßt sie tanzen und in Schwaden durcheinanderwirbeln wie Dampfwolken aus einer Maschine oder wie flauschige, aus einem geplatzten Ballen quellende Baumwolle. Nun teilt sich das gnadenlose, die Augen blendende Gestöber, der Vorhang öffnet sich und gibt durch die Wolken hindurch den Blick frei auf eine Zone ruhiger, spiegelklarer Luft, die an das Auge im Zentrum eines weißen Wirbelsturmes erinnert. Und mitten in diesem Auge liegt die Stadt! Aus großer Höhe erscheint sie uns klein und fern, doch kein Zweifel: sie lebt. In diesem Gebilde, aus der Ferne nicht größer als ein Käfer, pulsiert das Leben!

Wir sinken nun rasch, und unser unbemerktes Nahen trägt uns einem Leben entgegen, das in der Stille einer anderen Zeit blüht. Aus Eisesstarre erwachend, schweben wir lautlos hinein in dieses Gemälde winterlicher Farben. Unwiderstehlich zieht es uns hinab.

I.
Die Stadt

Die Flucht des weissen Hengstes

Es war einmal ein weißer Hengst an einem stillen Wintermorgen. Weicher, nicht allzutiefer Schnee bedeckte die Straßen der Stadt. Am Himmel funkelten zahllose Sterne. Im Osten kündigte sich schon dämmerig blau der Morgen an. Kein Lüftchen regte sich, doch es war damit zu rechnen, daß schon bald nach Sonnenaufgang ein eisiger Wind das Flußbett des Hudson hinabgebraust käme.

Das Pferd war aus seinem Stall, einem engen Bretterverschlag im Stadtteil Brooklyn, geflohen. Mutterseelenallein trottete es nun über die tagsüber stark befahrene Williamsburg-Brücke. Der Mann, der von früh bis spät die Brückengebühr zu kassieren hatte, schlief noch neben seinem Ofen.

Der frische Schnee dämpfte den Hufschlag des Hengstes. Mehrmals blickte er zurück, um sich zu vergewissern, daß er nicht verfolgt wurde. Seit seiner Flucht aus Brooklyn hatte er in raschem Tempo vier oder fünf Meilen hinter sich gebracht, vorbei an stillen Kirchen und geschlossenen Läden.

Weiter unten im Süden, an der Mündung des Hudson, bahnte sich zur selben Zeit das Fährschiff, in der Dämmerung ein funkelndes Pünktchen, zwischen Eisschollen hindurch seinen Weg nach Manhattan, wo um diese frühe Stunde nur ein paar Marktfrauen und Händler auf den Beinen waren. Sie warteten darauf, daß die Fischerboote durch das *Hell Gate* den noch nächtlich ruhigen Strom hinabgeglitten kamen.

Was der Hengst getan hatte, war unsinnig — und er wußte es. Schon bald würden sein Herr und dessen Frau aufstehen, Feuer im Herd machen und ihren Arbeitstag beginnen. Wieder einmal müßte die Katze die schmerzliche Demütigung über sich ergehen lassen, von ihrem warmen Plätzchen in der Küche vertrieben zu werden und durch die halboffene Tür hindurch in hohem Bogen, das Hinterteil voraus, auf einem schneebedeckten Haufen Sägespäne zu landen. Der Duft von Blaubeeren und heißen Pfannkuchen würde sich mit dem süßlichen Geruch harzigen Brennholzes mischen, und schon wenig später würde der Herr des Hauses mit stampfenden Schritten den Hof überqueren, um ihn, den weißen Hengst zuerst zu füttern und dann vor das mit Milchkannen beladene Fuhrwerk zu spannen. Doch der Stall wäre leer und von einem weißen Hengst weit und breit keine Spur.

Das ist ein hübscher Spaß, sagte sich der Hengst. Diese Art des trotzigen Aufbegehrens ließ sein Herz höher schlagen und jagte ihm eine köstliche Angst ein. Er wußte genau, daß sein Herr schon bald hinter ihm her sein würde. Vielleicht mußte er sich wieder einmal auf schmerzliche Schläge gefaßt machen, doch zugleich spürte er, daß sein Herr nicht nur zornig, sondern auch amüsiert, ja sogar ein wenig geschmeichelt wäre, denn wieder einmal war es ihm, dem Hengst gelungen, seine Flucht mit Mut und List in die Wege zu leiten. Das verdiente Respekt. Eine kleinliche, einfallslose Revolte wie das Zertrümmern der Stalltür mit dem Huf wurde zu Recht mit der Peitsche geahndet, doch selbst dann machte der Herr nicht immer davon Gebrauch. Er wußte die Aufsässigkeit seines Pferdes zu schätzen, und dessen geheimnisvolle Intelligenz erfüllte ihn mit einem Gefühl von Dank und Anerkennung. Bisher war es jedesmal sein Nachteil gewesen, wenn er die Klugheit des Hengstes unterschätzt hatte. Im übrigen liebte er das Pferd und hatte eigentlich nichts dagegen, ihm bisweilen durch ganz Manhattan hinterherzujagen. Diese Eskapaden lieferten ihm nämlich stets einen Vorwand, um all seine Freunde zusammenzutrommeln und mit ihnen sämtliche Kneipen der Gegend abzuklappern. Bei ein paar Bieren und Schnäpsen erkundigte er sich dann bei den Gästen, ob niemand seinen schönen, großen und schneeweißen Hengst gesehen habe, der wieder einmal ausgerissen sei und sich nun ohne Trense, Zügel und Decke irgendwo in der Stadt herumtriebe.

Der Hengst konnte auf Manhattan einfach nicht verzichten. Dieser Teil der Stadt zog ihn an wie ein Magnet, wie ein Vakuum, wie ein Sack mit Hafer, wie eine Stute oder wie eine endlose, von Bäumen gesäumte Allee.

Am jenseitigen Ende der Brücke angelangt, blieb der Hengst wie angewurzelt stehen. Vor ihm lagen Tausende von Straßen.

Es herrschte tiefes Schweigen. Nur der Wind rauschte leise. Die Stadt lag verlassen da. Der frische Schnee hatte sich in den Straßen zu kleinen Verwehungen aufgetürmt, die noch von keiner Fußspur und keinem Wagenrad berührt worden waren. Voller Freude betrachtete der Hengst dieses weiße Labyrinth. Er setzte sich wieder in Bewegung und trabte an geschlossenen Theatern vorbei, an Kontoren und Bootshäusern, deren verschneites Gebälk an einen winterlichen Wald erinnerte. Dunkle Fabrikhallen und menschenleere Parks säumten den Weg des Hengstes, dann eine Reihe kleiner Häuser, aus deren Kaminen der Rauch frisch entzündeter Herdfeuer stieg und die Luft mit der tröstlichen Ahnung von Wärme und Geborgenheit erfüllte. Doch schon wenig später bot sich dem Ausreißer hinter ein paar erleuchteten Kellerfenstern der abstoßende Anblick eines Obdachlosenheimes, in dem allerlei Großstadtgesindel und zahlreiche Invaliden herumlungerten. In der Nähe des Marktes wurde plötzlich eine Tür aufgestoßen, und ein Eimer voll kochendheißen Wassers landete zischend und dampfend im Schnee der Straße. Der Hengst scheute und machte trippelnd ein paar Schritte zur Seite. Fast wäre er in einer Toreinfahrt über die Leiche eines Mannes gestolpert, dessen steinhart gefrorener, in Lumpen gewickelter Körper die nüchterne Sachlichkeit eines Sarges hatte.

Von stämmigen Gäulen gezogene Schlitten und Wagen fuhren vom Markt her in alle Himmelsrichtungen davon, ihren irgendwo in der Stadt gelegenen Zielen entgegen. Der Hengst machte jedoch einen Bogen um diese geschäftige Gegend, denn dort herrschte schon bei Tagesanbruch ein ebenso reges Treiben wie zur Mittagszeit. Er hielt sich lieber in den ruhigen Seitenstraßen, wo riesige Gerüste die Lücken in der Häuserzeile füllten und von fieberhafter Bautätigkeit zeugten. Selten nur verlor er die neuen Brücken aus den Augen, die das fraulich schöne Brooklyn mit dem gönnerisch reichen Manhattan verbanden und das umliegende Land dem Zugriff der City näherbrachten. Sie überspannten nicht nur die räumliche Entfernung über dem dunklen Wasser, sondern verknüpften auch die Träume der Menschen miteinander.

Der Schweif des weißen Hengstes schwang hin und her, während er munter die stillen Boulevards und Avenuen entlangtrottete. Seine Gangart hatte etwas Tänzelndes, und das war nicht verwunderlich. Ein Pferd ist nicht nur ein schönes Tier, sondern es hat vor allem die bemerkenswerte Eigenschaft, daß es sich stets so bewegt, als folge es den Klängen einer Musik. Mit einer Zielstrebigkeit, die den Hengst selbst in Erstaunen versetzte, trabte er nach Süden, dem Battery Park entgegen. Er war schon von weitem am Ende einer langen, engen Straße als ein weiß überzogenes Feld zu erkennen, über das quer die Schatten hoher Bäume fielen.

Das Wasser des Hafens nahm im Licht des jungen Tages verschiedene Färbungen an; es wiegte sich in Schichten aus Grün, Silber und Blau. Jenseits des Hudson, am Ende dieses regenbogenartigen Gefunkels, erhob sich über dem Horizont hinter einem weißen Dunstschleier die gewaltige Kulisse einer Stadt. Die aufgehende Sonne tauchte sie in einen blaßgoldenen, sich allmählich vertiefenden Widerschein, sie gaukelte dem Auge wabernde und sich brechende Hitzewellen vor. Dort drüben hätten ebensogut tausend Städte wie die Schwelle zum Himmel liegen können.

Der Hengst war stehengeblieben. Seine Augen füllten sich mit goldenem Licht. Kleine Dampfwolken entströmten seinen Nüstern, während er aus der Ferne das atemberaubende Schauspiel betrachtete. Seine Reglosigkeit gab ihm das Aussehen einer Statue. Unverwandt war sein Blick auf die goldene Lohe gerichtet, die über dem Bett aus Blau brannte. Welche Vollkommenheit! Kurzerhand entschloß er sich, jenen Ort aufzusuchen.

Er setzte sich in Bewegung, mußte jedoch schon kurze Zeit später feststellen, daß der Zugang zum Battery Park durch ein hohes, eisernes Tor verschlossen war. So machte er denn kehrt und versuchte es an anderer Stelle, doch wieder stand er alsbald vor einem Tor gleicher Beschaffenheit. Das wiederholte sich stets aufs Neue, mochte er auch alle möglichen Straßen probieren. Inzwischen wurde der goldene Glanz in der Ferne immer strahlender, bis er die Hälfte der Welt erglühen ließ.

Der Hengst, gefangen im Labyrinth der Straßen, wollte noch

immer nicht aufgeben. Der Battery Park, jene weite, weiße Fläche, schien ihm der einzige Weg zu dem goldenen Licht zu sein. Es zog ihn so unwiderstehlich dorthin, als sei es seit seiner Geburt seine Bestimmung gewesen. Verzweifelt galoppierte er Alleen und Zufahrten entlang, durch schneebedeckte Parks und über verschneite Plätze. Nie verlor er das sich noch immer vertiefende Gold aus den Augen.

Am Ende der letzten Straße, die ins Offene mündete, versperrte ihm wiederum eines jener eisernen Tore den Weg. Es war jedoch nur mit einem einfachen Riegel verschlossen. Der Atem des Hengstes ging schwer, sein Kopf war vom Dampf seiner Nüstern umwölkt, als er angestrengt durch die Gitterstäbe spähte. Alles war vergeblich gewesen. Nie würde er den Battery Park betreten, um sich irgendwie über das blaugrüne Wasser des Flusses dem goldenen Schein entgegenzuschwingen.

Gerade wollte er kehrtmachen und sich auf den Rückweg machen, quer durch die Stadt zu der Brücke, die ihn über den Fluß nach Brooklyn führen würde, als ein Geräusch an seine Ohren drang, das wie eine ferne Brandung klang. Es schwoll immer mehr an, bis der Hengst begriff, was es war: das Getrappel vieler Füße. Bald schon glaubte er zu verspüren, wie die Erde fast unmerklich erbebte, als galoppierte ein anderes Pferd an ihm vorbei. Aber es war kein Pferd, es waren viele Männer, die dort angelaufen kamen. Plötzlich waren sie da! Der Hengst sah, wie sie quer durch den Park rannten. Genauer gesagt sprangen sie mit weit ausgreifenden Schritten, denn nur so kamen sie in dem knietiefen Schnee einigermaßen vorwärts. Das mußte sehr anstrengend sein, und von weitem sah es aus, als bewegten sie sich im Zeitlupentempo. Es dauerte lange, bis die Männer die Mitte des weiten Feldes erreichten. Dem Hengst fiel auf, daß ein einzelner vor allen anderen, einem runden Dutzend, davonzulaufen schien. Der Flüchtige keuchte und ruderte heftig mit den Armen. Bisweilen vergrößerte er seinen Vorsprung ein wenig, indem er mit ganzer Kraft einen kleinen Spurt einlegte. Mehrmals stürzte er, doch sofort war er wieder auf den Beinen und lief weiter. Auch von den anderen Männern kamen einige zu Fall, aber sie erhoben sich weniger behende als der Gejagte. So kam es, daß die Verfolger bald eine langgestreckte Linie bildeten. Sie fuchtelten mit den Armen und stießen unverständliche Schreie aus. Der Mann an der Spitze achtete nicht darauf, er lief weiter, als wäre er aufgezogen. Nur wenn er mit einem Hechtsprung eine Schneeverwehung überquerte, breitete er seine Arme wie Schwingen aus.

Der Hengst fand Gefallen an dem Mann, der nun nicht mehr weit entfernt war. Der Flüchtende bewegte sich gut – nicht wie ein Pferd oder ein Tänzer oder jemand, der sein Leben mit Musik verbringt, aber immerhin mit einer gewissen Beherztheit und Anmut. Was dort drüben vorging, schien auf irgendeine geheime Art damit zu tun zu haben, daß dieser Mann sich so bewegte. Dies war keine normale Verfolgungsjagd! Die anderen kamen dem Flüchtenden immer näher, und das war eigentlich schwer zu verstehen, denn sie trugen schwere Mäntel und Hüte auf den Köpfen. Er, der Gejagte hingegen, lief barhäuptig in einer dicken Joppe durch den Schnee. Um den Hals hatte er einen Schal geschlungen. Schon von weitem war deutlich zu erkennen, daß er Winterstiefel trug, während seine Verfolger normale Straßenschuhe an den Füßen hatten. Sicherlich waren sie längst voll Schnee und halb durchgeweicht. Trotzdem waren die anderen schneller als der, der vor ihnen davonlief. Sie schienen besser in Form zu sein als er und hatten in solchen Unternehmungen wohl auch mehr Übung.

Plötzlich blieb einer der Verfolger mit gespreizten Beinen stehen, zückte eine Pistole, zielte und feuerte auf den fliehenden Mann. Das Echo des Schusses brach sich mehrmals an den Häuserfassaden am Rande des Parks. Aufgeregt flatternd stiegen ein paar verschreckte Tauben in den Himmel. Der Gejagte blickte sich kurz um und änderte sodann seine Richtung. Jetzt lief er direkt auf das Eisentor zu, hinter dem reglos der weiße Hengst stand. Dieses Manöver bewirkte, daß die Verfolger noch mehr aufholten, denn natürlich machten sie die Richtungsänderung sofort mit. Das bedeutete, daß sie in einem günstigeren Winkel auf das eiserne Tor zuliefen als der Mann, hinter dem sie her waren. Der erste der Verfolger hatte ihn bald bis auf sechzig oder siebzig Schritte eingeholt. Auch er blieb plötzlich stehen, zog eine Waffe aus der Manteltasche und schoß. Der Knall schien so nah und war so ohrenbetäubend, daß der Hengst zusammenzuckte und erschrocken zurücksprang.

Unterdessen hatte sich der Fliehende bis auf eine geringe Distanz dem Tor genähert. Der Hengst, dem die ganze Sache nicht geheuer war, zog sich noch weiter zurück und verbarg sich in einer Toreinfahrt. Doch lange hielt er es nicht aus. Seine Neugier war stärker. Vorsichtig spähte er um die Ecke. Gerade in diesem Augenblick schlug der fliehende Mann von unten mit der Faust so heftig gegen den Riegel des Tores, daß dieser mit einem hellen, metallischen Geräusch zurückschnellte. Gleich darauf warf er das Tor krachend hinter sich ins Schloß, zog eine kurze, dicke Eisenstange aus der Tasche und hämmerte damit atemlos so lange auf dem Riegel herum, bis er derart verbogen war, daß er sich nicht mehr bewegen ließ. Der Mann wandte sich um und rannte die Straße hinauf. In seinen Augen lag ein gehetzter Ausdruck.

Seine Verfolger hatten schon den Zaun erreicht, als er auf einer gefrorenen Pfütze ausrutschte und schwer stürzte. Er überschlug sich, prallte mit dem Kopf gegen das Straßenpflaster und blieb reglos liegen. Mit klopfendem Herzen sah der Hengst, daß sich die zwölf Männer wie ein Trupp Soldaten gegen das Tor warfen. Fast wirkten sie wie die Karikatur einer Verbrecherbande. Ihre Gesichter waren irgendwie schief, sie hatten allesamt buschige, zusammengewachsene Augenbrauen, ein fliehendes Kinn und Nasen, die man ihnen wieder angenäht hatte — jedenfalls sahen sie so aus. Der tiefe Haaransatz auf ihrer Stirn war wie ein grotesker Gletscher, der sich weit, allzu weit talwärts geschoben hatte. Grausamkeit ging von ihnen aus wie elektrische Funken, die bläulich knisternd die Lücke zwischen zwei Polen überspringen. Einer zückte seine Pistole und zielte damit auf den Gestürzten, aber ein anderer, offenbar der Anführer, befahl: »Nein, nicht so! Jetzt haben wir ihn! Wir machen ihn langsam mit dem Messer fertig.« Er gab den Männern einen Wink. Sofort machten sie sich daran, über das Tor zu klettern.

Hätte der Hengst nicht seinen Kopf hinter der Hausecke hervorgestreckt und zu ihm herübergeblickt, wäre der Mann gewiß liegengeblieben und hätte aufgegeben. Er hieß übrigens Peter Lake. Mit lauter Stimme sagte er zu sich selbst: »Du mußt ganz schön in der Klemme stecken, wenn dich ein Pferd so mitleidig ansieht, du Dummkopf!« Diese Worte schienen ihm neue Kraft einzuflößen, denn er richtete sich auf und rief: »He, Pferd, komm her!« Die zwölf Gangster, die vom Tor aus das Pferd nicht sehen konnten, dachten sicherlich, daß Peter Lake entweder den Verstand verloren hatte oder noch einmal versuchte, sie auszutricksen.

»Pferd!« rief Peter wieder. Der Hengst zog seinen Kopf zurück. »Komm hierher, Pferd. Bitte!« Hinter Peter erreichten die ersten Verfolger die ihm zugewandte Seite des Tores. Peter spreizte die Arme. »Komm!« sagte er wieder flehend zu dem Pferd. Die Gangster hatten es nicht mehr eilig. Auf der Straße war keine Menschenseele zu sehen, und Peter Lake machte keinerlei Anstalten zu fliehen. Jetzt war er ihnen sicher!

Peters Herz klopfte so sehr, als wollte es ihm die Brust sprengen. Er kam sich lächerlich vor wie ein mechanisches Spielzeug, dessen Bewegungen außer Kontrolle geraten waren, weil irgendein Rädchen den Dienst versagte. »O mein Gott!« entfuhr es ihm in seiner Verzweiflung. »Oh, Jesus, Maria und Joseph, schickt mir eine schwere Dampfwalze!« Aber natürlich geschah kein derartiges Wunder. Alles hing jetzt von dem Pferd ab.

Mit einem Satz übersprang der weiße Hengst die gefrorene Pfütze und war bei Peter Lake. Er senkte den Kopf, damit der Mann seinen schlanken Hals umfassen konnte. Gleich darauf saß Peter auf dem Rücken des Pferdes. Er hatte es wieder einmal geschafft! Auch die Pistolenschüsse, die hinter ihm krachten, konnten das Triumphgefühl, das sich seiner bemächtigte, nicht dämpfen. Schon hatte der Hengst auf der Hinterhand kehrtgemacht, sich leicht geduckt wie zum Sprung und seine Lungen mit der kalten Winterluft gefüllt. Mit einem gewaltigen Satz schnellte er nach vorn und fiel in einen rasanten Galopp. Peter wandte sich übermütig lachend nach seinen düpierten Verfolgern um. Einige von ihnen machten ein paar Schritte, als wollten sie ihm nachlaufen. Andere, unter ihnen auch Pearly Soames, standen rücklings an das eiserne Tor gelehnt und schossen fluchend ihre Pistolen leer. Pearly ließ als erster von der sinnlosen Knallerei ab. Er biß sich auf die Unterlippe, und es war ihm anzusehen, daß er schon auf neue Mittel und Wege sann, um irgendwann doch noch seines flüchtigen Gegners habhaft zu werden.

Peter war einstweilen in Sicherheit. Keine Kugel konnte ihn mehr erreichen. Er zügelte den Hengst zu einem leichten Galopp und lenkte ihn durch die Straßen der erwachenden Stadt nach Norden.

Die Fähre brennt in der Morgenkälte

Die Short Tails abzuhängen war kein Kunststück, denn die Banditen hatten keine Pferde. Außerdem konnte niemand von ihnen reiten, auch Pearly Soames nicht. Aber diese Kerle waren die Herren der Docks. Mit kleinen Booten manövrierten sie erstaunlich geschickt, aber zu Lande half ihnen das nichts. Dort gingen sie zu Fuß oder benutzten die städtischen Busse, U-Bahnen und Vorortzüge – selbstverständlich ohne Fahrschein. Seit drei Jahren waren sie hinter Peter Lake her. Sie jagten ihn ohne Rücksicht auf Wetter und Jahreszeit, so daß er seinen eigenen Worten zufolge immer im »Keller« war, das heißt in einem fortwährenden Abwehrkampf, auf dessen Ende er bisher vergeblich gehofft hatte.

Bisweilen suchte Peter Schutz bei den Muschelfischern des Marschlandes von Bayonne, aber sein eigentliches Revier war Manhattan. Es dauerte dort allerdings nie lange, bis die Short Tails ihn ausfindig gemacht hatten. Dann begann die Jagd aufs Neue.

Peter konnte und wollte auf Manhattan nicht verzichten, denn er war ein Dieb. Woanders zu arbeiten wäre in diesem Gewerbe ein niederschmetterndes Eingeständnis der eigenen Mittelmäßigkeit gewesen. Während der vergangenen drei Jahre hatte er mehrmals mit dem Gedanken gespielt, nach Boston zu gehen, aber stets war er zu derselben Schlußfolgerung gelangt: Dort gab es so gut wie keine lohnende Diebesbeute, die Stadt war zudem für Diebe oder Einbrecher allzu klein und übersichtlich, und außerdem mußte er, Peter, sich darauf gefaßt machen, den »Cantarello-Affen« in die Quere zu kommen. Die gaben dort in Boston den Ton an, aber sie waren nichts im Vergleich mit den Short Tails, mit denen sich Peter Lake – übrigens aus ganz anderen Gründen – angelegt hatte. Er hatte sogar gehört, daß es in Boston nachts richtig dunkel wurde! Angeblich stieß man dort auch an jeder Straßenecke mit einem Geistlichen zusammen.

Deshalb blieb er lieber in New York und gab sich weiterhin der Hoffnung hin, die Short Tails könnten irgendwann der ständigen Jagd überdrüssig werden.

Da irrte er jedoch. Abgesehen von den Verschnaufpausen im Marschland waren ihm die Kerle immer dicht auf den Fersen gewesen. Mittlerweile hatte er sich fast daran gewöhnt, auf der wackeligen Treppe irgendeines seiner Notquartiere schon in aller Herrgottsfrühe das Poltern von vielen Stiefeln zu vernehmen. Oftmals hatte er von einer leckeren Mahlzeit, einem ihm geneigten Frauenzimmer oder der reichen Beute in einem unbewachten Haus ablassen müssen, weil urplötzlich die Short Tails aufgetaucht waren. Es kam vor, daß sie buchstäblich neben ihm aus dem Boden wuchsen. Wie sie das anstellten, war ihr Geheimnis.

Doch nun lagen die Dinge anders, denn jetzt hatte Peter ein Pferd. Warum war er nicht früher darauf gekommen? Endlich konnte er für einen beliebig großen Sicherheitsabstand sorgen, wenn Pearly ihm wieder einmal zu dicht auf den Pelz rückte, und im Sommer würde er sogar auf dem Rücken des Pferdes Flüsse und Seen durchschwimmen können. Im Winter, wenn das Wasser zufror, würde alles sogar noch leichter sein. Er könnte nicht nur nach Brooklyn flüchten — wenn auch mit dem Risiko, sich im verwirrenden Labyrinth der unzähligen Straßen zu verirren —, sondern nun lagen auch die Kiefernwälder der weiteren Umgebung, die Watchung-Berge und die endlosen Strände von Montauk in seiner Reichweite. Das waren Orte, die man nicht mit der U-Bahn erreichen konnte. Gewiß würden die an die Stadt gewöhnten Short Tails vor ihnen zurückschrecken, denn mochten sie sich auch aufs Töten und Stehlen verstehen, so fürchteten sie sich doch vor Blitz, Donner, wilden Tieren, tiefen Wäldern und dem Quaken der Baumfrösche in der Nacht.

Peter Lake spornte das Pferd zu einer schnelleren Gangart an, aber der Hengst brauchte keine Ermunterung. Die Angst saß ihm noch im Nacken, und außerdem liebte er es, dahinzujagen wie ein Pfeil. Schon übergoß die Morgensonne die Dächer der Häuser mit ihrem Feuerschein. Der Hengst hatte sich längst warmgelaufen. Ja, er genoß es, dahinzustürmen wie ein großes weißes Geschoß, den Kopf nach vorn in den Wind gereckt und die Ohren angelegt. Er machte so riesige Sätze, daß Peter unwillkürlich an ein Känguruh denken mußte. Bisweilen war ihm, als würden die Hufe des Hengstes den Boden überhaupt nicht mehr berühren.

Es hat wohl keinen Sinn, nach Five Points zu reiten, sagte sich Peter. Gewiß, er hatte dort Freunde und konnte in tausend Kellerkaschemmen Unterschlupf finden. Da wurde getanzt und um Geld gespielt, aber mit dem großen weißen Hengst würde er zu großes Aufsehen erregen. Alle Petzer und Schnüffler wären geradezu elektrisiert und warteten nur auf die erstbeste Gelegenheit, ihn zu verpfeifen. Außerdem war Five Points so nah! Wozu hatte er das Pferd? Heute zog es ihn hinaus aus der Stadt, er wollte möglichst weit fort.

Sie rasten die Bowery entlang und erreichten bald den Washington Square, wo der Hengst durch den Torbogen flog wie ein dressiertes Zirkustier durch einen brennenden Reifen. Um diese Zeit waren die Straßen schon von zahlreichen Fußgängern bevölkert. Mit gerunzelten Brauen blickten sie dem tollkühnen Reiter nach, der sich ungeachtet des dichten Verkehrs seinen Weg bahnte. Ein Polizist, der am Madison Square die beiden von seinem erhöhten Piedestal herab die Fifth Avenue heraufkommen sah, begriff augenblicklich, daß es vergeblich sein würde, ihnen Halt zu gebieten, und sorgte von vornherein gleich dafür, daß Pferd und Reiter ungehindert passieren konnten. Der gräßliche Anblick eines Gaules, der in vollem Galopp auf ein fahrendes Automobil geprallt war, war ihm noch allzu frisch in Erinnerung. Er wollte so etwas nicht noch einmal erleben.

Schon kamen Pferd und Reiter gleich einem zum Leben erwachten Standbild pfeilschnell heran. Der Polizist blies in seine Trillerpfeife und fuchtelte mit den behandschuhten Händen. Unerhört! Sie kamen geradewegs auf seine kleine Verkehrsinsel zu, mit mindestens dreißig Meilen in der Stunde! Kindermädchen bekreuzigten sich und legten schützend die Arme um ihre kleinen Schutzbefohlenen. Fuhrleute auf den Kutschböcken reckten ihre Hälse, alte Frauen wandten den Blick ab. Vor Schreck gefror der Polizist auf seinem Türmchen zu Eis.

Peter spornte sein Pferd zu noch schnellerer Gangart an und ritt schnurgerade auf den Polizisten zu, den rechten Arm wie eine Lanze von sich gestreckt. Als Roß und Reiter wie ein weißes Schemen an dem Mann vorbeihuschten, riß Peter ihm die Dienstmütze mit den Worten vom Kopf: »Ihren Hut, mit Verlaub!« Der erzürnte Beamte machte eine halbe Drehung. Eilig zog er sein Notizbuch aus der Tasche und kritzelte eine Beschreibung des Übeltäters hinein.

Peter lenkte den Hengst nach links in das Tenderloin-Viertel hinein, doch dort waren die Straßen so hoffnungslos verstopft, daß er bald nicht weiterkam. Ein Tankzug und mehrere andere Fahrzeuge hatten sich ineinander verknäult. Kutscher schrien aufeinander ein, Pferde wieherten ungeduldig. Eine Bande von Lausbuben ergriff die Gelegenheit, um die Erwachsenen mit einem Hagel von Schneebällen und Eisbrocken einzudecken. Peter mußte sich mehrmals ducken. Als er dabei zufällig einen Blick nach hinten warf, sah er in der Ferne ein rundes Dutzend blauer Punkte, die sich, von Osten kommend, rasch auf ihn zubewegten. Sie rannten, sie stolperten, sie rutschten – es waren Polizisten! Da es keinen Sattel und keine Steigbügel gab, kletterte Peter auf den Rücken des Pferdes, um nachzuschauen, wie es jenseits des Verkehrsknäuels aussah. Leider mußte er feststellen, daß es mindestens eine halbe Stunde dauern würde, bis das Chaos entwirrt wäre. Deshalb wendete er das Pferd und schickte sich an, mitten durch die sich nähernde Phalanx der blauen Uniformen hindurchzupreschen, aber der Mut des Hengstes war von anderer Art. Er wollte davon nichts wissen. Mit schnaubenden Nüstern tänzelte er auf der Stelle, während Peter ihn vergeblich anzuspornen versuchte. Nein, er machte keinen Schritt vorwärts, aber auch keinen zurück, sondern trippelte seitlich auf ein Haus mit einer Leuchtreklame zu, die sogar jetzt, am frühen Morgen, marktschreierisch verkündete: *Saul Turkish präsentiert: Caradelba, die spanische Zigeunerin.*

Das kleine Varietétheater war nur halbvoll, der Saal in grelles, blaugrünes Licht getaucht. Nur die Bühnenmitte, wo die halbnackte Caradelba in einem Wirbel weißer und cremefarbener Seide tanzte, wurde von einem einzigen weißen Scheinwerferkegel erhellt.

Peter trabte auf dem weißen Hengst den Mittelgang entlang

nach vorne. Dort blieb er stehen und schaute der Tänzerin zu. Insgeheim hoffte er, daß die Polizei ihn aus den Augen verloren hätte, aber schon stürmten die ersten Blauröcke in den Vorraum des Theaters. Da spornte Peter den Hengst erneut an und ritt im Galopp auf den Orchestergraben zu. Die Musiker spielten weiter, aber als urplötzlich ein riesiger Pferdekopf, vergleichbar mit einem Kürbislampion am Bug einer fahrenden Lokomotive, aus der Dunkelheit auftauchte, machten sie ein paar Patzer.

»Mal sehen, ob du auch springen kannst!« sagte Peter und schloß die Augen. Der Hengst sprang nicht nur – nein, er flog geradezu über das Orchester hinweg und landete fast geräuschlos auf der Bühne neben der spanischen Zigeunerin, zwanzig Fuß weiter und acht Fuß höher. Peter war verblüfft, daß dieses Pferd so weit springen konnte und dabei so sanft aufsetzte. Doch das Mädchen war sprachlos. Die Kleine war fast noch ein Kind, aber ihr Gesicht und ihr schmächtiger Körper waren mit einem Pfund Schminke bedeckt. Wenn sie nicht tanzte, wirkte sie ängstlich und verwirrt. Das plötzliche Erscheinen eines Berittenen auf ihrer Bühne wertete sie als eine schlimme Kränkung. Ob sich dieser Mann auf seinem riesigen Hengst wohl über sie lustig machen wollte? Fast wäre sie in Tränen ausgebrochen. Übrigens fühlte sich auch der Hengst nicht ganz wohl in seiner Haut. Nie zuvor in seinem Leben hatte er ein Theater betreten, von einer Bühne ganz zu schweigen. Das blendende Scheinwerferlicht, die Musik, der süßliche Duft von Caradelbas Schminke und der wallende blaue Vorhang – all dies entzückte und verunsicherte ihn gleichermaßen. Er warf sich in die Brust wie ein Paradepferd.

Peter Lake brachte es nicht über sich, Caradelba ungetröstet stehenzulassen. Unten im Orchestergraben balgten sich die Polizisten mit den erbosten Musikern, die sich den Uniformierten in den Weg gestellt hatten. Der Hengst, von der Magie des Rampenlichts verzaubert, versuchte unterdessen sein Glück als Schauspieler, indem er das Gesicht nacheinander zu mehreren ausdrucksvollen Grimassen verzog. Peter, der selbst in größter Bedrängnis stets gelassen blieb, stieg ab und trat zu Caradelba, obwohl die ersten Polizisten sich schon anschickten, die Brüstung der Bühne zu überklettern. In seinem irischen Akzent sagte er zu dem Mädchen: »Meine liebe Miß Candelabra, ich möchte Ihnen zum Zeichen meiner Verehrung und der Bewunderung, welche die Menschen dieser großen Stadt für Sie empfinden, diese Polizeimütze als Erinnerung überreichen. Ich habe sie gerade am Madison Square einem kleinen Polizisten von seinem kleinen Kopf gerissen . . .« Peter wies auf das runde Dutzend Uniformierter, die unten im Saal, nachdem sie vergeblich versucht hatten, die Bühne zu erklimmen, von den Musikern hart bedrängt wurden. »Wie Sie sehen«, fuhr er dann fort, »ist es eine echte Polizeimütze. Doch nun muß ich gehen.« Die kleine Zigeunerin nahm die Schirmmütze, die trotz der nüchternen blauen Farbe irgendwie aufgeblasen wirkte, und setzte sie sich auf den Kopf. Nun wirkten ihre Arme und Schultern in ihrer Nacktheit fast obszön. Nicht nur zum Ergötzen des Publikums, sondern auch zu ihrer eigenen Freude begann sie, zu den Klängen eines arabesken Fandangos zu tanzen.

Peter Lake lenkte den Hengst in den dämmerigen Hintergrund der weitläufigen Bühne. Durch ein Gewirr von Kulissen, herabbaumelnden Seilen und schmalen Korridoren fanden sie wenig später eine Hintertür, die ins Freie führte. Als sie auf die winterliche Straße hinaustraten, stellten sie erfreut fest, daß das Verkehrschaos in der Zwischenzeit beseitigt worden war. In leichtem Galopp ging es zurück zur Fifth Avenue.

Die Hüter des Gesetzes hatten sich in jüngster Vergangenheit wenig um Peter Lake kümmern können, denn in der Stadt tobten Bandenkriege. Jeden Morgen sammelte die Polizei Berge von Leichen ein, und zwar durchaus nicht nur unten am Fluß oder in Five Points, sondern auch an ungewöhnlichen Orten wie in Kirchtürmen, Mädcheninternaten oder Gewürzspeichern. Die Ordnungshüter hatten kaum Zeit für gewöhnliche Einbrecher wie Peter Lake. Doch wenn er holterdipolter durch Straßen galoppieren würde, in denen die piekfeinen Leute wohnten, dann, so stellte er sich vor, hätte er die Polizei bald auf den Fersen, so daß sich die Short Tails nicht so leicht an ihn herantrauen würden. Die Sache hatte nur einen Haken: Wenn die Short Tails erst einmal einen Menschen aufs Korn genommen hatten, ließen sie nicht mehr von ihm ab — nie.

Peter kannte viele Mittel und Wege, um den tödlichen Fallen seiner Verfolger immer wieder zu entgehen. Stets zauberte seine Phantasie den rettenden Einfall herbei. In dieser winterlichen Stadt gab es ebensoviele Möglichkeiten zum Überleben — und zum Sterben — wie Straßen, Plätze und Sehenswürdigkeiten. Die Short Tails waren jedoch selbst so gerissen und erfahren, daß sie sich jeden Winkel des gigantischen Labyrinths zunutze machten. Sie bewegten sich mit der Wendigkeit von Ratten in einem komplizierten Netzwerk unterirdischer Gänge. Ihre Schnelligkeit verlieh ihnen die Aura der Unentrinnbarkeit, ähnlich dem nie endenden Fluß der Zeit, der Suche des Wassers nach der tiefsten Ebene und der Gefräßigkeit des Feuers. Den Short Tails auch nur für eine einzige Woche entkommen zu sein, konnte bereits als eine Leistung gelten, die ans Wunderbare grenzte, doch Peter war schon drei Jahre lang das Hauptziel dieser gnadenlosen Verfolger. Da er nun auch noch die Polizei am Hals hatte, entschloß er sich, Manhattan für eine Zeitlang den Rücken zu kehren. Sollten sich die beiden Greifarme der Zange doch gegenseitig zwicken! Wenn die gegnerischen Lager auf der Jagd nach ihm, Peter, kollidierten, dann verschaffte ihm der Zusammenprall vielleicht drei oder vier Monate Ruhe und Freiheit. Also nichts wie fort! Er entschloß sich, den Muschelfischern im sumpfigen Marschland von Bayonne einen Besuch abzustatten. Sie würden ihm und dem Hengst auf einem trockenen Fleckchen Erde Unterschlupf gewähren, das wußte er, denn sie waren es gewesen, die ihn einst gefunden und in der Art von wohlgesonnenen Wölfen aufgezogen hatten. Den Short Tails waren sie an Wildheit und Kampfkraft weit überlegen, weshalb jene es schon lange nicht mehr wagten, die Riemen ihrer Ruderboote in Gewässer zu tauchen, die zum weitläufigen Herrschaftsbereich der Sumpfmänner gehörten. Denn wer ihnen in die Hände fiel, mußte damit rechnen, augenblicklich enthauptet zu werden. Niemand hatte sich jemals gegen sie durchsetzen können, denn nicht nur waren sie schier unüberwindliche Streiter, die nach Belieben auftauchten und verschwanden, sondern ihr Reich war zudem nur halb von dieser Welt. Jeder, der sich ohne ihre Billigung dorthin wagte, lief Gefahr, sich für immer in dem tosenden Wolkenmeer zu verlieren, das sich über die trügerisch glitzernden Wasser wälzte.

Vor langer Zeit hatten die Behörden des Staates New Jersey den Versuch gemacht, die Sumpfmänner in den breiten Strom bürgerlichen Daseins einzugliedern, mit Gesetzen, Steuern und dergleichen mehr. Doch dreißig Polizisten und Detektive der Pinkerton-Agentur waren, einer nach dem anderen, hinter der blendend weißen Wolkenbank verschwunden, die verblüffend schnell ihren Standort wechselte. Der Gouverneur war des Nachts in seiner Villa in Princeton von Unbekannten in zwei Teile geschnitten worden. Eines der Fährschiffe flog bei Weehawken nach einer Explosion so hoch in die Luft wie ein Haus mit zwanzig Stockwerken. Einem riesigen Feuerball gleich war es in die Fluten zurückgestürzt, und im Umkreis von fünfzig Meilen hatten die Fensterscheiben geklirrt.

Peter war sich darüber im klaren, daß ihn nach einiger Zeit die Lichter von Manhattan jenseits des Flusses trotz aller Gefahren unwiderstehlich aus seinem Versteck locken würden. Die Sumpfmänner lebten ihm zu nah an dem geheimnisumwitterten Wolkenwall. Sie waren wortkarge, wachsame und unergründliche Gesellen, an denen die Zeit so schnell vorbeizustreichen schien wie eine Landschaft an einem fahrenden Zug. Ein typischer Sumpfmann hatte in seiner Rätselhaftigkeit etwas von einem Urmenschen ferner Zeitalter. Er verstand sich darauf, aus der Leber toter Fische das Orakel zu lesen und redete mit flinkem Zungenschlag eine Sprache, deren Worte an seltsame Runenzeichen gemahnten. Für Peter Lake, der sich an das Klimpern der Pianos und die hübschen, nur scheinbar so schwer zu erobernden Mädchen der Großstadt gewöhnt hatte, war ein längerer Aufenthalt in den Sümpfen keine leichte Sache. Aber es gehörte zu seinem Wesen, daß er sich notfalls nach der Decke strecken konnte. Stets war er bereit, sich vom Leben auf die Probe stellen zu lassen.

Auch diesmal würde er wohl nur eine Woche, höchstens zehn Tage bleiben, abends noch vor Mondaufgang schlafengehen, tagsüber in Eislöchern fischen, zu den Mahlzeiten Unmengen gerösteter Austern verschlingen und in einem kleinen Boot durch die eisfreien, salzigen Brackwasser staken. In den Nächten würde er sich mit der einen oder anderen Frau nackt auf dem Lager wälzen und sich mit ihr in der atemlosen Schönheit wilder, rauschhafter Liebesakte vereinen, während das ungebärdige Winterwetter die kleinen, im Schilf verborgenen Hütten der Sumpfbewohner schüttelte und Schneestürme alle Wege über die Eisflächen unkenntlich machten. Peter dachte an Anarinda, die dunkelhaarige, pfirsichbrüstige, sternenäugige — und er machte sich sofort auf den Weg nach Norden.

»Verdammt!« fluchte er, als er an den Docks über die leichte Anhöhe ritt und den Fluß vor sich liegen sah. Die Fähre brannte lichterloh, mitten in dem mit Eisschollen übersäten Fahrwasser! Das Schiff lag fest, weitab vom Ufer. Orangefarbener Feuerschein und pechschwarzer, wallender Rauch hüllten es ein. Immer mußten diese Fähren abbrennen! Ihre Kessel explodierten mit Vorliebe im Winter, wenn sich die Schiffe gegen kleine Inseln aus scharfkantigem Eis stromaufwärts kämpfen mußten. Die wunderbaren neuen Brücken über den Strom waren die einzige Abhilfe, aber wer konnte schon an dieser Stelle eine Brücke über den Hudson bauen?

Der Himmel erstrahlte an diesem Tag in makellosem Blau. Am jenseitigen Ufer waren in der steilen braunen Felswand rötliche und purpurne Gesteinsadern fast überdeutlich zu erkennen, ja sogar einzelne weiße Häuschen und Bäume. Ein steifer, kalter Wind blies die Eisschollen stromabwärts vor sich her. Sie rieben sich schurrend aneinander, manchmal prallten sie auch mit dem Glockenton berstenden Glases zusammen. Und mitten in diesem weißen Wirrwarr mühten sich schwarzbemäntelte Feuerwehrmänner, Überlebende zu bergen und von Dampfschleppern und Walfangbooten aus eiskaltes Flußwasser in die Flammen zu spritzen.

Schon hatten sich, trotz des bitteren Frostes, Hunderte von Schaulustigen versammelt: kleine Mädchen mit Schlittschuhen an den Füßen, Handwerker auf dem Weg zur Arbeit, Dienstleute, Dockarbeiter, Fischer und Eisenbahner. Fliegende Händler stellten eilig ihre Buden auf und freuten sich auf die Tausenden von Neugierigen, die herbeieilen würden, um einen Blick auf die im Fluß treibende, inzwischen zu einem schwärzlichen Metallklumpen ausgebrannte Fähre zu werfen und sich an heißen Eßkastanien, Puffmais, warmen Brezeln und Fleischspießchen zu laben.

Peter stieg ab. Er erstand von einem verschlagen blickenden Mann, dessen Hände gänzlich gegen Feuer abgehärtet schienen — fast griff er mit den bloßen Fingern in die rötliche Kohlenglut hinein — eine Tüte gerösteter Eßkastanien. Da sie noch zu heiß waren, blickte er sich schnell um, um sich zu vergewissern, daß er von keinem weiblichen Wesen beobachtet wurde, öffnete mit einer flinken Bewegung seine Hose und schob die Tüte mit den Kastanien hinein. Wohlige Wärme verbreitete sich vom Bauch aus über seinen ganzen Körper. Unverwandt blickte er zu dem brennenden Fährschiff hinüber. Der Wind hatte noch mehr aufgefrischt. Er zwang die Trauerweiden am Ufer, sich nach Süden zu neigen und fegte ihnen den pulverigen Schnee aus dem Geäst.

Einer der Schaulustigen starrte nicht auf das brennende Schiff, sondern schien sich nur für Peter Lake zu interessieren. Doch der tat diesen Affront mit einem Achselzucken ab. Was machte es ihm schon aus, von einem Mann begafft zu werden, der die Uniform eines Telegrammboten trug? Für solche Leute hatte Peter nichts übrig. Vielleicht lag es daran, daß sie nicht im entferntesten an den gertenschlanken, geflügelten Gott Hermes erinnerten, sondern ausnahmslos rundliche, schwerfällige und dickblütige Scheusale waren, die zu Fuß höchstens eine Meile in der Stunde zurücklegten und keine Puste zum Treppensteigen hatten. Dieser Kerl trug eine zerknautschte Schirmmütze mit einem kleinen Messingschild, auf dem zu lesen stand: *Beals, Telegrammbote.* Es entging Peter nicht, daß sich dieser Beals nach einem Weilchen unauffällig in der Menschenmenge verdrückte. Was machte es schon, wenn er ihn, Peter, bei den Short Tails verpfiff? Sobald die Bande aufkreuzte, brauchte Peter nur auf seinen Hengst zu springen und das Weite zu suchen.

Unten auf dem Fluß bemühten sich mehrere Feuerwehrmänner, an Bord des brennenden Fährschiffes zu kommen. Eigentlich gab es dazu keinerlei Anlaß, denn alle Passagiere waren entweder tot oder gerettet, und die Feuerwehr konnte nicht darauf hoffen, das Feuer doch noch unter Kontrolle zu bringen. Mehrere der tapferen Männer stürzten in den Fluß, als eine Strickleiter durchbrannte, mittels derer sie die steile Bordwand zu bezwingen versuchten. Ein erschrockenes Raunen ging durch die am Ufer versammelten Gaffer. Peter verstand, was dort vorging. Jene Männer wurden um so stärker, je näher sie an das Feuer herankamen. Gewiß, es kam vor, daß der eine oder andere von ihnen bei einem Brand das Leben verlor, aber welch herrliche Bewährungsproben bot ihnen jede Katastrophe!

Peter schloß sich dem allgemeinen Applaus an, als sich einige der Feuerwehrmänner doch noch an einem Seil emporhangelten und das Deck des Schiffes betraten. Während er zuschaute, schälte er eine Eßkastanie nach der anderen und teilte sie mit dem Pferd. So verstrich eine halbe Stunde. Das Schiff hatte inzwischen bedrohliche Schlagseite. Ein Schlepper bahnte sich seinen Weg durch die großen Eisschollen, um die erschöpften Feuerwehrleute aufzunehmen, die an Deck des Fährschiffes standen und sich ratlos umblickten, denn auch das rettende Seil war inzwischen verbrannt. Das Schiff konnte jeden Augenblick untergehen, und dann war ihnen der Tod durch Ertrinken gewiß.

Aus dem Augenwinkel — bei Dieben eine hochentwickelte Art der Wahrnehmung — sah Peter zwei Automobile, die sich rasch näherten. Eigentlich war daran nichts Auffälliges, denn die Straße war ziemlich befahren. Aber diese beiden Wagen kamen, in kurzem Abstand voneinander, verdächtig schnell heran — und sie waren vollgestopft mit Mitgliedern der Short-Tail-Bande! Als Peter sich auf den Rücken des Hengstes schwang, fiel sein Blick auf den Telegrammboten Beals, der in einiger Entfernung vor Aufregung kleine Hüpfer machte. Gewiß würden sich die Short Tails erkenntlich zeigen, indem sie ihn zu einer unmäßigen Prasserei und zu einem Abend im Varieté einluden.

Peter machte sich im Galopp nach Süden davon. Die brennende Fähre war vergessen, als er breite Alleen entlangpreschte, vorbei an Fabriken, Molkereien, Brauereien, Rangierbahnhöfen, Gastanks, ärmlichen Wohnhäusern, kleinen Revuetheatern, Gerbereien und den turmhohen, grauen Pylonen eiserner Brücken.

Die Short Tails waren zwar wieder einmal übertölpelt und hatten einstweilen das Nachsehen, aber sie würden unverzüglich mit ihren Automobilen die Verfolgung aufnehmen. Peter fühlte sich jedoch in Sicherheit. Er jagte auf seinem Hengst mit so atemberaubender Geschwindigkeit gen Süden, daß er bisweilen zu fliegen meinte.

Pearly Soames

Im gesamten Universum gab es nur ein einziges Foto von Pearly Soames. Er war darauf zu sehen, wie er von fünf Polizeioffizieren festgehalten wurde. Vier hatten ihn an Armen und Beinen gepackt, während der fünfte seinen Kopf umklammerte. So drückten sie ihn in halb liegender Stellung auf einen Stuhl. Sein Gesicht war rund um die fest zusammengekniffenen Augen zu einer wütenden Fratze verzogen. Fast hätte man beim Betrachten dieses Schwarzweißfotos glauben können, das wütende Gebrüll aus Pearlys Kehle zu vernehmen. Der riesige Polizist hinter ihm hatte es offensichtlich schwer, das Gesicht des Häftlings der Kamera zuzudrehen. Seine Finger hatten sich in Pearlys Haar und Bart verkrallt, als ginge es darum, eine Giftschlange zu bändigen. Im selben Augenblick, als der Magnesiumblitz aufzuckte, war im Hintergrund ein Garderobenständer von rechts nach links gekippt und für alle Zeiten im Bild festgehalten worden, wie der stürzende Verlierer eines Kampfes oder der Zeiger einer großen, reich verzierten Turmuhr, der auf die Zahl »2« zeigte. Pearly war nicht auf eigenen Wunsch abgelichtet worden, das war offenkundig.

Seine Augen blickten scharf wie Rasiermesser und kalt wie weiße Diamanten. Sie waren blaß und silbrig durchscheinend, aber zugleich ging ein solches Leuchten von ihnen aus, daß die Leute sagten: »Wenn Pearly die Augen öffnet, ist es wie elektrisches Licht.«

Sein Gesicht wurde von einer Narbe verunziert, die von einem Mundwinkel bis zum Ohr verlief. Wer sie betrachtete, hatte unwillkürlich das Gefühl, als ob ihm mit einem scharfen Messer ein tiefer Schnitt zugefügt würde. In der Tat hatte Pearlys Narbe etwas von einer weißlichen, gezackten Furche aus kühlem Elfenbein. Er trug sie seit seinem vierten Lebensjahr, genau gesagt seit dem Tag, an dem sein Vater versucht hatte, ihm die Kehle durchzuschneiden.

Natürlich ist es böse, ein Verbrecher zu sein. Alle Welt weiß das und kann es beschwören. Kriminelle stören den Gang der Dinge, aber andererseits sorgen sie auch dafür, daß alles im Fluß bleibt. Tatsächlich könnte man geltend machen, daß eine Stadt wie New York ohne die Legionen von finsteren Gesellen und deren unerklärliche Abneigung gegen Recht und Ordnung weniger hell im Glanz der eigenen Rechtschaffenheit erstrahlen würde. Ja, man könnte sogar die Behauptung aufstellen, daß Bösewichter eine unerläßliche Komponente in jener ausbalancierten Gleichung sind, die den ehernen Gang der Zeiten regelt. Sie sind die Würze und das Ferment einer Metropole, ein rotes Aufblitzen im Mosaik des nächtlich hell erleuchteten Häusermeeres.

All dies galt auch für Pearly Soames. Stets war er sich seiner selbst und der Schlechtigkeit seines Handelns bewußt. Er verfügte über eine geradezu selbstquälerische Gabe, sich im Handumdrehen mit wachem Verstand die Bedeutung seiner gnadenlosen Gewalttaten vor Augen zu führen. Zwar kümmerte er sich nicht im geringsten um jene komplizierten Mechanismen, die in der Welt für Ausgleich sorgen, aber das Leben in der Stadt wäre gewiß nicht mehr dasselbe gewesen, hätte es ihn nicht gegeben. Denn dieses Leben bedurfte genau dessen, was Pearly in seiner Person vereinigte: der Kräfte des Ausgleichs, der Verneinung und des Zufalls. Stellt euch nur vor, welch rätselhafte Verkehrung aller Werte vorliegen muß, damit ein Mann beim Anblick eines Säuglings zusammenzuckt und den Impuls verspürt, das kleine Menschenwesen zu töten! Pearly war aus solchem Holz geschnitzt; er haßte Babys und hätte sie am liebsten allesamt umgebracht. Ihr Geplärr klang in seinen Ohren wie das Geschrei rolliger Katzen. Er verabscheute ihre weit aufgerissenen Münder. Nicht einmal ihren eigenen Kopf vermochten sie hochzuhalten! Ihre Bedürfnisse, ihre Unbeherrschtheit und ihre Unschuld trieben ihn zum Wahnsinn, er hätte sie gern mundtot gemacht, noch bevor sie sprechen lernten. Kleine Kinder, die zu jung zum Stehlen waren, erfüllten ihn ebenfalls mit Ekel. Welch tragischer Irrtum der Natur! Wenn Menschen klein genug waren, um sich zwischen Gitterstäben hindurchzuzwängen, wußten sie nichts mit sich anzufangen und hatten auch noch nicht die Körperkraft, um eine gewichtige Beute davonzutragen. Doch sobald sie alt genug waren, um zu begreifen, was es auf der anderen Seite der Gitterstäbe zu holen gab, paßten sie nicht mehr hindurch. Übrigens haßte Pearly nicht nur Kinder wegen ihrer Verletzlichkeit, sondern er fühlte auch Wellen wilder Gewalttätigkeit in sich aufsteigen, wenn er einen Krüppel vor sich sah. Zähneknirschend hätte er solche Kreaturen am liebsten an Ort und Stelle umgebracht, zu Brei geschlagen, ihr gräßliches Selbstmitleid für immer zum Schweigen gebracht und ihre Rollstühle zertrümmert. Pearly war ein Bombenleger, ein Irrer, ein Erzbösewicht, ein Satan, ein reißender Straßenköter.

Pearly Soames wollte Gold und Silber, aber nicht um des Reichtums willen wie gewöhnliche Diebe. Er begehrte diese edlen Metalle wegen ihres Glanzes und ihrer Reinheit. Sein seltsames, abwegiges und verbildetes Wesen suchte in der abstrakten Beziehung zwischen den Farben nach Linderung und Heilung. Doch mochte er sich noch so sehr zu fein abgestuften und intensiven Farben hingezogen fühlen, so war er dennoch kein Connaisseur der Malerei geworden. Solche Menschen standen den Farben bemerkenswert gleichgültig gegenüber. Selten nur waren sie von ihnen besessen, und rasch sahen sie sich satt. Sie hatten etwas von Feinschmeckern, die ihre Speisen zu kunstvollen Gebilden auftürmen, bevor sie sie verzehren. Sie verwechselten Schönheit mit Wissen und Leidenschaft mit Sachverstand.

Nicht so Pearly. Seine Hinneigung zur Farbe war wie eine ansteckende Krankheit oder eine Religion. Er war ihr verfallen und darbte nach ihr wie ein Verhungernder. Bisweilen, wenn er durch die Straßen der Stadt ging oder in einem schnellen Segler auf dem Fluß kreuzte, erlebte er, wie die Sonne für kurze Zeit die spiegelnde Fassade eines Hochhauses in einen goldenen Glanz von geradezu verbotener Schönheit tauchte. Dann blieb Pearly jedesmal wie angewurzelt mitten auf der Straße stehen, so daß der Verkehr ihm ausweichen mußte. Falls er gerade in einem

Boot saß, legte er es augenblicklich in den Wind und betrachtete das farbenfrohe Schauspiel bis zum Ende. Maler und Anstreicher durchlitten immer wieder Todesängste, wenn sie plötzlich Pearly Soames neben sich sahen, die elektrisierenden Augen unverwandt auf die glänzende, mit lüsterner Langsamkeit aus den dicken Quasten triefende Farbe gerichtet. Es war schon schlimm genug, wenn Pearly allein auftauchte – er war bekannt wie ein bunter Hund, und ein unzweideutiger Ruf ging ihm voraus –, aber meist wurde er von einer Rotte Banditen eskortiert. Dann zitterten die armen Anstreicher vor Furcht, denn unfehlbar wurden sie später von den Short Tails dafür bestraft, daß jene schweigend und mit den Händen in den Taschen ihre Zeit zu vertrödeln gezwungen waren, während Pearly seiner rätselhaften »Farbengravität« frönte, wie er es selbst nannte. Da die Banditen sich schlecht bei ihrem Anführer beschweren konnten, ließen sie ihren Zorn stets an den braven Handwerkern aus, indem sie ihnen bei passender Gelegenheit eine Tracht Prügel verabreichten.

Eines Tages zu Beginn eines Bandenkrieges marschierten Pearly und sechzig seiner *Short Tails* wie eine kleine florentinische Armee durch die Straßen der Stadt. Die Banditen trugen nicht nur ihre üblichen Waffen am Körper versteckt, sondern sie hatten auch Gewehre, Handgranaten und sogar Säbel mitgebracht. Vor lauter Kampfbereitschaft waren sie so erregt, daß ihre Herzen heftig klopften und ihre Augen blitzten. Auf halbem Weg zum Schlachtfeld erspähte Pearly zwei Anstreicher, die mit ihren Pinseln eine frische Lackschicht auf den Türrahmen einer Kneipe klatschten. Pearly ließ seine kleine Truppe anhalten. Dann ging er mit den Augen ganz nah an die grüne Ölfarbe heran, schnüffelte und verharrte geistesabwesend eine ganze Weile in dieser Pose, bis er erfrischt, zuinnerst bewegt und staunend zurücktrat. Ganz betört vom Farbenzauber sagte er zu den beiden Malern: »Tragt dicker auf! Die Farbe glänzt so schön, wenn sie naß ist. Das sind unvergeßliche Augenblicke!« Zur Freude des Kneipenbesitzers verpaßten die beiden Maler der Tür einen zweiten Anstrich. Auch Pearly war zufrieden. »Eine schöne Landschaft«, kommentierte er, »wirklich schön. Ich muß dabei an die Landsitze von reichen Leuten denken. Dort dürfen keine Schafe grasen, so daß die Grünflächen immer makellos sind. Macht nur tüchtig weiter so! In ein bis zwei Tagen komme ich wieder vorbei und schau mir an, wie der trockene Lack aussieht.« Nach diesen Worten zog er mit seinen Männern in die Schlacht. Der Anblick der Farbe hatte ihm Kraft verliehen.

Pearly ließ sich von seinem Farbentick auch dazu verleiten, Gemälde zu stehlen. Mit seinen Männern plünderte er die angeblich so sicheren Tresore hochangesehener Kunsthändler und so manchen der schwerbewachten Paläste an der oberen Fifth Avenue. Dort stieß die Bande auf die begehrtesten Werke, Bilder im Wert von zigtausend Dollar, die bei jedem Anlaß von der sensationslüsternen Pressemeute umlagert wurden. Über solche Meisterwerke hätte kein Kunstsachverständiger ein abschätziges Wort zu sagen gewagt. Sie waren zumeist in Privatyachten oder -flugzeugen aus Europa herübergebracht worden, unter den wachsamen Blicken von mindestens drei Pinkerton-Detektiven. Pearly wußte genau, wo er auf gute Beute hoffen konnte, denn er las aufmerksam die Zeitungen und studierte sorgfältig die Kataloge der Auktionshäuser.

Eines Nachts kamen seine besten Einbrecher mit fünf zusammengerollten Leinwänden von *Knoedler's* zurück. Pearly brachte es nicht über sich, bis zum Morgen zu warten. Er befahl, die Gemälde zu glätten und zwei Dutzend Sturmlaternen sowie mehrere große Spiegel herbeizuschaffen. Damit sollte ein riesiger Dachspeicher, das derzeitige Hauptquartier der Bande unten im Hafenviertel, erleuchtet werden. (Ähnlich wie Guerilleros wechselten die Short Tails häufig ihren Standort.)

Pearly ließ die Gemälde auf hohe Staffeleien stellen und mit einem Samtvorhang verdecken. Die Lampen wurden entzündet und die Spiegel so zurechtgerückt, daß der helle Lichtschein genau auf die Stelle fiel, wo die fünf Gemälde hinter dem Samt auf ihre Enthüllung warteten. Mit einem Kopfnicken gab Pearly das Zeichen.

»Was soll das!« entfuhr es ihm, als der Vorhang beiseitegezogen wurde. Unwillkürlich zuckte seine Hand zu der Pistole, die er im Gürtel trug. »Habt ihr etwa nicht gestohlen, was ich euch aufgetragen hatte?«

Wie von Sinnen blätterten die Einbrecher in Auktionskatalogen und verglichen die von Pearly rotumrandeten Titel mit den kleinen Messingschildern, die sie zusammen mit den Bilderrollen gestohlen hatten. Sie paßten, davon konnte sich Pearly selbst überzeugen.

»Das verstehe ich nicht«, sagte er und beäugte die kleine Kollektion großer und berühmter Namen. »Sie sind lehmfarben, schwarz und braun! Kein Licht und kaum Farbe! Wie kann man nur in Schwarz und Braun malen?«

»Kein Ahnung, Pearly«, meinte Blacky Womble, sein Vertrauter und Stellvertreter.

»Warum? Warum haben sie so gemalt?« wiederholte Pearly fassungslos. »Und weshalb sind all die reichen Leute und Experten wild auf solche Bilder? Sie müßten es doch besser wissen mit all ihrem Sachverstand und Reichtum!«

»Ich werd' auch nicht schlau draus, Pearly«, pflichtete ihm Blacky Womble bei.

»Halt die Klappe und schaff das Zeug zurück!« fuhr Pearly ihn an. »Ich will es nicht haben. Tut die Bilder wieder in ihre Rahmen!«

»Aber wir haben sie doch rausgeschnitten!« protestierten die Einbrecher. »Außerdem wird es in einer Stunde hell. Es ist zu spät.«

»Dann bringt sie eben morgen zurück, verdammt noch mal! Was für ein Reinfall!«

Am nächsten Tag gab es einen fürchterlichen Aufruhr, als bei *Knoedler's* das Verschwinden von Gemälden im Wert von einer halben Million Dollar entdeckt wurde. Aber schon am Morgen des übernächsten Tages verkündeten riesige Schlagzeilen in den Zeitungen, daß die Bilder zurückerstattet worden seien. Darunter war der Text einer Mitteilung abgedruckt, die von unbekannter Hand mit einer Reißzwecke am Rahmen eines der Gemälde befestigt worden war:

Diese will ich nicht haben. Sie sind Schund und haben keine Farbe. Jedenfalls ist es nicht das, woran ich gewöhnt bin.

Schaut Euch irgendeine amerikanische Stadt im Herbst oder im Winter an, wenn die Farben im Licht zu fließen und zu tanzen scheinen. Stellt Euch auf einen Hügel oder fahrt in einem Boot in die Bucht oder auf den Fluß hinaus, dann seht Ihr von weitem, daß es überall bessere Gemälde gibt als das Zeug von der Farbe einer Linsensuppe, das Ihr erst mit Expertisen aufwerten müßt, um es überhaupt lieben zu können. Ich mag ein Dieb sein, aber ich kann Farben von Schmutz unterscheiden, ob sie nun über den Himmel zucken oder ob der Teufel mit ihnen sein Spielchen treibt. Mr. Knoedler, Sie brauchen sich um Ihre Bilder keine Sorgen mehr zu machen. Ich werde Ihnen keine mehr stehlen, denn sie gefallen mir nicht.

Mit freundlichen Grüßen

Ihr P. Soames

Um den verletzten Farbsinn ihres Anführers zu besänftigen, zogen Pearlys Männer los und stahlen für ihn Smaragde, Gold und Silber. Tagelang sagte er kein einziges Wort, doch bald heilten die Wärme des Goldes und der kühlere Glanz des Silbers seine Wunde.

Die Banditen kehrten manchmal mit dem einen oder anderen Werk eines amerikanischen Künstlers, mit der Miniatur eines Meisters der Renaissance, mit farbenfrohen Bildern allzu gering geachteter naiver Maler, aber auch mit alten Meistern zurück, deren Gemälde zum Glück nicht von einer bräunlichen Schicht verharzten Leinöls verunstaltet waren. Pearly weidete sich an der Farbenpracht, wo immer er sich gerade befand – unter einem Bootssteg im Hafen, im Hinterzimmer einer Bierkneipe oder zwischen alten Fässern in einer aufgelassenen Brauerei. Die wundervollen Formen und Szenen, die Feinheiten wahrhaft künstlerischer Farbgebung, die ehrfurchtgebietende Meisterschaft räumlicher Gliederung reichten Pearly jedoch bald nicht mehr. Er wollte selbst in dieser Pracht leben, die seine Augen betörte; es verlangte ihn danach, seine Tage im Widerschein blanken Goldes zu verbringen.

»Ich will einen Raum aus Gold!« sagte er. »Massives Gold, das ständig mit Chamois-Leder poliert wird. Wände, Fußboden und Zimmerdecke — alles soll aus reinstem Gold sein!«

Sogar die Short Tails waren perplex. Die Stadt gehörte ihnen, gewiß, doch nie war es ihnen in den Sinn gekommen, sich wie Untertanen eines Inka-Königs zu gebärden und ihm einen himmlischen Palast zu errichten, geschweige denn an einen festen Wohnsitz zu denken.

Blacky Womble wagte es, seinem Boß zu widersprechen:

»Pearly, niemand in New York hat ein goldenes Zimmer, nicht einmal der reichste Bankier. Außerdem wäre das Zeitverschwendung, denn um so viel Gold zu stehlen, würden wir mindestens hundert Jahre brauchen.«

»Da täuschst du dich«, erwiderte Pearly. »Wir werden es an einem einzigen Tag schaffen!«

»An einem Tag?«

»Ja, es ist ein Kinderspiel. Und wenn du glaubst, es gäbe keinen Raum aus Gold, dann irrst du dich. Allein in dieser Stadt gibt es mehr davon als Sterne am Himmel.«

»Wie kann das sein?«

»Hast du jemals von der Sarganda-Street, der Diamond Row oder den Avenuen der Neuner und Zwanziger gehört?«

»Sollen die hier in New York sein?«

»O ja! Es sind endlos lange Straßen, die sich über Hunderte und Tausende von Meilen durch die Stadt schlängeln. Eine Unzahl von Seitenstraßen geht von ihnen aus, eine prächtiger als die andere.«

»Meinst du vielleicht Brooklyn? Dort kenne ich mich nicht aus. Aber wer weiß da schon Bescheid? Immer wieder hört man von Leuten, die dorthin gehen und nie zurückkommen. In Brooklyn gibt es Straßen, von denen noch niemand gehört hat, zum Beispiel den Funyew-Ogstein-Crypt Boulevard.«

»Das klingt nach einem jüdischen Namen. Aber du hast recht, die vorhin genannten Straßen laufen auch durch Manhattan und Brooklyn. Sie überschneiden und überlappen sich sogar an manchen Stellen.« Aus Pearlys Augen zuckten elektrische Blitze.

Blacky Womble wurde manchmal nicht klug aus seinem Anführer, besonders wenn Pearly ihn nachts losschickte, um ein paar Liter frische Ölfarbe zu holen. Aber was er anpackte, das hatte Hand und Fuß. Blacky liebte es, Pearly zu beobachten, wenn er ein neues Gaunerstück ausschwitzte. Der Boß verfolgte sein Ziel mit der Hartnäckigkeit eines Ringkämpfers und der Angriffslust eines Boxers, zauberte buchstäblich Schätze vom Himmel herab und wirkte manchmal so, als stünde er unter dem Bann eines Orakels.

»Die Avenuen der Neuner und Zwanziger sind miteinander verschlungen wie kopulierende Schlangen«, fuhr Pearly fort. »Insgesamt sind sie mehrere tausend Meilen lang.«

»In welcher Richtung, Pearly?«

»Nach oben, schnurgerade nach oben!« antwortete Pearly und zeigte mit dem Finger an die dunkle Zimmerdecke. Dabei verdrehte er die Augen derart, daß nur noch das Weiße von ihnen zu sehen war. Blacky Womble folgte seinem Blick und starrte so angestrengt in die Finsternis, daß er tatsächlich graue Spiralen und bläuliche Blitze zu sehen vermeinte. Ihm war, als schwebte er über einem unendlich tiefen Abgrund. Plötzlich war er schwerelos. Ja, er flog! Die verschlungenen Straßen, die Pearly für kurze Augenblicke vor sein inneres Auge gezaubert hatte, schienen ihn geradezu anzusaugen. Als er Sekunden später wieder auf dem Boden der Wirklichkeit stand, mußte er feststellen, daß Pearly ihm kühl und sachlich ins Gesicht blickte wie der Angestellte einer Wäscherei kurz nach Weihnachten.

»Angenommen, es gibt die Saraganda-Street und die Avenuen der Neuner und Zwanziger —«

»—und die Diamond Row«, fiel Pearly Blacky Womble ins Wort.

»—und die Diamond Row« wiederholte Blacky. »Wie können wir an das viele Gold herankommen, das wir für dein goldenes Zimmer brauchen? Versteh mich nicht falsch, Pearly, mir gefällt die Idee, aber wie sollen wir es schaffen?«

»Es gibt nur eine Möglichkeit: Wir müssen es aus einem der Goldtransporter stehlen, die durch die *Narrows* fahren.«

Blacky Womble war sprachlos. Die Short Tails waren mit Sicherheit die mächtigste, tüchtigste und waghalsigste Bande, aber sie hatten trotzdem noch nie eine bedeutende Bank ausgeraubt, das heißt nein, einmal hatten sie eine Zweigstelle überfallen, eine Filiale, die allerdings jeder Anfänger mit einem Büchsenöffner hätte knacken können. Die Goldfrachter waren jedoch ein Ding der Unmöglichkeit, sie schieden von vornherein aus. Denn erstens wußte niemand so recht zu sagen, wann sie im Hafen festmachten, und außerdem wurde ihre Route von Zufallsgeneratoren bestimmt, nämlich von sich drehenden Drahttrommeln, in denen Mah-Jong-Steine mit eingravierten Längen- bzw. Breitengraden durcheinanderpurzelten. So kam es, daß die Goldschiffe in einem unglaublichen Zickzackkurs über die Meere kreuzten. Auf dem Weg von Peru nach New York konnte es beispielsweise durchaus geschehen, daß eines dieser schnellen Schiffe fünfmal Yokohama ansteuerte. Die vielbefahrenen Schiffahrtswege mieden sie. Unerwartet tauchten sie eines Tages am Horizont auf und waren ebenso schnell wieder verschwunden. Die meisten New Yorker wußten nicht einmal von ihrer Existenz. Sie ahnten nicht, daß die Schätze ganzer Königreiche in ihrer unmittelbaren Nähe in die Stadt sickerten wie der Gezeitenstrom ins Schilf.

Von den Millionen Bewohnern der Stadt hatten höchstens zehntausend einen der Goldfrachter von weitem an dem eigens zu diesem Zweck gebauten, schwerbewachten Pier gesehen, wo ein Schiff innerhalb einer halben Stunde entladen werden konnte. Höchstens tausend hatten begriffen, was dort vorging, und von diesen tausend waren neunhundert anständige Bürger, denen nie der Gedanke an Raub und Diebstahl in den Sinn gekommen wäre. Von den restlichen hundert bestand die Hälfte aus menschlichen und körperlichen Wracks; sie hätten nicht einmal die Kraft aufgebracht, sich selbst zu bestehlen. Zwanzig Personen hätten dem Goldschiff theoretisch gefährlich werden können, aber sie hatten ihre Talente auf andere Dinge gerichtet, denn sie waren Opernsänger, Verleger, Generäle oder dergleichen geworden.

So blieben also noch dreißig übrig, von denen zwanzig tatsächlich als Verbrecher das notwendige Format gehabt hätten, leider jedoch nicht über das erforderliche Organisationstalent, über ausreichende Mittel und über eine geeignete Gefolgschaft verfügten. Fünf hätten es gern versucht, aber sie brüteten Pläne aus, die in ihrer Stümperhaftigkeit lächerlich waren. Nur vier hätten es wirklich schaffen können, wären sie nicht fatalerweise durch Unfälle, allerlei Ablenkungen und unzeitgemäße Verdauungsstörungen gehindert worden. Aber auch ohne solches Mißgeschick hätten sie ihrer Sache durchaus nicht sicher sein können.

Folglich blieb einzig und allein Pearly Soames übrig. Doch auch der stand vor einer schier unmöglichen Aufgabe. Die Goldschiffe gehörten zu den schnellsten und wendigsten der ganzen Welt, sie waren gut bewaffnet und gepanzert. In den Tiefen ihrer Rümpfe gab es staunenswerte Sicherheitskammern, die nur geöffnet werden konnten, wenn ein Schiff längsseits am Pier lag. Dann wurde von einem speziellen Mechanismus eine Reihe besonders harter Edelstahlstäbe aus dem Schiffsrumpf gezogen. Sie sicherten dicke Panzertüren mit Zeitschlössern, hinter denen sich zehn Hochsicherheitstresorräume befanden.

Blacky Womble war zwar Kaukasier, aber er hatte kohlrabenschwarzes Haar und trug, im Gegensatz zu den anderen Short Tails, immer eine schwarze Lederjacke. Längst hatte er begriffen, daß Pearlys Farbentick vor nichts haltmachen würde. Es war eine Gratwanderung zwischen Wahnsinn und Genialität. Pearlys Gier nach Farben bewirkte, daß er sich auf immer gewagtere und schwierigere Unternehmungen einließ. Dadurch sicherte er sich jedoch auch die Treue und Gefolgschaft seiner Bande, denn er hielt die Männer ständig in Atem. Irgendwann aber würde er scheitern, das war allen klar. Für Blacky sah es so aus, als sei es nun soweit. »Pearly, ich habe Angst um dich«, sagte er geradeheraus.

Pearly lachte. »Du denkst wohl, ich sei endgültig übergeschnappt!«

»Ich behalte alles für mich, das verspreche ich. Du kannst es dir also nochmal überlegen.«

»Mein Entschluß steht fest. Beim nächsten Treffen werde ich die ganze Bande in meine Pläne einweihen. Sorg dafür, daß alle kommen. Wir werden uns am nächsten Donnerstag um Mitternacht auf dem Friedhof der Ehrenwerten Toten treffen.«

Sie trafen sich stets möglichst tief unter oder weit über der Erde, denn hätten die geheimen Beratungen der Diebesbande an »gesunden« Orten, beispielsweise in Sälen oder auf öffentlichen Plätzen stattgefunden, dann wären die Short Tails möglicherweise zu offenherzigen, gut gelüfteten, harmlosen und besonnenen Demokraten geworden. Pearly hielt sie lieber in grabesähnlichen Verliesen oder auf dem Dach turmhoher Gebäude, wo wie entweder die Unterwelt oder einen gähnenden Abgrund vor Augen hatten. An solchen Orten heckte er seine Komplotte aus und sorgte dafür, daß er die Short Tails fest im Griff behielt. Die Banditen empfanden es als Privileg, sich auf den Piers der Brooklyn-Bridge zu versammeln, aber sie trafen sich auch in großen Tanks, wo ihnen das Wasser bis an die Hüften reichte; sie kauerten sich schreckerfüllt zwischen die Zinken der Krone oben auf der Freiheitsstatue; sie ließen sich in der Doyer Street in ein Kellerloch unterhalb irgendeiner Opiumhöhle pferchen, oder sie scharten sich am Rand der größten Müllkippe zusammen, wie Leute, die mitten in der Nacht dicht neben dem Niagarafall ein Picknick veranstalten.

Blacky Womble hätte sich fast verschluckt. Aus weit aufgerissenen Augen starrte er Pearly an. Wenn die Versammlung auf dem Dach des höchsten Gebäudes von New York oder im Hinterhof des Polizeipräsidiums einberufen worden wäre, hätte er Verständnis dafür gehabt. Aber der Friedhof der Ehrenwerten Toten!

»Keine Widerrede! Tu, was ich dir gesagt habe!« befahl Pearly, bevor Blacky auch nur den Mund öffnen konnte.

»Aber ich will doch nur . . .« Weiter kam Blacky nicht. Der Ausdruck in Pearlys Augen ließ ihn verstummen. Ihm war, als blickte er geradewegs in die Schmelzkammer eines Hochofens. Wenn er nicht augenblicklich nachgab, dann würden sengende, weißglühende Blitze aus diesen Augen hervorbrechen und ihn verbrennen, das wußte Blacky. Deshalb fragte er kleinlaut, ob Pearly die gesamte Bande zu sehen wünschte.

»Ja, alle hundert«, sagte Pearly mit Bestimmtheit. Seine Wut hatte sich schon ein wenig abgekühlt. Der getreue Blacky Womble wußte nicht wohin vor lauter Angst.

☆

Es war in der Tat eine Ehre, auf dem Friedhof der Ehrenwerten Toten bestattet zu werden. Pearly hatte bestimmt, daß die Short-Tail-Banditen ihre letzte Ruhe möglichst nahe an der Hölle finden sollten. Die Bestattung hatte nach seinem Willen die größtmöglichen Gefahren für Leib und Leben jener Männer zu beinhalten, die damit betraut wurden, einem toten Kameraden das letzte Geleit zu geben. So erklärt es sich, daß alle im Einsatz gefallenen Short Tails zu einer geheimen Grabstätte gebracht wurden, die tief unter der Stadt in einer Verteilerkammer der Kanalisation lag.

Um die Versorgung Manhattans mit ausreichend Wasser zu gewährleisten, waren beidseitig des Harlem River mit riesenhaftem Aufwand zwei unterirdische, eintausend Fuß lange Stollen in das Gestein gesprengt worden. Sie wurden von einem sogenannten Drucktunnel gespeist. Ungefähr auf halbem Weg zu diesem Tunnel durchliefen die beiden Stollen eine Sickerkammer, die 25 Fuß im Quadrat maß und ebenso hoch war.

Vor Jahren, als während eines besonders regenarmen Sommers dieses Kanalisationssystem monatelang außer Betrieb gewesen war, hatten die Short Tails in die Felswände jener Kammer einhundert wasserdicht verschließbare Grabnischen gehauen. Auch damals war es trotz des niedrigen Wasserstandes sehr beschwerlich gewesen, sich zehn Minuten lang auf einem schmalen Floß durch den moosbewachsenen Tunnel zu bewegen, der den Männern so eng vorkam wie ein Kanonenrohr. Ständig mußten sie darauf achten, daß sie sich nicht die Ellbogen an dem rauhen Gestein aufschlugen. Wenn sie nach der mühsamen Fahrt endlich in der pechschwarzen Sickerkammer ankamen, entzündeten sie schleunigst ein paar Kerzen und lauschten angstvoll dem schrillen Pfeifen der Ratten. Es war ein ungutes Gefühl, über eine Meile von der Oberfläche der Erde, von frischer Luft und Freiheit entfernt zu sein. Ringsumher gab es nichts als massives Felsgestein, Moos, Geröll und schmutziges Wasser.

Jederzeit konnten im Jerome-Park-Stausee die Schleusen geöffnet werden. Dann schoß das Wasser so schnell durch die engen Stollen, daß auch ein galoppierendes Pferd nicht hätte mithalten können. Deshalb kam es bei einer Bestattung für die beiden damit beauftragten Banditen vor allem darauf an, den Leichnam des toten Kumpanen möglichst schnell durch den Tunnel in die Kammer zu schaffen und ihn dort in eine der Grabnischen zu schieben. Danach galt es, sich schleunigst auf den Rückweg zu machen, bevor die todbringende Flut angebraust kam.

Als E. E. Henry (eine Zeitlang Peters Partner und einer der besten Woola-Boys der Short Tails) bei dem erfolglosen Versuch, Raubüberfälle auf Züge mitten in der Stadt einzuführen, von einer herandonnernden S-Bahn erfaßt und zerstückelt wurde, hatten sich zwei Short-Tails namens Romeo Tan und Bat Charney freiwillig erboten, das, was von ihm übriggeblieben war, zu der Gruft zu bringen. Dies war in der Tat mutig, denn E. E. Henry war an einem kristallklaren Oktobertag aus dieser Welt geschieden, nachdem es zwei Wochen lang ununterbrochen geregnet hatte. In den nördlichen Landesteilen flossen die Stauseen in regelmäßigen Abständen über, wie mechanische Webstühle, die pausenlos Silberbrokat ausspucken. Damit das Auffangbecken im Jerome Park nicht überbordete, wurden immer wieder ganze Sturzfluten eiskalten Wassers durch den Drucktunnel abgelassen.

Romeo Tan und Bat Charney stiegen zu später Stunde in einer mondhellen Nacht in die Kanalisation ein. Das war mühsam, denn sie mußten mit den Zähnen auf eine Schnur beißen und daran zwei kleine Säcke hinter sich herziehen, die mit E. E. Henrys sterblichen Überresten gefüllt waren. Der Boden des waagerecht verlaufenden Kanalisationstunnels war mit einer Handbreit kalten Wassers bedeckt. Während die beiden Männer plantschend vorwärtskrochen, stieg ihnen der frische Geruch von Sauerstoff in die Nase. Das bedeutete, daß das Wasser frisch war. Wären im Jerome Park die Schleusen geöffnet worden, während Romeo Tan und Bat Charney auf allen Vieren zu der Sickerkammer krochen, dann hätte sie ein besonders gräßlicher Tod ereilt, denn das dicke Rohr war zu eng, als daß sie daran hätten denken können, kehrtzumachen und zu fliehen. Ab und zu hielten sie an und lauschten angestrengt, aber es war nichts zu hören. Endlich erreichte Romeo Tan die Stelle, wo der Tunnel in die Sickerkammer mündete. Bis zu den Hüften in eiskaltem Wasser stehend, entzündeten die beiden Männer eine Kerze, stemmten eine der Grabnischen auf, stopften die beiden Säcke mit E. E. Henrys Leichenteilen hinein, schlugen die Tür zu, sagten ein aus zwei Worten bestehendes Gebet (»Jesus Christus!«) ließen Hammer und Brechstange fallen und traten schleunigst den Rückzug an. Romeo Tan wollte gerade in den Kanalisationstunnel zurückklettern, als er ein seltsames Geräusch vernahm. Es klang wie Wind, der leise rauschend um die Gipfel eines hohen Berges streicht, oder wie das leise Zischen eines Geysirs kurz vor der Eruption. Aber es war Wasser, denn im Jerome Park öffneten sich langsam die Schleusen. »Wasser!« sagte Romeo Tan zu Bat Charney. Fast wären die beiden ohnmächtig geworden, aber gleich darauf schlängelten sie sich wieselflink durch den Tunnel, schneller als sie es jemals für möglich gehalten hätten. Ihre Finger krallten sich so heftig in die moosbewachsenen Tunnelwände, daß sie schon nach einer kurzen Strecke keine Nägel mehr hatten. Ihre Hände sahen aus wie Maulwurfspfoten. Aber mochten sie sich noch so anstrengen – es war zu spät. Sie hörten, wie das Wasser hinter ihnen mit einem explosionsartigen Knall in die Sickerkammer brach. Die verdrängte Luft zischte an ihnen vorbei wie eine Sturmbö. Und dann kam die reißende Flut! Die eiskalte Masse, schäumend und dunkel, prallte mit einer solchen Wucht von hinten auf Bat Charney, daß er sich wie ein Fötus im Mutterleib zusammenkrümmte und mit den Knien das falsche Gebiß ausschlug. In dieser Körperhaltung ertrank er, aber zugleich rettete er Romeo Tan, denn sein zusammengekugelter Körper wurde zu einer Art Pfropf, den die unter großem Druck stehende Wassersäule vor sich her durch das Kanalisationsrohr trieb. Vorneweg sauste Romeo Tan mit der Geschwindigkeit einer Kanonenkugel. Auf dem Rücken liegend schlidderte er durch das moosbewachsene Kanalisationsrohr. Schon war die Biegung erreicht, wo der Stollen senkrecht nach oben führte. Romeo Tan sauste so schnell durch die Kurve, daß das Fleisch seines Gesichts so weit nach unten geschabt wurde, bis er aussah wie ein Bluthund. Er und sein toter Kumpan wurden wie ein Geschoß aus dem Stollenausgang herauskatapultiert (sie hatten den Gullydeckel offengelassen). Romeo Tan nahm kaum wahr, wie sein Kopf ein gezacktes Loch durch ein Schindeldach brach. Plötzlich war er im Freien und flog durch die Nacht, den Sternen und einem blendend hellen Mond entgegen. Unter sich sah er in dieser Herbstnacht so weit er blicken konnte die Stadt ausgebreitet, ein erregender Anblick von großem Zauber. Er sah Lichter, rauchende Kamine und den Schein von Feuern am Rand luftiger Parks. Romeo Tan fragte sich, ob er wohl ins Weltall hinausfliegen würde. Aber er erreichte überhalb der Morris Heights nur eine Höhe von zweihundert Fuß, bevor es wieder abwärts ging. Ein Apfelbaum fing ihn auf. Sein Sturz bewirkte, daß sämtliche Äpfel, rund fünfhundert an der Zahl, mit einem gedämpften Prasseln zu Boden fielen. Romeo blickte ihnen nach, wie sie die leichte Anhöhe hinabrollten und sich an der Seitenwand einer Scheune zu einem Haufen auftürmten. Den Rest der Nacht verbrachte er in jenem Apfelbaum unter dem Mond. Er versuchte, die Geschehnisse zu rekonstruieren und grübelte darüber nach, ob wohl jeder Mensch früher oder später eine solche Erfahrung durchmachen mußte.

An jenen finstern Ort unter Tage zitierte nun Pearly Soames seine hundertköpfige Bande, um ihr eine Stunde lang seine Pläne zu erläutern. Als sich die Kunde wie ein Lauffeuer durch die Stadt verbreitete, rutschte einem Short-Tail-Banditen nach dem anderen das Herz in die Hose. Die Männer waren verzagt wie geprügelte Hunde. Ihre Angst schien ansteckend zu sein. Sogar die Stimmung in ihren Stammkneipen schien sich plötzlich verdüstert zu haben. Doch am Donnerstag um neun Uhr abends versammelte sich die Bande vollzählig in einem kleinen Obstgarten, um durch einen Gully in die Kanalisation hinabzusteigen. Die Männer vertrieben sich die Wartezeit, indem sie sich scheinbar ungerührt dumme Witzchen erzählten und spöttisch von ihren Diebereien, von den Zuständen in gewissen Gefängnissen und von anderen Bereichen ihres »Gewerbes« berichteten. Dennoch war ihnen ihre Nervosität anzumerken.

Auch diesmal wollte Pearly wieder als erster hinabsteigen und als letzter zurückkommen. Es dauerte volle drei Stunden, bis die ganze Bande endlich in der Sickerkammer versammelt war. Die Männer standen eng zusammengedrängt und spitzten furchtsam die Ohren in Richtung Jerome Park. Kaum wagten sie zu atmen. Pearly hingegen ging im flackernden Schein von einem Dutzend Kerzen in der Mitte des Raumes auf und ab und ließ seinen Blick über die Versammlung schweifen. Da waren sie alle, die Einbrecher mit ihren schwarzen Gesichtsmasken, die flinken Woola-Boys mit ihren starken, federnden Beinen, die Gauner und Betrüger mit ihren Maßanzügen, die Taschendiebe, die käuflichen Killer und sogar der Küchenchef, der sich bei seiner Arbeit nur wohlfühlte, wenn er mit geklauten Zutaten kochen konnte.

Nach einer Weile blieb Pearly stehen. »Höre ich da nicht das Rauschen von Wasser?« fragte er und neigte den Kopf ein wenig zur Seite. Einhundert Gesichter wurden kreidebleich. »Wir haben drei Stunden gebraucht, um hierherzukommen«, fuhr Pearly fort. »Genauso lange wird es dauern, bis wir wieder draußen sind.« Ein leises Raunen ging durch die Versammlung. Es klang wie die Seufzer armer Seelen, die zu Höllenqualen verdammt sind. »Ich dachte schon, ich hätte etwas gehört, aber es war wohl eine Täuschung. Möchte jemand von euch vielleicht ... ein Glas Wasser?« Lautes Stöhnen. »Gut, kommen wir zur Sache«, sagte Pearly und begann wieder, steifbeinig vor den Männern auf und ab zu stolzieren. »Stellt euch bitte vor, ihr wäret nicht in diesem muffigen und feuchten Verlies, sondern in einem Saal aus Gold. Die Wände bestehen aus lauter Goldbarren, die feingeprägte Embleme wie Adler, Kronen oder Lilien tragen. Seht ihr, mein Plan ist folgender: Ich will hoch über den Dächern der Stadt einen goldenen Saal bauen und Wachtposten davor aufstellen. Sie sollen den Himmel beobachten. Sobald er sich golden färbt, wird der Saal geöffnet, damit das Licht hineinströmt. Dann lasse ich die Türen versiegeln, so daß der goldene Glanz für immer gefangen ist.«

Die Ganoven sperrten vor Staunen den Mund auf.

»Der Raum wird auch für euch da sein, für euch alle!« redete Pearly weiter. »Ihr könnt kommen, in dem herrlichen Licht baden und mit der Hand über die glatten Wände streichen.«

Pearly schwelgte in seiner Sehnsucht. Träumerisch verlor sich sein Blick in der Höhe. »In die Mitte des Raumes werde ich ein schlichtes Bett stellen lassen. Darin will ich ruhen, auf alle Zeiten vom warmen Glanz des Goldes umgeben.«

Für kurze Zeit vergaßen die Männer, wo sie sich befanden. Sie überschütteten ihren Anführer mit Fragen. Seine Antworten überzeugten die ärgsten Zweifler vollends davon, daß er endgültig den Verstand verloren hatte. Niemand konnte einen Goldfrachter ausrauben!

Doch Pearly konterte mit einem detaillierten Plan: Auf der Landzunge von Sandy Hook sollte ein Wächter postiert und von einem eigens für diesen Zweck gebauten Turm herab Tag und Nacht das Meer beobachten. Ein zweiter Posten würde von der Brooklyn Bridge herab den Aussichtsturm im Auge behalten. Alle anderen Mitglieder der Bande müßten ihre Aktivitäten um rund zwei Drittel verringern, damit immer die Hälfte der Truppe, also fünfzig Mann, in voller Einsatzbereitschaft sein konnte. Sie mußten jederzeit in der Lage sein, in voller Bewaffnung mit zehn flinken Segelbooten in den Hafen auszuschwärmen. Sobald der Posten in Sandy Hook das Schiff gesichtet hätte, würde er eine Leuchtkugel abschießen. Daraufhin würde der Mann auf der Brücke telefonisch die Short Tails alarmieren, die mit ihren Booten an den Docks von Korlaer's Hook warteten. Augenblicklich würden sie in den Hafen hinaussegeln, in der Nähe der Einfahrt je eine Boje aussetzen und zwischen ihnen hin- und herkreuzen, so daß der Goldtransporter beim Einlaufen auf jeden Fall ihren Kurs schneiden müßte. Übrigens wären alle Short Tails als Frauen verkleidet. Sie hätten dafür zu sorgen, daß sämtliche Boote ihrer fingierten Regatta von dem Goldschiff gerammt und versenkt würden. Dazu wäre ein genau berechnetes Manöver erforderlich, ganz zu schweigen vom geduldigen, wochenlangen Warten in Frauenkleidung unter den Landungsbrücken. Aber die Sache würde sich lohnen, denn welcher Kapitän wäre so kaltherzig, fünfzig segelbegeisterte junge Damen im Hafenbecken ersaufen zu lassen? Zweifellos würden sie aus dem Wasser gefischt und an Bord des Schiffes gebracht. Dort könnten sie dann unter ihren Frauenkleidern jenes furchteinflößende Waffenarsenal hervorziehen, für das die Gang berüchtigt war, und den Goldfrachter kapern.

»Na und?« wandte jemand ein. »Die Begleitschiffe von der Kriegsmarine würden uns sofort auf die Pelle rücken!«

»Kein Geleitschutz ist so schwer bewaffnet und so schnell wie ein Goldfrachter«, erwiderte Pearly.

»Aber das hilft uns auch nicht weiter, Pearly. Du bekommst das Gold nicht aus dem Schiff heraus ohne die speziellen Apparaturen, höchstens in einem großen Trockendock.«

»Dann bauen wir uns eben ein Trockendock!«

»Das ist der Gipfel!« schrie ein Woola-Boy. »Selbst wenn es möglich wäre, würde es jedem auffallen! Die bräuchten uns nur zu folgen, wenn wir mit dem Schiff Kurs auf das Dock nehmen.«

»Du zeigst wieder einmal, wozu ein Woola-Boy taugt«, fertigte Pearly den vorlauten Burschen ab. »Bleib du bei deinem Woola-Woola, bis ich dir eine neue Aufgabe zuteile, du Grünschnabel! Wir bauen das Dock natürlich erst, wenn wir das Schiff haben. Dann haben wir Zeit, soviel wir wollen. Wir können in aller Ruhe ein Loch in das Schiff bohren – nur ein einziges, das sollten wir doch schaffen! – und ein Riesenfeuer unter den Laderäumen machen, damit das Gold schmilzt und wie flüssige Lava in unsere feuerfesten Tiegel läuft. Wenn ich sage, daß wir Zeit in Hülle und Fülle haben werden, dann meine ich damit, daß wir mit dem Goldschiff schnurgerade zu den Sümpfen von Bayonne fahren und mitten durch den weißen Wolkenwall brechen werden.«

Bei diesen Worten überlief es Pearlys Männer eiskalt. Niemand sagte ein Wort. Schließlich brach ein schafsköpfiger Taschendieb das Schweigen.

»Wer durch diese Wolken fährt, kommt nie zurück, das weißt du genau, Pearly. Es ist genauso wie Sterben.«

»Wie soll man das wissen?« antwortete Pearly. »Ich hab' noch nie einen getroffen, der drüben war. Vielleicht kommen alle zurück und halten nur aus irgendeinem Grund die Klappe. Möglicherweise ist es ganz toll auf der anderen Seite – jede Menge nackter Weiber, reife Früchte an den Bäumen, barbusige Hula-Hula-Tänzerinnen, Fressen und Saufen nach Belieben,

Autos, Lotterielose, die immer gewinnen, und so weiter. Außerdem: Wer sagt denn, daß wir da nicht wieder rauskommen? Wenn wir es schaffen, sind wir die reichsten Männer der Welt! Das ist doch was anderes als in einen Tabakladen einbrechen, oder nicht? Denkt nur an E.E. Henry oder Rascal T. Otis. Die sind für einen Fliegendreck gestorben! Ich für meinen Teil ziehe es vor, den Kopf für eine wirklich große Sache hinzuhalten.«

Dieser schwungvolle Appell gab den Ausschlag dafür, daß die Stimmung in Pearlys Bande umschlug. Ja, sie waren bereit, den Wolkenwall zu durchbrechen! Es meldete sich jedoch ein Mann zu Wort, der sich gut im Hafen auskannte; seine Spezialität bestand darin, Privatyachten auszuplündern. Er gab zu bedenken, daß die labyrinthartigen Wasserwege im schilfigen Sumpfland von Bayonne nicht tief genug für ein hochseetüchtiges Schiff seien. Einmal habe er den Wolkenwall aus einer Entfernung von nur einer knappen Meile gesehen, berichtete der Mann. Der Wall sei nicht etwa an derselben Stelle geblieben, sondern er habe die Stadt »wie eines dieser Möbiusschen Bänder« umrundet, wobei er unten in Bodennähe irgendwie geflimmert habe. Manchmal sei er ganz verschwunden, so daß das dahinterliegende Land zum Vorschein gekommen sei. Genau in solchen Augenblicken seien die D-Züge durch die Lücke gefahren, und zwar über silbrig blinkende Geleise, die an jenen Abschnitten besonders hell aufleuchteten, wo der wabernde Saum des Wolkenwalls die Schienen berührte. Bisweilen habe sich der Wall auch wie ein Bühnenvorhang gehoben, bis er gänzlich im Himmel verschwand. Ein andermal sei er buchstäblich im Erdreich versunken und habe eine sonnige Landschaft zurückgelassen. Innerhalb kürzester Zeit könne er mehrere Meilen über unterschiedlichstes Gelände zurücklegen. Eines Tages sei er nach Augenzeugenberichten sogar über den Fluß gehuscht und über Manhattan hinweggestrichen. Dabei habe er all jene mitgenommen, deren Zeit gekommen war.

Pearly meinte dazu, sie müßten dann eben einen Kanal ausbaggern und mit ein wenig Glück abwarten, bis der Wolkenwall über sie hinwegzöge.

Das wäre natürlich ein riskantes Unterfangen. Der Mann aus

dem Hafen meinte sogar, es sei so gut wie unmöglich, denn der Kanal müßte quer durch das Marschland von Bayonne verlaufen, wo die Sumpfmänner hausten.

»Gut, dann ist es eben soweit«, verkündete Pearly. »Wir werden ihnen den Krieg erklären und jeden einzelnen umbringen. Das muß schnell erledigt werden, bevor etwas durchsickert. Die Kerle sind die reinsten Teufel. Ich habe mal gegen einen gekämpft und fast dran glauben müssen. Dabei war das nicht etwa irgendwo im Sumpf beim Wolkenwall, sondern unten am Hafen. Der Bursche war von einem Sturm dorthin verschlagen worden. Zuerst hielt ich ihn für einen gewöhnlichen Fischer, aber da hatte ich mich getäuscht. Die Sumpfmänner können fechten, daß man kaum ihre Säbel sieht. Wir müssen sie aus dem Hinterhalt erledigen. Wenn die Männer bei der Arbeit sind, fahren wir mit Kanus hin, töten ihre Familien und lauern ihnen in ihren eigenen Hütten auf. Wenn sie dann völlig ahnungslos zurückkommen, knallen wir sie aus sicherer Deckung ab. Es ist sinnlos, es mit ihnen Mann gegen Mann aufzunehmen.«

Als die Bande schließlich wieder einer nach dem anderen aus der Kanalisation ins Freie kroch, stand der Mond tief am Himmel. Kurze Zeit später schoß eiskaltes Wasser tosend durch die finsteren Stollen.

Die Banditen fühlten sich seltsam beschwingt. Vielleicht lag das an der Schönheit der kalten Nacht, die das kleine Gehölz dort drüben auf der Anhöhe mit dunklem Samt umhüllte, oder am tröstlichen Anblick der heiter funkelnden Stadt. Von der Hoffnung an einen endgültigen Sieg über die Sumpfmänner erfüllt, verschwanden die Short Tails so unauffällig wie Schemen. Sie schienen sich zwischen den Bäumen einfach in Luft aufzulösen. Diese Kerle würden notfalls sogar Frauenkleider anziehen, konnten sie doch kaum den Tag abwarten, an dem sie ein Feuer unter dem Schiff entfachen würden, bis das Gold herausgeflossen käme. Schon sahen sie sich als die reichsten Männer der Welt. Sie mußten nur durchhalten und den Mut nicht sinken lassen.

Auch Peter Lake hatte damals an der Versammlung tief unter

der Erde teilgenommen. Zusammen mit ein paar anderen Woola-Lehrlingen hatte er in einer Ecke des überfüllten Raumes gestanden und alles mitangehört. Anfänglich war auch er der Verlokkung des abenteuerlichen Planes erlegen. Pearlys Schilderung des goldenen Saales weckten in ihm geheime Träume von goldenen Tieren mit weichen Fellen, die sich zärtlich gegen ihn drängten. Er küßte und liebkoste die Nüstern wundersamer fliegender Pferde, streichelte zahme Panther und gutmütige Robben. Wie herrlich verwegen, verworfen und verstiegen war doch der Gedanke, das kostbare, nie geschaute Licht aus Gold auf diese Weise in die Falle zu locken, sagte sich Peter. Welch grandioser Akt der Rebellion! Indem Pearly das goldene Licht auf diese besondere Art an sich zu bringen wünschte, hatte er in Peters Augen gewisse Anzeichen von Unschuld offenbart. Eine halbe Stunde lang verspürte Peter den Wunsch, der Plan möge gelingen. Beim Zuhören hatte er ganz vergessen, wo er sich befand. Dieser finstere Ort aus grauem Granit war in seiner Phantasie wie durch Magie zu einem schimmernden, von Sonnenschein erfüllten Saal geworden. Doch dann vernahm Peter von dem Komplott gegen die Sumpfmänner, und mit einem Male war er der Short-Tail-Bande für immer entfremdet. Es war ihm bestimmt, zum Verräter zu werden. Nur er wußte, daß sich Pearlys Sehnsucht nach einem Saal aus Gold nie erfüllen würde.

Peter Lake hängt an einem Stern

Viel ist über Castle Garden gesagt und geschrieben worden, jene Schleuse für Einwanderer, Einlaß zu einem neuen Dasein. Nur selten jedoch waren jene, die diese Hürde erfolgreich überwunden hatten, zu dem Geständnis bereit, daß der Name Castle Garden einst für sie oder für ihre Eltern auch einen unheilvollen Klang gehabt hatte. Denn dort gab es Staatsdiener, die in ihrer dunklen, feierlichen Dienstkleidung all jene Ankömmlinge zurückwiesen, die sie für ungesund oder schwächlich erachteten. Diese Auslese vollzog sich mittels einer bürokratischen Prozedur, die so unwirklich wie ein Traum erschien.

Viele der Emigranten hatten das Weltmeer auf der Suche nach Licht überquert, doch nun wurden sie zurückgeschleudert, durch weiße Gischt und grüne Wasserwüsten taumelten sie rückwärts in die Vergangenheit. Das Licht wurde kleiner, bis es nur noch ein Stern in der Schwärze der Nacht war. Dann wandte sich mancher der Verstoßenen ab, um auf den Tod zu warten.

Eine Meile südöstlich von Castle Garden, nahe dem westlichen Zipfel von Governors Island, lag ein Schiff auf Reede. Es ruhte sich in dieser dunstigen Frühlingsnacht aus, denn schon bald sollte es die beschwerliche Rückreise in die Alte Welt antreten – ob nach Riga, Neapel oder Konstantinopel ist nicht bekannt, aber wahrscheinlich war es eher eine Stadt wie Konstantinopel, denn an Deck und in den Massenquartieren, die während der Überfahrt vom Stimmengewirr zahlloser Passagiere erfüllt gewesen waren, herrschte auch jetzt noch ein buntes Durcheinander verschiedener Rassen. Da gab es Menschen, die aus Fernost, aus dem asiatischen Teil Rußlands und vom Balkan stammten. Auf der Flucht vor Brandschatzung und Gewalt waren sie in die Neue Welt gekommen. Aber Schiffe, die in einen Hafen einlaufen, fahren irgendwann dahin zurück, woher sie gekommen sind. Ohne viel Aufhebens nahmen sie all jene wieder mit, die dazu verurteilt wurden, das Meer ein zweites Mal zu überqueren. Unter ihnen befanden sich Menschen, die schon bei ihrer Ankunft halbtot waren. Auf sie wartete ein nasses Grab auf hoher See. Andere waren stark genug, um in ihre verödeten, feindseligen Dörfer zurückzukehren. Bis zum Ende ihrer Tage würden sie sich dort immer wieder staunend daran erinnern, daß sie einst für eine kurze Zeit in einer anderen Welt gewesen und zurückgekehrt waren.

In jener Nacht fanden rund einhundert Menschen keinen Schlaf auf dem schmucken kleinen Dampfer, der in der Nähe von Governors Island dümpelte. Sehnsüchtig starrten sie über das Wasser auf die hell erleuchtete, hoch aufragende Häuserfront und die funkelnden Brücken. Es war spät im Frühling. Die Luft war lau, und der Nebel schwebte tief über dem Hafen, so daß die Stadt noch unwirklicher und märchenhafter als in einer klaren Nacht aussah. Amerika schien kein Festland zu sein, sondern eine glitzernde Insel, deren turmhohe Bauten aus dem Dunst geradewegs in den Himmel wuchsen.

Die Menschen auf dem Schiff waren so schweigsam, weil es ihnen die Sprache verschlagen hatte. Noch am Morgen desselben Tages hatte ihnen vor freudiger Erwartung das Herz heftig in der Brust geklopft, als sich die vielköpfige Menschenmenge nach endlosem Warten endlich in Bewegung gesetzt hatte. Tausend Passagiere hatten sich mit einem Freudenschrei die Gangway hinabgedrängt, das unbekannte Land betreten und andächtig dem morgendlichen Läuten der Kirchenglocken gelauscht, das aus Brooklyn herüber an ihre Ohren drang. Vor ihnen lag die Stadt. Geschäftige Straßen zogen sich die leichte Anhöhe hinauf. Überall herrschte reges Treiben, im Hafen, auf den Molen und draußen auf dem Fluß. Nachdem die Einwanderer so lange in der Enge des Schiffes zusammengepfercht gewesen waren, vermeinten sie fast eine Musik zu hören, die die hohen Gebäude der großen Stadt umspielte. Welche Vielfalt, welcher Reichtum! Dort vorne war gewiß das Tor zum Himmel. Einwände, daß dies alles auf Täuschung beruhte, wurden mit den Worten abgetan: »Nach allem, was wir durchgemacht haben, geht nun endlich unser schönster Traum in Erfüllung. Selbst wenn es hier nicht so herrlich sein sollte, wie es aussieht, so wollen wir doch unser

Bestes geben, um es so schön zu machen, wie wir es uns vorgestellt haben.«

Am Fuß der Gangway wurden die Einwanderer in zwei lange Reihen aufgeteilt und in ein großes Gebäude geführt. In dem riesigen Saal drängte sich schon eine große Menschenmenge. Durch die weit geöffneten Türen und Fenster brachte eine sanfte Brise den Duft von Blumen und Bäumen herbei.

In der langen Menschenschlange, die langsam vorrückte, befanden sich auch ein Mann und eine Frau, er stämmig und blond, mit sorgfältig gestutztem Schnurrbart und wäßrig blauen Augen, sie mit einem empfindsamen Gesicht, das Verletzlichkeit und die Fähigkeit des Mitleidens verriet. Der liebliche Mund deutete auf eine gewisse innere Schwäche hin, doch anders als die plumpen, vierschrötigen Menschen rings um sie her war sie hochgewachsen und drahtig. Auf den Armen trug sie einen Säugling. Als die Reihe an sie kam, im Untersuchungsraum examiniert zu werden, überließ sie das kleine Kind für eine Weile seinem Vater.

Gewiß hielten die Umstehenden den Mann für geistesgestört, denn während er seinen Sohn mechanisch streichelte, murmelte er ihm unverständliche Worte ins Ohr, die einen verzweifelten und zugleich beschwörenden Unterton hatten. Dabei ließ er nicht die Tür aus den Augen, durch die seine Frau gleich treten würde. Als sie nach einer Weile zurückkam, gab sie ihrem Mann mit einem Achselzucken zu verstehen, daß sie nicht wußte, wie der Befund der Ärzte ausgefallen war. Wortlos nahm sie das Baby und blickte auf es hinab, während ihr Mann durch eine andere Tür verschwand. Im Gehen sah er, daß seine Frau auf dem Rücken ein mit Kreide gemaltes Zeichen trug.

Bei der ärztlichen Untersuchung mußte er in ein Schälchen spucken und sich ein wenig Blut abnehmen lassen. Rasch wurde sein ganzer Körper examiniert. Ein Schreiber notierte alles, was die Ärzte zu ihm sagten. Nachdem der Mann sich wieder angekleidet hatte, wurde auch auf seinen Rücken mit Kreide ein Zeichen geschrieben.

Am späten Nachmittag wurde die Bedeutung der Kreidezeichen offenbar. Der Saal hatte sich inzwischen bis auf etwa hundert Personen geleert. Die Frau weinte bereits, als ein Beamter zu ihr trat und ihr in ihrer Muttersprache eröffnete, daß sie mit ihrer Familie zurückmüsse.

»Aber warum?« fragten die beiden ängstlich und empört. Statt einer Antwort forderte der Mann sie mit einer Handbewegung auf, sich umzudrehen, damit er ihnen sagen konnte, was das Kreidezeichen auf ihrem Rücken bedeutete. Er warf einen Blick darauf und sagte nur ein einziges Wort: »Schwindsucht.«

»Und was wird aus dem Kind?« fragte die Frau. »Kann unser Sohn hierbleiben? Wenn wir zurückmüssen, darf er doch hoffentlich bleiben!«

»Nein«, erwiderte der Behördenmensch. »Das Kind bleibt bei Ihnen.« Dabei verzog er das Gesicht in einer Weise, die darauf schließen ließ, was er von einer Mutter hielt, die ihr Kind verlassen wollte.

»Verstehen Sie denn nicht?« sagte die Frau. Sie zitterte am ganzen Körper. »Verstehen Sie denn nicht, was wir hinter uns haben?« Aber der Beamte hatte sich schon abgewandt. Langsam schritt er die Reihe der Unglücklichen ab, um ihnen den Urteilsspruch zu verkünden.

Irgendwann legte das Schiff ab und fuhr ins Hafenbecken hinaus, um vor Anker zu gehen. Wahrscheinlich sollte damit vermieden werden, daß jemand von ihnen über Bord sprang, um an Land zu schwimmen, sagten sich die Passagiere. Doch selbst für jene, die schwimmen konnten, wäre das Wasser viel zu kalt, die Entfernung zu groß und die Strömung zu stark gewesen. Eisschollen trieben vorbei und rieben sich leise schurrend aneinander. Manchmal prallten sie auch gegen den Schiffsrumpf; es klang wie die Schläge mit einem hölzernen Hammer. Der Mann machte den Versuch, den Kapitän zu bestechen, damit das Kind heimlich an Land gebracht werden konnte, aber da er nicht genügend Geld hatte, ließ sich der Kapitän nicht erweichen.

Wenn der Mann und die Frau aus anderen Gründen zurückgewiesen worden wären, wäre es für sie vielleicht nicht undenkbar gewesen, zu jenem Ort zurückzukehren, den sie so freudig verlassen hatten. Doch da sie nun wußten, daß sie bald sterben mußten, waren sie fest entschlossen, ihr Kind in Amerika zu lassen, mochte ihnen die Trennung noch so schwer fallen. Auf das Kind zu verzichten war fast so schlimm wie der Tod.

Nach einer Weile begann der Mann, ruhelos durch das ganze Schiff zu irren. Warum kann ich mich nicht mit meinem Schicksal abfinden? fragte er sich verzweifelt. Warum wollte ich so hoch hinaus? Das Bild seiner Frau erschien vor seinem inneren Auge. Fast hätte er geweint, doch dann packte ihn die Wut. Er blieb stehen und schlug mit der Faust gegen eine dünne Trennwand. Ein hinter Glas gerahmter Stich fiel zu Boden und zerbrach klirrend. Der Korridor war mit Scherben übersät. Unmittelbar vor dem Mann befand sich eine Tür aus schmalen, schräg gestellten Holzlatten. Sie lud förmlich dazu ein, mit dem Stiefel eingetreten zu werden. Der Mann versetzte ihr einen so heftigen Tritt, daß sie mit lautem Scheppern aus den Angeln flog. Erschrocken sprang er zurück. Eine Weile lauschte er angestrengt, aber niemand schien etwas gehört zu haben. Der Mann erinnerte sich, daß der größte Teil der Mannschaft mit einer Barkasse an Land gegangen war. Nur ein paar Offiziere waren zurückgeblieben, aber die saßen oben auf der Brücke im Liegestuhl, die Füße auf der Reling. Sie rauchten und unterhielten sich miteinander, während sie zur hell erleuchteten Stadt hinüberblickten. Dort oben hatten sie gewiß nichts gehört.

Der Mann betrat den Raum und schaltete das Licht ein. Er befand sich anscheinend in einer Art Konferenzraum. Grüne Ledersessel standen rings um einen runden Tisch aus dunklem Holz. Nachdem er sich umgeblickt hatte, machte der Mann das Licht wieder aus und wollte gerade gehen, als er plötzlich wie angewurzelt stehenblieb. Ein Frösteln überlief ihn. Er erschauerte. Gleich darauf drehte er sich auf dem Absatz um, lief in den Raum zurück, schaltete wiederum das Licht ein und blickte auf den Gegenstand, der ihn zur Rückkehr bewogen hatte. In einer Ecke des Zimmers stand unmittelbar unter einem Bullauge ein großer gläserner Kasten. Darunter war ein kleines Modellschiff aus Holz zu sehen, eine vier Fuß lange Nachbildung der *City of Justice*. Das Schiffchen hatte sogar einen Kiel mit Ballast, richtige Masten und Schornsteine. Es war so detailgetreu ausgeführt, daß der Mann sich in seinem Inneren einen kleinen Raum vorstellte, in dem ein Mann vor einem Modellschiffchen stand, in dem ein kleiner Raum war, in dem ein Mann — und so weiter . . .

Der Mann war ein ordentlicher Mensch, der unter normalen Umständen niemals mit der Faust gegen eine Wand geschlagen oder eine Tür eingetreten hätte. Doch da er an jenem Nachmittag einen Schicksalsschlag erlitten hatte, der für seine Frau und ihn selbst wahrscheinlich dem Todesurteil gleichkam, packte er nun einen der schweren grünen Ledersessel, hob ihn in die Höhe und ließ ihn auf den Glaskasten niedersausen. Mit ohrenbetäubendem Lärm prasselten die Scherben zu Boden. In gewisser Hinsicht war es geradezu belustigend.

Wenig später waren der Mann und seine Frau in einem finsteren Winkel des Zwischendecks damit beschäftigt, mehrere Schnüre an dem kleinen Schiff zu befestigen. Als sie fertig waren, ließen sie es zu Wasser. Es schwamm nicht nur, sondern es legte sich sogar in den Wind und kenterte auch dann nicht, als es für kurze Zeit unter der riesigen Bugwelle eines vorbeifahrenden Schleppers begraben wurde. Offenbar wurde die Seetüchtigkeit des kleinen Schiffes nicht durch die Tatsache beeinträchtigt, daß es ziemlich hochbordig war.

Nachdem die beiden das kleine Schiff wieder an Bord gehievt hatten, ging der Mann los, um eine Werkzeugkiste zu suchen. Das war auf einem halb verlassenen Schiff nicht schwer. Bald war er zurück und machte sich daran, mit einem Stemmeisen ein kleines Loch in das Deck des Modellschiffes zu stemmen, unmittelbar hinter dem Schornstein. Er steckte die Hand hinein und stellte fest, daß das Innere geräumig und trocken war. Bevor der Morgen graute, hatte er in dem kleinen Schiffsrumpf ein Bettchen gezimmert und in das Deck eine Luftklappe eingelassen, die so beschaffen war, daß sie sich dank zweier Scharniere fest schließen würde, falls ein Brecher auf das Deck niedergehen würde. Eine kleine Feder sorgte dafür, daß sich die Klappe danach wieder öffnen würde.

Als der große Sonnenball am Horizont mit der Verheißung des ersten warmen Frühlingstages aufging, legten die Eltern das Kind in das Schiffchen und ließen es über die Bordwand ins Wasser hinab. Sie schauten zu, wie es geschwind von der Strömung in das grünliche, sonnenbeschienene Fahrwasser hinausgetragen wurde. Bald konnten sie es nicht mehr sehen. Die Frau weinte. Alles, was sie im Leben geliebt hatte, wurde ihr genommen.

»Kinder gehen nicht so leicht zugrunde, glaube mir«, sagte der Mann. »Außerdem ist es so vielleicht besser, weil . . .« Weiter kam er nicht. Ein Blick auf das Gesicht seiner Frau, auf ihren schmerzlich verzogenen Mund mit den zusammengepreßten Lippen ließ ihn verstummen. Fortan war er nicht mehr ihr Beschützer. Ein schreckliches Schicksal hatte sie beide auf die gleiche Stufe gestellt. Als sie sich umarmten, war es anders als alles, was sie jemals zusammen getan hatten. Es war das Ende.

Am Nachmittag desselben Tages stach das Schiff in See.

Die *City of Justice* en miniature tanzte wie ein übermütiges Fohlen auf den Wellen des Gezeitenstromes, der zwischen Brooklyn und Manhattan dahinschoß. Unbemerkt überquerte das kleine Schiff das belebte Hafenbecken und wäre mehrmals fast vom Bug großer Barkassen und Dampfschiffe wie ein rohes Ei zermalmt worden. Als sich der Abend herabsenkte, näherte es sich dem Ufer von Jersey in der Gegend des Sumpflandes von Bayonne. Das war eine geheimnisumwitterte Gegend mit unzähligen schmalen Durchfahrten und Kanälen, die auf keiner Seekarte verzeichnet waren und manchmal unverhofft in weite Wasserflächen einmündeten. Der rastlose Wolkenwall sorgte dafür, daß diese Landschaft, die von einem ganz eigenen Leben erfüllt war, sich ständig veränderte.

Gemächlich bahnte sich die *City of Justice* ihren Weg durch das Gewirr der schmalen, von Schilf gesäumten Wasserarme. In einer großen Bucht, die mehr einem Binnensee ähnelte, den sechs Flüsse auf ihrem Weg zum Meer durchflossen, lief das kleine Schiff an einer langen, weißen Sandbank auf Grund und blieb still liegen. Eine warme Nacht mit hundert Millionen Sternen senkte sich herab, aber das Kind im Inneren des Schiffes gab keinen Laut von sich. Die sanften Wellen der Bucht hatten es in den Schlaf gewiegt.

Die Sumpfmänner hatten eine kryptische Redensart: »Die Wahrheit ist nicht runder als ein Pferdeauge.« Was immer diese

Worte zu bedeuten hatten — sie wurden von einer Generation zur nächsten weitergereicht. Die Sumpfmänner waren Wesen, deren Dasein von der Jagd und der Fischerei bestimmt war. Mit ihren kleinen Booten stakten sie so flink durch die flachen Gewässer zwischen dem Schilf, daß sogar die Fischreiher nicht schneller vorankamen. Hier in dieser Sumpflandschaft waren sie in ihrem Element. Sie bewegten sich mit der Geschicklichkeit von Wesen, die ein Teil dieser Natur waren. Sogar mit dem Wolkenwall konnten sie es an Geschwindigkeit aufnehmen. Nur wenigen Menschen vom Festland war der Anblick einer Gruppe wilder, zerzauster Sumpfmänner vergönnt gewesen, die heulend und kreischend vor dem galoppierenden Wolkenwall flohen. Das war in der Tat ein unvergeßlicher Anblick, denn der Wolkenwall war so schnell, daß er bisweilen sogar einen Adler einholte. Die Sumpfleute jedoch entkamen ihm in ihren Kanus. Sie paddelten so schnell und mit solcher Kraft, daß das Wasser schäumte. Ihre haarigen, zerfurchten Gesichter waren dann zu gräßlichen Grimassen verzogen, und der Bug ihrer schnittigen Kanus hob sich gefährlich steil aus dem Wasser, als wollten die kleinen Boote abheben. Wenn eine solche Verfolgungsjagd gewonnen war, warfen sich die Sumpfleute jedesmal ins Wasser, um sich abzukühlen, ähnlich wie ein Schmied, der ein glühendheißes, zischendes Stück Eisen in einen Bottich taucht.

Vieles an den Sumpfmännern war beachtlich und verdiente Anerkennung, obwohl sie so primitiv, unwissend, gewalttätig und auch schmutzig waren. Aber vielleicht konnten sie nicht anders sein, wenn sie hier in diesem flachen Sumpfland in unmittelbarer Nähe des Wolkenwalles überhaupt ihr Dasein fristen wollten.

Wenige Stunden, nachdem die *City of Justice* am Rand der Sandbank liegengeblieben war, machten sich drei Sumpfmänner namens Humpstone John, Abysmillard und Auriga Bootes auf, um in der klaren Nacht fette Rotbarsche zu angeln, die, vom Hudson kommend, immer wieder den Weg durch das Labyrinth der Wasserarme bis in die weite Bucht fanden. Die drei Sumpfmänner vergewisserten sich, daß der Wolkenwall ihnen heute nicht gefährlich werden konnte. Ungefähr zwei Meilen weiter zog er wabernd, heulend, zischend und singend über das flache Land, einem wandernden Wasserfall ähnlich.

Die drei Männer warfen ihre Netze in das frische Wasser, aus dem hier und dort schon die grünen Spitzen des jungen Schilfrohrs ragten. Wenig später ging die Sonne auf. Der leichte Wind, der zuvor leise rauschend durch das Schilf, über die Sandbänke und das gekräuselte Wasser gestrichen war, schlief ein. Rasch durchlief das frühe Morgenlicht eine ganze Skala von Farben – gold, rot, gelb und weiß. Die drei Fischer vermeinten den Klang von Glocken und den Gesang von Chören aus unvorstellbaren Welten zu vernehmen. Als sich die Woge des Lichts wie weiße Gischt am Saum des Wolkenwalls brach, fühlten die Sumpfmänner die Anwesenheit einer gütigen Macht. Es war wie die Verheißung einer Flutwelle aus schierem Gold, die eines Tages über diese Landschaft rollen und auf den Wolkenwall prallen würde. Die Sumpfmänner hatten davon gehört. Es ging die Rede von einem allmächtigen Glanz, der das Wasser und die ganze Stadt überstrahlen würde, von einem Licht, das so hell wäre, daß es die Bauten aus Stahl und Stein durchscheinen würde.

Die Netze waren schon mehrmals ausgeworfen und eingeholt worden, als die drei Fischer eine Rast einlegten, um eine Mahlzeit aus Dörrfisch, Rettichen, hartem Brot und Muschelbier zu teilen. Dieses Gebräu der Sumpfmänner war von allen alkoholischen Getränken das anregendste. Je nach Alter und Temperatur änderte sich seine Farbe. Am besten war es, wenn es eine purpurrote Färbung hatte; das bedeutete nämlich, daß es kühl, dickflüssig und nicht zu süß war – ein unbeschreibliches Ambrosia, das Honigwein im Vergleich wie Pferdepisse schmecken ließ.

Auriga Bootes, dessen Augen wie immer ruhelos das Wasser, den Horizont und den Himmel absuchten, richtete sich plötzlich auf, streckte den Arm aus und rief: »Schiff in Sicht!« Auf seinem Gesicht malte sich ungläubiges Staunen, denn das Wasser war hier viel zu flach für große Schiffe. Humpstone John, der dem Ältestenrat der Sumpfmänner angehörte, blickte auf, aber er sah nichts. »Wo denn, Auriga Bootes?« fragte er. Auch Abysmillard blickte sich angestrengt um, während er laut schmatzend weiterkaute. Doch auch er konnte nichts erkennen, das einem Schiff ähnelte.

»Dort, John, dort!« rief Auriga Bootes, der noch immer in dieselbe Richtung zeigte. Tatsächlich! Jetzt sah es Humpstone John auch. »Es ist anscheinend noch weit weg«, sagte er. »Aber zugleich sieht es so aus, als wäre es ganz nah. Es bewegt sich nicht. Vielleicht ist es von dem Wolkenwall ausgespuckt worden. Möglicherweise hat das Schiff wertvolle Fracht an Bord — Gewehre, Werkzeuge, Geräte, Sirupfässer . . .«. Bei diesem Wort spitzte Abysmillard die Ohren, denn für ihn war Sirup eine köstliche Delikatesse. »Wir sollten mal nachsehen, ob das Schiff in Seenot ist.« Sie verstauten die Reste ihrer Mahlzeit und paddelten zu der *City of Justice* hinüber. Schneller als sie es für möglich gehalten hätten, kamen sie bei dem kleinen Schiff an und beugten sich neugierig darüber.

Abysmillard befühlte wie ein Affe seine eigenen Rippen, seine Nase und Knie, denn er wurde nicht schlau aus dem, was hier vorging. War er vielleicht durch Zauberei zu einem Riesen geworden? Seine beiden Kumpane begriffen schneller, aber auch sie waren verblüfft, wie täuschend ähnlich dieses kleine Schiff einem großen nachgebildet worden war.

»Seht nur!« sagte Humpstone John und zeigte mit dem Finger auf den Bug des Schiffes. »Das ist Schrift.«

»Was ist das — Schrift?« fragte Auriga Bootes.

»Das da, dieses weiße Gekrakel«, antwortete Humpstone John.

»Oh, das! Das also ist Schrift, hihi! Wofür ist sie gut?«

»Sie ist wie sprechen, aber ohne Ton.«

»Wie sprechen, aber ohne Ton!« wiederholte Auriga Bootes. Gleich darauf ließen er und Abysmillard ein kehliges, grunzendes Lachen vernehmen. Dieser Humpstone John benimmt sich manchmal trotz seiner großen Weisheit wie ein Einfaltspinsel, dachten sie bei sich.

Das Miniaturschiff stellte zwar keine große Beute dar, aber die Männer nahmen es trotzdem mit. An einer Leine schleppten sie es hinter ihrem Kanu her. Mitten in der Bucht erwachte das Baby und begann zu weinen. Die drei Sumpfmänner hörten auf zu rudern und lauschten mit geneigtem Kopf, um herauszufinden, woher das Geräusch kam. Schließlich packte Humpstone John das Schlepptau und zog das kleine Schiff an das Kanu heran. Dann zückte er sein Breitschwert und brach damit die *City of Justice* auf, wie man eine Walnuß mit einem Messer öffnet. Gleich darauf hielt Humpstone John ein kleines Kind in die Höhe. Auriga Bootes nahm es ihm ab und bettete es im Kanu auf ein zusammengefaltetes Segeltuch. Als wäre nichts geschehen, tauchten die Männer wieder ihre Paddel ein und fuhren weiter. Was nützte es, viele Worte über diesen Vorfall zu verlieren? Nun gab es eben noch ein hungriges Maul zu stopfen. Was machte es aus, ob ein Kind mehr oder weniger kichernd und sabbernd auf dem Boden einer Hütte herumkroch?

☆

Peter blieb bis zum zwölften Lebensjahr bei den Sumpfbewohnern. Er war nicht das einzige Kind, das sie Peter nannten. Um ihn von den anderen zu unterscheiden, gaben sie ihm den Zunamen *Lake*, eine Anspielung darauf, daß er ein Findling aus dem See war.

Schnell lernte der Knabe alles, was ihm jene Leute beibringen konnten. Einen regelrechten Unterricht gab es natürlich nicht. Die Kinder übernahmen beim Heranwachsen einfach die Fertigkeiten der Erwachsenen. Beispielsweise verstanden die Männer das Schwert mit unvergleichlicher Vollendung zu führen. Sie verfügten über Kraft und Eleganz; die Fechtkunst schienen sie im Blut zu haben, so daß sie sie nicht erlernen, sondern nur entdecken mußten.

Als Peter elf Jahre alt war, erlernte er den Umgang mit dem Schwert gewissermaßen auf den ersten Streich. An jenem Tag saß er hinten in Humpstone Johns Kanu und paddelte, während der Alte Reusen aussetzte. Plötzlich sahen sie aus der Ferne eine Gestalt auf sich zukommen, genauer gesagt aus der Richtung, wo sich der an jenem Morgen besonders turbulente, seltsam graue Wolkenwall über die flache Sumpflandschaft wälzte. Im Näherkommen erwies sich die Gestalt als ein Mann, der wie ein japanischer Krieger aus alten Zeiten aussah, aber er hätte genausogut ein Ausbrecher aus einem Irrenhaus sein können, denn er wirkte zugleich streitsüchtig und wirrköpfig. Die Hand auf den Schwertknauf gelegt, trat er auf die beiden Fischer zu und brüllte etwas in einer Sprache, die fremdartiger klang als alles, was Humpstone John und Peter bisher vernommen hatten. Es war nicht Englisch und es war erst recht nicht das Kauderwelsch der Sumpfbewohner.

Da der Fremdling sich allem Anschein nach nicht zurechtfand, sagte Humpstone John zu ihm: »Du bist hier im Sumpf. Wahrscheinlich willst du nach Manhattan. Wenn du aufhörst zu schreien, bringen wir dich hin. Dort findest du bestimmt andere Leute, die so sind wie du, aber auch ohne sie kommst du dort zurecht, weil sich niemand um deine verrückte Aufmachung kümmern wird. Doch jetzt hör bitte auf zu krakeelen und rede Englisch mit uns!«

Der Krieger reagierte auf diese Worte, indem er in dem knietiefen Wasser mit ein paar schnellen Schritten noch dichter an das Kanu herantrat und mit leicht gespreizten Beinen in jener Haltung stehenblieb, die unmißverständlich Kampfbereitschaft signalisierte. Humpstone John begriff nun sofort, daß alle Beschwichtigungsversuche vergeblich sein würden. Er seufzte, als der Samurai oder was immer der Kerl darstellte mit einem schrillen Schrei sein langes, silbrig glänzendes Schwert aus der Scheide riß. Humpstone John ließ die Reuse fallen, die er gerade hatte aussetzen wollen, zog sein Breitschwert aus dem Gürtel und reichte es Peter Lake.

»Versuch es einmal!« ermunterte er den Knaben. »So lernst du es am schnellsten.«

Der Samurai stieß wieder einen Schrei aus und hob die Klinge.

»Wie muß ich es anfassen?« fragte Peter Lake.

»Anfassen? Was meinst du?«

»Das Schwert!«

»Natürlich am Knauf! Aber jetzt beeil dich . . .«

Der Krieger stand nun unmittelbar vor dem Kanu. Sein Schwert hielt er wie ein Scharfrichter, der sich anschickte, einen

Verurteilten zu enthaupten. Er hatte die Backen aufgeblasen und sein Gesicht zu einer solchen Grimasse verzogen, daß er wie ein Kugelfisch aussah. Kurz bevor sein Schwert herabsauste, ermahnte Humpstone John den Knaben mit sachlicher Stimme: »Es wäre ratsam, diesen Schlag zu parieren.« Schnell hielt Peter sein Breitschwert waagerecht über den Kopf. Das geschah gerade noch zur rechten Zeit, denn schon prallten die beiden Waffen mit stählernem Klang aufeinander.

»Was nun?« fragte Peter. Das Schwert des Kriegers war an seinem eigenen abgeglitten und tief in das Schanzkleid des Bootes gedrungen.

»Verpaß ihm eins von unten, genau unter den Arm, mit dem er das Schwert führt. Schnell!«

»Aber jetzt kämpft er mit beiden Armen!« erwiderte Peter und zog den Kopf ein. Zischend durchschnitt die messerscharfe Klinge die Luft an der Stelle, wo gerade noch sein Hals gewesen war.

»Du hast eindeutig recht«, gab Humpstone John zu. »Versuch es trotzdem!«

Mit einem markerschütternden Schrei holte der Samurai erneut zu einem beidhändigen Schlag aus, der Peter in der Herzgegend getroffen hätte, aber wieder gelang es diesem, den Angriff des Gegners zu parieren. Allerdings wurde diesmal das untere Ende von Humpstone Johns Bart abgetrennt.

»Schluß mit dem Unfug!« schimpfte der Alte. »Nun mach schon! Ich würde gern den Rest von meinem Bart behalten.«

»In Ordnung!« antwortete der kleine Peter. Mit einer flinken Bewegung schwang er das rasiermesserscharfe Breitschwert. Tief schnitt es in den linken Arm des Gegners. Plötzlich war Peter wie ausgewechselt. Sein Schwert wirbelte durch die Luft, daß es kaum noch zu sehen war. Dabei waren seine Finten und Attacken von geschmeidiger Eleganz. Fast hätte er dem Samurai den Bauch von oben bis unten aufgeschlitzt, aber er gab sich damit zufrieden, dem fremdländischen Krieger das Schwert aus der Hand zu schlagen. Der gedemütigte Gegner wandte sich ab und stolperte durch den Sumpf dem Wolkenwall entgegen. Er verschwand darin und ward nie mehr gesehen. Ob er den Tod fand oder nur zum Krüppel wurde, wird ewig ungewiß bleiben.

»Soll ich sein Schwert aus dem Wasser fischen, John?« fragte Peter, der noch immer vor Erregung zitterte, aber zugleich stolz darauf war, daß er seinen ersten Kampf so gut durchgestanden hatte.

»Nein, laß nur«, erwiderte Humpstone John. »Das Ding taugt nicht viel, es ist aus Blech.«

Peter Lake war damals schon schnell genug, um dem Wolkenwall zu entkommen, wenn er über Sandbänke und Schilfdickicht hinweg auf ihn zurollte. Nie würde er, Peter, hungern müssen oder ohne Behausung sein, solange er bei den Sumpfmännern lebte, das wußte er. Es gab Fische, Muscheln und Krabben in Hülle und Fülle. Die Sprache der Sumpfleute war ihm von klein auf geläufig. Wenn er abends Geschichten erzählte, starrten die älteren Zuhörer versonnen ins Feuer. Sie konnten mit ihm zufrieden sein.

Peter hatte um jene Zeit begonnen, mit seiner Schwester zu schlafen, wie es bei Sumpfkindern seines Alters üblich war. Nie kam ihnen der Gedanke, dies könnte etwas Schimpfliches sein. Peter wurde schon in früher Jugend mit Anarinda zusammengebracht. Sie war nicht seine leibliche Schwester, und im übrigen wurde sie auch nicht schwanger. Dazu waren die beiden noch zu jung. Anarindas Schönheit war so groß, daß Peter ganz entzückt von ihr war. Eines Tages fragte er Abysmillard und Auriga Bootes, wie lange er wohl diese Sache treiben könnte, die er erst kürzlich erlernt hatte. Da die beiden sich in derlei Angelegenheiten nicht sonderlich auskannten, verwiesen sie ihn an Humpstone John. »Oh, vier- oder fünfhundert Jahre, nehme ich an«, hatte jener geantwortet. »Es kommt natürlich auf deine Männlichkeit an und auch darauf, was du ein Jahr nennst.«

Peter, der sich wenig um genaue Begriffsbestimmungen kümmerte, war hocherfreut, denn egal, wie lang ein Jahr war — es war auf jeden Fall eine halbe Ewigkeit! Anarindas nackter Leib und die Dinge, die sie miteinander machten, wenn sie sich in der warmen Hütte auf ihrem Lager vergnügten, waren ein köstlicher Nervenkitzel. Wenn das noch vier oder fünf Jahrhunderte so weiterging . . .

Peter wuchs rasch zu einem schmucken Burschen heran. Die

Vorstellung, daß sein Dasein vielleicht noch jahrhundertelang in derselben Weise verlaufen würde, machte ihm soviel Freude, daß er vergnügt pfeifend und singend durch die Gegend tänzelte. Seiner Geliebten widmete er kleine Gedichte wie das folgende:

Oh, Anarinda, deine Brüste
sind wie Austern rund.
Schenkel hast du
zart wie Flundermund.
Dein Haar ist goldner
als der Ähren Stroh.
Anarinda mein, ich lieb' dich so!

Leider hielt dieses Glück nicht einmal annähernd fünf Jahrhunderte, sondern nur ein paar Wochen, denn eines Tages wurde Peter zu Humpstone John gerufen. Der Alte eröffnete ihm, er müsse nun fort. Da er nicht als Sumpfmensch geboren sei, könne er nicht länger bleiben. Zwölf Jahre lang habe man sich seiner angenommen, doch nun sei es an der Zeit, daß er seiner eigenen Wege ginge.

Ein oder zwei Jahre früher hätte Peter liebend gern die Stadt jenseits der Bucht besucht, genau wie seine gleichaltrigen Kameraden. Damals war er noch so jung, daß er das Sumpfland für den Mittelpunkt der Welt hielt. In seiner kindlichen Unbeschwertheit konnte er sich kaum etwas anderes vorstellen. Doch nun wurde er aus seinem Glück herausgerissen und mußte seine Siebensachen packen. Die älteren Sumpfmänner wußten, daß er nur in Manhattan überleben konnte, wenn er schon zuvor etwas von der Bitterkeit des Daseins gekostet hatte. Tatsächlich sollte er in späteren Zeiten immer mit Groll daran zurückdenken, wie sie ihn ausstaffiert hatten, bevor sie ihn in einem Kanu über die Bucht paddeln ließen. Sie setzten ihm nämlich eine Muschelkrone auf, hängten ihm das übliche Männlichkeitssymbol um, ein gefiedertes Halsband, gaben ihm ein gutes Breitschwert, ein neues Netz, einen Beutel voll Dörrfisch und einen Krug Muschelbier. Mit diesen Dingen sei er bestens für die große Stadt gerüstet, sagten sie ihm beim Abschied.

Peter hatte bis zu jenem Tag nur wenig über Manhattan nachgedacht. Die Stadt war für ihn eine Art Gebirge aus grauem Gestein, das nachts leuchtete. Es betrübte ihn, daß er fort mußte, aber in seiner Phantasie malte er sich aus, daß es auch dort drüben stille Wasserarme gab, in denen es von Fischen wimmelte, heimelige Hütten mit Mädchen wie Anarinda und überhaupt ein Leben, das seinem bisherigen Dasein ähnelte.

Der Frühling war schon fast vorüber, als er sich eines Abends auf den Weg machte.

☆

Manhattan, hochaufragend, eng und zukunftsträchtig wie die Hauptstädte vergangener Königreiche, brach mit voller Wucht über Peter herein. Er fühlte sich wie in einem riesigen, halbfertigen Palast mit hundert Millionen Gemächern, verzweigten Gärten, künstlichen Seen, Passagen und Promenaden an Flußufern. Dieses gewaltige Bauwerk war auf einer Insel errichtet worden, von der Brücken zu anderen Inseln und zum Festland führten. Einem Angriff wären die tausend Türme schutzlos ausgeliefert gewesen, zumal alle Welt ungehindert Zutritt hatte. Manhattan war jedoch so groß, daß es nicht erobert, sondern höchstens, auch gegen seinen Willen, besucht werden konnte. Reisende, Einwanderer und sogar die Bewohner selbst waren so verwirrt von der Vielschichtigkeit, Launenhaftigkeit, Eitelkeit, Unmäßigkeit, Größe und Anmut der Stadt, daß sie längst nicht mehr zu sagen wußten, was sie eigentlich darstellte. Gewiß, sie war im Grunde von einfacher Beschaffenheit und bei aller Geschäftigkeit säuberlich gegliedert, reizvoll und gefällig, ein wimmelnder Bienenkorb der Phantasie und das größte Bauwerk aller Zeiten. Das begriff Peter Lake schon, als er in seinem derben, grobgewebten Kittel um fünf Uhr abends an einem Freitag im Mai auf der Bowery stand, die Muschelkrone auf dem Kopf und um den Hals das gefiederte Band. In der einen Hand hielt er den Krug mit purpurnem Muschelbier, in der anderen den öligen Beutel aus Waschbärhaut, der mit Dörrfischwaffeln gefüllt war. Peter war überwältigt, aber er nahm alles begierig in sich auf.

Die Ereignisse ließen nicht auf sich warten. Zuerst wurde ihm das Kanu gestohlen, kaum daß er an der *South Street* ein paar Schritte auf dem Pier gemacht hatte. Als er dem Boot nur für einen Augenblick den Rücken zuwandte, kamen ein paar Gestalten aus der Dämmerung zwischen den bemoosten Holzpfählen hervorgehuscht und verschwanden gleich darauf mit dem Kanu, als hätte sie der Erdboden verschluckt. Wenige Minuten später sah Peter ein Grüppchen junger Burschen mit Holzbündeln unter dem Arm davontraben. Sie hatten sein Kanu kurz und klein geschlagen, um es als Feuerholz zu verkaufen. Zu dem Zeitpunkt, als Peter die Bowery erreichte, brannte es schon in einer Imbißstube unter Kesseln mit Geflügel-, Schweine- und Rindfleisch.

Manchmal kam es Peter Lake so vor, als ähnelte diese Stadt oder das, was er bisher von ihr gesehen hatte, dem Wolkenwall. Das hektische Treiben, der aus allen Richtungen heranbrandende Lärm und die ungezügelte Lebenskraft trafen ihn wie ein Schlag. Die verschachtelten geometrischen Formen versetzten ihn in eine Art Taumel. Er bestaunte gläserne Fassaden, die in orangefarbenes Licht getaucht waren. Im bleichen Schein der Gaslaternen trotteten pechschwarze Pferde vor firnisglänzenden Kutschen munter durch die Straßen. Eine vielköpfige Menschenmenge strömte nach einer undurchschaubaren Choreographie über breite Treppen, bog um Häuserecken, flutete über Straßenkreuzungen. Die Luft war erfüllt vom dumpfen Dröhnen der Maschinen. Aus der Ferne drang ein andauerndes Brausen zu Peter, das ihn an den Wolkenwall erinnerte, aber es wurde von Dampfmaschinen, Schwungrädern und großen Pressen erzeugt. Die Rufe seltsam kostümierter Straßenhändler erschollen zwischen all den vielen Passanten. In großen Bauwerken – Peter hatte nie zuvor ein »Bauwerk« gesehen – gab es hinter gläsernen Portalen und Fenstern lange Reihen heller Lampen – auch »Lampen« sah Peter zum erstenmal – und Tische, zwischen denen zahllose schöne Frauen hocherhobenen Hauptes hin- und hereilten. Anders als die Weiber der Sumpfmänner trugen sie Kleider, die an das seidig glatte Gefieder bunter Urwaldvögel erinnerten. Diese Frauen, deren Brüste zumeist runder und voller waren, wirkten im Vergleich zu den Bewohnerinnen der Sümpfe kühl und unnahbar.

Peter hatte nie zuvor in seinem Dasein Uniformen, Autobusse, Schaufenster, Eisenbahnen und derart riesige Menschenmengen erblickt. Halb betäubt bahnte er sich seinen Weg durch das von grellem Feuerschein übergossene Getümmel des Broadway und der Bowery. Das meiste dessen, was er sah, war ihm unverständlich. Beispielsweise war da ein Mann, der an einer Kurbel drehte und auf diese Weise Musik aus einem Kasten zauberte. Ein Wesen, kleiner als ein Mensch und einem solchen nur entfernt ähnlich, tanzte zu der Musik und sammelte bei den Passanten in einem Hut kleine runde Metallstücke. Peter Lake sprach den Mann an, doch der meinte nur, es wäre ratsam, der tanzenden Kreatur etwas »Geld« zu geben.

»Was ist *Geld*?« fragte Peter.

»Geld ist das, was du dem Affen geben mußt, damit er dir nicht auf die Füße pinkelt«, erwiderte der Leierkastenmann.

»Geld ist, was du dem Affen geben mußt, damit er dir nicht auf die Füße pinkelt«, wiederholte Peter Lake verständnislos, doch blieb ihm keine Zeit zum Grübeln, denn der Affe tat genau das, was der Leierkastenmann angekündigt hatte. Peter sprang zurück. Von jenem Augenblick an war er fest entschlossen, sich Geld zu beschaffen.

Eine Stunde später war er erschöpft wie noch nie in seinem Leben. Die Füße schmerzten ihm, und seine Muskeln waren verkrampft. Sein Kopf kam ihm vor wie ein Kupferkessel, der eine Treppe hinabgepoltert war. In der Stadt schien ein Krieg zu toben. Überall wurden Schlachten ausgefochten, die Straßen wimmelten von Legionen verzweifelter Menschen, die wie Insekten durcheinander schwirrten. Peter hatte von den Sumpfmännern gelernt, was das Wort Krieg zu bedeuten hatte, aber er war nicht darauf vorbereitet, daß er hier von den Menschen gewissermaßen mit Harnisch und gesenktem Kopf als Dauerzustand ausgetragen wurde. Auf Straßen, die insgesamt zigtausend Meilen lang waren, hatten sich namenlose Heerscharen wahllos ineinander verkrallt. Allein auf dem Broadway gab es zehntausend Prostituierte. Eine halbe Million Lahme und Blinde, eine weitere halbe Million elternloser Kinder fristeten in dieser Stadt ihr Leben. Viele Tausende von Gaunern und Verbrechern schlugen sich seit eh und je mit der Polizei herum. Und die riesige Zahl braver Bürger benahm sich im Alltag wie eine Meute verwilderter, gefräßiger Straßenköter. Mit gesenktem Kopf und zusammengebissenen Zähnen bahnten sie sich ihren Weg. Ein Richter, der das Urteil über einen Missetäter fällte, mochte selbst eine zehnmal strengere Strafe verdient haben und eines Tages vielleicht sogar von einem Amtskollegen verurteilt werden, der noch viel korrupter war als er selbst.

Peter Lake war überwältigt. Müde schleppte er sich durch das Labyrinth der Straßen. Bisweilen trank er einen Schluck von dem purpurroten Bier und aß ein wenig Dörrfisch. Nirgends eine stille Bucht, eine Hütte, ein weißer, weicher Strand zum Ausruhen!

Aber Anarindas gab es, so viele Anarindas, daß Peter an seinem eigenen Verstand zweifelte. Wohin er auch blickte, seitlich, nach oben, nach unten — überall schwirrten sie lachend und scheinbar schwerelos herum, sogar in großen, viereckigen Räumen hinter durchsichtigen Glasfronten. Ihre Stimmen waren wie heller Glockenklang oder Vogelsang. Peter beschloß, sich eine Anarinda auszusuchen, damit sie ihn mit zu sich nach Hause nahm. Dort könnten sie zusammen von seinem getrockneten Fisch essen und Muschelbier trinken, bevor sie sich gegenseitig die Kleider vom Körper rissen und auf ein weiches Lager sanken. Welche Anarinda würde ihm widerstehen können mit seiner Muschelkrone, seiner gefiederten Kette und seinem Krug voll Muschelbier?

Viele Anarindas kamen an Peter vorbei, aber er wollte die beste haben, die in dieser Stadt zu finden war. Schließlich entschied er sich für eine, die in der Tat etwas Besonderes darstellte. Sie war nämlich fast doppelt so groß wie er und hatte ein breites Gesicht von vollendeter Schönheit. Ihr Hals war von einem grauen Pelzkragen umschlossen, an dem ein Smaragd funkelte. Die Göttin war in einen Zobelmantel gehüllt, und der Smaragd war nicht ihr einziges Juwel. Ja, sie war eine wundersame Erscheinung, die sich gerade anschickte, in eine große, glänzend schwarze Kiste zu steigen, welche von zwei stämmigen Pferden gezogen wurde.

Peter trat auf sie zu und wies mit einer herrischen Geste auf seinen Beutel mit Dörrfisch und auf den Bierkrug. Dann reckte er das Kinn in die Luft und stampfte in jener herausfordernden Art mit den Füßen auf, die bei den Sumpfmännern Paarungsbereitschaft signalisiert. Die Muscheln seiner Krone schlugen klimpernd gegeneinander, die Federn an seiner Halskette tanzten im Luftzug. Schon dachte Peter, seiner Werbung sei Erfolg beschieden, denn die Augen der Frau weiteten sich vor Verblüffung. Doch dann huschte der Ausdruck von Furcht über ihr liebliches Antlitz, wie eine Wolke, die für kurze Zeit den Mond verhüllt. Gleich darauf wurde ihm eine Tür vor der Nase zugeschlagen. Die schwarze Kiste setzte sich in Bewegung.

Peter führte seinen Paarungstanz noch mehrmals auf, aber sogar die allerschäbigsten Anarindas verschmähten ihn. Erschöpft gab er es schließlich auf. Niedergeschlagen machte er sich auf die Suche nach einer Bleibe für die Nacht. Er hatte keine Ahnung, wohin er sich wenden sollte. Es gab so viele Straßen in dieser Stadt! Unterwegs blieb er immer wieder stehen und schaute fasziniert zu, wenn der Hund eines Bettlers für ein paar Münzen einen Salto mortale vollführte oder ein in ein langes weißes Gewand gekleideter Mann die Passanten zu verfluchen schien. Peter wurde sogar Zeuge, wie zwei Leichenwagen krachend aufeinanderprallten.

Nach drei Stunden – es war inzwischen acht Uhr abends – schien ihm das Sumpfland von Bayonne in der Erinnerung so unwirklich und fern wie eine andere Welt. Peter begriff, daß er in einen langen, prächtigen Traum eingetaucht war. Bunte Szenerien entfalteten sich rings um ihn her, die Stadt brandete gegen ihn an wie die Wellen bei einem Sturm auf hoher See. Fast wurde ihm schwindlig.

Irgendwann gelangte er zu einem kleinen Park, einem weiten, begrünten Platz zwischen hohen Häuserzeilen. Dort herrschte Frieden. Dunkelgrünes, saftiges Gras bedeckte die Erde. Schwarz ragten die Silhouetten der Bäume in den Abendhimmel. Das Licht von Gaslaternen sickerte durch ihr leise raschelndes Laub.

In der Mitte des Platzes tanzten zwei Anarindas! Eine war klein, hatte rotes Haar und trug ein grünes Hemd. Die andere war viel größer und wirkte auch viel aufreizender, obwohl sie nicht älter als Peter zu sein schien. Ihr blondes Haar flog beim Tanzen durch die Luft, ihre Wangen waren gerötet. Sie trug ein enges, cremefarbenes Hemd. Arm in Arm tanzten die beiden Mädchen um einen Brunnen herum. Es war ein alter holländischer Volkstanz. Da sie keinen Musiker hatten, der sie begleiten konnte, summten sie die Melodie. Soweit Peter beurteilen konnte, hatten die beiden Anarindas keinen besonderen Grund, hier zu tanzen, außer daß es ein besonders schöner Abend war.

☆

Die beiden Mädchen trugen braune, viel zu große Schuhe, die auf dem Straßenpflaster ein hohles Geräusch erzeugten. Ihr Tanz wirkte so behende und fröhlich, daß Peter den Wunsch verspürte, sich ihnen anzuschließen. Nachdem er Beutel, Krug und Schwert ins Gras gelegt hatte, gesellte er sich zu den beiden Mädchen und begann einen hüpfenden Tanz, den die Sumpfmänner in alten Zeiten von Indianern gelernt hatten, ebenso wie die »Muscheltänze« und die seltsamen Reigen, die sich im Wind wiegendes Schilf nachahmten. Peter sprang von einem Fuß auf den anderen, ließ die Hüften kreisen und machte manch andere Verrenkung. Kaum waren die beiden Mädchen durch das Klimpern seiner Muschelkrone auf ihn aufmerksam geworden, als sie ihn in ihre Mitte nahmen und wirbelnd um ihn herumtanzten. Für die Passanten muß das ein gefälliges Spektakel gewesen sein, denn sie griffen in die Tasche und warfen kleine runde, silbrig schimmernde Metallplättchen vor die Füße der drei Tänzer. Das war Geld, wie Peter inzwischen wußte. Es sollte jedoch noch lange dauern, bis er den vollen Umfang dessen begriff, was Geld und die mit ihm verknüpften seltsamen Regeln zu bedeuten hatten. Zuerst fiel ihm auf, wie schwer es ist, an Geld heranzukommen. Dann machte er die Erfahrung, daß es äußerst schwierig ist, Geld zu behalten, nachdem man es so mühsam an sich gebracht hat. Drittens schienen diese Gesetzmäßigkeiten nicht für alle Menschen zu gelten, denn während Geld für manche schwer zu verdienen und noch schwerer zu behalten war, floß es anderen anscheinend in Strömen zu und verblieb auch in ihrem Besitz. Die vierte Regel besagte, daß Geld offenbar mit Vorliebe in sauberen, gepflegten und farbenfrohen Behausungen weilte, in Gesellschaft von feinen Gegenständen und sanftem Licht. Beispielsweise schien eine Menge Geld in stattlichen, hochaufragenden Gebäuden am Rand von Parks und Grünanlagen zu residieren. Diese Beobachtung machte Peter schon an jenem Abend, während er tanzte.

Irgendwie fühlte er, daß er selbst von jener Welt des Geldes ausgeschlossen war, wenngleich es anscheinend Menschen gab, denen sein fremdartiger Tanz ein paar Münzen wert war. Diese Tatsache stellte ihn vor ein neues Rätsel. Warum warf man ihm Münzen zu für etwas, das er liebte, das ihm leichtfiel und das er auch ohne Geld getan hätte? An jenem Abend, als Peter Lake mitten auf einem dunklen, grünen Platz um einen Brunnen tanzte, wurde er zum Dieb. Zwar sollte noch viel Zeit verstreichen, bis er begriff, daß ein Mensch schon dann stiehlt, wenn er sich für etwas bezahlen läßt, das ihm Spaß macht, aber fortan hatte er eine (anfänglich noch unbewußte) Neigung zu Dieben. Das paßte übrigens gut, denn die beiden Mädchen gehörten auch zur Zunft.

»Ihr sagt, ihr seid fahrendes Volk«, sagte Peter zu den beiden, als sie sich wenig später die erhitzten Gesichter mit dem frischen Wasser des Brunnens kühlten. »Aber was bedeutet *fahrendes Volk*?«

»Wo bist denn du her, daß du nicht weißt, was fahrendes Volk ist?«

»Ich komme aus den Sümpfen.«

Die beiden Mädchen blickten ihn verständnislos an. Während sie das Geld untereinander aufteilten, versuchten sie Peter klarzumachen, auf welche Weise sie sich durchs Leben schlugen: »Wir tanzen für die Leute, und wenn sie Gefallen an uns finden, geben sie uns ein bißchen Geld . . .«

»Geld ist, was man dem Affen gibt, damit er einem nicht auf

die Füße pinkelt«, sagt Peter Lake. Die beiden Mädchen blickten sich verstohlen an.

»Sie geben uns Geld, und dann stibitzt ihnen Liza Jane die Börse«, erläuterte das kleinere der beiden Mädchen. »So verdienen wir unseren Lebensunterhalt.«

»Warum tanzt ihr auch dann noch weiter, wenn ihr schon Geld erhalten habt?«

»Keine Ahnung«, antwortete das größere der beiden Mädchen. »Aber warum nicht?«

Das große Mädchen hieß Liza Jane, das kleine Dolly. Früher waren sie zu dritt gewesen, aber die dunkelhaarige Bosca war vor einiger Zeit gestorben.

»Woran ist sie denn gestorben?« fragte Peter Lake.

»In der Badewanne«, antwortete Liza Jane. Mehr war von ihr nicht zu erfahren.

Die beiden nahmen Peter als Ersatz für Bosca auf. Er sollte mit Dolly tanzen, während Liza Jane den Passanten ihre Geldbörsen stibitzte. Peter fragte die Mädchen, ob sie für ihn ein weiches Schlafplätzchen hätten, was sie bejahten. Es dauerte drei Stunden, bis sie dorthin gelangten. Sie mußten mehrere kleine Flüsse und fünf breite Ströme überqueren. Ihr Weg führte sie hundert gewundene Alleen entlang, über große Brücken und geschäftige Plätze, wo Feuerschlucker zu sehen waren und Fleisch an schmalen Schwertern gebraten wurde. Sie kamen auch an Dutzenden riesiger Portale vorbei, hinter denen verräucherte Fabrikhallen lagen. Der Lärm der Maschinen klang wie das Pochen eines riesigen Herzens. Peter ahmte singend die vielen Geräusche nach, die aus jenen eisenstarrenden Sälen an sein Ohr drangen: *Bumm rata rata tschak zisch bumba zack tschik tschik baba um balaka balaka bumm!* Ihm fiel auf, daß die Menschen in dieser Stadt nicht nur mit angriffslustig gesenktem Kopf herumliefen, sondern daß sie bei ihren Verrichtungen auch seltsam rhythmische Tänze aufführten: Ihre Körper bewegten sich auf und nieder, sie streckten die Arme aus, um sie gleich darauf wieder sinken zu lassen, und sie bewegten auf aufreizende Weise ihre Hüften wie gefallsüchtige Frauenzimmer, obwohl viele von ihnen keine Frauen waren.

Peter fragte die beiden Mädchen, ob hier Krieg herrsche oder ob irgend etwas Schreckliches passiert sei, denn anders konnte er sich die herrenlosen Armeen, den flackernden Feuerschein, die Rastlosigkeit und Unordnung nicht erklären. Die Mädchen blickten sich um und meinten nur, es sähe alles wie immer aus.

Als sie schließlich in eine Straße kamen, die von einförmigen Wohnhäusern gesäumt war, war Peter schon so erschöpft, daß er sich einer Ohnmacht nahefühlte. Es stellte sich heraus, daß die Tanzmädchen in einem der Hinterhöfe wohnten. Dort gab es einen verwilderten Garten, der darauf wartete, vom Frühling neu belebt zu werden. Am Rand dieses von Unkraut überwucherten Hinterhofgartens stand ein kleiner Schuppen, der unterkellert war. Dort hausten die Mädchen in einem kleinen, finsteren Raum, der unter der Decke ein einziges Fenster hatte. Als Ofen diente ein Teerfaß, in dem noch ein wenig Kohlenglut glimmte. An den Wänden baumelte allerlei getrocknetes Gemüse, ein Kochtopf und einige Küchenutensilien. Möbel gab es keine, sondern lediglich ein riesiges Bett, dessen Füße unterschiedlich hoch waren, so daß es leichte Schlagseite hatte. Auf dem Bett lagen zwischen zerwühlten Decken und Laken ein paar zerknautschte Kissen verstreut. Das Bettzeug war überraschend sauber. Dies also war das weiche Plätzchen, wo die beiden Mädchen schliefen!

»Jetzt zündet Liza Jane die Tranfunzel an, und Dolly legt ein paar Holzscheite aufs Feuer«, sagte Dolly, die häufig von sich in der dritten Person sprach. »Es dauert ein Stündchen, bis das Gemüse gar ist. Dann können wir essen.« Peter zeigte den Mädchen den Dörrfisch und erklärte ihnen, wie man daraus eine Mahlzeit zubereiten konnte. Man brauchte den Fisch nur in schmale Streifen zu schneiden, sie miteinander verknoten und in kochendes Wasser werfen, damit sie noch schmackhafter wurden.

Liza und Dolly wollten vor dem Essen ein wenig ausruhen, aber dazu kam es nicht, denn Peters Muschelbier schmeckte ihnen so gut, daß sie fast den ganzen Krug leertranken. Nach einem Weilchen zog Liza Jane ihr Hemd aus, und Dolly tat es ihr nach. Auch ihrer Röcke entledigten sich die Mädchen. Peter, der von dem Muschelbier einen kleinen Rausch hatte, fand diesen Anblick sehr erregend. Dolly war noch in der Pubertät, aber was sie an Fülle vermissen ließ, wurde durch ihre Frische wettgemacht. Außerdem hatte Liza soviel zu bieten, daß es für zwei gereicht hätte. Peter weidete sich an ihren prallen, neckisch wippenden Brüsten. Er war darauf gefaßt, daß ihm gleich dasselbe widerfahren würde wie mit Anarinda, nur daß er jetzt zwei Anarindas hatte. Mit einem lustvollen Stöhnen zog er sich aus. Die Mädchen lagen schon auf dem Bett.

Peter verschlang das Knäuel aus Armen, Beinen und Brüsten mit den Augen. Er hörte, wie Liza und Dolly heftig atmend und mit leise schmatzenden Geräuschen aneinander leckten und saugten. Was ging dort vor? Er trat näher an das Bett, um nachzusehen, ob die beiden tatsächlich Anarindas waren. Ja, sie waren Anarindas, daran gab es keinen Zweifel. Was hier geschah, war neu für ihn, aber alles, was er bisher in der Stadt gesehen hatte, war so neu, daß er aus dem Staunen nicht herauskam. Die beiden schienen nicht sonderlich an ihm interessiert zu sein, aber sie ließen ihn bereitwillig in ihren Schoß ein, so daß er sich mehrmals befriedigen konnte.

Stunden später hatte keiner mehr Interesse am anderen, sondern nur noch Hunger auf den heißen Eintopf. Schweigend aßen sie ihre Teller leer und krochen ins Bett, kurz bevor der Morgen graute.

»Morgen gehen wir zum Madison Square. Dort gibt es eine Menge Dummköpfe mit Geld«, konnte Liza Jane gerade noch sagen, dann senkte sich schwer der Schlaf über die drei jungen Menschen herab und drückte sie tief in ihr weiches Lager.

☆

Als Peter erwachte, war es noch früh. Die beiden Mädchen neben ihm hatten sich in ihre Decken gerollt. Leise stand er auf und zog sich schnell an. Draußen im Hinterhof beschien die Sonne schon die Kamine auf den Dächern der Häuser. Knietief im Unkraut des verwilderten Gartens stehend fragte sich Peter verwundert, wie es wohl im Inneren jener großen viereckigen Kisten aussah. Er hatte noch nie ein solches Gebäude betreten. Innerlich war er darauf gefaßt, eine neue Stadt vor sich zu sehen, sobald er eine der Türen öffnete. So ging er denn an jenem Morgen im späten Frühjahr auf den nächstgelegenen Hauseingang zu und stieß die breite Tür auf. Doch wenn er sich ausgemalt hatte, wie von einem kleinen Hügel herab eine große Stadt an einem kalten Wintermorgen vor sich zu sehen, so mochte ihm das eines Tages vielleicht widerfahren, aber heute schlugen ihm nur Finsternis und ein übler Dunst entgegen. Vorsichtig tastete er sich eine Treppe bis zum ersten Stockwerk hinauf. Da er in den Sümpfen großgeworden war, wußte er nicht, was *Höhe* bedeutete. Das Geländer war an manchen Stellen mit Draht und Bindfaden umwickelt. Spielende Kinder, dachte Peter. Er sah trotz der Dunkelheit, daß die Wände schmutzig und zerkratzt waren. Welch ein gräßlicher Ort, fern von Himmel, Meer und Sand! Peter hätte gewiß sofort den Rückzug angetreten, wäre er nicht einem dunklen Drang gefolgt und noch eine Treppe höher gestiegen. Nun befand er sich im Bauch des Gebäudes, dem Licht des Tages entrückt wie in einem Grab. Schon wollte er umkehren, als er plötzlich mit jener anmutigen Geste reglos stehenblieb, die dem pirschenden Jäger beim plötzlichen Anblick des Wildes zueigen ist. Dort oben auf dem Treppenabsatz stand ein Kind! Aber es ist – hoffentlich – kein gewöhnliches Kind, sagte sich Peter. Es mochte kaum älter als drei oder vier Jahre sein, und es war in einen schmuddeligen schwarzen Kittel gekleidet. Der riesige, haarlose Schädel mit den stark hervortretenden Brauen und dem gewölbten Hinterkopf wirkte so, als könnte er jeden Augenblick platzen. Die Kreatur stand an eine Wand gelehnt, hatte einen Daumen im Mund und starrte blicklos vor sich hin. Die untere Kinnlade zitterte leicht, und der gräßliche Ballonschädel schwankte auf dem dünnen Hals wie im Krampf vor und zurück. Der Instinkt sagte Peter Lake, daß dieses Wesen nicht mehr lange zu leben hatte. Gern hätte er geholfen, aber das war ihm in seiner Unerfahrenheit verwehrt. In den Sümpfen konnte es nicht vorkommen, daß ein kleines Kind in einem Treppenhaus dem sicheren Tod überlassen wurde. Was er hier vor sich im Dämmerlicht sah, war die Sterblichkeit des Menschen schlechthin. Er wußte damals noch nicht, daß es überall in der Stadt Orte gab, wo man nach einem Sturz nicht mehr auf die Beine kam. Dort gab es nur dunkle Träume und langsames Siechtum, da verendeten Kinder ohne Hoffnung auf Gnade und Erlösung.

Peter nahm die Erinnerung an dieses Kind tief in sich auf, aber er fand sich nicht damit ab. Irgendwie müßte sich der Kreis doch nach vielen Abwegen schließen! Selbst die Verlorenen und Verdammten würden gewiß eines Tages erlöst, denn auch sie hatten ihren Platz in der Welt. Ja, so mußte es sein.

Als er wenig später wieder im Keller bei den beiden Mädchen war, sagte eine von ihnen zu ihm: »Dein Schwert läßt du besser hier, sonst hast du sofort die Polizei am Hals.«

»Ich gebe mein Schwert nicht aus der Hand«, sagte Peter Lake. Ein echter Sumpfmann trennte sich von seiner Waffe nur beim Schwimmen und beim Beischlaf. »Nicht einmal für eine Menge *Geld* lasse ich es hier«, sagte er und freute sich über diesen wundervollen Geistesblitz.

»Sehr witzig«, sagte Dolly. »Hoffentlich stellst du dich beim Klauen nicht genauso stur an.«

Der Madison Square war genauso weit entfernt wie der Park, wo Peter die beiden Mädchen kennengelernt hatte. Nachdem sie in einem Fährschiff und einem Zug gefahren waren und zwei Brücken sowie ein halbes Dutzend Tunnel hinter sich gelassen hatten, mußten sie noch stundenlang durch zahllose Straßen, Passagen, Alleen und Arkaden wandern, die vor lauter Lebendigkeit fast explodierten. Peter war schon müde, bevor die eigentliche Arbeit begonnen hatte, doch als er und die beiden Mädchen schließlich den herrlichen, von hohen Bauwerken umrahmten Platz erreichten, über den sich luftige Brücken spannten, begann er eine bunte Folge von Mond- und Muscheltänzen. Er führte auch die Nummer vor, in der er das sich im Wind wiegende Schilf nachahmte. Während Dolly um ihn herumtänzelte, mischte sich Liza Jane unter die Passanten und erleichterte ihnen mit geschickten Fingern die Taschen.

Diese Liza Jane, übrigens eine echte Schönheit, hatte fürwahr einen guten Riecher! Als sie einen fetten Kerl sah, der sich durch die Tür eines Bankhauses auf die Straße zwängte, schlängelte sie sich flink und unauffällig an ihn heran. Es stellte sich heraus, daß seine prall gefüllte Börse 30 000 Dollar enthielt. Zitternd vor Aufregung veranlaßte sie Peter, einen ausgelassenen Muscheltanz abzubrechen, und gab ihm ein Zeichen, ihr und Dolly zu einem stillen Winkel am Rande des Platzes zu folgen. Dort teilten Sie die Beute untereinander auf. Jeder erhielt genau 10 004,28 Dollar. Liza Jane meinte, die Polizei wäre gewiß bald hinter ihnen her, weil der fette Mann mit Sicherheit Anzeige erstatten würde. Deshalb wäre es das Klügste, sich jetzt zu trennen. Später am Abend konnten sie sich ja wieder hier auf dem Platz treffen. »Genau an dieser Stelle«, sagte Liza. »In der Zwischenzeit könnt ihr euer Geld zur Bank bringen.«

»Was ist das?« wollte Peter wissen.

Liza zeigte auf ein großes Schild über dem Eingang eines Hauses und erklärte ihm, er brauche sein Geld nur in ein solches Haus zu bringen, dann sei es in Sicherheit. Peter nahm sich diesen Ratschlag zu Herzen. Als die Mädchen fort waren, betrat er das nächstbeste Bankhaus, legte die säuberlich gebündelten, nagelneuen Banknoten in einer Ecke der Schalterhalle auf den Boden und ging wieder hinaus. Er hatte die tröstliche Gewißheit, viel Geld zu haben. Fortan würde ihn kein Affe mehr anpinkeln. Das war ein für allemal erledigt. Zufrieden schlenderte Peter zu einem der gläsernen Paläste am Rand des Platzes hinüber. Dort wollte er sich die Zeit vertreiben, bis der Abend kam und die Arbeit weiterging.

Maschinen, überall Maschinen! Zuerst dachte Peter Lake, Tiere aus einer anderen Welt vor sich zu sehen, die einen seltsamen Tanz aufführten, ohne sich dabei vom Fleck zu rühren. Von Anfang an fand er diese metallische Unterwelt – oder Überwelt – grandios und unwiderstehlich hypnotisch. Nie zuvor hatten seine Augen ähnliches erblickt. Licht flutete durch große Fenster, die Luft war erfüllt von den schwebenden Klängen eines unsichtbaren Orchesters, das sich genau dem Rhythmus der tanzenden Maschinen anpaßte. Zischend und keuchend schoben sich Kolben auf und ab, Schwungräder surrten, hydraulisches Gestänge bewegte sich hin und her, Zahnräder griffen ineinander, Motoren summten und kleine weiße Dampfwolken entwichen zuweilen zischend aus Überdruckventilen. Manche der Maschinen waren monströse, haushohe Gebilde aus Stahl. Hier gab es Hunderte von Maschinen, und jede verrichtete zischend und spuckend ihre Arbeit.

Zum erstenmal freute sich Peter darüber, daß er das Sumpfland verlassen hatte. Die rastlose Tätigkeit der Maschinen ließ alles, was er wußte, in einem anderen Licht erscheinen. Sie waren ständig in Bewegung — wie die Wellen, die Wolken und das Wasser. In ihnen waltete eine erhabene Kraft.

Peter wanderte zwischen den Maschinen hin und her, zwischen Hunderten von Maschinen! Er fühlte sich zugleich benommen und einer Ekstase nahe. Da er nicht wußte, zu welchem Zweck all diese Maschinen konstruiert worden waren, blickte er sich nach jemand um, den er fragen konnte. An einem der pochenden und schnaubenden Ungetüme stand ein Mann, der wie ein Aufseher wirkte, in Wirklichkeit jedoch ein Verkäufer war. Einem solchen Menschen war Peter noch nie begegnet, sonst hätte er sich gesagt, daß ein Mann, dessen Aufgabe darin bestand, ein fünfzig Tonnen schweres und zweihunderttausend Dollar teures Monstrum aus Stahl zu verkaufen, wohl schwerlich seine Zeit mit einem zwölfjährigen Knaben vergeudet hätte, dessen Stiefel aus dem Fell von Moschusratten und dessen Kopfputz aus Muscheln gefertigt war. Jedenfalls trat Peter in seiner Unkenntnis auf den Mann zu, deutete auf die gigantische Maschine und sagte: »Was ist dies hier, bitte?«

»Was dies ist? Was dies ist? Dies, mein Lieber, ist eine halbautomatische Unterwasserdruckluft-Mehrspindelbohrmaschine Marke *Barkington-Payson* mit selbsttätigem Vorschub! In keiner Messehalle der Welt finden Sie etwas Vergleichbares. Beachten Sie die technische Konzeption. Die Präzisionsspindelhülsen stammen aus Düsseldorf, die ausziehbaren Gelenkwellen sind aus hochvergüteter *Jodelagnia*-Legierung. Natürlich sind die Bohrstangen genau zentriert und bestehen übrigens aus reinstem Salinium. Das findet man wirklich nur bei Spitzenprodukten! Aber unsere Devise ist eben: Nur vom Besten! Sehen Sie nur diese Halterung des Querschlittens mit dem Anschlag für den Planschub. Wartungsfrei und in einem bruchsicheren Gußgehäuse aus *Volpinium*!! Der liebe Gott könnte nichts Besseres bauen, mein Freund. Ja, unsere Barkington-Payson ist ein Prachtstück, gut konzipiert und zuverlässig. Und was den Preis anbelangt . . .«

Peter hätte dem Verkäufer stundenlang zuhören können. Er stand mit offenem Mund da und nahm begierig jedes einzelne Wort in sich auf. Dies war einer der Eckpfeiler menschlicher Zivilisation, dessen war er sich sicher. Er war genauso zufällig darauf gestoßen wir auf die diebischen Tanzmädchen und den rotberockten, pinkelnden Affen.

Peter wurde leider von zwei Polizisten und einem Geistlichen aus seinen Grübeleien gerissen. Die beiden Uniformierten drehten ihm die Arme auf den Rücken und führten ihn aus der Wunderwelt der Maschinenhalle hinaus ins Freie. Dort wurde er in ein wartendes, mit Kindern vollgepfropftes Polizeiauto verfrachtet und zum *Heim für geistig behinderte Kinder* des Reverend Overweary gefahren.

Überall in der Stadt gab es elternlose Kinder, die sich wie Kaninchen zusammenscharten. Tagsüber schliefen sie in Mülltonnen oder verlassenen Kellerlöchern, aber nachts, wenn die Kälte sie zwang, sich zu bewegen, stürzten sie sich in allerlei Abenteuer und ließen sich in ihrer Not auf Dinge ein, die Kindern noch nie gutgetan haben und die ihnen auch nie guttun werden. In der Stadt gab es mehr als eine halbe Million solcher Kinder. Schneller als Erwachsene erlagen sie ansteckenden Krankheiten oder wurden das Opfer von Gewaltverbrechen, so daß auf dem Armenfriedhof immer wieder erschütternd kleine Särge in die Erde hinabgelassen wurden. Meistens waren die Namen der toten Kinder nicht bekannt. Vielleicht hatten viele keinen. Aber es gab gutherzige Menschen, die sich immer wieder fragten: Was passiert mit all den Kindern? Damit meinten sie die kleinen Herumtreiber, die im Sommer und im Winter die Straßen der Stadt bevölkerten. Ein Teil von ihnen verrichtete irgendwelche Arbeiten oder lebte vom Stehlen, ein anderer Teil wanderte von einem Erziehungsheim zum andern, und der Rest fand irgendwo draußen vor der Stadt auf dem Armenfriedhof ein kühles Grab.

Es gab Kinder, die den Verstand verloren hatten und ziellos durch die Straßen streiften. Für diese armen Seelen war das Heim des Reverend Overweary zuständig. Es gewährte ihnen Unterkunft und gab ihnen die Möglichkeit, etwas zu lernen.

Als Reverend Overwearys Gehilfen wieder einmal eine Razzia in der Stadt machten, fiel ihnen Peter auf, wegen seiner seltsamen Kleidung. Sie nahmen ihn mit.

Er fand schnell heraus, daß das Heim von drei Männern geleitet wurde. Reverend Overweary selbst war eine tragische Figur. Sein tief empfundenes Mitleid für die armen Kinder lähmte ihn. Häufig brach er in Tränen aus. Er litt entsetzlich daran, daß andere Menschen so sehr leiden mußten. Deshalb hatte er weder Zeit noch Kraft, seiner »rechten Hand«, dem Diakon Bacon, auf die Finger zu schauen. Dieser Bacon fand mit sicherem Gespür in jedem Schub von Neuankömmlingen ein paar Knaben, die sich bei der Entlausung bereitwillig seine unzweideutigen und stürmischen Annäherungsversuche gefallenließen. Der Augenblick der Wahrheit kam stets dann, wenn sich der Diakon den Knaben nach einem heißen Bad näherte, um das Entlausungsmittel zu applizieren. Als die Reihe an Peter Lake war, lehnte dieser es ab, von dem Diakon behandelt zu werden und bestand darauf, das Insektenvertilgungsmittel selbst anzuwenden. Bei anderen Knaben hatte der hochgewachsene Geistliche mit der Hornbrille und der einem Vogelschnabel ähnelnden Nase mehr Erfolg. Reverend Overweary drückte jedesmal beide Augen zu, wenn Diakon Bacon sich tagelang mit seinen Eroberungen in eine kleine Hütte zurückzog, die innen so ausgestattet war wie ein Gemach im Schloß eines Sultans auf einer Insel im Marmarameer.

Doch wie hätte Reverend Overweary seinem Diakon auch grollen können, wo doch sein eigenes Haus einem Palast ähnelte und die eingeschossigen, aus grauem Stein erbauten Unterkünfte der insgesamt zweitausend elternlosen Knaben zwergenhaft klein erscheinen ließ! Reverend Overweary liebte es, üppige Bankette und Ballabende zu veranstalten, zu denen er die Reichen, die Intelligentsia und die in der Stadt zu Besuch weilenden Mitglieder des Hochadels einlud. All diese Leute kamen nur, weil das Essen so gut war und weil sie glaubten, Overweary sei selbst steinreich und habe nur ein paar Millionen seines persönlichen Vermögens zu wohltätigen Zwecken abgezweigt. Doch die Wahrheit sah ganz anders aus: In Wirklichkeit lebte er von den kleinen Insassen seines Heimes, denn unter dem Vorwand, ihnen zu einer beruflichen Ausbildung zu verhelfen, lieh er sie gruppenweise an alle möglichen Arbeitgeber aus. Ungelernte Kräfte und Kinder erhielten für zwölf Stunden Arbeit am Tag ganze sechs Dollar. Overweary »vermietete« seine Knaben für fünf Dollar am Tag. Für Unterhalt und Verpflegung wendete er einen Dollar auf. Rein rechnerisch konnte er also täglich einen Nettogewinn von achttausend Dollar verbuchen, doch wurde dieses optimale Ergebnis nie ganz erreicht, denn es kam zu Krankheiten und Todesfällen. Vielen Insassen des Heimes gelang auch nach einiger Zeit die Flucht. Wie dem auch sei – der mitleidige Geistliche sammelte immer neue Knaben in den Straßen der Stadt auf, brachte ihnen das Arbeiten bei, rettete sie auf diese Weise vor dem Armenfriedhof und verdiente an ihnen im Lauf der Jahre Millionen. Wenn die Knaben irgendwann sein »Internat« verließen, hatten sie keinen Cent in der Tasche.

Peter Lake blieb, bis er fast erwachsen war. Und obwohl er wie ein Sklave schuften mußte, war es für ihn das Paradies, und das wiederum lag an Reverend Mootfowl, der dritten Führungskraft in Overwearys Heim.

☆

An dem Tag, als Peter Lake in der großen Maschinenhalle aufgegriffen wurde, leitete jener Reverend Mootfowl die Razzia. Zum Ärger der beiden Polizisten, die ihn begleiteten, hatte er darauf bestanden, die Ausstellungshalle mit all den Maschinen zu besichtigen, denn er brachte es nie über sich, an einer Musterschau technischer Geräte und Apparaturen vorbeizugehen. Mootfowl hatte von der ersten Stunde an zum Personal von

Reverend Overwearys Heim gehört. Dort lag anfänglich vieles mit der Organisation im Argen. Deshalb hatte Overweary Mootfowl vor dessen »Priesterweihe« eine Reihe von technischen Lehranstalten besuchen lassen. Seitdem schien Mootfowl ein Mensch zu sein, der keine Gefühle, Begierden oder Sorgen kannte. Seine ganze Liebe galt der Metallverarbeitung, dem Schmieden, der Konstruktion von Maschinen und Pumpen, kurz allem, was mit Technik und Ingenieurkunst zu tun hatte. Unermüdlich betätigte er sich an der Esse oder an der Drehbank. Er bohrte, fräste, sägte und hobelte. Sein ganzer Lebensinhalt schien aus Stahl, Eisen und Holz zu bestehen. Es gab nichts, was er nicht bauen konnte. Er war mit Leib und Seele Handwerker, ein Genie im Umgang mit Werkzeugen.

Peter Lake gehörte bald zu jener Elite von einem halben Hundert Knaben, die Tag und Nacht in Mootfowls Schmiedewerkstatt arbeiten durften. Da sie von klein auf in dieser handwerklichen Kunst unterwiesen wurden, brachten sie es darin schon bald zu wahrer Meisterschaft. Das traf sich gut, denn um jene Zeit hielt die Technik ihren Einzug in der ganzen Stadt. Große Maschinen erzeugten elektrischen Strom, krönten sich selbst mit einem Federwisch aus Rauch und Dampf und erhellten bald jede Straßenecke in der nächtlichen Stadt. Gewiß, diese Entwicklung kam nur langsam in Gang, doch nachdem ein Anfang gemacht war, breitete sich der Glanz der Technik unaufhaltsam aus. Der Stadt wurde nicht nur neue Kraft und Schnelligkeit eingeflößt, sondern sie strebte seit jener Zeit unermüdlich der Zukunft entgegen. Eine verwirrende Anzahl unterschiedlichster Dinge mußte auf einen gemeinsamen Nenner gebracht werden. Mit der sich überall durchsetzenden Elektrizität, den riesigen Motoren und Dynamos, dem unterirdischen Tunnelsystem und den immer höher in den Himmel ragenden Gebäuden erschlossen die Männer der Technik und des Handwerks eine neue Welt. Der Vormarsch der Maschinen machte bald aus der ganzen Stadt eine einzige Maschine, die Tag und Nacht von einem Millionenheer bedient und gewartet werden mußte.

Peter arbeitete in einer riesigen Werkstatt, die von brausendem Lärm erfüllt war. Dutzende von Feuern warfen ihren flakkernden Schein auf ölige Maschinen und rauchgeschwärztes Werkzeug aus schwerem Stahl. Wie die anderen Knaben trug Peter eine Lederschürze und dicke Handschuhe. Die Arbeitstage dauerten sechzehn Stunden. Mootfowl ging manchmal sogar erst nach zwanzig Stunden nach Hause. Die in der Werkstatt durchgeführten Präzisionsarbeiten erbrachten beachtliche Einnahmen, aber am wichtigsten war die Arbeit selbst. Überall in der Stadt führten die jungen Handwerker unter Mootfowls Leitung Aufträge aus. Bald waren sie mit ihren schwarzen Schürzen, ihren erstaunlichen Fertigkeiten und ihrer an Wahnsinn grenzenden Hingabe an ihr Handwerk überall bekannt. Von Tag zu Tag wurden sie besser und leisteten mehr. So erfüllten sie die Anforderungen und den Auftrag ihres Zeitalters.

Mootfowl trug bei der Arbeit einen chinesischen Hut, damit seine Haare nicht versengt wurden, wenn er auf dem schmierigen Fußboden niederkniete und ein weißglühendes Werkstück inspizierte. Die Art und Weise, wie er mit glühenden Eisenteilen umging, war ein blankes Wunder an Geschicklichkeit und Umsicht. Mit treffsicheren Hammerschlägen formte er aus dem weichen Metall unterschiedlichste Maschinenteile von großer Haltbarkeit und Zuverlässigkeit.

Der Meister war ziemlich groß. Sogar als Peter schon ausgewachsen war, kam er sich neben ihm wie ein Zwerg vor. Übrigens hatte Mootfowl ein ansprechendes, ziemlich zerfurchtes Gesicht, auf dem meist eine Mischung aus Ruß und Schweiß verschmiert war. Jedesmal wenn Peter in Mootfowls Augen blickte, mußte er an seine Kindheit bei den Sumpfmännern denken. Unter Mootfowls Obhut lernte er lesen, schreiben, rechnen und mit Auftraggebern feilschen. Schon bald kannte er sich so gut in der Stadt aus, daß er sich allein zurechtfand.

Da ungefähr die Hälfte seiner »Kollegen« irischer Herkunft war, lernte Peter Englisch mit einem irischen Akzent. Schon nach wenigen Jahren war ihm der irische Dialekt so geläufig, daß er nicht mehr anders sprechen konnte. Allmählich fiel es ihm schwer, Sätze in der Sprache der Sumpfmänner zu formen. Es betrübte ihn, daß er auf diese Weise sein wahres Selbst verlor, woraus es auch immer bestanden haben mochte. Er war kein richtiger Sumpfmann, kein echter Ire und hatte auch nie so recht zu Mootfowls Mannschaft gehört, denn anders als die fünf- bis sechsjährigen Knaben, die irgendwo in einem Winkel der Werkstatt angelernt wurden, hatte er, Peter, seine Lehrjahre vergleichsweise spät begonnen. Peter wußte nicht, wohin er gehörte, wem er Treue schuldete, aber er ging davon aus, daß diese Ungewißheit sich ähnlich wie so manch andere Anfechtung eines Tages von selbst erledigen würde.

So waren denn Mootfowl und sein Handwerkertrupp unermüdlich am Werk, während sich die Stadt in immer neuen Schichten übereinandertürmte, schneller als ein Korallenriff aus dem Meer wächst. Jedem der turmhohen Gebäude war nur für kurze Zeit ein freier Ausblick über die anderen Bauten der Stadt vergönnt, denn schon bald war es von noch höheren Kolossen eingerahmt. Nur für die Brücken galt dies nicht. Sie spannten sich mit elegantem Schwung über die Flüsse, für immer allein in luftiger Höhe. Mootfowl hegte für Brücken eine geradezu andächtige Verehrung. Er hatte an mehreren mitgewirkt, und als er eine Tages hörte, daß an einer breiten Stelle des East River eine weitere Brücke nach Brooklyn hinübergeschlagen werden sollte, war er eine Woche lang vor Freude ganz aus dem Häuschen, denn er wußte, daß eine Brücke dieser Länge viele speziell geschmiedete Bauteile benötigen würde. Später würden auch Reparaturen anfallen, die nur von Experten durchgeführt werden konnten. Mootfowl erzählte seinen jungen Gehilfen sichtlich ergriffen davon, wie er eines Tages, als die vier Hauptkabel der Brooklyn Bridge schon über den Fluß gespannt waren, von Colonel Roebling den ehrenhaften Auftrag erhalten hatte, einen Schaden zu beheben. Dabei habe er in schwindelnder Höhe über dem Wasser geschwebt wie ein Sturmvogel, und zur Freude der Passagiere, die tief unten mit der Fähre über den Fluß fuhren, seine Arbeit ausgeführt.

»Wißt ihr was?« sagte Mootfowl mit ehrfürchtiger Bewunderung. »Jackson Mead ist mit hundert guten Männern und Säcken voll Geld, das er wer weiß wo aufgetrieben hat, von Ohio herübergekommen, um noch eine Brücke zu bauen! Sie sind nach einem Sturm hier eingetroffen. Der weiße Wolkenwall ließ sie tagelang nicht durch, doch als er sich für kurze Zeit ein wenig hob, sauste der Zug unter ihm durch. Ein paar Bauern wurden Zeugen, wie der Zug den unteren Rand des Wolkenwalls streifte. Es heißt, daß die Dächer der Waggons ziemlich übel zugerichtet sind.« Mootfowl machte eine kurze Pause. Dann fuhr er fort: »Aber ob das nun stimmt oder nicht – jetzt ist Jackson Mead hier, und bald geht es los mit der Brücke. Wir sollten für ihn beten.«

»Aber warum?« fragte ein aufmüpfiger Bursche, der immer etwas zu mäkeln hatte.

Mootfowl warf ihm einen ärgerlichen Blick zu. »Brücken sind etwas ganz Besonderes. Ist euch noch nicht aufgefallen, wie zierlich sie im Vergleich zu ihrer Größe sind? Sie sind feingliedrig wie Vögel, und sie verkörpern und krönen unsere allerkühnsten Ziele. Ihre Form gleicht der Wölbung des Himmels. Mein Gott, man stelle sich vor: Meilenlange Trossen, an denen freischwebend eine stählerne Brückenkonstruktion hängt! Ich bin zwar Geistlicher, aber ich möchte dennoch die Behauptung wagen, daß eine solche wunderbare, anmutige Hängebrücke, dieses Glanzstück der Ingenieurkunst, diese vollkommene Balance zwischen Rebellion und Gehorsamkeit, eines jener irdischen Dinge ist, die Gottes Handschrift tragen. Mich deucht, daß es dem Herrn gefällig ist, wenn wir Menschen Brücken schlagen. Vielleicht ist deshalb die Stadt so reich an Geschehnissen. Seht nur, die ganze Insel wird zu einer Kathedrale!«

Viel war über Jackson Mead nicht bekannt. Man wußte lediglich, daß er im Westen des Landes viele schöne Hängebrücken über die großen Ströme gebaut hatte. In manchen Fällen hatte es Jahre gedauert, bis endlich bodenlose Abgründe und Schluchten überwunden waren. Die Zeitungen hatten berichtet, Jackson Mead habe einmal gesagt, eine Stadt sei erst dann wahrhaftig groß, wenn sie über hohe Brücken verfüge. Auf einer Pressekonferenz in den Räumen seines Unternehmens hatte er verkündet: »Verglichen mit San Francisco oder New York bieten die Karten von London und Paris ein geradezu langweiliges Bild. Eine wahrhaft großartige Stadt darf nicht aussehen wie ein rundliches, sorgsam gehätscheltes Organ oder wie irgend so ein herz- oder nierenförmiges Gebilde, halb erstickt von einem dicken Batzen Grün! Sie muß über ihre Grenzen hinauswachsen, sich in alle erdenklichen Richtungen erstrecken. Sie darf sich nicht aufhalten lassen von Wasserflächen und Halbinseln, Hügeln und steilen Bergeshängen, und muß mit Hilfe von Brücken auch die Inseln erreichen.« Ein Reporter hatte gefragt, wieso er San Francisco als Beispiel brachte, obwohl es dort gar keine Brücken gebe. Daraufhin hatte er lächelnd geantwortet: »Das war ein Fehler von mir.«

Jackson Meads körperliche Erscheinung sicherte ihm die Aufmerksamkeit der Presse – und der Damenwelt. Er war von hünenhaftem Wuchs, hatte schneeweißes Haar und einen buschigen Schnurrbart. Stets trug er Anzüge mit einer weißen Weste, an der vorne die Platinkette seiner Taschenuhr baumelte. Diese Uhr war fast so groß wie ein Wecker, doch in Jackson Meads riesiger Pranke wirkte sie fast klein. Seine ausgezeichnete Gesundheit und seine Körperkraft machten es schwer, sein wahres Alter zu schätzen. Es ging das Gerücht, daß er nur rohes Büffelfleisch aß, Adlerurin trank und in Mineralwasser badete. Als er einmal in aller Öffentlichkeit danach befragt wurde, mußte er schallend lachen und gab die Antwort: »Ja, natürlich stimmt das!« Ein solcher Mann wurde entweder geliebt oder gehaßt.

Peter war von ehrfürchtigem Staunen erfüllt, als Mootfowl ihn und die neunundvierzig anderen Lehrlinge in Jackson Meads spärlich möbliertes Büro führte. Das also war der bedeutende Mann! Er sah aus wie ein übergroßes Gemälde, neben dem Mootfowl zu einer unbedeutenden Figur schrumpfte. Peter verstand nicht, wie jemand diesen Mann hassen oder ihn als hart und grausam bezeichnen konnte. Im Gegenteil – die weiße Kleidung, das volle, lockere Haar und der buschige Schnurrbart verliehen ihm das Aussehen eines Mannes von gelassener Selbstsicherheit und geradezu exemplarischer Ausgeglichenheit. Gewiß war es genau diese persönliche Ausstrahlung, die in manchen Menschen Haß erzeugte, sagte sich Peter. Dieser Mann wußte immer genau, was er wollte, und er zögerte nie. Andere, die von Zweifeln geplagt wurden und die Dinge gegeneinander abzuwägen gewohnt waren, mußten einen Mann wie Jackson Mead beneiden, denn stets schien er zu wissen, was getan werden mußte und warum. Es war, als seien die normalen Probleme des menschlichen Daseins für ihn seit Jahrhunderten erledigt, so daß er sein ganzes Augenmerk auf den Bau von Brücken richten konnte.

Nachdem Mootfowl die Gründe seines Kommens dargelegt hatte, meinte Jackson Mead, das Angebot seines Besuchers sei in der Tat höchst interessant, denn er brauche geschickte Schmiede, Mechaniker und Maschinisten. Allerdings falle es ihm schwer zu glauben, daß Mootfowls Lehrlinge all den schwierigen Aufgaben gerecht werden könnten.

»Auf diesen Einwand war ich gefaßt, Sir«, erwiderte Mootfowl. »Deshalb bitte ich Sie, uns einer Prüfung zu unterziehen. Wählen Sie bitte irgendeinen meiner Lehrlinge aus und lassen Sie ihn eine jener Arbeiten ausführen, die beim Bau der Brücke auftreten könnten. Wir sind bereit, eine Probe unseres Könnens zu liefern.« Nach diesen Worten trat Mootfowl stolz, aber auch sichtlich nervös ein paar Schritte zurück.

Jackson Mead erwiderte, er würde den ganzen Trupp anheuern, wenn ein von ihm zu benennender Lehrling ein siebenkantiges Verbindungsstück ohne erkennbare Unregelmäßigkeiten zu schmieden verstünde. Als sich der weißhaarige Brückenbauer bei diesen Worten hinter seinem Schreibtisch erhob, um Mootfowls versammelte Mannschaft besser überblicken zu können, erschauerten die Knaben. Doch gleich darauf erstarrte ihnen fast das Blut in den Adern, denn Jackson Mead wies mit dem Finger geradewegs auf einen kleinen dicklichen Jungen, der sich in der hintersten Reihe herumdrückte. »Der dort!« sagte er. »Eine Kette ist bekanntlich nur so stark wie ihr schwächstes Glied.«

Seine Wahl war ausgerechnet auf Cecil Mature gefallen, ein kleines Dickerchen mit einem Gewicht von fast zweihundert Pfund, dessen schwarze, ewig lächelnde Schlitzaugen in wabbelige Fettpolster eingebettet waren. Ursprünglich war er Gehilfe in der Küche des Heimes gewesen, aber er hatte so lange gebettelt, bis er in der Schmiedewerkstatt als Lehrling aufgenommen wurde. Auf seinem kugelrunden Kopf mit dem kurzgeschnittenen Kraushaar trug er eine runde Mütze mit hochgestülpter, krenelierter Krempe. Seine Arme waren so pummelig und rund wie Würste. Beim Gehen watschelte er wie eine Ente, bewegte sich jedoch erstaunlich flink. Er war noch nicht lange in Overwearys Heim für obdachlose Knaben. Niemand wußte, woher er eigentlich stammte. Angeblich erinnerte er sich schwach an ein Leben an Bord eines englischen Heringskutters. Cecil Mature war vierzehn Jahre alt, und er wirkte nicht eben so, als habe er die Weisheit mit Löffeln gefressen.

Als er vernahm, daß ausgerechnet er mit der Prüfungsaufgabe betraut worden war, verzog sich sein Gesicht zu einem zufriedenen Lächeln. Unverzüglich machte er sich auf den Weg zur Schmiedewerkstatt. Die anderen folgten ihm und fragten sich bange, was nun geschehen würde. Gewiß, Cecil war allseits beliebt, aber man mochte ihn so wie einen tollpatschigen jungen Hund, der ständig über die eigenen Beine stolpert und die Treppe hinabpurzelt. Mootfowl hatte es in der kurzen Zeit nicht vermocht, die wahren Fähigkeiten dieses eigentlich sehr intelligenten Knaben zu fördern und auszubilden. Cecil Mature ließ es nicht an Eifer mangeln, aber nur selten machte er etwas richtig. So kam es, daß die anderen Lehrlinge ängstlich die Luft anhielten, als er nun das Feuer schürte und das zu bearbeitende Werkstück in die Glut legte, um es ein paar Minuten später auf dem Amboß mit Hammerschlägen zu traktieren. Was er da fabrizierte, war eine rechte Pfuscherei, aber noch war nicht alles verloren. Cecil Mature ließ den Hammer sinken, trat ein paar Schritte zurück, rückte seine Kappe zurecht und betrachtete sein Werk aus zusammengekniffenen Augen. Dann trat er wieder an den Amboß und hämmerte solange auf dem Stück Eisen herum, bis es aussah wie ein ausgeglühter Erzbrocken, der von einem Meteoriten stammte. Als alles vorüber war, drehte sich Cecil um und verschwand mit ein paar flinken Schritten zwischen den Reihen der anderen Lehrlinge.

Jackson Mead bedankte sich bei dem kreidebleichen, sprachlosen Mootfowl und stieg in seine Kutsche, um im Hafen eine neu eingetroffene Schiffsladung von Eisenträgern zu inspizieren. Mootfowl ließ seine fünfzig Lehrlinge einfach stehen. Eine

Woche lang wurde nicht gearbeitet. Mootfowl lag untätig und in finstere Grübeleien versunken von morgens bis abends auf seinem riesigen Werkzeugkarren und starrte zu einer Dachluke hinauf, durch die das Sonnenlicht in die Werkstatt flutete. Nach einer Woche ließ er Peter Lake zu sich rufen.

Peter war außer sich vor Freude, denn er wußte, daß Mootfowl nicht zu bremsen war, sobald er etwas anpackte. Er fand seinen Lehrmeister damit beschäftigt, in der Mitte der Werkstatt ein seltsames Gerüst aufzurichten. Peter sagte sich, daß dies gewiß eine Konstruktion werden sollte, mit der sich Mootfowl doch noch bei Jackson Mead ins rechte Licht zu rücken hoffte. Deshalb ging er Mootfowl eifrig zur Hand, obwohl er nicht wußte, woran sie bauten und warum Mootfowl wie von Sinnen arbeitete.

»Jetzt haben wir es gleich«, sagte Mootfowl. »Ich muß nur noch ein paar Messungen machen und ein paar Schrauben festziehen. Sobald ich dir Bescheid sage, Peter, nimmst du den Vorschlaghammer und schlägst mit ganzer Kraft auf diese Stange.«

Mootfowl verschwand hinter einer hölzernen Bretterwand, aus der in Brusthöhe eine eiserne Stange herausragte. »Schlag zu, Peter Lake, schlag mit ganzer Kraft zu!«

Peter tat, wie ihm geheißen und wartete auf weitere Instruktionen. Er wartete und wartete — und als er schließlich nachschauen ging, fand er Mootfowl dicht hinter der Bretterwand an einen Eichenpfahl gelehnt. Sein Gesicht war zu einem heiteren Lächeln gefroren. Die eiserne Stange hatte sein Herz durchbohrt.

»O mein Gott!« sagte Peter Lake. Er war zu schockiert, um Schmerz und Trauer zu empfinden. Er hatte Mootfowl wie einen Schmetterling aufgespießt, Mootfowl, den er so sehr geliebt hatte!

Man kann keinem Geistlichen eine Eisenstange mitten durchs Herz treiben und erwarten, ungeschoren davonzukomen. Diese Überlegung reichte, um Peter die Flucht ergreifen zu lassen. Ein neuer Lebensabschnitt lag vor ihm. Er ließ seine Lederschürze zurück, aber er nahm sein Schwert mit.

☆

Während er aufs Geratewohl die Straßen und Alleen der Stadt durchstreifte, legte sich Peter Rechenschaft über seine Lage ab. Er war mittlerweile fast zwanzig Jahre alt. Seit einiger Zeit zierte ein nicht allzu üppiges Schnurrbärtchen seine Oberlippe. Sein blondes Haar hatte einen rötlichen Schimmer, und er hatte eine hohe Stirn und buschige Augenbrauen. Sein Gesicht war von gefälligem Schnitt. Aus seinen Augen sprach entwaffnende Freundlichkeit und viel Humor. Zugleich war ihnen anzumerken, daß ihnen nichts entging. Wäre er ein Aristokrat gewesen, dann hätte er es im Leben weit bringen können. Doch auch so lag die ganze Welt vor ihm ausgebreitet. Voller Zuversicht bewegte er sich durch die Straßen der Stadt. Schließlich war er doch ein ausgezeichneter Handwerker, ein kräftiger junger Mann, der sich auf seine Arbeit verstand! Sicherlich war bald die Polizei hinter ihm her, aber noch fühlte er sich unbehelligt und frei.

Er fühlte sich unbehelligt – bis er um eine Ecke bog und sich plötzlich Cecil Mature gegenübersah. Dessen Gesicht verzog sich zu einem so breiten Lächeln, daß die Schlitzaugen gänzlich in ihren Fettpolstern verschwanden. Um überhaupt etwas sehen zu können, mußte Cecil dieses Lächeln gewissermaßen von Zeit zu Zeit abschalten.

»Wer hat dir erlaubt, mir nachzulaufen, verdammt noch mal?« entfuhr es Peter.

»Niemand, aber ich dachte mir . . .«

»Du mußt zurück ins Heim! Die Polizei ist hinter mir her.«

»Das ist mir egal.«

»Aber mir nicht. Los, hau ab!«

»Ich will aber mit dir gehen!«

»Das ist umöglich. Na los, hau schon ab! Geh nach Hause, Cecil!«

»Ich gehe hin, wo es mir beliebt.«

»Aber kapierst du denn nicht, daß die Polizei mich in ein paar Stunden schnappt, wenn ich dich mitnehme?«

»Wir leben in einem freien Land. Jeder kann hingehen, wo er will. Das ist Gesetz!«

»Ich schneide dir die Rübe ab!«

»Das wirst du nicht tun!«

»Dann laufe ich dir eben einfach weg!«

»Das schaffst du nicht, dazu bin ich zu schnell. Außerdem könnte ich dir helfen. Ich habe gelernt, Gemüse zu kochen. Ich bin ein guter Koch.«

»Das ist genau, was ich als flüchtiger Mörder gebrauchen kann – einen Koch, der mir ein Gemüsesüppchen kocht!« spottete Peter.

»Ich kann auch andere Sachen kochen, Wäsche waschen und nachts Wache schieben. Ich bin auch ein guter Schmied, vielleicht nicht der beste, aber ziemlich gut«, beteuerte Cecil. »Ich kann sogar tätowieren!«

Peter blieb wie angewurzelt stehen. »Du kannst *was*?«

»Ja, ich kann tätowieren.«

»Und wo hast du das gelernt?«

»Bevor ich geschnappt und ins Heim gesteckt wurde, war ich Lehrling in einem Tätowiersalon.«

»Ich dachte, du wärst auf einem Heringskutter zur See gefahren.«

»Ja, aber danach bin ich Tätowierer geworden.«

»Wo denn?«

»In China.«

»Soso, in China.«

Ich meine natürlich die Gegend der Stadt, wo die Chinesen wohnen. Wie heißt sie noch gleich? Chinatown!«

»Na gut, du kannst also tätowieren.«

»Ja, ich kann damit sogar Geld verdienen. Ein paarmal habe ich heimlich reiche Frauen in ihren feinen Häusern tätowiert. Sie waren splitternackt. Ich war damals erst zehn.«

Peter Lake begann Cecil in einem neuen Licht zu sehen. »Was hast du ihnen denn auf die Haut tätowiert?« erkundigte er sich.

»Landkarten, Sanskritworte, Teile der Menschenrechtserklärung – lauter Sachen, die ich aus Büchern abschrieb. Der Frau des Bürgermeisters habe ich sogar die Pobacken tätowiert. Wang Fu sagte mir, was ich zu tun hatte. Er stand mit dem Bürgermeister hinter einem Vorhang und schaute zu. Auf eine Pobacke tätowierte ich die Landkarte von Manhattan, auf die andere die Karte von Brooklyn. Die Frau wollte damit den Bürgermeister zum Geburtstag überraschen.«

Beeindruckt von Cecil Matures Vielseitigkeit, erlaubte Peter dem Dicken schließlich, sich ihm anzuschließen, allerdings nur unter der Bedingung, daß sich ihre Wege jederzeit trennen konnten und daß Cecil auf seine komische Mütze verzichtete. Statt dessen erstanden sie einen chinesischen Hut, gewissermaßen zum Andenken an Mootfowl, der stets einen solchen Hut getragen hatte – ebenso übrigens wie jener Wang Fu, an den sich Cecil immer wieder gern erinnerte.

In den folgenden Tagen und Wochen hausten die beiden in Kellerlöchern und auf den Dachböden verlassener Häuser. Sie lebten fast ausschließlich von Cecils Tätowierkunst. Als die Mootfowl-Affäre allmählich in Vergessenheit geriet, verdingte sich Peter hin und wieder unter falschem Namen als Schmied.

Eines Abends gingen sie nach einem harten Arbeitstag in eine Kneipe, bestellten sich ein Bier und machten sich heißhungrig über einen Teller mit Braten, Gemüse und frischem Brot her. Der große, hell erleuchtete Raum war von Stimmengewirr erfüllt. In einem Kamin prasselte ein wärmendes Feuer. Plötzlich verstummten die Gespräche der Gäste. Es wurde so still, daß man fast das Eis im Kübel schmelzen hörte.

Pearly Soames hatte den Raum betreten, um nach Zerstreuung Ausschau zu halten. Mit dem silbrigen Schnurrbart und den flauschigen Koteletten, die von seinen rosigen Wangen abstanden, wirkte er wie eine große, angriffslustige Raubkatze. Sogar eine Kobra hätte sich seiner hypnotischen Kraft nicht entziehen können. Er verstrahlte Selbstbewußtsein, Energie und Verschlagenheit. Aus reinem Zeitvertreib suchte er irgendwelche Kneipen auf und genoß es, wenn die Gäste bei seinem Anblick verstummten. Erst kürzlich war er Anführer der Short Tails geworden, nachdem er mit grausamer Berechnung seinen ebenso grausamen und berechnenden Vorgänger Mayhew Rottinel massakriert hatte.

Gefolgt von einer Rotte widerwärtiger Ganoven trat Pearly an die Theke und schaute sich um. Sein Blick fiel auf Peter Lake und

Cecil Mature, die, über ihren Braten gebeugt, an einem Tisch saßen. Pearly sah sofort, daß in Peters Gürtel ein kurzes Schwert steckte. Er trat in die Mitte des Schankraumes und sagte mit lauter Stimme:

»Kannst du überhaupt mit einem Schwert umgehen?«

Da diese Frage einen drohenden Unterton gehabt hatte, erhob sich Peter von seinem Stuhl. Die anderen Gäste bildeten eilig eine Gasse zwischen ihm und Pearly Soames.

»Allerdings kann ich das, Sir!« sagte Peter.

»Bist du dir wirklich sicher?«

Peter Lake nickte.

»Dann zeig mal, was du kannst!« rief Pearly Soames. Plötzlich hielt er einen Apfel in der Hand und schleuderte ihn mit ganzer Kraft Peter entgegen.

Gleich darauf schien sich der Apfel in Luft aufgelöst zu haben. Peter stand in derselben Haltung da wie zuvor. Alle Anwesenden glaubten, daß er nicht einmal die Zeit gefunden hatte, um sein Schwert zu ziehen. Pearly Soames schnaufte verächtlich. Doch dann wurden von weiter hinten Teile eines Apfels nach vorn gereicht. Pearly Soames warf einen Blick darauf. Der Apfel war fein säuberlich in vier gleich große Stücke zerteilt worden. Ob sich hier jemand über ihn lustig machen wolle, schrie Pearly erbost. Aber Peter sagte lachend, nein, er selbst habe den Apfel geviertelt.

»Zeig mir dein Schwert!« rief Pearly.

Das Schwert war sauber und trocken.

»Natürlich ist es sauber«, sagte Peter ungerührt. »Ich habe es abgewischt, bevor ich es wieder in den Gürtel steckte.«

»*Was* hast du?«

»Aber ja, überzeugen Sie sich selbst!« Peter trat näher an Pearly heran und wies auf zwei feuchte Streifen an seinem Hosenbein.

Pearly bezahlte nicht nur Peters und Cecils Mahlzeit, sondern er spendierte auch ein Bier nach dem anderen. Dennoch spürten die beiden instinktiv, daß sie in der Klemme saßen. Pearly wollte sie unbedingt in seine Bande aufnehmen. Sie lehnten mit dem Hinweis ab, das sei ihnen zu gefährlich. »Aber doch nicht für dich!« sagte Pearly zu Peter. Es kam nicht oft vor, daß er solche Komplimente machte. »Überleg dir genau, was du mir antwortest. Es kann gefährlich sein, mir eine Absage zu erteilen.«

Scheinbar ungerührt widmeten sich die beiden jungen Burschen weiterhin ihrem Braten. In Pearlys Augen trat ein gefährliches Glitzern. »Ich glaube, ich kenne dich«, sagte er zu Peter. »Ja, du bist der Kerl, der diesen Kirchenmann aufgespießt hat!«

Peter blieb der Bissen im Hals stecken. Erschrocken starrte er in Pearlys diamantharte Augen.

»Wie war doch gleich der Name des Geistlichen? Ja, jetzt erinnere ich mich — Mootfowl! Wirklich eine haarige Angelegenheit! Alle Polizisten der Stadt sind hinter dir her. Lange wird es nicht dauern, bis man dich und dein Dickerchen erwischt! Na, was sagt ihr jetzt?«

Noch am selben Abend wurden Peter und Cecil Mitglieder der Short-Tail-Bande.

Zehn Jahre lang eignete sich Peter bei den Short Tails eine Anzahl höchst ungewöhnlicher Fertigkeiten an. Im Lauf der Zeit lernte er auch die Stadt immer besser kennen, aber er wußte, daß sie zu riesig und zu quecksilbrig war, als daß man sie je hätte gänzlich ergründen können. Unablässig wandelte sie sich — genau wie er selbst, zumal ihm innerhalb der Bande, dieser lebenden Enzyklopädie des Verbrechens, im Verlauf der Jahre die unterschiedlichsten Aufgabenbereiche zugewiesen wurden. Ständig wurde er bis an die Grenzen seiner Leistungsfähigkeit gefordert, aber genau dadurch kam er voran.

Zu dem Zeitpunkt, als Pearly seine Bande in der Kanalisation tief unter der Stadt um sich versammelte, arbeitete Peter Lake noch als »Woola-Boy«. Davor war er Einbrecher gewesen, berufsmäßiger Falschspieler, Bilderdieb, Kurier, Spitzel, Hafenganove und Panzerschrankknacker. Die Tätigkeit eines Woola-Boys war eine sehr spezielle Angelegenheit, die erst in jüngster Vergangenheit entwickelt worden war und für die nur wenige Menschen taugten. Eigentlich war *Woolawoola* nur eine komplizierte Methode, um Lastwagen und Pferdefuhrwerke auszuplündern. Der Anführer der Woola-Boys war ein gewisser Dorado Canes. Sein Team bestand aus einem runden Dutzend junger Burschen. Zu zweit oder zu dritt pflegten sie in Hauseingängen und Toreinfahrten zu lauern, bis ein beladener Lastwagen vorbeifuhr. Plötzlich tauchte dann wie aus dem Nichts mitten auf der Straße einer der Woola-Boys vor dem fahrenden Lastwagen auf, gestikulierte wild mit den Armen und schrie dazu aus voller Kehle: *Woolawoolawoolawoola! Woolawoolawoolawoola!* Der Fahrer des Lastwagens war jedesmal so erschrocken, daß er sich ablenken ließ und nicht auf die zwei oder drei Gestalten achtete, die aus dem Schatten auftauchten und die Fracht plünderten.

Ein guter Woola-Boy konnte aus dem Stand fünf Fuß hoch springen. Er war auch in der Lage, so die Augen zu verdrehen, daß man nur noch das Weiße sah, während er gleichzeitig schrille Vogelrufe ausstieß. Wenn die Lastwagenfahrer sich von ihrer Verblüffung erholt hatten, war es zu spät, denn dann war die Ladefläche ihrer Fahrzeuge schon halb leer.

Wie alle anderen Berufe hatte auch die Kunst des Woolawoola ihre Raffinessen. Dorado Canes, der von Pearly auf Lebenszeit dazu verurteilt worden war, Woola-Boy zu bleiben, weil er den Anführer der Ganoven einmal einen Hurensohn geschimpft hatte — eine Beleidigung, die ihm gewiß irgendwann vergeben worden wäre, hätte sie nicht der Wahrheit entsprochen — dieser Dorado Canes war auf immer neue Tricks und Verbesserungen erpicht. Sein erstes Ziel war, höher springen zu lernen. Deshalb bepackte er sich mit Gewichten und begann zu üben. Bald brachte er es so weit, daß er beim Trainieren spezielle Gürtel und Schulterpanzer aus Blei trug, die bis zu zweihundert Pfund wogen. Die Folge davon war, daß sich seine Beinmuskulatur derartig entwickelte, daß er bald die Sprungkraft einer Stahlfeder hatte. Aus dem Stand konnte er zehn Fuß hoch in die Luft fliegen — ein atemberaubender Anblick. Eines Tages konstruierte Peter für Dorado Canes spezielle Stiefel mit stählernen Sprungfedern. Dadurch wurde die Sprunghöhe noch einmal um fünf Fuß erweitert. Allein schon die Tatsache, daß ein Mensch fünfzehn Fuß hoch in die Luft schnellen konnte, während er gleichzeitig

wie von Sinnen *Woolawoolawoolawoola* schrie, reichte aus, um Fuhrleute und Lastwagenfahrer zu hypnotisieren. Dennoch ließ es Dorado Canes nicht damit bewenden. Er bastelte sich aus Leinwand ein faltbares Schwingenpaar. Wenn er die langen Arme ausstreckte, konnte er mit diesen Flügeln durch die Luft segeln. Jetzt brauchte er nicht mehr nur senkrecht in die Luft zu springen, sondern konnte schräg vom Boden abheben und dreißig Fuß weiter sicher landen. Bald fand er heraus, daß es ihm wegen des Luftwiderstandes der Flügel, aber auch wegen der federnden Stiefel und der Kraft seiner Beinmuskulatur möglich war, sich aus dem dritten Stock eines Hauses auf die Straße zu stürzen. Mit ein wenig Übung brachte er es auf das vierte, ja sogar das fünfte Stockwerk. Cecil Mature war davon zutiefst beeindruckt. Er wies Dorado Canes darauf hin, daß jener eigentlich sogar aus dem sechsten Stockwerk eines Hauses springen könnte, vorausgesetzt, daß er unten auf dem Dach eines Lastwagens landete. Die Höhe eines Lastwagens entspreche nämlich ungefähr einem Stockwerk, meinte Cecil. Das bedeutete, daß Dorado Canes nun sogar vom Dach vieler Wohn- und Geschäftshäuser herab operieren konnte. Er nähte sich eigenhändig einen einteiligen, engen Anzug aus schwarzer Seide, dessen Kapuze seinen Kopf fest umschloß und nur das Gesicht freiließ. Vor jeder »Aktion« schminkte er sich das Gesicht und die Hände hellrot,
während er die Augenhöhlen und die Lippen purpurrot anmalte. Die Unterseiten seiner Schwingen waren gelb. In dieser atemberaubenden Aufmachung sauste Dorado Canes vom Dach eines Hauses auf die Straße hinab, baute sich vor den zu Tode erschrockenen Lastwagenfahrern auf und begrüßte sie mit den Worten: »Mein Name ist Vinic Totmule. Im Namen der Geistlichkeit, des Bürgermeisters und des Polizeichefs heiße ich euch in dieser Stadt willkommen. Hütet euch vor Blechmünzen, laßt die Finger von verdorbenen Frauenzimmern und pinkelt im Hotel nicht ins Waschbecken, wenn ihr unter eurem Bett keinen Nachttopf findet.«

Als Peter Lake Anfang Dreißig war, hatte er es nicht nur als

Woola-Boy ziemlich weit gebracht, sondern er beherrschte auch die Regeln der Mechanik, hatte die Fingerfertigkeit eines Diebes und kannte sich noch immer in den seltsamen Praktiken der Sumpfmänner aus. Inzwischen hatte er die Reife erlangt, die es ihm erlaubte, sich von vielen der Ängste und Sehnsüchte seiner frühen Jugend frei zu fühlen. Seine Augen waren geschärft für die Schönheiten der Stadt, und er genoß sein Leben. Äußerlich war er ruhig und gelassen. Sein Haar lichtete sich immer mehr, aber das störte ihn nicht. Der Sinn stand ihm nur danach, im gleichmäßigen Fluß der Jahreszeiten zu leben, sich am Anblick schöner Frauen zu weiden und das grandiose, immer gefällige Schauspiel der Weltstadt in sich aufzunehmen.

Doch dann kam der Tag, an dem Pearly Soames seiner Bande an deren geheimen Versammlungsort tief unter dem Harlem River von der Notwendigkeit sprach, die Sumpfmänner mit Kind und Kegel auszurotten. Peter Lake wußte, daß es ihn den Kopf kosten würde, wenn er versuchte, Pearly Soames von diesem Vorhaben abzubringen. So blieb ihm nichts weiter übrig, als Humpstone John unmittelbar vor dem Angriff zu warnen. Die Folge wäre eine so fürchterliche Schlappe für die Short Tails, daß sie das Sumpfland von Bayonne fortan meiden würden.

So geschah es denn auch. Als die Boote der einhundert Mann starken Gang aus dem Dunst tauchten, lagen die Dörfer der Sumpfleute wie ausgestorben da. Die Banditen umklammerten ihre Waffen und freuten sich auf einen leichten Sieg. Doch urplötzlich sahen sie sich von dem Sumpfmännern umzingelt. Die wilden Gesellen hatten sich im Schilf versteckt gehalten. Viele von ihnen tauchten halb blaugefroren aus dem Wasser auf; sie hatten geduldig und ausdauernd durch Schilfrohre geatmet. Mehrere Dutzend von ihnen kamen auf schweren Gäulen über die flachen Sandbänke gepprescht. Sie stürzten sich auf die überraschten Banditen und hieben mit ihren Schwertern auf sie ein, was das Zeug hielt. Die riesigen Pferde zertrampelten die leichten Boote und deren Insassen, so daß sich das trübe Wasser bräunlich-rot vom Blut der Toten und Verwundeten färbte. Die Frauen und Kinder der Sumpfmänner kamen mit Sicheln und Hacken angerannt. Sie jagten den Flüchtenden hinterher oder erschlugen die Verletzten und Gestürzten. Romeo Tan, Blacky Womble, Dorado Canes und vierundneunzig andere Short Tails verloren ihr Leben. Der arme Cecil Mature, der damals Mitte Zwanzig war, rannte in panischer Angst davon, obwohl Peter ihn ermahnt hatte, sich dicht bei ihm zu halten. Ein berittener Sumpfmann stellte ihm nach und holte gerade mit seinem Schwert zum tödlichen Schlag aus, als Peter jenen unnachahmlichen, außerordentlich schrillen Pfiff ausstieß, den jeder Sumpfmann kannte. Sofort ließ der Berittene von Cecil ab, doch der rannte weiter, mitten hinein in den Wolkenwall! Es war, als hätte ihn der Erdboden verschluckt. Er blieb für immer spurlos verschwunden.

Pearly Soames bewahrte auch dann noch einen kühlen Kopf, als die Schlacht schon verloren war. Während er sich geschickt der angreifenden Sumpfmänner erwehrte und nicht wenige von ihnen tötete – es war Pearly vom Schicksal nicht bestimmt, durch die Hand eines Muschelsammlers oder Reusenfischers zu sterben –, entging ihm nicht die Wirkung von Peter Lakes Pfiff. Ohne dieses unüberhörbare Signal wäre ihm vielleicht gar nicht aufgefallen, daß Peter Lake nicht angegriffen wurde, also auch nicht kämpfen mußte. Pearly Soames, der einzige Überlebende seiner Bande, wandte sich zur Flucht. Es gelang ihm, das Fahrwasser zu erreichen. Dort tauchte er tief und ließ sich von der reißenden Strömung davontragen.

Peter Lake war zutiefst verstört, aber nach einiger Zeit kehrte er in die Stadt zurück. In seiner Verzweiflung empfand er den Anblick des hochaufragenden, zerklüfteten Häusermeeres als tröstlich. Aus sicherer Deckung mußte er mitansehen, wie Pearly Soames die Short Tails neu gründete und straff organisierte. Bald hatte er wiederum einhundert starke, gesichtslose Söldner um sich geschart. Diese Kerle waren so bösartig, besessen und stahlhart wie das Zeitalter, das sie hervorgebracht hatte.

☆

Von zwei Automobilen verfolgt, flog der weiße Hengst mit riesigen Sätzen dahin. Peter Lake war an die Gäule der Sumpfmänner gewöhnt, die ungestüm durch das flache Wasser preschten. Aber dieser weiße Hengst war anders. Er schien erst jetzt seine eigene Kraft zu entdecken. Bevor er von daheim ausgerissen war und sich mit Peter Lake verbündet hatte, war er nie so schnell dahingejagt wie jetzt. Jedenfalls konnte er sich nicht daran erinnern. In seiner taubenweißen Brust schien ein Feuer zu brennen, und er fühlte sich fast schwerelos. Mit einer Präzision, die der geraden Flugbahn eines Pfeils glich, raste er so schnell nach Süden, daß er jedes Rennpferd hinter sich gelassen hätte. Mit einem einzigen Satz überquerte er Straßenkreuzungen und sprang über Hindernisse hinweg, ohne sich darum zu kümmern, wie es auf der anderen Seite aussah. Stets landete er sicher auf einem freien Fleckchen, um sofort in unvermindertem Galopp weiterzupreschen. In einer der verstopften Straßen der Innenstadt geschah etwas, das Peter in Staunen versetzte. Als es nämlich so aussah, als wären sie durch einen schier unüberschaubaren Verkehrsstau zum Umkehren gezwungen, wieherte der Hengst mit einer Mischung von Furcht und Trotz, dann raste er geradewegs auf das Knäuel von Fuhrwerken und Autos zu, hob ab, überflog eine atemlos gaffende Menschenmenge und landete sicher einen Häuserblock weiter.

Als sie die hohen Bäume am Rand des Battery Parks erreichten, stieg Peter Lake ab und ging zu Fuß neben dem Pferd her. Nie zuvor hatte er ein so schönes Tier gesehen. Der Hengst hatte dunkle, warm blickende Augen, samtweiche rosa Nüstern, einen nobel geschwungenen Hals und eine so fein modellierte Brust, daß sie der schönsten aller Reiterstatuen wohl angestanden hätte. Die Ohren waren groß, spitz und von lebhaftem Spiel. Im Galopp hatte der Hengst sie stromlinienförmig nach hinten an den Kopf gelegt. Beim Gehen wippte der lange Schweif fast arrogant hin und her. Die Hinterflanke des Hengstes war schneeweiß und so rund wie die Hälften eines riesigen Apfels.

»Wer bist du?« fragte Peter und wandte sich zu dem Hengst um. Das Tier sah ihn an, und Peter gewahrte erschauernd, daß die dunklen Augen unendlich tief waren, wie der Eingang zu einem Tunnel, der zu einer anderen Welt führte. In der Stille dieses sanften, schwarzen Blickes lag eine durch nichts zu zerstörende Unschuld. Peter berührte leicht die weichen Nüstern, dann schlang er die Arme um den großen Pferdekopf. »Gutes Pferd!« sagte er, aber irgendwie machte ihm der geduldige Sanftmut des Hengstes sehr traurig. Ein kalter Wind strich durch das Geäst der Bäume, während er hier stand und einem Pferd in die Augen blickte, als befänden sie sich mitten in einer der tiefverschneiten Ebenen des Nordens. Bisher hatte Peter in seinem ruhelosen Leben nur Menschen kennengelernt, die wie er selbst innerlich zu brennen schienen. Von Gier getrieben taumelten sie durch das Dasein und verschwendeten im Sommer wie im Winter ihre Kräfte in einer Stadt, die sie nicht losließ.

In den dunklen Augen des Hengstes tanzten zwei goldene Pünktchen. Plötzlich wußte Peter, daß sich ein tiefgreifender Wandel in ihm vollzog. Lange blickte er in die schwarzen Schlünde dieser Pferdeaugen hinab. Er verlor sich in der Wärme dieses Blickes, und als er zurückkehrte, war ihm, als habe er auf den Grund der Dinge geschaut. Nach einer Weile machten sie sich müde und frierend auf den Rückweg in die Stadt. Peter hatte vor, irgendwo an der East Side ein warmes Plätzchen für den Hengst und einen Unterschlupf für sich selbst zu finden. Den Weg dahin wußte er noch genau aus der Zeit, als er sich seinen Lebensunterhalt mit allerlei handwerklichen Arbeiten verdient hatte. Doch um dorthin zu gelangen, mußten sie viele Meilen durch verschneite Straßen zurücklegen, während sich violett der Abend herabsenkte und ihnen die Müdigkeit tanzende Schatten vor die Augen zauberte.

Ein Wald aus silbrig glänzenden Stahlträgern, Querstreben und eisernen Bögen, die von dicken Nieten zusammengehalten wurden, umgab Peter Lake. Der Widerschein von elektrischem Licht fiel von unten auf das Filigranwerk der gewölbten Dachkonstruktion. Aus der Tiefe kamen warme Luftströme heraufgezogen und umspielten fast sichtbar die vielen kleinen Lichter, die unter der großen Kuppel der Grand Central Station die Sternbilder des nächtlichen Firmaments darstellten. Dieser künstliche Himmel aus grünen Lämpchen war erst kürzlich dort oben unter dem Dach der riesigen Bahnhofshalle installiert worden.

Wenige Menschen außer Peter Lake wußten, daß es hinter jener Nachbildung des Sternenhimmels, der von unten so aussah, als schwebte er tatsächlich im freien Raum, einen sicheren Schlupfwinkel gab. Dort hatte sich Peter mit List und einiger Mühe einquartiert. Er kannte sich hier gut aus, denn er hatte als Schmied an der Konstruktion dieses kleinen technischen Wunderwerkes mitgewirkt. Aus Eichenbohlen hatte er sich vor kurzem eine stabile Plattform gezimmert. Sein Nachtlager bestand aus einer Matratze und einem Federbett. Sogar eine improvisierte »Küche« gab es: Auf einen Querträger hatte Peter Keksdosen und Konserven gestapelt. Für die abendliche Lektüre lagen einige technische Bücher bereit. Eine kleine Lampe, die eigentlich ein Stern am Bahnhofshimmel hätte sein sollen, deren Verschwinden jedoch nicht aufgefallen war, beleuchtete die Szenerie. Und ein langes, um eine Kabeltrommel gewickeltes Seil war Teil eines ausgeklügelten Fluchtsystems, auf das Mootfowl, Peters einstiger Lehrer, stolz gewesen wäre.

Eine Stunde lang hatte Peter den weißen Hengst in Royal Winds Stall gestriegelt. Dort stellten die feinen Leute ihre Kutschgäule unter. Royal Wind war der Sohn eines Plantagenbesitzers in Virginia, dessen Besitz während des Bürgerkriegs beschlagnahmt worden war. Dieser verbitterte, etwas großspurige, sehr gepflegte Mann genoß Peters Vertrauen. Er würde gewiß nicht herumerzählen, daß er ihn hier gesehen hatte.

Der weiße Hengst, der sich in Brooklyn nie in solch eleganter Umgebung befunden hatte, schlief nach einer reichlichen, aus Hafer und köstlich frischem Wasser bestehenden Mahlzeit in seinem Stall. Er war in eine dicke Decke aus reinem Kaschmir gehüllt. Die elektrische Glühbirne im Stall hatte sogar einen Schirm, damit ihm das helle Licht nicht in die Augen fiel.

Die unablässigen Verfolgungsjagden und der tägliche Kampf ums Dasein riefen gelegentlich das Bedürfnis nach langem, ungestörtem Schlaf hervor. Peter Lake freute sich auf zwei ruhige Tage hoch oben im Kuppelbau des Bahnhofs. Er schlief gut in dem immer gleichen Zwielicht, das hinter dem künstlichen Firmament herrschte. Alle Geräusche waren hier oben zum leisen Rauschen einer fernen Brandung gedämpft. Frische Luft gab es genug, und mit einer Störung war nicht zu rechnen. Nachdem sich Peter fast die ganze Woche draußen in der bitteren Kälte herumgetrieben hatte, schlief er nun mit bleiernen Gliedern die ganze Nacht, den darauffolgenden Tag und sogar noch den größten Teil der nächsten Nacht durch.

Fast sechsunddreißig Stunden später erwachte er früh am Morgen, atmete tief durch und erhob sich. Da er einen Bärenhunger hatte, kochte er sich aus diversen Fischkonserven, Tomaten, Öl, Wein und einer Flasche Mineralwasser eine gutschmekkende Bouillabaisse. Danach wusch und rasierte er sich und zog frische Wäsche an. Er kam sich vor wie Gott in Frankreich. Gut gelaunt begann er, sich Gedanken über die Zukunft zu machen. Jetzt habe ich diesen herrlichen Hengst, sagte er sich. Ich liebe ihn, weil er so tiefe Augen und ein so sanftes Gesicht hat. Er kann mit einem Satz die Entfernung zwischen zwei Querstraßen zurücklegen. Warum sollte er mich nicht tief in die Kiefernwälder, auf das Hochland oder nach Montauk tragen können, wo ich vor Pearly sicher bin? Dort könnte ich mich ausruhen, aber natürlich würde nach meiner Rückkehr alles von vorne losgehen. Jetzt bin ich ausgeruht, also kann ich gleich dableiben. Doch dann bin ich wieder ständig auf der Flucht und muß mich in den Sümpfen oder in irgendwelchen Kellerlöchern verstecken. Worin besteht also der Unterschied? Ob ich nun zum Hochland reite, in den Wäldern verschwinde oder mich hier durch die Stadt hetzen lasse –, es läuft letztlich alles auf ein und dasselbe hinaus. Es gibt keinen Ausweg, es sei denn, ich werde zu einem anderen Menschen. Vielleicht kann ich mich so sehr verändern, daß mich meine Verfolger zwar noch erkennen – das würden sie ohnehin –, aber jegliches Interesse an mir verlieren und mich in Ruhe lassen. Ich könnte beispielsweise Mönch oder Straßenkehrer werden. Dann würden alle glauben, daß es mich endgültig erwischt hat. Und was wäre, wenn ich beide Beine verlieren oder mich zu einem Glauben bekehren würde, der größer und tiefer ist als alle Wälder? Es heißt, daß der heilige Stephan aus der Kraft seines Glaubens heraus seine äußere Gestalt verändern konnte. Angeblich konnte er sich in die Luft erheben, kannte Vergangenes und Zukünftiges und reiste von einer Zeit in die andere, obwohl er nur ein schlichter Mensch war. Deshalb hat man ihn wohl auch verbrannt. Nun bin ich allerdings kein heiliger Stephan, sagte sich Peter Lake, aber wenn ich mich nur stark genug auf etwas konzentriere, das ganz anders ist als ich, kann ich mich vielleicht auch verwandeln. Mootfowl hat einmal gesagt, daß Menschen durch den Bau einer Brücke verändert werden. Ob er damit wohl dasselbe meinte wie ich? Mootfowl war keiner, der sich mit Kleinigkeiten befaßte. Er wußte, daß eine Brücke eine ganze Stadt verändern kann.

Plötzlich erstarrte Peter in seinen Grübeleien und spitzte die Ohren wie ein Rehbock im Unterholz. Jahre der Verfolgung hatten seine Sinne gschärft. Aus der Tiefe glaubte er das kaum hörbare Getrappel vieler Füße vernommen zu haben. Von diesem Geräusch ging etwas Heimtückisches aus. Peter spähte durch eine Ritze hinab und sah dreihundert Fuß unter sich auf dem glänzenden Marmorfußboden eine Doppelreihe von Männern, die sich wie ein Trupp Soldaten auf die Treppe zubewegten, welche zu dem künstlichen Firmament unter der Bahnhofskuppel hinaufführte.

»Die *Dead Rabbits*« sagte Peter verblüfft und erschrocken. »Die haben mir gerade noch gefehlt!« Er öffnete eine kleine Dachluke, die nur einmal alle zehn Jahre benutzt wurde, wenn hinter dem künstlichen Sternenhimmel Wartungsarbeiten durchgeführt wurden. Dann ließ man durch solche Luken an Seilen eine Plattform herab, auf der die Arbeiter stehen konnten. Peter packte das Ende eines solchen Seiles, das über eine Trommel lief und sprang. Geräuschlos glitt er in die Tiefe. Aber seine Befürchtung, möglicherweise zu spät an Flucht gedacht zu haben, war berechtigt gewesen. Er hatte nämlich noch nicht einmal die Hälfte des Weges zurückgelegt, als sich die Fahrt in die Tiefe plötzlich verlangsamte und gleich darauf völlig zum Stillstand kam. Peter baumelte hoch oben zwischen Himmel und Erde. Unten eilten Tausende von Menschen vorbei, aber niemand blickte zu ihm auf.

Sollte er sich einfach fallenlassen? Unmöglich! Wie ein rohes Ei würde er auf dem Marmorboden zerschellen. Einen Augenblick lang dachte er daran, an dem Seil so lange hin- und herzuschwingen, bis er sich an irgendeinem Mauervorsprung festkrallen konnte. Aber dazu kam es nicht mehr, denn schon hatten die Banditen oben die Kurbel der Seiltrommel gefunden. Die Fahrt ging wieder aufwärts.

»Verdammte Dead Rabbits!« fluchte Peter. »Was für ein Name!«

Mehrere Banditen blickten ihm durch die Luke entgegen. Doch als Peter fast oben angelangt war, griff er blitzschnell mit der Hand in eines jener kleinen runden Löcher, die in der Zwischendecke jeweils einen »Stern« in Form einer Glühbirne beherbergten, und hangelte wie ein Affe das Geweih des Sternbildes Stier entlang. Seine Händen fanden kaum Halt, aber Peter hoffte, daß er es bis zu einer anderen Luke schaffen würde. Mit einem Fußtritt wollte er sie von unten aufstoßen und sich hindurchschwingen. Dann wäre er gerettet.

An der Dachluke angelangt, machte Peter einen Klimmzug, zog die Beine an und wollte gerade mit letzter Kraft gegen die Luke treten, als sich jene wie von selbst öffnete. Er starrte in die grinsenden Visagen einiger Banditen. Seine Beine sanken kraftlos herab. Er spürte, wie seine Finger nachgaben. Kurz bevor er in die Tiefe stürzte, stieß er einen Schrei aus, aber im selben Moment fühlte er, wie eine starke Hand sein Gelenk umklammerte. Einer der Banditen hatte in letzter Sekunde zugepackt und zog ihn durch die Dachluke nach oben.

Peter war darauf gefaßt, daß sie ihn an Ort und Stelle fertigmachen würden. Schwer atmend fragte er: »Warum habt ihr mich nicht einfach fallenlassen? Will mich Pearly lebendig haben? Warum hat er ausgerechnet *euch* geschickt?«

Der Wortführer der Dead Rabbits erwiderte: »Wir wollen dir nichts zuleide tun, sondern uns nur mit dir unterhalten.«

Peter schloß erleichtert, aber auch angewidert die Augen. »Dann sagt schon, was ihr von mir wollt, ihr Ganoven!« sagte er unwillig.

»Wir haben von diesem Pferd gehört, das angeblich fliegen kann.«

»Tatsächlich?«

»Ja, die Leute schwören, daß es durch die Luft fliegt. Die

ganze Stadt spricht davon. Wir wollen dir das Pferd abkaufen – für einen guten Preis natürlich – und es im Zirkus auftreten lassen.«

»Ihr Schwachköpfe! Kein Pferd kann fliegen!«

»Aber alle haben es gesehen!«

»Der Hengst kann phantastisch springen, weiter nichts.«

»Und wie weit kann er springen?«

»Von einem Häuserblock zum anderen, vielleicht auch über zwei.«

»*Zwei* Häuserblöcke?«

»Ja, durchaus möglich.«

»Gut, wir kaufen ihn und lassen ihn im Zirkus Belmont auftreten.«

»Nein, so geht das nicht«, erwiderte Peter. »Für Geld würde er nicht springen, versteht ihr das nicht? Er springt, weil es ihm Spaß macht – falls ihr wißt, was das überhaupt ist, Spaß . . . Ohne mich tut er es sowieso nicht. Und außerdem ist er nicht zu verkaufen.«

»Wir geben dir zehntausend Dollar.«

»Nein.«

»Zwanzigtausend.«

»Nein.«

Die Banditen blickten fragend ihren Anführer an, der sich bisher im Hintergrund gehalten hatte. »Fünfzigtausend«, sagte er.

»Habt ihr keine Ohren? Ich sagte, er ist nicht zu verkaufen!«

»Fünfundsiebzigtausend. Unser letztes Angebot.«

»Nein.«

»Achtzig.«

»Hört auf, es ist zwecklos.«

»Also gut, hunderttausend! Weiter können wir nicht gehen.«

»So ein Quatsch!« sagte Peter Lake. »Ihr könntet mir eine Million bieten. Ich würden den Hengst trotzdem nicht hergeben.«

Als die Dead Rabbits schließlich eingesehen hatte, daß Peter sich um nichts in der Welt von dem Pferd trennen würde, marschierten die Männer mißmutig im Gänsemarsch ab. Peter blieb allein zurück. Für ihn war das Maß jetzt voll. Er hatte sich lange genug herumjagen lassen. »Ich steige aus« sagte er fest entschlossen. »Egal wie, aber ich steige aus!«

Er saß danach nicht lange untätig herum und grübelte, sondern faßte den Entschluß, genügend Geld zu stehlen, um sein Leben ändern und ein anderer Mensch werden zu können. Dabei schwebte ihm nicht nur der Heilige Stephan vor, sondern er hatte vor allem das Vorbild Mootfowls vor Augen. Der hatte nämlich sein Leben lang wie ein Besessener gearbeitet, um über sich selbst hinauszuwachsen. Er war zwar letztlich gescheitert, aber vielleicht hatte er irgendwann beim Anblick eines rotglühenden, in der Hitze flimmernden Eisenblocks dasselbe erblickt, was Peter tief in den Augen des weißen Hengstes gesehen hatte.

Peter Lake kletterte eine eiserne Feuerleiter hinauf, die nach draußen aufs Dach führte. Es war mit knietiefem Schnee bedeckt. Die echten Sterne glänzten im Weltraum wie ferne Fackeln und ließen die künstlichen Sterne an der Innenseite der Bahnhofskuppel zu einem kümmerlichen Abklatsch verblassen. Hier am nächtlichen Himmel ballten sich die Gestirne zu phosphoreszierenden Spiralnebeln und wirbelnden Feuerrädern. Peter stemmte sich gegen den heulenden Wind, der den Schnee vor sich hertrieb und zu hohen Wächten auftürmte. Aus dieser Höhe sahen auch die pulsierenden Lichter der Stadt wie ein Meer von Sternen aus. Von den breiten, strahlend hell erleuchteten Straßen, die dieses Gefunkel durchschnitten, stiegen hier und dort aus Schloten und Schornsteinen schlanke Pilze aus weißem Dampf in den dunklen Himmel.

»Ich mag zwar schon viel gesehen haben«, sagte Peter Lake zu sich selbst, »aber eigentlich habe ich noch nichts gesehen. Diese Stadt ist wie eine Maschine, die langsam anfängt warmzulaufen.« Ja, er hörte es genau, dieses unablässige Dröhnen und Brausen, das so gut zu der Lichterflut paßte und das eine geheime Botschaft zu enthalten schien.

BEVERLY

Isaac Penn, Verleger und Herausgeber der *Sun*, hatte sich sein Haus an der Upper West Side inmitten von Feldern und leeren Grundstücken bauen lassen, mit Blick auf den See im Central Park.

»Es verlangt mich nicht, an der Fifth Avenue neben all den anderen Dummköpfen zu wohnen«, hatte er damals verkündet. »Ich wurde nämlich am Hudson geboren, in einem kleinen Haus dicht bei den Werften. Da wurde rund um die Uhr Lärm gemacht, sogar bevor die Eisenbahnlinie gebaut war. Grunzende Schweine liefen überall frei herum, nicht viel anders als in New York, nur daß sie in der Stadt Anzüge und Krawatten tragen.

Ja, so lebten wir, und wir waren arm. Ich weiß noch genau, daß dort all die Leute, die es im Dasein nicht weiter gebracht hatten, wie Ölsardinen auf engstem Raum hausten. Die meisten waren nämlich Schwachköpfe und hatten noch nie einen einzigen vernünftigen Gedanken zu Ende gedacht. Damit es nicht so auffiel, scharten sie sich dicht zusammen.

Ich mag mein Haus. Es steht ganz allein in der frischen Luft, und meine Kinder mögen es auch. Sie sind gern hier draußen. Ich höre nur auf sie, nicht auf Leute wie Mrs. Astor.«

Da Isaac Penn nicht nur alt, mächtig und reich war, sondern in seiner ruppigen Art nie ein Blatt vor den Mund nahm, erschrak der Optiker, als der Hausherr ihm persönlich die Tür öffnete und ihn ins Innere des Hauses geleitete. Er fühlte sich wie ein Knabe, der sich in seiner Phantasie ausmalt, ein riesenhaftes Ungeheuer lauere ihm irgendwo im Dunkeln auf, um ihn zu fressen. Im übrigen verstand er nicht so recht, warum er mit all seinen Instrumenten zu den Penns gerufen worden war. Normalerweise hatte er nur Laufkundschaft, denn die geschätzten Kunden suchten ihn stets in seinem Laden auf. Verwundert registrierte er, daß Isaac Penn keine Brille trug. Das war ungewöhnlich für einen alten Mann, der sich in seinem Beruf mit soviel Kleingedrucktem befassen mußte.

»Wir sind also nicht Ihretwegen hier, nehme ich an«, sagte der

Optiker zu Isaac Penn, nachdem sich jener in einen riesigen Ledersessel hatte sinken lassen. Seine Worte wurden von lautem Klavierspiel übertönt, das aus dem angrenzenden Zimmer drang.

»Was sagten Sie?« fragte Isaac Penn.

»Wir sind wohl nicht Ihretwegen gerufen worden, sagte ich«, wiederholte der Optiker.

»Wen meinen Sie mit *wir*?« wollte Isaac Penn wissen und blickte sich im ganzen Raum um.

»Sie brauchen keine Brille, Sir, nicht wahr?«

»Nein«, bestätigte der alten Penn. Ob der Brillenmann wohl einen Gehilfen mitgebracht hat, fragte er sich im Stillen. »Ich habe noch nie eine gebraucht«, sagte er laut. »In meiner Jugend habe ich mit bloßen Augen nach Walen Ausschau gehalten. Da wäre eine Brille nicht gerade das Richtige gewesen.«

»Dann haben Sie mich wohl wegen Ihrer Gattin kommen lassen, Mr. Penn?«

»Sie lebt nicht mehr«, antwortete der Alte.

Der Optiker schwieg. Er brachte nicht einmal ein paar gemurmelte Worte des Beileids über die Lippen. Fast bemächtigte sich seiner so etwas wie Panik, denn aus irgendeinem Grund behandelte Isaac Penn ihn wie den Vertreter eines Bestattungsinstitutes. »Ich bin Optiker«, platzte er heraus, als habe jemand daran gezweifelt.

»Ich weiß«, antwortete Isaac Penn. »Keine Sorge, ich habe Arbeit für Sie. Ich möchte, daß Sie meiner Tochter eine Brille machen. Sie sitzt nebenan am Klavier.« Mit dem Finger zeigte er in die Richtung, aus der die Musik kam. »Es dauert bestimmt nicht mehr lange, bis sie fertig ist – höchstens ein Stündchen. Hübsch, wie sie Mozart spielt, nicht wahr?«

Der Optiker mußte an sein Pferd denken, das dort draußen im Schnee vor der Kutsche stand. Er dachte auch an sein Abendessen, das daheim kalt wurde, und an seine verletzte Standesehre. Immerhin war er doch ein Fachmann auf seinem Gebiet! Deshalb sagte er: »Mr. Penn, meinen Sie nicht auch, daß Sie Ihre Tochter von meinem Kommen unterrichten sollten? Wäre das nicht ratsam?«

»Ich glaube nicht«, sagte Isaac Penn. »Warum sollen wir sie

unterbrechen? Sobald sie fertig ist, können Sie ihr eine Brille anpassen. Sie haben doch alle Geräte mitgebracht, hoffe ich? Meine Tochter braucht die Brille noch heute abend. Am Vormittag hat sich ihr Bruder auf ihre alte Brille gesetzt, und sie hatte nur diese eine. Übrigens sind ihre Wimpern sehr lang, ja wirklich unerhört lang! Immer stößt sie damit an die Gläser; es muß sehr störend sein. Sie können doch eine Brille machen, deren Gläser weit genug vom Gesicht entfernt sind, damit die Wimpern Platz haben, nicht wahr?«

Der Optiker nickte.

»Gut«, sagte der alte Penn befriedigt und lehnte sich zurück, um dem sanften Schwall der Töne zu lauschen. Seine Tochter war eine großartige Pianistin, fast ohne Fehl — jedenfalls war ihr Vater fest davon überzeugt.

Da das Klavierspiel nicht enden wollte, legte der Optiker vorsorglich alle Instrumente bereit und stellte auch die Schrifttafeln auf, die zur Überprüfung des Sehvermögens dienten. Dann nahm er wieder Platz und lauschte der Musik. Kaum wagte er zu atmen. Warum ist ein Mann wie Isaac Penn wohl so nachsichtig mit seiner Tochter, fragte er sich verwundert. Aus Gründen, die er selbst nicht verstand, fürchtete er sich sogar ein wenig vor dem Mädchen. Er spürte, wie die Innenseite seiner Hände feucht wurde und sah bange dem Augenblick entgegen, da die Tochter des Hauses ihr Spiel beenden und gleich einer Prinzessin von königlichem Geblüt vor ihn, den armseligen Brillenmacher treten würde.

Die vordere Tür flog auf. Zwei halbwüchsige Knaben stürmten die Treppe hinauf und waren schon verschwunden, bevor das leise Vibrieren der Fensterscheiben verklungen war. Isaac Penn quittierte solch Ungestüm mit einem Lächeln. Er erhob sich und trat vor einen Schreibtisch, der in einer Ecke des Raumes stand. Mehrere druckfrische Exemplare seiner *Sun* lagen darauf. In der nahegelegenen Küche wurde scheppernd mit Töpfen und Pfannen hantiert. Es roch nach Brathähnchen. In allen Kaminen des Hauses brannte ein Feuer, insgesamt ein rundes Dutzend. Die Luft war erfüllt vom süßen, winterlichen Duft des harzigen Kirschholzes und von den Klängen des Klaviers. Rasch senkte sich die Nacht herab und hüllte das Haus in Finsternis. Drinnen schien der helle Schein der Lampen die Schatten in den Ecken und Winkeln der Zimmer noch zu vertiefen.

Als das Klavier verstummte, holte der Optiker tief Luft. Er hörte, wie nebenan der Deckel des Instruments geschlossen wurde. Gleich darauf stand eine junge Frau in der Tür. Ihr Gesicht war leicht gerötet, und ihre Augen glänzten vor Freude, als sie die Eisblumen an den Fenstern betrachtete. Ihr Atem ging schwer, wie bei einer Fieberkranken. Auf ihrem lieblichen Gesicht lag der Widerschein sanfter Verzückung. Als sie dort in der offenen Tür stand, vor dem Hintergrund des hell erleuchteten Zimmers, erstrahlte ihr goldenes Haar wie eine Sonne. Mit beiden Händen klammerte sie sich haltsuchend an den Türrahmen und gab mit dieser Geste auch den beiden Männern im Salon zu verstehen, daß sie sie nicht in ihrem Gespräch unterbrechen wollte. Bei aller Wohlerzogenheit, die man ihr sofort anmerkte, war unschwer zu erkennen, daß sich diese junge Frau vor niemand beugen mußte. Ihr Kleid erschien dem Optiker reichlich gewagt, denn schließlich war sie ja noch keine richtige Frau, sondern die Tochter des Hauses, ein klavierspielendes Mädchen, das nun in diesem Salon vor seinen Vater trat. Der Spitzenbesatz, ohne den der Ausschnitt des Kleides geradezu skandalös gewesen wäre, hob und senkte sich mit jedem raschen Atemzug über der Brust. Man mußte einfach hinsehen. Es ging so schnell, so beängstigend schnell! Der Blick aus den blauen Augen war stetig, aber das Klavierspiel mußte die junge Frau so ermüdet haben, daß sie sich nun zitternd an den Türpfosten klammerte.

Isaac Penn erhob sich geschwind und geleitete seine Tochter wie ein artiger Kavalier zu einem Sessel. »Beverly«, sagte er, »dieser Herr ist gekommen, um dir eine neue Brille anzupassen.«

☆

Draußen frischte der Wind zu einem jener klirrend kalten Stürme auf, die ungehindert aus der Richtung des Nordpols über die weißen, glattgefegten Ebenen herangebraust kamen. In solchen sternklaren Winternächten, wenn die Luft nach noch mehr Schnee roch, fragte sich Beverly bisweilen, warum sich die Eisbären niemals lautlos über die silbrig schimmernde Eisdecke des zugefrorenen Flusses bis in die Nähe des Hauses vorwagten. Die von der Winterkälte steifen Bäume beugten sich knarrend vor dem Sturm, ihre Zweige klopften und kratzten an den Wänden des Hauses, als begehrten sie in ihrer Verzweiflung Einlaß. Wäre in der Eisdecke des Hudson eine schmale Fahrrinne freigehalten worden, sinnierte Beverly, dann hätte irgendein tapferes kleines Schiff fast fliegend vor dem Wintersturm nach Süden fliehen können. Wie seltsam schön wäre es auch, wenn der Erdball unversehens aus seiner Umlaufbahn geschleudert würde, hinein in die kalten Schlünde des Alls, wo die Sonne inmitten der schwarzen Unendlichkeit einer immerwährenden Nacht nur eine schwach leuchtende, ferne Scheibe wäre, weniger hell als die Mondsichel. Stellt euch nur vor, welche Geschäftigkeit die Menschen entwickeln müßten, um Wärme und Licht zu erzeugen! Jeder einzelne Baum, jeder Brocken Kohle und jedes Stückchen Holz müßten verfeuert werden! Die Meere wären schon bald erforen, aber Männer mit Eisenstangen würden in der Finsternis Löcher in das Eis schlagen, um nach leblosen Fischen zu suchen. Irgendwann wäre alles Getier verzehrt, alle Felle und Häute verarbeitet, die Wolle gesponnen und zu Tuch gewebt. Auch Kohle gäbe es nicht mehr, und alle Bäume wären gefällt. Ewige Stille würde sich über die Welt legen, denn sogar der Wind käme schließlich zur Ruhe. Die Seen und Meere wären zu riesigen durchscheinenden Glasbrocken erstarrt. In Felle und Daunendecken gehüllt würden die Menschen still vor sich hinsterben.

»Ihr Pferd wird erfrieren, wenn Sie es noch lange dort draußen lassen«, sagte Beverly zu dem Optiker.

»Ja, ich bin froh, daß Sie mich daran erinnern«, erwiderte der Mann. »Ich muß sofort etwas unternehmen.«

»Wir haben einen Stall«, meinte das Mädchen leichthin.

»Warum haben Sie mir nicht gesagt, daß Sie mit Ihrem eigenen Gespann gekommen sind!« schalt der alte Penn und ging sofort zur Tür, um das Pferd persönlich zu versorgen.

Beverly blieb mit dem Optiker allein zurück. Ihr lag nichts daran, den Mann einzuschüchtern, ja es war ihr sogar unangenehm, daß er vor ihr Angst zu haben schien. »Kommen Sie, fangen wir an!« forderte sie ihn deshalb auf. »Ich bin müde.«

»Ich möchte lieber warten, bis Ihr Vater zurück ist«, sagte er, denn er brachte es nicht über sich, ganz nah an sie heranzutreten. Nicht, daß er sich vor ihrer Krankheit fürchtete – nein, er empfand es irgendwie als ungehörig, die körperliche Nähe einer jungen Frau zu spüren, die von einem brennenden Fieber verzehrt wurde, die Wärme ihrer bloßen Arme und Schultern zu fühlen, vom Hauch ihres Atems umweht zu werden und den süßlichen Duft wahrzunehmen, den die Fieberglut unzweifelhaft ihrem spitzenbesetzten Ausschnitt und ihrer Wäsche entströmen ließe.

»Schon gut«, hörte er sie sagen und sah, daß sie sekundenlang die Augen schloß. »Sie können jetzt gleich anfangen. Falls es Ihnen ungehörig vorkommt, weiß ich nicht, was ich dazu sagen soll. Tun Sie doch einfach, wozu man Sie gerufen hat!«

Da die Instrumente schon aufgestellt waren, konnte die Arbeit unverzüglich beginnen. Jedesmal wenn der Optiker dem Mädchen nahekam, hielt er die Luft an. Er war schweigsam und angespannt wie ein Tier auf der Flucht. Beverly hingegen atmete im Fieber rasch durch den Mund. Warm und süßlich entströmte die Luft ihren leicht geöffneten Lippen.

Umständlich und zugleich behutsam hantierte der Optiker mit seinen Instrumenten und Geräten. Während er immer wieder die Einstellung der Linsen veränderte, begann er einen monotonen Singsang zu intonieren: »Besser so oder so? Besser so oder so?«

Wieviele Tausende von Malen mag dieser Mann wohl jeden Tag ›Besser so oder so‹ sagen, fragte sich das Mädchen. Dies waren *seine* Worte, sie gehörten ihm. Ob ihm davon nicht ganz schwindlig wurde?

Wie schön sie ist, dachte der Mann bei sich. Und in der Tat war sie sehr schön! Sie sah aus wie eine voll erblühte Frau, und sie trat auch wie eine solche auf, doch zugleich hatte sie all die großartigen und unübersehbaren Attribute der Jugend. Er begehrte, fürchtete und beneidete sie. Sie war von vollendeter Körperlichkeit, sie war reich, sie war jung. Und da er selbst mit allerlei äußerlichen Makeln behaftet war und außerdem mühsam seinen Lebensunterhalt verdienen mußte, schien sie ihm vom Schicksal überreich beschenkt und gesegnet zu sein, obwohl er wußte, daß die Schwindsucht an ihr zehrte. Aus ihr sprach die Weisheit eines Menschen, der langsam dahinstarb. Das Fieber hielt sie unablässig in einem leichten Delirium, es erhob sie über die Dinge, wie es selbst Opium nicht vermocht hätte. Langanhaltende Fieberanfälle, die sich über Monate und Jahre erstreckten, verliehen diesem Sterben eine gewisse Würde. Doch warum mußte der Tod sich soviel Zeit nehmen, bis er dieses Mädchen endgültig bezwang?

Der ganze Raum war von tänzelnder Bewegung erfüllt, die in einem Halbkreis von dem Mädchen auszugehen schien. Die Flammen im Kamin zuckten und leckten wie Zungen, bisweilen drehten sie sich auch wirbelnd um sich selbst, einem bunten Kreisel ähnlich. Fensterläden ratterten, und die Zweige der Bäume scharrten an den Scheiben entlang, als kratzten Hundepfoten an der Tür. Das ganze Haus schien zu atmen. Beverly vermeinte, den Winter zu sehen. Auf Lichtbündeln, die von den glänzenden Linsen des optischen Gerätes wie schimmernde Lanzen aufzuckten, ritt er durch den Raum, hinüber zum Feuer, zum spiegelnden Glas der Fenster und schließlich zum Blau ihrer eigenen Augen. Das Zimmer, wie sie es sah, war ein Netz, ein Geflecht von Dingen, die sich in unablässiger Bewegung befanden, ein Zusammenspiel schelmisch tanzender Partikel, wie die schmiegsamen und scheinbar so gefügigen Töne eines fein gesetzten Konzertstückes. Wenn sie all dies sah, während irgendein Mann mit nervösen Händen an den funkelnden Linsen seines optischen Gerätes hantierte, um das Sehvermögen ihrer Augen zu überprüfen — was würde sie dann erst erblicken, sobald sich ihr Fieber bis zu Unerträglichkeit steigerte, fragte sich Beverly. Doch diese Überlegung war wohl müßig. Jetzt stand sie hier in diesem Raum, und auf unerklärliche Weise fühlte sie sich von dem flackernden Licht eingehüllt wie von den forschenden Blicken eines beflissenen Verehrers.

»Das Pferd ist im Stall«, verkündete der alte Penn, als er wieder ins Zimmer trat. »Benötigen Sie noch irgend etwas aus Ihrer Kutsche? Ich kann es holen lassen . . .«

»Einen Augenblick noch, Mr. Penn«, sagte der Optiker. »Ist es besser so oder so? So oder so? So oder so?« Als er fertig war, sank er, erleichtert und zugleich enttäuscht, in einen Sessel. Dann ließ er sein abschließendes Urteil vernehmen: Beverlys Augen waren vollständig in Ordnung. Sie brauchte keine Brille.

»Aber sie hat schon als kleines Mädchen immer eine Brille getragen!« protestierte Isaac Penn.

»Was soll ich dazu sagen? Fest steht, daß sie jetzt keine mehr braucht.«

»Nun gut. Schicken Sie mir Ihre Rechnung.«

»Eine Rechnung? Wofür?«

»Dafür, daß Sie an einem solchen Abend zu uns gekommen sind.«

»Ich weiß nicht, was ich dafür in Rechnung stellen soll.«

»Ihre Augen sind vollständig in Ordnung, sagten Sie?«

»Ja, absolut.«

»Dann berechnen Sie mir den Preis für eine speziell angefertigte Brille.«

In diesem Augenblick wurde zum Abendessen geläutet. Alle Hausbewohner begaben sich ins Eßzimmer. Der Optiker verabschiedete sich mit einer knappen Verbeugung und wandte sich zur Tür, um in die kalte Dezembernacht hinauszutreten.

Die Mahlzeiten bei den Penns waren insofern ungewöhnlich, als sie von allen Bewohnern des Hauses, die Bediensteten eingeschlossen, gemeinsam am selben Tisch eingenommen wurden. Isaac Penn war kein Aristokrat. Da er in seiner Jugend auf einem Walfangschiff zur See gefahren war und die Quartiere der einfachen Seeleute kennengelernt hatte, hielt er nichts von getrennten Messen für Offiziere und Mannschaften. Im übrigen waren die Kinder der Familie Penn – Beverly, Harry, Jack und die dreijährige Willa – stets dazu angehalten worden, ihre Freunde und Freundinnen mitzubringen. »Wenn wir gerade nicht arbeiten, leisten wir uns gegenseitig Gesellschaft«, konstatierte der Hausherr. »Hier wird kein Unterschied gemacht. Alle sind willkommen, die sich vor dem Essen die Hände waschen.«

Während draußen der kalte Wind das Gebüsch im Park zauste und am nächtlichen Firmament die Sterne ihrer wohlbekannten, unabänderlichen Bahn folgten, versammelte sich im großen Speisezimmer des Hauses die ganze Familie zum gemeinsamen Abendessen: der alte Isaac mit seinen Kindern Beverly, Harry, Jack und Willa, deren Freunde, die blonde Bridgett Lavelle, Jamie Absonord und Chester Satin, sowie die Hausangestellten Jayga, Jim, Leonora, Denura und Lionel. Zu Beverlys Verdruß wurden nebenan unterdessen volkstümliche Walzer auf dem Pianola gespielt. Zwar mochte sie diese Musik, doch war sie auf die Vollkommenheit eifersüchtig, mit der ein solches Klavier spielen konnte.

Zu beiden Seiten des langen, recht achtlos gedeckten Eßtisches gab es einen Kamin, in dem ein lustiges Feuer brannte. Zwischen funkelnden Kristallgläsern und glänzendem Porzellan standen Platten mit gebratenem Huhn, Schalen mit frischem Salat, Terrinen mit dampfenden Kartoffeln und Soße, Karaffen mit Wasser und Wein, Gewürze und Körbchen mit Zwieback.

Chester Satin hatte öliges, glatt angeklatschtes Haar. Er und Harry Penn wurden von Angst und Schuldgefühlen geplagt, was ihnen durchaus anzusehen war. Sie hatten am Nachmittag die Schule geschwänzt und sich in der Stadt Eintrittskarten gekauft, um eine gewisse Caradelba halbnackt wie eine spanische Zigeunerin tanzen zu sehen. Und da Chester schon immer ein freches, verdorbenes Bürschchen gewesen war, hatte er sogar einen Stapel pornographischer Postkarten erstanden. Letztere befanden sich inzwischen in einem Versteck unter einem losen Dielenbrett in Harry Penns Bude, genau über dem Eßzimmer. Nun saßen Harry und Chester bei Tisch und hatten irgendwie das sichere Gefühl, daß gleich ein Stück Gips aus der Decke herausbrechen würde und die anstößigen Bilder herabgesegelt kämen, zur ewigen Schande der beiden Missetäter. Trotzdem mußten sie ständig an die lasziven Abbildungen von Frauen denken, die in verschiedenen Stadien der Entblätterung dargestellt waren. Die Träger der leichten Gewänder waren neckisch über die Schultern gerutscht, die Röcke keß gelüpft, so daß die Beine bis zu den Knien zu sehen waren! Hälse und Nacken waren entblößt, die Arme bis zu den Ellbogen nackt, und auf einem Bild war deutlich der Brustansatz zu erkennen! Diese ehrlosen Weiber hatten das Maß des Anstands in sträflicher Weise überschritten, obwohl sie genügend Unterwäsche trugen, um einen Eisbären bei dreißig Grad unter Null zum Schwitzen zu bringen. Gewiß würden sie es sich auch nicht nehmen lassen, die beiden Knaben bloßzustellen, indem sie ihr Versteck verließen und von der Zimmerdecke herab in Isaac Penns ausgestreckte Hände fielen. So kam es, daß sich Harry und Chester während des Abendessens wie Verbrecher benahmen, über denen schon das Fallbeil schwebt.

Jack machte unterdessen seine Hausaufgaben. Das war erlaubt, denn jedes Kind durfte bei Tisch lesen. Die blonde Bridgett Lavelle ließ Jack, der übrigens Ingenieur werden wollte, nicht aus den Augen. Jamie Absonord stopfte sich mit Brathähnchen voll, als bestünde ihre Lebensaufgabe darin, sämtliches Geflügel dieser Erde zu vertilgen. Auch Beverly schien einen Bärenhunger zu haben. Sie war schlank, denn ihr Körper verbrannte alle Speisen schneller als die Flammen im Kamin ein Holzscheit verzehrten. Mit verblüffender Geschwindigkeit verwandelten sich die gebratenen Hühnchen in ein Häufchen schneeweißer Knochen. Auch die Kartoffeln wurden verputzt, und die Weinkaraffen leerten sich wie durch Zauberei. Schließlich verschwand auch noch der Inhalt der Obstschalen und das Gebäck. Die ganze Zeit über spielte nebenan das Pianola beschwingte Walzermelodien. Irgendwann verklemmte sich die Walze. Beverly stand auf, um die kleine Panne zu beheben. Als sie zurückkam, sah sie, daß ihr Vater einen kleinen Stapel Postkarten in der Hand hielt und mit strengem Blick darauf hinabschaute. Die beiden Knaben saßen vornübergebeugt am Tisch. Sie hatten die Hände vors Gesicht geschlagen und stöhnten kläglich. In der Zimmerdecke klaffte ein großes Loch.

»Hübsche Frauenzimmer sind das«, sagte Isaac Penn zu Beverly. »Aber keine von ihnen kann eurer Mutter das Wasser reichen.«

Bevor Beverly an jenem Abend zu Bett ging, stellte sie sich splitternackt vor einen großen Spiegel. Sie war schöner als alle Frauen, die auf Harrys Postkarten abgebildet waren – viel schöner. Am liebsten wäre sie auch bei *Mouquin's* als Tänzerin aufgetreten. Mit geschmeidigen Bewegungen hätte sie sich ganz dem Rhythmus der Musik hingegeben und ihren schönen Körper voll zur Geltung gebracht. Beverly sehnte sich danach, daß ein Mann sie entkleidete und umarmte. Auf einem imaginären Marmorboden machte sie zu den Klängen einer Musik, die nur in ihrem Kopf existierte, ein paar schnelle Pirouetten. Und da sie keinen Mann hatte, der sie umarmen konnte, umarmte sie sich selbst. Dann zog sie ihr Nachthemd an, um schlafen zu gehen. Damit kehrte sie in die nüchterne Wirklichkeit zurück, denn sie schlief auf einer Art Plattform oben auf dem Dach, wo es grimmig kalt war. Doch trotz oder gerade wegen der Eiseskälte erblickte das Mädchen von seiner Schlafstatt aus Dinge, die von anderen Menschen gewiß als Träumereien, Wunschbilder oder Vorspiegelungen bezeichnet worden wären.

Für Beverly kam ein wärmendes Feuer oder die Enge eines Raumes einem Todesurteil gleich. Wenn sie nicht den Windhauch frischer Luft auf ihrem Gesicht spürte, glaubte sie ersticken zu müssen. Die vom Arzt verordnete Lebensweise, die eigenen Neigungen und die letzte Hoffnung auf eine eventuelle Heilung von der Krankheit liefen auf eines hinaus: Beverly mußte sich möglichst viel im Freien aufhalten, und das tat sie ausgiebig. Nur drei oder vier Stunden am Tag verbrachte sie damit, zu baden, Klavier zu spielen oder gemeinsam mit der Familie zu essen. Zu allen anderen Tageszeiten war sie in ihrem Zelt auf der Plattform zu finden, die ihr Vater auf dem Dach hatte errichten lassen. Dort schlief Beverly auch nachts. Tagsüber las sie oder beobachtete einfach nur die Stadt, die Wolken, die Vögel, die Boote auf dem Fluß, die Kutschen und Autos tief unten auf den Straßen.

Im Winter war sie meist allein, denn nur wenige Menschen konnten den klirrenden Frost und den scharfen Nordwind aushalten, der die Kleidung wie mit unzähligen spitzen Nadeln durchdrang. Beverly jedoch war nicht nur daran gewöhnt, sondern sie konnte nicht anders leben. Meist waren ihr Gesicht und ihre Hände von der Sonne braungebrannt, sogar im Januar. Trotz ihrer Krankheit und Zerbrechlichkeit war sie auch bei dem schlechtesten Wetter in ihrem Element wie ein Fischer von den Grand Banks. Dies entbehrte nicht der Ironie, denn während gesunde Besucher schon nach kurzer Zeit zu Eisblöcken zu erstarren drohten, erblühte Beverly wie ein Garten im Frühsommer. Ihre Besucher waren eben nicht so abgehärtet. Auch hatten sie nicht speziell für sie angefertigte Decken, Mäntel und Kapuzen aus feinster Wolle, ganz zu schweigen von gefütterten Handschuhen, Steppdecken und Schlafsäcken aus Daunen und schwarzem Zobelpelz. Beispielsweise war da ein Eskimoparka, innen daunengefüttert und außen aus Zobel — wahrscheinlich die beste Winterkleidung der Welt, leicht und bequem, geschmeidig, wasserdicht und stets mollig warm. Eine Kapuze aus dem gleichen Material umschloß Beverlys Kopf eng wie eine schwarze Sonne, und die blendend weißen Zähne der jungen Frau bildeten dazu einen scharfen Kontrast. Jedesmal, wenn Beverly lächelte, war es so, als sei ein Licht in ihrem Antlitz entzündet worden.

Im Winter und im Sommer mußte sie mehrmals täglich die Treppe hinauf- und hinabsteigen. Auf dem Weg nach oben ruhte sie sich auf jedem Treppenabsatz aus, bis sie schließlich vor den Stufen einer schmalen Stiege stand, die zu einer Dachluke hinaufführte. Von dort aus ging es weiter über eine Art Feuerleiter mit hölzernen Stufen und eisernem Geländer. Beverlys Plattform ruhte auf einem Stahlgerüst und bildete ein Rechteck von sechs mal vier Metern über dem Dachgiebel. Auf der Plattform schließlich war mit Trossen ein kleines Zelt sicherer als das Gestänge eines Zirkustrapezes verankert. Hier hatte ein Virtuose seines Fachs ganze Arbeit geleistet. Auch der stärkste Wind konnte diesem Zelt nicht anhaben.

Drei Liegestühle waren so aufgestellt, daß Beverly jeweils einen anderen Ausblick hatte. Je nachdem, woher der Wind blies, oder wo die schwache winterliche Sonne stand, konnte sie sich in den einen oder anderen Stuhl setzen. Auf allen vier Seiten der Plattform waren dicke, schwenkbare Scheiben aus Panzerglas montiert, um den Wind abzuhalten. Ein ausgeklügeltes System aus Laufschienen und Flaschenzügen sorgte dafür, daß diese Scheiben bis zu einer Höhe von anderthalb Metern hochgekurbelt werden konnten. Es gab auch eine Art Schrankwand, die so konstruiert war, daß sie jedem Wetter standhielt. Hinter der ersten Schranktür waren soviele Decken und Kissen, daß man damit Napoleons gesamte Armee hätte warmhalten können. Im zweiten Schrank war Platz für drei Dutzend Bücher, einen Stapel Zeitschriften, ein großes Fernglas, eine Schreibunterlage und verschiedene Spiele. (Willa durfte in der warmen Jahreszeit zu Beverly hinaufsteigen und mit ihr Dame oder Mühle spielen.) Hinter der dritten Schranktür fand sich allerlei Gerät wie Thermosflaschen oder Schüsseln, in denen Beverly warme Getränke oder Speisen aufbewahren konnte. Der vierte Schrank enthielt meteorologische Instrumente. Beverly war im Lauf der Zeit eine Expertin geworden, die genaue Wettervorhersagen machen konnte, und sie brauchte dazu kaum Barometer, Thermometer und Windmeßgerät. Nützlich waren die Gerätschaften insofern, als sie es ihr erlaubten, sorgfältig alle Daten aufzuschreiben. Außerdem führte Beverly Tagebuch über das Flugverhalten der Vögel, die Baumblüte, Brände im Stadtbereich (Ausmaß und Dauer, Höhe, Dichte und Farbe der Flammen bzw. der Rauchsäule, etc. etc. etc.), vorbeifliegende Ballons, Kinder, die Drachen steigen ließen, das Aussehen des Himmels und der Schiffe oder Boote, die den Hudson hinauf- und hinabfuhren. Beispielsweise zog dann und wann ein prächtiges altes Segelschiff vorbei, ein großer, geheimnisvoller Schoner. Die Menschen in der Stadt waren meist so sehr mit sich selbst beschäftigt, daß nur Beverly das Schiff bemerkte.

Nachts lag sie in ihrem Bett unter freiem Himmel oder in ihrem Zelt. Durch die zurückgeschlagene Plane konnte sie das sternenübersäte Firmament betrachten — nicht zehn Minuten oder ein Viertelstündchen, wie es die meisten Menschen taten, sondern Stunde um Stunde. Sogar leibhaftige Astronomen nahmen den Himmel nicht mit soviel Hingabe in sich auf; sie waren allzu beschäftigt mit Karten, Messungen und anfälligem Gerät von Menschenhand, und ihr Augenmerk galt jeweils nur einer bestimmten astronomischen Fragestellung. Beverly hingegen war aufs Ganze gerichtet, ihre Augen sahen alles. Und anders als Hirten und Treiber oder die rauhen, vom Schicksal begünstigten Waldbewohner, die im Freien leben und arbeiten, war sie abends nur selten müde. Die weltenfernen Gestirne gehörten ihr, viele köstliche Stunden lang. In glitzernden Winternächten ließ sie sie in ihrer Einsamkeit wie Geliebte in sich ein. Es kam ihr vor, als schaute sie nicht hinauf, sondern hinaus in die Weiten des Universums. Sie kannte die Namen jedes hellen Sterns und aller Konstellationen. Und obwohl sie ihrem Blick entzogen waren, waren ihr auch viele der unermeßlichen Spiralnebel vertraut. Manche sahen aus wie eine wild zerzauste Mähne, von der schon eine einzige Strähne hundert Millionen Welten enthielt. In einem Taumel von Kometen, Sonnen und pulsierenden Gestirnen tranken Beverlys Augen das summende, knisternde, zischende Licht, das diesem Randbezirk unserer Galaxie entströmt, ein immerwährendes Zwielicht, eine graue Dämmerung in einer der vielen Himmelsgalerien.

Während ihr Gesicht dem bitteren Frost der klaren Nacht ausgesetzt war, wanderte ihr Blick über die Milchstraße, und ihre Lippen beteten lautlos wie die eines lesenden Kindes all die Namen der Gestirne und Sternbilder herunter. Beverly zögerte nur, wenn eine Woge warmer Luft aus einem nahen Kamin herbeigeströmt kam und für kurze Zeit die Himmelskörper in wabernde Bewegung zu versetzen schien. Ohne solche Störungen vermochte sie die vielen Namen in einem fast hypnotischen Singsang herzusagen, als riefe sie in dieser Dezembernacht durch die wogende, dunkle Lufthülle hindurch jeden einzelnen Stern an: *Columba, Lepus, Canis Maior, Canis Minor, Procyon, Beteigeuze, Rigel, Orion, Taurus, Aldebaran, Gemini, Pollux, Castor, Auriga, Capella, die Plejaden, Perseus, Cassiopeia, Ursa Maior, Ursa Minor, Polaris, Draco, Cepheus, Vega, das Kreuz des Nordens, Cygnus, Deneb, Delphinus, Andromeda, Triangulum, Aries, Cetus, Pisces, Aquarius, Pegasus, Fomalhaut*. Ihr Blick schwenkte zu Rigel und Beteigeuze zurück, um sodann flink einige Male zwischen Aldebaran, Rigel und den Plejaden hin- und herzuwandern. Im Bruchteil einer Sekunde wurden Lichtjahre überbrückt, als wäre Geschwindigkeit nur eine Frage der Perspektive.

Beverly fühlte sich den Sternen des Himmels so innig verbunden, als hätte sie sich einst selbst in ihrer Mitte befunden oder als wäre es ihr bestimmt, eines Tages unter ihnen zu weilen. Wie kam es, daß bei Vorträgen im Planetarium die an die Innenseite der Kuppel projizierten Lichtbilder nicht nur ihr, sondern allen Betrachtern so vertraut zu sein schienen? Sogar Bauern und Kinder verstanden augenblicklich die scharfen und zugleich abstrakten Bilder, verstanden sie mit dem Herzen. Die aus unzähligen Galaxien bestehenden Nebel und die wirbelnden Sternenhaufen, mittels elektrisch erzeugten Lichtes auf die glatte weiße Gipskuppel des Planetariums projiziert, hatten sogar einige der letzten Paumanuk-Indianer auf ihrer traurigen Reise in die Vergessenheit innehalten lassen und in einen solchen Trancezustand versetzt, daß der Vortragende auf alle Erläuterungen hätte verzichten können. Und wie war es zu erklären, daß gewisse Klänge, Frequenzen und sich wiederholende rhythmische Strukturen das Bild von Gestirnen, schwebenden Galaxien und in matten Farben prangenden, gehorsam auf elliptischen Umlaufbahnen kreisenden Planeten heraufbeschworen? Warum waren gewisse Werke der Musik, prä- oder postgalileisch — was machte das schon —, in Harmonie und Rhythmus mit den Sternen verknüpft und suggerierten auf die Erde hinabregnende, sich vor dem Aufprall scheinbar spreizende Lichtgarben, deren Strahlen in Wirklichkeit parallel zueinander verliefen?

Beverly wußte keine Antwort auf diese und Hunderte von ähnlichen Fragen. Da sie die Schule vorzeitig hatte verlassen müssen und ohnehin wenig in den Naturwissenschaften gelernt hatte (Mädchen wählten meist andere Fächer als Physik und Chemie), war sie verblüfft, als sie eines Morgens nach dem Erwachen auf ihrem Notizblock lange Gleichungen entdeckte, die sie mit eigener Hand niedergeschrieben zu haben schien. Anfänglich hatte sie vermutet, daß Harry ihr einen Streich gespielt hatte, doch die Handschrift erwies sich unbestreitbar als ihre eigene. Insgesamt füllten die Berechnungen mehrere Seiten. Sie ging damit zu dem Mann, der im Planetarium Vorträge hielt.

Eine Stunde lang beobachtete sie ihn, wie er im fahlen, nördlichen Licht, das durch die Fenster ins Zimmer strömte, an seinem Schreibpult saß und ihre eigenen Formeln abschrieb. Am Ende meinte er, er würde zwar aus keiner einzelnen dieser Berechnungen schlau, doch weil sie ihm soviel Kopfzerbrechen bereiteten, habe er trotzdem an ihnen Interesse gefunden. Beverly fand, daß ihre Gleichungen in der Handschrift des Mannes viel mehr Autorität zu haben schienen.

»Was hat das alles zu bedeuten?« fragte sie.

»Ich weiß nicht«, erwiderte der Mann. »Aber auf den ersten Blick sieht alles sehr vernünftig aus. Ich möchte diese Aufzeichnungen behalten, wenn Sie nicht dagegen haben. Woher haben Sie sie?«

»Das habe ich Ihnen doch schon gesagt«, erwiderte Beverly.

»War es tatsächlich Ihr Ernst?«

»Ja.«

Er starrte sie an. Wer war sie, diese hübsche junge Frau mit den leicht geröteten Wangen, die in Seide und kostbare Pelze gekleidet war? »Welche Bedeutung haben diese Dinge für Sie?« erkundigte sich der Mann, der einen bequemen, grauen Anzug mit Weste trug.

Beverly nahm die Blätter aus ihrem Notizbuch an sich und betrachtete sie nachdenklich. Dann blickte sie auf und meinte: »Es bedeutet für mich, daß das ganze Universum dröhnt und singt. Nein, es schreit!«

Der gelehrte Astronom war schockiert. Er hatte schon öfter erlebt, daß sich im Publikum Verrückte oder Menschen mit Visionen befunden hatten. Manche von ihnen hatten Theorien entworfen, die zumindest elegant waren, andere Thesen waren absurd und wieder andere fast schon hirnverbrannt. Meistens hatte es sich jedoch bei ihren Erfindern um alte bärtige Männer gehandelt, die in Dachkammern voller Bücher und Gerümpel hausten, Exzentriker, die ziellos durch die Stadt streiften und Karren mit ihrer armseligen Habe vor sich herschoben, Geisteskranke, die aus überfüllten staatlichen Heilanstalten entlassen worden waren. Immer war etwas Packendes und oft sogar ein Körnchen Wahrheit in den Hirngespinsten solcher Menschen, als wäre ihr geistiges Gebrechen zugleich eine echte Begabung. Gewiß war die schwere Last der Wahrheit, die sie mit so wachen Sinnen witterten, für die Trübung ihres Verstandes verantwortlich. Jedenfalls waren die Wunder, die aus ihren Worten anklangen, bis zur Unkenntlichkeit entstellt.

Der Astronom hätte sich in seiner Haut wohler gefühlt, wenn sein Gesprächspartner ein invalider Bürgerkriegsveteran oder ein eigenbrötlerischer Erfinder aus einem der hinterwäldlerischen Städtchen am Hudson River gewesen wäre. Das war genau der Menschenschlag, der ihn mit ellenlangen Gleichungen und Berechnungen zu belästigen pflegte. Aber daß nun ein hübsches junges Mädchen vor ihm saß, das noch nicht einmal zwanzig Jahre alt war, eine gepflegte junge Frau aus gutem Hause — diese Tatsache stand in einem so scharfen Widerspruch zur augenscheinlichen Obsession der Besucherin, daß der Astronom tief betrübt, ja sogar ein wenig erschrocken war.

»Es dröhnt?« fragte er behutsam.

»Ja.«

»Können Sie das genauer erklären?«

»Nun, es dröhnt oder grollt wie ein Hund, aber tief, ganz tief. Und dann schreit es, mehrstimmig, mit weißen und silbernen Klängen.«

Der Astronom starrte das Mächen aus weit aufgerissenen Augen an, und als sie fortfuhr, begann sein Herz heftig zu klopfen.

»Das Licht ist zuerst stumm, doch dann dröhnt es wie Becken, die aufeinandergeschlagen werden es sprudelt wie eine Quelle, es schießt hervor und ist doch zugleich still. Das Licht durchquert Räume, ohne sich zu bewegen, ein starres Bündel, so klar umrissen und stumm wie eine Säule aus Rubin oder Diamant.«

Als Beverly kurze Zeit später wieder auf ihrer Plattform stand, wanderte ihr Blick erneut zu Rigel und dann zu Orion. Die Plejaden waren, wie immer, trotz ihrer verwirrenden Asymmetrie vollendet ausbalanciert, und Aldebaran blinkte aus dem All herab.

»Wie ihr heute wieder leuchtet!« sagte Beverly in den Wind. Aldebaran schien ihre Worte mit tänzerischem Gefunkel zu beantworten, an dem das Mädchen viel Gefallen fand, obwohl es ganz lautlos vonstatten ging. Rigel, Beteigeuze und auch Orion redeten in ihrer Sprache zu ihr. Es gab keine schönere Kathedrale, keinen wohlklingenderen Chor als die Sterne, die aus der schweigenden Nacht herab zu all den vielen Schwindsüchtigen sprachen, jener stillen Legion von Verdammten, die irgendwo, von den anderen Menschen unbeachtet, in der Finsternis auf den Dächern ihrer Häuser standen und zum Himmel aufblickten.

Diese Legion von Schwindsüchtigen hielt auch in dieser Nacht Ausschau, trotz des beißenden Frostes, den der Nordwind wie ein schneller Läufer herbeibrachte, erbarmungslos und hart, eine Bedrohung alles Lebendigen. Sie waren alle da, die Kranken, dem Blick der anderen entzogen, auf den Dächern des stummen Waldes eckig aufragender Gebäude dort drüben jenseits der Brücken, die heller funkelten als diamantenes Geschmeide. Alle waren sie da, doch jeder für sich allein, in stumme Zwiesprache mit den Sternen versunken, dem kalten, fernen Licht ein wenig flüchtige Liebe abringend. Überall nichts als Eis, der Fluß bis zu großer Tiefe gefroren, Bäume und Wege von glitzerndem Schnee bedeckt, mit einer Kruste, die hart genug war für die Hufe der Pferde. Und dennoch glühten die Schlafenden in ihren luftigen Behausungen auf den Dächern wie kleine Öfen.

Als Beverly sich an jenem Abend an ihren Geliebten, den Sternen sattgesehen hatte, drehte sie sich ruhig und zufrieden um und war schon bald auf ihrem Lager aus Pelzen und Daunen eingeschlafen.

Eine Göttin im Bad

Im Dezember wollte die ganze Familie Penn, Beverly ausgenommen, wie jedes Jahr zum Landhaus am Coheeries-See fahren. Beverly hatte vor, an Weihnachten nachzukommen. Bis dahin wäre genügend Zeit, um ihr eine ihren Anforderungen entsprechende Schlaf-Loggia herrichten zu lassen. Außerdem war auf diese Weise gewährleistet, daß sie nach einer langen, anstrengenden Reise einen Haushalt vorfand, der schon gut eingespielt war. Die anderen Familienmitglieder wußten allerdings nicht, daß Beverly insgeheim mit dem Gedanken spielte, ihre Reise im letzten Augenblick telegraphisch abzusagen, denn sie fühlte sich verwirrt und hatte das dringende Bedürfnis, allein zu sein. Falls sie sich jedoch trotzdem für die Reise entscheiden sollte, müßte sie zuerst eine Strecke im Schlitten fahren, dann mit dem Flußdampfer, wiederum mit dem Schlitten und schließlich mit einem Eissegler, bis sie bei dem großen Haus ankäme, das auf einer kleinen Insel unweit des Festlandes in einer weiten Bucht stand. Dort wollte die Familie Penn Weihnachten feiern.

Isaac, Harry, Jack und Willa (die in ihrem wattierten Anzug wie ein pummeliger Cherubim aussah) sollten schon in den nächsten Tagen abreisen. Vom gesamten Hauspersonal würde nur Jayga zurückbleiben. Doch sobald die Familie fort wäre, wollte Beverly auch sie zu ihrer Familie in Four Points heimschicken. Beverly wußte, daß Jaygas Vater dem Tod entgegensiechte. Sie hatte bei ihrem eigenen Vater durchgesetzt, daß die Posposils von ihm genügend Geld erhielten, um ausreichend versorgt zu sein.

»Wozu haben wir eigentlich unsere wohltätige Stiftung?« hatte der alte Isaac eingewendet. »Wir haben es nicht nötig, unser privates Vermögen zu verschenken. Dazu haben wir die Stiftung. Sie arbeitet ganz unabhängig.«

»Daddy«, hatte Beverly erwidert. »Harry wird sich schon bald selbständig machen, und Jack auch. Willa ist bestens versorgt, und ich habe nicht mehr lange zu leben. Sag mir, wozu ist also all das Geld gut?«

Widerstrebend gab Isaac Penn nach. Er wußte genau, daß alles Geld der Welt nichts gegen das Verhängnis vermochte, das über dem alten Posposil und seiner eigenen Tochter schwebte.

Jayga würde also auch bald fort sein, so daß Beverly für einige Tage in dem leeren Haus allein wäre. Aus irgendeinem Grund, den sie selbst nicht verstehen konnte, war sie felsenfest davon überzeugt, daß ihr etwas ganz Besonderes widerfahren würde, eine unverhoffte Heilung von ihrer Krankheit oder ein plötzlicher Fieberanfall, der ihrem Leben endlich ein Ende bereitete. Aber die Zeit verging und nichts geschah. Zwei Tage vor der Abreise der Familie begann es zu schneien. Von den Sternen war nachts nichts zu sehen, und selbst der Mond war von einem weißen Schleier verdeckt. Doch Beverly war voller Geduld und Zuversicht. Sie wartete ab. Und tatsächlich klarte es am Tag der Abreise auf.

Peter Lake hatte soviel über den heiligen Stephan nachgegrübelt, daß er eine Zeitlang religiös wurde und sogar einmal eine Kirche betrat. Vor Schreck wäre er fast ohnmächtig geworden. Bisher hatte er Kirchen nur von außen gesehen, denn Reverend Overweary hatte seinen Knaben nie erlaubt, die kleine silberglänzende Kapelle zu betreten, die er in der Nähe des »morgenländischen« Bungalows von Diakon Bacon hatte errichten lassen. Doch nun schritt Peter mit einem bangen Gefühl den breiten Mittelgang entlang, eingeschüchtert und halb geblendet von der Fülle der grellbunten Farben, in denen das helle Tageslicht die Kirchenfenster erstrahlen ließ. Übrigens hatte sich Peter für die *Maritime Cathedral*, die schönste Kirche der Stadt entschieden. Sie verhielt sich zur St.-Patrick's- und zur St.-John's-Kathedrale etwa so wie die Sainte-Chapelle zu Notre Dame. Die Fenster der Kirche hatte übrigens Isaac Penn gestiftet, und er hatte darauf bestanden, daß auf ihnen die Geschichte von Jonas und dem Wal dargestellt wurde. Schließlich hatte er ja selbst in seiner Jugend viele Wale getötet.

Da war Jonas: Man sah ihm seine Verblüffung an. Mit weit aufgerissenem Mund erlebte er den Moment, da der Wal ihn verschlingt. Und dann erst der Wal selbst! Das war kein dummer, emblemhafter Fisch mit einem Menschenantlitz und den Augen eines hypnotisierten Vaudeville-Komödianten, sondern ein langes, schwarzes, massiges Tier mit einer monströsen, faltigen Kiefernpartie. Seine angegilbten, arg mitgenommenen Barten waren wabig durchbrochen wie ein chinesisches Puzzle, und über und über war das riesige Monstrum mit alten Narben und klaffenden Wunden bedeckt. Ein Auge war erblindet, und in seinem Fleisch steckte noch ein stählerner Harpunenhaken. Er glitt nicht sanft durch das Wasser wie ein kleiner Silberfisch auf einer Renaissance-Miniatur, sondern er pflügte die Wellen wie ein echter Wal, der die See zu schlagen und zu verwunden versteht.

Es erstaunte Peter, daß überall in der Kirche sehr schöne Schiffsmodelle standen. Sie schienen durch die dämmerige Kathedrale zu segeln, als befänden sie sich auf einer großen Schiffahrtsstraße. Peter war eigentlich gekommen, um herauszufinden, was es mit der Religion auf sich hatte, denn vielleicht konnte er dann so werden wie der heilige Stephan. Außerdem wollte er für Mootfowl beten. Mootfowls Tod war zwar längst vergessen, aber die wenigen Menschen, die sich gelegentlich noch daran erinnerten, waren fest davon überzeugt, daß Peter ihn umgebracht hatte, und das stimmte ja auch, – obwohl sich Mootfowl eigentlich selbst getötet hatte, und zwar auf eine seltsame und ausgefallene Art, die Peter für immer an ihn kettete.

Jackson Mead, der Brückenbauer, war ein paar Jahre in der Stadt geblieben, halb gefeiert, halb mißachtet. Er hatte eine große graue Brücke über den East River konstruiert, leicht, anmutig und mathematisch perfekt. Mootfowl hätte seinen Gefallen daran gefunden. Aber da in der Welt noch viele Brücken gebaut werden mußten, war Jackson Mead eines Tages mit seinen wortkargen Arbeitern und Mechanikern ohne viel Aufhebens verschwunden. Nicht einmal der Einweihung der Brücke hatte er beigewohnt. Es hieß, daß er irgendwo in der Nähe der

Grenze neue Brücken konstruierte, in Manitoba, in Oregon oder Kalifornien, aber das waren natürlich nur Gerüchte.

Peter Lake fragte sich, wie er sich beim Beten anzustellen habe. Mootfowl hatte seine Knaben oft zum Gebet angehalten. Dann waren sie einfach niedergekniet und hatten ins Feuer gestarrt, das hatte gereicht. Hier, in der Maritime Cathedral, gab es jedoch kein Feuer, sondern nur das reine, kalte Licht, das grell und bunt durch die Fenster flutete. Peter kniete dennoch nieder. »Mootfowl«, flüsterte er. »Lieber Mootfowl . . .« Er wußte nicht, was er sagen sollte, aber seine Lippen bewegten sich tonlos, während er an den Widerschein des Feuers in Mootfowls Augen dachte, an seinen chinesischen Hut, an die starken, schlanken Hände und seine bedingungslose Hingabe an die mysteriösen Dinge, die er in der Verquickung von Feuer, Bewegung und Stahl finden zu können glaubte. Peters Lippen sagten nicht das, was er gern gesagt hätte, nicht, daß er Mootfowl geliebt hatte. Solche Worte brachte er hier nicht über sich, sie erschienen ihm seltsam unangemessen. So schlich er sich denn nach einer Weile aus der Kirche und fühlte sich genauso ratlos und enttäuscht wie beim Betreten des Gebäudes. Was waren das für Menschen, die das Beten als leicht empfanden? Redeten sie wirklich zu Gott, als bestellten sie sich in einem Restaurant etwas zu essen? Jedesmal wenn er, Peter, niederkniete, versagte ihm die Zunge den Dienst.

Peter saß wieder auf seinem Hengst, hoch über dem Pflaster der Straße. Oft kam ihm das Pferd wie ein riesiges Bronzestandbild vor, dessen Aufgabe es eigentlich gewesen wäre, reglos irgendeinen öffentlichen Platz zu bewachen. Aber dieses Pferd war voller Bewegung. Mit leichtem, geschmeidigem Tritt trug es den Reiter dem Park entgegen. Peter hatte eigentlich vorgehabt, an der oberen Fifth Avenue ein paar feine Privathäuser auszukundschaften, aber dann setzte der Hengst eigenwillig in der Nähe der Bethesda-Fontäne an der schmalen Stelle über den See und schlug die Richtung der *West Side* ein. In der Nähe von Isaac Penns Haus, das Peter nie zuvor gesehen hatte, blieb er stehen. Peter sah von weitem zu, wie der alte Isaac mit Harry, Jack, Willa und dem gesamten Hauspersonal außer Jayga in drei große

Pferdeschlitten stieg — das heißt, einer der Schlitten war hoch mit Gepäckstücken beladen. Mit Glockengeläut und Peitschenknall fuhr die kleine Reisegesellschaft davon. Peter stieg ab und beobachtete das Haus, bis es Abend wurde.

Nach einer Weile setzte sich der Hengst wie ein Hund auf sein Hinterteil. Auch er schien das Haus zu beobachten. Eine Stunde später war es so stockfinster, als hätte jemand die dicke Tür einer Kühlkammer zugeschlagen, und der Wind frischte kräftig auf. Bald sprang Peter von einem Fuß auf den anderen, um sich warmzuhalten. Er schlug den Kragen seines Kittels hoch, doch bot auch dieser ihm kaum Schutz gegen die beißende Kälte. Schon wollte er auf das Haus zugehen, aber der Hengst blieb bockig auf seinem Hinterteil sitzen. »Ich bin kein Pferd«, murmelte Peter ärgerlich. »Ich erfriere viel schneller, und außerdem kann ich nicht im Stehen schlafen.«

Die Aussicht, hier langsam vor Kälte zu krepieren, verleitete Peter nicht dazu, seine beruflichen Pflichten zu vernachlässigen. Er vermerkte, daß von den sieben Kaminen bei der Abreise der Familie fünf geraucht hatten. Jetzt waren es nur drei, und Peter ging davon aus, daß auch ihre Rauchfahnen bald verschwinden würden. Aber da täuschte er sich. Gegen sechs Uhr abends begann ein vierter, kurz darauf sogar ein fünfter Kamin zu qualmen. »Vielleicht haben sie ein automatisches Ölfeuerungssystem«, sagte Peter sich. Aber nein, das konnte nicht stimmen, denn nicht einmal ein so großes Haus wie dieses hätte fünf Ölbrenner, höchstens zwei für die Heizung und weitere zwei für die Warmwasserversorung. Nein, der Rauch mußte von offenen Kaminen stammen. Ja, jetzt konnte er es riechen. Das waren Holzfeuer! Also mußte sich wohl jemand in dem Haus aufhalten.

Um sechs Uhr dreißig ging in einem der Fenster das Licht an. Nach all der Dunkelheit war Peter fast geblendet. Er fühlte sich hier draußen verletzlich und ausgesetzt. Schnell trat er hinter einen Baum. Es war extrem kalt, aber es war trotzdem richtig gewesen, solange zu warten. Das Licht kam aus der Küche. Sekundenlang sah er durch das Fenster die Silhouette einer Frauengestalt. »Sie haben ein Dienstmädchen zurückgelassen. Ja, so muß es wohl sein«, sagte Peter zu sich. Er gab jedoch nicht auf, sondern wartete weiter, denn er wußte genau, daß in einem Haus allerlei passieren konnte, wenn der Hausherr fort war.

»Es ist ein Mädchen«, sagte er zu dem Hengst. »Ich wette, daß sie einen Schatz hat. Bestimmt kommt er bald, um sich vollaufen zu lassen und tagelang seinen Spaß mit ihr zu haben. Ich habe nichts dagegen. Sobald die beiden splitternackt unter der seidenen Bettdecke des Hausherrn eingeschlafen sind, sehe ich mich im Erdgeschoß ein bißchen nach Wertsachen um.«

Um sieben Uhr zuckte über dem Haus ein heller Lichtschein in den Himmel. Peter Lake dachte zuerst, es sei eine Sternschnuppe oder eine von einem Schiff aus abgeschossene Leuchtrakete, mit der ein Lotse angefordert wurde. Aber es war keines von beiden. Beverly hatte nur die Dachluke geöffnet, die von der Wendeltreppe ins Freie führte. Gleich darauf gingen im Haus noch andere Lichter an. Jetzt läßt sie wohl die Jalousien runter, dachte Peter. Es kann nicht mehr lange dauern, bis ihr Freier leise an die Tür klopft und wie eine Katze durch einen schmalen Spalt ins Haus schlüpft.

Drinnen stieg Beverly in die Küche hinab. Sie setzte sich zu Jayga an den Tisch, um etwas zu essen. Jayga war schon reisefertig. Die beiden Frauen sagten beim Essen nur wenig. Sie waren beide in Männer verliebt, die es nur in ihrer Phantasie gab, und sie teilten jene resignierte Traurigkeit, die von zuviel Träumen und Sehnsucht herrührt. Sie waren insgeheim an die Vorstellung gewöhnt, daß sie bei ihren privatesten Verrichtungen in all ihrer Anmut und Schönheit von einem unsichtbaren Mann beobachtet wurden. Übrigens war es in Jaygas Fall Ansichtssache, ob sie schön und anmutig war, blieb gewissermaßen dem Auge des Betrachters überlassen. Wenn Beverly und sie, jede für sich, eine Näharbeit machten, Klavier spielten oder sich vor einem Spiegel frisierten, taten sie dies jedenfalls immer in stummer, zärtlicher Reverenz vor dem unsichtbaren Geliebten, den sie fast so liebten, als gäbe es ihn tatsächlich.

Während Jayga die Küche aufräumte, bereitete sich Beverly für die Nacht. Heute kein Klavierspiel, kein Schach oder Backgammon, keine Beschäftigung mit Willa und ihren Puppen! Willa fehlte ihr schon jetzt. Das kleine Mädchen sah seinem

Vater ähnlich. Noch war Willa nicht wirklich hübsch, aber sie wurde von allen Menschen geliebt, weil ihr unfertiges Gesichtchen soviel Edles hatte. Wirklich ein süßes kleines Mädchen! Und schreien konnte sie! Und kichern! Dieses Jahr würde Willa zum ersten Mal bewußt ein Weihnachtsfest am Coheeries-See erleben, und Beverly überlegte daher immer noch, ob sie nicht doch hinfahren solle.

Plötzlich war sie sehr müde. Sie verabschiedete sich von Jayga, sagte, sie hoffe sie in ein paar Tagen gesund wiederzusehen und ging dann die Treppe hinauf.

Peter Lake übersah diesmal den hellen Lichtschein, als Beverly die Dachluke öffnete. Er beobachtete aufmerksam, wie unten im Haus ein Licht nach dem anderen ausging. Jayga machte ihren Rundgang. Zuletzt löschte sie auch das Licht in der Küche, trat aus der Haustür, setzte ihren Koffer ab, drehte den Schlüssel im Schloß zweimal um und prüfte mit der Klinke, ob die Tür auch tatsächlich verschlossen war. Dann nahm sie wieder ihren Koffer auf und ging mit schlurfenden Schritten die Auffahrt entlang. Mit einem Blick stellte Peter fest, daß nur noch aus drei Kaminen dünne Rauchfahnen aufstiegen.

Das wäre das, sagte er sich. Es war vier Uhr morgens. Die fünf diensthabenden Polizisten in Manhattan saßen jetzt bestimmt in irgendeinem Bordell am warmen Ofen und warteten auf ihren Vorgesetzten, der einen Stock höher im Bett einer armen, kleinen Nutte aus Cleveland lag, in deren pinkfarbener Federboa schnarchte und seine angezogenen Schenkel eng an das nackte Hinterteil der jungen Prostituierten preßte.

Ich knacke die Tür morgen früh um vier, dann bin ich um halb fünf mit dem Silber, dem Bargeld und einem halben Dutzend zusammengerollter Rembrandts wieder draußen, nahm Peter sich vor. Natürlich stellte er sich die Frage, wie jemand eine solche fette Beute unbewacht lassen konnte. Wahrscheinlich hatte der Hausherr das Dienstmädchen als Aufpasserin zurückgelassen. Ja, so mußte es sein. Aber jetzt war sie heimlich ausgebüxt. Wahrscheinlich gab es im Haus ein elektrisches Alarmsystem und andere Überraschungen, aber das machte die Sache nur interessanter. Peter fröstelte. Wenn er nicht bald eine heiße Mahlzeit und ein Glas kochend heißen Grog bekam, war es um ihn geschehen. Auch der Hengst brauchte dringend eine tüchtige Portion Hafer und etwas zu saufen, am besten heißen Pferdetee aus Luzerne. Kurz entschlossen saß Peter auf und preschte in gestrecktem Galopp über die verschneiten Wege, dem Lichterglanz und der Musik der Bowery entgegen.

☆

Schon von weitem konnte man die Leute in dem auf geröstete Austern spezialisierten Restaurant schmatzen und genüßlich stöhnen hören. Tatsächlich ist eine geröstete Auster ja auch etwas Feines. Sie muß den klaren, etwas stichigen Geschmack der blauen See haben, heißer als siedendes Öl serviert werden und gewissermaßen in ihrer eigenen, knochentrockenen Haut verpackt sein. Dann entlockt sie sogar den verwöhntesten Feinschmeckern ein anerkennendes Grunzen.

Peter Lake versorgte den Hengst und begab sich schnurstracks in das Lokal, einem riesigen Kellerraum mit Wänden aus grauem, unverputztem Stein, mit Gewölben und Arkaden, die an ein Aquädukt aus der römischen Antike erinnerten. An diesem Freitagabend um halb acht labten sich hier sicherlich über tausend Gäste an der Spezialität des Hauses. Eine Heerschar von Kellnern im Jünglingsalter mühte sich in dem Gedrängel, den Wünschen der zahlreichen Gäste gerecht zu werden. Ihre lauten Rufe ließen an ein großes Schiff denken, das von seiner Mannschaft durch eine enge Hafeneinfahrt bugsiert wird. Kerzen, Gaslaternen, vereinzelte elektrische Glühbirnen und vor allem der flackernde Schein vieler kleiner Feuerstellen illuminierten den Saal.

Ein abgehetzter Kellner blieb vor Peter Lakes Tisch stehen, blickte ihn mit zusammengezogenen Augenbrauen an und fragte:

»Wieviele dürfen es denn sein?«

»Vier Dutzend«, erwiderte Peter Lake. »Mit Thymian- und Hickory-Geschmack.«

»Etwas zum Trinken?« fragte der Kellner.

»Na klar«, erwiderte Peter Lake. »Bring mir einen großen Humpen kochendheißen Grog!«

»Sehr wohl!«

»Und . . . ach ja — kann man bei euch vielleicht auch zufällig eine schöne gebratene Eule haben?«

»Eine gebratene Eule?« fragte der junge Kellner verwundert. »Nein, sowas können Sie hier nicht bekommen.« Er drehte sich auf dem Absatz um und verschwand, aber in weniger als einer Minute war er mit vier Dutzend Austern zurück.

Peter Lake machte sich sofort darüber her. Eine Stunde lang schmatzte und grunzte er zufrieden, dann lehnte er sich gesättigt zurück.

»Vor jedem Einbruch lasse ich es mir gutgehen«, sagte er zu einem Rechtsanwalt, der am Nebentisch saß und genau wie er wohlgefällig sein gerundetes Bäuchlein betrachtete und in seinen Zähnen herumstocherte, vor sich auf dem Tisch einen Zinnkrug mit dampfendem Tee. »Es ist doch nur vernünftig, sich in Erwartung großer Entbehrung ein wenig gehenzulassen und sich vor einem großen Coup etwas zu gönnen, meinen Sie nicht auch?«

»Gewiß«, erwiderte der Rechtsgelehrte. »Auch ich pflege mich vor jedem wichtigen Gerichtstermin zu betrinken oder in einem Hurenhaus zu entspannen. Zügellosigkeit dieser Art wirkt sich eindeutig klärend auf meinen Geist aus, macht bei mir gewissermaßen *tabula rasa*, so daß wieder neue Energien in mich hineinströmen können.«

Bald darauf fand sich Peter Lake in einem der schlichten, weißgetünchten Räume einer nahegelegenen Herberge wieder. Dort schlief er traumlos bis zum frühen Morgen. Als er sich erhob, fühlte er sich ausgeruht und voll neuer Kraft. Er wusch sich, rasierte sich, trank ein paar Schlucke eiskaltes Wasser und trat in die Kälte hinaus. Als wäre es schon Frühsommer, schlenderte er ungeachtet der frostigen Temperatur durch die verlassenen Straßen. Innerlich fühlte er sich warm und springlebendig, voll Liebe, Kraft und Zuversicht. Welch hübsche Überraschung, am Stall anzukommen und den Hengst schon wach, unternehmungslustig und vor Energie strotzend vorzufinden!

Beverly erwachte genau um vier Uhr morgens. Als sie die Augen aufschlug, erblickte sie über sich einen frühlingshaften Nachthimmel. Von den zahllosen Sternen ging eine solche Klarheit und Ruhe aus, daß es Beverly für kurze Zeit so vorkam, als wäre die Winterluft sanfter und wärmer geworden. Am Firmament erblickte sie keine wallenden Sternennebel, keine eisige Unendlichkeit, sondern ein fröhliches, anheimelndes Gefunkel wie in einer lauen Sommernacht.

Beverly lächelte entzückt. Da sie nicht mehr schlafen konnte, setzte sie sich ohne die gewohnte Mühe auf und stand gleich darauf auf den Füßen. Nun war sie ganz von der Sternennacht umgeben. Kaum wagte sie zu atmen, um den Zauber dieser Nacht nicht zu stören. Sie fühlte sich fieberfrei. War es möglich? Ja, sie hatte beim Aufstehen nicht den üblichen Hitzeandrang verspürt, sie zitterte nicht wie sonst am ganzen Körper, und das Atmen fiel ihr leicht. Schnell entledigte sie sich der engen Haube aus Zobelpelz, die ihren Kopf umhüllte. Hatte sie wirklich kein Fieber mehr? Anscheinend nicht, aber sie wußte, daß sie vorsichtig sein mußte. Am besten war es, erst einmal ins Haus zu gehen, zu baden, die Temperatur zu messen und abzuwarten, ob die Quecksilbersäule des Thermometers nach ein paar Stunden nicht doch wieder in die Höhe schoß wie eine Möwe, die sich im Sommer von einem starken Aufwind emportragen läßt.

Peter Lake war vor einem Weilchen eingetroffen. Vorsichtig machte er im Mondschein eine Runde um das Haus. Alle leicht zu erreichenden Einstiegsmöglichkeiten hatten dicke Eisengitter, aber das bereitete ihm keinerlei Kopfzerbrechen. In Peters Werkzeugtasche befand sich auch ein tragbarer Schneidbrenner, mit dem man Eisenstangen durchtrennen konnte, als wären sie aus Butter. Schon wollte Peter ein Streichholz an den Brenner halten, aber dann überlegte er es sich anders. Er kramte in seiner Tasche herum und zog ein Voltmeter heraus. Tatsächlich, das Eisengitter stand unter einer schwachen elektrischen Spannung! Peter überlegte, wie sich diese Sicherheitsvorkehrung am besten umgehen ließ, doch dann fiel ihm auf, daß die Gitterstäbe unterschiedlich dick waren. Bei genauerer Überprüfung stellte er erstaunt fest, daß in jedem der Eisenstäbe ein kompliziertes, gezacktes und spiralförmiges Muster eingeprägt war. Es schien sich um schmale Streifen aus einem anderen Metall zu handeln. Um dieses Alarmsystem auszutüfteln, mußte irgend jemand tagelang viele Seiten Papier mit Berechnungen und Zeichnungen bedeckt haben. Peter gab sich nicht der falschen Hoffnung hin, diese Barriere in einer finsteren Winternacht bei fünfzehn Grad unter Null überwinden zu können. Beeindruckt, ja sogar fast erfreut begab er sich auf die andere Seite des Hauses und kletterte auf ein breites Fenstersims. Er befand sich jetzt in der Höhe des großen Salons. Das große Fenster war nicht vergittert, und Peter überzeugte sich mit einem Blick davon, daß die Scheibe innen nicht von einem silbrigen Metallstreifen eingefaßt war. Hier hatte man also auf eine Alarmanlage verzichtet, aber vielleicht war das Fenster auf eine andere Weise abgesichert. Peter störte sich daran nicht. Sofern man die nötige Vorsicht und Sorgfalt walten ließ, war solchen Vorrichtungen immer beizukommen. Er brauchte nur mit dem Glasschneider ein großes, rundes Loch in die Scheiben zu schneiden, und schon stünde er drinnen auf dem Klavier.

Der Mond rettete ihn. Soeben war er noch von der Dachtraufe verdeckt gewesen, doch nun beschien er das Glas und enthüllte Zehntausende von haarfeinen Rillen, die in die Scheibe eingeätzt worden waren und ein verschlungenes Muster bildeten. Peter zog eine Lupe aus der Tasche und schaute sich das seltsame Liniengewirr näher an. Mittels einer ausgeklügelten Technik, die selbst ihm unbekannt war, waren die feinen Furchen mit kaum sichtbaren Metallfäden ausgefüllt worden. Kein Zweifel, dieses Haus war rundum abgesichert. Peter konnte nicht wissen, daß der alte Penn von der Furcht vor Einbrechern geradezu besessen war. Er hatte heroische Anstrengungen unternommen, um es den Dieben so schwer wie möglich zu machen.

»Nun gut«, sagte Peter Lake. »Türen und Fenster kann man verbarrikadieren. Das ist völlig in Ordnung. Aber man kann nicht jeden Quadratzoll des Daches und der Wände absichern. Da niemand zu Hause ist, werde ich mir selbst eine Luke ins Dach schneiden.«

Im selben Augenblick, als Beverly oben auf dem Dach die Tür

hinter sich schloß und die eiserne Wendeltreppe hinabging, schleuderte Peter mit geschicktem Schwung einen kleinen dreizackigen Anker, an dem ein Seil befestigt war, nach oben auf das Dach. Es klang wie der Schlag mit einer Axt, als der Anker sich in einen dicken Balken krallte, aber Beverly hörte nichts mehr davon. Peter schulterte seine Werkzeugtasche und kletterte wie ein Bergsteiger an dem mit Knoten versehenen Seil hoch. Unterwegs redete er dem Anker auf dem Dach gut zu, er möge es sich ja nicht einfallen lassen, plötzlich lockerzulassen. Im Inneren des Hauses war Beverly indessen am Fuß der Wendeltreppe angekommen. Es war kurz nach vier Uhr morgens.

Drüben in der Stadt rührte sich noch nichts. Der Rauch aus einigen Kaminen stieg kerzengerade in die stille Luft, und auf dem Fluß funkelten vereinzelte Lichter von Lotsenbooten oder großen Schiffen, die inmitten des Treibeises vor Anker lagen.

Beverly und Peter waren, ein jeder auf seine Weise, völlig mit sich selbst beschäftigt. Sie durchquerte leichtfüßig das zweite Stockwerk des Hauses und entledigte sich schon auf dem Weg nach unten ihrer Kleidung. Gleich darauf stand sie im Badezimmer ihres Vaters vor der riesigen Wanne und wartete, bis sie sich mit warmem Wasser gefüllt hatte. Normalerweise hätte sie solche Eile längst erschöpft, aber heute tänzelte sie wie jemand, der sich unbeobachtet fühlt, ausgelassen durch das Haus. Unterdessen rackerte sich Peter oben auf dem Dach ab. Keuchend kurbelte er an einem großen Schneckenbohrer.

»Dieses verdammte Dach ist anscheinend drei Fuß dick«, knurrte er, während der Bohrer immer tiefer eindrang. »Wahrscheinlich habe ich Pech gehabt und bin ausgerechnet auf einen dicken Querbalken gestoßen.« Er setzte den Bohrer an einer anderen Stelle an, doch nach ein paar Minuten steckte dieser bis zum Bohrfutter im Dach, und es war noch immer kein Ende abzusehen. »Was geht hier vor?« fragte sich Peter, inzwischen zutiefst verstimmt. »Unter normalen Umständen wäre ich längst im Haus.« Wie sollte er auch ahnen, daß Isaac Penn, dieser Exzentriker und einstige Walfänger, steinreich wie er war, beim Bau des Hauses die besten Schiffszimmerleute mit der Dachkonstruktion beauftragt hatte. Auf seinen ausdrücklichen Wunsch war das Dach so ähnlich gebaut worden wie der Rumpf eines in der Arktis operierenden Walfangschiffes, dem auch das Packeis nichts anhaben kann. Die Balken waren so dick und lagen so eng nebeneinander, daß Peter Lake selbst bei monatelanger Arbeit kein Loch in das Dach hätte sägen können.

Als es Peter allmählich dämmerte, daß er wohl durch einen der Kamine würde einsteigen müssen, verdüsterte sich seine Stimmung noch mehr. Im Sommer war das schon schlimm genug, aber im Winter mußte man mit unvorhersehbaren Komplikationen rechnen.

Während Peter oben auf dem Dach herumturnte, schickte sich Beverly an, in die Wanne zu steigen, bei der es sich im Grunde um ein kleines Schwimmbecken aus schwarzem Schiefer und hellem Marmor handelte, zehn Fuß lang, acht Fuß breit und fünf Fuß tief. Das Becken war so beschaffen, daß das Wasser beim Füllen auf ganzer Länge über ein schmales Sims strömte und gleich einem kleinen Wasserfall schäumend und sprudelnd in die Wanne stürzte. Hier hatten alle Kinder der Familie Penn schwimmen gelernt, zuletzt auch Willa. Und trotz seines durchaus verdienten Rufes, eine Säule der Tugend zu sein, hatte Isaac Penn nie etwas dagegen, wenn in dieser Wanne Männlein und Weiblein splitternackt miteinander badeten, solange es nur ohne alle Scheu und ohne Geheimnistuerei geschah. Diese Art des Badens hatte er in Japan kennengelernt. Sie war ein Ausdruck höchster Kultiviertheit, davon war er felsenfest überzeugt.

Die Wanne, ein kleiner, einladender, schaumbedeckter See, war nun halbvoll. Oben auf dem Dach hatte Peter Lake soeben die große Luke und die hell erleuchtete Wendeltreppe entdeckt. Zuerst dachte er, es sei eine Falle, aber dann überlegte er sich, daß es auch Glück sein konnte. Die Tür war nämlich aus Stahl. Jemand mußte nach Verlassen des Solariums vergessen haben, sie zu schließen. Peter beschloß, es auf einen Versuch ankommen zu lassen. Er zog eine Pistole aus der Tasche und machte sich auf den Weg nach unten.

Beverly hob die Arme über den Kopf und stellte sich vor den Spiegel. Ja, sie war schön. Wie herrlich, schön zu sein und sich gesund zu fühlen!

Gerade als sich Peters Augen an das helle Licht auf der Wendeltreppe gewöhnt hatten, sprang Beverly mit den Füßen voran in die große Wanne, daß das Wasser hoch aufspritzte.

Auf der Wendeltreppe wurde es Peter fast schwindelig.

Beverly drehte sich wohlig auf den Rücken und breitete die Arme aus.

Peter kam unten an. Mit vorgehaltener Pistole blickte er sich argwöhnisch um.

Beverly hielt sich am Rand des Beckens fest und plantschte mit den Beinen. Dazu trällerte sie ein Liedchen. Das lange, blonde Haar hatte sie hochgesteckt. Ihre Haut war feiner und weißer als Elfenbein, ihr schlanker Körper mit den langen Beinen von vollendeter Schönheit. Falls das Fieber überhaupt zurückkehrt, dann hoffentlich erst nach dem Bad, sagte sie sich. Dann würde sich ihre Haut plötzlich röten wie ein blühendes Rosenbeet . . . Aber daran wollte sie jetzt nicht denken.

Peter fürchtete nicht mehr, in eine Falle gegangen zu sein. Er stand nun in Isaac Penns Arbeitszimmer. Es war in der Tat luxuriös eingerichtet, für einen Einbrecher ein wahrer Augenschmaus. Hier gab es zehntausend in Leder gebundene Bücher, eine schimmernde Kollektion alter Navigationsinstrumente, Chronometer und Ferngläser aus Messing, von einem halben Dutzend Ölgemälden ganz zu schweigen. Peters Blick fiel auf den Rücken eines Buches, das zusammen mit vielen anderen hinter Glas in einer Vitrine stand. Unten am Rand des Regals war ein Kärtchen befestigt. Darauf standen die beiden Wörter *Gutenberg* und *Bibel*. Wertloser Schmöker, dachte Peter Lake. Sehr alt konnte dieses Buch nicht sein. Anscheinend fand jemand in Guttenburg, einer kleinen Stadt in New Jersey im Nordwesten von New York, Spaß daran, solche dicken, unhandlichen Bibeln zu drucken. Genau über dem Schreibtisch aus dunklem Mahagoni, der größer war als die Kammer einer Hausmagd, hing ein Gemälde, auf dem ein Rennpferd auf einer grünen Wiese dargestellt war. Hinter solchen Bildern, das wußte Peter Lake, befand sich meist die Tür eines in die Mauer eingelassenen Panzerschranks. Er rückte das Gemälde ein wenig von der Wand ab und sagte verblüfft: »Eine Tür so groß wie bei einem Tresorraum in einer Bank!«

Der alte Penn war in vielerlei Hinsicht ein Genie. Aber er war auch schrullig und hatte seine Launen. Als Liebhaber der Wissenschaften hatter er sein zuletzt geborenes Kind *Oxygen* – Sauerstoff – nennen wollen, aber die ganze Familie hatte ihn bestürmt, doch bitte einen etwas gebräuchlicheren Namen zu wählen. Die kleine Willa hatte Glück gehabt. Immerhin hatte es Isaac Penn einige Jahre zuvor fertiggebracht, seinem Sohn Harry einen zweiten Vornamen zu verpassen, der ebenfalls recht ungebräuchlich war: Brasilius.

Beim Bau seines Hauses war Isaac Penn ebenfalls eigene Wege gegangen. Der Panzerschrank, über den Peter Lake sich gerade so freute, gehörte zu den ausgefalleneren Ideen des Hausherrn. Obwohl das ganze Gebäude eine Art Festung war, hatte Isaac Penn dafür gesorgt, daß sich niemand, der diesen Panzerschrank zu knacken versuchte, über Mangel an Arbeit hätte beklagen können. Der Tresor befand sich in einem Gehäuse aus gehärtetem Spezialstahl, das aus mehreren Schichten bestand und insgesamt fünfzehn Zoll dick war.

Von all dem wußte Peter Lake natürlich nichts. Ahnungslos begann er zu bohren. Eine halbe Stunde später war das Loch so tief, daß der Zwei-Zoll-Bohrer ganz darin verschwand. Peter legte die Bohrmaschine beiseite und steckte die spitze Ahle in das Loch, um die genaue Tiefe auszumessen. Vielleicht war die Panzerung aufgrund einer ungenauen Fertigung unterschiedlich dick oder der Bohrer schon etwas abgenützt. Aber nein, es waren genau zwei Zoll! Vielleicht ist der Safe innen auch nur mit feuerfestem Material ausgekleidet, sagte sich Peter. Er kramte in seiner Werkzeugtasche herum, fand einen dünnen stählernen Stößel, steckte ihn in das Bohrloch und schlug kräftig mit einem Hammer darauf. Der Hammer prallte zurück und flog in hohem Bogen über Peters Schulter bis zur gegenüberliegenden Wand. Eine Tür von drei Zoll Dicke? Unmöglich! Aber das wird sich gleich zeigen. Nach sorgfältigen Messungen und Berechnungen kam Peter zu dem Schluß, daß der Durchmesser der Öffnung und das System der Scharniere eine drei Zoll dicke Tür nicht zuließen. Auf jeden Fall wollte er es trotzdem mit einem Drei-Zoll-Bohrer versuchen.

Ein Stockwerk höher fragte sich Beverly unterdessen, ob wohl das Fieber zurückgekehrt sei, oder ob sie sich nur wegen des Bades so erhitzt fühlte. Sie schwitzte, als ob sie innerlich glühte. Vielleicht hatte das Fieber tatsächlich für eine Weile nachgelassen und war nun von dem heißen Badewasser zurückgerufen worden. Ob es wohl besser gewesen wäre, sich ganz still zu verhalten, kaum zu atmen und inbrünstig zu hoffen, daß sich das Fieber irgendwann durch eines der Fenster davonmachen und sich draußen im Schnee endgültig abkühlen würde, nachdem es zuvor blindwütig, aber vergeblich im Inneren des Hauses nach ihr, Beverly, gesucht hätte? Doch wer konnte wissen, ob ihr das unvorsichtige Verhalten am Ende nicht doch zugute käme? Beverly erinnerte sich daran, was ihr Vater einmal über jene Menschen gesagt hatte, die zu lange zaudern und sich nach allen Seiten abzusichern trachten: »Gott läßt sich nicht übertölpeln, indem man einfach stillhält«, hatte er gesagt und sie ermahnt, Mut und Beherztheit zu zeigen. Diese Aufforderung hätte er sich jedoch sparen können, denn Beverly hatte es von klein auf durchaus nicht an Courage gefehlt.

Mit einer schwungvollen Geste wischte sie über den beschlagenen Spiegel und erblickte eine prächtige junge Frau, deren gerötetes Gesicht und deren Brust von kleinen glitzernden Schweißperlen bedeckt waren. Nieder mit dem Fieber! Kämpfe es nieder oder gehe selbst kämpfend unter, ermunterte sie sich. Mut konnte nicht unbelohnt bleiben — oder doch? Nun, das wird man sehen. In der Zwischenzeit gab es jedoch kein Wenn und Aber — sie würde kämpfen!

Beverly wickelte sich in ein großes Badetuch, steckte es an der Schulter mit einer silbernen Brosche zusammen und machte sich auf den Weg nach unten, um ein wenig Klavier zu spielen. Wegen des Fiebers machte ihr sogar das Gehen Mühe, aber die kühle Luft erfrischte sie wie eine frische Brise im Gebirge.

Auch Peter Lake schwitzte ausgiebig. Der Drei-Zoll-Bohrer war bis zum Anschlag in dem Loch verschwunden! Er zog ihn heraus, blies die Bohrspäne fort und steckte die Ahle ins Loch. Stahl, solider Stahl! Peter packte den Hammer und schlug mit ganzer Kraft zu. Fast hätte ihn der Hammer erschlagen, denn wie ein Querschläger prallte er zurück. Peter vergaß, warum er in dieses Haus eingebrochen war und spannte einen zehn Zoll langen Bohrer ein.

»Ich werde mit diesem Miststück fertig!« fluchte er mit halbirrem Blick. »Und wenn es mich umbringt!« Er rollte die Ärmel seines Hemdes hoch und begann wieder zu bohren. Schweiß rann in Strömen über sein Gesicht, brannte ihm in den Augen und tropfte auf den dunkelroten Teppich.

In diesem Augenblick schwebte Beverly wie ein Wolke an der weit geöffneten Tür des Arbeitszimmers vorbei. Aus den Augenwinkeln glaubte Peter etwas Helles wahrgenommen zu haben. Er drehte sich um und war innerlich darauf gefaßt, ein Gespenst zu erblicken. Aber da war nichts. Beverly hatte schon die Küche erreicht. Peter machte sich wieder an die Arbeit. Er packte den runden, rot lackierten Griff seiner Handbohrmaschine und begann, wie von Sinnen daran zu drehen.

Beverly saß in der Küche und starrte in die rote Gluthölle des Toasters. Plötzlich vernahm sie das quietschende und mahlende Geräusch des Bohrers. Zuerst dachte sie, es sei eine große Ratte. Argwöhnisch blickte sie sich um. Seit wann gab es in diesem Haus Ratten? Die Vorstellung ließ sie erschauern. In ihrer Phantasie blickte sie in Gräber; das Erdreich, aber auch die Leichen waren von einem engmaschigen Tunnelnetz durchzogen, in dem die Ratten hin- und herhuschten.

Zwei Scheiben Toast sprangen mit einem lauten metallischen Knacken aus dem Toaster. Geistesgegenwärtig fing Beverly sie mitten in der Luft auf.

Peter Lake hatte nun ein zehn Zoll tiefes Loch gebohrt. Alle Muskeln schmerzten ihn, und er war durstig. Wenige Sekunden, bevor Beverly ein zweites Mal an der offenen Tür des Arbeitszimmers vorbeikam, um ins Musikzimmer zu gehen, warf sich Peter erschöpft auf ein Ledersofa und schloß die Augen. Hätte er dies nicht getan, wäre er von Beverly entdeckt worden.

Das Mädchen stellte den kleinen Porzellanteller mit den beiden Toastscheiben und eine hauchdünne Tasse, die mit siedendheißem Tee gefüllt war, auf das Klavier. Als sie das vor vielen Jahren zum erstenmal getan hatte, war sie deswegen von ihrem Vater gescholten worden. Gewiß gab es in der glatten Politur des Flügels ein paar Ringe, aber das hatte den Klang des Instruments nicht verändert. Was sollte sie heute spielen? fragte sich Beverly. Vielleicht *Les adieux*? Diese Beethovensonate gehörte zu ihren Lieblingsstücken. Sicherlich war sie genau das Richtige, um sich vom Fieber zu verabschieden. Aber nein, die Schönheit von *Les adieux* mochte ebensogut eine Einladung an das Fieber sein zurückzukehren, diese Musik war stark genug, um einen Reiter mitten im Galopp kehrtmachen zu lassen. Schließlich beschloß Beverly, die Klavierfassung des Allegro aus Brahms' Violinkonzert zu spielen. Schon die Eröffnung war von einer solchen Kühnheit, daß es Beverly Überwindung kostete, die ersten Töne und Akkorde zu spielen. Ein Frösteln durchlief sie, doch gleich darauf flutete die Musik durch den Raum, fand ihren Weg durch das ganze Haus und schlug jeden, der sie hören konnte, in ihren Bann.

Peter hatte kraftlos auf der Couch gelegen. Seine Werkzeuge lagen auf dem Fußboden verstreut. Er hatte die für einen Dieb unerläßliche Wachsamkeit außer acht gelassen und war deshalb besonders verwundbar. Als die Musik mit mächtigem Schwall heranbrandete, war er gänzlich unvorbereitet. Sein Herz setzte aus, er flog geradezu in die Luft und fiel mit einem Gesichtsausdruck, der an einen getretenen Hund gemahnte, auf das weiche Möbel zurück. Dann fing er sich jedoch rasch – auch das gehörte zu seinem Beruf. Blitzschnell sprang er auf die Füße. Jetzt war er kein Einbrecher mehr, den man auf frischer Tat ertappt hatte. Nein, jetzt ging es ums Ganze! Er ließ seine Werkzeuge und seine Jacke liegen und ging der Musik entgegen. Dies war etwas anderes als das sentimentale, wehmütige Geklimper in einer Kneipe. Hier wehte ihn Höheres an, keine Folge abstrakter Töne, sondern etwas, das so schlicht und offenkundig war wie die zahllosen Lichter, die des Nachts gleich riesigen, grünlich-weißen Perlenketten die elegant geschwungenen Hängebrücken illuminierten.

Als er an der Tür des Musikzimmers ankam, war er schon entwaffnet. Die Töne, die Beverly dem großen Flügel entlockte, hatten ihn mit der Kraft eines Naturgesetzes durchdrungen. Dort saß sie, in ein Handtuch gewickelt, und spielte auf der großen schwarzen Musikmaschine. Sie schwitzte, sie arbeitete hart, sie war ganz darin versunken, all ihre Kraft in die Tasten des Instruments strömen zu lassen. Ihr Haar war halbnaß, zerzaust, achtlos hochgesteckt. Während sie spielte, sang sie mit oder sprach mit dem Klavier, sie neckte, drängte, ermutigte es. Sie redete mit verhaltener Stimme, und ihre Lippen formten jedes einzelne Wort überdeutlich aus: »Ja!« sagte sie. »Jetzt!« Dann griff sie summend oder singend das Thema auf. Mit geschlossenen Augen schlug sie harte Akkorde an und zog die Hände mit einem Lächeln zurück. Die Muskeln und Sehnen ihres Nackens und ihrer Schultern spannten und dehnten sich wie bei einem Athleten. Peter Lake konnte nicht sehen, daß sie den Tränen nahe war. Fast ärgerlich bemühte er sich, seine eigenen Gefühle im Zaum zu halten, aber es wollte ihm nicht gelingen. Am liebsten hätte er sich davongemacht, aber er blieb wie angewurzelt stehen, bis Beverly fertig war und heftig atmend den Deckel des Instruments schloß.

Die Art, wie Beverly atmete, war in der Tat sonderbar. So rangen Menschen nach Luft, die sich in den Fängen eines heftigen Fiebers befanden. Sie stand auf und stützte sich mit beiden Händen auf dem Klavier ab, sonst wäre sie gefallen. Peter konnte die Augen nicht von ihr wenden. Er fühlte sich zutiefst beschämt. Der Gedanke, daß er hierhergekommen war, um zu stehlen, quälte ihn. Er war in das Haus eingebrochen und stand nun auf der Schwelle dieses Zimmers, verschwitzt und schmutzig von der Arbeit mit dem Bohrer. Hinterrücks starrte er diese ahnungslose junge Frau an. Es erfüllte ihn mit unsäglicher Bewunderung, daß sie sich trotz ihrer offenkundigen Schwäche dazu aufgerafft hatte, voller Leidenschaft jene beredte und kräftezehrende Musik zu spielen. Sie hatte das vollbracht, was Mootfowl immer als erstrebenswert hingestellt hatte: Sie war über sich selbst hinausgewachsen. Hier, vor seinen, Peters, Augen. Sie hatte sich emporgeschwungen und war dann zurückgefallen, geschwächt, verwundbar, allein. Gern wäre Peter ihr in ihrem Höhenflug gefolgt. Wie schön sie war, halbnackt und von innen heraus glühend, als wäre sie gerade einem Bad entstiegen. In ihrer Ermattung wirkte sie fast trunken vor Hingabe. Allein schon an ihren bloßen Schultern konnte Peter Lake sich nicht sattsehen. Er war überwältigt.

Aber wie sollte er ihr gegenübertreten? Draußen dämmerte es schon. Es kam Peter so vor, als wären Beverly und er eine Stunde lang reglos verharrt, bis er sich schließlich zu der Erkenntnis durchrang, daß sie ganz einfach unnahbar war. Ja, er durfte es nicht wagen, vor sie hinzutreten.

Als der Wind der Frühe sanft an den Fensterläden rüttelte, machte Peter einen Schritt rückwärts. Er hoffte, sich unbemerkt davonstehlen zu können, während die junge Frau starr und stumm am Klavier lehnte. Doch dann gab das Dielenbrett, auf das er trat, einen wundersamen, gequälten, hölzernen Quietschlaut von sich, ein Geräusch, das unmißverständlich vom Gewicht eines lebendigen Wesens zeugte. Peter erstarrte. Hoffentlich hatte sie nichts gehört! Aber Beverly drehte sich langsam zu ihm um. Halb im Delirium richtete sie ihre Augen auf ihn und blickte ihn unverwandt an. In ihrem Inneren bereitete sich eine Reaktion auf das vor, was sie vor sich sah, aber äußerlich hätte niemand zu sagen gewußt, welcher Art diese Reaktion schließlich sein würde. Peter hingegen spürte, wie ihm die Schamröte ins Gesicht stieg. Er brachte kein Wort heraus. Er hatte kein Recht, hier zu sein. Schon jetzt hatte sich ein tiefgreifender Wandel in ihm vollzogen. Ein gewandter Plauderer war er nie gewesen. Er wußte nur: Sie ist halbnackt, draußen graut der Morgen — und ich liebe sie! In seiner Ratlosigkeit hob er den Fuß und klopfte damit auf das Dielenbrett, das ihn verraten hatte. Fast hätte man meinen können, daß er den Tränen nahe war.

»Es quietscht«, sagte er und legte soviel Gefühl in diese beiden Worte, daß er sich erschrocken fragte, ob er den Verstand verloren hatte. »Es quietscht.«

Beverly blickte auf das Klavier hinab, dann wandte sie sich wieder Peter zu. »Wie bitte?« fragte sie mit leicht gehobener Stimme. »Was sagten Sie soeben?«

»Nichts«, erwiderte Peter Lake. »Jedenfalls nichts von Bedeutung.«

Beverly begann zu lachen. Zuerst klang es sehr laut, und es erinnerte sie beide daran, wie still es im Haus gewesen war. Auch Peter lachte, wenngleich höflich und vorsichtig. Da schloß sie die Augen und schlug mit einem Seufzer die Hände vors Gesicht. Noch einmal wurde sie von einem kleinen Lachanfall geschüttelt, dann war sie still. Gleich darauf wurde sie von heftigem Weinen überkommen. Sie weinte bitterlich, aber bald war alles vorüber. Als sie aufblickte, lag in ihren Augen ein Ausdruck, als hätte sie sich bis zum letzten Tropfen leergeweint. Nun schmeckte ihre Haut nach Salz.

Die Morgensonne stand schon über dem Horizont und tauchte den Raum in ein puderzuckeriges Weiß. Ein kalter Luftzug machte sich bemerkbar.

»Wenn du der bist, für den ich dich halte, dann will ich dich als den nehmen, der du bist«, sagte sie. Diese Worte hätten für ihn eine Kränkung bedeuten können, aber darüber schien sie sich nicht die geringsten Sorgen zu machen. Sie wußte wohl mehr über ihn als er selbst. Deshalb nickte er nur, um ihr zu zeigen, daß er verstand. Diese Begegnung hatte nicht den Anschein einer glückhaften Fügung des Himmels. Es war schwer zu sagen, was hier vorging. Jedenfalls fühlte sich Peter zum erstenmal im Leben als das, was er tatsächlich war, und er war davon nicht entzückt. Er wußte nur, daß er sie trotzdem am liebsten in die Arme genommen hätte. Aber das kam wohl nicht in Frage an diesem Morgen, der den Raum mit immer weißerem Licht füllte.

Unten im Keller sprang die automatische Heizung an. Das ganze Haus, das in seiner Beschaffenheit etwas von einem Schiff hatte, erbebte kaum merklich. Beverly und Peter vernahmen aus der Tiefe das gedämpfte, rhythmische Pochen einer Maschine. Fast vermeinten sie das Brüllen des gelben Feuers in dem großen Kessel zu hören. In diesem Augenblick sehnte sich Peter mehr als um alles in der Welt danach, Beverly in seine Arme zu schließen, aber wie konnte er das wagen?

Beverly drehte sich ganz zu ihm hin und streckte ihm die Arme entgegen. Da ging er auf sie zu, als wäre er nur für sie geboren worden.

Im Sumpfland

Daß der Fluß in seinem Bett gefroren war, gab nicht nur Anlaß zur Freude, sondern auch zur Besorgnis. Im Handumdrehen wurden auf dem Eis bunte Zelte aufgeschlagen und gefahrbringende Lagerfeuer entfacht. Der zugefrorene Fluß verwandelte sich innerhalb eines kurzen Wintertages in einen an alte Zeiten erinnernden Rummelplatz. Es zog die Menschen hinaus auf die glatte Fläche, denn dort bot sich ihnen aus der Ferne der herzergreifende Anblick ihrer ungewohnt stillen Stadt. Da die Fährschiffe im Eis gefangen waren, übernahmen Fuhrwerke, Planwagen, Maultiergespanne und sogar Lastautos den Transport von Menschen und Waren. Es war vielfach die Rede davon, daß sich eine neue Eiszeit näherte. Die Leute rückten eng zusammen wie Ratten in ihrem Nest. Sie kauerten an wärmenden Feuern oder vergruben sich in ihren Betten unter dicken Decken. An den nächsten Frühling schienen sie kaum noch zu glauben.

Eines Abends, es herrschte heftiges Schneetreiben, machte sich Peter Lake auf den Weg zum Sumpfland von Bayonne. Er benutzte den zugefrorenen Fluß als Straße. Zwar sah er nichts als bläulich weiße Kaskaden wirbelnder Schneeflocken vor seinen Augen und hatte das Gefühl, als ritte er mitten in eine pulsierende Leere hinein, doch brauchte Peter sich nur nach dem fernen Dröhnen des Wolkenwalls zu richten, um unfehlbar zum Ziel zu gelangen. Und während er dem vollen, dumpfen Brausen entgegenritt, ging ihm durch den Kopf, daß der Wolkenwall, wäre er lebendig – ob Chor der Geister oder Stimme eines Gottes, wer vermochte das schon zu sagen – ihm gewiß nicht zürnen würde, weil er ihn gewissermaßen als Navigationshilfe, als Leuchtfeuer benützte. Peter fand nicht nur den richtigen Weg, sondern auch einen sicheren. Aufmerksam lauschte er dem Hufschlag des weißen Hengstes, der von der frischen Schneedecke gedämpft wurde.

Die meisten Pferde spüren das Wasser unter einer Eisdecke und werden scheu. An einer dünnen Stelle einzubrechen, hätte bedeutet, im kalten, schwarzen Wasser zu ertrinken. Aber dieser weiße Hengst empfand keine Furcht. Er bewegte sich so zielstrebig voran wie auf einem vorgezeichneten Pfad. Den Kopf in die Höhe gereckt, strebte er dem fernen Grollen entgegen, als triebe ihn die Sehnsucht dorthin. Peter Lake konnte in dem dichten Schneetreiben den Hengst unter sich kaum sehen, aber er spürte, daß das Tier seinem eigenen Kompaß folgte, daß es nur neu erlernte, was es früher einmal gewußt hatte. Im übrigen war es durchaus nicht unangenehm, sich dem gemächlich stapfenden Schritt des Hengstes zu überlassen und zu entdecken, daß ein lautloses, nächtliches Schneegestöber eine in all ihrer Ungebundenheit durchaus elegante Art war, jene Ruhe zu finden, nach der es ihn, Peter, nun verlangte.

Stunden später, als er merkte, daß er sich längst im Sumpfland befand, weil sich das Eis und der Schnee über den Dünen zu länglichen Hügeln auftürmten, die wie Walrücken geformt waren, sagten ihm seine wachen Sinne, daß er beobachtet wurde. Gerade er verstand am besten, daß die Sumpfmänner, wenn im Winter ihre heimatlichen Gewässer zufroren, besondere Wachsamkeit walten ließen. Es drohte dann nämlich die Gefahr von räuberischen Horden. Jederzeit konnten sie über das Eis kommen und die Dörfer verwüsten. Die Sumpfmänner hatten die hessischen Söldner, die Indianer und andere Feinde aus noch entlegeneren Zeiten nicht vergessen. Peter vermeinte ihre argwöhnischen Blicke geradezu körperlich zu spüren, aber er ritt weiter hinein in den Druck dieser Augen, der auf ihm lastete. Auch der Hengst mußte etwas gespürt haben, denn seine Hufe traten noch leiser und behutsamer auf.

Und dann sah sich Peter im Handumdrehen von ihnen umringt! Die Sumpfmänner trugen ihre Winterkleidung, dicke weiße Mäntel aus Kaninchenfell. Die Spitzen ihrer Speere waren auf den Eindringling gerichtet. Sie bildeten einen Kreis, aus dem es kein Entkommen gab. Wie geräuschlos sie aufgetaucht waren, wie vollkommen sie sich getarnt hatten in dem blendend weißen Gestöber! Als Peter Lake das Wort an sie richtete, bediente er sich ihrer zeremoniellen Ausdrucksweise. Da erkannten sie ihn und senkten die Speere.

Peter versorgte den Hengst immer selbst, denn er liebte ihn. Während er ihm in dem schilfgedeckten Stall zwischen zwei riesigen Apfelschimmeln ein warmes Plätzchen für die Nacht herrichtete, schwang die Tür auf und Humpstone John trat ein. Er blinzelte, aber als sich seine Augen an den hellen Schein der Stallaterne gewöhnt hatten, machte ihn das, was er vor sich sah, vor Staunen sprachlos. Aber da er ein Mann war, der häufig die Gegenwart großer Dinge empfand, war dies nichts Ungewöhnliches. Sein Blick fand den weißen Hengst und verriet den Ausdruck äußerster Beglückung. Peter Lake vermeinte, in seinen Augen die Freude über einen wiedergefundenen Freund lesen zu können, aber er sah auch, daß diese Freude nicht ihm galt.

Der Hengst schnaubte. Er kannte den alten Humpstone nicht, das war klar.

»Wo hast du ihn her?« erkundigte sich Humpstone bei Peter auf Englisch.

»Ich habe ihn . . . nun ja, ich habe ihn . . .«

»Na sag schon, wo hast du ihn her?«

»Eigentlich habe ich ihn nirgendwo her. Er war einfach da.«

»Wo?«

»Im Battery Park. Weißt du, es hätte mich fast erwischt. Die Short Tails waren hinter mir her, und ich stürzte. Als ich mich aufrichtete, konnte ich nicht mehr laufen. Jetzt ist alles aus, sagte ich mir. Und dann kam er von —«

»— von links.«

»Ja, von links«, bestätigte Peter. »Woher weißt du das?«

»Hast du ihm schon einen Namen gegeben?« wollte Humpstone John wissen.

»Nein.«

»Du weißt also nicht seinen Namen?«

»Nein, wie sollte ich auch.« Peter dachte kurz nach. »Er kann springen, mein Gott, kann er springen! Die Dead Rabbits wollte ihn mir abkaufen und ihn in einem Zirkus auftreten lassen.« Peters Stimme wurde leiser. »Er kann vier Häuserblocks weit springen, John!«

»Na und? Mich wundert das nicht.«

»Du weißt über ihn Bescheid! Wie ist das möglich?«

»Peter Lake, zuerst dachte ich, daß dein Kommen nichts Gutes bedeutet, und vielleicht stimmt das ja auch. Als wir dich damals ganz allein über den Fluß schickten, hatte ich wenig Hoffnung, daß du dich da drüben an jenem Ort anständig durchs Leben schlagen könntest.« Bei den Worten »an jenem Ort« lag in seiner Stimme all der Abscheu, den die Sumpfmänner für die Stadt empfanden. »Ich dachte, du hättest uns für immer verlassen und würdest einer von ihnen werden.«

»So ist es auch«, sagte Peter.

»Ja, mag sein, aber das ist noch nicht alles.«

»Wie meinst du das?«

»Erinnerst du dich an die zehn Gesänge?«

»Ja.«

»Und weißt du auch noch, daß wir mit dreizehn Jahren anfangen, sie zu lernen, alle zehn Jahre einen?«

»Ja, aber ich habe nie einen gelernt.«

»Weil wir dich vorher weggeschickt haben, Peter Lake! Der erste Gesang handelt von der richtigen Gestalt der Welt. Es ist der Gesang der Natur. Es geht in ihm um Wasser, Luft, Feuer und dergleichen. Ich kann ihn dir nicht vorsingen, denn er ist mir entfallen. Den zweiten Gesang, den man bei uns mit dreiundzwanzig lernt, den kann ich dir hersagen. Er handelt von den Frauen. Aber der dritte, Peter Lake, der dritte ist Athansors Gesang.«

»Athansor?«

»Ja«, sagte Humpstone John. »Athansor – der weiße Hengst!«

Am nächsten Morgen, als es aufgehört hatte zu schneien und der Himmel wieder zu einem frostklaren Kristall geworden war, kamen aus allen Himmelsrichtungen die Sumpfmänner herbeigeströmt, um Athansor zu sehen – genauer gesagt alle Sumpfmänner, denen der Gesang vom weißen Hengst geläufig war. Peter Lake fragte sie vergeblich, was es mit diesem Gesang auf sich habe. Schweigend bestaunten sie den weißen Hengst, der nicht gewußt hatte, daß er eigentlich Athansor hieß. Doch schon gegen Mittag hatte er sich mit diesem Namen angefreundet. Peter hingegen war verärgert, denn er wollte wissen, womit er »sich herumtrieb«, wie er es selbst ausdrückte. Aber schon bald hörte er auf sich zu wundern, denn er begriff, daß ihm niemand etwas sagen würde. Einen Sumpfmann zum Reden zu bringen war schwerer als eine tote Auster zu öffnen. Peter ging zu seinem weißen Hengst, um ihm beruhigend zuzureden, und empfand es dabei selbst als tröstlich, daß die plötzliche Berühmtheit des Pferdes und auch dessen neuer Name im Grunde nichts bedeuteten. Es ist ohne Belang, sagte er sich. Mein weißer Hengst ist derselbe wie zuvor, seine Nüstern sind genauso weich und warm wie früher. Nichts hat sich geändert.

Aber es hatte sich doch etwas geändert — oder es bahnte sich eine Veränderung an. Alles war in stetigem Wandel begriffen, alles, was er liebte, änderte sich ständig. Der einzig tröstliche Gedanke angesichts dieses unablässigen Auf und Ab, dieser fortwährenden Neuordnung aller Dinge war, daß sich ein Sinn dahinter verbarg, obwohl Peter kein Grundmuster zu erkennen vermochte. Könnte er doch nur ein einziges Mal die große Gleichung erkennen, das fein abgestimmte, universale Gleichgewicht, dann würde er wissen, daß alles darin aufgehoben ist, daß sich eines Tages der Vorhang über der Welt heben wird, um eine sonnige, frühlingshafte Stille zu enthüllen. Nichts, absolut nichts wäre vergeblich gewesen, nicht die Leiden all der Kinder, deren Elend er gesehen hatte, nicht die Agonie des einen Kindes, dem er damals in jenem Treppenhaus begegnet war, und auch nicht die Liebe, die mit dem Tod endet — nichts! Peter zweifelte, ob ihm jemals auch nur ein flüchtiger Blick auf das Walten eines höheren Sinnes vergönnt sein sollte. Innerlich war er nicht darauf vorbereitet, den einen Augenblick ungetrübter Gerechtigkeit zu erleben, in dem sich die alte Legende erfüllen und der Wolkenwall sich in Gold verwandeln würde.

In warme Felle gehüllt, lag er in seiner Hütte und starrte

durch die offene Tür unverwandt auf Manhattan, das sich jenseits der weißen, gefrorenen Bucht erhob. Zwanzig Jahre hatte er in der Stadt zugebracht, die dort drüben über den Wolken zu schweben schien. Längst kannte er das innere Wesen dieser grauen und roten Wand aus Stein. Ihm waren die Klänge vertraut, die dieser Stadt entströmten, der Lärm ihrer Maschinen und das planvolle Gewirr ihrer Straßen. Auch die Brücken waren ihm kein Geheimnis, mochten sie noch so groß sein. Er wußte, wie die neuen Wolkenkratzer gebaut wurden. Sie wurden von Menschen errichtet, die der Mechanik kundig waren, und er war einer von ihnen. Zwanzig Jahre lang hatte er in den Straßen jener Stadt gelebt, und er hatte dieses Dasein geliebt. Er war kundig, er war ein Vertrauter. Und dennoch: Aus der Ferne wirkte die Stadt an diesem klaren Tag im Sonnenglanz wie etwas völlig Unbekanntes.

Es war leicht, sich in solchen lebhaften Erinnerungen an diese Stadt zu verlieren. Bilder von einst bestürmten ihn mit einer Wahllosigkeit und Kraft, die an das bunte Gewimmel in den Straßen erinnerte. Doch aus dem Gewoge der Formen und Farben lösten sich auch heitere Bilder von sanfter Beredsamkeit, bunt und glänzend wie Miniaturen aus Email. Peter freute sich, daß sie in seinem Gedächtnis auferstanden.

Die Familie eines südamerikanischen Granden hatte an einem Sommertag eine Spazierfahrt durch den Park unternommen. Die vier Kutschen wurden von Pferden gezogen, die so grau waren wie der November, und die Besucher wirkten so, als wären sie an ein anderes Leben in einem wilden, weiten Land voller Sonne und Tiere gewöhnt. Während der Fahrt in den lackglänzenden Kutschen trugen sie sich wie Edelleute. Die Frauen waren verführerischer als spanische Tänzerinnen in der Ekstase; Sex ungab ihre Haut wie eine metallisch glänzende Aura. Aber da war auch ein würdevolles älteres Paar mit Augen, aus denen die Weisheit der Jahre sprach, und mit Haar, das weißer als der unbedruckte Rand einer Briefmarke war. Peter hatte Neid empfunden, als sie näherkamen. Zwar kannten sie nicht die Stadt, aber manches an ihnen deutete darauf hin, daß sie an einem anderen Ort zu herrschen gewohnt waren. Aus nächster Nähe erkannte Peter, daß neben dem Fahrer der ersten Kutsche ein Kretin oder Schwachsinniger saß — vielleicht ein Sohn, Bruder oder Enkel der Leute, die im Inneren der Kutsche saßen. Er war gekleidet wie die anderen, aber seine Augen standen vor, und er grinste ständig ohne ersichtlichen Anlaß. Sein Haar ähnelte einem Pelz, und seine Gliedmaßen baumelten schlaff herab. Von Zeit zu Zeit erhob sich die alte Dame von ihrem Platz, stützte sich mit einer Hand auf und tätschelte ihn wie einen Hund. Vorn auf dem Kutschbock sitzen zu dürfen, mußte für ihn ein großes Erlebnis sein. Den anderen Familienmitgliedern schien es nicht das geringste auszumachen, daß ihm das Schicksal so übel mitgespielt hatte. Im Gegenteil — ihnen kam dieser Umstand wohl sogar zupaß, ähnlich wie die Segel eines Bootes bei frischem Wind des Kieles bedürfen, der tief unten blind durch die dunklen Fluten pflügt. Er war einer der Ihren und würde es immer sein. Sie liebten ihn. Noch als die Kutschen längst verschwunden waren, blickte Peter ihnen nach. Nie sollte er das bleiche Mondgesicht des jungen Mannes und die Art, wie es an der Spitze der Prozession auf und ab hüpfte, vergessen.

Aber keine Erinnerung, mochte sie noch so fein, scharf konturiert und kraftvoll sein, konnte das Bild überstrahlen, das er sich von Beverly bewahrt hatte. Es elektrisierte ihn in seiner Vollkommenheit. Nur an eines vermochte er sich nicht mehr zu erinnern: an die Farbe ihrer Augen. Sie waren rund, glänzend und schön, gewiß, aber waren sie grün, braun oder blau? Doch was bedeutete schon die Farbe dieser Augen, wenn Beverly langsam dahinstarb? Und eines stand fest: Diese blauäugige Beverly — war sie blauäugig? — schlich sich immer dann in seine Gedanken, wenn er es am wenigsten erwartete und wünschte.

Peter verscheuchte die Erinnerung an sie. Vor seinem inneren Auge beschwor er einen glücklichen Sommer herauf. Während er auf seinem Lager ruhte, inmitten dieser eisbedeckten Landschaft, über die der Wind hinwegheulte, erstand vor ihm das Bild Manhattans, in dessen Straßen die Luft vor Hitze flimmerte. Er erblickte sich selbst, inmitten silberglänzender oder in warmem Rot erstrahlender Häuserschluchten unter ausladenden Bäumen von sattem Grün, in stillen Straßen, so dunkel und elegant wie alte Spiegel bei gedämpften Licht. Zur Linken und zur Rechten tausend Gemälde, Inseln in der aus der Höhe herabströmenden Lichtflut. Bleiches, erhitztes Gestein, reglose Straßenhändler, inmitten ihrer Emsigkeit erstarrt. Gurrende, purpurrote Tauben, rund und muschelglatt. Ein Meer von Rosen im Park, Schatten, gesprenkelt wie ein Leopardenfell. Aber was war das alles ohne die grünäugige Beverly — war sie grünäugig? — und ihr weinrotes Schultertuch?

Ich könnte mich tief im Inneren der Stadt verbergen, sagte sich Peter. Ich könnte mich in den flirrenden Farben verlieren, mich schlucken lassen von dem gewalttätigen Treiben, von der Waberlohe dieses sommerlichen Schmelzofens. Doch dann, mitten in der Lust der Selbstaufgabe, würde ich mich umdrehen und feststellen, daß sie mir gefolgt ist — daß sie mich verwandelt hat . . .

Die braunäugige Beverly — war sie braunäugig? — mit ihrem roten Schultertuch konnte ihn mit Leichtigkeit aus seinen Träumereien reißen. Ein junges Mädchen, ein zerbrechliches, schlichtes Mädchen ohne Arg, das kaum die Kraft hatte, sich nach dem Klavierspiel zu erheben, sondern eines fremden Armes bedurfte; ein Mädchen, das kein Gewehr abfeuern konnte, nie in einer Austernkneipe gezecht hatte, niemals einen Turm bestiegen oder sich bei den Werften herumgetrieben hatte; ein Mädchen, in dem ohne Unterlaß die Glut eines Augusttages brannte; eine junge Frau, die wenig oder nichts wußte, hatte ihn, Peter Lake, so sehr getroffen, daß er seither nach Atem rang und nie wieder derselbe sein würde.

Die Stadt verschlang in jedem Augenblick das Leben Hunderter von Menschen. Auch Beverly wäre schnell in jenem Häusermeer überwältigt, sie würde sich auflösen und verschwinden, auf den Klippen der Stadt schmelzen, erschöpft zugrundegehen. Nein, sie wäre niemals imstande, ihm zu folgen, während er sich durch dieses Labyrinth mit seinen messerscharfen Kanten und Ecken einen Weg bahnte. Und dennoch — jene grünen, blauen oder braunen Augen würden ihn in allen Straßen, auf all seinen Pfaden zu finden wissen — mühelos.

Am besten wäre es wohl, einen Schlußstrich zu ziehen,

solange das noch möglich war. Diese Angelegenheit brachte nur Kummer und führte nirgendwo hin. Dort drüben, in jenem steinernen Ozean jenseits des Eises, gab es wahrhaftig keinen Mangel an Frauen. Immer wieder hatte Peter über ihre schier unendliche Zahl gestaunt. Viele waren schön und einladend wie ein ruhiger, begrünter Platz am Ende einer von tosendem Lärm erfüllten Straße. Allein schon durch ihre Sprache nahmen sie ihn gefangen, umklammerten ihn wie eine Perle, die vom unnachgiebigen Silber ihrer Fassung umspannt wird. Vor der Versuchung, sich in eine Stimme zu verlieben, hatte Peter sich schon immer hüten müssen. Einmal hatte sich eine Frau, von heftiger Eifersucht verzehrt, dazu hinreißen lassen, auf ihn zu schießen. Er befand sich gerade in einer Austernkneipe und lehnte an der Theke. Eine der Kugeln steckte noch immer in der Mahagonitäfelung, eine zweite zerschmetterte den Panzer einer Muschel, die dritte durchbohrte das Metallgehäuse einer Brotschneidemaschine. Peter hatte die Frau gefragt: »Was hat das mit Romantik zu tun?« Doch nun verschwand die Erinnerung an diese und an alle anderen Frauen schnell hinter Beverlys Bild, das immer mehr von ihm Besitz ergriff. Beverly! Dieses eine junge Mädchen überflutete seine Seele und sein Hirn mit Farbe, als hätte er aus dem Bottich eines Färbers getrunken.

Wie sollte er dies nur Mootfowl erklären, seinem Lehrer von einst, der ihn allgegenwärtig umschwebte! Es war, als lebte Peter Lake in einem Gemälde und Mootfowl wäre eine Gestalt auf einem Gemälde innerhalb dieses Gemäldes. Er saß hoch oben auf dem Sims eines Bogenfensters in der Sonne und starrte hinab in die Kapelle von Peters Leben. Mootfowl war immer willens, ihm zu vergeben, aber er wollte stets die Wahrheit wissen. Und die Wahrheit war, daß jenes Mädchen schwindsüchtig war, mehr noch: Sie war dem Tode nahe. Das wußte Peter genau, und er bezog dieses Wissen aus seinem bisherigen Leben im Kreise dunkler, nur noch sacht glühender Seelen, die sich anschickten, von den flachen Dächern der Stadt abzuheben und sich in Luft aufzulösen. Jenes Kind im Treppenhaus war keineswegs das einzige, das er am Kreuzweg zwischen zwei Welten angetroffen hatte. Diese Wesen waren so zahlreich wie Blumen im Frühling.

Man fand sie zu Dutzenden in Dachkammern, die mit Eisenbetten vollgestopft waren, und in den allzu engen Gärten der Armenspitäler. Scharenweise starben sie dahin. Meist reichte ihre Kraft nicht einmal mehr zu einem letzten Schrei. Schon bald würde sich Beverly diesen armen Seelen anschließen, lange konnte es nicht mehr dauern, bis in ihr die letzte Glut erlosch. Wie konnte er, Peter, sich so sicher sein, daß er sie liebte? Sie war reich, bei ihr war viel zu holen. Aber auch die Reichen starben und enttäuschten all jene, die irgendwie gehofft hatten, mit ihnen verhalte es sich anders. Peter Lake machte sich über die Sterblichkeit der Menschen keine Illusionen. Er wußte, daß vor dem Tod alle gleich sind. Der Reichtum dieser Erde sind Bewegung und Mut, Lachen und Liebe. Diese Dinge waren für Geld nicht zu haben. Sie gehörten dem, der sie sich nahm. Peter Lake hatte nach eigenem Ermessen nicht allzuviel von ihnen abbekommen, und er war auch nicht reich, sofern mit Reichtum Gold, Silber und Wertpapiere gemeint sind. (Übrigens hatte er einmal in einer Bank viele Wertpapiere gestohlen. Aber es war schwer, sie zu barer Münze zu machen.) Beverly war die Erbin eines so großen Vermögens, daß allein der Gedanke daran den Charakter eines Mannes verändern konnte. Ein solches Vermögen wirkte, als würden einem irgendwelche Stimulanzien direkt in den Blutstrom injiziert. Peters Herz klopfte heftig, wenn er an die Millionen, die zig Millionen, die Hunderte von Millionen dachte.

Wie konnte er Mootfowl, seinem unsichtbaren Geist, erklären, daß ihn nicht die Liebe, sondern die Geldgier gepackt hatte? Beverly wäre bald tot, und er, Peter, würde andere Frauen lieben, die ihr Leben »besser im Griff« hatten, wie Mootfowl sich ausgedrückt hätte. Und wie konnte er, Peter, diesem Kirchengeist auf seinem lichtüberfluteten Fenstersims klarmachen, daß sich seine Gier nach Geld letztlich von der Liebe nicht hatte mäßigen lassen, sondern unvermindert in sie eingeflossen war?

Peter war zu Beverly ans Klavier getreten, er hatte sie mit beiden Armen hochgehoben und sie nicht etwa nach nebenan in einen Salon oder ins Arbeitszimmer ihres Vaters, sondern in ein Schlafzimmer getragen. Dort legte er sie auf ein frisches, baumwollenes Laken, das sich so kühl anfühlte wie Seide. Verblüfft sah er zu, wie sie die Spange löste, die ihr Badetuch an den Schultern zusammenhielt. Sie lehnte sich in die Kissen zurück, als böte sie sich den prüfenden Blicken eines Arztes dar, und schlug das Tuch zurück. Ihr Atem ging heftig, es war der Atem des Fiebers. Ihr Blick war starr an die Decke gerichtet. Nach einer kleinen Weile zwang sie sich, ihn anzusehen und erkannte, daß er sich noch mehr fürchtete als sie.

Sie holte tief Luft und befeuchtete ihre Lippen. Dann atmete sie aus und sagte zu dem Mann, der neben ihrem Bett stand:

»Ich habe dies noch nie getan.«

»Was getan?« fragte Peter Lake.

»Die Liebe mit einem Mann«, antwortete sie.

»Das ist verrückt! Sie glühen innerlich, es ist zu anstrengend für Sie«, entfuhr es Peter Lake.

»Gehen Sie zum Teufel!« schrie sie ihn an.

»Aber Miß, ich will ja nicht sagen, daß Sie nicht schön sind, sondern —«

»— sondern was?« unterbrach sie ihn, halb flehend, halb empört.

»Ich bin in dieses Haus eingebrochen«, sagte Peter kopfschüttelnd. »Ich kam, um zu stehlen!«

»Wenn Sie mich jetzt nicht nehmen und lieben, dann werde ich es nie erleben«, sagte sie. »Ich bin achtzehn, aber ich bin noch nie auf den Mund geküßt worden! Ich kenne ja kaum jemand, verstehen Sie? Es tut mir leid, aber ich habe nur noch ein Jahr . . .« Beverly schloß die Augen. »Vielleicht noch eineinhalb Jahre, wenn der Doktor aus Baltimore recht hat. In Boston gab man mir nur sechs Monate — und das war vor acht Monaten. Ich bin also schon seit zwei Monaten tot.« Beverlys Stimme wurde zu einem Flüstern. »Sie können mit mir machen, was Sie wollen.«

»Genau das werde ich tun«, sagte der mutige Peter Lake kurzentschlossen. Er setzte sich auf den Bettrand, beugte sich zu dem Mädchen nieder und schloß es in seine Arme. Als er Beverlys Haar und Stirn mit Küssen bedeckte, war sie anfänglich schlaff und willenlos, wie jemand, dessen Herz gleich zu Beginn eines Sturzes aus großer Höhe ausgesetzt hat.

Mit Zärtlichkeit hatte Beverly nicht gerechnet. Sie war verwirrt und wußte nicht, wie ihr geschah, als Peter ihre Schläfen, ihre Wangen und ihr Haar küßte, während er zugleich sanft ihre Schultern streichelte, als liebkose er eine Katze. Sie schloß die Augen und begann leise zu weinen. Willig überließ sie sich den Tränen, die unter dem dunklen Vorhang ihrer Augenlider hervorquollen.

Beverly Penn, diese junge Frau, die über den Mut eines Menschen verfügte, den das Leben schon oft mit Dingen von großem Gewicht konfrontiert hatte, war nicht darauf gefaßt gewesen, daß ein anderer Mensch so sein könnte wie sie selbst. Peter Lake schien sie in derselben Weise zu lieben, wie sie selbst all das liebte, was sie bald unweigerlich verlieren würde. Wie er sie küßte, wie er sie streichelte, wie er zu ihr sprach! Ja, Beverly staunte über das, was er ihr erzählte. Er erzählte ihr von der Stadt, als wäre sie eine lebendige Kreatur, bleich und rosig, mit einem Leib, mit Blut in den Adern und mit einem Mund. Er beschrieb ihr den Frühling in der großen Stadt, er beschwor das Bild von ruhigen, dämmerigen Alleen voller Blumen, beschützt vom Laubdach der Bäume.

»Die Prince Street zum Beispiel, sie lebt wirklich! Ich habe mit eigenen Augen gesehen, daß sie atmet. Die Häuser sind dort so rosig wie Fleisch.« Peter schien über diese Feststellung selbst erstaunt zu sein. Aber dann erzählte er stundenlang, während Beverly bequem zurückgelehnt auf den Kissen ruhte. Ganz entspannt hörte sie ihm zu, und ihr Gesicht lächelte. Sie genoß es, in seiner Gegenwart nackt zu sein. Peter sprach von Bergen, Hügeln und Gärten. Was er sagte, war zugleich zart und stark. Lange bevor er ausgeredet hatte und erschöpft verstummte, hatte Beverly sich schon in ihn verliebt. Ihr Fieber hatte soweit nachgelassen, daß sie sich plötzlich bewußt wurde, wie kühl es in diesem Zimmer war.

In der wohligen Stille horchte Peter in sich hinein. Ein hoher, singender Ton erfüllte seinen Kopf. Als er sich vorbeugte, um Beverlys Brüste zu küssen, überkam ihn die Begierde mit anmutigem Elan. Beverly ließ ihn gewähren. Bis in die kleinste Einzelheit hatte sie sich ausgemalt, wie sie sich zueinander hindrängen und sich finden würden, aber die Kraft und die Hingabe, mit der sie sich nun vereinten, überstiegen alles, was sie sich vorgestellt hatte. Es war, als wären sie tausend Jahre lang getrennt gewesen und würden erst nach einem weiteren Jahrtausend wieder zusammenkommen. Doch hier lagen sie nun Brust an Brust und überließen sich engumschlungen diesem kurzem Traum, dieser wirbelnden Wolke, die ihre Körper leicht machte.

Später, wenn Beverlys Fieber zurückkehren und sie mich in ihrem Delirium bitten wird, sie zu heiraten, dann will ich schnell darauf eingehen, bevor sie es sich anders überlegt, nahm sich Peter vor. Aber wie soll ich es Mootfowls Geist erklären? Beverly hat nicht mehr lange zu leben, soviel steht fest. Und ich, Peter Lake, denke an das Geld.

Aber dann hatte Peter weinen müssen. Beverly, schon halb im Schlaf, merkte nichts. Am nächsten Morgen, als er schon fort war, stand sie lange reglos unten an der Treppe. Ihr war, als wären auf jenem großen weißen Bett ihre letzten Kräfte in Peter hinübergeflossen, in völliger Gleichgültigkeit hatte er sie mit sich genommen, obwohl er wußte, daß sie ihm alles gegeben hatte. Als er sie verließ, war er in Gedanken bei Drehbänken, Maschinen, komplizierten Messungen und äußerst präzise gearbeiteten Werkstücken, mit Oberflächen so glatt wie Glas oder poliertes Messing.

Gewiß, er war in sie verliebt, aber die Tatsache, daß sie Isaac Penns Tochter war, ließ ihn nicht unberührt. In seinem Inneren gab es zwei verfeindete Lager, die verbissen miteinander kämpften. Mootfowl, im lichtüberfluteten Bereich am Rand dieses lebenden Gemäldes, schien sich darüber zu amüsieren, daß Peter Lake eine schwere Schuld auf sich geladen zu haben glaubte. Sein Gelächter vom Sims des hellen, bunten Fensters am Grenzbereich der Vision herab legte dem verblüfften Peter nahe, daß dem nicht so war.

☆

Peter sah eine seltsame weiße Wolke. Rasch bewegte sie sich auf die gezackte, hoch aufragende , vom Sonnenuntergang golden überglänzte Silhouette der Stadt zu. Bald umschwebte diese Wolke die schlanken Türme, ständig ihre Form verändernd wie ein launischer Geist. Peter begriff. Es waren Tauben, Millionen Tauben, eine im Widerschein der glatten Fassaden leuchtende Wolke aus Tauben! Wie die Partikel einer verwehten Rauchfahne umschwebten sie dort oben die zerklüfteten Konturen der Stadt, eine einzige riesige Schar, dem Wind überlassen wie Insekten, Papierschnipsel, Schneeflocken oder Staub. Die Stadt würde sich dieser Tauben annehmen, dessen war sich Peter gewiß. Diese Stadt war wie ein magisches Tor. Wer hindurchging, war erfüllt von unschuldiger Sehnsucht, von Hoffnung und Mut. Es gab keine andere Wahl, als sich diesem Traumgebilde von Menschenhand anzuvertrauen. Ja, die Stadt war ein Traum, aber sie hatte die geballte Kraft einer Maschine. Festgefügt und selbstsicher schimmerte sie über das glitzernde Eis.

Peter Lake ließ sich zurücksinken. Er hatte sich damit abgefunden, daß er sich nicht an die Farbe von Beverlys Augen erinnern konnte. Eines Tages, wenn ich sie wiedersehe, sagte er sich – doch da überfiel es ihn plötzlich: Er fühlte sich im Brennpunkt von tausend Blitzen, die ihn in die Höhe schleuderten. Überall war Blau, elektrisierendes Blau, feuchtglänzendes, warmes Blau, Blau ohne Ende, ein Blau, das ihn aufschreien ließ:

»Blau, blau, ihre Augen sind blau!«

Der Coheeries-See

Im Winter herrschte am Coheeries-See Belagerungszustand. Ganze Geschwader arktischer Wolken luden ihre Schneelast über der Gegend ab. Von September bis Mai regierte grimmiger Frost. Inmitten dieser vom Winter belagerten Landschaft duckte sich ein kleines Städtchen, das so hieß wie der See, an dem es lag, unter die Schneemassen. Verglichen mit der schier endlosen Fläche des zugefrorenen Sees, von dem manche Leute behaupteten, er reiche bis China, hatte jene Ansammlung menschlicher Behausungen die Ausmaße einer Schuhschachtel.

Bis Mitte Dezember schluckte der See den Schnee, der vom Himmel fiel. Wenn er dann endlich zugefroren war, trieb der Wind den Schnee vor sich her über die Eisfläche und türmte ihn zu Wächten auf, die höher waren als die Uferböschungen der meisten Flüsse. Dieses Labyrinth wurde durchzogen von schmalen Tälern, die immerhin breit genug waren, um von Eisseglern befahren zu werden; oft sah man nur die Mastspitzen dieser Kufenfahrzeuge. Von Zeit zu Zeit stieg irgendein tapferer Ballonfahrer auf. Aus geringer Höhe zeigte er einem Trupp mit Schneeschaufeln bewaffneter Männer, wo die Wände des weißen Labyrinths durchstoßen werden mußten, um den Eisseglern auf ihrem Weg von einer Seite des Sees auf die andere einen geraden Kurs zu ermöglichen. Meist schloß der Wind diese Lücken schon nach wenigen Tagen, so daß die Leute am Steuer der Eissegler sich wieder auf ihr Gespür oder auf die Zurufe anderer Bootsbesatzungen verlassen mußten. Notfalls hielten sie auch an, erkletterten den Kamm einer weißen Düne und blickten sich suchend um. Spätestens im Januar, wenn der Winter in seiner ganzen Strenge hereinbrach, lag der See unter einer dicken Schneeschicht begraben und konnte dann nur noch im Pferdeschlitten befahren werden.

In diesem Jahr lag der Coheeries-See im Dezember noch in makelloser Glätte da, blank wie ein Spiegel. Die Eissegler flitzten darauf wie Schwalben hin und her, und ihre Kufen ritzten die makellose Scheibe aus Eis wie Glasschneider.

Mit achtzig Meilen in der Stunde war die Familie Penn über den See gebraust. Der kleinen Willa hatte es vor Staunen die Sprache verschlagen. Isaac Penn, auf dessen Schoß sie saß, rief ihr ungeachtet des Fahrtwindes ein paar erklärende Worte ins Ohr. Dies sei eine holländische Erfindung, sagte er, und in diesem einen Satz schien alles enthalten zu sein, was es über die Geschwindigkeit des auf messerscharfen Kufen über spiegelglattes Eis gleitenden Bootes zu berichten gab. Willa gab sich ohne Frage damit zufrieden. Es war holländisch, das genügte ihr. Warum sich weiter den Kopf darüber zerbrechen? Willa war ein Kind. Sie klammerte sich an die Magie des Wortes.

Nicht so der Telegrammbote, der mit einer Depesche für Isaac Penn in seinen schnellen Segler kletterte und in der Dunkelheit über die Eisfläche raste, dem östlichen Ufer entgegen. Dort erstrahlte das Sommerhaus der Familie Penn in weihnachtlichem Lichterglanz. Anfänglich schienen diese funkelnden Lichter nicht näher zu kommen, aber dann wurden sie langsam größer, und am Ende war es dem Telegrammboten, als stürzte er mit Lichtgeschwindigkeit auf sie zu. Er mußte sein Boot wie ein galoppierendes Pferd zügeln; knirschend bohrte sich die Bremse ins Eis. Der Gleiter beschrieb einen kleinen Bogen und kam mit schlagendem Segel zum Stillstand. Aber noch immer war es eine halbe Meile bis zum Anlegesteg der Penns. Der Flitzer des Telegrammboten legte diese Strecke fast mit Kriechgeschwindigkeit zurück. Mehrmals vergewisserte sich der Mann, ob der Fahrtwind den knisternden gelblichen Umschlag mit der Botschaft für den alten Penn nicht aus der Tasche seiner Joppe gerissen hatte.

Es war bekannt, daß Isaac Penn Anfälle finsterster Niedergeschlagenheit und tiefster Melancholie hatte, aber man wußte auch, daß ihn bisweilen eine geradezu himmlische Seelenruhe überkam, die sich zu Höhenflügen voller Glück und Freude steigern konte. Seine Gemütszustände waren ansteckend. Wenn Isaac Penn in düsterer Stimmung war, wirkte die Welt grauer als London an einem Regentag. Packte ihn jedoch der Übermut, so war sein Haus von lärmenden Jubel erfüllt.

An jenem Abend leuchtete das Haus am Coheeries-See wie ein Lampion im Schein einer Kerze. Es war der Vorabend des Weihnachtsfestes. Isaac Penn vollführte einen Tanz wie ein wildgewordener Ziegenbock. Weit nach vorn gebeugt drehte er sich mit der kleinen Willa im Kreise, boxte zum Spaß mit Harry oder rollte vor dem Kamin den Läufer zusammen, um mit den Kindern Rad zu schlagen und Handstand zu üben. Alle machten mit oder sahen zu, die Dienstboten und die Gamelys aus der Nachbarschaft. Knie flogen in die Luft, Kleider verrutschten und entblößten dünne Kinderbeinchen. Überall roch es nach Glühwein, Stollen und Keksen. Das ganze Haus war warm und hell. Sogar die Katzen tollten vergnügt hin und her.

Der Telegrammbote klopfte an die Tür, und als ihm geöffnet wurde, trat er nicht sogleich ein, sondern verharrte noch einen Augenblick, von Schnee und Eis bedeckt wie ein Busch im Winter. Als er dann über die Schwelle trat, legte er schützend eine Hand über die Augen. Das helle Licht traf ihn wie ein Paukenschlag. Er machte ein paar ziellose Schritte wie ein Käfer, den Kinder in einen engen Käfig gesteckt haben, doch gleich darauf wurde ihm ein Becher voll dampfend heißem Punsch in die Hand gedrückt. Während die kleinen Eiszapfen an seinem Schnurrbart schon zu schmelzen begannen, sagte er über den Rand des Bechers hinweg die drei Worte: »Telegramm für Sie!«

Gott, war der gute Mann überrascht, ja sogar erschrocken über die Reaktion, die seine Worte auslösten! Alles tanzte und applaudierte wie ein Haufen Irrer. »Ich hab' nur gesagt: Telegramm für Sie!« protestierte der Bote. »Nur ein einziges!«

»Gott segne Sie!« schrie die kleine Meute und applaudierte erneut, daß dem armen Boten, der soeben noch wie ein fliehender Geist über den nächtlichen See gehuscht war, Hören und Sehen verging. »Ein Telegramm! Ein Telegramm!«

Verrücktes Volk, dachte der Mann bei sich. Verrückt wie alle Leute aus dem Süden. Wortlos überreichte er ihnen das Telegramm.

Harry öffnete es und las vor: »KANN WEIHNACHTEN NICHT ZUM COHEERIES-SEE KOMMEN. GEHE MIT PETER LAKE ZUM BALL bei Mouquin's. Ich liebe euch alle. Das Leben ist herrlich. Viele Küsse, besonders für Willa. Beverly.«

Isaac Penn stand in der Mitte des Zimmers. Verwundert runzelte er die Brauen. Noch immer erklang die fröhliche Tanzmusik. *Mouquin's?* Wie konnte Beverly bei *Mouquin's* tanzen? Es war ständig überfüllt, und außerdem war es dort heiß. Wie konnte sie sich das antun? Und wer, zum Teufel, war Peter Lake?

☆

Peter Lake hatte Angst, nichts als Angst, als er kurz vor Weihnachten seinen weißen Hengst, den er nur noch Athansor nannte, unter einem wolkenverhangenen Himmel zum nordwestlichen Ausläufer des Parks lenkte, wo das Haus der Familie Penn stand. Wenn er an Beverly dachte, dann sah er sie nicht wie in jenen Augenblicken der Liebe, da sich ihrer beider Sinne leicht getrübt hatten, vor sich. Er dachte auch nicht so sehr daran, wie sehr sie ihn verändert hatte, seit er sie zum erstenmal am Klavier lehnen sah, aber nie würde er vergessen, wie sie ihm nachgeblickt hatte, als er sie verließ. Sie stand unten an der Treppe, in einem harten nördlichen Licht, das sich in der weichen, goldenen Fülle ihres zersausten Haares brach. Aus ihren Augen sprach eine unübertreffliche Schlichtheit. Ihre Züge waren ohne Ausdruck, sie verrieten nichts, keine stumme Forderung, keinen geheimen Gedanken, keinen Plan, nicht einmal Zuneigung. Vielleicht war sie so müde, daß sie nur dastehen und Peter gedankenlos anblicken konnte. In jenem Augenblick gab es keine Schranken zwischen ihnen. Für alle Zeiten sollte sich Peter an sie erinnern, wie sie allein unten an der Treppe stand und sich anschickte, dem kalten Licht entgegenzugehen, das gegen ihr Haar brandete.

Beverly!

Das Haus, in dem sie lebte, paßte nicht zu dieser hinreißenden Einfachheit. Es war vielmehr ein Paradebeispiel für launischen, humorvollen Einfallsreichtum und stärker als der Rumpf einer gekenterten Arche. Es verschanzte sich hinter allerlei Hindernissen, aber es war auch einladend wie der grüne Adventskranz, der an der Eingangstür hing; welche im übrigen blaßblau gestrichen war, fast grau. Hätte Pearly sie in seinem Farbenwahn erblickt, er wäre stehengeblieben.

»Ich weiß, wie solche Dinge ausgehen«, sagte Peter halblaut zu dem Kranz an der Tür. »Es war zu schnell, viel zu schnell. Gewiß wird es ihr furchtbar peinlich sein, mich wiederzusehen. Vielleicht schaut sie mich nicht einmal an. Oder sie wird so wütend, daß ich in ein paar Minuten wieder auf der Straße stehe.«

Die Tür schwang nach außen auf. Das war ungewöhnlich. Mit einem Blick auf Peters erstauntes Gesicht sagte Jayga, das Dienstmädchen: »Mr. Penn meint, Türen sollten nach außen aufgehen wie bei einem Papageienkäfig oder so ähnlich. Ich weiß nicht genau, was er damit meint, aber so ist es eben. Sie wünschen?« Sie musterte Peter mit einem flüchtigen Blick von Kopf bis Fuß, und fügte hinzu: »Wir haben keinen Dienstboteneingang.«

»Beverly!«

Jayga blickte hierhin und dorthin. »O Gott! entfuhr es ihr, und dann, als könne sie das Rad der Zeit zurückdrehen, fragte sie wieder: »Sie wünschen? Wir haben keinen Dienstboteneingang.«

»Beverly!« wiederholte Peter mit ruhiger Stimme.

»Beverly *wer*?«

»Beverly Penn.«

»*Miß* Beverly Penn? Die Miß?«

»Miß Beverly Penn«, äffte Peter Lake sie nach. »Die Miß!«

»*Sie*?« fragte die verblüffte Jayga. »Sie sehen nicht aus wie einer dieser jungen Herren aus Harvard!«

»Bin ich auch nicht! Ich bin eher ein Mensch wie Sie, verstehen Sie?«

Die furchtbar verstörte Jayga führte ihn hinauf zum Dach, wo Beverly in einem Liegestuhl lag, das Gesicht den Wolken zugewandt. Auf der windgeschützten Plattform war es fast warm. Beverly wirkte ausgeruhter und kräftiger als am Tag, an dem sie sich kennengelernt hatten. Sie hatte etwas von der ruhigen Teilnahmslosigkeit der grauen Wolken, die tief über der Landschaft hingen. Wie schön sie war! Für Peter verkörperte sie in diesem Augenblick all die Kraft und Selbstsicherheit, wonach er sich, der er doch ständig auf der Flucht war, am meisten sehnte. Beverly vermittelte ihm das Gefühl, als sei der Kampf endgültig überstanden. Zum ersten Mal erweckte sie in ihm den Wunsch zu heiraten. Peter freute sich beim Gedanken daran, was für ein schönes Paar sie abgeben würden. Dies und vieles andere schoß ihm durch den Kopf, nachdem er nur einen einzigen Blick auf Beverly geworfen hatte.

Jayga ließ die beiden allein. Verwirrt und ratlos, wie es dienstbare Geister bisweilen stellvertretend für ihre Herrschaft sind, stieg sie die Treppe hinab. Oben auf dem Dach setzte sich Peter Lake Beverly gegenüber auf einen ungepolsterten Liegestuhl. Sein dunkelgrauer Wintermantel hatte Knitterfalten. Hätte er einen Hut getragen, er würde ihn abgenommen haben. Aber Peter trug keine Hüte.

Wie eine stetig wachsende Spannung war die vorweihnachtliche Stimmung, die in der Stadt herrschte, bis hierher zu spüren, aber der Friede wurde durch sie nicht getrübt. Und dann geschah etwas, wovon Männer und Frauen manchmal träumen: Beverly und Peter führten ein komplettes Gespräch, ohne ein einziges Wort zu sagen, ein Gespräch mit Empfindungen, Mitteilungen, Ausrufen, scherzhaften Bemerkungen, Überlegungen, Gelächter und Wunschvorstellungen — in rascher Folge, stumm, unerklärlich. Nicht nur ihre Augen, ihr ganzes Gesicht geriet in Bewegung, als huschte Sonnenlicht über eine geriffelte, von klarem Wasser überspülte Sandbank.

Seltsam, wie mühelos sie diese stummen Mitteilungen verstanden! Ja, sie waren entzückt vom Bild des anderen im hellen Licht des Tages, hier oben im Freien. Ihre Schönheit empfingen sie als ein Geschenk, das alle Erwartungen übertraf. Sie gestanden sich ihre Liebe und beschlossen, Mann und Frau zu werden. Was nützt es, sich den Kopf über irgendwelche Vorbehalte oder Hindernisse zu zerbrechen, wenn Beverly höchstens noch ein Jahr zu leben hat? dachte Peter und brach das Schweigen.

»*Mouquin's*? Ich kann mich bei *Mouquin's* nicht sehen lassen.«

»Ich will aber!« erwiderte Beverly, ohne den Einwand zu beachten. Sie erhob sich, und als sie nebeneinander die Treppe hinuntergingen, redete sie unbekümmert auf ihn ein: »Ich könnte ein Kleid meiner Mutter anziehen. Ihre Sachen sind jetzt wieder der letzte Schrei. Ich denke da besonders an ein blauweißes aus Seide . . .«

»Großartig«, fiel ihr Peter Lake ins Wort, »wirklich sehr schön, aber . . .«

»Es heißt, *Mouquin's* sei ein gelbliches Gebäude aus Holz, das von außen wie ein gewöhnliches Gasthaus wirkt. Aber innen ist ein französischer Ballsaal, mit Balustraden aus Marmor, großen Blumentöpfen, in denen Farne wachsen, einem Orchester und vielen Leuten, die aus- und eingehen oder miteinander tanzen. Sie tanzen, als wären sie allein, wie Liebende. Und alle sind ganz groß in Schale, wie mein Vater sagen würde. *Mouquin's* ist so herrlich und wunderbar, meint er, weil es einen Schuß Traurigkeit hat.«

»Traurig fürwahr!« bestätigte Peter. Er nahm auf einem mit braunem Samt bezogenen Sofa in der Bibliothek Platz. »Besonders für mich. Ich kann nicht zu *Mouquin's*. Es ist sozusagen Pearly Soames' Wohnzimmer.« Dann erzählte er, wie Pearly gelobt hatte, ihn mit einem Schwert zu durchbohren, und wie er trotz seiner Ungeschicklichkeit und Banalität — Pearly stieß sich überall den Kopf an, überall stolperte er oder quetschte sich die Finger zwischen Tür und Rahmen — beharrlich an seinen Gelübden festhielt und auf diese Weise am Ende die außergewöhnlichsten Leistungen vollbrachte. »Weißt du, ich bin bei *Mouquin's* gewesen, und es war nichts Besonderes. Zumindest lohnt es sich nicht, dafür zu sterben.«

Beverly lehnte sich zurück und schloß die Augen. Die Wärme machte sie müde und streitlustig zugleich, was ihr gut stand. *Mouquin's* erschien vor ihrem inneren Auge wie eine Vision, wie eine Art Paradies en miniature, das sie nur betreten muße, um ein Wunder zu erleben. Ein Tanzabend bei *Mouquin's*, sagte sich Beverly unverzagt, kann vielleicht die Krankheit austreiben. Warum soll es nicht möglich sein, daß die Zeit einen Vorhang der Schönheit über mein Dasein senkt, auf dessen anderer Seite es kein Fieber gibt und Liebende für immer vereint sind? Was zählt da schon Peter Lakes Streit mit diesem Pearly Soames?

»Ich kann mir nicht vorstellen«, sagte sie laut, »daß Pearly sich an dir vergreifen würde, während du mit mir tanzt.«

»So?«

»Ja, ich fühle ganz genau, daß du mit mir überall sicher bist, sogar bei *Mouquin's*, sogar in Pearlys Schlafzimmer, sogar in der finstersten Gruft! Warum das so ist, weiß ich nicht.«

Peter Lake war erstaunt — nicht nur darüber, daß sie sich anmaßte, ihn beschützen zu können, sondern auch darüber, daß er ihr Glauben schenkte. Sicherheitshalber antwortete er ihr jedoch: »Ich möchte deine Macht lieber nicht auf die Probe stellen.«

»Ich will aber zu *Mouquin's*!« schrie Beverly so laut, daß Jayga in der Küche aufsprang und sich den Kopf an einer Pfanne stieß, die über ihr an einem Haken hing. Da sie ihrem Schmerz nicht durch einen Schrei Luft machen durfte, vollführte sie einen langen, stummen Indianertanz.

»Niemand wird dir dort etwas zuleide tun, das sage ich dir!« fuhr Beverly fort. »Für mich ist es viel riskanter, in steifer Kleidung unter mehreren Schichten Stoff in einer Kutsche zu fahren, zu tanzen, zu trinken und in einem warmen, von Lärm erfüllten Raum zu sitzen. Pearly wird dich nicht antasten.«

Er glaubte ihr. Wenn sie müde war, verhielt sie sich rätselhafter als ein Orakel. Dann hatten ihre Worte die Unumstößlichkeit von einem Urteil, sie waren voller Nachdruck, Selbstbezogenheit, gesprochen wie im Rausch.

Beverly ließ sich erschöpft zurücksinken. Peter hörte nur den Hauch ihres Atems, den Pendel einer Standuhr und entfernte, gedämpfte Geräusche aus der Küche. Mit Beverly bei *Mouquin's* zu tanzen, das hieße vielleicht, den Spieß umzudrehen. Pearly würde kopfstehen! Und wenn nicht? Dann wäre es wenigstens ein guter Abgang. Peter würde viel Champagner trinken, all die Schönen und die Reichen und die, die es gern wären, würden zu Zeugen seines Endes. Was soll's? sagte sich Peter. Das Leben erhält durch die Unberechenbarkeit seine Würze.

»Also gut«, gab er nach. »Ich werde mit dir zu *Mouquin's* gehen. Aber laß uns bis Silvester warten. Dann ist dort der Teufel los.«

»Einverstanden«, erwiderte Beverly. »So bleibt uns Zeit, vorher zum Coheeries-See zu fahren. Meine Familie ist dort. Ich möchte meinen Vater und Willa sehen. Du sollst sie kennenlernen.«

Ihre Stimme war ganz leise geworden, sie schien von weither zu kommen. Peter fragte sich verwundert, was ihn zu dieser hübschen jungen Frau zog, die oft so redete, als zitierte sie aus ihrem eigenen Testament. Er hatte keine Vorstellung, wohin dies alles führen sollte. Er wußte nur, daß er sie liebte.

»Zum Coheeries-See?« sagte er. »Nun gut, dann also zum Coheeries-See!«

»Ich bin so glücklich!« sagte Beverly kaum hörbar.

☆

Eine kleine Tanne war mit einem Tau oben am hohen schwarzen Schornstein des Dampfers festgebunden worden, der flußaufwärts nach Albany weiterfahren sollte. Der stetige Fahrtwind hatte die Zweige der Tanne nach hinten gebogen – aber ein Weihnachtsbaum war sie trotzdem.

Peter Lake und Beverly fuhren durch eine Ladeluke in den dunklen Bauch des Schiffes. Dort fand Athansor neben drei weiteren Pferden einen bequemen Platz in einem richtigen Stall. Kaum war der Schlitten festgezurrt, da wurde die Lichtmaschine an die sich im Leerlauf drehende Dampfmaschine angekuppelt, und die Glühbirnen flammten auf. Peter Lake und Beverly Penn, er in seinem dunkelgrauen Mantel, sie umhüllt von einem weichen Zobel, der gewiß ein kleines Vermögen gekostet hatte, standen sich in der plötzlichen Helligkeit gegenüber. Dann vergewisserte sich Peter, daß Athansor gut versorgt war und führte Beverly hinauf zu ihrer Kabine, das heißt eigentlich ließ er sich von ihr führen, denn sie hatte diesen Weg schon hundertmal zurückgelegt.

Die Kabine der Penns bestand aus zwei übereinanderliegenden Räumen. Der untere war mit einem großen Eßtisch, einem richtigen Bett, mehreren fest eingebauten Kojen, einem Schreibtisch und einer Sitzgruppe möbliert. Über dem Tisch hing an der

Decke eine kardanisch aufgehängte Öllampe. Nach der Elektrifizierung des Schiffes war sie dort auf Isaac Penns Bitte belassen worden. Nebenan gab es ein komplett eingerichtetes Badezimmer. Die obere Kabine enthielt eine weitere Koje und ein paar Ledersessel, die so standen, daß man durch das Bullauge bequem nach Steuerbord blicken konnte. Da das Schiff um die Mittagszeit flußaufwärts weiterfahren sollte, würde sich ihnen auf Steuerbord im Schein der sinkenden Sonne ein besonders abwechslungsreicher Ausblick bieten.

»Dies sind also unsere Kabinen«, sagte Beverly. »Die *Brayton Ives* transportiert Zeitungspapier für die *Sun* von Glens Falls nach New York. Dank der Zeitung geht es den Eignern des Schiffes gut, und deshalb stehen diese Räume unserer Familie ständig zur Verfügung. Wir müssen dafür nur so viel bezahlen wie für eine normale Kabine. Es ist alles ein wenig beengt, aber was macht das schon. Früher, als wir Kinder waren, schlief ich oft mit Harry in derselben Koje. Damals pflegten immer so viele Penns zu dem Haus am See zu fahren, daß die Schlafplätze samt und sonders belegt waren.«

Das Schiff löste sich vom Pier und fuhr hinaus ins eisfreie Fahrwasser. Ohne die Mäntel auszuziehen, ließen sich Peter und Beverly auf eines der Betten fallen. Sie küßten und liebten sich bis Riverdale. Trotz des lauten Stampfens der Maschine vernahmen sie aus der Ferne vom Ufer der oberen West Side die verwehten Klänge von Blaskapellen und Chorgesang aus kleinen Kirchen.

Als das Schiff Riverdale passiert hatte, erhoben sich Peter und Beverly. Gemeinsam traten sie hinaus aufs Deck und ließen den Blick über die Wildnis schweifen, über das felsige, schneebedeckte Steilufer, über glitzernde, vereiste Bäume und das bis an den Horizont reichende hügelige Hinterland.

Bei Ossining weitete sich der Fluß zu einer schönen, stillen Wasserfläche, doch die Croton-Bucht war fast gänzlich von einer dicken Eisschicht bedeckt. Im Norden erhob sich ein stolzes Gebirge. Das östliche Ufer war von Wäldern gesäumt, hie und da gab es aber auch Felder und Obstgärten, an deren Rand, im Windschatten von Hügeln, einladende Häuser standen. Sie waren so stattlich, daß Peter und Beverly auf Deck blieben, obwohl die Haut ihrer Gesichter bald vom Wind gerötet und vor Kälte ganz fühllos war.

Die Haverstraw-Bucht war schiffbar, aber im Fahrwasser trieben riesige Eisblöcke. Wenn sich der mit Eisenplatten bewehrte Bug der *Brayton Ives* in ein Wellental hinabsenkte und gegen einen dieser Brocken krachte, dann klang es, als rollten zehntausend Glocken eine Treppe hinunter. Das paßte gut zu dem steifen Wind von vorn, zum Stampfen und Rollen des Schiffes und zu der in unregelmäßigen Abständen tutenden Dampfpfeife. Peter und Beverly, deren Gesichter im rauhen Nordwind wie Feuer brannten, schauten zu, wie das Schiff eine große weiße Scholle nach der anderen in kleine Splitter zertrümmerte oder einfach in zwei Teile brach.

Sie verbrachten eine unruhige Nacht, die begleitet war vom Krachen und Bersten des Eises. Sie träumten, daß sie die Erde wie Engel im Flug umrundeten, mit weit ausgebreiteten Armen. Manchmal wehten Rauchschwaden durch das offene Bullauge in die Kabine und brannten ihnen in den Augen, doch verflüchtigten sie sich rasch. Gemeinsam schwebten die beiden im Traum hoch über dem Meer oder ließen sich vom Wind über einen dunklen Gebirgszug tief in Zentralasien tragen.

Als sie erwachten, fühlten sie sich so ermattet, als hätten sie ihre Lebenskraft an den Kampf gegen das Eis verschwendet. In den frühen Morgenstunden war das Thermometer auf fast zwanzig Grad unter Null gefallen. Oben an Deck war alles in heller Aufregung.

»Was können wir noch verfeuern?« brüllte der Kapitän auf der Brücke.

»Eiche und Kiefer, Sir!« lautete die Antwort, die von einem Matrosen auf dem Vorschiff kam. »Und eine Ladung Mahagoni«, fügte der Mann nach kurzem Nachdenken hinzu.

»Nehmt zuerst das Kiefernholz, dann legt Eiche nach! Wenn wir dann noch immer nicht vollen Druck in den Kesseln haben, verheizt meinetwegen das verdammte Mahagoni! Wir werden dafür bezahlen.«

Die *Brayton Ives* hatte Conn Hook erreicht. Der Fluß wirkte an dieser schmalen, geraden Stelle wie eine Straße, die mit glattem Marmor gepflastert war. Hier gab es nur eines: Der Raddampfer mußte sich wie ein großer mechanischer Vogel, der flügelschlagend von einem Teich abhebt, mit vollem Tempo auf die Eisfläche schieben, die dann unter dem enormen Gewicht des Schiffes vielleicht zerbrechen würde. Dies war keine simple Flußschiffahrt mehr; hier wurde gegen den Winter Krieg geführt.

Der Dampfer setzte in dem von Eisschollen bedeckten Fahrwasser, durch das er sich soeben erst einen Weg gebahnt hatte, eine Viertelmeile zurück. Unterdessen hatte die Mannschaft eine lange Kette gebildet. Von Hand zu Hand wanderten die Holzkloben nach hinten zum Kessel. Ein brüllendes Feuer, hell wie Sommerglut, wurde entfacht. Der Dampfdruck stieg. Schon bald erreichte die Nadel des Manometers die rote Gefahrenzone. Mit zusammengekniffenen Augen starrte der Erste Heizer auf das Instrument. Er hielt den Atem an, doch dann kam das Signal *Volle Fahrt voraus*. Ob die Maschine diese Überbelastung wohl aushält, fragte sich der Mann. Oder wird unser Schiff mitten auf dem Fluß in die Luft fliegen?

Das Getriebe rastete ein, Pleuelstangen setzten sich in Bewegung, und die Welle drehte sich bald so schnell, daß sich das klebrige Schmierfett an den Lagerstellen verflüssigte, obwohl ein paar Schiffsjungen eimerweise kaltes Wasser darüberkippten. Die großen Schaufelräder peitschten den Fluß, und das zerstäubte Wasser bildete einen dunstigen Schleier um sie. Die *Brayton Ives* legte die Viertelmeile mit der Geschwindigkeit einer Kanonenkugel zurück. Mit voller Wucht prallte sie auf die Eisbarriere, ließ sich aber nicht aufhalten. Der Bug hob sich aus dem Wasser, und dann schlidderte das Schiff auf seinem Kiel noch ganze tausend Fuß weiter, bis es fast genau in der Mitte zwischen beiden Flußufern mit ziemlicher Krängung liegenblieb. Peter und Beverly standen auf dem Oberdeck und fragten sich, was hier vorging.

»Los!« sagte der Heizer und zog an der Leine des Sicherheitsventils. Eine Dampfsäule schoß mit so lautem Zischen in den Himmel, daß es noch am nördlichen Ufer des Champlain-

Sees zu hören war. Aber als der Lärm verklungen war, saßen Mannschaft und Passagiere mit ihrem Schiff noch immer hoch oben auf dem Eis im Trockenen. Die Schaufelräder drehten sich nicht mehr. Und das offene Wasser, das die *Brayton Ives* mit einem Sprung verlassen hatte, lag so fern, daß es nicht mehr zu sehen war. Das Schiff glich einem Spielzeug in einem winterlich dekorierten Schaufenster.

Ein Matrose vorn am Bug machte ein Zeichen, aber der Kapitän gab ihm mit einer Handbewegung zu verstehen, er solle sich nicht von der Stelle rühren. Alle verharrten reglos und lauschten. Die Blicke wanderten zwischen der weißen Eisdecke auf dem Fluß und dem mit erhobenen Armen dastehenden Kapitän hin und her. So verging eine Minute, eine zweite, dritte und vierte. Nach fünf Minuten waren die Ungläubigen überzeugt, daß der Kapitän das Schiff so lange aus dem Verkehr gezogen hatte, bis eine Kiste Dynamit aus West Point herbeigeschafft wäre. Aber der Kapitän blieb in derselben Pose oben auf der Brücke und wartete ab.

»Schau!« sagte Beverly. »Er lächelt!« Tatsächlich, der Mann lächelte zufrieden und ließ die Arme sinken. Die Mannschaft dachte schon, er würde sich mit Humor in die Niederlage fügen. Einige der Männer lachten. Der Kapitän drohte ihnen mit dem Finger und blickte über ihre Köpfe hinweg.

Da richteten sich aller Augen nach Norden. Aus dieser Richtung erklang ein Geräusch wie der helle Knall einer Peitsche, der in einem Tal widerhallt. Ein schwarzer Spalt im Eis näherte sich behende dem Schiff. Der Kapitän hatte lange vor seinen Männern gewußt, was geschehen würde. Deshalb war er Kapitän.

Plötzlich gab der Boden unter dem Schiff nach. Der dicke Eispanzer des Flusses war über eine Strecke von zwei Meilen geborsten. Krachend sank das Schiff in das hochaufspritzende Wasser zurück. Es wurde Dampf auf die Kessel gemacht, und weiter ging die Fahrt durch den klaffenden Spalt im Eis nach Norden. Dort schien es keine Menschen zu geben, sondern nur Berge, Seen, von Schilfgras überwucherte, schneebedeckte Steppen und Wintergötter, die mit Stürmen und Sternen spielten.

☆

Jayga hatte zugeschaut, wie Peter Lake und Beverly den Schlitten bepackten, Athansor anspannten und, in Felldecken gehüllt, davonfuhren. Kaum waren die beiden weg, da lief sie zur nächsten Polizeiwache.

»Das junge Fräulein ist mit ihrem Schwan über alle Berge!« erzählte sie atemlos dem Beamten vom Dienst. »Ich wußte ja gleich, daß er nichts taugt. Nächtelang treibt er sich herum, der Schelm! Haben Sie mich verstanden?«

»Nicht ganz«, erwiderte der Polizist. »Sind Sie gekommen, um eine Anzeige zu erstatten?«

»Und ob! Das soll er büßen, der gewiefte Halunke!«

Jayga war fest davon überzeugt, daß dies der richtige Tonfall war, den sie gegenüber der Polizei im Auftrag der Familie Penn anzuschlagen hatte. Und tatsächlich bewirkten die von ihr geschilderten Einzelheiten, daß der Sergeant sich interessiert so weit vorbeugte, daß sein Bäuchlein an der Schreibtischkante eine Quetschfalte bekam. Peter Lake habe unheimliche rote Augen, erfuhr er. Er könne, indem er mit der Peitsche knallte, kleine Blitze erzeugen, und sein Pferd vermöge sogar durch die Luft zu fliegen. Sie selbst, Jayga, habe gesehen, wie das Tier hoch oben um das Dach des Hauses gesegelt sei, während sein Herr drinnen bei der jungen Miß war. Sie habe das junge Fräulein angefleht zu bleiben, sie sei vor ihr niedergekniet und habe ihre Beine umklammert, ja sie habe sich sogar vor den Schlitten geworfen – vergeblich!

Nachdem Jayga dem Polizisten eine halbe Stunde lang die Ohren taub geredet hatte, schrie sie unvermittelt: »Mein Gott, ich habe ja noch den Kuchen im Ofen!« Gleich darauf verschwand sie so blitzartig, daß sich der Polizist verwundert die Augen rieb, als hätte er geträumt.

Es dauerte nicht lange, bis die Depeschen zwischen der *Sun* und dem Haus am Coheeries-See nur so hin- und herflogen. Der Telegramm-Bote hatte mehr zu tun als je zuvor während der Weihnachtstage. Immer wieder jagte er mit seinem Eissegler schnurgerade über den gefrorenen See.

Beverly verschwunden Stop Jayga behauptet: Mit Freier durchgebrannt Stop Erwarten Anweisungen Stop

Was höre ich da?! Stop Ihr müsst sie finden! Stop Sucht auf dem Dach und überall! Stop Isaac Penn Stop

Ganze Belegschaft auf der Suche Stop Haben noch keine Spur Stop Erbitten weitere Anweisungen Stop

Sucht weiter! Stop

Können Beverly nicht finden Stop

Ihr müsst sie finden! Stop

Wo sollen wir suchen? Stop

Wollt ihr es genau wissen? Stop

Ja bitte Stop

Krankenhäuser Hotels Speicher Restaurants Bäckereien Brücken Ställe Frachtschiffe Molkereien Brauereien Gewächshäuser Schlachthöfe Badeanstalten Geflügelmärkte Amtsgebäude Einzelhandelsgeschäfte Klempnereien Grossgaragen Turnhallen Schmieden Schulen Kunstgalerien Tanzschulen Arbeitsvermittlungen Bibliotheken Theater Austernbars Töpfereien Tennisplätze Druckereien Auktionshäuser Laboratorien Telephongesellschaften Bahnhöfe Schönheitssalons Leichenhallen Hafenmolen Kaffeehäuser Klubs Museen Polizeiwachen Rennbahnen Gerbereien Gefängnisse Friseure Banken Kneipen Klöster Garküchen Dampferanlegestellen Kirchen Kongresszentren Bordelle Konzertsäle Flugzeughangare und Beobachtungstürme Stop Wart ihr schon im Keller? Stop

Ja Stop

☆

Die *Brayton Ives* stoppte am Fuß einer hohen Gebirgskette unweit des rechten Flußufers. Eine Gangway wurde auf das Eis herabgelassen. Alles wirkte heiter und gelassen, die Maschine des Schiffes trödelte im Leerlauf vor sich hin, Dampf entwich mit leisem Zischen aus einem Ventil. Doch dann kam Athansor aus dem Bauch des Dampfers hervorgeprescht. Mit donnernden Hufen zog er den Schlitten mit Peter und Beverly über die hölzerne, flach auf dem Eis liegende Rampe. Sie war von den Matrosen noch nicht eingeholt worden, da galoppierte der weiße Hengst schon die verschneiten Wege entlang, die über die Berge führten. An klaffenden, von keinem Geländer gesicherten Abgründen ging es vorbei, zwischen eisstarrenden Bäumen und Büschen hindurch, immer weiter bergan mit schleudernden Kufen in atemberaubender Fahrt, den frostigen Berggipfeln unter einem wolkenlosen Polarhimmel entgegen. Jenseits des Passes machten sie an einer kleinen Biegung halt. Dort unten im Westen lag die größte Ebene, die Peter Lake jemals gesehen hatte. Über Hunderte von Meilen erstreckte sie sich in drei Richtungen. Sie war bedeckt von Wäldern und Feldern, Flüssen und Städten — und da lag der Coheeries-See, zwanzig Meilen entfernt, unter einer dicken Schneedecke begraben und in tiefes Schweigen gehüllt.

Fast flog der Schlitten den Berg hinab. Unten führte die Straße schnurgerade weiter bis zum See. Athansor legte noch zu; wie die Feuerwehr preschte er die schmale, ausgefahrene Schlittenspur entlang. Plötzlich sprang Beverly auf und rief:

»Da drüben kommt meine Familie!« Mit ausgestrecktem Arm wies sie in die Richtung, aus der ein Eissegler zwischen hohen Schneeverwehungen auf sie zugeschossen kam. Schon von weitem erkannte Isaac Penn den Schlitten, denn er gehörte ja ihm. Er ließ die Segelleine los und zog die Bremse. Ein Schweif glitzernder Eispartikel wirbelte hinter dem Segler auf. Dicht vor dem Schlitten kam das Boot zum Stillstand. Nur der kraftvolle Atem des weißen Hengstes und das leise Knattern des Segels waren zu vernehmen. Während sich noch jeder überlegte, was er sagen sollte, lehnte sich die kleine Willa einfach vor und streckte die Arme nach Beverly aus — Beverly, ihr Liebling, ihr ein und alles! Peter Lake sprang vom Schlitten, hob das Kind mit beiden Armen in die Höhe und setzte es Beverly auf den Schoß. Die beiden Schwestern sahen aus wie eine Bärenmutter mit ihrem Jungen, denn sie waren in glänzend schwarze Pelze gehüllt. Beverly preßte die Kleine an sich, als wollte sie sie nie mehr loslassen. Nach einer Weile schloß Willa die Augen und schlief zufrieden ein. Der Eissegler wendete, Peter Lake ließ die Peitsche knallen, und schon rasten sie dem Haus am anderen Seeufer entgegen, unter einem Himmel, der so blau war wie das Blau auf Delfter Kacheln.

»Vorwärts, Peter Lake, laß laufen!« sagte Beverly und zog das Kind fester an sich. Nie hatte er eine Familie gehabt. Doch jetzt fühlte er sich fast wie ein Ehemann und Vater.

Es gibt kleine Erlebnisse, die einen Mann für alle Zeiten verändern. Nie sollte Peter Lake diese Fahrt über den See vergessen, und für alle Zeiten sollte er sich an Beverlys Worte erinnern.

☆

Sie schliefen bis zum Abend, Beverly auf der speziell für sie gebauten Veranda, Peter Lake in einem der Schlafzimmer, die im ersten Stock des Hauses lagen. Als er erwachte, war es schon dunkel. Er tastete sich einen Korridor entlang und die Treppe hinab, bis er in einem riesigen Zimmer stand, in dem zwei Kamine brannten. Hellwach blickte ihm die gesamte Familie Penn entgegen, einschließlich Beverly, die aus der Kälte herabgestiegen war. Peter Lake verkündete, er müsse noch nach seinem Pferd sehen und trat durch die vordere Tür ins Freie. Die Luft war wie ein einziger riesiger Eiskristall, in dessen Mitte hell der Mond schien. Peter folgte den Schlittenspuren bis zum Stall. Er öffnete die Tür einen Spalt breit und warf einen schnellen Blick auf Athansor, der zufrieden unter einer dicken dunkelroten Decke schlief. Ausgeruht und mit klarem Kopf kehrte Peter zum Haus zurück. Alle außer Isaac Penn waren in der Küche eifrig damit beschäftigt, ein Festmahl vorzubereiten, an dem sich die Hunnen, die Mongolen und die Eskimos hätten satt essen können. Der alte Isaac thronte derweil in einem Ledersessel im Salon und starrte unverwandt ins Feuer, während seine dünnen Finger auf die Armlehne aus schwerem Holz trommelten.

Peter Lake setzte sich auf eine Bank neben dem Kamin und blickte dem Hausherrn geradewegs in die Augen. Innerlich war er
auf eine Art Duell mit Blicken gefaßt, ähnlich wie bei Pearly Soames. Peter Lake wußte, daß mächtige Männer andere Leute mit den Augen zurechtstutzen können — und daß sie von dieser Fähigkeit ausgiebig Gebrauch machen. Jackson Mead und Mootfowl hatten dies getan, freilich ohne Arg. Peter Lake erwartete also, mit Blicken gewogen und für zu leicht befunden zu werden, denn Isaac Penn war aus anderem Holz geschnitzt als Pearly, ja, Pearly war im Vergleich zum alten Penn nur ein kleines Hündchen mit spitzen Zähnen. Isaac Penn hielt in der Stadt alle Fäden in der Hand. Fast nach Belieben konnte er das Bild ändern, das sie sich von sich selbst machte. Durch eine geringfügige Verlagerung der Gewichte vermochte er die Menschen in eine Art Trance oder Hypnose zu versetzen. Wenn er wollte, verfielen sie mit zuckenden Gliedern in einen beängstigenden Anfall. Er konnte sie zu Tode erschrecken, sie von den Straßen in die Häuser jagen und bewirken, daß sie sich furchtsam nach einem Schlupfwinkel umsahen. Dieser Isaac Penn hatte aber auch die Macht, eine Stadt wie New York zu einer Kraftentfaltung anzustacheln, die die Giganten dieser Welt beschämt hätte, doch es lag ebenso in seinem Ermessen, alle Energien der Stadt nur darauf zu lenken, ein Staubkorn aus dem Auge eines Säuglings zu entfernen.

Es nimmt daher nicht wunder, daß Peter Lake sich auf eine jener Begegnungen eingestellt hatte, bei denen er sich vorkam wie eine vorwitzige kleine Mücke. Um so größer war seine Überraschung, als Isaac Penn ihn mit der Friedfertigkeit eines Schafes anblickte und sich erkundigte:

»Äh, ahem, nehmen Sie ein Glas Wein zum Essen?«
»Bisweilen«, antwortete Peter.

»Gut, dann wird es heute abend Wein geben. Wie wäre es mit einer Flasche Claret? Château Moules du Lac, Jahrgang 98?«

»Oh ja, durchaus«, stimmte Peter zu. »Aber wird es nicht *Claré* ausgesprochen!«

»Nein, Claret! Das ›t‹ ist nicht stumm, genau wie in Filet.«

»Filet? Ich dachte, man sagt *Filé*.«

»Nein, es heißt Filet und Claret!« Isaac Penn lehnte sich in seinem Sessel zurück, und Peter fühlte sich schon viel besser.

»Wissen Sie was?« sagte Isaac Penn.

»Ja bitte, Sir?«

»Sie sehen aus wie ein Schelm! Wer sind Sie, was machen Sie, wie stehen Sie zu Beverly, was wissen Sie über ihren Zustand, welches sind Ihre Beweggründe, Absichten und Wünsche? Sagen Sie mir die reine Wahrheit, ersparen Sie sich überflüssige Worte, schweigen Sie, wenn ein Kind oder ein Dienstbote das Zimmer betritt, und fassen Sie sich kurz!«

»Wie könnte ich mich kurz fassen? Ihre Fragen sind nicht einfach zu beantworten.«

»Versuchen Sie es trotzdem! Wären Sie einer meiner Journalisten, dann hätten Sie schon verspielt. Gott schuf die Welt in sechs Tagen. Äffen Sie ihn nach!«

»Ich werde es versuchen.«

»Zur Sache!«

»Einverstanden.«

»Zur Sache, sagte ich!«

»Mein Name ist Peter Lake. Sie haben recht, ich bin ein Schwindler, ja sogar ein Einbrecher. Aber in Wirklichkeit bin ich Mechaniker, und zwar ein guter. Ich liebe Beverly. Unser Verhältnis zueinander läßt sich nicht mit Worten beschreiben. Ich verfolge keinen Plan. Ihr Zustand ist mir bekannt, aber ich begehre sie, mich treibt die . . . Liebe. Als wir heute nachmittag über den See fuhren und Beverly das kleine Mädchen in ihren Armen hielt, genoß ich mein Gefühl der Verantwortung mehr als alles Vergnügen, das ich bisher erfahren habe. Mir ist bewußt, daß das kleine Kind Ihnen gehört. Ich bin mir bewußt, daß Beverly vielleicht bald tot sein wird. Und ich bin mir in jeder Hinsicht im klaren über meine eigenen Mängel als Vater,

Ernährer und Beschützer. Zwar weiß ich einiges über Maschinen, aber ich bin dennoch ein Ignorant. Ich weiß, daß ich nichts weiß, und ich weiß, daß die seltsame kleine Familie, die wir heute auf dem Schlitten bildeten, schon bald zerbrechen wird. Aber Willa liebt Beverly, sie sieht in ihr wirklich eine Mutter. Ich glaube, wir sollten uns ihrer annehmen, wenn auch nicht so sehr um ihrer selbst willen, sondern Beverlys wegen. Verstehen Sie, was ich meine?«

»Wie soll ich wissen, ob Sie nicht lediglich von Eitelkeit und Neugierde getrieben werden?« entgegnete Isaac Penn. »Wer sagt mir denn, daß Sie nicht nur unseres Geldes wegen hier sind?«

Peter Lake hatte sich völlig in der Hand.. »Ich bin ein Waisenkind«, sagte er. »Kinder ohne Eltern sind nicht eitel. Ich weiß nicht, warum das so ist, aber man braucht Eltern, um eitel zu werden. Ungeachtet all meiner Fehler neige ich dazu, mit einer gewissen Dankbarkeit an die Dinge heranzutreten. Eitle Menschen hingegen sind kaum dazu imstande, Dankbarkeit zu empfinden. Und was die Neugierde betrifft – nun, ich habe viel gesehen, vielleicht zuviel. Neugierde tut hier nichts zur Sache. Ich weiß nicht, wie Sie darauf verfallen sind.«

»Und Geld? Wissen Sie, warum ich unser Gespräch auf Geld gebracht habe?«

»Ja, an das Geld habe ich gedacht. Es erregte mich«, gab Peter lächelnd zu. »Ehrlich! Ich hatte hochfliegende Träume, ich stellte mir vor, wie es wäre, Ihre rechte Hand zu sein, all die Dinge zu tun, die Männern von Macht und Vermögen zu tun gestattet sind – jeden Tag einen anderen Anzug tragen und zwischen sauberen Laken schlafen! In meiner Phantasie wurde ich Senator, Präsident . . . Beverly lebte an meiner Seite, und auch unsere Kinder waren zur Größe geboren. Die Artikel über uns in den Nachschlagewerken waren so lang, daß sie fast den gesamten Raum beanspruchten, der für den Buchstaben ›L‹ reserviert war. Überall im Land wurden mir zu Ehren Monumente errichtet, aus Marmor weiß wie Schnee. Am Ende – ich gestehe es freiwillig – flog ich hinaus ins Weltall, Beverly und ich berührten den Mond, und dann machten wir uns auf den Weg zu den Sternen. Aber, wissen Sie, schon nach ein paar Stunden wußte ich nicht mehr wohin.

Nachdem ich mich für kurze Zeit in der Gesellschaft von Königen befunden hatte, war ich froh, Peter Lake zu sein, ein Mensch, von dem noch nie jemand etwas gehört hat, namenlos und frei. Mr. Penn, Menschen, die dergleichen erstreben, sind zu dumm, um zu wissen, was sie erwartet. Es mag Ihnen seltsam vorkommen, und auch für mich ist es seit ein paar Tagen eine neue Erfahrung, aber ich wünsche mir Verantwortung. Das ist für mich der Gipfel allen Ruhms. Ich will *geben*, nicht nehmen. Und ich liebe Beverly.«

»Ist Ihnen klar . . . Wie soll ich Sie nennen?«

»Alle nennen mich stets mit Vor- und Nachnamen.«

»Ist Ihnen klar, Peter Lake, daß Geld, allein das Vorhandensein von Geld, Ihre Gefühle untergraben und verfälschen könnte?«

»O ja, ich habe es selbst an anderen gesehen. Und ich verspüre es auch in mir.«

»Was wollen Sie also tun, um dem entgegenzuwirken, vorausgesetzt, daß Sie in eine solche Lage versetzt werden?«

»Ich wüßte genau, worauf es ankäme. Zwar bin ich nicht sonderlich gebildet, aber ich bin auch kein Narr. Nachdem . . . wenn Beverly stirbt, verschwinde ich. Mir liegt an alledem nichts.« Mit einer schwungvollen Geste umfaßte Peter den ganzen Raum und meinte doch die ganze Welt.

»Glauben Sie etwa, ich würde das zulassen? Den Mann einfach gehenlassen, den meine Tochter liebt? Denn so ist es. Sie hat es mir selbst gesagt, aus freien Stücken.«

»Sie könnten mich nicht hindern.«

»Nun, so will ich Ihnen sagen, daß ich es gar nicht versuchen würde. Mein erster Impuls wäre, es so einzurichten, daß Sie bis zum Ende Ihres Lebens ausgesorgt haben, daß Sie in unsere Familie aufgenommen und einer von uns werden. Aber das werde ich nicht tun, Beverlys wegen, verstehen Sie mich?«

»Ich glaube schon. Ja, natürlich verstehe ich Sie. Außerdem, Mr. Penn, ist es mir offenbar nicht bestimmt, eine Familie von jener Art zu haben, wie Sie sie meinen. Ich glaube, ich wurde nicht geboren, um beschützt zu werden, sondern um selbst zu beschützen.«

»Dann sind wir uns einig. Ich darf doch wohl annehmen, daß

Sie den Beruf des Einbrechers aufgeben und wieder Mechaniker werden wollen?«

Peter Lake nickte. »Ja, aber da ist noch eine andere Sache. Ich möchte Sie um etwas bitten. Über diese Bitte hinaus werde ich Ihre Hilfe nicht beanspruchen.«

»Worum geht es?«

»Um ein Kind. Ich habe einst vor langer Zeit ein Kind im Treppenhaus einer Mietskaserne gesehen. Nichts von all dem, was ich je erblickt habe, hat sich so nachhaltig meinem Gedächtnis eingeprägt. Ich trage diese Erinnerung seit jener Zeit mit mir herum . . .«

Hier wurde Peter Lake unterbrochen. Ein ganzer Trupp von Kindern kam aus der Küche hereinmarschiert, die Backen gerötet von der Hitze des Herdes, Platten mit Speisen und Karaffen voll Wein in den kleinen Händen. Bevor sich alle zu Tisch setzten, schickte Beverly sie zum Händewaschen. Eigentlich wäre das nicht nötig gewesen, denn die Händchen waren sehr sauber, aber Beverly wollte ihren Vater umarmen und ihm dafür danken, daß er Peter Lake akzeptiert hatte. Daß dies so war, las sie von seinem und von Peter Lakes Gesicht ab. Außerdem hatte sie an der Tür gelauscht.

☆

Später am Abend, gestärkt von einer guten Mahlzeit und erfrischt von herzhaftem Gelächter, saßen Isaac Penn und Peter Lake in der kleinen Bibliothek und starrten ins Feuer. Sechs dicke Kloben brannten im Kamin, ihr hellrotes Glühen strahlte in den Raum wie ein stetiges Wehen, das die beiden Männer tief in ihre Sessel drückte.

»Die Ärzte behaupteten, sie wäre in ein paar Monaten tot«, sagte Isaac Penn, als spräche er zu sich selbst. »Aber das war vor fast einem Jahr.« Er warf einen flüchtigen Blick auf eines der mit Eisblumen überzogenen Fenster, das milchig im Mondschein leuchtete. Vom Coheeries-See her kam ein Wind, wie er tief im Winter um Mitternacht nur hier wehen konnte. »Es ist mir ein Rätsel, wie sie da draußen in diesem Sturm schlafen kann«, fuhr der Hausherr fort. »Eigentlich sollte sie das nicht tun, jedenfalls nicht im Winter. Aber sogar in Nächten wie dieser bleibt sie dort oben. Ich werde mich nie an den Gedanken gewöhnen, daß sich meine Tochter dort draußen in einem Hexenkessel aus Eis und Frost aufhält. Aber morgens, nach zwölf Stunden Kälte, die einen gesunden, kräftigen Mann umbringen würde, erscheint sie ausgeruht und heiter zum Frühstück. Anfänglich bat ich sie, doch lieber ins Haus zu kommen, doch dann begriff ich, daß sie all dies auf sich nimmt, um noch eine Weile länger am Leben zu bleiben.«

»Ich frage mich«, erwiderte Peter Lake, der keinen Augenblick vergaß, daß er sich auf einer warmen, gemütlichen Insel inmitten eines Meeres aus Schnee und Eis befand, »ich frage mich, wie es um die anderen steht.«

»Welche anderen?«

»Die Tausende und Abertausende, die so sind wie Beverly.«

»Wir sind alle wie Beverly. Sie erlebt es nur vor der Zeit.«

»Aber es muß doch nicht so sein!«

»Was meinst du damit? Drück dich klar aus!«

»Millionen von Armen müßten nicht so leiden und jung sterben!«

»Die Armen? Welche Armen? Gewiß meinst du damit die Einwohner von New York, denn in New York sind sogar die Reichen arm. Ist Beverly nach deiner Definition arm? Nein! Aber was macht das schon für einen Unterschied.«

»Der Unterschied«, antwortete Peter Lake, »besteht darin, daß es kleine Kinder gibt, deren Eltern und Väter wie wilde Tiere dahinvegetieren und ebenso verenden. Sie haben keine speziell für sie gebauten Veranden, auf denen sie schlafen, keine Daunendecken und Zobelpelze, keine Marmorwannen, die so groß sind wie Schwimmbecken, keine Heere von Harvard- oder John-Hopkins-Ärzten, keine Platten voll gebratenem Fleisch, keine heißen Getränke in Wärmflaschen aus Silber und keine fröhlichen, glücklichen Familien. Ich gönne Beverly all diese Dinge, und ich würde lieber sterben, als sie ohne sie zu wissen. Aber das ist nicht alles. Jenes Kind, das ich einst in einem Treppenhaus erblickte, war barfüßig, barhäuptig, in Lumpen gehüllt, halb tot vor Hunger, blind und verlassen. Es hatte kein Federbett, sondern es stand dort im Treppenhaus, weil es kein Lager hatte, wo es sich hinlegen und sterben konnte.«

»Ich weiß«, bestätigte der alte Penn, »ich habe dergleichen öfter gesehen als du. Vergiß nicht, daß ich einmal ärmer war als du es je gewesen bist. Ich war länger arm als die Zahl deiner Jahre. Ich hatte einen Vater und eine Mutter, Brüder und Schwestern, aber sie alle starben jung, allzu jung. Ich weiß Bescheid. Glaubst du, ich bin ein Narr? In der *Sun*, unserer Zeitung, lenken wir die Aufmerksamkeit der Leser immer wieder auf diese und jene Ungerechtigkeit und machen Vorschläge zu ihrer Behebung. Ich gebe zu, daß es in der Welt viel unnützes Leid gibt. Aber wenn du dich, wie es den Anschein hat, auf die Seite der Armen schlägst, dann solltest du auch verstehen, daß sie für ihre Mühen entschädigt werden.«

»Entschädigt?«

»Ja, denn all ihre Unternehmungen, Leidenschaften und Gefühle, ihre geistige und körperliche Unfreiheit sind mit ebensolcher Gewißheit Teile eines großangelegten Plans wie der kaum merkliche Wechsel der Jahreszeiten und die allerwinzigsten Bestandteile des großen, allumfassenden Atems der Stadt. Das ist so, obwohl es so aussieht, als ob überall nur der Zufall herrscht. Wußtest du das nicht?«

»Ich sehe in Ihrem großen Plan keine Gerechtigkeit!«

»Wer sagt denn, daß du, ein Mensch, die Gerechtigkeit überhaupt zu entdecken vermagst?« ereiferte sich Isaac Penn. »Wer sagt dir, daß das, was du dir in deiner Phantasie ausmalst, tatsächlich Gerechtigkeit ist? Bist du dir sicher, daß du sie überhaupt erkennen würdest — vorausgesetzt, du lebst lange genug, um ihr Kommen, das von großen Erschütterungen begleitet sein wird, noch mitzuerleben? Wie kannst du glauben, daß sich die Gerechtigkeit jemals in erkennbarer Form verwirklichen wird, sei es in deiner Generation oder in einer späteren? Wird es überhaupt je dazu kommen, solange es Menschen auf dieser Erde gibt? Was du meinst, ist gesunder Menschenverstand, nicht Gerechtigkeit! Gerechtigkeit ist etwas Höheres und wohl erst dann zu begreifen, wenn sie sich in ihrem unverwechselbaren Glanz zeigt! Der Plan, von dem ich sprach, übersteigt bei weitem unser Verständnis, doch können wir bisweilen spüren, daß es ihn gibt. Kein Choreograph, kein Architekt, Ingenieur oder Maler könnte einen gründlicheren und ausgefeilteren Plan ersinnen. Jede Handlung und jede Situation darin hat ihren Zweck. Und je weniger Macht ein Mensch hat, desto näher ist er dem großen Strom, der alle Dinge durchfließt und sie behutsam auf eine Zukunft vorbereitet, die ihre Bedeutung nicht nur aus einer simplen Gleichheit zwischen den Menschen bezieht, – das wäre die Vorstellung eines Kindes! – sondern aus einer leuchtenden Vielfalt von Verbindungen und Querverbindungen wie wir sie jetzt noch nicht einmal erahnen können. Das goldene Zeitalter wird uns nicht Dinge vor Augen führen, die wir uns immer gewünscht haben, sondern eine nackte, ungeschminkte Wahrheit, auf der sowohl die Zukunft als auch die Vergangenheit beruht. Es gibt Gerechtigkeit in dieser Welt, Peter Lake, aber sie kann nicht ohne das Mysterium erlangt werden. Wir Menschen versuchen, die Gerechtigkeit zu verwirklichen, ohne genau zu wissen, woraus sie besteht. Deshalb rühren wir allenfalls an sie, aber jedes Fünkchen Gerechtigkeit, jede Flamme wird eines fernen Tages zu einem lodernden Feuer werden.«

»Ich weiß nicht«, erwiderte Peter verwirrt. »Ich denke vor allem an Beverly, und ich kann nicht so recht an das Goldene Zeitalter glauben, von dem Sie sprechen. Auf jeden Fall werden wir es nicht erleben, von Beverly ganz zu schweigen.«

Isaac Penn erhob sich aus seinem Sessel und schickte sich an, den Raum zu verlassen. An der Tür drehte er sich um und sah Peter Lake an, der sich plötzlich einsam und verlassen fühlte. Isaac Penn war ein alter Mann, der manchmal schrecklich ernste Dinge sagte; es war dann, als umschwirrten ihn tausend unsichtbare Quälgeister. Das Feuer des Kamins spiegelte sich in seinen Augen wider. Sie wirkten wie aus einer anderen Welt, wie feurige Schächte, die in seine Seele hinabreichten. Und diese Seele hatte schon eine solche Tiefe, daß sie sich bald für immer vom Leben trennen würde.

»Ist dir noch nicht aufgegangen, daß Beverly das Goldene Zeitalter gesehen hat – nicht ein früheres oder zukünftiges, sondern eines aus dem Hier und Jetzt? Ich bin ein alter Mann, doch ich habe es noch nicht geschaut. Beverly aber ist es gelungen. Das bricht mir das Herz.«

☆

Die Kinder hatten sich mit dem Näherkommen des Festes in aufgeregte kleine Dynamos aus Geiz verwandelt, und am Weihnachtsmorgen fand ein eindrucksvoller Handel mit den Beutestücken statt. Außer Willas Geschenk an ihren Vater — dem ersten Geschenk, das er je von ihr bekommen hatte — war nichts mehr sicher. Anderthalb Tage lang hatte sie überlegt, und dann war Peter Lake über den See in den Ort gefahren und hatte es besorgt. Isaac Penn öffnete seine Geschenke als letzter. In einer großen Schachtel, in deren Deckel Löcher geschnitten waren, fand er ein dickes, weißes Kaninchen, das ein kleines Schild mit der Aufschrift *Von Willa* um den Hals trug.

Am Nachmittag des ersten Weihnachtstages machten Beverly und Peter Lake eine Ausfahrt. Sie nahmen mehr als ein halbes Dutzend Kinder mit — Willa, Jack, Harry, Jamie Absonord, die beiden Gamely-Kinder und Sarah Shingles, ein dickliches, launisches Mädchen aus der kleinen Stadt, das in sich die Gewitztheit eines Yankees, den magischen Sinn eines Indianers, die Sachlichkeit eines Engländers und die Verschrobenheit eines Holländers vereinigte. Sarahs wortkarge, kälteerprobte Eltern und sie selbst saßen auf dem etwas höheren Rücksitz des Schlittens und setzten ein Gesicht auf, als wären sie auf alles gefaßt.

Da der See diese Weihnachten von einer völlig ebenen Schicht verharschten Schnees bedeckt war, hatte Athansor endlich genug Platz, um sich nach Herzenslust auszutoben. Sobald Peter Lake die Zügel lockerte und ihm freien Lauf ließ, wendete er sich augenblicklich der Längsachse des Sees zu und begann, mit mächtigen Sätzen dem Horizont entgegenzustreben. Schon nach wenigen Augenblicken wurde das Tempo der schnellsten Pferdeschlitten überschritten, aber das war nur der Anfang. Als der weiße Hengst richtig loslegte, traf der Fahrtwind die Passagiere wie ein Schlag. Sie beugten sich weit vor und kniffen die Augen zusammen. Ein Eissegler wurde überholt, der über eine vom Schnee geräumte Spur sauste. Der Schlitten war so schnell an ihm vorbei, daß die Insassen des Seglers für einen Augenblick glaubten, sie stünden auf dem Fleck. Nun warf Athansor den Kopf in die Höhe und machte mehrere langgestreckte Sprünge. Der Schlitten löste sich vom Eis. Er flog! Hin und wieder setzten die Kufen sacht auf, und der harte Schnee wurde mit einem kurzen Zischen zu einem Sprühregen aus winzigen Eiskristallen zerstäubt. Die Kinder staunten, aber sie hatten keine Angst.

Auf ihrem Flug gen Westen fiel ihnen plötzlich auf, daß die sinkende Sonne zum Stillstand kam, einen Augenblick über dem Horizont verharrte und dann wieder zu klettern begann. »Mein Gott!« entfuhr es Peter, »Die Sonne geht im Westen auf!« Aber niemand hörte ihn, denn der Wind traf sie mit solcher Wucht, daß sich die ganze Welt ringsumher in eine heulende Sirene verwandelt zu haben schien. Der Schlitten bewegte sich so schnell, daß seine Insassen das ferne Ufer nur noch als einen verwischten weißen Streifen wahrnahmen. Sogar die Gamelys duckten sich tief und schickten ein stummes Stoßgebet gen Himmel.

Athansor verminderte das Tempo. Die Kufen berührten wieder festen Untergrund, der Fahrtwind nahm ab, die Sonne verharrte kurz und sank dann wieder dem Horizont entgegen. Das jenseitige Ufer des Sees war nicht mehr fern. Schließlich verfiel Athansor in den gemächlichen Trott eines ganz normalen Schlittenpferds, und Peter Lake lenkte ihn auf eine menschliche Siedlung zu, von der um diese Nachmittagsstunde schon ein paar sanfte Lichter herüberfunkelten.

Das Dorf lag unter einer meterhohen Schneeschicht begraben. Die mühsam freigeschaufelten Häuser sahen aus wie die Schöpfungen verrückter Baumeister, die ihre Gebäude auf dem Grund tiefer Gruben errichtet hatten. Nur die Dorfkneipe stand auf einer windigen, schneefreien Anhöhe über dem See. Der Rauch aus den Kaminen stieg an diesem Tag in auffallend dünnen und scharf umrissenen Säulen in den stillen Himmel. Die Kinder merkten sich das für künftige Übungen im Zeichnen.

Athansor beförderte den Schlitten im Trab bis vor das Tor der

Scheune, die zu dem Gasthaus gehörte. Dort blieb er stehen und wandte den Kopf zu Peter, als wollte er ihn fragen, ob es dort hineinginge. Beverly wollte draußen warten, während Peter den Kindern drinnen ein Glas Grog spendierte, aber Peter war damit nicht einverstanden. Sie müsse unbedingt mitkommen, bat er. Warum auch nicht? Dies sei nicht *Mouquin's*, hier wurde nicht getanzt, hier trugen die Frauen keine Korsagen unter ihren feinen Kleidern. Es gehe doch nur darum, ein angenehmes Viertelstündchen zu verbringen und dann zurückzufahren.

»Nein«, wiederholte Beverly. »Ich fühle mich allzu erhitzt.« Peter legte ihr seine Hand zuerst auf die Wange und dann auf die Stirn. Ihre Temperatur konnte nicht normaler sein. Dennoch schien sie irgendwie aufgeregt.

»Beverly«, bat Peter, »sag mir, warum du nicht mitkommen willst.«

»Aber ich habe es dir doch schon gesagt!« erwiderte sie. »Ich fühle mich so, als hätte ich Fieber.«

Er dachte einen Augenblick nach. »Ist es meinetwegen?« sagte er dann. »Vielleicht, weil ich kein Gentleman bin, keinen eigenen Kutscher habe und nicht die richtige Kleidung trage?« Mit einer Handbewegung wies er auf die offene Scheune, wo zwei Dutzend Kaleschen und ebensoviele Gäule in Reih und Glied standen. Die dazugehörigen Kutscher feierten rings um eine Schmiedeesse, die sie für diesen Anlaß zweckentfremdet hatten, eine Art Party. Das Dorf war ein beliebter Treffpunkt vieler junger Leute. In regelmäßigen Abständen fuhren sie aufs Land hinaus, um in ihren Lieblingskneipen zu speisen und zu zechen. Je reicher sie waren, desto weiter war der Weg, den sie zurücklegten.

»Du weißt genau, daß dies nicht der Grund ist«, antwortete Beverly. «Ich habe lieber einen Mann, der den Schlitten selber lenkt und ihn nicht lenken läßt. Kümmere dich nicht um mich. Wir gehen ja bald zusammen zu *Mouquin's*.« Sie reichte ihm die kleine Willa, die an diesem außergewöhnlich düsteren Wintertag vor Aufregung glänzende Augen bekommen hatte. »Hier, die Kleine braucht dringend etwas zu trinken.«

Die älteren Kinder waren schon eins über das andere aus dem

Schlitten in den Schnee gepurzelt. Peter setzte sich Willa auf die Schultern und sprang ihnen hinterher. Unterwegs, auf dem Weg zu der Taverne, drehte er sich noch einmal für einen Augenblick nach Beverly um.

Drinnen erregten er und die sechs Kinder viel Aufmerksamkeit. Unter den beifälligen Blicken ihrer männlichen Begleiter wechselten hübsche Frauen mit Willa, Jamie Absonord und der entzückenden kleinen, zwar knopfäugigen, aber doch irgendwie schönen Sarah Shingles ein paar Worte. Gern hätte Peter jetzt Beverly an seiner Seite gehabt. Ohne sie stimmte irgend etwas nicht. Die durchdringenden Blicke der anderen Gäste, die ihm jetzt peinlich waren, hätten ihn in ihrer Gegenwart stolz gemacht.

Der Raum war erfüllt von flackerndem Feuerschein, von Fröhlichkeit und jener lockeren Beschwingtheit, wie sie sich beim Tanzen einzustellen pflegt. Klopfenden Herzens fühlte sich Peter in sein Jahrhundert, das neunzehnte, zurückversetzt, in seine eigene Kindheit. Damals war alles ruhiger, zugleich aber auch wilder und schöner gewesen. Erst hier, in einem abgelegenen Gasthaus am Coheeries-See, umgeben von Kindern und tanzenden Paaren, empfand er, daß Schönheit auch in dieser Zeit zählte. Er brauchte nur an Beverly zu denken, die irgendwo jenseits der dunklen Fenster im Freien auf ihn wartete.

»Neun Antwerpener Flinder«, sagte er zu der Kellnerin. »Sieben ohne Gin, nein, warten Sie, einer mit einem Achtel Gin für dieses kleine Mädchen, sechs mit einem halben Gin —« Jamie Absonord quietschte in freudiger Erwartung des leichten Schwipses, mit dem sie das Lokal verlassen würde — ». . . und einer mit einem dreifachen. Und, ach ja, einer mit einem doppelten Gin in einem geschlossenen Behälter zum Mitnehmen. Bitte sparen Sie nicht mit Zimt, Zitrone, Sahne und gehackter Backpflaume!«

Die Getränke wurden dampfend heiß serviert. Peter und die Kinder nippten an ihren Gläsern, während sie zwei Dutzend Paaren zuschauten, die mit Eleganz und Leidenschaft eine Art Quadrille tanzten. Die betagten Dielenbretter vibrierten. Dann und wann blinkte das Kaminfeuer durch eine sich rasch wieder schließende Lücke zwischen Gewändern aus Taft und Seide oder

Schwalbenschwänzen aus feinster englischer Wolle zu ihnen hinüber. Die Kinder, die noch nicht ganz begriffen, was es mit diesem Tanz der Geschlechter auf sich hatte, vertieften sich mit erhitzten Gesichtern und voller Eifer in eines ihrer liebsten Ratespiele. Nur Harry, der schon an einer jener rätselhaften, für das Jünglingsalter so bezeichnenden Störungen litt, lehnte mit geschlossenen Augen an der Wand und schlief wie ein Narkoleptiker.

Peter Lake bedauerte es noch immer, daß Beverly draußen geblieben war. Liebe und Sehnsucht überwältigten, sättigten ihn. Er atmete langsam und mit fast schmerzlichem Genuß. Er spürte eine Wärme, die seinen ganzen Körper durchströmte — nein, ihm war, als ob in ihm Behältnisse überflossen, die diese Wärme enthielten. Schließlich stürzte er fast einen Tisch um, so eilig hatte er es, ins Freie zu gelangen.

Athansor stand noch immer vor der Scheune; irgend jemand hatte ihm etwas Heu vorgeworfen. Von Beverly war keine Spur zu sehen. Peter spähte durch das offene Tor ins Innere, aber auch dort erblickte er sie nicht. Dann sah er Fußspuren, die zur rückwärtigen Seite des Gebäudes führten. Er folgte ihnen in der Finsternis, zwischen schneebeladenen Kiefern hindurch, und dort stand Beverly am Fuß eines kleinen Hügels. Mit verschränkten Händen spähte sie angestrengt durch ein Fenster in das Gasthaus. Sie bemerkte sein Kommen nicht gleich. Peter sah, was sie sah. Es war wie eine fast lautlose Miniatur, ein kleiner, erleuchteter Kubus, ein Puppenhaus, das innen von einer Kerze erhellt wurde. Die Entfernung und die Finsternis verwandelten die ausgelassene Szenerie voller Glanz und Schwung in ein kleines, trauriges Etwas aus einer anderen Zeit. Peter begriff, daß Beverly dieses Bild tief und begierig in sich aufnahm, sie klammerte sich an ihm fest wie an ein kostbar gefaßtes Kleinod. Durch die Distanz war es für sie gleichsam zu einem Gemälde oder zu einer Momentaufnahme geworden, die sie bis ins Mark getroffen hatte. Sie war hier draußen allein geblieben, weil sich ihr bislang nie die Gelegenheit zu einem solchen Miteinander geboten hatte und sie sich daher fürchtete. Harmlose Vergnügungen wie eine Tanzveranstaltung im Dorfgasthaus versetzten sie in Schrecken, und sie erkannte, daß ein Besuch bei *Mouquin's* für sie eine noch größere Mutprobe war als für Peter.

Seine erste Regung bestand darin, sie mit hineinzunehmen zu Musik und Tanz. Sie hätte dort wahrlich nichts zu befürchten. Aber Beverly war hier draußen geblieben, weil sie Furcht empfand. Von hier aus konnte sie die Szene mit ihrem Blick umfangen und auskosten, und das erinnerte Peter daran, wie er selbst manchmal aus der Ferne die Stadt betrachtete. Er pflegte dabei mehr zu lernen, als wäre er mitten in der City gewesen. Nein, er wollte sie nicht drängen, mochten ihr die bewundernden Blicke der anderen noch so gewiß sein. Er würde sie nicht mit hineinnehmen, sondern sich ihr, die sie hier draußen am Rande des Geschehens ganz ins Schauen vertieft war, anschließen.

Durch den Schnee ging er auf sie zu. Es schien fast, als schämte sie sich, daß er sie entdeckt hatte. Aber dann erriet sie am Ausdruck seines Gesichtes, daß er verstanden hatte, und sie wußte, daß er nun ganz bei ihr war.

Für ein Weilchen spähten sie durch das Fenster und beobachteten die Kinder an ihrem Tisch. Noch immer waren sie mit Feuereifer in ihr Spiel vertieft. Harry lehnte nach wie vor schlafend an der Wand. Er sah aus wie die mittelalterliche Darstellung eines übermüdeten Küchenjungen.

Doch dann platzte Peter Lake wie ein Räuber in den Saal und nahm die Kinder mit sich fort. Im Handumdrehen saßen sie alle wieder auf dem Schlitten, und schon ging es hinein in die pechschwarze Dunkelheit. In Decken und Pelze gehüllt, lehnten sich die Kleinen zufrieden zurück, während Athansor den Schlitten zwar nicht so schnell wie auf der Hinfahrt, aber doch immerhin in der gefälligen Gangart eines hochherrschaftlichen Gespanns hinter sich her zog.

Hoch oben am kalten Himmel zogen vereinzelte Wolken dahin. Aus der Tiefe des Raums blinkten Sterne. Die Nacht schien erfüllt mit einem leisen Zischen von geradezu hypnotischer Eindringlichkeit. Die Insassen des Schlittens legten die Köpfe in den Nacken und starrten hinauf in das zirpende, leise knisternde, rhythmisch pulsierende Gewoge aus schnell dahinziehenden Wolken und Sternenlicht. Weiter ging die Fahrt, immer weiter, geschwind wie der Wind, ein selbstvergessenes Gleiten über Eis und Schnee auf starken, stählernen Kufen.

Athansor, der weiße Hengst, bewegte sich im Einklang mit den diffusen Sphärenklängen. Obwohl er von der Kraft und Freude eines schnellen Pferdes, das seinem Stall entgegenstrebt, beseelt war, spürten alle, daß sein Glück sich darin nicht erschöpfte. Sie fühlten, daß der hypnotische Rhythmus, in dem er sich bewegte, von einer unvorstellbar langen Reise kündete. Athansor lief, wie sie ihn noch nie hatten laufen gesehen. Immer weiter griffen seine Hufe aus, immer kraftvoller stürmte er dahin, immer geschmeidiger wurde das Spiel seiner Muskeln. Es war, als schickte er sich an, die ganze Welt hinter sich zu lassen.

Das Spital am Printing House Square

Wenn auch in gewissen Teilen der Stadt ständig eine Schlacht auf Tod und Leben zu toben schien, so gab es doch Jahr für Jahr bestimmte Tage, an denen kriegsähnlichere Zustände herrschten als sonst. Zwischen Weihnachten und Neujahr mußten sich die vier Elemente gegen die Menschen verschworen haben, denn diese wurden wie auf einem Gemälde, das finsterste Höllenqualen darstellt, von Krankheit, Frost, Unwetter und Feuerbrünsten geplagt. Sie kämpften bis zur Erschöpfung und gaben alles, was sie hatten. Schicksalsschläge und rätselhafte Fügungen bestimmten ihre Tage.

Als die Familie Penn und Peter Lake vom Coheeries-See in die Stadt zurückkehrten, fanden sie den Winter in einen Abwehrkampf mit warmen, feuchten Winden verstrickt, die aus der Gegend des Golfs von Mexiko heraufwehten und graue Wolkenfetzen vor sich hertrieben – Vorboten künftiger Schlachten. Die Kinder wußten nichts mit sich anzufangen, denn sie mußten tagelang zu Hause herumhocken, während es draußen hagelte.

Die Ereignisse beschleunigten sich bald wie das Schwungrad einer Dampfmaschine, in deren Kessel die Heizer ein helles Feuer entfacht haben. An einem Nachmittag erschienen bei den Penns der Bürgermeister der Stadt und dessen Gattin in Begleitung eines kleinen Schwarms ihrer liebsten Schmeichler und Schmarotzer. Sie waren alle so betrunken, daß es im Haus bald roch wie im Silo eines Bauern spät im Sommer, wenn sich gefährliche, leicht entzündliche Gase bilden.

Auch der Polizeichef gehörte zu der kleinen Gesellschaft. Kein Wunder, daß Peter Lake unruhig auf seinem Stuhl hin und her rutschte, denn immer wieder sah ihn der ranghöchste Polizist der Stadt an, runzelte die Brauen und schien sich zu fragen: »Woher kenne ich den bloß?« Vor einigen Jahren hatte Peter in einem Anfall jünglingshaften Übermuts dem Polizeichef auf Teufel komm raus eine Reihe von beleidigenden, spotttriefenden

Briefen geschrieben. Irgend etwas trieb ihn damals, alle Brücken hinter sich abzubrechen und mit der Selbstzerstörung zu liebäugeln. Die Anrede in diesen Briefen lautete zum Beispiel:

»Mein lieber nichtsnutziger Schwachkopf von einem Polizeichef . . .« oder: »An den jämmerlichen Klops, der sich Polizeichef nennt . . .« oder schlicht und einfach: »Wanze!«

Peter wußte, daß es in der Verbrecherkartei ein Bild von ihm gab. Damals, als er notgedrungen für den Polizeifotografen hatte posieren müssen, war er so etwas wie ein Dandy gewesen. Das besagte Foto zeigte ihn im Seehundspelz, auf dem Kopf eine Seehundspelzmütze. Seine Oberlippe zierte ein Schnurrbart, der einem Handwerker als Vorlage zu einer besonders kunstvollen Schmiedearbeit hätte dienen können. Zu jener Zeit war Peter den Behörden als *Grand Central Pete*, *Bunco* oder *Confidence* bekannt, und mit diesen Namen hatte er auch jene Briefe an den Polizeichef unterzeichnet.

Der Mann hatte reichlich Zeit, um in seinem Gedächtnis zu kramen, denn der Bürgermeister bestritt die ganze Unterhaltung alleine, und es war nicht ratsam, ihm ins Gehege zu kommen. Als der Schwips des obersten Ordnungshüters sich allmählich verflüchtigte, kehrte die Erinnerung an Peter Lake langsam zurück. Peter murmelte eine Entschuldigung, erhob sich und ging hinauf aufs Dach. Dort saß Beverly unter dem Zeltdach im kalten, grauen Regen und las im *National Geographic* einen Artikel mit dem Titel *Die sanftmütigen Hottentotten*.

Peter Lake unterrichtete sie mit knappen Worten über die drohende Gefahr. »Weißt du keinen Ausweg?« fragte er schließlich.

»Im Augenblick ist mein Kopf voller Hottentotten«, erwiderte sie, doch dann runzelte sie die Stirn über ihren blonden Brauen und dachte angestrengt nach. Peter wußte nicht zu sagen, warum er ausgerechnet bei Beverly Hilfe suchte, war *er* doch schließlich der erfahrene und gewiefte Fluchtexperte. Vielleicht geht es mir gar nicht so sehr darum, dem Polizeichef ein Schnippchen zu schlagen. Vielleicht will ich nur sehen, wie Beverly sich den Kopf zerbricht . . .

»Er weiß schon Bescheid, sagst du?«

»Nein, aber da fehlt nicht mehr viel.«

»Dann müssen wir ihn ablenken! Ich weiß auch schon wie. Wir werden ihm das Gemälde zeigen. Mein Vater will ohnehin, daß der Bürgermeister es sieht.«

»Welches Gemälde?«

»Es ist unten im Keller. Du kennst die Geschichte noch nicht.«

Als die beiden wenig später den großen Salon betraten, sagte Isaac Penn gerade: »Das seltsame an der Elite, zu der ich nun . . . äh . . . gewissermaßen selbst gehöre, ist wohl, daß sie ohne Prunk nicht herrschen kann. Die große Masse des Volkes, in der sich nicht nur tapfere Soldaten und fähige Handwerker, sondern auch Feuerköpfe und Genies befinden, ist wie gelähmt, wenn sie die feinen Leute mit ihren Gartenparties auf praktisch unbewachten Landsitzen sieht, wo sie leicht beschwipst in pastellfarbenen Gewändern herumtorkeln . . . Ein Werktätiger, der zufällig in eine solche Gesellschaft gerät, ist bestürzt darüber, wie klein er sich in ihrer Mitte vorkommt, und zugleich wundert er sich, daß diese zerbrechlichen Wesen unbesiegbar sind, daß gewissermaßen die Schmetterlinge über die Elefanten herrschen.«

»Ja«, pflichtete der Bürgermeister bei, obwohl er noch immer zu betrunken war, um dem Gedankengang folgen zu können. »Ist es nicht komisch, daß sich arme Leute wie Clowns anziehen? Je ärmer sie sind, desto lächerlicher sehen sie aus. Wie im Zirkus! Und häßlich sind sie!«

»Oh, ich weiß nicht recht . . .« Peter Lakes Stimme ertönte von der Tür her. Beverly hatte sich bei ihm eingehängt. »Nicht nur die Armen verkleiden sich wie Clowns! Man denke nur die gleichermaßen groteske wie dünkelhafte Aufmachung der Reichen bei offiziellen Anlässen! Genausogut könnten sie ein buntes Gefieder tragen — manche von ihnen tun es ja sogar wirklich. Und vergessen wir auch nicht die in der Oberschicht grassierende Mode, sich die Hinterbacken tätowieren zu lassen . . .« Peter Lake blickte den Bürgermeister durchdringend an. »Mir ist zu Ohren gekommen, daß gewisse gesellschaftlich besonders hochstehende Damen dieser Stadt sogar tätowierte Landkarten auf den Pobacken haben.«

Alle Anwesenden außer dem Bürgermeister und dessen Frau

kicherten in ihre Teetassen hinein. »Unsinn!« murmelte jemand aus dem Gefolge des Stadtoberen, »Kindermärchen!« ein anderer. Aber Peter, der zusammen mit Beverly ein paar rasche, geschmeidige Schritte gemacht hatte und nun in der Mitte des Raums stand, erwiderte mit der Strenge eines Lehrers: »Keine Kindermärchen und auch kein Unsinn! Sie, Herr Bürgermeister«, – der Bürgermeister zuckte zusammen – »haben kraft Ihres Amtes doch gewiß Kenntnis von solchen Dingen?«

»Was für Dinge?« fragte der Angesprochene nervös zurück.

»Von Landkarten auf dem Po! Manhattan auf der einen Backe, Brooklyn auf der anderen!«

»Nun . . .« stammelte der Bürgermeister. »Ehrlich gesagt . . . gewissermaßen . . . nun ja, ich will sagen . . . Ja!«

Peter machte eine leichte Verbeugung und brachte die Zecher vollends durcheinander, indem er ihnen Beverly vorstellte. Sie hatten von ihrer Schönheit gehört und wußten auch, daß sie irgendein körperliches Leiden hatte, aber stillschweigend waren sie davon ausgegangen, daß sie nur bis zur Hochzeitsnacht kränkeln und sich dann rasch erholen würde, ganz in der Art jener jungen Frauen, die bald nach ihrer Heirat feststellten, daß sie bislang Lust und Vergnügen mit Gefahr verwechselt hatten. Was die Gäste nicht wissen und auch nicht aus Beverlys Aussehen schließen konnten, war die Tatsache, daß sie an Lungen- und Knochentuberkulose litt.

»Wolltest du nicht dem Herrn Bürgermeister das Gemälde zeigen?« fragte Beverly ihren Vater.

»Ja, richtig«, erwiderte Isaac Penn.

»Oh, ein neues Bild?« Der Bürgermeister ging hocherfreut auf das neue Gesprächsthema ein.

»Ja, ich habe es erst kürzlich erworben.«

»Wer ist der Künstler?«

»Der Maler will nicht, daß man von ihm weiß. Er will nur selber wissen.«

»Wirklich?« fragte jemand ungläubig.

»Ja, wirklich«, beharrte Isaac Penn.

»Dann lassen Sie uns wenigstens die Anfangsbuchstaben seines Namens wissen!« bat eine Frau, die die ganze Zeit zu süßen Likör getrunken und anspruchslose Kartenspiele gespielt hatte.

»M.C.«, antwortete Isaac Penn. »Mehr sage ich nicht. Sie werden es nie herausbekommen.«

Als die Gesellschaft wenig später die bronzene Wendeltreppe hinabstieg, tiefer in den Fels hinein als es mancher Dame lieb war, fragte der Bürgermeister den Hausherrn: »Warum bewahren Sie es hier unten auf?«

»Weil hier unten unser größter Raum liegt«, erwiderte Isaac Penn. »Das Bild ist nicht eben klein.«

»Falls Sie es irgendwann einmal der Öffentlichkeit vorstellen wollen, müssen Sie es also zusammengerollt nach oben schaffen lassen?«

»Nein, es kann nicht gerollt werden.«

»Ehrlich gesagt hoffe ich, daß dieser ganze Aufwand nicht nur meinetwegen betrieben wird«, meinte der Bürgermeister, dem die nicht enden wollende Treppe auch nicht ganz geheuer war.

»Herr Bürgermeister«, hub der Gastgeber an. »In der Unendlichkeit unseres Universums sind zur Belehrung und Erbauung von ein paar schlichten Seelen ganze Welten geschaffen worden. Glauben Sie mir, daß es mir nicht die geringste Mühe bereitet, Ihnen dieses Gemälde zu zeigen, denn ich . . .«

Isaac Penn wurde von einem Geräusch unterbrochen, das ihnen aus der Tiefe wie eine dicke Dunstwolke entgegenschlug. Peter Lake erkannte es augenblicklich. Es klang wie das ferne Brausen des Wolkenwalls, in das sich das elektrische Knistern der Gestirne mischte. Lauter und lauter wurde das Geräusch, bis sie alle am Fuß der Treppe angelangt waren und vor dem Gemälde standen, von dem es ausging.

Niemand rührte sich, alle hielten den Atem an und kämpften gegen ein Schwindelgefühl. Nur Isaac Penn, Beverly und Peter, der sich vor großer Höhe nicht fürchtete, waren davon unbetroffen. Sie befanden sich in einem Raum von erstaunlicher Größe, in dem das Gemälde die einzige Lichtquelle darstellte. Es war mindestens zehn Meter hoch und zwanzig Meter breit und mit nichts aus der bisherigen Erfahrungswelt der Betrachter zu vergleichen. Es präsentierte ihnen ein sich ständig wandelndes

Form- und Farbenspiel — ziehende Wolken und funkelnde Sterne, und den Besuchern war es, als blickten sie in das Gewoge einer verborgenen Unterwasserwelt hinab.

»Was für eine Technik ist das? Was für Farben?« fragte die Hälfte der Anwesenden gleichzeitig, aber Isaac Penn erwiderte darauf nur: »Eine neue Technik und neue Farben.«

Es war die Darstellung einer nächtlichen Stadt aus großer Höhe. Leicht waren viele Details zu unterscheiden, aber der Anblick blieb dennoch verwirrend, allein schon wegen der unzähligen kleinen Lichter, die tatsächlich funkelten und sich dicht hintereinander durch ein Adergeflecht ferner Straßen bewegten oder Flußläufen folgten. Einige der leuchtenden Punkte flogen sogar durch die Luft! Diese Stadt wirkt ganz echt, sie ist unvorstellbar wirklichkeitsgetreu und ebenso erschreckend wie die, in der wir leben, sagten sich die Gäste des alten Penn.

»Treten Sie getrost näher!« forderte der Hausherr die Leute auf. Als sie dicht vor dem Bild standen, war die kleinste Einzelheit deutlich zu erkennen. Die Hängebrücken, von denen es Hunderte gab, waren hell erleuchtet. Verschachtelte Gebäudekomplexe schienen von innen heraus zu glühen. Doch dann änderte sich das Bild. Es war den Betrachtern, als glitten sie wie Vögel über die ruhigen, abgrundtiefen und auf rätselhafte Weise dreidimensionalen Straßenschluchten. Sie empfanden ein angenehmes Schwindelgefühl wie es einen überfällt, wenn man an einem Herbsttag auf einer Landstraße spazierengeht und eine plötzliche Brise das Laub vom Boden aufwirbelt und tanzen läßt. Plötzlich gewinnt alles eine neue Tiefe, tanzt und schwebt wie unter Wasser, schwerelos . . .

Wer diese Stadt betrachtete, fühlte sich in die Lage versetzt, über ihr dahinzusegeln, mühelos in größere Höhen aufzusteigen und zu wissen, daß sie trotz ihres labyrinthhaften Grundrisses dem Himmel verwandt und so einfach zu verstehen war wie ein Augenzwinkern. Es war eine Stadt, die New York ähnelte, wahrscheinlich war es sogar New York. Aber die Drangsal und das Leid der Gegenwart waren längst vergessen. Dort unten lag eine Stadt der Zukunft, deren Schönheit das Wesen des Zufälligen hatte, denn alles, was in ihren Grenzen existierte, war nicht einem vorgefaßten Plan entsprungen, sondern hatte sich überraschend und wider jegliche Erwartung eingestellt. In dieser Stadt bewegte sich alles langsam und mit einer Anmut, die nicht von dieser Welt zu stammen schien. Flugmaschinen zogen wie aufgehende Gestirne über den nächtlichen Himmel, und sie zischten nicht ab mit kometenhaftem Ungestüm, sondern stiegen auf, voller Zutrauen in sich selbst und ohne Hast.

»Wie heißt diese große Stadt?« erkundigte sich der Bürgermeister sichtlich bewegt. »Ist es etwa New York?«

»Natürlich ist es New York!« erwiderte Isaac Penn. »Schauen Sie doch hin! Welche andere Stadt könnte es sein?«

»Aber kann das überhaupt wahr sein?«

»Was meinen Sie damit?« fragte der Hausherr zurück. »Sie stehen doch direkt davor!«

Peter Lake war überzeugt, daß Beverly der Schlüssel zu dieser Szenerie war. Sie gehörte so sehr zu diesem Wunder, daß ihr Bild seiner Vorstellungskraft immer wieder entglitt, mochte er sich noch so sehr mühen, es festzuhalten. Er wurde von einem Gefühl der Freude durchströmt, aber es entging ihm auch nicht, daß sie leicht gelangweilt wirkte und sich wie eine pflichtbewußte Tochter verhielt, die zum tausendsten Mal mitanhört, wie ihr Vater wortreich seine Kunstsammlung vorführt, und sich dabei in jene Wachträume flüchtet, denen junge Mädchen in Anwesenheit ältlicher Hausfreunde nachzuhängen pflegen.

Unmittelbar vor dem Bild der Stadt befand sich eine kleine, erhöhte Plattform, zu der einige Stufen hinaufführten. Dort oben stand Beverly jetzt, den Kopf in die Hand gestützt. Ihr Gesicht war den Gästen zugewandt, der Blick in die Ferne gerichtet. Sie war Teil des lebendigen Bildes, eine Betrachterin auf einer windumtosten Aussichtsplattform am Rande eines Abgrunds. Von Zeit zu Zeit warf sie Peter einen flüchtigen Blick zu. Er selbst war hin- und hergerissen zwischen dem Anblick der pulsierenden Stadt und dem des jungen Mädchens davor, doch er gestand sich ein, daß er diesen Widerstreit genoß.

☆

Falls das Kind, dem er damals in jenem Treppenhaus begegnet

war, noch lebte — was nicht sehr wahrscheinlich war —, dann wäre es jetzt erwachsen und brauchte seine Hilfe nicht. War es dagegen kurze Zeit später gestorben, so konnte Peter Lake nicht hoffen, es wiederzufinden, denn sicherlich hatte man es irgendwo auf dem Armenfriedhof in einem namenlosen Grab verscharrt. Viele dieser traurigen Totenäcker waren in der Zwischenzeit bebaut worden und lagen mittlerweile selbst unter der drückenden Last von Heizungskellern und Waschküchen begraben.

Dennoch brach Peter Lake eines Morgens kurz vor Neujahr auf Athansors Rücken nach Korlaer's Hook auf, wo er einst vor langer Zeit mit dem Kanu gelandet war. Er wollte versuchen, von dort aus noch einmal denselben Weg wie damals zurückzulegen, was nicht nur eine nahezu unmögliche Anforderung an das Gedächtnis darstellte (die Stadt hatte sich seitdem sehr verändert), sondern auch gefährlich war, denn in Korlaer's Hook wimmelte es von Short Tails. Unter dem Druck neuer Gesetze und der veränderten Wirtschaftslage hatten sie sich dorthin zurückgezogen. Peter mußte damit rechnen, sofort entdeckt zu werden.

Der Morgen war sonnig und klar. In gemächlichem Trott ging es die Chrystie Street entlang. Dort hatte der Frost die Zweige der Bäume wie mit einem dünnen Zuckerguß überzogen. Der geringste Windhauch ließ sie aneinanderstoßen, so daß sie klirrten wie ein Kristallkandelaber.

Unten bei den Brücken tauchte das Hotel *Kleinwaage* auf — kein großes Haus, aber beliebt wegen der guten Steaks vom Holzkohlengrill, der schneeweiß bezogenen Federbetten und der zahllosen Blumen in der Empfangshalle. Schon von weitem musterte Peter die Fassade mit zusammengekniffenen Augen. Da wurde die große Eingangstür geöffnet, und eine korpulente Gestalt, die einen Hermelinmantel trug, stieg mit unglaublichem Pomp die von Sonne und Regen gebleichte Marmortreppe hinab. Der Mann hielt in einer Hand ein Stöckchen. Umgeben vom Gefunkel hochkarätiger Diamanten wirkte er protzig wie ein schwerreicher Gewürzhändler, wofür Peter Lake ihn zweifellos auch gehalten hätte, wären da nicht die Schlitzaugen in dem großflächigen, mit Fettwülsten gepolsterten Gesicht, die zusammengewachsenen Augenbrauen, die Kurzatmigkeit und der chinesische Hut gewesen.

»Cecil!« rief Peter verblüfft aus.

Cecil Mature zuckte erschrocken zusammen, riß die Augen weit auf, um besser sehen zu können, wer nach ihm rief, und unternahm gleich darauf den vergeblichen Versuch, die Straße hinunterzulaufen und Peter zu entkommen. Seine Beine, die an prall gestopfte Würste erinnerten, bewegten sich dabei erstaunlich flink, wie die Flügel einer Windmühle bei frischer Brise. Aber natürlich hatte Athansor ihn schnell eingeholt.

»Warum läufst du vor mir fort, Cecil?« fragte Peter.

Cecil blieb stehen. Die wabbelige Masse seines Gesichts erbebte und verzog sich, wie immer, wenn er den Mund aufmachte.

»Du darfst niemandem sagen, daß du mich gesehen hast!«

»Wovon redest du? Ich dachte, du seiest tot. Was ist geschehen?«

»Das darf ich dir nicht sagen.«

»Aber warum denn? Wer hat es dir verboten?«

»Sie!« erwiderte Cecil und zeigte auf das Hotel.

»Wer sind *sie*?«

»Jackson Mead und die anderen.«

»Er ist zurück? Und du bist bei ihm? Ich verstehe das nicht. Was ist geschehen?«

»Ich darf es nicht sagen.«

»Nun mach schon, Cecil Mature, oder weißt du nicht, mit wem du redest?«

»Ich heiße nicht Cecil Mature!«

»Wie denn?«

»*Mr.* Cecil Wooley!«

Peter starrte den alten Freund an. Ihm fehlten die Worte.

»Mein Name ist *Mr.* Cecil Wooley«, wiederholte Cecil. »Und ich arbeite für Jackson Mead.«

»Du bist also nicht Cecil, der ehemalige Küchenjunge?«

»Keineswegs.«

»Wer dann?«

»*Oberster Hochbauingenieur!*« verkündete Cecil mit stolzgeschwellter Brust. »Und ich möchte wetten, daß du nicht errätst, wer der alleroberste Ingenieur und erste Assistent von Jackson Mead ist!«

»Wer denn?«

»Reverend Dr. Mootfowl, kein geringerer!«

»Das kann nicht sein!«

»Es ist aber so.«

Genau in diesem Augenblick trat Jackson Mead mit einer hundertköpfigen Gefolgschaft aus dem Hotel. »Ich muß gehen«, sagte Cecil hastig. »Ich verstoße gegen alle Vorschriften. Ich darf eigentlich mit niemandem reden.«

»Aber ich möchte Mootfowl wiedersehen!« erwiderte Peter.

»Das geht nicht, er hat sich schon eingeschifft. Wir stechen heute nachmittag in See. Wir werden Brücken in Südamerika bauen, insgesamt vierzehn.«

»Wann kommst du zurück?«

»Keine Ahnung«, antwortete Cecil im Gehen, und Peter Lake sah, wie er in Jackson Meads Gefolge verschwand.

Peter ritt ihnen nach, und als ihm unten an den Werften ein Trolleybus eine Straßenkreuzung verstellte, befahl er dem weißen Hengst kurzerhand: »Spring!« Athansor hatte seit geraumer Zeit seine Sprungkraft nicht geübt, denn es war ihm in gestrecktem Flug nur um reine Geschwindigkeit gegangen. So geschah es, daß er sich verschätzte, auf dem Dach des öffentlichen Verkehrsmittels landete und dort beschämt und verwirrt stehenblieb, als habe er Wurzeln geschlagen. Peter Lakes Bemühungen, ihn zum Sprung auf die Straße zu bewegen, waren vergeblich. Der Bus fuhr an. Es ging in umgekehrter Richtung zurück nach Chinatown. Verwundert blickten die Einwohner und Passanten zu dem Reiter auf seinem weißen Hengst auf. Was taten sie dort oben auf dem Dach eines fahrenden Busses? Das war sicher wieder einer dieser typisch amerikanischen Ulks oder einer jener ausgefallenen Reklamegags, die die Leute in Chinatown ohnehin meist nicht verstanden. Plötzlich schrie jemand, der Mann dort oben sei der Präsident, und alle anderen schrien es ihm nach. Sie glaubten tatsächlich, den leibhaftigen Theodore Roosevelt vor sich zu haben, der im übrigen schon seit einiger Zeit gar nicht mehr Präsident des Landes war. Plötzlich preschte Athansor in gestrecktem Galopp über die ganze Länge des Busses – und dann sprang er! In hohem Bogen überflog er die Häuserzeile am Rand der Straße und ließ die staunende Bevölkerung von Chinatown für alle Zeiten hinter sich zurück.

Als Peter unten am Fluß ankam, konnte er nur tatenlos zusehen, wie ein weißes Schiff mit geblähten Segeln in das offene, von kleinen weißen Schaumkronen übersäte Fahrwasser hinausfuhr. Im Grunde war er schon darauf gefaßt gewesen, denn er entwickelte allmählich einen geschärften Sinn für die innere Gesetzmäßigkeit solcher Ereignisse. Wenn es stimmte, was Cecil behauptet hatte, dann war Mootfowl unter die Lebenden zurückgekehrt. Unwillkürlich fragte sich Peter, ob auch all die anderen Menschen, die inmitten des komplizierten Räderwerks dieser Riesenstadt ihr Leben fristeten, ein solches Schicksal erwartete. Als er aufschaute, erkannte er unter den zahlreichen Brücken, die in großer Höhe den Fluß überspannten, augenblicklich jene, die er damals am ersten Tag in der Stadt mit den diebischen Tanzmädchen auf dem Weg zu deren ärmlicher Behausung überquert hatte. Er spornte Athansor mit einem leisen Zuruf an, und wenig später befanden sie sich hoch über dem Fluß.

☆

Sie passierten mehrere gigantische Stahlbrücken, die die einzelnen Inseln miteinander verbanden. Peter ließ sich von seinem ausgeprägten Spürsinn meilenweit durch Straßen und über Plätze führen, bis er schließlich vor den alten Häusern im holländischen Stil stand. Hinter einer dieser Fassaden mußte der Hinterhof mit dem ärmlichen Häuschen sein, in dem die Mädchen damals gelebt hatten. Es stellte sich jedoch heraus, daß sämtliche Mietskasernen der näheren Umgebung geräumt waren. Wo sich einst der Hinterhof befunden hatte, erhob sich nun eine Industrieanlage mit rußgeschwärzten Wänden und

Kaminen. Diese Fabrik, oder was immer es sein mochte, war so nahe an die Fassaden der alten Häuser herangebaut worden, daß sie sie fast zu erdrücken schien.

Peter Lake rüttelte an mehreren Türen, ohne sie jedoch öffnen zu können. Er konnte nicht wissen, daß sie von innen zugemauert waren. Um die Höhe der Schornsteine abschätzen zu können, mußte er den Kopf weit in den Nacken legen. Insgesamt waren es ihrer sieben. Sie schienen weit über hundert Meter hoch zu sein, und aus jedem stieg eine dicke Rauchfahne in den Himmel.

Peter ging um das Fabrikgebäude herum und stand gleich darauf vor einer Einfahrt, die fast so groß und so breit wie die Hälfte der Fassadenfläche war. Unten am Rand gab es eine kleinere Tür. Sie war zwar selbst doppelt so hoch wie Pferd und Reiter, doch wirkte sie neben der riesigen Einfahrt wie eine Zahnlücke im dunklen Schlund eines Walfisches. Zuckendes Licht, ein warmer Luftstrom und das gleichmäßige Summen großer Maschinen drangen durch diese Tür ins Freie. Vielleicht sind es Lichtmaschinen oder Antriebsaggregate, sagte sich Peter. Gemessenen Schrittes trug Athansor ihn ins Innere.

Vor ihm erstreckte sich eine riesige Halle. Dach und Wände waren in der Dämmerung nicht zu erkennen, aber hoch über seinem Kopf erkannte Peter ein verwirrendes Gitterwerk von Eisenträgern, kilometerlange Laufstege und Schienen, auf denen mit lautloser Emsigkeit Kräne hin- und herrollten. Zielstrebig verrichteten sie ihre Arbeit, aber weit und breit war kein Mensch zu sehen, der sie lenkte oder steuerte. Sogar Athansor hatte die Ohren gespitzt und den Kopf in die Höhe gereckt, um ihren Weg zu verfolgen, als wären sie Insekten mit rätselhaft langsamem Flug. Kein Geräusch drang von dort oben zu ihnen herab, lediglich das helle Singen der Maschinen, die auf dem Boden der Halle standen, war deutlich zu vernehmen.

Die Maschinen waren so groß wie mittlere Bürogebäude. Sie waren olivgrün, grau oder blau und mit einem glänzenden Lack überzogen. Seitwärts angebrachte Treppen führten zu eisernen Plattformen und Umläufen hinauf. Lichter blinkten in allen erdenklichen Farben, gekrümmte Rohrleitungen, dick wie

Bäume, verbanden die mächtigen Metallgehäuse, an denen sich nichts bewegte. Aber es ging ein stetiges Brausen wie das durch die Ferne gedämpfte Rauschen von einem Dutzend Niagara-Fällen von ihnen aus und kündete von rastlosem, unermüdlichem Maschinenfleiß.

Peter ritt im Schritt an den mechanischen Giganten entlang. Schließlich entdeckte er einen Arbeiter, der aus einem der langen Seitengänge trat und wortlos auf ihn zuging. Sein Gesicht war ausdruckslos, aber seine Augen blitzten wie Edelsteine. Beverly hatte einmal zu Peter gesagt, ein Mensch könne desto weitere Reisen unternehmen, je tiefer er in die Stille eintauchte. Erst in der absoluten Reglosigkeit sei es möglich, die absolute Geschwindigkeit zu erreichen. »Wenn es dir gelingt, dich ganz zurückzunehmen, wenn dein Leben den Atem anhält und jedes einzelne in dir schwirrende Atom zur Ruhe gekommen ist, dann öffnet sich das Gewölbe der Unendlichkeit.« Peter verstand das alles nicht. Aber ihm fiel jetzt auf, daß Athansor, dieses ruhige, ihm zugetane Pferd, sich in dieser Halle verhielt, als befände es sich in der Werkstatt eines altvertrauten Hufschmieds. Wer hatte Athansor einst beschlagen, und womit? Und welcher Schmied würde diesen Beschlag dereinst erneuern?

»Haben Sie das Schild nicht gesehen?« fragte der Arbeiter.

»Welches Schild?«

»Das da!« sagte der Mann und wies auf eine riesige Leuchtschrift, die aus zwei Worten bestand: EINTRITT VERBOTEN.

»Ehrlich gesagt: Ich habe es übersehen«, meinte Peter leichthin. »Wo bin ich hier eigentlich?«

»In einem Kraftwerk«, antwortete der Mann. »Das merkt doch jeder.«

»Was für ein Kraftwerk?« erkundigte sich Peter, der erfahrene Mechaniker, der sich auf den Bau und die Reparatur von Elektromotoren, Lichtmaschinen, Dampfturbinen und Verbrennungsmotoren verstand.

»Ein Umspannwerk!«

»Für was?«

»Für den Strom, der hier ankommt. Das ist alles, was ich weiß. Ich bin kein Ingenieur.«

»Aber mir ist jeder Typ von Kraftwerk bekannt.«

»Dann müßten *Sie* ja Bescheid wissen, oder?«

»Eigentlich schon. Aber ich begreife es trotzdem nicht. Ich habe noch nie etwas Ähnliches gesehen.«

Der Arbeiter machte eine verächtliche Handbewegung. »Dieses Werk gibt es schon seit vielen Jahren«, sagte er. »Ich könnte nicht einmal genau sagen, wie lange schon.«

»Das kann nicht sein! Noch vor zwanzig Jahren lebten Menschen in diesen Gebäuden. Hier war ein Hinterhof mit einem Häuschen, in dem ein paar Mädchen wohnten. Sie waren Taschendiebe . . .«

»Ich weiß«, unterbrach ihn der Arbeiter. »Die kleine Liza Jane, Dolly und die dunkelhaarige Bosca.«

»Woher wissen Sie das?«

»Ich war damals schon hier. Da drüben, wo jetzt die große Maschine steht, muß das Haus gewesen sein, in dem ich wohnte.«

»Eine Mietskaserne, nicht wahr?«

»Ja, das stimmt. Die Bewohner sind entweder tot oder sie leben jetzt woanders.«

»Erinnern Sie sich an ein kleines Kind, das in einem Haus dort drüben wohnte?« Peter Lake deutete mit der Hand die Richtung an. »Es war ungefähr so groß, und es war sehr krank. Sein Kopf war schrecklich geschwollen, wirklich gräßlich!«

»Ich sagte Ihnen doch, daß die Leute alle fort sind. Und das Kind hat man bestimmt in ein Krankenhaus gebracht, wenn es so aussah, wie Sie es beschrieben haben.«

»In ein Krankenhaus?«

»Ja, und es gibt nur eins für diese sieben Inseln, das Spital am Printing House Square.«

»Aber das ist ja in Manhattan!«

»Nun ja, die Ambulanzen fahren eben einfach über den Fluß.«

☆

Der Leichenkeller im Spital am Printing House Square war ein fensterloser, schlecht gelüfteter Raum, in dem fünfzig Autopsietische standen. Auf jedem dieser Tische lag unter gleißendem Scheinwerferlicht eine Leiche, und auf einem von ihnen hatte man, dicht nebeneinander, nicht weniger als zehn Kinderleichen deponiert. Hier gab es Tote aller Rassen und Altersstufen, Männer, Frauen und Kinder, aufgedunsene Kadaver mit Pferdebäuchen oder armselige Bündel aus Haut und Knochen, muskulöse Leiber von Arbeitern, die sogar in der Leichenstarre noch etwas von ihrer einstigen Kraft verrieten, und schmächtige Mädchen ohne ein Gramm Fleisch auf den Rippen; Verbrecher, deren Lebensziel letztlich darin bestanden hatte, mit einem pfenniggroßen Loch in der Stirn zu verenden; einen enthaupteten Inder, dessen Kopf von einem anderen Tisch zu dem Körper hinüberstarrte, der ihn einst getragen hatte; Kleinkinder, deren Mienen eine Mischung aus Furcht und Erstaunen verrieten; Männer und Frauen, die gewiß nicht darauf gefaßt gewesen waren, hier enden zu müssen; Menschen, für die der Tod nach einem glücklosen Leben die letzte Überraschung gewesen war.

Ein Arzt in blutbeflecktem Kittel ging von Tisch zu Tisch und sprach jeweils ein paar Worte in ein Diktiergerät, das an einer an der Zimmerdecke befestigten Laufschiene angebracht war. Bisweilen beugte er sich vor, um eine Leiche zu examinieren oder sie gar zu öffnen.

Peter Lake war reglos in der Tür stehengeblieben. Er brachte es nicht über sich, näherzutreten, aber er konnte sich auch nicht losreißen. Die Augen der Toten blickten ziellos in die verschiedensten Richtungen. Wohin man in diesem Raum auch gehen mochte — immer stand man im Blickfeld eines dieser Augenpaare.

»Sie suchen jemanden, nehme ich an?« fragte der Arzt Peter, ohne aufzublicken. »Die Chancen, ihn zu finden, stehen nicht gut, das sage ich Ihnen gleich. Wenn Sie wissen wollen warum, dann hören Sie mir gut zu.« Der Mann sprach, als diktierte er noch immer in das kleine Gerät. Für ihn war ein Besucher wie Peter Lake lediglich ein weiterer Umstand, der geprüft und vermerkt werden mußte. »Die meisten dieser Toten haben niemanden, der sich um sie kümmert. Es handelt sich hier größtenteils um Menschen, die sozusagen unbemerkt in den Graben gefallen sind. Wo sind ihre Eltern, Kinder, Brüder, Schwestern, Freunde? Vielleicht waren sie auch schon hier, vielleicht sind sie sogar gleichzeitig hier oder werden bald hier sein. Glauben Sie etwa, daß diejenigen, die noch atmen, einen Ort wie diesen freiwillig aufsuchen würden? Nein, dazu müßte man sie in Ketten legen. Sie kommen erst, wenn man sie tot hierherschafft.«

Peter sagte nichts, aber sein Schweigen schien den Arzt eher noch anzuspornen. »Vielleicht sind Sie einer von diesen Gesellschaftsverbesserern und gekommen, um sich mit Anschauungsmaterial zu versehen.« Der Mediziner sah Peter kritisch an und überzeugte sich, daß der Besucher zu einer anderen Kategorie von Menschen gehörte. »Solche Leute kommen hierher und machen Bilder mit ihren Fotoapparaten. In Wirklichkeit sind sie nur auf den Nervenkitzel aus. Sie genießen ihre eigene Empörung und ihr Mitleid beim Anblick dieser verstümmelten Leichen. Für diese Typen ist das eine seelische Berg- und Talbahn, glauben Sie mir. Ich kann mir ein Urteil darüber erlauben, schließlich bin ich ja dauernd hier und schnipple bis zu fünfzig Leichen pro Tag auseinander. Meinen Sie, ich könnte da noch für jede einzelne Mitgefühl aufbringen? Ich bin nicht Gott! Meine Reserven sind begrenzt. Die Assistenten der feinen Damen, die hier aufkreuzen, und die Herren Gesellschaftskritiker spüren natürlich sofort, daß ich mich den Teufel um all dieses ungenießbare Fleisch schere, und das ist nur Wasser auf ihre Mühlen. Sie wissen ja, daß sie besser dran sind als die armen Teufel, denen sie angeblich helfen wollen, und nun können sie sich sogar noch an der Gewißheit delektieren, daß es ihnen besser geht als uns allen, die wir nicht soviel ›Mitleid‹ aufbringen wie sie.« Wiederum musterte der Doktor Peter mit einem kurzen Blick, dann fuhr er fort: »Ist Ihnen aufgefallen, wie oft solche Leute das Wort ›Mitleid‹ in den Mund nehmen? Sie benutzen es wie einen Knüppel, glauben Sie mir.«

Was der Mann dann tat, war für ihn die alltäglichste Routine, aber Peter schloß angewidert die Augen. Die Hände des Arztes, von glänzenden Gummihandschuhen umschlossen, setzten unbeirrt ihre Arbeit fort. »Aus Eigennutz kommen sie hier zu mir in den Keller! Es gefällt ihnen hier, das ist sonnenklar. Ich muß schon sagen, es ist ein schauriger Witz, daß sich ausgerechnet solch dünkelhafte Gecken um jene zu kümmern vorgeben, die ganz unten in der Mülltonne des Lebens liegen. Das sind mir feine Herrschaften! Sie fressen sich an den Armen satt, zuerst körperlich und dann auch noch geistig. Aber beide Parteien passen gut zusammen, denn Laster und Dummheit waren schon immer füreinander bestimmt. Ich muß es ja wissen, weil ich früher selbst arm war. Ich war ein echter Senkrechtstarter, wie eine Rakete, und weiß deshalb, wie die Dinge funktionieren. Die Leute, die einem angeblich immer zur Seite stehen, unterdrücken einen in Wirklichkeit mit allem, was sie tun. Alles verzeihen sie einem: Raub, Vergewaltigung, Plünderung und Mord. Sie verstehen alle Skandale, Verfehlungen und charakterlichen Mängel. Wirklich großartig! Ihretwegen kann man immer so weitermachen wie bisher. Ihnen ist das völlig egal — das heißt nein, pardon, es ist ihnen *nicht* egal: Sie wollen nämlich, daß alles beim alten bleibt.«

Der Arzt beugte sich vor, machte mit dem Skalpell einen flinken, haarfeinen Schnitt quer über die Brust eines ausgemergelten blonden Mädchens, das er soeben ausgeweidet hatte. »Wie würden sich denn diese Helfer der Armen ihren Lebensunterhalt verdienen, wenn es keine Armen gäbe? Ich selbst war erst in der Lage, mein Schäfchen ins Trockene zu bringen, nachdem ich eines Tages einem Menschen begegnet war, der so gut wie alles haßte und den Mut hatte, mir gegenüber daraus keinen Hehl zu machen. Ich weiß noch genau, wie er zu mir sagte: Was Sie tun, ist einfach gräßlich, genau das Richtige, um jung zu sterben. Wenn Sie an einem langen, bequemen Leben interessiert sind, müssen Sie zuerst lernen, das Richtige zu tun.« Der Arzt wandte sich von der Leiche ab, ließ die Hände sinken und blickte Peter Lake voll an. »Ich hasse die Armen!« sagte er. »Sehen Sie nur, was sich diese Leute antun! Wie ist es möglich, sie *nicht* zu hassen? Das geht nur, wenn man davon ausgeht, daß sie so sein *müssen*, wie sie sind.«

Er legte das Skalpell vor sich auf den Tisch und dachte einen

Augenblick nach. »Vergeben Sie mir«, bat er dann. »Bisweilen spreche ich mit den Lebenden im selben Ton wie mit den Toten. Vielleicht liegt mir doch mehr an ihnen, als ich mir selbst eingestehe. Ohne Zweifel suchen Sie jemanden. Warum hätten Sie sonst kommen sollen?«

Peter nickte.

»Alter?«

»Ein Kind.«

»Geschlecht?«

»Keine Ahnung. Vielleicht männlich.«

»Hautfarbe oder Nationalität?«

»Ire oder Italiener, glaube ich.«

»Letzter Wohnort?«

»Auf einer der Inseln.«

»Seit dort all die Fabriken gebaut worden sind, bekommen wir von drüben nur noch wenige Leichen. Die Bevölkerung ist stark dezimiert worden.«

»Mein Fall liegt auch schon lange zurück.«

»So an die zwanzig Jahre?«

»Ja, ungefähr.«

»Vielleicht könnte ich Ihnen helfen, jemanden zu finden, der hier vor zwanzig *Stunden* auf dem Tisch gelegen hat! Aber zwanzig Tage, zwanzig Wochen oder zwanzig Jahre? Nein, unmöglich! Das ist ja fast lächerlich. Genausogut könnten Sie auf einem riesigen Weizenfeld in Kansas nach einem bestimmten Korn fahnden, das vor zwanzig Jahren aus einer Ähre gefallen ist. Ganze Generationen kommen und gehen, ohne daß sich auch nur eine Seele an sie erinnert. Jeder Mensch wird irgendwann vergessen. Selbst die Eltern des Jungen können sich, vorausgesetzt sie sind noch am Leben, bestimmt nicht mehr an ihn erinnern, das garantiere ich Ihnen. Schauen Sie, hier finden Sie Prostituierte im Kindesalter, und zwar nicht eine oder zwei, sondern Dutzende von ihnen. Sie leben bis zum neunzehnten Jahr, falls man in diesen Fällen überhaupt von Leben sprechen kann. Und dann sterben sie an zuviel Kokain, an Syphilis oder an einem Messerstich. Soll ich Sie in den Nebenraum führen, wo wir nur einzelne Körperteile und die Kadaver aufbewahren, die monatelang im Fluß getrieben sind? Oder möchten Sie die Skelette von Menschenwesen sehen, die jahrelang unentdeckt in irgendeinem finsteren Loch vor sich hin gefault haben? Soll ich Ihnen ein halbes Dutzend weiterer Säle zeigen, wo sich Ihnen genau dasselbe Bild bietet? Und was ist mit den anderen Krankenhäusern? Hier am Printing House Square ist alles klein und kaum der Rede wert. Aber Dinge wie hier können Sie sogar in den feinen Privatkliniken der Innenstadt sehen. Es gibt nichts Widerwärtigeres als eine wabbelige Leiche, in der sich all die flüchtigen Vergnügungen vieler Jahre gewissermaßen noch einmal versammeln und den toten Leib mit stinkenden Faulgasen zu einem prallen Ballon aufblähen. Unsere Stadt brennt, es herrscht Belagerungszustand. Wir befinden uns in einem Krieg, den keiner überleben wird, und niemand wird sich an uns erinnern.«

»Falls es stimmt, was Sie da sagen — was soll ich dann tun?« fragte Peter Lake.

»Gibt es einen Menschen, der Sie liebt?«

»Ja.«

»Eine Frau?«

»Ja.«

»Dann gehen Sie zu ihr!«

»Und wer wird sich an *sie* erinnern?«

»Niemand. Das ist es ja. Sie müssen sich jetzt um sie kümmern.«

AKELDAMACH

Peter Lake ritt auf Athansors Rücken durch schneebedeckte Straßen gegen den Nordwind an. Es war so kalt, daß sich in seinem Schnurrbart kleine Eiszapfen bildeten. Der Arzt hatte nicht wissen können, daß die junge Frau, die Peter liebte, dem Tod geweiht war. Dennoch hätte sein Rat nicht angemessener und auch nicht schmerzvoller sein können, zumal in ihm eine Äußerung widerklang, die Beverly während ihres letzten – wenngleich noch längst nicht allerletzten – Fieberanfalls gemacht hatte: »Ich bin wie du«, hatte sie zu Peter gesagt. »Ich komme aus einer anderen Zeit. Aber es gibt so vieles, dessen wir uns *jetzt* annehmen müssen.«

Peter war verwirrt von der Kraft der Liebe, die er für Beverly empfand, von ihrer Plötzlichkeit und ihrem nahe bevorstehenden Ende. Und da er nicht wußte, wie er Beverly helfen konnte, schloß er sich ihr einfach in allem an, woran sie glaubte. Mochte ihm manches auch verstiegen und weit hergeholt vorkommen, so nahm er es allein schon deshalb hin, weil er sie liebte, und er scheute sich nicht, Momente der Schwäche und Verwirrung gemeinsam mit ihr durchzustehen – wenn er ihr überhaupt nur nahe sein konnte.

Falls sie recht hatte, dann wäre erklärt, warum die Welt bisweilen einer Bühne glich, hinter deren Kulissen eine seltsam gütige, überlegene, aber letztlich gleichgültige Macht waltete. Nur wenn sich in einer weit zurückliegenden Zeit die Gründe allen Seins offenbart hatten oder wenn sich diese Offenbarung einst in einem künftigen Zeitalter vollziehen würde, wäre dem Leid der Armen Rechenschaft getragen, denn dann hätten sich die Waagschalen eingependelt. Schicksal und Zufall wären erklärt, aber auch das Bild, das er, Peter, sich von der Stadt machte, wenn er sie wie aus großer Höhe als eine lebendige, von einem Pelz aus Licht umschlossene Kreatur erlebte. Die Dinge, die zu Beverly von weither aus einer anderen Zeit sprachen, wären ebenso offenkundig wie die Tatsache, daß Athansor, der weiße Hengst, mit gewaltigen Sätzen einer Welt entgegenzuspringen schien, die er schon kannte. Peter Lake würde begreifen, woher er jene starke innere Überzeugung bezog, daß auch das kleinste Ereignis in dieser Welt irgendwann Folgen zeitigen mußte und nicht spurlos verhallen konnte, sondern gleichsam in ein Sammelbecken mit unvorstellbar vielfältigem Inhalt einmündete. Hier lag vielleicht die Erklärung für Freiheit, Erinnerung, Gerechtigkeit und Verklärung, sagte sich Peter, obwohl er nicht zu benennen wußte, welcher Art diese Erklärung sein würde.

Er mußte daran denken, wie Pearly Soames eines Tages ohne ersichtlichen Grund aufgesprungen war, seine Pistole gezückt und gegen ein dunkles Fenster leergeschossen hatte, hinter dem nichts als eine Winternacht lauerte. Pearly hatte danach eine Stunde lang am ganzen Leib gezittert und immer wieder behauptet, ein riesiger, sechs bis sieben Meter hoher weißer Hund aus Afghanistan, der aus einer anderen Zeit stamme, habe ihn mit gefletschen Zähnen angeglotzt. Das Ungeheuer sei gekommen, um ihn zu entführen. Peter war damals überzeugt gewesen, Pearly habe Gespenster gesehen. Wahrscheinlich hatte er sich allzuoft den Kopf an Deckenbalken oder Türrahmen angestoßen. Als sich Pearly endlich beruhigt hatte, war er in einen Tiefschlaf verfallen, der achtundvierzig Stunden dauerte. Jede Minute dieses Schlafes war von Alpträumen erfüllt gewesen.

Die Sumpfleute, das wußte Peter Lake, lebten in der Erwartung eines großen Fensters, das sich dereinst im Wolkenwall öffnen würde, um den Blick auf eine brennende, aber durchaus nicht verbrennende Stadt freizugeben, auf eine Stadt, die wie ein wildes Tier auskeilte, obwohl sie in vollendeter Ruhe über dem Horizont zu schweben schien. Mit ihrem wachen Gespür für kleinste Einzelheiten und Vorzeichen glaubten die Sumpfbewohner nicht nur beharrlich daran, daß alles eines Tages tatsächlich so und nicht anders geschehen würde, sondern sie waren auch davon überzeugt, daß danach die ganze Welt in goldenem Glanz erstrahlen würde.

All diese Gedanken und Vorahnungen schepperten und klimperten in Peters Hirn wie die Töpfe und Pfannen eines fahrenden

Kesselflickers. Die Verheißung solcher Offenbarungen und Wahrheiten, die ihm gewissermaßen auf der Zunge lagen, sich jedoch nicht aussprechen ließen, lastete schwer auf ihm. Er war kein Mootfowl oder Isaac Penn, kein tiefsinniger Denker, sondern ein Mensch wie alle anderen. Er war Peter Lake, und er ritt an diesem Tag zum Haus der Familie Penn in der schlichten Vorfreude auf ein Bad in der großen Wanne aus Schiefer und auf den Anblick Beverlys, die sich für den Besuch bei *Mouquin's* ankleidete.

An diesem späten Winternachmittag ließ Peter schnell die spärlich beleuchteten Straßen hinter sich, in denen sich dampfende Gäule vor lackglänzenden, von Messinglaternen beleuchteten Kutschen ihren Weg durch den wirbelnden Schnee bahnten. Athansors Gang war so weich und geschmeidig wie der lederne Riemen einer Peitsche oder die sanfte Dünung des Meeres. Peter war unterwegs zu Beverly. Ungeachtet aller Gefahren wollte er mit ihr an diesem Abend *Mouquin's* einen Besuch abstatten. Schon rollte das neue Jahr wie eine Flutwelle auf die Stadt zu.

Peter Lake versorgte Athansor im Stall der Penns. Er warf ihm ein Bündel Heu vor, und erst als sich der weiße Hengst mit ausgestreckten Vorderläufen bequem auf den Stallboden gebettet hatte und mit gesenktem Kopf in einen erholsamen Traum versunken schien, lief Peter hinauf ins zweite Stockwerk, um die großen Wasserhähne an der Badewanne aufzudrehen.

Nach dem bitteren Frost war das Baden eine unvergleichliche Freude. Peter drehte und aalte sich in dem warmen, von kleinen Schaumbergen bedeckten Wasser. Da wurde plötzlich die Tür geöffnet, und Beverly trat ein.

»Sie sind alle drüben im Zeitungsgebäude«, verkündete sie und streifte sich mit einer flinken Bewegung die Bluse über den Kopf, wobei Peter an einen Fischer denken mußte, der sein Netz auswirft. »Die Neujahrsparty wird bis sieben oder acht Uhr morgens dauern«, fuhr Beverly fort. »Mindestens!«

»Und was ist mit Jayga?« fragte Peter. Er hatte die Spitzeleien und das Schlüssellochgucken des Dienstmädchens gründlich satt.

»Jayga befindet sich in diesem Augenblick unter dem Schreibtisch meines Vaters in der Bibliothek. Sie hält ein großes Tablett mit Räucherlachs auf den Knien, und neben ihr steht eine Magnumflasche, die randvoll mit echtem französischem Champagner gefüllt ist. Wahrscheinlich wird man sie erst am dritten Januar nach einer gründlichen Durchsuchung des Hauses finden. Sie wird dann soviel Lachs, Kaviar, Gänseleber und Krabben gegessen haben, daß sie notfalls auch einen längeren Winterschlaf überstehen würde. Aber das wissen nur sie, Harry und ich. Wir sind ihre Vertrauten.«

»Wir sind also allein?«

»Ja!« rief Beverly und warf sich mit einem Hechtsprung in die Wanne.

Mit verschlungenen Gliedern drehten und wendeten sie sich wie Aale, ihre Köpfe gerieten unter den kleinen Wasserfall. Als Beverly sich auf den Rücken drehte, umrahmte sie ihr langes, naßglänzendes Haar, und ihre Brüste fanden im Wasser ihren eigenen Weg. Beverly machte mit ihren langen, wohlgeformten Beinen ein paar Schwimmstöße. Ihre Schenkel öffneten und schlossen sich dabei wie eine rosa angehauchte Schere. Die Wärme hatte die Haut ihres ganzen Körpers mit einer feinen Patina überzogen und den sonst so durchdringenden Blick ihrer blauen Augen sanft gemacht und mit Freude erfüllt.

Nach einer Weile glitten die beiden Liebenden hinüber zum Sims des Beckens, wo das Wasser als kleiner weißer Katarakt in die Tiefe stürzte. Nebeneinander auf den steinernen Rand gestützt, unterhielten sie sich leise. Fast wurden ihre Worte vom Plätschern des Wassers übertönt. Es verlangte Peter so heftig nach Beverly, daß es ihn Mühe kostete, seine Gedanken zu ordnen und ihr seine Erlebnisse mit Cecil Mature, Mootfowl, Jackson Mead und dem Arzt im Spital am Printing House Square zu schildern. Sie hatte keine fertigen Antworten für ihn, und obwohl etwas Beruhigendes und Tröstendes von ihr ausging, konnte Peter nicht sagen, worauf diese Wirkung beruhte. Nicht ein einziges Mal ging sie auf seine versteckten Fragen ein, aber alles, was sie sagte, war erfüllt von ruhiger Gewißheit.

»Es gibt Tiere aus Sternen«, erklärte sie. »Sie ähneln dem Wesen, das du mir einmal beschrieben hast, denn auch sie haben ein Fell aus Licht – und tiefe, endlos tiefe Augen. Die Astronomen behaupten, alle Sternbilder seien der Phantasie entsprungen, doch das stimmt nicht. Es gibt diese Tiere wirklich, aber sie sind sehr weit fort. Kaum merklich bewegen sie ihre Gliedmaßen und sind doch zugleich völlig reglos. Sie bestehen nicht nur aus den wenigen Gestirnen, die wir von der Erde aus sehen können. Dafür sind sie zu groß. Aber die Konstellation, die wir beobachten, weisen den Weg zu ihnen.«

»Wie können sie größer sein als die Entfernung zwischen den Sternen?« fragte Peter.

»All die Sterne, die du am Himmel siehst, reichen noch nicht einmal für die Spitze eines Horns oder die Wimper eines Auges. Das buschige Fell der Tiere und ihre majestätischen Köpfe werden von einem Vorhang, einem Dunstschleier, einer Wolke aus Sternen gebildet. Ja, die Sterne sind ein Nebel, ein leuchtendes Tuch. Einzeln kann man sie nicht wahrnehmen. Allein die Augen dieser Kreaturen sind tausendmal größer als alle Tiefen des Raums, die wir uns vorzustellen vermögen. Und diese Himmelstiere bewegen sich, sie reiben sich aneinander, beschnuppern sich, bedrohen sich mit den Tatzen und balgen miteinander. All dies vollzieht sich in der Unendlichkeit von Raum und Zeit. Das Knistern ihrer Felle erzeugt die kosmische Strahlung und den Sphärengesang, der eine Unzahl von Welten umhüllt.«

Versonnen starrte Peter in den kleinen Wasserfall. »Ich bin so verrückt wie du«, sagte er, »vielleicht sogar noch verrückter. Und ich glaube dir, ja, ich glaube dir.«

»Das macht die Liebe«, erwiderte Beverly. »Aber du mußt mir nicht glauben. Es ist einerlei. Die Schönheit der Wahrheit besteht darin, daß sie nicht proklamiert und geglaubt werden muß, um wahr zu sein. Sie hüpft von Seele zu Seele, bei jeder Berührung wandelt sie ihre Form, aber sie bleibt, was sie ist. Ich habe sie geschaut, und eines Tages wirst auch du sie sehen.«

Peter legte seine Hände um Beverlys Taille und setzte sie ein wenig höher auf eine der Stufen, die in das Becken hinabführten. »Wie kannst du all dies wissen?« fragte er.

Sie lächelte. »Ich sehe es. Ich träume es.«

»Aber wenn es nur Träume sind — warum sprichst du dann so, als handele es sich um Tatsachen?«

»Es sind nicht nur Träume, längst nicht mehr. Seit einiger Zeit träume ich mehr als daß ich wache. Und manchmal überschreite ich die Grenze. Verstehst du nicht? Ich bin dort gewesen!«

☆

Daß sein eigenes Leben von Widersprüchlichkeiten, starken Gefühlswallungen und Paradoxien bestimmt war — damit hatte sich Peter Lake längst abgefunden. Deshalb war er auch nicht überrascht darüber, wie gesittet es diesmal bei *Mouquin's* an dem sonst so turbulenten letzten Abend des alten Jahres zuging. Peter fühlte sich an die Jahrhundertwende erinnert. Damals hatten die Feiernden vor lauter ehrfürchtigem Staunen das Feiern vergessen. Der historische Augenblick schien, um es mit Peters Worten zu sagen, so viel Eigengewicht zu haben wie die gepanzerte Tür des Tresorraumes in der Zentralbank. In jener Nacht am einunddreißigsten Dezember achtzehnhundertneunundneunzig war es bei *Mouquin's* trotz tausend Flaschen Champagner und der geballten Erwartung eines ganzen Jahrhunderts so ruhig gewesen wie in einer Kirche am vierten Juli, dem Nationalfeiertag. Frauen hatten geweint, aber auch Männer mußten mit den Tränen kämpfen. Während vor aller Augen der Zeiger der Uhr auf das neue Jahrtausend zurückte, gerieten alle kleinlichen Dinge des Alltags in Vergessenheit und die Menschen wurden daran erinnert, wie wehrlos sie der Vergänglichkeit preisgegeben waren.

Doch jene Jahrhundertfeier sollte am Silvesterabend dieses Jahres, das nur irgendeine ungerade Zahl trug, noch überboten werden, zumindest was den Ernst der Gefühle betraf. Damals war es eine Stunde vor Mitternacht still geworden. Doch als Peter und Beverly an diesem Abend gegen neun Uhr bei *Mouquin's* eintrafen, um wie all die anderen feierlich gekleideten Gäste einen Abend mit Tanz und fröhlicher Zecherei zu verbringen, fanden sie sich unversehens in einem hell erleuchteten Saal wieder, in dem eine ruhige, beschauliche Stimmung herrschte.

Der Kamin war nicht, wie an anderen Tagen, von einer lärmenden Meute umlagert, die die wärmenden Strahlen des Feuers geradezu aufzusaugen schien, und es gab niemanden, der, ein Glas in der Hand, immer wieder verstohlen zur Tür spähte, um zu sehen, wer aus der Kälte hereinkam. Auch wurde die Szenerie nicht bestimmt von der Gegenwart schöner Frauen, die hier ansonsten ihren magnetischen Kräften freien Lauf ließen und ihre Männer in Schwung brachten. Die Atmosphäre war nicht von Spannung erfüllt, wie man es in einem feineren Etablissement hätte erwarten können, und auch die traditionellen Tänze wie *Barn Rush*, *Rumbling Buffalo*, *Grapesy Dandy* oder *Birdwalla Shuffle* wurden heute nicht getanzt. Als das Orchester endlich zu spielen begann, erklang die unvergleichlich schöne Weise *Chantepleure and Winterglad* von A. P. Clarissa, eine Einladung zu einer gemächlichen Quadrille. Diese Melodie wurde gefolgt von anderen verhaltenen Kontertänzen, bei denen die Augen und die pochenden Herzen der Tanzenden wohl noch das Lebendigste waren.

Eigentlich war dies kein Ort für einen Mann wie Pearly Soames. Dennoch war der Boß der Short Tails mit einem Dutzend seiner Banditen und in Begleitung mehrerer Damen erschienen — sofern man diese aufgedonnerten Flittchen und entgleisten Schönheiten vom Lande so nennen konnte. Tagsüber arbeiteten sie bis zum Umfallen in Frisiersalons oder Austernbars, aber es gab auch einige diebische Elstern unter ihnen, ja sogar die eine oder andere Gangsterbraut mit einer Damenpistole im Täschchen und, wie Pearly zu sagen pflegte, »mit so spitzen Titten, daß sie dir damit ein Loch ins Hemd pieken können«.

Als Peter eintrat, erhob sich Pearly. Seine Augen sandten funkelnde Blitze aus. Doch dann stand plötzlich Beverly neben Peter. Und sie schien kleine unsichtbare Pfeile auszusenden, die sich in Pearlys Fleisch bohrten und ihn besänftigten, als habe man sie mit einem Gegengift gegen seinen Zorn präpariert. Gelähmt und mit glasigem Blick konnten Pearly und seine Mannen nur noch gebannt in Richtung Küche starren, als wären sie eine Bande armseliger Kretins aus Five Points, die mit Blechnäpfen um einen Schlag Suppe anstanden. Die Flittchen in ihrer Begleitung zupften sie empört und ratlos am Ärmel. Was war los mit den Short Tails, den berüchtigten Botschaftern der Unterwelt, deren Gegenwart überall gefürchtet und angstvoll geduldet wurde? Hätte man ihnen bei *Mouquin's* den Einlaß verwehrt, so wäre das ganze Gebäude gewiß wenige Tage später bis auf die Grundmauern niedergebrannt. Zwar holte sich Pearly beim Betreten der Vorhalle jedesmal eine Beule am Kopf, doch das hinderte ihn und seine Vasallen nicht, sich wie die ungekrönten Herrscher dieses Ortes aufzuführen. An diesem Abend jedoch schienen sie von einer rätselhaften Starre befallen. Selbst ein Zahnarzt hätte nach Belieben seine schmerzensreiche Kunst an ihnen ausprobieren können, ohne auf den geringsten Widerstand zu stoßen.

Peter Lake blickte immer wieder verstohlen zu Pearly hinüber. In seinem pompösen Abendanzug, der vielleicht vor einem halben Jahrhundert einmal modern gewesen sein mochte, wirkte der Bandenchef wie ein überdimensionaler, schwarzweißer Kater. Peter fragte sich besorgt, wie lange Pearlys Lähmung wohl anhalten würde. Alles deutete darauf hin, daß es in Beverlys Macht lag, Pearly immer tiefer in einen Zustand zeitloser Entrückung zu versetzen, ihn gleichsam in seinem eigenen Körper einzuzementieren.

Peter und Beverly nahmen an einem der Tische Platz und bestellten eine Flasche Champagner, der ihnen gleich darauf in einem silbernen Kühler voll hysterisch klimpernder Eisstückchen serviert wurde.

»Ich habe dieses Lokal nur ein einziges Mal ähnlich langweilig erlebt«, sagte Peter. »Es war am Silvesterabend achtzehnhundertneunundneunzig. Man könnte meinen, all die Leute hier hätten ausgerechnet heute irgendein geliebtes Familienmitglied verloren.«

»Dann sorgen *wir* eben für Stimmung!« befahl Beverly. »Ich will tanzen, genau wie kürzlich die Leute in dem Gasthaus am See.«

»Für Stimmung sorgen . . . ich?« erwiderte Peter. »Wie soll ich das machen? Gut, ich könnte natürlich Pearly erschießen oder erdolchen. Er sitzt da, als klebte er an einem Fliegenfänger. Aber dann würden alle Gäste fluchtartig das Lokal verlassen. Laß uns einfach einen ruhigen Abend verbringen und auf das neue Jahr warten.«

»Nein!« widersprach Beverly. »Hergott, dies ist mein letztes Neujahrsfest! Ich will, daß es wenigstens ein bißchen Pfeffer hat!«

Sie drehte sich um und erblickte eine Reihe von Fenstertüren, gegen die der kalte Nachtwind einen ganzen Schauer von Wintersternen zu wehen schien. Ohne Vorwarnung flogen diese Türen, wie von unsichtbarer Hand geöffnet, in rascher Folge auf, daß es knatterte wie eine Garbe aus einem Schnellfeuergewehr. Insgesamt waren es einundzwanzig. Der kalte Luftstrom schürte das Feuer. Im Handumdrehen verwandelte sich die sanft wie ein Katze schnurrende Glut in die fauchende Lohe eines Schmelzofens. Draußen vor dem Haus begannen die Eiszapfen an den Bäumen zu klimpern wie die Glöckchen von tausend Pferdeschlitten. Die Zeiger der großen Uhr spielten auf einmal verrückt. Sie rasten um das Zifferblatt, als jagte ein Hase eine Schildkröte. Dann blieben sie beide gleichzeitig auf Mitternacht stehen. Überall in New York läuteten die Kirchenglocken. Feuerwerkskörper erhellten den Himmel, Schiffssirenen tuteten im Hafen, die ganze Stadt glich einem Tollhaus . . .

Nach kurzer Zeit war es so kalt im Raum, daß sich einige Männer erhoben und eilig die Fenstertüren schlossen. Stille senkte sich über den Saal. Mehrere Frauen weinten. Später sagten sie, die Kälte hätte ihnen die Tränen ins Gesicht getrieben, aber es umarmten sich sogar Fremde traurig und wortlos, während sie ins neue Jahr hinüberglitten und dessen junge Kraft zu spüren begannen. Die Augen wurden ihnen feucht, weil sie etwas von der Magie und dem Widersinn des Augenblicks erahnten; weil ihnen Zeit genommen und neue Zeit gegeben wurde; weil sie sich selbst gleichsam in einem Bild festgehalten sahen, das ihrer eigenen Sterblichkeit trotzte; weil die Stadt rings um sie her sich verschworen hatte, hunderttausend Herzen zu brechen; und weil sie und alle anderen sich in diesem Meer der Kümmernis irgendwie über Wasser halten mußten. Bisweilen tauchten Inseln vor ihnen auf, dann klammerten sie sich fest, aber schon bald erlahmte ihr Griff, so daß sie erneut überwältigt und weitergetrieben wurden.

»Einen Ländler bitte!« rief ein Mann und sprang auf die Füße. Sein Ruf pflanzte sich durch die Schar der illustren Gäste wie ein Echo fort. Sie atmeten auf und eilten, bevor noch das Orchester eingesetzt hatte, leichtfüßig zur Tanzfläche. Gleich darauf erbebte der Fußboden bei *Mouquin's* unter der Last der tanzenden Paare, die sich in einem weißen Wirbel wie Schneeflocken umeinander drehten. Peter und Beverly sahen sich fast in den Zauber des winterlichen Coheeries-Sees zurückversetzt.

Als Pearly und seine Ganoven langsam aufzutauen begannen, erhob sich ein dumpfes Geraune in der Menschenmenge. Funkelnde Gläser wurden umgestoßen und zerbrachen klirrend. Die Hitze im Raum nahm zu. Aber Beverly in ihrem blauen Seidenkleid tanzte. Überall, in den Fischkneipen am Hafen, in den von gußeisernen Öfen erwärmten Salons der Fährschiffe draußen auf der Bucht, in den Ballräumen der feinen Stadtviertel, die vor Gold und Silber glänzten wie der Inhalt einer Schatztruhe, in den Aufenthaltsräumen der Spitäler und sogar in manch dunklem, ärmlichem Kellerloch tanzten die Menschen – und sei es nur für ein kleines Weilchen.

Peter Lake spürte, daß sich ein gewaltiges, die Welt bewegendes Räderwerk in Gang gesetzt und eine Entscheidung getroffen hatte. Die Folgen waren noch nicht abzusehen.

Aber Peter verscheuchte diese irritierenden Gedanken. Schon bald war er ganz in Beverlys Anblick verloren. Fröhlich wie ein Schulmädchen drehte sie sich im Kreis, ihr Haar flog. Die Musik schien in ihr zu sein, stets blieb sie genau im Takt, wenn sie mit einem kleinen Stampfer den Fuß aufsetzte. Waren bislang all ihre Bewegungen eher verhalten gewesen, als schonte sie ihre Kräfte, so ließ sie ihnen nun plötzlich freien Lauf. Nie zuvor hatte Peter sie so erlebt. Er war besorgt um sie, aber zugleich wußte er, daß dieser Tanz nicht vergeblich war. Irgendein Mechanismus würde dieses Bild bewahren und in eine andere Zeit versetzen, in der alles von neuem beginnen konnte. Beverlys Bewegungen flossen aus hunderttausend Bildern zusammen, jedes von betörender Schönheit, jedes auf der Reise in die schwarze Kälte des Raumes. Irgendwo werden sich diese Bilder sammeln, sagte sich Peter tapfer. Alles kommt irgendwann zur Ruhe und erblüht.

An dieser Hoffnung hielt er fest.

☆

»Ich hatte schreckliche Angst«, sagte Beverly, als sie in einem Taxi heimfuhren.

»Angst? Wie soll ich das verstehen? Du warst die Königin des Abends! Zuerst hast du Pearly eingeschläfert, dann gingen alle Türen auf, das Feuer im Kamin raste, und die Zeiger der Uhr spielten verrückt. Beim Tanz warst du die Primaballerina, alles drehte sich um dich. Als wir gingen, brach das Fest in sich zusammen wie ein nasses Zelt.«

»Aber ich fürchtete mich«, erwiderte sie. »Die ganze Zeit habe ich gezittert.«

Peter hob zweifelnd die Brauen, doch Beverly schien es nicht zu bemerken. »Ich bin glücklich, daß es vorbei ist«, erklärte sie nachdenklich. »Ich hasse Menschenmengen! Ich wollte es ein einziges Mal erleben, aber jetzt bin ich froh, daß ich es hinter mir habe.«

»Mir kamst du durchaus nicht ängstlich vor.«

»Aber ich war es.«

»Dir war nicht das geringste anzumerken!«

»Nein, dazu berührte es mich zu tief.«

Als sie daheim ankamen, fanden sie das Haus leer. Das Neujahrsfest hatte die Mitglieder der Familie Penn über die ganze Stadt verstreut. Die kleine Willa schlief im Haus ihrer Freundin Melissa Bees, der Tochter von Crawford Bees. Er war einer der bedeutenden Baumeister der Stadt, ein Herrscher über Stahl und Stein.

Peter und Beverly warfen sich in einem Schlafzimmer oben im zweiten Stock auf eine Couch. Er sah, daß die Hitze kleine Schweißperlen auf ihre Stirn trieb, aber sie wirkte so glücklich und beschwingt, daß er ihr Glauben schenkte, als sie ihm versicherte, ein solcher Temperaturanstieg sei für diese Tageszeit normal. Nach einem Bad und einigen Stunden oben auf dem Dach in der kalten Winterluft käme alles wieder ins Gleichgewicht. Sie fühle sich besser und stärker denn je. Am nächsten Tag wollte sie sogar ein wenig Radfahren oder Schlittschuhlaufen, denn das Atmen fiele ihr schon viel leichter.

Irgend etwas schien sich ereignet zu haben, und trotz Beverlys Zuversicht nagte die Angst an Peter. Doch dann liebten sie sich, und er vergaß seine Befürchtungen.

In der verzweifelten Entschlossenheit, die sie plötzlich überfiel, zogen sie sich gar nicht erst aus. Um zu ihr zu gelangen, mußte Peter sich durch viele Schichten Seide und Baumwolle wühlen, aber er fand seinen Weg. Als er in sie eindrang, starrten sie sich beide sprachlos an, als säßen sie sich bei Tisch gegenüber. Noch immer trug Peter die Nelke am Revers seines Jacketts, und auch Beverlys samtene Bänder waren nicht verruscht. Beide sahen aus, als befänden sie sich bei feinen Leuten auf einem Fest, aber in stummem Einverständnis drängten sie zueinander hin. Unter all den Kleidungsstücken preßten sich ihre nackten Körper aneinander, eng und heiß und feucht. Wie im Tanz legten sich Peter und Beverly die Hände um die Hüften. Ihre Finger glitten an dem glatten Stoff der Kleidung auf und nieder, auf und nieder. Beverlys Augen waren in ihrem zarten Gesicht wie zwei blaue Quellen, und die weiten, rings um sie über das Bett drapierten Röcke wie das Wasser, das aus ihnen entströmt war.

Die beiden Liebenden vergaßen jede Vorsicht, und sie hätten auch dann nicht innegehalten, wäre jemand unten ins Haus getreten. Isaac Penn wußte genau, wie es um die beiden stand. Unter anderen Umständen wäre es ein Skandal gewesen, daß sich die junge, zerbrechliche und kultivierte Beverly trotz ihrer Krankheit die bittersüße Lust einer Frau gönnte, die ganz von dieser Welt war. Aber ihr Vater hatte längst begriffen, wie sehr sie in Peter Lake verliebt war. Trotz aller damit verbundenen Gefahren wollte er, daß sie sich in der ihr verbleibenden Zeit die Freiheit nahm, alle jene Leidenschaften auszukosten, die das Leben dem Menschen zugesteht.

Bei ihren Visionen unter dem Sternenhimmel hatte Beverly sich in einen anmutigen Wahn verstiegen, der den alten Penn erschreckte, wann immer sie den Versuch unternahm, ihn daran teilhaben zu lassen. Er wußte nur allzu gut, daß junge Menschen, die mit dem tiefen, weitreichenden Blick von Sehern begabt sind, oft genug mit einem vorzeitigen Tod bezahlen müssen.

Wenn er sie mitten in der Nacht in ihrer luftigen Behausung auf dem Dach des Hauses aufsuchte, war er bisweilen davon ausgegangen, sie schlafend vorzufinden. Doch statt dessen fand er sie dann in einem atemlosen Trancezustand vor. Mit weit aufgerissenen Augen starrte sie wie eine Besessene zu den Sternbildern empor. »Was siehst du?« hatte Isaac Penn dann jedesmal gefragt, zutiefst um ihren Geisteszustand besorgt. »Sag mir, was du dort oben siehst!«

Und eines Nachts, nur ein einziges Mal, hatte er sie ermattet und schlaff angetroffen wie jemanden, den eine unsichtbare Faust gepackt, zerbrochen und dann fallengelassen hatte. In jener Nacht hatte sie versucht, ihm alles zu erzählen. Aber als sie dann über einen Himmel voller Tiere sprach, deren Felle aus unzähligen Sternen bestanden, begriff er sie kaum. Beverly hatte beteuert, diese Tiere bewegten sich so langsam, daß man meinen könnte, sie seien reglos. Zwar könne man ihre Gesichter nicht sehen, doch sie wisse, daß sie lächelten. Dort oben gäbe es Pferde auf himmlischen Weiden, aber auch andere Tiere, die fliegen konnten, die miteinander balgten oder spielten. Und all dies geschehe scheinbar ohne jegliche Bewegung, in wirbelnden, rubinroten Räumen und in vollendeter Stille. »Ich bin dort gewesen«, hatte Beverly schlicht gesagt.

»Ich verstehe das alles nicht«, erwiderte ihr Vater in jener Nacht. »Offenbar hat es den Göttern beliebt, mich von solchen Dingen fernzuhalten und mein Verständnis für sie durch eine Nebelwand zu versperren.«

»O nein, Daddy!« hatte Beverly ausgerufen. »Schau, sie sind hier!«

»Was meinst du damit?«

»Ich meine: *Sie sind hier bei uns!*«

☆

Als das Frühjahr kam, ging Beverly dahin. Sie starb an einem windigen, grauen Tag im März, als die Luft von Krähen schwirrte und die Welt, vom Winter besiegt, darniederlag. Peter Lake blieb bis zum Ende an ihrer Seite. Ihr Tod war der Ruin seines eigenen Lebens. Er zerbrach, wie er es sich in seinen schlimmsten Ahnungen nicht hätte ausmalen können. Nie wieder sollte er jung sein oder sich daran erinnern, was Jugend bedeutete. Was ihm einst als Lust und Freude erschienen war, galt ihm fortan in seiner Niederlage als abscheuliche, aber gerechte Strafe für hemmungslose Eitelkeit. Für alle Zeiten gruben sich jene Worte in sein Gedächtnis, die sie zu ihm gesagt hatte, bevor sie starb – wirres Gestammel über Schleier aus Musik, Schauer von silbernen Funken, Hirschgebrüll wie Hörnerklang und Schwelgereien in Gefilden schwarzen Lichts, wo Sonnen wie gelbe Blumen aufblühten. Bis ans Ende seiner Tage sollte Peter Lake schwer an dem Bild ihres bleichen, ausgemergelten Körpers tragen, der für alle Zeiten auf dem von Wurzelgeflecht durchwachsenen Grund eines Grabes ruhen würde.

Jedenfalls glaubte Peter das.

☆

Isaac Penn folgte schon bald seiner Tochter nach. Eines Nachts rief er Harry zu sich ans Bett und sagte zu ihm: »Ich sterbe. Alles ist so schnell! Ich fürchte mich!« Gleich darauf war er tot. Er war gestorben, als wäre etwas Unsichtbares vorbeigeflogen, groß und rasend schnell, und hätte ihn mit sich fortgerissen.

Willa und Jack wurden für eine Weile zu Verwandten aufs Land geschickt, die Dienstboten mit einer Rente entlassen, das Haus verkauft. Schon wenig später mußte es einem neuen Schulgebäude weichen. Harry ging zum Studium nach Harvard und von dort aus nach Frankreich in den Krieg. Die familieneigene Zeitung, die *Sun*, überstand die Zeiten ziemlich unverändert. Sie wartete gewissermaßen darauf, von Harry übernommen zu werden, nachdem er die Schlacht' an der Marne und Château-Thierry überlebt hatte.

Die Penns verschwanden also ziemlich plötzlich und auf eine

betrübliche Weise aus dem Leben der Stadt. Wenige Schicksalsschläge hatten ausgereicht, um eine lebensfrohe Familie zum Schweigen zu bringen.

Für Peter Lake, der nie zuvor die Einsamkeit kennengelernt hatte, war die Stadt nun öde und leer. Aber selbst besiegte Krieger überleben bisweilen, und manchmal genügt es, nur ein kleines Lebenszeichen von sich zu geben, um vom Schlachtfeld getragen zu werden. Peter Lake kam mit dem Leben davon.

Da es nun niemand mehr gab, um den er sich hätte kümmern können, und nichts, das seine Zeit in Anspruch nahm, sattelte Peter Lake eines Tages seinen Hengst Athansor und ritt nach Five Points, erfüllt von todesverachtendem Zorn. Er tat alles, um Pearly zu begegnen, denn er wollte sterben. Aber wie durch ein Wunder lief er Pearly während des gesamten Sommers nicht ein einziges Mal über den Weg, und zu seinem Ärger wurde ihm kein Haar gekrümmt. Er streifte auf Athansors Rücken durch die Stadt und mußte sich bald eingestehen, daß der weiße Hengst, wohl aus Mangel an Übung und Zuneigung, immer mehr wie eines jener ganz gewöhnlichen Pferde aussah, die früher in Brooklyn die Milchwagen zogen. Sein Fell war mit Ruß und Schmutz besudelt. Schon längst sah er nicht mehr aus wie der stolze Hengst eines Reiterstandbildes. Der Reiter selbst war müde und ausgepumpt. Peter wußte am Morgen eines Tages nie, wo er die nächste Nacht verbringen würde.

Er schaffte es zwar immer, genug Futter für Athansor aufzutreiben, und manchmal gelang es ihm sogar, selber satt zu werden, doch war ihm eigentlich nie richtig klar, *wie* er es schaffte. Er wußte bloß, daß er eine belebte Straße entlanggegangen war und danach plötzlich hundert Dollar in der Hand hielt, die ihm irgendwie zugeflogen waren. In Wirklichkeit stammten sie aus den Taschen anderer Passanten. Er haßte diese Art von Broterwerb und versuchte, davon loszukommen, aber seine Hände fühlten sich seinem Magen stärker verpflichtet als seinem Hirn. Er vernachlässigte sich und sah abgerissen aus. Aber obwohl seine Kleider alt und abgetragen waren, wirkten sie noch immer frischer und jünger als sein Gesicht. Einmal drückte ihm ein naseweiser junger Dandy in einem Seehundfellmantel ein paar Silbermünzen in die Hand und sagte: »Für dich, Vater.« — »Ich bin nicht dein Vater, du Idiot«, fuhr Peter Lake ihn an, aber das Geld behielt er.

Eines Nachts, Mitte September, während von Norden her, aus der Richtung der kanadischen Grenze, als Vorbote des kommenden Winters das ferne Donnern eines Unwetters wie eine bedrohliche Kanonade herüberklang, suchten Peter und Athansor in Ermangelung einer besseren Unterkunft in einer Art Kellerraum nahe der Großen Brücke Zuflucht. Die Behausung wurde von einer einzelnen Talgkerze erhellt. In einer Ecke lagen ein paar Bündel Stroh. Peter setzte sich darauf und lehnte sich an die Wand. Nach einer Weile erschien ein Mann mit zwei Eimern, von denen der eine Wasser, der andere Hafer enthielt. Er stellte sie vor Athansor ab, dann ging er und kam wenig später noch einmal wieder, diesmal mit einer eisernen Pfanne voll gebratenem Fisch und Gemüse in der einen und zwei Flaschen Bier in der anderen Hand. Er setzte beide vor seinem Gast ab und fragte: »Wünschen Sie morgen früh warmes Wasser?«

»Aber sicher«, erwiderte Peter Lake. »Mit warmem Wasser bin ich schon lange nicht mehr in Berührung gekommen.«

»Die Unterbringung, das Essen, das Pferdefutter, das Bier und die Kerze machen zusammen zwei Dollar — zweieinhalb, wenn Sie das Zimmer ganz für sich allein wünschen. Bezahlen können Sie morgen früh. Um elf Uhr vormittags muß das Zimmer geräumt sein.«

Der Fisch und das Gemüse schienen frisch zu sein, das Bier war kalt, das Stroh warm und weich. Peter mußte an seine erste Nacht in der großen Stadt denken. Er hatte sie bei den Mädchen verbracht, die sich mit Tanzen und Stehlen durchs Leben schlugen. Damals waren sie beim flackernden Schein einer Wachskerze vom Schlaf überrumpelt worden. Inzwischen gab es schon lange keine Frauen mehr in Peters Leben. Er war zuinnerst davon überzeugt, daß er nie wieder eine Frau berühren, besitzen, lieben würde. Nichts war wie früher, die ganze Welt sah aus wie eine grauer Regentag. Peter konnte nicht wissen, daß der schlimmste Teil des Weges noch vor ihm lag. Als er in diesem schmutzigen, doch immerhin warmen Keller endlich einschlief, schlossen sich seine Finger im Traum fest um eine Handvoll Stroh.

Athansor hingegen stand hellwach und schien auf etwas zu lauschen. Er war ruhelos, immer wieder zuckten seine Ohren, als wollten sie eine lästige Fliege vertreiben. Hätte Peter nicht geschlafen, so wäre ihm augenblicklich aufgefallen, daß der weiße Hengst aufgeregt war wie vor einer Schlacht. Etwas lag in der Luft. Aus Athansor wich der letzte Rest von Müdigkeit, und bestürzende Erinnerungen begannen von ihm Besitz zu ergreifen.

☆

Peter Lake sah im Traum sich selbst auf dem Stroh liegen, den Rücken gegen die wärmende Holzverschalung der Wand. Athansor war in der Finsternis nur ein verschwommener weißer Fleck, aber Peter spürte trotzdem, daß der Hengst unruhig und nervös war. Es ist ja nur ein Traum, sagte er sich im Traum und beruhigte sich. Er war auch nicht erstaunt, als lange vor Anbruch des Morgens dort, wo die Kellerwände über den Erdboden herausragten, silbernes Licht durch die Spalten und Ritzen sickerte und das einzige kleine Fenster mit Eisblumen überfror, als träfe es in einer Dezembernacht der volle Schein des kalten Mondes. Das Licht wurde heller und heller, aber es konnte nicht die Morgendämmerung sein, dafür ging alles viel zu schnell. Es enthielt keine warmen Farbtöne, sondern es war von einem bläulich-silbrigen Weiß, dessen Intensität sich steigerte, je näher es kam. Hätte es die Kraft von gewöhnlichem Sonnenlicht gehabt, dann wäre Peters Traum unter seinem Anprall wie eine Seifenblase zerplatzt. Aber dieses Leuchten war von anderer Art; es rief den Eindruck hervor, das alles, was es erfaßte, zu schweben schien, und versenkte Peter nur noch tiefer in seinen Traum.

Verschiedene Geräusche, unaufhörlich und unermüdlich, begleiteten das Licht. Helle, singende Töne kämpften und vermischten sich mit dem Knistern der Atmosphäre, das Rauschen des Windes verband sich mit dem Murmeln ferner Stimmen zu einer undurchdringlichen Barriere. Peter begriff, was hier vorging: Der leuchtende Wolkenwall raste auf Manhattan zu, er jagte das silbrige Licht und die verlorenen, gebrochenen Töne vor sich her, bis sie gegen die Küste der Insel brandeten wie der weiße Spitzensaum des Meeres, der im Sturm Bernstein und schimmernde Muscheln auf den Strand schwemmt.

Aber dies war ein Wirbelsturm, dessen windstilles Auge ruhig über die Innenstadt hinwegziehen würde wie ein gewaltiger, von Schweigen erfüllter Schacht, der sich in der Höhe verlor. Er kam näher und näher und erweckte Peter Lake in seinem Traum. Träumend setzte er sich auf, und seine Augen tranken das silbrige Gleißen. Athansor hingegen tänzelte nervös und stampfte mit den Hufen, als fühlte er seine letzte Stunde kommen.

Und dann begann der Wind von Süden her zu wüten. Die Bäume beugten sich vor ihm tief zur Erde nieder, ihr Laubwerk wurde von heftigen Böen gezaust. Peter hörte, wie die Deckel von den Mülltonnen gerissen und, Artilleriegeschossen gleich, durch die Luft gewirbelt wurden. Die Mülltonnen selbst rollten mit großer Geschwindigkeit die Straße entlang und durchschlugen krachend mehrere Schaufenster. Die Balken des Hauses ächzten und bebten, während Wind und Licht um die Vorherrschaft zu kämpfen schienen. Die Schlacht ging unentschieden aus, aber die Erde erzitterte, und alles, was nicht niet- und nagelfest war, wurde davongefegt. Dann erstarb der Wind mit einem Schlag. Tiefe Stille senkte sich auf die Stadt herab. Nichts bewegte sich, weder Mensch noch Tier. Die Wasser glätteten sich, und alles verharrte an seinem Platz, als hätte es Wurzeln geschlagen.

Nun erst begann das Licht richtig zu fluten. Es war furchterregend, wie es als dicker, blendend heller Kegel zuerst über den Hafen hereinbrach und dann zielstrebig auf die Stadt zuwanderte.

»Es ist ein Traum, es ist nur ein Traum!« sagte sich der träumende Peter immer wieder und erschauerte im Schlaf. »Es ist ein Traum!« Doch da wurde die Kellertür lautlos aus den Angeln gehoben und entschwand in der Höhe. Kühles, silbernes

Licht rieselte über die Treppe in das armselige Kellerloch hinab. Dann, urplötzlich, verschwand das Leuchten und es war wieder Nacht. Peter träumte, daß er sich im Traum gegen die Wand sinken ließ. Endlich konnte er wieder atmen! Aber es war ihm nur eine kurze Verschnaufpause gegönnt. Dort! War es möglich, was er da sah, auch wenn es nur ein Traum war? Weiß, silbrig und bläulich umglänzt stand Beverly im Kellereingang. Schon glitt sie über eine Rampe aus Licht hinab. In der Hand hielt sie das Zaumzeug eines Pferdes, das über und über mit Sternen aus scharfkantigen Diamanten besetzt war. Sie waren die Quelle des Lichts, das Beverly funkelnd umgab. Athansor, der neben dieser Pracht wie ein Shetlandpony wirkte, war ganz ruhig; es war, als hätte er auf Beverlys Ankunft gewartet. Peter Lake träumte, daß ihm im Traum das Bewußtsein schwand. Dieser andere Peter jedoch, der den träumenden Peter träumte, beobachtete, wie Beverly, deren Haar nach alter Art hochgesteckt war, Athansor tätschelte und ihm einige unverständliche Worte zumurmelte. Ihr Verhalten und ihr Gesichtsausdruck ähnelten dabei denen eines Mädchens, das sein Pony streichelt. Aber da war das Leuchten, das von ihr ausging!

Peter der Träumer sah, wie der geträumte Peter zu sich kam. Beverly wandte sich von Athansor ab, blickte ihn unverwandt an und trat auf ihn zu. Als sie vor ihm stand, schloß sich seine Hand um das glitzernde Zaumzeug. Lächelnd und mit einem schelmischen Funkeln in den Augen entzog sie es ihm. Er packte so fest zu, daß die scharfen Edelsteine in sein Fleisch schnitten, aber er vermochte es nicht festzuhalten, denn schon spürte er, wie Schlaf und Traum von ihm abglitten. Es verlangte ihn danach, bei Beverly in diesem seltsam erleuchteten Raum voll eigenartiger, quirliger Kraftwellen und bernsteinweicher Strahlen zu bleiben, aber der Traum verblaßte, das Licht zog sich zurück. Peters letzte Erinnerung war namenloser Schmerz, das Gefühl eines unendlichen Verlustes und ein zorniges Aufbegehren gegen seine Verurteilung zur Finsternis.

☆

Eine Stunde vor Tagesanbruch begann unweit des Hauses, in dessen Keller Peter von Beverly geträumt hatte, ein seltsames Unternehmen. Hastig formierten sich die Short Tails, deren Verbündete und die Verbündeten dieser Verbündeten auf den Straßen und Plätzen der Umgebung zu militärisch anmutenden Verbänden. Sie überprüften ihre Waffen und sonstigen kriegerischen Gerätschaften. Pearly galoppierte auf seinem graugescheckten Gaul von einem Versammlungsort zum anderen, bis die Schlachtordnung perfekt war. In Brooklyn setzte sich einer seiner Unterführer an der Spitze eines kleines Trupps in Bewegung; man hielt auf die Große Brücke zu. Es war die letzte große Mobilmachung der Gangsterbanden, denn schon bald darauf fegte sie der Krieg hinweg wie Staub im Wind.

Es war ein Schwanengesang, aber die Schwäne, die hier sangen, waren keine Schönheiten, sondern eher Krüppel. In ihrem Niedergang waren die Banden zu Sammelbecken für die seltsamsten Figuren der Unterwelt geworden. Die meisten der rund zweitausend Söldner, die an diesem Tag zusammengetrommelt wurden, maßen kaum einen Meter sechzig. Sie bewegten sich nicht mit der Geschmeidigkeit von Männern, für die der Umgang mit Waffen eine Berufung ist – nein, ihr Gang ähnelte eher einem Watscheln. Viele von ihnen waren dick und hatten fettgepolsterte Schlitzaugen wie Cecil Mature, nicht aber dessen einnehmendes Wesen. Eine dritte Kategorie bestand aus Hinkenden und Lahmen, wieder andere gaben beim Gehen seltsame Geräusche von sich. Es klang, als würde eine Flasche mit einem ›Plopp!‹ entkorkt, manchmal aber auch wie das Gackern eines Huhnes oder das Knurren und Grollen eines Hundes. Die Schlimmsten waren jene abenteuerlich aussehenden Halsabschneider, die in den alten Tagen unter dem Spitznamen »Wilde Köter« bekanntgewesen waren. Sie machten nicht einmal vor Freunden halt und fielen aus nichtigen Anlässen übereinander her, so daß sie bislang selbst in den rücksichtslosesten Banden nur ungern geduldet wurden. Aber jetzt waren sie in der Truppe willkommen.

Pearly hatte die Überbleibsel von Gangsterbanden um sich versammelt, die sich Namen gegeben hatten wie *Short Tails*,

Dead Rabbits, *Plug Uglies*, *Happy Jacks*, *Rock Gang*, *Rag Gang*, *Stable Gang*, *Wounded Ribs*, *White Switch Gang*, *Five Points Steel Bar Gang*, *Alonzo Truffos*, *Dog Harps*, *Moon Bayers*, *Snake Hoops* und *Bowery Devils*, um nur einige zu nennen. Mehr als zweitausend Ganoven rotteten sich zusammen, darunter fast sämtliche Messerstecher, Würger und Schläger der Stadt.

Die Polizei ließ sich bestechen und räumte den Bezirk südlich der Chambers Street. Pearly versicherte den Ordnungshütern, daß er es nur auf einen einzigen Mann abgesehen hätte, und versprach, kein fremdes Eigentum anzurühren. Vor seiner Armee aus Krüppeln, Lahmen und tollwütigen Kötern führte er sich auf wie ein richtiger General. Auf seinem grauscheckigen Gaul ritt er an den Reihen seiner Soldaten vorbei und inspizierte die Truppe. Aus Brooklyn ließ er sich telefonisch Bericht erstatten. Alles sei bereit, hieß es. »Und in Manhattan?« wurde Pearly von dort gefragt. Seine Antwort lautete: »Auch hier.«

Allein in Manhattan waren sechzehnhundert bewaffnete Söldner an strategisch wichtigen Stellen postiert worden. Gewiß, der Wolkenwall schien irgendwie aus der Bahn geraten zu sein und bewegte sich über die Bucht auf die Stadt zu, aber das war Ende September nichts Ungewöhnliches. Pearly hätte jede Wette abgeschlossen, daß der Wolkenwall sich zurückziehen würde, wenn sich das Wetter erst einmal stabilisiert hätte. Und tatsächlich teilten sich die Wolken. Die Sonne schien auf ein ganzes Heer von zwergenhaften Gaunern und Ganoven herab, die ihrer Blutgier nur noch dadurch Herr wurden, daß sie lauthals über sie schwadronierten. Die Waffen dieser Männer waren echt, und sie konnten es kaum erwarten, von ihnen Gebrauch zu machen.

Pearly lauerte darauf, daß Peter Lake aus dem Kellerloch gekrochen kam, in dem er sich verborgen hielt, wie ihm der Inhaber der Herberge hoch und heilig versichert hatte. Pearly, der vor Ungeduld kaum stillstehen konnte, wirkte wie ein großer grauer Kater in einem trockenkalten Wintersturm. Sein rasiermesserscharfer Blick war unverwandt auf die Türöffnung gerichtet, hinter der eine Art Rampe in den Keller führte, der auch als Stall benutzt wurde.

☆

Peter Lake fuhr aus dem Schlaf hoch. »Mein Gott!« stöhnte er und ließ sich zurück ins Stroh sinken. Es dämmerte schon. Wenn er sehr glücklich oder sehr unglücklich war, schaffte er es nie, nach dem Aufwachen noch einmal einzuschlafen. Er setzte sich auf und blickte zu Athansor hinüber. Irgendwie war dem Hengst anzusehen, daß ihm nach Rennen zumute war. Peter Lake wußte von früher, wie Pferde aussehen, die darauf brennen, endlich losjagen zu können. In Belmont beim Pferderennen, kurz vor dem Start, hatte er sie beobachtet, wenn Atropininjektionen ihre gefährlichen Wunder vollbrachten. Athansor sah heute so aus, als könnte er zehn solcher gedopten Gäule überholen, einen nach dem anderen.

Peter fühlte sich erstaunlich stark und voller Energie. Er war hellwach und hatte nur den einen Wunsch, Athansor zu reiten. »Ich mache einen Ritt hinaus aufs Land«, sagte er mit lauter Stimme. »Wir werden wie von allen Teufeln gejagt durch den ganzen verdammten Staat galoppieren!« Er stand auf und sah nach dem Eimer. Seine Hoffnung, er könnte warmes Wasser enthalten, wurde jedoch enttäuscht. Es war nur das Wasser vom Vorabend darin. Als er die Hand ausstreckte, um zu prüfen, ob es noch ein wenig warm war, entdeckte er, daß seine Finger und Handflächen mehrere böse Schnitte aufwiesen, ganz als hätte er sich an einer mit scharfen Diamanten besetzten Kette festgehalten, die jemand durch seine Hände gezogen hatte.

Lange konnte er über die Wunden nicht nachgrübeln. Ihm schien Eile geraten, denn Athansors Energie hatte sich derart gesteigert, daß die Wände des Kellerraums zu vibrieren schienen wie eine große Bahnhofshalle, in die sechs Lokomotiven gleichzeitig einlaufen.

Doch dann hörte Peter aus der Ferne das Stimmengewirr aus sechzehnhundert Kehlen. Die Gangster hatten längst ihre Stellungen bezogen. Sie waren bereit. Es gab keinen Grund mehr zum Flüstern. »Was zum Teufel ist da los?« fragte sich Peter, eilte die Rampe hinauf und sah sich einer Phalanx von rund achthundert Banditen gegenüber, die auf dem ansonsten menschenleeren Platz einen Halbkreis gebildet hatten. Sie waren keine fünfzig Schritte entfernt. Pearly saß auf seinem grauen Roß und lächelte zuversichtlich wie ein Messerwerfer. Als Peter ihn erkannte, lächelte er zurück. »Gut ausgedacht, Pearly!« rief er zu ihm hinüber. »Aber das Spiel ist noch nicht aus!«

»Nein, Peter Lake«, brüllte Pearly zurück. »Noch nicht, aber bald!«

Nach einem Blick auf Pearlys Armee erwiderte Peter: »Glaubst du etwa, daß du es mit einer solchen Horde von Schwachköpfen und Vollidioten schaffen kannst?« Ohne die Antwort abzuwarten ging er zurück in den Keller, sprang auf Athansors Rücken und schoß wie eine Kanonenkugel ins Freie. Peter hatte vor, die dichte Reihe von Pearlys Söldnern einfach zu überspringen und das Weite zu suchen. Wie konnte Pearly nur so dumm sein? Den schwabbeligen Gnomen verschlug es den Atem beim Anblick von Pferd und Reiter, aber der mußte seinen Hengst scharf zügeln, denn von Springen konnte keine Rede sein. Die Angehörigen dieser kläglichen Kampftruppe hatten nämlich einen ganzen Wald von zehn bis zwölf Meter hohen Stangen aufgepflanzt, an deren oberen Enden scharfe Klingen blitzten. Athansor konnte nicht wagen, dieses Hindernis zu überspringen, dazu war es schon zu nah. Der weiße Hengst hätte fast senkrecht in die Luft steigen müssen, und das war selbst ihm nicht gegeben.

Jeder Ausweg schien versperrt, nur links gab es eine schmale Lücke. Peter Lake gab Athansor die Sporen und preschte darauf zu. Auf ein Kommando schloß sich hinter ihm die Reihe von Pearlys Leuten. Der Rückzug war abgeschnitten, sie hatten alles sorgfältig geplant. Sobald Peter sich auf den Platz hinausgewagt hatte, erschien eine Hundertschaft der kleinwüchsigen Ganoven und schloß die Lücke, die in eine Nebenstraße führte. Auch diese Männer waren mit langen Stangen bewaffnet. Hoch oben über der Straße hatten sie Netze von Haus zu Haus gespannt. Ein ganzes Dutzend bissiger Köter wurde freigelassen und auf Athansor gehetzt. Er zertrampelte einige von ihnen ohne Mühe und sprang einfach über sie hinweg, aber sie kosteten ihn dennoch Schwung.

Bisher war noch kein einziger Schuß gefallen. Pearlys Söldner hatten alle Hände voll zu tun, um Peter und den Hengst in Richtung auf die Brückenzufahrt abzudrängen. Peter begriff, was sie vorhatten, und er sah, daß es kein Entkommen gab. Je näher er der Brücke kam, desto mehr Netze baumelten über seinem Kopf, desto mehr Lanzen ragten vor ihm auf, desto lauter brüllten seine Verfolger.

Am Ende, als es keinen anderen Ausweg mehr gab, weil hundert scharfe Lanzenspitzen ihm schmerzhafte Stiche versetzten, tänzelte Athansor widerstrebend seitlich auf die Rampe zu, die zur Brücke hinaufführte. Er hatte Schaum vor den Nüstern und bleckte das Gebiß. Angestrengt suchte er nach einer Gelegenheit, über die Feinde hinwegzuspringen, aber es gab keine. Die Zwischenräume zwischen den dicken Stahlseilen der Hängebrücke waren bis hin zu den mächtigen Pylonen in der Flußmitte ebenfalls mit Netzen verhängt. Allenfalls der Versuch, Brooklyn zu erreichen, konnte noch unternommen werden.

Wie Peter erwartet hatte, wimmelte es jedoch auch auf der anderen Seite von Pearlys Männern. Mit gefällten Lanzen marschierten sie auf ihn zu. Athansor hätte sie vielleicht überspringen können, aber die an eine Kathedrale erinnernden Bögen der Hängebrücke waren mit Netzen verhängt, die man zudem mit Gewichten beschwert hatte, so daß ihre unteren Enden knapp oberhalb der Köpfe der Angreifer baumelten.

Peter galoppierte auf der Brücke hin und her, nach Osten und nach Westen, aber er sah nirgends eine Möglichkeit, sich aus der Falle zu befreien. Er dachte daran, daß gewiß schon in früheren Schlachten oftmals Reiter ihre vor Angst ganz atemlosen Pferde auf der Hinterhand herumgerissen und mit ihnen fast das Bild von rastlos hin- und herlaufenden Tigern geboten haben mochten.

Aus Norden und Westen leuchtete die City herüber, in herbstliches Blau gebettet. Brooklyn schlief noch. Unten auf dem Fluß hatte der Wind auf der Wasseroberfläche dunkle Streifen gebildet. Nach Süden hin lag der offene Hafen, über dem sich bedrohlich nah der Wolkenwall erhob, aus dessen Mitte eine Art Rüssel hervorwuchs, der an der Wasserfläche zu saugen schien.

Von seinem Rand gingen unablässig hohe Wellen mit weißen Schaumkronen aus.

Hoch oben, mehr als hundert Meter über dem Fluß, ritt Peter Lake auf seinem Pferd noch immer hin und her, aber der Abstand zwischen den beiden Heeren seiner Feinde verringerte sich immer mehr. Eine letzte Chance rechnete sich Peter aus: Sobald sich die Lücke schloß, würde es unvermeidlich zum Kampf kommen. Vielleicht gelang es ihm, in dem Getümmel zu entkommen, sich durchzuschlagen. Aber er hatte keine Waffen, ihm blieb nur der heftig schnaubende Athansor.

Pearlys Leute blieben stehen. Pearly war zu klug, um es zu der Konfusion kommen zu lassen, auf die Peter Lake gehofft hatte. Die Männer blieben einfach stehen und senkten ihre Lanzen. Beiderseits wurden kleinere Gruppen von Kämpfern durchgelassen, insgesamt an die hundert. Sie waren mit kürzeren Lanzen, aber auch mit Schwertern und Pistolen bewaffnet. Pearly wußte, daß der Mob, aus dem seine Truppen bestanden, alles andere als eine undurchdringliche Barriere bildete. Er hatte daher das Gros seiner Streitkräfte auf beiden Seiten zu einer Mauer aus Menschenleibern formiert und schickte nun die besten Leute vor, um Peter Lake und den Hengst zu töten.

»Wir haben keine Wahl, sagte Peter zu Athansor. »Diesmal müssen wir kämpfen.«

Der erste Trupp hatte sie erreicht. Die Männer schienen Angst zu haben, und diese Angst war nicht unbegründet. Athansor preschte in sie hinein, daß die Lanzen in hohem Bogen beiseite flogen. Er rannte die Männer über den Haufen, trampelte auf ihnen herum und biß sie. Aber der Wald der Lanzen lichtete sich nicht. Ihre scharfen Spitzen bohrten sich in Athansors Brust und Flanken. Als die zweite Welle der Angreifer sein Blut sah, stürzten sich die Männer kopfüber in den Kampf. Sie feuerten ihre Pistolen ab, und einer von ihnen versetzte Peter Lake einen Säbelhieb quer über den Rücken. Der Getroffene verspürte keinen Schmerz, sondern riß dem Mann die Waffe aus der Hand, um mit ihr wütend auf seine Gegner einzuschlagen.

Athansor stellte sich auf die Hinterhand und zertrümmerte mehreren von Pearlys Söldnern mit den Hufen den Brustkorb.

Es klang, als breche er im Wald durch dichtes Unterholz. Peter erwehrte sich mit dem Schwert tapfer der Übermacht, aber langsam dämmerte ihm, daß das Ende nahe war. Aus nächster Nähe wurde auf Athansors Kopf geschossen. Die Kugeln blieben in seinem knochigen Schädel stecken und zerfetzten seine Ohren wie die zerschlissene Fahne einer belagerten Festung. Bleierne Geschosse durchdrangen seine Muskeln und sein Gedärm. Auch Peter blutete aus zahlreichen Wunden. Ihn fröstelte.

Schließlich befahl Pearly seinen Kämpfern, sich zurückzuziehen. Rings um Peter lagen die Gefallenen. Pferd und Reiter waren schwer verletzt. Athansor machte auf der engen Brücke ein paar zögernde Schritte. Peter sah, daß Pearly noch eine zweite, ja sogar noch eine dritte Welle von Angreifern bereithielt, die er notfalls in die Schlacht werfen konnte. Dies war das Ende.

Er blickte auf den Fluß hinab. Er war zu fern, allzu fern – aber er war von lieblichem Blau. Wenn es denn sein mußte, so wollte er lieber dort sterben als auf den blutbesudelten Planken der Großen Brücke. Er hatte nichts zu verlieren. Ja, dort hinab wollte er mit Athansor springen!

Zwischen den dicken Stahlseilen und den Maschen der Netze heulte der Wind. Peter Lake blickte ein letztes Mal auf die Stadt zurück, dann wendete er Athansor, bis sie das Sumpfland vor Augen hatten. Schon kam die zweite Welle der Angreifer auf sie zu. Als Athansor ihnen ein kurzes Stück entgegensprengte und wie ein wütender Tiger auf der Hinterhand wendete, dachten alle, der Hengst habe den letzten Funken Verstand verloren. Sie zielten auf ihn, um ihm den Gnadenschuß zu geben, aber er achtete ihrer nicht, sondern machte sich mit leicht eingeknickter Hinterhand bereit für den großen Sprung. Pearlys Männer blieben wie angewurzelt stehen. Sie hatten dergleichen noch nie gesehen. Fast vermeinten sie, die Wellen der Kraft zu sehen, die von Athansors geducktem Körper ausgingen. Er krümmte sich zusammen, als wollte er sich selbst in eine Kugelform pressen, doch dann, nach einem markerschütternden Wiehern, entfaltete er sich in einer langgestreckten, seidenglatten Bewegung ganz aus Weiß, flog in die Luft hinaus und durchbrach mit Leichtigkeit die hinderlichen Netze.

In jenen Augenblicken der Schwerelosigkeit hoch über dem Wasser machte sich Peter innerlich auf den Sturz in die Tiefe gefaßt, und hatte nichts mehr gegen ihn einzuwenden. Aber da war kein Fallen aus großer Höhe. Athansor stieg schräg in den Himmel, weit streckte er die zerschundenen Vorderläufe in den sausenden Flug hinein, dem Wolkenwall entgegen. Peter warf einen Blick über die Schulter zurück. Die Stadt lag schweigend in der Ferne. Sie war kaum noch größer als ein Insekt. Doch da durchbrachen Roß und Reiter schon den Wolkenwall, und plötzlich bestand die ganze Welt nur noch aus wirbelnden Nebelfetzen und einem heulenden Sturm, in den sich ein Chor schriller Klageschreie mischte.

Stunden verstrichen, aber sie flogen noch immer. Das Atmen wurde immer mühsamer. Peter hatte kaum noch die Kraft, um sich auf Athansors Rücken zu halten. Aber der Hengst wurde noch schneller, bis die jagenden Wolkenfetzen nur mehr einen Schleier aus verwischtem Weiß bildeten. Peter Lake dachte an die Stadt. Dieser Ort, der ihn gegen die gebieterische Pracht des Absoluten beschirmt hatte, dünkte ihn nun so liebenswert, mochte er es dort noch so schwer gehabt haben. Leuchtende Bilder erstanden vor seinen schneeblinden Augen. Er sehnte sich nach den bunten Farben und dem einladenden Glanz jeder Stadt zurück, jener Insel im Strom der Zeit.

Endlich durchbrach Athansor die Wolkendecke. Der schwarze, luftleere Raum war erreicht. Peter Lake erblickte, was ihm Beverly geschildert hatte, und nun war er ganz Staunen, atemloses Staunen! Aber wenn er auf Athansors Rücken blieb, dann mußte er sterben, dessen war er sich bewußt. Deshalb berührte er den Hengst ein letztes Mal mit der Hand und warf sich in die Leere, um zurück in die Tiefe zu fallen, den Wolken entgegen. Schon stürzte er taumelnd und sich überschlagend zwischen den Wolken hindurch in die Zeitlosigkeit. Unter sich erblickte er Lagunen und Seen, aber es war nur das Meer, das aus der Tiefe heraufleuchtete. Peter fiel und fiel, willenlos, die Gliedmaßen weit ausgestreckt. Sein Kopf pendelte kraftlos hin und her wie bei einem Neugeborenen. Die ganze Welt war weiß. Erlöschend stürzte er hinein in die tosende Unendlichkeit.

II.
Vier Tore zur Stadt

Vier Tore zur Stadt

Jede Stadt hat ihre Tore, aber sie müssen nicht unbedingt aus Stein gebaut sein, und auch Wächter oder Soldaten stehen nicht notwendigerweise davor.

Am Anfang, als die Städte noch wie Juwelen in einer dunklen und mysteriösen Welt leuchteten, waren sie zumeist rund und von schützenden Mauern umgeben. Wer sie betreten wollte, mußte Tore passieren, hinter denen er Schutz gegen die übermächtigen Wälder und Meere fand, jene gnadenlosen, zermürbenden Weiten aus Grün und Weiß und Blau, deren wilde Ungebundenheit bis unter die Stadtmauern reichte.

Im Lauf der Zeit wurden die Bollwerke immer höher, die Tore immer massiver – bis sie plötzlich wieder verschwanden und durch Schranken ersetzt wurden, die ausgeklügelter waren als jedes steinerne Bauwerk. Sie umgürteten jede Stadt wie ein unsichtbarer Kranz. Zwar gibt es Menschen, die ihrer spotten und behaupten, es gäbe sie nicht, doch mögen ihre Körper diese neuen Mauern auch mühelos überwinden, so ist es ihren Seelen (deren Existenz sie ebenfalls leugnen) für alle Zeiten versagt. Wie Waisenkinder irren sie in den Randbezirken umher.

Wer indes die Stadt als *ganzer* Mensch betreten will, muß durch eines der neuen Tore. Sie sind viel schwerer zu finden als ihre aus Stein gefügten Vorgänger, denn sie sind Hilfsmittel und Werkzeuge der Gerechtigkeit, mit denen die Menschen geprüft werden. In einer längst vergangenen Zeit gab es eine bildliche Darstellung von ihnen: eine jener alten Karten, deren Ränder mit Darstellungen friedlich schlafender oder zähnefletschender Bestien geschmückt sind. Jene, die diese Karte sahen, haben berichtet, daß sie auch die Symbole der vier Tore enthielt. Das östliche Tor verkörperte das Verantwortungsgefühl, das südliche die forschende Neugier, das westliche die Verehrung der Schönheit und das nördliche die selbstlose Liebe.

Die Kunde von diesen Toren stieß jedoch auf Unglauben. Die

Menschen wandten ein, eine Stadt mit solchen Zugängen könne es nicht geben, denn sie wäre zu wunderbar. Die so sprachen hatten die Macht, alles als eine Ausgeburt der Phantasie abzutun. Was für einige wenige eine unumstößliche Gewißheit gewesen war, wurde als Hirngespinst ignoriert und war bald vergessen – und gewann gerade deshalb für alle Zeiten Bestand.

DER COHEERIES-SEE

Der Oberlauf des Hudson unterschied sich von den weiten Wasserflächen und Buchten in der näheren Umgebung von New York wie China von Italien, und es hätte wohl eines Entdeckers wie Marco Polo bedurft, um eine Verbindung zwischen diesen beiden Landschaften herzustellen. Wenn der Hudson gleichsam eine Schlange war, dann war die Stadt ihr Kopf, mit Sinnesorganen, einem Gehirn und spitzen Zähnen.

In erster Linie waren die Gestade am Hudson jedoch eine Landschaft der Liebe. Wer sich ihr von der Seeseite her näherte, erblickte zahlreiche grandiose Brücken, die sich wie funkelnde Stahlbänder hoch über das Wasser schwangen, um Landzungen und Inseln in prunkvoller Hochzeit miteinander zu vermählen. Wenig später öffneten sich dann ruhige, geräumige Buchten von fraulicher Schönheit, mit Ufern, die sich zu beiden Seiten spreizten wie endlos lange Beine. Von dort aus ging es mitten hinein in eine Unendlichkeit gefälliger Kurven und Schlaufen. In Seitentälern und an den Mündungen von Nebenflüssen boten sich dem Auge Tausende wohlgepflegter Gärten dar. An beiden Ufern erschienen Dörfer und Städtchen, die selbstvergessen die schöne Aussicht zu genießen schienen, vielleicht aber auch in die Erinnerung an glückliche Jahre während des verflossenen Jahrhunderts versunken waren, die ihnen eine schier endlose Folge schöner Tage beschert hatten. Dort gab es betagte Opernhäuser, herrschaftliche Landsitze, kühle, unterirdische Gewölbe, frühlingshafte Wiesen und graue Kirchen aus der Zeit der Holländer. Auf den weit in den Fluß hinausgebauten Bootsstegen baumelten an manchen Tagen Dutzende von Stören, jeder einzelne an die hundert Pfund schwer und zum Bersten voll mit Rogen. Nirgends konnte man im Winter so gut Schlittschuhlaufen wie hier, denn die holländischen Siedler hatten damals durch Sumpf und Wildnis, Wald und Feld ein Netz von Kanälen gezogen, auf dem der einsame Schlittschuhläufer im Mondlicht einer klaren Winternacht dahingleiten konnte. Nicht selten kehrten die jungen Burschen mit ihren Mädchen erst am frühen Morgen von nächtlichen Verfolgungsjagden heim, bis über beide Ohren ineinander verliebt.

Ja, der Hudson war ein Fluß, der auf vielerlei Weise an das Herz der Menschen rührte. Die Schönheit der Landschaft, die Magie der Mondnächte, die stillen, schilfgesäumten Buchten, das silbrig glitzernde Eis im Winter, die klare blaue Luft über endlosen sommerlichen Feldern, die frischen Nordwinde und die riesige Stadt im Süden – all dies verfehlte seine Wirkung nicht.

☆

Der Coheeries-See war vom einladenden Blau eines runden, schillernden Gletschersees. Silbrig wie blitzende Schwerter glänzten die Leiber springender Fische in der Sonne. Ausgelassen tummelten sie sich im vertrauten Element, dessen trügerische Ruhe bei Stürmen in gewalttätigen Zorn umschlug. Wer vom Wasser dieses Sees trank, empfand es als einen belebenden Segen.

Gleich zu Beginn des Winters kam irgendwann der Morgen, an dem die Bewohner des kleinen Städtchens Coheeries überrascht feststellten, daß der See mit einer dünnen Eisschicht bedeckt war. Spätestens in der zweiten Dezemberwoche saßen die Leute dann abends nach dem Essen an einem prasselnden Kaminfeuer und spähten in die Dunkelheit hinaus, während der Nordwind an den Fenstern und Türen ihrer Häuser rüttelte. Der Wind war in der Gegend des Pols geboren und großgeworden und hatte sich auf dem Weg nach Süden gewissermaßen schlechte Manieren angeeignet, denn er riß Dachpfannen mit sich fort, knickte die Äste der Bäume und warf bisweilen sogar Kamine um, die nicht ausreichend durch eine Drahtverspannung gesichert waren. Wenn immer sich ein solcher Wind erhob, wußten die Leute, daß der Winter vor der Tür stand. Eine lange Zeit würde vergehen, bis der Frühling endlich die Felder erwachen ließ und in Strömen Schmelzwasser herbeiführte, das den See mit einem blassen Ockergelb färbte.

Es kam ein Winter, in dem die Winde heftiger und kälter waren als je zuvor. Gleich in der ersten Nacht schmetterte der Sturm viele Vögel gegen Felsklippen und Baumstämme. Kinder weinten, Kerzen flackerten bedenklich. Mrs. Gamely, ihre Tochter Virginia und deren Sohn Martin, der noch in den Windeln lag, waren daheim in ihrem Häuschen. Die beiden Frauen versuchten sich auszumalen, welch höllischer Aufruhr jetzt wohl auf dem See herrschte. Von weitem hörten sie, wie riesige Brecher gegen das grasbewachsene Ufer brandeten. In der Mitte des Sees türme der Wind das Wasser zu wahren Burgen aus Schaum auf, sagte die alte Mrs. Gamely, mit Zinnen und hohen Söllern. Alle großen Ungeheuer – unter ihnen auch der Donamoula – kämen aus der aufgewühlten Tiefe herauf wie knorrige Wurzeln beim Pflügen eines frisch gerodeten Feldes. »Still!« ermahnte sie ihre Tochter. »Hörst du, wie sie brüllen und kreischen? Die armen Kreaturen! Es geht mir durch Mark und Bein, sie so heulen zu hören, mögen sie tausendmal eine Kreuzung zwischen Meeresspinnen und Riesenschlangen mit rasiermesserscharfen Zähnen sein, die einen aus großen, wimpernlosen Augen anschielen!«

Virginia spitzte die Ohren, aber sie vernahm nur das Heulen des Sturmes. »Schsch!« machte ihre Mutter und legte einen Finger auf die Lippen. »Da! Hörst du sie?«

»Nein«, antwortete Virginia. »Nur den heulenden Sturm.«

»Und die Unholde hörst du nicht, Virginia?«

»Nein, Mutter, nur den Wind.«

»Ich möchte wetten, daß dein kleiner Balg sie hört«, sagte Mrs. Gamely mit einem Blick auf das Kind, das, in Windeln und Decken gewickelt, friedlich schlief. Und mit beschwörender Stimme fuhr sie fort: »Glaub mir, es gibt diese Ungeheuer wirklich! Ich habe sie selbst gesehen. Damals, als ich ein kleines Mädchen war und wir auf der Nordseite des Sees wohnten, lange bevor ich deinen Vater heiratete, sind sie oft aus der Tiefe aufgetaucht. Scharenweise schwammen sie bis in die Nähe des Ufers, nicht weit von unserem Haus entfernt. Sie waren wie zahme Hunde. Manchmal sprangen sie sogar über den Bootssteg oder versenkten ein Ruderboot. Meine Schwester und ich liefen dann immer hinaus auf die hölzerne Landungsbrücke und fütterten sie mit Kuchen. Der Donamoula, der siebzig Meter lang und mindestens fünfzehn Meter hoch ist, mochte Kirschtorte am liebsten. Wir warfen kleine Brocken in die Höhe, und er fing sie mit seiner zehn Meter langen Zunge auf. Eines Tages wurde uns das von unserem Vater verboten, weil es angeblich zu gefährlich war. Danach haben wir den Donamoula nie wiedergesehen.« Mrs. Gamely runzelte nachdenklich die Brauen. »Manchmal frage ich mich, ob er mich wiedererkennen würde«, schloß sie.

Virginia, die die höchst unorthodoxen Ansichten ihrer Mutter stets als Herausforderung betrachtete, suchte nach einer passenden Antwort. Wenn sie ihre Mutter ansah, war sie immer wieder fasziniert und entzückt von dem Gesicht der alten Frau, das nicht nur eine solide Intelligenz verriet, sondern auch spüren ließ, daß ihr der Schalk im Nacken saß. Auch ihre Figur — kräftig zwar, aber weder zu dick noch zu groß —, die starken, zupackenden Hände und die engstehenden kleinen Augen unter dem hochgesteckten weißen Haar gefielen Virginia ungemein gut, und sie mochte auch den purrenden weißen Hahn mit dem orangeroten Kamm, den ihre Mutter im Arm hielt und hin und wieder streichelte.

»Angenommen, Jack würde verreisen —« Jack, vormals Jacques, denn er stammte aus Quebec, war der Hahn — »und erst nach fünfzig Jahren zurückkehren. Meinst du, er würde *mich* erkennen?« fragte sie.

»Hähne werden gar nicht so alt, Virginia. Abgesehen davon, würde er wahrscheinlich niemals wiederkommen. Wenn Jack geht, dann geht er nämlich zurück nach Kanada. Du weißt ja, daß man dort französisch spricht und ohnehin alles falsch macht. Sie würden ihn dort voraussichtlich vollkommen zweckentfremden.«

»Na gut, aber nehmen wir es einfach einmal an . . .«
»Meinetwegen, aber *wohin* würde er denn reisen?«
»Nach Peru.«
»Peru? Wieso?«

Mit Gesprächen wie diesem vertrieben sich Mutter und Tochter abends häufig die Zeit. Dabei ließen sie sich über alle erdenklichen Themen aus. Mrs. Gamely hatte nie lesen und schreiben gelernt. Deshalb benutzte sie ihre Tochter gewissermaßen als Sekretärin, die ihr aus Enzyklopädien und Wörterbüchern die gewünschten Auskünfte heraussuchte und auf alle Fragen eine Antwort fand. Die alte Frau ging dabei nach einer Methode vor, die ein Wunder an scheinbarer Zufälligkeit darstellte und so unlogisch gegliedert war wie das Geäst eines Obstbaumes in voller Blüte. Sie war ohne weiteres dazu imstande, innerhalb einer Stunde einhundertfünfzig konträre Themen anzuschneiden. Am Ende war ihre Tochter Virginia stets sprachlos vor Staunen und von der Gewißheit erfüllt, das allumfassende Walten eines perfekten, zielgerichteten Plans habe sie erleuchtet.

Die alte Mrs. Gamely mochte zwar in jeder Hinsicht unwissenschaftlich vorgehen, aber auf eines verstand sie sich, und zwar auf Worte. Woher sie all diese Vokabeln holte, blieb rätselhaft; Virginia vermutete, daß die Leute auf der Nordseite des Sees sich aus mehreren Mundarten voller Poesie und Präzision eine eigene Sprachlandschaft von großer Vielfalt und Vollendung geschaffen hatten. Menschen, die in kleinen, abgelegenen Siedlungen hausen, mögen zwar von der Komplexität der Sprache in den großen Städten unberührt bleiben, doch entstehen in ihrem reichen Gemüt nicht nur immer neue Worte, sondern es werden auch alle alten darin bewahrt. Aus diesem Grunde verfügte Mrs. Gamely über ein riesiges Vokabular. Sie kannte Begriffe, die andere Menschen noch nie gehört hatten, und spickte ihre Rede mit Worten, die jahrhundertelang geschlafen hatten. Virginia machte häufig Stichproben im Oxford Dictionary und stellte dabei fest, daß sich ihre Mutter auch der ausgefallensten Begriffe mit tadelloser, nahezu unfehlbarer Akkuratesse bediente. Beispielsweise erwähnte sie einmal eine Hunderasse mit dem Namen »Leviner«. Aber Virginia vernahm aus ihrem Mund auch Eigenschaftsworte wie diklinisch, brontologisch, karpopedal, glossal, endosmisch, galliambisch, kompilatorisch und gastruliert. Hauptworte wie Liripipium, Membranul, Javelle, Morillon, Rappee, Opuntie, Sordine, Pathognomik, Palmitat, Thoron, Vitikultur, Tunguse, Noyade, Sekante, Oger oder Pioskop sprudelten aus ihr heraus wie eine piërische Quelle. Das dicke Wörterbuch hatte lauter Eselsohren, denn Virginia verbrachte einen großen Teil ihrer freien Zeit damit, in dem Wälzer zu schmökern. Wenn ihre Mutter richtig in Fahrt geriet, hätte ein halbes Dutzend Linguisten bei dem Versuch, mit ihr mitzuhalten, Schwächeanfälle erlitten.

»Wo hast du bloß all diese Worte gelernt, Mutter?« fragte Virginia dann jedesmal verwundert.

Achselzuckend pflegte die alte Mrs. Gamely darauf zu erwidern: »Ich hab' sie wahrscheinlich mit der Muttermilch in mich aufgesogen.«

Sie sprach im übrigen keineswegs immer so unverständlich, sondern begnügte sich mitunter monatelang mit grundsoliden Ableitungen rein angelsächsischen Ursprungs. In solchen Phasen fiel Virginia das Atmen leichter, und der Hahn war so glücklich, daß er, wäre er eine Henne gewesen, pro Tag drei Eier gelegt hätte. War er vielleicht gar eine Henne? Wer vermag das schon zu sagen? Tatsache ist, daß er sich für eine Katze hielt.

Der Sturm nahm an Heftigkeit zu, er legte Zäune flach, drückte Scheunentore ein und ließ den See über die Ufer treten. Mrs. Gamelys Haus ächzte und erbebte bis in die Grundfesten, aber es war so gebaut, daß es dem schlimmsten Unwetter standhalten konnte. Dies war Theodore Gamely zu verdanken. Bevor er starb, hatte er dafür Sorge getragen, daß Frau und Tochter für alle Zeiten ein festes Dach über dem Kopf hatten. Inzwischen war aus seiner jungen Gattin eine alte Frau geworden, und auch die Tochter hatte schon die Dreißig überschritten. Die beiden Frauen hatten seit Theodores Tod gemeinsam in dem Häuschen gelebt, bis zu dem Tag, da Virginia fortgegangen war, um einen Frankokanadier namens Boissy d'Anglas zu ehelichen. Nach drei Jahren war sie mit einem neugeborenen Kind auf dem Arm heimgekehrt.

»Ob das Haus wohl standhalten wird?« fragte Mrs. Gamely.
»Aber gewiß, Mutter!« antwortete Virginia.

»Ich kann mich nicht erinnern, daß der Wind jemals so heftig geblasen hat«, sagte die alte Frau. »Der Winter wird wohl sehr streng.«

»Das ist er doch immer!«

»Aber diesmal wird er uns allen den Garaus machen«, sagte die Mutter. »Das Vieh wird sterben, die Leute werden erkranken und Hunger leiden.«

Mrs. Gamelys mit feierlicher Stimme vorgetragenen Weissagungen pflegten sich normalerweise zu bewahrheiten. In jener Nacht erreichte der Sturm eine Geschwindigkeit von fast zweihundert Meilen in der Stunde, und das Thermometer fiel auf zwanzig Grad unter dem Gefrierpunkt. Nach einer besonders heftigen Bö hielt es die alte Dame nicht länger im Bett. Sie stand auf und begann, in der Küche im Kreis auf und ab zu gehen. Im Herd prasselte ein Feuer. Mit emporgerecktem Gesicht drehte Mrs. Gamely eine Runde nach der anderen um den Küchentisch und lauschte dem Krachen und Knirschen im Gebälk des Dachstuhls.

»Fällt draußen Schnee, Mutter?« fragte Virginia. Ihre Stimme klang fast wie die eines kleinen Mädchens.

»Nicht bei diesem Sturm!« erwiderte die Alte und legte noch ein wenig Holz nach. Dann ging sie hinüber ins Wohnzimmer und ergriff die doppelläufige Schrotflinte, die in einer Ecke an der Wand lehnte. In einer Nacht wie dieser, meinte sie, risse sich alles los, was nicht niet- und nagelfest sei. Gefängnistore würden aufgesprengt, Insassen von Irrenhäusern verlören das letzte Fünkchen von Verstand, Tiere liefen Amok, und die Ungeheuer vom Grund des Sees könnten den Versuch unternehmen, ins Haus einzudringen.

Die beiden Frauen saßen die ganze Nacht beisammen. An schlafen war nicht mehr zu denken. Fast fühlten sie sich wie an Weihnachten, obwohl es noch Wochen bis zu dem Fest war. Virginia wiegte ihren kleinen Sohn sanft auf dem Arm und gab sich selbst traumverloren ihren Erinnerungen hin. Sie hatten genügend trockenes Brennholz, um sogar zwei harte Winter zu überstehen. Die Speisekammer war bis unter die Decke mit Räucherschinken, Käse, Pökelfleisch, Gemüse, Reis, Mehl, Kartoffeln, Konserven, Einmachgläsern und Weinflaschen vollgestopft, und es fehlte auch nicht an ausgefallenen Zutaten, die die beiden Frauen für ihre ans Wunderbare grenzende Back- und Kochkunst benötigten. Auf dem Bücherregal standen schwer verdauliche literarische Werke, die des Menschen Seele zu erschüttern und zu erbauen vermochten. Wenn man sie ausgelesen und beiseitegelegt hatte, wirkten sie noch lange nach wie der schmerzhafte Tritt eines Maultieres. Dicke Federbetten, weich und leicht wie Schlagsahne, sorgten nachts im Bett für Wärme. Ihr Häuschen war in der Tat wie ein geschützter Hafen. Virginia, die in ihrem Leben schon Schweres durchgemacht hatte, war nun wieder daheim und genoß es, in Träumen zu schwelgen.

Kanada — allein der Name war so glatt und kalt wie ein schneebedecktes Feld. Zwei Tage hatten Virginia und Boissy d'Anglas gebraucht, bis sie mit ihrem Schlitten den St.-Lorenz-Strom erreichten. Wie herrlich war der Anblick des Mondes gewesen, wenn er zwischen schneebeladenen Bäumen über dem Horizont aufging! Die Jahre in Kanada waren Virginia nur undeutlich im Gedächtnis haften geblieben, aber die Erinnerung an die Reise war klar und bedeutete ihr mehr als alles andere.

Eines Nachmittags, als die goldene Sonne schon tief am Horizont stand, fuhren sie los. Die beiden Pferde, ein Brauner und ein Rotfuchs, zogen den Schlitten in gleichmäßigem Trab nach Norden und behielten ihren Schritt bis spät in die Nacht bei. Das Mondlicht wurde vom Schnee blendend hell reflektiert, so daß die Fahrt nicht unterbrochen werden mußte.

Die Pferde schienen großen Spaß zu haben, zwischen Nadelgehölzen hindurch und über weite Felder der verschneiten Fahrspur zu folgen. Boissy d'Anglas und die junge Frau, die er mit sanfter Gewalt von daheim entführt hatte, befanden sich in einem Zustand der Verzückung. Mit glühenden Gesichtern und blitzenden Augen erlebten sie, wie sich dunkle, hochragende Schatten im Näherkommen in Berge und tiefe Wälder verwandelten. Zu beiden Seiten des Weges, der sich durch das hügelige Land wie durch die Wellentäler eines Meeres schlängelte, tauchten Seen und Wildbäche mit Stromschnellen auf. Der Frost schien das vollkommene Rund des Mondes mit einer eisigen

Glasur überzogen zu haben. Unermüdlich strebten die beiden Pferde vorwärts. Wahrscheinlich wären sie ohne Halt bis Kanada weitergelaufen, doch am Rand eines Sees, der sich gleich einer silbern glitzernden Straße zwischen niedrigen Hügelketten auf der einen und zerklüfteten, hoch in den Himmel ragenden Bergeszacken auf der anderen Seite nach Norden erstreckte, wurde eine kurze Rast eingelegt.

»Ich weiß nicht, ob es nicht besser wäre, hier zu kampieren und erst morgen früh weiterzufahren«, sagte Boissy d'Anglas. »Wir riskieren sonst, daß uns die Pferde vor Erschöpfung zusammenbrechen. Es sind noch zweihundert Meilen. Sofern wir hier nicht länger als eine Stunde halten, rennen sich die Gäule eher die Lunge aus dem Hals als von selbst stehenzubleiben.«

»Könntest du denn schlafen?« fragte Virginia und gab damit zu verstehen, daß sie selbst nicht müde war. »Und meinst du, daß sich hier auch die Pferde richtig ausruhen könnten?«

»Nein«, antwortete Boissy. Ohne ein weiteres Wort ergriff er die Zügel, und gleich darauf jagte der Schlitten über den zugefrorenen See, der von einer dünnen Schneeschicht bedeckt war.

Später ging es über Flüsse, Eisenbahnlinien und Straßen hinweg, vorbei an erleuchteten menschlichen Siedlungen und Sägewerken, in denen tagsüber die Kreissägen kreischten. Kalte Wälder wurden durchquert, deren hohe Bäume den Mond verdeckten, so daß sich die beiden Reisenden mit Laternen behelfen mußten. Bald wußte Virginia nicht mehr, ob sie auf einem Schlitten saß, zwischen froststarren Bäumen hindurchfuhr und dabei von daheim träumte, oder ob sie zu Hause am Feuer saß und träumerisch darüber nachgrübelte, wie sie einst auf jener Fahrt dem gedämpften Hufschlag der Pferde im Schnee gelauscht hatte.

Als endlich der Morgen dämmerte, fühlten sich Mutter und Tochter matt, erhitzt und übernächtigt wie fiebernde Kinder. Mrs. Gamely öffnete die Haustür und warf einen Blick ins Freie. Während ein Schwall kalter, blauer Winterluft in das überheizte Haus fegte, sagte sie: »Nicht eine einzige Schneeflocke ist bei dem starken Wind gefallen. Wozu war das alles nur gut? Der

Sturm hat uns bloß kostbare Wärme gestohlen und viel Feuerholz gekostet.«

»Was ist mit dem See?« erkundigte sich Virginia.

»Dem See?«

»Ja. Ist er zugefroren?«

Mrs. Gamely zuckte nur mit den Achseln. Da stand Virginia auf und schlüpfte in eine warme Steppjacke. Sie wickelte ihr Baby in einen Kokon aus demselben Material und ging hinunter zum Ufer. Noch bevor sie um die Hausecke gebogen war, wußte sie, daß der See tatsächlich zugefroren war, denn es war nicht das leiseste Plätschern zu vernehmen, und der Wind hatte einen gleichmäßigen schrillen Pfeifton. Hätte er sich an Wellen mit weißen Schaumkronen gerieben, dann hätte sich sein Heulen aus hunderterlei verschiedenen Geräuschen zusammengesetzt und geklungen wie eine zwitschernde Vogelschar.

Der See war innerhalb einer einzigen Nacht zugefroren! Wenn nicht alles täuschte, lag ein grimmiger Winter vor der Tür. Wie schlimm er dieses Jahr wüten würde, das war allein schon an der feinporigen Glätte des Eises zu ermessen. Denn je feiner es war, desto härter würden die kommenden Monate. Andererseits durften die Menschen einer Eissegel-Saison entgegensehen, die ihresgleichen suchte. Selbst Mrs. Gamely hatte noch nie eine derart glatte Eisdecke auf dem See gesehen. Fast hätte man meinen können, er lachte vor Freude über seine eigene Vollkommenheit. Nirgends gab es eine Unebenheit, Luftblase oder Riffelung, kein Schneeflöckchen trieb über die glasklare dunkle Scheibe.

»Die Ungeheuer sind jetzt fest versiegelt«, sagte Mrs. Gamely, bevor der Gedanke an den kommenden Winter sie verstummen ließ.

☆

Während der nächsten beiden Wochen schien am Coheeries-See die Sonne. Gleich einer bronzenen Scheibe zog sie tief über den winterlichen Himmel und tauchte die Welt in ein Licht, das aus feinen Goldfäden gesponnen schien. Eine sanfte, stetige Brise aus

Westen schüttelte kleine Eiszapfen und Zweige aus den Bäumen, die den See säumten, und trieb sie mit leisem Klirren vor sich her über die makellose Eisfläche. Zwar stieg die Temperatur nie über zwanzig Grad unter dem Gefrierpunkt, doch wurde das Wetter bei so schwachem Wind und wolkenlosem Himmel geradezu als milde empfunden.

Längst waren alle Brunnen zugefroren, und eine tiefe Stille hatte sich über das Land gesenkt. Tagsüber bevölkerten die Bewohner des Städtchens die spiegelblanke Fläche. Von morgens bis abends tummelten sich die Leute in Schlittschuhen auf dem Eis, neckten und haschten einander und boten vor dem Hintergrund ihres Städtchens ein Bild, das an die Winterszenen auf den Gemälden alter flämischer Meister gemahnte. Vielleicht folgen sie nur einer alten Überlieferung oder einer tief in ihnen verwurzelten Erinnerung, die immer wieder aufgefrischt wurde, so daß die bunten Farben des Gemäldes in jedem Winter neu erstrahlten. In Ufernähe entstanden kleine Zeltdörfer im holländischen Stil. Zwischen ihnen flitzten wie weiße Schmetterlinge und fast geräuschlos zahlreiche Eissegler mit geblähten Segeln hin und her. Nur in unmittelbarer Nähe war das leise Zischen ihrer blinkenden Stahlkufen zu vernehmen. Junge Burschen und Mädchen banden sich kleine Ballonsegel an Schultern und Schenkeln fest. Auf ihren Schlittschuhen stehend, ließen sie sich vom Wind so weit auf den See hinaustreiben, daß sie den Blicken der anderen entschwanden. Sobald das Ufer nicht mehr zu sehen war, falteten sie ihre Segel zusammen, legten sie auf das Eis und betteten sich auf die weichen Polster. Doch während sie sich küßten und ihren Händen freien Lauf ließen, hielten sie stets ein wachsames Auge auf den Horizont gerichtet, denn jederzeit konnte dort das Segel eines mit kleineren Kindern besetzten Eisbootes auftauchen. Die neugierigen Gören hatten es geradezu darauf abgesehen, Liebespärchen weit draußen auf dem See zu ertappen und sie mit einer Mischung aus Neid und Bewunderung in ihrer peinlichen Lage zu begaffen.

Gegen Abend flammte am Ufer der Bucht eine Kette von Lagerfeuern auf. Überall rotierten an Spießen brutzelnde Fleischbrocken, und es kreisten die Becher mit heißer Schokolade, Rum oder Apfelmost. Nachts auf dem See Schlittschuh zu laufen war wie eine Reise durch das All. Das sternenübersäte Firmanent, dessen Gleißen fast in den Augen brannte, war wie eine leuchtende Glocke über die dunkle Welt gestülpt.

Irgendwann hatte ein findiger Kopf den Einfall gehabt, den muschelförmigen Unterstand der dörflichen Blaskapelle, der so leicht war wie eine große, weiße Hochzeitstorte, auf große, breitspurige Kufen zu stellen und ein halbes Dutzend Ackergäule davor zu spannen. Während die Kapelle in ihrer innen beleuchteten Konzertmuschel so liebliche, schlichte und ergreifende Melodien wie *Rhythm of Winter* von A.P. Clarissa spielte, blieb das seltsame Gefährt fast die ganze Nacht draußen auf dem gefrorenen See, und die gesamte Dorfbevölkerung umkreiste es hingerissen auf Schlittschuhen. Angelockt von dem seltsamen Spektakel, schnallten sich auch die Bauern, die hier und da verstreut an den buchtenreichen Küsten lebten, ihre Schlittschuhe unter, stapften ein kurzes Stück über Felder, um schließlich nach einem kleinen Sprung auf dem Eis zu landen und mit rudernden Armen dem zauberischen Lichtschein am Horizont entgegenzueilen. Wenn sie dann näherkamen, klang ihnen zu ihrem Erstaunen Musik entgegen, und bald erblickten sie mit Verblüffung die schemenhaften Gestalten vieler Männer, Frauen und Kinder, die in der Finsternis die weiße Konzertmuschel und die darin musizierende Kapelle auf Schlittschuhen umschwärmten.

Das ausgelassene, an Karneval erinnernde Treiben verzehrte einen großen Teil der Vorräte an Feuerholz, Nahrungsmitteln und Viehfutter. Es war närrisch, so zu handeln, aber die Leute am Coheeries-See konnten einfach nicht anders. Wie im Fieber ließen sie sich von dem herrlichen Wetter mitreißen, waren unvorsichtig und wie von Sinnen! Alles was sie mühsam erworben hatten, gaben sie leichtfertig hin für ein wenig Lebensfreude; sie tanzten, sangen und höhnten den vor ihnen liegenden strengen Winter. Sogar Mrs. Gamely – sonst ein Ausbund an Sparsamkeit – teilte mit vollen Händen ihre Vorräte aus und ließ es sich nicht nehmen, gedankenlos und übermütig an der Vorbereitung von mehr als einem Dutzend Festgelagen mitzuwirken. Sie setzte sich über alle Bedenken hinweg, buk mehr als hundert Kuchen und Torten und lief zusammen mit ihrer Tochter dem seltsamen Gespann hinterher. An den Ufern wurden wunderschöne, gesittete und zugleich humorvolle Reigen aufgeführt, bei denen die betagteren Personen mit Witz und Übung ihren Mangel an jugendlicher Anmut wettmachten. Die Jugend des Dorfes ließ sich von ihnen beim Tanz anleiten. »Seid geduldig, habt Schwung und Liebe im Herzen!« wurden sie ermahnt. »Und vor allem laßt die Hoffnung nicht sinken!« Wer hätte sich einer solchen Lektion verschließen können, wenn sogar Mrs. Gamely, eine Witwe, der die Jahre übel mitgespielt hatten, im weichen Schnee des Ufers tanzte und lachte und sich sogar aufs Eis hinauswagte?

Mitte Januar wurde das Essen knapp. Die Leute schnallten den Gürtel enger und gaben sich der trügerischen Hoffnung hin, die Vorräte könnten bis zum Sommer reichen. Bei der zügellosen Prasserei im Dezember hatten sich alle bis zum Überdruß gemästet. »Bald müssen wir an Eiszapfen lutschen«, erklärte Mrs. Gamely ein wenig niedergeschlagen, aber ohne eine Spur von Reue. »Wenn ich mich nicht verrechne, haben wir noch bis März genug zu essen«, fuhr sie fort, während ihre flinken Knopfaugen über die Regale der Speisekammer huschten. »Was tun? Im März kann es sehr kalt werden. Im Jahr siebenunddreißig erfror Lamston Tarko mitsamt seinem Hund am letzten Tag dieses Monats. Wie soll es dann weitergehen?«

»Könnten uns nicht die Leute aus den Dörfern etwas abgeben?« fragte Virginia.

»Nein, ein Großteil ihrer Ernte wurde vom Hagel vernichtet. Wir hatten mehr Glück und gaben ihnen daher im Herbst so viel ab, daß sie mit Mühe und Not durchkommen können. Nicht einmal Geld haben wir für unsere Hilfe verlangt! Wir sitzen jetzt also alle im selben Boot. Von außerhalb können wir bei dem Wetter keine Hilfe erwarten, zumal wir uns bisher immer selbst um unsere Angelegenheiten gekümmert haben. Dein verstorbener Vater hätte schon gewußt, was zu tun ist. Aber wie dem auch sei, wir werden es schon schaffen. Bis März kann uns jedenfalls nichts passieren.«

Abends aßen Mutter und Tochter eine Scheibe geräuchertes Rindfleisch mit einem Brei, den sie aus einem halben Pfund geröstetem Maismehl zubereitet und mit ein wenig geriebenem Käse bestreut hatten. Ein kleiner Teil des Gerichts wurde für das Kind abgezweigt. Eine Prise Dill verlieh dem Brei so etwas wie frühlingshafte Würze, und gemahlener roter Pfeffer hauchte ihm Leben ein. Heißhungrig machten sich die beiden Frauen darüber her, aber sie wurden nicht satt. Wie wird es uns im März ergehen? fragten sie sich bang.

In jener Nacht – es war wohl schon das fünfte Mal, daß sie abends mit knurrendem Magen ins Bett gegangen war – erhielt Virginia im Traum eine Antwort auf diese Frage. Sie wurde ihr so elegant und luxuriös serviert wie die feinen Speisen in einem Hotelrestaurant, die in Schüsseln unter silbernen Deckeln warmgehalten werden und auf geräuschlosen Servierwagen angerollt kommen.

Virginia träumte von einem Frühling in einer riesigen Stadt, von dunstigen, grauen Plätzen und weißen Gebäuden in der Gestalt riesiger Mausoleen, und von Flußgestaden, an denen Trauerweiden ihre Äste in saphirgrünes, windgefurchtes Wasser hängen lassen. Jene Stadt drängte sich um Kirchen und öffentliche Plätze. Sie war durchzogen von einem Webmuster zahlloser Straßen, in denen Menschen mit seidenen Hüten auf den Köpfen ihrer Wege gingen, gekleidet in Mäntel von kühlem Grau. Dort gab es Bäume von flirrendem Grün und eine endlose Folge von sich stetig wandelnden Bildern. Diese Stadt regte sich in Virginia und füllte sie aus wie ein Geliebter, den sie nach kurzem Ringen nackt und atemlos und ohne Hemmung in sich aufnahm. Der Schweiß brach ihr aus, ihre Augen rollten hinter geschlossenen Lidern, und ihre gespreizten Schenkel zuckten, während sie sich von den betörenden Farben des Traums überwältigen ließ.

Träumend erfuhr sie, daß große Städte riesigen Tieren nicht unähnlich sind, denn auch sie brauchen Nahrung, Schlaf, Arbeit und Liebe. Virginia lernte, was es für ein Wesen von den kolossalen Ausmaßen eines Wales bedeutete, gewissermaßen schwere- und haltlos in der Bläue des Weltmeeres den Akt der Liebe zu vollziehen, und sie begriff, welche Zukunft ihr bestimmt war. Schon immer hatte sie insgeheim gewußt, das sie die eigene Zukunft in sich trug, doch nun war sie an den Tag gebracht. Es war ihr bestimmt, den Rest ihres Lebens in jener großen Stadt zu verbringen, die der Traum ihr offenbart hatte.

Als Virginia erwachte, stellte sie benommen fest, daß sie naßgeschwitzt war wie nach schwerer Arbeit. Wenn sie mit ihrem kleinen Sohn fortginge, so rechnete sie sich aus, dann würde ihre Mutter mehr als genug zu essen haben und den Winter überstehen, ja vielleicht wäre es ihr sogar möglich, noch einem Notleidenden unter die Arme zu greifen.

Mrs. Gamelys anfängliche Einwände gegen das Vorhaben ihrer Tochter wurden durch deren akkurate und zugleich eindringlich schöne Schilderung des Traumes zum Schweigen gebracht. »Ich bin zwar noch nie dagewesen«, sagte Virginia, »aber alles kam mir so bekannt vor, als hätte ich es mit meinen eigenen Händen gebaut.« Zu ihrem Erstaunen erwähnte ihre Mutter mit keinem Wort den Fehltritt mit Boissy d'Anglas. Im Gegenteil – sie wurde so aufgeregt wie jemand, der sein Leben lang vergeblich ein bestimmtes Ziel verfolgt hatte und plötzlich erleben darf, daß dieser Kampf vielleicht doch nicht ganz vergebens gewesen war.

Die beiden Frauen umarmten sich beim Abschied unzählige Male. Sie konnten sich nicht voneinander losreißen und vergossen zahllose Tränen. »Vergiß nicht, daß wir Menschen uns in diesem Leben immer wieder gegen den Tod aufbäumen müssen, meine Tochter! Steige, Virginia, steige in die Höhe, bis du die ganze Welt unter dir siehst!« Das waren die letzten Worte, die Virginia für lange Zeit aus dem Mund ihrer Mutter vernehmen sollte. Sie konnte noch nicht ahnen, was die alte Frau damit meinte.

☆

Virginia saß mit ihrem kleinen Sohn auf einem Fuhrwerk, das von drei starken Gäulen über die verschneite Landstraße gezogen wurde. Das Stampfen der schweren Hufe hätte sogar das dicke Eis des Coheeries-Sees erzittern lassen.

Am frühen Nachmittag waren die Berge erreicht. Über enge Haarnadelkurven ging es stetig hinauf. Tief unten lag die Ebene in bläulichem Weiß. Dann und wann wurde ein Habicht aus seinem Versteck aufgescheucht und stieg mit trägem Schwingenschlag in die Luft, um sich nach einiger Zeit im Gleitflug, anmutiger als ein Schlittschuhläufer, über einen Flügel abkippen zu lassen und eine weite Kurve zu beschreiben.

In Paßnähe hatte der Wind den Schnee zu hohen Wächten aufgetürmt. Heftige Fallböen rüttelten an den Zinnen und Graten der Berge, zerstäubten den pulverigen Schnee und rissen ihn immer wieder zu Vorhängen aus seidigem Weiß empor, durch die golden die Abendsonne glänzte. Dabei heulte und pfiff der Wind derart, daß die Glöckchen des Dreispänners kaum noch zu hören waren.

Oben auf dem Gipfel des Gebirges wurde Halt gemacht. Auf der anderen Seite erstreckte sich, so weit das Auge reichte, eine anmutig geschwungene Hügellandschaft in winterlichem Weiß. Der Weg führte durch tiefe, unberührte Wälder zwischen spitzen Felsen hindurch, die tausend Fuß oder höher aufragten, vorbei an fast gänzlich zugefrorenen Wasserfällen und riesigen Eichen, deren Geäst das zerstäubte Wasser mit Eis überzogen hatte. Im Dämmerlicht sah Virginia vor sich auf der Landstraße immer wieder rudelweise Rotwild, das den Störenfrieden mit beleidigter Unschuld entgegenäugte, bevor es erschrocken kehrtmachte und mit kokett hüpfender weißer Blume ins nächste Gehölz brach. Virginia hatte ihren Mantel um den Säugling geschlagen und drückte ihn fest an sich. Der kleine Martin d'Anglas — sein Name klang eher nach einem Schwertkämpfer oder Legionär als nach einem Wickelkind — schaute nur mit Mund und Nase aus seinem marineblauen Kaschmirmäntelchen heraus und atmete in der kalten Luft so hastig wie ein Hündchen. Virginia warf den Kopf in den Nacken, um nach Habichten und Adlern Ausschau zu halten. Sie war überrascht, wie viele dieser Vögel hoch oben in den gotischen Bögen des nackten Geästs hockten. Teilnahmslos blickten sie auf die Troika hinab.

In einer langen Geraden senkte sich die Landstraße ins Flußtal hinab. Bei Anbruch der Dunkelheit war eine Herberge am Hudson erreicht. Im Hof drängten sich mehrere Schweine aneinander und verlangten quiekend von ihrem Herrn, in den warmen Stall gelassen zu werden. Aus den Schornsteinen des Hauses quoll weißer Rauch. Virginia und Martin (seit einiger Zeit sprach sie seinen Namen nicht mehr französisch aus) wollten hier die Nacht verbringen. Am nächsten Tag sollte ein riesiger Eissegler, der Platz genug für sechs Passagiere und deren Reisegepäck bot, flußabwärts fahren. Dort, wo das Fahrwasser eisfrei war, würde die Reise nach Süden mit dem Dampfer weitergehen. Aber mitten in der Nacht klopfte die Wirtin, deren Wangen röter waren als der fleckige Ausschlag, der manchmal auf Martins winzigem Po erschien, an die Tür von Virginias Zimmer. Die junge Mutter machte Licht, schlüpfte in einen Morgenmantel und fragte leise: »Was gibt's?«

»Tut mir leid, Sie wecken zu müssen, meine Liebe«, sagte die Wirtsfrau, »aber Mr. Fteley, mein Mann, hat gerade aus Oscawana einen Anruf erhalten. Der Eissegler fährt morgen nicht. Es hat irgendwas mit einer großen Schneeverwehung zu tun. Sie müssen also morgen in aller Frühe mit Schlittschuhen nach Süden aufbrechen. Der Dampfer wartet bis mittags. Wenn Sie um acht losfahren, haben Sie reichlich Zeit. Mein Mann wird Ihr Gepäck auf einem kleinen Schlitten befördern.«

»Verstehe«, sagte Virginia. »Wieviel Meilen sind es denn von hier nach Oscawana?«

»Nur zwanzig«, antwortete Mrs. Fteley. »Und außerdem haben sie Rückenwind.«

»Aha!« sagte Virginia. Als Mrs. Fteley gegangen war, löschte sie das Licht und war innerhalb weniger Sekunden eingeschlafen. Sie träumte vom Schlittschuhlaufen, ein Traum, der sich am nächsten Tag bewahrheiten sollte wie schon so manches, das sie in ihrer Phantasie vorgelebt hatte.

☆

Eine Stunde nach der anderen verging, während Virginia fast in

Trance auf Schlittschuhen dahinglitt, genau in der Mitte zwischen den bergigen Ufern des Flusses, der gleich einer weißen Straße vor ihr lag. Sie war eine jener Frauen, deren Beine so lang sind, daß sie normalen Sterblichen bis an die Schultern zu reichen scheinen. Beim Schlittschuhlaufen kam ihr dieser Umstand natürlich zugute. Mit einem einzigen kräftigen Schwung kam sie zwei Dutzend Schritte weit voran, und sie konnte dieses Tempo stundenlang beibehalten. Zwar war Virginia nur mittelgroß, besaß dabei aber eine perfekte Figur. Ihr Haar war von bläulichem Schwarz und glänzte wie Seehundsfell. Wenn sie lächelte, blitzten in ihrem Mund zwei Reihen schneeweißer Zähne von vollendeter Regelmäßigkeit, und ihr Lächeln war weich und einladend, verriet aber auch große innere Kraft. Auf Fotos wirkte Virginia nicht ganz so hinreißend wie in Fleisch und Blut, denn ihre Schönheit entsprang unmittelbar ihrer Seele und lieferte wieder einmal den Beweis dafür, daß Äußerlichkeiten nur wenig zählen, wenn ein Mensch nicht auch von innen heraus leuchtet. Übrigens war Virginia durchaus keine stille Schönheit, denn wenn ihr etwas nicht gefiel oder gar ihren Zorn erregte, so machte sie daraus keinen Hehl.

Den kleinen Martin hatte sie sich auf den Rücken gebunden. Während sie dem gewundenen Flußlauf in südlicher Richtung folgte, behielten ihre Augen unablässig die verschwommene Linie im Blick, die die Grenze zwischen Ufer und Eisdecke markierte. Von Zeit zu Zeit hielt sie an, legte den kleinen Martin vor sich aufs Eis und prüfte, ob alles mit ihm in Ordnung war. Er war in ein dickes, warmes Bündel eingeschnürt und schlief die meiste Zeit, als befände er sich daheim in einer Wiege. Mr. Fteley, der Besitzer der Herberge, folgte Virginia in einem Abstand von anderthalb Meilen und zog einen leichten Schlitten hinter sich her.

Nach einer Flußbiegung erblickte Virginia unweit von Constitution Island in der Nähe des Ufers ein Häuschen. Sie beschloß, sich in seinem Windschatten ein wenig auszuruhen und schoß mit unverminderter Geschwindigkeit darauf zu. Erst im letzten Moment bremste sie mit einem scharfen Schwung, so daß die silbrigen Kufen ihrer Schlittschuhe einen Schwarm glitzernder Eispartikel aufwirbelten. Als sie durch die geöffnete Tür glitt, flatterten erschrocken ein paar Sperlinge an ihr vorbei ins Freie. In dem Haus lagerten Heuballen und glasige Eisblöcke, die zu hohen, bis an die Deckenbalken reichenden Wänden aufgetürmt waren. Virginia fand hier den erwünschten Schutz vor dem Wind. Die Luft kam ihr warm vor, aber in Wirklichkeit war sie es selbst, die von der hinter ihr liegenden körperlichen Anstrengung glühte. Sie legte den kleinen Martin vor sich hin und begann, das Bündel aufzuschnüren. Hellwach lächelte das Kind ihr entgegen, als freute es sich über einen gelungenen Scherz. Vielleicht war Martin so glücklich, weil das Gesicht seiner Mutter im Halbdunkel strahlte. Gerötet vom kalten Wind, war es von dem Licht umrahmt, das durch die geöffnete Tür brach.

Virginia fühlte, wie ihr das Blut durch die Adern strömte und sie in einen Zustand großer Klarheit und innerer Ausgeglichenheit versetzte. Zugleich empfand sie in sich ein leises Pochen, das sich wohl auf das Baby übertragen und zu seiner heiteren Miene beigetragen hatte. Während sie ihm die Brust gab, lauschte Virginia diesem Pochen. Sie hatte den Kopf in den Nacken gelegt und blickte unverwandt hinauf in die Finsternis, wo jenseits der Eisblöcke die Vögel lebten.

Vor langer Zeit, in dem bis dahin strengsten Winter, den das Land erlebt hatte (er wurde erst durch den gegenwärtigen überboten), waren die Bauern auf den See hinausgefahren und hatten dicke Eisblöcke herausgeschnitten. Diese wurden dann in einem Kühlhaus deponiert, das in der Nähe des Gamelyschen Anwesens lag. Es war eine derartige Menge, daß noch ein halbes Jahrhundert später Eis aus besagtem Winter vorrätig war; es lagerte unter großen Stapeln erst in späteren Jahren geschnittener Blöcke. Dann wurde das Kühlhaus an einen Mann verkauft, der eine Druckerei in dem Gebäude einrichten wollte. Von da an wurde kein Eis mehr angeliefert, weshalb man schon nach kurzer Zeit wieder an die alten Vorräte herankam. An einem Sommertag spielte die damals sechs- oder siebenjährige Virginia, die vor der gnadenlosen Sonnenhitze ins Kühlhaus geflohen war, neben diesen wiederentdeckten Eisblockveteranen. Die Hitze war so stark, daß sie zu schmelzen begonnen hatten, und um sie herum bildeten sich kleine Schmelzwasserbäche. Virginia preßte ihre Handflächen gegen einen Eisblock, der eine Vielzahl kleiner Luftblasen umschloß, und leckte daran.

Das kleine Mädchen wähnte sich allein. Ihre Mutter hatte Virginia streng davor gewarnt, ins Kühlhaus zu gehen; es lauerten dort, so meinte sie, schauerliche Gefahren. »Nachts kommt der Donamoula ins Kühlhaus und schleckt an dem Eis«, sagte sie. »Es kann passieren, daß er dich für das *hors d'œuvre* hält! Drum halt dich bloß vom Kühlhaus fern!«

Obwohl sie sich vor ihm fürchtete, wollte Virginia den Donamoula unbedingt einmal sehen. Ja, falls es möglich wäre, sollte er sie aufsitzen lassen und in Windeseile quer durch den See tragen! Wenn er so war, wie Mutter ihn beschrieb, dann fraß er kleine Mädchen höchstens aus Versehen.

An jenem Tag im Kühlhaus bewegte sich Virginia jedenfalls in der typischen, etwas gestelzten, eckigen Art von Kindern, die sich von Seeungeheuern oder irgendwelchen unter dem Bett lauernden Wesen beobachtet fühlen. Immer wieder warf sie einen verstohlenen Blick auf die Tür, die zum See hinausführte, um zu sehen, ob der Donamoula schon erschienen war.

Just in einem Augenblick, da sie den Donamoula vollkommen vergessen hatte, hörte sie dann ein fischiges, nasses, schlappendes Geräusch. Sie erstarrte und hätte sich nicht einmal rühren können, wenn man ihr alle Blaubeeren der Adirondacks-Berge geschenkt hätte. Da – wieder dieses Geräusch! Schwindelig vor Angst wandte Virginia den Kopf ein wenig zur Seite, um ihr Blickfeld zu erweitern. Kein Donamoula. Sie drehte sich vollends um, fest davon überzeugt, sogleich von der flinken, vierzig Fuß langen Zunge umschlungen zu werden. Kein Donamoula. Aber die seltsamen Geräusche hörten nicht auf – patsch, patsch, flutsch, pitsch, patsch, schlupp!

Als sich nach einer Weile ihre Angst legte, merkte Virginia, daß der Lärm von der Spitze der Eisblockpyramide neben ihr kam. Sie kletterte hinauf, wobei ihre Hände und Knie auf der kalten, glatten Oberfläche fast gefühllos wurden, und entdeckte hoch oben auf dem Gipfel, unweit eines gelb leuchtenden Sonnenstrahls, der durch eine verrottete Dachschindel brach, einen kleinen blauen Schmelzwassersee im fünfzig Jahre alten Eis. Und in diesem See plantschten zwei gewaltige Plötze, die vor vielen, vielen Jahren im Eis eingefroren und nun zu neuem Leben erwacht waren. Ihre schuppigen Leiber schimmerten golden und silbern, in ihren Augen lag die Weisheit eines alten Regenbogens, und ihre Schwänze schlappten kräftig durch das Wasser, voller Lebensfreude und wütendem Aufbegehren. Noch heute erinnerte sich Virginia an das kaum zu überbietende Glücksgefühl, das sie überkommen hatte, als sie die beiden Plötze an ihren zuckenden Hinterleibern ergriffen und die Pyramide hinabgetragen hatte. Unten am See warf sie sie in hohem Bogen ins dunkle Wasser, wo sie alsbald verschwanden. Mochten sie dort ihren Artgenossen erzählen, was sie erlebt hatten, und sie rätseln lassen über die Zeitlosigkeit des Alters und der Jugend. Zauberei, das wußte Virginia, hing mit der Zeit zusammen und vermochte sie anzuhalten, um dem forschenden Auge Einblick zu gewähren – einen Blick wie durch kaltes, glänzendes Eis ...

Sekundenlang wurde die Türöffnung verdunkelt. Virginia hatte gerade noch Zeit, den keuchenden Mr. Fteley vor seinem Schlitten zu erkennen, dann war der Mann auch schon wieder verschwunden. Schnell schnürte sie ihr Baby wieder in sein Bündel, band es sich auf den Rücken und flog geradezu auf den Kufen ihrer Schlittschuhe aus dem Eishaus hinaus ins Freie, um wie ein Rennpferd dem Mann mit dem Schlitten nachzueilen. Ein launischer Wind zerrte an ihrer Kleidung, aber als sie Mr. Fteley an einer Stelle eingeholt hatte, wo sich der Flußlauf zu einer breiten Bucht weitete, rief sie ihm gutgelaunt zu: »Sagen Sie bitte, Mr. Fteley, warum kann der Eissegler nicht bis hierher kommen? Das Eis ist glatt und dick.«

»Der Schneewall!« brüllte Fteley zurück.

»Der *was*?«

»Der Schneewall!« rief er noch einmal. »Zufällig ist der ganze Schnee auf engem Raum in der Nähe von Oscawana niedergegangen, und der Wind hat ihn zu einem Wall aufgetürmt, der quer über den Fluß verläuft. Da kommt niemand durch, so wahr ich Fteley heiße. Die weiße Mauer ist so hoch wie das Steilufer zu beiden Seiten des Flußbettes. Man kann auch keinen Tunnel bauen, weil dann die Gefahr besteht, daß alles in sich zusammenbricht.«

»Der ganze Fluß ist blockiert, sagen Sie?«

»Ja!« rief der Mann gegen den Wind zurück.

»Und der Wall ist so hoch wie das Ufer, sagen Sie? Wie hoch denn?«

»Fast tausend Fuß! Wir müssen versuchen, auf der einen Seite hochzuklettern und auf der anderen hinunterzurutschen.«

Als sie um eine jener halsbrecherischen Kehren kamen, die aus größerer Höhe so aussehen mochten wie das gekrümmte Horn eines Rhinozeros, erblickten sie vor sich den Schneewall. Anders als die Stadt Rom war er an einem einzigen Tag erbaut worden, und er hatte etwas von der glatten, rücksichtslosen Bosheit eines modernen Wolkenkratzers. Tatsächlich erstreckte er sich wie eine Wand von einem gebirgigen Ufer des zugefrorenen Flusses zum anderen, eine eintausend Fuß hohe Steilwand, deren Kamm von einem wogenden Dunstschleier verhüllt war, der sich unablässig selbst zu verschlingen und zu erneuern schien.

»Das schaffe ich nicht«, sagte Mr. Fteley, »nicht mit diesem Gepäck! So hoch habe ich ihn mir nicht vorgestellt, und ich wußte auch nicht, wie es da oben aussieht.« Sein Gesicht verriet Staunen und Furcht, während er unverwandt zu dem schmalen Grat aus Schnee emporstarrte. »Mein Gott!« entfuhr es ihm. »Vielleicht halten Sie mich für einen Hasenfuß, aber ich muß an meine Frau und an meine kleine Felicia denken. Warum kommen Sie nicht mit zurück und wohnen kostenlos bei uns, bis dieses verdammte Ding geschmolzen ist? Glauben Sie, mein Fräulein, es wäre ein Fehler, dort hinaufzuklettern!«

»Mr. Fteley«, erwiderte Virginia, erhitzt von dem anstrengenden Lauf, »ich glaube nicht, daß Sie ein Hasenfuß sind, und ich verstehe auch, daß Sie an Frau und Kind denken müssen. Es würde mir nicht einfallen, Sie mit meinem Gepäck dort hinaufklettern zu lassen. Warum kehren Sie also nicht zurück und schicken mir meine Sachen nach, sobald der Eissegler wieder durchkommt? Ich setze unterdessen die Reise mit meinem Sohn fort.«

»Aber Miß! Der Nebel dort oben wird Sie verschlingen! Und wenn Sie nur einen einzigen falschen Schritt tun, gibt es nichts, woran Sie sich festhalten könnten. Sie werden in die Tiefe stürzen und umkommen!«

»Mr. Fteley«, wiederholte Virginia, in deren Augen ein seltsames Leuchten stand. »Ich fühle mich so, als könnte ich mit einem einzigen Satz über den Schneewall springen. Gewiß, ich werde vorsichtig einen Fuß vor den anderen setzen. Keine Sorge, mir wird schon nichts passieren. Ich werde nicht in die Tiefe stürzen, sondern sicher auf die andere Seite gelangen.«

»Wie können Sie das wissen? Wie können Sie sich Ihrer Sache so sicher sein?«

»Ganz einfach«, erwiderte sie. »Weil ich mich schon selbst dort oben habe stehen sehen.«

»Soll das heißen, daß Sie schon oben waren?« fragte der Mann verwirrt.

»Nein.«

»Also haben Sie es sich nur vorgestellt! Das ist etwas ganz anderes. Es ist so, als ob sich eine Katze einbildet, einem Vogel hinterherzufliegen.«

»Ich habe es mir aber nicht vorgestellt, sondern ich habe es *gesehen!*«

»Was meinen Sie mit *gesehen?* Wollen Sie mir etwa weismachen, Sie hätten in die Zukunft geblickt?«

»Ja.«

»Sie sind verrückt!« sagte der Mann, und jetzt schwang ein böser, angriffslustiger Unterton in seiner Stimme mit. »Sie können die Zukunft nicht sehen, riechen oder fühlen! Leute wie Sie enden früher oder später in einer Gummizelle. Das sind Hirngespinste!«

»Zum Teufel mit Ihren Hirngespinsten, Mr. Fteley!« schimpfte Virginia. Sie war wütend, weil der Mann sie angriff, nachdem er von ihr eine ehrliche Antwort erhalten hatte. »Ich werde Ihnen beweisen, daß ich es schaffe!« Als sie sah, wie er sie anblickte, geriet sie erst richtig in Rage. »Die Welt wimmelt von Angsthasen wie Ihnen, Sie schwerfälliger Patron! Von Leuten wie Sie, die Angst haben vor den Kräften ihres Herzens. Leute Ihres Schlages hoffen insgeheim immer, daß Alpinisten oder Akrobaten abstürzen, daß kühn konstruierte Brücken in sich zusammenbrechen und daß jene, die die Zukunft erahnen können, dafür bestraft werden. Wenn alle so wären wie Sie, Mr. Fteley, dann würden wir alle noch mit Fellen bekleidet herumlaufen, jawohl mit Tierfellen! Gehen Sie nur zurück in Ihre warme Stube und kochen Sie sich ein warmes Süppchen! Setzen Sie sich Ihre Nachtmütze auf den Kopf und schicken Sie mir mein Gepäck nach, wenn der Schnee geschmolzen ist. Ich mache mich jetzt mit meinem Sohn auf den Weg zur Stadt.«

Mit diesen Worten wandte sich Virginia von dem Mann ab und begann den Aufstieg. Schnell hatte sie herausgefunden, daß sie mit den Füßen nur kleine Stufen in den Schnee zu treten brauchte. Bald schon war sie hoch über dem Fluß wie ein Arbeiter, der an der Steilwand eines Staudammes hängt. Wäre sie gestürzt, dann hätte sie mit ihrem Söhnchen die Eisdecke des Flusses wie eine Kanonenkugel durchschlagen und wäre nie wieder aufgetaucht. Sicherheitshalber verzichtete sie darauf, zurückzublicken. Mit dem linken Fuß klopfte sie eine Treppenstufe nach der anderen aus dem Schnee. Sie atmete dabei ruhig und hatte sich ganz in der Hand. Nach einer Stunde hatte sie den Gipfel schon fast erreicht. Bevor sie sich aufrichtete, um die letzte Strecke Weges zu überblicken, steckte sie beide Arme haltsuchend tief in den weichen Schnee. Der kleine Martin schlief friedlich auf ihrem Rücken, tausend Fuß über dem Eis. Unten am Fuß des Schneewalles lief Mr. Fteley wie eine Ameise, hin und her und fuchtelte aufgeregt mit den Armen.

Dicht unterhalb des Gipfels mußte Virginia anhalten, denn hier hatte die Schneewand einen leichten Überhang. Um diese Auskragung, die sie noch von dem Dunstschleier trennte, zu überwinden, hätte sie hintübergebeugt weiterklettern müssen. Der Schnee war hier karstig überfroren. Im Geiste sah sich Virginia schon mit ihrem Säugling in die Tiefe stürzen, und allein diese Vorstellung genügte, um von einem leichten Schwindel überkommen zu werden. Aber dann nahm sie sich zusammen. Mit der ganzen Kraft ihres Willens nutzte sie ihre Phantasie. Sie malte sich aus, wie sie mit Anmut und unfehlbarem Schwung die nach innen gewölbte Wand dieser Welle aus Schnee emporglitt. Die Vision wurde so stark, daß sie erschauerte. Ihre Fäuste brachen Löcher in die Harschschicht, an deren scharfen Kanten sie sich festklammern konnte. »Los, los jetzt!« befahl sie sich, und schon war sie unterwegs. Für Bruchteile einer Sekunde hing sie schräg nach hinten gebeugt zwischen Himmel und Erde, hatte jedoch genügend Energie, sich hinaufzuschwingen auf den schmalen Grat des Gipfels. Sie vermeinte, den langgezogenen klaren Ton einer Trompete zu vernehmen, doch dann begriff sie schnell, daß nur mit hellem Klang die Fesseln gesprungen waren, die ihr Herz umklammert hatten. Von unten beobachtete Mr. Fteley, wie Virginia von dem wogenden Dunst verschluckt wurde.

Sie wurde arg von heftigen Böen gebeutelt, die aus allen Richtungen gleichzeitig zu wehen schienen und weiße Nebelfetzen durcheinanderwirbelten. Virginia *überschritt* nicht den Gipfel, sondern sie vollführte inmitten dieser Turbulenzen einen seltsamen Tanz. Manchmal wurde sie leicht in die Höhe gehoben, um die eigene Achse gedreht und recht unsanft abgesetzt, aber immer gelang es ihr, wieder auf die Füße zu kommen. Endlich spie der wilde Spuk sie auf der anderen Seite des Grats ganz einfach aus. Sie konnte nicht ahnen, daß sie, wohl mit Rücksicht auf ihr kleines Kind, ungewöhnlich milde behandelt worden war. Sie strich sich das Haar aus dem Gesicht, machte ein paar Schritte in die Richtung, in der der Nebel sich aufzuhellen begann, und stand gleich darauf in klarer Luft. Dort unten im Süden, keine fünfzig Meilen entfernt, lag die Stadt.

☆

Dies war eine andere Welt — schattig, weiß und vor allem schweigend. Vor dem Hintergrund des wässrig-blauen Himmels erhoben sich die gezackten Silhouetten turmhoher Bauwerke wie in den Boden gerammte Knochen. Mit der Stetigkeit einer

Maschine signalisierte die Riesenstadt ihre eigene Existenz durch ein tiefes, aus vielen Geräuschen zusammengesetztes Grollen, das wie ferner Donner klang.

Die Luft war ebenso klar wie über dem Coheeries-See. Dennoch erschienen Teile des Küstengestades, des Flußlaufes und des dahinterliegenden Gebirgszuges optisch seltsam verzerrt oder gar verkleinert, als sähe man sie durch eine jener Linsen, die absichtlich so geschliffen worden sind, daß sie die Dinge entstellen. Diese Eindrücke entstanden ohne erkennbare Absicht, ergaben aber stets einen hübschen Effekt. Virginia war besonders fasziniert von der Bewegung und der Art der Bewegung vor ihren Augen. Aus der Entfernung glaubte sie ein alles umfassendes Grundmuster erkennen zu können, dessen einzelne Bestandteile sich allerdings ihrer Rolle innerhalb des Ganzen nicht bewußt waren. Die Schiffe befuhren den Fluß mit einer Zielstrebigkeit, der ihr eigener Kontrapunkt innezuwohnen schien, es war, als müßten sie gegen eine magnetische Kraft ankämpfen, die sie zurückzuhalten trachtete. Ihr sich hebender und senkender Bug schien unsichtbare Fäden hinter sich herzuziehen. Diese unterschwellige Gegenbewegung lag in allem: im Auf und Nieder weißer Wellenkämme, im Ziehen der Wolken, im wandernden Widerschein des Sonnenlichts auf der zerklüfteten Silhouette der Stadt, einer schwindelerregend hohen Mauer aus Glas, und in der Rastlosigkeit zahlloser Fahrzeuge, die, zu langen Ketten aneinandergereiht, über ferne Schnellstraßen krochen.

Virginia sah unten am Ufer einen riesigen Eissegler, der fest an der Landungsbrücke vertäut war. Vom Kopf der Brücke bis fast zur Flußmitte erstreckte sich eine lange, gerade Menschenschlange, denn dort, mitten auf dem Eis, lag ein Flußdampfer mit qualmenden Schornsteinen.

Immer mehr Passagiere gingen an Bord. Man hoffte wohl, das zusätzliche Gewicht würde den Dampfer durch die Eisdecke brechen lassen, die ihn gegen seinen Willen aus dem Wasser gedrückt hatte. Der Bug wies wie der untere Teil einer Kompaßnadel nach Süden, als stummer Ausdruck der Hoffnung, das Schiff möge bald wieder das blaue Wasser durchpflügen und dem offenen Ozean entgegendampfen können. Kein Kind hätte ungeduldiger sein können. Sogar in seinem Gefängnis aus Eis hatte das schlanke Schiff etwas von der unnachgiebigen Kraft einer Dampfmaschine, aber auch die Schärfe eines geschliffenen Messers.

Beim Näherkommen fiel Virginia auf, daß einige Offiziere unruhig auf Deck hin- und hereilten. Sie waren offenbar wütend darüber, daß das Gewicht von tausend Passagieren allem Anschein nach nicht ausreichte, um den Panzer aus Eis zu zertrümmern. Als Virginia eine Rampe, die zu einer offenen Ladeluke in der Bordwand führte, hinaufging, stellte sich ihr ein junger Offizier entgegen. »Wir können keine weiteren Passagiere mehr an Bord nehmen, Madam«, sagte er. »Das Schiff ist restlos überfüllt.«

»Aber haben Sie die vielen Menschen nicht in erster Linie als zusätzlichen Ballast aufgenommen?«

»Oh, ja, das stimmt«, erwiderte der Offizier mit einem amüsierten Lächeln. »Aber ob wir nun eine Person mehr oder weniger an Bord nehmen, macht wirklich keinen Unterschied mehr.« Der Mann verwies mit einer Handbewegung auf die imponierende Größe des Schiffes. Es war ihm offensichtlich völlig gleichgültig, ob diese junge Frau mit ihrem Säugling allein auf dem Eis zurückblieb, ja er schien bei diesem Gedanken sogar eine gewisse Schadenfreude zu empfinden.

»Nicht eine Person, sondern *zwei*!« berichtete Virginia ihn mit strenger Miene und hielt den kleinen Martin in die Höhe, der promt vernehmlich rülpste.

»Nun gut«, gab der Offizier nach. »Aber Sie sind die letzte.«

»Das sehe ich selbst«, erwiderte Virginia mit einem Blick auf die leergefegte Eisfläche.

Sie bettete Martin auf einen kleinen Schneehaufen und sprang auf das Schiff. Ein Knirschen ging durch das Eis. Alle Köpfe wandten sich Virginia zu.

»Reiner Zufall«, konstatierte der Offizier.

Martin strampelte mit Armen und Beinen. Lauthals protestierte er dagegen, daß einzig und allein er noch nicht an Bord der großen Arche war.

»Schon gut, schon gut«, sagte seine Mutter besänftigend. Sie ging zu ihm, hob ihn auf und wandte sich wieder dem Schiff zu. Der junge Offizier war inzwischen gegangen. Kaum hatte die Frau mit dem kleinen Kind auf dem Arm die Deckplanken betreten, da zerriß ein scharfer Knall die Luft und das Schiff sank zurück in den Fluß. Tausende von Tonnen grünlichen Wassers ergossen sich wie eine Flutwelle über das Eis, doch schon bevor die letzten Ausläufer dieser Welle das Ufer erreichten, waren sie gefroren. Die Passagiere johlten und applaudierten. Besonders der kleine Martin erhielt stürmischen Beifall.

Virginia blieb so lange an Deck, wie sie die Kälte ertragen konnte. Sie lauschte dem Geräusch der Eisschollen, die scharrend und polternd gegen die Flanken des Schiffes stießen. Der schneidende Wind schien Martin nichts auszumachen, obwohl er nicht allzuviel Babyspeck auf den Rippen hatte. In seiner Umwickelung hatte er es mollig warm und fühlte sich wohl wie ein Eskimobaby. Schließlich fror Virginia so sehr, daß sie hinunterging in die warme Kabine. Während ihr Söhnchen wie ein Radfahrer mit den Beinen strampelte und seine Gesichtsmuskeln mit allerlei Grimassen trainierte, stellte sie sich vor das Bullauge und war bald in den Anblick einer vertrauten Szenerie versunken. An den sonnigen Ufern wiegten sich Bäume im Wind, Holz- und Steinhäuser standen auf Hanggrundstücken, die von meilenlangen Trockensteinmauern umfriedet waren. Mächtige Eichen warfen ihre Schatten auf den Fluß, und am Rand der Croton-Bucht spielten Jugendliche Eishockey oder segelten mit provisorischen Segeln, die sie aus den Wäschetruhen ihrer Mütter stibitzt hatten, auf Schlittschuhen über das Eis. Die von steil ansteigenden Straßen genarbten Hügel von Ossining wirkten vom Fluß aus traurig und verlassen, und Ossining selbst roch nach verblichener Pracht, nach vergangenem Reichtum, aber die Schieferdächer der Häuser und die beschwerlich steilen, von massigen Eichen gesäumten Straßen zeugten von Schönheit und Ordnungssinn.

Schon bald war Tarrytown passiert und der Tappan Zee durchquert, an dessen Ufern sich vor schroffen, wolkenverhangenen Bergen sanft gewelltes Ackerland erstreckte und Obstgärten furchtlos bis an den Rand der Steilküste vorrückten. Der Dampfer fuhr zwischen den Pylonen der Tappan-Zee-Brücke hindurch. Fast hätte man befürchten müssen, seine rußgeschwärzten Schornsteine könnten mit den dicken Querträgern kollidieren, aber sie hüllten die Straße, die über die Brücke führte, nur für kurze Zeit in beißenden Rauch, dann war die andere Seite erreicht. Eine halbe Meile weiter südlich begann der felsige Küstenabschnitt der *Palisades*, und schon bald kam auch die Stadt selbst in Sicht. Kaum hatte Virginia die glitzernde Metropole unter rasch dahin ziehenden weißen Wolken erblickt, als sie sich wieder von der Gewißheit durchströmt fühlte, daß es ihre Bestimmung war, innerhalb der Tore dieser Stadt zu leben. Es kommt gewiß nicht von ungefähr, daß sich so viele Menschen von ihr angezogen fühlen, sagte sie sich. Diese Stadt war Gottes Schmelztiegel, und sie, Virginia, befand sich auf dem Weg dorthin.

Auf dem schnellfließenden Fluß glitten sie hinab, der sinkenden Sonne entgegen, die die gläsernen Fassaden New Yorks wie goldene Schilder aufleuchten ließ. An den Piers des North River lagen viele Schiffe vertäut. Unter den riesigen, nadelspitzen Gebäuden sahen sie aus wie winzige Insekten.

»Sieh nur, Martin!« sagte Virginia und hielt ihren Sohn hoch, so daß er das Bild, das sich ihnen bot, überblicken konnte. »Die goldene Stadt!«

Nach weiteren zehn Meilen kam die Battery in Sicht. Wenig später legte der Dampfer am Pier neben Löschbooten an, und eilig wurden die Passagiere in die abendliche Stadt entlassen. Sie brauchten nur aus den Holzbaracken der Löschstation zu treten, um in das Gewimmel der Straßen einzutauchen und vom gähnenden Schlund der Riesenstadt verschlungen zu werden.

☆

Ziellos wanderte Virginia mit Martin durch die Kälte. Sie hatte nicht die geringste Vorstellung, wohin sie sich wenden könnte. Gegen zehn Uhr erreichte sie die Grand Central Station. Erschöpft lehnte sie sich an die kühlen Fliesen eines der großen

Torbögen. Die Menschenmenge strömte an ihr vorbei, aber niemand beachtete sie, denn in ihrer ländlichen Kleidung sah sie aus wie eine Bettlerin. Das stundenlange Herumirren durch die kalten Straßen hatte sie hungrig gemacht. So war es ein glücklicher Umstand, daß sie ausgerechnet bei der *Austernbar* stehengeblieben war, in deren tief im Kellergeschoß gelegenen Räumen sich die Gäste an sämigen Muschelsuppen und zarten Fischfilets ergötzten, die in kleinen Pfannen brutzelten. Kellner in weißen Jacketts eilten zwischen den Tischen hin und her, um allerlei Gerichte aus Meeresgetier, vor allem aber Austern zu servieren, und dies nach einer Fließbandmethode, die es durchaus hätte aufnehmen können mit den Usancen, die in den noch wilderen, noch tiefer im Untergrund verborgenen Vorgängern dieses Etablissements gang und gäbe gewesen waren.

Virginia preßte ihr Gesicht gegen eines der Fenster und nahm das Bild in sich auf, ohne weiter darüber nachzudenken. Ab und zu blickte einer der Gäste auf und bemerkte sie. Aber da man sich hier mitten im Herzen der großen Stadt befand, in deren marmorgepflasterten Passagen sich Hunderte von Bettlerinnen herumtrieben, schaute niemand mehr genau hin. Virginia wollte sich schon abwenden und weiterwandern, als sich am anderen Ende des Saales eine junge Frau erhob. Angestrengt spähte sie zu ihr herüber. Dann machte sie eine fragende Geste, die wohl soviel heißen sollte wie: »Bist du das wirklich?« Virginia blickte unwillkürlich hinter sich, wie so oft, wenn ihr jemand etwas zurief, das vielleicht einem anderen Menschen galt. Aber die junge Frau, die übrigens ein grünes Seidenkleid trug, bahnte sich schon ihren Weg zwischen den Stühlen und Tischen des vollbesetzten Restaurants hindurch und kam auf sie zu.

Während Virginia darauf wartete, daß die Unbekannte die Treppe hinaufgestiegen käme und zwischen den Bögen der Kolonnade auftauchte, dachte sie etwas beklommen daran, wie erschöpft und verwahrlost sie jetzt wohl aussah. Darin täuschte sie sich allerdings. Zwar hatte ihr der Frost in dieser fremden Stadt ziemlich zugesetzt, und es war schon lange her, daß sie in einem geheizten Raum etwas Warmes zu sich genommen hatte.

Ihrer Schönheit hatte dies jedoch keinen Abbruch getan, sondern eher noch einen zusätzlichen, schmerzlichen Zauber verliehen.

Als die Frau in Grün unter dem glänzenden Kachelgewölbe auf sie zutrat, genügte Virginia ein einziger Blick auf ihr Gesicht, um Jessica Penn zu erkennen, die Freundin aus fernen, sonnigen Kindheitstagen am Coheeries-See.

Mehrere Generationen der Familie Penn waren regelmäßig jeden Sommer an den See gefahren, die Männer an den Wochenenden, die Frauen und Kinder jeweils für die ganze Saison. Sie hatten auf der Veranda gesessen und in den abendlichen Dunst hinausgeschaut oder dem Donner ungestümer Gewitter gelauscht. Manchmal waren sie tage- und nächtelang mit dem Segelboot unterwegs gewesen. Sie hatten in stillen Buchten geankert, wo die Felswände steil in den See stürzten, und sie waren unter einem blauen Himmel durch grüne Wälder gelaufen, während der nordische Sommer die Zeit anzuhalten schien. Lachend hatten sie die launischen Einfälle anderer Familienmitglieder quittiert, an die noch lange nach deren frühem Tod eine verschwommene Erinnerung hinterblieb. »Oh, ja«, mochte ein Penn noch fünfzig Jahre später sagen, »ich erinnere mich noch schwach an Tante Marjorie. Sie war es doch, die den Katzen Glöckchen an den Schwanz band und so lustige Tricks mit Magneten auf Lager hatte. Ihre Ingwerkekse waren die besten. Oder verwechsle ich sie vielleicht mit Tante Helen?«

Im Geist vernahm Virginia das Plätschern der Ruder im Wasser, und sie sah sich in einem kleinen Boot am schilfbewachsenen Ufer des Sees. Mrs. Gamely, damals eine junge Frau, stand auf der Schwelle ihres Hauses und rief nach ihr: »Virginia! Virginia!« Die Rufe klangen, gedämpft durch die Hitze und die Entfernung, zu ihr herüber. Schnell tauchte sie die Ruder in das dunkle Wasser und beeilte sich, auf kürzestem Weg nach Hause zu fahren. Eine lange Zeit war seitdem vergangen, und die Trauer über die vielen unwiederbringlichen Jahre war wie eine dicke Eisschicht über den dämmerigen Tiefen des Sees.

An einem Wintertag – Virginia war noch ganz klein – hatte ihr Vater sie zu einer seiner regelmäßigen Inspektionen des Pennschen Hauses mitgenommen. Da der See noch nicht ganz zugefroren war, führte kein gerader Weg über ihn, und sie gelangten per Schlitten und Ski erst nach langen Umwegen auf die andere Seite. Das Haus der Familie Penn empfing sie frostig wie ein verlassener Palast. In den Zimmern herrschte schwermütiges Schweigen. Orientteppiche, Gartenmöbel, ein paar alte Zeitschriften, Angelzeug, Spielsachen und staubige Lampen, die nicht angeschlossen waren . . . Alles wirkte starr und leblos. Der Schnee reichte bis zur Fensterreihe des ersten Stockwerks, so daß man sich im Erdgeschoß wie in einer seit langer Zeit verschütteten Höhle fühlte. Während Virginias Vater von Raum zu Raum ging, um nach möglichen Schäden Ausschau zu halten, wartete sie unten auf ihn, unentrinnbar den zeitlosen Blicken der Penns von einst preisgegeben, die aus farbenfrohen Gemälden auf sie hinabstarrten. Als Theodore Gamely wenig später die Treppe hinabkam, fand er seine kleine, in ein warmes Pelzmäntelchen gehüllte Tochter in Tränen vor. Sie habe weinen müssen, weil all diese Leute auf den Gemälden tot seien und ganz allein in diesem kalten, eingeschneiten Haus bleiben müßten, erklärte die Kleine. Da hatte der Vater sie hochgehoben, war mit ihr vor jedes einzelne Bild getreten und hatte ihr, so gut es ging, die Lebensgeschichte der dargestellten Personen erzählt. Zuerst zeigte er ihr den alten Isaac, den sie sehr geliebt hatte wegen seines sanften, traurigen Gesichts. Neben seinem Bildnis hingen die Porträts seiner Frau Abigail und der Kinder, die er mit ihr gezeugt hatte: Beverly, Willa, Jack und Harry. »Harry ist Jessicas Vater«, erläuterte Theodore Gamely. »Er lebt. Ist das nicht schön?«

»Ja«, antwortete die kleine Virginia schniefend, aber es klang nicht sehr überzeugend, denn sie war noch sehr klein und konnte sich kaum daran erinnern, daß sie Harry Penn im vergangenen Sommer mehrmals begegnet war.

»Und hier«, sagte ihr Vater, »hier siehst du nun Willa! Auch sie ist am Leben. Sie wohnt in Boston.

»Und wer ist das?« fragte Virginia. Vater und Tochter machten ein paar Schritte durch den dämmrigen Raum und blieben vor einer hohen, kalten Wand stehen, an der das Bildnis einer jungen Frau hing.

»Das ist Beverly«, sagte Theodore Gamely. »Ich erinnere

mich nur vage an sie. Eine Abends, vor langer Zeit, machten wir eine Ausfahrt mit dem Schlitten über den See. Wir fuhren sehr schnell, schneller als ich je in meinem Leben gefahren bin. In einem Dorfgasthaus machten wir Rast, und ich weiß noch, wie wir alle ein Ratespiel spielten. Ich war damals noch sehr klein, kaum älter als du.«

»Und wer war das?« fragte Virginia weiter, indem sie mit dem Finger auf ein Gemälde wies, das dem Porträt Beverlys genau gegenüber hing.

»Das ist Peter Lake«, antwortete ihr Vater. »Er lenkte damals den Schlitten. Sieh nur, wie sie sich unverwandt anblicken. Beverly und Peter liebten sich, aber sie starb in jungen Jahren. Ich erinnere mich noch an den Sommer, in dem die Familie zum erstenmal ohne sie kam. Peter Lake verschwand kurz nach Beverlys Tod spurlos.«

Die kleine Virginia schien wiederum den Tränen nah, deshalb sagte ihr Vater rasch: »Weißt du, so ist das eben. Alle Menschen müssen sterben, daran läßt sich nichts ändern. Aber denk nur an die Kinder! Da sind Jessica und John, ihr Cousin, und da sind die Kinder der Penns aus Boston. Du solltest dir über diese Dinge nicht den Kopf zerbrechen, meine Kleine.« Er strich Virginia mit der Hand über das Haar und beugte sich vor, um sie auf die Stirn zu küssen, und dann verließen sie die frostige Bildergalerie.

Virginia hatte die bunten Geister nie vergessen, die sie im Dämmerlicht des Raumes umschwebt hatten, als wären sie ihr altvertraut. Die Erinnerung an die Gesichter verblaßte im Lauf der Jahre, die Lebensgeschichten aber behielt sie in aller Deutlichkeit.

Und nun stand sie hier unter den Bogengängen einer anderen unterirdischen Galerie und sah Jessica Penn vor sich! Wie Virginia war sie zu voller Schönheit erblüht, wenngleich sich der Unterschied zwischen Stadt und Land nicht leugnen ließ.

Die beiden Frauen reagierten ein wenig betroffen auf die Feststellung, wie sehr die Zeit sie verändert hatte. Es wurde ihnen augenblicklich klar, daß nicht daran zu denken war, nahtlos an die kindliche Freundschaft von einst anzuknüpfen. Diese Erkenntnis führte bei beiden zu einer gewissen Zurückhaltung, doch zugleich begann sich bereits neue Wärme in ihnen zu rühren. Sie wurde geboren aus dem stillschweigenden Einverständnis, daß törichter Überschwang fehl am Platz war bei zwei Menschen, denen es die Klugheit und die persönliche Würde verbot, zu Gunsten einer kurzlebigen Wiedersehensfreude auch nur einen Augenblick lang zu verleugnen, was inzwischen aus ihnen geworden war.

Der kleine Martin ballte in einer reflexartigen Bewegung seine Fäustchen und schüttelte sie scheinbar drohend gegen die Freundin seiner Mutter. Daraufhin besann sich Jessica Penn und führte die beiden quer durch die *Austernbar* zu einem großen runden Tisch, wo sie Virginia ihren Bekannten und Kollegen vorstellte.

Es war eine Journalistenrunde, die sich hier zum Abendessen zusammengefunden hatte, und der mit Abstand wichtigste unter den anwesenden Vertretern seines Berufsstandes war Praeger de Pinto. Obgleich noch jung an Jahren, hatte er es bereits zum Chefredakteur zweier Zeitungen gebracht: der *Sun* und des *Whale* (genaugenommen hießen die Blätter *The New York Evening Sun* und *The New York Morning Whale*). Praeger war mit Jessica Penn verlobt und hatte allein schon deshalb den Vorsitz bei dieser Abendgesellschaft. Aber er war ohnehin eine Führernatur und wußte so gut wie über alles Bescheid. (Dank seiner Position wußte er sogar noch viel mehr.)

»Sie sehen aus wie jemand, der eine beschwerliche Reise hinter sich hat«, sagte er zu Virginia.

»Sie haben es erfaßt.«

»Sie kommen aus dem Norden?« fragte Praeger weiter. Er wußte natürlich von den Flüchtlingen aus den Gebieten am Oberlauf des Hudson, die in diesem Winter von riesigen Schneemassen und klirrendem Frost nach Süden getrieben wurden, der Stadt entgegen.

Virginia beantwortete die Frage mit einem Kopfnicken.

»Von weit oben aus dem Norden?«

»Ja.«

»Wie haben Sie es geschafft?«

»Es war nicht leicht«, antwortete Virginia und schlug verwirrt die Augen nieder.

»Jetzt wollen wir erst einmal dafür sorgen, daß Sie und Ihr Kind etwas zu essen bekommen«, sagte Praeger. »Für Babies hat der Maître einen mild gewürzten Fisch-Porridge. Und was Sie selbst angeht: Darf ich Ihnen den Vorschlag machen, sich uns anzuschließen?«

»Ich weiß nicht. Ehrlich gesagt, ich habe nicht sehr viel Geld bei mir.«

»Wenn es nur das ist!« wehrte Praeger mit einem Lächeln ab, in dem bemerkenswert viel Gutherzigkeit und Generosität lag. »Dies ist das allmonatliche Abendessen des Managements unserer Zeitung, es geht alles auf Geschäftskosten. Heute gibt es ein Austerngratiné, gegrillten Schellfisch mit Hummerfüllung, Röstkartoffeln, grüne Erbsen und holländisches Bier. Wir brauchen nur noch ein weiteres Gedeck, und das ist eine Sache von Sekunden.«

»Ich danke Ihnen!« sagte Virginia, der anzumerken war, wie sehr sie sich über ihr Glück freute.

»Keine Ursache«, erwiderte Praeger. »Darf ich Ihnen jetzt ein paar Worte zu den Mitgliedern dieser Tischgesellschaft sagen?«

Das war zwar eine rhetorische Frage, aber tatsächlich brannten alle Anwesenden — besonders die Junggesellen — darauf, Virginia näher kennenzulernen. Eine Ausnahme bildete lediglich Courtenay Favat, der seinen Kopf hochreckte wie eine Schildkröte.

»Virginia ist eine alte Freundin von mir«, sagte Jessica.

»Vom Coheeries-See«, fügte Virginia mit glockenheller Stimme hinzu. Dann hörte sie sich an, wie der Chefredakteur seine rings um den Tisch versammelten Untergebenen zuerst namentlich nannte und dann ihren jeweiligen Aufgabenbereich erläuterte.

Da war zuerst einmal besagter *Courtenay Favat*, verantwortlicher Redakteur für die Seite *Frau und Familie*, ein Überbleibsel aus jenen Tagen, da sich viele Leserinnen in der *Sun* praktische Ratschläge fürs Pökeln und Einmachen, für Häkelarbeiten und Stickereien holten. Courtenay war also sowohl für Essen und Trinken als auch für Mode und Haushalt zuständig und durfte sich über diese Themen alltäglich auf einer halben Zeitungsseite auslassen. Im übrigen war die *Sun* ein Blatt für aktuelle Nachrichten aus erster Hand, berichtete aber auch über Literatur, Wissenschaft, Forschung und Kunst. Das Konkurrenzblatt *The New York Ghost*, eine Boulevardzeitung, die von dem australischen Zeitungsmagnaten Rupert Binky gegründet worden war und gegenwärtig von dessen Enkel Craig geleitet wurde, hatte buchstäblich Hunderte von Angestellten für den Arbeitsbereich, den Courtenay Favat bei der *Sun* ganz allein bewältigte. Es gab dort sogar einen Chefredakteur für Obst und Gemüse und einen Kritiker, der ausschließlich chemische Reinigungen unter die Lupe nahm. Harry Penn dagegen, eine Mischung aus Puritaner, Spartaner, Stoiker und Trojaner, wollte in seiner Zeitung nichts von dicken Balkenüberschriften wissen, die von Trüffeln oder Blätterteig handelten.

Hugh Close war Chef der Schlußredaktion der *Sun*. Er hatte die rastlose Energie eines Jagdhundes. Er wirkte stets so, als sei er beständig auf dem Sprung, wie ein Labrador, der darauf wartet, daß sein Herrchen einen Stock in den Teich wirft. Close trug einen rötlichen Schnurrbart. Sein Haar, das dieselbe Farbe hatte, lag so eng an seinem Schädel an wie eine dicke Schicht rotbraunen Lehms. Überall witterte er Stilblüten, und es war unmöglich, mit ihm zu reden, ohne das peinliche Gefühl zu haben, ständig bei Unklarheiten und Zweideutigkeiten ertappt zu werden. Er trug graue Anzüge, Hemdkrägen mit Stäbchen und konnte pro Minute tausend Worte Text lesen, notfalls auch auf dem Kopf (gemeint ist natürlich der Text, nicht Hugh Close). Er beherrschte sämtliche romanischen Sprachen, einschließlich Rumänisch, aber auch Hindi, Kirgisisch, Turkmenisch, Japanisch, den kreolischen Dialekt Gullah, Arabisch und Holländisch. Je nach Belieben konnte er jede dieser Sprachen so aussprechen, daß sie wie eine der anderen klang. Neue Wortbildungen produzierte er gewissermaßen im Akkord. Gewiß zählte er zu den allerersten Grammatikern und Meistern der Syntax seiner Zeit. Wer mit ihm zu tun hatte, mußte um seinen Verstand fürchten, aber ihm war es zu verdanken, daß die *Sun* als Vorreiterin sprachlicher Präzision galt. Worte und der Umgang mit Worten waren das einzige, wovon Close etwas verstand. Er war von Worten besessen und von ihnen so sehr in Anspruch genommen wie jemand, der mit tausend weißen Katzen eine Ein-Zimmer-Wohnung teilt. (Übrigens konnte er Katzen nicht ausstehen, weil sie keine guten Gesprächspartner und Zuhörer sind.)

Als nächster wäre *William Bedford* zu nennen, der verantwortliche Redakteur des Wirtschaftsteils. Bei ihm drehte sich alles um die Wall Street. Angeblich genügte es, daß er einen Schluckauf hatte, und schon schnellte an der Börse irgendeine Aktie in die Höhe. In seinem Testament hatte er verfügt, man solle ihn nach seinem Ableben wie eine Mumie in den Papierstreifen des Börsentelegrafen wickeln. Er sah aus wie ein britischer Major, der gerade einen Feldzug in der Wüste hinter sich hatte. Anders ausgedrückt: Er hatte ein langes, schmales Gesicht, bronzefarbenes, von silbergrauen und rotgoldenen Fäden durchzogenes Haar. Seine Bewegungen waren gleichermaßen schlaksig wie gravitätisch, und er litt an einer leichten Neigung zum Alkoholismus. Bedfords Vater, und auch dessen Vater, waren Präsidenten der New Yorker Börse gewesen, weshalb er in der Finanzwelt Hinz und Kunz kannte und seinerseits bekannt war wie ein bunter Hund. Die Lektüre seiner Kolumnen war für viele Menschen eine heilige Pflicht. Überhaupt konnte man den gesamten Wirtschaftsteil der *Sun* als ein dem Auge gefälliges Wunderwerk aus Grafiken, Statistiken, Illustrationen und akkuraten Analysen bezeichnen. Harry Penn pflegte zu sagen, er könne nur Mitarbeiter gebrauchen, die etwas von ihrer Sache verstünden. Bei solchen Leuten störte es ihn dann auch nicht, wenn sie ein paar Knitterfalten im Charakter hatten, obgleich an dieser Stelle gesagt werden muß, daß William Bedford im Vergleich zu anderen leitenden Herren geradezu ein Engel war. »Wir sind hier kein College«, hatte Harry Penn eines Tages erklärt. »Wir machen eine Zeitung, und dazu brauche ich die besten Leute. Menschen, die voll und ganz in ihrem Beruf aufgehen – Experten, Fanatiker und Genies. Solange sie ihren Job beherrschen, ist es mir völlig egal, wenn sie ein bißchen wunderlich sind. Unser guter Hugh Close bügelt die Ungereimtheiten dann schon aus. Auf diese Weise machen wir eine Zeitung, die im Pressewesen so einzigartig dasteht wie die Bibel in der christlichen Religion, verstanden?«

Zu guter Letzt kam *Marko Chestnut* an die Reihe, der sowohl für die *Sun* als auch für den *Whale* das Ressort Kunst verwaltete. Während Praeger de Pinto seine Kollegen vorstellte, hatte Marko mit flinkem Stift unentwegt skizziert. Als nun die Reihe an ihn kam, hielt er einfach seine Zeichnung in die Höhe. Virginia, der die Macht der Kunst nicht fremd war, begriff augenblicklich mehrere Dinge im Zusammenhang mit Marko Chestnut: Er war, ebenso wie die anderen leitenden Angestellten der Zeitung, ein Meister seines Fachs, der keinen Konkurrenten zu scheuen brauchte. Seine langjährige Tätigkeit als Pressezeichner hatte nicht nur seine Auffassungsgabe und sein Gedächtnis geübt, sondern ihn vor allem auch gelehrt, an Gegenständen und Personen stets auf Anhieb zu erkennen, worauf es ankam. Besonders gefiel Virginia die Tatsache, daß er sich nicht – wie viele andere Vertreter seiner Zunft es in diesem Fall getan hätten – mit einer mehr oder weniger witzigen Skizze der Anwesenden zufriedengegeben hatte. Virginia konnte nicht wissen, daß überall in der Stadt in den Restaurants Karikaturen hingen, die nicht so sehr die typischen Eigenheiten der dargestellten Zeitgenossen zeigten, sondern eher die Sehfehler des jeweiligen »Künstlers« dokumentierten. Dabei ist es durchaus möglich, die Seele mit ein paar Strichen darzustellen, vorausgesetzt, man hat den entsprechenden Mut. Diese Welt ist randvoll mit Gefühlen und Empfindungen, und es gibt so viele Menschen, die sich schon von einer flüchtigen, mit dem Holzkohlestift hingeworfenen Zeichnung in Staunen versetzen lassen – und zwar deshalb, weil sie die Wahrheit zeigt.

In Marko Chestnuts Zeichnung kamen alle Wesensmerkmale und Eigenheiten der dargestellten Personen wie durch Magie voll zur Geltung. Praeger de Pinto war etwas größer als die anderen. Wie alle bedeutenden Menschen wirkte er einerseits gefaßt und besonnen, andererseits aber wie getrieben von einer inneren Unruhe. Bedford hatte glänzende Augen; er trug einen aschgrauen Anzug und lächelte dazu wie ein zahmer Wolf. Neben ihm saß Close. Er war in einem Augenblick befreienden Gelächters eingefangen worden. Courtenay Favats Gesicht wirkte über dem Blütenmuster seiner großen Fliege geradezu winzig, und

Jessica Penn, die schräg hinter Praegers Stuhl stand, war eine nicht zu übersehende Verschmelzung fraulicher Schönheit und geschlechtlicher Reife. Bei ihr war auf die Suggestion von Farben verzichtet worden, doch vermittelten da, wo sich ihre Schenkel und ihre Brüste gegen die Seide ihres Kleides wölbten, helle, glatte Flächen die Ahnung elfenbeinweißer Haut. Bei Virginia hatte Marko Chestnut besonders das volle schwarze Haar, die rustikal-aufrechte Haltung und das hinreißende Lächeln herausgearbeitet. Der kleine Martin schien dem Künstler mit skeptisch gerunzelten Augenbrauen zuzusehen, denn auch sich selbst hatte Marko Chestnut auf seiner Zeichnung nicht vergessen. Ganz in seine Arbeit vertieft, beugte er sich über den Zeichenblock, ein gesichtsloser Unbekannter.

Das Vorstellungsritual war kaum beendet, da begann auf der gegenüberliegenden Seite des Saales unter einem der Gewölbebögen, die die Musik wie Schalltrichter verstärkten, eine kleine Kapelle, langsame Walzer zu spielen. Praeger rief eine Kellnerin herbei und gab nachträglich eine Bestellung für zweieinhalb Personen auf — für Virginia, den kleinen Martin und für seine Sekretärin, die rothaarige, grünäugige Lucia Terrapin, die gerade das Lokal betreten und ihrem Chef einige Schriftstücke zum Unterzeichnen vorgelegt hatte.

Gleich darauf wurden leise vor sich hinbrutzelnde Schellfischfilets serviert, dazu Erbsen, die wie das Grün auf mittelalterlichen Emailarbeiten glänzten, knusprig geröstete Kartoffeln und kühles Bier, wie es aus dem Zapfhahn einer ländlichen Kneipe am Coheeries-See nicht köstlicher hätte fließen können. Mit Wolfshunger machte sich die kleine Tischgesellschaft über die Speisen her. Zwar gab es mehrere Ansätze, Geschäftliches zu besprechen, aber das war bei einer so fröhlichen Schlemmerei nicht eben leicht. Immer wieder driftete die Unterhaltung zu anderen Themen. Während die Männer kräftig zugriffen und mit einer Schuhspitze den Takt von Deweys *Olives Omnikia* klopften, suchten sie sich insgeheim ein Bild von Virginia, dieser langbeinigen Schönheit aus dem Norden, zu machen, deren Baby, völlig frei von Hemmungen, mit markerschütterndem Geschrei in die Tanzmusik einfiel.

»Ihr Mann kommt sicherlich bald nach?« erkundigte sich Lucia Terrapin, die jung genug war, um sich eine kleine Taktlosigkeit leisten zu können.

»Ich habe keinen Mann«, erwiderte Virginia, ohne im geringsten peinlich berührt zu sein. »Jedenfalls zur Zeit nicht.« Mit einem Blick auf Martin fuhr sie fort: »Er wurde plötzlich von einer solchen religiösen Inbrunst gepackt, daß es ihn nicht länger bei uns hielt. Aber das macht nichts, wir kommen auch so zurecht.«

In dem Bemühen, ein wenig Öl auf die Wellen zu gießen, fragte Lucia weiter: »Ist Ihr Mann denn noch immer oben am Coheeries-See?«

Hugh Close spitzte die Ohren wie immer, wenn er ein Wort hörte, das eine interessante Erörterung seines Ursprungs verhieß. »Was bedeutet Coheeries?« schaltete er sich ein.

»Es bedeutet nichts«, erwiderte Virginia. »Es ist ein Eigenname.«

»Gewiß, aber woher kommt er? Ich meine —«

»Das ist in etymologischer Hinsicht ungeklärt«, belehrte Virginia ihn. »Aber ich habe mir meine eigene Theorie zurechtgelegt. Natürlich wissen Sie, daß ein *heer* ein altes Längenmaß für Leinen- oder Wollgarn ist, nämlich der sechste Teil von einem *hank* oder von einer *haspel*, die ihrerseits ein Vierundzwanzigstel einer *spyndle* sind. Obwohl darüber keine letzte Klarheit herrscht, sind sich die meisten Philologen einig, daß das Wort *heer* dem altnorwegischen Begriff *herfe* verwandt ist. Er bedeutet soviel wie *skein* oder *Decke*. Aber lassen Sie sich nicht von der äußeren Ähnlichkeit altnorwegischer Vokabeln an der Nase herumführen!«

»Oh, nein, davor wird er sich hüten«, warf Favat ein.

»Das Altnorwegische ist ebenso tückisch wie die Sprache der alten Friesen«, fuhr Virginia fort. »Wenn man sich erst einmal auf mundartliche Analogien in teutonischen Sprachen zu englischen Begriffen einläßt, besonders im Mittelhochdeutschen, dann sind Fehler unvermeidlich. Das Geheimnis in der Ursprungsbestimmung von Ortsnamen im Norden des Staates New York liegt nach meiner Überzeugung in den morphologischen und orthographischen Distortionen, die durch naive Transliterationen oder ungenaue wörtliche Überlieferung – und natürlich auch durch translinguale und phonologische Adaptationen – hervorgerufen wurden. Ich bin überzeugt, daß das Wort *Coheeries* eine mundartliche Abwandlung von *Grohius* darstellt. So hieß der Anführer der ersten holländischen Siedler, die sich westlich der Berge niederließen. Seine Ländereien erstreckten sich fast über das gesamte Ostufer des Sees. Mag sein, daß er deshalb unausgesprochen als Herr über das gesamte Gewässer angesehen wurde. Aus *Grohius*-See könnte sich dann im Lauf der Zeit das Wort *Coheeries*-See entwickelt haben, genauso wie aus *krom moerasje*, was im Holländischen soviel bedeutet wie *gekrümmter, kleiner Morast*, im Englischen *Gramercy* geworden ist, will sagen unser Gramercy-Park.« Mit einem strahlenden Lächeln beendete Virginia ihren kleinen Vortrag. »Aber das sind natürlich alles nur Vermutungen.«

Alle Zuhörer, besonders Close, fielen vor Staunen fast vom Stuhl. Virginia konnte nicht wissen, daß ihre Ausführungen völlig aus dem Rahmen fielen und nichts mit dem üblichen Smalltalk an diesem Tisch zu tun hatten. Schließlich hatte sie ja fast ihr gesamtes bisheriges Leben in Gesellschaft ihrer Mutter, der alten Mrs. Gamely, verbracht – und die konnte allein beim Pfannkuchenbacken dreißig solcher Kurzvorträge ausspucken.

»Haben Sie in Linguistik promoviert?« fragte Praeger.

»Wer, ich?« fragte Virginia überrascht und diesmal wirklich peinlich berührt zurück. »Oh, nein, Mr. de Pinto. Ich habe nie in meinem Leben ein Klassenzimmer von ihnen gesehen. Am Coheeries-See gibt es keine Schule.«

»Tatsächlich?«

»Ja.«

»Und ich hatte geglaubt, jedes Kind im Staat New York müsse eine Schule besuchen«, warf Marko Chestnut ein.

»Das mag sein«, gab Virginia zu. »Aber sehen Sie, der Coheeries-See gehört eigentlich nicht zum Staat New York . . .«

»Nein?« fragten mehrere Stimmen gleichzeitig.

»Nein«, wiederholte Virginia und merkte, daß sie sich in eine schwierige Lage hineinmanövriert hatte. »Er ist auf keiner Landkarte zu finden, und auch die Post wird uns dort nicht zugestellt. Wir müssen sie oben am Hudson abholen. Ich weiß nicht, wie ich Ihnen das erklären soll. Man . . . man kommt einfach nicht hin!«

»Man kommt nicht hin?«

»Nein.« Jetzt bin ich auf dünnem Eis, sagte sich Virginia. »Man muß dasein oder nicht. Man muß . . .«

»Was muß man?«

»Man muß . . .«

». . . dort ansässig sein«, unterbrach Jessica sie.

»Ja!« rief Virginia. »Man muß Anwohner sein!«

Jessica sorgte mit dem ganzen Gewicht ihrer Persönlichkeit dafür, daß das Thema stillschweigend fallengelassen wurde. Es gab ohnehin niemand mehr, der noch an Dinge wie den Wolkenwall glaubte. Niemand sah ihn mehr – wie hätte ihn da jemand verstehen können? Am besten, man verfolgte die Sache nicht weiter. Immerhin erkannten alle Virginias ungewöhnliche Sichtweise und ihre nicht zu leugnende Intelligenz, von ihrer Schönheit mal ganz abgesehen. Die Männer – sie vor allem! – sondierten im Verlauf des Gesprächs, ob Virginia sich vielleicht als Mitarbeiterin eignete. Ganz der Wirtschaftsfachmann, erkundigte sich Bedford geradeheraus, wovon die junge Frau lebe.

»Wovon ich lebe?« wiederholte sie verwundert, denn am Coheeries-See wäre es niemand eingefallen, ihr eine solche Frage zu stellen.

»Ich meine: Wie verdienen Sie sich Ihren Lebensunterhalt?« fragte Bedford, schon etwas unwillig über die ausweichende Antwort.

»Oh, mit diesem und jenem. Ich helfe meiner Mutter bei der Getreideernte und bei der Traubenlese, ich kümmere mich um den Gemüsegarten und das Bienenhaus. Im Winter schlage ich ein Loch ins Eis und angele. Den Rest meiner Zeit verbringe ich mit Beerenpflücken, Weben, Stopfen, Kochen, Backen, Nähen und mit Kinderpflege. Manchmal mache ich für andere Leute im Dorf die Buchhaltung oder ich lese Daythril Moobcot etwas vor, wenn er unter dem großen Stromaggregat liegt, um es zu reparieren. Auch in der Bibliothek arbeite ich viel. Unsere Stadt ist zwar nur klein, aber ihre Bibliothek umfaßt mehr als eineinhalb Millionen Bände.«

»Da haben wir's«, sagte Praeger halblaut. Insgeheim hatte er sich gefragt, ob Virginia sich aufs Schreiben verstand.

»Ich kümmere mich auch um Kinder und alte Leute, wenn sie Hilfe brauchen. Dafür erhalte ich aus der Gemeindekasse ein kleines Salär«, fuhr Virginia fort.

Sogar Favat interessierte sich jetzt für sie. Er stellte sich vor, daß sie wahrscheinlich ein paar irre Rezepte für Blaubeerplätzchen oder andere Spezialitäten vom Lande auf Lager hatte – und er täuschte sich darin nicht.

»Können Sie zeichnen?« fragte Marko Chestnut, der sich längst in sie verliebt hatte.

»Nein«, antwortete Virginia und senkte bescheiden den Blick. Im Mittelpunkt der allgemeinen Aufmerksamkeit zu stehen, bereitete ihr inzwischen ein wenig Unbehagen, nachdem sie es zunächst gar nicht gemerkt hatte. Wiederum war es Jessica, die ihr zu Hilfe kam. Ihre Freundin habe eine beschwerliche Reise hinter sich, sagte sie, und auch für das kleine Kind sei es jetzt Zeit zum Schlafengehen.

Später, kurz bevor sie im neuen Haus der Penns zu Bett gingen (auf dem Weg dorthin war es Virginia so vorgekommen, als durchquerten sie ein riesiges Labyrinth von Straßen in einem überaus wohlhabenden Stadtviertel), sagte Jessica zu Virginia: »Praeger läßt dir mitteilen, daß er dich in seinem Büro sprechen möchte, möglichst schon morgen.« Jessica sah aus wie jemand, der die Nummer des Hauptgewinns in der Lotterie verkündet, und fuhr fort: »Er meint, er hätte vielleicht Arbeit für dich bei der *Sun* oder beim *Whale*. Oder, was auch nicht selten vorkommt, bei beiden Blättern gleichzeitig.«

»Ich habe doch keine Ahnung von der Zeitungsarbeit!« wandte Virginia ein.

»Ich habe das Gefühl, daß du es schnell lernen wirst. Meinst du nicht auch, daß es einen Versuch wert wäre?«

»Oh, doch«, versicherte Virginia. »Wenn ich Glück habe, träume ich heute nacht davon. Dann weiß ich morgen genau, was ich tun muß.«

☆

An dem Nachmittag, als Virginia sich zum Printing House Square begab, um in dem schönen alten Bürogebäude der *Sun* Praeger de Pinto zu besuchen, wölbte sich ein strahlend blauer Winterhimmel über der Stadt. Der Weg führte Virginia durch die untere East Side und durch Chinatown. Das bunte Treiben, das dort herrschte, erinnerte an eine orientalische Stadt. Virginia war entzückt. Als sie endlich vor Praegers Büro stand, hatte sie aus tausend Quellen Kraft geschöpft: aus den Straßen der Stadt, aus dem Hafen, aus den zehntausend Schiffen, die ein Netzwerk schnellfließender Flüsse befuhren, und aus der altehrwürdigen Geometrie der gewaltigen Brücken.

Praeger befragte sie zwei Stunden lang. Wenn sie ihm mit sanfter Eloquenz antwortete, hing er an ihren Lippen und staunte, in welchen Bahnen sich ihr Denken bewegte. »Können Sie so schreiben wie Sie reden?« fragte er schließlich.

»Ich glaube schon«, antwortete sie. »Aber ganz sicher bin ich mir nicht.«

Da schickte er sie in den Raum nebenan und ließ sie ihre ersten Eindrücke von New York niederschreiben. Nach einer Stunde legte sie ihm ein Stück Prosa vor, das so frisch war wie ein polierter Apfel. Er las es zweimal, blickte auf und las es gleich noch einmal. Ihr Text bereitete ihm so viel Vergnügen wie der Kuß einer schönen Frau.

»Mir ist, als sähe ich diese Stadt zum erstenmal«, sagte er. »Dafür danke ich Ihnen.«

Virginia hatte nur wahrheitsgetreu aufgeschrieben, was sie unterwegs gesehen hatte.

»Hätten Sie Lust, regelmäßig für uns Leitartikel zu verfassen? Sie könnten alle zwei oder drei Tage in einer der beiden Zeitungen abgedruckt werden. Wir arbeiten hier nach einem einzigartigen System, das dem Leben und der Arbeit an Bord eines Walfängers nachempfunden ist. Jeder hat entsprechend seiner Aufgabe eine gewisse Zahl von Anteilen. Als Verfasserin von Leitartikeln würde Ihnen eine Menge Geld zustehen, denn Sie besäßen in dieser Eigenschaft ein ganz erkleckliches Aktienpaket.« Dann nannte Praeger die Ober- und die Untergrenze ihrer potentiellen Einkünfte. Sogar der niedrigste Betrag war größer als alles, was Virginia in ihrem ganzen Leben zu verdienen gehofft hätte, von einem einzigen Jahr ganz zu schweigen. Der Höchstbetrag ergab jedoch eine Zahl, die größer war als das Bruttosozialprodukt ihres Heimatstädtchens und der Nachbarsiedlung Bunting's Reef zusammengerechnet. Virginia erschrak zunächst, doch dann erinnerte sie sich, daß sie allein auf ihrer einstündigen Wanderung durch die Straßen genug gesehen hatte, um die Stadt in hundert Büchern zu preisen. Es würde ihr nicht schwerfallen, zwei- bis dreimal in der Woche einen kurzen Artikel zu schreiben. Ein täglicher Spaziergang zwischen Türmen, Brücken und Plätzen würde genügen, damit ihr später am Schreibtisch die Feder zwischen den Fingern vibrierte wie ein Pfeil auf der gespannten Sehne eines Bogens.

»Ich denke, daß ich mitmachen werde«, sagte sie. »Aber ich kenne die Stadt nicht und habe auch nicht die geringste Vorstellung von meiner künftigen Arbeit. Außerdem habe ich Angst, daß sich mein Blick für die Dinge trübt, wenn ich gleich so weit oben einsteige. Meine Mutter hat immer gesagt, daß man sich vor allem der Sache selbst widmen muß. Deshalb liegt mir nichts an schnellen Beförderungen und Vorschußlorbeeren. Lassen Sie mich am Anfang beginnen, wie alle anderen. Mir ist der Wettlauf lieber als der Sieg.«

»Ist das Ihr Ernst? Wirklich?«

»Ja. Ich habe mir in meiner Phantasie viele große Siege ausgemalt. Wichtiger als die Siege selbst war jedoch stets der Weg dorthin.«

»Wenn Sie ganz unten anfangen, werden Sie weniger verdienen.«

»Ich bin kein Materialist und brauche nicht viel für mich und meinen Sohn.«

»Bei uns ist es üblich, daß sich jeder Anfänger zehn Tage lang bei voller Bezahlung mit allem, was hier im Hause geschieht, vertraut machen kann. Dieser Zeitraum gibt ihm Gelegenheit, einen klaren und ehrlichen Bruch mit seiner Vergangenheit zu vollziehen. Ihnen, Mrs. Gamely, sage ich einen schnellen Aufstieg voraus und hoffe, daß Sie noch vor dem Ende dieses Jahres als ständige Kolumnistin für uns tätig sein werden.«

Virginia wanderte im Gebäude der *Sun* durch geräumige Hallen und Korridore. Sie begegnete Menschen, die völlig im Banne ihrer Arbeit zu stehen schienen. Als sie durch das Hauptportal hinaus auf den Printing House Square schlüpfte, war ihr, als wären ihr vor Glück Flügel gewachsen. Sie nahm die Hälfte des Geldes, das man ihr für die nächsten zehn Tage gegeben hatte, und steckte es in einen Umschlag. Sie wollte den Betrag ihrer Mutter schicken. Obwohl ihr danach nicht allzuviel Geld für sich selbst verblieb und obwohl sie wußte, daß eine schwierige Zeit vor ihr lag, fühlte Virginia sich wie eine neugekrönte Königin. Wieder zurück im Hause der Penns, hob sie den kleinen Martin hoch und machte mit ihm einen Freudentanz.

All dies war natürlich nur ein Traum. Aber als Virginia am nächsten Morgen erwachte, bewahrheitete er sich bis in die letzte Einzelheit. Sogar der Wortlaut der Gespräche stimmte. Im Schlaf hatte Virginia Details von Räumlichkeiten erblickt, in denen sie sich nie zuvor aufgehalten hatte. Sie hatte Wetterverhältnisse erlebt, die noch der Zukunft angehörten, und sie war durch Straßen gegangen, in die sie nie zuvor ihren Fuß gesetzt hatte. Nur eines war erheblich anders als im Traum: In Chinatown kaufte sie für Martin ein großes Stück Kirschkuchen. Der Verkäufer war ein dicker Knabe mit Schlitzaugen. Auf dem Kopf trug er einen chinesischen Hut. Er sah sehr seltsam aus.

Nun gab es eine Menge praktischer Dinge zu erledigen: Virginia mußte eine Wohnung suchen, sich ein paar neue Kleider kaufen und jemanden finden, der sich während ihrer Arbeitszeit um Martin kümmerte. Aber über all diese Dinge machte sie sich nicht allzuviele Gedanken. Sie war davon überzeugt, daß diese Stadt eine Unzahl von Möglichkeiten bot. Jede Art von Arrangement war denkbar, um jeden Wunsch in Erfüllung gehen zu lassen, jeden Kurs einzuschlagen, jedes Ziel anzustreben, jede Daseinsform auszuleben und jeden Wettkampf auszutragen.

Virginia schloß die Augen und sah das Bild der Stadt: Sie lag in lockendem, flammendem Gold unter einem blauen, kalten Himmel, über den große, leuchtende Wolken zogen.

In der Drift

San Francisco ist eine ruhige Stadt, liegt halb betäubt unter dem eintönigen Blau des Himmels. Aber als Vittorio Marratta starb, war es, als rollte ein Donnerschlag über die Hügel. Hätte der Verstorbene es zu Lebzeiten nicht ausdrücklich untersagt, dann wäre der Leichenzug aus schwarzen Limousinen hinter dem Gefährt, das den Sarg trug, gewiß eine Meile lang gewesen. Marratta war bis zu seinem Tod die zentrale Figur mehrerer Verbände und Vereine gewesen. Der Tod eines solchen Menschen erscheint einem fast wie ein Verstoß gegen die Natur, und selbst seine Feinde beeilen sich, ihm noch einmal ihren Respekt zu bekunden.

Signor Marratta war das Oberhaupt der italienischen Gemeinde von San Francisco gewesen, aber auch ein Wissenschaftler, dessen astrophysikalische Entdeckungen so gewichtig waren, daß nicht nur eine, sondern gleich drei ferne Galaxien am nördlichen Firmament nach ihm benannt worden waren: *Marratta I, II* und *III*. In den Tagen, bevor die beschauliche Gelehrsamkeit durch studentische Unruhen gestört wurde, war er Präsident der Universität am jenseitigen Ufer der Bucht gewesen, und als Captain der Navy hatte er in Kriegszeiten ein großes Schlachtschiff kommandiert. Er war Eigner einer profitbringenden Flotte von Containerschiffen gewesen, die zwischen Tokio, Akkra, London, Sydney, Riga, Bombay, Kapstadt, Athen und ihrem Heimathafen San Francisco verkehrten. Tagtäglich sah man einige von ihnen in die Bucht einlaufen. Die rege Geschäftigkeit, die sich im Hafen entfaltete, war weitgehend diesen Schiffen zu verdanken, und selbst die Schlepper, die sie zum Pier bugsierten, gehörten der Reederei von Vittorio Marratta.

Die Verfasser der Nachrufe zeichneten das Leben dieses Mannes so unvollständig nach wie Reisende, die aus England zurückkommen und weder Schwäne und Schafe noch Fahrräder oder blaue Augen gesehen haben. Sie wußten nur, daß er nach dem Großen Krieg aus Italien herübergekommen war, aber es war ihnen unbekannt, daß er aus dem kollektiven Blutvergießen desertiert war und ein Jahr lang wie ein Dieb im Untergrund lebte, bis er schließlich in den Hafen von Genua hinausschwamm und die Ankerkette eines Schiffes hinaufkletterte, das wenig später nach San Francisco in See stach. Bekannt war, daß er dort die Tochter eines Reeders geheiratet hatte, aber wie sehr er diese Frau bis zu ihrem Tod geliebt und was ihr Tod für ihn bedeutet hatte – davon hatte niemand eine Ahnung. Auch daß er mehrere Galaxien entdeckt und einige fundamentale Erkenntnisse formuliert hatte, war allgemein bekannt, aber niemand ahnte, wer oder was ihm dabei die Hand geführt hatte. Wie hätte auch ein anderer Mensch verstehen können, daß er nach vielen Jahren tiefen Nachsinnens über seine eigenen Entdeckungen und Messungen mit Einsichten belohnt worden war, deren Verkündung ihm der Geist seiner Epoche verwehrte?

Schließlich wußten die Verfasser der Nachrufe noch zu berichten, daß Vittorio Marratta zwei Söhne hinterließ, das war alles.

Wenn eine Stadt, die keine Gewitter kennt, vom Krachen des Donners erschüttert wird, gerät alles in Bewegung. Nach Vittorio Marrattas Tod hasteten entfernte Verwandte in Blumenläden und bemühten sich um Mietautos, nur um gleich darauf mit der Tatsache konfrontiert zu werden, daß sie nach dem Willen des Verblichenen von den Begräbnisfeierlichkeiten ausgeschlossen waren, denn er wollte nur in Gegenwart seiner beiden Söhne und eines Priesters beigesetzt werden. Anwälte und Vermögensverwalter sahen sich unversehens wahren Bergen von Arbeit gegenüber, wie ein Pionierbataillon, das innerhalb einer halben Stunde eine Landebahn bauen soll. Universitätsgebäude wurden umbenannt, am Observatorium ging die Flagge auf Halbmast, und alle Welt fragte sich, wie Marrattas Söhne wohl mit der Hinterlassenschaft zurechtkommen würden. Fünfundsiebzig große Schiffe, sämtliche Schlepper in der Bucht von San Francisco, ein Warenhaus, mehrere Bürotürme, Grundbesitz von der Fläche einer Großstadt, Banken, Zweigfirmen und große Aktienpakete bedeutender Konzerne – über all dies mußte das Testament des

Verstorbenen entscheiden, und alle Welt brannte natürlich darauf, zu erfahren, wem diese Vermögenswerte zufallen sollten.

An einem Mittwoch im Mai, drei Wochen nach der Bestattung, als sich die Auswirkungen des Donnerschlags schon ein wenig gelegt hatten, sollte die Testamentseröffnung stattfinden. Ungefähr hundert Personen hatten sich im größten Raum des Marrattaschen Anwesens auf den Presidio Heights versammelt. Durch die hohen Fenstertüren, die sich auf einen langgestreckten Balkon öffneten, fiel der Blick auf die tiefblaue Bucht. Hätte nicht der kühle Marmor, makellos weiß wie die gezackten Gipfel im Yosemite-Park, an den Zweck dieser Feierlichkeit gemahnt, so hätten die versammelten Menschen den ehemaligen Herrn des Hauses leicht vergessen können. Die Stimmung im Raum jedenfalls war eine Mischung aus Eröffnungsfeier einer Privatschule, Kriegsgericht und Gottesdienst eines religiösen Geheimbundes. In der ersten Reihe saßen die beiden Söhne, Evan und Hardesty. Beide waren Mitte Dreißig, sahen aber jünger aus. Sie wirkten viel zu kraftvoll und unruhig für diese Ballsaalatmosphäre und hätten besser auf einen Sportplatz oder in einen Wald gepaßt.

»Ich befürchte«, sagte der Senior der fünf Anwälte, der mit der Abwicklung der Testamentseröffnung betraut war, »daß heute viele der hier Versammelten eine herbe Enttäuschung erleben werden. Signor Marratta war ein komplizierter Mensch, aber wie viele Menschen seines Schlages neigte er zu einfachen und klaren Entscheidungen. Fast ein halbes Jahrhundert lang habe ich ihm als Freund und Rechtsberater zur Seite gestanden. Während dieser Zeit sah ich mich in eine unablässige Debatte über Fragen des Rechts verstrickt. Signor Marratta verstand nicht viel vom Rechtswesen, wohl aber vom Geist der Gesetze. Oftmals beharrte er auf Entscheidungen, die mir allzu simpel und direkt vorkamen, doch nicht selten mußte ich mir nach umfangreichen und arbeitsintensiven Nachforschungen eingestehen, daß er im Recht war. Ich weiß nicht, wie er es bewerkstelligte, aber irgendwie wußte er um die Grundintentionen von Recht und Gesetz. Er erkannte genau, in welchem Punkt ein Gesetz hieb- und stichfest war. Ich sage dies alles nicht aus Schönfärberei oder um die posthume Verleihung einer Ehrendoktorwürde der juristischen Fakultät anzuregen, sondern ich möchte die Anwesenden lediglich davor warnen, ein vorschnelles Urteil über das zu fällen, was ihnen zweifellos als eine übereilte und unüberlegte Handlung des Verstorbenen erscheinen muß.

Signor Marratta war der reichste Mann, dem ich jemals begegnet bin. Und er hat das kürzeste Testament hinterlassen, das mir bisher zu Gesicht gekommen ist. Falls Sie darauf gefaßt waren, stundenlang einer schier endlosen Verlesung vermögensrechtlicher Dispositionen zuhören zu müssen, so werden Sie eine Überraschung erleben. Er hat nämlich sein gesamtes Vermögen einem einzigen Erben vermacht. Ein geringer Teil entfällt auf eine zweite Person. Ich muß daher befürchten, daß viele von Ihnen diesen Saal mit verständlicher Erbitterung verlassen werden.«

Statt der erwarteten Unruhe stellte sich nach diesen Worten gespannte Stille ein. Repräsentanten von Universitäten und Wohltätigkeitsvereinen, Direktoren von Krankenhäusern, vergessene Verwandte, Freunde und Bekannte von einst, Mitarbeiter, von denen nie jemand etwas gehört hatte – sie alle reckten neugierig die Köpfe und klammerten sich an die unsinnige Hoffnung, die vorschnelle und unüberlegte Handlung, von der der Rechtsanwalt gesprochen hatte, könnte sie reicher machen, als sie es sich in ihren kühnsten Träumen ausgemalt hätten. Bei allem ging man stillschweigend davon aus, daß Evan den kleineren Teil der Erbschaft erhalten würde, wohl als bitter-ironische Quittung für seinen Charakter, der alles andere als beispielhaft war. Nach dem plötzlichen Tod seiner Mutter hatte er sich als Ausbund berechnender Habgier, zügellosen Benehmens und willkürlicher Grausamkeit entpuppt. Sein Leben erfüllte sich darin, seinem Vater möglichst viel Geld abzuknöpfen, aber der alte Marratta hatte ihn trotzdem geliebt.

Als Kind hatte Evan seinen Bruder beständig gequält und bis aufs Blut geprügelt. Noch mit Ende Zwanzig lebte Hardesty in ständiger Angst vor ihm, obwohl er inzwischen in zwei Kriegen gekämpft hatte und ein kraftstrotzender Athlet geworden war. Die Jahre beim Militär hatten im übrigen nicht nur seine schulische Ausbildung unterbrochen, sondern auch einen unzugänglichen und scheuen jungen Mann aus ihm gemacht. Die Army hatte ihm das Rückgrat gebrochen – nicht nur einmal, sondern gleich mehrmals. Er gehörte zu jenen, die mit schweren seelischen Wunden und bar aller Illusionen heimkehrten.

Alle Menschen, die hier auf die Testamentseröffnung warteten, waren sich sicher, daß der Löwenanteil des Erbes Hardesty zufallen würde, eben weil er so ruhig und unauffällig war. Mit einer gewissen Schadenfreude wartete man darauf, daß Evan von seinem Vater eine letzte Ohrfeige erhalten würde, als Strafe für all die Drogen, die er eingenommen, die Autos, die er zuschanden gefahren, die Frauen, die er geschwängert und die Zeit, die er vertrödelt hatte. Alle konnten mitansehen, wie Evan seinem jüngeren Bruder sogar hier im Saal Blicke zuwarf, die mal schmeichlerisch, mal drohend und mal voll blanker Mordlust waren.

Evan schwitzte, sein Atem ging schwer. Die Fäuste hielt er geballt, und seine Augen waren geweitet. Hardesty hingegen saß mit betrübter Miene neben ihm und dachte zweifellos an seinen Vater. Nicht daß er ein frömmlerischer Dummkopf gewesen wäre, nein, nein . . . Aber er hatte mit dem Vater seinen einzigen Freund verloren, und fühlte sich nun schrecklich einsam. Er wollte diese Prozedur möglichst rasch hinter sich bringen und in seine Räume zurückkehren, wo es nicht viel mehr gab als eine Menge Bücher, ein paar Pflanzen und eine herrliche Aussicht.

Evan war schon vor Jahren ausgezogen und bewohnte hoch über der Stadt eine labyrinthische Villa mit drei Stockwerken. Dort lockte er junge Frauen hin, um sie zu verführen. Immer versuchte er, ihnen mit seinen elektronischen Apparaturen zu imponieren, die sich in einem Zimmer an den Wänden stapelten wie in einem Kontrollraum von Cap Canaveral.

Hardesty hingegen hatte nicht einmal ein richtiges Bett. Er schlief auf einem blaugolden gemusterten Perserteppich und wickelte sich nachts in eine alte, rostfarbene Wolldecke. Immerhin hatte sein Kopfkissen, dessen Bezug stets sauber war, eine Füllung aus Daunenfedern. Abgesehen von mehreren Tausend Büchern war Hardesty ohne nennenswerten materiellen Besitz. Er hatte kein Auto, denn er ging lieber zu Fuß oder benutzte die öffentlichen Verkehrsmittel. Nicht einmal eine Uhr nannte er sein eigen. Der einzige Anzug in seinem Schrank war fünfzehn Jahre alt. Auch sein einziges Paar Wanderschuhe trug er schon im dritten Jahr. Der Kleiderschrank seines Bruders hingegen enthielt achtzig Maßanzüge, vier Dutzend Paar italienische Schuhe, tausend Krawatten, Hüte, Spazierstöcke und Mäntel. Hardestys gesamte Garderobe hätte in einen kleinen Rucksack gepaßt. Gemessen am Reichtum seiner Familie lebte er in der Tat recht einfach.

Sein Vater hatte sehr wohl verstanden warum Hardesty so still und zurückgezogen lebte. Er wußte, daß sein Sohn sich bemühte, die Kriegserfahrungen zu verarbeiten und neue Kraft zu schöpfen. Signor Marratta hatte seinen Sohn Evan geliebt wie man einen Menschen liebt, der an einer schrecklichen Krankheit leidet, also voll schmerzlicher Sorge. Seine Liebe zu Hardesty dagegen war erfüllt von Respekt und Sympathie, von Hoffnung und Stolz.

Dieser Sachverhalt erklärte nun die allgemeine Annahme, Hardesty würde für seine Sittenstrenge und Disziplin belohnt. Man traute ihm zu, energisch und geschickt den von seinem Vater angehäuften Reichtum zu verwalten und zu mehren. Wohlwollend und mit dem kleinen Kitzel einer angenehmen Erregung wartete seine Umgebung darauf, daß er aus seiner ruhigen Abgeschiedenheit ins Licht der Öffentlichkeit treten würde, und man war sich darüber einig, daß er dank seines hellwachen Verstandes konstruktive Leistungen erbringen würde, die staunende Bewunderung verdienten.

Von allen, die sich an diesem Tag versammelt hatten, war nur ein einziger nicht auf den märchenhaften Dollarsegen gefaßt, und das war Hardesty selbst. Ruhig und unberührt von der gespannten Erwartung der anderen saß er auf seinem Stuhl, als der Anwalt zu lesen begann:

»San Francisco, am ersten September im Jahre des Herrn neunzehnhundertfünfundneunzig. Hiermit verkünde ich, Vittorio Marratta, meinen letzten Willen: Alles was ich besitze – Liegenschaften, Aktien, Geld, Firmen, stille Beteiligungen, Anrechte und Patente – vermache ich einem meiner beiden

Söhne. Auf den anderen entfällt ein Tablett aus dem Familienbesitz. Es befindet sich auf dem langen Tisch in meinem Arbeitszimmer. Die Entscheidung liegt bei meinem Sohn Hardesty; sie wird einmalig und unwiderruflich sein. Keiner meiner Söhne wird jemals ein Anrecht auf das Vermögen des anderen haben, auch nicht nach dem Tod seines Bruders. Dies verfüge ich im vollen Besitz meiner geistigen Kräfte und in der Überzeugung, der Gerechtigkeit gedient zu haben.«

Endlich verriet Hardesty ein Anzeichen der Belustigung. Es mangelte ihm durchaus nicht an Humor, doch er blühte bei ihm meist im Verborgenen. Aber nun lächelte er, zum erstenmal seit dem Tod des Vaters. Er lächelte und bewies damit einmal mehr, daß er ein freundliches, intelligentes und auch interessantes Gesicht hatte, ganz anders als die von Grimassen entstellten Züge seines Bruders. Ungläubig und milde erstaunt schüttelte er zunächst den Kopf, brach gleich darauf aber in Gelächter aus, als er sah, wie sein Bruder Evan bei dem Gedanken, jetzt mit eigener Arbeit seinen Lebensunterhalt verdienen zu müssen, am ganzen Körper zu zittern begann.

Evan, so wollte es das Testament, würde sich der Entscheidung beugen müssen, wie immer sie ausfiele, und er sah keine Möglichkeit, seinen Bruder Hardesty dazu zu bewegen, das Tablett zu nehmen. Er, Evan, hatte dieses schreckliche Ding immer gehaßt, obwohl es aus Gold war. Die darauf eingravierten Worte verstand er nicht. Sein Vater hatte immer mit allzu großer Ehrerbietung von diesem Tablett geredet, obwohl es nur ein paar tausend Dollar wert war. Na gut, er hatte es aus Italien mitgebracht, aber was sollte das schon heißen? Irgendwie war dieses Stück Blech Teil jenes stillen Einverständnisses, das den Vater mit Hardesty verbunden hatte. Es war ein magisches Bindeglied zwischen den beiden gewesen, das ihn, Evan, ausschloß. Die schreckliche Ironie bestand darin, daß er nun mit diesem Tablett abgespeist werden sollte, obwohl er sich so oft darüber lustig gemacht und es einmal sogar aus dem Fenster geworfen hatte. Hardesty hingegen würde ein Erbe antreten, das tausend Männer hätte reich machen können. Evan war überzeugt, daß er nicht die geringste Chance hatte. Zwar war Hardesty, wie allgemein bekannt war, nicht an Reichtum interessiert, aber sein Verantwortungsgefühl würde ihn zwingen, die Verwaltung des väterlichen Vermögens zu übernehmen. Er wußte schließlich, daß sein Bruder es verschleudern würde. Deshalb schloß Evan die Augen und machte sich gewissermaßen auf die Kugeln des Erschießungspelotons gefaßt.

Die anwesenden Herren aus Finanz und Politik richteten den Blick auf Hardesty. In ihren Augen lag die wortlose Aufforderung, in seinem eigenen Interesse zu handeln und damit auch dem Gemeinwohl zu dienen. Wenn du dieses Erbe ausschlägst, schienen diese Blicke zu sagen, dann fällt es an Evan, und das wäre ein großes Übel. Einige der Anwesenden, die aus eigener Erfahrung wußten, wozu der eigene Nachwuchs in der Lage ist, wurden ziemlich nervös.

»Ich schlage vor«, ertönte die Stimme des Anwalts, »daß wir die Sitzung vertagen, bis Mr. Marratta seine Entscheidung gefällt hat.« In Wirklichkeit wollte der Rechtsberater der Marrattas nur Zeit gewinnen, um mit Hardesty zu reden und seinen Einfluß bei ihm geltend zu machen. »Bist du einverstanden, Hardesty?«

»Nein«, erwiderte Hardesty. »Meine Entscheidung ist schon gefallen.«

Die Spannung, die diese Worte erzeugte, war nahezu unerträglich und auf jeden Fall sehr unangenehm. Hätte sich Hardesty Bedenkzeit erbeten, dann wäre dies ein Hinweis auf seine Unsicherheit gewesen. Und in einer so eindeutigen Situation Unsicherheit zu zeigen, wäre ein bedenkliches Zeichen von Charakterschwäche gewesen. Andererseits konnte ein schnell gefaßter Entschluß so oder so ausfallen, und selbst die richtige Entscheidung hätte noch den Makel, allzu übereilt getroffen worden zu sein. Die Lage war auf jeden Fall bedenklich, wie man es auch drehte und wendete. Hätte man doch bloß eine Gelegenheit gehabt, ein paar Worte unter vier Augen mit ihm zu wechseln, bevor er den Mund aufmachte! Dann hätte man zumindest gewußt, ob er überhaupt die ganze Tragweite seiner Entscheidung überblickte.

»Du solltest dir alles reiflich überlegen«, ließ sich der Anwalt vernehmen.

»Nein«, erwiderte Hardesty mit fester Stimme. »Sie können

nicht verstehen, was hier vor sich geht. Mein Vater handelte und redete stets so, daß wir indirekt daraus lernen konnten. Beispielsweise verzögerte er Entscheidungen und stellte sie zur Erörterung. Als wir klein waren, fragten wir ihn einmal, wie spät es sei. Statt uns die Uhrzeit zu sagen, zog er seine Taschenuhr hervor und erklärte sie uns. Alles, was er tat, war für andere Menschen lehrreich. Sein Wunsch war es, daß wir die richtige Lösung fanden, indem wir zuvor die falsche ausprobierten. Deshalb ist mir auch heute klar, was er von mir erwartet. Würde ich ihn nicht so gut kennen – verzeihen Sie: hätte ich ihn nicht so gut gekannt, dann stünde ich jetzt tatsächlich vor einer echten Wahl. Aber hier sind die Würfel schon gefallen, jedenfalls wenn ich seine in mich gesetzten Erwartungen nicht enttäuschen, sondern alles daransetzen will, um aus eigener Kraft aufzusteigen und ein besserer Mensch zu werden, als ich es gegenwärtig bin. Ja, ich beuge mich glücklich und voller Liebe dem Willen meines Vaters, den zu kennen und zu verstehen ich mir absolut sicher bin. Das Tablett gehört mir.«

Selbst wenn die Erde entlang des St.-Andreas-Grabens plötzlich aufgebrochen wäre, hätte der Aufruhr in San Francisco nicht größer sein können. Evan trafen die Worte seines Bruder wie ein heftiger Schlag, der ihn fast umgeworfen hätte. Sich im Besitz eines so immensen Vermögens zu wissen, verschlug ihm für eineinhalb Stunden die Stimme. Allein der Gedanke an das viele Bargeld berauschte ihn wie eine Überdosis Kokain.

Hardesty war plötzlich Nebensache. Die Anwesenden vergaßen ihn einfach, nachdem sie ihn sekundenlang ihren Unwillen und ihre Empörung hatten spüren lassen. Mittellos und ohne Macht wurde er einfach ignoriert, während sich auf seinen älteren Bruder geradezu zwangsläufig alle Blicke richteten.

Der Anwalt wünschte natürlich zu wissen, warum Hardesty so gehandelt hatte, aber Hardesty weigerte sich, seine Beweggründe zu nennen. Das Tablett sei seinem Vater von dessen Vater vermacht worden, erklärte er, und der habe es wiederum von seinem Vater erhalten und so weiter und so weiter. Niemand wisse, wie weit diese Geschichte zurückreichte. Das sei jedoch für seine, Hardestys, Entscheidung nicht maßgeblich gewesen.

Hardesty hielt es für geraten, sich dem Geschwätz und den Klatschgeschichten in San Francisco zu entziehen. Auf sein Zimmer und auf den großen Balkon mit der hölzernen Brüstung, hoch über der Bucht von San Francisco, hatte er keinen Anspruch mehr. Bis an sein Lebensende würde er den Verlust der ihm liebgewordenen Umgebung bedauern. Jetzt aber mußte er sich erst einmal Gedanken darüber machen, wovon er in Zukunft leben wollte. Und auch der Besitz des Tabletts stellte eine Herausforderung dar. Hardesty wußte, daß er nicht mehr lange hierbleiben durfte, wollte er die stummen, in ihn gesetzten Erwartungen erfüllen, die mit diesem goldenen Tablett verknüpft waren.

Es war ihm auch klar, daß sein Bruder nicht zögern würde, das väterliche Arbeitszimmer umzugestalten — sprich: zu verschandeln. Doch bevor es soweit käme, wollte sich Hardesty noch einmal dorthin begeben, um das kostbare und so anspruchsvolle Geschenk seines Vaters an sich zu nehmen. Danach würde er nicht nur dieser Stätte, die für ihn so voller Erinnerungen war, ein für allemal den Rücken kehren, sondern er wollte auch für alle Zeiten die Stadt seiner Geburt und das Land verlassen, in dessen Erde seine Eltern ruhten.

☆

Das Arbeitszimmer lag im obersten Stockwerk des Hauses. Darüber, auf dem Flachdach, gab es kleines, altmodisches Observatorium, in dem Signor Marratta in einer Zeit, da die großen Spiegelteleskope noch nicht installiert waren, viele Stunden verbracht hatte. Von hier aus bot sich dem Betrachter ein grandioser Ausblick. Während Hardesty die Treppe hinaufstieg, erinnerte er sich daran, was sein Vater ihm einst gesagt hatte, als sie gemeinsam die Landschaft betrachteten:

»Du brauchst es nur anzuschauen, damit es dir gehört« — so hatte er zu Hardesty gesprochen, der damals noch ein Kind war. Dann hatte er ihn auf den Arm genommen, von einem Fenster zum anderen getragen und ihn auf die gewellte Landschaft, die Bucht und die Weite des Ozeans aufmerksam gemacht. »Schau!«

hatte er gesagt und auf eine ferne Hügelkette gewiesen, die von goldgelben und senffarbenen Tupfern gesprenkelt war. »Sie sind wie der Pelz des gefleckten Untiers. Da liegen sie zusammengerollt, aber sieh, wie die Muskeln auf ihren gekrümmten Rücken spielen.«

Draußen vor dem Fenster fegten der Wind und die Wolken wie eine attackierende Armee heran, und wie eine zu allem entschlossene Kavallerie versuchten ausgefranste Nebelschwaden die Bucht und die Stadt mit einem Flügelangriff zu umzingeln. Auf ihrem Vormarsch begruben ihre spitzen, zitternden Enden fast alles, was sich ihnen in den Weg stellte, doch blieben die Berggipfel noch immer gekrönt vom Blau des Himmels, so daß das Arbeitszimmer des alten Marratta mit kühlem, klarem Licht erfüllt war. Beim Betreten des Raums kam es Hardesty so vor, als ob dieses Licht in Wellen aus blassem Violett, aus Purpur und Blau über sein Gesicht huschte und das metallene Tablett drüben auf dem großen Tisch mit einem Leuchten umgab, das nicht von dieser Welt war, und als er darauf zutrat, war es ihm, als bewege er sich unter Wasser.

Die Marrattas waren überzeugt, daß es mit diesem Tablett eine besondere Bewandtnis hatte, und daß es unter einem besonderen Schutz stand. Es hatte Kriege, Feuersbrünste, Erdbeben, Diebe und Menschen wie Evan überdauert, die nichts mit ihm anzufangen wußten. Hardesty fragte sich, wie sein Bruder einen so wundersamen Gegenstand hatte ausschlagen können. Und da lag dieses Tablett nun vor ihm im Wechselspiel des Lichts und erstrahlte in tausend Abwandlungen der Grundfarben Gold und Silber. Rund um den Rand waren Worte in das Metall graviert, aber die entscheidende Botschaft glänzte dem Betrachter aus der Mitte entgegen.

Hardestys Gesicht war in buntes Licht getaucht und schillerte in Blau und Violett und im goldenen Widerschein des Tabletts, als er sich vorbeugte, die Wärme des Metalls spürte und die Inschrift las. Da waren sie, die vier Tugenden und der eine verheißungsvolle, lockende Satz in der Mitte, wie die Nabe eines Rades. Wie oft hatte sein Vater ihn aufgefordert, diese Worte mit lauter Stimme zu lesen, und ihm zu verstehen gegeben, daß dies das Wichtigste war, das ihm das Leben bieten konnte. Mit einer Geste, die die Endgültigkeit eines unumstößlichen Urteils ausdrückte, hatte er seinem Sohn stillschweigend klargemacht, daß Reichtum, Ruhm und weltlicher Besitz im Vergleich zu diesen Tugenden wertlosen Tand darstellten. »Kleine Menschen«, hatte Vittorio Marratta einmal erklärt, »vergeuden ihr Leben damit, daß sie solchen Dingen hinterherjagen. Aber ich weiß aus Erfahrung, daß sie im Augenblick ihres Todes ihr Leben wie zerbrochenes Glas vor sich sehen. Ja, ich habe sie sterben gesehen. Sie verlieren einfach den Halt, als habe man sie umgestoßen, und stürzen mit dem Ausdruck ungläubigen Staunens ins Dunkle. Ganz anders ergeht es dem Menschen, der die Tugenden kennt und sich im Leben von ihnen leiten läßt. In unserer Welt ist alles in ständiger Bewegung, Ideen und Moden entstehen und vergehen. Nicht selten unterliegt, was Dauer verdient hätte. Doch darauf kommt es nicht an, denn die wahren Tugenden behaupten sich rein und unbestechlich. Sie sind sich selbst Lohn genug, und können uns als Bollwerk dienen, das uns auf der Suche nach Schönheit schützt und uns die Kraft verleiht, die uns auf dem Weg zu Gott manch schlimmen Sturm überstehen läßt.«

Als Hardestys Mutter gestorben war; als er in den Krieg ziehen mußte; als er aus dem Krieg zurückkehrte; und stets wenn er sonst Augenblicke des Kummers, der Gefahr, aber auch des Triumphes durchlebte, hatte sein Vater darauf bestanden, daß er sich die Inschrift auf dem goldenen Tablett vergegenwärtigte. Vor seinem inneren Auge sah er noch einmal, wie sein Vater bei solchen Anlässen den kostbaren Gegenstand in die Hand genommen und ihn hin- und hergedreht hatte. Zunächst pflegte Signor Marratta dann die Worte im italienischen Original vorzulesen, danach übersetzte er sie.

Eine fremde Sprache hat stets den Vorteil des Zweifels für sich, ähnlich wie Ehen zwischen Leuten, die verschiedene Muttersprachen haben, und in denen eine Zartheit und Toleranz möglich sind, die die destruktive Kraft des Intellekts nicht berührt. So kann zum Beispiel ein japanisches Küchenmädchen ohne weiteres in den feinsten Kreisen des englischen Establishments verkehren, denn die Stutzer werden nie dazu in der Lage sein, die dem Mädchen von Haus aus geläufige Sprache als Druckmittel zu verwenden.

Ein ähnlicher Effekt stellte sich also bei den Tugenden ein, wenn sie auf italienisch vorgetragen wurden. Sie wirkten in keiner Weise pathetisch oder wie Ladenhüter aus dem verstaubten Moralkodex alter Pfarrer oder Schulmeister, und Hardesty akzeptierte sie daher in einer Weise, wie er sie auf englisch nie akzeptiert hätte.

La onestà — die Ehrlichkeit war der erste der vier Begriffe. »Ihr wird von den Menschen erst dann der Wert beigemessen, der ihr gebührt, wenn ihnen andere Menschen, die sie *nicht* haben, einen großen Verlust zufügen. Dann aber geht ihnen die Bedeutung dieser Tugend auf wie die Sonne am Morgen.« Hardestys Liebling war das Wort *il coraggio* — der Mut, obwohl dieser Begriff beim Tod seiner Mutter eine entscheidende Rolle gespielt zu haben schien und in ihm mehr die Erinnerung an Tränen als an Glück weckte. Danach kam ein Wort, dessen Sinn er kaum verstand: *il sacrificio* — das Opfer. Warum ein Opfer bringen? War Opferbereitschaft nicht eine Eigenschaft von Märtyrern längst versunkener Zeiten? War ihm das Opfer vielleicht so rätselhaft, weil es im heutigen Leben so wenig Platz zu haben schien, genau wie die vierte Tugend, die dicht daneben am unteren Rand des Tabletts zu lesen war? Jene letzte Tugend hieß *la pazienza* — die Geduld. Sie bezeichnete eine Haltung, die ihm als jungem Menschen am wenigsten attraktiv erschien. Doch keine dieser Grundhaltungen oder Charaktereigenschaften, mochten sie auch noch so schwer zu verstehen und noch schwerer in die Tat umzusetzen sein, war auch nur halb so mysteriös wie die Botschaft, die aus weißgoldenen Buchstaben in die Mitte des flachen Tabletts geprägt war. Der Satz stammte aus der *Senilia* von Benintèndi. Signor Marratta hatte von Anfang an großen Wert darauf gelegt, daß sein Sohn Hardesty ihn nie vergaß. Jetzt, nach dem Tod des Vaters, stand Hardesty in dessen Arbeitszimmer und nahm das funkelnde Tablett vom Tisch, um jene Inschrift mit lauter Stimme zu übersetzen: »*Denn was kann der Mensch sich Schöneres vorstellen als den Anblick einer vollkommen gerechten Stadt, die sich im Licht der eigenen Gerechtigkeit sonnt?«*

Mehrmals wiederholte Hardesty diese Worte, dann verstaute er das Tablett in dem kleinen Bündel, das er mit auf die Reise nehmen wollte. Ein schneller Blick hinab auf San Francisco genügte, um ihn davon zu überzeugen daß *diese* Stadt, so atemberaubend sie auch sein mochte, niemals der Sitz vollkommener Gerechtigkeit sein würde, denn sie war der Inbegriff seelenloser Schönheit, kühl und leise unter schläfrigem Blau. Aber mit Gerechtigkeit hatte diese Stadt nichts zu tun, denn Gerechtigkeit ist nicht so leicht, nicht so unkompliziert. Sie erstand vielmehr aus Kampf und Widersprüchen, und um auch nur einen flüchtigen Blick von ihr zu erhaschen, mußten die Menschen alles einsetzen, was sie an Kraft und Tugend aufzubieten hatten.

Als Hardesty das elterliche Haus für immer verließ, kam ihm in den Sinn, daß er nun auch die feine Lebensart hinter sich lassen würde, mit der er großgeworden war. Was sollte er antworten, falls man ihn fragte, wohin er zu gehen beabsichtigte? Sollte er sagen: »Ich mache mich auf die Suche nach der vollkommen gerechten Stadt?« Man würde ihn für geisteskrank halten.

»Wo gehst du hin, Hardesty?« erkundigte sich Evan, der sich anschickte, das Haus zu betreten, gerade als Hardesty es verließ.

»Ich mache mich auf die Suche nach der vollkommen gerechten Stadt.«

»Ja, schon gut, aber wo gehst du hin?« Evan wollte Hardesty den Vorschlag machen, ihm in seiner neuen verantwortungsvollen Position als Berater zur Seite zu stehen. Er hatte sich sogar dazu durchgerungen, dem Bruder ein hohes Gehalt anzubieten, falls die Anwälte dies nicht als Verstoß gegen das Testament des Vaters werteten.

»Es ist zwecklos, dir etwas zu erklären«, sagte Hardesty. »Du hast das Tablett immer gehaßt. Ich hingegen liebe es, seit ich denken kann.«

»Aber was soll das ganze Gehabe, Herrgottnochmal? Ist das Tablett etwa der Schlüssel bei einer Art Schatzsuche?«

»In gewisser Hinsicht ja.«

Evan spitzte die Ohren. Er wußte, daß Hardesty einen klugen Kopf hatte. Der Verdacht durchzuckte ihn, das Tablett könne möglicherweise den Weg nach El Dorado weisen.

»Wo ist es?« fragte er.

»Hier, in meinem Bündel.«

»Laß es mich sehen!«

»Da«, sagte Hardesty und zog es hervor. Er wußte genau, was in seinem Bruder vorging.

»Was bedeuten die Worte? Kannst du sie übersetzen?«

»Sie lauten: *Wasch mich, ich bin schmutzig!*«

»Nun mach schon, Hardesty! Was steht da?«

»Ich hab' es dir doch gerade gesagt, Evan.«

»Na gut, lassen wir das. Was hast du jetzt vor?« Evan war ärgerlich und verzweifelt darüber, daß sein Bruder ihn im Stich ließ.

»Vielleicht gehe ich nach Italien, aber genau weiß ich es noch nicht.«

»Was soll das heißen? Und wie willst du dorthin gelangen?«

»Zu Fuß, glaube ich«, erwiderte Hardesty lachend.

»Zu Fuß? Du willst zu Fuß nach Italien gehen? Steht das etwa auf dem Tablett?«

»Ja.«

»Wie bitte? Da . . . da ist doch eine Menge Wasser dazwischen, oder . . .?«

»Lebe wohl, Evan!« Hardesty drehte sich um und ging fort.

»Ich verstehe dich nicht, Hardesty!« schrie Evan ihm hinterher. »Ich habe dich nie verstanden! Warum sagst du mir nicht, was auf dem Tablett steht?«

»Es steht darauf geschrieben: *Denn was kann der Mensch sich Schöneres vorstellen als den Anblick einer vollkommen gerechten Stadt, die sich im Licht der eigenen Gerechtigkeit sonnt*«, rief Hardesty über die Schulter zurück. Aber sein Bruder war nicht mehr da, sondern hatte bereits das Haus betreten, das jetzt ihm gehörte.

☆

Der Arbeiter in seinem grauen, mit Mennige bekleckerten Overall verstand nicht, warum Hardesty, der auf dem Beifahrersitz saß, vor innerer Erregung zitterte, während sie im Auto über die Bay Bridge von San Francisco nach Oakland fuhren. Doch als Hardesty von oben auf die Schiffe hinabblickte, deren langgezogenes Kielwasser weiß über der dunklen Tiefe leuchtete, durchdrang ihn die Gewißheit, daß er im Begriff war, von einer Welt in eine andere überzuwechseln.

Der Unterschied zwischen San Francisco mit seinen vorgelagerten, häufig nebelverhangenen Inseln und dem staubigen, in gleißendes Sonnenlicht getauchten Oakland war so groß, als hätten nicht nur sieben Meilen und eine Brücke zwischen beiden Städten gelegen, sondern siebentausend Meilen Ozean. Es traf Hardesty wie ein Schlag, doch dadurch wurde er in die nüchterne Wirklichkeit zurückgeholt. Als das Mauthäuschen am anderen Ende der Brücke hinter ihm entschwand, konnte er sich sagen, daß er innerlich darauf vorbereitet war, über Stacheldrahtzäune zu klettern, auf Güterzüge zu springen, auf dem Boden zu schlafen und fünfzig Meilen am Tag zu marschieren. Ihm war, als hätte er alle seine Gefühle über das Geländer der Brücke in die Bucht geworfen. Es schreckte ihn nicht, ohne Geld und ohne ein klares Ziel ganz Amerika und vielleicht auch noch den Atlantik zu überqueren – im Rucksack ein goldenes Tablett.

Es dauerte nicht lange, bis Hardesty drüben auf der anderen Seite neben der Eisenbahnlinie ein verstecktes Plätzchen im Schilfgras gefunden hatte. Dort lag er auf dem Rücken in der Sonne, den Kopf auf dem Rucksack und einen Grashalm zwischen den Zähnen. Zufrieden wartete er ab. Nachdem er mehrmals eingedöst war, vernahm er das unmißverständliche Rumpeln eines langen Güterzuges. Er sah nicht einmal nach, ob sein Eindruck ihn nicht getrogen hatte, sondern machte sich bereit. Wenig später donnerte ein von acht Lokomotiven gezogener und aus zweihundert Waggons bestehender Zug an ihm vorüber, daß die Erde bebte, das Schilf sang und die ölbedeckte Wasseroberfläche eines nahen Grabens zu zittern begann. Der Zug hatte erst vor kurzem den Güterbahnhof von Oakland verlassen und seine endgültige Reisegeschwindigkeit noch nicht erreicht. Was gibt es

Schöneres als eine Fahrt auf einem solchen Zug quer durch ein Land, in dem der Sommer Einzug hält, fragte sich Hardesty. Plötzlich versteht man die Tragik der Pflanzen, die darin liegt, daß sie mit Wurzeln fest im Boden verwachsen sind. Das Schilf und die Gräser ergrünen vor Neid, und sie betteln, mitgenommen zu werden (und aus diesem Grund winken sie, wenn der Zug vorbeifährt). In diesem Zug gibt es bestimmt Hunderte von warmen, gemütlichen Plätzchen, und er wird mich durch rauschende Wälder und tiefe, sommergrüne Täler, über Flüsse mit lehmbraunem Wasser, funkelnde Buchten und endlose Prärien tragen.

Als Hardesty einen offenen Güterwagen, der ziemlich neu und sauber wirkte, auf sich zurollen sah, schulterte er schnell seinen Rucksack und begann, neben dem Zug herzulaufen. Er achtete nicht auf die Steine des Schotterbetts, die sich schmerzhaft durch seine Schuhsohlen drückten. Immer wieder warf er einen Blick über die Schulter, um zu sehen, wie weit der Waggon noch hinter ihm war. Als die eiserne Trittleiter neben ihm auftauchte, packte er zu. Er fühlte, wie sein Körper nach vor gerissen wurde, aber da hatte schon seine zweite Hand einen Halt gefunden. Sekundenlang strampelten seine Beine wie die Flügel einer Windmühle in der Luft, dann stand er auf dem Trittbrett und hatte es geschafft; insgesamt gesehen war es eine Erfahrung, die ihn mehr befriedigte als der zufällige Fund eines Hundert-Dollar-Scheins.

Hardesty kletterte über die niedrige Bordwand und lag gleich darauf auf hellen, sauberen Planken aus Kiefernholz, die noch nach einem sonnigen Wald in der Sierra rochen. Hier war er sowohl gegen den schlimmsten Fahrtwind geschützt als auch gegen die argwöhnischen Blicke von Eisenbahnbeamten. Er konnte die Felder sehen, die Täler und die Gebirgszüge. Ohne befürchten zu müssen, von einer tiefen Brücke oder einem Tunnel enthauptet zu werden, konnte er hier aufrecht hin- und hergehen, nach Belieben tanzen, Luftsprünge machen und im Kreis herumrennen. Unterdessen würde sein Rucksack irgendwo in der Ecke liegen, und es bestand keine Gefahr, daß er herunterrollen könnte, um auf Nimmerwiedersehen in einem Feld zu verschwinden. Hardesty verspürte noch keinen Hunger, das Wetter war schön, und das ganze Land lag vor ihm. Kein Wunder, daß er zu singen begann. Und da ihn niemand hören konnte, sang er frei von Hemmungen und folglich gut.

Am nächsten Morgen, irgendwo in der Nähe von Truckee – der Güterzug quälte sich mühsam bergan zwischen steinigen Hügeln, auf denen kerzengerade Kiefern standen – fühlte sich Hardesty noch immer glücklich. Allerdings hatte die Nacht auf dem harten Bretterboden den Überschwang seiner Gefühle gedämpft. Während der Zug die Steigung hinaufkroch, begann Hardesty sich über seine Zukunft Gedanken zu machen. Jetzt konnte er sich besser vorstellen, wie sich sein Vater damals gefühlt haben mußte, als er im Krieg mit seinen Kameraden irgendwo in den Dolomiten lag. Nachdem seine Einheit in aufreibenden Kämpfen dezimiert worden war, hatte er sich als Deserteur bis zum Meer durchgeschlagen und war schließlich als blinder Passagier nach Amerika gelangt.

»In den ersten Monaten war es gar nicht so schlimm«, hatte Signor Marratta seinem Sohn einmal erzählt. »Wir verbrachten unsere Zeit größtenteils mit dem Bau von Befestigungsanlagen hoch oben in den Felsen und sahen den Feind meist nur durch unsere Ferngläser. Aber als unsere Unterstände fertig waren – und die gegnerischen natürlich auch –, da zwang man die Generale auf beiden Seiten, Marschbefehle zu erteilen und zum Angriff zu blasen. Ich fand das ausgesprochen lächerlich. Bevor die gegenseitige Umbringerei anfing, hatten wir uns da oben in den Bergen ganz wohl gefühlt. Ich ging zu unserem *maggiore* und sagte zu ihm: ›Warum geben wir uns nicht mit einem Unentschieden, einem Gleichgewicht der Kräfte zufrieden? Wenn die sich da unten in der Ebene umbringen, dann heißt das doch noch lange nicht, das wir das hier oben auch tun müssen!‹ Er meinte, das sei eine glänzende Idee . . . Aber wer war er schon? Rom wollte Territorialgewinn, also fingen unsere Scharfschützen halbherzig an zu schießen, und unsere Artilleristen luden ihre Geschütze und begannen mit dem Bombardement. Diejenigen von uns, die das Pech hatten, erfahrene Bergsteiger zu sein, mußten sich nun durch Schluchten hangeln und halsbrecherische Steilwände erklimmen, um plötzlich zweihundert Meter oberhalb unserer nichtsahnenden Feinde aufzutauchen und auf sie herabzuschießen. Ein halbes Dutzend meiner Freunde sah ich irgendwo in den Wänden leblos an ihren Seilen baumeln, weil sich der Feind die Freiheit herausgenommen hatte, zurückzuschießen. Nachdem ich das ein Jahr lang mitgemacht hatte, wollte ich nur noch eines: leben. Hätte ich mich noch weiter an diesen Kämpfen zwischen den bewaffneten Abteilungen des österreichischen und des italienischen Alpenvereins beteiligt, so gäbe es dich wahrscheinlich gar nicht. Übrigens, wenn man heutzutage einem der beiden Clubs beitritt, kommt man automatisch in den Genuß der Vorteile und Vergünstigungen des anderen.«

Trotz dieser Einstellung blieb Signor Marrattas Verhältnis zur Desertion stets differenziert. Loyalität und Verantwortung rechtfertigten das Sterben oft genug, und es fiel ihm schwer, sich von dem Gefühl zu befreien, »die große Verweigerung« begangen zu haben. Hardesty dachte, daß er sich mit der Wahl des Tabletts vielleicht selbst um ihm auferlegte Verantwortung drückte. Aber sein Vater hatte in der ihm eigenen Art die Frage so formuliert, daß Hardesty auf jeden Fall Zweifel gekommen wären — ganz egal, wie er sich entschieden hätte. Der Zweifel, so hätte der alte Marratta es möglicherweise ausgedrückt, wird dich dazu veranlassen, eine weitaus gründlichere, abenteuerlichere und wertvollere Lösung zu suchen. Schließlich hatte er schon zu Lebzeiten einmal verkündigt: »Alle großen Entdeckungen sind Produkte des Zweifels und der Gewißheit, und erst aus dem Widerstreit der beiden ersteht die richtige Atmosphäre für wundersame Zufälle.«

Als Hardesty über diese Worte nachgrübelte, wurde er plötzlich auf den Boden des Güterwagens geschleudert, als hätte ihn der Blitz getroffen. In dem Bruchteil einer Sekunde, bevor er die Besinnung verlor, sah er noch, wie die Holzplanken auf ihn zukamen und fragte sich verblüfft, woher das schwere Gewicht kam, das ihn niederdrückte. War der Waggon entgleist, und war er, Hardesty, im Begriff, darunter begraben zu werden? Weiter kam er nicht. Ihm wurde schwarz vor Augen.

Als er zu sich kam, lag er auf dem Rücken und sah über sich den Himmel. Er betastete sein Gesicht und stellte fest, daß es mit verkrustetem Blut bedeckt war. An der Schläfe hatte er eine dicke Beule und einen tiefen Schnitt. Sein Blick fiel auf eine Gestalt, die in der Hocke an einer der Seitenwände des Waggons lehnte. Hardesty zwinkerte mühsam mit den Augen, so daß das geronnene Blut zerbröckelte, und erblickte einen Mann, der höchstens einen Meter fünfzig groß war. In seiner hockenden Haltung wirkte er sogar noch kleiner, wie eine muskelbepackte Kugel. Der Kerl war in einer Weise gekleidet, auf die sich Hardesty anfänglich keinen Reim machen konnte. Erst nach und nach gelang es ihm, die unglaubliche Aufmachung des Mannes sozusagen zu dechiffrieren. Die Schuhe waren große schwarze Ungetüme aus klebrig glänzendem Leder. Von vorne sahen sie aus wie Kanonenkugeln, die ein Witzbold mit Pomade beschmiert hatte, aber bei genauerem Hinsehen erkannte Hardesty, daß es sich um die teuersten Bergsteigerstiefel handelte, die allerdings schon viele Jahre und ein ganzes Faß Schmierfett hinter sich haben mußten. Mit solchem Laufwerkzeug an den Füßen in einen Fluß zu fallen, hätte unweigerlich den Tod nach sich gezogen. Und hätten sie zufällig Feuer gefangen, dann würden sie bestimmt einen Monat lang gebrannt haben, sogar unter Wasser.
Der Unbekannte trug Kniestrümpfe mit purpurrotem und blauem Zickzackmuster Marke Edelweiß, kobaltblaue Knickerbocker, Hosenträger in allen Regenbogenfarben, ein violettes Hemd und ein Halstuch, das einem Piraten zur Ehre gereicht hätte, denn es hatte dieselbe Farben wie die Strümpfe, wenngleich mit einem faszinierenden, verwaschenen Rotton untermalt. Von dem kreisrunden Gesicht war wegen des mächtigen Rauschebarts fast nichts zu sehen, zumal eine rosa Sonnenbrille die Augen verdeckte. An der rechten Hand fehlten zwei Finger, an der linken sogar drei. Auf dem Rücken trug das Männchen einen hellblauen Rucksack und um den Hals ein überdimensionales Kollier, das aus einer Kollektion silbrig glänzender Karabinerhaken bestand. Von der einen Schulter baumelte ein zusammengerolltes Kletterseil in Orange und Schwarz. Der seltsame Zwerg in der farbenfrohen Aufmachung kaute seelenruhig an einer

dicken Scheibe Räucherschinken, die so groß war wie eine mittlere Bratpfanne.

»Tut mir leid, die Sache mit dem kleinen Unfall«, sagte der Kerl zwischen zwei Bissen. »Ich bin von einer Brücke auf den Zug gesprungen und hab' dich nicht gesehen. Danke!«

»Danke wofür?« fragte Hardesty.

»Dafür, daß du meinen Sturz abgebremst hast.«

»Was bist du?«

»Was ich *bin*? Wie meinst du das?«

»Wer, zum Teufel, bist du? Rumpelstilzchen vielleicht?«

»Nie gehört! Klettert der auch hier in der Sierra herum?«

»Nein, der nicht.«

»Ich bin Bergsteiger. Ein Profi. Ich bin unterwegs nach Wind Rivers, habe dort die Erstbesteigung des East Temple Spire im Alleingang über die Nordroute vor. Wenn mich der Hafer juckt, mache ich es nachts. Junge, Junge, war das eine Landung! Ich bin froh, daß ich meine Karabinerhaken nicht verloren hab'.«

»Ja«, sagte Hardesty. »Darüber kannst du dich wirklich freuen!«

»Du hast da einen bösen Schnitt am Kopf. Vielleicht sollten wir ein bißchen Nandibon draufschmieren.«

»Was ist Nandibon?«

»Ein tolles Zeug, dieses Nandibon-Öl! Es heilt blitzschnell alle

Wunden. Ein Freund von mir hat es aus Nepal mitgebracht. Hier –« Er faßte in seinen hellblauen Rucksack und zog ein schmales Fläschchen heraus, das er mit den Zähnen entkorkte. »Irgendwie fühle ich mich jetzt richtig verantwortlich für dich.«

»Einen Moment!« sagte Hardesty, aber es war schon zu spät. Der Zwerg hatte die Wunde mit dem klebrigen Zeug bereits beschmiert.

»Keine Angst, es ist organisch«, sagte er beruhigend.

»Wie heißt du?«

»Jesse Honey.«

»Wie bitte?«

»Jesse *Honey* – wie *Honig*! Es ist nicht meine Schuld, daß ich so heiße, und es hätte ja schlimmer kommen können. Und wie heißt du?«

»Mein Name ist Hardesty Marratta. Sag mal, was ist denn das für ein Zeug? Es fängt an zu brennen.«

»Ja, es brennt ganz schön, aber es hilft auch schnell.«

Das Brennen wurde immer stärker. Hardesty hatte den Verdacht, daß dies erst der Anfang war, und darin täuschte er sich nicht. Zwei oder drei Minuten, nachdem das Nandibon-Öl auf die Platzwunde aufgetragen worden war, litt er Höllenqualen. Woraus immer sich das klebrige Zeug zusammensetzen mochte — auf jeden Fall war es eine gelungene Imitation von Schwefelsäure und Wasserstoffperoxyd. Hardesty krümmte sich vor Schmerzen.

»Ich hol' schnell ein bißchen Wasser!« schrie Jesse Honey. »Oben an der nächsten Serpentine ist ein Bach. Wenn der Zug um die Kehre kommt springe ich wieder auf!« Zehn Minuten später erschien Jesses Hand über der niedrigen Bordwand des Güterwagens, und Hardesty traf Anstalten, ihm hereinzuhelfen. Jesse warf zuerst einen mit Wasser gefüllten Plastikkanister in den Waggon, dann packte er Hardestys ausgestreckten Arm mit einem solchen Ungestüm, daß er ihm das Schultergelenk auskugelte. Hardesty ging zum zweitenmal zu Boden. Schon hockte Jesse Honey neben ihm, packte seinen Arm (den falschen) und schickte sich an, ihn nach allen Regeln der ersten Hilfe wieder einzurenken. Aber da es an dem Arm nichts einzurenken gab, kugelte er auch ihn aus.

»Willst du mich umbringen?« brüllte Hardesty. »Falls ja, dann beeil dich bitte ein bißchen! Mir reicht's nämlich!«

Jesse Honey achtete nicht auf seine Worte, sondern machte weiter, bis beide Arme wieder eingerenkt waren. »Das hab' ich auf dem Mount McKinley gelernt«, sagte er daraufhin mit offenkundiger Genugtuung, wischte das Nandibon-Öl von Hardestys Kopf und sprang ein zweites Mal von dem langsam bergan fahrenden Güterzug. Wenig später kehrte er mit einem großen Reisigbündel zurück.

»Wofür ist das?«

»Ich mach' ein Feuerchen, damit wir uns Tee kochen können«, erwiderte Jesse Honey und entzündete ein Streichholz.

»Wie kannst du auf einem Holzfußboden Feuer machen?«

fragte Hardesty, aber es war schon zu spät. Die harzigen Bohlen fingen sofort Feuer, das vom Fahrtwind angefacht wurde. Jessey Honey versuchte, es auszutrampeln, aber als seine fetttriefenden Stiefel zu qualmen anfingen, gab er es auf.

Nach einer halben Stunde hatte sich das Feuer über den ganzen Zug ausgebreitet. Fässer mit Schmieröl und Ölfarbe, aber auch Bauholz, Bohlen und tausenderlei andere Frachtgüter standen in Flammen. Der ganze Zug brannte lichterloh. Als die Besatzung der Lokomotiven das Unglück bemerkte, war an Löschen nicht mehr zu denken. Die Männer hofften, noch in den Windschatten des Berges zu gelangen. Als der Zug dort ankam, wurde es Jesse und Hardesty zu heiß. Sie sprangen ab und machten sich in östlicher Richtung davon. An diesem Tag wurde die rötliche Abendsonne vom hellen Feuerschein des brennenden Zuges überstrahlt. In unregelmäßigen Abständen war der Knall lauter Explosionen zu vernehmen, wenn Tankwagen mit hochentzündlichem Inhalt in die Luft flogen. Nach Jesses Worten gehörte all dies zum natürlichen Gang der Dinge.

»Solche Züge sollten eben nicht durchs Gebirge fahren«, sagte er mit einem Achselzucken.

☆

Fast die ganze Nacht wanderten sie durch kühle Hochtäler der Sierra. Die Sterne am frühsommerlichen Firmament beleuchteten ihren Weg. Reglos standen die Bäume in der windstillen Luft, die der ungläubigen Hoffnung der Natur, der Winter könne nun endgültig vorüber sein, Ausdruck verlieh. Alles schien in diesem unwegsamen Gelände den Atem anzuhalten, um nicht durch allzugroße Vorfreude aus dem Norden einen verspäteten Wintersturm mit seiner Schneelast herbeizulocken.

Lange Zeit sagten Hardesty und Jesse kein Wort, während sie dem kalkweißen, steinigen Pfad folgten. Am ersten Tag in großer Höhe empfinden viele Menschen keine Müdigkeit, und so machte es auch ihnen keine Mühe, die ganze Nacht hindurch zu marschieren. Außerdem war die Luft so frisch und die murmelnden Bergbäche glänzten so anheimelnd, daß kein zur

Freude am Leben begabtes Wesen in dieser Nacht hätte schlafen mögen.

Während ihres Marsches stieg der Mond wie eine cremefarbene Perle am Himmel empor und beleuchtete die Welt mit seinem gütigen, makellosen Licht. Jesse behauptete, ein bis zwei Meilen voraus würden sie auf eine Eisenbahnlinie stoßen, die auch häufig von Güterzügen befahren werde. Doch die Zeit verstrich, und von Eisenbahngeleisen war keine Spur zu sehen. Als der Mond unterging und es im Osten zu dämmern begann, hatten die beiden Männer fünfzehn Meilen zurückgelegt.

»Eine schöne Brücke führt über die Schienen«, erzählte Jesse unverdrossen. »Sie besteht aus Holzbalken, die nur von Seilen zusammengehalten werden. Ich weiß nicht, wer sie gebaut hat, und mir ist auch nicht klar, welchem Zweck sie eigentlich dienen sollte, aber auf jeden Fall kann man von ihr bequem auf einen fahrenden Zug springen.«

»Ich versteh' nicht ganz«, erwiderte Hardesty, »warum du unbedingt einen Sturz aus solcher Höhe riskieren mußt, um auf einen Güterzug zu gelangen. Warum rennst du nicht einfach nebenher und springst aufs Trittbrett?«

Jesse blickte gekränkt und verärgert zu Boden. »Es geht nicht«, konstatierte er voll Bitterkeit. »Ich kann mich nirgends festhalten, weil ich so klein bin.«

»Verstehe«, antwortete Hardesty mit einem verstohlenen Blick auf den Gefährten, der wirklich atemberaubend kurz geraten war. »Wie groß bist du übrigens?«

»Was bringt es dir, wenn ich es dir sage?«

»Nichts. Ich bin nur neugierig.«

»Einssiebenundvierzigeinhalb. Dabei müßte ich mindestens einsfünfundachtzig groß sein, das behauptete wenigstens ein Arzt, der eine Röntgenaufnahme von mir sah. Mein Vater war einsneunzig, mein Großvater einszweiundneunzig, und meine Brüder sind noch größer.«

»Was ist mit dir passiert?«

»Keine Ahnung«, erwiderte Jesse und schüttelte verzweifelt den Kopf. »Ich weiß nur, daß das Leben für einen Menschen von einsneunundvierzig —«

»Eben sagtest du einssiebenundvierzigeinhalb!«

»Geh zum Teufel!« fauchte Jesse. »Für einen Menschen von einsneunundvierzig ist das Leben alles andere als leicht. Was glaubst du wohl, wie ich mich fühle, wenn ich in der Zeitung lese, ein Mensch von einsfünfundsiebzig habe nicht die durchschnittliche Körpergröße? Die Mädchen schauen mich nicht einmal an! Wie sollten sie auch? Dazu müßten sie sich ja bücken! Auch in der Army wollte man mich nicht haben, nur bei der Marine hätte ich sofort anfangen können, allerdings als Schornsteinfeger. Ich habe einen Hochschulabschluß als Ingenieur, und trotzdem wollten mir die Typen bei der Marine nur einen Job als Schornsteinfeger geben! Jedesmal, wenn ich irgend so einen langen Kerl mit seiner Körpergröße protzen sehe, dann würde ich am liebsten eine Maschinenpistole nehmen und . . . Aber lassen wir das, eigentlich bin ich darüber hinweg. Alles was ich zu meinem Glück brauche, ist eine niedliche kleine Frau in einer Blockhütte am Fuß eines Gebirges.«

»Im Schwarzwald soll es angeblich so was geben. Oder sonstwo in Europa«, meinte Hardesty.

»Bloß keine Trolle!« rief Jesse. »Ich bin Amerikaner, Trolle kommen für mich nicht in Frage!«

»Nein, nein, nein. Ich denke an hübsche, kleine, blauäugige Frauen, wie man sie manchmal auf geschnitzten Korkenhaltern dargestellt sieht . . .«

»Alles nichts für mich! Mein Typ sind schlanke, hochgewachsene Kalifornierinnen, Mädchen, denen ich knapp übers Knie reiche.«

An jenem Tag marschierten sie vierzig Meilen in der prallen Sonne. Sie unterhielten sich über Frauen, Bergsteigen, Güterzüge und Politik. Jesse war ein begeisterter Anhänger von Präsident Palmer (vielleicht, weil dieser der kleinste Präsident seit Lincoff Gregory war), während Hardestys Sympathie für Palmer sich darin erschöpfte, daß er ihm seine Stimme gab. Manchmal führte sie ihr Weg in Höhe der Baumgrenze durchs Gebirge, wo nur noch Zwergkiefern wuchsen, und dort schwiegen sie dann betroffen.

Einmal meinte Hardesty, er habe das Gefühl, bei Jesses

unsanfter Landung auf ihm sei irgendein Knochen in seinem Körper gebrochen.

»Warum weißt du das nicht genau?« erkundigte sich Jesse.

»Ich hab' mir noch nie etwas gebrochen.«

»Noch nie? Ja Wahnsinn! Bei mir gibt es kaum einen Knochen, den ich mir noch nicht gebrochen habe. Einmal habe ich vergessen, mein Steigseil richtig zu verankern. Ich stürzte prompt ab und brach mir sechzehn Knochen. Ein andermal habe ich mich irrtümlich mit einer Reepschnur angeseilt. Das ist genauso, als würde man dazu Schnürsenkel benutzen. Na ja, da bin ich eben vierzig Fuß in die Tiefe gerauscht, und als ich dachte: Macht nichts, du bist ja angeseilt, da machte es schnapp! und die Reepschnur riß. Die Reise ging dann noch dreihundert bis vierhundert Fuß weiter abwärts. Ich glaube, ich habe mir dabei sämtliche Bestandteile meines Skeletts gebrochen.«

»Mich wundert's, daß du das überlebt hast.«

»Ich bin von einem Felsvorsprung zum anderen gestürzt.«

Sie kamen an den südlichen Zipfel eines kristallblauen Sees, der so schmal und langgezogen wie das Bett eines Flusses war. Nachdem sie einen Haufen übereinandergetürmter Findlinge erklettert hatten, sahen sie drüben auf der anderen Seite des Wassers, ungefähr eine Meile entfernt, die Eisenbahngleise blinken. Jesse meinte, es bleibe ihnen nichts anderes übrig als hinüberzuschwimmen, aber Gott sei Dank sei der See aus geothermischen Gründen warm wie eine Badewanne. Hardesty prüfte die Temperatur des Wassers mit dem Zeigefinger und schüttelte den Kopf.

»Natürlich nicht am Rand!« rief Jesse. »Jeder Narr weiß, daß geothermisch aufgeheizte Seen da am wärmsten sind, wo das Wasser besonders tief ist, denn der Wärmeaustausch findet größtenteils dort statt. Durch thermodynamische Faktoren werden große Kaltwasserströmungen erzeugt, an deren Rändern der ionen-intensive, BTU-reiche Wellentransfer beginnt und die Aufwallungsparameter in der tollopsoiden Region rings um das thermische Radiationszentrum eingegrenzt werden. Auf diese Weise wird das dynamische Interferenzmuster zwischen Zonen mit variabler Temperatur zu einer Art haploidem Gitter, das sich über die dimensionalen Strömungsverhältnisse an der Oberfläche legt, welche ihrerseits von einem oszillierenden torroidalen Gürtel umgeben sind, dessen Variable lediglich von den alkaloiden Inversionen des Kohäsionsverhaltens aufgrund elektrostatischer Feld . . .«

»Mag schon sein«, fiel ihm Hardesty ins Wort. »Ich glaube aber, wir sollten trotzdem versuchen, zu Fuß auf die andere Seite zu gelangen.«

»Keine Chance! Die Eisenbahnlinie verläuft nicht einmal tangential zum See. Sie verläuft von Nordwesten auf den oberen Teil des Sees zu und schwenkt dann mit einem scharfen Knick nach Nordosten ab. Die Streckenführung erklärt sich daher, daß man damals unten am See Wasser für die Boiler der Dampfloks aufnehmen mußte. Der See ist fünfzig Meilen lang, aber selbst wenn wir bis zum anderen Ende marschieren würden, müßten wir noch über den Fluß, und das ist verteufelt schwierig, viel schwerer als durch den See zu schwimmen. Glaub mir! Der See fließt wenigstens nicht.«

Abgesehen von Jesses Ausführungen über die Temperaturverhältnisse im See klangen seine Argumente recht vernünftig. Schließlich beschlossen die beiden Männer, ein kleines Floß zu bauen, damit ihre Sachen bei der Überquerung des Sees trocken blieben.

»Das ist Hartholz!« erklärte Hardesty, nachdem Jesse ein paar dicke Stämme ans flache Ufer geschleppt hatte. »Es ist so schwer, daß es untergeht.«

»Hartholz? Daß ich nicht lache! Dies ist bestes Montana-Balsaholz! Es wird zum Beispiel bei der Innenverkleidung von Luftschiffen und dergleichen verwendet. Natürlich schwimmt es!«

Die runden Stämme wurden mit einer Reepschnur zusammengebunden, die Jesse dafür erübrigen konnte. Als die beiden Männer das Floß in den See schoben, sackte es weg wie ein Stein und ward nicht mehr gesehen. Jetzt gab es nur noch eines: schwimmen. Die Sonne stand schon tief am Himmel, aber sie wollten es gleich hinter sich bringen. Drüben auf der anderen Seite konnten sie sich ja dann ein Lagerfeuer aus dem überall herumliegenden Montana-Balsaholz machen. Jesse behauptete zwar, es würde auf keinen Fall brennen, aber gerade diese Aussage bewirkte, daß Hardesty in seiner Überzeugung bestärkt wurde und sich noch mehr auf die wärmenden Flammen freute.

Ihre Kleidung schnallten sie zusammengerollt oben auf ihre Rucksäcke. So würde nur ein Teil ihrer Sachen beim Schwimmen naß – zumindest in der Theorie. Doch diese Theorie hielt nur solange der Praxis stand, wie sie die Kraft hatten, schnell zu schwimmen, und das waren etwa zehn Minuten. Schon in der Mitte des Sees verlangsamte sich jedoch ihr Tempo. Sie sanken tiefer ins Wasser, und all ihre Habe wurde klatschnaß. Zu allem Übel war das Wasser dort draußen kalt wie in einem Gebirgsbach um Mitternacht am letzten Tag des Monats Januar. Je mehr sie froren, desto schneller sprudelten die Worte aus Jesse heraus. Was er sagte, klang, als leierte er mit hoher Geschwindigkeit eine Seite aus einem Lehrbuch der Physik herunter:

»Wahrscheinlich glaubst du, daß ich mich nur herausreden will«, sagte er, »aber die tensorischen Funktionen in hoher differentialer Topologie, wie sie durch Applikation des Gauss/Bonnet'schen Theorems auf Todds Polynomien exemplifiziert sind, bilden einen Indikator dafür, daß kohometrische Axialrotation in non-adiabatischen thermischen Vertikalströmungen durch zufallsbedingte Inferenzen, die ihrerseits aus translationalen equilibrierenden Aggregaten herrühren, zu gegenläufigen Strukturen von transitorischem Charakter geordnet werden und zugleich den Effekt transaktionalen Plasmas unter der Einwirkung negativ entropischer Konversionen im Sinne der Thermodynamik produzieren können.«

»Warum hältst du nicht einfach die Klappe?« sagte Hardesty.

Tatsächlich machte Jesse seinen Mund erst wieder auf, als das notdürftige Gestell aus Ästen, das er neben dem Lagerfeuer aufgebaut hatte, um seine nasse Kleidung zu trocknen, in die Flammen kippte, so daß seine kobaltblauen Knickerbocker verbrannten. Fortan lief er von der Taille abwärts nackt herum. Aus einer verrosteten Konservendose und einem Stück Reepschnur konstruierte er sich eine Art Unterleibsschutz im Stil der Eingeborenen von Neuguinea; so baumelte wenigstens seine Männlichkeit nicht im Freien. Es dauerte nicht lange, bis Jesse von dieser Aufmachung schwärmte wie ein Couturier aus der Seventh Avenue in New York, der seine Kollektion vorstellt. »Es ist sehr komfortabel«, beteuerte er. »Du solltest es einmal ausprobieren.«

Zwei Stunden später, als das Lagerfeuer nur noch ein Häufchen Asche war, kam unten am See ein Zug in Sicht, eine stählerne Masse aus ratternden Rädern und dröhnenden Diesellokomotiven. Jesse und Hardesty suchten sich einen bequemen, niedrigen Waggon aus, der sie nach Yellowstone bringen sollte. Hardesty sprang zuerst auf, während Jesse weiter vorn mit seinen kurzen Beinchen in gefährlicher Nähe des Güterzugs neben demselben herrannte, bis Hardesty ihn erreichte und an Bord hievte. Die Aktion war völlig unproblematisch, denn obwohl es Nacht war, sah Hardesty Jesses Hintern schon von weitem bleich im Mondlicht glänzen.

Vierundzwanzig Stunden später sprangen sie von dem Zug ab, denn sie wollten nicht weiter bis Montana und Kanada fahren. Nach einem kurzen Marsch kamen sie an einen Fluß, den sie für den Yellowstone River hielten.

Hardesty blickte zum Himmel auf. Es hing Regen in der Luft. »Wollen wir uns nicht lieber einen Unterstand bauen und die Überquerung des Flusses bis morgen verschieben?« schlug er vor. »Ich glaube, es wird bald regnen.«

»Regnen? Glaubst du das im Ernst? Offenbar bist du noch nie im Gebirge gewesen, jedenfalls nicht für längere Zeit. Ich weiß genau, daß es *nicht* regnen wird? Und kennst du die Definition von ›Unfehlbarkeit‹? Nein? Sie lautet: Jesse Honey! Jesse Honey, wenn er das Wetter voraussagt.« Er warf einen Blick auf die riesigen Kumulonimbuswolken, die sich von Norden heranwälzten und wie ein hohes Gebirge den Mond verdeckten. »Das zieht in fünf Minuten vorüber. Wir werden einen Nachthimmel wie Samt haben. Leg dich ruhig hin und schlafe!«

»Ich weiß nicht recht«, erwiderte Hardesty. Ihm kamen die Wolken nicht geheuer vor.

»Du kannst mir vertrauen!«

Eine halbe Stunde nachdem sie eingeschlafen waren, entlud

sich genau über ihnen die Atmosphäre mit einem solchen Krachen, daß sie vor Schreck in die Höhe flogen wie Pfannkuchen beim Wenden. Wie Maschinengewehrgarben zuckten Blitze über den Himmel und zerschmetterten im Wald so manchen Baum. Der Fluß, dessen Wasser schon zuvor schäumend und wirbelnd talwärts geschossen war, strömte nun so schnell dahin, daß weiße Gischt ihn bedeckte; er sah nun selbst aus wie ein gezackter Blitz. Der Regen, der in diesem Moment auf sie herabzuprasseln begann, war alles andere als ein Landregen, der harmlos vom Himmel herniederrieselt. Hardesty und Jesse mußten alles daransetzen, um in dieser Sturzflut nicht zu ersaufen.

»Lauf mir nach!« prustete Jesse mühsam, nachdem er einen Mundvoll Wasser ausgespuckt hatte.

»Wohin?«

»Ich kenne da ein trockenes Plätzchen. Wir sind vorhin daran vorbeigekommen.«

Mehr schwimmend als gehend arbeiteten sie sich bergan, bis sie vor dem Eingang einer Höhle kauerten.

»Da möchte ich nicht rein«, erklärte Hardesty, obwohl er wußte, daß ihm nichts anderes übrigbleiben würde.

»Warum nicht? Da drinnen sind wir in Sicherheit.«

»Ich habe Höhlen immer gehaßt. Vielleicht hat es damit zu tun, daß ich Italiener bin.«

»Nun komm schon! Ich glaube, ich war früher schon mal drin. Wenn ich mich nicht irre, lebte hier früher ein Einsiedler. Er hat bestimmt ein paar hübsche Federbetten, Proviant, Möbel und Lampen zurückgelassen.«

»Na klar!« sagte Hardesty und stolperte Jesse in der Finsternis hinterher. »Warum müssen wir so tief hineingehen?« fragte er nach einer Weile.

»Um zu der Stelle zu gelangen, wo der Eremit gelebt hat.«

»Und was ist mit den Fledermäusen?«

»Hier gibt es keine.«

»Das glaube ich nicht.«

Nachdem sie sich zwanzig Minuten lang durch eine unterirdische Welt aus verborgenen, gurgelnden Wildwassern und trügerischen Echos hindurchgetastet hatten, hatten sie das Gefühl, einen riesigen Saal tief im Felsgestein des Gebirges erreicht zu haben, denn das Geräusch ihrer Schritte hallte plötzlich nicht mehr nach. Hardesty und Jesse tappten erst nach der einen, dann nach der anderen Seite, aber nirgends stießen sie auf eine Felswand. Der Boden war ziemlich eben und schien aus Geröll und Erde zu bestehen. Mehrmals wateten sie durch friedlich dahinplätschernde unterirdische Bäche, deren Wasser warm wie in einer Badewanne und von kleinen phosphoreszierenden Lebewesen bevölkert war.

Wie seltsam es war, sich von Lebewesen umgeben zu wissen, welche ihr eigenes Licht produzierten und sich gegenseitig in der Stille unablässig zu Hunderttausenden Signale zublinkten, die nur sie selbst verstehen konnten!

Viele Stunden, die ihnen wie Tage vorkamen, wanderten Hardesty und Jesse an diesen leuchtenden Wasserläufen entlang. Jesse hatte schon bald den Einsiedler vergessen. Ebenso wie Hardesty war er gebannt vom Gefunkel dieses unentwirrbaren Netzes aus Bächen und kleinen Rinnsalen. Immer weiter führte der Weg in Finsternis und Stille hinein. Hardesty preßte das kleine Bündel fest an sich, in dem sich auch das Tablett befand. Einmal kamen sie zu einem flachen unterirdischen See, dessen schwaches Leuchten sich in der Unendlichkeit verlor. Alles war so unwirklich, daß sich Hardesty und Jesse unwillkürlich fragten, ob sie sich überhaupt noch in dieser Welt befänden.

Es war Zeit, an die Oberfläche zurückzukehren. Hardesty schlug vor, dem größten Wasserlauf flußaufwärts zu folgen. Sie hätten auf diese Weise zumindest die Gewißheit, daß ihr Weg sie stetig bergan führte.

Schon bald nahm die Zahl der Zuflüsse ab, während der Fluß, dem sie folgten, seltsamerweise immer breiter wurde. Schließlich verschwand auch das fluoreszierende Leuchten im Wasser. Sie betraten eine riesige Höhle, an deren fernem Ende durch eine große Öffnung hindurch zuckende Blitze zu erkennen waren.

»Das ist genau das, was wir suchen«, sagte Jesse. »Weicher trockener Untergrund und ein Ausgang ganz in der Nähe. Laß uns hier schlafen!«

»Glaubst du nicht, wir sollten erstmal ein Streichholz anzünden und schauen, wie es hier aussieht?« fragte Hardesty.
»Wozu soll das gut sein? In dieser gottverlassenen Höhle ist außer uns garantiert niemand!«
»Ich möchte mich aber nicht zum Schlafen hinlegen ohne zu wissen, wo ich bin«, beharrte Hardesty.
»Du spinnst!« rief Jesse, und dann schrie er: »He! Wer immer hier drin ist, geht zum Teufel! Haut ab! Oder bringt uns um, wenn es euch Spaß macht!« Gemessen an seiner Körpergröße hatte Jesse eine grandiose Stimme.
»Ich möchte mich trotzdem selbst überzeugen«, sagte Hardesty und kramte in seiner Tasche nach einem Päckchen trockengebliebener Streichhölzer. Gleich darauf flammte in der riesigen Höhle ein kleines, goldenes Licht auf.
»Aha!« sagte Hardesty, nachdem er sich umgesehen hatte. So akkurat und säuberlich wie Kardinäle bei einem ökumenischen Konzil waren hundert oder mehr überraschte, von dem Licht kurzfristig geblendete, zwölf Fuß hohe Grizzlybären an den Seitenwänden des unterirdischen Saales aufgereiht. Da sie nichts mit den beiden Fremdlingen anzufangen wußten, die so unversehens in ihrer Mitte aufgetaucht waren, blickten sie sich gegenseitig ratsuchend an, drohten dabei mit ihren Tatzen und schwenkten verwirrt ihre Köpfe hin und her. In der Hoffnung, sich die Bären dadurch möglichst lange vom Leib halten zu können, entzündete Hardesty mit zitternden Fingern mehrere Streichhölzer gleichzeitig. Das hellere Licht ermöglichte es ihm nun auch, die Fledermäuse zu sehen, und es überraschte ihn nicht weiter, daß es hier nicht Hunderte, sondern Millionen dieser Tiere zu geben schien. So dicht hingen sie oben am felsigen Dach der Höhle nebeneinander, daß sie eine dicke, geschlossene dunkle Schicht bildeten. Sie mußten so groß sein wie geknickte Regenschirme der Art, wie man sie an stürmischen Tagen in Abfalleimern stecken sieht, und sie hatten auch ungefähr dieselbe Form. Ihre Ohren und Gelenke leuchteten in schaurigem Purpur oder Rosa. In einer Art Kettenreaktion kam nun Bewegung in sie, welche wiederum bewirkte, daß die Bären ihre messerscharfen Zähne bleckten und markerschütternd brüllten.

Als sämtliche Streichhölzer abgebrannt waren, tappten die Bären von allen Seiten auf die Eindringlinge zu. Die Luft war inzwischen erfüllt vom Schwirren der Fledermausflügel. Von braunem Fell und seidig-glatten Schwingen mitgerissen, merkten Hardesty und Jesse schnell, daß sie nicht angegriffen wurden. Vielmehr hatten sie eine Panik ausgelöst. Wie kochende Lava aus einem Vulkan quoll nun eine unförmige Masse aus Bärenleibern und Fledermäusen durch den Höhleneingang hinaus ins Freie, und auch Hardesty und Jesse wurden mit hinausgeschwemmt. Sie landeten im Schein greller Blitze auf einer Geröllhalde.

Als endlich alle Tiere ihr Quartier verlassen zu haben schienen, machte Jesse den Vorschlag, in der Höhle zu übernachten. »Du glaubst doch wohl nicht, daß sie zurückkommen, oder?« fragte er Hardesty.

»Ich würde sagen, daß die Chancen fünfzig zu fünfzig stehen. Aber mach, was du willst! Ich schlafe lieber hier draußen auf den scharfkantigen Steinen.«

Als Hardesty am nächsten Morgen erwachte, sah er, daß Jesse sich bemühte, Feuer zu machen, indem er zwei Kiefernzapfen aneinanderrieb. Als er damit keinen Erfolg hatte, versuchte er, mit einem Stock Funken aus einem Stein zu schlagen. Schließlich fand Hardesty doch noch ein paar Streichhölzer, so daß sie sich bald an einem Feuer wärmen konnten, dem nur deshalb nicht der ganze Wald zum Opfer fiel, weil alles so naß war.

Jetzt galt es nur noch, den Fluß zu überqueren. »Wir sollten versuchen, flußabwärts eine Brücke zu finden«, schlug Hardesty vor. »Am Oberlauf wird das Flußbett zwar enger, aber auch tiefer. Außerdem wohnen dort wohl auch weniger Menschen als weiter unten, wo wir vielleicht durch eine Furt waten oder an einer ruhigen Stelle auf die andere Seite schwimmen können.«

»Das zeigt mal wieder, daß du keine Ahnung hast!« erwiderte Jesse geringschätzig. Schließlich war *er* der professionelle Bergführer. »In beiden Richtungen sind es mindestens zweihundert Meilen bis zur nächsten Brücke. Flußaufwärts kommt man bald in einen mörderischen Verhau aus spitzen Felsen und glitschigen Klippen. Und im Süden ist der Fluß noch breiter und tiefer, wegen der vielen Nebenflüsse.«

»Was schlägst du also vor?«

»Daß wir das tun, was ich in ähnlichen Situationen schon hundertmal getan habe.«

»Was denn?«

»Wir bauen ein Katapult!«

»Um uns selbst auf die andere Seite zu schießen?« fragte Hardesty. »Aber der Fluß ist eine Viertelmeile breit!«

»Na und?«

»Angenommen, wir bauen tatsächlich ein Katapult, das funktioniert, das uns also auf die andere Seite schießen kann. Was geschieht denn dann? Ich weiß nicht, welche Flugbahn dir vorschwebt, aber es könnte doch sein, daß wir aus großer Höhe abstürzen und beim Aufprall sofort sterben.«

»Nein, das kann nicht passieren«, erwiderte Jesse.

»Warum nicht?«

»Siehst du, wie dicht die Bäume drüben stehen? Wir müssen uns nur in irgend etwas einwickeln, bis wir so rund und weich gepolstert sind wie Krapfen. Zusätzlich könnten wir Netze um uns aufspannen, die sich in den Bäumen verfangen.

»Sagtest du *Krapfen*?«

»Ja, du wirst schon sehen, was ich meine.« Unverzüglich machte sich Jesse an die Arbeit. Hardesty glaubte zwar nicht eine Minute lang, daß es klappen könnte, aber er ließ sich von Jesses Selbstvertrauen mitreißen. Tatsächlich ging Jesse mit absoluter Selbstsicherheit daran, die hirnrissigsten Vorrichtungen zu konstruieren. Er war beseelt von der uralten, grandiosen und rührenden Idee, eine Maschine zu bauen, mit deren Hilfe er und Hardesty durch die Lüfte fliegen könnten.

Zwei Wochen lang schufteten sie. Sie schliefen wenig und nahmen abgesehen von ein paar handtellergroßen Stücken Dörrfleisch, von Tee und ein paar Forellen, die sie im Fluß angelten, nur wenig Nahrung zu sich. Anfänglich bestand Jesse darauf, die Fische nachts mit der Wärme seines Körpers garzukochen, was angeblich eine alte indianische Methode war.

»Es gibt bessere Zubereitungsarten«, sagte Hardesty und zeigte dem Gefährten, wie man Fische ausnimmt und am Feuer brät.

Auf einer Lichtung, die sie selbst gerodet hatten, stand die Wurfmaschine auf einem Fundament aus Erde, Steinen und Baumstämmen. Jesse und Hardesty hatten viele Bäume fällen müssen, um ein zwei Stockwerke hohes Gerüst errichten zu können, dessen Bestandteile in Ermangelung von Seilen von biegsamen Ranken zusammengehalten wurden. Ein dicker hundert Fuß langer Baumstamm diente als Achse für einen Schwenkarm. Am kürzeren Ende dieses Hebelarmes wurde ein geflochtener Korb befestigt, in den die beiden Männer große Steine mit einem Gesamtgewicht von mehreren Tonnen packten. Mittels einer improvisierten Winde zogen sie nun das lange Ende des Hebels, das schräg in die Luft ragte, auf den Boden der Lichtung hinab und vertäuten es sorgsam. Das Katapult war gespannt wie die Sehne einer Armbrust. Nun hüllten sich Jesse und Hardesty in einen dicken, ballonförmigen Anzug, den sie aus mehreren Schichten weicher Moospolster und schwammiger Boviste gefertigt hatten, die von frisch geschälter Baumrinde zusammengehalten wurden. Am Ende ähnelten sie tatsächlich zwei wandelnden Krapfen. Hardesty bekam es in letzter Minute mit der Angst zu tun und weigerte sich, auf die Abschußrampe zu klettern. Aber die Müdigkeit und der Hunger waren stärker. Statt sich zu Fuß auf den Weg nach Utah zu machen, rang er sich zu dem Entschluß durch, sich ungeachtet aller Gefahren von dem riesigen Katapult durch die Lüfte schleudern zu lassen. Abgesehen davon fand er das Abenteuer insgeheim sogar irrsinnig spannend.

Jesse hielt die Reißleine in der Hand. Ein kurzer Ruck würde genügen, um den Holzkeil, der die Arretierung sicherte, zu lösen, und schon würden sie durch die Luft fliegen. »Siehst du da drüben den hellgrünen Fleck?« fragte Jesse und zeigte auf einen jungen Nadelwald am anderen Flußufer. »Dort werden wir landen. Unser Anflug wird durch die Netze, die sich in den Ästen der Bäume verfangen, gebremst werden, und außerdem sind wir durch unsere Anzüge geschützt. Ich brauche dir wohl nicht zu sagen, daß diese zusätzliche Sicherheitsmaßnahme eigentlich überflüssig ist. Falls du trotzdem Angst hast, dann denk daran, daß ich Ingenieur bin. Ich habe alles bis auf die letzte Stelle hinter dem Komma durchkalkuliert. Bist du bereit?«

»Einen Augenblick noch!« sagte Hardesty. »Ich glaube, eine Lage Boviste in meinem Schutzanzug ist verrutscht. Ja, so ist es besser. Jetzt kann es losgehen. Weißt du, eigentlich halte ich dich ja für einen Irren, und ich weiß nicht, warum ich dir so vertrrrr . . .«

Jesse hatte die Reißleine gezogen. Mit ungeheurer Wucht wurden sie vorwärts geschleudert, jedoch nicht hoch in die Luft, sondern geradewegs in den Fluß, in nur etwa fünfzig Fuß Entfernung vom Ufer.

Wie eine Granate prallten sie auf dem Wasser auf. Die Gischtfontäne war gewiß hundert Fuß hoch. Dann packte die Strömung die beiden Männer in ihrer ballonförmigen Umhüllung. Wie Kugeln kullerten sie durch die Stromschnellen, aber glücklicherweise sorgten ihre unförmigen Schutzanzüge für genügend Auftrieb und waren so beschaffen, daß Jesse und Hardesty stets mit dem Kopf voran auftauchten. Mit rasender Geschwindigkeit trieben sie stromabwärts. Nach dem Aufprall hatten sie für kurze Zeit die Besinnung verloren, aber das kalte Wasser sorgte dafür, daß ihre Lebensgeister schnell wiederkehrten.

Hardesty versuchte mit ganzer Kraft, sich aus seinem Panzer zu befreien.

»Hör auf, sonst wirst du ertrinken!« schrie ihm Jesse zu. »Freu dich, daß wir diese Schwimmkörper haben!«

»Geh zum Teufel!«

»Ich meine es ernst!«

»Ernst? Sagtest du *ernst*?« Hardesty war vor Ärger und Empörung fast gelähmt.

»Folge meinem Rat, sonst ergeht es dir übel!« rief Jesse.

»Ich treibe mit vierzig Meilen in der Stunde in einem eiskalten Fluß voller Stromschnellen und kann mich in dieser lächerlichen Hülle aus Moos, Pilzen und Baumrinde nicht rühren, und da kommst du daher und sagst, es könnte mir übel ergehen, wenn ich deinem Rat nicht folge? Weißt du, was du bist? Hör mir gut zu: Du bist ein Pfuscher! Du hast von nichts eine Ahnung, du Zwerg!«

»Ich kann nichts dafür, daß ich von Natur aus so klein bin«, schrie Jesse über das tosende Wasser hinweg. »Die Größe eines Menschen besteht doch nicht nur aus seiner *Körper*größe!«

Hardesty konnte nicht länger an sich halten. »Was ich meine, hat nichts mit groß und klein zu tun!« In diesem Augenblick fiel ihm auf, daß sie im Begriff waren, unter einer Brücke durchzuschwimmen, die höchstens ein bis zwei Meilen von der Stelle, wo sie das Katapult gebaut hatten, entfernt sein konnte. Kleine Mädchen standen an der Brüstung, blickten durch rhabarberfarbene Brillen neugierig in die Tiefe und wunderten sich über die seltsamen »Wasserfahrzeuge«, die dort unten vorbeitrieben.

»Und was ist das hier, deiner Ansicht nach?« rief Hardesty Jesse zu.

»Da muß man Brückenzoll entrichten! Ich weiß nicht, wie du darüber denkst, aber ich werfe nicht gern mein Geld zum Fenster hinaus!«

Hardesty war zu erschöpft, um noch länger gegen das Brausen der Stromschnellen anzuschreien. Schlaff hing er in seinem dicken Bovistanzug und starrte müde auf die Szenerie, die so geschwind an ihm vorbeizog, als säße er in einem Eisenbahnabteil. Nach einer Weile kam ihm seine Lage nicht mehr ganz so aussichtslos vor. Vielleicht erreichten sie in ein bis zwei Tagen eine Stelle, wo die Strömung nicht mehr so reißend war, und konnten dann ans östliche Ufer schwimmen. Kaum hatte Hardesty diesen Gedanken zu Ende gedacht, da sah er, daß der Fluß ein Stück weiter vorn spurlos verschwand. Dort, wo das Flußbett hätte weitergehen müssen, sah man nichts als leere Luft und weit dahinter, die Wolken am Himmel. Der Anblick war grauenhaft.

»Die Ryerson-Fälle«, konstatierte Jesse. »Eine Dreiviertelmeile hoch. Hätte nie gedacht, daß ich da mal als lebender Medizinball durch müßte!«

Hardesty war hin- und hergerissen zwischen dem Wunsch, Jesse zu erdrosseln, und der Notwendigkeit, vor dem Tod noch schnell seine Gedanken zu sammeln, um beim Abschied von dieser Welt noch etwas Schönes und Wahres herausschreien zu können. Er wollte nicht wie sein Vater mit einem amüsierten Lächeln auf den Lippen sterben.

Die Schönheit und Intensität, nach denen es ihn verlangte,

fand er dann im Sturz selbst. Die Kräfte der Natur bescherten ihm in einem komplizierten Zusammenspiel von Schwerkraft, Beschleunigung und Temperatur ein Erlebnis, das an Intensität nichts zu wünschen übrigließ. Alles war in sich stimmig. Was konnte es Tröstlicheres geben als die Unbeirrbarkeit und Reinheit elementarer Kräfte? Sich ihnen anzuvertrauen war keine Niederlage. Allerdings hatte sich Hardesty nicht vorgestellt, daß er eines Tages sein Leben in einem Wasserfall verlieren würde, zusammen mit einem zwergwüchsigen Versager und umhüllt von einem dicken Polster aus Moos, Bovisten und Baumrinde.

Schon wurden sie über die Kante des Wasserfalls in die schwindelerregende Leere geschleudert. Auf dem Weg in den Abgrund schlugen sie immer wieder auf das stürzende Wasser und wurden wirbelnd um die eigene Achse gedreht. Je tiefer Hardesty fiel, desto mehr klammerte er sich an die Hoffnung, doch noch zu überleben. Wenn ich schon so weit gekommen bin, warum soll ich dann nicht auch noch den Rest schaffen, sagte er sich. Kurz vor dem Aufschlag, als er sich dem Ende des freien Falls nahe wußte, wuchs die Hoffnung geradezu in den Himmel.

Unten empfing ihn ein Blizzard aus Gischt und blendend weißem Schaum. Das Wasser war von sprudelnden Luftblasen durchsetzt, so daß es sogar in hundert Fuß Tiefe noch genug Sauerstoff zum Atmen gab. Jesse und Hardesty schossen wie zwei Bojen an die Oberfläche zurück, aber erst eine halbe Meile unterhalb des Wasserfalls tauchten sie auf. Ein paar Angler rieben sich bei ihrem Anblick verwundert die Augen und fragten sich, ob sie wohl träumten. Oder hatten sie tatsächlich zwei kugelförmige Gebilde von der Größe eines Autos und mit zwei Insassen gesehen, die diese rätselhaften Wasserfahrzeuge mit rückwärts gewandtem Gesicht durch die Strömung steuerten?

Sie landeten in einer Gegend, die nur aus heißen Quellen, tückischen Lehmlöchern und blubbernden Gasblasen zu bestehen schien, welche die Luft mit schwefeligem Gestank erfüllten. Ohne Jesse eines einzigen Blickes zu würdigen, befreite sich Hardesty aus seinem Schutzmantel. Er schulterte seinen Rucksack und wanderte los, nach Osten zu.

»Es ist nicht ratsam, da lang zu gehen«, rief ihm Jesse nach.

»Am besten folgst du mir. Man muß jahrelange Erfahrungen haben, um sich auf dieser dünnen Kruste fortbewegen zu können. Sonst kann es einem passieren, daß man plötzlich nicht mehr da ist. Hier ist es gefährlicher als auf einem Minenfeld, und du hast ja keinerlei Übung. Überall unter der Oberflä—«

Das waren Jesse Honeys letzte Worte.

☆

Nach sechs Monaten Arbeit als Schafhirte auf einer Ranch in Colorado verlangte es Hardesty nach einem Ortswechsel. Er hatte genug Geld beisammen, um die Reise nach Osten fortzusetzen. Die Besitzer der Ranch, ein junges Paar namens Henry und Agnes, hatten ihn gebraucht, um die Schafe von den höher gelegenen Weiden ins Tal zu treiben. Danach hatte Hardesty beim Einbringen des Heus geholfen und überhaupt allerlei Arbeiten verrichtet, die vor dem ersten Schneefall getan werden mußten. Als dann im November der Winter seine ersten zaghaften Vorstöße unternahm und die Felder nachts mit einer weißen Reifschicht überzog (die eine immer schwächer werdende Sonne freilich am nächsten Tag wieder wegzauberte), da wurde Hardesty nicht mehr benötigt. Außerdem war Agnes viel zu hübsch für einen kräftigen, unverheirateten Gelegenheitsarbeiter wie ihn, der sich bemühte, einen klaren Kopf und seine persönliche Würde zu behalten. So brachte Henry ihn mit seinem uralten Lieferwagen zur Eisenbahnlinie am Fuß der Sangre-de-Christo-Berge. Dort sprang Hardesty auf einen Güterzug und erreichte bald eine mittelgroße Stadt. Sie lag an der Bahnstrecke, die auch von dem letzten noch verkehrenden Transkontinent-Expreß benutzt wurde.

»In fünf Stunden kommt der *Polaris* hier durch«, erklärte ihm ein junger Bahnbeamter. »Normalerweise hält er hier nicht an. Wenn Sie zusteigen wollen, müssen Sie dem Bahnhofsvorsteher rechtzeitig Bescheid sagen. Er muß nämlich auf den Wasserturm klettern und dem Lokführer von weitem ein Signal mit der Laterne geben.«

Hardesty erstand in einem Laden eine neue Hose. Seine alten

Jeans waren so von dem Lanolin der Schafe durchtränkt, daß sie wie Zunder brannten, als er sie ins Feuer warf.

Langsam wurde es dunkel. Hardesty saß am Bahndamm und wartete auf den *Polaris*. Auf den Bergwiesen, wo Agnes und Henry ihre Schafherden grasen ließen, hatte er gelernt, reglos und in sich gekehrt die Kälte des Abends gewissermaßen wegzumeditieren, wobei ihm freilich ein voluminöser Lammfellmantel half, den er als Teil seines Lohns bekommen hatte. Jener Trancezustand, der es ihm ermöglichte, der Kälte zu trotzen, verstärkte gewisse Sinneseindrücke und ließ andere immer mehr in den Hintergrund treten. Hardesty fror nicht, aber dafür hörte und sah er alles mit überdeutlicher Klarheit. So konnte es geschehen, daß er das Nahen des Zuges eher bemerkte als der Stationsvorsteher. Weit in der Ferne tauchte zwischen den Bergen ein winziger Lichtpunkt auf, der hin und wieder verschwand. Gedämpfte, kaum vernehmbare Geräusche versetzten die Nachtluft in Schwingungen, alarmierten die Hunde des Städtchens und sagten Hardesty, daß für den Stationsvorsteher nun die Zeit gekommen war, mit seiner Signallaterne auf den Wasserturm zu klettern.

»Sie haben mich gesehen!« rief der Mann nach einer Weile aus der Höhe herab. »Laufen Sie jetzt in Fahrtrichtung neben den Schienen her! Der letzte Waggon wird etwa eine Meile von hier zum Stehen kommen.«

Hardesty rannte los, während neben ihm der Zug mit kreischenden Bremsen allmählicher langsamer wurde. Als ihn der Speisewagen überholte, sah er drinnen im gedämpften Lampenlicht, das den Schnee auf dem Bahndamm gelb wie Ölzeug färbte, Menschen beim Abendessen sitzen. Manche schenkten gerade Wein in ein Glas, andere preßten ihre Gesichter an die Fensterscheiben und versuchten vergeblich herauszufinden, warum der Zug hielt. Wieder andere betupften ihre Lippen mit einer Serviette. Der letzte Wagen war schon ziemlich langsam, als er an Hardesty vorbeirollte. Er war am hinteren Ende stromlinienförmig abgerundet und hatte über dem Schlußlicht ein gläsernes, von innen erleuchtetes Schild, auf dem das Wort *Polaris* stand wie ein Filmtitel auf einer Leuchtreklame.

Ein Schaffner hielt Hardesty die Tür auf und zog ihn ins Innere des Abteils. Dann gab er das Signal zur Weiterfahrt.

»Wohin wollen Sie?« erkundigte sich der Beamte.

»Nach New York.«

»Die meisten Leute, die in einem kleinen Kaff zusteigen, wollen höchstens nach Kansas City, und das ist schon ganz beachtlich für sie. New York, sagen Sie? Na ja, wenn Sie meinen! Haben Sie genug Geld für die Fahrkarte?«

»Wieviel kostet sie denn?«

»Da muß ich erst im Dienstabteil auf der Tabelle nachsehen. Kommen Sie am besten gleich mit!«

Als sie durch den Salonwagen gingen, rief ein älterer Herr den Schaffner zu sich. »Überlassen Sie uns den neuen Fahrgast, Ramsey«, sagte er. »Wir werden uns um ihn kümmern.«

»Wie soll ich das verstehen, Mr. Cozad?« fragte der Schaffner.

»Wir brauchen einen vierten Mann für ein Spielchen«, sagte der dunkel gekleidete Herr mit einer Stimme, in der ein Dreivierteljahrhundert texanischer Geschichte mitschwang. »Nehmen Sie Platz, junger Mann«, forderte er Hardesty dann auf und wies auf den vierten Sessel, der noch frei war.

Das Leder war kühl und weich. Hardestys Herz klopfte noch immer, und sein Gesicht war leicht gerötet. Er öffnete ein wenig seinen Schaffellmantel, zog ihn dann kurzentschlossen ganz aus und legte ihn zusammengefaltet auf seinen Rucksack.

Der Salonwagen war in purpurnes Dämmerlicht getaucht, das hier und dort von Lampen mit roten Schirmen aufgehellt wurde. An dem Tisch, an den Hardesty gebeten worden war, saßen drei grauhaarige Herren in dunklen Anzügen. Ihre Gesichter glichen bleichen Masken, ihre Hände bewegten sich, als hätten sie sich verselbständigt. Das Dämmerlicht und das rhythmische Klicken der Räder auf den Schienen erzeugten eine Stimmung von eigentümlicher Intensität. Auf dem Spieltisch verstreut lagen Karten, die ein eigener geheimnisvoller Schimmer umgab. Die Könige, Damen und Buben grinsten wie Cheshire-Katzen.

»Wie wär's mit einem Gin Tonic?« fragte der, den der Schaffner mit Mr. Cozad angeredet hatte.

»Nein danke«, erwiderte Hardesty. »Ich trinke nicht.«
»Vielleicht etwas anderes?«
»Ja, Tee.«

Cozad bestellte Tee, der Hardesty in einer altmodischen, versilberten Kanne serviert wurde, die gewiß schon seit einem Jahrhundert im Speisewagen des Zuges mitfuhr.

»Sie spielen doch Karten, nicht wahr?« erkundigte sich Cozad.

»Leider nein«, antwortete Hardesty. »Aber nicht aus Überzeugung oder religiösen Gründen, sondern einfach so.«

Die drei Herren staunten nicht schlecht, daß es so etwas gab wie einen Cowboy, der nicht Karten spielt.

»Junger Mann«, sagte Cozad, »ich habe noch nie jemanden getroffen, der älter als fünf war und keine Ahnung vom Pokern hatte. Sie wollen sich doch wohl nicht drücken, wie?«

»Durchaus nicht, Sir«, erwiderte Hardesty. »Aber ich erinnere mich nicht einmal mehr an die Regeln.«

»Aha! Sie haben also doch schon einmal gespielt?«

»Ja, als Kind, aber meistens nur ein Spiel, das wir Schummeln nannten.«

»Gibt es wirklich ein Spiel, das so heißt?«

»Ja.«

»Nie von gehört! Aber wie wär's mit einer Partie Poker?«

Hardesty, vom heißen Tee erwärmt und angeregt, lenkte ein: »Ich glaube, daß ich mich doch noch ein bißchen daran erinnere. Notfalls können Sie es mir ja wieder beibringen, nicht wahr?« Er lächelte.

Cozad trommelte mit den Fingern auf die mit grünem Leder überzogene Tischplatte. »Ich glaube, Sie sind ein ganz gerissener Fuchs!« sagte er. »Wenn ich mich nicht getäuscht habe, dann sind Sie hier genau richtig. Wir, das heißt Lawson, George und ich, sind nämlich als Spieler so berüchtigt, daß sich kaum noch jemand mit uns an einen Tisch setzen will. Meistens geht uns irgendein junger Schnösel ins Netz, dem Papis Geld in den Kopf gestiegen ist, so daß er glaubt, es mit uns aufnehmen zu können. Aber auf dieser Reise ist leider keiner dabei, und Sie gehören auch nicht zu dieser Sorte, das sieht man auf den ersten Blick.

Ohne einen vierten Mann, den wir noch nicht kennen, spielen wir aber nur sehr ungern. Reicht Ihnen das als Einladung?«

»Ich habe nur hundertsechzig Dollar in der Tasche«, sagte Hardesty, »und eine Fahrkarte muß ich auch noch lösen.«

»Sollen wir ihm Gelegenheit geben, sich die Hörner ein bißchen abzustoßen?« mischte sich Lawson ein.

»Was meinen Sie damit?« erkundigte sich Hardesty argwöhnisch.

»Sie haben allen Grund, sich zu freuen! Wir drei sind nämlich bereit, Ihnen Ihren Einsatz vorzustrecken, jeder ein Drittel. Falls Sie verlieren, schulden sie uns nichts. Gewinnen Sie aber, dann zahlen Sie uns unser Darlehen zurück und behalten den Rest. So haben wir unseren eigenen Söhnen das Spielen beigebracht.«

Nachdem Sie Hardesty zehn Minuten lang bei ein paar Probespielen die Regeln eingebleut hatten, statteten ihn die drei älteren Herren mit einem Startkapital von zehntausend Dollar aus. Als echter Marratta nahm Hardesty diese Summe ohne mit der Wimper zu zucken entgegen. Dadurch erweckte er zwar kurzzeitig den Argwohn seiner Gegner, aber da sie alle passablen Spieler im Lande kannten, hätten sie sich letztlich sogar gefreut, wenn sie endlich auf jemanden gestoßen wären, der ihnen ebenbürtig war. Die Nachricht von einem neuen Stern am Spielerhimmel hätte sich in Windeseile über den ganzen Kontinent verbreitet.

»Okay«, sagte Cozad. »Was sein muß, muß sein. Dreht die Heizung auf, es hat angefangen zu schneien. Diese Partie endet genau am Meilenstein 5 westlich von St. Louis. Nicht einen Moment früher oder später. Traditionell hat eine Pokerpartie zwischen Denver und St. Louis ein Limit von neunzigtausend Dollar. Speisen und Getränke gehen zu Lasten desjenigen, der zuletzt gibt.«

Manche Leute glauben, Spieler taugen nichts, weil sie nicht arbeiten. Aber wer so spricht, hat sich offensichtlich noch nie eine Nacht mit einer Pokerpartie zwischen Denver und St. Louis um die Ohren geschlagen. Während sich der Zug seinen Weg durch arktisches Schneegestöber bahnt, herrscht drinnen im warmen Salonwagen eine gedämpfte Stimmung wie in einer

Bibliothek. Aber die Gemütlichkeit täuscht. Wenn irgendwo in Nebraska ein Weichensteller verschläft, entgleist der ganze Zug und stürzt über eine hohe Böschung.

Die Leute mögen keine Spieler, weil sie nicht gern daran erinnert werden, daß sie selber auch Spieler sind. Nur deshalb schmähen sie alle Spielernaturen als Faulpelze.

Aber Spielen ist nicht nur Arbeit — es ist mehr als das. Man kann sich dabei abrackern wie in einem Kohlebergwerk. Hardesty fand dies schnell heraus. Schon bald schmerzte ihn der Hals, und seine Muskeln verkrampften sich. Aber er blieb an dem grünen Spieltisch sitzen und spielte Karten, während der *Polaris* in jener langen, weißen Nacht über das flache, kurzgrasige Land brauste. Hardesty wußte genau, was er tat. Er saß hier nicht nur, weil dieser Mr. Cozad mit dem Patrizierbart und den freundlichen Augen ihn in bemerkenswerter Weise an seinen Vater erinnerte. Und es lag auch nicht daran, daß er, Hardesty, beim Spiel gewann — jawohl, er gewann! Vorbehaltlos hatte er sich seinem Schicksal ausgeliefert, und dazu trug die strenge Schönheit der Prärie durchaus ihr Teil bei, obwohl er eigentlich nicht viel mehr sehen konnte als den Schnee, der vom Wind schubweise gegen die Abteilfenster gepeitscht wurde. Hardesty schwitzte, denn die älteren Herren bestanden darauf, daß die Heizung voll aufgedreht blieb. Trotz ihrer Leibchen aus Angorawolle froren sie.

Wenn Hardesty die Karten mischte und austeilte, tat er dies mit leicht übertriebenen, jedoch anmutigen Bewegungen. Und er gewann weiter! Nur zu Anfang sank sein Spielkapital für kurze Zeit auf knapp über sechstausend Dollar. Danach häufte Hardesty, stetig und in blindem Vertrauen, immer höhere Summen an.

»Was ist höher, vier Gleiche oder ein *flush*?« Wenn er eine solche Frage stellte, schämte er sich ein wenig, weil er die Spielregeln nicht auf Anhieb behalten hatte. Aber seine Gegner verloren gerade deshalb stundenlang, denn sie vermuteten, er würde nur bluffen. Doch Hardesty bluffte nicht ein einziges Mal, und die Karten ließen ihn nicht im Stich. Einmal hatte einer der älteren Herren einen *flush* bis zur Dame, aber da legte Hardesty prompt einen *royal flush* auf den Tisch.

»Das kommt vor«, sagte Cozad am nächsten Morgen, als der

Zug den Meilenstein 5 kurz vor St. Louis passierte und das Spiel zu Ende war. Hardesty wollte den drei Männern ihr Geld wiedergeben, aber sie ließen es nicht zu. Als sie in St. Louis ausstiegen, gab Cozad Hardesty einen Rat mit auf den Weg: »Geh im Bahnhof in die Bankfiliale und laß dir einen Scheck über den Gesamtbetrag ausstellen. So manch einer ist schon wegen einer geringeren Summe umgebracht worden. Und noch eines: Du hast einfach Glück gehabt. Ein Volksschüler kann besser Karten spielen als du. Denk daran und werde nicht unbescheiden!«

Hardesty war traurig, als Cozad fortging, denn er sah seinem Vater so ähnlich. Weder den einen noch den anderen würde er je wiedersehen. Er ging zur Bank, zahlte den größten Teil des Geldes ein und ließ sich dafür einen Scheck geben. Dann belegte er im Zug ein ganzes Abteil und gab dem Zugpersonal so üppige Trinkgelder, wie es auch ein vom Glück begünstigter Profispieler getan hätte.

Schließlich duschte Hardesty ausgiebig, rasierte sich und legte sich schlafen. Winterluft und Morgenlicht drangen durch das halboffene Abteilfenster, so daß es in dem engen Raum blendend hell und schneidend kalt war. Hardesty beäugte von seinem warmen Bett aus den Bankscheck, der in seiner Hemdtasche steckte. Er war von der Landwirtschaftlichen Genossenschaftsbank in St. Louis ausgestellt und belief sich genau auf siebzigtausend Dollar. In der Hosentasche hatte Hardesty außerdem noch ein paar tausend Dollar in bar.

Jenseits von St. Louis war das Land bis tief nach Illinois hinein mit einer dünnen Schneeschicht überzogen. Hardesty hatte den Abteilschaffner angewiesen, ihn erst kurz vor New York zu wecken. Vielleicht habe ich einen so langen Schlaf nicht verdient, sagte er sich, aber immerhin habe ich einen angemessenen Preis dafür bezahlt.

Lange bevor der Zug Chicago erreichte, träumte Hardesty, er säße noch immer in dem dämmrigen Salonwagen im Schein blutroter Lampen, mit schimmernden Spielkarten vor sich auf dem Tisch.

☆

An einem Morgen früh im Winter, zwei Jahre nachdem Virginia fortgegangen war, trat Mrs. Gamely an das Fenster ihres Dachstübchens und schaute hinaus. Im Arm hielt sie Jack, den Hahn. Seit Virginia nicht mehr da war, hatte sie ihn schier bis zur Verblödung verwöhnt und ihn mit Mais derartig überfüttert, daß er kaum noch laufen konnte. Stunden um Stunden hatte sie ihn mit ihren unnachahmlichen, vielsilbigen Fremdwörtern und ihrer kurzen, markanten englischen Prosa berieselt. Der Hahn besaß zumindest eine Eigenschaft, um die ihn zahlreiche Menschen, insbesondere Studenten, hätten beneiden können: Egal, wie lange Mrs. Gamely redete, er starrte sie unverwandt an, ohne sich von der Stelle zu rühren. Wenn sie einmal innehielt, machte er ein, zwei staksige Schritte, bis es weiterging. Dann blieb er abrupt stehen, starrte die alte Dame gebannt an und war mucksmäuschenstill, bis ihm die nächste Pause Gelegenheit gab, sein Gewicht auf den anderen Fuß zu verlagern oder sich mit einem kurzen Gackern zu räuspern. Mrs. Gamely, die Tausende von Hühnern in ihrem Leben gekannt hatte (und zwar jedes einzelne individuell), konnte sich nicht erinnern, daß auch nur eines von ihnen vergleichbar lang bei der Sache zu bleiben vermochte. Jack war unbezahlbar. Er sah aus wie ein schneebedecktes Gebirgspanorama, hinter dem gerade die untergehende Sonne versank (ein Eindruck, der durch den roten Kamm hervorgerufen wurde). Er war höflich, tolerant, intelligent, heiter und aufrichtig. Hätte er Englisch gekonnt, so hätte er bei seinem Frauchen eine Menge lernen können.

Fünf Tage lang hatte es ununterbrochen geschneit, und der Schnee reichte bis dicht unter die Dachtraufen. Als Mrs. Gamely nach Westen blickte, sah sie das ganze Städtchen unter der weißen Last begraben, aber die qualmenden Kamine verrieten, daß in den Herden schon Feuer für das Frühstück brannte. Ein paar Leute waren auf das Dach ihres Hauses geklettert und ließen den Blick über den zugefrorenen See schweifen. Es hieß allgemein, daß dieser Winter noch strenger sein würde als der letzte. Schon im Sommer, der so heiß gewesen war, daß die Hennen an manchen Tagen halb gekochte Eier legten, hatten sich Voraussagen dieser Art zu einem Schreckgespenst von gigantischen Ausmaßen verdichtet. Im August hatten Häuser, Bäume, ja sogar ganze Wälder plötzlich Feuer gefangen, als wären die sengenden Strahlen der Sonne duch ein Brennglas gebündelt worden.

»Jetzt schwingt das Pendel also zur anderen Seite aus«, sagte sich Mrs. Gamely, während sie beobachtete, wie der Wind den Schnee vor sich herpeitschte. »Zu jedem Gewicht gibt es immer ein Gegengewicht. Schaut nur, wie unser See von weißen Bergen aus Schnee bedeckt ist! Nach dem Feuer schickt uns Gott nun das Eis. Vielleicht zürnt er uns? Auf jeden Fall scheint er etwas mit uns vorzuhaben.«

Ein lautes Klopfen an der Haustür riß Mrs. Gamely so heftig aus ihren Grübeleien daß sie sich fast verschluckte. Sie legte eine Hand aufs Herz und sagte laut: »Daythril Moobcot hat einen Schneetunnel gebaut!« Dann trippelte sie flink die Treppe hinab und fragte sich unterwegs, warum Daythril wohl so früh gekommen war. Hoffentlich brachte er keine schlechte Nachricht.

Tatsächlich stand Daythril Moobcot vor ihr, als sie die Tür öffnete. Hinter ihm verlief schnurgerade ein bläulich-weißer Tunnel durch den Schnee bis zum Dorf.

»Daythril! Wann hast du diesen Tunnel angefangen?«

»Vor zwei Tagen, Mrs. Gamely.«

»Aber warum? Es mangelt mir nicht an Vorräten. Du weißt, daß es nicht klug ist, mitten in einem Schneesturm einen Tunnel zu bauen. Du bist alt genug, um dich daran zu erinnern, wie Hagis Purgin und Ranulph Vonk in ihrem Tunnel verschüttet und erst im Frühjahr gefunden wurden. Man soll immer warten, bis man genau weiß, wie dick die Schneedecke wird.«

»Ich weiß, Mrs. Gamely, aber im Dorf sind alle auf den Beinen, seit wir telegraphisch die Nachricht durchkam, daß irgendwo in der Nähe der *Polaris* mit zweihundert Fahrgästen im Schneesturm steckengeblieben ist. Wir wollen versuchen, die Leute zu uns zu holen, falls sie überhaupt noch am Leben sind. Könnten Sie fünf oder sechs Personen beherbergen, bis ein anderer Zug die Strecke mit einem Schneepflug freigemacht hat?«

»Natürlich kann ich das! Sehr bequem ist es bei mir nicht, aber was soll's! Hauptsache, die Leute überleben. Aber wie wollt ihr sie vom Zug in unser Dorf transportieren? Die kürzeste Entfernung von hier bis zur Eisenbahnlinie beträgt fünfzehn Meilen. Meinst du nicht, daß diese Stadtmenschen ohne warme Kleidung bei fünfunddreißig Grad unter Null samt und sonders unterwegs erfrieren werden?«

»Nein, Madam«, erwiderte Daythril Moobcot stolz. »Wie haben zwei Tage lang alles geplant. Vor einer Stunde sind fünfzig Männer aufgebrochen. Sie ziehen fünfundzwanzig Schlitten hinter sich her, die mit warmer Kleidung, Skiern und Verpflegung bepackt sind. Wenn sie die Eisenbahnlinie erreicht haben, schicken sie die beiden schnellsten Skiläufer die Gleise entlang, um den Zug ausfindig zu machen. Sobald er gefunden ist, marschieren wir alle zusammen zurück ins Dorf, was natürlich ziemlich lange dauern kann, weil die meisten Fahrgäste wahrscheinlich noch nie auf Skiern gestanden haben.«

»Ich werde ein paar Betten herrichten«, sagte Mrs. Gamely. »Und am besten fange ich auch gleich an zu backen. Die Leute werden sich bestimmt über ein Stück warmes Brot und einen heißen Eintopf freuen. Vielleicht haben sie tagelang nichts gegessen. Ob sie wohl wissen, wohin es sie verschlagen hat?«

»Wohl kaum.«

»Macht nichts. Die guten Seelen unter ihnen werden es herausfinden, und die anderen brauchen es nie zu erfahren.« Mrs. Gamely eilte ins Haus zurück, zündete den Ofen an, holte ihre besten Vorräte aus der Speisekammer und knetete in der Küche einen Teig, der nach Ambrosia duftete.

☆

Nach fünf Tagen Blizzard hatten Zugpersonal und Fahrgäste des *Polaris* trotz sorgsamer Rationierung sämtliche Nahrungsmittel aufgebraucht und die restliche Kohle verfeuert. Der Tender war leer. Zusammengekauert saßen die Leute in den beiden Schlafwagen. Sie hatten sich in Decken, Vorhänge und Teppiche gewickelt. In improvisierten Öfen wurden die Bretter von Holzverschalungen sowie entbehrliche Gepäckstücke verbrannt. Der Heizer des Zuges war bei dem Versuch, die Telegraphenleitung zu finden, fast erfroren und hatte obendrein feststellen müssen, daß die Leitung tot war. Ein halbes Dutzend Männer mit Pistolen, die sie um der größeren Treffsicherheit willen an Stöcke gebunden hatten, saßen auf dem Dach eines Waggons, kaum höher als die Schneedecke, die den Zug gefangenhielt, im grellen Sonnenlicht und warteten auf Schneehasen und Vögel. Ihre Geduld war schon mit drei Wachteln und einem Kaninchen belohnt worden, die unten im Waggon sofort in einen Topf gewandert waren. Sie sollten so lange gekocht werden, bis nichts mehr von ihrem Fleisch übrig war. Dann sollte die Wassersuppe gerecht an alle verteilt werden. Kleinkinder erhielten reichhaltigere Nahrung aus einer speziell angelegten Reserve; sie sollten so lange gefüttert werden, wie es noch einen Erwachsenen gab, der die Kraft dazu aufbrachte.

Hunger und Kälte sorgten dafür, daß sich sehr schnell der wahre Charakter der betroffenen Menschen offenbarte. Zwei Männer hatten ihre Ungeduld schon mit dem Leben bezahlt. Törichterweise waren sie in die Schneewüste hinausgestapft und keinen Steinwurf vom Zug entfernt im Labyrinth der Schneewehen erfroren. Eine Frau hatte den Verstand verloren, ein paar Fahrgäste waren lebensgefährlich erkrankt, und ein Mann war erschossen worden, als man ihn dabei ertappte, wie er etwas Eßbares aus dem gemeinsamen Notvorrat zu stehlen versuchte. Soweit die Verluste. Zu berichten ist jedoch auch, daß das Zugpersonal in selbstloser Weise seine Pflicht erfüllte, und daß es auch unter den Fahrgästen Menschen gab, die ähnlich aufopfernd die Kranken versorgten, auf einen Teil ihrer Rationen oder auf ihre Decken verzichteten und bewußt dem schädlichen Einfluß jener entgegenwirkten, die allzu schnell den Mut sinken ließen.

Zu jenen Passagieren, die nach dem Ende des Schneesturms den größten Teil ihrer Zeit auf dem Waggondach verbrachten, gehörte auch Hardesty Marratta. Angestrengt hielt er Ausschau nach einem Stück Wild, das zwischen den Verwehungen oder am Himmel irgendwo auftauchen mochte. Mit den anderen Jägern wechselte er nur dann und wann ein Wort; keiner von ihnen wollte potentielle Beutetiere vergraulen. Außerdem war es für ein richtiges Gespräch ohnehin zu kalt. Insgeheim fragte sich jeder der Männer, wie lange diese grimmige Kälte noch anhalten würde. Bei einem solchen Frost käme nicht einmal der Schneepflug durch. Die nächstgelegene Stadt war auf der Landkarte rund hundert Meilen entfernt. Für Flugzeuge war es viel zu kalt. Treibstoff und Schmieröle wären dickflüssiger geworden als Karamell in der Pfanne.

In Parkas und Decken gewickelt, beobachteten die Männer, wie ihr Atem zu einem weißen Wölkchen aus winzigen Eiskristallen gefror. In der Erinnerung durchlebten sie noch einmal den Sturm. Winde aus allen Richtungen hatten den feinen Pulverschnee immer wieder in die Höhe gerissen und manchmal tänzerisch in perfekter Schwebe gehalten, so daß der Eindruck entstand, als bestünde die ganze Welt aus einer weißen, zeitlosen Unendlichkeit.

Während die Sonne ihrer tiefen Bahn über den Winterhimmel folgte, kam es gelegentlich vor, daß einer der Männer auf den Abzug seiner Pistole drückte und in den Schnee feuerte, weil er glaubte, etwas habe sich dort bewegt. Es war ihnen bekannt, daß das Thermometer hier oben im Norden manchmal für Wochen auf fünfundvierzig Grad unter Null oder gar tiefer fiel. Selbst wenn jede der Kugeln, die noch in den Magazinen ihrer Waffen steckten, einen fetten Hasen zur Strecke gebracht hätte, so würde das bestenfalls Nahrung für einen einzigen Tag ergeben. Noch erschreckender jedoch war die Tatsache, daß alle brennbaren Materialien lediglich bis zum nächsten Morgen reichten. Es gab im Zug nicht einmal genügend warme Kleidung und Decken, um fünfzig Menschen vor dem Tod durch Erfrieren zu bewahren, ganz zu schweigen zweihundert. Selbst wenn jemand irgendwo ein funktionierendes und in dieser Schneewüste manövrierbares Fortbewegungsmittel zur Verfügung hätte — wüßte er, wohin er sich zu wenden hätte? War die Rettung der Zuginsassen überhaupt vorrangig, und gab es überhaupt noch genügend Zeit, um von der nächsten menschlichen Siedlung Hilfe zu schicken? Alle, die die Lage mit nüchternem Verstand einschätzten, mußten sich eingestehen, daß sie und ihre Schicksalsgenossen dem Tode geweiht waren.

Unten, im Durcheinander der beiden Schlafwagen, wußte niemand, wie gründlich und schnell der ganze Zug ausgeweidet worden war, welche Kälte draußen herrschte, und daß die Männer auf dem Dach des Zuges ringsumher nur Schneewehen von vierzig Fuß Höhe sahen, so weit das Auge reichte. Die Menschen trösteten sich damit, daß sie so viele waren. Hardesty wußte jedoch, daß dies ein schlechter Trost war. Sein Vater hatte ihm eines Tages von dreißigtausend türkischen Soldaten erzählt, die an der russischen Grenze in der Nähe des Berges Ararat von einem vorzeitigen Wintereinbruch überrascht worden waren. Irgendwann hatte man ihre starren, eng ineinander verknäuelten Leichen gefunden. Kälte, das wußte Hardesty, hatte sich noch nie von Zahlen beeindrucken lassen.

Nach Einbruch der Dunkelheit drohte die Kälte unerträglich zu werden. Lange konnte es nicht mehr dauern, bis die Feuer nach einem letzten Flackern erloschen. Die Sonne, diese einzige Hoffnung der Eingeschlossenen, sank schnell dem Horizont entgegen. Die Männer auf dem Dach folgten ihrer Bahn mit starrem Blick, als saugten sie die letzte Wärme und Helligkeit in sich hinein. Aber diese Sonne war kalt und fremd. Das Zischen des Windes begleitete ihren Untergang wie ein letzer Atemzug.

Hypnotisiert und geblendet bemerkten die Männer in ihrer Reglosigkeit das Wunder, das aus westlicher Richtung auf sie zukam, erst, als es sie schon fast erreicht hatte. Ein paar Meilen vom Zug entfernt, bewegte sich eine Anzahl wintererprobter Bauern in beinahe militärischer Formation durch den Schnee. Auf langen Skiern glitten sie mit kraftvollem Schwung hinab in die Schneetäler und auf der anderen Seite gleich wieder hinauf. Mit der Ausdauer und Stetigkeit einer Rentierherde kamen sie voran, fünfzig Männer mit fünfundzwanzig Schlitten. Sie bildeten eine weit auseinandergezogene Reihe. Jeweils zwei zogen einen Schlitten. Schwer atmend arbeiteten sie sich an den eingeschneiten Zug heran, den einer der Kundschafter von einem Hügel aus entdeckt hatte. Nachdem er die anderen Männer alarmiert hatte, waren sie alle zusammen zu einer Art Wettlauf aufgebrochen, mit der Sonne im Rücken.

Als der Zug endlich vor ihnen auftauchte, sahen sie nur die Dächer, die dicht über dem Schnee zu schweben schienen. Dünne Rauchkringel kündeten von ersterbenden Feuern im Inneren der Waggons. Zweihundert Kinder, Frauen und Männer warteten darauf, in Sicherheit gebracht zu werden. Die Bauern vom See nahmen all ihre Kraft zusammen, um möglichst schnell zu ihnen zu gelangen. Wie schön Gefahr sein kann, wenn sie mit Schnee und Luft und Wolken zu tun hat, sagten sie sich.

Als sie schon ziemlich nah waren, hörten die Männer auf dem Zug das Zischen der Skier im Schnee und den angestrengten Atem der Retter. Zuerst hielten sie diese Geräusche für den Wind, der nach Sonnenuntergang immer merklich auffrischte, dann dachten sie, es sei ein Tier. Als sie schließlich sahen, was da auf sie zukam, rieben sie sich ungläubig die Augen. Mitten aus der weißen Einsamkeit zahlloser Schneehügel und -täler, die sich über Hunderte von Meilen erstreckten, tauchte ein schweigsamer Trupp von Skiläufern auf und steuerte geradewegs auf den Zug los.

Die Männer auf den Waggondächern wollten ihnen etwas zurufen, aber ihre Kehlen waren in der Kälte nur zu einem Gurgeln und Stöhnen imstande. Deshalb feuerten sie mit ihren Pistolen in die Luft, einen Schuß nach dem anderen. Die Bauern vom Coheeries-See antworteten mit lautem Hurrageschrei und legten die letzte Strecke so schnell wie Rennläufer zurück. In den kalten, verqualmten Abteilen, deren Fenster silbrig vereist waren, begriffen die anderen sofort, was draußen vor sich ging. Manche weinten vor Freude, andere lachten oder beteten. Es entstand ein großes Getümmel in den Waggons, und selbst jene, die sich noch kurz zuvor verloren glaubten, kletterten durch die Dachluken, um draußen im Freien ihre Retter willkommen zu heißen.

Wer waren diese Männer in ihrer Kleidung aus Fellen und handgewebtem Tuch? Für eine Antwort auf diese und andere Fragen gab es jetzt – und auch später – keine Zeit. Es galt, schnell aufzubrechen, sonst wären sie bis tief in die Nacht unterwegs.

»Wir haben Vollmond. Er wird die Landschaft beleuchten wie ein Lampion«, sagte einer der Männer vom Coheeries-See zu dem Zugpersonal, das von einem See dieses Namens noch nie gehört hatte. »Trotzdem sollten wir noch bei Tageslicht aufbrechen, damit diejenigen, die noch nie auf Skiern gestanden haben, laufen lernen können, bevor es richtig kalt wird. Wir haben genügend Skier mitgebracht. Die Kranken und die Kinder transportieren wir auf den Schlitten.«

Nach einer Stunde hatten alle ein Paar Skier unter den Füßen, Pelzjacken oder wollene Anoraks am Leib und Dörrobst oder Schokolade im Bauch. Es konnte losgehen. Zwar zischten die Fahrgäste des Zuges nicht durch die Schneetäler wie ihre Retter auf dem Hinweg, doch bis die Nacht hereinbrach, hatten sie gelernt, sich in stetigem Tempo vorwärtszubewegen.

Drei Coheeries-Männer mit Fackeln bildeten die Vorhut. Die anderen folgten in langgezogener Formation. Es ging durch verschneite Wälder und über Felder, die im Licht der Sterne glitzerten. Das harzige Holz der Fackeln spendete flackerndes, orangefarbenes Licht. Gerade als die nächtliche Expedition ein Gehölz aus riesigen Kiefern hinter sich ließ, um eine zehn Meilen breite Ebene zu überqueren, die bleich unter dem Nachthimmel lag, ging der Mond auf und übergoß das Land mit seinem Leuchten. Dennoch wurden die Fackeln nicht gelöscht. Es sah so hübsch aus, wie dort vorn die Flammen tanzten, und außerdem hatten sich inzwischen alle daran gewöhnt, diesen drei Lichtern nachzujagen.

Die Menschen aus der Stadt, die nun in Felle und Wollsachen gekleidet waren, gewöhnten sich rasch an den melancholischen Schein des Mondes und das ferne Glitzern des überwältigenden Sternenhimmels. Allmählich fanden sie soviel Gefallen an der kalten Luft und dem Schnee, daß sie vergaßen, wo sie sich befanden. Die Art, wie sie sich durch die Nacht bewegten, bedurfte keiner weiteren Rechtfertigung, war sie doch um vieles besser als die meisten Dinge, die sie jemals in ihrem Leben getan hatten oder noch tun würden. Selbstvergessen zogen sie über die

Felder, während zu ihrer Rechten am Horizont die Aurora borealis ein schwaches, grünliches Licht aussandte.

Und dann nach einer langen Steigung, kam der Augenblick, da sie das Dorf vor sich liegen sahen! Es lag unter ihnen am Ufer des Sees und funkelte ihnen entgegen wie eine Anzahl bunter Kerzen. Das schöne Bild war gekrönt von einer Aurora borealis, die jetzt genau über dem See in phantastischen blauen und grünen Bändern leuchtete. Rauch quoll aus den Kaminen der Häuser und schien sich in weißen, gewundenen Girlanden um den Mond wickeln zu wollen. Jetzt gab es kein Halten mehr. Alle, Retter und Gerettete, sausten den Hang hinab, daß der Schnee zischte. Alle eilten sie nun diesem weihnachtlichen Kerzenschein entgegen, und als sie die ersten Häuser erreichten, sahen die Ankömmlinge, daß die Dorfbewohner zur Begrüßung auf die Dächer ihrer Häuser geklettert waren oder ihnen aus hellerleuchteten Fenstern entgegenblickten.

Skier wurden abgeschnallt und gegen Hauswände gelehnt, Heimkehrende wurden von ihren Familien freudig empfangen, und dann ging es grüppchenweise hinein in die Häuser, wo warme Mahlzeiten und wohlverdiente Ruhe warteten. Manch einer hatte seit Tagen kaum etwas gegessen. Staunend und mit leuchtenden Augen blickten sich die Menschen um. Es kam ihnen vor, als hätten sie eine Traumwelt betreten. Wie schön es hier war! Waren sie vielleicht doch im Zug erfroren und erlebten diese Ereignisse nach ihrem Tod? Und wenn dem so war — wieviel besser war dieses Dasein dann als alles, was sie bisher in ihrem Leben gekannt hatten! Hier war alles von Licht überflutet und bei aller Gefühlsseligkeit von unerklärlicher Heiterkeit durchdrungen.

»Nein«, sagten die Leute aus dem Dorf. »Ihr seid nicht tot, ganz und gar nicht!«

Aber die Geretteten wußten nicht, ob sie diesen guten Leuten glauben konnten, und während sie drinnen in den warmen Häusern saßen, sehnten sie sich danach, wieder draußen unter den Sternen zu sein. Sie fühlten sich, als könnte ihnen die Kälte nichts mehr anhaben.

Hardesty wurde mit vier anderen Fahrgästen durch den Schneetunnel zu Mrs. Gamelys Haus geleitet. Als sie – das heißt ein auf die Reparatur von Kuckucksuhren spezialisierter Uhrmacher aus Milwaukee, ein junger Marinesoldat, ein frisch verheiratetes Touristenpärchen aus Bengalen und eben Hardesty – durch die offene Tür ins Innere des Holzhäuschen spähten, sahen sie Mrs. Gamely im flackernden Lichtschein vor dem offenen Kamin stehen. Ihr Gesicht mit den etwas zu eng beieinanderstehenden Augen, dessen Ausdruck von einer perfekten Mischung aus Verschmitztheit und Demut geprägt war, erinnerte in diesem Moment an das einer großen Schnee-Eule, die man in ihrem Nest überrascht hat. Sie machte ein paar Schritte auf ihre Gäste zu und begrüßte jeden einzelnen mit einer leichten Verbeugung. Dabei wirkte sie so scheu wie ein kleines Mädchen mit Lackschuhen an den Füßen, das bei einem Schulfest in einer lärmerfüllten Turnhalle zum erstenmal zum Tanz aufgefordert wird.

Die Gäste erwiderten ihren Gruß. Alle spürten sie, daß es etwas Besonderes mit dem Coheeries-See auf sich hatte, aber niemand wußte etwas Genaues, und daraus resultierte ihre außerordentliche Vorsicht. Ehrerbietig und übergenau verbeugten sie sich nun ihrerseits vor Mrs. Gamely wie Entdeckungsreisende, die die Begrüßungszeremonie eines Eingeborenenstammes korrekt nachzuahmen versuchen. Diese ungewöhnliche Willfährigkeit veranlaßte wiederum Mrs. Gamely, die Situation auszukosten; sie wiederholte ihre Begrüßung, und erneut taten es die Gäste ihr gleich. Und noch einmal schritt sie die Reihe entlang, beugte galant vor jedem das Haupt – und wieder, diesmal schon zwangsläufig, folgten die anderen ihrem Beispiel. Das Spielchen dauerte etwa fünf Minuten – bis Mrs. Gamely feststellte, daß einer der Neuankömmlinge fehlte.

Als sie sich umblickte, sah sie einen gutaussehenden jungen Mann am Tisch sitzen. Er war gerade dabei, sich eine der neuen Tonpfeifen zu stopfen. Er hatte die Verbeugungszeremonie beobachtet und mehr und mehr Gefallen an Mrs. Gamelys komödiantischem Talent gefunden. Von diesem Augenblick an verstand er sie.

Nun könnte man meinen, daß die Ankunft von fünf unbekannten Gästen die alte Frau zu einem Schwall von Worten verleitet hätte. Schließlich lebte sie, die über ein Vokabular von mehr als sechshunderttausend Worten verfügte, schon seit weit mehr als einem Jahr allein. Sie redete jeden Tag stundenlang mit sich selbst und ihrem Hahn und da sie die einzige Person in der ganzen Welt war, die genau verstehen konnte, was sie von sich gab, ohne bei jedem Gespräch ein ganzes Wörterbuch zerfleddern zu müssen, überschüttete sie Besucher nur selten mit der ganzen, ihr zur Verfügung stehenden Beredsamkeit. Ganz im Gegenteil – sie schlang alles in sich hinein, was andere Menschen zu ihr sagten. Sie molk ihre Gesprächspartner geradezu wie Kühe, denn sie war stets erpicht auf die Geheimnisse mundartlicher und regionaler Wortprägungen.

Allein von dem Kuckucksuhr-Reparateur lernte sie fünf neue Wörter: *escambulint*, *tintinex*, *walatonian*, *smerchoo* und *fuckhead*, die mit Ausnahme des letzten allesamt Teile der Kuckucksuhr bezeichneten (wohlgemerkt im speziellen Dialekt der Uhrmacher von Milwaukee).

Geradezu eine Goldgrube waren für Mrs. Gamely die beiden Bengalis. Ihr Englisch klang nach einer Mischung aus flatterndem Seidenstoff und Vogelgesang. Mrs. Gamely war darüber so entzückt, daß sie die beiden so lange mit Fragen bombardierte, bis sie fast einen Schwächeanfall erlitten, denn sie kamen kaum zum Essen.

»Wie heißt das bei euch?« erkundigte sich Mrs. Gamely beispielsweise und zeigte auf einen Laib ofenfrisches Landbrot.

»Brot«, antwortete der Mann.

»Aber ihr habt dafür doch bestimmt ein eigenes Wort!« erwiderte Mrs. Gamely unbeirrt.

»Nun ja«, erwiderte das bengalische Pärchen wie aus einem Mund. Und der Mann erläuterte: »Wenn beispielsweise ein Kind um Brot bittet, sagt es: *Ta mi balabap*.«

»*Balabap?*«

»Ja, *balabap!*«

»Und wie nennt ihr einen bestechlichen Polizisten?«

»Einen *jelby*.«

»Und ein altes Wehr, auf dem ein Schwanenpärchen nistet?«
»Ein *swatchit-hock*.«

Und in diesem Stil ging es weiter. Mrs. Gamely trug milchigweißes Coheeries-Brot, Hirschgulasch, knusprigen kanadischen Speck und eine Terrine voll Mischgemüse in Wildsauce auf. Wortreich entschuldigte sie sich dafür, daß sie ihren Gästen keinen Salat vorsetzen konnte. Das sei das Schlimmste am Winter, meinte sie, daß es keinen Salat gäbe. Man habe hier alles versucht, Salat über längere Zeit frischzuhalten, beispielsweise durch Gefrieren – vergeblich.

Zum Nachtisch hatte sie Walnußkekse mit Schokoladenüberzug gebacken, die mit Blaubeerkonfitüre und je einer Weinbrandkirsche gefüllt waren. Da sie an diesem Abend für sechs Personen hatte decken müssen, waren alle Schalen und Teller besetzt, so daß sie nicht wußte, worauf sie die Kekse servieren sollte. Hardesty, der Verständnis dafür hatte, daß solche Dinge für Frauen in fortgeschrittenem Alter manchmal von großer Wichtigkeit sind, schnürte seinen Rucksack auf und zog das goldene Tablett heraus.

Entweder war es während der langen Reise blankpoliert worden, weil es sich ständig an einem Kleidungsstück gerieben hatte, oder es hatte sich auf andere Weise geheimnisvoll verändert – jedenfalls schien das Tablett noch nie so blendend schön gewesen zu sein. Als Hardesty es den anderen zeigte, stockte ihnen der Atem. In dem Tablett spiegelten sich der Flammenschein und das goldgelbe Licht der Petroleumlampe wie im Schild eines sagenumwobenen Kriegers. Nach allen Seiten sandte es Strahlen aus und funkelte so lebendig wie eine nächtliche Stadt. Faszinierender noch als das Schimmern des Goldes war die Tatsache, daß dieses Ding von einer inneren Bewegung erfüllt schien. Es war, als bestünde das Tablett aus geschmolzenem Metall, dessen Beschaffenheit sich nach einem geheimen Plan vor aller Augen unablässig veränderte.

»Wie schön es ist!« sagte die Frau aus Bengalen.

»Zu schön für ein paar Kekse«, fügte Mrs. Gamely hinzu. »Ich würde es nicht über mich bringen, meine Kekse auf einem solchen Tablett zu servieren.«

»Warum nicht?« fragte Hardesty. »Es schadet ihm nichts. Mein Bruder warf es einmal aus dem siebenten Stockwerk auf die Straße. Es trug nicht einmal einen Kratzer davon. Und da es aus massivem Gold ist, läuft es auch nicht an und wird nicht fleckig. Selbst wenn Sie darauf einen Braten tranchieren wollten, hätte ich nichts dagegen. Ein Gegenstand wie dieser kann duchaus den alltäglichsten Verrichtungen dienen, mag er auch von edelster Art sein. Gilt das nicht auch für Worte, Mrs. Gamely? Sie dienen einem Bauern ebenso treu wie einem König.«

Mit einer achtlosen Gebärde ließ Hardesty das Tablett auf den Tisch fallen, wo es sich mit hellem Klang ein Weilchen wie ein Goldtaler um die eigene Achse drehte und die Gesichter der Anwesenden in seinen warmen Glanz badete.

Mrs. Gamely trat zum Ofen und zog das Backblech mit den Keksen aus der Röhre. Während sie einen nach dem anderen auf das Tablett legte, las und übersetzte Hardesty mit lauter Stimme die am Rand eingravierten vier Tugenden und den Sinnspruch in der Mitte.

»Lautet es wirklich so?« fragte sie. »Heißt es da wirklich: *Denn was kann der Mensch sich Schöneres vorstellen als den Anblick einer vollkommen gerechten Stadt, die sich in der eigenen Gerechtigkeit sonnt?*«

»Ja«, antwortete Hardesty.

»Ich verstehe.«

Mrs. Gamely deckte die Worte rasch mit ihrem Gebäck zu und erwähnte sie danach nicht mehr. Als sie in jener Nacht oben unter dem Dach in ihrem Bett lag und über die Menschen nachdachte, die dort unten im Wohnzimmer auf notdürftigen Lagern aus Matten und Decken ruhten, gingen ihr ein paar Dinge durch den Kopf, von denen sie als kleines Mädchen gehört hatte. Damals hatte man ihr versichert, daß eines Tages gewisse Ereignisse von großer Schönheit eintreten würden. Mit einer Mischung aus freudiger Erwartung und Furcht sagte sie sich nun, daß diese Verheißungen sich vielleicht noch zu ihren Lebzeiten bewahrheiten könnten. Seit einiger Zeit hatte sie diese Hoffnung für sich selbst kaum noch gehegt, höchstens für ihre Tochter Virginia und deren Sohn Martin. Einst hatte sie an Wunder, an strahlende Städte und an ein Goldenes Zeitalter geglaubt, doch schon bald war ihr aufgegangen, daß dies nur Wunschträume waren. Aber jetzt war sie sich plötzlich nicht mehr so sicher. Ein großes Schwungrad, das lange stillgestanden hatte, drehte sich anscheinend wieder. Oder war es nur eine törichte, falsche Deutung von Dingen, die längst der Vergangenheit angehörten? Nein, das war unmöglich. Der Beginn des dritten Jahrtausends stand vor der Tür, und der See war in diesem Winter auffällig früh zugefroren. Das Eis, das ihn bedeckte, war wie ein dunkler Spiegel – genau wie in einem anderen Winter vor langer Zeit, als sie noch ein Kind gewesen war. Die Familie Penn war von weither aus der Stadt angereist gekommen, um Beverly auf der kleinen Insel zu begraben. Tränen traten Mrs. Gamely in die Augen, als sie an eine kalte Nacht dachte, kurze Zeit nachdem die Penns die Rückreise nach New York angetreten hatten. In jener sternenklaren Nacht, als die Luft von einem leisen Knistern und Zischen erfüllt zu sein schien, war sie, damals vier oder fünf Jahre alt, auf Zehenspitzen ans Fenster getreten und hatte hinausgeblickt auf den See. In jenen Augenblicken hatte sie begriffen, was das Wort »auferstehen« bedeutet.

☆

Als Hardesty in New York ankam, herrschte dort trockene Kälte. Halbherzig trieb der Wind den spärlichen Schnee in kleinen Wirbeln durch die grauen Straßen.

Von allen Städten, die Hardesty in seinem Leben gesehen hatte, war dies die erste, die augenblicklich für sich selbst sprach. Die überwältigende Masse ihrer Bauten, in denen sich Zeiten und Stile kreuzten, bat nicht scheu um die Aufmerksamkeit des Betrachters wie in Paris oder Kopenhagen, sondern sie zog die Blicke so gebieterisch auf sich wie ein Zenturio, der mit bellender Stimme Befehle erteilt. Riesige Rauchsäulen, so hoch wie ein hundertgeschossiges Gebäude, stiegen in den Himmel. Die Schiffe auf dem Fluß schienen miteinander wettzueifern, um schneller als die anderen die silbrige Buchten einzulaufen. Abertausende von Straßen verbanden sich miteinander zu einem

Gitter, und hier und dort durchbrach eine von ihnen den Rand dieses Gewebes, um sich in schwindelerregender Höhe von einer der elegant geschwungenen Brücken über den Fluß tragen zu lassen.

All dies waren nur äußerliche Erscheinugsformen von etwas Tieferem, das ins Dasein drängte. Hardesty begriff sofort: Unter der grauen Hülle atmete eine verborgene Kraft, und die Ereignisse und Wunder, die in der Stadt geschahen, waren nur Folgen der Bewegungen, die diese Kraft in ihrem Schlaf vollführte. Sie durchtränkte alles und hatte noch ehe sie auch nur ihre Augen geöffnet hatte, der Stadt ihren Stempel aufgeprägt. Hardesty spürte die Kraft überall und in allem, und er wußte, daß die Menschen, die hier wohnten, bei allem nach außen hin zur Schau getragenen Stolz auf ihre »Unabhängigkeit« einem perfekten und rigorosen Reglement unterworfen waren. Rastlos eilten sie hin und her und ließen ihren Leidenschaften freien Lauf; es war ein beständiges Drängeln und Rempeln, ein marionettenhaftes Gezappel. Zehn Minuten nach seiner Ankunft am Hauptbahnhof wurde Hardesty Zeuge eines Mordes: Ein Taxifahrer, der sich mit einem Straßenhändler nicht über die Vorfahrt einigen konnte, erschlug seinen Widerpart kurzerhand. Nein, mit dieser Stadt wollte er nichts zu schaffen haben. Sie war zu grau, zu kalt, zu gefährlich, wahrscheinlich die graueste, kälteste und gefährlichste Stadt der Welt. Er verstand, warum gerade junge Menschen von überall her kamen, um sich an dieser Stadt zu messen, aber er selbst war für derlei zu alt – und er war schon im Krieg gewesen.

Hinzu kam, daß Hardesty beabsichtigte, sich bei seiner Suche nach einer schönen Stadt, in der alle Dinge, zumindest vorübergehend, im rechten Lot waren, auch in Europa umzusehen. Es mußte eine Stadt sein, in der sich alle lebendigen Kräfte zwanglos ausglichen, in der sich die Schalen der Waage im Gleichgewicht befanden. Hier in New York konnte dies nie geschehen; diese ungebärdige Stadt platzte vor Energie, hier gab es zu viele lose Enden, die durch die Luft peitschten wie Stahlseile, die unter zu großer Spannung zerreißen. Nein, New York würde nie mit sich selbst in Frieden leben können, niemals würde hier vollendete

Gerechtigkeit herrschen, mochte die Stadt, in der Großes und Kleines so eng und planvoll miteinander verwoben waren, einen noch so grandiosen Anblick bieten.

Hardesty befand sich in niedergedrückter Stimmung. Er hatte eine lange, beschwerliche Reise hinter sich, die ihn kreuz und quer durch Pennsylvanien geführt hatte. Stundenlang hatte er in irgendwelchen Industriestädten herumgesessen, die nur aus Schnapsläden und Reparaturwerkstätten für Motorschlitten zu bestehen schienen. New York erschien ihm als eine schwierige Stadt, überfrachtet mit Häßlichkeiten, Absurditäten, Monstrositäten, Abscheulichkeiten und unerträglichen Zumutungen. Alles, was sich übertreiben ließ, wurde übertrieben, alles Verfälschbare total entstellt. Was woanders als ganz normale Gewohnheiten oder Abläufe akzeptiert werden konnte, verwandelte sich hier in bedrückende Alpträume, und dies galt selbt für die alltäglichsten Lebensfunktionen. So war beispielsweise Atmen keine Selbstverständlichkeit mehr, denn die Abgase der zahlreichen Chemiewerke und Raffinerien machten es fast zu einem gefährlichen Abenteuer. Scharen widerwärtiger Lüstlinge degradierten Essen und Trinken zu einer Sportart für Schweine. Sex war zu einer Handelsware geworden wie Mangan oder geröstete Erdnüsse. Sogar der Vorgang des Exkrementierens, ohnehin nicht gerade die edelste aller Verrichtungen, wurde hier von grunzenden menschlichen Wracks, die sich unter aller Augen schamlos in hockender Stellung auf dem Trottoir erleichterten, auf eine noch tiefere Stufe herabgewürdigt.

Kurze Zeit später schlug der Wind um, und Licht brach durch die Wolken. Eine Art Zauber bemächtigte sich Hardestys. Ohne ersichtlichen Grund fühlte er sich plötzlich als Herrscher dieser Welt. Er geriet in einen Rauschzustand, der sein Gemüt mit einem ungeahnten Empfindungsreichtum erfüllte. Sein Herz klopfte so heftig, daß er sich kurz vor einem Anfall wähnte. Trotz dieser Ekstase, die ihn so unvermittelt überkommen hatte, blieb ihm noch genügend Geistesgegenwart, um nach dem Grund für diese plötzliche Umkehr seiner Gefühle zu fragen. Vielleicht hat es etwas mit der Stadt zu tun, sagte er sich. Die Menschen ringsumher greinten entweder, dem Tode nahe, vor sich hin, oder sie führten mit Stock und Hut übermütige Tänze auf. Diese Stadt hatte anscheinend keine Mitte. Hier waren die Armen ärmer und die Reichen reicher als irgendwo anders in der Welt. Frauen, denen man von weitem ihren Wohlstand ansah, schlenderten, in kostbare Pelze gekleidet und behangen mit Diamanten, zwischen Mülltonnen hindurch. Arme Schlucker, die nachts auf den Gittern von U-Bahn-Schächten schliefen, stolzierten die Straße entlang und ereiferten sich über die Finanzpolitik der Regierung. Hardesty erkannte, daß zahllose Männer Frauen waren, und sah ebenso viele Frauen in Männerkleidung. Im Madison Square Park erblickte er zwei Verrückte, die sich in Bettlaken gewickelt hatten, einander umtänzelten wie Kampfhähne und dabei schreiend verkündeten, einen Zauberspiegel gefunden zu haben.

Hardesty entschloß sich, seinen Scheck in einer namhaften Bank zu deponieren. Danach wollte er in aller Ruhe entscheiden, ob er noch eine Weile in New York bleiben oder sofort nach Italien abreisen sollte. Vom Hafen her vernahm er immer wieder das dumpfe Tuten riesiger Dampfer, die häufig mit so großer Selbstverständlichkeit nach Übersee ausliefen, als handelte es sich um eine Bootspartie auf dem Dorfteich. Wenn man in San Francisco eine Bank aufsuchte, war es, als ob man einen Palast betrat. Damit mochte es wohl seine Ordnung haben, aber hier in New York waren die Banken nur mit Kathedralen zu vergleichen — und das war gewiß nicht in Ordnung. Hätte man per Gesetz jede Bank in eine Kirche und nur jeden zweiten Vizepräsidenten dieser Geldinstitute in einen Priester verwandelt, so wäre New York augenblicklich zum Mittelpunkt der Christenheit geworden.

Hardesty klatschte den beim Glücksspiel erbeuteten Scheck vor sich auf die Marmorplatte. Ein Angestellter der Bank *Hudson and Atlantic Trust* begutachtete das Stück Papier mit professioneller Routine. »Den können wir leider nicht annehmen«, sagte er. »Wir haben heute morgen ein Telex mit der Anweisung erhalten, keine Schecks der Landwirtschaftlichen Genossenschaftsbank von St. Louis zu akzeptieren. Ich schlage vor, daß Sie sich zu unserer Hauptverwaltung in der Wall Street begeben. Dort kann man Ihnen vielleicht weiterhelfen.«

Die unvermutete Komplikation dämpfte Hardestys rauschhafte Begeisterung ein wenig. Zwar verlor er deswegen nicht sein inneres Gleichgewicht, doch als er wenig später im Herzen der Hochfinanz das Hauptgebäude der Bank betrat, blieb ihm vor Staunen fast die Luft weg. Wie ein Weizenfeld in Kansas erstreckte sich vor ihm ein cremefarbener Marmorfußboden. Kuriere auf Fahrrädern beförderten Dokumente und Mitteilungen von einer Abteilung zur anderen. Als ein kleines Kind einen mit Helium gefüllten Luftballon losließ, blickten ihm die Menschen nach; oben unter dem Deckengewölbe wirkte er nur noch so klein wie ein Sandkorn.

Ein höherer Angestellter der Bank, dem Hardestys Kleidung offensichtlich mißfiel, legte ihm eine Zeitung vor, in der schwarz auf weiß zu lesen stand, daß besagte Bank in St. Louis Bankrott gemacht hatte. »Sie haben drei Möglichkeiten«, sagte der Mann. »Erstens können Sie den Scheck als Gläubiger der Bank behalten und darauf hoffen, daß sie eines Tages wieder auf die Beine kommt. Zweitens können Sie ihn diskontieren wie einen Wechsel, wobei Sie pro Dollar eineinhalb Cent erhalten würden. Drittens können Sie ihn zerreißen.«

Es schien Hardesty die beste Lösung, ein Schließfach zu mieten und den geplatzten Scheck darin zu verwahren. Vielleicht würde er nach zwanzig Jahren wie eine Heuschrecke erwachen und sich in die Luft erheben. Falls die Möglichkeit bestand, ein entsprechend großes Schließfach zu bekommen, so wollte er auch das Tablett darin verstauen. Der Gedanke, in einer Stadt, in der jeder zehnte Bewohner ein Dieb war, mit einem mehrere Pfund schweren Gegenstand aus massivem Gold herumzulaufen, bereitete ihm ohnehin Kopfzerbrechen.

Tief unter dem weizenblonden Fußboden gab es marmorne Kammern und vergitterte Verliese. Hardesty begab sich in eine der kleinen Zellen, deponierte das Tablett und den Scheck in einem Schließfach und blickte sich um. Die Luft war von einem seltsamen Singsang erfüllt; es klang, als würden in einem tibetischen Kloster Gebete heruntergeleiert. Hundert oder mehr Männer mittleren Alters saßen und standen in ähnlichen Zellen wie jener, in der Hardesty sich befand. Murmelnd addierten sie Aktie um Aktie, Wertpapier um Wertpapier. Ihre leisen Stimmen hatten den feierlichen Ernst der Endgültigkeit. Hardesty nahm in einem Sessel Platz, zündete sich eine Pfeife an und lauschte. Das Rascheln der Papiere und das Gemurmel der Stimmen verbreiteten eine Ruhe wie die leise plätschernden Wellen eines Sees. Bisweilen wurde eine Gittertür mit metallischem Gerassel geöffnet oder geschlossen. Die Geräusche hallten noch lange nach und vermischten sich mit dem Klicken der Kombinationsschlösser. In der Dämmerung der Zelle blickte Hardesty dem Rauch nach, der aus seiner Pfeife zur Decke stieg. So blieb er mehrere Stunden lang sitzen und grübelte darüber nach, was er als nächstes tun sollte.

In seiner Tasche befand sich ein langer Brief von Mrs. Gamely an ihre Tochter Virginia, den ihm die alte Dame diktiert hatte. Sein Inhalt war mit einem Ratespiel zu vergleichen, denn er bestand aus wohlgesetzten Worten, die jedoch größtenteils absolut unverständlich waren — es sei denn, man unterzog sich der demütigenden Erfahrung, zum Verständnis eines Textes, der in der eigenen Muttersprache verfaßt war, ein Wörterbuch zu konsultieren. Der Brief las sich wie eine alte, in Runenschrift verfaßte Ode, war jedoch hier und dort gesprenkelt mit allerlei Klatsch und Tratsch in alltäglichem Englisch, mit Zitaten, Rezepten und Nachrichten über die Ernte, den See und gewisse, durch Eigennamen und Gattung gekennzeichnete Tiere, beispielsweise *Grolier das Schwein*, *Concord die Gans* und so weiter.

Mrs. Gamely hatte Hardesty kurz vor der Abreise beiseitegenommen um ihm den Brief in die Feder zu diktieren, und er hatte ihr versprechen müssen, ihn persönlich abzuliefern. Der Postverkehr mit dem Coheeries-See sei nämlich »heteronom und ludibund« (wie sie sich wörtlich ausdrückte). Auf jeden Fall habe sie aus irgendeinem Grund bisher keine einzige Nachricht von Virginia erhalten und wisse deshalb auch nicht ihre Adresse. Hardesty hatte der alten Frau hoch und heilig geloben müssen, Virginia ausfindig zu machen, bevor er von New York aus weiterreiste. Als er fragte, was er machen sollte, falls er sie nicht fände, hatte Mrs. Gamely geantwortet: »Weitersuchen!« Doch nun, nachdem die Bank in St. Louis Pleite gemacht hatte, stand Hardesty nicht mehr soviel Zeit zur Verfügung, wie er für die

Suche veranschlagt hatte. Angestrengt grübelte er darüber nach, auf welche Weise er Virginia Gamely am schnellsten ausfindig machen könnte. Fast bereute er, sich auf dieses Versprechen eingelassen zu haben.

Was indes nicht heißen soll, daß ihn die Stadt und die Aussicht, sie auf der Suche nach Virginia zu durchstreifen, nicht auch gelockt hätten.

Bald schon wurde es dunkel. Die Menschen setzten sich daheim oder in Restaurants zusammen, um gemeinsam zu Abend zu essen, oder sie saßen auf Veranden von Kaffeehäusern unter schräggeneigten, schneebedeckten Glasdächern und nippten an einem heißen Getränk. Hardesty kam an zahlreichen Lokalen dieser Art vorbei, trat aber trotz der Kälte nirgends ein. Schließlich gelangte er zu der Bibliothek. Kein anderes Gebäude in der Stadt vermittelte ein derartiges Gefühl von Tiefe, denn es war nach einem komplizierten Schema in zahllose Gänge, Bezirke, Bereiche, Abteilungen und Unterabteilungen gegliedert, nach Kapiteln, Themen, Begriffen und Buchstaben. Als Hardesty an den langen Bücherregalen entlangschlenderte, die die hohen Wände des großen Lesesaals bedeckten, war ihm, als betrete er eine große Stadt. Die weite Ebene aus Tischen, an denen lesende Menschen saßen, auf allen vier Seiten flankiert von hochaufragenden, rechteckigen Bücherwänden, erschien ihm geradezu wie eine Parodie auf den Central Park, zumal die Leselampen grün wie Gras waren.

Während Gelehrte und andere Wißbegierige nach kargem, ihrer Leber und Galle nicht sonderlich zuträglichem Nachtmahl daran gingen, die unterbrochene Geistesarbeit wiederaufzunehmen, begann Hardesty mit seinen Nachforschungen. Hier war er in seinem Element. Er wußte genau, was er zu tun hatte und machte sich schnell und zielstrebig ans Werk, belebt von dem Spaziergang durch die Kälte. Zuerst suchte er in allen erdenklichen Adreßbüchern und Namensverzeichnissen, dann ging er sogar zu einer Bibliothekarin und fragte sie, ob es nicht etwa eine noch unveröffentlichte Neuauflage des Adreßbuches von New York gäbe.

Im Telefonbuch war Virginia Gamely nicht eingetragen. Schließlich rief Hardesty die Polizei an, aber dort konnte man ihm auch nicht weiterhelfen. Die Polizisten hatten alle Hände voll damit zu tun, Verbrecher zu jagen (oder in Streifenwagen unter einer Brücke ein Nickerchen zu machen). Außerdem: Was ging sie ein Fall wie dieser an?

Nachdem ihn der gerade Weg nicht zum Ziel geführt hatte, sah sich Hardesty gezwungen, auf Umwegen zum Erfolg zu gelangen. Mrs. Gamely hatte nicht die leiseste Idee gehabt, wo sich ihre Tochter aufhalten könnte. Hardesty beschloß daher, sich hier in der Bibliothek über etwas zu informieren, wonach er sich bei Mrs. Gamely vergeblich erkundigt hatte, weil sie pausenlos mit ihren Wortspielereien beschäftigt war: Er wollte herausfinden, was es mit dem Coheeries-See auf sich hatte. Denn wenn er Näheres über ihn in Erfahrung bringen könnte, dann erlaubte ihm dieses Wissen vielleicht, gewisse Rückschlüsse auf Virginia zu ziehen und sie folglich leichter zu finden. Ein Atlas mußte her! Der Coheeries-See war jedoch nicht einmal im Index aufgeführt. Und an der Stelle auf der Landkarte, wo man ihn erwartet hätte, befand sich seltsamerweise nur eine grünliche Fläche mit der Andeutung eines Gebirgszuges und einem oder zwei Flüssen, die nicht einmal einen Namen hatten. Detaillierte Landkarten in kleinerem Maßstab, historisches Quellenmaterial und amtliche Dokumentationen erwiesen sich als genauso unergiebig.

Was immer Hardesty unternahm — stets zog er eine Niete. Der Name Coheeries stand in keinem Verzeichnis. Nachdem er viereinhalb Stunden lang mit wachsender Verwunderung gesucht hatte, gab er es, kurz bevor die Bibliothek geschlossen wurde, auf. Wenn es in dieser gigantischen Auskunftei keinerlei Hinweis auf den Coheeries-See gibt, dann kann ich nicht damit rechnen, woanders fündig zu werden, sagte er sich. Er ließ sich in der Garderobe seinen Mantel geben und fragte den Türschließer, einen uralten Greis, der so aussah, als wäre sein Inneres nach außen gekrempelt, ob er ihm nicht eine billige Übernachtungsmöglichkeit empfehlen könne.

»Meine Mittel sind nur sehr begrenzt«, sagte Hardesty. »Ich suche ein einfaches, sauberes und nicht zu teures Zimmer. Auf ein eigenes Badezimmer kann ich gut verzichten.«

»Wer hat schon ein eigenes Badezimmer?« erwiderte der Alte. »Hätten Sie etwas dagegen, sich Ihr Zimmer gewissermaßen zu teilen?«

»Zu teilen? Mit wem denn?« fragte Hardesty zurück.

»Ja, wissen Sie, ich kenne da eine Witwe namens Endicott, die Pensionsgäste bei sich aufnimmt.«

»Und bei ihr schlafen mehrere Leute in einem Raum?«

»Nein, nicht ganz. Jedenfalls ist es dort sauber und billig obendrein. Außerdem scheinen Sie ein kräftiger junger Mann zu sein.«

»Was hat das damit zu tun?«

»Nun, die Witwe Endicott hat gewisse Gelüste. Sie stellt bestimmte Ansprüche, falls Sie verstehen, was ich meine.«

»Und wie sieht sie aus?« erkundigte sich Hardesty.

»Wie sie aussieht? Mein Gott, wie sie aussieht, will er wissen! Wenn sie mir doch damals über den Weg gelaufen wäre, als ich noch konnte!«

»Ich glaube, ich schaue sie mir einmal an«, sagte Hardesty. »Wie komme ich zu ihr?«

»Ja, überzeugen Sie sich nur selbst!« pflichtete ihm der alte Mann bei. »Sie werden doch eine Witwe nicht enttäuschen, oder? Ein netter junger Mann wie Sie! Ihr Haus ist an der Second Avenue, ziemlich weit stadteinwärts. Die Hausnummer weiß ich nicht, aber es ist nicht weit vom alten Coheeries-Theater.«

»Was für ein Theater?« rief Hardesty.

»Das Coheeries-Theater! Kaum jemand nennt es noch so, aber ich erinnere mich an die Zeit, als dort richtige Theaterstücke aufgeführt wurden. Heutzutage finden dort Ringkämpfe, Tanzveranstaltungen und Kabaretts statt.«

»Was wissen Sie über das Theater?«

»Meinen Sie das Theater im allgemeinen?«

»Nein, das Coheeries-Theater!«

»Alles, was ich weiß, habe ich Ihnen gerade gesagt.«

»Wissen Sie, warum es so hieß?«

»Ja, warten Sie mal . . . dieser Name . . . Nein, ich weiß es nicht mehr. Darüber habe ich mir nie den Kopf zerbrochen. Vielleicht war es der Name einer Muschel oder so ähnlich. Ja, als ich dort einmal ein Stück von Shakespeare sah, hatten sie einen Bühnenvorhang, der sich wie eine Muschel öffnete.«

»Vielen Dank!« sagte Hardesty und lief in die Winternacht hinaus, um nachzusehen, was er an Ort und Stelle ausfindig machen konnte.

Auf der Markise über dem Eingang des Coheeries-Theaters standen in großen Lettern die Worte *Lucha Libre* – Freistilringen. Im Umkreis von zehn Häuserblocks waren alle Haustüren und Schaufenster mit Brettern vernagelt. Schräg gegenüber auf der anderen Straßenseite stand das Haus, in dem die Witwe Endicott ihre Pension betrieb. Ein Blick darauf genügte, um Hardestys Herz vor lauter dunklen Vorahnungen und Neugierde heftig pochen zu lassen. Dieses Haus war einfach prachtvoll, mochte die Besitzerin auch möglicherweise eine Schlampe sein. In den Fenstern brannten Kerzen, Türbeschläge aus Messing glänzten wie Gold, und die ganze Fassade einschließlich der Dachrinnen war so gut in Schuß, als stünde das Gebäude unter Denkmalschutz.

Das Theater hingegen hatte gewiß schon bessere Tage gesehen. In den vorderen Reihen saßen ungefähr vierzig Zuschauer. Während sie auf den Beginn irgendeines Schmierenstücks warteten, knabberten sie an Brezeln oder Fleischspießchen. Anscheinend gab man hier Vorstellungen für Leute, die zu arm waren, um sich einen Fernsehapparat leisten zu können. Hardesty trat auf klebrige Abfälle und knirschenden Puffreis, als er sich zwischen zwei Stuhlreihen hindurchzwängte und ungefähr in der Mitte des Saales Platz nahm. Gerade als er seinen Blick auf die Bühne richtete, ging langsam das Licht aus, und der Vorhang hob sich. Dieser Raum mit seiner gewölbten Decke mußte einst recht elegant gewesen sein, denn hier gab es große Wandgemälde und reiche Stuckverzierungen. Genaueres konnte Hardesty nicht erkennen, dazu war es zu dunkel. Deshalb begnügte er sich damit, den Darbietungen auf der Bühne zu folgen. Die Beleuchtungsanlage stammte gewiß aus der ersten Hälfte des Jahrhunderts, denn die Bühnendekoration, ein Traum aus Samt und Plüsch, war in ein Scheinwerferlicht getaucht, das so frisch und klar wie das Gesicht eines Mädchens nach einem Spaziergang im Schnee war.

Zuerst traten zwei Komödianten auf. Sie machten ihre Witze und Späße auf Jiddisch, obwohl die meisten der Zuschauer mit Sicherheit Spanisch sprachen. Die Toupets der beiden waren aus einem Material, das an orangerot gefärbtes Lametta erinnerte. Die Spaßvögel hatten soviel Routine, daß sie ihren Auftritt gewissermaßen mit geschlossenen Augen absolvierten.

Dann kam ein Balanceakt mit einem Fahrrad. Ein furchterregend magerer Sizilianer fuhr ungefähr fünf Minuten lang auf der Bühne herum. Als die Zuschauer so laut buhten, daß es ihm zuviel wurde, probierte der Mann einen Kopfstand auf dem Fahrradsattel, wobei sich sein ohnehin verknittertes Gesicht vor Schmerz und grimmiger Entschlossenheit noch zusätzlich verzog. Er wäre sicher besser beraten gewesen, sein Geld als Straßenhändler zu verdienen, denn Fahrradfahren war nicht gerade seine Stärke. Als er nun den Kopfstand versuchte, verlor er prompt die Kontrolle über sich und sein Gefährt und purzelte über die Rampe hinweg auf die erste Stuhlreihe, die zum Glück nicht besetzt war.

Die nächste Nummer wurde von einem betagten Ensemble mit dem Künstlernamen *Die singenden Gurken* vorgetragen. Wie es diese Leute geschafft hatten, ein Dreivierteljahrhundert lang der Salatschüssel zu entgehen, wird ewig ein Rätsel bleiben. In gurkengrünen Kostümen, mit einem Strohhut auf dem Kopf, Stöckchen in der Hand und bleistiftdünnem Schnurrbart auf der Oberlippe sangen sie drei Lieder: *Mäuse für den Frieden*, *Beethovens Neffe*, und *Das Burenkrieg-Triangel*. Trotz aller Unfähigkeit und Stümperei taten diese rührenden, unermüdlichen und drittklassigen – was sage ich: siebentklassigen Vertreter der Theaterzunft alles, um sich selbst zu überbieten. Sie zweifelten nicht an ihrem Künstlertum. Auf den Vordrucken des Finanzamtes gaben sie als Beruf »Künstler« an und bezeichneten sich als solche auch in Gesprächen auf Busbahnhöfen im Nordosten von Delaware oder sonstwo in der tiefsten Provinz. Dabei hatten sie nicht einmal ganz unrecht, denn sie waren zwar keine Künstler, aber immerhin lebende Kunstwerke. Sie hatten etwas an sich, was einem fürchterlich zu Herzen ging. Sie gaben nie auf, denn sie waren außerstande, mit klarem Verstand über den engen Bereich ihrer Ambitionen hinauszublicken. Niemals machten sie sich Gedanken darüber, daß jede ihrer Bewegungen Teil eines traurigen Tableaus war.

Der Abend schloß mit einer Tanznummer. Drei merkwürdige junge Mädchen, die sich selbst *Die Spieler* nannten, tanzten in Holzschuhen und Kleidern aus grobem grünem Stoff, der so aussah, als hätten sie ihn daheim selbst gewebt. Ein kleines Schild auf einem Dreifuß verkündete ihre Namen: *Liza Jane*, *Dolly* und *Bosca die Dunkelhaarige*. Hüpfend und um die eigene Achse wirbelnd, ergingen sie sich in seltsamen Verrenkungen. Sie schienen nicht zu merken, daß sie sich auf der Bühne eines Theaters befanden. Dem Tanz gehörte ihre Liebe. Sie faßten sich an den Händen und drehten sich lächelnd im Kreis. Am Ende verbeugten sie sich dreimal, sehr unschuldig und sehr lieblich.

Die Lichter im Saal gingen an. Nach einer Pause sollte es mit Ringkämpfen weitergehen. Hardesty hatte nun Zeit, die Wandgemälde zu betrachten. Es waren Ölbilder, die im Lauf der Jahre nachgedunkelt waren, und auf denen unzweideutig Szenen vom Coheeries-See dargestellt waren, insgesamt ein rundes Dutzend. Ja, das war der See, so wie er im Frühjahr, Sommer, Herbst und im Winter aussah. Die Bilder zeigten das Dorf unter dem Sternenhimmel, unter einer Schneedecke und umgeben von reifen Getreidefeldern. Und dort, auf einem anderen Gemälde, sah man Eissegler und ein seltsames Gebilde, das wie eine kleine Konzertmuschel aussah. Es stand auf Kufen und wurde von Pferden über das Eis gezogen.

Das merkwürdigste Gemälde befand sich hoch oben an der gewölbten Decke des Saales. Es zeigte eine Insel im See, mitten in der Nacht. Von dieser Insel erstreckte sich eine weiße Säule aus unzähligen Sternen in den Himmel als hätte die Milchstraße einem Regenbogen nachgeeifert.

Und dann sah Hardesty etwas, bei dessen Anblick er kraftlos auf seinen Stuhl sank und am ganzen Leib zu zittern begann.

Dort oben verlief rings um das Gewölbe eine Inschrift, die von einer so dicken Staubschicht bedeckt war, daß Hardesty sie nur noch mit Mühe lesen konnte:

Denn was kann der Mensch sich Schöneres vorstellen als den Anblick einer vollkommen gerechten Stadt, die sich in der eigenen Gerechtigkeit sonnt?

Hardesty schaute sich die Ringkämpfe nur zur Hälfte an. Als er das Theater verließ, kam er an einer kleinen Gedenktafel vorbei, auf der zu lesen stand, daß das Coheeries-Theater von einem gewissen Isaac Penn gestiftet worden war. Dies war immerhin eine Spur, wenngleich Hardesty sich nicht allzuviel von ihr erhoffte. Jetzt wollte er erst einmal schlafen. Bis zu der Pension auf der anderen Straßenseite war es nicht weit.

Die Sache mit der Inschrift ist gewiß reiner Zufall, sagte sich Hardesty. Aus diesen erbärmlichen Ruinen kann unmöglich eine Stadt von vollendeter Gerechtigkeit erstehen — nicht aus dem Schoß einer Industriegesellschaft, die vor allem auch durch einen kulturellen Umbruch gekennzeichnet war! Diese Stadt New York, so wie sie jetzt ist, gleicht mit ihren rußgeschwärzten Türmen und Schloten einer riesigen grauen Maschine. Ein von Eisschollen verstopfter Fluß quält sich durch sie hindurch, und endlos lange Avenuen sind von lieblos hochgezogenen Bauten gesäumt, die so aussehen, als sei ein Krieg über sie hinweggegangen. Nein, dies alles bestätigt, daß dies nicht die Stadt ist, in der eines Tages vollendete Gerechtigkeit herrschen wird. Ich werde mich nicht von einem Zufall daran hindern lassen, meine Reise fortzusetzen ... Dennoch fühlte er sich, als habe er einen Schlag vor den Kopf erhalten.

Kurze Zeit später war er nur noch Wachs in den Händen der Witwe Endicott.

Sie war eine rothaarige Schönheit, eine Amazone, fast so groß wie eine Marmorstatue der Diana in einem öffentlichen Park. Zehn Ehemänner waren in ihrem Bett gestorben. Deshalb hatte sie eine Pension für junge Männer vom Lande eröffnet. Stets waren die an ihr eigenes Zimmer angrenzenden Räume belegt. Es gab mehrere Bäder, Duschen und sogar eine Sauna, damit sich ihre Gespielen bereithalten konnten, um auf Abruf mit ihr zu kopulieren. In körperlicher Hinsicht war sie ebenso vollkommen wie unersättlich. Ihre Brüste waren Wunderwerke. Sie hatte rotes, duftendes, weiches und buschiges Schamhaar. Ihre feine Haut schimmerte weiß wie Elfenbein, war aber zugleich von einem rötlichen Hauch überzogen, der wohl von dem darunter pulsierenden Blut und der Farbe ihres Haares herrührte.

An Hardesty mochte sie, daß er schlank und kräftig war. Deshalb quartierte sie ihn ganz in ihrer Nähe ein. Aus der Art, wie sie ihn anblickte, schloß Hardesty, daß sie wohl schon bald den Liebesakt mit ihm zu vollziehen gedachte. Er ging in sein Zimmer, zog sich aus und legte sich ins Bett. Im Halbschlaf verstrickte er sich in einen uferlosen inneren Monolog über die Frage, ob New York jemals mehr sein könnte als eine übervolle Werkzeugkiste auf dem Abfallhaufen des Materialismus – doch da flogen auch schon die Flügel der Verbindungstür zum Schlafzimmer der Witwe Endicott auf.

Hardesty erhob sich und betrat den Raum durch eine schmale Passage. Hier war alles weiß, sogar der Fußboden. Das Zimmer hatte keine Fenster, sondern nur eine Dachluke aus Glas.

In einem kleinen Kamin glomm kirschrote Kohlenglut und tauchte den Körper der Witwe Endicott in schwachen Feuerschein. Auf die Ellbogen gestützt lag sie auf ihrem Bett. Als Hardesty zu ihr trat, ließ sie sich mit einer geschmeidigen Bewegung zurücksinken und schob ein dickes Kissen unter ihr Gesäß. Hardesty sah, daß sich unter der weißen, seidigen Haut des Oberkörpers zart die Umrisse der Rippen abzeichneten. Alles andere an dieser Frau war rot: das Haar, die leicht geöffneten Lippen, die Knospen der Brüste – klein und dunkel, wie mit dem Pinsel hingetupft – und auch ihre Scham, die glitzerte wie ein Regenwald. Wäre Hardesty ein Maler gewesen, dann hätte er jetzt zum Pinsel gegriffen, um sie zu malen. Doch für das, was er nun mit ihr tat, war malen nicht die richtige Bezeichnung.

☆

Hardesty wurde für seine fruchtlosen Bemühungen in der Bibliothek am darauffolgenden Abend entschädigt, nachdem er fast den ganzen Tag damit zugebracht hatte, sich von den Strapazen der Nacht zu erholen. Zwar fand er nach wie vor keine einzige Erwähnung des Coheeries-Sees, und es sah auch so aus, als ob das Wort Coheeries in keinem einzigen der viele Bücher verzeichnet war, aber dafür füllten die Hinweise auf Isaac Penn gleich mehrere Karteikästen. Schon bald saß Hardesty im Penn-Archiv vor Materialien, die die Geschichte der Familie dokumentierten. Da gab es nicht nur Broschüren und Pamphlete, sondern vor allem auch Manuskripte, Briefe und Fotografien. Die Penns, eine Familie, in der Zeitungen, Walfang und die Künste eine Rolle gespielt haben mußten – Hardesty hatte inzwischen von einer Broadway-Schauspielerin namens Jessica Penn gehört –, hatten anscheinend ein Sommerhaus an einem Ort besessen, der stets nur mit »C-S« bezeichnet wurde.

Das Archivmaterial über die Penns war so umfangreich, daß es mehreren Historikern genügend Stoff für ein langes und produktives Gelehrtenleben hätte geben können. Hardesty fühlte sich jedoch vor allem zu den Fotos hingezogen. Es waren Tausende von Schwarzweißfotos im kraftvollen, aussagestarken Stil des neunzehnten Jahrhunderts, einer Zeit also, da die Lichtbildner noch über eine aus dem Geist der Malerei geborene Sensibilität verfügten, die später durch die Fotografie mehr und mehr verdrängt wurde.

Die Bilder waren chronologisch in Alben mit Messingscharnieren geordnet, deren Deckel aus gefirnißtem Kirschholz bestanden. Zu jedem Bild gehörte ein silhouettenhafter Umriß, auf dem die Namen der dargestellten Personen eingetragen waren. Auch das Datum und der spezielle Anlaß waren jeweils genau angegeben. Hätte ein Mensch nur diese Fotos zur Verfügung gehabt, um sich eine Vorstellung von der Zeit um die Jahrhundertwende zu machen, dann wäre er sicherlich zu der Überzeugung gelangt, daß sich die Menschen damals hauptsächlich mit Ruderbooten, Schlitten, Schneeschuhen, Tennisschlägern, Hochseejachten und Gartenmöbeln befaßten. Die Penns hatten sich mit Vorliebe gegenseitig abgelichtet, während sie

Sport trieben oder in der Sonne saßen und auf das sommerliche Meer hinausblickten. Einige Fotos zeigten auch Isaac Penn bei öffentlichen Anlässen und im Kreis von Mitarbeitern seiner Zeitung, der *Sun*. Auf anderen war Beverly beim Klavierspiel zu sehen, oder Jack, wie er gerade mit seinem Chemiebaukasten experimentierte. Der überwiegende Teil der Fotos waren jedoch Gruppenbilder der ganzen Familie: Die Penns standen im Schnee beisammen, sie picknickten auf einer Wiese im Gebirge, sie ruderten in der Augusthitze über den See, oder sie flanierten abends am Ufer entlang, braungebrannt und gesund. Man konnte fast sehen, wie sie versonnen dem Plätschern der Wellen lauschten.

Während sich die Geschichte dieser Familie vor Hardesty entfaltete und mit erstaunlicher Vitalität über die Zeiten hinweg zu ihm sprach, fielen ihm zwei Sachverhalte auf, für die es im natürlichen Gang der Dinge keine Erklärung gab. Wenn der kleine Harry beim Betrachten der Fotos innerhalb von zwei Stunden zu einem erwachsenen Mann wurde, der ein ganzes Regiment befehligte, so fand Hardesty das genauso selbstverständlich wie das stakkatoartige Zufrieren und Auftauen des Sees oder die Tatsache, daß die niedliche kleine Willa in einem Album noch ein Baby, im nächsten jedoch schon ein schlankes, heranwachsendes Mädchen und dann sogar eine Frau von ausgesprochen sinnlicher Schönheit war, deren Anblick Hardesty ein knappes Jahrhundert später noch tief zu berühren vermochte, obgleich er sie nur auf einem Foto sah.

Aus seiner gottähnlichen Perspektive konnte er es sich leisten, kleinere Unstimmigkeiten einfach zu übergehen. Da die Archivare insgesamt aber hervorragende Arbeit geleistet hatten, konnte es nicht ausbleiben, daß Hardesty sich unwillkürlich fragte, warum sie an bestimmten Stellen versagt hatten. Zum einen stimmte es ihn nachdenklich, daß Beverly stets von einem stärkeren Licht umflutet schien als die anderen Personen. Auf einigen Bildern war sie von einer so unübersehbaren Aura umgeben, daß sich Hardesty verständnislos fragte, wie die Chronisten sie hatten übersehen können, von Beverlys Zeitgenossen ganz zu schweigen. Und dann war da noch jemand, der während eines jener kalten, schneereichen Winter für kurze Zeit auftauchte, unmittelbar vor dem Großen Krieg. Er war der einzige, dessen Name unerwähnt blieb. Der Mann sah nicht wie die anderen Penns aus, und er wirkte weder wie ein Angestellter oder Diener, noch wie ein Mitglied der besseren Gesellschaft. Er vermittelte vielmehr den rauhen und derben Eindruck eines Handwerkers oder eines Arbeiters, eines Menschen, der darüber hinaus über erhebliche Körperkraft verfügte, Englisch mit irischem Akzent sprach und geschickt mit Werkzeugen umzugehen verstand. Seine nicht gerade feingliedrigen Hände waren weder fürs Schreiben noch fürs Klavierspielen geschaffen. Er hätte der Vorarbeiter der Mechaniker sein können, die in der Druckerei der *Sun* die Maschinen warteten, oder der Verwalter der familieneigenen Farm in Amagansett, vielleicht auch der Kapitän eines der Frachtschiffe aus der Pennschen Handelsflotte. Aber er war weder das eine noch das andere, denn oftmals trug er die Kleidung eines Dandys, und immer stand er dicht neben Beverly. Auf einem Foto hatte er sogar den Arm um sie gelegt, und in dieser Geste lag so viel Zärtlichkeit, daß Hardesty sich eine Viertelstunde lang nicht von dem Bild losreißen konnte. Er fühlte, daß die Zuneigung, die dieser Mann für Beverly empfunden hatte, ähnlich wie Willas junge Fraulichkeit eine solche Wärme verstrahlte, daß man sich fast darauf gefaßt machen mußte, sie sogar durch die Seiten des geschlossenen Fotoalbums hindurch zu spüren. Es war weit mehr als Zuneigung, was diesen Mann bewegte — es war Liebe.

Und dann entdeckte Hardesty die merkwürdigste Bilderserie. Sie zeigte eine Hochzeit, die offenbar in einer sehr ernsten und gesetzten Stimmung stattgefunden hatte. Beverly, die sich kaum auf den Beinen halten konnte, wurde von dem unbekannten Mann gestützt. Die restlichen Fotos mußten auf einer Insel im See aufgenommen worden sein. Die Konturen dieser Insel waren verschwommen, denn das Land und der zugefrorene See lagen fast übergangslos unter einer dicken Schneedecke begraben.

Auch auf diesen Fotos gab es keinerlei Hinweis auf die Identität des fremden Mannes. Auf den Schlüsseln zu den Bildern, wo ein Name hätte verzeichnet sein müssen, befand sich unterhalb seiner Silhouette jeweils nur ein Fragezeichen. Wer war dieser Mann? Hardesty erkundigte sich bei den gründlichen Archivaren der Bibliothek, aber sie entschuldigten sich voller Bedauern bei ihm, daß sie ihm nicht weiterhelfen konnten. An die letzte Seite des letzten Albums war eine Notiz geheftet. Sie besagte, daß die lebenden Mitglieder der Familie Penn jeglichen Kommentar zu der Fotosammlung verweigerten, ja daß sie diese Kollektion nicht einmal mehr zu sehen wünschten.

Hardesty betrachtete erneut das Gesicht des Namenlosen. Es gefiel ihm. Es gefiel ihm sogar außerordentlich gut. Der Anblick dieses Pärchens, bei dem nur der Name der Frau bekannt war, berührte ihn zutiefst. Dieses junge Paar war irgendwann sang- und klanglos verschwunden und in Vergessenheit geraten – anscheinend für alle Zeiten.

Hardesty hatte mehr oder weniger gefunden, wonach er gesucht hatte. Hier und dort, mal hoch oben auf einem Heuwagen thronend, mal in einen Pferdeschlitten gekuschelt, waren auf den Fotos auch Angehörige der Familie Gamely abgebildet: gesunde Leute vom Lande, unter ihnen vor allem viele Kinder. Die Gamelys mußten die Penns gut gekannt haben, denn man sah sie auf den Bildern häufig mit ihnen zusammen. Irgendwann hatten dann aber die Penns dem Coheeries-See endgültig den Rücken gekehrt.

Obwohl es so aussah, als sei die Familie inzwischen zerfallen und existiere allenfalls noch in der kalten Gruft ihres dynastischen Archivs weiter, beschloß Hardesty, die Nachkommen ausfindig zu machen. Er hoffte nämlich, Virginia Gamely habe dasselbe getan.

☆

Mochte die Stadt auch in fast jeder Hinsicht großartig sein, so hatte sie doch einen durch nichts zu rechtfertigenden und deshalb unverzeihlichen Fehler: Für all die Millionen Menschen in New York gab es nur zwei größere Zeitungen. Gewiß, man konnte zehn oder zwölf Seiten neuster Nachrichten in allen Sprachen der Welt und sämtlichen Alphabeten kaufen, und Hunderte von

Radiostationen drängten sich in allen Wellenbereichen wie Spatzen auf einer Telefonleitung – doch im großen und ganzen war die Stadtbevölkerung in zwei Lager gespalten: In dem einen las man die *Sun*, im anderen den *Ghost*.

Es gab einen *Morning Ghost* und einen *Evening Ghost*, genauer gesagt: den *New York Ghost* (Morgenausgabe) und den *New York Ghost* (Abendausgabe), und diese konkurrierten mit dem *New York Morning Whale* und der *New York Evening Sun*. Die Rivalität lastete schwer auf den Redaktionen der vier Zeitungen, bestimmte ihr Tun vom frühen Morgen bis spät in die Nacht. Für alle Bewohner der Stadt war ihre Gegnerschaft so selbstverständlich wie der Unterschied zwischen hell und dunkel, warm und kalt oder dick und dünn. Nur Hardesty war nicht auf dem Laufenden. Als er an einer stillen Straßenecke einen Kiosk erblickte, der wie ein Leuchtturm durch das bläulich-weiße, wirbelnde Meer aus Schneeflocken strahlte, entdeckte er zu seiner Überraschung im Impressum der *Sun*, daß sich die Zeitung noch immer im Besitz der Familie Penn befand. Harry Penn, dessen Werdegang vom Säugling zum Regimentskommandeur Hardesty auf den Fotos nachvollzogen hatte, fungierte in einer Person als Verleger und Herausgeber.

Um zehn Uhr abends begab sich Hardesty zum Printing House Square. Um diese Zeit, kurz vor Redaktionsschluß, ist man dort bestimmt im Endspurt, sagte er sich. Und tatsächlich wurde so verbissen gespurtet, daß niemand auf Hardesty achtete oder sich die Zeit nahm, eine seiner Fragen zu beantworten. Zwei Stunden lang hielt er sich im Innenhof des Zeitungsgebäudes auf und beobachtete, wie hoch oben über dem Glasdach die Schneeflocken tanzten, während Hunderte von Reportern, Laufburschen, Boten, nervösen Redakteuren und Druckern mit fleckigen Kitteln im Zickzack über den Hof eilten. Doch dann, genau um Mitternacht, war es schlagartig vorbei mit dem Gewimmel. Wie Schiffsmotoren begannen in den Kellergeschossen große Maschinen zu rumpeln, und fast hätte man glauben können, daß hier keine Zeitungen gedruckt wurden, sondern daß das ganze Gebäude durch eine aufgewühlte, dunstverhangene See stampfte. Hardesty begab sich zur Lokalredaktion im dritten

Stock und hielt dort den erstbesten Menschen an, der ihm im Flur begegnete. Zufällig war es Praeger de Pinto, der Chefredakteur.

»Entschuldigen Sie«, sagte Hardesty. »Ich bin auf der Suche nach jemand, der eigentlich vom Coheeries-See stammt, wo die Penns früher ein Sommerhaus hatten. Es mag Ihnen seltsam erscheinen, daß ich mich in dieser Sache an Sie wende, aber ich habe keine Bekannten in der Stadt und möchte die Frau unbedingt finden. Gern würde ich Harry Penn fragen, ob er weiß, wo sie sich aufhält. Vielleicht kann er mir weiterhelfen.«

»Suchen Sie etwa Virginia Gamely?« fragte Praeger.

»Ja! Sie kennen sie?«

»Sie arbeitet hier.«

»Dann habe ich sie also gefunden!«

»Ja, aber sie ist im Augenblick nicht hier. Wir haben gerade Schichtwechsel gehabt. Virginia ist bei der *Sun*. Sie fängt morgens um sechs an.«

»Mein Name ist Hardesty Marratta. Ich war dabei, als der *Polaris*-Express . . .

Ich habe einen Brief für sie, von ihrer Mutter.«

»Wenn Sie wollen, gebe ich ihr den Brief in Ihrem Namen.«

»Ich habe ihrer Mutter versprochen, ihn ihr persönlich auszuhändigen.«

Praeger stellte sich Hardesty vor und bat ihn in sein Büro ein Stockwerk höher, um sich mit ihm über seine Erlebnisse am Coheeries-See zu unterhalten. Praeger interessierte sich für den See, seit Virginia ihn am ersten Abend erwähnt und sich gleich darauf mit Jessica Penn verschworen hatte, fortan kein Wort mehr über ihn zu verlieren. Aufmerksam hörte er sich Hardestys Schilderungen an. Sie gefielen ihm nicht nur wegen ihres Inhalts, sondern weil er sofort merkte, daß Hardesty ähnlich wie Virginia eine sprachliche Begabung hatte.

»Ich weiß nicht, was es mit diesem Coheeries-See auf sich hat«, sagte Praeger. »Ehrlich gesagt bin ich mir nicht einmal sicher, ob es diesen See überhaupt gibt. Aber jeder Mensch, der mit ihm in Berührung kommt, hat danach eine Art, mit Worten umzugehen, die mich fasziniert. Vielleicht sollten wir dort oben einige Wochenendseminare veranstalten und bei der Gelegenheit ein paar Flaschen Seewasser mitnehmen. Wir könnten damit unsere Drinks kühlen.«

Eine Stunde lang unterhielten sich die beiden Männer über dutzenderlei Themen. Sie entdeckten, daß sich ihre Standpunkte in bemerkenswerter Hinsicht ähnelten. Beide waren zugleich müde und entspannt. Beide liebten die Herausforderungen des Winters. Und beide genossen es, einander im Gespräch mit scharfem Verstand die Bälle zuzuwerfen. Wirklich, sie verstanden sich blendend. Nur in einem Punkt waren sie uneins: über das wahre Wesen dieser Stadt.

Hardesty fühlte sich nicht aufgelegt, die zahlreichen und gar nicht zu übersehenden Unstimmigkeiten in diesem Häusermeer nachsichtig zu übergehen. Er fand keine Entschuldigungen für die seiner Ansicht nach unnötige Härte der Bewohner dieser Stadt, deren Architektur ihm starr und phantasielos vorkam. Er haßte sie, als wehrte er sich dagegen, sich in sie zu verlieben – ohne Pardon, ohne Einsicht und ohne Humor.

Praeger erlebte dies nicht zum ersten Mal. »Bald werden Sie das, was Sie jetzt mit Abscheu erfüllt, für alle Zeiten lieben«, prophezeite er.

»Da täuschen Sie sich«, erwiderte Hardesty. »Ich bin nur auf der Durchreise nach Europa. Die Zeit reicht nicht, um sich hier in irgend etwas zu verlieben.«

»Die Anarchie wird Sie fesseln.«

»Wie könnte das geschehen? Es gibt nichts, was ich mehr hasse.«

»Sie wissen genau, daß diese Anarchie in Wirklichkeit gar keine ist. Aber selbst wenn es Anarchie wäre, so böte sie Ihnen immerhin alle Möglichkeiten, nach denen Sie suchen. Im übrigen müssen Sie eines verstehen: Allein die Tatsache, daß diese Stadt sich auf den Beinen halten kann und alles überlebt, setzt eine bestimmte Ausgewogenheit voraus, die ihrerseits auf eine höhere Kraft schließen läßt, welche jeder Art von Verfall entgegenwirkt.«

»Ich kann davon nichts entdecken. Sie etwa?«

»Nur selten. Aber dann sehe ich, daß die Waagschalen genau

austariert sind. Ich erblicke erste Hinweise auf ein künftiges Zeitalter der Vollendung. Selbst das schroffeste Gestein kann eine Goldader enthalten.«

»Und was ist, wenn Häßlichkeit und Horror euch derartig ruinieren, daß ihr überhaupt nicht mehr in der Lage seid, euch über die Erfüllung eurer Hoffnungen zu freuen – vorausgesetzt, es kommt tatsächlich einmal soweit?«

»Umso besser! Ich liebe das Risiko. Mir gefällt auch, daß es am Ende nicht auf mich ankommt, mag ich mich auch noch so sehr abmühen. Diese Stadt macht keine Versprechungen, aber sie kann auf unnachahmliche Weise großzügig sein. Sie sollten eine Weile bleiben und sich einen Eindruck davon verschaffen, wie hier die Dinge funktionieren. Hören Sie sich das Tuten der Schiffe an. Wenn man solche Geräusche das ganze Jahr über hört, im Sommer und im Winter, dann erkennt man ihnen einen Gesang, eine Botschaft. Mir kommt es immer so vor, als wollten sie sagen: *Eure Zeit ist eine gute Zeit. Ich muß fort, aber ihr könnt bleiben. Was habt ihr nur für ein Glück, daß ihr in einer Stadt wohnen könnt, die in Kürze ein Goldenes Zeitalter erblicken wird!*«

Sie trennten sich mit einem ungten Gefühl. Hardesty war verstimmt, weil ihm Praeger einen Sinneswandel vorausgesagt hatte. Und Praeger war verstimmt, weil er dies hatte tun müssen. Was ging es ihn, Praeger, überhaupt an, was dieser Hardesty dachte? Immerhin hatte der Chefredakteur sich bereit erklärt, am nächsten Tag um vier Uhr bei Redaktionsschluß der *Sun* Hardesty mit Virginia bekanntzumachen.

Hardesty lief fünf Meilen durch das Schneegestöber, bis er das Hotel *Lenore* erreichte, ein turmartiges Gebäude in der Innenstadt. Er bekam ein Zimmer im obersten Stockwerk. Da er nun Virginia gefunden hatte und New York in ein, zwei Tagen verlassen konnte, glaubte er einen so astronomisch hohen Preis für ein Hotelzimmer bezahlen zu können. Als er das Gebäude der *Sun* verlassen hatte, war es ein Uhr morgens gewesen. Inzwischen schienen sogar die Turmuhren zu schlafen, so weit war die Nacht vorgerückt, und es war, als habe der tobende Wintersturm die Zeit verschluckt.

Als Hardesty im hundertzwanzigsten Stockwerk ankam, trat er sogleich ans Fenster und blickte hinaus in das weiße Gewoge, das immer wieder gegen die Glasscheibe anbrandete und zurückflutete. Bei diesem mörderischen Wetter war von der aufreibenden, harten, gnadenlosen und unfreundlichen Stadt, die mit Leid und Bestrafung so schnell bei der Hand war, wenig zu sehen. Hier schien eine Sense am Werk zu sein, die unerbittlich alles niedermähte und auch die Stärksten fällte, nachdem schon unzählige Schwache von den Straßen gefegt worden und irgendwo in einem kalten, dunklen Winkel zugrundegegangen waren, ohne daß sich irgend jemand ihrer erinnerte.

Hardestys Stimmung besserte sich ein wenig, als er entdeckte, daß sein Zimmer ein eigenes Bad und sogar eine Sauna hatte. Er entkleidete sich und zog die Zedernholz-Tür hinter sich zu. Nachdem er sich zuvor durch arktische Kälte gekämpft hatte, genoß er nun die trockene, heiße Wüstenluft. Er war jedoch so durchgefroren, daß es fast eine Dreiviertelstunde dauerte, bis ihm endlich der Schweiß ausbrach.

Morgen wollte er Virginia Gamely den Brief geben und danach an Bord eines Ozeandampfers gehen, der sich durch treibende Eisschollen hindurch seinen Weg aus dem Hafen hinaus ins offene Meer bahnte. Das Tuten der Nebelhörner würde ihm dann verheißungsvoll in den Ohren klingen. Auch jetzt, im hundertzwanzigsten Stockwerk dieses Hotels, konnte er sie noch hören. Wie ist es möglich, daß die Schiffe auch um vier, fünf oder wer weiß wieviel Uhr auslaufen, fragte er sich. Wie schaffen sie es, mitten in diesem Sturm?

Das rastlose Treiben zu einer Zeit, da man die ganze Welt schlafend wähnt, vermittelte ihm eine Vorstellung vom Eigenleben dieser Stadt. Hier ruhte etwas unter der Oberfläche, das sich langsam und methodisch herausschälte. Vor Müdigkeit und Hitze halb ohnmächtig, verließ Hardesty die Sauna und trat erneut ans Fenster. Der Sturm tobte noch immer, doch nach einer Weile gewahrte er ein rötliches Glimmen. Es war genau vor ihm auf gleicher Höhe und schien an Leuchtkraft zuzunehmen, je heftiger die Sturmböen an dem Turm aus Glas und Stahl zerrten und ihn unmerklich hin- und herschwanken ließen.

Dann, als wäre der Schnee Nebel und das Hotel ein Schiff, öffnete sich eine Art Tunnel in dem Gestöber. Die Umrisse eines hell erleuchteten Wolkenkratzers wurden sichtbar. Er schien nicht bis auf den Grund hinabzureichen, sondern inmitten dieses Mahlstromes zu schweben. Meist war nur seine altmodische, in blaues, weißes und silbernes Flutlicht getauchte Spitze zu sehen, und immer wieder zog der Schnee einen durchsichtigen Schleier davor, durch den der helle Lichtschein milchig wie der Hof des Mondes hindurchleuchtete.

Später, als das Licht des frühen Morgens den Schneesturm in eintöniges Grau tauchte, war die Welt wie in eine Wolke gehüllt, die auch den turmhohen Bau gegenüber verschluckte.

☆

Später am Vormittag klarte es auf, und die Luft wurde so transparent wie Glas. Hardesty stand am Fenster und ließ den Blick über einen Wald von Wolkenkratzern schweifen, die sich dem Nordwind wie scharfe Klingen entgegenstellten. Auf fernen Brücken bewegten sich, zu Ketten aus Goldglimmer aufgereiht, unzählige Autos in der Morgensonne auf die Stadt zu oder von ihr fort. Und die Geschwister der Schiffe, deren Nebelhörner Hardesty nachts im Sturm tuten gehört hatte, Schiffe, die größer waren als in früheren Zeiten ganze Städte, zogen behäbig über das wellenzerfurchte Hafenbecken, gleich einem Bügeleisen auf faltigem Tuch.

In den Straßen tanzten und hüpften die Menschen wie Marionetten. Sie taten dies mit einer Geschwindigkeit, die sie manchmal selbst in Erstaunen zu versetzen schien. An solchen klaren, frostigen Tagen, wenn der Vollmond nicht einmal die Dunkelheit der Nacht abwarten konnte, sondern schon tagsüber einen Bogen um die Sonne beschrieb, tänzelten die Menschen in der Stadt umeinander herum wie Rennpferde in der Box. Sie benahmen sich, als hätten sie soeben etwas Großartiges entdeckt. Ihr Verhalten stellte die Richtigkeit jener Redewendung unter Beweis, derzufolge New York eine Stadt ist, die nachts stirbt und morgens aufersteht, während andere Städte abends einfach nur zu

Bett gehen und bei Anbruch eines neuen Tages erwachen. In Manhattan herrschte ein solches Treiben, daß die langgestreckte, schmale Insel vor lauter Ungeduld zu zittern schien wie ein aus der Scheide gezogenes Schwert.

Den Rest des Tages verbrachte Hardesty damit sich durch diese Knäuel von Wahnsinnigen zu drängen, um zum Printing House Square zu gelangen. Um jeden Zollbreit wurde gekämpft. Autos rasten bei Rot über die Kreuzungen, die Lastwagen irgendwelcher Bäckereien donnerten mit Höchstgeschwindigkeit die großen Avenuen entlang und mähten Fußgänger und Radfahrer nieder. Brezelverkäufer in unförmiger, wattierter Winterkleidung und mit zerknautschten Pilotenmützen auf dem Kopf duellierten sich an Straßenecken mit ihren Karren wie kämpfende Büffel um die besten Standplätze. Finanzmakler, die sich ihre Attachékoffer mit Riemen auf den Rücken gebunden hatten, eilten auf Langlaufskiern vom Riverside Drive zur Wall Street, als ginge es um ihr Leben. In einer besonders belebten Avenue befanden sich auf beiden Straßenseiten in den ersten Etagen jedes einzelnen Geschäftshauses Karate-Studios, und das auf einer Strecke von fünf Meilen! Als Hardesty dort um die Mittagszeit vorbeikam, drang aus Abertausenden von Kehlen Kampfgeschrei an seine Ohren. Im Geist sah er menschliche Gestalten in weißer Kluft, die mit angewinkelten Knien und ausgestreckten Armen durch die Luft segelten wie russische Tänzer. An jeder Straßenecke brannte ein offenes Feuer, über dem irgend etwas geröstet oder gebraten wurde. In den Seitenstraßen stritten Menschen auf Tod und Leben, während woanders auf Bestellung gestohlen oder ganze Häuser von hämischen Abrißkolonnen demoliert wurden. Es schien Hardesty fast unmöglich, die Innenstadt zu betreten und sie als derselbe Mensch zu verlassen, der er zuvor gewesen war. Diese Stadt brauchte ständig Brennstoff für ihre Feuer. Mit flammenden Zungen sog sie die Menschen in sich hinein. Schnell waren sie taxiert. Die Stadt erlaubte ihnen, noch ein wenig durch die Straßen zu tanzen, und drehte ihnen einen Anzug oder irgendeine andere Ware an. Dann verschlang sie sie.

Es war dunkel und schon sehr spät, als Hardesty am Printing House Square ankam. Auf der einen Seite des Platzes stand das

Gebäude der *Sun*, auf der anderen Seite, genau gegenüber, das des *Ghost*, ein riesiger Kasten mit einer Leuchtreklame, die in dicken Lettern vom Erfolg und der Popularität des Blattes kündete. Das Verlagshaus der *Sun*, ein Meisterwerk neoklassizistischer Architektur, glühte dagegen nur sanft von innen her. Hardesty eilte die Treppe zu Praeger de Pintos Büro hinauf. Sein Herzschlag beschleunigte sich noch mehr, als er beim Betreten des Raumes Praeger de Pinto und Virginia auf dem Ledersofa sitzen sah, und zwar so nahe beieinander, daß die Vermutung, die beiden könne mehr verbinden als vorübergehende Sympathie, nicht von der Hand zu weisen war. Eifersucht durchzuckte Hardesty wie ein schmerzhafter Stich; er spürte den Schmerz geradezu körperlich. Diese verdammte Stadt, in der es nie so etwas wie Gerechtigkeit gegeben hatte und auch nie geben würde! Hardesty brauchte nur in Virginias Augen zu blicken, um zu wissen, daß dies die Frau für ihn war. Er verwünschte die Tatsache, daß er ihr im falschen Augenblick begegnete, denn es war allzu offenkundig, daß sie und Praeger . . . Aber dann sagte er sich, daß er sich das alles vielleicht nur einbildete. Als nämlich Praeger aufstand, um ihn zu begrüßen, bemerkte er, daß die beiden wohl doch nicht so nahe beieinandergesessen hatten. Hardesty Marratta beschloß in diesem Augenblick, jene Frau mit den langen schwarzen Haaren und den hochintelligenten Augen, die sich ihrer eigenen Lieblichkeit nicht bewußt zu sein schien, möglichst bald zu *seiner* Frau zu machen, ob dieser Praeger nun damit einverstanden wäre oder nicht. Unwillkürlich und unüberhörbar kam ihm der Satz von den Lippen: »Ich zerquetsche ihn wie eine Stechmücke!«

»Wen?« fragte Praeger, und Virginia warf ihm einen neugierigen Blick zu. Auch sie hatte sofort Feuer gefangen.

»Craig Binky«, antwortete Hardesty schlagfertig.

»Ach so«, meinte Praeger. »Das würden wir alle gern tun. Aber wie kommt es, daß Sie so schnell in dieselbe Kerbe hauen?«

»Ich habe mir die heutige Ausgabe des *Ghost* angesehen. Es ist ein Skandal!«

Virginia lächelte. An der Art und Weise, wie Hardesty sie anblickte, und an dem leisen Zittern in seiner Stimme erriet sie, daß sie ihm nicht gleichgültig war. Sich so schnell zu verlieben, verriet eine gewisse Charakterschwäche, gewiß, aber andererseits konnte sie eine derartig spontane Zuneigung nicht einfach übergehen. Minutenlang wehrte sie sich gegen das Gefühl, einen steilen Abhang hinabzurutschen, doch als sie keinen festen Halt fand, gab sie es schließlich auf. Trotzdem nahm sie sich vor, keine voreiligen Entscheidungen zu treffen. Sie mußte an ihr Kind denken und durfte nicht vergessen, daß sie sich schon einmal in ihrem Leben allzu rasch entschieden hatte.

Praeger de Pinto, der von dem Tag an, da er Jessica Penn zum erstenmal gesehen hatte, in die Schwester des Verlegers verliebt war und es auch in Zukunft sein würde, zog sich nach einem Weilchen diskret aus dem etwas stockenden Gespräch zurück und beobachtete, wie sich Hardesty und Virginia, deren Atem ein wenig unregelmäßig zu gehen schien, gegenseitig entdeckten.

Unterdessen fand im Verlagshaus Schichtwechsel statt. Scharen von Reportern, Redakteuren, Setzern und Büroangestellten kamen herbeigeströmt und klopften sich vor Betreten des Hauses den Schnee von den Füßen.

Bevor Hardesty Virginia den Brief ihrer Mutter überreichte, erzählte er vom *Polaris*-Express und wie er an den Coheeries-See gelangt war. Beim Reden spürte er, wie sehr Virginia die Landschaft liebte, die er beschrieb.

Irgendwann blickten sich beide um und stellten verwundert fest, daß Praeger nicht mehr da war. »Wie lange mag er schon fort sein?« fragte Virginia mit einem Lächeln.

»Ich weiß nicht«, antwortete Hardesty. »Gehen wir zusammen essen?«

»Ich muß nach Hause und mein Baby versorgen«, sagte sie. »Die gute Mrs. Solemnis macht gern um sechs Feierabend.«

Hardesty spürte, wie ihn die Zuversicht schlagartig verließ. Wieder war es wie ein körperlicher Schmerz.

Virginia warf ihm einen kurzen Blick zu, dann sagte sie: »Ich bin nicht verheiratet.«

Praeger war nirgends zu finden, aber als sie das Gebäude verließen, trafen sie ein paar von Virginias Kollegen. Diese

Leute erkannten sofort an Hardestys halb triumphierendem, halb zweifelndem Gesichtsausdruck, an Virginias geröteten Wangen und dem schalkhaften Leuchten in ihren Augen, daß es Anlaß gab, ihr wissend zuzulächeln — worauf Virginia, verwirrt und erfreut zugleich, den Blick abwandte.

Hardesty hatte zu Gunsten eines anthrazitfarbenen Mantels aus Wolle auf seine Schaffelljacke verzichtet. Der Mantel hatte ihn einen nicht unbeträchtlichen Teil seiner letzten Bargeldreserve gekostet. Als er die Bemerkung fallenließ, die Schaffelljacke sei zwar nicht so lang, dafür aber umso wärmer gewesen, sagte Virginia: »Aber ich mag diesen Mantel! Ich möchte nicht, daß du hier eine Felljacke trägst. Nicht in der Stadt! Hier wie ein Wilder herumzulaufen wäre ebenso dumm, wie in der Wildnis einen Straßenanzug zu tragen.«

Sie mußten sich gegen einen grimmigen Nordwind anstemmen. Er fegte über ihre Gesichter, als würden sie gegen einen Fluß anschwimmen. Gern hätte Hardesty Virginia seinen Arm geboten, wenn es galt, verstopfte Hauptstraßen zu überqueren, aber er traute sich nicht. Immerhin — ihr gefiel sein Mantel, und sie nahm ihn mit nach Hause zum Essen. Für den Augenblick reichte ihm das.

Der chinesische und der italienische Markt lagen gewissermaßen Rücken an Rücken. Hardesty und Virginia gingen auf dem mehrere Hektar großen Areal Reihe um Reihe an den Ständen vorbei, ganz als machten sie mutterseelenallein einen Frühlingsspaziergang. Das Gemüse und die übereinandergeschichteten Früchte erinnerten sie in der Kälte an Gärten, und in den toten Fischen mit ihren vor Schreck weit aufgerissenen Mäulern sahen sie springende Forellen.

»Manchmal ärgere ich die Leute vom *Ghost*, indem ich über dieselben Themen schreibe wie sie«, sagte Virginia. »Nur sind meine Artikel besser als ihre. Sie spielen dann jedesmal verrückt. Im Sommer brachten sie einen Beitrag über chinesische und italienische Märkte, und wie immer ging es darin ausschließlich um Essen. Beim *Ghost* ist anscheinend alles, was man nicht in den Mund nehmen kann, absolut indiskutabel.«

»Ich weiß« pflichtete ihr Hardesty bei. »Stell dir vor, heute haben sie unter einer dicken Überschrift zweispaltig ein neues Rezept für gegrillte Artischocken abgedruckt!«

»Das sieht ihnen ähnlich. Wenn irgendein Soufflé in sich zusammengefallen ist, steht das bei denen auf der ersten Seite, schwarz umrandet, und sie melden mit Balkenüberschriften, wenn jemand eine neue Sauce erfunden hat . . . Ich schrieb drei Tage nach ihnen einen Essay über die Märkte, und das Wort Essen kam darin nicht ein einziges Mal vor. Trotzdem glaube ich, daß mein Artikel besser war als der Beitrag im *Ghost*. Ich glaube nämlich, daß die eßbaren Dinge auf einem Markt nicht das Wichtigste sind.«

»Was denn dann?« fragte Hardesty, obwohl er die Antwort schon kannte.

»Kaufen und verkaufen, Gesichter, Farben, Geschichten, die dort ausgebrütet werden und die Atmosphäre, die dort herrscht«, erwiderte Virginia. »Craig Binky schickte Harry Penn ein Telegramm mit folgendem Wortlaut: *Wie könnt ihr über Märkte schreiben und nicht ein einziges Wort über das Essen verlieren?* Stell dir vor: Die schicken sich Telegramme, obwohl sie nur über den Platz zu gehen bräuchten! Harry Penn kabelte zurück: *Essen tötet den Geist.* Übrigens esse ich selbst sehr gern. Ehrlich gesagt, ich bin momentan sogar ziemlich hungrig. Aber ein paar Lammkoteletts sind nicht das Himmelreich.«

Am Ende kauften sie Steaks und ein halbes Dutzend verschiedene Gemüsearten. Dann machten sie sich auf den Heimweg.

»Wir müssen da lang«, sagte Virginia und zeigte mit der Hand in eine bestimmte Richtung. »Um Five Points möchte ich lieber einen Bogen machen. Dort ist es zu gefährlich.«

»Aber das ist ein großer Umweg!« gab Hardesty zu bedenken. »Was hast du gegen Five Points? Ich bin heute dort durchgekommen, und mir ist nichts passiert.«

»Dann hast du eben Glück gehabt. Außerdem ist es jetzt dunkel.«

»Keine Sorge«, beruhigte Hardesty sie. »Diebe sind so früh am Abend noch nicht auf den Beinen.«

In Five Points lungerten seit eh und je Ganoven unterschiedlichster Herkunft und Hautfarbe in ihren Schlupfwinkeln oder drückten sich in den Straßen herum. Auch in Verbrecherkreisen gibt es Modeerscheinungen, die sich wandeln; dazu gehören der einschlägige Jargon und die Art der Versuchungen, denen die Gesetzesbrecher ausgeliefert sind. Doch das waren Randerscheinungen. Im großen und ganzen hatte sich das kleine Völkchen aus Dieben und Räubern kaum verändert. Die bevorzugten Waffen in diesem Milieu waren noch immer das Messer, der Knüppel und die Pistole.

Übrigens hatte Hardesty recht: Solche Leute ruhten sich früh am Abend aus. Erst Stunden nach Einbruch der Dunkelheit wurden sie lebendig. Die Straßen waren leer, und der Winter hatte seinen Charme an den Grenzen des Stadtviertels, das sich Five Points nannte, abgelegt. Diese Gegend war wie eine Höhle ohne Ausgang. Hardesty und Virginia hatten das Gefühl, aus dunklen Fenstern beobachtet zu werden. Von fern hörten sie das Läuten einer Glocke, das prompt aus einer halbverfallenen Mietskaserne mit einem so schaurigen Gelächter quittiert wurde, als wollte jemand darauf hinweisen, daß hier sogar der reine Klang einer Glocke machtlos und hinfällig war.

Auf halbem Weg sahen Hardesty und Virginia Dinge, die ihnen bisher verborgen geblieben waren. Undeutliche Gestalten tauchten aus den Schatten, schmerzverzerrte Leiber mit ausgestreckten Händen, die um eine milde Gabe und um Linderung ihrer Not bettelten. Mit jedem Schritt vergrößerte sich die Zahl der Augen, die ihnen aus der Dunkelheit entgegenglühten, und auch die Zurufe wurden immer gellender.

»Seltsam«, sagte Hardesty. »Eben waren die Straßen noch leer, aber jetzt sind sie voll.« Er ergriff Virginias Arm und ging mit ihr auf einen Feuerschein zu, der am Rand des Stadtviertels den Himmel erhellte. Wo ein Feuer ist, da sind auch Feuerwehrleute und Polizisten, vielleicht sogar die Presse, sagten sie sich. Ein helles Feuer würde ihnen helfen, aus Five Points hinauszufinden.

Eine ganze Reihe hoher Mietskasernen war in orangerote Glut getaucht. Dicke schwarze Rauchschwaden reflektierten das Licht nach unten und schluckten den Funkenflug. Soweit man blicken konnte, standen Menschen in den Straßen und freuten sich mit glänzenden Augen über die Katastrophe. Ein Raunen ging durch die Menge, als mehrere Kinder in einem der Häuser Opfer der Flammen wurden, indem sie , von ihren Kräften verlassen, hinüber in das Inferno kippten. Gleich darauf wandten sich alle Zuschauer gespannt einem Kampf zu, der oben auf den Dächern der brennenden Gebäude ausgetragen wurde. Die Kämpfenden gingen mit solcher Verbissenheit aufeinander los, daß sie nicht auf die Flammen achteten, die ihnen das Aussehen von Schattenrissen hinter dem Vorhang einer Bühne verliehen. Einer nach dem anderen sank besiegt in die Glut.

Virginia war erschüttert, und Hardesty machte sich Vorwürfe, daß er darauf bestanden hatte, Five Points zu durchqueren. »Das wußte ich nicht«, sagte er betroffen. Noch immer hatte er das Bild der sterbenden Kinder vor den Augen, obwohl sie ganz unspektakulär und ohne auch nur einen Laut von sich zu geben, in die Flammen gestürzt waren. »Am Tag ist es hier ganz anders«, beteuerte Hardesty. »Wie konnte ich das ahnen?«

Männer und Frauen kamen aus den Seitenstraßen herbeigelaufen wie Eidechsen, die aus ihrer Höhle ins Sonnenlicht huschen. Bald waren die Bürgersteige überfüllt. Hier und dort tauchten plötzlich fahrbare Imbißbuden auf. Keine Feuerwehr, keine Ambulanzen, keine Lastwagen und keine Scheinwerfer, die es mit dem wabernden, orangeroten Feuerschein hätten aufnehmen können! Der Brand wütete weiter, bis die Häuser in sich zusammenbrachen und kein Bewohner mehr am Leben war.

Mitten durch die Menschenmenge hindurch bahnte sich ein lahmer, verstümmelter Gaul seinen Weg. Er zog ein mit Abfällen beladenes Fuhrwerk. Der Mann auf dem Kutschbock zerrte an den Zügeln, denn das Pferd lief geradewegs auf das Flammenmeer zu.

»Sieh nur das Tier dort!« sagte Hardesty, zwischen Mitleid und Abscheu hin- und hergerissen. »Das ist der größte Gaul, den ich je gesehen habe. Er ist so schlank und schön gebaut wie ein Rassepferd. Was der wohl schon alles durchgemacht hat!«

Während eine Kinderbande mit Stöcken auf den Kopf des Gaules einschlug und sein Herr ihm von hinten eins nach dem anderen mit einer schweren Peitsche überzog, stand das Tier mit gesenktem Kopf da und hielt die geschundenen Augen fest geschlossen. Narben bedeckten den Hals und die Flanken. Dort, wo das primitive, grob zusammengeflickte Zaumzeug scheuerte, waren alte Narben zu neuen, schwärenden Wunden aufgeplatzt. Der Schweif und die Mähne des Pferdes waren kurz gestutzt wie ein Stoppelacker. Nur eines der beiden Ohren war unversehrt, von dem zweiten fehlte ein großes Stück.

Das Fuhrwerk war schwer. Aber der Gaul, der so fürchterlich verstümmelt war wie ein Mensch, den irgendeine unheilbare Hautkrankheit heimgesucht hatte, zog es mit Leichtigkeit. Mochte dieses Pferd noch so heruntergekommen sein, so war es doch stark, und trotz seiner enormen Größe mangelte es ihm nicht an Eleganz. Wenn sich seine Muskeln bei der schwer beizubehaltenden Gangart bewegten, die sein Herr ihm abverlangte, dann zeigte es sich, daß sie ebenso fest und geschmeidig wie die eines hochgezüchteten Rennpferdes waren, dabei jedoch erheblich kräftiger.

Kaum hatte das Gespann die Menschenmenge hinter sich gelassen, da ließ der Fuhrmann dicht über dem Kopf des Pferdes seine Peitsche knallen. Sofort legte sich der Gaul ins Geschirr und fiel in einen leichten, erstaunlich anmutigen Galopp. Die hölzernen Teile und die Riemen des Geschirrs schnitten in sein Fleisch und scheuerten an den offenen Wunden, aber das Pferd lief leicht und frei wie auf einem offenen Feld, mit runden, fließenden Bewegungen. Stolz reckte es den Kopf in die Höhe und verschwand in der Dunkelheit der Nacht.

In klaren Nächten zu Beginn des Winters schien eine reinigende Kraft über das Land zu ziehen. Dann funkelten die Sterne so heftig, als wollten sie ihr silbernes Licht den Bäumen, die ihr nacktes Geäst wie Arme himmelwärts reckten, in die ausgestreckten Hände gießen. Die Seelen von Mensch und Tier waren in solchen verrückt schönen Nächten offen wie Wunden. Es läßt sich kaum beschreiben, was der frühe Winter mit den Wäldern des Nordens anstellte. Allein schon in der Chrystie Street, mitten in der Stadt, überzog er das Gezweig der Sykomoren mit einer Haut aus Eis, so daß die Bäume bei jedem Windstoß wie helle Glocken läuteten.

Als Hardesty und Virginia in der Mulberry Street ankamen und über eine schwach beleuchtete Treppe zu Virginias Wohnung hinaufstiegen, waren ihre Gesichter vom beißenden Wind gerötet. Oben erschien im Guckloch der Wohnungstür ein Auge der ewig argwöhnischen Mrs. Solemnis, der Witwe eines griechischen Schwammfischers. »Wer ist dort?« fragte die Frau.

»Ich bin's«, antwortete Virginia.

»Wer ist *ich*?«

»Virginia.«

»Welche Virginia?«

»Virginia Gamely. Um Gotteswillen, Mrs. Solemnis, so machen Sie schon auf! Ich wohne hier!«

»Oh, Sie sind es«, sagte Mrs. Solemnis und öffnete. Ziemlich unsanft reichte sie Hardesty den kleinen Martin. »Sie jetzt nehmen!« sagte sie kurz und bündig.

Martin war nur wenig länger als ein Jahr auf dieser Welt, aber alles an ihm war vollkommen, angefangen bei den winzigen geballten Fäusten bis hin zu dem langen blauen Mäntelchen aus Flanell. Vorsichtig bettete er seine Wange gegen den kühlen Stoff von Hardestys Mantel und schloß voller Zutrauen die Augen. Hardesty betrachtete sein zartes, schläfriges Gesicht, beugte sich vor und küßte ihn auf die Stirn.

»Du lieber kleiner Kerl!« sagte er leise, während er ihn sanft in den Armen wiegte.

Um Martin nicht zu wecken, behielt Hardesty seinen Mantel an. Er schaute zu, wie sich Virginia in der Wohnung zu schaffen machte und aufräumte. Sie war sehr ordentlich, was man von Mrs. Solemnis nicht behaupten konnte. Virginia trug ein dunkelgraues Kostüm und eine Bluse mit Rüschenkragen. Sie sah darin aus wie gewisse junge Damen auf alten Porträts, die ruhig aus dem Halbdunkel in die Zeitlosigkeit blicken. Dieses würdevolle Bild hinderte Hardesty jedoch nicht, laut über sie zu lachen, denn während sie im Zimmer hin- und her ging, warf sie ihm und dem Baby immer wieder prüfende Blicke zu. Manchmal lächelte sie auch, wenn sie sich, ein wenig peinlich berührt, ihres eigenen Ordnungssinnes bewußt wurde. Dann erinnerte sie an jene sich mechanisch hin- und herbewegenden Figuren in Schießbuden, beispielsweise kleine Bären, die manchmal stillhalten und sich um die eigene Achse drehen, damit man besser auf sie schießen kann. Dieser Eindruck verstärkte sich in geradezu übertriebener Weise, als sie mit dem Hinweis, sie müsse sich jetzt umziehen, mit ein paar eckigen Schritten rückwärtsgehend auf die Schlafzimmertür zusteuerte.

Als Sie mit sich allein war, fragte Virginia sich besorgt, ob es klug gewesen war, Hardesty einzulassen. Unvermittelt durchzuckten sie Bilder von einem Wahnsinnigen, der den kleinen Martin wie einen Ball weit durch die Luft schleuderte. Vorsorglich öffnete sie deshalb mehrmals hintereinander die Tür einen Spalt breit und spähte hinaus.

»Machst du abends Spätschicht in einer Schießbude?« erkundigte sich Hardesty.

»Nein«, antwortete sie und trat aus dem Schlafzimmer. Sie trug noch immer ihr graues Kostüm, denn sie hatte vergessen, daß sie sich eigentlich umziehen wollte.

»Ich bereite mich nur auf ein Interview mit Craig Binky vor. Er ist dafür bekannt, daß er sehr schnell das Interesse verliert. Wenn man mit ihm redet, muß man ständig Drohbewegungen und bizarre Gesten machen. Sonst paßt er nicht auf und versteht nicht, was man ihn fragt.«

»Woher weißt du das?«

»Von Harry Penn. Er weiß, daß Binky für jede Art von Schmeichelei empfänglich ist. Deshalb schickt er ab und zu einen Berichterstatter hinüber zum *Ghost*, um ein paar Geschäftsgeheimnisse auszukundschaften. Morgen bin ich an der Reihe. Auf diese Weise erfahren wir immer, wie die Dinge beim *Ghost* stehen und was man dort für Pläne hat. Wir hingegen wissen unsere Geheimnisse zu wahren. Nicht, daß uns sonderlich viel an Geheimnistuerei läge, aber irgendwie sind die *Sun* und der *Whale* wie die beiden Hälften einer Muschelschale. Bei uns sickert nichts durch, denn jeder kennt seine Pflichten und ist zudem an der Firma beteiligt. Meines Wissens gibt es bei uns nur eine einzige Schwachstelle, und zwar in der Redaktion »Frau und Heim«. Letzte Woche brachten wir das Rezept meiner Mutter für einen besonderen Baumkuchen, und seltsamerweise erschien es zur gleichen Zeit im *Ghost*. Bestimmt schleichen bei uns Spione vom *Ghost* mit falschen Bärten durch die Korridore, aber ich glaube nicht, daß sie in der Lage wären, uns die Rezepte in der Setzerei zu stiebitzen.«

Virginia nahm Hardesty das Kind ab. Er zog seinen Mantel aus und warf ihn über eine Sessellehne. Die drei Menschen sahen jetzt aus wie die Figuren eines Krippenbildes auf dem Marktplatz einer Stadt. Hardesty trug nämlich einen Anzug, der ebenfalls zu einem Porträt aus dem neunzehnten Jahrhundert gepaßt hätte. Er war ihm ein wenig zu groß, und er fühlte sich darin, als sei er soeben einer Kutsche entstiegen.

»Bist du rechtskräftig von seinem Vater geschieden?« fragte er mit einem Blick auf das Kind.

»Ja«, antwortete sie ohne ein Spur von Bitternis oder Reue.

»Hast du vor, irgendwann zum Coheeries-See zurückzukehren?«

»Natürlich, es ist meine Heimat.«

»Und wann?«

»Sobald endlich einmal ein milderer Winter kommt. Vielleicht um die Jahrhundertwende. Ich glaube, daß sich dann viel geändert haben wird — wenn nicht in der Welt, so doch in mir. Ich hoffe, daß ich bis dahin etwas erlebt und gesehen habe, das alles bisherige an Schönheit übertrifft.«

Hardestys Gefühle benahmen sich wie ein Mensch, der sich plötzlich kerzengerade aufrichtet: »Was meinst du damit?« fragte er.

Sie reagierte auf diese Frage nicht, denn sie hätte ihm keine konkrete Antwort geben können, sondern nur eine, die von Glaube und Intuition bestimmt war. Damit wollte sie Hardesty nicht belasten, und sie wollte ihn auch nicht zurückstoßen. Es drängte sie sogar, ihm alles zu erzählen. Sie sehnte sich danach, ihn zu umarmen und von ihm umarmt zu werden.

Hardesty trat vor das Fenster. Vor ihm erstreckte sich eine kilometerlange Häuserzeile aus terrakottafarbenen Gebäuden mit Schieferdächern und Bogenfenstern. In ärmlichen Hinterhöfen standen kahle Bäume, im Sommer ein grünes Gewoge. All dies wurde überragt von den beiden schlachtschiffartigen Türmen der Williamsburg-Brücke. Sie waren in helles Licht getaucht und funkelten wie blaue Diamanten.

»Keines dieser Häuser, die du hier siehst, wurde nach 1915 gebaut«, sagte Virginia, die ihr Kind in den Armen wiegte. »Hier ist es ruhig wie auf dem Land. Im Sommer singen morgens Hunderte von Vögeln in den Bäumen. Irgend jemand hat sogar einen kleinen Hühnerstall. Schon in aller Herrgottsfrühe kräht der Hahn. In meinen Ohren klingt es immer fast so wie ›neunzehnhundert, neunzehnhundert!‹«

»Glaubst du, daß der Hahn in ein paar Jahren ›zweitausend‹ krähen wird?«

»Ich glaube, Mr. Marratta, daß nicht nur der Hahn in ein paar Jahren ›zweitausend‹ krähen wird, sondern wir alle«, erwiderte Virginia fast gravitätisch.

»Wegen der runden Zahl?« fragte Hardesty und trat ein wenig näher an sie heran.

»Nein.« Fast hätte ein Zittern ihrer Stimme verraten, daß sie ihn ganz nah bei sich haben wollte und daß sie sich zugleich davor fürchtete. »Nicht wegen der geraden Zahl.«

»Vielleicht, weil dann diese Folge außerordentlich strenger Winter endlich hinter uns liegen wird?«

»Ja, weil diese schlimmen Winter endlich vorüber sein werden.«

»Und in der Stadt wird alles anders sein?«

»Ja, alles in der Stadt wird anders sein.«

»Und wenn nicht?«

»Es wird aber!«

»Warum?«

»Selbst wenn nichts geschieht, so wird allein die Erleichterung alles verändern, genau wie die mühsam gezügelten Erwartungen. Alles wird anders sein, das weiß ich genau.«

»Wie kannst du das wissen?« fragte Hardesty.

»Vielleicht hältst du mich für verrückt«, antwortete sie und wandte das Gesicht ab, als hätte er sie gekränkt.

»Nein, ich glaube nicht, daß du verrückt bist.«

»Ich weiß, daß diese Winter nicht von ungefähr kamen«, sagte Virginia. »Sie gehen wie ein Pflug über Stadt und Land dahin. Der Wind ist die glättende Egge, während das Licht der Sterne herabprasselt wie ein Hagel von Schlägen. Ich spüre es in allem, genau wie die Tiere, die genau wissen, daß etwas auf sie zukommt. Sogar die Schiffe im Hafen werden lebendig und haben es eilig, weil es bald soweit ist. Vielleicht glaubst du, daß ich mich fürchterlich täusche, aber ich bin fest davon überzeugt, daß jeder Vorgang eine Bedeutung hat, und daß das unablässige Donnern in unserer Zeit nicht spurlos verhallen wird.«

»Das glaube ich auch«, stimmte Hardesty zu und ergriff ihre Hände.

So wurde an diesem Winterabend in einer Stadt, der Großes bevorstand, zwischen zwei Menschen der Bund der Ehe geschlossen — schneller als ein Augenzwinkern.

Ein neues Leben

Die Sonne übergoß das Meer mit hellem Licht. Starker, aber gutmütiger Wind umrundete die ferne Landzunge und trieb eine schnittige Sloop mit prallem Großsegel und geblähtem Spinnaker vor sich her. Westlich erstreckte sich ein langer, unbesiedelter Küstenstreifen mit saftig grüner Vegetation. Dort, wo kühle Flüsse die Steilküste durchbrachen und sich weißschäumend in den Ozean ergossen, mischten sich Süßwasserströme mit salzigem Meerwasser.

Die Takelage des Seglers ächzte protestierend, denn das Boot war nicht dafür ausgelegt, mit fünfzehn Knoten vor dem Wind dahinzufliegen. Hier in Küstennähe, wo die schmale Linie der Strände weißer als ein Riß in neuem Glas leuchtete, war das Meer besonders fischreich.

Seit sie ihre Angeltour abgebrochen und Segel gesetzt hatten, um den Wind abzureiten, hatten Asbury Gunwillow und sein Bruder Holman kein Wort miteinander gewechselt, aber jeder wußte vom anderen, daß der sich Sorgen machte wegen des Sturmes, der sich da aus heiterem Himmel zusammenbraute. Ohne auch nur ein einziges Mal abzuflauen, frischte der Wind immer mehr auf. Bald blies er so heftig, als wollte er das Wasser des Meeres aus seinem Bett reißen und himmelwärts schleudern.

»Können wir gegen diesen Sturm ankreuzen, Asbury?« rief Holman seinem Bruder zu.

Asbury schüttelte den Kopf. »Gegen den kommt nichts an!« rief er zurück. »So etwas habe ich noch nie gesehen! Das ist einer von den Stürmen, wo sogar Kriegsschiffe reihenweise untergehen. Wir versuchen lieber gar nicht erst, Höhe zu gewinnen, sonst landen wir gleich im Bach. Eigentlich haben wir noch Glück!«

»Warum?«

»Weil die Wellen bei Windstärke zehn eigentlich turmhoch sein müßten! Aber der Wind bläst so heftig, daß das Meer glatt ist wie ein Tisch.« Asbury warf einen Blick über die Schulter. »Wir machen zuviel Fahrt«, sagte er.

»Dann laß mich den Spinnaker bergen!« erwiderte Holman.

»Nein«, widersprach Asbury. »Das übernehme ich. Es ist zu gefährlich für dich . . .« Aber bevor er den Satz zu Ende sprechen konnte, kroch Holman, der erst einundzwanzig Jahre alt und ziemlich leicht gebaut war, schon über das Vordeck zum Bug. Asbury schrie ihm nach, er solle sofort zurückkommen, aber Holman hörte nicht darauf, sondern tastete sich vornübergebeugt mit kleinen, vorsichtigen Schritten weiter, und seine Bewegungen erinnerten an jemanden, der in hüfthohem Wasser gegen eine starke Strömung ankämpft.

»Einfach nur kappen!« rief Asbury, aber der Sturm riß ihm die Worte vom Mund und trug sie davon, so daß Holman nichts hörte. Er stemmte den einen Fuß gegen das Schanzkleid, den anderen gegen eine Winsch und machte sich daran, die Belegung der Spinnakerschot zu lösen.

»Kappen!« schrie sein Bruder aus voller Kehle, aber ohne Erfolg. »Schneid sie durch!«

Erst als die Leine mit so rasender Geschwindigkeit unter ihm durchlief, daß die Reibungshitze fast sein Ölzeug verschmorte, merkte Holman, daß er auf der Schot hockte, deren loses Ende sauber aufgeschossen an Deck gelegen hatte. Unwillkürlich richtete er sich auf, aber da packte ihn eine Sturmbö. Er verlor die Balance und stürzte kopfüber in die See.

Asbury ergriff einen Rettungsring und warf ihn seinem Bruder über Steuerbord hinterher. Nachdem ihm die gesamte, einhundert Fuß lange Leine durch die Hand gelaufen und Holman immer noch nicht aufgetaucht war, ließ er das Ende der Leine in der Hoffnung los, daß sein Bruder den Rettungsring erreichte und wenigstens etwas hätte, woran er sich festhalten konnte.

Doch dann mußte Asbury zu seiner Verblüffung feststellen, daß Holman noch ganz in seiner Nähe war, denn er klammerte sich auf Steuerbord an die Spinnakerschot und ließ sich von ihr durch das Wasser ziehen. Manchmal wurde er von dem heftig schlagenden Ballonsegel fünfzig oder sechzig Fuß hoch in die

Luft geschleudert, um gleich darauf in die Tiefe zu sausen und mit voller Wucht gegen einen Wellenberg zu prallen.

Asbury stürzte nach vorn, um die Spinnakerfall zu kappen und seinen Bruder mit Hilfe der Schot an Bord zu hieven, aber er stolperte und schlug mit dem Kopf gegen den Baum des Großsegels. Sekundenlang wurde ihm schwarz vor Augen, und er spürte, wie ihn die Kräfte verließen, aber irgendwie schaffte er es, sein Bootsmesser aufzuklappen und die Spinnakerfall zu kappen. Anscheinend war sie jedoch vertörnt, denn beim Ausrauschen klemmte sie in der Leitöse, so daß der Spinnaker nun noch stärker schlug.

Während Asbury fieberhaft überlegte, was er jetzt noch tun konnte, fiel ihm auf, daß sein Bruder inzwischen nicht mehr an der Schot hing. Gleich darauf riß sich der knallende Spinnaker los und ging schlaff auf der Wasseroberfläche nieder.

Asburys Augen waren von halbgeronnenem Blut verklebt, aber auch ohne diese Sichtbehinderung hätte er nichts mehr von seinem Bruder erblickt, denn das Meer hatte ihn schon verschlungen. Asbury beschloß, das Boot zu wenden, und wenn er dabei draufging. Als er nach achtern kroch, rutschte er mehrmals auf seinem eigenen Blut aus, aber er schaffte es bis zum Heck. »Woher kommt all das Blut?« fragte er sich, während seine Hände die klebrige Ruderpinne umklammerten. Überall war Blut. Der Wind zerstäubte es zu kleinen warmen Tröpfchen und wehte sie ihm ins Gesicht wie feinen Regen. Aber es war kein Regen, sondern sein eigenes Blut, das auf seinem Kopf aus einer geplatzten Arterie spritzte. Asbury preßte die Hand darauf, aber es half nichts. Das Blut sickerte zwischen seinen Fingern durch. Er wußte, daß er einen Mastbruch riskierte. Trotzdem wollte er eine Wende wagen und drückte die Pinne bis zum Anschlag zur Seite, womit er jedoch nur erreichte, daß sich das Heck des Bootes aus dem Wasser hob und immer wieder mit einem dumpfen Geräusch hart aufsetzte wie ein Köder, der von einem Angler mit der Rolle eingeholt wird. Da ihm nichts anderes einfiel, hielt Asbury die Pinne in dieser Stellung fest, bis ihn die Kräfte verließen und er am Steuerstand zusammensackte. Er versuchte noch einmal, auf die Beine zu kommen, aber er schaffte es nicht. Um die Blutung zu stoppen, preßte er seinen Kopf an der Stelle, wo er die Wunde vermutete, gegen ein Spant. Das Heulen des Sturmes war seine letzte Wahrnehmung.

Als er zu sich kam, war ihm erbärmlich kalt. Er wunderte sich darüber, denn schließlich befand er sich nicht im hohen Norden, und außerdem war es Juni. An seine schlimme Wunde dachte er nicht gleich, und es kam ihm auch nicht in den Sinn, daß es Nacht sein könnte. Wahrscheinlich habe ich mir das Genick für alle Zeiten verrenkt, als ich in dieser verdrehten Haltung ohnmächtig wurde, sagte er sich. Es gelang ihm nicht, die Augen zu öffnen. Wie jemand, der die ganze Nacht im Halbschlaf gefroren hat, statt aufzustehen und sich eine zusätzliche Decke zu holen, verharrte er noch lange Zeit in dieser unbequemen Position, viele Minuten, vielleicht sogar stundenlang, bis er einen klareren Kopf hatte und begriff, wo er sich befand: in einem Boot, das bei mäßig hohem Seegang immer wieder wie ein Schlitten in die Wellentäler hinabtauchte. Das unablässige Heulen des Sturms war leiseren Geräuschen gewichen: dem Gurgeln des Kielwassers und dem Ächzen der Takelage, das manchmal so klang wie bei abgesägten Bäumen Sekunden vor dem Sturz.

Um freizukommen, wälzte sich Asbury auf die Seite. Dabei stieß er mit dem Brustkorb schmerzhaft gegen den Anker, aber die Bewegung hatte ihm trotzdem gutgetan, und er machte weiter, so gut es ging. Zuerst rieb er sich das geronnene Blut aus den Augen, dann schlug er die Lider auf. Allmählich kam sein Kreislauf in Gang, so daß er nicht mehr ganz so arg fror und sich auch nicht mehr so steif fühlte. Ein Blick auf den Sternenhimmel sagte ihm, daß es ungefähr vier Uhr morgens war.

Da er davon ausgehen mußte, daß er nicht mehrere Tage und Nächte ohnmächtig gewesen war, rechnete er sich aus, daß sein Bruder Holman vor mindestens sechzehn Stunden über Bord gegangen war. Wahrscheinlich hatte das Boot inzwischen bis zu dreihundert Meilen zurückgelegt. Ohne einen ähnlich starken achterlichen Wind wie jenem, der ihnen zum Verhängnis geworden war, konnte Asbury nicht hoffen, in weniger als drei oder vier Tagen in die Nähe der Unglücksstelle zu gelangen.

Da das Boot nur fürs Küstensegeln ausgerüstet war, verfügte

es über keine weiteren Navigationsinstrumente als über den Kompaß. So konnte Asbury seine gegenwärtige Position nur grob über den Daumen peilen und mußte sich ansonsten auf seinen Instinkt verlassen. Irgendwie wußte er, daß er Kurs auf West-Nordwest nehmen mußte, um möglichst rasch die Küste zu erreichen. Er zog sich ein Sweatshirt und Holmans Lederjacke an, aß ein mit Roastbeef belegtes Sandwich und einen Apfel. Beides war vom Mittagessen des Vortages übriggeblieben. Da Asbury wußte, daß ihm ein langer, anstrengender Segeltörn bevorstand, aß er den Apfel ganz auf und zögerte sogar einen Augenblick, bevor er den Stiel über Bord warf. Wenn es soweit kommt, daß ich Holz fressen muß, dann gibt es an Bord genug davon, sagte er sich.

Mochte er sich noch so elend fühlen, weil er seinen Bruder verloren hatte, so wirkte die stetige Fahrt auf geradem Kurs durch die sternklare Nacht dennoch wie eine belebende Wohltat auf Asbury.

Und irgendwann begann er dunkel zu ahnen, wohin er fuhr und warum er zu diesem Ziel unterwegs war. Es handelte sich um eine jener Eingebungen, die die frühen Morgenstunden dem Menschen schenken. Sie sind wie Träume, die sich, wenn es dann Tag geworden ist und die Sonne scheint, nur manchmal noch aus dem Gedächtnis rekonstruieren und erneut durchleben lassen.

Niemand wußte zu sagen, wie alt Asbury Gunwillows Großvater wirklich war, der von sich behauptete, vor mehr als hundertfünfundsiebzig Jahren das Licht der Welt erblickt zu haben. »Das muß so sein«, pflegte er zu sagen. »Ich muß hundertfünfundsiebzig oder vielleicht sogar hundertachtzig Jahre alt sein. Als der Bürgerkrieg ausbrach, hatte ich gerade meinem Geschäftspartner seinen Anteil an unserem Textilwarenladen abgekauft. Während des Krieges zog ich mit dem gesamten Warenlager nach New York und machte in der Nähe der Marinewerft in Brooklyn einen neuen Laden auf. Als die Panzerschiffe gebaut wurden, gehörte ich zu den Lieferanten. In dem Jahr, als Präsident Lincoln erschossen wurde, nahm unsere Firma schon einen ganzen Häuserblock ein.«

An dieser Stelle pflegte der alte Herr nachdenklich zur Decke zu blicken. Das Licht, das durch die Fenster ins Zimmer brach, ließ die grauen Augen und sein feines weißes Haar hell aufleuchten, während sich auf den Gesichtszügen Verwirrung und ungläubiges Staunen spiegelten. »Wie kann ich nur so alt sein?« fragte er dann wohl. »Niemand kann so alt werden! Übrigens bin ich mir über den Lauf der Zeiten nicht mehr ganz im klaren, aber ich erinnere mich beispielsweise noch sehr gut daran, wo wir während des Krieges wohnten.«

»Welchen Krieg meinst du?« erkundigte sich Asbury.

»Das weiß ich selbst nicht mehr. Unser Haus stand jedenfalls mitten in der Stadt auf einem Hügel. Von dort hatten wir eine herrliche Aussicht auf den Atlantik, das Hochland am Hudson, die *Ramapos* und die *Palisades* . . . Ja, man überblickte dort buchstäblich alles. Ich sah Tausende von Kindern, die in Hunderten von Grünanlagen und Parks spielten. Sie saßen auf Schaukeln oder kletterten auf Rutschbahnen. Jeden einzelnen Knopf an ihren Jäckchen hätte ich abzählen können! Schiffe fuhren den Fluß hinauf und hinab. Ich wußte genau, wohin sie steuerten, welche Fracht sie transportierten und wann sie an ihrem Bestimmungsort ankommen würden. In jedes Bürogebäude, Wohnhaus oder Kellergeschoß der Stadt konnte ich blicken. Nicht einmal eine frischgepflückte Narzisse in einer Wasserflasche auf einem Fenstersims wäre mir verborgen geblieben. Ich schaute in sämtliche Gärten, blickte singenden Hausfrauen über die Schulter und in Versammlungsräume, Spitäler und Theater hinein. Ich wußte genau, wie es an der Börse zuging oder in den vielen Dampfbädern auf Staten Island.« Der Großvater zögerte. »Aber wie war das nur möglich?« fragte er dann, als zweifelte er an seinen eigenen Worten. »Keine Ahnung. Ich weiß nur, daß es stimmt. Es war, als beobachtete ich bei einer Ballonfahrt an einem klaren Sommertag die Welt von oben herab . . . Verstehst du mich, mein Sohn?«

»Ich bin nicht dein Sohn, sondern dein Enkel, Großvater!«

»Und welcher von meinen Enkeln bist du?«

»Ich bin Asbury.«

»Worüber sprachen wir gerade?«

»Über New York.«

Der Blick des alten Mannes war in die Weite gerichtet, als er sagte: »Ja, das ist es. Da mußt du hin!«

»Was meinst du damit?«

»Daß du dorthin gehen sollst!«

»Warum?«

»Beeile dich, bevor es zu spät ist. Die Maschinen!«

»Maschinen?«

»Ja, all die Maschinen! Sie bereiten sich vor, einen einzigen Klang zu erzeugen. Vielleicht stimmen sie sich gerade aufeinander ein. Es klingt noch nicht richtig, aber es ist bereits Musik. Eine wird die Führung übernehmen. Dann werden die anderen folgen, und der Tag ist da.«

»Tut mir leid, Großvater«, sagte Asbury, »aber ich verstehe nicht ganz, was du meinst.«

»Worüber sprachen wir eigentlich?«

»Über die Maschinen.«

»Oh, die Maschinen! Was möchtest du denn über sie wissen?«

»Du sagtest gerade, daß sie sich alle darauf vorbereiten, einen einzigen Klang zu erzeugen.«

»Ja, richtig. Sie sitzen dort so ruhig wie Hunde und blicken in alle Richtungen. Manche hausen vergessen im Dunkeln, andere werden alt und rosten vor sich hin, wieder andere erfreuen sich guter Wartung. Aber all das zählt nichts. Sie haben eine Seele.«

Asbury schaute seinen Großvater betroffen an.

»Ja, eine Seele«, fuhr der Alte fort. »Sie bewegen sich doch, nicht wahr? Was, glaubst du wohl, setzt die Dinge in Bewegung? Nichts, das sich bewegt, hat *keine* Seele. Ich muß es ja wissen. Hast du jemals von einem Leithammel gehört? Das gilt auch für Maschinen. Eine von ihnen wird sich an die Spitze setzen. Dann schließen sich die Reihen, denn alle anderen werden folgen. Wenn ich so jung wäre wie du, dann würde ich mich sofort auf den Weg machen.«

Bei diesen Worten bekam der Großvater einen Hustenanfall. Im Handumdrehen wurde er purpurrot, aber genauso schnell war alles vorüber, und sein Gesicht nahm eine bläuliche Färbung an.

Schließlich wurde er bleich, und sein Atem ging ruhig wie immer. Asbury wunderte sich, wie der alte Mann mit so wenig Atemluft auskommen konnte. In einer Minute schien er nur wenige Male ein- und auszuatmen. Als hätte Asbury hörbar gestaunt, sagte der Großvater, der sich inzwischen wieder ganz in der Gewalt hatte: »Weil ich keinen Sauerstoff mehr brauche! Ich habe schon alle Schlüsse gezogen. Jetzt gleite ich langsam hinab. Eines Tages werde ich so leicht sein wie eine Feder. Versprich mit etwas!«

»Was?«

»Daß du nach New York gehen wirst.«

Asbury hatte es ihm versprochen. Aber bis zu dem Tag, als der Sturm über ihm hereinbrach, hatte er sein Gelübde vergessen. Und nun, nach ein paar sonnigen Tagen auf hoher See, umgab ihn auf einmal ein dumpfes Grollen, das wie der machtvolle Herzschlag einer Weltstadt in seinen Ohren klang. Er hegte nicht den geringsten Zweifel darüber, um *welche* Stadt es sich handelte.

Hardesty und Virginia verliebten sich total und mit einer an Besessenheit grenzenden Heftigkeit ineinander, wie es nur zwei Menschen passieren kann, die beide dieselbe unbegreifliche Wahrheit geschaut haben. Und wenngleich die Zeiten nicht mehr so locker waren wie noch vor wenigen Jahrzehnten, so hätte doch niemand mit der Wimper gezuckt, wäre Hardesty zu Virginia gezogen. (Virginias Wohnung war gerade eben groß genug für drei.) Natürlich hätten sie auch eine jener halbherzigen Beziehungen eingehen können, die eine Mischung aus Skandal und Zaghaftigkeit darstellen – man kennt dergleichen ja zur Genüge. Doch eben dies taten sie nicht. Vielmehr begannen sie umeinander zu werben, fast wie es einst ihre Eltern getan hatten. Vielleicht lag es daran, daß Hardesty und Virginia als Kinder die Mutter beziehungsweise den Vater vermißt hatten. Als sie heranwuchsen, war ihnen das fehlende Elternteil immer nur in liebevollen Worten beschrieben worden. Auch hatte man ihnen in den glühendsten Farben geschildert, wie sich ihre Väter und Mütter gegenseitig den Hof gemacht hatten. Virginia war schon einmal unglücklich verheiratet gewesen und hatte deshalb mit Zukunftsvisionen nicht viel im Sinn. Hardesty seinerseits war in seinem Leben schon zweimal in die Schlacht gezogen, war also doppelt vorbelastet. Welcher Grund auch immer ausschlaggebend gewesen sein mag – fest steht, daß sich Hardestys und Virginias Leidenschaft füreinander ganz langsam zu einer immer höheren Woge auftürmte, und während des strengen Winters, der schon bald nach dem Tag ihrer ersten Bekanntschaft einsetzte, warben sie sehr zart und behutsam umeinander.

Hardesty bewohnte eine Dachkammer in der Bank Street. Genauer gesagt, war es ein Mansarde mit schrägen Wänden. Die Türen waren so niedrig, daß er sich bücken mußte. Dafür lag das Haus in einer ruhigen Gegend; Hardesty hörte dort abgesehen von Schnee und Wind nur die Glocken der Kirchen, die über Hinterhöfe und Gärten hinweg geduldig die Viertel-, halben und ganzen Stunden schlugen. Katzen und Eichhörnchen veranstalteten Verfolgungsjagden in Form von Hochseilakten auf Telefondrähten. Der größte Zirkus hätte von ihnen lernen können. Eine Katze, die durch den Schnee stolzierte, wirkte wachsam und stolz wie eine verbannte Königin. Einmal strich sogar ein Habicht über den Hinterhof, aber Hardesty hatte kaum die gesprenkelte Unterseite seiner Schwingen erkannt, als der Raubvogel schon wieder verschwunden war. Häufig war die Luft schwer von den vielen Schneeflocken oder vom süßlich-herben Duft der Holzfeuer; ein dunkler Schatten schien dann über allem zu liegen und die Zeit stillzustehen. Wenn sich früh der Abend mit seinem bläulichen Schneelicht herabsenkte, kehrte in der Welt eine Ruhe ein wie in jenen runden, gläsernen Briefbeschwerern, die mit Wasser und schwebendem Konfetti gefüllt sind.

Jeden Nachmittag, sobald die nächste Ausgabe der *Sun* unter Dach und Fach war, rief Hardesty Virginia von einem öffentlichen Telefon aus an. (Sie hatten beide kein Telefon zu Hause, weil dies ihrer Meinung nach eine verschwenderische Extravaganz gewesen wäre.) Dann besprachen sie, was es am Abend zu essen geben sollte. Auf dem Rückweg besorgten sie dann auf

Märkten und in Läden die erforderlichen Zutaten. Manchmal, wenn Virginia länger arbeitete oder Hardesty eher Schluß machte, trafen sie sich am Printing House Square und gingen gemeinsam nach Hause; meistens wanderte Hardesty jedoch einsam in der Abenddämmerung die Greenwich Avenue hinunter. Für ihn gab es in der ganzen Stadt keine schönere Straße. Immer wenn er am St. Vincent's Hospital vorbeikam, fühlte er sich wie eine Figur aus einem großen russischen Roman. Aus dem düsteren Gemäuer mit den hohen, hell erleuchteten Fenstern sprach die Ewigkeit. In nahegelegenen Restaurants mit brennenden Kaminen und immergrünen Pflanzen saßen in sich gekehrte, unheilbar kranke Menschen neben modisch gekleideten, wohlhabend wirkenden Gästen, die im Vergleich zu den Kranken verblüffend nichtssagend aussahen. Wie hätte es auch anders ein können? Die Kranken trugen die Wahrheiten von Sterben und Tod in sich. Wenn sie die schneebedeckte Straße überquerten, waren sie umhüllt von der befremdlichen Melancholie schlafloser Nächte und schreckerfüllter Jahre.

Obwohl sich Hardesty verpflichtet fühlte, irgendwann den Weg zu beschreiten, den ihm sein umsichtiger Vater in San Francisco vorgezeichnet hatte, bewogen ihn machtvolle Anziehungskräfte und angenehme Pflichten einstweilen zum Bleiben. Allein der Gedanke, Virginia einmal verlassen zu müssen, machte ihn unsäglich traurig. So wie die Dinge lagen, wäre es einem Verrat gleichgekommen. Er liebte sie von ganzem Herzen, aber sie war nicht gewillt, mit ihm oder irgendeinem anderen Menschen über den Atlantik zu fahren. *Eine* Schlittenfahrt reichte ihr. Bislang war es ihr gelungen, Hardesty zurückzuhalten. Und dann war da ja auch noch seine Arbeit.

Praeger de Pinto hatte in ihm nicht nur einen Geistesverwandten, sondern sogar etwas noch Besseres gefunden: einen Konkurrenten. Nie konnte sich Praeger sicher sein, ob Hardesty nicht längst vor ihm eine bestimmte Idee gehabt hatte. Nicht zuletzt aus diesem Grund hielt Praeger Hardesty für hochbegabt, was natürlich auch einiges über ihn selbst aussagte. Mehrmals schon hatte er sich bei Virginia nach Hardesty erkundigt, denn er hätte ihn gern für die Zeitung gewonnen. Allerdings wußte er nicht, für welchen Aufgabenbereich. Er dachte an politische Themen oder an die Lokalberichterstattung aus bestimmten Stadtteilen, wobei von Vorteil sein konnte, daß Hardesty, wie Praeger inzwischen erfahren hatte, Italienisch sprach. Im übrigen wollte er Hardesty nicht von sich aus fragen, sondern von ihm um einen Job gebeten werden.

Und dann trafen sie sich an einem Samstagnachmittag zufällig am Rand einer Eislaufbahn in Brooklyn. Dieser Ort war in ganz New York berühmt, denn hier verdichtete sich das Wesen der Stadt zu einem unverkennbaren Bild. Man blickte gewissermaßen eine schnurgerade, an einen Gewehrlauf erinnernde Allee entlang, an deren Ende die Stadt wie ein kleines Ölgemälde lag.

Virginia, Praeger und Hardesty saßen dicht aneinandergedrängt auf einer Bank in dem rechteckigen, gelb gestrichenen Saal. In mehreren Öfen brannte ein brüllendes Holzfeuer. Durch die Fenster fiel der Blick auf Manhattan. Virginia, Praeger und Hardesty klopften die Eisspäne von ihren Schlittschuhen und blickten versonnen vor sich hin.

»Ich frage mich, was für ein seltsames, turmartiges Gebäude das da drüben ist«, sagte Praeger nach einer Weile, als spräche er zu sich selbst. Er meinte einen Campanile im maurischen Stil aus roséfarbenem Stein.

»Das ist der *Clive Tower*«, antwortete Hardesty. »Er wurde 1867 von John J. Clive zu Ehren seines Sohnes gebaut, der bei Mobile Bay fiel.« Hardesty erzählte von der historischen und architektonischen Bedeutung des Bauwerks, er erörterte seine Stellung in Bezug auf das gesamte Stadtbild und nannte sogar die Architekten und Ingenieure, die es entworfen bzw. gebaut hatten.

Praeger fragte ihn nach anderen Bauwerken. Es gab kaum eines, über das Hardesty nicht Bescheid wußte. Schon bald hatten sich die kleinen, von Praeger entzündeten Feuer zu einem Flächenbrand ausgebreitet, denn Hardesty holte weit aus zu einem Vortrag, in dem Architektur, Historie und Poesie miteinander verschmolzen. Er zeichnete ein Porträt der Stadt, das nicht nur Praeger und Virginia, sondern sogar ihn selbst in Staunen versetzte. Erst als ein paar Jugendliche bei Scheinwerferlicht

Eishockey zu spielen begannen, merkten die drei, daß es draußen inzwischen dunkel geworden war.

»Mein Gott, woher wissen Sie das alles bloß?« fragte Praeger.

»Ich lese eine Menge und laufe auch viel in der Stadt herum.«

»Was haben Sie eigentlich in San Francisco gemacht?«

»Nicht allzuviel«, gab Hardesty zu. »Ich habe mich mehrere Jahre lang vom Militärdienst ausgeruht. Als ich das erstemal entlassen wurde, fand ich Zeit für meine Doktorarbeit. Ich habe Kunstgeschichte und Architektur studiert. Das ist es doch wohl, was Sie von mir hören wollten, nicht wahr?«

»Nein, diese Dinge zählen für mich nicht«, erwiderte Praeger. »Mir genügt es, wenn ich merke, daß jemand weiß, worüber er redet. Bei Ihnen scheint das der Fall zu sein. Möchten Sie nicht hin und wieder für die *Sun* oder für den *Whale* schreiben? Falls die Artikel so gut sind wie die kleine Vorlesung über abendländische Kulturgeschichte, die Sie gerade zum besten gegeben haben, dann würde ich Ihnen auch gerne eine regelmäßige Spalte überlassen.«

»Marko Chestnut könnte seine Artikel illustrieren«, schlug Virginia vor.

»Wissen Sie«, sagte Praeger, zu Hardesty gewandt (er wußte, daß Virginia bereits im Bilde war), »der *Ghost* bringt montags und freitags jeweils eine ganze Seite über Architektur. Aber es geht dort weniger um die Sache als um Personen. Beispielsweise brachten sie kürzlich etwas über einen Menschen, der Ambrosio d'Urbervilles oder so ähnlich heißt. Sein Beitrag zum Thema ›Design‹ bestand darin, daß er eine Wohnung bis zur Zimmerdecke randvoll mit dunkelviolett gefärbten Baumwollbällchen ausstopfen ließ. Das Kunstwerk erhielt den Titel: *Porträt eines toten Kamels, das auf dem Dach eines Dampfbades tanzt.* Wenn wir mit den Leuten vom *Ghost* konkurrieren wollen, dann müssen wir so tun, als seien sie ganz etwas anderes, als sie in Wirklichkeit sind. Um ihrem schädlichen Einfluß entgegenzuwirken, verhalten wir uns daher oft so, als existierten sie überhaupt nicht. Und um einem eventuellen »Spiegelbildeffekt« zuvorzukommen, bekämpfen wir sie, als seien sie ernstzunehmende Gegner. Das verlangt *uns* viel Phantasie ab und wertet *sie* ungemein auf. Aber Harry Penn will es nicht anders haben, und ich mittlerweile übrigens auch nicht.«

»Verstehe«, sagte Hardesty. »Ich hab das Ding über das Kamel auf dem Dach gelesen.« Dann eröffnete er dem Chefredakteur der *Sun*, daß er bereit sei, sein Bestes zu geben, um diese Stadt New York zu beschreiben.

☆

Schon nach einer Woche begannen Hardesty und Marko Chestnut, durch die Stadt zu wandern und nach jenen Dingen Ausschau zu halten, die einst gebaut worden waren, um den Geist zu beherbergen und zu bewahren. Sie brauchten nicht lange zu suchen, denn solche Bauwerke existierten buchstäblich zu Hunderten und Tausenden zwischen Riverdale und South Beach, vom Riverside Drive bis nach New Lots. Donnerstags brachte die *Sun* Hardestys Kommentare auf zwei ganzen Seiten. Der Text umrahmte jeweils eine große Bleistift- oder Tuschzeichnung von Marko. Die beiden zeigten den Lesern der *Sun* Brooklyn aus der Vogelschau. Es lag dort unten vor ihnen ausgebreitet wie ein Adler mit gestutzten Schwingen, der nach der Auster Staten Island schnappt. Sie beschrieben und zeichneten das Chaos der Vierzehnten Straße; die vornehmen Gegenden der East Side; den Gramercy Park, dunstverhangen wie ein englischer Garten; und Manhattans goldene Türme, von Weehawken aus bei Sonnenuntergang gesehen, wenn die gläserne City wie ein Stern im Weltall brennt. Je öfter Hardesty und Marko fündig wurden, desto besser wußten sie, wo sie zu suchen hatten. Ihre Beiträge kamen bei der *Sun* gut an.

Aber all das erfüllte Hardesty mit wachsender Ungeduld, denn es verlangte ihn immer mehr nach einer *gerechten* Stadt. Schließlich nahm er sich vor, ungeachtet all seiner Gefühle und Neigungen per Schiff nach Europa zu reisen. Gewiß, er liebte Virginia, und seine Liebe zu ihr war sogar stärker als die Verpflichtung, die er seinem verstorbenen Vater gegenüber empfand. Aber da gab es noch etwas anderes, das ihn weitertrieb, und es erstaunte ihn, wie stark dieser Drang war. Er mußte an

Männer denken, die ihre Familie verlassen, um in den Krieg zu ziehen. Und nun hatte es ihn selbst gepackt! Er war im Begriff, Kälte gegen Wärme einzutauschen. Irgend etwas zwang ihn dazu, ein dunkler Drang, der nicht aus ihm selbst heraus kam, sondern einer weit zurückliegenden Zeit entsprang. Allein schon die Beharrlichkeit dieses Triebes erregte Hardestys Bewunderung. Es war gewiß ein Fehler, jetzt abzureisen, das wußte er. Aber einen Fehler, einen x-beliebigen, zu machen, war eine Sache — eine ganze andere war es, um einer gerechten Stadt willen einen Fehler zu begehen.

Am ersten Juni teilte er Virginia seinen Entschluß mit. Seine Worte trafen sie völlig unvorbereitet. Zuerst weinte sie hysterisch, dann ging sie auf ihn los. Sie versuchte, ihn an den Haaren zu reißen und landete einen oder zwei Treffer mit der Faust. »Raus!« schrie sie, rasend vor Wut. Und als Hardesty tatsächlich die Wohnung verließ, knallte sie die Tür hinter ihm zu und schob den Riegel vor. Hardesty hörte sie schluchzen, daß es ihm fast das Herz brach. Aber nach allem, was geschehen war, konnte er nicht einfach an die Tür klopfen und in die Wohnung zurückkehren. So ging er denn los und buchte eine Überfahrt nach Europa. Das Schiff sollte schon in Kürze auslaufen. Danach begab er sich in seine Mansarde und verfluchte den Sommer.

Am Tag der Abreise nahm Hardesty ein Taxi quer durch die Stadt zum Hafen. Es war früh am Morgen, Anfang Juni. Das Wetter hätte nicht schöner sein können. Die Luft war kühl und heiter, der Himmel blau, und in den Straßen war noch niemand außer der Sonne. Auf der Fahrt durch Chelsea erklang aus dem Radio des Taxis eine Arie, die unmittelbar aus den Gebäuden, den verlassenen Hinterhöfen und den Seelen ihrer einstigen Bewohner zu strömen schien. Ihm war bewußt, daß seine Liebe zu Virginia nicht mehr zu überbieten war, und er fragte sich, ob es die Dinge, die er in so weiter Ferne zu finden hoffte, vielleicht nicht doch in dieser Stadt gab — oder sogar in Virginia selbst. Wenn dem so war, dann machte er jetzt tatsächlich einen Fehler.

Die Arie war noch nicht zu Ende, da erblickte Hardesty eine vertraute Gestalt, die mit einer Staffelei auf dem Rücken und einem Kistchen voller Ölfarben unter dem Arm die Hudson

Street überquerte. Marko Chestnut befand sich auf dem Heimweg. Er hatte am frühen Morgen den Hudson gemalt, denn um diese Zeit waren die Lichtverhältnisse am günstigsten und die Unterwelt hatte sich gerade zu Bett begeben. Der Hudson vereinte in sich die Eigenschaften von tausend Flüssen gleichzeitig. Im Morgengrauen wirkte er sanft, bei starkem Herbstwind war er von Schaumkronen bedeckt, an klaren Tagen leuchtete er in königlichem Blau, in strengen Wintern lag er unter einer weißen Eisschicht oder ließ Stürme über sein graues und grünes Wasser toben, und im August glich er bisweilen einem stillen, dunstverhangenen Gebirgssee. Am liebsten mochte Marko Chestnut jedoch die Sommermorgen mit ihrem starken, unbestechlichen Licht.

Hardesty ließ das Taxi anhalten. Er sprang aus dem Wagen und rief seinem Freund etwas hinterher, doch mißtrauisch wie er war, kümmerte sich Marko nicht darum. Nur allzu oft war er beim Malen im Freien schon überfallen worden. Mit schlurfenden Schritten ging er weiter.

»Marko, ich bin's!« brüllte Hardesty so laut er konnte.

Marko drehte sich um und blickte blinzelnd durch seine Brille zurück. »Ich dachte, du seiest schon abgereist«, sagte er.

»Nein, aber ich bin gerade dabei. Wie spät ist es? Mein Schiff läuft um acht Uhr aus.«

Marko Chestnut zögerte, warf einen Blick auf seine Uhr und sagte dann: »Es ist sieben. Warum bist so früh losgefahren? Der Pier, an dem die *Rosenwald* liegt, ist nur drei Straßen weiter.«

»Ich wußte nicht, daß es noch so früh ist.«

»Hast du schon etwas gegessen?«

»Nein.«

»Dann laß uns zusammen bei *Petipas* frühstücken«, schlug Marko vor. »Danach begleite ich dich zum Schiff.«

Sie setzten sich bei *Petipas* in den Garten, bestellten ein Frühstück, beobachteten die Vögel im sonnenbeschienenen Efeu, das sich an der Hauswand emporrankte, und lauschten den Schiffssirenen, deren Echo von der Steilküste am Hudson zurückgeworfen wurde.

»Wie kannst du nur eine solche Frau verlassen?« fragte

Marko plötzlich. »Was versprichst du dir davon? Du weißt, daß sie schon einmal versetzt worden ist, von irgendeinem kanadischen Irren. Wie hieß er doch gleich — Boissy d'Anglas?«

»Ja«, sagte Hardesty.

»Was du vorhast, ist unfair gegen sie und gegen dich. Und es ist falsch. Vielleicht weiß ich als Witwer Dinge, die du nicht wissen kannst. Und jetzt hör zu, ich will dir etwas sagen: Du bist ein Idiot! Du bist dabei, die wunderbarste . . . aber mein Gott, muß ich dir das wirklich erklären?«

»Nein.«

»Also warum bleibst du dann nicht einfach hier?«

»Ich kann nicht«, sagte Hardesty kaum hörbar. »Mein Vater —«

Eine Schiffssirene zerriß die Stille. »Ist das die *Rosenwald*?« fragte Hardesty.

»Kann sein«, erwiderte Marko Chestnut. »Aber wenn sie es war, dann ist sie schon draußen im Fluß. Es ist nämlich zwanzig nach acht.« Er lächelte.

»Du gemeiner Schuft, das werde ich dir nie vergessen!« schimpfte Hardesty und sah den Freund wütend an.

»Du wirst mir eines Tages dafür danken«, verkündete Marko zuversichtlich.

Im Laufschritt verließen sie das Restaurant. Von seiner Staffelei behindert stürzte Marko ein paar Tische und Stühle um, so daß eine Menge Porzellan zu Bruch ging. Hardesty stoppte ein Taxi und raste in südlicher Richtung davon, Marko Chestnut folgte ihm. Die beiden Taxis erreichten gleichzeitg die Uferpromenade am Battery Park. Verwundert fragten sich die Touristen, warum diese beiden Männer, von denen einer eine Staffelei und sonstige Malutensilien schleppte, bis zum Südende der Promenade rannten und sich dabei unentwegt beschimpften. Unterdessen kam die *Rosenwald*, die so schmuck aussah wie ein in frisches, weißes Leinen gekleideter Admiral, allmählich richtig in Fahrt.

Hardesty bückte sich, um seine Schuhe auszuziehen.

»Sag bloß, du willst hinterherschwimmen!« sagte Marko Chestnut. »So ein Schiff fährt zwanzig Knoten.«

»Stimmt, und das Wasser ist eiskalt. Ich bilde mir nicht ein, daß ich das Schiff einholen kann, aber ich versuche es trotzdem. Vielleicht hält es unterwegs an. Was habe ich zu verlieren außer ein bißchen Körperwärme?«

Er sprang kopfüber in den Hafen und begann zu schwimmen. Zu Marko Chestnuts Verblüffung quoll eine Minute später eine dicke schwarze Rauchwolke aus den Schornsteinen der *Rosenwald*. Das Schiff verlangsamte seine Fahrt und lag wenig später still.

☆

Es schmeichelte den Offizieren des holländischen Schiffes *Rosenwald*, daß ein Mann wie Hardesty die Dienstleistungen ihrer Reederei offenbar so sehr schätzte, daß er in die jeder Beschreibung spottende Schmutzbrühe sprang, die man im Hafen von New York für Wasser hielt. Irgendwo in der Nähe des Maschinenraums schob man Hardesty erst unter eine siedend heiße Dusche, dann kam der Schiffsarzt, um ihm zehn Injektionen zu verpassen, und schließlich setzte ihm der Erste Steward einen großen Topf Rinderbouillon vor. Hardesty hätte die Einladung des Kapitäns, abends mit ihm an seinem Tisch zu speisen, ausgeschlagen, hätte er nicht des Kapitäns eigenen Bademantel aus saphirfarbenem Samt, auf dessen Brusttasche das königlich-holländische Wappen in Gold prangte, am Leib getragen. Es ist nicht leicht, die Einladung eines Menschen zurückzuweisen, dessen Bademantel man trägt, dachte er.

Als Hardesty endlich allein auf Deck stand, erlebte er, wie die Morgensonne mit zunehmender Kraft die gläserne Fassade von New York beschien und die Stadt in ein blitzendes Juwel verwandelte. Nichts an den massigen Bauten und spitzen Türmen schien auf menschliche Dimensionen zugeschnitten. Aber hier und dort sorgten die Rundung einer Kuppel oder der anmutige Schwung einer Hängebrücke dafür, daß dieses gläserne Gebirge in den richtigen Maßstab gerückt wurde. Hardesty erinnerte sich daran, daß es dort hinten singende oder ärgerlich schimpfende Menschen gab, Frauen unter der Dusche, Klaviere, zu deren Musik sich Tanzpaare drehten. Irgendwo befand sich auch Virginia an diesem sonnigen Sommermorgen. Und nur ein kurzes Stück flußaufwärts erwachten gerade stille Wälder zwischen blauen Bergen und grünenden Feldern. Auf den Waldwegen wurde um diese Jahreszeit totes Geäst verbrannt, so daß hier und da Rauchfahnen in den Himmel stiegen, langsam und umsichtig wie Bergsteiger an einer Steilwand.

Es kostete Überwindung, New York im Sommer auf dem Seeweg zu verlassen. Schon jetzt vermißte Hardesty die Stadt mit ihren endlos langen Avenuen, die mit Hilfe der Brücken den Fluß übersprangen, manchmal mitten durch tiefhängende Wolken hindurch. Geschichtliches und Zukünftiges schienen in jener Stadt willkürlich nebeneinander herzulaufen. Hardestys Sehnsucht nach Virginia war so groß, daß er sich am liebsten über die Reling des Schiffes geschwungen hätte, um nach Long Island zu schwimmen. Aber das Wasser war viel zu kalt; er hätte sein Ziel nie erreicht. Zumal eine solche Handlungsweise ziemlich exzentrisch gewirkt hätte, wenn man berücksichtigte, auf welche Weise Hardesty an Bord gelangt war. Im übrigen hätten ihn gewiß die Schiffsschrauben in kleine Stücke gehackt. Seine Kleidung wurde gerade irgendwo gewaschen und gebügelt. Und wenn es ihm wider Erwarten doch gelingen sollte, an Land zu schwimmen, so würde er dort splitternackt herumlaufen müssen, es sei denn, er behielt beim Schwimmen den Bademantel an, der ihm nicht gehörte. Hardestys Wunsch, das Schiff zu verlassen, wurde also unter dem Gewicht praktischer Erwägungen begraben — bis ihn ein Blick in Fahrtrichtung darüber belehrte, worauf die *Rosenwald* zusteuerte.

Die Passagiere dachten, es sei nur eine Nebelbank. Sie hatten sich der *Vergeetachtig Oester-Linie* anvertraut und gingen davon aus, daß deren Offiziere und Repräsentanten sie zuverlässig nach Europa bringen würden. Aber angesichts dessen, was sich vor ihrem Schiff auftürmte, fühlten sich selbst die Schiffsoffiziere nicht ganz wohl in ihrer Haut. Nebelbänke pflegen nicht himmelhoch zu sein, und sie erstrecken sich auch nicht in beiden Richtungen dreißig Meilen weit quer über das Meer, schnurgerade und glatt wie der Urmeterstab aus Platin in Sèvres. Diese

»Nebelbank« oszillierte nicht nur, sondern sie gab auch ein Dröhnen von sich wie ein ganzes Heer von Kesselpauken.

Auf der Brücke entstand Unruhe. Der Kapitän ging noch mit sich zu Rate, ob es besser wäre, das Schiff zu wenden und aus sicherer Entfernung das Verhalten jenes Phänomens zu beobachten, oder ob er auf unverändertem Kurs die weiße Wand durchbrechen sollte. Hardesty ging zum Bug, weil er dort die beste Aussicht hatte. Sturmwolken sind das nicht, sagte er sich. Seltsam, unten, wo dieser weiße Wall die Wasseroberfläche berührt, ist die See so glatt, daß man sie kaum noch sieht. Und dieses hysterische Donnern klingt jetzt wie ein verbissener Streit zwischen zahllosen Hupen auf der einen und ebenso vielen Nebelhörnern auf der anderen Seite.

Je näher die *Rosenwald* heranrückte, desto deutlicher wurden die enormen Ausmaße des Walles. Trotz ihrer langjährigen Erfahrung konnten sich die Seeleute keinen Reim auf das machen, was sie da vor sich sahen. Auch die vielen elektronischen Instrumente, die ihnen zur Verfügung standen, halfen nicht weiter. Nur Hardesty wußte Bescheid, denn Virginia hatte ihm mehrmals von dem Wolkenwall erzählt, und er selbst war sogar einmal im *Polaris*-Express darunter hindurchgefahren, allerdings schlafend, so daß er nicht gemerkt hatte, wie die Dächer der Waggons von einer als wütender Wintersturm verkleideten wabernden Wolke spiegelblank geschmirgelt wurden. Wie Virginia zu ihrem Wissen gelangt war, wußte er nicht. Vermutlich hatte ihre Mutter sie eingeweiht.

Hardesty hatte keine Lust, auf unabsehbare Zeit zu verschwinden. Wenn es stimmte, was Virginia gesagt hatte, dann konnte es sein, daß die *Rosenwald* eine Ewigkeit oder aber auch nur eine Sekunde fortblieb, um dann bei ihrer Rückkehr aus der Zeitlosigkeit einen Irokesenstamm in höchstes Staunen zu versetzen. Oder aber man tauchte in einer Zukunft wieder auf, die niemand verstand. Falls das Schiff überhaupt jemals zurückkehrte, würde außer denen, die dabeigewesen waren, niemand an die Geschichte glauben, und die Augenzeugen wären zu einem Leben in Schweigen oder gar zum Wahnsinn verdammt.

In seiner frühen Jugend hatte sich Hardesty einmal mit der

Frage beschäftigt, was wohl geschieht, wenn ein Mensch von einem fahrenden Schiff springt. Ein solches Unterfangen wäre insofern nicht unproblematisch und manchmal sogar lebensgefährlich, als die rotierenden Schiffsschrauben sicherlich alles, was dicht am Schiff vorbeischwamm, in ihren Sog ziehen würden. Nach angestrengtem Nachdenken war der junge Hardesty damals zu dem Schluß gelangt, daß seine Überlebenschancen dann am größten wären, wenn er, bezogen auf die Längsachse des Schiffes, in einen Winkel von fünfzehn Grad in Fahrtrichtung und mit einem Gewicht beschwert ins Wasser springen würde. Dann, so glaubte er, wäre die Wahrscheinlichkeit, von den Schiffsschrauben erfaßt und zermalmt zu werden, am geringsten. Sein Vater hatte ihm geholfen, dieses Problem zu analysieren: »Wenn du ungefähr zwanzig Fuß tief sinkst, mußt du dich wie eine Kugel zusammenrollen, damit sich die Oberfläche deines Körpers möglichst verringert. Auf diese Weise bietest du dem Propellersog weniger Angriffsfläche. Vergiß nicht, den Ballast loszulassen, wenn du ungefähr vierzig Fuß unter der Oberfläche bist. Der Ozean ist nämlich ganz schön tief.«

Der Kapitän der *Rosenwald* entschloß sich zur Weiterfahrt, als wäre der Wolkenwall eine ganz ordinäre Nebelbank. Als sich der riesige weiße Vorhang um den schnittigen Bug des Schiffes schloß, sprintete Hardesty auf dem Oberdeck nach achtern. In einer Mischung aus Resignation und Neugier setzten die anderen Passagiere das beseligte Lächeln von Menschen auf, die sich auf ein Dasein in einer besseren Welt gefaßt machen. Mit diesem Gesichtsausdruck wurden sie vom Wolkenwall verschlungen.

Als nur noch die Hälfte des Schiffs und der Decksaufbauten zu sehen war, spürte der flüchtende Hardesty hinten an seinen Hacken einen überwältigend lustvollen Kitzel, der sich durch seinen ganzen Körper verbreitete. Dies war keine jener sinnlichen Erfahrungen, die die Seele eines Menschen aushöhlen oder verbrennen, sondern etwas Erhabenes und Ekstatisches, von dem er wußte, daß es ihn sehr weit mit sich reißen könnte. Und dennoch: Eine innere Stimme sagte ihm, daß die Stadt besser war, als er bislang hatte glauben wollen. Er hatte ja noch kaum etwas von ihr gesehen und auch nur wenig von ihrer skandalösen

Energie verspürt. Was wußte er denn von ihren Türmen, Brücken und Kuppeln, vom Fluß um die Mittagszeit und vom Leben, das sich in ihm tummelte? Und dann war da noch Virginia . . .

Der Wolkenwall war Hardesty dicht auf den Fersen. Im Laufen packte er einen mit Sand gefüllten Löscheimer, dessen Gewicht ihn vor den Schiffsschrauben bewahren sollte. Hardesty spürte, wie er vor Lust schwach zu werden drohte, als das weiße Wabern hinter ihm eines seiner Beine bis zum Knie umhüllte. Aber er riß sich los und eilte weiter. Sekundenlang verharrte er am Heck des Schiffes reglos an der Reling. Schon leckte der weiße Nebel an seinem Körper und trieb ihn der Ekstase entgegen, so daß er wohl aufgegeben hätte, wäre er nicht von der Schwerkraft hinab in die Wellen geschleudert worden, die sich eine nach der anderen lautlos in dem unsichtbaren Raum genau unter dem Wolkenwall verloren.

So verschwand die *Rosenwald*. Hardesty hingegen sank mit angehaltenem Atem immer tiefer. Er wagte es nicht, den Eimer loszulassen, jedoch nicht aus Angst vor den Schiffsschrauben, sondern weil er fürchtete, doch noch von jenem rätselhaften Ding verschluckt zu werden, dem er soeben mit Müh und Not entkommen war. Tiefer und immer tiefer tauchte er in das smaragdgrüne Wasser ein, das so nah am Gefrierpunkt fast schon dickflüssig zu sein schien.

Hardesty ließ den Eimer fahren und schwebte langsam nach oben. Ihm kam der Verdacht, daß der gefräßige Wolkenwall vielleicht nur eine Ausgeburt seiner Phantasie gewesen war. Was haben wohl die anderen Passagiere von mir gedacht, als ich im blauen Bademantel des Kapitäns über das Deck rannte, mir einen Löscheimer schnappte und über Bord sprang, fragte er sich.

In diesem Augenblick durchbrach er die Oberfläche. Kein Schiff, kein Wolkenwall! Er war allein in der eiskalten See, weit entfernt vom Festland.

☆

Am Abend jenes Tages, als die Lichter in den Häusern und auf den Brücken angingen, steuerte Asbury Gunwillow seine kleine

Sloop durch das kastanienbraune Wasser des Hafenbeckens. Er staunte über die Verschiedenartigkeit der Schiffe und Boote, die sich zwischen zahlreichen, mit Fabriken bebauten Inseln hindurch in Mündungsarmen, Kanälen, engen Durchfahrten und stillen Buchten ihren Weg bahnten. Der Hafen war so weitverzweigt, daß Craig Binky ihn einmal als »oktopussig« bezeichnet hatte. Asbury hätte aus Versehen in die Jamaica Bay einlaufen oder vom Gezeitenstrom im East River erfaßt werden können, aber vorsorglich hatte er einen Lotsen an Bord genommen.

Er war enttäuscht gewesen, als die heftig mit den Armen fuchtelnde, laut rufende Gestalt, die er am frühen Morgen aus dem Ozean gefischt hatte, nicht sein Bruder Holman war. Der Mann, der im Wasser von einem blauen Bademantel umschwebt wurde wie Ophelia von ihren weiten Röcken, hatte sich, nachdem Asbury ihn an Bord gehievt und ihm eine Hose sowie ein marineblaues Hemd gegeben hatte, als »Hardesty« vorgestellt. Danach hatte Asbury dem Geretteten genügend Zeit gelassen, um sich ein wenig aufzuwärmen und zu orientieren, bevor er ihm eine Frage stellte, auf die er ein direkte Antwort erwartete: »Wie kommen Sie denn hierher?«

Sie befanden sich weit vom Festland entfernt. Nirgends war ein anderes Boot zu sehen. Asbury war darauf gefaßt, eine tolle Geschichte über den weltbesten Kaltwasserschwimmer, eine gekenterte Luxusjacht, ein gesunkenes U-Boot oder ein abgestürztes Flugzeug zu hören. Selbst die Behauptung, er sei mit einer Kanone ins Meer geschossen worden, hätte er Hardesty abgenommen. Doch als der Gerettete mehrfach bestätigte, er sei auf einem »Tablett« so weit aufs Meer hinausgefahren, ärgerte Asbury sich, zumal Hardesty mit einer solchen Mischung aus Erleichterung und an Hysterie grenzenden Eindringlichkeit an dieser Story festhielt.

Auf weitere Fragen verzichtete Asbury.

Eine Zeitlang machten sie höfliche Konversation, aber als sie durch die *Narrows* fuhren und jenseits der schmalen Durchfahrt auf der anderen Seite der Bucht plötzlich die in einen leichten Dunst gehüllte Stadt mit ihren hell erleuchteten Brücken erblickten, erzählten sie sich gegenseitig, welche Umstände zu dieser

Begegnung geführt hatten. Zwar waren sie sich darüber einig, daß ein Mensch kein Versprechen ablegen sollte, wenn er es nicht zu erfüllen gedenkt, aber zugleich wunderten sie sich über das merkwürdige Netz aus Verpflichtungen, Zufällen, Verfehlungen und Geschehnissen, das sogar bei jenen Menschen alles zusammenzuhalten scheint, die sich frei wähnen. »Vielleicht gibt es abgesehen von den Naturgesetzen, die in der uns bekannten Welt wirksam sind, gewisse Gesetzmäßigkeiten, die uns in unüberschaubare Abläufe einbinden und zur Erfüllung von Aufgaben zwingen, derer wir uns nicht bewußt sind«, spekulierte Hardesty.

»Das kann ich hier an Ort und Stelle bezeugen«, erwiderte Asbury. »Vor Jahren gab ich ein Versprechen, das ich nie einlöste. Und dann kommt ein Wind, der meinen Bruder über Bord fegt und mir den Weg weist! Ich hatte nämlich versprochen, nach New York zu fahren. Seltsam, es überrascht mich nicht einmal, daß ich einen Lotsen gefunden habe, der mich nichts kostet.«

»Wenn Sie wollen, können Sie meine Wohnung haben«, sagte Hardesty. Er wollte für alle Zeiten bei Virginia bleiben — sofern sie einverstanden war.

Sie machten am Morton-Street-Pier fest. Hardesty sprang an Land und rannte wie von allen Hunden gehetzt los. Als er kurze Zeit später vor Virginias Tür stand, lauschte er den Geräuschen, die aus der Wohnung drangen: das Plätschern von Wasser, erste Sprechversuche des Babys, ein Hackmesser auf einem Holzbrett, Virginias Stimme, die sich selbst etwas vorsang oder mit Martin redete, als könnte der Kleine sie schon verstehen.

Hardesty ging auf die Dachterrasse und ließ sich von dort auf das flache Dach eines niedrigeren Gebäudes herab, das als Stall für Polizeipferde diente. Nun konnte er in Virginias Wohnung blicken, ohne selbst gesehen zu werden. Kinder von Chinesen oder Italienern aus der Nachbarschaft hielten sich dort häufig auf und taten so, als wollten sie nur ein wenig frische Luft schnappen. In Wirklichkeit warteten sie nur darauf, Virginia nackt durch die Wohnung gehen zu sehen. Hardesty hatte Verständnis für die Gelüste der jungen Burschen, was ihn jedoch nicht daran hinderte, sie streng zu bestrafen, wenn er sie erwischte.

Jetzt verlangte es ihn nur, Virginia zu sehen. Ob und wie sie gekleidet war, zählte nicht. Kühle Abendluft kam vom Fluß herauf und wehte über die Dächer. Die zartgrüne Krone eines großen Baumes erschauerte leise, gerade als Virginia in ihrer hell erleuchteten Puppenstube an einem Fenster vorbeikam, so daß Hardesty einen Blick von ihr erhaschen konnte. Sie war gebräunt und trug ein weißes Kleid, dessen Ausschnitt von einer veilchenfarbenen Stickerei gesäumt war. Hardesty machte eine Bewegung und hörte, wie unter ihm im Stall ein paar Pferde wieherten, die offenbar seine Anwesenheit spürten. Drüben sah er Virginia in der Küche. Während das Essen auf dem Herd kochte, las sie dem kleinen Martin etwas vor:

»Gestern kam hier die *The Arms of Amsterdam* an. Das Schiff war am 23. September in New Netherland an der Mündung des Mauritius-Flusses in See gestochen«, las sie mit lauter Stimme. Das tat sie oft, denn sie wollte, daß Martin an allem teilhatte und nicht einfach vor sich hindämmerte, während sie, in geheimnisvolles Schweigen gehüllt, auf ein Papier mit schwarzen Zeilen hinabstarrte. Martin fühlte sich närrisch geschmeichelt, wenn seine Mutter zu ihm sprach, als verstünde er schon all ihre Worte. Stets versuchte er dann zu antworten. Und da sie bei solchen Unterhaltungen keine Monopolstellung einnehmen wollte, unterbrach sie häufig ihren Redefluß, ließ das Buch sinken und erkundigte sich: »Wie findest du das, Martin?«

Meist zögerte er wie in Erwägung einer Antwort, und nachdem er sich nach allen Seiten umgesehen hatte, platzte er dann wohl mit etwas heraus, das so klang wie: »Tawiya! Tawiya!« oder »Jyama! Jyama!« Die Mutter reagierte auf solch kindliches Gestammel, indem sie ihr Söhnchen hochhob und es mit den Worten küßte: »Ja, ja! Da hast du völlig recht!«

An diesem Abend kam ihr Martin übrigens besonders unruhig vor, aber sie las dennoch weiter: »Wie man hört, sind unsere Leute voller Zuversicht und führen ein friedliches Leben. Manche Frauen haben in der Fremde schon Kinder zur Welt gebracht. Die Siedler haben den Wilden die Insel *Manhattes* für einen Preis von sechzig Gulden abgekauft.«

An dieser Stelle drehte sich Virginia um und blickte durch das Fenster in die Sommernacht hinaus. Hardesty sah sie Auge in

Auge vor sich, aber sie konnte ihn nicht sehen. Wie traurig ihr schönes Gesicht ist, umrahmt von dem schwarzen Haar, wie hübsch das violette, gestickte Rankenmuster auf ihrem Kleid, sagte sich Hardesty. Plötzlich ließ sie den Kopf sinken und schlug die Hände vors Gesicht.

Wie oft hatte sie ihm gesagt, sie wolle einfach nur in der Stadt leben und abwarten, was die Zukunft brachte. Wie oft hatte sie ihn gebeten, nicht zu suchen, sondern zu warten! »Kirchengläubige wie Boissy d'Anglas verzehren sich auf ihrer Suche«, hatte sie erklärt, »aber sie finden nichts. Wenn dein Glaube echt ist, dann nimmst du deine Verantwortung auf dich, erfüllst deine Pflichten und wartest, bis die Stunde geschlagen hat. Die große Stunde wird kommen – wenn nicht zu deiner Zeit, dann im Leben deiner Kinder oder Kindeskinder . . .«

Die wunderbare Frau im weißen Kleid mit der violettbestickten Bordüre wurde für Hardesty zum personifizierten Symbol des künftigen Aufstiegs der Stadt. Aber Stadt hin, Stadt her – er liebte sie! Sie sollte nicht weinen. Bevor sie die ersten Tränen vergoß, wollte er schon die Leiter hinaufgeklettert, über die Dachterrasse gespurtet und die Treppe hinabgelaufen sein, um an ihre Tür zu klopfen. Erneut wieherten unter ihm die Pferde. Beim Überklettern der Brüstung ließ er den Blick über die Stadt schweifen. Aus dieser Perspektive glichen ihre Lichter sommerlichen Lagerfeuern auf einer weiten, grasbewachsenen Ebene. Erinnere dich an die weiche Luft, befahl er sich, erinnere dich an die weiche Luft und all die Lichter, die sich ständig verändern und uns umwabern wie ferne Seelen, die für immer von uns gegangen, aber dennoch nicht vergessen sind. Und vielleicht zwinkerten die fernen Geisterlichter Hardesty Marratta beifällig zu, als er nach einem letzten Blick auf sie über die enge Treppe nach unten stieg.

Virginia hörte seine Schritte. Nicht nur die Pferde, sondern auch der kleine Martin hatten seine Nähe schon vorher gespürt. Sie stand mit geneigtem Kopf da, lauschte und vergaß fast zu atmen. Ob ich ihr noch willkommen bin? fragte sich Hardesty. Er klopfte an die Tür und hörte, wie Martin »Tawiya! Tawiya!« kreischte. Dann flog die Tür auf, und sie stand vor ihm.

Hell gate — Das Tor zur Hölle

Von Mitte September bis Ende Juni trat Christiana Friebourg fast jeden Morgen auf die Veranda des alten Hotels, das ihrem Vater gehörte, und blieb dort ein Weilchen stehen, damit sich ihre Augen an das blendende Licht gewöhnen konnten, das über den bis ans Meer reichenden Wiesen und Kartoffeläckern lag. Da es bisweilen vorkam, daß ein Hurrikan die Wellen über die Dünen und Felder hinweg landeinwärts trieb, war das Hotel auf einem festgefügten, steinernen Unterbau errichtet worden. Die Terrasse befand sich daher anderthalb Stockwerke über dem Erdboden. Eine lange, überdachte Treppe führte nach unten. Aus der Höhe konnte man jenseits der Dünen den Ozean erkennen, während sich im Osten ein niedriges Gehölz als grünes Band über die sandigen Hügel zog.

Christiana ließ ihren Blick minutenlang über das Meer, die Felder und den Wald schweifen, lauschte dabei dem Rauschen der Wellen und des Windes und begrüßte das Licht des Tages. Dann, nachdem sie ihren Schultornister geschultert und ihren Rock ein wenig gerafft hatte, pflegte sie die Treppenstufen hinabzuhopsen und sich nach Norden davonzumachen, dem Wald entgegen. Bis zur Schule waren es fünf Meilen. Sie kam an armseligen Hütten vorbei, in denen wandernde Feldarbeiter hausten, aber ihr Weg führte sie auch durch einen Wald, in dem Hirsche, Kaninchen, ein halbes Hundert verschiedene Vogelarten sowie Füchse, Wiesel und Wildschweine wohnten. Manchmal brachen die Borstentiere durch das Unterholz wie Soldaten im Manöver.

Christianas Schule war früher eine Kaserne der Kriegsmarine gewesen. Das Gebäude lag hoch oben auf einem Felsvorsprung über der Gardiner's Bay. Es bestand aus einem halben Dutzend schmuckloser, weißgetünchter Räume, in die ungehindert das nördliche Licht hereinbrach, vielfach verstärkt noch durch die Reflexion auf der Meeresoberfläche. An manchen Tagen war kaum zu unterscheiden, wo der Atlantische Ozean aufhörte und wo der Himmel anfing.

Der Unterricht war anstrengend, und die Zeit verstrich schnell, doch in den Pausen konnten die Kinder dem Tuten der großen Ozeandampfer lauschen, deren Nebelhörner durch die große Entfernung und den Dunst manchmal wie Waldhörner klangen. Auch über das Wesen des Windes machten sich die Kinder ihre Gedanken. Immer gelang es ihm, sich durch die Jalousien ins Klassenzimmer zu zwängen und ihnen fabelhafte Geschichten von Schatten und Sonnenschein zu erzählen!

Als Christiana in der zweiten oder dritten Klasse war, forderte ihre Lehrerin, eine junge Frau, die so schön war wie Christiana es dereinst selbst werden sollte, einen Schüler nach dem anderen auf, sein Lieblingstier zu beschreiben. Danach sollten sie das, was sie zuvor mündlich geschildert hatten, also die Beschreibung eines Hundes, eines Pferdes, eines Fisches, eines Vogels oder sonst eines Tieres in Form eines Aufsatzes zu Papier bringen. Der Reihe nach standen die Kinder nun auf und erzählten. Niemand war überrascht, daß Amy Payson über Kaninchen sprach und dabei sogar ein richtiges, lebendes Kaninchen gedankenverloren auf dem Arm hin- und herwiegte. Ein scheues kleines Mädchen, von dem bis zu diesem Tag höchstens ein heiseres Geflüster zu hören gewesen war, gab die Geschichte eines Hundes zum besten, der über einen Zaun zu klettern versuchte. Die Kleine schlug ihre Zuhörerschaft allein schon dadurch in den Bann, daß sie mit ihrem kaum hörbaren Gelispel die Mitschüler zwang, die Ohren zu spitzen. Alles war außer sich vor Freude, als ein pummeliger Knabe, das Dickerchen der Klasse, fünf Minuten lang spontan Verse über seine Liebe zu einem Schwein reimte: »Ich hab' ein dickes Schwein / kugelrund und fein. / Die Ohren sind wie Seide, / am Tag grast's auf der Heide, / und bin ich krank im Bett, / ist es besonders nett. / Es gibt viel Milch und Leder, / und leiden kann es jeder.« Das Gedicht endete mit den Zeilen: »Oh du liebes Borstentier, / wie sehr gefällst du mir!«

Und dann gab es da noch den Sohn eines Schwertfischanglers, der sich natürlich für den Schwertfisch entschied. Der Arme wußte gar nicht, womit er seine Schilderung beginnen sollte, als er sich an all die eleganten Sprünge und an den Mut erinnerte, mit dem sich der Schwertfisch wehrte, und wie er in seiner ganzen Länge aus dem Wasser schnellte und all seine Kräfte aufbot, um in seinem heimischen Element bleiben zu dürfen. Der Knabe kam zu dem Schluß, daß ein Schwertfisch sein Leben sehr lieben muß, wenn er so heftig dagegen aufbegehrt, gefangen zu werden. Allein diese Erkenntnis reichte für den ganzen Aufsatz, der in der Sprache kindlicher Reinheit und Gläubigkeit aus der bildnerischen Kraft der Erinnerung schöpfte und dabei an das Wesen des Mutes rührte.

Die Lehrerin fand viel Gefallen am Beitrag dieses Schülers, doch wartete sie insgeheim schon auf Christianas Bericht. Sie wußte, daß Christiana sehr tierlieb war, und sie hatte längst begriffen, daß dieses kleine Mädchen ungewöhnlich grüblerisch veranlagt war. Im Hotel ihres Vaters stiegen nur selten ein paar Gäste ab. Seit Christianas Geburt war es mit dem Geschäft der Eltern stetig bergab gegangen – eine Entwicklung, die an der Kleinen zwar nicht spurlos vorüberging, aber auch keine Tragödie war, denn ihre Eltern waren nicht geldgierig und verkrafteten deshalb die fortschreitende Verarmung recht gut. Christiana war ein aufgewecktes Kind, sehr hübsch und sehr phantasiebegabt. Probleme vernünftig zu erörtern und zu katalogisieren, war dagegen nicht ihre Stärke. Sie verfügte über eine seltsame Klarsichtigkeit, die es ihr ermöglichte, das Wesen der Dinge zu erkennen. Auf rätselhafte Weise war sie in den Besitz eines klaren und unverfälschten Urteilsvermögens gelangt; es war, als wäre unmittelbar vor ihr ein Blitz in den Boden gefahren und zu Eis erstarrt, so daß sie seine leuchtende, gezackte Linie bis zum absoluten Ursprung zurückverfolgen konnte.

Als Christiana aufgerufen wurde, blickte sie gerade aus dem Fenster. Für Sekundenbruchteile erschien in dem leuchtenden Rechteck die Silhouette einer weißen Möwe vor dem Hintergrund des azurblauen Himmels. Christiana hatte kaum Zeit, das Bild in sich aufzunehmen. Sie stand auf und wandte ihr Gesicht der Lehrerin zu. Keinen Moment zweifelte sie daran, welches Tier ihr das liebste war, und natürlich hatte sie über dieses Tier auch sprechen wollen. Aber plötzlich merkte sie, daß allein der Gedanke an es oder ein paar gesprochene Worte eine Vision von ihm heraufbeschwören würde, die ungeheuer lebensnah wäre, so, als ob es in Fleisch und Blut vor ihr stünde und sich mit wundersamer, unerhörter Anmut bewegte. Allein die Erinnerung an den Tag, da sie dieses Tier tatsächlich vor Augen gehabt hatte, brachte sie an den Rand der Tränen.

Ihr praktischer Sinn und der Wunsch, den Unterricht nicht zu stören, bewogen sie, sich schnell ein anderes Tier auszusuchen. So begann sie denn, von einem Schaf zu erzählen, das auf der kleinen Rasenfläche vor dem Hotel an einem Pfahl festgebunden war. Aber sie kam nicht weit. Sie brachte es einfach nicht über sich, denn stets sah sie den Dingen auf den Grund, und außerdem mußte sie ständig an das eine Ereignis in ihrem noch so kurzen Dasein denken, das ihr am meisten zu Herzen gegangen war. Vergeblich mühte sie sich, Haltung zu bewahren – die Peinlichkeit schmerzhafter Schluchzer blieb ihr nicht erspart. Mochte sie sich noch so sehr anstrengen, ihre Gedanken auf etwas anderes zu lenken – sie sah immer nur eines vor sich: das weiße Pferd.

☆

Christiana hatte von ihrer Mutter den Auftrag erhalten, für einen Kuchen Blaubeeren zu pflücken, und sie war dieser Aufforderung gern nachgekommen, denn sie liebte es, einsam, frei und von keinem anderen Gewicht als von einem leichten Weidenkörbchen belastet, meilenweit in der Sommersonne durch die hügelige Heidelandschaft zu streifen. An jeder Biegung des Weges und von jeder Anhöhe herab bot sich ihr das Geschenk eines neuen Anblicks: Da gab es kobaltblaue, in gelblichen Sand gefaßte Wasserarme, grünende Wälder, deren Ausläufer sich bis zum Meer hin erstreckten, und breite Bahnen aus Licht, die die Sonne auf das glatte Wasser des Sunds zauberte. Christiana brauchte nur mit den Augen zu zwinkern, so schien es ihr, und schon verwandelte sich die Landschaft in ein neues, grandioses Bild. Ein frischer Wind strich über die Brecher und gürtete die Strände mit einem ruhelosen Saum aus Gischt.

Am späten Vormittag, als Christianas Körbchen schon halb voll war, hörte sie am wolkenlosen Himmel einen krachenden Donnerschlag. Sie spähte über den Rand einer sandkuchenfarbenen Düne und sah etwas vom Himmel herabstürzen, das in der Luft eine Art Dunstschweif hinter sich her zog wie ein Meteorit, der in Rauch und goldenes Licht gehüllt ist. Die Vögel stiegen flatternd aus dem Gebüsch in den Himmel, als hätte sie der Knall eines Schusses aufgeschreckt, und ein Rotfuchs, der durch die Heide pirschte, erstarrte mitten in der Bewegung und ließ nicht einmal die erhobene Pfote sinken.

Christiana ließ den Korb fallen, kletterte eilig auf die Düne und blickte, ihre Augen mit einer Hand beschattend, aufs Meer hinaus. Kaum eine Viertelmeile vom Ufer entfernt sah sie inmitten der wippenden Wellen eine kreisrunde Stelle, an der das Wasser weiß zu schäumen schien. Irgendein Lebewesen versuchte dort, sich strampelnd und zappelnd an der Oberfläche zu halten. Ein Fisch war es nicht, denn es hatte Beine. Christiana spürte selbst auf die Entfernung die eisige, besinnungslose Angst des Ertrinkenden.

Das Mädchen stapfte den seidenglatten Dünenhang hinunter. Noch immer beschattete sie ihre Augen mit der Hand. Angestrengt dachte Christiana nach, was dort drüben wohl vor sich gehen mochte und was sie unternehmen könnte. Am Rand des aufgewühlten Ozeans – die Brandung ging hoch nach einem Sturm – tat sie, was kein Erwachsener getan hätte, abgesehen vielleicht von einem starken jungen Soldaten, der erst vor kurzem aus dem Krieg heimgekehrt und von seiner Unverwundbarkeit überzeugt ist: Den Blick unverwandt auf den schäumenden Wirbel jenseits der Brecher gerichtet, streifte sie sich die Schuhe von den Füßen, knöpfte ihr Kleid auf und ließ es achtlos dicht neben der lassoschnurartigen Wasserlinie in den trockenen Sand gleiten. In ihrem seidenen Hemdchen, das vom vielen Waschen und Tragen fast rosa geworden war, watete sie in den Ozean hinaus. Als ihr die turbulente Gischt bis zu den Hüften reichte und die Unterströmung ihr fast die Füße wegriß, tauchte sie kopfüber in die eiskalte Flut und begann, gegen die Brandung anzuschwimmen, machmal über die hohen Wellenkämme hinweg, manchmal unter ihnen hindurchtauchend. Dies nannte sie für sich »Salz und Pfeffer«, weil es so »weiß« zischte, während sie gleichzeitig die Augen geschlossen hatte und nichts als schwarz sah. Sie hielt sich gut in der Brandung, denn sie war mit ihr großgeworden. Indem sie alle Versuche der Wellen vereitelte, sie nach hinten, seitwärts oder gar nach unten zu drücken, erreichte sie bald das blaue Wasser, von dem sie wußte, daß es sehr tief war. Der Ozean flutete vor und zurück, rhythmisch wie die Bewegung eines Geigenbogens. Christiana durchquerte windgepeitschte, bläuliche Wellentäler voll tückischer Wirbel. Immer wieder hob es sie hinauf auf festgefügte Wasserberge, von deren Höhe sie sich nach allen Richtungen umblicken konnte wie von einem Beobachtungsturm. Sie stellte fest, daß die Strömung sie seitwärts abtrieb, korrigierte deshalb ihren Kurs und schwamm immer weiter, bis sie, von der Kälte und der Anstrengung schon ganz erschöpft, an den Rand des schäumenden Wirbels gelangte, in dessen Mitte ein offenbar schwer verwundetes Tier in panischer Angst mit allen Vieren um sich schlug.

Christiana erkannte jetzt, daß es sich um ein weißes Pferd handelte, das ungefähr zweimal so groß war wie die Ackergäule, die auf den Kartoffelfeldern die Pflüge zogen. Und trotzdem war dieses Pferd schlank und wohlgestaltet, als wäre es von reinstem Geblüt. Christiana hatte zwar noch nie eine Kavallerieattacke oder sonst eine Schlachtenszene gesehen, aber an der Art, wie dieses Pferd sich bewegte, erriet sie, daß es offensichtlich glaubte, sich gegen irgend etwas zur Wehr setzen zu müssen. Es war durchaus nicht im Begriff zu ertrinken, sondern eher in einer Art Traum befangen. Immer wieder schnellten die Vorderhufe wie springende Speerfische hervor und teilten schmetternde Schläge gegen imaginäre Gegner aus, so daß das Wasser in schaumigen Fontänen himmelwärts spritzte. Man hätte glauben können, daß das Tier den ganzen Ozean niederzutrampeln versuchte.

Wenn ich mich in seine Nähe wage, werde ich gewiß von den Hufen zermalmt, dachte Christiana. Aber sie konnte sich auch nicht aus dem trichterförmigen Sog befreien, der sich um das Pferd herum gebildet hatte. Es war abzusehen, daß er sie in die Tiefe reißen würde. So schwamm sie lieber gleich mitten in den

Kreis hinein — und, seltsam, das Wasser schien dort nicht soviel Substanz zu haben wie anderswo, und auch der Auftrieb war anscheinend geringer! Christiana wurde mehrmals von dem Strudel unter die Wasseroberfläche gezogen und tauchte dann jedesmal an einer ganz anderen Stelle auf. Aber sie ließ sich nicht entmutigen und kämpfte tapfer weiter, bis sie buchstäblich auf dem Pferd zu liegen kam, halb im Wasser schwebend, halb auf seinem breiten Rücken ruhend. Sie klammerte sich mit beiden Armen am Hals des Tieres fest und schloß die Augen wie in Erwartung einer Detonation.

Auf alles war das weiße Pferd gefaßt gewesen, nur nicht auf die plötzliche Umarmung eines kleinen Mädchens in einem seidenen Hemdchen. Und da er nicht sehen konnte, was er auf dem Rücken trug, drehte der Hengst nun vollends durch. Zuerst schnellte er wie ein Gummiball in die Höhe, als wollte er durch die Luft davonfliegen, nur um gleich darauf mit weit vom Körper abgespreizten Beinen in die Flut zurückzustürzen, so daß das aufgewühlte Wasser in mächtigem Schwall über ihm zusammenschlug. Um sich seines Reiters zu entledigen, tauchte der Hengst so tief er konnte, wälzte sich dort unten in der dunklen Stille und keilte wild nach allen Seiten aus, aber das kleine Mädchen, schon halb tot vor Atemnot, ließ nicht los: Als der Hengst die Wasseroberfläche durchbrach, saß es noch immer auf ihm. Er bockte und keilte wie zuvor, aber bald fand er sich mit seiner Reiterin nicht nur ab, sondern nahm sie an: Sie mußte an Land gebracht werden. Dieses zartgliedrige Mädchen war noch ein Kind mit dünnen Ärmchen und klatschnassem Haar, das in Strähnen an dem kleinen Gesicht klebte. Es zitterte jetzt vor Kälte und hatte wohl nicht mehr die Kraft, es noch einmal mit der Brandung und dem Sog der zurückfließenden Wellen aufzunehmen.

Christiana berührte den Hals des Hengstes und wies ihm die Richtung zum Strand. Da begann er zu schwimmen wie ein Pferd, das einen Fluß durchquert: mit vollendeter Zielstrebigkeit und Konzentration.

Christiana, die auf dem Rücken des weißen Hengstes kauerte, hatte in diesem Moment den Eindruck, daß das Tier ohne weiteres auch in entgegengesetzter Richtung hätte davonschwimmen und die nächsten Monate auf hoher See verbringen können. Dieses Pferd verfügte anscheinend über unerschöpfliche Kräfte.

In Ufernähe, dort, wo sich die Wellenkämme brachen, wurde der Hengst immer schneller, als sei er gerade erst aufgewacht und ließe zum erstenmal richtig seine Muskeln spielen. Sekundenlang scheute er, als er im flachen Wasser die starke rückläufige Strömung spürte, machte noch ein paar ungestüme Sätze und hätte fast seine Reiterin abgeworfen, doch dann stand er schon auf dem Strand im trockenen Sand. Christiana, die nicht merkte, wie weit sie vom Erdboden entfernt war, ließ sich von seinem Rücken gleiten und prallte unten so hart auf, daß sie sich aufs Hinterteil setzte. Kaum zu glauben, daß ein Pferd so groß sein konnte! Ohne sich zu bücken konnte sie unter seinem Bauch hindurchlaufen. Mehrmals ging sie kreuz und quer zwischen seinen Beinen hin und her und betätschelte sie dabei, als wären sie Baumstämme. Dann stellte sie sich so hin, daß der weiße Hengst sie sehen konnte. Abgesehen von seinen Wunden — einige von ihnen waren ziemlich tief und bluteten noch — bot er den Anblick eines zum Leben erwachten Standbildes.

Der weiße Hengst neigte den Kopf und blickte fast väterlich auf das Mädchen hinab, als wäre es ein Fohlen. Dann senkte er den Hals und drückte zuerst seine weichen Nüstern gegen Christianas Bauch, dann von der Seite an ihren Kopf, mal links, mal rechts, als wollte er sich die Kleine zurechtrücken. Schließlich preßte er die Unterseite seines großen Kopfes gegen Christianas nasses Haar, fest genug, um das Salzwasser herauslaufen zu lassen, aber nicht so stark, daß es wehtat.

Christiana brachte es eine Zeitlang nicht über sich, den Blick von seinen wunderbar runden, zärtlichen Augen abzuwenden. Dann aber lief sie los, um ihre Kleidung zu holen, und schon bald hatten der Wind und die warme Sonne Mädchen und Pferd getrocknet. Christiana bemerkte, daß der Hengst suchend zum Himmel aufblickte. Sein Blick folgte den Möwen, die sich im Gleitflug von warmen Aufwinden meilenhoch tragen ließen, aber er schien nicht zu finden, wonach er Ausschau hielt. Dann begann er, am Strand hin- und herzugaloppieren. Christiana beobachtete, wie er sich mit trippelnden Schritten im allerkleinsten Kreis drehte, auf die Hinterhand stieg und seine Mähne schüttelte. Nachdem dies zu seiner Zufriedenheit ausgeführt war, machte er einen einzigen Satz, der ihn zu Christianas Verblüffung über mehrere hohe Dünenkämme hinwegtrug. Sie lief ihm hinterher, aber sie konnte nur noch von weitem zusehen, wie er mit gewaltigen Sprüngen durch die sandige Landschaft preschte und dabei kleinere Gewässer und hinderliches Buschwerk einfach übersprang. Sie blickte ihm nach und wünschte sich, er möge mit jedem seiner riesigen Sätze weiter durch die Luft springen – und genau dies geschah. Übrigens schien der Hengst sie durchaus nicht vergessen zu haben, denn er hielt immer wieder kurz an und blickte in ihre Richtung, als wollte er sich überzeugen, daß sie noch da war. Christiana war noch nicht zu alt, um nicht jedesmal, wenn das Pferd seinen bislang weitesten Sprung überbot, vor Begeisterung in die Hände zu klatschen. Ihr Herz flog mit ihm, wenn sie ihn in die Lüfte steigen sah.

Irgendwann blieb der Hengst erneut stehen und wandte sich der Düne zu, auf der sie saß. Dann reckte er den Hals in die Höhe und schüttelte den Kopf hin und her, wobei er gleichzeitig auf jene schöne, tiefe Art wieherte, mit der manche Pferde zum Ausdruck zu bringen vermögen, daß etwas an ihr Gemüt rührt. Christiana sah, wie er sich wieder der sandigen Ebene zuwandte, die sich bis zum Sund hinab erstreckte. Als er sich in Bewegung setzte, bebte die Erde, und die Halme des Strandhafers zitterten. Immer rasanter wurde sein Galopp – und dann flog er!

☆

Ganz auf würdevolle Haltung bedacht, saß der recht beleibte Craig Binky bisweilen im Salon seines in East Hampton gelegenen illustren Landsitzes, den er scherzhaft »Rog and Gud Clug« nannte, was soviel wie »Rod and Gun Club« bedeuten sollte. Tatsächlich war das Haus noch zu Lebzeiten seines Erbauers, Craigs Vater Lippincott »Bob« Binky, zum Treffpunkt jener

Mitglieder der Oberschicht geworden, die von englischen Familien abstammten. Übrigens war der Sohn des Gründers bei den anderen Clubmitgliedern nicht sonderlich beliebt. Ihnen mißfielen seine Aussprache, sein großes Gefolge, die vielen, unsinnigen Vorschläge, mit denen er die Mitgliederversammlungen belastete (»Kleine Mädchen zwischen neun und zehn (!) sollen *immer* Schwimmgürtel tragen«), und sie mochten auch seinen kleinen Zeppelin nicht, den er über dem Golfplatz verankerte. Er hatte dem Luftschiff den Namen »Binkoped« gegeben und benutzte es unter anderem bei Beerdigungen als Schattenspender. Während der oder die Verblichene in die Erde hinabgelassen wurde, schwebte das Luftschiff über der Trauergemeinde. Den Fotografen des *Ghost* bot sich dann jedesmal Gelegenheit, Trauernde mit himmelwärts gerecktem Kopf abzulichten – eine recht ungewöhnliche Pose für eine Bestattung.

Craig Binky und sein Freund Marcel Aphand (dieser lüsterne, wachskerzenbleiche, rattenäugige Immobilienhai sprach seinen eigenen Namen so aus, daß es wie »Aff-Hand« klang) – diese beiden Männer also lebten in der Überzeugung, die Aufgabe der wahrhaft Reichen – und somit *ihre* Aufgabe – bestünde darin, immer neue, blendend weiße Strände in schattigen Buchten ausfindig zu machen, oder aber unter sich sacht im Wind wiegenden schönen alten Bäumen im Garten eines gepflegten Sommerhauses von der Größe eines Hotels zu sitzen und auf das Meer hinauszublicken.

Eines Nachmittags, als ein Dutzend Kellner den langen Tisch im Speisesaal des »Rod and Gun Club« deckten – Craig Binky und Marcel Aphand erörterten gerade die Frage, ob sieben plus fünf unter gewissen Umständen dreizehn ergeben kann – an jenem Nachmittag schlängelte sich der Leiter des Clubs durch die versammelte Menge sonnengebräunter Frauen und Männer und lenkte, nachdem er sich für die Unterbrechung des mathematischen Disputs entschuldigt hatte, die Aufmerksamkeit der Anwesenden auf die Hummer, die seit geraumer Zeit in ihrer unmittelbaren Nähe in Kesseln voller Meerwasser und frischem Dill vor sich hingeköchelt hatten.

Dann, nachdem das Streitgespräch in Erwartung eines Dinners endgültig beigelegt schien, gab sich der Direktor des Clubs einen Ruck und bat Craig Binky um eine Gefälligkeit.

Ihm war bekannt, daß Craigs Privathaus in East Hampton fünfundvierzig, das Stadthaus am Sutton Place sogar sechzig Zimmer hatte. Und nun wollte er herausfinden, ob Craig Binky, oder seinetwegen auch Marcel Aphand, in der Stadt für ein paar Wochen ein Zimmer erübrigen konnten. Ein Mädchen, das in der Küche des Clubs aushalf, wollte sich in der Stadt eine neue Arbeit suchen und brauchte solange eine Unterkunft. Der Club würde doch, wie jedes Jahr am 1. Oktober, seine Pforten schließen, und das Mädchen wüßte nicht wohin, denn ihr Vater sei vor kurzem gestorben, nachdem sein altes Hotel, von einem Blitz getroffen, abgebrannt war. Die Mutter, die aus Dänemark stammte, war in ihre Heimat zurückgekehrt.

»Ich weiß nicht, ob bei mir ein Zimmer frei ist«, sagte Craig Binky ungnädig, während seine Augen unstet hin und her huschten, was sie immer taten, wenn ihn jemand um einen Gefallen bat. »Vielleicht das Billardzimmer, aber . . . äh . . . es wird gerade renoviert.«

»Nun, es war ja auch nur eine Frage«, sagte der Direktor und erhob sich von seinem Stuhl.

Marcel Aphand hatte aufmerksam zugehört. »Nicht so eilig, Craig!« sagte er. »Willst du dir die Kleine nicht wenigstens mal anschauen?«

Kurze Zeit, nachdem sie eingehend inspiziert worden war, befand sich die junge Frau schon an Bord von Marcels Yacht, der *Aphand Victory*. Während der Kreuzfahrt über den Sund, auf dem sich zehntausend Schmetterlinge niedergelassen zu haben schienen (so viele Boote waren unterwegs), kam es ihr vor, als säße sie auf dem hin und her sausenden Schiffchen eines Webstuhls, das die Fäden des Sommers zu einem bunten Bild verknüpfte.

Die Fahrt bis New York dauerte zwei Tage. Die Nacht verbrachten sie in Marcel Aphands Haus an der Oyster Bay. Die junge Frau fand, daß sich der Gastgeber dort etwas seltsam benahm, denn allzu forsch und direkt versuchte er, mit ihr gewisse Dinge anzustellen, über die sich halbwegs gut erzogene

Menschen auch in ihrem engsten Bekanntenkreis auszuschweigen pflegen. Aber am nächsten Tag — es war der vierte Juli — hatte die Frau ihm schon seine plumpen Vertraulichkeiten verziehen. Außerdem wurde sie von der Tatsache abgelenkt, daß die Yacht im Verlauf jenes schwülen, dunstverhangenen Tages in New York ankommen sollte.

Nie zuvor in ihrem Leben war sie in New York gewesen. Sie kannte die Metropole nur vom Hörensagen und aus den Vergleichen, die sie zwischen den selbstbewußten, finanzstarken Touristen aus der Stadt und der alljährlich von ihnen heimgesuchten Bevölkerung ihrer Heimat angestellt hatte. Aber derlei Schlußfolgerungen reichten natürlich nicht aus, sich auch nur ein annähernd zuverlässiges Bild von New York zu machen.

Das Boot fuhr unter einem Dutzend Brücken hindurch, die den Sund überspannten. Obwohl sie nur zu ihnen hinaufblickte, überkam sie ein Schwindel, so hoch waren sie. Aus der Ferne boten sie den Anblick eleganter Bögen auf kerzengeraden Pfeilern. Wie Mond und Sonne, Sommer und Winter oder all die anderen Dinge, von denen die junge Frau wußte, schienen diese Brücken von der Existenz eines größeren, der Vollendung nahekommenden Plans zu künden. Kaum vermochte die junge Frau zu glauben, daß es Hunderte solcher Brücken gab, und sie war entzückt von ihren Namen, die der Kapitän ihr, genau wie die Namen der Flüsse, Kanäle und Buchten, an denen sie vorbeikamen, nannte.

Kurz hinter der schmalen, *Hell Gate* genannten Enge, an der der East River eine Schleife macht, tauchte plötzlich das dunkle, hoch aufragende Häusermeer von Manhattan auf. Bei diesem Anblick begriff die junge Frau, warum alle Welt wie gebannt auf die großen Städte starrt, mag es noch so hübsche Dörfer geben. Jenseits der Kips Bay drängten sich die turmhohen Bauten an den grauen Straßenschluchten zu einem unvergeßlichen Bild zusammen. Und wohin man auch blickte — überall waren Brücken. Sie verknüpften Inseln miteinander, zwischen denen die Strömung schnell wie ein Wildbach dahinschoß. Scheinbar schwerelos schwebten diese an die Fäden eines Spinnennetzes erinnernden Metallkonstruktionen an Stahltrossen, deren sanft geschwungene Linien die junge Frau an die Dünung des Ozeans draußen vor der Küste bei Amagansett denken ließen.

Einem rostigen, zerbeulten Schlepper vergleichbar, der in seinem Kielwasser einen schnittigen neuen Ozeandampfer hinter sich herzieht, schleppte Marcel Christiana von einer Party zur anderen und genoß es, wenn sich die Leute nach ihnen umdrehten. Als sie am vierten Juli von Bord gegangen und im Taxi anderthalb Meilen weit durch von blutroten Ziegelbauten und Glasfassaden gesäumte Straßen gefahren waren, in denen sich normalerweise die Leute zu Tausenden drängten, hatte sie höchstens ein halbes Dutzend Menschen gesehen. Die geschlossenen Fenster und die stehende, drückend heiße Luft vermittelten Christiana das Gefühl, sich inmitten einer Totenstadt zu befinden. Die Baumkronen waren vollkommen reglos, als scheuten auch sie bei dieser Hitze vor der kleinsten Bewegung zurück. Wäre das Taxi von Long Island kommend stadteinwärts gefahren, vorbei an einer Prärie voller Grabsteine, dann hätte sich dieser Eindruck gewiß noch verstärkt. Aber dies blieb Marcels Partys überlassen.

Sie waren der Preis, den Christiana entrichten mußte, damit sie in einem kleinen Palast leben durfte, von dessen Garten man einen schönen Ausblick auf den East River hatte. Christiana hatte all die geschmackvoll eingerichteten Salons, Bibliotheken, Whirlpools, Saunas und sonnigen Balkons für sich allein, denn Marcel verbrachte die meiste Zeit in seinem Büro. Allerdings legte er Wert darauf, daß Christiana ihn empfing, wenn er abends nach Hause kam. Geschminkt, frisiert und in sündhaft teure, mit blitzenden Pailletten besetzte Gewänder aus Seide gekleidet, mußte sie stets bereit sein, mit ihm auszugehen.

Anfänglich sah sie sich noch nach einer Arbeit um. Sie hätte sich glücklich geschätzt, bei *Woolworth* als Verkäuferin oder in einer Bank als Reinmachefrau zu arbeiten. Bei den Partys, Wohltätigkeitsveranstaltungen und öffentlichen Banketts bot man ihr so viele Stellungen an, wie Champagnergläser auf den Tabletts der Bediensteten standen. Aber die fürstliche Bezahlung wäre immer mit denselben Gegenleistungen verknüpft gewesen, die – wie jedermann annahm – Marcel von ihr forderte.

Die jungen Männer, auf die Christianas Blick fiel, erwiesen sich entweder als treu ergebene Angestellte von Marcel Aphand oder als gierige Widerlinge, die ihm ähnelten. Kaum war sie einen Augenblick mit einem dieser Kerle allein, da forderte der sie auch schon auf, ihn heimlich einmal anzurufen. Und auch die Männer, deren Aufgabe es war, die Festlichkeiten zu organisieren und all die Speisen und Getränke herbeizuschaffen, waren anders als die Fischer von Amagansett, die sich in ihrer freien Zeit mit ähnlichen Arbeiten etwas hinzuverdienten. Sie wagten es nicht, Christiana schöne Augen zu machen, und die junge Frau schämte sich, ihnen ins Gesicht zu sehen. Traurig erinnerte sie sich an ihre Kindheit, als sie im Hotel ihres Vaters den skandinavischen Touristen das Essen zu servieren pflegte, während ein mechanisches Klavier alte dänische Schlager klimperte. Wie oft waren sie und irgendeiner der sonnengebräunten blonden Knaben allein schon bei dem Gedanken, sich zu berühren, feuerrot geworden.

Im August saßen Christiana, Marcel und ein paar Gäste manchmal im Garten auf einer Terrasse, die über den Fluß hinausragte. Lastschuten und allerlei Küstenfahrzeuge ließen sich in lautloser Eile von der Strömung in Ufernähe der Stadt entgegentragen wie Seeungeheuer, die sich in der Dunkelheit zufällig in diese Wasserstraße verirrt hatten. Marcel Aphand, Christiana und ihre Freunde feuerten einen Pistolenschuß nach dem anderen in die Dunkelheit und versuchten, die Positionslichter der Schiffe zu treffen. Manchmal, wenn sie zu tief hielten, hörten sie, wie die Kugeln von dem stählernen Rumpf abprallten und als heulende Querschläger irgendwo ins Wasser schlugen.

An manchen Tagen, wenn Christiana zu einem Fest in einer besonders hochgelegenen Wohnung eingeladen war, trat sie vor eines der dunkel getönten Fenster und blickte auf die Stadt hinab, die dort unten in der schwülen Sommerhitze vor sich hinbrütete. Durch den Dunst hindurch sah sie in den Stadtteilen der Armen Mietskasernen brennen, manchmal fast ein ganzes Dutzend gleichzeitig. Überhaupt sahen alle Lichter, die hell genug waren, um den sommerlichen Dunstschleier zu durchdringen, wie diffuser Feuerschein aus, der alles, was dort in der Tiefe lag, ergriffen zu haben schien. Dennoch erstickte die Stadt nicht an dem Rauch, den sie selbst erzeugte, sondern war voller Leben. Christiana wollte diese Stadt kennenlernen, selbst auf die Gefahr hin, sich in ihr zu verlieren. Die Hölle hat verschiedene Gesichter, sagte sie sich. Manchmal ist sie finster und schmutzig, aber sie kann auch erhaben sein und wie Silber glänzen.

☆

Im Spätsommer wurde die Stadt von einer Hitzewelle heimgesucht. Sie trocknete und bleichte das Sumpfland von New Jersey, bis es so weiß war wie eine Saline. Brachland, auf dem nur vereinzelte Kiefern standen, verdorrte unter der sengenden Hitze, und die Dünen von Montauk glühten wie eine Wüste auf dem Mars. Die Stadt selbst wurde zu einem Backofen – sogar nachts sank die Quecksilbersäule des Thermometers nicht unter achtunddreißig Grad. Auf den Inseln, in Alleen und Boulevards welkte das grüne Laubwerk dahin, und die durstigen Bäume schüttelten sich im trockenen Wind und bettelten um Wasser.

Eines Abends Ende August, als sich kein Lüftchen rührte, überkam Hardesty und Virginia ein solches Verlangen, daß sie fast wahnsinnig wurden. Wie im Rausch fielen sie übereinander her und rissen sich, schwitzend wie Athleten, die Kleider vom Leib, um sich in einem heftigen, nassen, an gymnastische Übungen erinnernden Akt zu vereinen. Sie fühlten in sich die Kraft von Maschinen und die Hitze von Schmelzöfen oder Schmiedeessen. Halb betäubt fragten sie sich, ob ein mächtiger Gott auf seiner Reise zu den Außenbezirken des Alls an der Sonne vorbeigeflogen war und mit seinem glühendheißen, wehenden Mantel die Erde gestreift hatte.

Gerade als sie voneinander abließen, hörten sie vom Fluß her das Nebelhorn eines Frachters, der stromabwärts glitt. Fast vermeinten sie, mit ihren Sinnen die Form des Schiffes erspüren zu können. Sie erschauerten, als würden ihre Körper von den Wellen der Schwerkraft geschüttelt, die von dem massigen

Schiffsrumpf auszugehen schienen. Ihnen war, als durchquerte das Schiff vor ihren Augen das Schlafzimmer, statt unten auf dem East River durchs Wasser zu pflügen.

Nicht weit entfernt lag Asbury Gunwillow auf seinem Bett und rang mühsam nach Atem. Seit einiger Zeit arbeitete er als Kapitän der firmeneigenen Barkasse für die *Sun*. Seine Aufgabe war es, Reporter und Fotografen zu Stapelläufen und Brandkatastrophen im Hafen zu befördern. Manchmal fuhren sie auch einlaufenden Ozeandampfern entgegen, um irgendwelche Würdenträger zu empfangen. Angestellte der *Sun* benutzten die Barkasse als Fähre nach Manhattan oder Brooklyn Heights, und gelegentlich erhielt Asbury auch den Auftrag, die Küstenwacht, den Zoll oder die Hafenpolizei zu bespitzeln. Oder er brachte Hardesty und Marko Chestnut nach Sea Gate, Indian's Mallow und ähnlichen Orten, damit sie den Lesern der *Sun* neuerrichtete Gebäude in ungewohnten Perspektiven präsentieren konnten.

Seit einem geschlagenen Monat wurde Asbury von einem monströsen Frauenzimmer mit wilder Frisur verfolgt. Sie war eine Intellektuelle, die Tag und Nacht miteinander verwechselte, noch nie das Meer gesehen hatte und fest davon überzeugt war, eine Ziege sei ein männliches Schaf. Sie hatte den gelblichen Teint einer Leberkranken und lebte offenbar ausschließlich von Büchern, Zigaretten und Alkohol. Ihr Gesicht glich dem eines Ochsenfroschs, sie hatte ein Spatzenhirn und die Figur eines Waschbären. Dennoch war es ihr ohne große Mühe gelungen, Asbury in ihre Dachkammer an der Vesey Street zu locken, denn sie hatte nicht nur die Stimme einer Sirene, sondern hieß obendrein auch noch Juliet Paradise. Asbury, ein ziemlich höflicher Mensch, war nicht gleich beim ersten Tête-à-Tête ausgerissen und hatte deshalb in der Folge erleben müssen, daß sie ihm wie ein Hündchen folgte.

»Wie werde ich sie bloß los?« hatte er Hardesty und Marko gefragt. »Ich habe schon alles Mögliche versucht. Was soll ich tun? Helft mir!« Aber die beiden hatten seine Bitte nur mit schadenfrohem Gelächter quittiert.

Stadtauswärts, in einem Haus am Westrand des Central Parks, hatten sich Praeger und Jessica gerade zum neunten oder zehnten Mal zusammengerauft. Ihnen war klar, daß sie sich wohl ihr Leben lang beständig entzweien und wieder versöhnen würden.

Der verwitwete Harry Penn ließ es sich nie nehmen, seine Tochter auf der Bühne zu sehen. Im übrigen gab er nach wie vor die beste Zeitung der westlichen Welt heraus und ließ sich daheim sein Essen von Boonya servieren, einer fröhlichen Hausangestellten norwegischer Herkunft, die etwas wirr im Kopf war.

Marko Chestnut, ebenfalls Witwer, war seiner verstorbenen Frau für alle Zeiten in Liebe verbunden. Er bezog seinen Lebensmut aus der Anmut der Kinder, die zu ihm ins Studio kamen, um sich malen zu lassen, und er tröstete sich mit seiner Kunst und den Abwechslungen, die die sich stetig wandelnde Stadt für ihn bereithielt.

Craig Binky war Junggeselle. Nie hatte er auch nur einen Gedanken auf so etwas wie die Liebe verschwendet. Aber da es bei ihm mit dem Denken ohnehin nicht sehr weit her war, fühlte er sich auch so ziemlich glücklich. Er hatte den *Ghost*, seinen Zeppelin und seine diversen Pläne, die samt und sonders darauf abzielten, die *Sun* zu vernichten. Der Lebensinhalt seines Freundes Marcel Aphand waren Immobilien, Konkubinen – zum Angeben – und Christiana.

An jenem Augustabend, als Asbury keinen Schlaf fand, während Hardesty und Virginia sich nicht voneinander losreißen konnten, brachen Marcel Aphand, einige seiner engsten Freunde und Christiana in drei riesigen Automobilen zu einem Ausflug in die Stadt der Armen auf. Marcel war kein leichtsinniger Narr: Die kugelsicheren Salons auf Rädern, in denen sie saßen, waren mit Funkgeräten ausgestattet, und es bedurfte nur eines Knopfdruckes, um ihre Karosserie unter Hochspannung zu setzen. In jedem der Autos saßen zudem ein Chauffeur und ein Leibwächter, die beide mit handlichen Maschinenpistolen und Tränengasgranaten ausgerüstet waren.

Marcel und seine Begleiter ließen sich auf solche Unternehmungen ein, weil ihnen alles recht war, das ihrer Belustigung dienen konnte, weil auch sie an jenem Abend nicht hatten einschlafen können, und weil Marcel Christiana schon lange von der Vorstellung abbringen wollte, jenseits der Düsternis und des Qualms erwarte sie eine Art Empyreum der Freiheit. Er wollte ihr zeigen, daß es dergleichen nicht gab, genausowenig wie Mysterium und Transfiguration oder einen Gott, der Ertrinkende aus der Flut rettet.

Während die Wagen langsam im Konvoi die Williamsburg-Brücke überquerten, stießen die Insassen mit ihren Champagnerkelchen an. Dann zogen sie die Vorhänge vor die Scheiben, damit niemand ins Innere der Autos blicken konnte, und prüften die Türverriegelungen. Nervös und aufgeregt, vor allem jedoch neugierig unterhielten sie sich von nun an nur noch im Flüsterton miteinander. Unterdessen fuhren die Wagen drüben auf der Brooklyner Seite des Flusses die Brückenzufahrt hinab und rollten dem Inferno entgegen.

»Irgendwann wird die ganze Stadt abbrennen«, sagte ein älterer Mann, nach Marcel der zweitälteste in der Runde.

»Und wenn schon«, erwiderte jemand leichthin. »Wenn sie unbedingt alles niederbrennen wollen, wird sie niemand daran hindern können.«

Die drei Limousinen fuhren inzwischen eine lange, menschenleere Straße entlang, die von rußgeschwärzten Mietskasernen gesäumt war.

»Ich meine jetzt nicht solche Brände wie die, mit denen wir tagtäglich irgendwo in der Stadt zu tun haben«, fuhr der ältere Mann fort. »Das ist kontrollierbar und schlägt nicht weiter zu Buch. Nein, ich rede von einer Art Wutanfall, der die ganze Welt erzittern läßt, von einer Feuersbrunst, nach der nur mehr Schutt und Scherben übrigbleiben.«

»Dann bauen wir eben alles wieder auf«, sagte Marcel. »Meinetwegen!«

»Aber es wäre doch so böse«, erklärte eine modisch gekleidete Dame, »so furchtbar böse, alles niederzubrennen, nur um in *einem* Teil der Stadt Ordnung zu schaffen . . .«

Weiter kam sie nicht, denn Christiana unterbrach sie. »Schaut mal! Dort drüben!«

Alle Wageninsassen schoben die Vorhänge einen Spalt zur Seite und blickten durch die Fenster nach rechts hinüber. Dort sahen sie eine Gruppe von zehn oder zwölf spindeldürrren jungen Männern in Drillichjacken und engen Hosen, die einem Mann nachjagten, der mit nacktem Oberkörper über ein meterhoch mit geborstenen Ziegelsteinen bedecktes Trümmergrundstück rannte. Hin und wieder drohte er zu straucheln, genau wie seine Verfolger, aber gleich darauf hatte man den Eindruck, als flöge er flink über alle Hindernisse hinweg. Sicherlich hätte er seinen Vorsprung beibehalten, wäre er nicht von einem Ziegelstein am Kopf getroffen worden, den ihm einer der Verfolger hinterhergeschleudert hatte. Der Mann warf die Arme in die Luft und brach zusammen. Schon waren sie über ihm. Mit Stahlrohren und Ketten schlugen sie auf ihn ein. Und als wäre es nicht genug, zogen sie am Schluß ihre Pistolen und schossen ihm aus nächster Nähe acht- oder zehnmal ins Gesicht. Dann liefen sie davon.

All dies geschah in weniger als einer Minute. Christiana hatte vor Schreck den Atem angehalten. Jetzt aber flehte sie Marcel an, die Polizei zu rufen, und machte Anstalten, auszusteigen und dem Mann zu Hilfe zu eilen, der reglos zwischen den Trümmern lag.

Die Trennscheibe zwischen dem Chauffeur und dem Fond des Wagens öffnete sich und glitt geräuschlos einen Spalt breit herunter. Er habe die Polizei alarmiert, berichtete der Fahrer. »Aber sie wollen nicht kommen, jedenfalls nicht vor Tagesanbruch. Wahrscheinlich haben sie Angst. Aber was soll's? Der Mann ist sowieso hinüber. Wahrscheinlich war er auf nichts anderes gefaßt.« Die Trennscheibe schloß sich wieder, und die Fahrt ging weiter.

»Gehört dir nicht ein Teil dieser Gegend, Marcel?«

»Nein, ich habe alles vor dreißig Jahren abgestoßen, bevor die Grundstückspreise hier ins Bodenlose fielen. Heute herrscht hier das Recht der Wildnis. Außerdem steht ohnehin kaum noch ein Stein auf dem anderen.«

»Einen kleinen Profit 'rausschlagen wird man wohl noch können, oder?«

»Nein, hier könnte nur noch der Teufel etwas verdienen.«

Durch das getönte Panzerglas drang Feuerschein, der die

Gesichter der Frauen in dunkles Rosa tauchte. Die langen Avenuen, die von eingeebneten Trümmergrundstücken flankiert wurden, auf denen hier und dort ein Schornstein in den Himmel ragte, führten lediglich durch den Außenbezirk. Die Stadt der Armen erstreckte sich bis ans Meer. Von einem Wall hoher Mietskasernen abgeschirmt, glich sie aus der Ferne einer riesigen Schale, in der ein Feuer schwelte. Der Himmel darüber war vom flackernden Schein züngelnder Flammen erhellt und bildete einen Hintergrund, vor dem die gezackte Linie der Häuserfront an einen steil aus der Ebene ragenden Gebirgszug bei Sonnenuntergang erinnerte. Das Spiel des Lichts malte in Rot und Schwarz das Bild eines vom rasenden Wahn ergriffenen Barbarenheers.

Die Insassen der drei Limousinen verstummten vor Grauen, aber sie setzten dennoch ihren Weg in die flammende Stadt fort. Hier herrschte nicht etwa, wie man hätte meinen können, eine nur von gelegentlichen Explosionen und Schüssen durchbrochene Grabesruhe, sondern vielmehr war die Luft erfüllt von höllischem, ohrenbetäubendem, mechanischem Krach: Es war, als vereinte sich der Lärm eines Trommlerbataillons mit dem Heulen sich paarender Sirenen und dem hysterischen Kreischen von Maschinen.

Die Menschen eilten zu Tausenden von Ort zu Ort, genau wie in der Schwesterstadt, die kühl aus Westen herüberschimmerte. Aber hier erblickte man nur verlorene Kreaturen mit euphorischem, wie im Fieberwahn geweitetem Blick. Ein rußgeschwärzter, in Lumpen gehüllter Mann beugte sich vor und schlug mit zwei Knüppeln auf das Straßenpflaster ein. Bisweilen reckte er sich, als wollte er sein gekrümmtes Rückgrat geradebiegen, aber nie gelang es ihm. Barfüßige Irre, denen die Hosen in den Kniekehlen hingen, torkelten mit flackernden Augen durch die Straßen. Von Krankheiten gezeichnete Huren trieben sich scharenweise auf den Trottoirs herum und gestikulierten wild hinter vorbeibrausenden Autos her, deren Motoren stark genug waren, um Panzer anzutreiben. In diesen Autos saßen Männer, deren Hände die Griffe von Dolchen und Pistolen wärmten. Nirgends ein ruhiger Fleck oder ein nebelverhangener Park! Kein See, keine Bäume, keine reinlichen Straßen! Die einzigen Wolkenkratzer in der Stadt der Armen waren wabernde Säulen aus Rauch. Die Herrschaft schien eine Kaste anmaßender junger Männer an sich gerissen zu haben, die in Rotten durch die Straßen zogen und, in endlose Bandenkriege verstrickt, die übrigen Bewohner der Stadt rein zum Vergnügen, dafür jedoch um so erbarmungsloser ausbeuteten und unterdrückten. Beim Anblick der gepanzerten Limousinen warfen sie sich in die Brust, grinsten böse und machten wüste Drohgebärden. Es hagelte Steine und Flaschen.

Sie kamen zu einem Platz, wo einstmals Jahr- und Wochenmärkte abgehalten worden waren. Inzwischen war daraus ein Umschlagplatz für Hehlerware und Drogen geworden. Hier rotteten sich auch die Banden zusammen, hier heckten die Haie der Unterwelt ihre Machenschaften aus, hier entstanden und grassierten alle Übel einer Stadt, die dabei war, sich selbst zu verschlingen. Ein cleverer Unternehmer hatte hier auf den Fundamenten eines ehemaligen Verwaltungsgebäudes eine Art Arena bauen lassen, durch deren Tore gerade eine große Menschenmenge strömte. Drinnen stritten sich die Leute um die besten Plätze auf den Holzbohlen, die man über bröckelnde Mauerreste gelegt hatte. Zu Tausenden saßen die Zuschauer zusammengedrängt und warteten auf irgendeine öffentliche Darbietung.

Marcel machte den Vorschlag, ebenfalls hineinzugehen. Es sei unbedenklich, meinte er, denn der Pöbel würde bestimmt nur Augen für das Spektakel haben. Einer der Leibwächter wurde losgeschickt, um hinter den Scheinwerfern, nicht weit von der Stelle entfernt, wo die Autos geparkt waren, eine Art »Loge« für die Abendgesellschaft zu reservieren.

Als die Damen aus den Limousinen stiegen und ihre Schleier zurückschlugen, mußten sie blinzeln, denn die Arena wurde von Bogenlampen grell angestrahlt. Neugierigen Gaffern, die in der Nähe herumlungerten, verschlug es buchstäblich die Sprache, so schockierend war der Unterschied zwischen ihnen und jenen eleganten, wohlgenährten Fremdlingen. Auf beiden Seiten hatte man das Gefühl, es mit einer völlig anderen Gattung Mensch zu tun zu haben. Christiana strich sich das lange Haar aus dem

Gesicht und blickte sich um. Notfalls kann ich ja weglaufen oder irgendwo hinaufklettern, sagte sie sich. Wie oft, seit sie mit Marcel zusammenlebte, war sie sich unbeweglich und ironischerweise irgendwie körperlos vorgekommen. Hier war wenigstens alles greifbar nahe – der Lärm, die drückende Sommerhitze und die ziehenden, vom Flammenschein rosa gefärbten Rauchwolken. Mir gefällt es hier, wo so viele Herzen in kaum zu bändigender Erwartung pochen und die Hände der Menschen zittern, besser als bei einer Plauderei mit Marcels Freunden in einem Salon oder einem teuren Restaurant, dachte sie bei sich.

Ein Mann trat ins Scheinwerferlicht. Er trug ein zitronengelbes, zweireihiges Jackett und war derartig mit Goldschmuck behangen, daß man den Eindruck hatte, als wären die vielen Kettchen und Ringe wie Schlangen oder Insekten an ihm hochgekrochen. Er brüllte etwas in einer Sprache, die Christiana kaum verstand, und vollführte zugleich eine Art Tanz. Jedesmal wenn er mit der Hand auf eine der Kulissentüren wies, tauchte aus dem schattigen Hintergrund ein Kämpfer auf. Diese Männer trugen Panzer aus schwarzen Metallplatten, die sie eher wie Seeungeheuer als wie Gladiatoren aussehen ließen, doch waren sie mit Schwertern, langen, stahlbewehrten Piken oder mit Dreizack und Netz bewaffnet. Als der Ansager, der von seinem eigenen Goldschmuck schier erdrückt zu werden drohte, endlich abtrat, stand ein Dutzend jener strammen Kämpfer im Sand der Arena.

Aber sie waren nicht gekommen, um gegeneinander anzutreten. Statt dessen öffnete sich ein Tor, und eine braune Mähre wurde von mehreren Männern ins grelle Licht der Scheinwerfer geschoben. Geblendet scheute das Pferd zurück. Wie eine Woge brandete das Gebrüll der Menschenmenge heran, so daß die Stute wie gelähmt stehenblieb. Während sich ihre Augen an das Licht gewöhnten, bemerkte sie, daß mehrere Gladiatoren auf sie zukamen und begriff, was ihr bevorstand. Schon waren die ersten heran und drängten sie in die Mitte der Arena. Es half nichts, daß sie mit den Hinterläufen auskeilte. Wohin sie sich auch immer wendete – überall stellte sich ihr ein Mann mit einem Schwert oder einer Pike in den Weg. Woanders gab es angeblich Kämpfer, die einzeln gegen ein Tier antraten, nicht jedoch hier. Trotz ihrer zahlenmäßigen Überlegenheit bewegten sich diese Männer sehr langsam auf die Stute zu. Die Spannung unter den Zuschauern wuchs. Plötzlich wurde das Pferd von Panik erfaßt. Es stellte sich auf die Hinterhand, aber darauf hatten die Angreifer nur gewartet. Sofort griffen sie an und trieben ihre stählernen Waffen tief in das Fleisch des Tieres. Piken durchbohrten die Brust der Stute, und es entstand ein Geräusch, als zerteilte jemand eine Melone mit einem scharfen Messer. Sofort brach sie in die Knie, schwankte noch ein paarmal hin und her, aber da waren schon ihre Schlächter über ihr und hackten mit Schwertern auf sie ein, bis ringsherum im blutgetränkten Sand nur mehr große Fleischbrocken herumlagen.

Christiana konnte sich kaum auf den Beinen halten; ihre Kraft reichte nicht einmal, um laut zu schreien. Sie wollte Marcel anflehen, sie von hier fortzubringen, war aber vor Schrecken so gelähmt, daß sie es nicht schaffte, sich nach ihm umzudrehen. Ihre Willenskraft schien sie verlassen zu haben. Sie bestand nur noch aus Augen, wie in einem Traum.

Ein anderes Pferd wurde in die Arena geführt. Alles in Christiana schrie nach Erlösung, aber sie brachte keinen Ton heraus. Als wäre sie in unsichtbare Fesseln geschlagen, sah sie zu, wie auch dieses Tier tödlich verwundet zusammenbrach und verendete.

Und dann erschien das Opfer, auf das der Pöbel schon lange gewartet hatte: ein riesiger weißer Hengst, für den beide Torflügel geöffnet werden mußte, damit er hindurchpaßte. Er stand ganz ruhig da. Das Licht blendete ihn anscheinend nicht, und er hatte auch keine Angst. Dieser Hengst war für Christiana die Verkörperung aller Dinge, die sie liebte, ein Sinnbild all dessen, was gut und schön war. Wenn sie diesen Hengst umbrachten, das war ihr klar, dann würde mit ihm die Verheißung auf eine bessere Welt sterben. Anders als an dem Tag, da sie mutterseelenallein am Strand ohne zu zögern ihr Kleid ausgezogen hatte und in die Brandung hinausgewatet war, konnte sie heute dem weißen Hengst nicht zu Hilfe eilen. Es war viel Zeit seit jenem Tag vergangen. Die Welt war nicht mehr dieselbe wie damals, als sie den weißen Hengst durch die Wellen zum Strand gelenkt hatte.

Sie war bei ihm und blickte in seine Augen, als er dort unten im grellen Scheinwerferlicht stand und mit einer leichten Drehung des Kopfes seine Feinde taxierte. Die Zuschauer waren sprachlos vor Staunen, denn tatsächlich — dieses Pferd fürchtete sich nicht! Leichtfüßig machte der Hengst ein paar Schritte und setzte einen Huf auf den blutigen Kopf der Stute, die als erste niedergemetzelt worden war. Diese unmißverständliche Geste machte die Pferdeschlächter nervös. Christiana wußte, daß der Hengst mit einem einzigen Satz die Arena hätte verlassen können. Es hätte ihn nicht mehr Anstrengung gekostet als ein Galopp über eine grüne Wiese bei einer Fuchsjagd. Aber er zog es vor zu bleiben.

Zuerst trippelte er nur ein wenig im Kreis herum. Nie zuvor hatten die Pferdeschlächter ein so riesiges Tier gesehen. Sie sahen das Spiel seiner Muskeln, nahmen wahr, daß seine Beine unablässig in Bewegung waren, und die grauen Hufe schienen ihnen plötzlich rasiermesserscharfe Kanten zu haben. Erschrocken schrien die Leute auf, als der Hengst unversehens auf die Hinterhand stieg, und die bisher unbesiegten »Gladiatoren« fuhren zusammen und duckten sich schleunigst hinter ihre Schwerter und Piken.

Eine Lanze kam geflogen. Der Hengst, noch immer auf der Hinterhand, parierte sie wütend, indem er ihr mitten im Flug einen so heftigen Schlag mit dem Huf versetzte, daß sie dicht neben ihm tief in den Boden fuhr. Oh, das war nach dem Geschmack der Zuschauer! Hätte die Arena ein Dach gehabt, wären die Leute buchstäblich an die Decke gegangen. Denn als nächstes wurden zwei Lanzen gleichzeitig gegen den Hengst geschleudert. Dieser jedoch wehrte den Angriff ab, indem er so hoch in die Luft sprang, daß die eine Lanze unter ihm hindurchzischte, und die zweite erwischte er mit der Hinterhand und jagte sie schräg hinauf in die Nacht zu einem Flug, der sie weit über den Qualm und die Wolken hinauszutragen versprach.

Der weiße Hengst atmete jetzt so heftig, daß es bis zur hintersten Reihe zu hören war. Behende Sprünge beförderten ihn von einer Seite der sandigen Arena zur anderen. Er verstand es, die Männer mit den Lanzen und die Schwertkämpfer so zu zerstreuen, daß er sie sich nacheinander vornehmen konnte. Sie wußten gar nicht, wie ihnen geschah, als dieses weiße Pferd sie gegen die rückwärtigen Absperrungen trieb. Sie prallten gegen die Bretterwände, taumelten, und ihre Waffen entglitten ihnen.

Einen Feind nach dem anderen fällte der weiße Hengst. Manchmal machte er eine Finte, indem er nach links auszuweichen schien, aber gleich darauf sprang er nach rechts, und wieder prallte ein Angreifer getroffen zurück. Der Hengst packte seine Widersacher mit den Zähnen und schüttelte sie, bis ihre Körper schlaff wurden. Andere fegte er mit seinem langen Hals von den Beinen, um sie mit den Hufen zu zertrampeln. Am Ende stand er allein da, zitternd, schweißnaß und noch immer heiß vor Erregung.

Der Mob hatte sich in solch tobende Begeisterung hineingesteigert, daß Marcel auf einer sofortigen Rückfahrt nach Manhattan bestand. Als die drei schweren Limousinen über die Great Bridge fuhren, blickten ihre Insassen noch einmal hinab in den feurigen Dunst, der über der Stadt der Armen lag. Christiana sah, daß der Vollmond schon ein ganzes Stück über den nächtlichen Himmel gesegelt war, und den Hafen und die gläsernen Fassaden in Silberlicht badete. Fern der Stadt der Armen gab es Dinge wie die Farbe Blau, einen kühlen Wind ohne Qualm und Ruß, ein Sternenzelt, an dem unzählige Lichter zu einer leuchtenden Matte verwoben waren, und einen Mond von der Größe einer riesigen Perle.

Die Expedition, erklärte Marcel, sei ein großer Erfolg gewesen. Wer hätte gedacht, daß sie einen Hengst erleben würden, der wie ein Racheengel kämpfte? Marcel nahm die Entdeckung ganz für sich in Anspruch, und sie sprach sich schnell herum. Aber anderen Ausflügen dieser Art war kein Erfolg beschieden, denn der weiße Hengst war in jener Nacht spurlos in der Stadt der Armen untergetaucht.

Ziemlich spät, daß heißt eigentlich früh am Morgen, kehrte die kleine Gesellschaft nach Manhattan zurück. Bald schliefen alle tief – außer Christiana. Sie machte in jener Nacht kein Auge zu.

☆

Sie starrte auf den mondhellen Fluß jenseits des Gartens. Eine Kaltluftfront aus Kanada war während ihrer Fahrt in die Stadt der Armen herangezogen und hatte fast den gesamten über Manhattan lagernden Dunst hinweggefegt. Flußaufwärts, stellte sich Christiana vor, war die ganze Welt nun wieder in sattes Dunkelgrün getaucht, statt in die diffuse, grünliche Dschungelfarbe des Sommers, die kein Blau enthält. Hitze und Dunst hatten das Blau wochenlang verschluckt, aber nun überzog es wieder die Flüsse und herrschte an den Hängen der Berge.

Die kühle Nachtluft ließ Christiana aus ihren Grübeleien hochfahren. Sie packte ihre Habseligkeiten zusammen, zog zu einer buntbedruckten Baumwollbluse eine Khakihose an und ging hinunter in die Küche. Dort machte sie sich ein halbes Dutzend Brote, die sie mit Räucherfleisch belegte, steckte ein paar Äpfel und Karotten ein und beschloß, aus der Haushaltskasse ein bißchen Geld zu stibitzen. Sie hob den Deckel von dem Steinguttopf, zog ein Bündel Geldscheine heraus und stopfte es ohne hinzusehen in eine Hosentasche. Draußen, mitten in der Nacht auf dem Sutton Place, fühlte sie sich zum erstenmal seit Monaten frei. Fast hätte sie vor Freude getanzt. Sie hatte keine klare Vorstellung, wohin sie gehen oder was sie unternehmen könnte. Bevor sie sich aufs Geratewohl in Richtung Innenstadt auf den Weg machte, zählte sie rasch das Geld, das sie mitgenommen hatte und stellte schockiert fest, daß es genau 3243 Dollar waren. Da dieser Betrag in Marcels Haus nicht einmal zu einem kleinen Mittagessen im engsten Freundeskreis oder für den Proviant eines einzigen Segeltages an Bord seiner Yacht ausgereicht hätte, konnte Christiana mit Recht davon ausgehen, daß der Diebstahl, falls man ihn überhaupt bemerkte, vom Hausherrn mit einem Achselzucken abgetan würde. Immerhin war er ein Mann, der es sich leisten konnte, sieben Millionen beim Roulette mit der Bemerkung zu verlieren, es sei wirklich ein sehr hübscher Anblick, wie die Silberkugel zum Schluß von einer Zahl zur anderen hüpfe.

Aus reinem Zufall schlug Christiana den Weg zum Village

ein. Unterwegs begegnete sie keiner Menschenseele. Die Stadt lag reglos da. Nur hier und da blinkte eine Leuchtreklame oder eine Verkehrsampel auf; gelegentlich stieg auch weißer Wasserdampf in bauschigen Wölkchen aus einem Gully im Pflaster, oder es glitt eine Möwe durch die ruhige, von der Morgenröte schon rosig angehauchte Luft. Alles schien ihr gewogen zu sein, und dennoch war Christiana auf der Hut. Marcel hatte einmal zu ihr gesagt, die Stadt draußen sei hart und würde sie sofort verschlingen. »Du hast noch nie allein gelebt«, hatte er sie gewarnt. »Es ist nicht leicht, glaub mir. Wie willst du eine Wohnung finden? Und wo? Weißt du, wie schwer es ist, in New York an ein Appartement heranzukommen? Und was ist mit der Arbeit? Vielleicht mußt du monatelang suchen, bis dir jemand einen Job gibt. In der Zwischenzeit hockst du auf der Straße und hungerst!«

Am Vormittag ließ sich Christiana in der Bank Street von einem Immobilienmakler eine winzige Wohnung zeigen, die der Mann als »Appartement« bezeichnete. Die Badewanne war in der Küche, und im Schlafzimmer konnte Christiana, als sie in der Mitte des Raumes stand, die Wände fast mit den Fingerspitzen berühren. Immerhin war alles ruhig und sauber, und die Fenster gingen sogar auf einen Garten.

»Den Balkon müssen Sie sich mit einem jungen Herrn teilen, der nebenan wohnt. Er arbeitet für die *Sun* als Schiffsführer und ist bei gutem Wetter nie zu Hause. Dann haben Sie den Balkon ganz für sich allein.«

»Aber er ist ja kaum zwei Fuß breit!« wandte Christiana ein.

»Zweihundert Dollar im Monat«, erwiderte der Makler.

Sie unterzeichnete den Mietvertrag, zahlte eine Monatsmiete im voraus, hinterlegte eine Kaution und war gleich darauf in ihren vier Wänden allein. »Peng!« rief sie. »Schon habe ich eine eigene Wohnung, einfach so!« Sie ging zu einer Bank, eröffnete ein Konto, packte ihren Kühlschrank mit Eßbarem voll und richtete sich häuslich ein. Das alles schaffte sie, bevor es Mittag war. Sie brauchte nur einen kleinen Tisch, zwei Stühle, eine dünne Matratze zum Schlafen, ein paar Decken, ein Kissen, drei Lampen, einen alten Gebetsteppich und ein Minimum an Küchenutensilien. Danach blieben ihr noch zweitausend Dollar — und ein wenig Taschengeld, das sie für ein Mittagessen, ein dänisches Wörterbuch, mehrere dänische Romane und Geographiebücher sowie für ein Notizbuch und ein paar Bleistifte ausgab. Christiana war fest entschlossen, die Sprache zu lernen, die sie in ihrer frühen Kindheit als erste gehört und gesprochen hatte. Sicherlich schlummerte sie noch irgendwo in ihrem Gedächtnis und brauchte nur erweckt zu werden.

Und um drei Uhr nachmittags hatte sie dann auch schon einen Job gefunden. Als sie am Dienstboteneingang eines schönen Hauses in Chelsea klingelte, öffnete ihr eine wunderliche Frau mit alterslosem Gesicht, die auf den Namen Boonya hörte. Schon in der Diele erklärte sie Christiana, welche Pflichten sie als Aushilfskraft in diesem Haushalt zu erfüllen hätte.

»Aber ich suche eine Ganztagsstellung!« protestierte Christiana.

»Mr. Penn zahlt dir deinen vollen Lohn, meine Liebe«, sagte Boonya, die so rund war wie ein Medizinball. »Du mußt aber nur halbtags arbeiten. In deiner Freizeit erwartet man von dir, daß du dich in Bibliotheken und Konzertsälen aufhältst. Falls du dich dazu entschließt, ein College zu besuchen, übernimmt Mr. Penn die Gebühren. Ich selbst kümmere mich lieber um den Haushalt, die Küche und die Wäsche. Aber jeder Mensch ist anders. Bosca die Dunkelhaarige besuchte damals eine Schauspielschule. Bist du jetzt im Bilde?«

»O ja, ganz und gar!«

»Also gut. Kannst du kochen?«

»Ja, ich hab' im Hotel meiner Eltern ein bißchen in der Küche mitgeholfen.«

»So so«, sagte Boonya und führte Christiana in die Küche. »Die Gerichte, die Mr. Penn besonders schätzt, kennst du wahrscheinlich noch nicht. Er und seine Tochter haben nämlich gewisse Vorlieben. Ich werde dir zeigen, wie man diese Speisen zubereitet.«

»Zum Beispiel?«

»Oh, beispielsweise Durbo-Käse gefüllt mit Hopfenklee und bestreut mit Kreuzkümmel, Vicuñabraten, geröstete Bandribrolog-Schoten, warme Sachertorte, Stubenküken à la Dollit in Donald-Sauce, Riesenbrombeeren, Berkish-Tollick-Creme, Walliser Sorbet, gepökelte Wachtelbrust, Limonen-Flan, Rheinbeck-Kaltschale mit Armagnac, Pot-au-feu mit Jaramago, Blutwurst »Archiduc«, türkischer Kalenderkuchen, frittierte Bärlapp-Schnitzel, Pigtail-Cocktail, Vellumcremekuchen mit Korinthen, krosses oder zähes Boxerlamm, süßsaure Akathonbeerenspeise, flambierte Rubinnüsse, Rasta-Huhn in Beize à la Arnold und so weiter und so weiter.«

Für jede dieser Speisen gab es in Boonyas verrückter Phantasie ein Rezept. Christiana riß weit die Augen auf, als die Köchin ihr mit den Gebärden eines Pantomimen vormachte, wie man Bandribrolog-Schoten aufschneidet oder frische Jaramagos schnetzelt. »Du mußt sie nach dem Schneiden sofort unter kaltes Wasser halten, sonst verfärben sie sich!« rief Boonya und ruderte dabei so flink mit den pummeligen Wurstarmen, wie man es ihr bei ihrer Medizinballfigur wirklich nicht zugetraut hätte. »Das sind tückische kleine Biester, diese Jaramagos!« fuhr Boonya fort. »Übrigens – hat dir deine Mutter jemals gezeigt, wie man nach allen Regeln der Kunst einen Vicuñabraten tranchiert?«

Danach führte Boonya die »Neue« durch das ganze Haus, das mit Büchern, Gemälden und allerlei nautischem Gerät vollgestopft war. Diese Dinge seien regelmäßig abzustauben, erläuterte sie. Auf einem der Gemälde – es wurde von einer Lampe illuminiert – war Harry Penn als Kommandeur eines Regimentes im Großen Krieg dargestellt. »Das ist viele, viele Jahre her«, kommentierte Boonya. »Wie jung er damals aussah – ganz anders als jetzt! Jetzt ist er alt. Die meiste Zeit verbringt er drüben bei der *Sun*, aber wenn er mal zu Hause ist, liest er in seinen Büchern. Er behauptet, Bücher halten die Zeit an. Ehrlich gesagt, ich glaube, daß er ein bißchen spinnt. Ich hab nämlich neulich ein Buch neben meinen Wecker gelegt, aber der ging trotzdem weiter. Sag es nicht weiter, aber wenn Mr. Penn etwas liest, das ihm gefällt, wird er richtig glücklich. Dann dreht er die Musik an und tanzt mit sich selbst, manchmal auch mit einem Besen. Ehrenwort!«

»Wahrscheinlich tanzt er mit einem Besen, weil seine Frau schon so lange tot ist«, sagte Christiana.

»Nein, das glaube ich nicht«, erwiderte Boonya. »Er tanzt ja auch mit einem Mop!«

»Wahrscheinlich hatte er früher einmal eine Geliebte.«

»Stimmt, aber die hatte kurze Haare. Ich hab' auch kurzhaarige Mops, die braucht man beim Saubermachen für die Feinarbeit, genau wie Rennautos solche kleinen Räder haben, damit sie besser fahren können. Ich hab' gehört, daß die Europäer in ihrer *Formel P* Rennautos haben, deren Räder so klein sind wie Silberdollars. Deshalb sind die Fahrer dort auch nicht größer als Jockeys und haben winzige Hände.« Boonya blickte sich verschwörerisch um, zog Christiana näher zu sich heran und flüsterte kaum hörbar: »Ein Cousin von mir, der wollte einer werden! Klein genug ist er ja, der Herr bewahre! Er heißt Louis und stolziert immer nur herum wie ein Truthahn. Deshalb haben sie ihn rausgeschmissen.«

Christiana mußte lächeln, aber als Boonya einen Moment wegschaute, verdrehte sie in unmißverständlicher Weise die Augen.

»Pssst!« zischte Boonya mit erhobenem Zeigefinger. »Hörst du die Kastagnetten?«

»Nein«, antwortete Christiana.

»Ich glaub', da ist gerade ein Leichenwagen vorbeigefahren. Vielleicht hat der spanische Botschafter den Löffel aus der Hand gelegt.«

Kleine Schweißtröpfchen tropften von Boonyas zusammengewachsenen Augenbrauen, die so aussahen wie ein Tausendfüßler, der quer über ihr Gesicht marschierte. Mehr und mehr schürte sie das Feuer ihres überhitzten Geistes und stimmte nun eine Art Druidengesang an, den sie gegenüber Christiana als ihre zehn liebsten ägyptischen Weihnachtslieder bezeichnete. Danach kam ein langer, mit viel Schwung vorgetragener Exkurs über gewisse sexuelle Utensilien der Eskimos und über die Kokosnuß, bei der es sich nach Boonyas Auffassung um das einzig wahre Symbol für militärische Kampfbereitschaft handelte.

Alles in allem war Boonya jedoch eine tüchtige Haushälterin

und – zumindest bei der Arbeit – so unerschütterlich wie der Felsen von Gibraltar. So ähnlich sah sie auch aus, das heißt vielleicht doch eher wie eine Kugel, an der drei Melonen befestigt waren, nämlich zwei riesige Brüste, die so schwer waren, daß sie, den Gesetzen der Schwerkraft folgend, bei jeder Bewegung hin- und her schwangen, und ein Kopf, auf dem das dünne blonde Haar zu einer Art Korbgeflecht frisiert war. Norwegerin, die sie war, glaubte Boonya sich der schlanken, schöngewachsenen Christiana überlegen, denn Christiana war mütterlicherseits dänischer Herkunft – und Dänemark liegt schließlich auf der Landkarte *unterhalb* von Norwegen.

Trotzdem kamen die beiden Frauen recht gut miteinander aus. Die Arbeit im Haus wurde für Christiana zu einem hochinteressanten Zeitvertreib, denn Boonyas Erzählungen und Verkündigungen nahmen kein Ende. Während sie wie ein Putzteufel durch das Haus fuhr, sang sie Lieder in Sprachen, die außer ihr niemand verstand, und sie wußte Rezepte für tausend Gerichte, die es nicht gab.

Erst im Winter, als die Barkasse der *Sun* während eines langanhaltenden Schneesturms müßig im Hafen lag, nahm Christiana von dem Mann Notiz, der in der Wohnung nebenan, gleich hinter der Trennwand wohnte.

Ein stetiger Wind aus Nordwest trieb die Schneeflocken in schnurgeraden, hypnotischen Bahnen vor sich her und machte aus dem Garten hinter dem Haus eine tief verschneite Gebirgslandschaft im Miniaturformat. Asbury und Christiana saßen sich stundenlang gegenüber, nur befanden sich zwischen ihnen zwei Kamine und eine dicke Backsteinmauer.

Sie war in die dänische Originalausgabe von Thorgards *Wintermeere* vertieft. Pro Stunde bewältigte sie zwei Seiten. Asbury saß auf der anderen Seite der Wand an einem kleinen Tisch vor dem Kamin und kämpfte mit Duttons *Navigation für Fortgeschrittene*. Um dem Kapitänspatent einen Schritt näherzukommen, mußte er sich dieses Werk gründlich einverleiben. Sechs

Monate lang lebten Christiana und Asbury nun schon Wand an Wand, aber bisher war keinem von ihnen die Anwesenheit des anderen je aufgefallen. Würde sich die Natur weniger um die Entfesselung phantastischer Schneestürme und die Begrünung ganzer Gebirgszüge kümmern und mehr Wert darauf legen, einen guten Mann und eine gute Frau zusammenzubringen, dann wären die Backsteine der kaum fußbreiten Mauer zwischen ihnen schon längst zu Staub zerfallen gewesen. Aber diese beiden Menschen schienen der Natur gleichgültig zu sein, denn erst an jenem Tag, als Asbury aufstand, um das Feuer in seinem Kamin zu schüren, war es ihm vergönnt, seiner Nachbarin zum erstenmal zu begegnen. Er drehte und wendete die dicken Holzscheite mit dem Schürhaken und beobachtete, wie kleine glühende Brocken von ihnen abplatzten. Dann, als seine Bemühungen endlich von Erfolg gekrönt wurden, schlug er den Feuerhaken dreimal gegen die Rückwand des Kamins, um die Glutstückchen abzuklopfen, die sich in der Biegung des Hakens verklemmt hatten.

Christiana blickte von ihrem Buch auf und starrte in ihren Kamin, aus dem das Klopfen gekommen war. Sie erhob sich, ergriff ihren Feuerhaken und schlug ebenfalls dreimal gegen die Wand. Die Antwort ließ nicht auf sich warten. Schon bald verlagerten sich die Klopfsignale der beiden zu einer bequemeren Stelle über dem Kamin und kurz darauf zur Wand, an der zu beiden Seiten ihre Betten standen. Dort entdeckten Christiana und Asbury, daß Wände auch Worte durchlassen. Sie stellten sich einander vor, aber schon bald brachen sie dieses erste Gespräch peinlich berührt und leicht verwirrt wieder ab.

»Wo befinden Sie sich gerade?« erkundigte sich Christiana.

»Im Bett«, antwortete Asbury. »Und Sie?«

»Ich auch«, erwiderte Christiana. Plötzlich wurde ihr bewußt, daß nur eine dünne Mauer zwischen ihnen war.

»Werden Sie Ihr Bett jetzt woanders aufstellen?« fragte Asbury abschließend.

»Nein.«

In der Folgezeit lagen Christiana und Asbury abends manchmal stundenlang auf ihren Betten und erzählten sich gegenseitig ihre Lebensgeschichte, ihre Gedanken und ihre Träume. Allmählich wurden sie einander so vertraut, als verbände sie trotz der trennenden Wand eine stürmische Liebesaffäre. Asbury schlug vor, sie sollten im Sommer über den schmalen, gemeinsamen Balkon auf das Dach klettern und sich dort im Windschatten eines Giebels treffen.

»Von dort oben kann man den Fluß sehen«, sagte er.

Christiana meinte, sie würde sich gern dorthin begeben. Aber ob es nicht zu gefährlich sei? Asbury verneinte. Im Sommer wollte er sie da oben treffen – aber erst im Sommer.

»Wie sehen Sie aus?« fragte Asbury Monate später an einem Abend im Mai. Es war ihm eingefallen, daß der Tag der Verabredung nicht mehr fern war.

»Ich bin nicht hübsch, überhaupt nicht hübsch«, antwortete sie.

»Ich glaube, Sie sind schön«, gab er durch die Mauer hindurch zurück.

»Nein«, beharrte Christiana. »Das ist nicht wahr. Sie werden schon sehen!«

»Es ist mir egal«, antwortete er. »Ich liebe Sie!«

Als er sie auf der anderen Seite der Mauer leise schluchzen hörte, schoß es ihm durch den Kopf, daß er sich vielleicht doch ein wenig zu tief in diese Sache verstrickt hatte. Aber er liebte sie wirklich, und es hätte ihm nichts ausgemacht, wäre sie tatsächlich ein Mauerblümchen gewesen. Mehrmals im Verlauf des Frühlings versuchte er, sie davon zu überzeugen, und eines Tages machte er ihr sogar einen Heiratsantrag.

Alle, die Bescheid wußten, einschließlich Hardesty, waren der festen Überzeugung, daß er einen schlimmen Fehler begangen hatte. »Ich kann mir vorstellen, daß sich Menschen durch eine Wand hindurch ineinander verlieben können«, sagte Hardesty. »Aber wenn sie körperlich so abstoßend ist, wie sie behauptet, dann werdet ihr die Trennwand bis ans Ende eurer Tage gut gebrauchen können.«

»Ich weiß«, pflichtete ihm Asbury bei. »Was du sagst, stimmt aber nur, wenn sie tatsächlich abgrundtief häßlich ist. Sie bezeichnet sich jedoch selbst nur als in jeder Hinsicht durchschnittlich, was immer das sein mag. Es will mir immer noch nicht in den Kopf, warum sie für mich nicht doch die schönste Frau der Welt sein soll.«

Hardesty erbot sich, hinzugehen und nachzuschauen, aber dieser Vorschlag brachte ihm nur eine hitzige Standpauke über die Bedeutung des Vertrauens ein. Er sei durchaus bereit, das Risiko einzugehen, beteuerte Asbury am Schluß. Ihre Stimme sei so schön, und er sei sich seiner Liebe zu ihr absolut sicher. Mehr brauche er nicht.

Christiana willigte ein, ihn zu heiraten, und sie verabredeten, sich am ersten warmen Sonnentag oben auf dem Dach zu treffen. Prompt regnete es in jenem Frühjahr fast unaufhörlich.

Eines Morgens Anfang Juni, als die Hitze noch nicht so stark war, kletterte Asbury auf das Dach. Eine Weile saß er auf dem First, blickte hinüber zum Fluß und bemühte sich, nicht allzu sehr vor Aufregung zu zittern. Dies war der langersehnte Tag! Der Himmel erstrahlte in makellosem Blau.

Mein Gott, bringen wir es doch einfach hinter uns, sagte er sich. Er ging die Dachschräge hinab in die windgeschützte Senke, dann aber kletterte er wieder hinauf zum First.

»Christiana!« rief er in den Schornstein hinein. »Bist du schon auf? Ich hoffe, daß ich den richtigen Kamin erwischt habe!«

»Ja, ich bin schon aufgestanden«, rief sie unten in ihren Kamin. Ihr Herz klopfte stürmisch.

»Dann komm rauf aufs Dach! Ich möchte dich endlich sehen!« Asbury war nervös, aber er nahm sich zusammen. »Irgendwie werden wir es schon verkraften! Danach könnten wir mit dem Boot irgendwo hinfahren, vielleicht bis Amagansett.«

»Ich bin schon unterwegs«, sagte Christiana in einem Tonfall, in dem ihr ganzes skandinavisches Erbe mitschwang, aber da sie sich schon vom Kamin abgewandt hatte, konnte Asbury ihre Worte kaum hören.

Er ging wieder hinunter in die Senke zwischen den Dachschrägen. Dort blieb er mit gespreizten Beinen stehen und blickte in die Richtung, aus der sie kommen mußte.

Zuerst erschienen ihre Hände am Rand der Dachrinne. Dann,

nachdem sie auf das Balkongeländer geklettert war, stemmte sich Christiana mit einem entschlossenen Ruck in die Höhe und stand mit einenmal vor dem Geliebten, den sie noch nie gesehen hatte. Sie war von seinem Anblick mehr als angenehm überrascht, ihm jedoch verschlug es fast die Sprache.

»Ich wußte es!« sagte er schließlich triumphierend und mühte sich, sie mit einem einzigen langen Blick in sich aufzunehmen. »Ich ahnte, daß du die schönste Frau der ganzen Welt bist . . .«

Unwillkürlich machte Asbury einen Schritt rückwärts, so überwältigt war er. »Und – verdammt noch mal – du bist es wirklich!«

III.
Die »Sun«...
und
der »Ghost«

Nichts ist Zufall

Nichts ist Zufall oder wird es jemals sein — nicht eine lange Folge makellos blauer Tage, die in goldener Dämmerung beginnen und enden; nicht die scheinbar chaotischsten politischen Aktionen; nicht der Aufstieg einer großen Stadt; nicht die kristalline Struktur eines Edelsteins, der noch nie im Licht erstrahlte; nicht die Verteilung der Reichtümer dieser Welt; nicht die Stunde, zu der sich der Milchmann aus seinem Bett erhebt; nicht die Position des Elektrons; und auch nicht die ununterbrochene Folge mehrerer erstaunlich kalter Winter. Ja, sogar Elektronen, diese Paradebeispiele angeblicher Willkür, sind in Wahrheit zahme und berechenbare Wesen, die sich mit Lichtgeschwindigkeit auf vorbestimmten Bahnen bewegen. Dabei erzeugen sie leise Pfeiftöne, die in ihren sich stetig wandelnden Kombinationen ebenso angenehm klingen wie das sanfte Rauschen des Windes im Wald. Auch sie befolgen genau, was ihnen aufgetragen wurde — soviel ist gewiß.

Und dennoch — in allem herrscht eine wunderbare Anarchie: Der Milchmann entscheidet selbst, wann er aufsteht; die Ratte taucht in ein Versteck ihrer Wahl, wenn die Untergrundbahn über den Schienenstrang auf sie zugedonnert kommt; und die Schneeflocke fällt, wie sie mag. Aber wie paßt dies alles zusammen? Wenn nichts dem Zufall überlassen bleibt und alles vorherbestimmt ist — wie kann es dann einen freien Willen geben?

Die Antwort ist einfach: *Nichts* ist vorherbestimmt! Alles *ist* bestimmt, *war* bestimmt und *wird* bestimmt sein. Denn alles ereignete sich zur selben Zeit, das heißt, die Zeit selbst wurde nur erfunden, weil wir das riesige und so vielfältige Bild, das da vor uns entrollt worden ist, nicht mit einem einzigen Blick zu umfassen vermögen. Deswegen tasten wir uns linear von einem Punkt zum anderen.

Die Zeit kann jedoch mit Leichtigkeit überwunden werden. Allerdings hilft es nichts, dem Licht hinterherzueilen, sondern es gilt zurückzutreten und das Ganze zu überblicken. Das Universum ist still und vollkommen. Alles, das je war, ist. Alles, das sein wird, ist — und so geht es weiter in allen erdenklichen Verbindungen. Unsere Wahrnehmung sagt uns, daß sich die Welt bewegt und daß sie unvollendet ist, aber in Wirklichkeit ist sie nicht nur vollendet, sondern auch von erstaunlicher Schönheit. Letztlich sind alle Dinge und Geschehnisse, so klein und so unbedeutend sie auch sein mögen, miteinander verknüpft. Alle Flüsse streben dem Meer entgegen, Getrenntes wird irgendwann vereint, Verlorene werden erlöst. Tote erwachen zu neuem Leben, und die makellos blauen Tage, die in goldener Dämmerung beginnen und enden, erstarren zu immerwährender Gegenwärtigkeit. Sobald die Frage nach der Zeit durch eine solche Sichtweise gegenstandslos geworden ist, offenbart sich Gerechtigkeit nicht mehr als etwas Künftiges, sondern als unmittelbare Präsenz.

Peter Lake kehrt zurück

Nach einer Anzahl von Jahren war die Kette grimmig kalter Winter von einer Reihe sonniger Pendants durchbrochen worden, die so mild waren, daß lediglich Hawaiianer sie als Winter bezeichneten. Die Arbeitsteufel, die mitten in Manhattan das Pflaster aufrissen, so daß der Verkehr um sie herumfließen mußte wie die Strömung um einen Brückenpfeiler, arbeiteten schon Mitte Januar mit nacktem Oberkörper. Und kurz vor Weihnachten sah man Frauen auf hochgelegenen Terrassen ein Sonnenbad nehmen. Es fiel kein Schnee. Die Bekleidungsindustrie stand Kopf, und die großen Nachrichtenmagazine brachten mehrmals hintereinander fast identische Titelstorys über das Wetter (*Newsweek:* »Gibt es keine Winter mehr?«; *Time:* »Wo ist der Schnee von gestern?«; *The Ghost News Magazine:* »Uns ist heiß!«) Dann, genau auf dem Höhepunkt des süffisanten Geschwätzes, als sogar die Vermutung ausgesprochen wurde, das Weltklima habe sich ein für allemal geändert, und als der Dirigent des Philharmonischen Orchesters einen Satz von Vivaldis *Vier Jahreszeiten* einfach wegließ, und als kleinen Kindern Geschichten vom Winter wie Märchen erzählt wurden – da fiel der Frost wie eine neue Eiszeit über New York her, und die Bewohner der Stadt kauerten eng zusammen und spekulierten voller böser Vorahnungen über die immer näherrückende Jahrtausendwende.

Die Schneedecke, unter der die Parks und Grünanlagen begraben lagen, hätte sogar die Leute vom Coheeries-See beeindruckt. Von Bäumen und kleinen Anhöhen war kaum noch etwas zu sehen. Schon bald wurde es Brauch, mit Skiern von Ort zu Ort zu fahren, über die Dächer von Autos hinweg, die in einem Grab aus Schnee schliefen. Die Luft war so klar, daß die Redewendung aufkam: »Schüttel sie, dann hörst du sie klirren!« Tag für Tag, Woche für Woche, Monat für Monat blies aus Norden ein frostiger Wind, der Schnee und Eis vor sich hertrieb wie ein kalbender Gletscher. Mit ungeheurer Wucht brach der Winter herein und beherrschte alles. Schon immer war dies die Jahreszeit der Prüfungen und der Extreme gewesen, die manche Menschen euphorisch stimmte und andere lebensmüde machte. Der Winter vermochte große Findlinge aus Granit zu spalten, aber auch Bäume und Ehen zerbrachen an ihm. Die Zahl der winterlichen Romanzen verdreifachte sich, Schlitten und Skier wurden aus den Kellern geholt, Bilderbücher über die Weihnacht in Neu-England wieder aufgelegt, und der Hudson gefror zu einer soliden Fahrstraße. Sogar das halbe Hafenbecken war eisbedeckt.

Es hieß zwar, solche Winter habe es früher schon gegeben, aber kaum jemand war alt genug, um sich an sie zu erinnern. Der letzte Winter, dessen Strenge nicht nur die dingliche Welt, sondern auch die von Menschen geschaffenen Einrichtungen und ihre Glaubenssätze bedroht hatte, lag fast ein Jahrhundert zurück. Nur die großen Kriege hatten ihn aus dem Gedächtnis der Menschen zu löschen vermocht. Damals schien sogar die Zeit selbst lebendig zu werden; ein Wesen mit eigener Willenskraft, das darauf drängte, vergessen zu werden. Vieles an jenen Jahren blieb unerklärt: Sie waren wie Verschwörer, die einen großen Coup geplant und sich kurz vor Aufdeckung des Komplotts zurückgezogen hatten, um einen günstigeren Moment abzuwarten. Der Ausdruck auf den Gesichtern von Männern und Frauen jener Epoche, auf Fotografien für die Nachwelt festgehalten, hatte etwas Allwissendes. Die von den Porträtfotografen abgelichteten Personen schienen mit sehendem Blick die Zeiten zu durchdringen und die innersten Gedanken jener zu erraten, die Jahrzehnte später die Bilder der längst Verstorbenen betrachteten. Inzwischen gab es solche Gesichter und Augen, die nur aus Licht und Wahrheit bestanden, längst nicht mehr.

Eine Ebene aus Eis umschloß Manhattan. Ihre südliche Grenze verlief ungefähr anderthalb Meilen jenseits der Freiheitsstatue, die zu Fuß zu erreichen war. Unablässig pflügende Eisbrecher bemühten sich, wenigstens das Fahrwasser für die Fähren nach Staten Island freizuhalten. Und wenn sie dann glücklich das offene Wasser erreicht hatten, dann mußten die Fährschiffe noch geschickt zwischen riesigen Eisbrocken hindurchmanövriert werden, die vom Schelf abgebrochen waren und dem Meer entgegentrieben.

An einem Januarabend — es dämmerte bereits — war die Fähre wieder einmal inmitten eines heftigen Schneetreibens nach Staten Island unterwegs. Auf halbem Weg blieb das Schiff mit einem Schaden an den hinteren Propellern und Antriebswellen liegen, nachdem es einen dicht unter der Wasserfläche treibenden Eisblock gerammt hatte. Der Kapitän beschloß, die vorderen Schiffsschrauben einzukuppeln und nach Manhattan zurückzudampfen, statt inmitten der Eisberge zu wenden und weiterzufahren. Dies war eine reine Routineangelegenheit, die allerdings schnell erledigt werden mußte, denn die Fähre driftete in der Strömung viel schneller als das Eis, so daß die Gefahr weiterer Kollisionen bestand.

Auf der Brücke verhielten sich Offiziere und Mannschaft so ruhig, wie man es von aufmerksamen Kennern ihres Fachs erwarten durfte. Ja, diese Männer genossen sogar die etwas gespannte Atmosphäre und die schweigsame Präzision, die ihnen abverlangt wurde.

Urplötzlich wurde ihre Ruhe jedoch von einem aufs höchste erregten Passagier gestört. Eigentlich hatten Fahrgäste keinen Zutritt zur Brücke, und das mit gutem Grund. Dieser wild gestikulierende Irre unterbrach nicht nur die in all ihrer Dramatik so befriedigende Umstellung des Antriebs auf die vorderen Schiffsschrauben, sondern er zerstörte auch die irgendwie dämmerige, elegante Ruhe auf der Brücke, indem er etwas von der Kakophonie der Stadt auf sie übertrug, von der sich das Fährschiff gewöhnlich in bequemer Distanz hielt. Der Mann sprach kaum Englisch, sondern nur Spanisch, das niemand von der Schiffsbesatzung verstand. Er vollführte eine Art epileptischen Tanz und erweckte überhaupt den Eindruck eines gefährlichen Irren, der aus einer Anstalt geflohen war.

»Was suchen Sie hier?« schrie der Kapitän wütend.

Der Mann holte tief Luft, versuchte nicht zu zittern und wies mit dem Finger auf eine bestimmte Stelle im Wasser. Als die Männer durch das Schneegestöber in die angegebene Richtung spähten, erblickten sie ungefähr fünfzig Fuß entfernt einen

Gegenstand, der im Wasser schwamm und schwache, zuckende Bewegungen machte. Ein Mensch!

Eilig wurde das Eis von den Davits gehackt und ein Rettungsboot zu Wasser gelassen, um den Ertrinkenden zu bergen. Der Mann war so schwer verwundet und stand offenbar unter einem so starken Schock, daß niemand erstaunt gewesen wäre, hätte er nach einem letzten Aufbäumen sein Leben ausgehaucht.

Dann aber, wenig später, kauerte er in den Mannschaftsräumen unter einer Dusche und reckte sein Gesicht, auf dem unverkennbar ein Ausdruck von Dankbarkeit lag, dem dampfend heißen Wasser entgegen. Er war noch einmal davongekommen. Hätte er nur wenige Minuten länger im eisigen Wasser des Hafens verbracht, so wäre er stocksteif gefroren.

Ein Passagier mit Spanischkenntnissen wurde aufgetrieben und übersetzte, was der Entdecker des unbekannten Mannes mit stolzgeschwellter Brust zu berichten hatte: Geistesabwesend habe er in den Schnee hinausgestarrt, als die Luft plötzlich von einem pfeifenden Geräusch zerrissen wurde, das so klang wie eine Artilleriegranate kurz vor dem Einschlag. Nicht weit vom Schiff entfernt war ein leuchtend heller Streifen am Himmel aufgezuckt, und dann schien die Wasserfläche an einer Stelle zu explodieren, als hätte jemand eine Dynamitladung gezündet, um das Eis zu sprengen. Hatte schon der weiße Blitz den Mann in Staunen versetzt, so war er um so mehr verblüfft, als er auf der pilzförmigen Fontäne aus Schaum die Umrisse eines Menschen entdeckte. Schnurstracks war er daraufhin auf die Brücke gelaufen, um den Vorfall zu melden.

»Sind Sie sicher, daß Sie ihn nicht bei einer Schlägerei über Bord geworfen haben?« fragte der Kapitän der *Cornelius G. Koff*. (So hieß das betagte Fährschiff, das noch immer seinen Dienst versah.) »Wie ich höre, ist der Mann verwundet.«

Beleidigt stürmte der Passagier, der nur ein paar Brocken Englisch verstand, von der Brücke. Allein schon seine Empörung genügte, um den anderen seine Unschuld zu beweisen.

»Rufen Sie eine Ambulanz zur Anlegestelle!« befahl der

Kapitän seinem Maat. »Falls der Gerettete Anzeige erstatten will, muß auch die Polizei informiert werden. Aber nur, wenn er es ausdrücklich wünscht. Wir haben andere Sorgen.«

Ein paar Decks tiefer hörte der Gerettete, wie die Schiffsmaschinen zu arbeiten begannen, und spürte, daß die Fähre allmählich Fahrt aufnahm. Von der anderen Seite des Duschvorhangs her fragte eine Stimme, ob er Anzeige erstatten wolle.

»Anzeige? Gegen wen?« fragte der Verletzte zurück, während das heiße Wasser noch immer auf ihn herabprasselte. Mit Staunen vernahm er, daß er mit irischem Akzent sprach.

»Also nicht? Sind Sie sich ganz sicher?« hakte der andere nach. »Aber sicher bin ich mir sicher!« erwiderte Peter Lake und starrte verblüfft auf seine Wunden, die noch ziemlich frisch aussahen.

»Aber Sie haben doch überall Schnitt- und Stichwunden!«

»Das sehe ich selbst«, gab Peter zurück. »Vermutlich habe ich sogar ein paar Kugeln im Leib!«

»Wie ist das passiert?« Der Maat hörte das plätschernde Geräusch des Wassers auf Peters bleicher Haut.

»Keine Ahnung.«

»Wie heißen Sie?« Keine Antwort. »Für uns ist es nicht so wichtig, aber im Krankenhaus will man bestimmt Ihren Namen wissen. Mich geht es ja nichts an, wenn Sie nichts sagen wollen.«

Peter fühlte sich so schwach, daß die draußen im Hafen einander grüßenden Nebelhörner der Schiffe wie Musik aus einem Traum klangen. Es kostete ihn große Mühe, die geflickte Hose, das grobe Hemd und den wollenen, mit weißer Farbe bekleckerten Pullover anzuziehen. Man gab ihm auch ein paar Schuhe, die zufällig wie angegossen paßten. Als er sich vorbeugte, um die Schnürsenkel zuzubinden, begann sein Puls augenblicklich zu rasen, und Sterne tanzten vor seinen Augen. Seine eigene Kleidung, sagte ihm jemand, habe sich, als man ihn packte, um ihn ins Rettungsboot zu ziehen, buchstäblich in ihre Bestandteile aufgelöst, so mürbe sei sie gewesen. Später – die Fähre legte gerade am Pier an – trat Peter vor einen kleinen Spiegel, der an der Kabinenwand hing und einen Riß hatte.

»Auf dem Pier wartet eine Ambulanz auf Sie«, hörte er die

Stimme des Maats hinter sich. »Sie bluten wie verrückt, aber wir mußten Sie unter die Dusche stellen, sonst wären Sie uns erfroren. Außerdem kann man die Brühe im Hafen nicht gerade als quellfrisch und sauber bezeichnen.«

Peter Lake lehnte sich haltsuchend gegen die Wand. Vom Blutverlust fast ohnmächtig, glichen seine Bewegungen denen eines Betrunkenen. Beim Anblick seines Spiegelbilds schauderte er. »Komisch«, meinte er. »Ich weiß nicht, wem dieses Gesicht gehört.«

Dann kamen zwei Krankenwärter mit einer Bahre die Treppe hinabgepoltert. Sie konnten ihn gerade noch auffangen, als er zusammenbrach.

☆

Er erwachte bei Tagesanbruch in einem Krankenzimmer des altehrwürdigen St. Vincent's Hospital an der Tenth Street. Draußen vor dem Fenster schneite es. Diffuses Licht tauchte den ganzen Raum in hellgraue Dämmerung. Peter erinnerte sich an das kalte Wasser, die Fähre, die Dusche – aber das war auch schon fast alles! Irgendwann macht es ›klick!‹, und alles ist wieder da, sagte er sich. Mein Gott, manchmal vergißt man sogar seinen Namen! Vielleicht bin ich betrunken. Oder träume ich?

Auf einem Plastikstreifen, der sein Handgelenk umschloß, standen Tag und Monat seiner Einlieferung, eine vierstellige Zahl und der Vermerk *Name unbekannt*. Nie zuvor in seinem Leben hatte er Plastik gesehen. Es fühlte sich weich an, als er es betastete. Sein Erstaunen darüber war ihm nicht ganz erklärlich, denn obwohl es fremd wirkte auf ihn, konnte er sich kaum vorstellen, daß er diesem Material noch nie begegnet sein sollte. Gewisse Dinge habe ich einfach vergessen, dachte er und empfand darüber einen geradezu unerträglichen Zorn. Wer bin ich? Wie alt bin ich? In welchem Monat sind wir? Die Datumsangabe auf dem Plastikband an seinem Handgelenk zeigte lediglich die Zahlen 2/18. Bei allem hatte Peter das Gefühl, des Rätsels Lösung sei zum Greifen nah, wie ein Wort, das einem auf der Zunge liegt und doch nicht einfällt.

Eine Gruppe von Ärzten und Medizinstudenten betrat das

Krankenzimmer zur täglichen Visite. Als Peter Lake an der Reihe war, kamen Pfleger und teilten an die Patienten, die schon untersucht worden waren, Frühstückstabletts aus. Die meisten der weißen Vorhänge zwischen den einzelnen Krankenbetten wurden zurückgezogen. Draußen wirbelten die Schneeflocken im silbrigen Licht des Wintertages auf und ab, tanzten einen manischen, zuckenden Reigen.

Nachdem sich ein rundes Dutzend Medizinstudenten und Krankenschwestern um Peter Lakes Bett geschart hatten, warf der Oberarzt einen kurzen Blick auf den Krankenbericht, der am Kopfende von Peters Bett an einer kleinen Tafel festgeklemmt war. »Guten Morgen!« sagte er zu dem Patienten. »Wie fühlen wir uns denn heute?«

Eine Welle der Feindseligkeit durchzuckte Peter. Zwar wußte er nicht, warum er diesen Arzt nicht leiden konnte, doch verließ er sich auf seine Eingebungen, vielleicht weil ihm nichts anderes übriggeblieben war.

»Was weiß ich!« antwortete er ziemlich unwirsch und beäugte die Leute der Reihe nach. »Sie müßten es eigentlich besser wissen als ich selbst.«

»Verstehe«, sagte der Arzt. »Wenn Sie es so haben wollen, dann sollen Sie es auch so bekommen.«

»Aber sägen Sie mir nicht die Beine ab!« sagte Peter Lake.

»Nun, fangen wir lieber mit Ihrem Namen an. Sie wurden bewußtlos eingeliefert, und Sie hatten keinerlei Papiere bei sich . . .«

»Was für Papiere?«

»Zum Beispiel einen Führerschein.«

»Wofür? Für eine Lokomotive?«

»Nein, für ein Auto!«

»Wenn Sie *Auto* sagen — meinen Sie dann ein Automobil?« verlangte Peter Lake zu wissen. Die Studenten nickten mit dem Kopf. »Wieso braucht man einen Führerschein, um ein Automobil zu lenken?«

»Schauen Sie«, sagte der Oberarzt, »Sie hatten drei Schußwunden. Wir sahen uns deshalb genötigt, Ihre Fingerabdrücke an die Polizei weiterzugeben. Dort wird man Ihren Namen über kurz oder lang ohnehin herausbekommen. Warum sagen Sie ihn uns also nicht lieber gleich?«

Als das Wort »Polizei« fiel, fuhr Peter unwillkürlich in die Höhe, mußte jedoch feststellen, daß er mit Handschellen ans Bett gefesselt war. Die Medizinstudenten zuckten zusammen, als er mit den Ketten rasselte. »Was sind Fingerabdrücke?« erkundigte er sich, aber der Arzt hatte längst die Geduld verloren. Statt einer Antwort stach er ihm eine Nadel in den Arm. Dann wandte sich die kleine Gruppe von ihm ab und ging ihrer Wege.

Peter atmete langsam und starrte an die Zimmerdecke. Alle Kraft hatte ihn verlassen, und er konnte sich nicht bewegen. Seine Augen waren weit aufgerissen. Eine Million Gedanken wirbelten durch sein Hirn wie Schneeflocken in einem Blizzard. Trotz Handschellen, Wunden und betäubenden Medikamenten fühlte er noch einen letzten Rest an Kampfkraft in sich. Woher sie kam, wußte er genausowenig zu sagen wie seinen eigenen Namen. Aber er spürte, daß tief im Inneren dieses an ein Krankenhausbett gefesselten Körpers noch immer ein heißes Feuer loderte.

Als Peter einschlief, lag ein Lächeln auf seinen Lippen.

☆

Fünf Tage später, an einem frühlingshaften Abend, erwachte Peter Lake. Im Krankenzimmer herrschte tiefe Stille. Als er die Augen aufschlug, sah er, daß man rings um sein Bett einen gekräuselten Vorhang aus schneeweißem Tuch gezogen hatte. Auf der einen Seite sah er jenseits der Vorhangstange den oberen Teil eines der hohen Fenster, hinter dem ein dunkelvioletter Himmel strahlte. An der Zimmerdecke leuchteten seltsame weiße Lampen, die Peter für eine Art Weiterentwicklung der Kathodenstrahlröhre hielt. Als er den Kopf zur Seite wendete, entdeckte er, daß er nicht allein in seinem weißen Zelt war.

Ein junges Mädchen saß neben seinem Bett auf einem Stuhl und betrachtete ihn mit jugendlichem Optimismus. Sie sah nicht älter aus als vierzehn oder fünfzehn Jahre, hatte erstaunlich grüne Augen und rotes Haar, das ihren Kopf in schön gewellten

Locken und Strähnen umrahmte. Das Mädchen hatte Sommersprossen, wie es bei dieser Haarfarbe nicht weiter verwunderlich war, und es wirkte ein wenig pummelig. Peter schämte sich, daß er bei einem so jungen Mädchen auf dergleichen achtete, aber er kam nicht umhin, festzustellen, daß sie einen höchst attraktiven Busen hatte. Prall und verführerisch bewegten sich ihre Brüste bei jeder Bewegung unter der weißen Bluse. Peter führte dies auf Frühreife und gesunde, ein wenig zu reichliche Ernährung zurück.

Tatsächlich war dieses »Mädchen« siebenundzwanzig Jahre alt, sah aber jünger aus. Sie stammte aus Baltimore und war eine hart arbeitende, gutmütige junge Frau, genauer gesagt, die behandelnde Ärztin auf Peters Station. Davon hatte er natürlich keine Ahnung, als er jetzt sein Gesicht zu einem seltsamen Grinsen verzog, das gewissermaßen die Verlängerung jenes Lächelns war, welches während des fünftägigen Schlafes auf seinem Gesicht gelegen hatte. »Hallo, Missie!« sagte er.

Sie beantwortete seinen Gruß voller Wärme: »Hallo!«

»Können Sie mir sagen, wie lange ich geschlafen habe?«

Sie nickte. »Fünf Tage.«

»Mein Gott!«

»Der Schlaf hat Ihnen gutgetan. Auf Ihre Wunden hat er geradezu Wunder gewirkt.«

»Tatsächlich?«

»Ja. Wahrscheinlich stehen Sie schon in weniger als einer Woche wieder auf den Beinen.«

»Haben *sie* das gesagt?«

»Wer?«

»Die Ärzte.«

»Nein, das sage *ich*!«

»Das ist nett von Ihnen. Aber was sagen *sie* dazu?«

»Meistens pflichten sie mir bei«, erklärte sie nach kurzem Nachdenken. »Bei Ihnen liegt der Fall recht einfach. Da weiß man ziemlich genau, woran man ist.«

»Keine Handschellen?« fragte Peter mit einem Blick auf seine Gelenke. »Wann hat man sie mir abgenommen?«

»Das habe ich getan, als ich sah, daß Sie eine Zeitlang schlafen würden. Später wurde uns dann der Polizeibericht zugestellt. Sie stehen unter keinerlei Verdacht, und auch Ihre Fingerabdrücke sind nicht in der Kartei. Die Polizei will zwar wissen, wie Sie zu den Einschüssen und Stichwunden gekommen sind, aber damit hat es noch Zeit.«

»Wo ist in diesem Krankenhaus die Frauenabteilung?« erkundigte sich Peter. Insgeheim hatte er seine Zweifel, ob dieses kleine Fräulein ganz richtig im Kopf war. Anscheinend bildete sie sich ein, für ihn zuständig zu sein, aber wahrscheinlich hatte sie nicht einmal die Erlaubnis, sich hier bei ihm aufzuhalten.

»Die Frauen liegen ein Stockwerk höher«, antwortete die Ärztin und wies mit dem Finger nach oben. Auch ihre hübschen Augen wandten sich der Zimmerdecke zu, so daß sie für Sekunden an eine in mystische Verzückung versunkene Gestalt auf einer Ikone erinnerte. »Warum fragen Sie?«

»Meinen Sie nicht, daß Sie jetzt lieber zurückgehen sollten, meine Liebe? Bevor man Sie holt?« Ganz im Gegensatz zu den Worten, die er sagte, hätte Peter sie gern gebeten zu bleiben. Der Widerspruch mochte sich daraus ergeben, daß sie in ihm gleichzeitig so etwas wie väterliches Wohlwollen und einen leichten sexuellen Kitzel erzeugte. Sie lachte über seine Frage, aber gerade ihre Vergnügtheit überzeugte ihn vollends, daß sie eine geistesgestörte Ausreißerin war, die ihre Ketten gesprengt hatte.

»Ich bin für dieses Krankenzimmer zuständig«, sagte sie schließlich unaufgefordert. Vermutlich glaubte der Mann, weibliche Ärzte hätten auf einer Männerstation nichts zu suchen. Der Gedanke, er könne über die Art ihrer Tätigkeit im Unwissen sein, kam ihr gar nicht erst. Der Ärztekittel, das aus der Brusttasche ragende Stethoskop und der Block mit den vorgedruckten Formularen für die Krankenberichte waren beredt genug.

Doch Peter Lake hatte nie zuvor einen solchen Ärztekittel gesehen. Nie in seinem Leben war er einer Ärztin begegnet, nie hatte er von einer gehört. Er wußte auch nicht, was es mit den Formularen und Vordrucken auf sich hatte. Da er leicht kurzsichtig war, konnte er die kleingedruckten Buchstaben auf der Kennkarte an ihrer Bluse nicht lesen. Die fleischfarbenen, biegsamen Schläuche, die aus einer Tasche des Kittels baumelten, hielt er für Teile einer Steinschleuder.

»Warum sollte man Sie in eine Männerstation stecken, kleines Fräulein, wo Sie doch auf so offenkundige, erfreuliche und unbestreitbare Weise eine Frau sind?« fragte er.

Sie dachte kurz nach und sagte dann: »Wissen Sie denn nicht, daß ich Ihr Doktor bin? Ich habe mich als Ärztin um diese Station zu kümmern. Dies ist mein zweites Jahr an diesem Krankenhaus. Was kommt Ihnen daran so seltsam vor?«

Sie muß tatsächlich geistesgestört sein, obwohl sie so niedlich ist, sagte sich Peter. Wie ist es sonst denkbar, daß sich ein heranwachsendes Mädchen – und noch dazu eines mit einer Steinschleuder in der Tasche – als Ärztin auf der Männerstation eines Krankenhauses ausgibt. Peter hielt es für ratsam, auf ihr Spiel einzugehen: »O ja, jetzt verstehe ich«, sagte er. »Jetzt ist mir klar, was mich vorhin durcheinandergebracht hat.« Er lächelte, und sie lächelte zurück. »Alles ist sonnenklar, –« er zögerte kurz, um dem Wort, das nun folgte, besonderen Nachdruck zu verleihen – »Doktor!«

»Gut«, sagte sie, zufrieden darüber, daß sie das Zutrauen eines Patienten und seine Bereitschaft zur Zusammenarbeit gewonnen hatte, eines Patienten wohlgemerkt, der ihr als schwierig und eventuell sogar gewalttätig geschildert worden war. (Ein stämmiger Krankenpfleger lehnte auf der anderen Seite des Vorhangs halb sitzend an einem Servierwagen.) Als Peter Lake ihre süße, etwas patschige kleine Hand ergriff und sie drückte, sagte sie zu ihm: »Ich komme morgen wieder vorbei. Wir haben eine Menge zu bereden. Ich werde mein Möglichstes tun, damit Sie so schnell wie möglich entlassen werden.«

»Vielen Dank, Frau Doktor!«

»Oh, ich tue nur meine Arbeit«, erwiderte sie. »Aber jetzt müssen Sie wieder schlafen, ob Sie es nun glauben oder nicht. Ich werde Ihnen eine Injektion geben.« Sie zog eine Spritze heraus, deren Nadel das Format eines mittleren Fleischspießchens hatte, hielt sie mit der Spitze nach oben und drückte in der teuflischen

Art, die für diesen Vorgang nun einmal typisch ist, einige Tropfen einer Flüssigkeit heraus.

»Moment mal!« schrie Peter Lake. Er war nicht allzusehr darauf erpicht, von dieser Verrückten tatsächlich »behandelt« zu werden. Außerdem wußte er nicht, was die Kanüle enthielt und an welcher Stelle die Nadel in seinen Körper gestochen werden sollte. »Wir wollen doch nicht . . .«

Aber es war schon zu spät. Mit einer geschickten Bewegung versenkte sie die Nadel in seinem Arm. Aus Angst, die Spitze abzubrechen, rührte Peter sich nicht.

»Was ist das für ein Zeug?« fragte er, während die Flüssigkeit in seine Vene gespritzt wurde.

»Trioxymetasalicylat, Dimethylethyloxitan und Vipparin.«

»Ohoho!« jammerte Peter Lake, total durcheinander. »Ich hoffe, daß Sie genau wissen, was Sie da tun.«

Sie lächelte ihm eine stumme Antwort zu, und rasch übermannte ihn der Schlaf.

☆

Peter Lake erwachte mehrere Stunden früher, als die junge Ärztin gedacht hatte. Er reckte seine Arme und hatte anfänglich nicht die leiseste Ahnung, wo er sich befand oder was mit ihm geschehen war. Als er sich dann erinnerte, daß er sich an nichts erinnern konnte, wurde er wütend. Er drehte den Kopf hin und her, sah aber nur den weißen Stoff des Vorhangs und begriff in diesem stillen Augenblick endgültig, daß er allein war. Falls es jemals Menschen gegeben hatte, denen seine Liebe gehörte und die auch ihn liebten, so war er nun von ihnen getrennt. Selbst wenn sie plötzlich vor mir stünden, grübelte Peter, würde ich sie vielleicht nicht erkennen.

Schlimmer als er konnte sich kein Mensch verlieren, doch gab er die Hoffnung nicht auf, daß alles vorbeigehen und sich seine Verwirrung zerstreuen würde wie ein Nebel, den die Wärme eines Julimorgens von den Wassern einer Bucht sengt.

Plötzlich wurde die Stille unterbrochen. Peter stützte sich auf beide Ellbogen, um seine Ohren aus dem weichen Kissen zu befreien. Deutlich hörte er draußen auf der Straße das Getrappel von Pferdehufen. Dies war etwas, worin er sich auskannte, endlich ein vertrautes Geräusch! Es mußte eine ganze Abteilung sein, fünfzig Rösser oder mehr. Am Klang des Hufschlags auf dem Pflaster und am Klirren des Zaumzeugs erkannte Peter, daß dort unten viele Gäule eng zusammengedrängt vorbeitrotteten. Wahrscheinlich hat die berittene Polizei gerade Schichtwechsel, sagte er sich. Es muß vier Uhr sein. Sie reiten stadteinwärts. Im Stall stampfen und scharren jetzt schon die Pferde der Nachmittagsschicht, die gerade von den Stalljungen gestriegelt werden, und gleichzeitig kommen aus allen Himmelsrichtungen die Polizisten zusammen, die diese Pferde bis Mitternacht reiten werden.

Gleich darauf waren die Tiere vorbei, und Peter fand sich in der unbehaglichen Gesellschaft all jener Dinge wieder, mit denen er nichts anzufangen wußte. Ein Kasten war mit einer Art Bügel oben an der Wand befestigt. Er war leicht geneigt und starrte mit einem großen, blanken Glasauge auf ihn hinab. Ein Schränkchen konnte es nicht sein, denn dafür war dieser Kasten zu weit oben angebracht, und außerdem wären die Dinge in seinem Inneren bei dieser Schräglage durcheinandergepurzelt. Peter konnte sich keinen Reim darauf machen. Er wunderte sich über die seltsame Form der Gegenstände und über die Materialien, aus denen sie gemacht waren. Fast sahen sie so aus, als stammten sie aus einer anderen Welt. »Nichts ist hier aus Eisen oder Holz«, sagte er laut zu sich selbst. Alles war irgendwie rund und glatt, und die Materialien hatten keine erkennbare Struktur.

Was, in Gottes Namen, haben diese Paneele über meinem Kopf zu bedeuten, die rot und grün leuchten? Zuerst dachte Peter, es seien Ofentüren mit Gucklöchern, aber dann sagte er sich, daß weder Holz noch Kohle grün brennt. Er setzte sich auf und erkannte, daß es sich um kleine Lichter handelte, die wie Flöhe hin- und herhüpften. Erstaunlicherweise pulsierten und flackerten sie genau im Rhythmus seines Atems und seines Herzschlages — jedenfalls sah es so aus, denn als er sich mühte, noch näher an sie heranzukommen, spielten sie buchstäblich verrückt, um wenig später, als er sich von seiner Anstrengung erholt hatte, wieder zur Ruhe zu kommen.

Es war noch hell am Tag, als die mädchenhafte Ärztin wieder erschien. Sie fand ihren Patienten im Bett sitzend vor; offensichtlich war er erst vor kurzem aufgewacht. Er wirkte nachdenklich, aber es war ihm auch anzumerken, daß sich sein Zustand sehr gebessert hatte. Gewisse Menschen können sich so in ihre Gedanken verlieren, daß sie das Spiel oder der Zirkus, der sich, für andere unsichtbar, vor ihrem inneren Auge oder in ihrem Herzen abspielt, geradezu lähmt. Etwas an ihnen verlangt gebieterisch nach Schweigen, das ihnen von den Menschen ihrer Umgebung auch bereitwillig zugestanden wird. Peter Lake befand sich jetzt in einem solchen Zustand. Er mußte unbedingt das Rätsel lösen, von dem er sich umgeben sah, seit er das Bewußtsein wiedererlangt hatte, und die junge Ärztin schwieg, um ihn in seiner grüblerischen Versunkenheit nicht zu stören.

»Oh!« sagte er, als er sie bemerkte. »Sie sind ein Doktor, nicht wahr?«

»Ja, das bin ich«, antwortete sie.

»Ich hab noch nie von einem Mädchen gehört, das Ärztin ist!«

»Ich bin siebenundzwanzig.«

»So sehen Sie aber nicht aus. Ich würde Sie auf höchstens fünfzehn schätzen. Bitte seien Sie mir deswegen aber nicht böse. Woher soll ich auch wissen, daß jetzt auch Frauen Ärzte werden können? Aber das ist auch nicht so wichtig, wenn man bedenkt, daß ich nicht einmal weiß, wer ich selber bin, nicht wahr?«

»Während Sie geschlafen haben, habe ich mich erkundigt, ob es in Irland weibliche Ärzte gibt. Ich wollte absolut sicher sein. Hören Sie, es gibt dort tatsächlich Ärztinnen.«

»Ich komme nicht aus Irland«, sagte Peter. »Ich komme aus New York.«

»Sie sprechen aber mit irischem Akzent.«

»Das stimmt. Es ist mir selbst ein Rätsel. Ich bin hier in dieser Stadt zu Hause, das weiß ich genau.«

»Man hat Sie aus dem Hafen gefischt. Vielleicht sind Sie ein Seemann oder waren Passagier auf einem Schiff. Jemand könnte Ihnen eins auf den Schädel gegeben haben oder so ähnlich.«

»Nein!« entgegnete Peter Lake. »Ich bin mir meiner Sache

absolut sicher, vor allem nach der Geschichte mit den Polizeipferden. Vor ungefähr zwanzig Minuten kamen sie hier vorbei. Sie waren bestimmt auf dem Weg in die City zum Schichtwechsel. Wo sind wir hier?«

»Im St. Vincent's Hospital.«

»Zwischen Sixth Avenue und Eleventh Street?«

»Ja.«

»Von hier aus brauchen die berittenen Polizisten ungefähr zehn Minuten bis zu den Stallungen und weitere zehn Minuten, bis sie ihre Pferde in den Boxen haben. Folglich muß es jetzt ungefähr vier Uhr sein.«

Genau in diesem Augenblick schlug irgendwo eine Turmuhr. Es war, als wollte sie Peter bestätigen, daß er ein Mann war, der wußte, was er wollte und gewiß einen Ausweg aus der Verwirrung finden würde, die ihn zeitweilig überkommen hatte. Seine Lippen bewegten sich, während er stumm mitzählte: »Eins . . . zwei . . . drei . . . vier.« Die Ärztin schaute auf ihre Uhr. Peter verstand nicht, warum sie dabei auf ein Knöpfchen drückte.

»Sie haben eine komische Art, die Uhrzeit herauszufinden«, sagte sie zu ihm. »Mit Hilfe von Pferden! Immerhin, ich glaube, Sie haben eine gute Chance, irgendwann aufgrund rein logischer Überlegungen auch herauszufinden, wer Sie sind.«

»Ich brauche keine Uhr«, erwiderte Peter leichthin. »Jede Viertelstunde läutet irgendwo eine Turmuhr, und außerdem –« dies sagte Peter nicht nur, um sie zu beeindrucken, sondern auch, um sich seiner selbst zu vergewissern – »und außerdem weiß ich, daß die Züge der Hochbahn alle . . .«

»Hochbahn? Welche Hochbahn?« unterbrach sie ihn.

»Die an der Sixth Avenue natürlich!«

Die Ärztin spürte, wie es sie kalt überlief. »An der Sixth Avenue gibt es keine Hochbahn«, sagte sie kopfschüttelnd. »Meines Wissens gibt es in der ganzen Stadt keine, das heißt vielleicht noch in der Bronx oder in Brooklyn, aber nicht hier mitten in Manhattan.«

»Machen Sie sich nicht lächerlich!« sagte Peter Lake selbstsicher und verunsichert zugleich. »Sie fahren überall! Man kann sie gar nicht übersehen.«

»Nein!« stellte die junge Ärztin mit Nachdruck fest. »Hier gibt es nirgendwo eine Hochbahn! Keine einzige!«

»Dann lassen Sie mich einen Blick aus dem Fenster werfen!«

»Sie hängen an der Infusion und sind am Monitor angeschlossen, und außerdem gehen die Fenster auf eine Seitenstraße.«

»Ich möchte trotzdem nachschauen.«

»So glauben Sie mir doch! Hier gibt es seit einem halben Jahrhundert keine Hochbahn mehr.«

»Dann muß ich erst recht nachsehen«, sagte Peter und traf Anstalten, das Bett zu verlassen. »Ich muß die Stadt sehen! Das ist für mich die einzige Methode, um die Zeit zu messen.«

»Und was ist mit Ihren Pferden?« fragte die Ärztin voller Sympathie.

»Pferde reichen nicht! Sie sind zu klein. Verstehen Sie? Ich brauche die ganze Stadt!«

»Warten Sie bis zu Ihrer Genesung!«

»Ich bin wieder gesund.«

»Noch nicht ganz.«

»Doch, ganz!« beharrte Peter. Er machte sich daran, das Nachthemd auszuziehen. Sie versuchte, ihn davon abzuhalten, doch dann sah sie dort, wo an seinem Körper noch vor kurzem Wunden gewesen waren, nur vernarbte Stellen. Dieser Mann war nicht nur geheilt, sondern sogar in bester Verfassung. In dem kostbaren Krankenhausbett hatte er nichts mehr zu suchen.

Wie ist das möglich? fragte sich die junge Ärztin und legte die Hände vor den Mund. Sie hatte doch selbst diese Wunden versorgt und hätte deshalb genau wissen müssen, wie es um diesen Patienten stand. Fieberhaft überlegte sie, wie er sie so hatte hinters Licht führen können. Vielleicht war dies alles nur ein Trick und eine geschickte optische Täuschung. Aber nein – dieser Mann war ganz ohne Zweifel wieder wohlauf, war auf unerklärliche Weise blitzschnell genesen.

»Welches Jahr haben wir?« erkundigte sich Peter.

Sie sagte es ihm, aber er weigerte sich, ihren Worten zu glauben, solange er die Stadt, diese präzise, unbestechliche Uhr nicht mit eigenen Augen gesehen hatte.

»Zeigen Sie mir den Weg zur Dachterrasse!« forderte er die Ärztin auf.

Sie half ihm, sich von den Sensoren und Kanülen zu befreien. Dann zog er die Kleider an, die man ihm auf der Fähre gegeben hatte. Leise durchquerten sie die Station und begaben sich zum Fahrstuhl. Draußen war es inzwischen dunkel geworden, aber was machte das schon in einer Stadt wie New York?

An der Art, wie Peter den rostfreien Stahl, die auf Körperwärme reagierenden Bedienungsknöpfe und die Beleuchtung des Lifts anstarrte, erriet die Ärztin, daß er dergleichen noch nie in seinem Leben gesehen hatte. Mit dem Blick der Medizinerin konstatierte sie, daß er zitterte, daß seine Lippen leicht bebten, und daß er abwechselnd errötete und erbleichte. Und dann merkte sie — diesmal nicht als Ärztin —, daß auch sie zitterte. »Wenn das alles nur ein Jux ist, bringe ich Sie um!« sagte sie. Doch zugleich wunderte sie sich über sich selbst. Wie konnte sie glauben, was sie glaubte, und denken, was sie gerade gedacht hatte?

Sie hatten das Obergeschoß erreicht. Es war weiß und leer. Das alte Gebäude war renoviert worden, wirkte aber vertraut genug, um Peter Lake in der Annahme zu bestärken, er würde nun gleich die Stadt, die er kannte, erblicken. Er dachte an die Hochbahn und an die Fährschiffe, auf denen, hoch und schwarz wie Zylinderhüte, ganze Reihen von Schornsteinen saßen, ja, er sah sie schon über die Bucht kreuzen und dabei apfelsinengroße Funken ausspeien. Vielleicht werde ich auch in der Ferne gitterförmige Baugerüste aus Stahlträgern in den Himmel ragen sehen, dachte er. Insgesamt jedoch dürfte die Stadt wohl dieselbe geblieben sein — eine Stadt des 19. Jahrhunderts, die die Augen aufschlägt und ihre Schleier aus Stahl und Ebenholz abwirft.

Sie standen vor der Tür, die zum Dach hinausführte. »Seltsam«, sagte Peter Lake, »ich habe Angst, diese Tür zu öffnen. Obwohl doch wahrscheinlich gar kein Grund dazu besteht.«

»Stoßen Sie sie doch einfach auf!« sagte die junge Ärztin.

Genau das tat Peter.

Die »Sun«

Am fünfzehnten Mai feierte die *Sun* ihren 125. Geburtstag. Im Hafen, über den kühle Nebelschwaden drifteten, gingen mehrere tausend Menschen an Bord der Fähre nach Staten Island, denn Harry Penn hatte beschlossen, die Langlebigkeit seiner Zeitung mit einer Frühlingskreuzfahrt zu feiern, die seine Angestellten und deren Ehemänner oder -frauen den Hudson hinauf und durch die *Palisades* führen sollte. So hatte das Motto jedenfalls ursprünglich gelautet – bis dann Hugh Close, der Chef der Schlußredaktion, die sarkastische Bemerkung machte, es sei ja wohl nicht daran gedacht, einen Tunnel durch das Felsgestein der *Palisades* zu treiben. Die Fahrtroute sollte nun »unterhalb der *Palisades*« entlangführen, nachdem »im Schatten der *Palisades*« von Close mit dem Hinweis zurückgewiesen worden war, mit Mondschein sei an jenem Abend nicht zu rechnen; die Kliffs von Jersey könnten folglich auch keine Schatten werfen.

Die hell erleuchtete Fähre strahlte orangerot und golden wie eine Obstschale in der Sonne. Die langen, weiß gedeckten Tische, die sich wie helle Bänder durch die großen Gesellschaftsräume des Schiffes zogen, waren beladen mit mehreren tausend Flaschen Champagner und Tonnen von Hors d'œuvres und Desserts. Während die Gäste an Bord gingen, spielte auf jedem Deck eine Kapelle. Die Leute waren in glänzender Stimmung und voller Optimismus, denn nach einem vorzeitigen Redaktionsschluß waren sie am Nachmittag anläßlich des Jubiläums mit Sonderprämien überrascht worden, die einem vollen Jahresgehalt entsprachen. Darüber hinaus erhielten alle Mitarbeiter Lob- und Dankschreiben aus Harry Penns Feder. Der Verleger unterstrich darin die heroischen, konstruktiven und selbstlosen Anstrengungen seiner Leute, versicherte sie der wirtschaftlichen Gesundheit des Unternehmens und gab der Hoffnung Ausdruck, daß sie auch weiterhin die Zukunft des Blattes gemeinsam gestalten würden.

Für Hardesty und Virginia kam die Jubiläumsgratifikation

wie ein warmer Regen, bedeutete sie doch, daß im laufenden Jahr vier volle Gehälter in die Haushaltskasse fließen würden. Dazu kam, daß die landwirtschaftliche Genossenschaftsbank von St. Louis sich nach fünf Jahren erholt und rekapitalisiert hatte. Hardesty hatte ein Schreiben erhalten, in dem ihm die Honorierung seines damals auf Eis gelegten Schecks zugesichert wurde.

Alles in allem waren Hardesty und Virginia also guter Dinge. Virginia hatte vor kurzem ihr zweites Kind zur Welt gebracht, ein Mädchen, das sie Abby tauften. Sogar ein Brief von Mrs. Gamely, Virginias Mutter, hatte sie erreicht. Die alte Dame lud die beiden ein, sie baldmöglichst zu besuchen, und berichtete, daß in diesen Jahren vor der Jahrtausendwende der Coheeries-See von einer Reihe besonders strenger Winter heimgesucht worden sei. Andererseits seien die Sommer außerordentlich schön gewesen und hätten das Städtchen mit den Reichtümern der Natur geradezu überschwemmt. »Im agrarischen wie im lexikographischen Sinn des Wortes. Überall gibt es Nahrungsmittel im Überfluß«, hatte Mrs. Gamely einem des Schreibens kundigen Bekannten diktiert. »Ständig werden so viele neue, wunderbare Wörter geschaffen, daß die Speisekammern und Speicher randvoll sind. Wir ersticken fast unter der Flut von Neologismen, Räucherfisch und Obsttorten.« Virginias Mutter hatte dem Brief sogar eine hauchdünne Scheibe leckerer Kirschtorte beigelegt.

Schon bevor die Fähre ins Hafenbecken hinausfuhr, begannen Hardesty und Virginia sich zum Klang der Konzertwalzer zu drehen. Von allen glücklichen Paaren waren sie das glücklichste. Ihre Kinder waren daheim, behütet, zufrieden und schläfrig. Ihnen selbst ging es wirtschaftlich gut, und sie kamen in ihrem Beruf voran. Ihre Gesundheit hätte nicht besser sein können, und hinter ihnen lag ein harter Arbeitstag. Das Wissen um ihr Glück und ein paar Gläser Champagner (der so trocken war, daß er sich sofort verflüchtigte, wenn man ein wenig davon verschüttete) ließen sie voller Schwung und Hingabe ihren Walzer in vollendeten Ellipsen drehen. Manchmal ergab sich, daß sie Asbury und Christiana umkreisten, die beide geradezu vor Gesundheit und Vitalität strotzten und ebenso glücklich wie

Hardesty und Virginia wirkten. Sie begegneten auch Praeger de Pinto, der mit Jessica Penn tanzte, und sie mischten sich unter die anderen Mitarbeiter — Presseleute und Lastwagenfahrer, Mechaniker mit noblen, länglichen Gesichtern und sorgsam gestutzten Schnurrbärten im Stil der Jahrhundertwende; hübsche junge Sekretärinnen, die, sah man einmal ab von den sittsamen und zivilisierten Feierlichkeiten, welche zu Weihnachten und am Nationalfeiertag auf dem Dachgarten der *Sun* stattfanden, noch nie an einem so eleganten Fest teilgenommen hatten; Lehrlinge, die erst seit kurzem bei der Zeitung waren und in ihrer Unerfahrenheit gehemmt und allzu ernst wirkten; betagte Bibliothekare, Köche und Wachmänner, in deren Abwesenheit das menschenleere Zeitungsgebäude von der Polizei bewacht wurde. Und dann war da noch Harry Penn selbst: vom Alter gezeichnet, jedoch scharfäugig, agil, adrett und so schlank wie eine junge Tanne.

Endlich waren alle Passagiere an Bord. Die Fähre nahm Kurs auf die obere Bucht und folgte dann in nördlicher Richtung dem Lauf des Hudson, dessen Oberfläche so glatt war wie eine Öllache. Die Gebäude am Ufer schienen von innen heraus zu glühen. Abgesehen von den verwehten Klängen der Tanzmusik und dem Pochen der Maschinen herrschte an Bord des Schiffes Ruhe. Von den Straßen Manhattans her drang ein singendes Geräusch herüber. Der Sternenhimmel war hinter einem leichten Dunstschleier verborgen. Als sich das Schiff der George-Washington-Brücke näherte, war von den Ufern nichts mehr zu sehen, denn sie lagen hinter einem Nebelvorhang. Aber die Brücke selbst war strahlend hell illuminiert. Ihre geschwungenen Stahltrossen glitzerten blau-weiß, als wären sie mit lauter kleinen Diamanten besetzt.

Manhattans Mauern aus Glas, die den Hudson mit ihrem weichen, grünlichen Glanz bis zum Battery-Park säumten, konnten mit dem weißen Vorhang, der den Widerstreit der Jahreszeiten markierte, nicht konkurrieren. Makellos rein und kühl reichte dieser Vorhang bis auf den Fluß hinab und umgab das Schiff wie eine Theaterkulisse. Bald schon hatte sich die Feiertagsstimmung an Bord verflüchtigt. Die Menschen empfanden sich unversehens von den Wänden einer Kathedrale umgeben.

Das ruhige Dahingleiten des Fährschiffes hatte etwas von einer Reise ins Land der Toten. Alles schien darauf hinzudeuten, daß sich hinter jenem weißen Nebelvorhang etwas ungleich Bedeutenderes verbarg als nur die Küste von New Jersey. Im Handumdrehen war es ziemlich kalt geworden — eine Botschaft aus dem Norden, von jenseits der Lichterketten, die den Unterlauf des Hudson begrenzten.

Die Walzermusik verklang, und die Maschinen des Schiffes wurden auf halbe Fahrt gedrosselt, bis die Fähre gewissermaßen mit verhaltenem Atem dahinglitt. Und dann begann das kleine Orchester am Bug einen apokalyptisch schönen Kanon zu spielen, eines jener Werke, die so klingen, als hätte der Komponist die Welt einfach nur in Musik umgesetzt und sich dabei die zitternde Hand von einer anderen, unsichtbaren Hand führen lassen, begriffen in ehrfürchtigem Staunen. Die am Heck des Schiffes plazierten Musiker fielen schon wenig später ein, so daß die einzelnen Stimmen des Kanons über das Deck und aufs Wasser hinausschwebten, als wäre das ganze Schiff ein einziges großes Musikinstrument, ein Gegenstand aus feingeformtem Glas, der sanft von innen erglühte und auf derselben Spiegelfläche zu schwimmen schien wie die Stadt.

Während die Klänge der Musik in den Äther stiegen, standen die Menschen auf den oberen Decks an die Reling gelehnt und blickten verzückt hinaus aufs Wasser. Recht gedankenlos waren sie an Bord gegangen, hatten nichts anderes im Sinn gehabt als zu lachen. Doch dann war dieser weiße Schleier um sie gezogen worden, und sie hatten begriffen, wie wenig Dauer und Substanz ihr Dasein hatte, wie in einer einzigen Sekunde, mit einem einzigen Augenzwinkern alles verlorengehen kann. Diese Erkenntnis hob sie weit über die Sorgen und Nöte des Alltags hinaus. Eine Zeitlang zählten für sie nur noch die Musik und die Gesetzmäßigkeiten, von denen sie ein Teil war. Alles würde kommen, wie es kommen mußte. Sie würden sehen, was ihnen zu sehen bestimmt war, und sie würden es voller Dankbarkeit sehen.

Wie tapfer sie sind, sagte sich Harry Penn, der in der Hitze des Krieges, auf hoher See oder im Spiegel von Kinderaugen selbst solche Momente erlebt hatte. Wie tapfer sie sind, daß sie sich so ihrer eigenen Sterblichkeit stellen. Und wie groß wird ihr Lohn sein!

Als Vorbote des Sommers, der schon vor der Tür stand, zuckte das fahle Wetterleuchten eines Hitzegewitters über den dunstigen Himmel und spiegelte sich auf dem Fluß. Die Kapellen verstummten. Unter dem lautlosen Flackern der atmosphärischen Entladungen, die den Himmel zu einem Schlachtfeld machten, beschrieb das Fährschiff genau unter der glitzernden Brücke geräuschlos einen engen Bogen, an dessen Scheitelpunkt alle Welt für Sekunden den Atem anzuhalten schien. Dann trat es die Rückfahrt an, dem heimatlichen Hafen entgegen.

☆

Isaac Penn war elf Jahre alt und dünn wie ein Strich, als er an Bord eines Walfängers ging und seine Heimatstadt Hudson im Staat New York hinter sich ließ. Da er noch nie das Meer gesehen hatte, war er ziemlich erstaunt, als nach kurzer Fahrt flußabwärts zuerst die mehrere Meilen breite Haverstraw Bay und dann die weite Wasserfläche der Tappan-Zee auftauchte. Das Schiff segelte an Manhattan und den *Palisades* vorbei. Die vielen aneinandergereihten Gebäude, die von hektischer Betriebsamkeit erfüllten Werften und der dichte Mastenwald, der enger und verworrener war als die Himbeerbüsche am Coheeries-See, hatten auf ihn einen unvergeßlichen Eindruck gemacht. Er nahm alles, so gut es ging, in sich auf und faßte insgeheim den Entschluß, eines Tages nach Manhattan zurückzukehren, um am Aufstieg der Stadt mitzuwirken. Sogar er, ein elfjähriger Knabe, konnte deutlich erkennen, daß Manhattan auf der Insel unaufhaltsam nach Norden vorrückte. Was er dann jenseits der Narrows erblickte, verlieh seinem Entschluß die Festigkeit von Stahl. Dort gab es keine sanften grünen Hügel mit buntgescheckten, widerkäuenden Kühen, keine schilfgesäumten Buchten, in denen es von Schwänen und weißen Reihern wimmelte, keine blauen Berge in der Ferne und keine kühlen immergrünen Wälder, über die der Wind strich, sondern ringsumher nichts als Wasser und Himmel.

Drei Jahre lang hatte er in der Kombüse des Walfängers Töpfe und Pfannen schrubben müssen, aber immer wieder zog es ihn auf die See hinaus. Jedesmal, wenn ihr Schiff zu einer neuen Fahrt auslief, den Hudson hinab und an Manhattan vorbei, war die Stadt ein Stück weiter nach Norden gekrochen. Isaac Penn war genauso beharrlich. Vom Küchenjungen brachte er es zum Schiffsjungen, vom Hilfs- zum Vollmatrosen, vom dritten zum zweiten und zum ersten Maat, ja sogar zum Kapitän, zum Eigner des Schiffes und schließlich zum Besitzer einer ganzen Flotte. Kurz vor dem Niedergang des Walfangs zog er sein Geld aus diesem Geschäft ab und steckte es in Frachtschiffe, Manufakturen, Grundbesitz und in eine Zeitung nach seinem eigenen Geschmack.

Isaac wußte, wie man ein tüchtiges Schiff führt und wie man am besten mit der Mannschaft umgeht. Er kannte alle Mittel und Methoden, um einen Walfänger durch Finsternis und Sturm hindurchzunavigieren; er verstand sich darauf, schwer zu ortende, für den Fang tauglichen Wale ausfindig zu machen, und er beherrschte auch den Dreh, alle Einzelheiten des Tagesverlaufs klar und raumsparend zugleich ins Logbuch einzutragen. Isaac verstand sich auch auf perfekte Buchführung, auf wirtschaftliche Planung der Ladekapazitäten und auf die günstigsten Termine für den Verkauf des Trans. Er schickte Agenten in diverse ausländische Häfen mit dem Auftrag, ihn über die Tätigkeiten anderer Reedereien und die Schwankungen auf dem Markt zu unterrichten. Zu seinen Stärken gehörte seine Geduld. Unermüdlich verfolgte er ein Ziel, bis es glücklich erreicht war, oder er wartete ab, bis sich die glücklichen Umstände ganz von allein einstellten. So manche gut plazierte Harpune war von ihm selbst geschleudert worden.

Ein Mensch dieses Schlages besaß auch die Fähigkeiten, eine Zeitung wie die *Sun* zu einem Instrument zu gestalten, das in nahezu vollendeter Weise genau seinen Vorstellungen entsprach. Allein schon die Wahl des Standortes am Printing House Square im unteren Manhattan, wo sich die Breasted-, die Tillinghast-, die Dark-Willow- und die Pine-Street kreuzten, rückte die Zeitung in die Nähe des politischen Machtzentrums, was wiederum der Berichterstattung in diesem Bereich zugutekam. Im nahegelegenen Hafenviertel konnten ohne großen Zeitverlust die Auslandsberichte in Empfang genommen werden. Eine Gegend wie Five Points war wegen der Kriminalität interessant, die Bowery wegen Theater und Musik, und Brooklyn – bis zum Bau der Brücke nur mit der Fähre zu erreichen – aus allgemeinmenschlichen Gründen. »In jenen Tagen«, hörte man Harry Penn in späteren Zeiten gern sagen, »glaubten alle Leute, einzig und allein Brooklyn sei in menschlicher Hinsicht interessant. Wir brauchen eine Story, die die Menschen als solche berührt. ›Schickt doch mal irgend jemanden rüber nach Brooklyn!‹ Das waren Worte, die man bei uns immer wieder hörte. Ich wies darauf hin, daß es auch bei uns in Manhattan so etwas wie Menschen gäbe, aber niemand wollte das so richtig glauben. Also fuhr ich selbst nach Brooklyn rüber und suchte verzweifelt nach einer ›Story von allgemeinmenschlichem Interesse‹. Nicht selten handelte sie dann von einer Kuh.«

Obwohl sich die Lage in späteren Zeiten weniger günstig auswirkte, weil sich die Gewichte mehr und mehr nach Norden in Richtung Stadtzentrum verlagerten, machte sie es immerhin einem großen Teil der Belegschaft möglich, auf Staten Island oder in Brooklyn Heights zu wohnen. Außerdem förderte sie in den Menschen einen Sinn für Geschichte und die Neigung zu einem tätigen Leben, denn sie arbeiteten gewissermaßen mitten in einem großen alten Bienenhaus.

Schon von weitem konnte man das Haus der *Sun* von den Gebäuden der näheren Umgebung unterscheiden, die es im Lauf der Zeit fast zu erdrücken schienen. Immer wehten auf dem Dach der *Sun* Fahnen, die allerdings nichts mit dem Chor der Nationalfarben zu tun hatten, welche vor dem Gebäude der Vereinten Nationen oder rings um die Eislaufbahn im Rockefeller-Plaza wie Unterwäsche an der Leine baumelten. Es waren vielmehr höchstpersönliche, in flammenden Farbtönen gehaltene Erkennungszeichen – fünf riesige Banner, mit denen der Wind spielte. Jeweils an einer Ecke des Daches wehte die Fahne der Stadt New York, des Staates New York, der *Sun* und des *Whale*. Die Fahne der USA hing in der Dachmitte an einem Mast. Das Wahrzeichen der *Sun* war eine messinggoldene Sonne auf seidig-weißem Hintergrund, umgeben von einem Kranz spitzwinkeliger Dreiecke. Das Banner des *Whale* hingegen war zur einen Hälfte hellblau und zur anderen Hälfte marineblau. Stilisierte Wellen bildeten die horizontale Trennungslinie zwischen Meer und Himmel. Darüber schwebte ein riesiger Wal, der sich offenbar gerade aus dem Wasser geschnellt hatte. Seine gekrümmte, in bläulichen, grauen und weißen Flächen ausgeführte Schwanzflosse sah so aus, als holte sie gerade zu einem Schlag aus.

In den seltenen Fällen, da irgendwo in der Welt ein Krieg tobte, der nachweislich zugleich gerecht und ungerecht war, weil die eine der kriegführenden Parteien eindeutig die Rolle des Aggressors, die andere jedoch die des Opfers spielte, wurde die Fahne des angegriffenen Landes unterhalb des Banners der USA gesetzt. Auch im Innenhof hingen zahlreiche Flaggen, den Gobelins im großen Gesellschaftsraum vergleichbar. Harry Penn legte großen Wert auf sie, denn seiner Meinung nach waren sie für ein Gebäude das, was eine Krawatte für einen Mann bedeutete. »Eine gute Krawatte kann einem alten, ergrauten Hagestolz wie mir das Aussehen des Königs von Polynesien verleihen«, pflegte er manchmal zu sagen. »Ich liebe hübsche Krawatten, und unserem Haus geht es genauso.«

Das Gebäude selbst war ein rechteckiger Stahlskelettbau mit Natursteinfassade, im 19. Jahrhundert von dem französischen Baumeister Oiseau im klassizistischen Stil errichtet. Trotz seines gewichtigen Baukörpers wirkte es irgendwie leichtfüßig und war zudem geräumig. Einhundertzehn Jahre nach seiner Erbauung war es vom Keller bis zum Dach umgestaltet worden, und seither wurden die großen Fensteröffnungen von rahmenlosen Rauchglasscheiben ausgefüllt, die wie flachgeschliffene Edelsteine in klassischen Fassungen glänzten. Das Herzstück des Gebäudes war der weitläufige Innenhof. Dort gab es nicht nur Gärten, sondern sogar einen Springbrunnen. An den vier Innenwänden des Gebäudes führten beleuchtete Außentreppen in die Höhe, und eine an ein Observatorium erinnernde Kuppel aus Glas und Stahl wölbte sich über diesem Atrium. Während der wärmeren Jahreszeiten konnten ihre beiden Hälften wie eine Ladeluke geöffnet werden.

Die Räumlichkeiten im Inneren des Gebäudes waren in gebrochenem Weiß gehalten, von einigen in gedeckten Farben gestrichenen oder mit Gobelins behängten Wänden abgesehen. Hier und dort fiel der Blick des Besuchers auf ein riesiges Gemälde mit einer Szene aus dem Leben der Walfänger, und man fühlte sich sofort auf hohe See versetzt. Das weiß schäumende Wasser war derartig realistisch gemalt, daß man unwillkürlich zurückzuckte, um nicht von der naßglänzenden Schwanzflosse eines Wals, der um sein Leben kämpfte, getroffen zu werden.

Die Zimmer waren dreimal so hoch wie die Räume in neueren Bürobauten. Geschickte Handwerker, die schon vor Generationen gestorben waren, hatten die Decken der Zimmer mit Stuckarbeiten verziert. Überall im Gebäude der *Sun* gab es Orientteppiche, warmes Holz und blankes Messing. Die Räume wurden sanft und unaufdringlich von Lampen beleuchtet, deren runde Kegel Inseln aus Licht bildeten, aber es gab auch Säle, die auf Bedarf in die strahlende Helligkeit eines Palastes getaucht werden konnten. Die Fußböden waren aus Eiche, die Treppen aus Mahagoni, die Fahrstuhlkabinen aus Messing, Teakholz und echtem Kristallglas. Wenn sie auf einer Etage hielten und das helle Licht der Spotlights in einer palmengeschmückten Vorhalle auf sie fiel, funkelten sie wie Diamanten.

Das Untergeschoß beherbergte die beiden hauseigenen Kraftwerke. Das eine erzeugte die Elektrizität für die Beleuchtung, das andere den Starkstrom für die Druckerpressen. Beide bestanden aus veralteten, komplizierten Maschinen. Diese Ungetüme aus Eisen, Messing und Stahl bedeckten die Fläche eines halben Morgens und bestanden aus einer Sammlung puffender Samoware, rasender Schwungräder, hin und her stoßender Pleuelstangen, die rastlos großhubige Zylinder zu begatten schienen, aus riesigen Kesseln, die ausgereicht hätten, um die gesamte Aprikosenernte des Imperial Valley einzukochen, und aus einem Wald von Eisentreppen und Geländern, mittels derer all die Ventile, Hebel, Schmiernippel, Lager und Manometer erreichbar waren. Mancher Besucher, der von außen durch die an ein Gewächshaus erinnernde gläserne Trennwand auf die gesamte Apparatur blickte, dachte wohl unwillkürlich an eine Uhrenfabrik oder an eine Schnapsbrennerei. Busladungen von Schulkindern kamen von weither, um dieses Kraftwerk zu bestaunen, und sie sahen alte Mechaniker, die zwischen den Maschinen hin und her liefen und Wartungsarbeiten verrichteten. Nur sie allein kannten die Geheimnisse dieser Technologie von vorgestern.

In den Untergeschossen befanden sich weiterhin ein Tresorraum, fünf Squash-Plätze, ein fünfundzwanzig Meter langes Schimmbecken, eine Turnhalle, Saunas, Dampfbäder und zahlreiche Duschkabinen.

Das Erdgeschoß enthielt die Papierlager, die Druckerpressen, Laderampen für Lastwagen und eine Halle, die der Warenannahme und Abfertigung diente.

Der gesamte erste Stock wurde von der Setzerei (Licht- und Computersatz) sowie von der Abteilung Kleinanzeigen beansprucht. In der zweiten Etage waren die Abteilungen Layout, Personal, Lohnbuchhaltung und Finanzen untergebracht. Ein Geschoß höher befanden sich die Redaktionen, die in folgende Ressorts unterteilt waren: Stadt, Land, Washington, Lateinamerika, West-Europa einschließlich UdSSR, Mittlerer Osten, Südasien, Ostasien, Afrika, Wissenschaften, Kultur, Wirtschaft und Leitartikel. Im Gegensatz zu den meisten anderen Zeitungen war es auf dieser Etage ziemlich ruhig und ordentlich. Auf der einen Seite gingen die Fenster auf den ruhigen Innenhof, auf der anderen Seite eröffnete sich ein weiter Ausblick über die Stadt.

Durch ein Loch in der Decke führte eine Wendeltreppe hinauf in den vierten Stock. Dort residierten die Abteilungsleiter, Kolumnisten, Chefredakteure und der Herausgeber. Harry Penns Büro, das gleiche, in dem schon der Gründer der Zeitung gearbeitet hatte, nahm die Hälfte einer Längsseite des Gebäudes ein und war vermutlich der einzige überdachte Harpunenschießplatz der Welt. An den Wänden ragten Regale auf, die mit den feinsten Exemplaren dieser lanzenähnlichen Wurfgeschosse gefüllt waren. Wenn jemand trainieren wollte, brauchte er sich nur eine Harpune auszusuchen und in eine Art Schießstand zu treten, der wie der Bug eines Walfangbootes bei bewegter See hin und her schaukelte. Dreißig Fuß entfernt wurden hölzerne Nachbildungen von Walfischen von einer Seite des Raums auf die andere gezogen.

Der fünfte Stock beherbergte die Nachrichtenzentrale, den Computerraum, die Kopierer, den Sitzungssaal und mehrere kleine Konferenzräume. Auf das sechste Stockwerk mit seinen Gemeinschaftsräumen und einem Restaurant folgten im siebenten und achten die hauseigene Bibliothek, deren Bestand mehrere Millionen Bände in offenen Regalen umfaßte, dazu alle größeren Presseorgane (entweder zu Jahrgängen gebunden oder im Computer gespeichert) und eine gesonderte Abteilung für geographische Materialien wie Landkarten und Globen. Erfahrene Bibliothekare verwandten ein überreichlich bemessenes Budget darauf, diese Bibliothek zu pflegen und auf dem neuesten Stand zu halten. Allein schon die Stichwortkarteien und die nach Sachgebieten geordneten Nachschlagwerke waren kleine Weltwunder.

Auf dem Dach des Gebäudes gab es einen kleinen Konzertpavillon, ein Gewächshaus, ein Sonnendeck, eine Promenade und ein Freilichtcafé mit Blick auf den Hafen, die Brücken, die prächtige Stadtlandschaft und auf Ausschnitte des Himmels, der manchmal blauer war als über dem Montmartre. Hier wehten auch die Fahnen im Wind, und an Sommernachmittagen oder -abenden, wenn unten im Haus der Betrieb ohne eine Spur von Hektik auf vollen Touren lief, spielte hier manchmal ein Streichquartett.

Das Gebäude der *Sun* war so vollendet seinem Zweck angemessen und strotzte derartig vor Energie, daß es schon von weitem die phantastische Vorstellung vermittelte, es könnte von einem Augenblick auf den anderen tatsächlich lebendig werden. Genau wie Isaac Penns Schiffe, die aus allen Himmelsrichtungen Reichtümer herbeigebracht hatten, war dieses Haus von den Berichterstattern und Autoren mit Erinnerungen an all die geschauten und beschriebenen Wunder vollgepackt worden. Zwar gingen die Lichter hier nie aus, doch hieß es, daß das Gebäude sogar bei einem totalen Stromausfall noch ausreichend hell wäre, denn sein Gebälk und Gemäuer würden am Ende einer hundertfünfundzwanzigjährigen Suche nach dem Licht der Wahrheit von ganz allein leuchten.

Nicht weniger klug und sinnvoll gegliedert als die räumliche Unterbringung war die soziale und wirtschaftliche Organisation der *Sun*. Vielleicht war es Isaacs harter Lehrzeit als töpfeschrubbender Schiffsjunge zu verdanken, daß er und seine Nachfolger stets an hohen Mindestlöhnen festgehalten hatten. Die Leitartikel machten mit Nachdruck sowohl gegen den Mißbrauch der Wohlfahrtsidee durch voll erwerbsfähige Menschen Front, als auch gegen die Sozialgesetzgebung einer Regierung, hinter der sich meist nicht viel mehr verbarg als abgekartete Interessenpolitik. Diese Einstellung brachte der Zeitung wiederholt heftige Schelte aus dem linken Lager ein. Andererseits redete man bei der *Sun* ebenso nachdrücklich einem »himmelhohen« Mindestlohn das Wort. Dahinter stand die Überzeugung, daß harte, gute Arbeit eine entsprechende Belohnung verdient. Argumente konservativer Kreise, denen zufolge eine solche Lohnpolitik Arbeitslosigkeit schaffe und den Unternehmergeist schwäche, wurden mit dem Gegenargument pariert, letzterer würde gerade dann blühen und gedeihen, wenn durch eine größere Gerechtigkeit in der Einkommensverteilung und folglich durch geringere Sozialaufwendungen die auf den Unternehmen lastenden Steuern verringert werden könnten.

Das Vermögen der Penns machte nicht einmal ein Hundertstel der Reichtümer aus, die die Binkys zusammengerafft hatten, indem sie andere Menschen am Boden zerstörten. Dazu hatten sich die Penns nie hergegeben. Bei der *Sun* erhielt jeder, vom Küchengehilfen, der erst seit einer Stunde bei der Firma war, bis zu Harry Penn höchstpersönlich genau denselben Grundlohn, und der war so bemessen, daß die Jobs bei der Zeitung heiß begehrt waren. Jedes Mitglied der Belegschaft genoß hinsichtlich Altersversorgung und medizinischer Betreuung dieselben Rechte. Darüber hinaus durfte es die Sport- und Freizeiteinrichtungen im Kellergeschoß sowie das Café und das Restaurant nach Gutdünken benützen. Dem Personal der Zeitung standen großzügig geförderte Fortbildungsmöglichkeiten offen, zu denen sogar Musikunterricht gehörte. Und bei allem gab es noch Anreiz genug, sich anzustrengen und die Karriereleiter emporzuklettern.

Die *Sun* war nämlich in ihrem Aufbau einem Walfangunternehmen nachgebildet. Nach Abzug aller Lohn- und Geschäftskosten wurden die Überschüsse nach einem ausgefeilten System verteilt. Nur Mitglieder der Belegschaft hatten ein Anrecht auf solche Anteile, die weder übertragbar noch vererbbar waren. Jeder Angestellte erhielt bei Arbeitsbeginn fünf Anteile. Bei jeder Beförderung wurden sie um fünf weitere aufgestockt. Außerdem wurde die Zahl der Dienstjahre berücksichtigt. So hatte beispielsweise ein Küchengehilfe nach dem ersten Jahr sechs Anteile.

Hardesty Marratta, der am Tag seiner Anstellung auf Stufe acht eingestuft worden war, hatte sich nach mehreren Jahren bis auf Stufe zwölf hochgearbeitet. Folglich hätte er siebzig Anteile haben müssen, nämlich fünf von Anfang an, sechzig für die Stufe zwölf und fünf für seine bisherigen Dienstjahre. Tatsächlich besaß er sogar achtzig, da er zweimal für seine besonderen Verdienste eine Gratifikation in Form von jeweils fünf Anteilen erhalten hatte.

Harry Penn, der im Alter von zehn Jahren als Laufbursche bei der Zeitung angefangen hatte, war nun schon seit fünfundachtzig Jahren dabei. Naturgemäß hatte er in dieser langen Zeit die Stufe zwanzig erklommen. Von seinen fünf ursprünglichen Anteilen ausgehend, hatte er sich in jüngeren Jahren hochgearbeitet und mehrere Gratifikationen erhalten (als Herausgeber und Verleger standen ihm keine zu). Insgesamt verfügte er nun über zweihundertvierzig Anteile, also über bedeutend mehr als der Küchengehilfe mit seinen sechs, jedoch nur über dreimal soviel wie Hardesty mit seinen achtzig Anteilen. Sofern der Küchengehilfe zehn Jahre bei der Firma blieb (was sehr wahrscheinlich war wegen der hohen Entlohnung und der Gewinnbeteiligung), falls er zwei Stufen hinaufrutschte zum Küchenaufseher und in dieser Eigenschaft für seinen Salat, seine Linsensuppe oder, sagen wir, für die Errettung eines Kleinkindes vor Craig Binkys heranrasender Limousine eine Gratifikation gewann, dann würde er insgesamt auf dreißig Anteile kommen.

Dieses System stachelte nicht nur den Ehrgeiz der Menschen an, sondern es kam auch der Produktivität zugute. Da es für die Zahl der Anteile keine Obergrenze gab, und da sich andererseits die Gewinne des Unternehmens Jahr für Jahr innerhalb fester

Grenzen bewegten – die Idee eines nach oben offenen Gewinnzuwachses spukte nur in Craig Binkys Kopf herum, so daß er hochkarätige Betriebswirtschaftler und allerlei andere Zauberkünstler anheuerte, um die richtige Methode herauszufinden –, gereichte es jedem zum Vorteil, wenn er sich bei seiner Arbeit anstrengte. Denn dadurch wurden nicht nur höhere Profite erzielt, sondern die Belegschaft (und damit die Zahl der Anteile) konnte so auch relativ klein gehalten werden.

Die Belegschaft der *Sun* war jedoch nicht nur aus Eigeninteresse so tüchtig, sondern auch in Anerkennung der Fairneß, die im Betrieb herrschte. Sie rührte genauso an ihre Gefühle wie die Schönheit einer Landschaft.

Nicht Waffengewalt, grausame Willkür oder politischer Umsturz, aber auch nicht die Pariser Kommune oder die Phantasien eines bestimmten Lesers in der Bibliothek des Britischen Museums hatten das bemerkenswert gerechte, effektive und soziale *Sun*-System hervorgebracht, sondern seine Ursprünge gingen zurück auf die Arbeitswelt der amerikanischen Walfänger im neunzehnten Jahrhundert.

☆

Der Erfolg und die Effizienz der *Sun* waren nicht zuletzt auch ihrem ebenso lebhaften wie ungewöhnlichen Widersacher zuzuschreiben – dem *Ghost*.

Rupert Binky hatte Harry Penn vor langer Zeit in aufsehenerregender Weise herausgefordert. In mehreren Leitartikeln seiner Zeitung, aber auch gegenüber Freunden im Alabaster-Club hatte er geprahlt, der *Ghost* würde der *Sun* bis spätestens zur Jahrtausendwende den Garaus gemacht haben, andernfalls wollte er, Rupert Binky, sich in Ketten legen lassen und mit Gewichten beschwert von New Yorks höchster Brücke springen. »Ist Harry Penn bereit, dasselbe zu tun, wenn wir bis zum Ende des Jahrtausends seine *Sun* unter die Erde gebracht haben?« hatte es unter anderem in einem seiner Artikel geheißen.

»Nein«, hatte Harry Penn auf diese Frage in der *Sun* geantwortet. »Ich entlasse Rupert Binky vielmehr aus der Verpflichtung, sein Gelübde einzulösen, nicht zuletzt aus Rücksicht auf den Schiffsverkehr.«

Rupert Binky wurde bald danach auf dem Isis-Fluß in Oxford von einem wütenden Schwan getötet. Eine Rudermannschaft des Magdalen-College, die erschöpft von einem Rennen heimkehrte, hörte seine letzten Worte: »Zermalmt die *Sun!*« Diese Aufforderung nahm sich Ruperts Enkel Craig Binky zu Herzen. Er trachtete fortan nach Rache für seinen Großvater, als wäre der Schwan ein von Harry Penn gedungener Mörder gewesen.

Die Mittel, die ihm zur Verfügung standen, waren höchst eindrucksvoll. Zum einen konnte er sich auf das millionenschwere Familienvermögen und die enorm hohe Auflage des *Ghost* stützen, doch allein damit wäre eine Attacke gegen die *Sun* kaum erfolgversprechender gewesen als ein Sturmangriff auf deren natürliches Vorbild, die Sonne. Mochte Craig Binky auch glauben, seine tückischen Machenschaften allein seien schuld an den Widrigkeiten, mit denen die *Sun* gelegentlich zu kämpfen hatte, so wurde er in Wahrheit von einer gigantischen Macht unterstützt, deren Wirken ihm ebenso verborgen war wie vielen anderen Menschen: von der Zeit.

Viele Künste und Fertigkeiten waren verkümmert, die Leserschaft war nicht mehr, was sie einst gewesen war, und der größte Teil der Bevölkerung verbrachte ein Drittel oder mehr von den Stunden, die nicht dem Schlaf gehörten, wie festgenagelt vor dem Fernsehschirm und schluckte teilnahmslos und ohne Gegenwehr alles, was ihm vorgesetzt wurde. Moral und Gebräuche waren so sehr vom Verstand durchleuchtet und »progressiv«, daß Kriminelle und Dirnen anderer Epochen, wären sie zu neuem Leben erweckt worden, sich keinerlei Zensur oder Beschränkungen gegenübergesehen hätten. Ein Gesetzesbrecher wie Peter Lake hätte sogar zutiefst gekränkt auf die Verlogenheit und Korruptheit der gültigen Normen reagiert. Die allgemeine Weigerung, zwischen richtig und falsch zu unterscheiden, hätte ihn zudem jeder Orientierung beraubt. Die Stadt hatte nach langem Siechtum eine derartige Anarchie erlebt, daß sich in ihr ungestört Inseln des Neubeginns bilden konnten. Unablässig wuchsen sie wie Korallenriffs aus den alles andere als klaren Fluten empor.

Dieser Prozeß vollzog sich zwar langsam, aber es war abzusehen, daß alles andere zusammenstürzen würde, wenn die ihm zugrunde liegende Triebkraft erst einmal selbst die Oberfläche erreichte.

Die *Sun* war eine solche Insel im stürmischen Meer, Craig Binky jedoch ein Fisch in demselben, der überdies stets mit dem Strom schwamm. Und während sich ein Mann wie Harry Penn gleich einem Fels aus der Brandung erhob, tummelte sich Craig Binky vergnügt in der schäumenden Gischt. Er fand tausendmal leichter Leser für einen Artikel über die aphrodisische Wirkung eines *Crème de caramel* als die *Sun* mit einem Essay über die Kolonisierung des Mondes oder einer Serie über die neuen Stars in der elektronischen Musik.

Trotzdem war die *Sun* kerngesund. Und Harry Penn gab sich nicht damit zufrieden, eine Minderheit bedächtiger und gebildeter Leser um sich und seine Zeitung zu scharen. Es genügte ihm nicht, daß die *Sun* lediglich überlebte – sie sollte triumphieren! Mit dem *Ghost* hatte das wenig zu tun, wenngleich jenes Blatt ein schlimmes Ärgernis darstellte. Nein, hier ging es vor allem um Harry Penns Ordnungssinn und um seine Vision von der Welt. Harry Penn wollte mit der *Sun* all das bekämpfen, was der *Ghost* verkörperte, deshalb sammelte er seine Truppen und schickte sie gegen Craig Binky in die Schlacht. Da jedoch die *Sun* nicht die Methoden ihrer Widersacher übernehmen oder die allgemeine Geschmacksverwirrung fördern wollte, war sie beständig im Nachteil. Allerdings wirkte sich diese Ungleichheit der Bedingungen auf die Phantasie der Mitarbeiter eher beflügelnd aus.

Im Nachrichtenteil war die *Sun* von geradezu mustergültiger Akkuratesse und Förmlichkeit, doch dafür umfaßten ihre eigenen Berichte und Kommentare ein um so weiteres Spektrum. Wie in einem aus zerstrittenen Fraktionen bestehenden Parlament konnten die unterschiedlichsten Meinungen vertreten werden. Die Kolumnisten und Gastautoren der *Sun* wurden immer wieder ermutigt, ihre Beiträge ohne Rücksicht auf eventuelle Verleumdungsklagen zu schreiben. Ein ungeschriebener Kodex verhinderte dabei Ausfälligkeiten und Sensationsmache, ohne daß die Artikel deshalb weniger scharf oder provokant gewesen wären.

Virginia Marratta, geborene Gamely, machte von diesen Möglichkeiten so ausgiebig Gebrauch, als wollte sie ihr Glück mit Gewalt auf die Probe stellen.

Am Anfang war sie ganz brav, doch bald sah sie sich in Zwänge verstrickt, deren Ursprünge sie nicht verstand. Ihre Beiträge erweckten zu Beginn nicht viel Aufsehen, denn sie waren Lageberichte aus einer Stadt, die ihre Bewohner so sehr in Atem hielt, daß sie kaum dazu kamen, einen Blick auf das Ganze zu werfen. So blieb ausgerechnet denjenigen die Schönheit der Stadt verborgen, die sie geschaffen hatten. Ruhelos und stets auf der Hut hasteten sie von einem Ort zum anderen.

Virginia begleitete Hardesty und Marko Chestnut häufig auf ihren langen Spaziergängen, sei es auf der Suche nach einem vergessenen Baudenkmal oder nach einer besonders typischen Szenerie. Sobald die Männer fündig geworden waren, sonderte sich Virginia unauffällig von ihnen ab und beobachtete sie von einem verwilderten Grundstück oder von den Stufen einer Steintreppe herab bei der Arbeit. Während sie skizzierten oder sich Notizen machten, betrachtete Virginia unverwandt ein bestimmtes Motiv, beispielsweise das Licht des Nachmittags auf einer reichgegliederten Fassade aus rötlichem Stein. Dann mochte es ihr so scheinen, als wären Stein und Licht ineinander verliebt und wiegten sich wie Venusfächer im Strom eines kristallklaren Meeres. Virginia vermochte aus den Geräuschen der Stadt einen »weißen« Klang herauszuhören. Er warf Schleier über die Gegenwart und gestattete es Virginia, eine Szene so festzuhalten, wie sie ihre eigenen Kinder festhielt: trotzig gegen den Fluß der Zeit aufbegehrend und ihm zugleich entzückt erliegend. Nach Virginias Überzeugung konnte nur der Liebende den schrecklichen Schmerz der Zeit empfinden und sie vorübergehend zum Stillstand bringen. Virginia folgte dem Schwanken des Schilfgrases an verlassenen, sommerlichen Gestaden, über die der Wind strich, bis sich plötzlich nichts mehr bewegte und die Szene gleichsam erstarrte, gerahmt wie ein Bild. Wenn Virginia nach solchen Augenblicken heimkehrte, setzte sie sich hin und schrieb

Artikel, die Craig Binky und seine Leserschaft wahnsinnig machten. Sie sah die Welt nicht als ein System aus blockförmigen Materieteilen, deren einzelne Bausteine miteinander verbunden waren, sondern als eine großartige Illusion, als geistige Fata Morgana. Einmal wunderte sie sich in einer Abhandlung über die Kuppel des alten Polizeipräsidiums, wie diese es zuwege brachte, »allein aufgrund ihrer Form die Stadt zu überschauen. Denn«— so führte Virginia weiter aus — »unabhängig von der unerklärlichen Magie der Farben werden Bilder durch ihre Form übertragen und empfangen. Die Empfänger selbst haben jedoch eine erkennbare, konstante Form, die von den Attributen des Lichts hergeleitet ist. Sehen wir nicht auch im menschlichen Auge eine Art Kuppel?« Ähnlich spekulativ ließ sie sich über die Beschaffenheit der Luft im Morgenlicht aus, um dann in ebenso metaphysischer wie sinnlicher Stimmung auf Dinge wie den Schöpfungsplan, die Weltordnung, die Schönheit, das Gleichgewicht, die Gerechtigkeit, die Zeit, auf Gott und den Teufel einzugehen. Sie blieb hierin ihrer Heimat treu, denn am Coheeries-See herrschte immer großer Ernst. Was Natur und Religion betraf, so konnten die Leute dort mit der Beharrlichkeit und Hingabe deutscher Philosophen des neunzehnten Jahrhunderts die Tapeten von den Wänden reden.

Nachdem Harry Penn den ersten Aufsatz aus Virginias Feder gelesen hatte, ließ er sie zu sich in sein Büro rufen.

»Ist Ihnen klar«, fragte er ohne Umschweife, »daß die *Sun* heftigen Angriffen ausgesetzt sein wird, wenn wir solche Beiträge drucken?«

Virginia war so verblüfft, daß es ihr die Sprache verschlug.

»Ist Ihnen das klar?« wiederholte Penn.

»Nein«, stammelte sie. »Angriffe? Warum? Wer?«

Harry Penn schloß für einen Augenblick die Augen und nickte, wie zur Bestätigung seiner eigenen Vermutungen. »Setzen Sie sich«, sagte er, und dann erklärte er Virginia in seiner väterlichen Art, mit welcher Verbissenheit der intellektuelle Disput in dieser Stadt geführt wurde. Intellekt galt für viele Menschen mehr als die Natur. »Die meisten Menschen«, sagte Harry Penn zu Virginia, »gelangen über gewundene und mühsame Pfade, die nirgendwo hinführen, zu willkürlichen Schlußfolgerungen. Sie mögen es nicht, wenn jemand wie Sie gewissermaßen im Ballon angeflogen kommt. Erwarten Sie nicht, daß sich solche Leute mit Offenbarungen anfreunden, die sie selbst nicht erlebt haben. Ihren Mangel an Erfahrung nennen sie Verstand. Da nun aber Offenbarungen etwas sind, dem man mit dem Verstand allein nicht beikommt, wird Menschen wie Ihnen nie Glauben geschenkt. Genau hier verläuft auch die Grenze, die die Welt teilt, seit ewigen Zeiten schon. Wenn Vernunft und Offenbarung zusammengehen, nun, dann beginnt in der Tat ein großes Zeitalter. Aber momentan dominiert in der Stadt der Verstand, und wer mit anderen Mitteln oder von einer anderen Warte her argumentiert, gilt als Umstürzler. Deshalb wird man Sie attackieren. Wenn wir Ihre Beiträge auf der Seite abdrucken, die sonst den Berichten aus dem kirchlichen Leben vorbehalten ist, lösen sie sicherlich keine so heftige Kontroverse aus . . .«

»Welche Kontroverse?« unterbrach Virginia ihn. »Bisher gibt es keine Kontroverse.«

»Sie wird nicht lange auf sich warten lassen.«

Virginia erwiderte, es falle ihr schwer, daran zu glauben.

»Wo stammen Sie übrigens her, junge Dame?« erkundigte sich Harry Penn.

»Vom Coheeries-See. Nach meiner Ankunft in New York wohnte ich eine Weile bei Jessica in Ihrem Haus. Sie waren gerade in Japan.«

»*Sie* sind also die kleine Virginia Gamely?«

»Nicht mehr«, sagte Virginia lächelnd, denn sie war einen ganzen Kopf größer als Harry Penn.

»Nun ja, da haben Sie wohl recht«, erwiderte er und sah ihr ins Gesicht. »Ich glaube, ich werde Ihre Beiträge mit großem Interesse lesen.«

»Ehrlich gesagt, ich erinnere mich gar nicht mehr an Sie«, sagte Virginia.

»Als ich Sie zum letztenmal sah, waren Sie noch ein ganz kleines Mädchen. Wie sollen Sie sich da an mich erinnern . . .«

Alles lief genauso, wie Harry Penn es vorhergesagt hatte. Virginia wurde von allen Seiten attackiert und so behandelt, als hätte sie den Vorschlag gemacht, alle Kinder der Stadt mit Schierling zu vergiften. Als gäbe es in der ganzen Welt keine wichtigere Nachricht, war sie dem *Ghost* einen Artikel auf der ersten Seite wert. Darin wurde nicht nur sie, sondern auch der »religiös verbrämte reaktionäre Geist« der *Sun* angeprangert. Auch andere Publikationen feuerten Breitseiten gegen sie ab, trugen allerdings nicht so dick auf, sondern gaben sich eher herablassend. Anscheinend ging man davon aus, daß es nicht schwerfallen dürfte, einen Neuling wie sie rasch wieder in der Versenkung verschwinden zu lassen. Diese Annahme erwies sich als falsch — ein Fehler, wie er in Kriegszeiten nicht selten vorkommt.

Virginia hatte mehrmals erlebt, wie ihre Mutter mit der Schrotflinte in die Nacht hineinballerte, um Diebe zu vertreiben. In mancherlei Hinsicht ähnelte sie der alten Mrs. Gamely. Das soll nun nicht heißen, daß jede ihrer Handlungen klug und korrekt gewesen wäre — o nein! Aber sie handelte beherzt und war alles andere als ein Feigling. So ließ sie denn alle Vorsicht fahren und nahm ihre Feinde aufs Korn.

Es dauerte nicht lange, bis sich Harry Penn Praeger de Pinto und Hugh Close gegenübersah. Der Chefredakteur und sein für die Endfassung des Textes zuständiger Kollege beziehungsweise Untergebener hatten sich über die Frage entzweit, ob es klug sei, Virginias Erwiderung auf die im *Ghost* erschienene Polemik abzudrucken.

»Mr. Penn«, sagte Hugh Close mit flehender Stimme, »wir können den Artikel nicht bringen, nicht einmal als Leserbrief!« Mit diesen Worten hielt er dem Verleger, der in seinem alten Ledersessel hinter dem großen Schreibtisch saß, einen fotokopierten Text vor die Augen, der *O Ghost, wo ist dein Stachel?* betitelt war. »Gestatten Sie mir, daß ich Ihre Aufmerksamkeit auf Zeilen wie die folgenden lenke, Sir: ›Ich würde mich lieber von einer Katze mit vergifteten Krallen in Stücke reißen lassen, als auch nur einen Augenblick lang das Gefühl zu haben, von den ›intellektuellen‹ Wortführern der *Ghost*-Redaktion akzeptiert zu werden . . . Leute wie Myron Holiday, Wormies Bindabu und Irv Lightningcow sind ja nicht einmal imstande, ihre Ellbogen von ihren Hintern zu unterscheiden, geschweige denn die Wahrheit von der Unwahrheit. Erst gestern schrieb Myron Holiday doch in seiner Kolumne, Oliver Cromwell sei ein berühmter Stierkämpfer gewesen und Flächenbombardements seien im Krieg von 1812 erfunden worden ... Die Rationalisten des *Ghost* sind nichts als mechanistische Bestien, die im Dunklen gedeihen und im Licht der Sonne dahinwelken. Die Milch wird schon sauer, wenn diese Herrschaften in einer Entfernung von zwanzig Fuß an der Flasche vorbeigehen. Ihre Welt besteht aus Cocktailpartys, auf denen es von kettenrauchenden Weibern mit abenteuerlichen Frisuren wimmelt. Sie können nicht schwimmen, sie sind der reinste Kinderschreck, und sie schämen sich nicht, in Büchereien und Bibliotheken zu masturbieren ...‹ Das können wir nicht bringen! Sie trägt viel zu dick auf!«

»Bedenken Sie jedoch«, sagte Harry Penn mit patriarchalisch erhobenem Zeigefinger, »daß sie die Wahrheit sagt. Und bringen Sie den Artikel auf Seite 1!«

»Aber Mr. Penn!« jammerte Close. Er war geradezu ein Ausbund an Korrektheit, und ein so weit ausholender Rundschlag widersprach seiner Natur. »Es macht uns verdammt angreifbar!«

Praeger de Pinto, der bislang noch kein Wort gesagt hatte, wandte sich dem Fenster zu, um ein Lächeln zu verbergen. Er kannte Harry Penn besser als alle anderen Zeitgenossen.

Mit kurzatmiger Greisenstimme fertigte der Verleger den Redakteur ab: »Close, unsere Indiskretionen dienen mitunter der Sache. Eine göttliche Hand führt uns auf allen Wegen. Der Herr ist unser Hirte. Er lässet uns auf grünen Weiden ruhen. Seite 1!«

»Seite 1?« Da er wußte, daß er nicht gewinnen konnte, versuchte Hugh Close, wenigstens die Verluste in Grenzen zu halten.

»Seite 1.«

»Seite 1?«

»Was ist los mit Ihnen?« fragte Harry Penn. »Sind Sie ein Papagei?«

Virginia ging unterdessen ruhelos auf dem Dachgarten hin und her. Bei der *Sun* kann man auch entlassen werden, sagte sie sich. Diesmal bin ich wohl zu weit gegangen. Trotz und Reue schüttelten sie derart, daß sie sich wie im Krähennest einer Segelyacht fühlte, deren Mast mit einem Ausschlag von fünfzig Grad hin und her pendelt. Als Praeger mit einem tiefernsten, versteinerten Gesichtsausdruck auf sie zutrat, machte sie sich auf das Schlimmste gefaßt.

Mit einem Blick überzeugte sich der Chefredakteur davon, daß Virginia jeden Augenblick die Fassung verlieren konnte. Doch mit der Eröffnung, daß Harry Penn ihren streitbaren Beitrag auf der ersten Seite haben wollte, katapultierte er sie fast in den siebten Himmel. Er verheimlichte ihr indes nicht, daß die Entscheidung äußerst knapp gewesen war, und meinte, sie könne als Fahrerin eines mit Nitroglyzerin beladenen Lastwagens viel mehr Geld verdienen, wenn sie unbedingt gefährlich leben wollte.

Ungeachtet dieser Worte verließ Virginia die Dachterrasse mit der zuversichtlichen Miene einer Siegerin. Sie fuhr hinunter zu Hardesty in die Redaktion. Auch er ermahnte sie, vorsichtig zu sein.

Das war sie auch — einen ganzen Tag lang. Danach fuhr sie fort, als sei nichts geschehen. Gewiß, sie fürchtete sich, aber das hinderte sie nicht, alle Bedenken beiseitezuschieben und weiterzumachen wie zuvor. Vielleicht lag es daran, daß die Leute vom Coheeries-See Nachfahren der unerschrockenen Kämpfer aus den Kriegen gegen die Franzosen und die Indianer waren.

Nach einiger Zeit trat in den Konflikt zwischen Virginia und den Intellektuellen des *Ghost* sowie deren Anhängerschaft eine Art Patt ein. Beide Seiten hatten ihre Kräfte verausgabt, indem sie sich mit letztlich unhaltbaren, allgemein gehaltenen Schmähungen überschütteten. Es war mindestens so kräftezehrend wie fruchtlos.

Nach jedem Artikel sah sich Virginia Pressionen von innerhalb und außerhalb der *Sun* ausgesetzt, die darauf abzielten, sie mundtot zu machen. Aber jedesmal intervenierte Harry Penn und nahm sie in Schutz. Niemand begriff, warum er das tat, vor allem, da Virginia in der *Sun* und im *Whale* manchmal sogar vernichtende Kritiken gegen seine Tochter Jessica abfeuerte.

Nie zuvor war ein Mitarbeiter der *Sun* mit soviel Nachsicht behandelt worden. Virginia hatte in jeder Hinsicht freie Hand. In einer einzigen Woche ging sie so viele Risiken ein wie die meisten Menschen in ihrem ganzen Leben nicht. Wohlmeinende Kollegen vermuteten insgeheim, Harry Penn habe sich durch sein vorgeschrittenes Alter zu diesem verrückten Experiment verleiten lassen. Lose Zungen verbreiteten dagegen das Gerücht, Virginia sei seine Mätresse. Rüstig und geistig hellwach sah man ihn wie eh und je in Tweed gekleidet, in der Hand einen Spazierstock aus Ebenholz mit Goldknauf. Damit verscheuchte er manchmal Hunde, die sich anschickten, auf einem öffentlichen Gehweg ihr Geschäft zu verrichten. Seine Kraft reichte noch aus, um dann und wann eine Harpune zu schleudern, aber für eine Mätresse war er längst zu alt, daran gab es keinen Zweifel. Seine Schwäche für Virginia Gamely blieb ein Rätsel.

. . . UND DER »GHOST«

Wirklich, es gibt keine Möglichkeit, den *Ghost* vernünftig und geordnet zu beschreiben. Man weiß nicht einmal, wo man anfangen soll, denn der *Ghost* hatte etwas von einem geschlossenen Kreis oder einer hermetischen Kugel, in deren Innerem ein nicht zu überbietendes Chaos herrscht. Beim *Ghost* wimmelte es von todernsten Leuten, die Tag und Nacht damit beschäftigt waren, immer wieder neue, abstruse Verrücktheiten auszubrüten. So gab es einmal eine große innerredaktionelle Krise, als ein Teil der Belegschaft sich auf den Standpunkt stellte, Weißwein würde aus Fisch gewonnen, während eine andere Gruppe vehement dagegen ankämpfte, ohne indes sagen zu können, woher der Wein denn nun wirklich kommt.

Acht oder neun Monate lang erschien der *Ghost* mit zahlreichen leeren Flächen. Es fehlten Fotos, Artikel wurden auf dem Kopf stehend oder seitlich verschoben gedruckt – und all dies, weil die beiden verfeindeten Lager nicht mehr zusammenarbeiteten. Craig Binky rief seine Berater zu sich, um hinterher genau das zu machen, was er ohnehin vorhatte. Vor dem versammelten Verwaltungsrat verkündete er:

»Gentlemen, Sie erinnern sich sicherlich an die Sache mit dem Nordischen Knoten. Als er Pippin dem Kurzen vorgelegt wurde, konnte dieser ihn nicht aufknüpfen und zündete ihn deshalb kurzerhand an – genau wie die Russen ihre Pumpkinschen Dörfer. Ich habe vor, derselben Strategie zu folgen, allerdings unter Berücksichtigung unseres euphonischen Zeitalters.« Daraufhin entließ Craig Binky die Belegschaft des *Ghost* bis auf den letzten Mann, alles in allem elftausend Personen. Schon am nächsten Tag war das Gebäude der Zeitung gähnend leer. Sogar die Ratten waren ausgezogen. Vielleicht wäre die Maßnahme geeignet gewesen, die verfehdeten Parteien zur Räson zu bringen, hätte Craig Binky nicht jedem seiner ehemaligen Angestellten eine Abfindung in Höhe eines dreifachen Jahreseinkommens auszahlen lassen. Fünf oder sechs Wochen lang herrschten in den Räumlichkeiten des *Ghost* und bei den anderen Firmen der Unternehmensgruppe Finsternis und Stille wie in einer mondlosen Nacht im Keller. Unterdessen machte ein ganzes Heer von Presseleuten die französische und italienische Riviera unsicher.

Die Lektion, die Craig Binky der Welt erteilte, war ziemlich simpel. Virginia brachte sie am Ende des Interviews, das ihr der Herausgeber und Verleger des *Ghost* gewährt hatte, auf folgenden Nenner: »Zuviel Macht gibt einen Menschen der Lächerlichkeit preis. Das gilt auch für die Politik, denn häufig straucheln Machthaber über ihr eigenes pompöses Gehabe, und für die Religion, weil derjenige, der Engel geschaut hat, meistens mit einer Geschichte über Harlekins zurückkehrt. Und schließlich gilt es auch für das Pressewesen, denn jene, die der Welt einen Spiegel vorhalten, indem sie sagen, wie die Dinge angeblich sind und wie sie nicht sind, machen sich dabei nicht selten selbst zum Narren. Natürlich muß ein Mensch sich immer auf das Risiko einlassen, die Dinge beim Namen zu nennen. Jene, die dies tun, ohne ihre Stellung innerhalb des Ganzen zu kennen, müssen jedoch damit rechnen, daß ihre Äußerungen auf sie selbst zurückfallen, wie beispielsweise Craig Binkys in aller Form verkündeter Urteilsspruch: *Tatsächlich wird Weißwein nicht aus Fisch oder irgendeinem anderen Säugetier gewonnen, sondern indem man den Saft unreifer Zucchini auspreßt.*«

Der Verwaltungsrat des *Ghost* war für alle Zeiten eingeschüchtert von den unzähligen Binky-Millionen. Niemand wagte dem Chef zu widersprechen. Bisweilen kam es vor, daß man ihn bat, dieses oder jenes nicht zu tun, doch wurden solche Bitten stets mäuschenfromm vorgetragen. Craig Binkys Macht über diese Männer war nahezu absolut. Beispielsweise hatte er sie gezwungen, die Namen anzunehmen, die auf den Buchrücken der *Encyclopedia Britannica* standen. So konnte er sich die einzelnen Direktoren besser merken, denn er verbrachte viel Zeit damit, jenes Nachschlagewerk anzustarren. Widerstrebend fanden sich die Mitglieder des Verwaltungsrates mit Namen wie den folgenden ab: Bibai Coleman, Hermoup Lally, Lalo Montpar, Montpel Piranesi, Scurlock Tirah, Arizona Bolivar, Bolivia Cervantes (die einzige Frau), Ceylon Congreve, Geraniales Hume, Newman Peisistratos, Rubens Somalia und Tirane Zywny. Letzterer mußte zu seiner immerwährenden Beschämung mit dem Namen einer auf Rattenvertilgung spezialisierten Hunderasse vorliebnehmen.

Flankiert von seinen beiden blinden Leibwächtern Alertu und Scroutu, marschierte Craig Binky in den Sitzungssaal, wo einmal im Monat der Verwaltungsrat tagte. Wie stets bei solchen Anlässen hatte er auch heute wieder ein ganzes Bündel von größeren und kleineren Projekten zu unterbreiten. (Letztere nannte er »Projektile«.) Die einzige Aufgabe des Verwaltungsrates bestand darin, den neuen Plänen Beifall zu spenden.

»Zuallererst«, sagte Craig Binky, »möchte ich Ihnen dafür danken, daß ich Ihnen die Ehre erweisen konnte, an dieser Sitzung teilzunehmen. Offen gesagt will ich damit sagen, daß es eigentlich sehr nett von mir ist, Ihnen hier gegenüberzusitzen. Übrigens haben wir heute wirklich schönes Wetter. Die Sonne scheint geradezu ohrenbetäubend, und alles sprießt fröhlich vor sich hin. Sie sehen also, welches Vergnügen es ist, von mir, Ihrem Freund und Vorsitzenden, angesprochen zu werden. Immer mache ich mir Sorgen, nie bin ich glücklich, aber meist kann man alles mit mir bereden, gestern, heute und morgen.« Craig Binky machte in seinem Bürosessel eine Vierteldrehung und starrte fünf Minuten lang schweigend aus dem Fenster. Es störte ihn nicht im geringsten, daß die Mitglieder des Verwaltungsrates hinter ihm mit durchgedrücktem Kreuz in einer Art Habachtstellung auf ihren Stühlen saßen. Manchmal ließ er sie eine Stunde lang schmoren. Was ging ihn das an? Schließlich zahlte er ihnen pro Kopf zweihunderttausend Dollar im Jahr, damit sie bei seinem Eintreten höflich applaudierten, kopfnickend und mit geweiteten Augen seinen Vorschlägen und Anregungen zustimmten, sich gegenseitig bei den ihnen aufgezwungenen Namen nannten, seine Ausführungen mit bombastischen, ihm selbst völlig unverständlichen Begriffen erörterten und ihm anschließend bestätigten, daß er wieder einmal eine brillante Idee gehabt hatte (z. B. die, in unbelegten Schließfächern Champignonkulturen anzulegen).

Der Drehsessel schwang zurück in seine anfängliche Position. Während der nächsten zweieinhalb Stunden — man servierte Craig Binky unterdessen ein Menü mit sieben Gängen, das er genüßlich verzehrte, während dem ganzen Verwaltungsrat die Mägen knurrten und die Wasser in den Mündern zusammenliefen — zweieinhalb Stunden lang also legte Craig Binky richtig los. Die Einfälle sprudelten mit schwindelerregender Schnelligkeit aus ihm heraus. Im Grunde war er fest davon überzeugt, der Nabel der Welt zu sein. Er glaubte daran, daß die Menschen eines zukünftigen Jahrtausends auf das zwanzigste Jahrhundert als das »Zeitalter von Craig Binky« zurückblicken würden. Die Musik seiner Zeit würden sie als *binkisch,* die Kunst voraussichtlich als *binkonisch* oder *binkotisch* bezeichnen. Er flirtete sogar mit Begriffen wie *Binkonomie* oder gar *Binkologie*.

Der *Ghost* selbst war ein wunderliches Dokument seiner Zeit. Anders als bei den meisten anderen Zeitungen, waren bei ihm praktisch die Erfinder der Schlagzeilen tonangebend. Im Verlauf der Jahre war aus ihnen dank des Erfolgs ihrer sensationellen Deklarationen eine Kaste erlauchter Mandarine geworden. Schon bald machten sie die Entdeckung, daß die von ihnen verfaßten Überschriften keineswegs etwas mit dem eigentlichen Artikel zu tun haben mußten. Eine Story mit dem Titel *Gnadenschüsse in Manila* konnte getrost vom Boom im norwegischen Baugewerbe oder von einem Kaufhaus in Hartford/Connecticut handeln. Und unter einer dicken Schlagzeile wie *Königin spaziert nackt durch London* erwartete den Leser möglicherweise die Nachricht von einem neuen, an der Universität von Iowa entwickelten Insektenvertilgungsmittel. Die Rede, die ein Biochemiker der Harvard-Universität bei der Entgegennahme des Nobelpreises hielt, fand sich unter der Überschrift *Afrikanischer Playboy killt sich*. Die erste Seite des *Ghost* bestand, wie man es bei einem Boulevard-Blatt ja auch erwarten konnte, nur aus einer, meist in Rot gehaltenen Schlagzeile. Im Gegensatz zu anderen Presseerzeugnissen seiner Couleur, die er inzwischen ohnehin längst verdrängt hatte, brachte der *Ghost* jedoch Schlagzeilen ohne Begleitstory, was freilich Millionen Leser nicht daran hinderte, die Zeitung trotzdem zu kaufen. Harry Penns Lieblingsschlagzeile

— die betreffende Ausgabe des *Ghost* hing gerahmt in seinem Büro — lautete: *Totes Modell klagt Rennpferd an* — in Riesenlettern und ohne jeden erläuternden Text.

Trotz allem wuchs und gedieh der *Ghost* — und mit ihm das Millionenvermögen seines Besitzers. Craig Binky schien einen Schutzengel zu haben. Und wenn man dem Herausgeber und Verleger des *Ghost* glauben wollte, dann hatte er tatsächlich einen. Eines Tages war er in Harry Penns Büro gestürmt und hatte verlangt, die *Sun* solle unverzüglich dichtmachen. Um eine Erklärung für dieses kühne Ansinnen gebeten, hatte er erwidert, er habe die Vision eines Engels gehabt, der seinen Körper mit Plastiknetzen fesselte, seinen Willen lähmte und ihm den Befehl erteilte, eben diese Forderung an Harry Penn zu richten. Letzterer lutschte gerade an einem Stück Kandiszucker. Jedesmal, wenn er dies tat, sah er noch cooler und ironischer aus, als er in Wirklichkeit war. Während er über Craig Binkys Worte nachdachte, schob er den Kandiszucker im Mund von einer Seite auf die andere. Irgendwann hörte er damit auf und fragte rundheraus: »Sagen Sie, Craig, hat Ihnen der Engel das schriftlich gegeben?« Daraufhin folgte ein längeres Schweigen. Craig Binkys nicht zu leugnende Unfähigkeit, diese Hürde zu überwinden, überflutete den ganzen Raum. Es war, als wären seine mit Hunderten von Silberdollars vollgestopften Hosentaschen geplatzt, so daß die Münzen in den Hosenbeinen wie ein Wasserfall herabklimperten und unten an den Füßen herauskullerten, um in alle Ecken und Winkel zu rollen. »Wenn Sie nämlich nichts Schriftliches haben«, fuhr Harry Penn mit Bestimmtheit fort, »dann können wir Ihre Forderung nicht als berechtigt anerkennen.«

Abgesehen von solchen Vorfällen gab es kaum etwas, das Craig Binky imponierte, denn er war festen Glaubens, daß es ihm bestimmt sei, in jeder Hinsicht zu triumphieren. Harry Penn hingegen war sich sicher, daß er in dem knappen Jahrhundert seiner Existenz noch nie einer Menschenseele begegnet war, die so tief im Saft der eigenen Selbstzufriedenheit schwamm. Craig Binkys pompöses Wesen bezeichnete er in der ihm eigenen nachsichtigen Art gegenüber dritten Personen manchmal als »Mr. Binkys irgendwie unstimmige Intelligenz.«

Zum Teil, weil er fremden Meinungsäußerungen nicht allzuviel Raum einräumen wollte, zum Teil aber auch, um seine eigenen Ansichten unter die Leute zu bringen, füllte er die Leserbriefspalte des *Ghost* wacker mit anonymen Kommentaren, die regelmäßig mit »Craig B.« unterzeichnet waren. Selbst wenn ihn diese Unterzeile nicht verraten hätte, wäre es für die meisten Leser keine Schwierigkeit gewesen, den Briefeschreiber zu identifizieren, denn Stil und Syntax waren unverwechselbar: »Craig Binky sagt, daß es im zweiten Stockwerk zu viele Wasserspender gibt. Craig Binky sagt, ihr sollt welche wegnehmen.« Oft war das Subjekt seiner Sätze sein eigenes Prädikat: »Der *Ghost*, New Yorks beliebteste Zeitung, herausgegeben von Craig Binky, ist der *Ghost*.«

Er war stolz darauf, wie viele einflußreiche Leute er kannte, trank teure Weine (und Import-Wasser, daß von einer gefrorenen Quelle auf Sachalin stammte), und verkehrte in Restaurants, in denen eine Scheibe Toast (*Toast Almondine*, *Toast en gelée*, *Toast Safand*) so viel kostete wie vierzehn Stunden Mindestlohn. Er hielt sich selbst für ein höherstehendes Wesen, was möglicherweise der Grund für die Gala-Diners war, die er in regelmäßigen Abständen zu seinen eigenen Ehren gab. Bei allem bildeten Craig Binky und der *Ghost* das notwendige Gegengewicht zu Harry Penn und der *Sun*. Der eine wäre ohne den anderen nicht das gewesen, was er war. Und der Zufall wollte es, daß sich die beiden Zeitungsgebäude am Printing House Square direkt gegenüberlagen.

☆

Wenn in New York ständig ein Wetter herrschte wie an manchen Junitagen, gäbe es ein Paradies auf Erden. Gerade Anfang Juni werden nicht selten Entscheidungen von großer Tragweite gefällt. Die Menschen setzen ungeniert ihre Macht ein, fechten kurze Kriege miteinander aus, beginnen oder beenden Liebesaffären. Selbst einem Mann wie Craig Binky bleibt das nicht verborgen.

An einem Tag, der so schön war, daß viele der Zeitungsleute

faul in der Sonne saßen und den Bienen zuschauten, während aus den friedlichen, dämmrigen Straßen sanfte Opernmusik aufzusteigen schien und die Bäume ihr neues, grünem Geschmeide ähnelndes Laub von der frühsommerlichen Brise streicheln ließen — an jenem Tag senkte sich ein eiliger, vom Flughafen kommender Helikopter mit einem Boten an Bord auf den hauseigenen Landeplatz hinab. Noch bevor er auf dem Dach des Zeitungsgebäudes aufsetzte, sprang der Bote heraus, verstauchte sich fast den Fuß dabei und eilte im Laufschritt zu Craig Binkys Büro.

Ohne auf die Vorzimmerdame zu achten, stürzte er ins Allerheiligste des Firmenchefs. Alertu und Scroutu versperrten ihm mit verschränkten Armen den Weg. Durch die offene Tür hindurch sah er, daß Craig Binky gerade vor dem versammelten Verwaltungsrat eine Rede hielt. Betty Wasky, seine Sekretärin, erhob sich hinter ihrem Schreibtisch und forderte den Boten auf, sich ein wenig zu gedulden. »Diese Kerle sind blind«, erwiderte der Mann und warf Alertu und Scroutu einen abschätzigen Blick zu. »Ich würde mich nur ungern an ihnen vergreifen.« Solche starken Worte machten Eindruck auf Betty Wasky. Sie ging zu ihrem Chef und unterrichtete ihn vom Kommen des Boten. Craig Binky bat den Mann zu sich in sein privates Büro, aber schon fünf Minuten später kam er wieder herausgeschossen und fing an, mit brüllend lauter Stimme Befehle zu erteilen.

Er erklärte die Sitzung des Verwaltungsrates für beendet und ordnete an, die firmeneigene Luftflotte startklar zu machen. Das Flugzeug, das die ehrenvolle Aufgabe hatte, Craig Binky zu befördern, würde wie immer als erstes abheben, gefolgt von einer ganzen Armada kleinerer Maschinen. Wenn Craig Binky irgendwo hinflog, pflegte stets eine ganze Hundertschaft solcher Flugzeuge aus glänzendem Titan mit kreischenden Triebwerken aufzusteigen. Sie erinnerten an die Tauben, die einst im alten Rom zu Ehren eines siegreich heimkehrenden Feldherrn freigelassen wurden. In das größte Flugzeug, eine riesige Passagiermaschine, hatte er oben auf dem Rumpf eine Plexiglaskuppel einbauen lassen. Darunter thronte er während des Fluges auf einem erhöhten Sessel und schaute hinaus. Auf den New Yorker Flughäfen war Binkys Maschine ein vertrauter Anblick. Sie trug den Konzernherrn, dessen Kopf bei Start und Landung deutlich unter der transparenten Plexiglasblase zu sehen war, in die entlegensten Bereiche seines weitgefächerten Firmenimperiums.

An jenem Tag herrschte auf dem Flugplatz wieder einmal eine Aufregung wie vor einem Bombenangriff, als der Start einer Maschine nach der anderen die Fluglotsen in heillose Verwirrung stürzte. Denn die hastig durchgegebenen Flugpläne gaben Brownsville/Texas als Reiseziel an, aber schon kurz nach dem Start drehte das ganze Geschwader nach Osten ab, in Richtung Meer.

»Was zum Teufel ist hier los?« empörte sich einer der Fluglotsen, als Craig Binkys Armada in den Tiefflug überging und von den Radarschirmen verschwand. Der Mann erhielt auf seine Frage keine Antwort, denn niemand wußte eine – außer Craig Binky. Aber von dem war natürlich nichts zu erfahren.

Ein frühsommerliches Diner bei »Petipas«

Am selben Tag, als Craig Binkys Armada angeblich nach Brownsville aufbrach, um gleich nach dem Start Kurs aufs Meer zu nehmen, traf sich eine Gruppe von Journalisten und Managern der *Sun* bei *Petipas* zu einem frühsommerlichen Diner. Geblendet vom weißgoldenen Glanz der untergehenden Sonne, saßen sie im Garten, als sie aus der Ferne den Lärm einer ganzen Flotte von Flugzeugen vernahmen. Sie blickten zum Himmel auf und fragten sich verwundert, was dort wohl vor sich ginge.

Kurz zuvor hatten diese Zeitungsleute die letzte Aufgabe des Tages bewältigt, nämlich bestimmte Artikel der *Sun* herausgesucht und dem *Whale* überstellt, der sie nachdrucken sollte. Nach einem frühen Abendessen, einem gemächlichen Spaziergang und einer gesunden Nachtruhe wollten sie am nächsten Morgen um sechs Uhr bei der *Sun* wieder zum Dienst antreten, um bis zum Redaktionsschluß um 14 Uhr 30 an der nächsten Ausgabe der Zeitung zu arbeiten.

Bei *Petipas* trafen sie sich gern, denn dort war es ruhig. Man konnte im Freien sitzen und den Schiffen zuschauen, die, von Norden kommend, den Fluß hinabglitten. Dann und wann rumpelte ein Lastwagen über den verlassen daliegenden Marktplatz. Das Geräusch der dicken Reifen auf dem Kopfsteinpflaster erhöhte auf rätselhafte Weise die allgemeine Behaglichkeit.

Im Osten brach sich das goldene Sonnenlicht tausendfach in den Fenstern von Speichern und Lagerhäusern aus Backsteinen, die so rot waren wie Ochsenblut. Es illuminierte mehlig-weiße Hochbauten, deren Spitzen mit Statuen, Kolonnaden und ganzen Nestern aus dekorativem Beiwerk geschmückt waren, die in der Tat für die Vögel bestimmt sein mußten, waren sie doch in so großer Höhe dem Blick der Menschen entzogen. Am jenseitigen Ufer des Flusses lag auf einem kleinen Hügel ein Friedhof aus dem 18. Jahrhundert. Er wurde von einigen Bäumen gekrönt, die aus der Ferne wie Bauersfrauen mit gekreuzten Armen aussahen. Die Sonne tauchte ihr grünes Laub in grelles Schweinwerferlicht, vertiefte jedoch andererseits die schwarzen Schatten unterhalb der Bäume so sehr, als blickte man in die Dämmerung eines schier unendlichen Waldes hinein. Harry Penn starrte auf das samtige Dunkel dieses Tunnels, der ihm sagte, wo er selbst bald sein würde. In der von strahlend hellem Licht umschlossenen Finsternis spürte er die zwingende Gegenwärtigkeit von Vergangenheit und Zukunft, die zusammenflossen und endlich lebendig geworden waren.

Er riß sich von der hypnotischen Schwärze der Bäume los, um sich seiner Tochter und den anderen zuzuwenden. In ihrer zu Leidenschaft und Begeisterung fähigen Jugendlichkeit waren sie wie eine Gesangsgruppe auf der Bühne, die das starke Licht der Scheinwerfer in die Unwirklichkeit eines Traumes rückt. Mit fortschreitendem Alter würden sich ihre Energien in die Kraft der Kontemplation und der Besinnung auf Vergangenes verwandeln. Und die Träume, die ihnen die geliebten Menschen von einst und die Landschaften von dreißigtausend Lebenstagen wiederbringen würden, könnten es leicht aufnehmen mit den Jahrzehnten der Jugend, in denen die Menschen aufpassen müssen, bei ihrem Versuch, den Lebensunterhalt zu verdienen, nicht von irgendeinem Brauereilastwagen überfahren zu werden. Wenn diese kleine, bei *Petipas* im Garten versammelte Gesellschaft in einem Dreivierteljahrhundert so wäre wie der alte Mann in ihrer Mitte, der sich über ihre Anmut und Lebhaftigkeit freute, dann würde sie sich glücklich schätzen können, denn Harry Penn war ein glücklicher Mensch, der zufrieden mit seinen Erinnerungen lebte.

Es war für fünfzehn Personen gedeckt. Hardesty Marratta, Virginia und Marko Chestnut saßen am Ende der langen Tafel, Harry Penn gegenüber. Asbury und Christiana nahmen in der Mitte Platz. Übrigens hatte Asbury selbst den Heilbutt geangelt, der über einem Holzkohlenfeuer gegrillt wurde und seinen Duft verbreitete. Courtenay Favats Stuhl war noch leer. Er hatte sich in die Küche begeben, um sich ein paar Notizen zu machen. Lucia Terrapin errötete jedesmal, wenn ein untersetzter Zeitungsmann namens Clemmys Guttata in ihre Richtung blickte. Hugh Close, dem die Tradition des Hauses Penn altvertraut waren, saß in seine Arbeit vertieft am Tisch, vor sich ein Glas Gin-Tonic und eine Depesche, die er mit dem Enthusiasmus eines Orchesterdirigenten überarbeitete. Hocherfreut darüber, daß die Börse an jenem Tag mit einem Aufwärtstrend wie der Schweif des Halleyschen Kometen ihre Pforten geschlossen hatte, blickte Bedford verträumt auf die weiß und kastanienbraun angemalten Schlepper, die ohne Hast durch das silbrige Wasser des Hudson pflügten. Während sie auf Praeger de Pinto wartete, beugte sich Jessica Penn über die Speisekarte und studierte sie, als wäre sie der Stein von Rosette. Es war allgemein bekannt, daß sie nie mit ihrem Geld auskam. Praeger mußte jeden Augenblick mit Martin und Abby Marratta eintreffen. Es war ausgemacht worden, daß er die Kinder nach einem Interview mit dem bettlägrigen Bürgermeister in Yorkville abholte. Anfang Juni warf der Blütenstaub gewisser Pflanzen den Bürgermeister regelmäßig aufs Krankenlager.

Ein Kellner erschien mit riesigen Tabletts voll Räucherlachs, Schwarzbrot und Zitronen. Die Tischgesellschaft reagierte mit dem üblichen Ah und Oh. Genau in diesem Augenblick kam auch Praeger de Pinto. Er trug Abby auf dem Arm. Der kleine Martin machte sich sofort daran, das ganze Lokal wie ein Spürhund auszukundschaften. Er war in dem Alter, in dem ein Kind nicht stillzusitzen vermag. Praeger reichte die kleine Abby wie ein Päckchen an Virginia weiter. Sie war noch nicht einmal drei Jahre alt. Mit unverhohlener Mißbilligung betrachtete sie die Erwachsenen, dann strampelte sie sich aus Virginias Armen frei und begann, mit der Übellaunigkeit, die auf das Nachmittagsschläfchen folgt, die Holzkohlenglut anzustarren, über der leise zischend der zu Scheiben zerteilte Fisch briet. Kurz darauf schloß sich ihr Martin an und führte vor, wie man grüne Grashalme auf einem Grill schmoren läßt.

»Habt ihr das gehört?« sagte Praeger. »Heute nachmittag ist Craig Binky wie von der Tarantel gestochen zum Flughafen gefahren und ohne Angabe eines Zieles mit allen hundert Maschinen davongedonnert.«

»Das sieht ihm nicht ähnlich«, ließ sich Harry Penn vernehmen.
»Was sagt unsere Nachrichtenabteilung?«
»Nichts, absolut nichts! Nur die üblichen Meldungen über irgendwelche Zwischenfälle von allgemeinmenschlichem Interesse, so à la: *Rhesusaffe beißt Frau in St. Petersburg.*«
»Vielleicht ist das genau die Story, hinter der Craig Binky her ist«, spekulierte Hardesty.
»Craig Binky würde ein East-Hampton-Wochenende im Juni für nichts in der Welt opfern«, versicherte Bedford.
»Sind Sie sicher, daß unsere Leute in der Nachrichtenabteilung nichts haben?« Harry Penn hakte noch einmal nach. »Rufen Sie im Verlag an und überprüfen Sie es. Wenn irgend etwas Wichtiges passiert ist, möchte ich davon nicht durch den *Ghost* erfahren. Irgend etwas kommt auf uns zu. Virginia, wollen Sie bitte die Fluglotsen anrufen? Und Sie, Hardesty – telefonieren Sie mit dem *Ghost* und fragen Sie geradeheraus, was los ist. Vielleicht sagt man es Ihnen sogar.«
Als Praeger auf die Terrasse zurückkehrte, erkundigte sich Harry Penn: »Nun, was sagen unsere Leute?«
»Keine Neuigkeit.«
»Tatsächlich? Noch immer nicht?«
»Ich habe alles doppelt überprüft.«
Hardesty kam zurück und berichtete: »Beim *Ghost* hat man mir wörtlich gesagt: ›Mr. Binky ist übers Wochenende fort. Er macht Recherchen für einen Artikel über Bauchfellentzündung bei Politikern‹.«
»Der Verband amerikanischer Fluglotsen behauptet, Craig Binky habe im Flugplan Brownsville in Texas als Reiseziel angegeben. Seine Flugzeuge hätten jedoch im Tiefflug den Radar mit Kurs aufs offene Meer unterflogen. Die Fluglotsen sind wütend, aber das sind sie ja immer«, ergänzte Virginia den Bericht der anderen.
»Geduld!« ermahnte Harry Penn seine Mitarbeiter. »Vielleicht hat Binky davon Wind bekommen, daß der Präsident bei einer Partie Golf einen Ball verschlagen und im hohen Gras verloren hat. Aber sollte er zufällig einer richtigen Story auf der

Spur sein, dann versteht er entweder ihre Tragweite nicht oder er übersieht sie ganz. Ich weiß noch genau, wie der *Ghost* vor langer Zeit an dem Tag, als Tito starb, die Schlagzeile brachte: *Pabst endlich abgekratzt*. Und ich werde auch nie die Balkenüberschrift auf der ersten Seite des *Ghost* vergessen, als ein geistesgestörter Brasilianer den Präsidenten von Ecuador ermordete: *Spinner aus Brasilien macht Boss von Ecuador kalt*. Aber Spaß beiseite. Wir können jetzt wohl nicht mehr tun als abwarten.«

Das Essen verlief ziemlich schweigsam. Sacht wie die Gezeiten des Ozeans zog von Osten her die Abenddämmerung herauf. Dutzende von dicken Heilbuttfilets, über die beim Grillen eine Mischung aus Retsina-Wein und Soja-Öl geschöpft worden war, so daß sie immer wieder Feuer gefangen hatten, wurden nacheinander vom Grill genommen und bei Tisch serviert. Das in Meerwasser gedünstete Gemüse erfüllte die Luft mit einem unverwechselbaren Geruch. Schon war der Grill aufs neue von frischen Heilbuttscheiben belegt. Zischend und brutzelnd verbreiteten weiße Rauchwolken, die sich scharf von der dämmrigen Luft abhoben, ihren Duft in der Nachbarschaft.

Nachdem Christiana den Kindern beigebracht hatte, was sie da aßen und wie sie sich dabei am besten anstellten, erhob sie sich, um die Kerzen auf dem Tisch anzuzünden. Dann blickte sie auf und fuhr erschrocken zusammen. Sie ließ ihre Gabel auf den Teller fallen, daß es klang wie eine helle Glocke. Die anderen folgten ihrem Blick zum schmiedeeisernen Gartenzaun, an dem ein Mann lehnte, der ein Stadtstreicher sein mochte und sie mit seltsamer Eindringlichkeit betrachtete, die aber auch eine gewisse Verstörung verriet. Wie auf ein Kommando hörten alle zu essen auf.

Aus den Augen des Mannes sprach nicht jenes Flehen, das man bei Menschen antrifft, die andere anbetteln, obwohl er sich wahrscheinlich, hungrig wie er war, von den Düften des gegrillten Fisches hatte anlocken lassen. Er benahm sich auch nicht wie einer jener zahlreichen Obdachlosen, die sich, hoffnungslos dem Wahnsinn verfallen, in den Straßen herumtrieben. Ganz im Gegenteil: Von Wind und Wetter gegerbt, hager und zugleich kräftig gebaut, ließ er, der in zerlumpte Kleidung gehüllt war, seinen Blick so unverwandt auf der Tischgesellschaft ruhen, daß es die Menschen kalt überlief. Er wirkte wie jemand, den vertraute Gesichter verfolgen und der weiß, daß er diese Gesichter nicht identifizieren kann. Mit an- und abschwellender Intensität wie pulsierende Sterne waren die Augen des Mannes jetzt genau auf Jessica Penn fixiert. Tausendmal in ihrem Leben hatte sie auf der Bühne dem Druck der grellen Beleuchtung und der gnadenlosen Blicke standgehalten. Sie war daran gewöhnt, daß sich die Menschen unfehlbar nach ihr umdrehten, wenn sie vorbeiging. Peter Lakes sengender Blick verschlug ihr nun aber fast den Atem.

Auch die anderen saßen wie versteinert. Der fremde Mann schaute kurz zu Virginia herüber, doch kehrte sein Blick Sekunden später zu Jessica zurück. Sie fühlte sich einer Ohnmacht nahe. Nur der vom Alter gezeichnete Harry Penn brachte es über sich, den Blick des zerlumpten Gesellen nicht nur zu erwidern, sondern ihm sogar standzuhalten. Geradezu methodisch inspizierte er das äußere Erscheinungsbild seines Gegenübers. Er ließ nicht das geringste Detail aus, und tatsächlich hatte es den Anschein, als dämme er dadurch das Feuer, das in den Augen des Unbekannten brannte, der mit beiden Händen zwei Stäbe des schmiedeeisernen Zaunes umklammert hielt, während der Rauch vom Grill in Schwaden herangezogen kam und ihn umwehte. Harry Penn fühlte eine schreckliche Traurigkeit in sich aufsteigen, und er bedauerte, daß er es auf sich genommen hatte, diesem Mann entgegenzutreten. Ihm war, als würde er durch die Zeiten hindurch zu einem bestimmten Augenblick in seiner Kindheit gezerrt. Damals war er noch fern von Gelehrsamkeit und Weisheit gewesen und hatte nichts besessen außer der Zukunft und der eigenen Verletzlichkeit.

Niemand wußte dem stummen Duell ein Ende zu setzen. Als wären sie auf ewig in dieser Pose erstarrt, blickten alle gebannt auf Peter Lake, der sich seinerseits mühsam einen Reim auf die Szene zu machen versuchte, die sich seinen Augen bot. Da trippelte die kleine Abby zum Zaun und schob sich einfach zwischen zwei Gitterstäben hindurch, überwand mit Leichtigkeit die schmiedeeisernen Stäbe eines Tores, das einem Dutzend der stärksten Männer der Welt selbst dann standgehalten haben würde, wenn deren Leben davon abgehangen hätte, dieses Tor aufzubrechen. Die Eltern riefen ihrer Tochter hinterher, aber sie war schon auf der anderen Seite und achtete gar nicht auf die Rufe. Ihre Eltern und deren Freunde waren erneut zu zermürbender Untätigkeit verurteilt. Die Vorzeichen hatten sich allerdings verändert, denn jetzt waren *sie* es, die aus einer Welt des Schweigens heraus zuschauen mußten, *sie* waren die Ausgesperrten. Abby hatte die Seiten gewechselt. Sie gehörte jetzt zu Peter Lake.

Langsam wie in Zeitlupe, als schwebte sie eine Handbreit über dem Boden, kam sie auf ihn zu. Sie schien mit ihm seit einer Ewigkeit vertraut. Am Schluß war es gar, als flöge sie durch die Luft, aber das mochte auch eine optische Täuschung sein. Mit ausgebreiteten Armen ließ sie sich von ihm emporheben. Er umarmte sie, und nachdem sie sich gut in seinen Armen eingerichtet hatte, legte sie ihre Hände auf seine Schultern, bettete ihr Köpfchen an seine Brust und war kurz darauf eingeschlafen.

Hardesty trat an den Zaun und blickte Peter Lake in die Augen. Es war von ihm nichts zu befürchten. Sein Unglück und sein erbärmlicher Zustand hatten wenig zu sagen in einer Welt, hinter der stets andere Welten hervorschauten. Durch die Gitterstäbe hindurch gab Peter Lake dem Vater das schlafende Kind zurück. In diesen Augenblicken wünschte sich Hardesty sehnsüchtig, gesehen und erlebt zu haben, was dieser Mann gesehen und erlebt hatte. Hardesty Marratta, ein wohlhabender Familienvater, ein Mensch, den das Leben mit allen Freuden und Privilegien beschenkt hatte, wurde von der Anwandlung heimgesucht, sein Dasein gegen das Dasein dieses verwahrlosten Gesellen einzutauschen. Peter Lake war einer Schattenwelt entstiegen, während Hardesty in einer festgefügten Welt lebte, aber beide fühlten sich zueinander hingezogen. Das Kind hatte für einen Augenblick ein Band zwischen ihnen geknüpft.

Doch dann machte Peter Lake einen Schritt zurück in die Finsternis und verschwand, als hätte es ihn nie gegeben.

Das Essen war kalt geworden. Virginia nahm die kleine Abby

auf den Schoß, während Hardesty geistesabwesend mit einem Messer auf die Tischplatte klopfte. Als nach zehnminütigem Schweigen noch immer niemand ein Wort hervorbrachte, nahm Harry Penn es auf sich, den Bann zu brechen. »Schon gut«, sagte er, und es klang, als wollte er nicht nur den anderen gut zureden, sondern auch sich selbst, »solche Dinge passieren eben manchmal, aber die Welt bleibt trotzdem dieselbe.«

Die andern blickten sich um. Es war schön, sich in der vertrauten Gesellschaft ganz gewöhnlicher Dinge wiederzufinden. »Die Welt bleibt trotzdem dieselbe«, wiederholte Harry Penn. »Für wundersame Veränderungen ist sie noch nicht reif. Ich könnte mir vorstellen, daß der Mann, dem wir eben begegnet sind, der Zeit voraus ist. Vielleicht sind alle Menschen seines Schlages ein Stück weiter.«

Marko Chestnut lächelte. Die Spannung war immens gewesen. Jetzt fanden sie Erleichterung beim Anblick der glühenden Holzkohle, der weißen Rauchfahne, der dunklen Klippen jenseits des inzwischen mit einem silberblauen Glanz überzogenen Flusses, des Bollwerks aus hohen Gebäuden, die in der Abenddämmerung durchscheinend wirkten und sich tagsüber mit Licht vollgesogen zu haben schienen. Sogar der Gesichtsausdruck des Kellners Tommy wurde als tröstlich empfunden. Da niemand von den Gästen aß oder ein Wort sagte, fürchtete er, der Küchenchef habe sich wieder einmal betrunken und das Essen durch irgendeine übelschmeckende Zutat verdorben. All diese Dinge schienen zu bezeugen, daß die Welt tatsächlich noch immer dieselbe war.

Es sollte den Speisenden jedoch nicht vergönnt sein, den gegrillten Heilbutt, die gedämpften Gemüse und den Retsina bis zur Neige zu genießen. An jenem Abend sollte ihr Hunger nicht gestillt werden, obwohl ihnen dies kaum auffallen würde – denn die Welt war durchaus nicht mehr dieselbe.

Virginia, die ruhig dasaß und dachte, nun sei alles wieder in Ordnung, sah es zuerst. Das Haar in ihrem Nacken sträubte sich, und sie erschauerte. »Mein Gott!« entfuhr es ihr. Die anderen blickten von ihren Tellern auf. Nun sahen sie es auch.

Im Zwielicht sah das jenseitige Flußufer so aus, als befänden sich dort drüben umgepflügte Äcker, Felder und Obstgärten. Da in New Jersey ein Kraftwerk ausgefallen war, waren auf der anderen Seite des Flusses keine erleuchteten Gebäude oder sonstigen Lichter zu sehen. Aber dieser Stromausfall war nur zufälliges Beiwerk zu dem Schauspiel, das sich den im Garten bei *Petipas* versammelten Menschen nun bieten sollte. Denn die Illusion von Feldern und Obstgärten auf der anderen Seite des Wasserlaufes und sogar der Lichtschein am ganzen westlichen Himmel wurden langsam, aber unaufhaltbar von einer Art Wand überdeckt, die sich von Süden nach Norden stromaufwärts schob. Es war der Bug eines Schiffes. Wie ein ins Riesenhafte vergrößertes Fallbeil geformt, verdeckte er allmählich, von links nach rechts vorrückend, die dahinterliegende Welt.

Obwohl es vom Restaurant bis zum Schiff eine Viertelmeile war, mußten die Menschen im Garten sich in ihren Stühlen zurücklehnen und die Köpfe in den Nacken biegen, um zum Oberdeck des Schiffes hinaufzublicken. Es war so groß, daß es das gesamte Fahrwasser ausfüllte. Fast hätte man es für einen Teil der umgebenden Landschaft halten können.

Das Schiff schien hinter einer Art Gartenmauer hervorzukommen, die im Süden das Blickfeld begrenzte. Es war eine der größten Konstruktionen, die die sprachlosen Betrachter jemals gesehen hatten, denn es brauchte keinen Vergleich mit den riesigen neuen Turmbauten scheuen, die seit kurzer Zeit die alten Wolkenkratzer in den Schatten stellten. Und dabei war bisher erst der Bug des Schiffes aufgetaucht. Der Rest sollte noch kommen!

Während das Schiff immer weiter nach Norden vorrückte, warf sein scharfer Bug gewaltige Wassermassen zu weichen, runden Wellen auf, die sich eine nach der anderen weiß schäumend mit einer müden Geste überschlugen, als wäre die ihnen innewohnende Kraft verzehrt. Die Decksaufbauten kamen in Sicht. Zehntausend Lichter von großer Reinheit bewegten sich parallel zu der langgestreckten, hell erleuchteten Fassade der Stadt, der dieses gewaltige Schiff ähnelte. Auf dem schwärzlichen Wasser des Flusses lag ein eisiges Glitzern. Da die turmartigen Decksaufbauten und Kastelle des Schiffs doppelt so hoch waren wie der Bug, mußten sich die bei *Petipas* versammelten

Mitarbeiter der *Sun* immer weiter zurücklehnen. Atemlos bestaunten sie diese wunderbare Verquickung von schierer Größe und komplexer Form.

Inzwischen war das Schiff bis zur Mitte aus jenem hohen Wall hervorgeglitten, der den linken Bildrand begrenzte. Angesichts seiner unvorstellbaren Höhe und Masse verschlug es den Betrachtern nun vollends die Sprache. Schon glaubten sie, das Heck würde nun endlich erscheinen, um die reichgegliederten, langgestreckten Proportionen des Schiffes in angemessener Weise abzuschließen, doch da tauchten gleichsam mit einem Fanfarenstoß noch mehr funkelnde Türme und weiße, terrassierte Decks aus dem Nichts. Wer dieses Schiff hatte bauen lassen, war offenbar darauf bedacht gewesen, die atemberaubende Höhe durch eine schlanke, langgestreckte Linienführung vernünftig erscheinen zu lassen.

Nachdem dieser Schiffsrumpf mit einer Länge von mehreren tausend Fuß an den Zuschauern vorbeidefiliert war, endete er abrupt, jedoch nicht in einer fließenden Kurve, sondern in einer stählernen Steilwand, die übergangslos zum Wasser abfiel und an der mittels einem Dutzend eiserner Verstrebungen, von denen jede so breit war, daß ein Lastwagen darauf hätte entlangfahren können, ein enormer, rechteckig geformter Lastkahn festgemacht war, dessen Bordwand die gleiche Höhe hatte wie das Hauptdeck des Schiffes. Dieser Lastkahn wiederum schleppte zwei identische Schwesterschiffe hinter sich her.

Das Schiff verlangsamte seine Fahrt und kam schließlich zum Stehen. Da es draußen inzwischen richtig dunkel geworden war, erstrahlte die Stadt in ihrem vollen Glanz. Ihr Lichtschein enthüllte, daß das Schiff und die Lastkähne hellblau waren. Wie bei fast jedem großen Ereignis hatte sich auch hier schon ein Schwarm weniger grandioser Besucher eingestellt. Hubschrauber und Privatflugzeuge umschwirrten das Schiff wie Mücken oder Libellen. Zwischen den hohen Masten und Pylonen beschrieben sie erstaunliche Bahnen in Form eines Kreises oder einer Acht. Ein Löschboot eilte etwas verspätet vom Hauptquartier der Feuerwehr an der Battery herbei. Während es weiße Federbüsche aus Wasser in die Nacht sprühte, knöpfte sich die

Mannschaft die Hosen zu und fragte sich verwundert, warum ihnen niemand gesagt hatte, daß dieses. . . dieses Ding da erwartet wurde.

Von dem großen Schiff wurden unterdessen Beiboote, groß wie Hochseeyachten, zu Wasser gelassen. Eifersüchtig kreuzten sie in der Nähe des Mutterschiffes auf und ab.

Bei *Petipas* waren alle wie elektrisiert aufgesprungen. Allein schon der Anblick dieses wundersamen Schiffes vermittelte ihnen das Gefühl, einen großen Sieg errungen zu haben. Vor lauter Aufregung wußten sie gar nicht, was sie tun sollten und begnügten sich damit, einfach nur staunend beieinanderzustehen.

Von einem baumbestandenen Hügel herab oder aus der Perspektive einer lebhaften Straße heraus gesehen, muß ein Stadtbewohner wohl immer den Eindruck bekommen, die Schiffe kröchen mit unangebrachter Bedächtigkeit in den Hafen. Aber ein Seemann, der wochen- oder monatelang die nur vom Horizont begrenzte Weite des Meeres durcheilt hat, empfindet die Geschwindigkeit seines Schiffes, wenn es schließlich in die haarsträubende Enge seines Zielhafens einläuft, gewiß geradezu als schwindelerregend. Erleichtert atmet er auf, wenn die Fahrt endgültig vorüber ist. Der Stadt erlaubte es die Ankunft eines großen Schiffes gewissermaßen, sich ihrer selbst, ihres Ranges und ihrer Bedeutung zu vergewissern: Schiffe verbreiteten jedesmal aufs neue die Kunde von der Weite der Welt. »Ich bin dort gewesen«, schien jedes Schiff zu sagen. »Ich habe viel gesehen. Nun strengt euch an, um euch all die wunderbaren Dingen dort draußen vorzustellen, denn Genaueres werde ich euch nicht berichten . . .«

Harry Penn stieg auf einen Stuhl und begann in gewohnter Weise, seine Leute zu delegieren. »Craig Binky hat dies wahrscheinlich verpaßt«, sagte er. »Wer weiß, vielleicht ist er nach Norden in Richtung Kanada geflogen. Es würde ihm ähnlich sehen, ein solches Schiff irgendwo auf dem Festland zu suchen. — Asbury, machen Sie die Barkasse bereit zum Auslaufen, damit wir uns das Schiff gegebenenfalls aus der Nähe anschauen können! Falls es uns gelingt, noch ein paar Informationen zu sammeln, reicht die Zeit für eine Extraausgabe des *Whale*. Hören Sie, Praeger, nie zuvor hat es so ein Schiff gegeben. Ich könnte mir vorstellen, daß es uns ein großes Geschenk bringt.«

»Zum Beispiel?«

»Die Zukunft.«

Fast im Laufschritt verließen sie das Restaurant. Sogar Harry Penn rannte fast über das Kopfsteinpflaster der Straßen, die zum Printing House Square führten. Ab und zu stieß er mit der Spitze seines Spazierstocks auf den Boden, um sich daran zu erinnern, daß er kein Jüngling mehr war.

In jener Nacht machte bei der *Sun* niemand ein Auge zu. Noch wußte es niemand, aber langsam erwachte die Stadt zum Leben.

Das Zeitalter der Maschinen

Der Frühling ist in New York oft rauh und schmutzig. Es kann passieren, daß es nach einer Phase verlockend schönen, frühsommerlichen Wetters tagelang nur stürmt, gießt und hagelt. Für Obdachlose ist der Frühling die beschwerlichste Jahreszeit, und sei es nur wegen der häufigen Regenschauer und der rebellischen Winde. Der Winter ist für sie ein einziger verzweifelter Überlebenskampf; von einer Stunde auf die andere kann ein Mensch, der keine richtige Bleibe hat, dahingerafft werden. Ein langsames Dahinsiechen und Sterben im April, wenn allenthalben schon die Pflanzen grünen, muß einem vorkommen wie der Tod am letzten Tag eines Krieges. Ähnlich wie die Schulkinder werden die Penner und Tippelbrüder im Juni gewissermaßen in die nächste Klasse versetzt – in den Sommer – und sind dort für eine Weile gut aufgehoben.

Peter Lake legte sich erst im Juni über sein Dilemma Rechenschaft ab. Nach seiner Entlassung aus dem Krankenhaus hatte er sich durch den Winter geschlagen und all seine Kräfte zusammennehmen müssen, um zu überleben. Monatelang hauste er in U-Bahn-Schächten und schlief neben Leuten, mit denen er nie ein Wort wechselte, unter den warmen Rohrleitungen der Fernheizung. Die meisten der Obdachlosen waren mehr oder weniger geistesgestört, und alle hatten sie Angst. Sie fürchteten, von einem Zug in Stücke gefahren, von riesigen Ratten überfallen oder von jähzornigen Irren zusammengeschlagen zu werden. Nahrung war zwar leicht aufzutreiben, aber nicht sonderlich appetitlich. Die Mülltonnen der Restaurants machten nicht nur die Katzen und Hunde satt. An manchen Tagen, wenn das Thermometer auf zwanzig Grad unter Null oder tiefer fiel, mußte auch Peter auf diese Quelle zurückgreifen, denn nicht immer gelang es ihm, sich mit Tellerspülen oder plötzlichen frommen Anwandlungen vor einer religiösen Institution eine Mahlzeit zu verdienen. Peter fand schnell heraus, daß Küchenhilfen und Lagerarbeiter von Großbäckereien ihm gern eine Karotte oder ein Brötchen zusteckten, wenn er sich dafür schleunigst aus dem Staub machte, denn die Leute empfanden seine Gegenwart als aufdringlich und störend. Tauben galten zwar nicht eben als gesunde Nahrung, aber man konnte in einem alten Blecheimer ein Feuer anzünden und sie darüber braten. Und schließlich gab es hier und dort in der Stadt wohltätige Einrichtungen, wo Leute wie Peter von Zeit zu Zeit duschen und auch einmal in einem Bett übernachten konnten.

Es wäre zwar möglich gewesen, einer geregelten Arbeit nachzugehen, aber dazu fehlte Peter die Zeit. Er war voll und ganz damit beschäftigt, nichts zu tun. Wäre er nur einen einzigen Augenblick lang zur Besinnung gekommen, dann wären die Wellen der eigenen Besessenheit über ihm zusammengeschlagen und er wäre verloren gewesen. Allein die Vorstellung, arbeiten zu müssen, war ihm zuwider. Er beschloß, sich erst einen Job zu suchen, wenn er zumindest eine vage Vorstellung hatte, wer er eigentlich war — oder aber wenn ihn irgendeine Leidenschaft derartig packte, daß es auf seine wahre Identität gar nicht mehr ankam.

Als sich gegen Ende Mai oder Anfang Juni seine Lebensumstände etwas besserten, begann er in der Stadt herumzuwandern. Er wollte herausfinden, woran er sich noch erinnern konnte und was sich inzwischen verändert hatte. Überall sah er fast nur Glas und Stahl. Die Gebäude ähnelten eher Särgen als Häusern. Ihre Fenster ließen sich nicht öffnen, und manche hatten gar keine Fenster. Angesichts der Plumpheit und der übertriebenen Höhe der Häuser schnurrten die Straßen in der Tiefe unter ihnen zu dünnen Fäden zusammen, die zu einem dunklen Labyrinth verwoben waren. Nur bei Nacht — und nur aus einer gewissen Entfernung — schienen diese Gebäude zu sich selbst zu finden. Dann verschwanden ihre Geheimnistuerei, ihre Unzugänglichkeit und ihre Arroganz. Sie badeten die Stadt in ihrem Licht und leuchteten wie Kathedralen aus rostfreiem Stahl, bei denen man das Innere nach außen gekehrt hat.

Die Wucht und die Mächtigkeit dieses Stadtbildes bedrückten Peter, und so suchte er sich ein paar Orte, die ihm heilig waren.

(Nur einer davon war eine Kirche.) Immer wieder kehrte er an diese Stellen zurück, denn er spürte dort etwas, was ihm wie die Überbleibsel der Wahrheit vorkam.

Der erste dieser Orte war die *Maritime Cathedral*. Dort gab es endlos große Kirchenfenster aus Glas, das so blau war wie das Meer. Peter blickte dort in das Licht, das die Illusion von Wasser und Wellen erzeugte, aber auch in die leuchtenden Augen und Gesichter der auf den Buntglasscheiben dargestellten, in Booten und Schiffen dahintreibenden Menschen. Auf dem Fußboden der weitläufigen Kathedrale zerflossen die Strahlen dieser zarten Reflexe und Bilder zu einem Meer aus Licht, und eine Reihe von Schiffsmodellen, die hier in Glaskästen aufbewahrt wurden, schien darauf zu schwimmen. Ihretwegen kam Peter oft in die Kathedrale, aber genau wußte er nicht zu sagen, was ihn anzog. Es schien mit ihnen eine besondere Bewandtnis zu haben. Fast kam es ihm so vor, als ob hinter jenen Scheiben das Leben echter Schiffe zusammengedrängt, ja gefangen wäre und sanft vibrierend auf seine Befreiung wartete. In Wirklichkeit bewegten sich die kunstvoll gestalteten Glasfenster und die kleinen Schiffe in der *Maritime Cathedral* natürlich nicht, aber Peter kam es jedesmal so vor: Für ihn fuhren die Schiffe in ihren Glaskästen hin und her, die Walfische schnellten aus dem Wasser, die Herzen der Seeleute pochten, und ihre Augenbrauen waren von der Gischt benetzt.

Der zweite Ort, den Peter immer wieder aufsuchte, war die schmale Straße vor dem Restaurant *Petipas*. Dort hatte er das kleine Mädchen in den Armen gehalten. An den darauffolgenden Tagen kehrte er immer wieder dorthin zurück, aber seine Hoffnung, noch einmal dieselbe Tischgesellschaft anzutreffen, erfüllte sich nicht. Der Garten war entweder leer, oder es saßen andere Gäste an den Tischen. Gewöhnlich waren ihre Stimmen heiser vom vielen Trinken, und sie bemerkten ihn gar nicht. Der schmiedeeiserne Zaun wurde Peter so teuer, daß er ihn immer wieder mit der Hand oder gar mit den Lippen berührte. Er fühlte sich besser, wenn er ihn anfaßte. Als er den Garten zum erstenmal leer vorfand, schloß er die Augen und gab sich der Hoffnung hin, alles sei ein Traum. Sobald ich aufwache, sagte er sich, schaue ich nicht mehr von draußen zu, sondern befinde mich drinnen, als einer von vielen Gästen. Leicht berauscht und ermüdet sitze ich an einem Sommerabend nach dem Essen am Tisch und koste das Gefühl aus, von der Zeit wie von einem Bernstein umschlossen zu sein. Wie schön wäre es doch zu entdecken, daß ich, sagen wir mal, Besitzer eines Textilgeschäftes, Angestellter einer Eisenbahngesellschaft, Rechtsanwalt oder Versicherungsagent bin, der mit Frau und Kindern bei *Petipas* speist. Vor einem Jahrhundert. Wäre ich doch bloß dorthin zurückgekehrt, zu einem Haus aus nachgedunkeltem Holz, mit einem freundlichen Feuer im Kamin und einem Vorgarten, in dem das klagende Sirenengeheul der Fährschiffe zu hören und die Luft von der Verheißung auf eine ruhige Zukunft erfüllt ist. Alles um mich herum wäre weit und grün – so ganz anders als diese übereinandergeschichteten, erstickenden Massen aus Glas und Stahl. Ich würde den Traum im Gedächtnis behalten und all jene schlechten Gewohnheiten ablegen, die mich in ihm versinken ließen. Im Gedenken daran, wie es war, sich in der Zeit verirrt zu haben, würde ich gute Werke tun und bis ans Ende meiner Tage dankbar für meine Rückkehr sein.

Peters Hände umklammerten die Eisenstäbe. Mit geschlossenen Augen hoffte er inständig, auf die andere Seite des Tores versetzt zu werden, aber natürlich geschah nichts dergleichen.

Manche dieser kleinen heiligen Flecken und vergessenen Plätze in der Stadt hatten für Peter die Bedeutung von Andachtsstätten oder Kapellen, wie man sie in den Alpen hie und dort am Rand der Straße findet. Dazu zählten ein alter, schattiger Hauseingang, in dem die Farbe abbröckelte; ein zwischen monströse Gebäude geduckter Friedhof (da mochten täglich hunderttausend Menschen vorbeigehen, ohne daß sich auch nur einer die Zeit genommen hätte, einen Namen oder eine Inschrift auf einem der Grabsteine zu lesen); da waren versteckte Gärten, Fassaden und seltsam gewundene Straßen – lauter Orte, an denen etwas Unsichtbares präsent zu sein schien.

Eine Mietskaserne in Five Points aus der Zeit vor der Sanierung, die aus irgendeinem Grund noch nicht abgerissen worden war, bedeutete Peter von all diesen Plätzen am meisten. Kein redlicher, wohlerzogener, gebildeter Bürger hätte je ein solches Haus beschreiben können, denn redliche, wohlerzogene, gebildete Bürger wären wohl kaum lebendig aus diesem Haus herausgekommen, falls sie sich dort überhaupt hineingewagt hätten. Die Leute, die in jenem Gebäude hausten, beneideten die Ratten in ihren unterirdischen Tunneln. Es gab kein Licht, kein Wasser und keine Heizung, dafür jedoch immer irgendeinen wütenden Bewohner, der im Treppenhaus oder im Flur mit einem Messer herumfuchtelte.

Wieder einmal hatte Peter sich entschlossen, dem Haus einen Besuch abzustatten. Er ging die Treppe hinauf und öffnete die klapprige Dachluke. Schon dutzendmal war er hier gewesen, und noch immer wußte er nicht, was er eigentlich suchte. Die Abdeckung des Treppenhauses bildete auf dem Dach eine Art Rampe. Peter Lake kletterte hinauf und inspizierte die Schornsteine. Den runden, nachträglich eingebauten Abzugsrohren der Ölheizung war anzusehen, daß sie schon mindestens seit einem Jahrzehnt außer Betrieb waren. Und der Kamin, der *richtige* Kamin? Sicher war er bereits vor einem Dreivierteljahrhundert zugemauert worden, denn der Mörtel zwischen den Ziegeln war bröselig wie vom Wind angewehter Sand. Peter blickte in einen der toten Schornsteinschächte hinab. Er sah nichts, wurde aber geradezu von einer Wolke süßlichen, harzigen Holzgeruchs überrascht. Duftend stieg es ihm aus diesem leeren, dunklen Schacht entgegen und kündete von längst vergessenen Wintern mit all ihren Begebenheiten und Geschichten. Der schwarze Kamin war eine Art Schatzkammer voller Erinnerungen. Es tröstete Peter, daß die Feuer des Augenblicks geisterhafte, verborgene Spuren hinterlassen, die in einer anderen Zeit noch einmal lebendig werden. Unwillkürlich schlang er die Arme um den Kamin, als fürchtete er, den Halt zu verlieren und vom Dach zu stürzen. Damals hatte es weniger Häuser, dafür aber mehr Wälder und Felder gegeben. Die Morningside Heights gehörten zu einer Farm, und der Central Park lag eigentlich noch außerhalb der Stadt; er schob sich nach Manhattan hinein wie eine Schublade in einen Schreibtisch. Die Häuser hatten in jener Zeit zumeist hohe, hallende Flure, die an das weite offene Land erinnerten, das gleich vor der Stadt begann. Sie bestanden aus Holz und Stein, vor allem jedoch aus Raum, und sie stellten gleichermaßen Parodien wie Porträts der Wildnis dar. Wer damals lebte, hatte es gut getroffen. Nie brauchte man seine Tür abzuschließen (Peter Lake konnte nicht wissen, daß er ein Dieb und dennoch ein tadellos ehrlicher Mann gewesen war), im Winter roch es immer irgendwo nach brennendem Kiefernholz, und der Schnee blieb weiß.

Alles kann aber nicht so leicht und schön gewesen sein, sagte sich Peter. Wenn er sich hier oben an den Kamin klammerte, so lag es zum Teil auch daran, daß ihn unerklärlicherweise allein schon der Anblick dieses Daches schmerzte. Hätte er eine Geschichte des Wohnungsbaus in der Zeit vor der neuen Bauordnung gelesen, dann wäre er vielleicht irgendwo auf eine Bemerkung über das Heer der Schwindsüchtigen gestoßen, die auf den Dächern Zuflucht suchten und so eine Art Stadt über der Stadt bildeten. Möglicherweise hätte er dann auch allmählich begriffen, wer er selber war. Aber das ist nicht gewiß, denn der Weg dorthin war weit.

Sein Dasein hatte auch gute Seiten, denn er erlebte Momente voller Lebens- und Entdeckerfreude, die den von ihm beneideten seßhaften Menschen versagt blieben.

Verzweiflung ist die untere Hälfte eines Ganzen, und wer sich in den Abgrund stürzen will, muß zuvor klettern. In den Straßen von New York liefen total verkrachte Existenzen herum, in deren Leben es nichtsdestoweniger Augenblicke des Triumphs gab, die einen Alexander vor Neid hätten erblassen lassen. Peter Lake war leicht begeisterungsfähig, und es konnte passieren, daß er – hoppla-jetzt-komm-ich! – plötzlich mitten auf der Straße zu tanzen anfing. Es gab immer irgendwelche Spinner, die auf den Straßen tanzten und lauthals verkündeten, sie hätten die Wahrheit gefunden. Und niemals hatte man von ihnen etwas anderes gehört als die zusammenhangslosen Litaneien der geistig Verwirrten. »Hallo, Chester Mackintosh, Chester Mackintosh, was hast du mit den Blumen gemacht? Dasselbe, was Hilda mit dem Mond angestellt hat, he, he, Chester Mackintosh . . .«

So oder so ähnlich mochte es klingen, und der Angesprochene

war — ein Briefkasten. Plakate erfreuten sich besonderer Beliebtheit. Sie gaben Anlaß zu wortgewaltigen Proklamationen, zu Rede und Gegenrede, und sie wurden dabei stets ganz persönlich mit »du« angesprochen. Parkuhren erging es nicht anders: Oft wurden sie rauh angeherrscht wie Diener oder Lehrbuben, manchmal sogar bedroht. Aber dann kam es eben auch hin und wieder vor, daß die Leute von der Straße plötzlich auf eine Art Goldader stießen. Einer von denen, die dieses Glück hatten, war Peter Lake.

Es war an einem herrlichen Abend kurze Zeit nach seinem gespensterhaften Auftritt bei *Petipas*. Er wanderte ziellos durch die Straßen und fühlte sich trotz seiner zerlumpten Kleidung wie der Herr der Welt, hochgestimmt, allen Menschen wohlgesonnen, wie der Held einer Oper oder Operette. Da kam er plötzlich an einer grünlichen, an ein Gewächshaus erinnernden Fensterfront vorbei. Neben dem Bürgersteig befand sich eine kleine Plattform, deren Geländer mit Vorliebe von Schulkindern erklommen wurde, die von dort aus den betagten, schimmernden Maschinen der *Sun*-Druckerei bei der Arbeit zuschauen wollten. An dieses Geländer lehnte Peter Lake sich nun mit Grandeur und sah durch die Fenster ins Innere des Gebäudes. Der Anblick der in sich ruhenden, summenden Maschinen war Zündstoff für seinen ohnehin überhitzten Geist, mehr noch, er verlieh der Euphorie, die ihn ohne ersichtlichen Grund überkommen hatte, einen Bezug zur Realität. Augenblicklich begriff er, daß seine zuversichtliche Stimmung bisher auf Selbsttäuschung beruht, nun plötzlich aber Substanz gewonnen hatte. Dort, genau vor ihm, pochten und stampften diese Maschinen. Ganz ihrem Zweck hingegeben, spuckten und zischten sie wie hundert Dampfkessel. Endlich etwas, worauf er sich verstand!

Zwei müde, schlechtgelaunte Mechaniker trugen eine frisch gefettete Antriebswelle einen tiefergelegenen Gang entlang. Sie waren wütend, fluchten und verständigten sich mit Grunzlauten, die über den Lärm der Maschinen hinweg zu hören waren. Sie steuerten auf eine zwischen zwei Maschinen stehende, zu drei Vierteln in ihre Einzelteile zerlegte Apparatur zu und kratzten sich auf dem Weg dorthin mehrmals am Kopf, obwohl ihre

Hände ölverschmiert waren. Das ist ein schlechtes Zeichen, sagte sich Peter. Bestimmt wissen sie nicht, wie ein solches doppeltes Kardangelenk montiert werden muß. Wahrscheinlich haben sie keine Ahnung, wozu solch ein Ding überhaupt gut ist. Er klopfte an die Scheibe, und die beiden schauten kurz zu ihm hoch. Peter Lake klopfte ein zweites Mal.

»Was wollen Sie?« fragte einer der Männer.

»Ich würde euch gerne den richtigen Dreh mit dem doppelten Kardangelenk zeigen!«

»Hau ab!« Anscheinend hatten sie ihn nicht verstanden. Peter hämmerte so lange gegen die Scheibe, bis einer von ihnen einen Fensterflügel öffnete.

»Was wollen Sie?« fragte der Mann.

Peter überlegte sich seine Worte genau, als stünde er vor Gericht: »Ich hab' euch beide da mit dieser Doppelkardanwelle gesehen. Anscheinend kommt ihr damit nicht zurecht. Wenn ihr wollt, helfe ich euch.«

Der Mechaniker sah ihn mit einer Skepsis an, die nur durch die Tatsache gemildert wurde, daß Peter — wie er selbst — irischer Herkunft zu sein schien.

»Doppelkardanwelle?« wiederholte er. »Woher wissen Sie, daß das Ding so heißt? Wir kapieren ja nicht einmal, wozu es gut sein soll! Es würde uns schon reichen, wenn es wieder funktioniert. Dann wären wir ein Stück weiter.«

»Dieses doppelte Kardangelenk ist sehr wichtig für die Kraftübertragung zum Förderband. Wenn es nicht richtig gewartet wird, kommt es immer häufiger zu Pannen«, erläuterte Peter.

»Stimmt«, gab der Mechaniker zu. »Aber woher wissen Sie das alles, verdammt noch mal?«

Peter lächelte. »Ich kann eine solche Kardanwelle mit geschlossenen Augen ein- und ausbauen, genau wie jedes andere Teil von euren Maschinen.«

»Das will ich sehen!« rief der Mechaniker. Seit vielen Jahren plagte er sich nun schon mit diesen veralteten Geräten, die sämtliche ihrer Artgenossen überlebt hatten. Ihre Mechanik stellte ihn immer wieder vor schier unlösbare Rätsel. Seit einem halben Menschenalter arbeitete der Mann in der Druckerei.

Obwohl sein eigener Vater ihn angelernt hatte, verstand er noch immer kaum etwas von dem, was er hier wartete und pflegte. Die meisten Maschinen konnte er nicht einmal auseinandernehmen — geschweige denn wieder zusammensetzen.

»Ich zeig' es euch gern«, sagte Peter. Er wußte, daß die beiden nicht nein sagen würden.

Der Mechaniker besprach sich mit seinem Kollegen. Ab und zu blickte er hoch, um sich zu vergewissern, daß Peter noch nicht verschwunden war. Dann holten die beiden Männer eine Leiter und lehnten sie an den Fensterrahmen. »Kommen Sie gleich hier rein!« sagte einer von ihnen.

Für Peter war das eine Einladung ins Paradies. Als er sich in der Halle umsah, kam er sich vor wie Mohammed in Mekka. Die Maschinen empfingen ihn wie einen alten Bekannten, und Peter begriff in diesem Moment, daß er Mechaniker von Beruf war. Während er in dem riesigen Saal von einer Abteilung zur anderen ging, lichtete sich das Dunkel in seinem Innern, und das Wissen von Jahren brach hervor. Endlich ein Sieg!

Schließlich standen sie vor der Doppelkardanwelle.

»So, mein Lieber«, sagte einer der beiden Mechaniker, und ein sadistischer Unterton in seiner Stimme war nicht zu verkennen, »nun zeigen Sie uns mal, wie man dieses Ding . . . diese sogenannte ›doppelte Kardanwelle‹, wie Sie sie nennen, wieder zum Leben erweckt! Wenn Sie's nicht schaffen, befördern wir Sie eigenhändig wieder hinaus auf die Bowery, darauf können Sie Gift nehmen.«

Peter merkte, daß der Mann unrasiert und ungewaschen war, einen üblen Sonnenbrand und ein blaues Auge hatte. »Ihr zwei habt offenbar vor, auf den Ball der Müllmänner zu gehen, wie?« fragte er. Dann fixierte er die Maschine mit einem manischen Blick und begann mit der Arbeit.

In weniger als einer halben Stunde drehte sich die Doppelkardanwelle, und das Förderband lief weich und ruhig wie der Schwingenschlag einer Eule. (Zuvor hatte die Lederbespannung hin und her geschlappt wie die Fettwülste eines rennenden Dicken und die gußeisernen Antriebsräder mit laut scheppernden Schlägen gepeitscht.)

»Das hält mindestens sechs Monate«, teilte Peter Lake den beiden Männern mit, die ihn mit wachsender Ehrfurcht beobachtet hatten, »und der Energieverbrauch ist wesentlich geringer als vorher.«

Seine »Gastgeber« waren nun sehr erpicht darauf, ihm auch noch andere stillgelegte oder defekte Maschinen zu zeigen, die ihnen zeitlebens Kopfzerbrechen bereitet hatten.

»Was, zum Teufel, ist denn das hier, zum Beispiel?« fragten sie fast unisono und deuteten auf ein glockenartiges Gerät, das auf einer schnaufenden Dampfmaschine saß. »Schon als Kinder wollten wir es herausfinden. In unregelmäßigen Abständen rattert es wie verrückt los, so als ob ein loser Bolzen drin herumflöge. Aber eben nur manchmal. Wir haben versucht, den Kasten zu öffnen, aber da ist nichts zu machen, er ist überhaupt nicht von der Stelle zu bewegen. Sie haben nicht zufällig eine Ahnung, was das alles soll, oder?«

Peter Lake empfand die Frage als eine Beleidigung. »Jeder Straßenköter kann euch erklären, was das ist«, antwortete er. »Das Prinzip ist so simpel, daß ich es euch am liebsten auf Philippinisch erklären würde, um mich nicht dabei zu langweilen.«

»O nein, bitte nicht!« bettelten die zwei, »Sie wissen ja gar nicht wie uns dieses Ding all die Jahre hindurch gequält hat! Mitten in der Nacht fängt es plötzlich an zu kreischen wie ein Baby, das nach seiner Mutter brüllt, und wir wissen nicht, was es will!« Die Neugier ließ sie fast erstarren.

Peter fuhr liebevoll mit der Hand über das so oft malträtierte, glockenförmige Gerät. »Es handelt sich hierbei um einen Perfektionsmelder.«

Mit offenem Mund glotzten sie ihn an. »Einen Perfektionsmelder??«

»Seht euch doch die Maschine genauer an, auf der das Gerät angebracht ist«, fuhr Peter Lake fort, und die Begeisterung, die ihn ergriffen hatte, war ihm anzumerken. »Eine hübsche Maschine, wirklich, wie ein junges Mädchen nach einem Strandausflug im Juni. Wenn sie auf Touren kommt und sich ihrer optimalen Nutzungsquote nähert, tritt in ihrem Innern überhitzter Dampf aus, der bald darauf einen gewaltigen Druck entwickelt und zwei schwere, auf kalabrische Gleitzüge montierte Schlagschieber auseinanderpreßt. Durch ein Kryptorohr steigt er in diese Kammer, versetzt einen Silberdollar, Prägungsjahr 1883, in nahezu melodische Schwingungen beziehungsweise Rotationsbewegungen. Ich muß zu meiner Schande gestehen, daß ich nicht weiß, warum es ein Dreiundachtziger-Dollar ist. Soweit ich mich entsinne, hat es jedoch traditionelle Gründe.«

Die beiden Mechaniker waren sprachlos. Peter Lake interpretierte ihr Schweigen als Mißtrauen. »Ich kann es euch beweisen, wenn ihr darauf besteht«, fuhr er fort und geleitete sie zu zwei großen Hebeln, die in einem abgelegenen Winkel der Maschinenhalle in den Boden eingelassen waren.

»Was die zu bedeuten haben, wissen wir leider auch nicht«, sagten die beiden.

»Das sind die Hebel für die Verankerung der Perfektionsmelder«, erklärte Peter und legte die Hebel um. »Die Hebelstellung muß diesen Winkel ergeben — ach ja, dreiundachtzig Grad, deswegen handelt es sich um einen Dreiundachtziger-Dollar, damit man sich den Winkel besser merken kann — und klinkt damit die Halterung der Perfektionsmelder aus . . .«

»Klinkt sie aus . . .«

»Ja, sicher doch. So wie es aussieht, gibt es hier mindestens zwei Dutzend von der Sorte. Sie müssen den jeweils gewünschten Hebel halt stets auf der gegenüberliegenden Seite der Halle suchen. Die Konstrukteure damals hatten eben noch was anderes im Kopf als die bloße Energieversorgung. Was Sie hier vor sich haben, ist nichts anderes als ein einziges großes Puzzle. Oder eine Art Gleichung. Alle Einzelteile sind in dieser oder jener Form aufeinander abgestimmt wie die Instrumente in einem Orchester. Als Dirigent . . .« — Peter Lake grinste — » . . . als Dirigent müssen Sie jedes einzelne Instrument beherrschen. Und Sie müssen natürlich auch was von Musik verstehen.«

Er führte die beiden wieder zurück zum Perfektionsmelder, der sich nun ohne jede Schwierigkeit von seinem Platz entfernen ließ. Ein Silberdollar fiel heraus und rollte mit einem klingenden, metallischen Geräusch über den Hallenboden. Einer der beiden

Mechaniker lief hinterher, stoppte ihn mit dem Fuß und hob ihn auf. Nachdem er sich die Münze genau angesehen hatte, starrte er seinen Kollegen mit weitgeöffneten Augen an und sagte: »Achtzehnhundertdreiundachtzig . . .«

☆

Normalerweise hätte Peter Lake als neuer Chefmechaniker der *Sun* entweder zu einem Abendessen bei *Petipas* oder in Harry Penns Haus eingeladen werden müssen, aber in diesem Juni herrschte im Zeitungsgebäude ein ziemliches Durcheinander. Man war vollauf damit beschäftigt, das Geheimnis des großen Schiffes zu entschlüsseln, und kam dabei einfach nicht weiter. Seit seinem Erscheinen lag das Schiff im Hudson vor Anker, und keinem Menschen aus der Stadt war es gelungen, Näheres über sein Woher und Wohin in Erfahrung zu bringen. Die *Sun* hatte einen Großteil ihrer Berichterstatter auf die Story angesetzt. Einige schoben vierundzwanzig Stunden am Tag unten im Hafen Wache, andere bombadierten unablässig den Bürgermeister mit Fragen. (Der Bürgermeister war mitten in der Nacht an Bord gegangen und hatte nach seiner Rückkehr auf der Hafenmole ein Tänzchen vollführt.)

Wieder andere machten Luft- oder Infrarotaufnahmen von dem Schiff. Um den toten Punkt zu überwinden, sammelte man auf gut Glück überall in der Welt alle denkbaren Informationen. Verärgert darüber, daß es ihnen nicht gelang, Genaueres herauszufinden, vernachlässigte die *Sun*-Belegschaft das Alltagsgeschäft und versäumte unter anderem die traditionelle Begrüßung neuer Mitarbeiter.

Als Peter Lake von dem erschöpften und überarbeiteten Praeger de Pinto endlich zu einem kurzen Vorstellungsgespräch empfangen wurde, sah er längst so aus, wie nach landläufiger Meinung ein guter Mechaniker auszusehen hat. Sein äußeres Erscheinungsbild glich jetzt übrigens weitgehend dem Peter Lake, der vor langer, fast vergessener Zeit seine Tage damit verbracht hatte, in Austernlokalen zu speisen, in Werkstätten zu arbeiten oder fremde Häuser auszurauben. Genau wie früher zwirbelte er seinen Schnurrbart wieder zur Form eines Fahrradlenkers hoch. Er ließ sich die Haare schneiden, duschte und badete ein halbes Dutzend Mal und kaufte sich einen altmodisch geschnittenen Leinenanzug, der ihm gut gefiel und bei der *Sun* durchaus nicht fehl am Platz war. Nicht nur Harry Penn selbst, sondern eine ganze Reihe anderer älterer Herren, die etwas auf sich hielten, kleideten sich dort in einem Stil, der mehr als nur eine Anspielung auf das neunzehnte Jahrhundert war.

Die Narben auf Peters Gesicht, die während seiner Zeit als Stadtstreicher von Ruß und Schmutz bedeckt gewesen waren, kamen nun wieder zum Vorschein, aber die kleineren waren kaum noch zu sehen. Hätte Praeger ihm tief in die Augen geschaut, wäre ihm vielleicht aufgefallen, daß Peters Seele in den Stürmen anderer Zeiten und Orte gefangen war. Aber da er dies nicht tat, las er in Peters Gesicht lediglich die Bereitschaft, als arbeitender Mensch stets sein Bestes zu geben. Der Mann sah nicht wie ein Intellektueller, Künstler, Anwalt oder Bankier aus, sondern wie jemand, der Eisenbahngleise verlegt, Häuser baut, Feuer schürt und mit Schmiedeessen oder Maschinen zu tun hat. Seine Arme waren stark, seine Hände groß. Er hatte eine gerade Nase und eine tiefe Stimme. Praeger de Pinto mochte ihn von Anfang an. Von dem komplizierten Wesen des neuen Mechanikers hatte er keinen Schimmer, und er erkannte in ihm auch nicht den verwahrlosten Kerl wieder, der unlängst wie ein Spuk in die Abendgesellschaf bei *Petipas* geplatzt war. Übrigens erinnerte sich Peter seinerseits auch nicht an Praeger, der ihn bald nach dem Einstellungsgespräch wieder vergaß, obwohl er sich anfangs sehr über ein Versprechen der anderen Mechaniker gefreut hatte. »Wenn dieser Mann als Chef eingestellt wird«, hatten sie gesagt, »können wir die Zahl der Pannen und Verzögerungen drastisch reduzieren.« Peter erhielt nur die Firmenanteile eines Lehrlings, weil Trumbull, der bisherige Chefmechaniker, sich ihm zwar unterordnen, nicht aber in Ruhestand gehen wollte.

Die meiste Zeit verbrachte Peter Lake bei den Maschinen, denn nur dort war er wirklich glücklich. Während seiner freien Stunden hielt er sich meist in einem kleinen, gemieteten Zimmer auf, von dessen Fenster aus er ein endloses Labyrinth aus Dächern und hölzernen Wassertanks überblickte. Schon bald ging es ihm wie so vielen anderen Menschen in New York: Er fühlte sich behaglich, vergessen und allein.

Das herrliche Juniwetter wurde in diesem Jahr mehrfach von heftigen Gewittern unterbrochen, die, von Westen kommend, über die Stadt herfielen. Plötzlich erschienen graue Wolken am Himmel, die nicht wußten, ob sie Berge oder Schlangennester waren, und legten sich über die Stadt – Kissen voller Regen, Sturm und Hagel. Die Wolken verfinsterten sich, nahmen bald den Ton dunkelreifer Pflaumen an, und aus ihren Bäuchen zuckten Spiralblitze, die eine Vorliebe für die höchsten Turmspitzen Manhattans zeigten und auch das vom Echo in den Straßenschluchten tausendfach verstärkte Grollen des Donners zu lieben schienen. Alles, was dort unten kreuchte und fleuchte, die sonst durch nichts aus ihrem Trott zu bringenden Menschenmassen, verfiel unter ihrem gleißenden Licht in heillose Aufregung, suchte Zuflucht in Toreinfahrten und unter Arkaden, und alle reckten sie die Hälse und starrten gebannt nach oben. Manchmal, wenn ein Blitz in unmittelbarer Nähe einschlug, setzten die Herzen für Sekunden aus.

Jedesmal, wenn ein Gewitter kam, unterbrach Peter Lake die Arbeit, mit der er gerade beschäftigt war. Sofern er sich in der Maschinenhalle der *Sun* befand, blickte er zur Fensterfront auf, beobachtete den gegen die Scheiben trommelnden Regen und sah zu, wie die Blitze den Himmel spalteten. Manchmal erlebte er das zuckende Artilleriefeuer auch von seinem Zimmer aus. Die Wassertürme auf den Dächern warfen den Donner zurück, als wollten sie dem Gewitter einen Gruß entbieten. Auch Peter schlug sich innerlich auf die Seite von Wind und Regen, denn insgeheim hoffte er, sie hätten die Kraft, das strenge Gefüge der Zeit aufzuheben und ihn zu befreien. Ein jeder macht sich bei einem Gewitter seine eigenen Gedanken, sagte er sich.

☆

Dreißig Stockwerke hoch über dem East River irrten Martin

und Abby mit staksigen Schritten in der plötzlich so düsteren Wohnung umher und durchlebten eines jener Gewitter, von Urangst erfüllt. Beide waren nun alt genug, um die Bedeutung eines solchen Naturschauspiels zu begreifen. Martin erinnerte sich zwar an ein paar kleinere Gewitter, aber es macht einen riesigen Unterschied, ob sich ein Unwetter in zehn Meilen Entfernung austobt oder genau über dem Haus, in dem man wohnt. Hardesty und Virginia waren bei der Arbeit, und Mrs. Solemnis machte gerade eines ihrer Schläfchen, bei denen sie sich durch nichts in der Welt stören ließ. Nachdem die beiden Kinder vergeblich versucht hatten, sie zu wecken, gingen sie in der Annahme, die Frau sei von einem Blitz erschlagen worden, in die Küche und spähten über den Sims des Küchenfensters in Richtung *Hell Gate*.

Martin sagte zu seiner Schwester, ihre Eltern seien nun bestimmt tot. Daraufhin brach die kleine Abby in Tränen aus und dachte, vielleicht sind wir jetzt die einzigen Menschen auf der Welt, Mrs. Solemnis lebt ja auch nicht mehr. Der Anblick eines Bugsierschiffes, das gerade um die enge, *Hell Gate* genannte Flußbiegung steuerte, machte Martin und Abby ein wenig Mut, doch kaum war das Schiff verschwunden, da donnerte es mehrmals so heftig, daß um ein Haar die Fensterscheiben zersprungen wären. »Hab keine Angst, Abby ich bin ja bei dir«, tröstete Martin seine Schwester, die leise vor sich hin wimmerte. Dann rief er sich ins Gedächtnis zurück, was man alles beim Eierkochen zu beachten hat. Erst vor kurzem hatte er gelernt, die Herdflamme zu entzünden und Frühstück zu machen. Da habe ich großes Glück gehabt, sagte er sich, denn jetzt bin schließlich ich dafür verantwortlich, daß für mich und Abby was Eßbares auf den Tisch kommt.

Am meisten Kopfzerbrechen bereitete dem kleinen Martin die Frage, was er mit Mrs. Solemnis Leiche anfangen sollte. Was war besser — sie von der Terrasse zu werfen oder sie in den Kühlschrank zu stopfen? Während er noch darüber nachgrübelte, verzog sich das Gewitter, und die Sonne brach durch die Wolken. Dann klingelte das Telefon. Es war Virginia. Sie wollte wissen, wie es den beiden ergangen war.

Die Zeit erlebten Abby und Martin ähnlich wie Peter Lake. Genau wie er waren sie sich ihres Wirkens durchaus nicht so sicher wie all die Menschen, die sich von ihren Uhren täuschen ließen und zwar bereitwillig zugaben, daß eine Linie oder ein Punkt eigentlich imaginäre Größen sind, zugleich aber treu und unerschütterlich an Sekunden glaubten. Martin und Abby hingegen ruhten weitab vom Hauptstrom in der Geborgenheit der Zeitlosigkeit. Hoch über den Dächern von Yorkville wuchsen sie in der elterlichen Wohnung heran, zwei kleine Vögel im sturmumtosten Nest.

Oft staunten die Eltern, was die beiden schon konnten, und der Einfallsreichtum und die Phantasie ihrer Kinder machten ihnen viel Freude. Martin und Abby hatten Hunderte von unsichtbaren Freunden mit Namen wie: »Die Fette und der Kahlkopf«; »die Hundeleute«; »der einsame Dorian«; »die Schlangenlady«; »der Unterhosenmann«; »die Rauchleute«; »Alfons und Hula«; »der Brüller und die Schleicherin«; »die verrückte Ellen«; »der Boxer«; »Romeo und die Knoblauchboys« und so weiter und so fort. Die Liste war so lang, daß die Eltern sich Sorgen machten, die Phantasiegebilde ihrer Kinder könnten allzu unzusammenhängend und bruchstückhaft sein. (Dabei hatten die Kleinen noch nie in ihrem Leben ferngesehen.)

Eines Abends wurden Hardesty und Virginia Zeugen eines seltsamen Gespräches zwischen den beiden Kleinen:

»Die Katzenfrau vom Mond hat heute geweint«, sagte Martin nüchtern und sachlich zu seiner Schwester. »Und die Katze Bonomo hat einen Rückwärtssalto nach dem anderen gemacht. Ich glaube, sie fühlt sich nicht wohl.«

»Wer?« fragte Abby. Sie war noch ganz benommen von einem zu langen Nachmittagsschlaf, der sie tiefer als gewöhnlich in das Land von Morpheus und Belinda geführt hatte. (Sämtliche Marrattas pflegten nach einem Nickerchen ziemlich unleidlich zu sein.)

»Die Katzenfrau vom Mond«, sagte Martin. Es ärgerte ihn, daß er alles zweimal sagen mußte.

»Wer??«

»Die Katzenfrau vom Mond! Die Katzenfrau vom Mond!« schrie Martin , plötzlich ein kleines, böses Ekel. »Du weißt doch: Vierzehn Stockwerke nach unten und sieben zur Seite.«

Erst jetzt begriffen Hardesty und Virginia, daß es jene Menschen mit den seltsamen Namen wirklich gab. Sie wohnten in einem riesigen Hochhaus, das vom Kinderzimmer aus zu sehen war. Martin und Abby hatten diese Leute beobachtet und sie nach ihren typischen Eigenheiten und Schrullen benannt. Nahezu tausend Personen und Tieren hatten sie auf diese Weise Spitznamen verpaßt, zu allen hatten sie fast ein alltägliches Verhältnis. Virginia war darüber nicht sonderlich überrascht, denn sie selbst hatte ja schon in ihrer frühen Kindheit zehn- bis zwanzigtausend der geläufigeren Begriffe aus dem Wortschatz ihrer Mutter gelernt. Damals konnte sie sogar wie ein Bauer mehrere Tage im voraus das Wetter an den Wolken ablesen, so innig war sie von kleinauf der Landschaft und dem Himmel verbunden. Hier in Yorkville gab es genausoviel heimliche Zeichen, die man nur zu lesen wissen mußte. Freilich war die Umgebung hier längst nicht so anmutig wie die unverdorbene Natur am Coheeries-See.

Meine Kinder sind genauso begabt und aufnahmefähig, wie ich es damals war, sagte sich Virginia. Und Mut haben sie auch. Eine Gänsehaut überlief sie, wenn sie daran dachte, wie oft sie damals fast auf schreckliche Weise ums Leben gekommen wäre: Mehrmals war sie aus Leichtsinn beinahe unter die Räder eines Fuhrwerks geraten, und einmal hatte sie sogar einen streunenden schwarzen Bären, der zehnmal soviel wog wie sie selbst, mit Nüssen gefüttert, als wäre er nur ein harmloser Waschbär. Sie hatte ihn danach eine halbe Stunde lang wie ein Hündchen auf einer Wiese herumgeführt, wo ihr eigentlich nichts passieren konnte — das hatte ihre Mutter jedenfalls angenommen! Ein andermal war sie im Kühlhaus auf übereinandergestapelte Eisblöcke geklettert, und als ihre Mutter einmal im Dorf war, hatte sie arglos mit der Schrotflinte gespielt. Vor solchen Gefahren sind meine Kinder sicher, glaubte Virginia bis zu jenem Tag, da sie Abby unbeeindruckt von dem dreihundert Fuß tiefen Abgrund zu den Klängen einer Schallplatte auf der Balkonbrüstung einen Walzer tanzen sah. Angesichts von Abbys Furchtlosigkeit unterdrückte sie ihre eigene Angst: Statt mit einem Schreckensschrei auf ihr Kind zuzustürzen, um es von der Brüstung zu reißen, wie viel andere Mütter es getan hätten, trat sie auf Abby zu, schloß sie in ihre Arme und setzte sie nach einer Walzerdrehung behutsam zu Boden. Von jenem Tag an bewunderte sie die instinktive Anmut, mit der sich ihre Tochter bewegte.

Der Tanz auf dem Balkongeländer war freilich eine Ausnahme im ruhigen Dasein der Kinder. In ihnen verbanden sich Unschuld, Machtlosigkeit und Phantasiereichtum zu der Fähigkeit, die Zeit gewissermaßen von innen nach außen zu krempeln, auf dem Wind zu reiten und in die Seele von Tieren zu kriechen. Sie waren noch nahe genug am Augenblick ihrer eigenen Geburt, um sich in ihren tiefen Träumen an die allen Dingen innewohnende Stille zu erinnern. Nie zweifelten sie daran, daß sie nur fest genug daran glauben mußten, damit sie durch die Luft fliegen konnten, einen verwischten Streifen hellen Lichts wie die Schleppe eines Gewandes hinter sich herziehend. Als Virginia ihnen erzählte, es gäbe einen weißen Wolkenwall, der von Zeit zu Zeit auf die Stadt zurollte, akzeptierten sie diese Geschichte genauso fraglos, wie Virginia vor langer Zeit die Worte ihrer Mutter.

»Er ist nichts und alles auf einmal«, hatte sie den Kindern erklärt, die im Bett lagen und dem Heulen des Sturms lauschten. »In ihm gibt es keine Zeit, sondern nur *Inseln* der Zeit. Er bewegt sich von innen heraus mit Strömungen und Gegenströmungen, und wenn ihr ihm zu nahe kommt, reißt er euch mit sich fort wie eine riesige Welle, die einen Menschen von einem Felsen fegt. Manchmal, wenn er um die Stadt herumwirbelt, scheint er unregelmäßige Ausbuchtungen zu haben, an anderen Tagen fährt er wie der Trichter eines Tornados hernieder und saugt manch einen in sich hinein, um ihn dann woanders wieder auszuspucken. Es kommt auch vor, daß er breite, weiße Bahnen zieht, die auf die Stadt zulaufen, oder daß er sich weit draußen auf dem Meer ausruht, während er mit anderen Orten Verbindung aufnimmt. Er ist kein böser Sturm, sondern eine

Zuflucht, ein teilnahmsloser Strom, in dem wir alle schwimmen. Trotzdem fragen wir uns, ob nicht noch mehr dahintersteckt.«

»Warum?« wollte Martin wissen. Er hatte sich fast ganz unter der Bettdecke verkrochen.

»Weil der Wolkenwall in den seltenen Zeiten, wo alles im Dienst der Schönheit, des Ebenmaßes und der Gerechtigkeit zusammenfließt, die Farbe von Gold annimmt, warm und lächelnd, als hätte sich Gott an die Vollkommenheit und Vielgestaltigkeit jener Welt erinnert, die er vor langer Zeit wie einen Kreisel in Bewegung setzte und dann vergaß.«

Abby und Martin hatten eine unbestechliche Beobachtungsgabe. Da sie ihre Tage in einem Appartementhaus verbrachten, das einem riesigen Bienenkorb glich, entwickelten sie für viele Dinge, die von den meisten Leuten übersehen wurden, ein feines Gespür. So wurde das Gebäude in seiner Gesamtheit für sie zu einem Musikinstrument. Der gedämpfte Klang von Telefonen in leeren Wohnungen drang an ihre Ohren, von Fall zu Fall anders in Lautstärke und Tonhöhe. (Die Variationen hingen von der Entfernung der einzelnen Apparate ab, von der Zahl der Wände, die sie von ihnen trennten, aber auch vom Wind, von Fenstern, die offenstanden oder geschlossen waren etc.)

Sie lauschten den Geräuschen wie Vogelstimmen, die aus dem Dunkel eines Dschungels schallen. Das Leitungssystem der Installationen — rauschende Bäche in unerreichbaren Kavernen — sprach zu ihnen mit der Autorität eines unterirdischen Flusses im Hades. Von ihrem hohen Nest aus sahen sie die freien Bewegungen des Fluges und spürten die Harmonie zwischen den Vögeln und der blauen Luft, die es in niedrigeren Regionen unten am Boden und in den Straßen nicht gab. Sie verzeichneten alle Nuancen im Spiel des Lichts und der Geräusche, das die Morgendämmerung, den Einbruch der Nacht und die Gewitterstürme begleitete. Von den bis zu einer halben Meile langen Schatten der umstehenden Hochhäuser lasen sie die Tageszeit ab. Nach Marko Chestnuts Meinung waren sie für Natur so empfänglich, als wären sie auf einer Farm oder in den Bergen großgeworden. »Gewiß, sie leben in einer Maschine, nämlich mitten in der Stadt, aber wenn es stimmt, daß die Maschine aus der Natur hervorgegangen ist – warum sollte Natur dann nicht auch aus einer Maschine hervorgehen können?«

Jeden Samstag malte er Porträts von Kindern, einzeln und in Gruppen. Sein Atelier lag in der Unterstadt, nicht weit vom Gebäude der *Sun* entfernt, mit Blick auf die Zufahrtsstraßen der Manhattan-Brücke. An einem regnerischen Frühjahrstag kamen Martin und Abby zu ihm. In ihren wasserdichten Mäntelchen aus gelbem Plastik, mit ihren geröteten Gesichtern, dem schönen Haar und den kindlichen Augen waren sie bei dieser grauen, regnerischen Stimmung genau das, was er suchte. Da sie nicht genau wußten, was er von ihnen erwartete, wirkten sie nervös und sogar ein bißchen ängstlich. Dieser Mr. Chestnut kam ihnen ein wenig wie ein Arzt vor.

Es war Marko fast unmöglich, sie zum Sprechen zu bringen. Wenn sie überhaupt den Mund aufmachten, kam nur ein Flüstern heraus. Marko fütterte sie mit Schokoladenkeksen und Kronsbeerensaft. Dann gab er ihnen einen kleinen Tuschkasten, Magneten, Spielzeugautos und Museumskataloge.

Sie blieben mehrere Stunden im Atelier. Abby und Martin beobachteten den Regen und den peitschenden Wind mit derselben Aufmerksamkeit, wie Marko sie, die Kinder, beobachtete. Man hörte nichts als die Geräusche des Regens. Das Wasser strömte in Sturzbächen von den Dächern, wusch die Fassaden blank, floß durch die Straßen und verschwand rauschend in den Gullys. Abby trat vor die Leinwand, nahm einen von Marko Chestnuts Pinseln und sagte, die Farben auf dem Bild hätten denselben Klang wie draußen der Regen. So ist es, stimmte ihr Marko wortlos zu. Natur ist auch in den Pfeilern, Stahlgerüsten und Maschinen der Stadt, in allen Dingen und in der Art, wie sie angeordnet sind, in einem Stilleben, das von einer Glühbirne beleuchtet wird, aber auch in einem sonnenbeschienenen Feld von der Farbe des Weizens. Die Gesetze sind immer und überall dieselben. Während Marko Chestnut nur in seinen kühnsten Träumen zu hoffen wagte, die Stadt und ihre verwaisten Maschinen könnten zu ihren Ursprüngen zurückfinden und erwachen, hatten die Kinder schon Größeres im Sinn: Sie wollten fliegen, hinauf in die Höhe! Die ganze Welt sollte der Vollendung entgegenstreben, sich erheben über die zerklüfteten Konturen dieser bizarr geformten Maschine, die ihre Heimat war.

☆

Irgendwo in der Stadt der Armen trieb Athansor, der weiße Hengst, ein quietschendes und knarrendes Göpelwerk an, indem er unter einem dicken Querbalken, an den er angeschirrt war, im Kreis lief. Ausruhen konnte er nur, wenn die altersschwache, mit der Kraft seiner Muskeln betriebene Maschinerie wegen einer Panne für eine Weile ausfiel, oder wenn der Nachschub an zu verarbeitenden Materialien stockte. Von solchen Ausnahmen abgesehen, arbeitete Athansor pausenlos. An Hafer, Heu und Wasser mangelte es ihm nie. Jedesmal, wenn er daran vorbeikam, konnte er sich aus einer Art Mauernische bedienen. Die Schwerkraft sorgte dafür, daß immer neues Futter nachrutschte. Zahllose Pferde hatten vor ihm die mit Blech und Brettern verkleideten Seitenwände der Nische mit ihren Hälsen blankgescheuert, indem sie ohne anzuhalten den Kopf vorbeugten, um rasch etwas Nahrung oder Wasser zu sich zu nehmen.

Die Pferde hielten hier höchstens zwei Monate durch. Dann gingen sie vor Erschöpfung ein. Oft starben sie, bevor ein Aufseher dazu kam, sie zu erschießen, weil sie nicht weiterkonnten. Die Praxis, ein Pferd so lange schuften zu lassen, bis es verreckte, bedeutete, daß der Betrieb im Jahr ungefähr zehn Tiere benötigte. Wären dagegen insgesamt nur drei Pferde, diese aber in alternierenden Schichten eingesetzt worden, dann hätten sie ihr ganzes Leben lang bis zu ihrem natürlichen Ende arbeiten können. Aber die Stadt der Armen hatte ihr eigenes Wirtschaftssystem, und letztlich war der Betrieb immer in den schwarzen Zahlen, da die Besitzer Pferde zu einem Spottpreis bekamen.

Es waren Gäule, die kein Fuhrwerk mehr ziehen konnten, oder Ausreißer, die sich auf ein Trümmergrundstück verirrt hatten, oder Pferde aus gräßlichen Ställen in ausgebrannten Mietskasernen, wo sie bei Nacht und Nebel von Dieben untergebracht worden waren.

Nachdem sie sich zu Tode gerackert hatten, schlachtete und häutete man sie. Das Fleisch einschließlich der Innereien wurde verarbeitet, aus den Knochen und den Hufen gewann man Kleister. Das brachte Profit für die Arbeiter, die ihr Soll erfüllten, aber vor allem für die teuflisch geldgierigen und kurzsichtigen Besitzer dieses kleinen Betriebes, der mit erschreckender Geschwindigkeit ein Pferd nach dem anderen verschlang.

Aber nicht Athansor! Sie hatten ihn aus der Arena in der Annahme mitgenommen, er würde auch nicht viel mehr Runden durchhalten als seine ahnungslosen Artgenossen, die nachts in den Bergen auf ihren Koppeln eingefangen und per Lastwagen in die
finsterste Gegend der Stadt gekarrt wurden. Einmal hatte ein preisgekrönter Percheronhengst aus Virginia das Göpelwerk fünf Monate lang ohne Unterbrechung in Gang gehalten. Seine Unbeirrbarkeit hatte sogar die abgebrühten Kerle verblüfft, die ihn eingefangen hatten. Länger als er würde auch dieser Schimmel nicht durchhalten, meinten sie. Er sah nicht wie ein an harte Arbeit gewöhnter Ackergaul, sondern eher wie ein Kavalleriepferd aus.

Die Leute konnten nicht ahnen, daß Athansor durchaus nicht die Absicht hatte unterzugehen — nicht im Meer, aber auch nicht an einen mit Abfällen beladenen Karren oder an ein Göpelwerk geschirrt. Wie hätten sie auch wissen können, daß dieses Pferd die Zeit konsumierte, wie die Mühle Pferde verschliß, und daß es sich von der Zeit genauso ernährte wie von dem Hafer und dem Wasser, das man ihm gab? Der Ursprung seiner Kraft blieb den Menschen verborgen, aber ihnen fiel auf, daß der Hengst umso stärker wurde, je mehr sie ihn trieben. Unverdrossen stapfte er unter dem Querbalken im Kreis herum, durch die schwarze Nacht bis zum Morgengrauen, manchmal schweißnaß und fiebernd, ein andermal leicht und freudig, vor Kraft tänzelnd oder voller Sorgen in sich hineinhorchend, wenn es ihm plötzlich so vorkam, als hätte sein Herz ausgesetzt. Er gab nicht auf, und er kam nie aus dem Tritt.

In der ersten Augusthälfte herrschte große Hitze. Tagsüber,

und manchmal sogar nachts, glänzte Athansors Fell vor Schweiß. Manche seiner Wunden platzten auf und begannen zu eitern. Als der Herbst kam, hatte er längst begriffen, was man mit ihm vorhatte. Stolz hob er den Kopf, schüttelte seine verfilzte Mähne und wandte den Blick nach vorn. Denn in ihm war die Kraft, die die Jahreszeiten vorantreibt und die bewirkt, daß das Meer unablässig Salz aus dem Gestein herauswäscht. Im Winter war die Hälfte des Kreises, in dem er arbeitete, von Schnee und Eis bedeckt, so daß seine Hufe kaum Halt fanden. Aber er hielt nicht nur bis zum Frühling durch. Der Juni brachte herrliches Wetter, und Athansor wußte, daß er es geschafft hatte. Jeder Schritt war ein kleiner Sieg.

Im Frühsommer, als Schönwetterperioden sich mit gewaltigen Gewittern abwechselten, gaben viele Dinge Athansor Auftrieb, nicht zuletzt auch das Staunen seiner Folterknechte angesichts der Tatsache, daß er noch immer lebte. Aus einem bestimmten Winkel des Kreises konnte er in westlicher Richtung über die mit Geröll und Abfällen bedeckte Ebene, über die Ruinen ausgebrannter Häuser und über den Fluß hinweg die Skyline der Innenstadt erspähen. Daß es ihm vergönnt war, dieses glänzende Wunderwerk zu sehen, trug zweifellos auch dazu bei, daß er durchhielt.

☆

Eine Glocke läutete. Sie läutete für den Bürgermeister, der in einer Barkasse der Stadtverwaltung den East River hinab in Richtung Rathaus fuhr. Das Läuten hörte erst auf, als er sein Büro betrat, die Amtsrobe anlegte und den obersten seiner Beamten zu sich rief, um diesen verkünden zu lassen, daß er, der Bürgermeister, sich nun »zur Freude der Bevölkerung« in seinen Amtsräumen befände. Er sei gesonnen, »zum größeren Wohl der Gemeinschaft zu regieren«, und habe »mit Wohlgefallen vermerkt, daß die Sonne über einer intakten und von Leben erfüllten Stadt aufgegangen« sei.

Dies war eine alte Zeremonie, die manche für überlebt hielten. Aber sie ermahnte den Bürgermeister daran, im Alltag nie das Prinzip der Gleichheit aus den Augen zu verlieren, sie erinnerte ihn an seine Aufgabe und verlieh ihm einen Sinn für Kontinuität.

Der Ältestenrat (in dem übrigens sowohl Harry Penn als auch Craig Binky saßen und tatsächlich eine Art Koexistenz führten) trat vor jeder Amtseinführung mit dem einzigen Tagesordnungspunkt zusammen, eine offizielle Bezeichnung für den neuen Bürgermeister festzulegen. Solche Namen waren rein symbolisch und konnten den jeweiligen Amtsinhaber weder seinen Sessel kosten noch seine Wiederwahl garantieren, aber beim Wahlvolk und im Gewissen des Bürgermeisters selbst – sofern er eines besaß – hatten sie großes Gewicht. Der Amtsname, an den sich die Nachwelt für alle Zeiten erinnern würde, löschte nämlich den ursprünglichen Taufnamen vollständig aus und verschmolz mit der Geschichte der Stadt. Mancher war zurückgetreten oder hatte sich gar das Leben genommen, nachdem der Ältestenrat ihm einen Namen wie »Lumpenbürgermeister«, »Knochenbürgermeister«, »Aschenbürgermeister« oder dergleichen zugeteilt hatte. Andere hatten mit einem würgenden Gefühl im Hals weitergemacht, trotz Namen wie »Fuchsbürgermeister«, »Eierbürgermeister« oder »Vogelbürgermeister«. In der Politik mußte man eben immer damit rechnen, ein wenig verunglimpft oder lächerlich gemacht zu werden. Immerhin gab es auch jene, die während ihrer Amtszeit weder Spott noch Tadel erdulden mußten, weil ihnen als Bürgermeister entweder das eigene Talent oder glückliche Umstände zugute kamen, oder weil sie in einer gesegneten Zeit regierten. Mit prachtvollen Namen gingen sie in die Geschichte ein: als »Elfenbeinbürgermeister«, »Wasserbürgermeister«, »Flußbürgermeister« und einmal, um die Jahrhundertwende, als der Ältestenrat ausdrücklich auf das Nahen des neuen Jahrtausends hinweisen wollte, als »Silberbürgermeister«. Wie die Ratsversammlung schon *vor* Amtsantritt den Charakter und die Befähigung eines neuen Bürgermeisters einzuschätzen vermochte, war allen ein Rätsel. Craig Binky wurde daraus mit Sicherheit nicht schlau, und sogar Harry Penn wunderte sich über den starken, untrüglichen Sinn für Zukünftiges, der die Mitglieder des Rates bei jeder Versammlung überkam.

Die Regierungszeit des gegenwärtigen Amtsinhabers sollte zu Ende gehen, sobald auf dem Fluß das erste Eis (meist Ende Januar) oder im Prospect Park die erste blühende Blume (Ende März) gesichtet wurde. Bei den Wahlen im November konnte er erneut kandidieren. Wenn man bedenkt, daß sein Vorgänger »Schwefelbürgermeister« geheißen hatte, dann hatte er mit »Hermelinbürgermeister« recht gut abgeschnitten. Angesichts des komplexen Symbolismus, der allen Titeln zu eigen war, bedeutete dieser Name eine gefällige Harmonie, war doch die Amtsrobe aus Hermelin. Der Ältestenrat wollte anscheinend darauf hinweisen, daß diesmal die Person und das Amt in angemessener Weise zueinander paßten. Darüber freute sich der neue Bürgermeister sehr, aber es stieg ihm nicht zu Kopf. Für eine eventuelle Wiederwahl war es ein gutes Vorzeichen. Gewiß, er sah aus wie ein hartgekochtes Ei und hatte eine Falsettstimme, aber er war ein befähigter Politiker und ein Mensch des Ausgleichs, der sein verantwortungsvolles Amt bisher mit Gerechtigkeitssinn und Humor ausgeübt hatte. Allerdings darf auch nicht vergessen werden, daß er von einer ehrfurchtgebietenden, schier allmächtigen politischen Maschinerie unterstützt wurde. Sie bildete buchstäblich eine Art Schattenregierung, die allerlei Zauberkunststücke vollbrachte, beispielsweise die Verteilung von Millionen Geschenkkörben zu Weihnachten oder eine lückenlose elektronische Personenkartei. Da er ständig auf den Speicher eines gewaltigen Computers zurückgreifen konnte, kannte der Bürgermeister die Namen, Spitznamen und sogar die Lieblingsspeisen aller Menschen, denen er die Hand schüttelte. Die vielen Gespräche von Mensch zu Mensch während der Wahlkampagne waren zwar ermüdend (»Hallo Jackie, wie sind Ihnen denn in letzter Zeit die Lasagne gelungen?« Oder: »Ich freue mich, Sie kennenzulernen, Mick. Junge, wenn Sie wüßten, wie sehr ich gefüllte Eierkuchen mag!«), schienen aber Wählerstimmen einzubringen.

Der Hermelinbürgermeister hatte drei Büros. Jedes lag in einem anderen Stockwerk, und jedes diente einem besonderen Zweck. Die offiziellen Amtsräume im Rathaus lagen fast zu ebener Erde. In ihnen wurden die alten Zeremonien und Traditionen aufrechterhalten. Oft spielten im alten Rathaus Streichquartette bei öffentlichen Konzerten. An den Wänden hing so manch schönes Gemälde. Jeder Bürgermeister konnte sich nach Belieben in die Bildergalerie begeben und auf den alten Porträts die Gesichter seiner Vorgänger betrachten. Männer wie er selbst schauten ihn aus der Vergangenheit an, oft lächelten sie. Sie spendeten ihm Trost und Ermutigung. Am Ende wirst du die Kämpfe deines Daseins und deiner Amtszeit mit demselben Gleichmut betrachten wie wir, schienen sie ihm sagen zu wollen.

Die am höchsten gelegenen Amtsräume, das sogenannte »Hochbüro«, befanden sich im obersten Stockwerk eines der gewaltigsten Wolkenkratzer. Unterhalb der Fenster drifteten Wolken vorbei. Die Stadt war in so weite Ferne gerückt, daß sie aus lauter Bauklötzen zu bestehen schien, bunten Zellen, die das Sonnenlicht aufsaugten und in ihm schimmerten. Hier fiel es leicht, zukunftsträchtige Entscheidungen zu fällen, denn hier sah man keine Gesichter und hörte auch nicht die Schreie derjenigen, die vom Gezeitenstrom der Geschichte verschlungen wurden.

Der dritte Amtssitz des Bürgermeisters lag im fünfzehnten Stockwerk eines Gebäudes am Rand des Battery Parks. Die großen Fenster gingen auf den Hafen und das Meer; man sah Governor's Island mit seinen Feldern, die rostfarbenen Ziegelbauten von Brooklyn Heights und die grünen Tupfer von Brooklyns Parkanlagen und Friedhöfen. In diesen Amtsräumen hatte der Bürgermeister eine mittlere Distanz zur Stadt. Er konnte in die Ferne blicken und zugleich die Umrisse der Menschen erkennen, die sich unten durch die Straßen bewegten. Die Schiffe, die in ganzen Rudeln den Buttermilk-Kanal hinaufstrebten, wirkten von hier aus viel interessanter als die kleinen Spielzeuge auf blauem, gläsernem Grund, als die sie dem Bürgermeister vom Hochbüro aus erschienen. Sie konnten ihm vom Ozean erzählen, er sah ihre weißen Bugwellen und konnte mit dem Fernglas sogar die Handzeichen der Lotsen erkennen, die die Schiffe bei Niedrigwasser an gefährlichen Untiefen vorbeidirigierten.

Im mittleren Amtssitz, wo das milde Licht durch die breiten Fenster strömte, erledigte der Hermelinbürgermeister die meiste Arbeit im Dienst der Stadt. Da diese Räumlichkeiten nicht mit Sentimentalität und Tradition erfüllt waren wie die Zimmer im alten Rathaus, aber auch der Welt noch nicht so entrückt wie die Büros über den Wolken, konnte er sich hier am besten mit den oftmals paradoxen Problemen auseinandersetzen, die das Herz der Politik bilden. Hier in der Mitte leistete er am meisten. In diesem »Purgatorium«, wie er es selbst nannte, empfing er auch die meisten Besucher, beispielsweise Praeger de Pinto.

Der Chefredakteur der *Sun* war schon oft in diesem Büro gewesen. Er ließ sich in einen bequemen Ledersessel sinken, als sei es sein eigener.

»Was ist los?« fragte er den Hermelinbürgermeister.

»Ich weiß es nicht. Was soll schon los sein?« lautete die Antwort.

»Ich glaube, Sie wissen es genau!«

»Wovon sprechen Sie, Praeger? Was ist los mit Ihnen? Sind sie etwa an Binkyitis erkrankt?«

»Also gut, dann will ich mich genau ausdrücken: Letzte Woche sind Sie an Bord des großen Schiffes gegangen. Unsere Reporter haben berichtet, daß Sie sehr besorgt und bekümmert wirkten. Im Fernsehen sahen Sie aus wie ein Gefangener, der zur Hinrichtung geführt wird. Aber zwei Stunden später legt die Barkasse am Dock an, und ein Hermelinbürgermeister springt so behende heraus, als bestünden seine Beine aus Stahlfedern. Er lächelt wie jemand, dem man ein Eßstäbchen quer in die Backen geschoben hat – und dann gibt er vor den Augen der Stadt eine Tanzvorstellung auf der Hafenmole!«

Der Bürgermeister warf den Kopf in den Nacken und lachte.

»In der Woche danach haben Sie keine einzige Pressekonferenz abgehalten«, fuhr Praeger fort.

»Ich hatte zu tun.«

»Die ganze Stadt zerbricht sich den Kopf, wer an Bord des Schiffes ist und mit wem Sie gesprochen haben. Der *Ghost*, Ihr Verbündeter, hat Ihren Freudentanz mit Hitlers Gefuchtel in

Paris nach dem Sieg über Frankreich verglichen. Ist Ihnen das recht? Ist Ihnen klar, welcher Druck auf uns lastet, weil wir die Angelegenheit noch immer nicht aufgeklärt haben? Und wissen Sie auch, wie schädlich es für Sie sein kann, wenn die neugierige Öffentlichkeit merkt, daß Sie alles für sich behalten wollen?«

»Mein Job besteht nicht darin, Leuten wie Ihnen die Arbeit abzunehmen«, erwiderte der Bürgermeister. »Wenn Sie nicht wissen, wer sich auf dem Schiff befindet, dann ist das Ihr Problem. Warum fahren Sie nicht hin und erkundigen sich? Mieten Sie doch einfach ein Boot!«

»Wir haben unser eigenes Boot. Und wir waren schon eine halbe Stunde, nachdem das Schiff vor Anker gegangen war, bei ihm. Sie wissen doch ganz genau, daß niemand an Bord gelassen wird. Die Besatzung läßt sich nicht einmal oben an der Reling sehen. Aber wir geben nicht auf. Es gibt eine Menge Methoden, um einen widerspenstigen Gaul gefügig zu machen. Aber da Sie der einzige sind, der Bescheid weiß, sollten Sie uns einen Wink geben . . .«

» . . . weil sich die *Sun* im Herbst sonst gegen mich stellt.«

»Politik ist die Kunst des Ausgleichs. Es könnte tatsächlich passieren, daß wir Sie nicht unterstützen.«

»Nur wegen dieser Sache?«

»In unseren Augen ist dies keine unwichtige Angelegenheit. Der Bürgermeister verfügt über Kenntnisse, die die ganze Stadt brennend interessieren, aber er will nicht damit herausrücken. Warum sollten die Leute Ihnen das durchgehen lassen?«

»Und was ist, wenn mein Schweigen im ureigensten Interesse der Stadt liegt?«

»Wer soll das beurteilen?«

»Niemand. Es ist wohl am besten, wenn ich mich auf mein eigenes Urteilsvermögen verlasse.«

»Aber warum lassen Sie nicht die Bürger entscheiden, was am besten ist?«

»Weil es in diesem Fall nicht möglich ist.«

»Ich verstehe Ihre Handlungsweise nicht«, sagte Praeger. »Im Fernsehen wird man Sie in Stücke reißen.«

»Das ist mir klar.«

»Und wie wollen Sie es dann anstellen, wiedergewählt zu werden?«

Der Hermelinbürgermeister lächelte. »Wer will denn gegen mich antreten?«

»Bisher niemand.«

»Richtig! Und bis sich ein Gegenkandidat gefunden hat, ist es zu spät. Wir haben jetzt Mitte Juni. Wer ist schon in der Lage, in den dreieinhalb Monaten bis zur Wahl meinen Statthaltern in den zweihundert Wahlkreisen und den zwanzigtausend Wahlhelfern, die mich in den Distrikten unterstützen, etwas Ebenbürtiges entgegenzusetzen?«

»Eine hundertprozentige Garantie ist das nicht!«

»Das Risiko muß ich eingehen.«

»Warum?« hakte Praeger nach, der nicht daran glauben wollte, daß sich der Hermelinbürgermeister auf so unerklärliche Weise von einem Staatsmann in einen Politiker verwandelt hatte, der sich so verhielt, als regiere er vom Bunker aus.

»Schauen Sie«, antwortete der Bürgermeister, »falls Sie gegen mich kandidieren, die Wahl gewinnen und Einblick in diese Angelegenheit erhalten, dann würden Sie genauso handeln wie ich.«

»Das glauben Sie!«

»Nein, das weiß ich. Dieser Stadt bietet sich eine große Gelegenheit, und ich werde dafür sorgen, daß sie genutzt wird, denn ich habe einen Blick für geschichtliche Zusammenhänge. Meine eigene Karriere opfere ich dafür gern. Außerdem: Wer zum Teufel wird denn nun *wirklich* gegen mich antreten?«

»Vielleicht ich selbst«, sagte Praeger.

Der Hermelinbürgermeister stutzte. »Das finde ich überhaupt nicht witzig«, sagte er. »In dieser Stadt werden von gebildeten, hochgewachsenen und gutgekleideten Männern keine Wahlen gewonnen – es sei denn, sie sind zutiefst korrupt und haben nur Stroh im Kopf. Ein Mann wie Sie ist sogar als Kandidat einer idealistischen Außenseiterpartei zu smart und zu ehrlich. Außerdem – was hätten Sie meiner Organisation entgegenzusetzen?«

»Vielleicht gelingt es mir, sie zu umgehen«, antwortete Praeger, der nicht die geringste Absicht hatte, sich um das Amt des Stadtoberhauptes zu bewerben, sondern nur der Richtung folgte, die der Hermelinbürgermeister dem Gespräch gegeben hatte.

»Das wird wohl kaum möglich sein, obwohl zugegebenermaßen viele junge Männer davon träumen«, sagte jener. »Es fängt wohl schon bei den Kindern an. Sie halten unter der Dusche großartige Reden, fühlen in sich das Zeug zu großen Politikern — und schaffen es nie. In dieser Welt herrschen erbarmungslose Gesetzmäßigkeiten. Unsere Stadt muß von einem harten Mann geführt werden, nicht von jemandem, der am Schreibtisch Wunder vollbringt. Die Leute wissen das.«

»Und wie war das mit dem Silberbürgermeister?«

»Er hat erst gehandelt und dann alles aufgeschrieben, nicht umgekehrt.«

»Ich habe auch noch nichts geschrieben«, sagte Praeger. »Und ich bin vielleicht aus härterem Holz geschnitzt, als Sie glauben.«

Der Hermelinbürgermeister blickte Praeger kritisch an, und zum erstenmal gefiel ihm nicht, was er sah. Vor ihm stand ein drahtiger, einsachtzig großer Mann, in dessen Augen die Kampfbereitschaft funkelte.

»Wo wurden Sie geboren?« erkundigte sich der Bürgermeister. Er war überzeugt, daß Praeger nicht in der Gosse großgeworden war. Daher würde er auch diese Stadt niemals für sich einnehmen können. Niemals wäre er in der Lage, vor einer großen Menschenmenge jene besondere Selbstsicherheit und jenen Stolz an den Tag zu legen, die ihn als Kind der Straße ausgewiesen hätten. Nein, er besaß all die typischen Merkmale eines Zuwanderers aus irgendeiner Vorstadt.

»Ich wurde in der Havemeyer Street geboren, Euer Ehren«, sagte Praeger. »Fast genau unter der Zufahrt zur Williamsburg-Bridge auf der Brooklyner Seite. Nun, wie schmeckt Ihnen das?«

»Ich wüßte nicht, was mir gleichgültiger wäre«, antwortete der Hermelinbürgermeister und wandte sich wieder seinen

Papieren zu, womit er Praeger zu verstehen gab, daß er nun gehen sollte. »Und Sie werden sich um gar nichts bewerben.«

☆

Gegen Mitte Juli hatte sich die Aufregung über das gewaltige Schiff im Hudson weitgehend gelegt. Der Bürgermeister war von der unnahbaren Ruhe eines Granitblocks. Keine Menschenseele begab sich auf das Schiff, keine verließ es, und nur wenn jemand versuchte, an Bord zu gehen, erschienen an Deck ein paar Uniformierte. Die Presse hatte zunächst keine Mittel gescheut. Ein rundes Dutzend Journalisten war an Fallschirmen herabgeschwebt und auf den geschlossenen, jeweils fast einen halben Hektar großen Ladeluken gelandet, dann aber sofort von stummen Wächtern ergriffen und von Bord geworfen worden. Froschmänner schwammen um den Schiffskörper herum und kletterten mit Hilfe von Magneten oder Saugnäpfen an der Bordwand hoch, aber auch sie wurden oben an der Reling von denselben humorlosen Wächtern abgefangen. Hubschrauber, Wasserflugzeuge, Fesselballons und Attrappen von Wildenten – alles, was in der Lage war, zu Wasser oder zur Luft dem Schiff nahezukommen, fühlte sich während der ersten Wochen unwiderstehlich zu ihm hingezogen. Es wurde mit Infrarotstrahlen und subatomaren Partikeln bombardiert, ja man maß sogar sein Magnetfeld. Bei dem Versuch, einen Hinweis auf die Ladung des Schiffes zu erhalten, konnte man sich nur auf einen einzigen rechnerischen Wert stützen: Indem man das Gesamtvolumen des Schiffes mit der Menge des verdrängten Wassers verglich, gelang es, das exakte spezifische Gewicht des Schiffes mitsamt seinem unbekannten Inhalt zu ermitteln. Aber selbst dadurch wurde man nicht schlauer, denn niemand wußte, wie dicht die Laderäume vollgepackt waren. So erlahmte denn bald der Feuereifer der Presseleute, um sich von anderen Ereignissen neu entflammen zu lassen. Das Fernsehen hatte die Welt in kleine Happen aufgeteilt, und das, was einst der gähnende Rachen des öffentlichen Interesses gewesen war, hatte sich zu einer haardünnen Pipette zurückentwickelt, durch die das Schiff auf dem Hudson nicht hindurchpaßte.

Nachdem er in heller Aufregung fast die ganze Gegend um die Finger-Seen abgesucht hatte, setzte Craig Binky nach seiner Rückkehr alles daran, um seine Rivalen bei der Aufklärung des Rätsels auszustechen. Er, Binky, ein Kind der Aufklärung, setzte dabei die fortschrittlichsten wissenschaftlichen Verfahren ein und verstieg sich sogar dazu, im westlichen Village einen Teilchenbeschleuniger bauen zu lassen. Die spezielle Zielvorrichtung dieses Apparates war quer über den Fluß auf das Schiff gerichtet, damit die von Craig Binky so genannten »Bideo-Strahlen« den Schiffskörper durchdringen und dessen Innereien aufzeichnen konnten. Der einzige Nachteil war, daß die Vorrichtung nicht funktionierte; die Bordwand widerstand sogar Gamma-Strahlen. Craig Binky, der nie außer acht ließ, daß die Öffentlichkeit schlaflos und strampelnd nach immer neuen Nachrichten hungerte, steckte dem *Ghost* neue Ziele und ließ sich selbst in der zweiten Juli-Woche von der Lyrikwelle mitreißen. (Die Glückspilze unter den Poeten, deren Bücher an jenem Wochenende veröffentlicht wurden, verdienten Millionen.)

Harry Penn brauchte viel länger als Craig Binky, bis er die Finger von der Story ließ. Schließlich gab dann aber auch er auf, sehr zur Überraschung seiner Belegschaft übrigens, denn ein solches Verhalten war für ihn völlig untypisch. Der Verleger bat seine Leute jedoch, sich zumindest vorübergehend mit der Niederlage abzufinden und auf eine Wende im Gang der Ereignisse zu warten. Die Balkenüberschriften zu dem Thema verkümmerten schon bald zu ein paar nichtssagenden Zeilen auf der letzten Seite, das Schiff verschwand aus den Leitartikeln und wurde nicht einmal mehr unter der Rubrik »Passagier- und Warenumschlag im Hafen« erwähnt, denn es lag an keinem Pier vertäut. So in Vergessenheit geratend, wurde es nach einiger Zeit gleichsam zu einer dritten *Palisade*, einem Teil der Landschaft oder besser der Stadt. Man gewöhnte sich derart an seinen Anblick, daß man es sah, ohne es wahrzunehmen.

Auch Peter Lake wandte sich für eine Weile von seinen Maschinen ab, um das Schiff in Augenschein zu nehmen, aber es bedeutete ihm nicht mehr als den meisten anderen Menschen. Lediglich Praeger, Hardesty und Virginia weigerten sich, die Angelegenheit einfach auf sich beruhen zu lassen. Harry Penn hatte ihnen nämlich nicht nur den Rat gegeben, eine Wende im Gang der Ereignisse abzuwarten — nein, er hatte ihnen sogar *befohlen*, die Arbeit an der Story einzustellen. Für Virginia war es das erstemal seit ihrer Einstellung, daß ihr derartige Beschränkungen auferlegt wurden, und Praeger verzichtete bloß aus persönlicher Zuneigung zu dem alten Mann darauf, seine Kündigung einzureichen.

Nachdem er viele Abende in der Bibliothek verbracht hatte, um herauszufinden, wo das Schiff gebaut worden war (anscheinend gab es in der ganzen Welt keine Werftanlagen, die dafür groß genug gewesen wären), war Hardesty so erschöpft, daß er über den Nachschlagewerken am Tisch einschlief. Er träumte, er wäre in San Francisco in seinem Elternhaus hoch über der Bucht. Als Junge hatte er gern mit dem Fernrohr den Schleppern zugesehen, wie sie mit geballter Kraft einen Teppich aus rollendem weißem Wasser vor sich herschoben. Auf ihren Schornsteinen glänzte golden der aufrecht stehende Löwe von San Marco und der Name *Marratta*. Es sandte ihm stets einen Schauer über das Rückgrat, wenn er diese Schiffe über die Bucht dampfen sah, mit seinem eigenen Namen in der Farbe des goldenen Löwen — nicht so sehr, weil es ihn mit Stolz erfüllte, sondern weil er an die Standhaftigkeit und Kraft seines Vaters erinnert wurde.

Als er erwachte, fand er Virginia über ein dickes Schiffsregister gebeugt. »Wir werden nichts darin finden«, sagte er, als kurz darauf auch Praeger aus der Dämmerung auftauchte, beladen mit einem halben Dutzend Wälzern über Schiffe. »Vielleicht sollten wir einfach nur beobachten. Asbury könnte uns ans andere Ufer bringen und uns vor Tagesanbruch wieder abholen. Wo sie nun nicht mehr dauernd in den Schlagzeilen stehen, werden die Leute auf dem Schiff vielleicht ein bißchen nachlässig und verraten sich eines Tages.«

Während der nächsten zehn Tage fuhren sie nach Einbruch der Dunkelheit hinüber zu den *Palisades*, wo sie auf halber Höhe der Steilküste einen breiten Felssims fanden. Sie wachten und schliefen abwechselnd, um das Schiff ununterbrochen im

Auge behalten zu können. Kurz vor Tagesanbruch brachte Asbury sie dann zurück.

Sie entdeckten nichts, und obwohl der Vorschlag zu dieser Aktion von ihm selbst stammte, war Hardesty der erste, der die Flinte ins Korn werfen wollte. Praeger widersprach. Als Hardesty und Virginia längst alle Hoffnung aufgegeben hatten, ruhte sein aufmerksamer Blick noch immer mit unerschütterlicher Geduld auf den verlassenen Decks. Wenn die anderen ihn weckten, weil er an der Reihe war, Wache zu schieben, wirkte er stets wie ein Jäger, der eine sichere Beute wittert. Das ging so weiter bis in den August hinein. Der Fluß war inzwischen wie ein warmes Bad, und Dämpfe und Nebelschwaden wogten um das Schiff.

Es war dann auch Praeger, der eines Nachts die anderen beiden mit einem lauten Ruf wie elektrisiert aus dem Schlaf fahren ließ. Der Dunst hatte sich verzogen. Dort vorn, vor den reinen Farben eines klaren Morgens, zeichneten sich die Umrisse von Manhattan ab. Auf der anderen Seite des Flusses, im Schatten der Häuserschluchten, gab jemand mit einer Taschenlampe ein Lichtsignal, das Praeger, Hardesty und Virginia, hätten sie sich nur zehn Fuß weiter links oder rechts befunden, gar nicht bemerkt hätten. Im Fernglas konnte Praeger zwei Gestalten erkennen, die drüben auf dem Pier neben einer langen schwarzen Limousine standen. Eine Person war klein und rundlich und ging ab und zu ein paar Schritte auf und ab, während der andere, der eine Art Uniform zu tragen schien, mit der Lampe hantierte.

»Laß mich mal sehen!« sagte Hardesty.

»Augenblick«, erwiderte Praeger. »Ich sehe, daß Asbury gerade auf dem Weg zu uns ist. Wenn wir uns beeilen, können wir die beiden da drüben noch erwischen.«

Im Zwielicht stolperten sie den Steilhang hinunter und erreichten das Ufer zur gleichen Zeit wie Asbury. Der Schiffsführer war überrascht, denn normalerweise mußte er zu ihrem Beobachtungsposten hinaufklettern. Seiner Meinung nach befanden sie sich in einer schwierigen Lage. Sollte aus den Schleusen des Schiffes ein Boot herausfahren und schnurgerade den Hafenpier ansteuern, dann würden sie selbst das andere Ufer nicht rechtzeitig erreichen können, um den Bootsinsassen auf den Fersen zu bleiben. Andererseits liefen sie Gefahr, das Wild scheu zu machen, wenn sie vorsorglich schon jetzt übersetzten.

Ein glücklicher Zufall kam ihnen zu Hilfe: Vom Hafen kommend tuckerte ein kleines Tankschiff flußaufwärts. Sie warteten, bis es mit ihnen auf gleicher Höhe war und fuhren dann, gegen fremde Blicke geschützt, neben ihm her. Eine halbe Meile weiter nördlich wandte der Tanker sich dem Fahrwasser auf der östlichen Flußseite zu. Sie machten die Kursänderung mit und waren auf diese Weise so lange auf der Steuerbordseite geschützt, bis sie gänzlich hinter einem langen Pier verschwanden. Weder vom Schiff noch von der Stelle aus, an der die Limousine wartete, konnte man sie jetzt sehen.

Sie kletterten über einen Stapel halbverrotteter Pfähle und rannten in die nächste Straße hinein, um nach einem Taxi Ausschau zu halten. Hardesty dachte gerade, daß dies im Morgengrauen auf der Twelfth Avenue ein völlig aussichtsloses Unterfangen sein mußte, als sein Blick auf einen langgestreckten Schuppen fiel. In diesem Moment starteten fünfhundert Taxis dort ihre Motoren. Ehe Hardesty auch nur einen einzigen Ton sagen konnte, rollte auch schon eine matt glänzende Phalanx aus mehreren Dutzend Wagen auf sie zu.

Auf dem Weg zu dem Pier, von dem aus die Lichtsignale abgegeben worden waren, kam ihnen die Limousine entgegen.

»Drehen Sie unauffällig!« befahl Praeger dem Taxifahrer.

»Was meinen Sie damit?« fragte der Mann und machte mit quietschenden Reifen eine volle Kehrtwendung.

»Schon gut«, sagte Praeger. »Folgen Sie der Limousine so, daß man uns nicht bemerkt.«

Die Limousine fuhr einen vertrackten Kurs; sie kurvte im Kreis herum, kam drei- oder viermal an derselben Stelle vorbei und versuchte, sooft es ging, im spärlichen Verkehr unterzutauchen.

Schließlich stoppte sie vor dem *Metropolitan Museum of Art*. Drei Männer stiegen aus und betraten das Museum durch eine selten benutzte Tür, die unten in eine der mächtigen Sockelplatten eingelassen war.

Als Praeger und die Marrattas im Taxi vorbeisausten, konnten sie die drei Passagiere der Limousine ziemlich deutlich erkennen. Einer war außergewöhnlich groß, der andere mußte der Dicke sein, der auf dem Pier hin und her gegangen war, und der Dritte hatte die Signale gegeben. Der dickleibige Mann war noch sehr jung, fast noch ein Halbstarker. Sogar aus dem fahrenden Taxi heraus konnten Praeger und die Marrattas, die sich möglichst desinteressiert und gelangweilt gaben, die in kleine Fettpolster eingebetteten Schlitzaugen sehen, die beständig zu lächeln schienen. Zuerst dachten sie, die Uniform des Mannes, der die Signale gegeben hatte, sei die Livrée eines Chauffeurs, doch kurz bevor er im Museum verschwand, merkten sie, daß es sich wohl eher um einen Geistlichen handelte.

Hätte Peter Lake diese Leute so einträchtig versammelt gesehen, dann wäre er bestimmt wie von der Tarantel gestochen in die Höhe gesprungen, denn dies waren keine Geringeren als Jackson Mead, Reverend Mootfowl und Cecil Mature (der schon vor langer Zeit den Namen Mr. Cecil Wooley angenommen hatte). Cecil war von den anderen beiden vorgeschickt worden, um in der Nähe der Brooklyn Bridge, als Straßenhändler getarnt, das Terrain zu sondieren.

Hardesty, Virginia und Praeger zahlten dem Fahrer ihres Taxis ein kleines Vermögen und begaben sich unauffällig in ein Straßencafé gegenüber dem Museum. Dort setzten sie sich auf die menschenleere Veranda, um abzuwarten, bis die drei seltsamen Gestalten das Museum wieder verließen. Sie saßen noch nicht lange in ihrem Versteck, als eine weitere Limousine vorfuhr. Heraus sprang, leicht kenntlich an seinem Glatzkopf und seinem federnden Gang, der Hermelinbürgermeister.

»Hätte ich mir denken können«, sagte Praeger.

Wieder fuhr eine Limousine vor.

»Hier scheint es ja jede Menge von diesen Schlitten zu geben«, meinte Hardesty. »Man kommt sich fast vor wie an der oberen East Side.«

Die hintere Tür des Wagens wurde langsam geöffnet. Die

tastende Spitze eines Spazierstocks erschien, dann ein Fuß
– offensichtlich ein ziemlich alter Fuß –, dann ein Hosenbein
mit Fischgrätenmuster, und dann der ganze Rest des zartgebauten, hochbetagten und dennoch so rüstigen Harry Penn!

Vor langer, langer Zeit wäre Harry Penn einmal vor Scham und
Erniedrigung am liebsten gestorben. Wie im Todeskampf hatte
er seinen Kopf auf den Rand der weiten Tischplatte in Isaac
Penns Speisezimmer gelegt und ihn hin und her gerollt. Das
war an jenem Abend gewesen, als die sorgsam versteckten
Bilder von stämmigen, halbnackten Frauenzimmern durch die
Decke gebrochen und wie überfällige Briefe auf die mit Speisen
beladenen Teller und Tabletts hinabgeflattert waren. Fast ein
Jahrhundert später lief Harry Penn noch immer rot an, wenn er
an diesen Augenblick dachte. Einige der Bilder hatte sein Vater
sogar direkt im Flug aus der Luft gegriffen. Gäbe es Archäologen der Seele, so könnten sie all das rekonstruieren, was aus
Liebe und Scham hervorgegangen ist, jenen beiden Säulen, die
die Zeit überdauern, während alles andere ihr erliegt. Daran,
daß es Harry Penn beim Gedanken an jenen Moment noch
immer glühend heiß wurde, änderte auch die Tatsache nichts,
daß sich zu diesem Schmerz im Laufe der Jahre ein Dutzend
anderer gesellt hatten, allerdings in immer weiteren Abständen,
denn mit dem Alter wurde er härter im Nehmen. Heute sollte
nun eine weitere schmerzliche Erfahrung der schon vorhandenen Last hinzugefügt werden, und Harry Penn war in keiner
Weise darauf gefaßt. Kurz nach acht Uhr morgens verließ er
das Museum und sah Praeger de Pinto, Hardesty Marratta und
Virginia (die immer noch unter ihrem Mädchennamen Gamely
bekannt war) bei den parkenden Limousinen stehen. Er hatte sie
in die Irre geführt, sie belogen und ihnen eminent wichtige
Angelegenheiten vorenthalten. Nun fühlte er sich ertappt und
brachte es kaum über sich, diesen ihm so vertrauten Menschen
in die Augen zu sehen. Als er in seinen Wagen stieg, ließ er den
Kopf hängen wie ein gescholtener Hund. Es war ein Gefühl, das
Harry Penn nicht gewohnt war.

Jackson Mead starrte mit seinen stahlblauen Augen, aus

denen eine nicht zu unterschätzende Kraft sprach, mißmutig in ihre Richtung. Man hätte meinen können, daß er acht Fuß groß war, und das stimmte auch beinahe. Es war, als glühte er von innen heraus, und seine gesamte Erscheinung strahlte eine geradezu übermenschliche Reinheit und Vollkommenheit aus. Ganz anders der Reverend Mootfowl. Er hatte die Leichenbittermiene eines Missionars aus dem neunzehnten Jahrhundert aufgesetzt, der sich mit Händen und Füßen dagegen sträubt, an der Südsee Gefallen zu finden. In seiner Ernsthaftigkeit erinnerte er an Präsident Lincoln, und man konnte sich leicht vorstellen, daß jede Hand, die ihn berührte, für alle Zeiten die Erinnerung an eine übernatürliche Kraft bewahren würde.

Der runde Cecil Mature bildete gewissermaßen die natürliche Ergänzung zu der weißglühenden Erscheinung des einen und dem düsteren Glimmen des anderen. Jackson Mead ärgerte sich, Mootfowl blickte gedankenvoll drein, aber Cecil Mature (oder Mr. Cecil Wooley, darauf beharrte er) strahlte vor Freude.

Am liebsten hätte Virginia sein feistes, grinsendes Gesicht geküßt, und auch Hardesty und Praeger fühlten sich versucht, den Arm um ihn zu legen und sich lächelnd einem nicht vorhandenen Fotografen zuzuwenden.

Die drei Männer kamen Praeger so seltsam vor, daß er, der normalerweise ein Ausbund an Gelassenheit war, die Arme ausbreitete und voller Verblüffung fragte: »Wer sind Sie? Und wo kommen Sie her?«

Jackson Mead schien die zweite Frage für vernünftiger zu halten, denn er antwortete: »Aus St. Louis und von anderen, noch entlegeneren Orten.«

Da trat der Bürgermeister ins Freie. Motoren sprangen an, und schon fuhren die Wagen davon. Jackson Meads Antwort blieb in der Luft hängen wie eine Wolke von Dieselabgasen: aus St. Louis und von anderen, noch entlegeneren Orten . . . Die Worte waren schon verklungen, aber die Marrattas und Praeger glaubten sie noch immer zu hören.

☆

»Wer ist da?« schrie Boonya hinter der schweren Tür.
»Praeger de Pinto.«
»Wer?«
»Praeger de Pinto.«
»Was? Praeger de *wer*?«
»*Praeger . . . de . . . Pinto!*«
»Nein.«
»Was soll das heißen – *nein*?«
»Wir brauchen keinen.«
»Keinen *was*?«
»Egal was.«
»Aber ich *bin* Praeger de Pinto!«
»Wer?«
»Mach die Tür auf, Boonya! Du weißt genau, wer ich bin.«
Fünf Minuten später machte sie die Tür auf. »Was kann ich für Sie tun?« fragte sie.
»Ich möchte Mr. Penn sehen.«
»Er ist nicht da.«
»Doch, er ist da.«
»Nein, er ist nicht da.«
»Doch, er *ist* da.«
»Nein, er ist *nicht da.*«
»Ich weiß aber, daß er da ist!«
»Also gut, er ist da. Aber er ist im Badezimmer. Sie können ihn nicht sehen.«
»Warum? Wird er in der Wanne unsichtbar?«
»Was?«
»Warum kann ich ihn nicht sehen – oh, hallo . . .« Christiana kam gerade die hintere Treppe herabgestiegen, in der Hand ein Tablett voller süßer Plätzchen, auf denen je ein Klecks Konfitüre prangte. Praeger begrüßte sie kurz und wandte sich wieder an Boonya: »Ich bin ein Mann, und er ist ein Mann.«
»Er läßt aber nie jemand ins Bad. Es ist ungehörig.«
»Na gut, dann bin ich eben ungehörig«, erwiderte Praeger und eilte die Treppe hinauf.
Harry Penn saß unter einer kleinen Kaskade, deren von der Sonne erwärmtes Wasser über seine Schultern in ein zehn mal

zehn Fuß großes und acht Fuß tiefes, mit Schieferplatten verkleidetes Becken strömte. Das Rauschen des Wassers zu übertönen, strengte ihn zu sehr an, weshalb er jetzt den mit Tröpfchen bedeckten Wasserhahn zudrehte. Dann forderte er Praeger auf näherzutreten. Er war sich zunächst nicht ganz sicher gewesen, ob es wirklich der Chefredakteur war, der da klopfte, aber er hatte es zumindest vermutet, denn empörte Menschen pochen immer so ungeduldig an Türen wie kräftige Spechte an alte Bäume.

»Ich dachte mir schon, daß Sie es sind«, sagte Harry Penn. »Mag sein, daß ich mich hier im Badezimmer nur verstecken wollte.«

»Das ist gut möglich«, erwiderte Praeger. Beim Anblick von Harry Penns nacktem, zerbrechlichem Körper empfand er so etwas wie Demut, denn bisher hatte er ihn immer nur im Tweedanzug gesehen. Die schockierende Erkenntnis, wie dünn und leicht ein Mensch gegen Ende der zehnten Dekade seines Lebens werden kann, erinnerte ihn daran, daß er es nicht an Respekt fehlen lassen durfte, egal was passierte.

»Setzen Sie sich, Praeger«, forderte Harry Penn ihn auf und wies auf eine mit einem Handtuch bedeckte Bank aus Zedernholz. »Ich schulde Ihnen sowieso eine Erklärung und hatte auch vor, sie Ihnen zu geben, sobald die Zeit reif ist. Momentan kann ich Ihnen noch nicht allzuviel sagen, aber ich will mein Bestes tun. Wenn man so alt ist wie ich, Praeger, dann hat man alle *persönlichen* Ambitionen längst ad acta gelegt. Oh, ich gebe gern zu, daß der Ehrgeiz, dieses seltsame Biest, erst dann völlig zu strampeln und zu zappeln aufhört, wenn der letzte Nagel in den Sargdeckel geschlagen ist, aber normalerweise ist ein Mensch, der auf die Hundert zugeht, ziemlich ruhig. Er interessiert sich hauptsächlich für seine eigenen Erinnerungen, seine Kinder und Enkel, für kleine Freuden, Gefälligkeiten und sehr abstrakte Dinge wie das öffentliche Wohl, für Güte und Mut – lauter Dinge, die aus der Perspektive heiterer Gelassenheit ebenso greifbar und real sind wie alles andere. Ich war noch nicht einmal zwanzig Jahre alt, da hatte ich schon begriffen, daß ich mein ganzes Leben lang alles, was ich zu wissen glaubte, immer wieder würde revidieren müssen, denn ich wußte nichts und weiß auch jetzt noch nichts. Aber das Licht vertieft sich. Höher und höher steigt man, bis man an der Schwelle des Todes das eigene Dasein überschaut, als würde es einem von einem Engel beschrieben, gewissermaßen von der höheren Warte einer Wolke herab. Da Sie noch sehr jung sind, dürfte Ihnen die dauerhafte Liebe und Zuneigung, die ich für junge Menschen und deren Leidenschaften hege, kaum verständlich sein. Ich nehme an, daß man dies lernt oder zumindest zu lernen beginnt, wenn man Kinder aufzieht. Eine der größten Überraschungen, die das Leben bereithält, besteht übrigens darin, zurückzuschauen und mitzuerleben, wie die Nachkömmlinge sich durch all das hindurchkämpfen, das man selbst schon fast abgeschlossen hat. Normalerweise würde ich lieber große Opfer erbringen, als einem jungen Mann wie Ihnen irgendwelche Hindernisse in den Weg legen. Das habe ich doch bisher auch nicht getan, nicht wahr?«

Praeger schüttelte den Kopf.

»Nein, und ich habe mit voller Absicht so gehandelt, denn ich wünsche euch allen nur das Beste. Weshalb also bin ich plötzlich ein Schwindler und Geheimniskrämer geworden? Weshalb läuft das Pferd auf der Weide plötzlich mit den Füchsen davon? Ich werde es Ihnen sagen: Der Grund liegt ganz einfach darin, daß ich Ihnen nichts sagen *darf*!« Harry Penn mußte über seine eigenen Worte lachen.

Praeger begann auf dem schlüpfrigen Beckenrand auf und ab zu gehen. »Fast den ganzen Juni über habe ich in meinen Leitartikeln den Bürgermeister wegen seiner Geheimnistuerei in dieser Angelegenheit verurteilt«, sagte er. »Im Namen der *Sun* forderte ich ihn auf, der Öffentlichkeit reinen Wein einzuschenken. Und die ganze Zeit über wußten Sie Bescheid!«

»Nein, das stimmt nicht. Ich habe diesen Jackson Mead heute zum erstenmal getroffen.«

Praeger blieb wie angewurzelt stehen, als wäre er ein Jagdhund, der eine Witterung aufgenommen hat. »Mead? Heißt so der Große?«

»Ja. Ich hätte es Ihnen nicht sagen dürfen, aber so wichtig ist es nun auch wieder nicht. Der Geistliche heißt übrigens Reverend Mootfowl.«

»Mootfowl?«

»Ja, Mootfowl. Bei dem kleinen Dicken handelt es sich um Mr. Cecil Wooley. Viel wird es Ihnen nicht nützen, daß Sie die Namen kennen.«

»Ich werde sämtliche Archive durchforsten.«

»Diese Namen finden Sie nirgends.«

»Man kann aber nicht in einem meilenlangen Schiff durch die Gegend gondeln, ohne daß irgend jemand irgendwo etwas darüber zu Papier bringt!«

»Doch, das kann man«, erwiderte Harry Penn. Bevor er weiterredete, drehte er den Wasserhahn vollends zu. »Es gibt Menschen, deren Dasein keinerlei Spuren hinterläßt, mögen sie auch den Lauf der Welt verändern. Jackson Mead war schon mehrmals hier, aber es gibt nichts Geschriebenes über ihn. Er versteht alle Spuren zu verwischen.«

»Wird er das auch diesmal tun?«

»Ich fürchte, ja.«

»Heißt das auch, daß die *Sun* ihn ignorieren wird?«

»Ja.«

»Bedeutet dies auch, daß kein Artikel von mir erscheinen wird, selbst wenn ich genügend Material habe?«

»Ja.«

»Dann werde ich kündigen. Ich tue es nicht gern, aber Sie zwingen mich dazu.«

»Ich weiß«, pflichtete Harry Penn ihm bei, und auf dem Gesicht des Verlegers lag fast ein Ausdruck von Freude.

»Ich dachte, ich kenne Sie«, sagte Praeger.

»Und ich wußte, daß Sie mich nicht kennen«, antwortete Harry Penn. »Niemand weiß, wer ich wirklich bin. Aber warum halten Sie nicht durch? Es ist schade um Sie. Ich möchte Sie nicht verlieren. Wollen Sie Jackson Mead nicht persönlich kennenlernen?«

»Sagen Sie mir bloß nicht, ich müsse mir dafür den rechten Arm absägen, denn ich wäre ohne weiteres dazu imstande.«

»Ich werde sehen, was sich machen läßt. Allerdings weiß ich

nicht, ob Sie von einer solchen Begegnung etwas haben. Vielleicht werden Sie von Jackson Mead einfach überrumpelt, denn er ist eine starke Persönlichkeit.«

»Mr. Penn, bevor ich Jessica kennenlernte, war ich mit einer jungen Frau verlobt, deren Eltern darauf bestanden, daß wir vor der Hochzeit einen Jesuiten aufsuchten. Sie wollten mich bekehren und mich deshalb sozusagen vor die Mündung einer großen Kanone stellen. Die Verlobung wurde später aus anderen Gründen gelöst, aber zuvor kam es doch noch zu jener Unterredung mit dem Jesuiten. Die Diskussion dauerte ziemlich lange, aber am Ende konvertierte er und wurde ein Rabbi.«

»Sie glauben also, Sie können auch aus Jackson Mead einen Rabbi machen?«

»Genau das könnte passieren.«

»Nehmen Sie Hardesty und Virginia mit!«

»Warum?«

»Weil er diesen Mootfowl und Mr. Cecil Wooley an seiner Seite hat. Wollen Sie ihm auch zahlenmäßig unterlegen sein?«

☆

Als sie am Museum eintrafen, wurden sie schon erwartet. Die kleine Tür im Sockel des Gebäudes klappte auf und schloß sich ebenso rasch wieder hinter ihnen. Gleich darauf schüttelten sie dem freudestrahlenden Cecil Mature, der sich selbst unter dem Namen Cecil Wooley vorstellte, die Hand; der Dicke lachte dabei, daß es in seiner Nase und Kehle gurgelte wie in einer übervollen Regenrinne. Cecil trug eine Art mittelalterliches Chorhemd und einen chinesischen Hut. Daß er überhaupt etwas sehen konnte, war ein Wunder. Gewiß erlebt er die Welt wie ein Wachsoldat, der durch eine Schießscharte späht, sagten sich die Besucher. Er schien wie immer gut gelaunt und bewegte sich trotz seiner watschelnden Gehweise mit beachtlicher Behendigkeit.

Es war halb fünf Uhr morgens. Um diese Zeit gab es im Museum nicht einmal einen Nachtwächter. Sie schritten durch die palastartigen Gemächer und weiten Hallen, und auf einmal vernahmen sie Musik, die rasch lauter wurde, schließlich alle Räume mit ihren Klängen erfüllte und ihre Herzen schneller schlagen ließ. Auf einem Balkon, der auf eine dämmrige Vorhalle ging, brandete die Musik wie eine Welle gegen sie an, denn dort unten, dicht vor ihnen, spielte ein kleines Orchester auf, das etwa aus einem Dutzend Musikern bestand.

Kurz darauf erreichten sie die »Neue Große Halle«, über der sich ein Himmel aus grauem und weißem Milchglas wölbte, welcher die Stimmung eines immerwährenden Märznachmittags vermittelte. Jackson Mead arbeitete in der Mitte des Raumes an einem langen Schreibtisch. Er schien eine halbe Meile entfernt zu sein und war umgeben von einem halben Dutzend Gemälden, die auf Staffeleien standen. Mootfowl, der wie Cecil einen chinesischen Hut trug, kniete vor einer großen Leinwand, auf der die Himmelfahrt des heiligen Stephan dargestellt war. Der in die Höhe entschwebende Heilige zog seine schlaffen Gliedmaßen und die nach unten weisenden Füße hinter sich her, daß es aussah, als würden sie durchs Wasser geschleift. Ein starker Wind wehte und gab dem Gewand des Emporstrebenden die Gestalt der Luft. Von oben flutete Licht auf Sankt Stephan herab, seine Augen blickten über den oberen Bildrand hinaus. Im Hintergrund flatterte, von einem Goldhauch überzogen, ein Vogelschwarm durch die Luft. Ferne Berge, purpurn und weiß, erinnerten an sich aufbäumende Rösser. Flüsse kamen aus Talsenken hervor und verschwanden nach einer Biegung wieder zwischen den Bergen. Ihren trockenen, gewundenen Betten glaubte man ansehen zu können, daß sich in ihnen Fische wanden und nach Atem rangen. Unterhalb des heiligen Stephan befand sich ein Kreis aus goldenem Licht. Die sehr wirklichkeitsgetreu ausgeführten Grashalme der kleinen Wiese, von der aus er angeblich in den Himmel gefahren war, schienen dort, wo sie den Kreis aus Licht berührten, Feuer zu fangen.

Nachdem Mootfowl sein Gebet beendet hatte, erhob er sich und bedeckte die Papiere auf Jackson Meads Tisch mit einem Tuch. Cecil Mature bot den Besuchern Stühle an und begann, nachdem diese gegenüber von Jackson Mead Platz genommen hatten, in der Nähe auf und ab zugehen. Dann und wann lachte er in sich hinein, zählte an den Fingern irgend etwas ab und murmelte: »O je, o je, o je!«

Die Musik verstummte. Praeger öffnete den Mund, um etwas zu sagen, aber Jackson Mead hob die Hand zum Zeichen, daß das Stück noch nicht zu Ende war.

»Ich kann mich an dem letzten Satz nicht satthören«, sagte er. »Wissen Sie, was es ist?«

»Das Allegro aus dem dritten Brandenburgischen«, antwortete Hardesty.

»Richtig«, sagte Jackson Mead. »Das dritte ist das einzige ohne Blasinstrumente. Ich mochte sie noch nie in den anderen Konzerten, weil sie irgendwie alles vermanschen. Sie erinnern mich an einen Haufen Mönche, die laut pupsend einen Korridor entlanggehen. Wie viele Jahre haben sie in Klöstern zugebracht, das ganze dunkle Zeitalter hindurch! Es muß schrecklich gewesen sein . . . Da ist es! Hört zu!« Jackson Meads Tonfall klang geradezu gebieterisch. »Das sind die Stellen, wo die Musik wie eine gute Maschine klingt, in der alles vollendet ausbalanciert, gut geölt und genau justiert ist. Achtet auf diese Progressionen, diese hypnotischen Wiederholungen! Das sind Tunnelrhythmen. Sie entsprechen den zeitlichen Intervallen, die die unabdingbare Grundlage für die Verhältnisse zwischen Geschwindigkeit und Distanz in den Planetensystemen und Galaxien bilden, aber sie bestimmen auch die Oszillationen kleinster Partikel, den Herzschlag, die Gezeiten, den Verlauf einer gefälligen Kurve und die Güte einer Maschine. Man kommt nicht umhin, solche Rhythmen in den Proportionen jedes guten Gemäldes zu erkennen und sie aus der Sprache des Herzens herauszuhören. Ihretwegen lieben wir Uhren aus Großvaters Zeiten, das Geräusch der Brandung und wohlproportionierte Gärten. Wißt ihr, daß man beim Sterben jenes hartnäckige Pochen vernimmt, das allen Dingen dieser Welt eine feste Form zuweist, mögen sie nun aus Energie oder Materie bestehen? Denn tatsächlich zählt in dieser Welt nur eines: Proportion. Es klingt in gewisser Weise wie einer jener Motoren, die um die Jahrhundertwende aufkamen und bei Pumpen, in Booten und dergleichen Verwendung fanden. Eigentlich hätte ich erwartet, daß die Leute es von selbst begreifen würden, aber dem ist nicht so. Wie schade! Immerhin gibt es jederzeit Musik wie diese. Auf ihre Art kommt sie der Sache genauso nahe. Sie klingt so, als wäre der Komponist eine Weile dort gewesen und dann zurückgekehrt.«

Als die Musik verstummte, wandte sich Jackson Mead Cecil Mature zu: »Mr. Wooley, bitte sagen Sie den Musikern, daß sie bis halb sechs nicht mehr benötigt werden. Vielen Dank!«

Cecil Mature watschelte hinaus, und Mootfowl nahm neben Jackson Mead Platz. Er sah jetzt aus wie ein Leichenbestatter aus Connecticut im achtzehnten Jahrhundert.

»Reverend Dr. Mootfowl und ich freuen uns darauf, Ihre Fragen zu beantworten — bis zu einem gewissen Punkt. Gewisse Dinge gehören zu unserer Privatsphäre. Wäre alles eins, dann gäbe es dieselbe nicht. Aber da wir unserem Wesen nach vielfältig sind, gibt es Schattierungen und Unterschiede. Das Private muß privat bleiben — und sei es nur als Ergänzung und Vermächtnis der Physik.«

»Wir sind dankbar, daß Sie uns empfangen haben«, sagte Praeger. »Und wir haben nicht die Absicht, Ihre private Sphäre zu verletzen. Allerdings sind wir nicht gekommen, um mit Ihnen über die vereinheitlichte Feldtheorie oder über die Ästhetik in der Architektur zu reden.«

Hardesty schien ein wenig verstimmt zu sein. Jackson Mead, dem dies nicht entging, sah im Geiste einen Weg zwischen Hardesty und Praeger. Ihn gedachte er ohne große Mühe zu beschreiben.

»Unsere Zeitung wird Ihre Antworten zwar nicht veröffentlichen, aber aus reiner Gewohnheit fühlen wir uns gedrängt, Sie in der Art von Reportern zu befragen. Dazu halten wir uns nicht nur aufgrund Ihres privaten Umgangs mit unseren gewählten Repräsentanten für berechtigt, sondern auch wegen des allgemeinen Interesses, das Ihre Ankunft und die unerhörte Größe Ihres Schiffes in der Öffentlichkeit erweckt hat.«

»Das leuchtet mir ein«, antwortete Jackson Mead.

»Ich freue mich, daß Sie mir beipflichten. Wer sind Sie, woher kommen Sie, was haben Sie vor, warum haben Sie Ihre Aktivitäten geheimgehalten, was enthält Ihr Schiff, wo und wie wurde es gebaut, und wann werden Sie mit der Ausführung dessen beginnen, was Sie sich vorgenommen haben, was immer es sein mag? All diese Dinge müssen wir erfahren, um die Neugier der breiten Öffentlichkeit und unsere eigene befriedigen zu können.«

»Ein ziemlich arrogantes Ansinnen«, konstatierte Jackson Mead.

»Wieso?« erwiderte Praeger ungerührt.

»Wie kommen Sie dazu, sich in meine Angelegenheiten einzumischen?«

»Das habe ich Ihnen schon gesagt, Sir, und Sie selbst sagten, daß es Ihnen einleuchtet.«

»Was mir einleuchtet, Mr. de Pinto, ist Ihre Neugier, nicht jedoch die Vorstellung, ich sei verpflichtet, dieselbe zu stillen. Sie setzen sich da einfach vor mich hin und stellen mir unverschämte Fragen . . .«

»Die Leute kaufen die *Sun*, um von Dingen zu erfahren, die ihnen normalerweise verborgen bleiben. Da keiner unserer Leser unter normalen Umständen jemals die Gelegenheit bekommen dürfte, seine Nase in Ihre Geschäfte zu stecken oder Ihnen unverschämte Fragen zu stellen, muß ich es eben tun.«

»Verstehe«, erwiderte Jackson Mead. »Aber abgesehen von der Tatsache, daß das Ergebnis dieses Interviews nicht in der *Sun* erscheinen wird, möchte ich Sie um unserer Unterhaltung willen bitten, mir zu sagen, *warum* andere Menschen angeblich das Recht haben, meine Pläne kennenzulernen. Sie, Mr. de Pinto, rechtfertigen Ihren Wissensdrang mit dem Ihrer Leser. Ist deren Neugier etwa allein deshalb legitimer als Ihre – die Sie so hartnäckig verteidigen –, weil sie so zahlreich sind? Woher nehmen denn *die Leser* das Recht?«

»Es gebührt ihnen, Mr. Mead. Sie überblicken nicht immer alles ganz genau, aber das ist kein Grund, sie zu mißachten, denn sie stehen schließlich mitten im Lebenskampf. Manchmal fahren nachts Schiffe aus dem Hafen hinaus, große, seetüchtige Schiffe, die niemand, buchstäblich niemand, bemerkt. Ich bin der Aufpasser, der darauf zu achten hat, daß die Menschen erfahren, was sich innerhalb ihres Horizonts abspielt, welche

Schiffe im Morgengrauen flußabwärts, oder, wie in Ihrem Fall, an einem schönen Abend flußaufwärts fahren.«

»Mr. de Pinto, ein Hund, der Schafe hütet, lernt auch schnell, sie in eine bestimmte Richtung zu treiben. Das wird zu einer Gewohnheit. Die Leute sind von ihren Aufpassern dressiert worden, aufzuspringen und mit den Füßen zu trampeln, sobald man es von ihnen verlangt. In vielen großen Städten, aber auch in anderen, kleineren, ist mir aufgefallen, daß die Hüter des Volkes in Wahrheit die Herrscher waren. Eine Regierung bestreitet nicht, daß sie eine Regierung ist, nur die Presse stellt es in Frage. Welche Anmaßung! Ihr manipuliert ganze Heerscharen von Menschen, ihr zieht sie auf wie Kinderspielzeuge, jagt sie hierhin, jagt sie dorthin. Was glaubt ihr denn, was eure Leitartikel, eure Auswahlkriterien, euer Pathos, eure Kritik, ja selbst die Art, wie ihr mit Zitaten umgeht, bewirken? Und wer hat *euch* gewählt? Niemand! Ihr habt euch selbst ernannt, ihr sprecht für niemanden und deshalb habt ihr kein Recht, mich zu befragen und euch dabei so aufzuspielen, als würdet ihr das Allgemeinwohl vertreten. Sobald ich es für richtig halte, meine Pläne zu veröffentlichen, werde ich es tun. Doch bis es soweit ist, werde ich mich gründlich vorbereiten, damit ich der Opposition der Öffentlichkeit trotzen kann.«

»Sie wissen also, daß man sich gegen Sie stellen wird?« schaltete sich Virginia ein.

»Ich bin das schon gewohnt und finde es auch ganz richtig.«

»Wieso?« erkundigte sie sich verständnislos. »Wenn Sie glauben, daß die Menschen, die gegen Sie opponieren, recht haben, warum nehmen Sie dann nicht Abstand von Ihren Plänen? Wäre das nicht am einfachsten?«

»Natürlich. Aber nur, wenn ich mich unbedingt beliebt machen wollte. Ich bräuchte nur alles stehen- und liegenzulassen. Aber ich bin nicht gekommen, um geliebt zu werden.«

»Warum denn dann?« fragte Hardesty.

Da Jackson Mead auf Hardestys Gesicht eine echte Bemühung um Verständnis zu erkennen glaubte, vertraute er sich ihm an. »Ich beabsichtige«, sagte er erstaunlich sanft und wohlwollend, »diese Welt mit immer weiteren Regenbögen zu überspannen, und ich hoffe, mit dem letzten ein solches Maß an Vollendung und Beständigkeit zu erreichen, daß er den Blick jenes Einen auf sich lenkt, der sich von uns abgewendet hat. Vielleicht rückt Er dann all die Dinge wieder ins Lot, deren Ebenmaß zerbrochen ist, so daß das Leben wieder ein stiller, zeitloser Traum wird. Mein Plan, Mr. Marratta, ist es, die Zeit aufzuhalten und die Toten zurückzuholen. Mit einem Wort: Mein Ziel ist die Gerechtigkeit.«

Hardesty blinzelte. Dieser seltsame Mann, der über Maschinen, Zeit und ewige Regenbögen sprach, gab ihm gewissermaßen noch einmal dieselben Karten, mit denen er, Hardesty, gepaßt hatte, als er sich damals entschloß, in New York zu bleiben. »Wann?« fragte er, und als Jackson Mead ihm mit der Andeutung eines Lächelns antwortete: »Geduld!«, da war er zutiefst bewegt.

Es entging Praeger nicht, daß Jackson Mead Hardesty in seinen Bann zog, aber er ließ nicht locker und war fest entschlossen, sich selbst nicht von dem Sirenengesang betören zu lassen.

»Bei allem Respekt, Mr. Mead«, sagte er, »aber ich habe keinen blassen Schimmer, wovon Sie reden. Wenn ich Ihre Äußerung wortwörtlich in unserer Zeitung abdrucken ließe, würden sich sämtliche Heilanstalten des Landes um Sie reißen.«

»Glauben Sie etwa, das weiß er nicht?« schnaubte Cecil Mature, der gerade zurückgekehrt war.

»Ich danke Ihnen, Mr. Wooley«, blaffte Jackson Mead ihn an, »aber ich kann für mich selbst reden!«

»Und außerdem«, fuhr Praeger fort, »haben Sie offensichtlich versagt, wenn es stimmt, daß Sie schon seit geraumer Zeit an Ihren Regenbögen und anderen ungewöhnlichen Plänen basteln. Machen Sie einstweilen nur so weiter. Falls Sie jedoch die bestehende Ordnung in Gefahr bringen, nun, dann wäre es vielleicht doch besser, wenn die Bevölkerung rechtzeitig darüber in Kenntnis gesetzt wird, um Ihnen Einhalt gebieten zu können.«

»Sehen Sie dieses Gemälde?« fragte Jackson Mead und wies auf die Himmelfahrt des heiligen Stephan.

»Ja, natürlich«, antwortete Praeger.

»Glauben Sie daran, daß der heilige Stephan tatsächlich emporgefahren ist?«

»Nein.«

»Warum hat der Künstler dann dieses Bild gemalt? Glauben Sie, die Leute würden diese Darstellung und den Heiligen selbst verehren, wenn sie nicht an seine Himmelfahrt glaubten? Wer, zum Teufel, *war* er überhaupt, falls die Geschichte nicht stimmt?«

»Ja, die Leute glauben tatsächlich daran«, sagte Praeger. »Deshalb beten sie zu dem Heiligen und zu seinem Abbild. Aber sie irren sich.«

»Nein«, erwiderte Jackson Mead mit Nachdruck. »Die Leute glauben *nicht* an dergleichen, allenfalls ein paar von ihnen. Es sind dieselben, die auch an Zauberei und Amulette glauben. Der Künstler, ich selbst und die meisten anderen Leute, die den heiligen Stephan verehren – wir alle sind nicht der Meinung, daß er tatsächlich zum Himmel aufgefahren ist, als hätte er auf einer Bühne an unsichtbaren Drähten gehangen.«

Diese Worte stimmten Praeger zuversichtlich, doch dann hörte er Jackson Mead sagen: »So war es absolut nicht, sondern ganz anders. Der Vorgang ist noch nicht abgeschlossen, denn der heilige Stephan strebt noch immer der Höhe entgegen. Sogar auf diesem Bild ist er mitten im Flug festgehalten. Im Grunde geht es hier um eine Progression. Darüber zu reden, als wäre sie schon abgeschlossen, ist unsinnig, denn solange wir nicht fähig sind, alles in seiner Gesamtheit zu überblicken, gibt es keinerlei Beleg dafür.«

»Ich muß doch sehr bitten!« sagte Praeger ein wenig ungehalten.

»Ich will mit alledem nur folgendes sagen«, fuhr Jackson Mead fort: »Die auf einem Bild abgebildete Wirklichkeit ist ihrem Wesen nach nur Intention. Anders ausgedrückt: Die Intention selbst ist die Wirklichkeit. Sehen Sie, alles hat sich früher schon einmal ereignet, und zugleich hat es sich noch nicht ereignet. Wenn es stimmt, daß ich kläglich versagt habe, so habe ich dennoch glorreich gesiegt. Die Erinnerung an diese ruhmreichen Erfolge will ich mir für eine Zeit sichern, die Sie Zukunft nennen, genau wie der heilige Stephan, der sich seines eigenen Aufstiegs bewußt war, ohne *tatsächlich* gen Himmel zu fahren. Wissen Sie, das hat alles mit der Zeit zu tun. Eigentlich gibt es sie ja gar nicht, sondern nur die Vorstellung von ihr, eine Folge einzelner Abläufe, die wir in unserer Unvollkommenheit miteinander verknüpfen, um sie zu verstehen. Schauen Sie sich das Gemälde an. Sie erkennen doch Bewegung in ihm, nicht wahr? Und doch bewegt sich nichts! Wie kann das sein? Ich werde es Ihnen sagen: Das Bild ist der wahren Beschaffenheit der Dinge nahe. Wie in einem Film lauter Standfotos so angeordnet sind, daß sie in ihrer Gesamtheit die Illusion von Bewegung erzeugen, so verhält es sich auch im Leben und in der Zeit. Alles ist fest in eine Grundsubstanz eingebettet und atemberaubend kompliziert, als hätte eine Unzahl von Miniaturmalern endlose Zeit auf diese wundersamen Darstellungen verwandt. Aber ich versichere Ihnen, da ist nichts von Chaos und Anarchie, alles geschieht beziehungsweise geschah gleichzeitig — und es bewegt sich nicht.«

»Und es bewegt sich doch!« rief Praeger.

»Nicht, wenn man weit genug entfernt ist.«

»Wie wollen Sie denn das wissen?« fragte Praeger. »Sind Sie dort gewesen? Und noch eines: Sie sagten, beim Sterben höre man ein Pochen, das so klingt wie eine jener Maschinen zu Beginn des Jahrhunderts. Woher wissen Sie das?«

»Oh«, antwortete Jackson Mead gelassen, »ich bin schon viele Male gestorben. Wollen wir doch mal sehen.« Er begann, etwas an den Fingern abzuzählen. »Mindestens sechsmal, vielleicht noch öfter. Es ist schwer, den Überblick zu behalten. Nach einer Weile vergißt man die genaue Zahl.«

»Verstehe«, sagte Praeger mit Augen so groß wie Spiegeleier.

»Mit solchen Behauptungen bringen Sie doch die Toten dazu, in ihren Särgen zu rotieren«, mischte sich Hardesty ein. »Es ist sinnlos, darüber zu diskutieren. Letzten Endes entscheidet die Stimme des Herzens.«

»Durchaus nicht«, hielt ihm Praeger entgegen. »Der Verstand ist das beste Instrument, um solche aberwitzigen Spekulationen ad absurdum zu führen!«

»O nein, Mr. de Pinto«, widersprach Jackson Mead. »Die Seele ist viel intelligenter als der Intellekt, aber da sie häufig weniger Umsicht walten läßt, erfaßt sie manches langsamer als der Verstand. Deshalb brauche ich Zeit, und deshalb werde ich Ihnen nicht in allen Einzelheiten verraten, was ich vorhabe.«

»Meinetwegen«, antwortete Praeger. »Ich finde es auch so heraus. Ich werde Sie mit meinem praktischen Verstand schlagen.«

»Wie stellen Sie sich das vor, wenn Ihnen der Zugang zur *Sun* verwehrt bleibt? Finden Sie das etwa praktisch? Ich nicht.«

»Im Gegensatz zu Ihnen habe ich ganz konkrete Vorstellungen, Mr. Mead. Ich werde die von Ihnen angezettelten Intrigen und Hirngespinste wegfegen wie mit einem eisernen Besen.«

»Interessant, was Sie da sagen«, sagte Jackson Mead. »Hirngespinste!« Er war plötzlich blendender Laune; es war, als hätte er erkannt, daß er einen unschlagbaren Trumpf in der Hand hielt, von dem Praeger nichts ahnen konnte. »Warten Sie nur, bis Sie meine Hirngespinste sehen, Mr. de Pinto. Warten Sie nur ab!«

Jackson Mead erhob sich zu seiner vollen Größe, stützte die Hände auf die Schreibtischplatte und blickte seine neugierigen Besucher durchdringend an. »Verglichen mit meinen Hirngespinsten ist Ihr eiserner Besen gar nichts.«

Das Gespräch war beendet.

IV. Ein goldenes Zeitalter

Eine sehr kurze Geschichte der Wolken

Schon lange vor Ende des ersten Jahrtausends, als noch keine Menschen auf den Inseln und an den Buchten wohnten, wo später die Stadt entstehen sollte, war der Wolkenwall eines Tages vom Meer her herangebraust und hatte Wiesen, Wälder und Hügel in die Höhe zu reißen versucht. Ein außergewöhnlich schöner Herbst war der Grund für diesen vorzeitigen Aufruhr gewesen. Das Laub war so vollendet golden und rot, das vom Meer und den purpurnen, bauchigen Sturmwolken zurückgeworfene Licht so rein, daß der weiße Wall ohne jegliche Zurückhaltung herangekommen war, um die herbstliche Klarheit einzufangen. Aber da es nicht der richtige Augenblick war, da physikalische Kräfte allein nicht ausreichten und da es nicht nur um Schönheit ging, wurden die Wiesen, Wälder und Hügel nicht in die Luft emporgerissen.

Gewitzt durch die Fehler der eigenen Kindheit und von dem Wissen durchdrungen, daß, sollte die Tür zu einem neuen Zeitalter aufgestoßen werden, das erforderliche Maß an Gerechtigkeit nur aus den Dingen erwachsen konnte, die die Menschen in ihren Herzen bewegten, war der Wolkenwall viele Jahre später im Monat August auf einen Hafen zugerollt, in dem es von Segeln und Masten wimmelte. In dem Gewirr und Gewühl der Werften und der Straßen geschah auch manch gottgefälliges Werk, und die Gerechtigkeit kam nicht zu kurz. Aber die Maschinen waren noch zu jung und noch nicht alle am richtigen Platz. Ihr Unterbau bestand nach wie vor aus Holz, und ihre runden Eisenkonstruktionen waren nicht dafür geschaffen, den Himmel zu erstürmen.

Einmal – es war während des Jazz-Zeitalters – sah es so aus, als könnte die Verbindung von Dampfkraft und Stahl die dem Eisen innewohnende Verheißung der Macht einlösen. An einem Wintermorgen, als die Menschen Schnee in das Hafenbecken kippten und ein Dunst aufkam, der die Wolken und

Rauchsignale einer neuen Zeit vorwegzunehmen schien, war der Wolkenwall herangerollt wie ein zorniger Löwe. Aber die Verhältnisse waren noch eine Spur zu ungewiß, und vieles hatte noch nicht seinen Platz gefunden. So verharrte die Stadt fest auf dem Boden, in dem sie wurzelte, als wäre ihr kein Aufstieg bestimmt.

Erst zu Beginn des dritten Jahrtausends, als die strengen Winter zurückkehrten und die Jäger wiederum in den Schneemassen einer kleinen Eiszeit steckenblieben — erst da erhob und öffnete sich der Wolkenwall aufs neue. Buchten und Flüsse schimmerten wie schieres Gold. Die Stimmen der Maschinen hatten sich zu einem Chor vereinigt, dessen Wechselgesang über die Grenzen der Zeiten widerhallte. Die Mittel und Wege zur Verwirklichung der Gerechtigkeit mochten erstaunlich bescheiden anmuten, aber sie entsprangen unmittelbar den Prinzipien, die diese Welt zusammenhalten. Zu Beginn des dritten Jahrtausends, in einer Zeit unbarmherziger Winter, trat der gerechte Mensch endlich hervor.

Die Battery-Brücke

Mochte sich Peter Lake im Bann seines Wahns, der Wahrheit oder eines Zaubers befinden — jedenfalls glaubte er, nur angestrengt in seine Maschinen hineinhorchen zu müssen, um das Nahen der Zukunft zu vernehmen. In sich gekehrt und mit starrem Blick richtete er seine gesamte Aufmerksamkeit auf ihren eintönigen Gesang. Er stand vor ihnen wie ein Kletterer, der einen steilen Gipfel glorreich bezwungen hat. Ihr Zischen, Kreischen und Singen verzauberte ihn wie das elektrische Knistern zwischen den Sternennebeln. Er fühlte sich in einen verwirrenden, grenzenlosen Dschungel aus Lichtern und Klängen versetzt.

Jaguaraugen ohne Jaguare glühten ihm aus der Dämmerung entgegen, kreisten rot wie Rubine auf symmetrischen Bahnen. Unabsehbare Gefilde erstreckten sich in die Schwärze des Raumes hinein. Geschöpfe aus milchigem Licht schüttelten dort ihre Mähnen mit reglosem, ewigem Schwung, daß es über die Gestirne wehte wie ein Wind, der über eine Wiese voller Blumen streicht.

Peter brauchte nur ein paar Sekunden lang ein wirbelndes Schwungrad zu betrachten oder dem Klicken eines Zahnrades zu lauschen, um der Welt des Alltags enthoben zu werden. Wenn er eine Maschine reparieren sollte, auf die nur er sich verstand, mußte sich stets jemand an seiner Seite befinden, denn ohne daß er sich dagegen wehren konnte, verfiel er angesichts eines ratternden Schaltmechanismus rasch in tranceartige Lähmung und war dann plötzlich steif wie eine Statue. Fast hätte man meinen können, daß er selbst ein Teil jener störrischen Maschinerie war, der er von Zeit zu Zeit auf die Sprünge helfen mußte. Anfänglich zeigte er sich gegenüber anderen Mechanikern, die ihm zur Hand gingen, redegewandt und schien in jeder Hinsicht Herr seiner selbst zu sein. »Gib mir mal die Ratsche mit der Sechsernuß«, sagte er dann beispielsweise zu seinem Kollegen. Doch wenn der Mann zwischen den wuchtigen Maschinen hindurch zu den langen Reihen roter Werkzeugkisten ging, die wie die Rollbahnmarkierungen aussahen, dann mußte er nach seiner Rückkehr feststellen, daß sein Vorgesetzter reglos in die mechanischen Eingeweide einer Maschine starrte, als wäre er zu einem Eisblock gefroren.

Mechanikermeister wie er konnten so exzentrisch und eigenbrötlerisch sein wie Priester einer Episkopalkirche. Im Verlauf der Jahrhunderte hatten sie gelernt, ihren Beruf auch im Beisein von Kollegen nach eigenem Gutdünken auszuüben. Sie respektierten Unterschiede und sahen mit Nachsicht über diesen oder jenen schrulligen Charakterzug hinweg. Peter Lake blieb in seinem Kreis jedoch trotz allem ein Fremdling, obwohl er sich in Augenblicken geistiger Klarheit bemühte, mit den anderen Freundschaft zu schließen und so zu sein wie sie. Allein schon diesen Versuchen haftete etwas Seltsames an, denn indem er zu verbergen trachtete, daß er zu den Auserwählten zählte, handelte er wie ein Rhinozeros, das sich für eine träge Milchkuh ausgibt. Beispielsweise versammelten sich Peter Lakes Mitarbeiter nach Feierabend häufig um einen rustikalen Tisch, auf den sie einen riesigen Bierkrug stellten. Um sich als guter Kamerad zu zeigen, gesellte sich Peter manchmal zu ihnen, stets darum bemüht, ganz locker und entspannt zu scheinen. »Wißt ihr«, mochte er dann in seinem verblüffend breiten irischen Akzent sagen, »es ist wirklich seltsam: Seit ein oder zwei Tagen arbeite ich daran, den Impulsgeber des Hauptreglers zu justieren, und . . . und . . .« Und schon ließ ihn die Erinnerung an den Regler, der bei allen Abläufen für eine gleichbleibende Ordnung sorgte, zu einer Salzsäule erstarren. Die anderen Maschinisten pflegten sich dann zu räuspern und warfen sich verstohlene Blicke zu, denn sie hatten nichts anderes von ihm erwartet. Erst wenn es Zeit war, nach Hause zu gehen, gaben sie ihm einen Schubs und weckten ihn aus seinen Grübeleien.

Anfänglich sagten sie einfach nur »er«, wenn sie von ihm sprachen, denn in der Hoffnung, eines Tages doch noch hinter seine wahre Identität zu kommen, lehnte Peter Lake jeden Namen ab. Am Zahltag stand auf seinem Scheck lediglich

»Überbringer«, und so wurde er auch in der Lohnbuchhaltung der *Sun* geführt: *Überbringer* (Mechanikermeister). Die anderen Mechaniker hätten gerne das eine oder andere der Geheimnisse, die ihn umgaben, gelüftet, zumal sie immer wieder darüber staunten, wieviel er von den Maschinen verstand, denen sie sich verschrieben hatten. Sie wollten beispielsweise wissen, was er in seiner Freizeit machte. Wenn er schon bei der Arbeit so seltsam ist, sagten sie sich, dann stellt er nach Feierabend bestimmt Dinge an, im Vergleich zu denen die Märchen aus Tausendundeinernacht ein Pappenstiel sind. Einmal schickten sie einen der langhaarigen, kaum dem Kindesalter entwachsenen Lehrlinge mit dem Auftrag los, ihm bis tief in die Stadt hinein zu folgen.

»Er hat lauter komische Sachen gemacht«, berichtete der Lehrling zwei Tage später nach seiner Rückkehr.

»Zum Beispiel?«

»Na ja, ich weiß nicht . . . lauter hirnverbranntes Zeug. Es ist schwer zu erklären.«

»Drück dich genauer aus!« ermahnten ihn die anderen und spitzten in Erwartung von allerlei Pikanterien die Ohren.

»Wie meint ihr das?« fragte der Lehrling.

»Erzähl uns einfach, was er gemacht hat«, riefen sie ungeduldig.

»Er hat 'ne Menge Sachen begutachtet.«

»Begutachtet?«

»Na ja, er hat sich eben alles genau angeschaut, das kann ich euch sagen. Er hat Steine, Mauern und Tore unter die Lupe genommen. Mit der Hand hat er Häuserwände berührt, und er hat zu Dächern hinaufgestarrt. Ich hab' sogar gesehen, wie er sich mit Zaunpfählen und Feuertreppen unterhalten hat.«

»Und was hat er gesagt?«

»Keine Ahnung. Ich kam nicht nahe genug an ihn ran. In Five Points verlor ich ihn fast aus den Augen. So wie er seit einiger Zeit aussieht, fällt er da nicht weiter auf, aber ich . . . Ich mußte mir die Zähne schwärzen, mir einen Strumpf wie eine Kapuze über den Kopf ziehen, ein Loch in mein Hemd reißen, meinen Hosenladen öffnen und humpeln. Erst dann hielten mich die Leute für einen von ihnen. Er ging auf geradem Weg zu einem Trümmergrundstück, auf dem noch eine einzelne Mietskaserne steht. Unten im Treppenhaus lungerte eine Bande von Kerlen herum, die mich sicher bloß aus Jux kaltgemacht hätten, aber sie glaubten anscheinend, daß ich zu ihm gehörte. Er ging aufs Dach, legte die Arme um einen alten Kamin wie um einen Bekannten und fing an zu heulen. Gleichzeitig redete er auf den Kamin ein, als ob er um etwas bettelte oder so ähnlich.«

»Was sagte er denn?«

»Ich konnte es nicht hören.«

»Weil du nicht nahe genug dran warst?«

»Nein, ich war dicht genug an ihm dran, aber da waren soviele . . . Störungen.«

»Störungen?«

»Ja, wie im Polizeifunk. Ich bin mal in einem Flugzeug geflogen, da war auch so ein starkes Radio, wie bei einem Amateurfunker.«

»Und woher kamen diese Störungen?«

»Keine Ahnung, sie kamen einfach so von oben runtergeregnet. Sonst habe ich nichts gehört. Es war so wie beim Baden im Meer, wenn man von einer großen Welle untergetaucht und mitgerissen wird. Man hört das Wasser schäumen und zischen. Es will einem etwas sagen, aber man weiß nicht was. So ein Geräusch habe ich gehört, mehr nicht.«

»Was war es denn nun – zischender Schaum oder Störungen wie in einem Funkgerät?«

»Es war beides«, sagte der Lehrling. Er war ganz wirr im Kopf. »Aber wartet mal! Die Freundin von meinem Bruder ist Griechin.«

»Na und?«

»Sie ist griechisch-orthodox. Einmal bin ich mit ihr in die Kirche gegangen, und da hatten sie so einen Chor, lauter Männer, die ganz tiefe Töne sangen. So ähnlich hat es geklungen.«

Die anderen Mechaniker brauchten jetzt keine weiteren Fragen zu stellen; der Lehrling war so in Hitze geraten, daß er von allein weiterredete.

»Es klang auch wie ein Flugzeug von weitem, wie eine dieser alten Maschinen mit Propellern und vibrierenden Tragflächenverspannungen. Darin saßen Frauen, die die ganze Zeit aahh! und oohh! machten. Dazu spielte eine Kapelle alle möglichen Sachen. Manchmal klang es wie das wütende Knurren von einem Köter oder wie heißes Eisen, das in einen Bottich mit kaltem Wasser getaucht wird. Ein Fernschreiber ratterte, und eine Harfe —«

»Schon gut«, sagten die anderen. »Was hat er danach gemacht?«

»Er ist rumgelaufen.«

»Wo?«

»Überall. Wenn er etwas sah, das eine helle Farbe hatte, glotzte er es stundenlang an. Er hat auch daran gerochen. In Brooklyn Heights kam er zu einem Haus, das erst vor kurzem rot angestrichen worden war. Die Sonne ging gerade unter. Anderthalb Stunden lang hat er sich nicht vom Fleck gerührt.«

»Und wo wohnt er?«

»Das konnte ich nicht feststellen. Er hat nie geschlafen, sondern ist immer nur durch die Gegend gelaufen. Gegessen hat er auch nichts.«

»Er ißt hier während der Arbeit.«

»Er war zwei Tage unterwegs und hat nie etwas gegessen. Ach ja, etwas habe ich vergessen: Manchmal war er so glücklich, daß er zu tanzen anfing. Ein paarmal, wenn er ziemlich sicher sein konnte, niemandem zu begegnen, ist er auch in eine verfallene Fabrikhalle oder in einen alten Schuppen am Hafen gegangen. Dann hörte ich wieder diese Geräusche, die so klangen wie Leute, die in einem Chor singen, aber jeder mit einer eigenen Stimme. Am lautesten war es auf Pier Nr. 11. Dort geht nie jemand hin, weil es zu gefährlich ist. Er kniete sich hin, und dann war es mit einem Mal, als würde eine riesige Faust das Haus schütteln. Dachbalken kamen runter, und ein Teil des Dachs flog davon. Die Sonne schien durch das Loch und ließ den Staub aufleuchten. Ich dachte, das ganze Gebäude würde zusammenkrachen. Es wurde so hell, daß ich kaum etwas sehen konnte. Überall war Staub. Sogar die Pfähle zitterten und schwankten im Wasser hin und her. Da hielt ich es für besser, schnell abzuhauen. Danach habe ich ihn aus den Augen verloren.« Der Lehrling lehnte sich vor und sagte mit flüsternder Stimme zu seinen Zuhörern: »Meiner Meinung nach haben wir es hier nicht mit einem normalen Menschen zu tun.«

☆

Nachdem die Luftflotte des *Ghost* in waghalsigen Kurven und Schleifen über die Finger-Seen gedonnert war, ohne das Geringste ausfindig zu machen, brauchte Craig Binky nun unbedingt etwas Neues. Einer seiner persönlichen Assistenten lenkte am Vorabend des großen Lyrik-Fimmels seine Aufmerksamkeit auf Spargel: »Er hat dieses gewisse Etwas, diesen Swing, diese unerklärliche Faszination . . .« Ein anderer trat für eine Renaissance des Habsburger-reiches ein: »Jede modebewußte Frau in New York wird Lammfelljacken mit Patronentaschen tragen, Walzerlokale werden aus dem Boden schießen, und vielleicht muß unsere Sachertortenbäckerei nicht dichtmachen.« Und ein Dritter verwies auf Lederfrüchte: »In San Francisco sind sie gerade der letzte Schrei«, erklärte er nachdrücklich. »Sie sind geschmackvoll, biologisch, verdauungsfördernd und ergiebig. Ich verbürge mich dafür, daß in Peoria bald in jedem Haus Bilder von Lederfrüchten über dem Kamin hängen werden.«

Craig Binky war mit all dem nicht zufrieden, verwarf sämtliche Vorschläge und ging in Klausur. Volle neun Minuten später kehrte er zurück. »In Craig Binkys Kopf ist eine Idee wie ein Licht angegangen«, verkündete er. »Schickt Bindabu zu mir!«

Wormies Bindabu war beim *Ghost* so etwas wie der Doyen der Literaturrezensenten. Bei seiner Crew handelte es sich um ein halbes Dutzend Männer, die in einem Kellerraum in unmittelbarer Nähe eines Heißwasserboilers arbeiteten, während über ihren Köpfen eine Druckerpresse lärmte. In Aussehen und Kleidung ähnelten sie sich zum Verwechseln. Sie waren alle einen Meter vierundsechzig groß, wogen fünfzig Kilo, hatten einen Bürstenschnurrbart und einen bauchlangen Kinnbart, lange knochige Hände, graues Haar mit Mittelscheitel, Brillen mit schmalem, schwarzem Eisengestell, Anzüge wie aus einem Beerdigungsinstitut, schnurdünne Krawatten und Schielaugen. Bei der Arbeit saßen sie schnurgerade ausgerichtet in einer Reihe und lasen zwanzig Bücher am Tag (pro Person). Dabei rauchten sie Balkan Sobranies, aßen Mixed Pickles zu hartgekochten Eiern und hörten sich in regelmäßigen Abständen ein bestimmtes atonales Konzert für Fagott und Okarina an. Ihre Namen waren: Myron Holiday, Russel Serene, Ross Burmahog, Stanley Tartwig, Jessel Peacock und Wormies Bindabu.

Craig Binky hegte für Bindabu eine besondere Zuneigung, weil er einer der wenigen Menschen auf der Welt war, die ihn selbst als hellen Kopf erscheinen ließen. Ohne deren Werke je gelesen zu haben, zitierte Bindabu Spinoza und Marx schneller, als ein Käfer über eine Kaffeetasse paddeln könnte. Aber er wußte nicht, was ein Apfel ist, und noch nie in seinem Leben war er in einem See geschwommen. Von Melville hatte er keine einzige Zeile gelesen, doch die Schriften der meisten antiamerikanischen Poeten aus Bolivien konnte er auswendig hersagen. Obwohl er in seinen schwerverdaulichen Rezensionen gegen den Puritanismus wetterte, konnte er selbst weder singen noch tanzen, ja nicht einmal mit den Armen fuchteln.

»Holen Sie den Bürgermeister!« befahl Craig Binky.

»Wieso? Hat er ein Buch geschrieben?«

»Natürlich nicht! Es geht darum, daß er mir nichts über dieses Schiff sagen will.«

»Was hat das mit mir zu tun?«

»Attackieren Sie ihn!«

»Tut mir leid, Mr. Binky, aber ich bin kein Meuchelmörder, Wachhund, Schläger, Messerwerfer . . .«

»Natürlich sind Sie das! Sie sind sogar der größte von allen. Was ich an Ihnen besonders schätze, Bindabu, ist die Geschicklichkeit, mit der Sie sich hinter ihren großen Worten verstecken.«

»Aber Mr. Binky, der Bürgermeister ist Ihr Verbündeter! Wissen Sie genau, daß Sie *mich* auf ihn hetzen wollen?«

»Schmeißen Sie ihn um, prügeln Sie ihm das Gehirn aus dem Kopf, beißen Sie ihn in den Arsch!«

Schon am nächsten Tag brachte der *Ghost* eine schockierende Attacke gegen den Bürgermeister; er wurde darin unter anderem Pfuscher, Pupjunge, Stinktier, Nazi, Volksverführer, Faschist, Päderast, Stachelschwein und Glühwurm geschimpft.

Die *Sun* beeilte sich, ihn zu verteidigen. Unversehens standen sich beide Zeitungen in dieser Angelegenheit mit vertauschten Rollen gegenüber. Schon bald büßten sowohl die *Sun* als auch der *Ghost* Leser ein. Denn für jene, die eine der beiden Zeitungen lesen konnten, kam die andere nicht in Frage, weil sie entweder zu schwierig oder zu primitiv war. Deshalb wechselten sie nach anfänglichem Zögern zum *Dime* über, einem ruchlosen jungen Revolverblatt, das einen Dollar kostete.

Daß die *Sun* und der *Ghost* wieder einmal auf Kriegsfuß standen, überraschte niemanden. Aber niemand bei der *Sun* verstand oder billigte, daß Harry Penn den Bürgermeister unterstützte. Manch einer kündigte oder schlug sich auf die Seite des Gegners. Andere schoben alles auf das neue Jahrtausend, das sich schon machtvoll ankündigte. Natürlich muß alles so kurz vor dem Jahr 2000 durcheinandergeraten, sagten sie. Jetzt fahren wir noch durch die Stromschnellen, aber in ein paar Monaten ist der glitzernde Wasserfall erreicht.

Es war erst September, aber schon kamen kalte Winde von Kanada herab und scheuchten die Menschen vor ihre Kaminfeuer. Dort grübelten sie darüber nach, wie die Stadt einst gewesen war. Der Winter, hieß es, ist eine Jahreszeit, in der die Zeit supraleitfähig wird. Dann kann es geschehen, daß die froststarrende Welt angesichts staunenswerter Fügungen mit einem Klirren zerbirst, um später in neuer Gestalt wieder zu erstehen, festgefügt und glatt wie junges, durchscheinendes Eis.

☆

Hardesty Marratta und Praeger de Pinto fuhren auf ihren Fahrrädern die Uferstraße hinunter. Der Verkehr hinter ihnen schob sie vorwärts wie eine Druckwelle. Jedesmal, wenn die Ampeln auf der ganzen Länge der breiten Avenue auf Grün schalteten, schien eine Brigade leichter Reiter heranzusprengen, oder eine

Flutwelle. Die blinkenden Felgen der Fahrräder summten im trägen Blau des Herbsttages. Seit Menschengedenken waren die Farben des Herbstes nicht mehr so strahlend, so leuchtend gewesen. Zwar waren sie eingebettet in einen See kalter, klarer Luft, aber sie selbst waren warm und metallisch wie in der Karibik. Dunkle Schatten zogen über die Landschaft dahin und waren langsam genug, um das Gehör mit einem Klingen zu erfüllen. Nachdem sich die Skyline der Stadt monatelang hinter sommerlichem Dunst verborgen hatte, zeichnete sie sich nun plötzlich wieder gestochen scharf vom Himmel ab.

Praeger hatte heimlich ein Dutzend Reporter und Rechercheure auf den Fall Jackson Mead angesetzt. Mit ganzer Kraft arbeiteten sie in Archiven, Bibliotheken, elektronischen Rechenzentren und in den Straßen der Stadt. Fünf von ihnen lagen ständig auf der Lauer. Hardesty, Praeger, Virginia, Christiana und Asbury widmeten der Angelegenheit einen Großteil ihrer Zeit. Christiana spionierte Harry Penn nach. Zwar rückte sie ihm nicht unmittelbar zu Leibe, aber sie bestand nur noch aus Augen und Ohren. Die anderen gingen jeder erdenklichen Fährte nach und gaben die Ergebnisse ihrer Ermittlungen in einen Computer ein, der die bruchstückhaften Informationen zu immer neuen Mustern kombinierte, um verborgene Querverbindungen aufzudecken. Da all dies ohne Harry Penns Wissen oder Billigung geschah, kam sich Praeger wie ein rechter Fuchs vor. Es fiel ihm kaum auf, daß Asbury, von dem er glaubte, er arbeite in aller Stille nur für ihn, in Wahrheit die meiste Zeit auf der Suche nach bestimmten Maschinen verbrachte, und daß Christiana sich viel weniger um Jackson Mead kümmerte als um die Frage, wie sie am schnellsten ein ganz bestimmtes weißes Pferd finden könnte.

Praeger und Hardesty waren an diesem Tag unterwegs zu den Erie-Lackawanna-Frachthöfen, um einem Gerücht nachzugehen, demzufolge ein bis zum Bersten mit schwerem Baumaterial beladener Zug nach dem anderen vom Westen herangerollt kam. Während sie in Richtung Süden radelten, berichtete Praeger, bei den Termingeschäften mit Metallen habe sich eine ziemlich einschneidende Wende vollzogen. Bedford habe herausgefunden, daß zwei Dutzend neue Firmen riesige Mengen strategisch wichtiger Metalle aufkauften. Sie zahlten bar und im voraus. Bisher hätten sie schon fast eine Milliarde Dollar lokkergemacht. Die Metalle würden überall im Lande gehortet, aus den Frachtbriefen gehe jedoch hervor, daß sie für New York bestimmt seien.

»Und was ist mit der Regierung?« fragte Hardesty. »Ist man dort noch nicht auf den Gedanken gekommen, daß hier eine ausländische Macht am Werk sein könnte? Stellt man dort keine Nachforschungen an?«

»Laut Bedford ist man der Meinung, es gehe alles mit rechten Dingen zu«, antwortete Praeger. »Die Firmen sind der Regierung bekannt, und die Verlagerung von soviel Materialien soll nur eine kurzfristige Angelegenheit sein, die keinen Anlaß zur Sorge gibt. Bedford hat trotzdem den Leiter des Amtes für Materialbeschaffung aufgesucht. Er sagt, der Mann wirke so, als stünde er unter dem Einfluß von Drogen oder unter Hypnose.«

»Du denkst an diesen Mead, nicht wahr?« fragte Hardesty und trat so heftig in die Pedale, daß er bei dem Gegenwind fast abhob.

»Ja, ich habe das sichere Gefühl, daß er dahintersteckt.«

»Eine Milliarde Dollar für den Ankauf von Metallen wie Titan ist für einen einzelnen Menschen ein Haufen Geld.«

»Ich glaube, für ihn ist es ein Taschengeld. Wir haben es hier mit Größenordnungen zu tun, an die wir nicht gewöhnt sind. Dinge aus dieser Welt sind offenbar für ihn kein Hindernis. Seine Probleme scheinen anderswo zu liegen. Falls er überhaupt mit irgendwelchen Widerständen zu kämpfen hat – und den Anschein hat es ja –, dann vielleicht in einer Weise, die wir uns nicht einmal vorstellen können. Leute wie Reverend Mootfowl und Mr. Cecil Wooley sind nicht unbedingt typische Assistenten eines Milliardärs.«

»Und was veranlaßt dich zu dieser Vermutung?« fragte Hardesty ein wenig sarkastisch.

»Ich muß pausenlos daran denken, daß beide, der Dicke und der Dünne, chinesische Hüte und seidene Pantoffeln mit hochgebogener Spitze trugen. Und dann ist da noch etwas: Ich habe ein halbes Dutzend Kunstexperten konsultiert, und sie sagen, daß die angeblich von Buonciardi stammende *Himmelfahrt des heiligen Stephan* nachweislich nie von ihm gemalt wurde.«

»Von wem ist das Gemälde dann?«

»Das wissen sie nicht, aber es ist auch nicht wichtig. Einer unserer Leute hat bei anderen Behörden nach Eintragungen über andere unbekannte Schiffe gefahndet, die irgendwann einmal in den Hafen eingelaufen sind. Er hat sich durch die Unterlagen des Gesundheitsamtes hindurchgearbeitet, denn es war anzunehmen, daß sich die Leute dort wahrscheinlich noch mehr als der Zoll für die Herkunft eines Schiffes interessiert haben. Übrigens war das Gesundheitsamt auch lange Zeit für die Armenfriedhöfe zuständig. Aus reiner Neugier ging unser Mann auch diese alphabetisch geordneten Akten durch, und da entdeckte er etwas, das ihm fast die Sprache verschlug. Um die Jahrhundertwende wurde nämlich den Totengräbern des Armenfriedhofs von einem gewissen Reverend Overweary die Leiche eines gewissen Reverend Dr. Mootfowl übergeben. Auf dem entsprechenden Karteiblatt hatte dieser Overweary unter Mootfowls Namen eingetragen: ›*Ermordet von einem irischen Knaben namens Peter Lake und dessen fettem, schlitzäugigem Freund Cecil Mature*. Ist Mr. Cecil Wooley nicht der fetteste, schlitzäugigste Kerl, der uns jemals unter die Augen gekommen ist? Und ›Reverend Dr. Mootfowl‹ ist ja nun auch nicht gerade ein alltäglicher Name, oder?«

»Aber der Mord liegt doch anscheinend hundert Jahre zurück! Dieser Mr. Cecil Wooley ist nicht älter als zwanzig und Mootfowl höchstens fünfzig. Worauf willst du eigentlich hinaus?«

»Daß es mich bei dieser Sache eiskalt überläuft.«

»Wurde der Mord aktenkundig?«

»Weder bei den Zeitungen noch bei der Polizei gibt es darüber irgendeinen schriftlichen Vermerk. In der Stadt tobten damals Bandenkriege. Der Tod eines einzelnen Menschen erregte nicht viel Aufsehen.«

»War das jemals anders?« fragte Hardesty.

Die beiden Männer ketteten ihre Fahrräder an einen Zaun

und fuhren mit der U-Bahn durch den Tunnel auf die andere Seite des Hudson nach New Jersey. In Verladebahnhöfen, die dort ein halbes Jahrhundert lang vor sich hingedämmert hatten, wimmelte es plötzlich vor Leben. Obwohl es Samstag war, liefen in den Hallen tausend Bauarbeiter zwischen automatischen Maschinen und Industrierobotern herum, und die Zahl der gelben Schutzhelme konnte sich mit der der Butterblumen messen, die draußen zwischen den Gleisen wuchsen. Auf den Schienensträngen parkten, so weit das Auge reichte, Güterzüge in langen, ordentlichen Reihen. Auf Tiefladern standen Planierraupen, Kräne und Teile zerlegbarer Baumaschinen, die größer waren als Wohnhäuser.

»Was geht hier vor?« fragte Praeger einen bärtigen Arbeiter. »Diese Anlagen waren jahrelang außer Betrieb.«

»Zwei neue Strecken sind bald fertig«, sagte der Mann, dessen Stimme vom Lärm der Schienenlegemaschinen und der Rammen fast übertönt wurde. »Ungefähr in einer Woche ist es soweit.«

»Eisenbahnstrecken?« fragte Praeger ungläubig, denn seit Jahrzehnten waren keine mehr gebaut worden.

»Ja, Eisenbahnstrecken. Eine aus Pennsylvanien im Nordwesten, die andere aus dem Westen, weiß der Teufel woher.«

»Was ist das da?« fragte Hardesty und zeigte auf ein eingezäuntes Gelände, auf dem mehrere halbfertige, schiefe Gebäude standen, die sich gegenseitig Halt zu geben schienen.

»Keine Ahnung«, antwortete der Arbeiter. Er trug eine Sonnenbrille, deren Gläser das blendende Herbstlicht widerspiegelten. »Angeblich soll es ein Ladedock werden, aber viele von diesen Leuten« – damit meinte er die anderen Arbeiter – »machen einen weiten Bogen darum. Deshalb wird es wohl nichts mit dem Ladedock. Immerhin ist auf den Plänen in der Mitte ausdrücklich eine Betonplattform vorgesehen.«

»Und warum wollen Ihre Kollegen nichts davon wissen?« fragte Praeger.

»Weil sie spinnen, deshalb! Sie sagen, es sei ein heiliger Ort. Sie finden solche Leute auf jeder Baustelle. Mit dem Bauen ist das so eine Sache . . . Ich kann es Ihnen nicht genau erklären.

Und außerdem muß ich jetzt wieder an die Arbeit. Aber glauben sie mir, solche Dinge kommen vor.«

Hardesty und Praeger beobachteten den Fortgang der Arbeiten. Verrostete, verbogene Schienen und verrottete Schwellen lagen wie Leichen übereinandergetürmt. Klapprige Blechbaracken und wackelige Rampen, deren Gebälk nach Moder roch, verwandelten sich rasch in einen Wald aus glänzenden Schienen, neuen Bahnsteigen und stabilen Türmen. Schon bedeckten Weichen und Signale die schlackenübersäte Ebene, als wären sie wie Plantagen aus der Asche gewachsen.

Da Hardesty und Praeger hungrig waren, beschlossen sie, zu Fuß zur Kantine zu gehen. Um dorthin zu gelangen, mußten sie über fünfzig Zäune und ein Dutzend Güterzüge klettern. Rußiger Schmutz von den Zäunen und den Eisenleitern der Waggons bedeckte ihre Hände und rann ihnen, mit Schweiß vermischt, die Schläfen herab. Sie wurden verfolgt von bissigen Wachhunden, die auf den Frachthöfen frei herumliefen, und einmal blieb Praeger nichts anderes übrig, als in Windeseile einen Signalmasten zu erklimmen. Dort wurde er von einem wolfartigen Köter belagert, aus dessen grimmigem Knurren er immer wieder das Wort »Rrrrache!« herauszuhören glaubte.

Als sie endlich die Kantine erreichten, waren ihre Gesichter von der Kälte und der Anstrengung gerötet, ihre Kleidung schmutzig und zerrissen, und sie selbst angenehm ermüdet. So paßten sie gut zu den Arbeitern und Seeleuten, die stumpf und halb betäubt eng beieinander im Kreise hockten, und in deren Blicken beständig eine stumme Drohung lag.

»Praeger«, sagte Hardesty, »das sind die Leute, die mit ihren Autos gegen Leitplanken fahren. Du weißt schon, Leute, die einen Juwelierladen ausrauben, unerkannt fliehen und dann mit fünfundachtzig Meilen über dem Tempolimit einen Streifenwagen überholen. Bei der Verfolgungsjagd nehmen sie dann die Kurven, als gäbe es keine physikalischen Gesetze. Irgendwann prallen sie gegen die Leitplanken. Die Leitplanken sind ihr Schicksal.«

»Sei still!« befahl Praeger. »Der Kerl da drüben hört uns zu. Er sieht ganz schön bösartig und beleidigt aus.«

Hardesty verbrannte sich an der glühend heißen Muschelsuppe die Finger. Die Suppe wurde gratis aus einem Kupferkessel serviert, der auf der Theke stand. Sie bestellten gegrillte Garnelen und aßen sie mit Brot und scharfer Soße. Dazu tranken sie ein Bier, ein zweites, ein drittes. Bald schon überließen sie sich willenlos der wellenartig auf- und abflauenden Musik und dem dröhnenden Stimmengewirr. Die ganze Kantine schien im Wind hin- und herzuschwanken wie eines jener Segelschiffe, die in alter Zeit unten an den Werften festzumachen pflegten. Hardesty und Praeger fühlten sich wie auf hoher See. Die trägen Rauchschwaden in der Mitte des Saales wurden für sie zu Wolken, Segeln und Möwen.

Es dauerte nicht lange, da hatte Hardesty alle seine Probleme vergessen. Mit argloser Begehrlichkeit konzentrierte er sich ganz auf die brave Kellnerin, die, Tabletts auf den Händen, immer wieder unter den lüsternen Blicken ihrer Arbeitgeber die gefährlichen Engpässe in der Kantine passierte. Um die Tabletts waagerecht in der Schwebe zu halten, während sie sich durch die lärmende Menge schlängelte, mußte sie eine Art Tanz aufführen. Sie war klein, aber rank und kräftig und sexy genug, um sämtlichen Männern in der Kantine den Kopf zu verdrehen. Ihre Freizeit mußte sie irgendwo in der Sonne verbringen, denn sie war tief gebräunt. Ihre Beine wirkten straff wie die einer Läuferin, und ihre langen, anmutigen Arme waren ein wenig muskulös. Hardesty brachte es nicht über sich, sich von ihr abzuwenden oder den Blick zu senken, wenn sie auf ihn zutrat. Sie trug eine weiße Bluse, deren Ausschnitt weit genug geöffnet war, um den weichen, dunklen Brustansatz sehen zu lassen. Ihre pechschwarzes, wippendes Haar mit den kessen, nach oben gedrehten Wellen imitierte die Frisur einer populären Sängerin. Hardesty drehte fast durch. Ebenso wie die Lastwagenfahrer mit ihren Cowboyhüten, die in Hoboken wohnhaften Arbeiter, die ehemaligen Seeleute, die Fremden aus Manhattan und die auf die Leitplanken spezialisierten Burschen war er von ihr wie verzaubert. Wenn sie an ihm vorbeikam, mußte sie ihm das Gesicht zuwenden, ähnlich wie im Gang eines überfüllten Zuges in Europa. Der atemlos staunende Hardesty fühlte sich dabei so, als hätte eine Turmuhr Mitternacht geschlagen, aber nicht zwölf-, sondern mindestens vierzigmal, denn während sie sich an ihm vorbeischob – Gott segne Amerika! – wurde sie im Gedränge an ihn gepreßt wie in einer überfüllten Straßenbahn. Er fühlte die Spitzen ihrer kleinen Brüste langsam über seine eigene Brust streichen, er blickte in ihr sonnengebräuntes Gesicht, er atmete ihren warmen Duft ein, und er empfing den Blick aus ihren schwarzen Augen, der ihn von Kopf bis Fuß mit einem tiefen, nach außen drängenden Lustgefühl erfüllte, wie einen Lanzenstich. Als sie ihn während des spannungsgeladenen Moments, da ihre Schenkel und Brüste ihn berührten, anlächelte, so daß er das mondhelle Blitzen ihrer großen, vollendet ebenmäßigen Zähne gewahrte, und als sie, sei es im Scherz oder herausfordernd, in einer unfreiwilligen Bewegung oder aus einer Erinnerung heraus ihren Unterleib für kurze Augenblicke gegen seinen preßte, da wurden Hardesty die Knie weich vor quälender Lust. Mit einem seltsamen Aufschrei, in dem sowohl Enttäuschung als Befriedigung lagen, glitt er zu Boden.

Praeger, der ihn aus den Augen verloren hatte, suchte ihn. »Wo bist du?« fragte er. »Wo willst du hin?«

Hardesty kroch unten am Boden auf allen Vieren ihren Waden nach, die im Begriff waren, in einem finsteren Wald aus behosten Männerbeinen zu verschwinden. Die Leute an der Bar hatten nicht viel für das Gekrabbel zu ihren Füßen übrig. Es machte sie nervös, und als Hardesty gar anfing, andere Leute grob beiseite zu stoßen, wußte Praeger, daß sein Freund in ein Hornissennest gefaßt hatte.

Schon war die Schlägerei in vollem Gange. Mann kämpfte gegen Mann, als wollte jeder bei steigender Flut den letzten Platz in der Arche erobern. Der Szenerie mangelte es nicht an einer gewissen Poesie, denn Männer flogen in parabelartigen, schwanenhalsgleich geschwungenen Bögen durch die Luft und stießen dabei tiefe Angstschreie aus. Insgesamt war es jedoch lediglich ein Ausbruch abendlicher Anarchie, wie er sich im September so häufig ereignete. Hardesty hatte Glück, daß sein resoluter Freund ihn mitten durch die Saalschlacht schleppen und durch die Tür ins Freie bugsieren konnte.

»Wo ist sie?« fragte Hardesty mit bettelnder Stimme. Praeger schleifte ihn zum ehemaligen Endbahnhof der Erie-Lackawanna-Bahn, einem Gebäude, das etwas von der Eleganz einer selbstbewußten alten Dame ausstrahlte. Es bestand aus cremefarbenem Stein und lackiertem Eisen und war völlig menschenleer. Die beiden Männer stolperten durch dunkle Gänge, bis sie auf der anderen, dem Fluß zugekehrten Seite die Laderampe der längst eingestellten Barclay-Street-Fähre erreichten. Sie gingen bis zum Ende der Rampe, setzten sich hin und baumelten über dem Wasser mit den Beinen.

Auf der anderen Seite des Stromes schimmerte Manhattan im Mondlicht. Auf einer Länge von mehreren Meilen glitzerten die hohen Gebäude wie ein Wald voller Leuchtkäfer. Hardesty war mit seinen Gedanken noch immer bei der Kellnerin, aber Praeger saß da und starrte über das Wasser wie ein wütender Hund. Manhattan, ein Käfig mit weißem Gerippe, eine Masse aus blitzendem Kristall, wirkte fast lebendig. Die dieser Stadt innewohnende Schönheit hob die beiden Betrachter weit über ihre Feinde und ihre Kümmernisse in dieser Welt hinaus, und es war, als blickten sie aus der Warte der Toten auf das Leben hinab. Plötzlich durchströmte sie eine zärtliche Zuneigung zu den Menschen, die sie liebten, und sie sahen vor sich diese Stadt des Sonnenscheins und des Schattens, nun von Mondlicht übergossen, und sie liebten sie so sehr, daß es sie drängte, sie mit den Armen zu umfangen.

Während sie noch schauten, zog von Nordwesten her eine riesige Wolkenfront herauf. Weißer als Eis und sanft funkelnd wie ein Gebirgsdorf in der Schweiz, schien die Stadt sich nicht im geringsten um den schwarzpurpurnen Wall zu kümmern, der sich ihr näherte. Hardesty dachte an mittelalterliche Städte, die den Mongolen und Türken in die Hände gefallen waren. Hätte es etwas genutzt, dann würde er eine Warnung gerufen haben. Die bleichen Gebäude wirkten so verwundbar wie Zuckerwatte, und immer näher kamen die Wolken heran, mit weit ausladenden Wölbungen wie die Gesäße von Schlachtrössern oder die Schulterpanzerung einer Rüstung. Wie Schlangen aus ihrem Nest züngelten aus ihnen silbrige und weiße Blitze hervor und schlugen kurz vor der heranbrausenden Kavalkade in den Boden.

Als die erste Welle über New York hereinbrach, machte der Sturm den Hudson zu einem unpassierbaren Strom. Die an Stahltrossen aufgehängte Rampe, auf der Hardesty und Praeger saßen, begann zu wackeln und zu schaukeln, aber die beiden klammerten sich an die Schienen, denn sie konnten sich nicht vom Anblick der Stadt losreißen. Zehntausend Blitze fuhren in die turmhohen Bauten, hüllten sie in zuckendes, weißgoldenes Licht und erfüllten die Luft mit einer Folge von Donnerschlägen, die alles, was nicht niet- und nagelfest war, klirren und scheppern ließ. Ratten wurden aus ihren Löchern geschwemmt und rasten in heller Panik quietschend durch die vom Regen überfluteten Straßen. In der Stadt der Armen flammten hundert Feuersbrünste auf, aber der Regen stürzte mit solcher Macht herab, daß die Brände ebenso schnell erloschen, wie sie aufgeflackert waren. Ihr Anblick erinnerte an Feuerwerkskörper, die hoch oben in der Luft zu einem kugelförmigen Gebilde aus Licht zerplatzen, das langsam im Nichts vergeht. Als der Sturm seinen Höhepunkt erreichte, war es, als würde die Stadt von den wütenden Wellen eines höhergelegenen Meeres begraben. Aber die Stadt duckte sich nicht; aufrecht und ohne Zagen ließ sie alles über sich ergehen. Sie stand da wie ein hoher Gebirgszug und erntete Blitz und Donner. Während des gesamten Sturmes blieb New York im Glanz seiner Lichter heiter und gelassen, denn die langen Reihen unbeugsamer Wolkenkratzer standen auf gewachsenem Felsgestein. Und am Ende, als der Himmel wieder blau und weiß und der rollende Donner nur noch ein melodischer Abgesang für die letzten müden Blitze war — da leuchtete die Stadt noch immer, unschuldig und entschlossen.

Hardesty dachte einen Augenblick lang, er habe vorübergehend die vollkommen gerechte Stadt erblickt. Kurz bevor der Sturm endgültig abflaute, sah er sich nach Praeger um, der hingerissen, aber ganz Herr seiner selbst, in das lärmende Gewoge und den dichten grauen Regen hinausstarrte.

»Ich bin zu Binky gegangen«, sagte Praeger. »Ich habe

meine Seele verkauft, und ich werde bald Bürgermeister sein – dort!« Mit dem Kopf wies er auf das gegenüberliegende Ufer. »Ich werde es auf eine Weise schaffen, wie es noch nie geschafft worden ist. Alle bisherigen Bürgermeister waren umtriebig, verteilten hie und da Trostpflästerchen, taktierten und taktierten und liefen schließlich davon. Wir beurteilen sie danach, wie gut es ihnen gelungen ist, Konflikten aus dem Weg zu gehen. Aber da sie seit hundert Jahren den offenen Kampf gemieden haben, ist die Stadt jetzt in sich entzweit und starrt derartig vor Waffen, daß der Ausbruch offener Feindseligkeiten einem Armageddon gleichkäme. Daran liegt mir nichts. Niemand kann daran Interesse haben, heute nicht und morgen nicht. Sollte jedoch der Tag der Abrechnung anbrechen, dann werde ich die Stadt bei ihrem Untergang führen – *damit ich an ihrer Spitze stehe, wenn sie wieder aufersteht.*«

Hardesty war gerührt von der Aufrichtigkeit und der Magie, die aus Praegers entschlossenen Worten sprachen. Aber mit einem letzten Appell an die Vernunft fragte er: »Wie kannst du dir so sicher sein?«

Wenn es stimmt, daß das Antlitz des Menschen zu Wahrsagungen einlädt, dann war Praeger in diesem Augenblick ein Wegweiser in die Zukunft. Er blickte Hardesty voll an und lächelte. Hardesty sah in den kühlen blauen Augen, dem adrett geschnittenen blonden Haar, den etwas zu weit auseinanderstehenden Schneidezähnen etwas, das von großer Kraft kündete, von geduldig getragenem Leid und unverwüstlichem Humor. Er erkannte, daß Praeger im Bann derselben Sache stand, nach der auch er suchte. Er wußte zwar nicht warum, aber er glaubte ihm. Zugleich betrübte es ihn, daß Praegers Gesicht mit derselben Gewißheit von einer zukünftigen Sache erzählte, als wäre es eine viel später errichtete Gedenktafel.

☆

Wahnsinnig zu sein bedeutet, mit quälender Intensität die Freude und Trauer einer Zeit zu erleben, die noch nicht gekommen oder schon vergangen ist. Um ihre zerbrechliche Vision von jener anderen Zeit zu schützen, werden Wahnsinnige ihrer

Verfassung mit rührender Loyalität gerecht, indem sie sich in tausend wirre Hirngespinste flüchten. Und gerade dies treibt sie tiefer und tiefer in die Finsternis — und ins Licht. Es ist für sie Qual und Belohnung zugleich, und es stellt sie vor eine Wahl: Entweder erschlaffen sie und kehren zurück, indem sie die lindernde Sicht der Vernunft und die Erleichterung akzeptieren, die von der Anerkennung durch andere Menschen ausgeht, oder sie gehen unbeirrbar ihren Weg und werden mitten im Sturz erhöht. Falls sie in ihrer unverzeihlichen Starrköpfigkeit irgendwann durchbrechen in die Welten reglosen Lichts, dann werden sie nicht länger als Geistesgestörte oder Verrückte bezeichnet. Dann nennt man sie Heilige.

Peter Lake hätte sich als alles andere bezeichnet, nur nicht als einen Heiligen. Und damit hatte er recht, denn er war kein Heiliger und würde auch nie einer sein. Mit jedem neuen Tag schien er mehr Halt zu verlieren, und er wußte, daß er sich so, wie die Dinge lagen, nicht einmal mehr in den Verstand würde flüchten können, wenn er den Wunsch danach verspürt hätte. Eine schreckliche Agonie hatte von ihm Besitz ergriffen; sie machte ihn schwindelig und bewirkte, daß er ziellos durch die Gegend lief und wirres Zeug redete. Alles war für ihn entweder köstlich hell oder heillos schwarz. Den einzigen Ausgleich in seinem Dasein bildeten die Maschinen, aber sogar sie verführten ihn zu unkontrollierbaren Träumereien — was seinen Kollegen natürlich nicht entging. Sie hatten gelernt, mit ihm auszukommen, denn sein Wahn schlug nie in Grausamkeit oder Gier um. Und wie sie vermuteten, hielt er sich in ihrer Gegenwart noch zurück; sobald er sich allein wußte, war alles anders.

»Gebt mir ein paar spanische Bergsteigereier!« verlangte er fröhlich mit seinem irischen Akzent, der nach Madison Square klang. »Drei wie sie kommen, zwei ganz matschig und naß wie neugeborene Gnus in der Fruchtblase, und ein einziges hartgekocht — *der Sonnengott der Azteken*. Kapiert? Was ist los? Die Katze hat eure Zunge geholt! Wißt ihr, was 'ne Katze ist? Ich sag' es euch, aber lang-sam! Eine Katze ist ein Vorwand einer einsamen Frau, um mit sich selbst zu reden. *Das* ist eine Katze, nichts weiter. Schlepper. Aber um aufs Frühstück zurückzukommen: Ich mag Bananen. Ich bestelle sie zu meinen Mahlzeiten. Ich bestelle sie! Bringt mir ein paar. Nein! Wartet!! Ich möchte lieber eine Fußtorte. Schlepper. Ich bin arm, das stimmt. Ich bin einer von denen, über die niemals irgend etwas bekannt wurde. Aber die Stadt gehört mir. Könnt ihr mir sagen, warum ich mich hier oben, wo ich bin, nur umzusehen brauche, um den Meister des Nichts zu sehen? Ist es möglich, daß auf diesem Kontinent Erde primitive Kreaturen herumlaufen, die nie einen Hut tragen, diese bunten Tänzer und Mädchen, die aus Torten herausspringen, diese Dussel, Nulpen, Pinsel und Okusse, die kein bißchen mehr leben als ich es werde oder nicht, und die das akzeptieren, was nicht sein kann? Unmöglich. Es ist unmöglich! Nicht wahrscheinlicher, als, sagen wir, eine Baptistenkirche ohne Schulbus. Sag, was du willst, mein Freund mit dem gesunden Gesicht, und steh ruhig so jovial rum wie Humpty Dumpty. Ich mag deine Geduld. Aber mit dir zu reden frustriert mich irgendwie ganz intensiv. Lieber segle ich durch den goldenen Dunst. Schlepper. Na gut, ich gebe nach. Ändert meine Bestellung. Bringt mit Wildensteens Affenbrot, heiße Leberwurst, Kokosnüsse und Meerschaum. Das ist ein gutes Frühstück. Seht ihr, worauf ich hinauswill? Ich begehre ... ich begehre ... Wißt ihr, ich bin durcheinander. Aber ich versuche, ich versuche es! Und ich habe diese Kraft, die mich dorthin schiebt, sie *schiebt* mich. Es schmerzt, aber es geht. Ich bin unterwegs. Schlepper ...«

Stundenlang ging es so. Er war überflutet von Worten, die in einer seltsam ordentlichen Unordnung aus ihm heraussprudelten. Sie gingen ihm von den Lippen wie der Schaum, den er zum Frühstück verzehren zu müssen glaubte. Je schneller er sprach, desto schneller sprach er, bis er glühte und in Zungen redete. Er verlangte dies, er verlangte das, er schlug mit der Faust auf die Tischplatte, schrie nach Ordnung in der Welt, nach Ausgleich, Belohnung, Gerechtigkeit und Wahrhaftigkeit. »Es gibt keine Gerechtigkeit«, sagte er. »Nein, es gibt sie doch! Aber sie ist sehr hoch und sehr komplex. Um sie zu verstehen, müßt ihr die Schönheit verstehen, denn Schönheit ist Gerechtigkeit ohne Gleichsetzung. Schlepper.«

Niemand widersprach ihm, niemand fühlte sich betroffen, und niemand war erschrocken. Dies lag zweifellos daran, daß Peter Lake sich nicht in einem Restaurant befand und seine Worte nicht einem Kellner oder dem Koch gegolten hatten. Er stand vielmehr am Rand eines leeren Parkplatzes und sprach mit einem Briefkasten. Und jedesmal, wenn jemand kam, um einen Brief einzuwerfen, verstummte Peter Lake, lehnte sich an den Adressaten seiner Predigt, und wenn der Fremdling dann ein Stück Papier durch den Schlitz schob, lächelte er. Danach sagte Peter zum Briefkasten: »Wer war das? Kennst du ihn? Ich meine, ist er hier Stammgast oder wie?« Er war eifersüchtig.

Wenn die Nacht hereinbrach, war Peter Lake oft hungrig und durstig. Dann ging er zum Times Square, um sich Papaya-Saft zu kaufen. Er liebte ihn, weil er sich beim Trinken so vorkam wie alle anderen Leute, beispielsweise ein Geschäftsmann oder eine Krankenschwester. Vielleicht hatte er um dieses Gefühles willen zwischen sich und dem Papaya-Saft ein fast unüberwindliches Hindernis geschoben. Unterwegs auf der Straße übte er nämlich mit voller, wohltönender Stimme, um die ihn der beste professionelle Ansager beneidet hätte, die Worte ein, mit denen er den Saft bestellen würde. Es erübrigt sich wohl der Hinweis, daß sein lautes Gerede inmitten der abendlichen Menschenmengen seinem Ruf auch nicht mehr schadete als die Zwiegespräche mit Briefkästen, Gasflaschen und Seitenwagen von Motorrädern. Aber wer hatte in New York schon einen Ruf zu verlieren?

»Ich möchte einen großen Papaya-Saft zum Mitnehmen«, sagte er. »Ich möchte einen großen Papaya-Saft zum Mitnehmen. Ich möchte einen großen Papaya-Saft zum Mitnehmen. Ich möchte einen großen Papaya-Saft zum Mitnehmen . . .«

Das sagte er tausendmal, doch als Peter schließlich den Papaya-Ausschank erreichte, hinter dem ein träger, mit Saft bespritzter Mensch bediente, da hakte sein Verstand vollends aus.

»Was willst du?« fragte der unordentliche Kerl hinter der Theke.

Statt zu antworten, begann Peter Lake zu kichern, zu lachen

und zu schnauben. Halbunterdrückte Schreie brachen aus ihm heraus, er verdrehte hysterisch die Augen und schwankte dabei hin und her, bis sein Gelächter nur noch aus einer Reihe wilder Quietscher und einem Bellen bestand. Nur mit Mühe konnte er sich auf den Beinen halten. Immer wieder waren es solche Anfälle, die ihn um den Papaya-Saft brachten.

Irgendwann hatte er sich wieder in der Gewalt. Er mußte mit dem Lachen aufhören, weil ihm die Lungen und der Bauch schmerzten. Er öffnete die Augen und räusperte sich. Aber als er sah, daß der Papaya-Mann argwöhnisch ein Auge zukniff, brach ein atemloses Kreischen aus ihm hervor, das sich seines ganzen Körpers bemächtigte.

Auf dem Rückweg zur Stadt der Armen wurde er die ganze Zeit von hysterischem, schmerzhaftem Lachen geschüttelt. Er betrat ein verlassenes Mietshaus, ging in den Keller hinunter und streckte sich schluchzend auf einem Kohlensack aus. Aber er brauchte nicht lange zu weinen, denn die Erschöpfung erlöste ihn und stieß ihn tief ins Vergessen.

In der Nacht, als auf den Straßen Ruhe eingekehrt war und sich der Oktobermond anschickte, in die Wälder von Pennsylvanien hinabzusteigen, fuhr Peter Lake plötzlich aus dem Schlaf hoch. Er spürte, wie sein Herz vor Panik zu rasen begann. Irgend etwas hielt ihn von hinten umklammert. Sobald er wach genug war, um einen klaren Gedanken zu fassen, vermutete er, daß es drei oder vier Angreifer waren, die allesamt über enorme Kraft verfügten, und er machte sich innerlich auf die ausgesuchten Torturen gefaßt, mit denen Menschen, die morgens um vier in den Keller eines verlassenen Wohnhauses eindringen, jene quälen, die schon vor ihnen da waren. Peter Lake konnte nur hoffen, daß sein Wahnsinn die Eindringlinge schreckte, nur fühlte er sich bedauerlicherweise bei vollem Verstand. Tatsächlich war er so klar im Kopf, so vernünftig und ruhig wie ein Diplomat, der irgendwo in der wildreichen Gegend nördlich von Boston vor einem knisternden Hickory-Feuer sitzt und an seinen Memoiren arbeitet.

»Gentlemen!« entfuhr es ihm, als es ihn mit Macht in die Höhe hob. Andere Worte des Protests kamen ihm nicht in den Sinn.

Erstaunt über die absolute Stetigkeit, mit der er hochgehoben wurde, stellte er sich vor, daß die Ganoven, die ihn am Wickel hatten, olympische Gewichtheber waren. Er drehte seinen Kopf ein paar Zoll in alle Richtungen, aber es gelang ihm nicht, ihre Füße zu sehen. Auch ihr Atem war nicht zu hören, ja er fühlte nicht einmal ihre Hände.

Zwar überstieg es nicht gänzlich die Möglichkeiten der hier ansässigen Verbrecher, bei der Ausübung ihres Gewerbes eine solche Zartfühligkeit walten zu lassen, daß sie es aber wirklich taten, war nicht sehr wahrscheinlich. Peter Lake versuchte, über die Schulter zu schauen, aber sie hatten ihn so fest im Griff wie ein Kätzchen, das man beim Nackenfell packt. Er räusperte sich und wollte seine Folterknechte erneut ansprechen, doch da bemerkte er, daß er sich inzwischen mit großer Geschwindigkeit durch den Raum bewegte. Die Beschleunigung war dergestalt, daß er den Wind in seinen Ohren pfeifen hörte. Er flog geradewegs auf die gegenüberliegende Wand zu. Sie kam ihm so rasch entgegen, daß er nicht einmal mit der Wimper zucken, geschweige denn protestieren konnte. Schon krachte sein Kopf dagegen, doch anstatt auf der Stelle getötet zu werden, brach er hindurch. Schon war er in einem anderen Kellerraum, und noch immer wurde er schneller und schneller. Wieder raste eine Wand auf ihn zu. In Erwartung des Schlimmsten schloß er die Augen, aber dann durchschlug er auch sie. Die Beschleunigung ließ nicht nach. Peter lernte schnell, die Augen offenzuhalten und sich der Geschwindigkeit hinzugeben. Eine Wand nach der anderen tauchte vor ihm auf, und er flog hindurch, als bestünden sie aus Luft. Die Kellerräume zogen an ihm vorbei wie Bilder in einem Film. Und dann gab es plötzlich keine Wände mehr.

Er flog in der Tiefe dahin, schnell wie ein Jet, er zischte durch Erde, Gestein, unzählige Keller, Zisternen, Tunnel, Brunnen und schließlich durch Gräber. Mühelos, als segelte er durch klare Luft, schickte man ihn auf einen Rundflug durch alle Gräber dieser Welt. Zwar flitzten sie mit einer solchen Geschwindigkeit an ihm vorbei, daß er von ihnen lediglich nur ein kurzes, mattes Aufleuchten wahrnahm, aber dennoch war er in der Lage, jedes Grab, das blitzartig vor ihm auftauchte, separat zu begutachten wie bei einer umständlichen Leichenschau. Er sah die Gesichter und die Kleidung von Menschen, die noch nicht lange unter der Erde lagen und registrierte ohne innere Anteilnahme ihre Mienen.

Peter Lake schien nur aus Augen zu bestehen. Sie nahmen die immer schneller vorbeijagenden Bilder in sich auf und bewegten sich mechanisch mit übernatürlicher Geschwindigkeit. Präzis erfaßten sie jedes Detail und erhaschten einen Anblick von jedem einzelnen der Milliarden Toten, die zu sehen ihm bestimmt war. Das rasende Tempo und die rhythmische Abfolge der vielen Bilder verbanden sich zu einem reinen, überweltlichen Pfeifton. Die Leichen lagen in allen möglichen Stellungen. Manche waren längst zu Staub zerfallen, andere bestanden aus den von Kindern so gefürchteten elfenbeinernen Knochen, die spukhaft phosphoreszieren. In nicht enden wollenden Szenen wie aus einem Puppenspiel umklammerten sie Amulette, Werkzeuge oder Münzen. Man hatte sie mit Ikonen, Fotos, Zeitungsausschnitten, Büchern und Blumen beerdigt. Manche von ihnen waren von zerzausten Lumpen umhüllt, andere mit Binden umwickelt. Einige lagen in hölzernen, mit Seide ausgeschlagenen Wiegen, aber viele, unendlich viele ruhten ohne jegliches schmückendes Beiwerk im weichen oder steinigen Erdreich. Peter blickte auch in Stahlkammern auf dem Grund des Meeres, und er sah Massengräber, in denen die Leichen wie Holzscheite übereinandergetürmt lagen. Ketten, Seile und Halseisen waren ebenso häufig wie Kolliers aus Perlen und Gold. Alle Altersstufen waren vertreten – Kleinkinder, Krieger, in deren Schenkel noch immer Schwerter staken, Gelehrte, die friedlich entschlummert waren und Dienstleute aus der Renaissance mit roten Kappen. Während sie vorbeischossen, verlangsamte sich ihre Geschwindigkeit für unermeßlich kleine Augenblicke, damit sie ihm einen Gruß entbieten konnten. Er flog in der Finsternis der Tiefe an zahllosen Legionen vorbei, und seine Augen waren rastlos tätig, um die Bilder der Bärtigen, der Zahnlosen, der Lachenden und der Wahnsinnigen, der sorgenvollen und der lächelnden Frauen in sich aufzunehmen. Da waren jene von tiefem Gemüt und andere, die nie mehr gewußt hatten, als ein Fisch weiß. Manche hatten ihr Leben auf dem Eis gelebt, und da waren sie noch immer, ruhten vollständig erhalten in ihrem glatten weißen Panzer.

Peters Mund stand weit offen, aber seine Augen arbeiteten noch immer. Etwas in ihm bestand darauf, jeden einzelnen dieser Toten zu ehren. Als wäre er für diese Aufgabe geboren, sah und speicherte er in seinem Gedächtnis jeden dieser fleischlosen Köpfe, jede bleiche Hand und jede Augenhöhle. Die Gräber der Welt zogen an ihm mit der hypnotischen Geschwindigkeit und dem flirrenden Rhythmus von Speichen eines sich schnell drehenden Rades vorbei. Er blieb unberührt und empfand auch kein Mitleid, denn er war vom Schauen voll in Anspruch genommen. Es gab viel zu tun, er mußte sie alle kennenlernen. In seinem aberwitzigen, atemlosen Flug ließ er keinen einzigen aus. Er mühte sich, als sei er dafür geschaffen, ihr Buchhalter zu sein – er, der mechanische Maulwurf, der treue Beobachter, der Seelensammler, der gute Arbeitsmann.

☆

Eines Tages Mitte Oktober schuf das Licht spät am Nachmittag in der West Fifty-Seventh Street jene vollendeten Verhältnisse, auf die sich schon die Kirchenmänner des Mittelalters stützten, als sie ihre Idee vom Himmelreich entwarfen.

Virginia kehrte gerade von einem Pier am North River zurück. Sie hatte dort einen bekannten Exilpolitiker interviewen sollen, woraus freilich nichts geworden war, denn der Mann war auf hoher See von dem Schiff geholt worden, in dem er reiste. Per Flugzeug hatte man ihn nach Washington gebracht. Virginia blieben noch einige freie Stunden, bis sie nach Hause mußte, um die Kinder aus ihrem Nachmittagsschlaf zu wecken. Sie beschloß, auf der Fifth Avenue einen Einkaufsbummel zu machen. Abby fühlte sich seit ein paar Tagen nicht sehr wohl. Wahrscheinlich lag das am Wechsel der Jahreszeiten. Immerhin schlief sie laut Aussage von Mrs. Solemnis gut und hatte kein Fieber.

Virginia brauchte einen Wintermantel. Selbst für eine

Gamely war sie ziemlich hochgewachsen und hatte eine entsprechende Kleidergröße. Kombiniert mit der tief in ihr verwurzelten Sparsamkeit bedeutete dies, daß sie sich wahrscheinlich wieder schwer tun würde, bevor sie einen Mantel fand, der sowohl warm genug für den Coheeries-See als auch von annehmbarem Schnitt war. Seit Jahren hatte sie ihre Mutter nicht gesehen. Sie wußte genausogut wie Hardesty, daß ihr Heimatort nur mit großen Schwierigkeiten zu erreichen war und daß es von dort vielleicht nie ein Zurück gab. Hardesty war willens, notfalls Bauer am See zu werden, die Winter auf Skiern und in Eisseglern zu verbringen und viele Meilen per Schlittschuh zurückzulegen, von Dorf zu Dorf und von Gasthaus zu Gasthaus.

Sie hatten vor, im Dezember oder Januar bei günstigen Witterungsverhältnissen aufzubrechen. Die Kinder wollten sie in Wolle, Daunendecken und Pelze hüllen und mit ihnen in aller Frühe in den Zug steigen, wenn der Rauch aus den wenigen in der Stadt noch existierenden Kaminen spindeldürr und gerade in der kalten Luft stand wie wartende Totengräber vor einer Kirche. Dies waren zumindest ihre Pläne, aber da sie schon in vielen vergangenen Wintern Ähnliches geplant hatten, ohne daß es jemals zu einer Abreise gekommen wäre, hatten diese Pläne schon etwas von Träumen. Jedes Jahr im Winter wollten sie zum Coheeries-See fahren, aber immer geschah etwas, das sie zwang, die Reise um ein weiteres Jahr zu verschieben.

Als sie an der Carnegie Hall vorbeikam, sah Virginia, daß eine Menschenmenge zu einem Konzert in das Gebäude strömte. Mehrere Plakate verkündeten, daß das berühmte Orchester von Canadian P. – so lautete sein voller Name – an jenem Abend die Amphibiologischen Grillentänze von Mozart spielen würde. Allerdings war das gemischte Programm so gestaltet, daß man kaum zu sagen wußte, was wozu gehörte, und möglicherweise handelte es sich um das Divertimento in c-Moll von Mozart und die Amphibiologischen Grillentänze von Minoscrams Sampson. Das schien auf jeden Fall einleuchtender. Virginia wollte gerade weitergehen, als genau vor ihr, schnell und rund wie ein Quecksilberball, jenes fette, schlitzäugige Wesen, das sich Mr. Cecil Wooley nennen ließ, die Außentreppe der Carnegie Hall hinaufhüpfte. Zweifellos hat Jackson Meads Quintett in seinem Repertoire keine Amphibologischen Grillentänze, sagte sie sich. Anscheinend gelüstet es den jungen Mr. Wooley nach leichterer Kost, und er hat sich wie ein Wiesel davongeschlichen, um dieses Konzert zu besuchen. Er benimmt sich wie ein Ausreißer, soviel steht fest, und er hat etwas von einem Schuljungen, der mit rollenden Augen beteuert, er sei nur in die Damensauna geraten, weil er ein Schild nicht beachtet habe.

Virginia stürzte in die Vorhalle. Der Dicke hatte gerade eine Eintrittskarte gekauft und machte sich auf den Weg zu einer der Emporen. »Sehen Sie dort den fetten Kerl?« sagte Virginia zu dem Kartenverkäufer und zeigte auf Cecil Mature, kurz bevor er durch eine Tür verschwand. »Geben Sie mir einen Platz direkt hinter ihm.«

»Aber Miß!« protestierte der Kartenverkäufer. »Ich müßte Ihnen Platz 46 auf der Empore Q geben, und das ist der schlechteste Platz im ganzen Haus. Sofern Ihre Mutter keine Eule und Ihr Vater kein Habicht war, sehen und hören Sie dort nicht das Geringste.«

»Was erdreisten Sie sich!« erwiderte Virginia. »Sagen Sie das noch einmal!«

»Oh, ich . . . ich . . .« stammelte der Mann in seiner kleinen Zelle und reichte ihr die Karte.

Virginia eilte die teppichbelegten Treppen hinauf, dem keuchenden Cecil hinterher. Oben angekommen, wartete Virginia solange ab, bis der Dicke Platz genommen hatte. Dann setzte sie sich, von ihm unbemerkt, direkt hinter ihn. Hätte dort oben nicht ein halbes Dutzend schlummernder Polizisten tief in ihren Sesseln gehangen, dann wären die beiden ganz alleine auf dieser Empore gewesen. Virginia blickte hinab in die Tiefe und legte vor Schreck eine Hand aufs Herz. Die Bühne sah von hier oben wie ein kleiner, fächerförmiger Keks aus, auf dem schwarze und weiße Ameisen herumkrabbelten.

Langsam verloschen die Lichter. Cecil Mature hopste vor

lauter Vorfreude auf seinem Sitz herum. Kaum hatte er eine kleine weiße Schachtel aus seiner Manteltasche gezogen und sie geöffnet, als Virginia die Düfte von Hummer kantonesisch in die Nase stiegen. Gleich darauf begann das Konzert. Fagotte, Pikkoloflöten und Schnarrtrommeln ertönten zur Freude der Anhängerschaft von Mozart und Minoscrams Sampson. Sogar die Polizisten klatschten automatisch im Schlaf. Cecil Mature fing an, seinen Hummer zu verzehren. Mit den Fingern schob er sich die Bissen in den Mund und knackte die harte Schale mit den Zähnen.

Virginia verlor sich schon bald in den traurigen, amphibologischen Harmonien. Diese Musik war wie ein Ritt auf sanften Wellen oder eine Fahrt im Motorboot durch die Cotswolds. Sie wiegte und schaukelte die Zuhörer so gemächlich, als wären sie Verwundete, die aus einem Krieg heimkehrten. Es war schon ein recht seltsames Gedudel, aber Cecil Mature liebte es. Virginia sagte sich, daß er daran hängen mochte wie ihre Mutter an den Werken von A. P. Clarissa. Allerdings war Cecil jünger, und er benahm sich fast wie ein Rowdy, denn ab und zu warf er einen Arm in die Luft und sagte: »Spielt die Musik! Spielt sie! Yeah!«

Kurz vor Ende des Konzerts begab sich Virginia in die Halle. Sie wollte eine scheinbar zufällige Begegnung mit Cecil provozieren. Die Lichter gingen an, und schon kam er um eine Ecke gesaust.

»Mr. Cecil Wooley!« rief Virginia mit gekonnt gespielter Überraschung und tat ganz so, als würde sie ihn schon ein Leben lang kennen.

Er blieb wie angewurzelt stehen, schloß seine Schlitzaugen und biß die Zähne zusammen. »Hallo, wie geht's?« sagte er, sichtlich peinlich berührt.

»Welch Überraschung, daß Sie Minoscrams Sampson mögen«, fuhr Virginia fort. »Er ist mit Abstand mein Lieblingskomponist. Wissen Sie, er lebte nicht weit von dem Ort entfernt, wo ich aufgewachsen bin, in einer großen Windmühle am Seeufer, und jeden Tag . . .«

Bevor Cecil wußte, wie ihm geschah, hatte sie ihn ganz in

Beschlag genommen und schleppte ihn mit sich die East Fifty-Seventh Street hinab. Er kam nicht dazu, einen Einwand dagegen zu erheben und zu erklären, daß er nach Hause oder sonstwohin müsse, denn Virginia plauderte über dieses und jenes, und sie ließ seinen Arm nicht los. In Wahrheit war Cecil natürlich sehr stolz, mit einer so hochgewachsenen Schönheit gesehen zu werden, und sie hätte ihn überall hinschleppen können. Stolz und verwirrt zugleich, errötete er und zwinkerte mit den Augen. Es war, als hätte er sich mit ihr zu einem Rendezvous getroffen! Alle die wichtigen Leute, die in der Abenddämmerung nach Hause gingen, würden ihn mit ihr sehen. Und da die Fifty-Seventh Street die Straße war, auf der man sich sehen ließ – was konnte er sich da Besseres wünschen? Allein der Gedanke, die Leute könnten sie, Cecil und Virginia, für Mann und Frau halten, jagte ihm einen köstlichen Schauer über den Rücken.

Virginia schnippte mit den Fingern. »Ja, das ist es!« sagte sie in Beantwortung einer Frage, die ihr niemand gestellt hatte. »Lassen Sie uns in der Bar des Hotels *Lenore* eine Eiscreme Soda nehmen! Sie machen dort eine spezielle Ingwer-Schokoladencreme, nach der meine Kinder ganz verrückt sind. Vielleicht möchten Sie sie probieren?«

Cecil blieb abrupt stehen und schüttelte den Kopf.

»Was gibt's denn, Mr. Wooley?« erkundigte sich Virginia.

»Ich kann nicht«, sagte er todernst.

»Können nicht was?«

»Ich kann nicht. Wir dürfen in keine Bar gehen, Eiscreme Sodas bestellen, Schokolade essen, mit fremden Leuten reden und uns abends irgendwo weit weg vom Schiff herumtreiben.«

»Wer sagt das?«

»Jackson Mead.«

»Muß er es denn unbedingt wissen?«

»Ich bringe es nicht über mich.«

Das Hotel *Lenore* hatte eine superelegante Bar, die von Leuten besucht wurde, die nichts Besseres zu tun hatten, als sich dort wichtig zu fühlen. Immerhin gab es dort die besten Eiscreme Sodas weit und breit.

»Schau dir die schöne Dame mit dem dicken schlitzäugigen Kerl an!« sagte einer der Barkeeper zu einem Kollegen. »Was wohl eine Klassefrau wie sie an so einem Vollgummiball findet?«

»Keine Ahnung«, antwortete der andere Barkeeper. »Manche Weiber mögen eben einen verrückten Salat zum Fleisch.«

Cecil, der auf seinem Barhocker thronte wie ein Globus auf einer Siegessäule (ein Vergleich, der vom architektonischen Standpunkt durchaus korrekt ist), war von einem ungewohnten Maß an Selbstbewußtsein durchdrungen, aber er fühlte sich trotzdem alles andere als wohl in seiner Haut.

»Zwei Ingwer-Schokoladencreme-Sodas«, sagte Virginia, »Und bitte sehr, sehr, sehr viel von der speziellen Zutat.« Die spezielle Zutat war Rum.

Eiscreme Sodas zum Stückpreis von fünfundsechzig Dollar sollten nicht auf sich warten lassen, und das taten sie auch nicht. Schon standen zwei eimergroße Bakkarat-Kübel mit Platinlöffeln und goldenen Strohhalmen vor ihnen. Cecil wußte nicht, wie ihm geschah. Er dankte Virginia und ergriff den Strohhalm, aber nach einem halbherzigen Schluck drehte er sich zu ihr hin und meinte: »Es schmeckt gut, wirklich gut, aber es ist etwas drin, das mich an Tetrahydrozalin erinnert.«

»Das ist der Ingwer«, sagte Virginia und führte den Strohhalm an ihre schönen Lippen.

Anfänglich zögerte Cecil noch, aber dann machte er sich ans Werk. Während Virginia die geeiste Schokolade nur in winzigen Schlückchen zu sich nahm, bewies Cecil Talente, die Mussolini bei der Trockenlegung der Pontinischen Sümpfe hätten helfen können. Wie eine erstklassige Drehkolbenpumpe summte er vor Arbeitseifer, und obwohl die Bakkarat-Kübel, in denen im *Lenore* Sodas serviert wurden, unten einen speziellen siebartigen Einsatz hatten, um am Schluß Schlürflaute wie »Arrrtsch!« und »Orrrtsch!« zu vermeiden, stellte Cecil, als der den Grund des Pokals erreichte, den Sinn dieser klugen Vorrichtung in Frage. Sein »Arrrtsch!« und »Orrrtsch!« klang wie der Bimssteinhagel nach einem Vulkanausbruch. Er lehnte sich ein wenig zurück und richtete seine glasigen Augen auf Virginia. In nur fünf Minuten hatte er eine ganze Gallone geschluckt, und der glasige Blick war einem Viertelliter Rum zuzuschreiben. Virginia hatte ihn da, wo sie ihn haben wollte. Allerdings hatten die kleinen Schlückchen ihr selbst ein wenig den Blick getrübt. Ihre Phasenverschiebung im Verhältnis zur restlichen Welt reichte genau dazu aus, Cecil fest in die Augen zu blicken und ihm all das zu entlocken, was es ihn zu sagen drängte. Es gelang ihr dann doch nicht, ihm *richtig* in die Augen zu sehen, denn seine Augen zu sehen war ungefähr so schwierig, als wollte man herausfinden, welche Bücher ein paar Soldaten in einem feindlichen Maschinengewehrnest lesen.

»Da war irgendein Zeug in dem Soda, stimmt's?« fragte er vorwurfsvoll.

»Ein Viertelliter Rum«, antwortete sie.

»Ein Drittel«, berichtigte der Barkeeper im Vorbeigehen.

»Mein Gott!« sagte Cecil mit einem Anflug von Ärger. »Warum mußten Sie das tun?« Er hieb mit der Faust in die Luft. »Aber was soll's! Viel Feind, viel Ehr.«

»Wie meinen Sie das?« erkundigte sich Virginia.

»Weiß nicht. Manchmal trinke ich zum Abendessen ein Glas Wein. Ich finde, daß mir das Essen dann besser schmeckt. Es klärt den Gaumen, fördert die Verdauung und macht mich betrunken. Aber dies hier! Ich weiß gar nicht, was ich tun soll. Wie lange dauert es, bis man sich von einem Drittelliter Rum erholt hat?«

»Eine halbe Stunde.«

»Oh, dann ist es nicht so schlimm. Die Sache ist nur, daß ich mich so wunderbar fühle. Was ist, wenn Pearly plötzlich hereinkommt? Peter Lake ist nicht mehr da, um mich vor ihm zu schützen.« Seine Augen waren plötzlich ganz trübe, und sein Mund verzog sich in abgrundtiefer, urtümlicher Traurigkeit.

»Wer war Peter Lake?« wollte Virginia wissen. Der Name kam ihr irgendwie bekannt vor.

Inzwischen rannen Tränen über Cecils Wangen, und es dauerte mehrere Minuten, bis er sich wieder gefangen hatte. »Ich erinnere mich noch genau an damals«, sagte er. »Wir hausten in Wassertanks und auf Dächern. Manchmal nahmen wir unter falschem Namen in einer Schmiede oder in einer Werkstatt eine Arbeit an. In punkto Qualität konnte uns niemand das Wasser reichen. Mootfowl versteht mehr von dem ganzen Zeug als irgendein anderer Mensch auf der Welt, und er war unser Lehrer. Und wir fanden dauernd Arbeit. Manchmal übernahm ich auch kleine Tätowier-Aufträge. Unsere gesamte Habe trugen wir in einer dieser kleinen Taschen herum, wie sie die Maurer benutzen. Das Wetter war herrlich, der Himmel immer wolkenlos. Und wenn es mal regnete, gingen wir zu einer von Peter Lakes Freundinnen. Bei Minny waren wir besonders oft. Ich schlief immer im Nebenzimmer und hörte die Matratze quietschen, wenn Peter bei ihr im Bett war. Ich fand das ganz in Ordnung. Wenn ich zu eifersüchtig wurde, ging ich auf den Markt, und wenn ich dann zurückkam, um uns was zu kochen, waren sie längst fertig. Dann setzten wir uns alle zusammen an den Tisch und aßen Kürbis. Den kochte ich recht gut. Meinetwegen hätten wir die ganze Zeit Kürbis essen können, aber Peter Lake wollte Roastbeef, Ente und Bier. Deshalb gingen wir manchmal auch zum Essen aus. So fing der ganze Mist an, genauer gesagt an dem Tag, als Pearly einen Apfel nach mir warf.«

Virginia fühlte sich ratlos. Was Cecil da erzählte, klang wie aus einer anderen Zeit, aber trotzdem wahr. Dabei war der Bursche doch so jung! Sie wollte unbedingt noch mehr herausfinden. Doch als sie ihm weitere Fragen stellen wollte, wurden die Türen des *Lenore* von livrierten Lakaien aufgestoßen, und hereinstolziert kam, begleitet von einem riesigen Gefolge aus Schmarotzern und Speichelleckern, Craig Binky.

Ihr Auftritt vollzog sich wie nach den Regieanweisungen auf einer Opernbühne: *Auftritt von links: Craig Binky und eine Gruppe junger aristokratischer Lebemänner, die gutgelaunt und mit geröteten Gesichtern von der Jagd heimkehren.* Sie umringten Virginia und Cecil, besetzten alle umstehenden Barhocker und Bänke, und begannen auf Französisch sämtliche Gerichte für zweihundertfünfzig Dollar und sämtliche Drinks für hundertfünfzig Dollar zu bestellen.

»Ich sagte zu dem Premierminister«, deklamierte Craig

Binky ins Blaue hinein, »sein Land brauche nichts weiter als den *Binky-Touch*. Mit über einer halben Milliarde Einwohnern, ohne natürliche Ressourcen und einem Pro-Kopf-Einkommen von fünfunddreißig Dollar per annum müsse er sich darauf gefaßt machen, daß er eines Morgens beim Aufwachen tief in der Patsche sitzt. Das habe ich, Craig Binky, dem Anführer all dieser Millionen gesagt! Und wißt ihr, was er wissen wollte? Ich werde es euch sagen. Am meisten interessierte es ihn, von mir zu hören, wie man ein Nummernkonto in Zürich eröffnet. Hat der Mensch Töne! Der Mann war ein Heiliger. Trotz der riesigen Probleme seines eigenen Landes wollte er unbedingt der winzigen Schweiz helfen!«

Virginia zerrte Cecil aus dem Lokal, was kein einfaches Unterfangen war, denn er redete unablässig weiter, obwohl sie ihn nicht verstehen konnte. Erst als sie ihn draußen auf dem Bürgersteig hatte, nahm sie den unterbrochenen Gesprächsfaden wieder auf.

». . . und nachdem das passiert war, mußte ich gehen. Bald darauf verschwand auch Peter. Es kam für uns alle überraschend, zumal Jackson Mead davon überzeugt war, daß er eines Tages der ewige Regenbogen sein würde, der richtige, der kein Ende hat. Aber er verschwand einfach mit dem Pferd. Ich sagte: Peter Lake kennt die Stadt besser als jeder andere. Er kann untertauchen, solange er will. Jetzt, wo er nicht mehr da ist, hat alles keinen Sinn. Die Zeit ist noch nicht reif, schätze ich. Ich habe ihn geliebt«. Cecil schloß seinen Bericht ohne Tränen, aber mit Überzeugung: »Er war wie ein Bruder zu mir. Er hat mich beschützt. Und er hat nie erfahren, wer er eigentlich ist.«

☆

Hardesty schaute zu, wie ein pfeifender Wind draußen auf dem Wasser weiße, bauschige Schwaden aus der schweigenden Masse des Nebels zupfte und vor sich her auf die Stadt zutrieb. Da San Francisco von der kalten See umgeben ist, können die Ozeanwinde die Stadt willkürlich und wann es ihnen beliebt zu Bett schicken und die Ansprüche des Nordpazifik anmelden.

Dann stürzen sie die Stadt unter ihrem blauen Himmel in die Vergessenheit einer weißen Nebelwelt und ritzen scharfe Linien in die stille Fläche der Bucht.

Von seinem Hotelzimmer im fünfzigsten Stockwerk konnte Hardesty die Stadt seiner Geburt fast in ihrer Gesamtheit überblicken. Er sah sein Elternhaus auf den Presidio Heights, weit und breit das höchste Gebäude, weiß wie ein Gletscher. Vor dem Hintergrund der grünen Wälder hob sich der Turm, in dem sich das Arbeitszimmer befand, klar und deutlich ab. Während der heraufziehende Nebel das Haus umzingelte, so daß es hoch und unbenetzt auf einer weißen Flut in der Luft zu schweben schien, fragte sich Hardesty, ob diese sanften Wolken, die sich zwischen Raum und Zeit schoben, wohl auch ein Nachsehen mit ihm haben würden. Ob sie es ihm gestatten würden, sich selbst und seinen Vater an einem langen Holztisch sitzen zu sehen, er, Hardesty, in einem alten Buch blätternd und neben ihm sein Vater, der ihm den verzwickten Inhalt erklärte. Solche vergangenen Begebenheiten, die das Fundament unseres Daseins bilden, müssen doch irgendwo aufgehoben sein, dachte er. Es müßte möglich sein, sie zurückzuholen, und sei es auch nur in einer Welt der Vollendung. Wieviel Gerechtigkeit läge darin, wenn unsere letzte Entlohnung darin bestünde, daß wir zu Herren der Zeit gemacht werden, so daß jene, die wir lieben, nicht nur in unserer Erinnerung, sondern tatsächlich auferstehen.

Ein Licht leuchtete im Turm des Hauses auf und schien für kurze Augenblicke durch die Finsternis herüber, bevor der Nebel das Haus der Marrattas für den Rest der Nacht verschluckte. Hardesty empfand Sehnsucht und Schmerz, denn er vermutete, daß das Licht, das ihm über den Nebel hinweg zugewinkt hatte, eine von den Zwängen der Zeit unberührte, lebendige Präsenz gewesen war.

Als Jackson Mead von einem »ewigen Regenbogen« gesprochen hatte, war Hardesty in die Vergangenheit zurückversetzt worden. Er hatte nur noch an den Pazifik und die vom Nebel getränkten Wälder an den Hängen denken können. Er fühlte, daß die Antwort auf das Rätsel irgendwo zwischen den Pinien des Presidio lag, wo er die Hälfte seiner Kindheit verbracht hatte, als lebte er nicht in einer Stadt, sondern in einem abgelegenen Gebirge. Um sich dem Ruf der Vergangenheit zu stellen, hatte er einen Flug und ein Hotelzimmer gebucht. Abgesehen von einem kurzen Besuch am Grab seines Vaters (wo er seinen Bruder Evan mit Sicherheit nicht antreffen würde), ging es ihm bei seiner Reise nach San Francisco einzig und allein um den Versuch, auf dem Presidio zwei Worte aus Jackson Meads Mund zu dechiffrieren.

Am darauffolgenden Tag durchquerte er die Stadt und wanderte im klaren Licht nordwärts, bis er die ihm so vertrauten Wälder erreichte. Die Sonne verschwand. Nebel drängte sich zwischen den Stämmen der Bäume hindurch wie ein ganzes Heer weißhaariger Zauberer, zischte und sang wie verstimmte, mißtönende Harfen. Bald trennten Dunst und Schatten Hardesty von der hinter ihm liegenden Welt. Er befand sich in einem schier endlosen Hain aus zierlichen Bäumen. Er lief eine Weile lang den treibenden Schwaden entgegen, bis er schließlich die Bäume aus den Augen verlor und auch den Boden unter seinen Füßen nicht mehr erkennen konnte. Er überquerte ein Stück weiches Heideland und merkte plötzlich, daß er am Rand eines Kliffs hoch über dem Meer stand. Zwar konnte er in dem weißen Geflimmer nichts erkennen, aber die Geräusche und die Gischt waren beredt genug. Das Brüllen der See wurde so laut, daß Hardesty sich aus Furcht, das Gleichgewicht zu verlieren, auf die Knie niederließ. Der pfeifende Wind drückte ihn zu Boden, als schlügen Wellen über ihm zusammen. Der flache Grund, auf dem er kauerte, schien wie ein Teller durch die Luft zu wirbeln. Hardesty preßte sich flach auf den sandigen Boden, die Finger ins Heidekraut verkrallt, und wähnte sich in Sicherheit. Von Nebel umhüllt, überließ er sich erschöpft und benommen dem Schlaf.

In seinen Träumen war Hardesty Marratta schon oft genug im Himmel gewesen. Diese Träume waren eine Kombination aller Breughelschen Gemälde, und sie bestanden aus Zentren schwellender Farben, die sich um ihre eigene Achse drehten. Doch obwohl sie alles andere als das Werk von Amateuren waren, wurden sie nun, als Hardesty langsam aufwärts zu schweben begann, überboten. Eine Zeitlang sah er nichts, dann verschwand der Nebel, und die Luft wurde klar wie Äther. Er fand sich in einem Haus aus Holz und Glas wieder, hoch über einem blauen See. Anfänglich wußte er nicht, wohin er gehen oder was er tun sollte, doch schon näherte sich ihm eine Frau, das heißt, sie glitt, ja sie flog sogar auf ihn zu, eine Frau, deren Haar anmutig und geschmeidig im Wind wehte, als wäre es für Luft und Bewegung geschaffen. Sie streckte ihre Hände aus und führte ihn, ohne den Boden mit den Füßen zu berühren, seitlich durch das goldene Licht zu einer hochgelegenen Terrasse mit Blick über den blauen See, der eigentlich keiner war, sondern eine Erscheinungsform des Lichts. Es umfing sie wie eine Kuppel aus gewichtlosem Azur, die sich bis zum Horizont dehnte, und die selbst von einem Licht ganz anderer Art erfüllt war, golden, silbrig, luftig, heiß und blendend. Er hielt ihre Hände, während sie lächelnd vor ihm herschwebte. Er bemühte sich, sie zu erkennen und sich an die Züge ihres Gesichts zu erinnern, aber sie ließ es nicht zu, sondern bewirkte mit ihren Augen, daß seine Vision zerfloß. Nie zuvor hatte er solche Augen gesehen. Sie waren von flüssigem, elektrischem, strahlendem, kompromißlosem Blau und hielten ihn in ihrem Bann, indem sie ihn wie Strahlen durchdrangen, sengend heiß und kühl zugleich.

Er erwachte im Morgengrauen unter einem kalten Nieselregen, dessen Tropfen den Nebelvorhang zerfetzt hatten. Tief unter ihm war nun das Meer sichtbar, mit Brechern von dunklem, schmutzigem Grau. Hardesty fühlte sich zerschlagen und müde; er kam sich vor wie ein Augenpaar, das von einem Gerippe getragen wurde.

Bis auf die Haut durchnäßt, ging er auf dem Rückweg in die Stadt unter der Golden-Gate-Brücke hindurch. Vor der Mautstelle stauten sich Fahrzeuge, die allesamt nach Norden wollten. Die Brücke selbst war ein sanft geschwungener, mit rotglühenden Augen besetzter Bogen. Es war dunkel, naß und trübe wie an einem Abend im frühen Winter.

Ein wenig östlich der Mautstelle fand Hardesty eine nicht sehr große, verwahrloste Grünanlage. Dort stand mitten auf einem kleinen, gepflasterten Platz ein Sockel mit einem Bronzekopf darauf. Erschöpft lehnte sich Hardesty dagegen. Der Ort schien ihm für eine Statue höchst ungeeignet, denn der Park war der Öffentlichkeit praktisch nicht zugänglich. Er ging um den Sockel herum, um an der Frontseite zu lesen, wer hier geehrt worden war. Trotz der Dunkelheit konnte er die Inschrift entziffern:

– 1870 Joseph B. Strauss 1938 –

Er übersprang einen aus kleineren Buchstaben bestehenden Absatz und las die darunterstehende Zeile:

Chefingenieur der Golden-Gate-Brücke
1929–1937

Dann wandte er sich wieder dem in kleineren Buchstaben gehaltenen Text zu, der auf einer Bronzetafel stand, die hier geduldig und reglos einen großen Teil des Jahrhunderts ausgeharrt hatte. Hardesty fand seine Vermutungen bestätigt; er hatte es schon einmal gesehen. Plötzlich schien das stumpfe Metall im Halbdunkel zu leuchten wie die helle Sonne.

Hier, am Golden Gate, findest du den ewigen Regenbogen, den er ersann und dem er Form gab – fürwahr eine Verheissung, dass das Menschengeschlecht die Zeiten überdauern wird.

Wie ein Fallschirmspringer, der sich zum Sprung anschickt, schloß Hardesty sekundenlang die Augen. Dann öffnete er sie wieder, und als er mit einem verhaltenen, ironischen Lächeln den Kopf hob, blickte ihm Jackson Mead entgegen. Die ganze Zeit hatte er dort im Nebel und Dunst gestanden und nach San Francisco hinübergestarrt, mehr als sechzig Jahre lang. Hardesty war sich sicher, daß es auf anderen Plätzen ähnliche Statuen gab, die zwar andere Namen trugen, deren Blick jedoch gleichfalls unverwandt in die Ferne gerichtet war.

☆

In einer der Hallen des Museums, die Hardesty früh am Morgen betreten hatte, um bei Jackson Mead vorzusprechen, hing ein riesiges Gemälde, auf dem Wissenschaftler in Ausübung ihrer

Tätigkeit am Hof Friedrichs des Großen dargestellt waren. Der König selbst stand, von mehreren Männern umringt, in heldischer Pose zwischen den komplizierten Apparaturen eines Laboratoriums und trug einen grauschwarz gemusterten Mantel.

Ein Assistent kam herbei und teilte Hardesty mit, Jackson Mead wolle ihn nun empfangen. Hardesty ging einen langen Korridor entlang, dessen Fußboden und Wände aus jenem mattglänzenden, sandfarbenen Stein bestand, der so häufig seinen Weg in die Museen findet. Seit Tagen von unerschütterlicher Gewißheit beseelt, kam Hardesty sich plötzlich so vor, als sei er unterwegs zu einer Audienz bei Friedrich dem Großen. Staunend und ein wenig schockiert gestand er sich ein, daß dieser Gedanke so abwegig nicht war.

Weder Mootfowl noch Mr. Cecil Wooley waren zugegen, und die Staffeleien mit den Gemälden waren entfernt worden. Jackson Mead saß in einiger Entfernung von seinem Schreibtisch auf einem schlichten Holzstuhl mit geflochtener Sitzfläche. Er rauchte Pfeife und wirkte unter dem unwirklichen Märzlicht nachdenklich und wohlwollend. Mit einer Handbewegung forderte er Hardesty auf, Platz zu nehmen, und Hardesty setzte sich auf eine bequeme, mit zerknautschtem grauem Samt bezogene Couch, zog seine eigene Pfeife heraus, stopfte sie, zündete sie an und begann schweigend vor sich hinzupaffen.

Nach einer Weile meinte Jackson Mead mit gesenktem Blick: »Manchmal fühle ich mich mutlos.«

»Tatsächlich?« fragte Hardesty rhetorisch.

»O ja, zutiefst entmutigt. Es ist nicht leicht, Architekt von so großen Projekten zu sein. Es ist so, als müsse man ein Reich zusammenhalten. Ohne ein vollendetes Gleichgewicht zwischen Kunst, Leidenschaft und Glück neigen die Dinge dazu, in alle Windrichtungen auseinanderzustäuben. Und dann ist da noch die Opposition. Immer scheint es irgendein hochgesinnter, aber in einen grundlegenden Irrtum befangener Elitemensch auf mich abgesehen zu haben, weil er glaubt, ein Volk, über das zu herrschen er sich ausersehen wähnt, vor mir und meinem Werk beschützen zu müssen. Oder ich muß mich mit Cliquen selbsternannter Intellektueller herumschlagen, die jahrzehntelang die

Werke von Karl Marx wiedergekäut haben, so daß ihr gesamtes Denken zu Galle geronnen ist. Nehmen wir nur Ihren Freund Praeger de Pinto, der sich mächtig ins Zeug legt, um Bürgermeister zu werden. Sein ganzer Wahlkampf scheint sich nur auf mich zu konzentrieren. Warum läßt er mich nicht in Ruhe? Ich werde nichts tun, das seinen Schäfchen schaden könnte.«

»Praeger ist keiner von den elitären Burschen, die Sie gerade erwähnten«, versicherte Hardesty. »Nie habe ich einen Menschen gekannt, der so sehr an die Idee der Gleichheit glaubt.«

»Dann ist er ein Marxist.«

»O nein! Marxisten sind Leute, die es Tag für Tag innerlich zerreißt, weil sie die Welt beherrschen wollen, die Zeitungen aber nicht einmal ihre Leserbriefe veröffentlichen! Praeger hingegen ist *Chef*redakteur! Abgesehen davon ist er in der Stadt der Armen aufgewachsen, und Sie wissen ebensogut wie ich, daß der Marxismus in diesem Land eine religiöse Leidenschaft der Mittelklasse ist.«

»Warum bloß hetzt er dann alle Hunde auf mich? Welches seiner Prinzipien verlangt von ihm, daß er seine Nase in meine Angelegenheiten steckt? Weder eine Stadt noch eine Kultur können von ihren Kritikern geführt werden. Kritiker können nichts bauen und keine neuen Wege beschreiten. In Wirklichkeit sagen sie nur ja oder nein – und komplizieren alles. Ich nehme hiervon natürlich die Literaturkritiker aus, die kommen gleich nach den Engeln.«

»Er hat es nicht wegen irgendwelcher Prinzipien auf Sie abgesehen. Er ist hinter Ihnen her, weil er neugierig ist, weiter nichts.«

Jackson Mead seufzte. »Irgendwann werde ich seine Neugier befriedigen. Aber ich brauche Zeit, um Ordnung in die Dinge zu bringen. Es ist meine einzige Chance.«

»Ich weiß«, sagte Hardesty. »Die Eisenbahnstrecken aus jenen Teilen des Landes, aus denen der Stahl kommt, sind noch nicht fertig. Die Landungsbrücken und Lagerhallen müssen gebaut, große Mengen von Maschinen und Materialien transportiert und an Ort und Stelle montiert werden.«

Jackson Mead nahm die Pfeife aus dem Mund. Er fragte sich,

ob das alles war, was Hardesty wußte. Doch da sprach Hardesty auch schon weiter. Lässig lehnte er sich auf dem Samtsofa zurück, und sein Haar glänzte in dem simulierten Tageslicht.

»Sie müssen Zwangsräumungen veranlassen und Gott weiß wieviele Menschen in Bewegung setzen. Bevor sie anfangen können, die Fundamente zu legen, müssen Sie Fabriken, Häuser und Geschäftsbauten abreißen lassen. Alles muß seine Richtigkeit haben, bevor Sie diese Brücke bauen, Mr. Mead, denn dieser ewige Regenbogen wird die Stadt erzürnen. Was Sie sich in den Kopf gesetzt haben, ist viel, viel größer als alles, was bisher dagewesen ist. Und Sie wissen sehr wohl, daß die Leute das Gefühl, klein und unbedeutend in den Rängen zu sitzen, während jemand wie Sie die Weichen für die Zukunft stellt, nicht mögen werden. In alten Zeiten brandschatzten sie die Mühlen und flochten ihre Naturphilosophen aufs Rad. Heutzutage erachten sie es für ihre Pflicht, den Baumeistern die Hände zu fesseln, sie zu demütigen und mit Füßen zu treten.«

»Ich hasse sie!« brüllte Jackson Mead. Er richtete sich zu seiner vollen Größe auf und begann auf und ab zu gehen. »Sie verstehen nicht, daß wir ein Mandat zu erfüllen haben. Ich kann auf den Bau dieser Dinge nicht einfach verzichten, sie sind meine ganze Verantwortung! All die Maschinen, Brücken und Städte, die wir errichten, sind in sich doch völlig bedeutungslos. Sie sind nur Markierungspunkte dessen, was wir als Zeit bezeichnen – wie die künstliche Trennung der Töne im Schriftbild der Partitur. Warum lehnen sich die Menschen so gegen sie auf? Sie sind Symbole und Produkte der Vorstellungskraft, jener Kraft, die in einer unvollkommenen Welt für Gerechtigkeit und historisch faßbare Dynamik sorgt. Ohne die Kraft unserer Phantasie hätten wir nicht die Mittel, um scheinbar Unumstößliches anzufechten, und wir würden nie über uns selbst hinauswachsen. Aber sehen Sie nur! Wir haben die Räder schon in Bewegung gesetzt, und ihr Schwung zwingt uns, im selben Maß voranzuschreiten. Ihr Aufstieg wird auch unserer sein, und er wird das Ende der Geschichte bedeuten, wie wir sie bisher gekannt haben, Mr. Marratta. Ein Zeitalter wird anbrechen, das unsere Phantasie schon immer gekannt hat. Maschinen eignen sich so gut, um scheinbare Wahrheiten in Frage zu stellen. Alles spricht dagegen, daß sie sich bewegen, aber sie bewegen sich doch. Sie drehen sich, sie bewegen sich, und sie geben nie auf. Immer arbeitet irgendwo eine Maschine. Wie silberne Herzen halten sie seit Generationen den Glauben dieser Welt wach und schüren das Feuer der Phantasie zu einer immerwährenden, glanzvollen Rebellion.«

»Aber was ist mit dem *richtigen* Herzen?« entgegnete Hardesty. »Ich meine die Herzen jener, die sich Ihnen in den Weg stellen. Es gibt nichts Größeres als das, was sich in jenen schlichten Herzen abspielt. Noch das unedelste von ihnen vermag tausend Brücken über tausend Häfen zu schlagen.«

»In solchen Herzen ruht das Potential, um tausend Brücken zu schlagen, aber aus meinem erwächst die Wirklichkeit einer einzigen. Was ist verdienstvoller?«

»Die Welt bedarf beider – zu gleichen Teilen.«

»Das will ich nicht bestreiten. Mag sein, daß die anderen den richtigeren Kurs verfolgen. Letztlich bin ich ihr Diener. Um dies aber sein zu können, muß ich zuvor ihr Meister sein. Im übrigen habe ich in dieser Angelegenheit keine freie Wahl, nicht wahr? Alles ist schon einmal geschehen. Wir werden wie Hunde miteinander kämpfen, aber am Ende behalte ich die Oberhand. Der härtere Kurs setzt sich durch, denn das Gerippe dieser Welt besteht aus Stein und Stahl.« Jackson Mead blieb vor Hardesty stehen. Aus den Tabakspfeifen stiegen zwei parallele weiße Rauchsäulen empor. »Wie sind Sie dahintergekommen?«

»Ein Dutzend unserer Leute hat sich vier Monate lang mit dieser Sache befaßt. Am Schluß brachte uns freilich erst der Zufall auf die richtige Spur. Ich fand die Statue von Joseph Strauß, dem Chefingenieur der Golden-Gate-Brücke. Als ich in seine Augen blickte, schauten Sie mich an.«

»Reiner Zufall. Ich kannte Strauß. Als ich jünger war, sahen wir uns ähnlich, und möglicherweise hat sich die Ähnlichkeit inzwischen noch verstärkt.«

»Mag sein«, erwiderte Hardesty. »Jedenfalls fand ich heraus, was Sie mit dem ewigen Regenbogen meinten.«

»Haben Sie andere eingeweiht?«

»Nein.«

»Und wo stehen Sie? Sind Sie auf Praeger de Pintos Seite oder auf meiner?«

»Ich weiß nicht. Im Augenblick scheinen sich die Dinge die Waage zu halten, und ich neige dazu, es dabei zu belassen. Aber ich wüßte gern, was sich in dem Schiff befindet, das dort draußen vor Anker liegt.«

»Die für den Bau erforderlichen Geräte und Materalien.«

»Ich gehe davon aus, daß sie nicht eben herkömmlichen Maßstäben entsprechen.«

»Das stimmt.«

»Und wie soll die Brücke heißen?«

»Der Name ist unwichtig, aber wir wollen sie *Battery Bridge* taufen.«

Weisses Pferd und dunkles Pferd

Während Hardesty Marratta und Jackson Mead über die Zukunft debattierten, folgte die Stadt ruhig ihrem vorgezeichneten Weg. Nahezu unberührt vom Wechsel der Jahreszeiten und von der Geschichte vergessen, fristeten die Menschen in der Stadt der Armen ihr Dasein. Sie lebten in einem zeitlosen Reich, das sich von Manhattan bis zum Meer erstreckte. Zwischen Trümmergrundstücken erhoben sich Fabriken wie mauerumgürtete Festungen; aus ihren Schloten schlängelten sich schwärzliche Rauchsäulen in den Himmel. Mochten Hardesty Marratta und Jackson Mead im ewigen Märzlicht der Museumshalle reden, was sie wollten – die Stadt der Armen blieb sich für alle Zeiten gleich. Sie war wie eine entsicherte Waffe, der Lauf einer Schrotflinte im Mund jener, die meinten, sie müßten nicht in die Knie gehen, um in den Himmel zu kommen, sondern könnten dort eines Tages hocherhobenen Hauptes in irgendeinem Gefährt vorfahren.

Der weiße Hengst unter dem Querbalken hielt nun schon seit über vierzehn Monaten durch. Er hatte mehrere Herren überdauert und viele Fluchtmöglichkeiten ausgeschlagen. Wie in Trance lief er im Kreis herum und büßte dabei allmählich sein Zeitgefühl ein. Er begann zu glauben, daß er für alle Zeiten eine Feder aufzuziehen hatte, und daß schon vor ihm andere, die wie er von gestirnten Weidegründen stammten, zu dieser langwierigen Arbeit angelernt worden waren. Wie in einer Mühle, die das Salz des Meeres mahlt, durfte der Querbalken nicht stillstehen. Bald ist alles vorüber, sagte sich der weiße Hengst, fest entschlossen, den Kampf bis zum Ende durchzustehen. Bis zur Selbstaufgabe rackerte er sich unter dem Balken ab, damit er bald dorthin zurückkehren konnte, woher er gekommen war. Unablässig stapfte er im Kreis herum und weigerte sich zu sterben.

Manchmal erschienen Köpfe über dem Rand des Bretterzauns, der Athansor von einer für ihn unsichtbaren Gasse trennte. Das geschah zu den seltsamsten Stunden, denn in der Stadt der Armen gingen die Uhren anders; Begriffe wie Tag und Nacht hatten ihre Bedeutung verloren. Athansor wurde von Kindern begafft, aber auch von Trunkenbolden, die darüber zu staunen schienen, daß er die Kühnheit besaß, ein Pferd zu sein. Flüchtende Verbrecher oder solche, die gerade einen anderen Menschen um seine Geldbörse erleichtert hatten, lächelten ihm zu, als hielten sie ihn für einen der ihren. Sogar um vier Uhr morgens konnte es geschehen, daß Köpfe über dem Bretterzaun auftauchten, und nicht selten wurde Athansor von ihnen angesprochen. Vielleicht gingen diese Leute stillschweigend davon aus, er sei ein niederes Geschöpf, niederer als sie selbst, denn sie zeigten sich von ihrer schlechtesten Seite – grausam, vulgär und verwundbar, alles auf einmal. Das Teuflische an diesen Marionetten war die Belanglosigkeit all dessen, was sie sagten oder taten. Fast wünschte sich Athansor, hinter dem Zaun möge endlich einmal ein Kopf auftauchen, über den er sich ernsthaft Sorgen machen konnte.

Obwohl der Wunsch nie sehr intensiv gewesen war, wurde er ihm erfüllt. Im Oktober war es außergewöhnlich kalt, und alle wußten, daß ein Winter von apokalyptischer Strenge vor der Tür stand. Eines Nachts, als der Nordwind das Wasser in den Regentonnen mit einer Eisschicht überzog, spürte der Hengst, daß ihn jemand über den Holzzaun hinweg beobachtete. Vierzehn Monate lang hatte er nicht ein einziges Mal angehalten. Doch als er nun den Mann erblickte, der hinter der Bretterwand stand und zu ihm herüberschaute, erstarrte er mit schnaubenden Nüstern mitten in der Bewegung, und seine Augen begannen, wild zu rollen. Als wäre er nicht mit ledernen Riemen an den Balken geschirrt, stieg er wiehernd zu voller Höhe auf die Hinterhand, so daß das Zaumzeug zerriß und der Balken splitternd brach. Doch mochte er auskeilen, daß die Erde bebte – den Mann, der die Ellbogen auf den Zaun gestützt hatte, konnte er damit nicht erschrecken. Nein, der Eindringling lächelte sogar.

»Du weißt ja gar nicht, wie lange ich dich schon suche, Pferd«, sagte der Mann, spreizte vier Finger einer Hand und legte den Daumen auf die Innenfläche. »Endlich habe ich dich gefunden! Hoffentlich ist die Überraschung gelungen.«

Athansor riß sich von den Resten des verhedderten Zaumzeugs los und durchbrach krachend den Bretterzaun. Dabei rannte er nicht nur Pearly Soames selbst über den Haufen, sondern fast die gesamte armselige Truppe, die hinter ihm gestanden hatte.

»Warte nur, du marmorweißer Bastard!« rief Pearly dem weißen Hengst hinterher, der in vollem Galopp ein Trümmergrundstück überquerte, zwischen abgestorbenen und zersplitterten Baumruinen hindurch. »Du wirst mich schon zu ihm führen!«

☆

Am 20. Oktober schneite es. Es war zwar kein wütender Blizzard, aber auch keine hauchdünne Schicht Puderzucker. Der Boden war von knapp anderthalb Fuß pulvrig-weißen Neuschnees bedeckt, der nicht gleich wieder schmolz, wie es so früh im Herbst eigentlich zu erwarten gewesen wäre, sondern ungerührt liegenblieb, während ein lähmender Traum von absoluter Kälte aus Kanada herbeigeschwebt kam und den winterlichen Himmel in eine frostspröde blaue Kuppel verwandelte. Die Gerätschaften und Fahrzeuge der Räumkommandos waren noch nicht geölt und wurden in ihren Garagen überrumpelt. Kein Schneepflug vermochte die Straßen freizuschieben. Der Hermelinbürgermeister verfügte, daß weder Salz noch Sand auf die Fahrbahn und Gehsteige gestreut werden durfte. »Zum Teufel!« sagte er mit großartiger Geste (die Wahlen standen an). »Wenn die Natur so tun will, als wohnten wir am Yukon, dann wollen wir uns nach der Decke strecken! Der Schnee wird nicht angetastet, alle Schulen werden bis auf weiteres geschlossen, und alle städtischen Angestellten, deren Arbeit nicht von lebenswichtiger Bedeutung ist, brauchen sich vorerst nicht zum Dienst zu melden.«

Praeger de Pinto wollte diesen Erlaß des Hermelinbürgermeisters der Lächerlichkeit preisgeben. Aber das war nicht sein einziges Motiv, als er öffentlich versprach, die Stadt könne nach seiner Wahl zum Bürgermeister die schönsten Winter aller

Zeiten erwarten. Monatelang sei dann mit weißem Schnee und blauem Himmel zu rechnen, Schlitten und Skier würden zu alltäglichen Transportmitteln, auf den Straßen wären wieder Pferde zu sehen, ein jedes Haus besäße einen Kamin, in den pechschwarzen Nächten wäre das Firmament mit Sternen übersät, Schlittschuhläufer könnten sich auf dem Fluß vergnügen, in den Parks würden Freudenfeuer lodern und die Kinder kämen mit roten Apfelbäckchen nach Hause. Und der unablässig fallende Schnee würde schwindelerregende winterliche Walzer tanzen, zur atemlosen Freude der Bewohner dieser Stadt.

Anfänglich staunten die Leute ungläubig, dann reagierten sie feindselig und ablehnend, aber allmählich begannen sie, seinen Worten Glauben zu schenken. Sie nannten ihn den »Apostel des Winters«, den »Schneekönig« oder »Papa Weihnacht«.

Praeger war alles andere als machtgierig. Er wollte die Wahlen gewinnen, aber er war nicht bereit, sich deswegen in Stücke zu reißen. Deshalb war sein Wahlkampf selbst für einen Außenseiter recht unorthodox. Craig Binky unterstützte ihn zwar, aber die breiten Massen des Volkes hatten gerade einen jener periodisch auftretenden Anfälle von Aufmüpfigkeit gegen den gefeierten Verleger. Es zählte wenig, daß die ganze Fassade des *Ghost* mit Praegers lächelndem Gesicht zugekleistert war und daß Craig Binky im Fernsehen salbungsvoll proklamierte: »Wählt mit dem Gewissen! Wählt Praeger de Pinto!«

Zu Beginn seiner Kampagne hatte Praeger sechs Prozent der Wählerschaft hinter sich, der unabhängige Kandidat Crawford Bees IV. dreizehn Prozent und der Hermelinbürgermeister einundachtzig. Praeger focht das nicht an. Im Gegenteil, es feuerte ihn an, und er tat alles, damit auch die Wähler von diesem Feuer erfaßt wurden. Während die meisten Politiker, der Hermelinbürgermeister eingeschlossen, ohne zu zögern Dinge versprachen, die sie niemals würden halten können – saubere Straßen zum Beispiel oder ein erfolgreiches Vorgehen gegen die Kriminalität –, ging Praeger ganz anders an die Sache heran und lief seinen Gegnern bald den Rang ab. Der Hermelinbürgermeister sagte den Leuten bei einer Wahlkundgebung unter freiem Himmel beispielsweise zu, er wolle während seiner nächsten Amtszeit dreißig Prozent mehr Polizisten auf die Straße schicken, der städtischen Müllabfuhr Beine machen und für Steuersenkungen sorgen. Dabei wußten alle, daß in Wirklichkeit dreißig Prozent *weniger* Polizisten in den Straßen patrouillieren, die Müllhaufen sich höher und höher türmen und die Steuern *heraufgesetzt* werden würden. Dennoch applaudierte man dem Redner.

Crawford Bees IV., der dann den Leuten ein paar andere Zahlen auftischte, erntete gleichfalls höflichen Beifall.

Schließlich kam Praeger an die Reihe. Er ließ sich nie über Müll, Strompreise oder Polizei aus, sondern sprach nur über Winter, Pferde und das Leben auf dem Land. Mit nahezu hypnotischer Kraft redete er über Liebe, Loyalität und Ästhetik, und wenn die Leute meinten, er habe sein Pulver verschossen, dann legte er erst richtig los und sagte dem Bürgermeister knallhart auf den Kopf zu, er stecke mit Jackson Mead unter einer Decke. Er verstand es, schmerzhafte Tiefschläge auszuteilen und zeigte sich erschreckend grausam (das genoß er am meisten), um sich unversehens wieder in eine lichte Welt aufzuschwingen und nicht locker zu lassen, bis die Leute vor lauter Sehnsucht nach der Reinheit des Winters ganz aus dem Häuschen waren. Er versprach ihnen Liebesaffären und Schlittenrennen, Langlaufloipen auf den Hauptverkehrsstraßen und hinreißende Schneestürme, deren Heulen die Herzen schneller schlagen ließen.

Wenn wir uns schon belügen lassen müssen, dann suchen wir uns lieber gleich den besten Lügner aus, sagten sich die Leute — und da Praeger ihnen die von ihm angestrebten Verhältnisse so leidenschaftlich zu schildern vermochte, daß sie ihm mit klopfendem Herzen und weit aufgerissenen Mündern zuhörten, holte er langsam auf, und das zeigte sich auch in den Meinungsumfragen. Der Hermelinbürgermeister geriet in Panik und verbiß sich geradezu in Themen wie Müllabfuhr und Steuern. Praeger hingegen verfolgte standhaft seinen Kurs. Mit einem Charme, dem sich niemand entziehen konnte, zog er über seine Gegner her und betörte die Wähler mit Visionen von Gerechtigkeit und einer paradiesischen Welt.

☆

»Wir können nicht zum Coheeries-See fahren, jedenfalls nicht heute. Die Straßen im Norden sind blockiert, und auch die Züge verkehren nicht, weil die Schneepflüge noch immer nicht einsatzbereit sind«, berichtete Hardesty, als er an einem winterkalten Oktobertag nach Yorkville zurückkehrte. Auf Skiern war er von Ort zu Ort gefahren, um Informationen einzuholen.

»Was gehen uns die Züge an?« antwortete Virginia nonchalant. »Und was interessiert es uns, ob die Straßen blockiert sind?«

»Wie sollen wir denn sonst hinkommen?«

Sie blickte ihn an, als wäre er ein Idiot und sagte: »Mit dem Schlitten.«

»Mit dem Schlitten?«

»Ja! Wenn Schlitten für San Francisco nicht taugen, dann heißt das noch lange nicht, daß sie hier auch nichts nützen.«

»Du hast dir wohl zuviele von Praegers Wahlkampfreden angehört. Ich möchte wetten, daß du sogar für ihn stimmen wirst.«

»Natürlich werde ich das«, erwiderte sie. »Und du wirst es auch! Geh und besorge einen Schlitten. Ich mache inzwischen die Kinder reisefertig. Und vergiß nicht, daß wir auch ein Zugpferd brauchen, und daß das Pferd Hafer, Heu und eine Decke braucht. Es kann mehrere Tage dauern, bis wir bei den Fteleys ankommen.«

»Fteleys?«

»Beeil dich!« befahl Virginia.

Hardesty kehrte in der Abenddämmerung mit einem schönen Schlitten zurück, dessen Kufen silbrig glänzten. Das Geschirr war noch ganz neu und weich. Vor den Schlitten war eine elegante, obsidianschwarze Stute gespannt.

»Wir können jetzt nicht mehr aufbrechen«, sagte er zu Virginia. »In ein paar Stunden ist es dunkel.«

»Und ob wir das können!« erwiderte sie. »Nachts bei Vollmond, wenn die Welt weiß ist . . .«

Abby hatte diese Unterhaltung heimlich mit angehört. Sie wollte vom Coheeries-See und von nächtlichen Schlittenfahrten überhaupt nichts wissen. Sie ging in die Küche, nahm fünf

Brötchen und ein halbes Pfund Blockschokolade von einem Regal und zog sich in das oberste Fach des Wäscheschranks zurück. Dort wollte sie bleiben, bis die Schule wieder anfing.

»Wo ist Abby?« erkundigte sich Hardesty bei Martin.

»Ich weiß nicht«, antwortete der Junge. Er wußte genau, wo sie war, aber er wollte das Versteck nicht verraten, weil er es selbst entdeckt hatte.

Zwei Stunden lang suchten sie Abby wie von Sinnen. Zuerst dachten sie, sie sei vom Balkon gefallen, aber natürlich war sie das nicht. Sie gingen zu den Nachbarn, in die umliegenden Geschäfte, und sie schauten sogar im Wäscheschrank nach. Aber Abby hatte sich im obersten Fach hinter einem Schutzwall von Kissen verbuddelt und antwortete nicht, als Martin nach ihr rief.

Irgendwann überkam sie der Hunger, und ihre Eltern schnappten sie, als sie mit einem frischen Laib Brot durch die Küche watschelte. Sie riß sich los, versuchte zu fliehen und schrie:

»Ich will nicht wegfahren!«

»Konnten wir dich deswegen nicht finden?« schimpfte Hardesty.

»Hast du dich etwa versteckt?«

»Ich will nicht wegfahren!« kreischte sie wieder und nahm unter dem Küchentisch Zuflucht, wo sie aufrecht stehen konnte, ohne auch nur den Kopf beugen zu müssen.

»Tut mir leid, aber du mußt mitkommen«, sagte ihr Vater und kauerte sich vor sie hin. »Nun komm schon raus! Wir müssen dir noch die Wintersachen anziehen. Und dann müssen wir los, sonst wird es zu spät.«

»Nein!«

»Du kommst sofort her, Abby!« sagte er und schnippte mit den Fingern. Sie hatte furchtbare Angst, aber sie bewegte sich nicht vom Fleck.

»Dann hol' ich dich eben!« Es kostete ihn Überwindung, seine zornige Miene zu wahren, denn der Ausdruck auf ihrem Gesicht, das kleine, glockenförmige, gelbe Kleid und die weichen, tiefblauen Augen, die ihn so trotzig anstarrten, gingen ihm sehr zu Herzen. Dennoch ließ er sich auf die Knie nieder und faßte unter den Tisch. Abby schleuderte das Brot nach ihm. Es verfehlte ihn und schlidderte quer über den Fußboden der Küche. Dann hatte er sie gepackt, und zwei Minuten später steckte sie in ihrem warmen Winteranzug und umklammerte Teddy, das ausgestopfte graue Kaninchen mit den röten Knopfaugen und dem Baumwollkleidchen. Es war ein Geschenk von Harry Penn.

Sie bepackten den Schlitten mit Reiseproviant und Mitbringseln für Mrs. Gamely. Dann stiegen sie auf. Hardesty nahm die Zügel, Virginia saß neben ihm mit Abby auf dem Schoß, und Martin setzte sich auf die andere Seite. In der Hand hielt er eine Buggypeitsche. Seine Eltern hatten ihn instruiert, das Pferd nie zu schlagen, sondern es auf ein Zeichen von Hardesty nur leicht am Hinterteil anzutippen. Abby war zu einem kürbisgroßen Kokon aus Daunen und Pelzen zusammengeschnürt. Ihr Gesichtchen lugte wie das eines Eskimos aus einer silbrig glänzenden Pelzumrahmung hervor, und ihre Augen bewegten sich flink und voller Vorfreude hin und her. Martin sah in seinem Dreß aus Seehundleder und Kojotenfell wie ein Nomadenkind aus. Seine Mutter war in ihren Zobel gehüllt, und Hardesty trug nach langer Zeit wieder die Schaffelljoppe, die er sich in den Rockies verdient hatte. Alle vier waren sie bis zur Taille in dicke, grünkarierte Wolldecken gewickelt.

»Haben wir alles?« fragte Hardesty.

»Jepp!« antwortete Martin. Virginia nickte.

»Also los!« sagte Hardesty. »Zum Coheeries-See!«

Er schnippte mit den Zügeln, und der Schlitten fuhr an. Die Stute war stark und ausgeruht. Sie schien sich auf die nächtliche Fahrt zu freuen, zumal sie als Pferd genau wußte, wie hell der Mond scheinen würde.

Sie fuhren mit klingenden Glöckchen durch den Park, und schon bald ging es in nördlicher Richtung den Riverside Drive entlang. Gerade verschwand der letzte Teil der Sonnenscheibe gleich einem schmelzenden, feurig-heißen Goldklumpen hinter den *Palisades*. Der Fluß war mit Eisschollen verstopft. Längs der Uferstraße gingen in den Wohnungen die Lichter an und Kaminfeuer wurden entzündet. Nur der gedämpfte Hufschlag des Pferdes und der weiche, rastlose Klang der Glocken waren zu vernehmen. Sie passierten die verlassene Mautstelle, überquerten die Henry-Hudson-Brücke, und dann ging es durch viele weiße, menschenleere Straßen.

In einer kleinen Talmulde zwischen zwei niedrigen Hügeln in Westchester gewahrten die Reisenden ein Leuchten am Himmel. Instinktiv beschleunigte die Stute ihre Gangart. Als sie aus dem Hügelland herauskamen und eine kleine Prärie mit schneebedeckten Gärten und kleinen Feldern erreichten, sahen sie hinter den Zweigen der Obstbäume den Mond. Er schickte sich gerade an, das Gewirr der Äste hinter sich zu lassen, und es konnte nicht mehr lange dauern, bis sich sein mildes, perlmuttenes Licht in blendendes Weiß verwandelte. Schon war es, als ruhte die kühle runde Scheibe auf den zarten schwarzen Zweigen, und sie schien so nah zu sein, daß Abby die Arme ausstreckte, um sie zu berühren. Dann jedoch kletterte sie gelassen weiter, ihrem angestammten Platz zwischen den Sternen entgegen, und die Marrattas eilten durch weißes Licht und dunkle Schatten gen Norden.

Irgendwo in Dutchess – der Mond hatte seinen Scheitelpunkt erklommen, und die Kinder schliefen – ging die Fahrt durch Hohlwege und pechschwarze Gründe, wo Schnee-Eulen und Adler auf Felszinnen und toten Bäumen hockten wie Wachtposten einer verfemten Bergfeste. Für den eleganten Kutschgaul, der in Belmont geboren und großgeworden war, erwies sich dieser Weg als zu schwirig und zu steil.

»Fahr an der nächsten Abzweigung links!« sagte Virginia.

»Kennst du denn diese Gegend?« fragte Hardesty.

»Ich kenne das Terrain. Hier sieht es genauso aus wie in den Bergen, hinter denen der Coheeries-See liegt. Eine Straße wie diese führt irgendwann zum Fluß hinab. Die Stute ist müde, weil sie nur an die Stadt gewöhnt ist. Sie hat viel zu dünne Fesseln, um die ganze Nacht durchs Gebirge zu rennen. Die Pferde bei uns sind da robuster und halten bis zu einer Woche durch, ohne anzuhalten, genau wie die Eisbären, die einen Monat lang im Meer schwimmen können, oder die Robben, die von Alaska nach

Japan wandern. Wenn diese Stute die ganze Nacht hindurch rennen soll, dann braucht sie für eine Weile ebenes Land. Wir fahren am besten zum Fluß hinunter. Er ist bestimmt zugefroren.«

»Heh-ja!« schrie Hardesty und zog mit einem leise schnalzenden Geräusch an den gut gefetteten Zügeln. Die Belmont-Stute schwenkte nach links.

Auf dem Weg in die Flußniederung gerieten sie in noch tiefere Finsternis. Die Eulen und Adler waren hier zu Hause, und unheimliche, langgezogene Schreie hallten durch die Nacht. Das schwarze Pferd hatte es eilig. Am liebsten hätte es mit seinen Hufen gar nicht den Boden berührt, und es verfluchte die Glöckchen, welche die Position des Schlittens den kürbisköpfigen Geistern verrieten, die zwischen den Klippen hausten. Hardesty konnte sich nur an dem mattleuchtenden Streifen Himmel zwischen den Bäumen orientieren. Wieder und wieder blickten Pferd und Passagiere nach oben, um diese Schneise aus blassem Licht nicht aus den Augen zu verlieren, und hätte ihnen plötzlich eine Ziegelmauer den Weg versperrt, so wären sie mit voller Wucht dagegengefahren.

Als sie das Ufer erreichten, erstreckte sich vor ihnen der zu einer breiten, weißen Fahrstraße gefrorene Fluß. Da die Stute wußte, daß das Eis sie tragen konnte, steuerte sie geradewegs darauf zu. An der Uferböschung flog der Schlitten sekundenlang durch die Luft, und als er mit einem Ruck aufsetzte, erwachten die Kinder. Hardesty pfiff durch die Finger, und das Pferd wendete sich nach Norden. Die Eisdecke war über weite Flächen von einer dünnen Schneeschicht bedeckt, doch an den Stellen, wo der Wind sie freigefegt hatte, spiegelte sich der Mond wie in einer silbernen Lagune. Nach Westen hin erstreckten sich weiße Gebirgszüge bis zum Horizont. Je tiefer der Mond sank, desto mehr sahen sie aus wie Treppen, die zu ihm hinaufführten.

»Schaut!« sagte Hardesty zu den Kindern, und als Abby nicht gleich sah, was er meinte: »Dort drüben, Abby! Diese Berge sind die Stufen, die zum Mond führen. Möchtest du dorthin? Wir müssen nur nach links abbiegen, bevor der Mond hinter der obersten Stufe verschwindet . . .«

Die Kinder dachten über das Angebot ihres Vaters nach, und ihre Gesichter waren in Mondlicht gebadet. Wie er da auf dem obersten Treppenabsatz der Berge saß, voll, perlweiß und verlokkend, da konnten sie nur noch mit dem Kopf nicken. Ja, dort wollten sie hin! Für diese uralte, runde Kugel wollten sie die Erde aufgeben, von der sie noch so gut wie gar nichts kannten. Gern wären sie über die Treppe der Berge in eine andere Welt geklettert, aber dann mußten sie traurig mitansehen, wie der günstigste Augenblick verstrich, denn der Mond, wie eh und je seiner Bestimmung treu, verschwand hinter dem eisstarrenden Kamm, dessen Hänge nun im Schatten lagen.

Sie näherten sich einem der Nebenflüsse des Hudson, der aus dem Hochgebirge kam und so schnell floß, daß er nie zufror. Schon aus einer Entfernung von mehreren Meilen war er zu hören, und als sie näherkamen, erblickten sie das lange Band aus weißschäumendem Wasser, das zornig in die Tiefe stürzte. Sie wußten nicht, daß die aufwallende Flut dieses Nebenflusses in der Eisdecke des Hudson mehrere offene Seen gebildet hatte, und galoppierten ahnungslos mit voller Geschwindigkeit in eine dieser schmalen Lachen hinein.

Das Pferd zerteilte das Wasser in zwei weiße, auseinanderstrebende, keilförmige Wellen. Der Schlitten schlug mit einem dumpfen Klatschen auf, kippte aber ebensowenig um wie die Stute, die, vom angeborenen Instinkt und vom eigenen Schwung getrieben, zuerst mit der Vorderhand wieder auf dem Eis Halt fand und sich dann unter Aufbietung aller Kräfte in die Höhe stemmte.

Das Eis hielt, aber das Pferd hatte nicht die Kraft, um auch den Schlitten über die Bruchkante ins Trockene zu ziehen. Langsam füllte er sich mit Wasser. Gerade wollte Hardesty die Seinen packen, sie mit einem kräftigen Schubs nach oben aufs Eis bugsieren und danach die Stute ausspannen, bevor der randvolle Schlitten sie zurück in den Fluß und unters Eis zog. Aber er konnte sich nicht einmal mehr umdrehen, denn etwas Großes segelte über seinen Kopf hinweg und landete neben dem sich verzweifelt abmühenden Gaul.

Ein riesiger weißer Hengst war wie aus dem Nichts erschienen und zog die Stute mit sich fort, als wäre sie in seinem Magnetfeld gefangen. Bevor Hardesty wußte, wie ihm geschah, hüpfte der Schlitten hinauf aufs Eis, und dann begann eine wilde Jagd. Sich dicht hinter dem Hengst haltend, zog die Stute den Schlitten mit der Geschwindigkeit einer Rakete hinter sich her. Die Marrattas beugten sich im kalten Fahrtwind nach vorn, während die beiden Pferde, fast eine Sinnestäuschung in Schwarz und Weiß, sich in ein aberwitziges Tempo hineinsteigerten. Die Reibungshitze ließ die stählernen Kufen vor Hitze erglühen, so daß sich die Rillen ihrer Spur mit Schmelzwasser füllten. Die Pferde rasten so schnell dahin, daß der Schlitten aus den Fugen zu geraten drohte. Er ratterte und vibrierte derartig, daß die kleine Abby vor Angst fast den Verstand verlor.

Dann bog das Gespann unvermittelt nach links ab, den Bergen entgegen. Es donnerte am Haus der Fteleys vorbei, daß der Fahrtwind die Türen aus den Angeln hob. Die steile Landstraße ging es so rasant hinauf, als sausten sie abwärts. Hoch oben in den Bergen, beim Umrunden gefährlicher Kehren, wirbelte der Schlitten einen Schweif aus stiebendem Pulverschnee hinter sich her.

Nachdem ein Paß zwischen den beiden höchsten Bergen überwunden war, flogen die Marrattas geradezu in die weite Ebene hinab, in der der Coheeries-See lag. Virginia war überglücklich, als sie in der Ferne eine Perlenschnur aus kleinen Lichtern erblickte — die Dörfer am See, ihre Feuer und Lampen, die schon ganz früh am Morgen, vor Sonnenaufgang, brannten.

Die Pferde preschten die schnurgerade, ebene Landstraße entlang. Bestimmt war das weiße Pferd nur eine Sinnestäuschung, die uns der Frost und der flirrende Sternenhimmel vorgegaukelt hat, sagten sich die Insassen des Schlittens, nachdem der Hengst unvermittelt nach links ausgeschert und in einem Wirbel von blendendem Weiß entschwunden war. Die Stute behielt das Tempo auch ohne ihn bis zum Sonnenaufgang bei. Dann erst verfiel sie in einen gemächlichen Trab und zog den Schlitten der Marrattas über sanft gewellte, schneebedeckte Felder, die bis ans Ufer des Coheeries-Sees reichten.

Als sie in das Dorf einfuhren, ähnelte ihr Zustand dem vieler

Reisender, die von weither kamen: Sie waren durchgeschüttelt, erschöpft und dennoch voll freudiger Erwartung. Gerade wollten sie zu Mrs. Gamelys Haus abbiegen, da passierten sie Daythril Moobcot, der einen mit Klafterholz beladenen Schlitten hinter sich herzog.

»Daythril! Wie geht es meiner Mutter?«
»Gut!« rief Daythril zurück. »Ich hoffe, du hast dein Wörterbuch mitgebracht!«

☆

New York war als Stadt immer schon dazu bestimmt, von Dandys, Dieben und Männern beherrscht zu werden, die hartgekochten Eiern ähneln. Jene, die seit eh und je die Politik der Stadt bestimmen, sind dieselben, die Benzin ins Feuer schütten, Salz in die Wunden reiben und Kohle nach Newcastle schicken. Immer schon war die Regierung dieser Stadt eine Absurdität, eine Ausgeburt des Wahnsinns, einem Sterbenden vergleichbar, den man zwingt, eine Treppe im Laufschritt zu bewältigen. Der Grund für diesen Sachverhalt liegt eher in komplizierten Zusammenhängen als in Zufälligkeiten. Wunder entspringen nämlich keinem glatten Kalkül. Sie sind vielmehr das Ergebnis der Anarchie, die sich einem in sich stimmigen Entwurf unterzuordnen hat. So, wie Musik etwas von einem summenden Bienenkorb hat, weil jede Note störrisch ihren eigenen Weg gehen will, jedoch mit sanftem Nachdruck auf ihrem Platz innerhalb des lebendigen Ganzen verwiesen wird, so bezieht ein großes Reich seine treibende Kraft aus eben jenen Elementen, die irgendwann seinen Verfall herbeiführen werden. Dasselbe gilt für eine Stadt, die, will sie es zu etwas bringen, ungebärdig, schlüpfrig und unregierbar sein muß. Eine ruhige Stadt, in der Recht und Ordnung herrschen, eine Stadt mit feiner Architektur und sauberen Straßen ist wie ein Klassenzimmer voll gehorsamer Dummköpfe oder ein Stall voll kastrierter Bullen. Aber in einer Stadt der Anarchie lebt die Verheißung.

Davon war Praeger de Pinto überzeugt. Er glaubte auch daran, daß die Einrichtungen der Menschen besonders dann von innen heraus leuchten, wenn ihr äußerer Verfall schon weit fortgeschritten ist. Deshalb war er nicht überwältigt von der Anarchie oder dem Wahnsinn einer Stadt, die offensichtlich nicht einmal dem höchsten der Ziele gerecht werden konnte, die sie sich selbst gesteckt hatte, nämlich ein Abbild der Hölle zu sein. Wie ein Stück glühend heißer Stahl, der ins Wasser getaucht wird, wollte sich Praeger in die von Korruption zerfressene Stadtpolitik stürzen und ihr alle Übel ausbrennen. Je näher der Tag der Wahl rückte, desto weniger kümmerte er sich um seine ursprünglichen Motive oder um Menschen wie Jackson Mead. Er hatte erkannt, daß der Stadt ein Sturm bevorstand. Wenn um die Jahrtausendwende Gesetze auf Gesetze und Rechte auf Rechte prallen würden, dann wollte er die Stadt wie ein Schiff durch die stürmische Meeresenge in die dahinterliegenden ruhigen Gewässer steuern. Sofern seine Vermutungen richtig waren und sich bei der bevorstehenden Konfrontation aus dem allgemeinen Getümmel eine eindeutige Richtung herausschälen würde, dann mußte er sich danach richten. Dies war die Logik, die seinen ungewöhnlichen Wahlkampfstil bestimmte und ihn dazu bewog, den Winter als Thema einzusetzen. Es wäre ziemlich abwegig gewesen, räsonierte er, das Bürgermeisteramt mit konventionellen Mitteln zu erkämpfen und dann eine unkonventionelle Amtszeit einzuleiten, wie er sie sich vorstellte. Lieber wollte er das Risiko eingehen, die Wählerschaft zu vergrätzen, indem er ihr die Wahrheit auftischte, mochte diese noch so verstiegen und ungeheuerlich sein.

»Wahlkampfbuttons?« fragte er seinen Stabschef. »Das ist Geldverschwendung. Hier, geben Sie dies an die Presse weiter: Zum Thema Wahlkampfbuttons habe ich folgendes zu sagen: Keine de-Pinto-Buttons werden für diese oder irgendeine andere Wahl hergestellt werden. Jeder, der sich dazu hergibt, unentgeltlich seinen Körper als wandelndes Wahlplakat einzusetzen, ist ein Narr, der an dem abscheulichen Phänomen der Massensuggestion und -manipulation teilzuhaben trachtet. Ich will davon nichts wissen. Menschen, die diese Buttons tragen, sind ebenso hohlköpfig wie Frauen, die aus ihrem Busen Kapital schlagen. Ich möchte weder die Stimmen der einen noch der anderen.«

»Und was sollen wir zum Thema *Gracie Mansion* erklären, Mr. de Pinto?« Der Hermelinbürgermeister hatte die letzte Wahl fast gegen den Stadtrat Magiostra verloren, nachdem letzterer gelobt hatte, weiterhin in seiner ärmlichen Behausung in der Bronx zu wohnen, statt in den prächtigen Amtssitz des Bürgermeisters einzuziehen.

»Ich habe nicht vor, dort zu wohnen.«

Der Stabschef seufzte erleichtert, denn schon ließ der Hermelinbürgermeister all seine Habe von der Gracie Mansion in ein prestigeträchtiges kleines Elendsquartier schaffen, das er am Mother Cabrini Boulevard gemietet hatte.

»Wir werden die Gracie Mansion als Kongreßzentrum benutzen«, sagte Praeger. »Es wird nett sein, dort oben Konferenzen abzuhalten, mit Blick auf das Bird-S.-Coler-Hospital und diese schöne Weidenkorbfabrik. Aber ich will nicht neben einer gottverdammten Weidenkorbfabrik *leben!*«

»Das ist gut. Dieses Pferd werden wir dem Hermelinbürgermeister also auch unter dem Hintern wegschießen.«

»Richtig. Diese Stadt hat ein hohes Steueraufkommen. Der Bürgermeister der größten Stadt der Welt sollte eine angemessene Bleibe haben, einen Wohnsitz, der eine innere Beziehung zur städtischen Architekur hat. Wir werden ein wenig vom Steuergeld nehmen, sagen wir eine runde Milliarde, und einen Palast bauen. Wir könnten die oberen Stockwerke und die Zwischenräume von vier oder fünf Wolkenkratzern kaufen, sie mit Stahlgerüsten verbinden und auf diese Weise eine Plattform für einen kleinen, luftigen, von Gärten umgebenen Komplex à la Versailles schaffen. Aber was rede ich da? Wir brauchen keine Wolkenkratzer zu kaufen, wir werden sie ganz einfach auf dem Weg der Enteignung in den Besitz der Stadt bringen.«

»Aber was werden die großen Firmen sagen, denen die Gebäude gehören? Von ihnen stammt das meiste Geld für unseren Wahlkampf!«

»Zur Hölle mit ihnen«, erwiderte Praeger. »Gebt ihnen ihr Geld zurück. Falls es schon ausgegeben ist, stellt ihnen Schuldscheine aus. Diese Burschen aus der Immobilienbranche sind ein Haufen großschnäuziger Milliardäre, besonders Marcel Aphand.

Mir wird übel, wenn ich seine Fahne mit der Gorillafaust auf jedem zweiten Dach wehen sehe. Es wird allmählich Zeit, daß jemand die Wahrheit über diese Leute sagt, vor allem über diesen Aphand. Sie sind korrupt und käuflich. Organisieren Sie eine Pressekonferenz zu diesem Thema!«

»Aber die Bankiers! Wir haben keine Rückendeckung für unsere Schuldscheine. Mit den Bankiers haben Sie sich auch schon angelegt.«

»Das haben sie auch nicht anders verdient«, sagte Praeger. »Diese berechnenden Blutsauger! Ich werde ihnen noch einmal meine Meinung sagen.«

»Wenigstens kommt das gut beim Volk an. Die Leute lieben Politiker, die den Bankiers eins verpassen. Solange Sie die Dinge nicht zu genau beim Namen nennen, könnten Sie damit durchkommen.«

»Das *Volk*, sagten Sie? Meiner Meinung nach verdienen diese gierigen kleinen Schmeißfliegen, die für einen Teppichboden und einen Farbfernseher ihre Seele verkaufen, daß sie bis auf den letzten Tropfen ausgequetscht werden. Sie und die Bankiers sind füreinander geschaffen.«

Praegers Stabschef war ziemlich durcheinander. Nervös trommelte er mit den Fingern gegen den Flachmann, den er in der Jackentasche trug. »Wenn Sie die Milliardäre verurteilen — meinen Sie damit auch Mr. Binky?«

»Ist es nicht allmählich Zeit, das Kind beim Namen zu nennen?«

»Craig Binky ist unser wichtigster Verbündeter.«

»Überschätzen Sie ihn nicht.«

»Mr. de Pinto, niemand wird Ihnen eine Stimme geben.«

»O doch! Die Leute werden mich wählen, weil ich ihnen die Wahrheit sage.«

»Aber Sie sagen nicht immer die Wahrheit. Manchmal lügen Sie wie gedruckt.«

»Sie werden mich auch wählen, weil ich der beste Lügner bin. Weil ich es mit Anstand und einer gewissen Finesse mache. Wissen Sie, Wahrheit und Lüge liegen dicht beieinander, und zwischen ihnen ist Platz für etwas Schönes. Wenn ich die Leute auf meine Art anlüge, dann lasse ich sie gleichzeitig spüren, daß ich Verständnis für ihren Zustand habe, daß ich für sie hoffe und daß ich den Affen verabscheue, der auf ihrem Rücken hockt. Das macht mich zu einem der ihren. Schließlich *bin* ich einer von ihnen! Sie werden schon sehen, für wen diese Leute stimmen.«

»Schon gut, schon gut«, entgegnete der Stabschef. »Bei philosophischen Gesprächen kann ich mit Ihnen nicht mithalten, das wissen Sie selbst. Aber da ist noch eine praktische Angelegenheit, die ich mit Ihnen besprechen wollte.«

»Worum geht es denn?«

»Um Ihre nächste öffentliche Kundgebung.«

»Na und?«

»Wer, zum Teufel, wird schon im Morgengrauen an einer Wahlkundgebung in den *Cloisters* teilnehmen? Der politische Zweck einer solchen Veranstaltung besteht doch wohl darin, eine Menschenmenge zusammenzutrommeln, um sie im Fernsehen vorzeigen zu können, während Sie eine Rede halten. Ich zweifle sehr daran, daß viele Leute bei Tagesanbruch und bei zehn Grad unter Null zu den *Cloisters* gehen werden, um sich von Ihnen die Meinung sagen zu lassen. Warum nicht um die Mittagszeit in der Grand Central Station oder im Foibles Park?«

»Hören Sie zu«, sagte Praeger und lehnte sich vor. »Diese Sachen lassen sich nicht von A bis Z organisieren. Die Würfel sollen fallen, wie es ihnen beliebt.«

»Aber hier geht es um eine von insgesamt nur drei öffentlichen Kundgebungen, die Sie anberaumt haben. Was für eine Verschwendung von . . . Lassen Sie mich ein paar mehr arrangieren!«

»Nein. Ich hasse öffentliche Auftritte. Wenn es etwas gibt, was ich nicht ausstehen kann, dann sind es große Menschenmengen.«

Als der Stabschef ging, war er den Tränen nahe. Praeger lehnte sich auf seinem hölzernen Stuhl zurück, dem einzigen Möbelstück in seinem Hauptquartier. Er hatte sich noch immer nicht dazu durchringen können, einen Telefonanschluß zu beantragen. Aber er war von einer tiefen unerschütterlichen Gewißheit erfüllt, daß er sich auf dem Weg zum Sieg befand. Hätte er in Chicago, Miami oder Boston kandidiert, dann wäre es wahrscheinlich anders um ihn bestellt gewesen. Aber New York glich einem Gaul, der durchgegangen war, nachdem ihn eine Biene gestochen hatte. Die einzige Methode, diesen Gaul einzufangen, besteht darin, ihn auf seinem Bienenstichkurs zu folgen, sinnierte Praeger. Und genau das gedachte er mit dieser unwahrscheinlichen Stadt zu tun, deren politischer Führer er sein wollte, weil er sie so unwahrscheinlich liebte.

Die Massenveranstaltung in den *Cloisters* fand an einem kalten, klaren Tag in aller Frühe statt. Praeger stand eine halbe Stunde herum und schaute zu, wie der Fluß zum Leben erwachte. Blau und weiß leuchteten die Eisschollen und das offene Wasser im Schein der Morgensonne. Die Beteiligung an der Veranstaltung war gering, genau gesagt: es erschien kein einziger Mensch, nicht einmal einer von Praegers Assistenten und Wahlkampfhelfern, von Reportern oder normalen Zuhörern ganz zu schweigen. Da es so kalt war und die Sonne den Krieg gegen die zwischen den Bäumen lagernden Schatten der Nacht noch nicht gewonnen hatte, hatte der wildreiche Fort Tryon Park nicht ein einziges Eichhörnchen, eine Taube oder eine politisierte Wühlmaus ausgesandt, die sich auf eine Mauer hätte hocken können, den Schnee ein wenig beiseite scharren und sich anhören, was der Kandidat bei einer Veranstaltung zu sagen hatte, die Craig Binky danach als ein »grandioses Frühstück mit anschließender Sammlung von Wahlkampfspenden in Anwesenheit einer in luxuriöse Pelze gekleideten Anhängerschaft« bezeichnet haben würde.

Praeger war also mutterseelenallein. Unbeeindruckt davon hielt er eine feine Rede, an der nicht nur die rollende, wohlklingende Stimme des Vortragenden beeindruckte, sondern die zugleich eine brilliante politische Analyse darstellte. Es war jene Rede, in der Praegers Qualitäten als Fachmann, Staatsmann und Zeitgeschichtler am besten zur Geltung kamen. Jeder, der sie gehört hätte, wäre danach überzeugt gewesen, daß dieser Praeger de Pinto nach seiner Wahl zum Bürgermeister die Geschäfte der Stadt sachkundig, menschenfreundlich, umsichtig und verantwortungsvoll wie ein guter Steuermann in die Hand genommen hätte. Die Bankiers und Immobilienbonzen hätten besonderen Gefallen daran gefunden. Aus Praegers Worten sprach nämlich die schöne Verheißung von Stabilität ohne hinderlichen Ballast. Endlich eine gelungene Synthese! Nicht ein einziges Mal fielen Worte wie Winter oder Armageddon. An jenem kalten, sonnigen Morgen flossen Praegers Können und sein gesunder Menschenverstand zu einem unwiderstehlichen Appell zusammen, der auch in formaler Hinsicht makellos war.

Wie ein Schock durchfuhr es den Kandidaten, als nach Beendigung der Rede doch jemand applaudierte. Nicht weit entfernt stand ein Mann mit schon stark gelichtetem Haar und einem altmodischen Schnurrbart im Schnee. Er sah aus wie ein Meister in einer Maschinenschlosserei, und genau das war er auch. Praeger vermutete, der Mann sei gekommen, um seinen Hund im Park spazierenzuführen.

»Ich habe keinen Hund«, sagte Peter Lake. »Und wenn ich einen hätte, würde ich ihm an einem so kalten Tag den weiten Weg bis hierher nicht zumuten. Ich bin gekommen, um Sie zu sehen.«

»Tatsächlich?« fragte Praeger erstaunt.

»Ja. Sie haben eine gute Rede gehalten, soweit ich das beurteilen kann. Mir hat gefallen, was Sie bei anderen Gelegenheiten über den Winter gesagt haben. Ich weiß nicht, ob ich es Ihnen glauben soll oder nicht, aber es scheint nicht so wichtig zu sein, ob Sie es damit ernst meinen, falls Sie verstehen, was ich damit sagen will. Ist Musik wahr? Man kann von ihr weder das eine noch das andere sagen, aber trotzdem glauben wir an sie. Bei mir ist es jedenfalls so, oder es war so, obwohl ich mich nicht mehr daran erinnern kann, wann es so war. Seit einiger Zeit bin ich wieder klarer im Kopf. Ich erinnere mich an gewisse Dinge, beispielsweise an bestimmte Tonfolgen auf dem Klavier. Aber ich entsinne mich nicht, wo ich sie gehört habe. Wissen Sie, was ich meine?«

»Nein, keine Ahnung.«

»Es ist, als kämen sie aus der Vergangenheit«, fuhr Peter fort, »als wäre die Vergangenheit ein Licht, das in der Dunkelheit aufleuchtet. Ich fühle es ganz stark, aber ich kann es nicht sehen, mein Gedächtnis versagt. Jemand spielt auf einem Klavier, das ist sicher. Ich freue mich, daß ich Sie ganz allein erwischt habe, Sir. Sehen Sie, was ich zu sagen versuche, ist sehr schwierig. Aber seit ungefähr einer Woche klärt sich alles rasch auf, und ich frage mich, ob Sie vielleicht . . . Nun, lassen Sie mich geradeheraus fragen: Sind Sie einer von uns? Ich meine, sind wir vom selben Schlag?«

»Ein Freimaurer?« fragte Praeger verwundert. »Ich bin kein Freimaurer, falls Sie das meinen.«

»Nein, nein, das meine ich ganz und gar nicht«, sagte Peter Lake und nahm einen neuen Anlauf. »Es ist viel persönlicher und wichtiger.«

»Glauben Sie etwa, ich sei schwul? Das bin ich beileibe nicht!«

»Nein, Sir, Ihre Veranlagung interessiert mich nicht.«

»Was dann?«

»Woher kommen Sie?« fragte Peter Lake.

»Ich wurde in Brooklyn geboren.«

»In welchem Zeitalter?«

»In dieser Zeit.«

»Sind Sie sicher? Wissen Sie, in meinem Fall ist es nämlich nicht so. Und die Art und Weise, wie Sie über den Winter reden, ließ mich glauben, daß auch Sie aus einer anderen Zeit stammen. So wie Sie die Zukunft beschreiben, war nämlich einst die Vergangenheit. Ich muß es ja wissen, denn ich bin dort gewesen.«

»Ich . . . «

Peter Lake hob die Hand. »Keine Sorge«, sagte er. »Es ist alles in Ordnung. Ich werde mit Sicherheit für Sie stimmen, obwohl ich vielleicht nicht einmal in der Wählerkartei bin. Ich werde mich in die Wahllisten von Five Points eintragen lassen, jawohl, und ich werde ein Dutzend Stimmen für Sie abgeben. Ich bin Ihnen sehr dankbar, denn nachdem Sie anfingen, über den Winter zu reden, begann ich das Klavier zu hören —, und dann erlebte ich, wie die Vergangenheit rings um uns her allmählich Helligkeit verbreitete. Ich dachte mir, daß Sie mir vielleicht weiterhelfen könnten, aber Sie haben mir sowieso schon sehr geholfen.«

»Was für Musik spielt das Klavier denn?«

»Oh, das wüßte ich nicht zu sagen, selbst wenn ich es besser hören könnte.«

»Und wer spielt?«

»Ich fürchte, daß ich nicht die geringste Ahnung habe, Sir. Aber sie spielt wirklich schön — wer immer sie ist.«

☆

Einsame Menschen erleben manchmal Begeisterungsstürme, für die es nicht immer eine Erklärung gibt. Wenn ihnen etwas komisch vorkommt, sind Intensität und Länge ihres Gelächters ein Spiegel für die Tiefe ihrer Einsamkeit, und ihr Lachen kann dann so klingen wie das einer Hyäne. Wenn jedoch etwas an ihre Gefühle rührt, dann durchläuft es sie wie ein heiliger Schauer und mobilisiert in ihnen ganze Armeen von Empfindungen.

Die arme Mrs. Gamely war jahrelang sich selbst überlassen gewesen. Als sie sich plötzlich ihrer Tochter und einer richtigen neuen Familie gegenübersah, die nun auch ihre Familie sein sollte, verkraftete sie kaum den Schock und weinte ganze Sturzbäche.

Virginia umarmte ihre Mutter. Auch ihr kamen die Tränen. Da begannen die Kinder, wie junge Katzen zu wimmern, obwohl sie nicht wußten warum, und sogar Hardesty war von der Liebe zwischen Mutter und Tochter gerührt. Er erinnerte sich an seine eigenen Eltern und konnte nur mit Mühe die Tränen zurückhalten. Seine Augen waren schon längst wieder trocken, da hielt das Weinen und Wimmern noch immer an. Als die Uhr die Viertelstunde schlug (sogar der Glockenklang der Uhr vermochte den weinenden Frauen und Kindern einen neuen Tränenschwall in die Augen zu treiben), begann Hardesty unruhig im Raum auf und ab zu gehen. Er hoffte, daß sie bald fertig waren. »Was soll das?« fragte er. »Seid ihr ein Wasserwerk?« Aber dann, als er Virginias anthrazitfarbenes Kostüm unter den Falten ihres halbgeöffneten Mantels sah, wurde ihm schlagartig ihre Vielseitigkeit bewußt: Sie war zugleich Weltstadtjournalistin im maßgeschneiderten Kostüm und eine Tochter des Cooheries-Sees, die sich hier draußen auf dem Land pudelwohl fühlte. Er schloß sie in die Arme, strich ihr das Haar aus dem vom Weinen geröteten Gesicht und küßte sie mit soviel Liebe, daß sich Mrs. Gamelys Herz blähte wie ein Fesselballon.

In jener Nacht machten die Kinder kaum ein Auge zu. Die Vorfreude auf den nächsten Morgen, an dem sie den Coheeries-See im hellen Licht des Tages erblicken sollten, war stärker als die freudige Erwartung des Weihnachtsfestes. Genau wie sei es erwartet hatten, verloren sie sich rasch in der Schönheit der Wintertage und der kalten Nächte, die keinen Anfang und kein Ende kannten. Da Hardesty etwas von Booten verstand, lernte er rasch mit einem Eissegler umzugehen. Oft nahmen sie die *Katerina*, das größte und langsamste der Boote, füllten es mit Proviant und Steppdecken, und fuhren bei Tagesanbruch in die Grenzenlosigkeit des Sees hinaus. Die Kinder schliefen auf dem Schoß der Frauen, bis die Sonne kräftiger vom Himmel herabschien. Wenn sie dann erwachten, sahen sie staunend nichts als blauen Himmel und spiegelglattes Eis, über das der Wind kaum sichtbare Schneeflöckchen trieb. Die hohe Geschwindigkeit hatte sie ihrer ornamentalen Form beraubt, so daß sie wie glitzernde Glassplitter dahinschossen.

Bei solchen Ausflügen glitten sie stundenlang übers Eis, bis sie so weit vom Land und anderen Booten entfernt waren, daß sie sich manchmal wie die einzigen Menschen auf der Welt vorkamen. Gegen Mittag holten sie das Segel ein und blockierten die doppelten Eisbremsen. Mit der *Katerina* zwischen sich und dem Nordwind, die Sonne auf den geröteten Gesichtern, machten sie Feuer in einer mit Sand gefüllten Kiste und erhitzten darüber einen Kessel voll Eintopf. Dazu aßen sie aufgebackene Buttersemmeln und tranken dampfend heißen Algonquian-Tee. Danach wurde im allgemeinen ein Weilchen Schlittschuh gelaufen. Manchmal improvisierten Hardesty und Martin auch ein Eishockeymatch und mußten erleben, daß Virginia ihnen den Puck immer wieder mühelos abnahm und ihn behielt, solange sie wollte. Oder sie bohrten ein Loch ins Eis, aus dem sie innerhalb von zehn Minuten beliebig viele Lachse, Barsche und Forellen zogen. Die Fische wurden sachkundig zwischen Eisbrocken in einer Blechkiste verstaut, die auf dem Ausleger der *Katerina* befestigt war. Oder sie segelten einfach in die Unendlichkeit hinein. Glücklich und zufrieden reisten sie Hunderte von Meilen in dieser verführerischen Welt aus Eis und Sonne, die ihnen allein gehörte. Gewöhnlich machten sie sich erst am darauffolgenden Tag nach Einbruch der Dunkelheit auf den Heimweg, nachdem sie eine Nacht auf dem See verbracht hatten, eingehüllt in die weichsten Quilts und Decken. Ziellos drifteten sie auf der Rückfahrt über das Eis, in dem sich der Sternenhimmel spiegelte. Die Milchstraße strahlte so hell herab, daß Mrs. Gamely sie davor warnte, sie zu lange anzustarren. »Daythril Moobcots Großvater, der alte Barrow Moobcot, wurde davon blind«, behauptete sie. »Heute abend, wenn der Mond aufgeht, müssen wir uns rauchgeschwärzte Brillen aufsetzen.«

Sie gaben sich den Sternen hin, wie sich Schwimmer den Wellen überlassen, und die Sterne nahmen sie widerstandslos an. Die Tage und die Nächte, die sie auf dem Eis verbrachten, prägten die Kinder für alle Zeit. Wenn die kleine Stadt am Coheeries-See als Lichterkette über dem Horizont auftauchte, eingebettet in weiße, bis zum Ufer herabreichende Hügel, dann lenkte Hardesty die *Katerina* dem hellsten jener Lichter entgegen und brauste in voller Fahrt darauf zu. Einerseits mochten es die Kinder, daß es so rasend schnell heimwärts ging, aber andererseits wären sie auch gern für immer auf dem See geblieben.

Während die Zeit vorwärts rollte und goldene Tage mit silbernen Nächten zu einem Zopf flocht, vergnügten sie sich auf Skiern oder mit Schlitten in den hügeligen Kiefern- und Fichtenwäldern; sie fuhren hinüber zum Gasthaus, um den *Grapesy Dandy* und den *Birdwalla Shuffle* zu tanzen, sie kochten den traditionellen Coheeries-Ahorncandy in Form einer Mondsichel, und sie saßen stundenlang am Ofen, in dem ein Holzfeuer prasselte, während draußen am Himmel der echte Mond, die Planeten und die Sterne den Lauf der Zeiten bestimmten.

Eines Abends wurde es ungewöhnlich kalt. Ein arktischer Wind brauste von Norden herab, und der Frost umklammerte das Dorf wie eine Zange. Die Welt draußen duckte sich unter einer Temperatur von fünfzig Grad unter Null, und das Gebälk von Mrs. Gamelys Haus knackte wie bei einem Schiff auf hoher See. Alle Ritzen und Fugen waren sorgsam abgedichtet, aber es genügte auch schon ein stecknadelgroßes Loch, um ein ganzes Zimmer mit kalter Luft zu füllen. Sie schürten das Feuer im

Ofen so sehr, daß es bullerte wie in der Brennkammer einer mit Volldampf dahindonnernden Lokomotive.

Abby und Martin bauten ein Haus aus getrockneten Maiskolben. In Hausmäntel gekleidet und mit wattierten Stiefeln an den Füßen hockten sie auf dem Fußboden zwischen dem Kamin und dem Ofen. Mrs. Gamely saß in ihrem Schaukelstuhl, schaukelte vor und zurück und beobachtete ihre Enkelkinder. Virginia hatte sich in eine Stola gewickelt und schmökerte in einer alten Ausgabe der *Encyclopedia Britannica* aus dem Jahre 1978. Hardesty stand am Fenster – nicht zuletzt, weil sich dort das Thermometer befand. Daß es noch immer stetig fiel und schon weit unter fünfzig Grad stand, stellte für einen Menschen seines Temperaments eine unwiderstehliche Attraktion dar. Vor allem aber lehnte er am Fenster, um die Sterne zu betrachten. Weitab von den Lichtern der Stadt brannten sie wie weißer Phosphor in der Kälte.

In jener Nacht herrschte zwischen den Gestirnen rege Bewegung. Das Kommen und Gehen erweckte den Eindruck, als wäre der Raum zwischen den Sternen und der Erde ein geschäftiger, von schnellen Booten überfüllter Hafen. Leuchtende Bahnen, die von Meteoriten stammen konnten, verblaßten mit einem sanften, weißen Rieseln, wie der sich gemächlich herabsenkende Schweif aus Eispartikeln, die von der Bremse eines Eisseglers aufgewirbelt werden. Diese kleinen Schauer aus Licht erblühten, um gleich darauf zu vergehen. Hardesty mußte daran denken, wie sich der weiße Hengst von ihnen in der Ebene getrennt hatte. Er war in einer nadelscharfen Kurve aus weißem Licht, das sich mit einem leisen Zischen auflöste, in die leichte Dämmerung des frühen Abends aufgestiegen.

Hardesty öffnete schon den Mund, um Virginia zu sich zu rufen, damit sie die kleinen Leuchtfeuer über dem Horizont nicht verpaßte. Sie waren anders als alles, was er je gesehen hatte, die Flugbahn des weißen Hengstes ausgenommen. Aber als er sich umdrehte, sah er, daß sich Virginia und Mrs. Gamely über Abby beugten. Sie lag auf dem Fußboden, den Daumen im Mund, und atmete schwer. »Was ist los?« fragte Hardesty.

»Abby hat schreckliches Fieber«, antwortete Mrs. Gamely. »Sie verglüht innerlich.«

»Sicherlich hat sie sich heute auf dem See verkühlt«, meinte Virginia. Sie hob ihre Tochter hoch und wollte sie in die Dachstube tragen, in der die Kinder wohnten, doch dann besann sie sich anders. »Dort oben ist es zu kalt. Wir müssen ihr hier ein Bett machen.«

Hardesty legte seine Hand auf Abbys Stirn und seufzte bekümmert. »Es ist so plötzlich gekommen«, sagte er.

»Vor einer Minute haben wir noch mit den Maiskolben gespielt«, meinte der kleine Martin mit weinerlicher Stimme.

»Schon gut, Martin. Bald geht es ihr wieder besser«, tröstete Virginia ihn, aber ihre Stimme bebte dabei.

Nachdem sie Abby zu Bett gebracht hatten, maßen sie ihre Temperatur. Sie hatte vierzig Grad Fieber.

»Wo wohnt der Doktor, Mrs. Gamely?« fragte Hardesty.

»Soll ich nicht lieber einen Breiumschlag vorbereiten?« fragte Mrs. Gamely zurück.

»Zur Hölle mit Breiumschlägen!« sagte Hardesty. »Wo wohnt der Doktor?«

»In dem Haus, das am Ende des Feldwegs steht, der unten beim Gasthaus am See entlangführt.«

Hardesty zog eilig Stiefel, Handschuhe und Parka an. Als er aus der Tür trat, traf ihn die mörderisch kalte Luft wie ein Hammerschlag, so daß er fast zu Boden ging. Im Laufschritt eilte er durch die sternklare Nacht den Weg zum Dorf entlang.

Als er dort eintraf, sah er eine Anzahl Männer, die landeinwärts die Straße hinaufliefen. Einige von ihnen knöpften sich im Laufen die Parkas zu. Überall im Dorf wurden Haustüren zugeschlagen. Aber Hardesty hatte keine Zeit für neugierige Erkundigungen, sondern begab sich geradewegs zum Haus des Arztes. Auf sein heftiges Klopfen hin öffnete die Frau des Doktors die Tür. Sie wußte aus Erfahrung, daß draußen nur der Vater eines kranken Kindes stehen konnte. »Mein Mann ist im Moment nicht zu Hause«, sagte sie. »Aber in ein bis zwei Stunden ist er bestimmt zurück. Ich sag' ihm Bescheid, daß er sofort zu Ihnen kommen soll. Sie gehen am besten jetzt nach Hause und machen Ihrer kleinen Tochter einen Breiumschlag.«

»Kommen Sie mir nicht mit Breiumschlägen!« erwiderte Hardesty ungehalten. »Wo ist Ihr Mann hin?«

Die Frau des Arztes räusperte sich. »Er ist mit den anderen zum Schafstall der Moobcots gegangen. Das ist ungefähr zwei Meilen von hier.«

»Warum?«

»Ich weiß nicht. Vorhin sind bei uns eine Menge Männer mit Schrotflinten erschienen. Mein Mann nahm sein Köfferchen und rannte hinaus. Er hat mir nicht gesagt, was da los ist. Nie nimmt er sich . . .«

Hardesty nahm sich nicht die Zeit, der guten Frau länger zuzuhören, sondern rannte die Straße hinauf, die zu den höhergelegenen Feldern führte. Er hatte nicht die Kondition, um die Männer vom See einzuholen. Damals, als sie sich dem eingeschneiten Zug genähert hatten, waren sie so fit wie Gebirgsjäger gewesen. Als Hardesty nun ganz allein die Straße entlangeilte und ringsherum nichts als Sterne sah, wurde ihm plötzlich schwindelig, und es kam ihm vor, als hätte er die Kontrolle über sich selbst verloren. Dann aber tauchte vor ihm inmitten der Felder ein riesiger Schafstall auf, der auf einem kleinen Hügel stand. Durch das Tor, das einen Spalt breit geöffnet war, ergoß sich helles Licht über den Schnee.

Hardesty trat ein. Die Schafe lagen eng zusammengedrängt in einer Ecke. Vor der gegenüberliegenden Wand standen die Männer aus dem Dorf Schulter an Schulter im Halbkreis. Stallaternen brannten über ihren Köpfen. Hardesty erkannte an der fächerförmigen Anordnung der Gewehrkolben, daß die Mündungen der Waffen alle in dieselbe Richtung zielten. Einige der Männer unterhielten sich aufgeregt miteinander. »Diese sind anders als er. Anscheinend sind es nicht dieselben«, sagte jemand.

»Sie sind aber zur gleichen Zeit und auf dieselbe Art gekommen«, entgegnete ein anderer. »Mir gefällt nicht, wie sie aussehen. Sie gefallen mir überhaupt nicht. Sie versuchen möglichst harmlos auszusehen, aber kaufst du ihnen das ab?«

»Was willst du tun, Walter? Willst du sie etwa umbringen?« fragte eine Stimme von der anderen Seite des Halbkreises her.

»Allerdings!« war die Antwort. Mißbilligendes Gemurmel folgte auf sie.

Hardesty kletterte auf einen Eimer und blickte über die Köpfe der Dörfler hinweg. Auf einer Anzahl Heuballen saßen fünfzig oder sechzig Männer. Nie zuvor hatte Hardesty Wesen von so sonderbarem Aussehen erblickt.

Ihre Gesichter waren entweder breitgequetscht, aufgedunsen oder lang und scharf wie eine Säge. Stupsnasen, übermäßig buschige Augenbrauen, Kinnpartien in Form von Boxhandschuhen und aberwitzig gekrümmte Beine gehörten zu ihren auffälligsten Merkmalen. In den Augen jedes einzelnen von ihnen lag eine Leere, die etwas fürchterlich Bedrohendes an sich hatte, wenngleich man nicht zu sagen wußte, warum. Sie waren gekleidet wie Akteure eines Vorstadttheaters und trugen steife, runde Filzhüte mit schmalen Krempen auf dem Kopf, als sei es die natürlichste Sache der Welt. Ihre Anzüge mit Weste, die so aussahen, als stammten sie aus der Epoche König Eduards VII., wirkten ebenso schmierenhaft und schäbig wie ihre Uhrketten und Spazierstöcke. Mit blitzenden Zähnen lächelten sie unverfroren wie Menschen, die sich gar nicht erst Mühe geben, ihre üble und gewalttätige Natur zu verbergen. Aber was hatten sie hier zu suchen? Und woher waren sie gekommen?

»Plötzlich wimmelte es hier von ihnen«, kam die Antwort auf diese Fragen, die Hardesty laut gestellt hatte. »Sie rumorten in den Scheunen herum, und wir haben sie dabei ertappt, wie sie uns die Schlitten und Pferde stehlen wollten. Ungefähr zwanzig von ihnen haben wir eingefangen, aber dann, als wir dachten, wir hätten sie alle, liefen uns in der Nähe der Mühle noch einmal fünfzig von ihnen über den Weg. Wer weiß, vielleicht sind da draußen noch mehr.«

»Na und? Immerhin haben wir ja *ihn*«, sagte jemand.

»Wen?« fragte Hardesty.

Ein Dutzend Männer zeigte durch eine offene Tür, die in einen Nebenraum führte. Dort stand der Arzt, von ein paar anderen Männern umgeben. Er hatte seinen Kittel über die Schulter gelegt und zielte mit seiner Flinte auf etwas, das er nicht aus den Augen ließ. Auf dem Weg dorthin stolperte Hardesty mit der Stiefelspitze über einen Haufen metallisch klirrender Gegenstände.

»Das haben wir diesen Wichten abgenommen«, wurde ihm erklärt. Er beugte sich vor, um das Zeug in Augenschein zu nehmen, und er erblickte versilberte und vergoldete Pistolen, manche von ihnen mit Perlmuttgriffen, einige Derringers von Puppenstubenformat, Messingschlagringe mit Stilettklingen, dornenbesetzte Biberschwänze, Totschläger, eine Miniaturschrotflinte und Würgeeisen mit Handgriffen aus Elfenbein. Allerdings war kein einziges Gewehr dabei, keine Skier, Schneeschuhe und keine Winterkleidung. Wer immer diese Burschen sein mochten – für den Coheeries-See waren sie schlecht ausgerüstet.

Hardesty legte dem Arzt die Hand auf die Schulter und schob ihn sacht beiseite, um besser sehen zu können. Im nächsten Augenblick fuhr er zurück. Der Atem stockte ihm, und fast wäre er gestrauchelt.

»Wer in Gottes Namen ist denn das?« entfuhr es ihm, bevor er sich wieder völlig in der Gewalt hatte.

»Ich könnte es Ihnen sagen, aber ich tue es lieber nicht«, erwiderte der Doktor.

Hardesty schob sich zwischen den mit Flinten bewaffneten Männern hindurch und schaute sich den Gefangenen gründlicher an. Er war größer als die Gnome mit den Filzhüten, aber nicht viel. Außerdem war er ziemlich dünn. Er hatte ein furchteinflößendes Gesicht, und seine Gliedmaßen zuckten fast genauso heftig wie seine Zunge in dem geöffneten Mund, die sich offensichtlich seiner Kontrolle entzog. Auch seine Augen bewegten sich hin und her, wie es ihnen beliebte, als wären sie wütende Ratten, die aus ihrem Käfig auszubrechen versuchten. Ebenso wie die knochigen Finger kamen sie nicht einen Augenblick lang zur Ruhe. Hin und wieder schienen sie elektrisch geladene Blitze zu verschießen. Unverkennbar wurde dieses Wesen von einer tödlichen Zerstörungswut geschüttelt, die nun wirklich ganz und gar nicht zu dem Frieden am Coheeries-See passen wollte.

»Wer ist das?« fragte Hardesty.

»Fragen sie ihn selbst«, wurde ihm geantwortet.

»Ich?«

Der Arzt blickte Hardesty zweifelnd an. »Ja, Sie!«

»Wer sind Sie?« sagte Hardesty mit bittender, kaum hörbarer Stimme. Dann nahm er sich zusammen, machte ein paar Schritte auf den Gefangenen zu und wiederholte die Frage mit bewundernswerter Festigkeit und Autorität.

Pearly Soames sträubte sich. Wieder schien die Luft von den heißen, elektrischen Wellen zu knistern, die von ihm ausgingen, als baumelten hundert Klapperschlangen von einem Kandelaber herab. Hardesty durchzuckte der Verdacht, das dieser seltsame Mann und seine Spießgesellen sich durchaus nicht als Gefangene fühlten, sondern daß sie vielmehr in dieser warmen Scheune ausruhten, wohin die Farmer sie freundlicherweise gebracht hatten. Seine Vermutung wurde auch dadurch bestätigt, daß Pearly nur ein unzufriedenes Gesicht zu machen brauchte, damit die Wände der Scheune erzitterten.

Doch soweit Hardesty wußte, hatte all dies nichts mit Abbys Krankheit zu tun. Indem er den Bauern gewissermaßen ihren Arzt stahl, beraubte er sie auch der kundigen Ratschläge, die er ihnen hätte geben können, als sie darüber berieten, was sie mit den hergelaufenen Kreaturen anfangen sollten.

☆

Schon am nächsten Abend lenkte Hardesty den Schlitten unter dem silbernen Licht des Mondes mit rasanter Geschwindigkeit aus dem Dorf am Coheeries-See hinaus. Er ließ die Peitsche dicht über dem Kopf der Stute knallen, bis sie die vor ihr liegende Landstraße in sich hineinfraß wie ein hungriger Köter die Wurst. Doch obwohl sie sich mit Feuer und Flamme dem wilden Rennen hingab, war dies für Hardesty noch nicht genug. Während er den Blick prüfend über die Landschaft schweifen ließ, spornte er das Tier mit lauten Zurufen zu immer größerer Geschwindigkeit an. Neben ihm lag eine automatische Schrotflinte. Virginia hielt eine Waffe desselben Typs auf dem Schoß, und Mrs. Gamely, die auf dem Rücksitz mit Martin und Abby unter einer Art Zeltdach kauerte, hielt ihre doppelläufige Ithaca Kaliber 12 umklammert.

Die seltsamen Gentlemen waren aus dem Städtchen hinaus bis zu der höher gelegenen Landstraße eskortiert worden. Nun sahen sich die Marrattas und Mrs. Gamely gezwungen, mitten durch ihre Reihen zu fahren, denn nachdem der Arzt erklärt hatte, er könne Abby nicht behandeln, waren sie sofort aufgebrochen. Die Kleine mußte unverzüglich ins Krankenhaus. Die Familie konnte sich keinen Tag länger den Luxus erlauben, die Sicherheit und Abgeschiedenheit des kleinen Dorfes am See zu genießen. Jetzt brauchten sie die große Stadt genauso dringend, wie es sie vor kurzer Zeit von ihr fortgezogen hatte, ja die Not war diesmal noch viel größer. Der Arzt hatte sich nicht bereit gezeigt, sie über die Besonderheiten der Krankheit aufzuklären.

»Dazu ist später noch Zeit«, waren seine Worte gewesen. »Natürlich wollen Sie alles wissen, was es darüber zu wissen gibt, und Sie werden es auch erfahren. Ob jetzt oder später, macht kaum einen Unterschied.« Sprachlos hatten sie ihn angehört, und sie hatten ihm nicht geglaubt. Was wußte schon ein Landarzt? Wenig später waren sie schon unterwegs.

Sie waren bis zu den Zähnen bewaffnet, denn sie machten sich darauf gefaßt, daß es die Gefangenen nach ihrer Freilassung auf Pferd und Schlitten abgesehen hätten. Es gab nur diese eine Straße, und der Schnee war zu tief, um querfeldein zu fahren. Hardesty rechnete sich aus, daß sie den seltsamen Trupp kurz vor Verlassen der Ebene am Fuß des Gebirges einholen würden. Je eher, desto besser, sagte er sich, denn im Flachland kam die Stute schneller voran als in gebirgigem Gelände. Deshalb trieb er sie unbarmherzig an, denn er wollte nicht nur die kleine Abby möglichst schnell hier herausbringen, sondern es lag ihm auch daran, das zwielichtige Gesindel hinter sich zu lassen, bevor die Kerle richtig begriffen, daß er ihnen entwischt war.

Das Pferd schien seine Absichten zu begreifen. Aber ob dem nun so war oder nicht – jedenfalls zog es den Schlitten mit dem atemberaubenden Tempo einer Lokomotive hinter sich her über den festgetretenen Schnee der Landstraße.

Als sie den größten Teil der Ebene hinter sich hatten, kamen sie zu einer kleinen Anhöhe, von der aus sie die restliche Strecke bis zum Fuß des Gebirges überblicken konnten. Sie hielten kurz an und suchten die vor ihnen liegende Steppenlandschaft mit den Augen ab.

Abgesehen vom Atem der Stute und dem leisen Rascheln der Decken auf dem Schlitten war kein Laut zu hören. Trotz zwanzig Grad unter Null wehte eine balsamweiche Brise. Erst nachdem sich Hardesty und Virginia ausgiebig vergewissert hatten, daß sich niemand in ihrer Nähe befand, blickten sie zum nächtlichen Himmel auf und sahen hoch oben so etwas wie blasse Blumen, die herabgeschwebt kamen. Vor dem Hintergrund der hellen Sterne erblühten sie rot und ebenmäßig wie gefiederte Helmbüsche oder Pilze, um ebenso schnell wie Sternschnuppen zu verblassen. Im Abstand von wenigen Sekunden leuchteten sie auf und verschwanden wieder, aber manchmal erschienen mehrere gleichzeitig oder zumindest in rascher Folge.

»Fallschirmspringer!« sagte Hardesty. »Wie viele es sind! Vielleicht geht das schon die ganze Nacht so. Wer weiß, wann das aufhört. Garantiert ist es nicht die 82. Luftlandedivision!«

Sie blickten hinab in die Ebene, und als sich ihre Augen an die veränderten Lichtverhältnisse gewöhnt hatten, sahen sie, daß das flache Land ohne ein erkennbares Muster von kleinen dunklen Punkten gesprenkelt war. Einzeln und in dunklen Formationen strebten diese grauen Gestalten durch den Schnee, um sich auf der Straße zu sammeln. Dort bildeten sie unordentliche Kolonnen, die sich meilenweit erstreckten. Die Söldner der Nacht bewegten sich leise und zielstrebig, sie brauchten keine Signale und Lampen.

Ganz in ihrer Nähe vernahmen Hardesty und Virginia ein dumpfes Geräusch. Sie sahen, wie sich eine zusammengekauerte Gestalt aufrichtete und flink wie eine Ratte den kleinen Hügel hinablief. Es handelte sich um einen Mann, der im Laufen mit beiden Händen seine Kopfbedeckung festhielt, damit er sie in dem leichten Wind am Hang des Hügels nicht verlor.

»Können wir ihnen ausweichen?« fragte Virginia.

»Nein, das Pferd würde bis zur Brust im Schnee versinken. Es könnte unmöglich den Schlitten ziehen.«

»Gibt es eine andere Straße?«

»Du weißt besser als ich, daß es keine gibt«, antwortete

Hardesty. »Entsichert eure Gewehre!« Er griff nach seiner eigenen Flinte. »Und stützt euch mit den Füßen ab. Mrs. Gamely?«

»Ja, mein Lieber?« ertönte die Stimme der alten Frau aus dem zeltartigen Baldachin in Fond des Schlittens.

»Wie schnell können Sie das Ding nachladen?«

»Schnell genug, um ein Kuchenblech in der Luft zu halten. Bevor Virginia geboren wurde, mußten mein Mann Theodore und ich dann und wann nach Bucklenburg hinauf ins Bergland fahren. Dort waren die Wölfe so groß wie Ponys und so blutgierig wie Stechmücken. Seitdem kann ich mit der Flinte umgehen.«

»Schlafen Abby und Martin?« erkundigte sich Virginia.

»Ja, ich habe sie sozusagen hinter meinem Rücken verstaut«, antwortete Mrs. Gamely.

»In Ordnung«, sagte Hardesty. »Dann wollen wir mal sehen, ob wir es bis zum Wald schaffen.«

Er zog kräftig an den Zügeln, und die Stute begann, mit wachsender Geschwindigkeit den Hügel hinabzupreschen. Ihr Hufschlag wurde vom Schnee gedämpft. Die Glöckchen hatte Hardesty entfernt.

Bald darauf, als sie mit zischenden Kufen die glatte Straße entlangsausten, passierten sie ein paar Nachzügler, denen kaum Zeit blieb, beiseite zu springen. Aber wenig später fuhr der Schlitten in Formationen von zehn oder fünfzehn Männern hinein, die wie Postsäcke beim Entladen eines Zuges zu beiden Seiten der Straße gegen die Mauern aus Schnee geschleudert wurden. Pistolenschüsse wurden abgefeuert, die die weiter vorn Marschierenden warnten. Immer häufiger prallte das Pferd auf Gestalten, die sich ihm entgegenzustellen versuchten, und zwangsläufig verlangsamte sich das Tempo. Vor ihnen und auf den Seiten blitzte Mündungsfeuer auf. Die Kinder erwachten und begannen zu schreien. Schon hingen Dutzende der marschierenden Söldner hinten am Schlitten und schickten sich an, hinaufzuklettern.

Hardesty, Virginia und Mrs. Gamely eröffneten nun ihrerseits das Feuer mit ihren Schrotflinten. Der ohrenbetäubende Lärm wurde durch die Schreie der Männer auf der Straße verstärkt. Allein die schiere Masse der Marschierenden hätte wahrscheinlich ausgereicht, um den Schlitten zum Anhalten zu zwingen. Die Stute lief nur noch im Trab. Sie war verwundet. Mit geblähten Nüstern bleckte sie das Gebiß. Sie war kein Schlachtroß wie Athansor, und als sie sah, daß sie blutete, schrie sie nach ihm. Da sie an den Schlitten geschirrt war, konnte sie nur mit der Vorderhand auskeilen und traf nur, was sich unmittelbar vor ihr befand. So manchen Angreifer schlug sie auf diese Weise zu Boden und zog die messerscharfen Kufen des Schlittens über die Gliedmaßen und Leiber der Gefallenen hinweg. Aber da waren so viele, daß sie irgendwann nicht weiterkam und stehenblieb.

Obwohl sie ihre Gewehre sehr schnell nachluden, waren Hardesty, Virginia und Mrs. Gamely nicht schnell genug. »Schießt weiter!« rief Hardesty, während allmählich immer neue Wellen gedrungener, hartnäckiger Angreifer über ihnen zusammenschlugen. Die Kerle grunzten und stöhnten, aber sie hielten sich mit ihren fleischigen, kurzfingrigen Händen am Schlitten fest. Doch auch die Marrattas kämpften umso verbissener, je näher sie sich dem Untergang sahen. Inzwischen hatten Hunderte von kleinwüchsigen Männern den Schlitten umzingelt.

Niemand sah den weißen Schweif am Himmel. Eben war er noch ein dünner, geschwungener Streifen gewesen, doch als er nun von Südosten her auf sie zukam, erstrahlte er heller als ein Komet. Es war, als versprühte er auf seinem Flug eine Million Diamanten, die kurz aufglühten und am Himmel eine weiße Rauchfahne hinterließen. Der Komet flog über die Stelle hinweg, wo der erbitterte Kampf tobte, und kehrte in einer steilen Abwärtskurve zurück. Aber es war kein Komet, der diesen leuchtenden Schweif hinter sich herzog, sondern ein weißes Pferd.

Sein Anblick ließ die Short Tails vor Verblüffung erstarren. Dies nutzte der Hengst, um sich seinen Weg zum Schlitten zu bahnen. Wenn er sich auf die Hinterhand stellte, wurden seine vorderen Hufe zu wirbelnden Hackmessern, die im Schnee eine blutige Spur hinterließen. Wenn er auskeilte, wurden jene, die das Unglück hatten, getroffen zu werden, wie Artilleriegeschosse in die Luft katapultiert. Und wenn Athansor seinen Kopf, seinen Hals und sein Gebiß einsetzte, dann bewegte er sich so schnell, als gäbe es mehrere von ihm.

Immer weiter rückte er vor, ein Wunder an scharfer, tödlicher Anmut. Er watete durch seine Feinde hindurch und wurde dabei immer schneller, bis er gleichzeitig rannte und kämpfte. Die Stute schloß sich ihm an. Hardesty ließ sein Gewehr sinken und ergriff die Zügel. Im Galopp ging es durch die stark gelichteten Reihen der Short Tails hindurch. Der weiße Hengst lief eineinhalb Längen voraus. So durchbrachen sie die Umzingelung und eilten den Bergen entgegen. Mühelos brachte Athansor sie bis zum Paß hinauf. Von dort oben blickten sie auf den Coheeries-See hinab, der sich in der Nacht verlor. Dieser Ort schien ihnen den Sternen zu nah, um kalt zu sein; es war einer jener stillen Aussichtspunkte, wo nicht mehr die Sinne des Menschen, sondern einzig der Geist zählt.

Der weiße Hengst neigte seinen langen Hals bis zum schneebedeckten Boden hinab, dann reckte er sich zu seiner vollen Höhe. Er drehte ein paar Runden um den Schlitten und näherte sich der Stute. Er war doppelt so groß wie sie. Er senkte seinen großen Kopf zu ihr herab und berührte seitlich ihr Gesicht. Sie machte ein paar Schritte rückwärts. Da wandte er sich ihren Wunden zu. Er leckte sie ab, eine nach der anderen. Und eine nach der anderen wurden sie geheilt. Der weiße Hengst tänzelte ein wenig, blickte in die Höhe und fiel unvermittelt aus dem Stand in einen gestreckten Galopp.

Ehe die Marrattas noch begriffen, was hier vorging, waren sie allein. Über dem Himmel zog sich ein weißes Band, das bereits zu verblassen begann. In der Luft hing ein leises pfeifendes Geräusch.

Schon kündigte sich der Morgen an. Der Mond war untergegangen, und die Sterne wirkten ermattet. Hardesty ergriff die Zügel. Die Stute setzte sich in Bewegung und führte sie den Bergwäldern entgegen.

☆

Betagte Stadträte mit Backenbärten, monomanische Bezirksvorstände, Parteifunktionäre, Ex-Bürgermeister und Einpeitscher aus den Vorstädten — sie alle forderten einmütig, daß bei den öffentlichen Diskussionen vor den Wahlen ein oder zwei Themen zur Sprache gebracht werden sollten, die *nichts* mit der Heiligkeit des Winters und mit Theorien über Anmut und Ausgeglichenheit zu tun hatten. Da der Hermelinbürgermeister für politische Manöver ein ausgeprägtes Fingerspitzengefühl besaß und außerdem daran gewöhnt war, seinen Zuhörern genau das zu erzählen, was sie hören wollten, gelang es ihm schließlich, Praeger zur Teilnahme an einer Diskussionsreihe zu zwingen, die gemeinschaftlich von der *Sun* und dem *Ghost* gesponsort wurde. Keine der beiden Zeitungen unterstützte Praeger, denn Craig Binky hatte sich von ihm abgewendet, nachdem der Kandidat ihn in aller Öffentlichkeit unter anderem als »diesen langsamen, begriffsstutzigen Dussel, der den *Ghost* leitet« bezeichnet hatte, als »unsern allerliebsten Schwachkopf« und als »jenen Spitzbuben, dem niemand beikommt, und der in einem Zeppelin namens *Binkoped* durch die Gegend fliegt«.

Der Hermelinbürgermeister, das dickfellige alte Rhinozeros, war sich sicher, daß er diesen glattrasierten jungen Idealisten, diesen Möchtegernpatrizier, der sich mit all seinem blödsinnigen Gequatsche über den Winter eine solche Blöße gegeben hatte, in einem Streitgespräch zertrampeln würde. Mochte der Bursche anfänglich mit diesem Gerede sogar Erfolg gehabt haben — jetzt gierten die Wähler nach härterem Stoff. Der Hermelinbürgermeister konnte seinen Frontalangriff auf den Neuling kaum abwarten und brannte darauf, ihn zwischen den dreifachen Mühlsteinen seiner Erfahrung, seines Alters und seines Amtes zu zermalmen.

Das erste Streitgespräch sollte im Central Park stattfinden, denn Praeger weigerte sich, im Fernsehen aufzutreten; er haßte es und attackierte es bei jeder Gelegenheit. Da diese Mißachtung des Fernsehens ein wichtiger Punkt in seinem Wahlprogramm war, erstaunte es niemand, daß sich die Sender auf die Seite des Hermelinbürgermeisters schlugen und kostenlos Werbespots für ihn einblendeten. Praegers Wahlkampagne wurde von ihnen vollkommen ignoriert, aber er duldete ohnehin keine Fernsehkameras in seiner Nähe. Er verdammte vielmehr die »elektronische Sklaverei« und appellierte eindringlich an seine Zuhörer, dem Primat und der Heiligkeit des gedruckten Wortes wieder zu voller Geltung zu verhelfen. Zum erstenmal seit einem halben Jahrhundert unternahm jemand den Versuch, die Wahlen für ein öffentliches Amt ohne Hilfe dienstbarer Elektronen zu gewinnen. So kam es, daß bei der Debatte nur der Hermelinbürgermeister auf dem Bildschirm zu sehen war, ganz so, als ob er mit einem Phantom diskutierte. Nach zehn Minuten begann sich der Central Park langsam mit Leuten zu füllen, die ihr gemütliches elektronisches Heimkino im Stich gelassen hatten, um den Mann, der erstmals in der Geschichte den Mut aufgebracht hatte, dem bislang einflußreichsten Massenmedium aller Zeiten zu trotzen, mit eigenen Augen zu sehen. Praeger hatte klug gehandelt, als er auf dem Park als Veranstaltungsort bestand. Obwohl es ein kühler Abend war, sah er sich schließlich mehreren Millionen Menschen gegenüber, die er eindringlich beschwor, sie mögen ihre Fernsehgeräte zerschlagen. Für viele war dieses Ansinnen schockierend und fast unvorstellbar. Aber sie hielten trotz der Kälte stundenlang aus und wärmten sich, indem sie von einem Fuß auf den anderen traten. Ambulante Händler, die sich zwischen ihnen hindurchschlängelten, machten an diesem Abend mit warmen Getränken ein hübsches Geschäft.

»Wer ist schon dieser Mensch, der dauernd vom Winter redet und euch auffordert, eure sauer verdienten Fernsehgeräte wegzuwerfen?« fragte der Bürgermeister höhnisch.

Asbury Gunwillow, der sich in der Menschenmenge befand, rief: »Praeger de Pinto! Praeger de Pinto!« Daraus wurde rasch ein Sprechchor, dem sich Millionen anschlossen. Der Bürgermeister sah sich gezwungen, die Taktik zu ändern.

»Offengestanden sitze ich selbst ziemlich selten vor dem Fernseher«, sagte er. »Ich schaue mir nur wirklich gute Sachen an, Kulturberichte und so weiter . . .«

»Was man sieht ist völlig zweitrangig«, hielt Praeger ihm entgegen. »Wenn der Strom hypnotischer Elektronen erst anfängt, in euer Gehirn einzusickern, dann seid ihr so gut wie erledigt, dann hat euch der Teufel schon am Wickel. Wenn ihr nicht in allen Dingen des Lebens die Augen offenhaltet und selbst die Marschrichtung bestimmt, seid ihr geistig zum Tode verurteilt. Seht ihr, der menschliche Geist ist wie ein Muskel. Damit er geschmeidig und stark bleibt, muß er gefordert werden. Aber genau das vereitelt das Fernsehen. Davon abgesehen, mein lieber Minnie (so nannte Praeger manchmal den Hermelinbürgermeister), davon abgesehen, schauen Sie sich diese ganzen Literaturverfilmungen sowieso nur an, weil Sie das Lesen verlernt haben.«

»Was sie da sagen, richtet sich nicht nur gegen mich als Person, Sir!« protestierte der Hermelinbürgermeister. »Sie beleidigen die gesamte Wählerschaft!«

»Die *Anzahl* verstümmelter und elektronisch eingeweckter Gehirne steht hier nicht zur Frage, Herr Bürgermeister«, erwiderte Praeger. »Hier geht es vielmehr darum, daß die Sklaven möglicherweise den Wunsch nach Freiheit verspüren.«

»Sie nennen die Bürger unserer Stadt Sklaven?«

»Ja. Sie sind Sklaven jener, die ihnen augenzwinkernd sagen, was sie denken, was sie kaufen und mit wieviel Steppdecken sie sich nachts zudecken sollen.«

In die Defensive gedrängt, rief der Bürgermeister aus: »Das Fernsehen, Sir, ist der Versammlungsplatz, die Agora der Demokratie, der große Kommunikator!«

»Das stimmt, aber er kommuniziert nur in einer Richtung«, konterte Praeger. »Alle müssen sich seinen Geboten beugen, von denen nie ein einziges zur Diskussion gestellt wird. Das Fernsehen beraubt die Menschen nicht nur ihres Rechts, sondern auch ihrer Befähigung zur freien Rede. Wer hat schon Lust, sich mit Einweckgläsern zu unterhalten? Ich jedenfalls nicht!«

Das Publikum war begeistert. Wenn Praeger es irgendwie zu Wege gebracht hätte, mehrere Millionen Gläser heißen Grog austeilen zu lassen – die Menge hätte kaum dankbarer sein können.

»Schauen Sie sich all diese Menschen an!« fuhr er fort. »Sie haben Beine. Sie haben Muskeln. Sie können atmen, und sie können abends ausgehen, selbst bei dieser Kälte. Ich wette, daß viele von ihnen jagen, Ski fahren, Holz hacken, weben, schnitzen und große Maschinen reparieren können. Gebt uns ein Buch, mit dem wir uns abends an den Kamin setzen können, nicht diese flimmernde, viereckige Teufelskiste, die plärrend und kreischend in jeder Wohnstube hockt.«

»Das ist doch vorsintflutlich!« erklärte der Hermelinbürgermeister.

»Ich stehe dazu«, antwortete Praeger.

Als nächstes warf der Diskussionsleiter die Frage auf, ob die Berufsfachschule für Müllmänner auf Randall's Island geschlossen werden sollte, weil die Durchfallquote jüngerer Anwärter im Lehrgang für Lärmerzeugung in letzter Zeit enorm gestiegen war.

»Darüber will ich mich nicht auslassen«, sagte Praeger, nachdem der Hermelinbürgermeister eine ausführliche Abhandlung über das korrekte Scheppern mit Mülltonnen zum Besten gegeben hatte. »Ich bin nur bereit, über wichtige Dinge zu reden — beispielsweise über gerechten Lohn für Schwer- und Facharbeiter, über die Beseitigung der Straßenkriminalität und über ein Fahrverbot für Kraftfahrzeuge in Manhattan. Ich möchte über große Dinge sprechen, über die Geschichte unserer Stadt und über ihre Zukunft, über größere und kleinere Tyranneien, die es zu beseitigen gilt, und über die Liebe, die ich für diese Stadt empfinde, in der ich geboren und aufgewachsen bin. Was kümmern mich Mülltonnen? Mein Interesse gilt den Brücken, den Flüssen, dem Labyrinth der Straßen, und ich glaube, daß sie alle lebendig sind. Sehen Sie, manchmal würde ich das Rennen am liebsten aufgeben, die Stadt verlassen und mich zurückziehen. Hier ist das Leben hart, denn die Stadt ist für die meisten Menschen zu groß und unüberschaubar. Aber dann besinne ich mich, nehme von meinen eigenen Ambitionen Abstand und überschaue die Stadt als Ganzes. Dies ist für mich jedesmal ungeheuer ermutigend, denn ich gewinne den Eindruck, als brenne die Stadt mit ihrem Feuer alle Dunstschwaden fort, die sie verdunkeln. Sie wirkt auf mich wie ein Tier, das am Flußufer hockt, oder wie eine Skulptur von unfaßbaren Detailreichtum, über der sich ein mit hellen Lichtern und goldenen Sonnen erfülltes Planetarium wölbt. Wenn du hier geboren bist, oder wenn du aus einem fernen Land hierhergekommen bist, oder wenn du die Stadt aus einiger Entfernung betrachtest und siehst, wie sie sich über die Felder und Forsten erhebt, dann weißt du Bescheid. Ob reich oder arm – du weißt, daß das Herz dieser Stadt zu pochen begann, als die erste Axt mit dumpfem Schlag auf den ersten zu fällenden Baum prallte. Seit jener Zeit hat dieses Herz nicht aufgehört zu schlagen, denn die Stadt ist so viel mehr als bloß die Summe aller Ausdünstungen, Lichter und Steine, aus denen sie sich zusammensetzt.« In Praegers Stimme lag jetzt so viel Gefühl, daß sich sogar sein Gegner dem Rhythmus seiner Worte nicht mehr zu entziehen vermochte. »Diese Stadt ist nicht weniger Gegenstand göttlicher Liebe als das Leben selbst oder das lichtdurchflutete Universum in all seiner Präzision und Vollkommenheit. Sie *lebt*, und mit ein wenig Geduld kann jeder sehen, daß sie trotz ihrer Anarchie, Häßlichkeit und Feuersglut letztlich gerecht und gut ist. Mein Gott, wie ich sie liebe, wie sehr ich sie liebe! Vergebt mir!« Praegers Rede war zu Ende. Er senkte den Kopf und schlug die Hände vors Gesicht.

Der Bürgermeister wagte nicht, das Schweigen zu brechen, das sich in dieser grandiosen, kalten Nacht über die in den silbrigen Schein von Flutlichtern gebadete Menschenmenge gesenkt hatte. Mit offenem Mund stand er da und mußte nun befürchten, daß sein Herausforderer, der alle Anzeichen einer tiefen Gemütsbewegung erkennen ließ, den Sieg davontragen würde. Dieser Mann hatte die Seele der Stadt erblickt und war von einer überwältigenden Liebe zu ihr ergriffen worden. Und nicht nur die Bürger der Stadt waren gefesselt und verzaubert – nein, als Praeger aufschaute, gab die Stadt selbst ihm zu verstehen, daß sie seinen Appell verstanden hatte, und sie umfing ihn funkelnd wie ein Diamant.

Der weisse Hund aus Afghanistan

Peter Lake hatte das Gefühl, daß die heilenden Kräfte der Zeit endlich die Verwirrung seines Geistes besiegt hatten, und daß er allmählich lernte, im Einklang mit den anderen Menschen zu leben. Nachdem der Mann, für den er in Five Points seine zwölf Stimmen abgegeben hatte, mit riesigem Vorsprung die Wahl gewonnen hatte, fühlte er sich sogar wie jemand, der bei der Verteilung der Macht ein Wörtchen mitzusprechen hat. Am Wahlabend war er jedenfalls über alle Maßen mit sich zufrieden, und es fiel ihm leicht, das knospende Selbstwertgefühl noch zu verstärken, indem er bei *Fippo's*, dem besten Herrenausstatter von New York, ein paar feine Sachen erstand, die ihn nicht nur respektierlich, sondern sogar ausgesprochen gut aussehen ließen. Ein Haarschnitt, eine gründliche Rasur und das sorgfältige Stutzen des Schnäuzers förderten ein Gesicht zutage, von dem in den Zeiten des Wahns fast nur die schimmernden, verdrehten Augen zu sehen gewesen waren. Sein Gesicht war gealtert und hatte etwas von der Beherrschtheit eines Veteranen, der nicht gerne über den Krieg spricht, aber es war auch das Gesicht eines Familienvaters, eines guten Bürgers oder eines Geschäftsmannes mit dem Kopf eines Senators, dessen Ambitionen schon seit langem erkaltet waren – väterlich, verständnisvoll, ein Liebhaber guter Musik und der Dichtkunst, der, wie alle Männer seines Schlages, in seiner Seele ein großes, unergründliches Geheimnis bewahrte.

Am meisten betroffen machte ihn die Tatsache, daß sein Gesicht so freundlich aussah. Wie habe ich jemals die Zeit und Gelegenheit gefunden, ein freundlicher Mensch zu werden, fragte er sich. Er kam gar nicht auf den Gedanken, diese Eigenschaft mit Ereignissen der jüngsten Vergangenheit, etwa dem schußgleichen Flug durch viele Kellerwände hindurch, in Verbindung zu bringen. Allerdings zerbrach er sich darüber auch nicht allzusehr den Kopf, sondern begann sehr bald, die ihm so ungewohnte neue Sanftheit in vollen Zügen auszukosten.

Zuallererst suchte er sich eine anständige Bleibe. Sein Lohn hatte sich zu einem hübschen Betrag angesammelt, so daß er sich ein bequemes Domizil leisten konnte. Er entschied sich für ein kleines Zimmer in einem alten Haus in Chelsea. Dort schien die Zeit stehengeblieben zu sein. Abends, wenn Peter von der Arbeit heimkam, fühlte er sich jedesmal, als sei er auf einen Bauernhof zurückgekehrt. Die Verzierungen aus Holz und Stuck an Kamin und Zimmerdecke, die die unerschütterliche Ruhe und Geduld besessen hatten, einhundertfünfzig Jahre lang am selben Platz auszuharren, waren ihm ein großer Trost. Abends saß er oft vor dem Feuer im Schaukelstuhl und lauschte dem Ticken der alten Uhr im Korridor, die, wie alle alten Uhren, beständig *Nord-Dakota-Süd-Dakota-Nord-Dakota-Süd-Dakota* vor sich hinzumurmeln schien.

Peter Lake entdeckte in dieser Zeit eine merkwürdige Empfindsamkeit an sich, für die er keine Erklärung fand: Sobald draußen auf der Straße der Hufschlag eines Pferdes erklang, schossen ihm Tränen in die Augen. Frühmorgens, wenn er noch im Bett lag, konnte es sogar passieren, daß er im Halbschlaf das klackernde Stakkato von hochhackigen Frauenschuhen, deren Trägerinnen zur Arbeit eilten, für den Hufschlag von Milchgäulen hielt. Vielleicht, so sagte er sich voller Hoffnung, ist das alles, was man braucht: eine Uhr, die *Nord-Dakota-Süd-Dakota* sagt, ein altmodisches Zimmer, ein Kaminfeuer, Schatten, ab und zu ein Pferd und einen Anzug, dessen Schnitt einen Anflug von *Edwardian style* hat. Vielleicht wird mir vergeben, daß ich mich nicht an das erinnere, woran ich mich beim besten Willen nicht erinnern kann. Vielleicht war jene Zeit wirklich verloren, und vielleicht werde ich, wie so viele andere, die vorwärts- oder zurückgeschleudert worden sind, nachgeben, mich anpassen und ein ruhiger Bürger mit schwachen, unerklärlichen Erinnerungen werden.

Der Weg dorthin war leicht. Die kleinen Freuden des Alltags schenkten ihm ein Gefühl tiefer Zufriedenheit — und zwar nicht nur die geschwätzige Uhr, sondern auch der feine Klang des Klaviers, der in seiner Einbildung durch den Fußboden hindurch aus der Wohnung eines unter ihm wohnenden jungen Musikers zu ihm drang, in Wirklichkeit aber, wie Peter durchaus bewußt war, aus ihm selbst kam. Wie dem auch war — auf jeden Fall war die Musik schön, und er stellte sie nicht in Frage. Er mußte ruhen, überleben. Und wie schön war es, zu überleben! Da er gern allein war, nahm er seine Mahlzeiten nicht bei der *Sun* ein, sondern aß in einem Restaurant namens *French Mill*. Dort brachte ihm der Kellner jedesmal eine Schiefertafel, auf der rund zehn verschiedene Gerichte verzeichnet waren. Peter sagte, was er wollte, und es wurde ihm ohne viel Aufhebens serviert. Das Essen war stets außerordentlich gut und billig und wurde von einem Glas fruchtigen Weines begleitet. Jeden Abend nach dem Essen begab sich Peter in eine öffentliche Badeanstalt, nicht ohne sich zuvor sorgfältig rasieren und seinen Bart stutzen zu lassen. Er schloß seine Sachen in einen Spind und nahm in einer der hundert, mit Marmor gefliesten Kabinen eine Hochdruckdusche. Danach kamen in wechselnder Folge das Dampfbad, der Eiswasserkübel, die Sauna, der Whirlpool und wieder die Dusche an die Reihe, bis er schließlich etwas benommen und sauber wie eine Babyperle ins Freie trat. Er freute sich nun auf ein oder zwei ruhige Stündchen im Schaukelstuhl vor dem Kamin, und dann auf die Nacht, die er zwischen einem sauberen Laken und einem riesigen Federbett zu verbringen pflegte.

Das Einschlafen bereitete ihm keine Schwierigkeiten. Zum einen ging er jeden Tag die zehn Meilen zur *Sun* und zurück zu Fuß, und zum anderen gehörte er nicht zu jenen Mechanikermeistern, die schwere Arbeit auf ihre schlaksigen Lehrlinge abwälzen. Wenn ein schweres Maschinenteil, ein Kolben oder eine Walze bewegt werden mußte, dann legte sich Peter Lake genauso hart ins Zeug wie alle anderen.

Die körperliche Arbeit, die gute Luft auf seinen langen Spaziergängen, das frische Gemüse und das magere Fleisch in der *French Mill*, das tägliche Gläschen Wein, die Bäder und das allabendlich frisch bezogene Bett kräftigten ihn und hielten ihn gesund. Doch nie hätte sein Körper die Zerrüttung überwinden können, hätten sich nicht Geist und Seele auf so wundersame Weise erholt.

Peter Lake selbst schob diese erfreuliche Entwicklung ausschließlich auf die Waldesstille seines alten Zimmers, auf das Ticken der Uhr, die leise Beredsamkeit des Feuers, die vielen Stunden der Einsamkeit und auf die Ruhe, die in ihn eingezogen war, nachdem er während jenes unbeschreiblichen Traums durch alle Gräber dieser Welt gewirbelt war. Er versuchte, jeden Gedanken daran zu verdrängen, denn nichts war der neuen Heiterkeit und Gelassenheit seines Lebens in Chelsea abträglicher als die schreckliche Wahrheit: Er, Peter Lake, ein Meister der Maschinen und ein Bürger, der sich einbildete, endlich Ruhe und Frieden gefunden zu haben — er war in Wirklichkeit ein lebendes Totenregister. Er konnte sie trotz ihrer unüberschaubaren Menge aufzählen, jeden einzelnen, einen nach dem anderen, ohne Ausnahme.

☆

Eines Abends saß Peter Lake wieder einmal ganz für sich in der *French Mill* und wartete auf ein kleines Steak mit besonders dünn geschnittenen Pommes frites, Salat und einem Glas Wein vom Fuß des Brenners. Wie es manchmal vor, nie jedoch nach der Wintersonnenwende geschieht, erzeugte das Dunkeln des frühen Abends eine fröhliche, verheißungsvolle Stimmung, und Peter Lake empfand die Lichter entlang der Hudson Street wie brennende Kerzen an einem Weihnachtsbaum.

Er lehnte sich zurück an die Wand und beobachtete die Menschen, die durch den ungewöhnlich kalten Novemberwind eilten. Bombardiert von Eiskristallen, den Vorboten eines Blizzards, strebte ein Zugführer der U-Bahn der Wärme des Tunnels entgegen. Eine teuer gekleidete Frau, die sich, ihrer Aufmachung nach zu schließen, nur selten aus den Regionen an der oberen East Side hervorwagte, kam vorbei, das Gesicht zu einer schmerzhaften Grimasse verzogen. Wie schamlos vom Frost, sich einfach unter ihre Pelze zu schleichen! Beim Anblick ihrer Perlenkette zuckte Peter unwillkürlich zusammen. Er registrierte seine Reaktion aufmerksam, denn es war nicht das erstemal.

Seit er beim Erwachen jene junge rothaarige Ärztin an seinem Bett erblickt hatte, machte er sich erstmals wieder Gedanken über Frauen. Es kam ihm nicht in den Sinn, daß er unter anderem vielleicht nur deshalb auf die Walz gegangen war, um die Frauen zu meiden. Und er konnte sich nicht daran erinnern, was ihn früher an sie gebunden hatte. Er wußte nur, daß er es nicht über sich brachte, blauäugige Frauen und junge Mädchen mit einem bestimmten Gesichtsschnitt anzusehen, jedenfalls nicht direkt. Und nun passierte es auch bei Perlen.

Die Tür des Restaurants ging auf, ließ ein wenig glasigen Schnee hinein und schloß sich wieder. Zuerst dachte Peter Lake, der Wind habe dies bewerkstelligt, doch als er genauer hinschaute, sah er zwei kleine Männer, die auf einen Tisch am entgegengesetzten Ende des Raumes zusteuerten. Beide waren sie höchstens fünf Fuß groß, jeder hatte eine Melone auf dem Kopf, und sie trugen Jacketts, denen man ansah, daß ihnen die Schwalbenschwänze abgeschnitten worden waren. Ihre Augen lagen tief in den Höhlen, die ledrige Haut spannte sich über ihren Backenknochen, und ihre Münder mit den vorstehenden Zähnen wären für Männer doppelter Größe breit genug gewesen. Die Hände der neuen Gäste glichen kleinen, fetten Fleischbällen und hatten die flachen Daumen von Kindern, wirkten jedoch zugleich zart und seltsam wie die Pfoten eines Baumfroschs. Ihre Stimmen paßten insofern zu ihrer Gesamterscheinung, als sie dem leisen, flehenden Zirpen von Männern glichen, die mit weiblichen Holzfällern oder Gefängniswärterinnen verheiratet sind.

Obwohl Peter keine Antipathie, Sympathie oder besondere Neugier empfand, vermochte er dennoch nicht die Augen von den beiden abzuwenden. Sie unterhielten sich nicht, nein, sie tuschelten wie Verschwörer miteinander. Obwohl sie allem Anschein nach wilden Haß füreinander empfanden, standen sie sich offenbar nahe. Im Handumdrehen waren sie in einen heftigen Streit verwickelt, und je mehr sie sich erhitzten, desto eifriger hüpften sie auf ihren Stühlen herum, und desto hektischer und lauter wurden ihre seltsamen Stimmchen.

Ein Kellner kam und servierte Peter Lakes Essen. Mit einer Kopfbewegung wies er auf die keifenden Gnome und drehte die Augen himmelwärts, als wollte er sagen: *La Madonna!* (Alle

Kellner der *French Mill* waren natürlich Italiener aus der Brenta.)

Peter Lake begann zu essen. So gut es ging, versuchte er die beiden kleinen Männer zu ignorieren. Aber er kam nicht umhin, ein paar besonders laute Worte aufzuschnappen. Gern hätte er sein Steak in Ruhe und mit Genuß verspeist, doch plötzlich blieb ihm ein Bissen fast im Hals stecken.

Das Gespräch der beiden hatte ungefähr so geklungen: »Tuscheltuscheltuscheltuscheltuscheltuschel . . . *der weiße Hund aus Afghanistan* . . . tuscheltuscheltuscheltuschel . . .«

Der weiße Hund aus Afghanistan — wie ein Angelhaken krallten sich diese Worte in Peter Lake.

Eilig verließ er das Lokal und ging schnellen Schrittes quer durch Chelsea in Richtung Stadtmitte. *Der weiße Hund aus Afghanistan* — er wußte nicht, was diese Worte bedeuten mochten, fühlte sich aber stark von ihnen bewegt und fürchtete, sie könnten sein neu gewonnenes inneres Gleichgewicht zerstören. »Verdammter Mist!« schimpfte er. Seine Beine schienen sich selbständig gemacht zu haben. Er wußte nicht, warum er so durch die Gegend lief, aber er spürte, daß alles in die Brüche gehen würde, falls er jetzt in sein Zimmer zurückkehrte.

»Ticke nur, liebe Uhr! Ticke nur, liebe Uhr!« sang er vor sich hin wie in den Zeiten geistiger Verwirrung. Und als er sich den hell erleuchteten, geschäftigen Einkaufsstraßen näherte, mußte er feststellen, daß die Menschen trotz seines gepflegten Aussehens und seiner feinen Kleidung wie früher einen weiten Bogen um ihn machten.

»Nein!« schrie er und verschaffte sich damit ohne es zu wollen den Luxus, daß die Menschen vor ihm beiseitetraten und eine Gasse bildeten. »Hört auf! Hört auf! Hört auf!« Und dann, ganz leise: »Hört auf!« Er zügelte seine ungestümen Schritte und sagte zu sich selbst: »Ich werde einen Hund kaufen, einen weißen Hund, und ich werde ihn mit nach Hause nehmen. Er wird mir gute Gesellschaft leisten. Ich habe Hunde immer gemocht. Ehrlich gesagt, ich weiß nicht, ob das stimmt, aber ich kaufe trotzdem einen, einen weißen Hund, einen weißen Hund aus Afghanistan. Es muß sein. Bestimmt sehne ich mich nach einem Hund.« Er räusperte sich. »Arrr! Das ist es! Ein Hund, ein weißer Hund!« Schon steuerte er auf die Gegend zu, wo sich die großen Kaufhäuser befanden.

Wohin der Blick fiel – überall konnte man alles kaufen, weil es alles gab. Kaufhäuser mit einer Grundfläche von einer halben Quadratmeile und hundert Stockwerke hoch waren an den Avenuen aufgereiht wie Dominosteine. In der Stadt der Armen sah man diese Tempel des Materialismus über den fernen Fluß hinweg. Ihre Leuchtreklamen blinkten nachts wie Signale, und tagsüber blitzten die schmalen Fassaden im Sonnenschein wie aufgepflanzte Bajonette. Niemand in der Stadt der Armen wußte, was es mit diesen Gebäuden auf sich hatte.

Peter Lake fand eine Tierhandlung und fragte nach einem weißen Hund.

»Darf es vielleicht ein hübscher *Shar Mein* sein?« erkundigte sich der Verkäufer.

»Danke, ich habe schon gegessen«, antwortete Peter.

»Ein Shar Mein ist ein sehr feiner weißer Hund, Sir.«

»Wirklich? Dann wollen wir uns ihn mal anschauen!«

Der Verkäufer verschwand und kehrte mit einem Hund unter dem Arm zurück.

»Um Gottes willen!« sagte Peter mit einem Blick auf das Hündchen. »Ich will doch keinen Mops! Wo sind überhaupt seine Augen? Der ist etwas für eine alte Dame, die nicht weiß, was ein Hund ist. Bringen Sie mir ja keinen, der nicht über einen Sägebock springen kann!«

»Wie wär's dann mit Ariadne?« sagte der Verkäufer und zeigte auf eine schöne, schneeweiße Bernhardinerin.

»Ja, das ist ein netter Hund«, antwortete Peter Lake. Er tätschelte ihren dicken Kopf. »Guter Hund, guter Hund«, sagte er.

»Es gibt keinen schöneren«, fügte der Verkäufer hinzu.

»Sie ist wirklich schön«, meinte Peter, »aber ich fürchte, sie ist nicht groß genug.«

»Nicht groß genug?«

»Nein. Ich suche einen . . . einen ziemlich großen weißen Hund«, antwortete Peter. »Gewissermaßen einen Hund im Heldenformat.«

»Dann müssen Sie wohl zu *Ponmoy's* gehen«, riet ihm der Verkäufer. »Die sind dort auf große Hunde spezialisiert.«

Bis zu *Ponmoy's* war es nicht weit. Dort gab es große Hunde, wohin man blickte. Sie zerrten an dicken Ketten aus rostfreiem Stahl, bellten wie tollwütige Köter in einer Vollmondnacht oder dösten zu Dutzenden mit hängenden Lefzen vor sich hin. Bedienstete warfen ihnen zwanzigpfündige Büffelsteaks vor oder trimmten ihr Fell mit Heckenscheren.

»Ich suche nach einem großen weißen Hund«, sagte Peter Lake zu Mr. Ponmoy, der ihn persönlich bediente.

»*Groß* sagen Sie?« fragte Ponmoy. »Wie wär's mit dem hier?«

Er zeigte seinem Kunden einen fünf Fuß hohen Mastiff. Peter umrundete das Tier mehrere Male, dann schüttelte er den Kopf.

»Ehrlich gesagt, ich hatte einen noch größeren Hund im Sinn.«

»Noch größer? Dies ist der größte, den wir haben. Er wiegt zweihundertfünfzig Pfund! Einen größeren werden Sie nirgends auftreiben.«

»Meinen Sie? Irgendwie verspüre ich den Wunsch nach einem *wirklich* großen weißen Hund.«

»Was Sie suchen, ist kein Hund«, sagte Ponmoy. »Sie suchen ein Pferd!«

Peter blieb wie angewurzelt stehen. »Ja!« sagte er, über die Maßen erfreut, glücklich und zufrieden. »Zu Hause hätte ich zwar für ein Pferd keinen Platz, aber es gibt in der Nähe einen Stall, und reiten könnte ich im Park. Ein Pferd . . .«

☆

Hatte das Bücherregal in Peter Lakes Zimmer bisher nur zur Aufbewahrung von sorgfältig bearbeiteten Werkstücken oder Maschinenteilen gedient, mit denen er sich näher befassen wollte, so füllte es sich nun rasch mit einem runden Hundert Pferdebücher. Natürlich befanden sich darunter Standardwerke wie *Care and Feeding of the Horse* von Robert S. Kahn, *Equine Anatomy* von Burchfield und Turners *Dressage*. Aber Peter hatte die Buchläden fast ebenso sorgfältig durchgekämmt wie all die vielen Gräber bei seinem »Rundflug« und neben einer ansehnlichen Kollektion zweit- und drittklassiger Sachbücher auch ein Prunkstück von vierzig Pfund Gewicht aus Velinpapier mit Seideneinband und Goldprägung erworben. Es hatte ihn einen ganzen Wochenlohn gekostet und hieß: *Bilder von großen weißen Pferden.*

Bis spät in die Nacht hinein saß Peter nun an vielen Abenden über diesem Buch. Aufs höchste gespannt und konzentriert, betrachtete er Seite um Seite, stets darum bemüht, herauszufinden, ob ihn mit einem der dargestellten Tiere etwas Besonderes verband und warum es ihn so drängte, diese Bilder so genau zu inspizieren. Stundenlang starrte er weiße Schönheiten aus der Camargue an, die auf der Hinterhand standen, oder englische Paradepferde in Scharlach und Silber. Dies verschaffte ihm eine rätselhafte Befriedigung. Peter Lakes Nachbarn waren weniger zufrieden. Verständlicherweise, denn manchmal erwachten sie mitten in der Nacht, wenn dieser sonst so respektierliche Gentleman wiehernd in seiner winzigen Behausung herumgaloppierte. Nicht, daß er sich für ein Pferd hielt; nein, er versuchte lediglich zu verstehen, warum er sich so machtvoll zu Pferden hingezogen fühlte. Mit ausgestreckten Armen imitierte er die Haltung der Vorderläufe eines Pferdes in vollem Galopp, wie es auf einem Foto abgebildet war. Aber es gelang ihm nicht im entferntesten, die Anmut des perfekt ausbalancierten Bewegungsablaufs nachzuahmen. Peter besaß das Bild eines Feuerwehrgauls, der, obwohl er vor ein Löschfahrzeug gespannt war, ein solches Tempo vorgelegt hatte, daß im Moment der Aufnahme keiner seiner Hufe den Boden berührte. Den Kopf hielt er in die Höhe gereckt, als wehrte er sich dagegen, in einer scharfen Kurve von der Fliehkraft des schleudernden Fuhrwerks aus der Bahn gerissen zu werden. Von diesem Foto war Peter geradezu besessen. Er drehte es seitwärts und stellte es auf den Kopf, ja er untersuchte es sogar mit einem Vergrößerungsglas, das er von der Arbeit mitgebracht hatte. Es hatte eine besondere Bewandtnis mit der Art, wie dieses Pferd dicht über dem Boden in der Luft schwebte. Peter brauchte nur die Augen zu schließen, und schon flog auch er. Festen Boden unter den Füßen zu haben oder einige Fuß hoch darüber zu schweben — das war ein Unterschied, der nicht zu gering eingeschätzt werden durfte. Wenn es einem Menschen nur gelang, mühelos, entspannt und mit schlaffen Gliedmaßen ein paar Zollbreit über dem Erdboden zu schweben, dann kam dies einer Reise in so weite Fernen gleich, wie sie sich noch nie jemand vorzustellen vermocht hatte. Peter Lake fragte sich, ob Engel überhaupt noch wußten, was es bedeutete, auf festem Grund zu stehen, nachdem sie lange Zeit in jenem reinen Schwebezustand verharrt hatten. Vielleicht kann man auf diese Weise die Künstler erkennen, die im Dienst eines Höheren arbeiten, sagte er sich. Mag sein, daß es nicht nur auf die Tiefe in den Augen der Engel, sondern auch auf die Gelöstheit der Gliedmaßen ankommt. Er hatte ja selbst einmal dieses Schweben erlebt, bei *Petipas*, als das kleine Kind über das Steinpflaster des Innenhofes auf ihn zugeeilt war, viel schwereloser und fließender, als es die Gesetze der Physik eigentlich erlaubt hätten.

Aber das hätte genausogut eines jener Dinge sein können, die ihm seine Phantasie vorspiegelte, eines der vielen Dinge, die so schwer auf ihm lasteten wie sein schreckliches Wissen um die Toten. Nie wäre er in der Lage gewesen, solche Sinnestäuschungen zu erklären, kannte er sich doch nicht einmal selbst. Auch von den Pferden ging dasselbe unergründliche Mysterium aus, das ihn zu so manchen Dingen hinzog, aber zugleich hatten sie die Wirklichkeit von Wesen aus Fleisch und Blut. Mochte ihn etwas an sie fesseln, das aus einer *anderen* Welt stammte, so ging er doch bereitwillig darauf ein, denn immerhin zogen sie Müllfuhrwerke oder beförderten Touristen auf Rundfahrten durch den Park. Im übrigen war es natürlich leicht, Pferde zu lieben, weil sie so außerordentlich schön und sanft sind.

So betrachtete Peter Lake denn unverwandt die Bilder von weißen Pferden, ohne zu ahnen, warum. Seine Liebe zu einem dieser Pferde, von dem er nicht wußte, ob er es überhaupt jemals gesehen hatte, erweckte in ihm Gefühle, für die er keine Erklärung hatte. Bald schon gab es in der ganzen Stadt keinen Stall, den er nicht in- und auswendig kannte. Wenn Pferde versteigert oder öffentlich ausgestellt wurden, war Peter Lake zur Stelle. Oft saß er auf einem großen Stein neben dem am häufigsten benutzten Reitweg im Central Park. Wäre er noch mit verwirrtem Geist durch die Stadt geirrt, dann hätte er von alledem nichts verstanden. Doch nun war Friede in ihm eingekehrt, und allmählich kam er auf die richtige Spur. Dabei halfen ihm eher gewisse Grundzüge des eigenen Verhaltens als die klare Erkenntnis seiner Wünsche. Nach einiger Zeit hatte er begriffen, daß er nach einem besonderen Pferd suchte, aber er machte sich keine Hoffnung, es jemals zu finden, denn er wußte weder, warum er suchte, noch *was* er suchte. Außerdem waren große weiße Pferde keine Seltenheit.

Doch je mehr er in sich herumstöberte, desto schärfer wurden seine Sinne. In dem Maß, wie seine Wunden verheilten und er neue Kraft schöpfte, erholten sich auch seine natürlichen Fähigkeiten. Wäre es nicht so gewesen, dann hätte er Christiana niemals bemerkt.

Dabei war sie alles andere als unauffällig. Sie gehörte zu jener Art von Frauen, bei denen man . . . nun, wir wissen ja, wie sie aussah. Seltsamerweise fühlte sich Peter in ihrer Gegenwart, ganz im Gegensatz zu anderen Männern, sehr wohl, und das lag vielleicht daran, daß sie keine jener äußeren Attribute hatte, die ihn augenblicklich in Bann schlugen, beispielsweise blaue Augen, die Gewohnheit, Perlenschmuck zu tragen und eines jener Gesichter, das er nicht ohne Schmerz und Sehnsucht anzublicken vermochte. Christiana war ihm schon bald aufgefallen. Mehrmals waren sie sich beim Betreten oder Verlassen eines Stalles begegnet. Er sah, wie sie morgens vor Beginn des Arbeitstages in Red Hook die Karrengäule musterte. (Die meisten von ihnen waren Shetlandponys, die Fuhrwerke mit Blumen zogen oder für Geburtstagsfeiern ausgeliehen wurden, aber gelegentlich war auch ein großer Schimmel darunter, manchmal sogar ein Hengst.) Peter verbeugte sich leicht vor Christiana, wenn er sie bei einer dieser Besichtigungen traf. So wußte sie, daß er sie wiedererkannt hatte. Es entging ihm nicht, daß sie und er bei Versteigerungen die einzigen Besucher waren, die niemals ein Gebot machten.

Als sie schließlich ins Gespräch kamen, stellten sie verblüfft fest, daß nicht nur das Interesse an Pferden sie miteinander verband (sie wagten es nicht, sich gegenseitig ihre Obsession einzugestehen, denn sie konnten ja nicht ahnen, daß es dieselbe war), sondern daß sie beide bei der *Sun* arbeiteten. Peter Lake erzählte ihr, daß er bei der Zeitung als Chefmechaniker tätig war, worauf sie erwiderte:

»Dann sind Sie wohl dieser Mr. Überbringer?«

»Ja. Woher wissen Sie das?«

Sie wußte es von ihrem Mann. Und wer war der? Er war der Mann, der die Barkasse der *Sun* steuerte. Ihre Verbindung zur *Sun*, und damit indirekt auch zu Peter Lake, war sogar noch enger, denn sie arbeitete als Dienstmädchen in Harry Penns Haus. Oft las sie dem alten Herrn etwas vor, wenn Jessica auf Tournee war oder — etwa während Praeger de Pintos Wahlkampf — an öffentlichen Veranstaltungen teilnahm.

»Ich bin Praeger einmal begegnet«, sagte Peter Lake. »Ich habe zwölfmal für ihn meine Stimme abgegeben, und ich kenne auch Ihren Mann. Ab und zu gibt er mir ein paar Fische. Einmal nahm ich einen, es war ein Blaufisch, mit zur *French Mill* und ließ ihn in Kräuterbutter braten. Die anderen Mechaniker freuen sich immer auf Asburys Besuche, egal ob er Fisch mitbringt oder nicht. Niemand hört mit größerer Geduld zu, wenn wir ihm unsere Maschinen erklären. Er will über jede einzelne von ihnen genau Bescheid wissen.«

»Seit einiger Zeit hat er nicht viel zu tun«, erzählte Christiana. »Der Hafen ist zugefroren, und das Boot wird gerade überholt, weil es in letzter Zeit immer wieder Probleme mit der Maschine gab. Es ist ein altes Modell, und er weiß nicht so recht, wie er ihn wieder hinkriegen könnte.«

»Warum hat er mich nicht gefragt?«

»Weil er Sie wahrscheinlich nicht stören wollte.«

»Mich stören? Ich liebe Maschinen. Geben Sie mir Bescheid, wenn er das nächste Mal zum Slip geht.«

»Sie können ihn dort jeden Tag finden.«

»Dann gehe ich morgen hin und schaue, was ich tun kann.«

Als Christiana gegangen war, fühlte sich Peter Lake leicht benommen. Es sah so aus, als hätte er in ihr einen Freund gewonnen, und einen Freund zu haben bedeutete Glück, und zuviel Glück mochte ihn dazu verleiten seinen Kampf aufzugeben. Aber warum nicht Asburys Motor reparieren? Das konnte ihm bestimmt nicht schaden. Immerhin war der Motor Eigentum der *Sun*. Und Maschinen der *Sun* zu reparieren, das war sein Lebensinhalt.

Abysmillard Redux

Irgendwann im November fingen ein paar große Konzerne plötzlich an, wie verrückt Kirchen aufzukaufen. Und da Craig Binky sich nie gern als Außenseiter vorkam, erwarb er von den Baptisten an der oberen West Side ein halbes Dutzend Gotteshäuser. Trotzdem war er deprimiert, denn nach den gängigen Spielregeln war dies eine recht schwache Leistung. Marcel Aphand hatte immerhin im Stadtzentrum drei Episkopalkirchen und in Astoria eine griechisch-orthodoxe ergattert. Und Crawford Bees war es sogar gelungen, sechzig Synagogen an sich zu bringen!

Craig Binky hatte es als fürchterliche Kränkung aufgefaßt, daß Praeger de Pinto sich mitten im Wahlkampf gegen ihn stellte, und als Praeger die Wahlen sogar gewann, hatte er mit wütender Enttäuschung reagiert. Seiner Meinung nach schuldete man ihm zumindest irgendeine Information über das Schiff, das im Hudson vor Anker lag, aber der neugewählte Bürgermeister hüllte sich in hartnäckiges Schweigen. Er ließ lediglich verlautbaren, daß er das »Projekt« im Dezember öffentlich bekanntgeben würde; Craig Binky würde also zur gleichen Zeit wie alle anderen Bewohner der Stadt davon erfahren.

»Aber ich bin eine *Zeitung*!« schäumte Craig Binky. »Ich verliere mein Gesicht, wenn ich davon nichts weiß. Ich habe Sie unterstützt, und jetzt verlangen Sie von mir, daß ich ohne Schleppseil Wasserski laufe.«

Craig Binky war schon längst wieder in seinem Büro, als ihm aufging, daß er so gut wie nichts von Praeger erfahren hatte. »Ich bin der einzige in dieser Stadt, der nie nichts weiß.« (Er sagte häufig »nie nichts« anstelle von nichts.) »Aber das werde ich ändern!«

Er wandte sich an die Unterwelt und erfuhr für hunderttausend Dollar, daß Jackson Mead die Hauptfigur in dieser Angelegenheit war. Für jeweils weitere fünfzigtausend Dollar brachte er auch die Namen von Reverend Mootfowl und Mr. Cecil Wooley in Erfahrung. Anläßlich eines der vielen herbstlichen Bankette, die in Verlegerkreisen üblich waren, konnte sich Harry Penn, dem nicht nur Gerüchte über diese Transaktion zu Ohren gekommen waren, sondern der auch gehört hatte, Craig Binky sei der Meinung, er wisse nun mehr als jeder andere, mit einem Blick davon überzeugen, daß es mit diesen Gerüchten seine Richtigkeit hatte. Craig Binky plusterte sich auf wie eine freilaufende Gluckhenne aus Cornwall. (So hätte es Craig Binky wohl selbst ausgedrückt.) Er war so zufrieden mit sich selbst, daß er sogar im Sitzen protzte. Nachdem er eine Ansprache gehalten hatte, die eigentlich eine Lobrede auf den Kolumnisten E. Owen Lemur hätte werden sollen, die aber folgendermaßen klang: »Er mochte mich schon immer. Er fand mich einfach großartig. Einmal sagte er, ich würde eines Tages bestimmt . . .« — nach dieser Ansprache konnte Craig Binky einfach nicht der Versuchung widerstehen, sich noch einmal zu erheben und laut zu verkünden: »Ich kenne jetzt die Namen der Leute, die an Bord des Schiffes sind! Ahem!« Dann setzte er sich wieder.

Harry Penn lehnte sich zu ihm hin und flüsterte in sein Ohr: »Sie meinen wohl Jackson Mead, Reverend Mootfowl und Mr. Cecil Wooley? Craig, das wissen bei euch sogar die Laufburschen! Um das herauszufinden, hätten Sie einem Kerl wie Sol Fappiano nicht hunderttausend Dollar zahlen müssen.«

»Aber woher hat *der* die Namen?« fragte Craig Binky, dessen Gesicht plötzlich weißer als Puderzucker war.

»Aus der *Sun*«, schwindelte Harry Penn. »Leute wie er lesen immer die *Sun*. Ich dachte, Sie wüßten das.«

Um sein Gesicht und seine Position zu wahren, beschloß Craig Binky, jedes Opfer zu erbringen und jeden Preis zu zahlen, um herauszufinden, was hier tatsächlich vorging. Es galt, seine Ehre wiederherzustellen. Er beschloß, einen Computer zu befragen.

Er ließ eine seiner Reiselimousinen mit Winterreifen ausstatten und fuhr quer durch Connecticut, bis er zu einer Stelle kam, wo auf einem Sandsteinfelsen hoch über einem friedlichen Tal ein massiges Gebäude von kriegerischem Aussehen thronte. Es war ein Terminal des »Nationalen Computers« in Washington. Die meiste Zeit war dieser Silikon-Behemoth mit Dingen ausgelastet, aus denen niemand klug wurde, aber gelegentlich arbeitete er auch ein paar Minuten lang für private Kunden.

»Ist er das?« fragte Craig Binky den Direktor der Anlage, nachdem sie einen Raum betreten hatten, der das Ausmaß von zweihundert großen Scheunen hatte. Die Wände waren bis unter die hohe Decke von reihenweise angeordneten elektronischen Grabnischen ausgefüllt.

»Das?« fragte der Direktor zurück. »Nein, natürlich nicht. Dies ist nur ein Terminal. Hier werden die in normaler Sprache verfaßten Texte unserer Kunden in die spezifischen Algorithmen übersetzt, die der Großcomputer in Washington verstehen kann.«

»Soll das heißen, daß der Computer in Washington noch größer ist?«

»Durchaus nicht. Er ist nur so groß wie ein Haus, aber in seinem Kern herrscht immer eine Temperatur nahe dem absoluten Nullpunkt. Ein einziger seiner RAM-Speicher von der Größe eines Sandkorns hat die Leistung eines der zimmergroßen Modelle, wie es sie um 1990 gab. Der Computer ist eine Art Gehirn, und seine Terminals stellen gewissermaßen die Sinnesorgane dar, die über den ganzen Körper verteilt sind. Analog zu Ihrem eigenen Gehirn, das nur die Größe eines – «

»– Basketballs hat«, fielen ihm Alertu und Scroutu ins Wort.

»Also gut, eines Basketballs. Es ist jedenfalls viel kleiner als der eigentliche Körper, aber bei weitem klüger.«

»Kommen wir zur Sache«, sagte Craig Binky ungeduldig.

»Haben Sie Ihre eigenen Chips mitgebracht?«

»Was für Chips? Ich will doch nur eine einzige Frage stellen!«

»Nur eine Frage?«

»Ja. Warum nicht?«

»Die Grundgebühr beträgt eine Million Dollar.«

»Das ist mir die Sache wert.«

»Meinetwegen. Die Entscheidung liegt bei Ihnen. Wie lautet die Frage?«

»*Wer ist Jackson Mead?*«

»Wie gesagt: Allein der Zugang zum Zentralcomputer kostet Sie eine Million.«

»Herrgott, nun machen Sie schon!«

Ein Operator trat vor eine Tastatur des Terminals und tippte eine Serie von Codes und Orders. Als er damit fertig war, schrieb er wie auf einer Schreibmaschine die Worte: *Wer ist Jackson Mead?*

Sekunden später erschien auf dem roten Rubidium-Bildschirm blitzschnell die Antwort: *Ich weiß es nicht.*

»Was soll das heißen – *ich weiß es nicht?*« schimpfte Craig Binky. »Lassen Sie mich selbst mit ihm reden!«

»Das ist nur möglich, wenn wir auf direkte Sprechverbindung schalten.«

»Dann lassen Sie mich mit dem verdammten Ding reden!«

»Das halte ich nicht für ratsam.«

»Holen Sie mir den Scheißkerl an den Apparat!« brüllte Craig Binky.

»Okay, fangen Sie an!«

»Nun hör mal gut zu, du Vollidiot!« legte Craig Binky los. »Ich habe eine Million Dollar bezahlt, um dir eine einzige simple Frage zu stellen, und du behauptest, du wüßtest die Antwort nicht.«

»Na und?« schrieb der Computer auf den Bildschirm.

»Aber du weißt doch angeblich alles!«

»Da irren Sie sich gewaltig.«

»Dann bist du ein Pfuscher und Versager! Ich sollte sofort nach Washington fahren und dir so eins auf die Birne geben, daß alle Lichter ausgehen.«

»Wollen Sie mir etwa drohen?« fragte der Computer.

»Allerdings!« erwiderte Craig Binky und sprang mit erhobenen Fäusten von einem Fuß auf den anderen. »Ich drohe dir! Weil du nämlich ein elender Feigling bist.«

Der Computer nahm sich Zeit, dann schrieb er: »Schwachkopf!«

»Sieh du nur zu, wie du zu deinem Geld kommst!« schrie Craig Binky und stürmte aus dem Raum.

Der Computer rief die Registriernummer aller Anlage- und

Vermögenswerte ab, über die Craig Binky verfügte, – fürwahr ein dickes Paket! Craig Binky hatte noch nicht einmal die Türklinke in der Hand, da waren schon eine Zwangsvollstreckung beantragt und genehmigt, ein Urteilspruch gefällt, seine Bankkonten gesperrt, die entsprechenden Gebühren und Bußgelder eingezogen und der ganze Fall als Blitzmeldung an alle Zeitungen des Landes gegangen – den *Ghost* ausgenommen.

»Dieser verdammte Automat!« schimpfte Craig Binky, als er mit Alertu und Scroutu wieder im Auto saß. »Diese lausige Blechkiste!« Aber das änderte nichts daran, daß er noch immer nichts über Jackson Mead herausgefunden hatte, obwohl alle anderen Bescheid wußten. Tag für Tag wurden in der Presse Einzelheiten enthüllt, überall bereitete man sich auf Praeger de Pintos öffentliche Erklärung am 1. Dezember vor. Craig Binkys Frustration hätte nicht größer sein können. Er ahnte nicht, daß sogar Abysmillard Bescheid wußte.

Abysmillard? Jawohl, Abysmillard!

Von allen Kreaturen, die der liebe Gott erschaffen hatte, war Abysmillard die abgründigste. Schon als kleines Kind hatte er sein abweisendes, ungefälliges Wesen unter Beweis gestellt. Je älter er wurde, desto mehr entfalteten sich diese »Abysmillaritäten« zu voller Blüte. Widerstrebend hatten die Sumpfmänner ihn bei sich behalten (der einzige, den sie jemals verstoßen hatten, war Peter Lake, weil er eigentlich nicht zu ihnen gehörte), aber insgeheim hofften sie immer – und manchmal gar nicht so insgeheim –, irgend etwas Schnelles und Wirksames würde Schluß mit ihm machen, beispielsweise ein Indianerüberfall, eine verdorbene Muschel oder ein plötzlicher Sturm, der ihn weitab vom Festland in seinem Kanu aus Moos und Baumrinde überraschte.

Bei seiner Geburt war seine Mutter vor Schreck im Kindbett gestorben. Da ihn keine Sumpffrau stillen wollte, sperrte man ihn zusammen mit einer blinden Ziege in eine Strohhütte. Von ein paar Rülps- und Grunzlauten abgesehen, lernte er nie sprechen, verfügte aber dennoch über die rhetorische Ausdauer eines Senators aus der Provinz, der zu tief ins Glas geschaut hat. Wenn bei den Sumpfleuten Trauer herrschte, überkam Abysmillard gewöhnlich ein Anfall närrischer Ausgelassenheit, und sobald die anderen sich über etwas freuten, schmollte er vor sich hin. Eines seiner Augen schielte nach rechts, während das andere immer an die Decke oder in den Himmel zu starren schien. Wollte er irgend etwas eingehender betrachten, dann mußte er sein zottelhaariges Haupt hin- und herschütteln, wobei es immer wieder vorkam, daß er versehentlich einen Greis oder ein Kind zu Boden schlug. Den stärksten Männern hatte er auf diese Weise das Bewußtsein geraubt und viele Töpfe voll Austernsuppe in den Schmutz gekippt.

Die Sumpfleute waren ohnehin nicht berühmt für häufiges Baden. In punkto Wasserscheu war Abysmillard jedoch bei weitem der Größte, weshalb er allein in einer etwas abseits gelegenen Hütte wohnen mußte. (Und das bei Menschen, die mit Vorliebe lebende Aale verspeisten!) An der Tatsache, daß er immer teuflisch lüstern auf Mädchen war, änderte dies allerdings nichts; seine unerhört grotesken Annäherungsversuche verursachten viel Ärger.

Abysmillards Zähne erinnerten an die Pfähle, die ein in ferne Einöden vorrückendes Expeditionsheer in den Boden rammt, um später den Weg zurück in freundlichere und menschenwürdigere Gegenden zu finden; sie zeigten nämlich in alle möglichen Richtungen. Offene Geschwüre fraßen sich über seinen ganzen Körper und lugten durch sein verfilztes, gutgedüngtes Haar, und manchmal ließ sich auch eines jener Lebewesen blicken, die in seinem Inneren wühlten. Er war mit Abstand der einsamste Mensch: Nicht einmal er selbst konnte seine eigene Präsenz ertragen. So sah man ihn denn oft durch das seichte Wasser galoppieren, wo er laut schreiend und mit den Armen fuchtelnd versuchte, die grauenhafte Hülle abzustreifen, die ihn umschloß und marterte.

Man ging allgemein davon aus, daß Abysmillards Mißbildungen, sein massiger Körperumfang und die ungesunde Hektik seiner Lebensführung ihn bald unter die Erde bringen würden.

Aber während die Sumpfleute allmählich dahinstarben, lebte er weiter und weiter. Seine Stammesgenossen hatten geglaubt, es gäbe nichts, das ihn ans Leben band, aber da täuschten sie sich. Er liebte Schmetterlinge und glaubte insgeheim, daß er irgendwann wie eine Raupe sein monströses Aussehen verlieren und eine lichte, anmutige Gestalt annehmen würde, die jeder liebte. Die Jahre verstrichen, und er wartete unverdrossen auf seine Häutung. Sie war der einzige Lebenszweck, der ihn beseelte, die einzige Hoffnung, die ihm Kraft verlieh. Und sie kräftigte ihn in der Tat derart, daß er sich selbst bei weitem überlebte und sein Alter schließlich sogar jenen einen Schrecken einjagte, bei denen Langlebigkeit eine Alltäglichkeit war. Im Winter kurz vor der Wende zum dritten Jahrtausend hauste er schon seit mehreren Jahrzehnten ganz allein im Sumpfland. In gewisser Hinsicht stellte es eine glückliche Fügung dar, daß die anderen Sumpfmänner nicht mitansehen mußten, was aus ihrer Welt geworden war, und daß der einzige Überlebende von ihrer Art sich sein ganzes Leben lang darin geübt hatte, alles erdenkliche Elend zu überdauern und all seine Hoffnung auf eine ferne Zukunft zu richten.

Harte Zeiten, Epochen des Wohlstands und kriegerische Auseinandersetzungen, kurz: der Verlauf der Geschichte hatten die Entwicklung des Hafens bestimmt und den Bewohnern des Sumpflandes ihre Lebensgrundlage entzogen. In Zeiten wirtschaftlicher Blüte expandierten der Hafen und die Fabriken über Schlamm und Schilf hinweg und verwandelten lebendigen Boden in Ödland, auf dem nicht mehr gedieh als auf nacktem Fels. In den Jahren wirtschaftlichen Niedergangs wurden im Rahmen staatlicher Arbeitsbeschaffungsprogramme ganze Kolonnen ins Sumpfland geschickt, um die Grenzbereiche zwischen Land und Wasser aufzuschütten. Da man dort weder zu Fuß gehen noch Boot fahren konnte, galt diese Gegend als Schandfleck am Körper der Nation. Im Krieg wurde das Neuland mit Werften, Verladebahnhöfen und Lagerhallen bebaut. Neue Verkehrswege, von denen der erste *Pulaski Skyway* hieß, wurden wie Speere durch das Herz des Sumpflandes getrieben. Flugboote und Hubschrauber zerstörten die tiefe Stille und Gelassenheit, die Gewässer waren vergiftet, ölig und schmutzig. Ein halbes Hundert Raffinerien und Chemiewerke ließen das Atmen zur Mutprobe werden. Der Wolkenwall zog sich in die Ferne zurück. Zwar wälzte er sich dann und wann noch heran und schleuderte die eine oder andere verwirrte Seele zu Boden oder schleifte sie auf dem Rückzug hinter sich her; im allgemeinen jedoch zog er es wohl vor, draußen auf hoher See zu bleiben.

Einige der Sumpfmänner waren am Rand des Marschlands von Polizisten erschossen worden, andere wurden in den erweiterten Wasserstraßen von großen Schiffen zerquetscht, und wieder andere fielen den dahinrasenden Motoryachten zum Opfer, die mit plärrender Lautsprechermusik durch die Kanäle flitzten, während sich an Deck öligglänzende Müßiggänger in der Sonne räkelten. Je weiter das Jahrhundert voranschritt und je schneller die Raffinerien ihren Ausstoß vergrößerten, desto häufiger kamen im Sumpfland Kinder mit grotesken Mißbildungen zur Welt. Anders als Abysmillard hatten die meisten von ihnen nicht die Gabe zu überleben. Schließlich kam der Tag, da nur noch Abysmillard, Humpstone John und ein jüngerer Mann namens Boojian übriggeblieben waren. Humpstone John starb an einem Wechselfieber, Boojian wagte sich im Winter zu nah an den Rand des Eises heran und wurde von einer Welle in die kalte See geschwemmt.

Abysmillard versuchte, weiterhin in den Überresten seiner Behausung zu wohnen. Die Hütte zog jedoch Jäger und Fallensteller an, die meinten, sie könnten sie als Unterstand oder als Depot für ihre Beute verwenden. Jedesmal, wenn sie den Hausherrn daheim antrafen, ballerten sie vor lauter Angst und Abscheu auf ihn los; es war für sie eine Art Exorzismus, mit dem sie diese Kreatur, die da in der Finsternis kauerte und ihnen mit den unsäglichen, hohlen Augen der Vergangenheit entgegenstarrte, zu vertreiben gedachten. Zwar trafen sie Abysmillard nie, doch durchlöcherten sie mit ihren Attacken die Wände der Schilfhütte. Aus Angst, ihre Kugeln könnten eines Tages doch noch ihr Ziel finden, zog Abysmillard sich in ein feuchtwarmes Erdloch zurück, in dem einmal Bisamratten gehaust hatten. Inzwischen waren sie längst vor der zunehmenden Ölverseuchung geflohen. Die Höhle war eine Art Grab, aber immerhin hatte sie einen Ausgang.

Alle paar Tage ging Abysmillard auf Nahrungssuche. Er lebte von Schilfsprossen, Schnecken, kleinen Fischen, die er in selbstgeflochtenen Netzen fing, und von Muscheln, so er noch welche fand. Mit ein wenig Glück zog er auch einen Lachs oder einen Hering an Land, obwohl sich solche Fische nur mehr zufällig in den in allen Regenbogenfarben schillernden Schlick verirrten, und gelegentlich erwischte er auch einen Zugvogel, der die Kühnheit besessen hatte, in jener Gegend zu landen. Alles, was er aß, schmeckte so, als wäre es in einer Garage aufgewachsen, aber da er insgesamt nicht viel aß, kam er mit dem Leben davon.

Während seines ganzen bisherigen Daseins war er von riesenhaftem Wuchs gewesen — sieben Fuß groß und dreihundert Pfund schwer. Doch nun, kurz vor der Jahrtausendwende, maß er nur noch fünf Fuß und wog lediglich ein Drittel seines ehemaligen Gewichts. Zwanzig Jahre oder länger lag er in seinem Rattenloch, atmete langsam, starrte blicklos vor sich hin wie ein Fieberkranker — und veränderte sich. Der Wandel, der sich mit ihm vollzog, ging allerdings so langsam vonstatten, daß er selbst nichts davon merkte.

Die Zähne richteten sich allmählich zu einer geraden Reihe aus und wiesen nur mehr in eine einzige Richtung. Auch die beiden Augen lernten geradeaus zu blicken. Was war das für eine Erleichterung, nicht mehr gleichzeitig in zwei verschiedene Richtungen starren zu müssen! Und da er nun räumlich sehen konnte, fühlte sich Abysmillard, der bislang nur völlig flache Bilder gekannt hatte, mehr denn je als Teil dieser Welt. Sein Körper, der von seinen eigenen Reserven zehrte, zeigte bewundernswerte Disziplin, indem er sich nämlich zuerst der größten Übel annahm. Die Blasen, die schwärenden Wunden, die kropfartigen Schwellungen und pilzförmigen Auswüchse verschwanden. Sämtliches Ungeziefer kam um, als Abysmillard einmal in ein mit Terpentin und Kerosin gefülltes Sumpfloch fiel und darin fast ertrunken wäre. Sein Haar war seit jenem Vorfall nicht mehr verfilzt, sondern weiß und locker. Und auch seiner Kleidung war diese erste chemische Reinigung ausgezeichnet bekommen, denn sie war so weich und flauschig wie an jenem Tag, da sie von Sumpffrauen aus der Wolle von Wildschafen und dem Leder von Pekaris angefertigt worden war.

Abysmillard merkte nur noch, daß er langsam verhungerte, daß die Jahreszeiten an ihm vorbeizogen – und daß er noch immer am Leben war. Wie manche Tiere konnte er sich über lange Zeiträume, die jedem anderen wie eine Ewigkeit vorgekommen wären, völlig still verhalten. Er tat kaum mehr, als ins Licht zu blicken und dem Wind zu lauschen. Im Winter beobachtete er die Schneeflocken, die vor dem Ausgang seiner Erdhöhle zu Boden fielen. Dann stand die Sonne so niedrig, daß sie wie die Taschenlampe eines Jägers in den Bau hineinleuchtete, und es war, als wollte sie mit ihren wärmenden Strahlen auch tiefere Erdschichten erreichen. An manchen Tagen tobten oben Schneestürme und unterhielten ihn mit ihrem Geheul. Und jedesmal, wenn ein tiefliegendes Flugzeug über das Sumpfland hinwegdröhnte, machte sich Abysmillard darauf gefaßt, daß nun ein Engel kam, um ihn zu holen.

Sein langsames Schrumpfen hätte andauern können, bis er so dünn wie ein Faden gewesen wäre, und vielleicht hätte ihn dann ein Wind bis nach Polynesien geblasen. Doch bevor es so weit kommen konnte, wurde er aus seinem Schlupfwinkel vertrieben.

Die Feuerträume der Sumpfmänner aus alten Zeiten besagten, daß die letzten Tage zwar hart sein würden, daß man sich vor ihnen jedoch nicht zu fürchten brauchte. Gemäß dem *Dreizehnten Gesang* war es ein sicheres Anzeichen für das Nahen der letzten Tage, »wenn ein festgefügter Regenbogen, dessen aus schlagenden Lichtern bestehende Wölbung tausend lächelnde Stufen bilden, vom Eis emporschnellt und über den weißen Vorhang springt.« Abysmillard konnte mit eigenen Augen sehen, wie Arbeiter in Tag- und Nachtschichten ringsumher am Rand des Sumpflandes die Fundamente und Rampen dieses Regenbogens bauten. Zwar versperrten riesige Gerüste und Segeltuchbahnen den Blick auf die eigentlichen Baustellen, doch waren diese oft beleuchtet und schienen von innen heraus zu glühen. Abysmillard kannte den *Dreizehnten Gesang* und mutmaßte deshalb, daß auf diesen Rampen die mächtigen Lichtstrahlen erzeugt und zu einem einzigen prächtigen Bogen gebündelt werden sollten.

Gern hätte er zufrieden und ruhig darauf gewartet, aber in diesem Winter war das Eis so dick, daß er bald nichts mehr zu essen hatte. Er mühte sich, mit seiner hölzernen Hacke ein Loch zu schlagen, ja er benützte dazu sogar sein Schwert. (Selten hatte diese Waffe zu einer solch unedlen Verrichtung herhalten müssen.) Abysmillard hatte in seinem ganzen Dasein noch nie einen so vollendet glatten Spiegel erblickt. Als er zum letztenmal versucht hatte, ein Loch ins Eis zu brechen, waren auf den weitverstreuten Rampen und Plattformen die Hauptanschlüsse zusammengeschaltet worden und hatten die gefrorene Welt in der Tiefe mit einem Schlag in ein Netz aus vielfarbigen Straßen und Alleen zerteilt, das weitaus grandioser war als der Lichteffekt an der Oberfläche. Miteinander verwobene Lichtbündel entflammten wie Magnesiumpulver und wichen eine halbe Stunde lang nicht von Abysmillards Augen. Geblendet tappte er herum und suchte nach Hacke und Schwert.

Nun blieb ihm nur noch eine Hoffnung: Er mußte irgendwie den Rand des Eises erreichen. Dort, wo das offene Meer begann, konnte er vielleicht fischen oder wenigstens ein Loch ins Eis bohren, weil es dort nicht so dick war wie landeinwärts. Vor langen Zeiten, als schon einmal eine dicke Eisschicht die Küstengewässer bedeckt hatte, waren die Sumpfmänner, die damals noch zu Tausenden in Dutzenden von Dörfern lebten, bis zum Rand des Eisschelfs hinausgezogen. Viele von ihnen waren dabei zugrunde gegangen. Abysmillard erinnerte sich, daß manchmal acht Fuß hohe Wellen über das Eis gerollt waren und wie eine große Zunge viele Männer mit sich fort in den eiskalten Ozean gerissen hatten. Sie verschwanden zwischen auf und ab wippenden, rasiermesserscharfen Eisschollen und wurden rasch von ihnen zerstückelt. Wenn ihre Freunde herbeieilten, um ihnen zu helfen, fanden sie nur noch einen großen, hellroten Fleck, der matt durch die transparente Fläche unter ihren Füßen schimmerte.

Nachts dort hinauszugehen war äußerst gefährlich. Es galt, bei starkem Wind die zu spitzen, zerklüfteten Barrieren aufgetürmten Schollen zu überklettern, und außerdem sandte die Dünung des Ozeans meilenweit vor- und zurückflutende Gezeitenströme über die glitschige Eisfläche, die in der Dunkelheit kaum rechtzeitig zu erkennen waren. Allein schon der Fußmarsch von fünfzehn Meilen bei zwanzig Grad unter Null war für einen Menschen mit geschwächter Konstitution keine Kleinigkeit. Wie alle Sumpfmänner fühlte Abysmillard sich jedoch von Gefahr angezogen, und so brach er denn eines Nachts auf. Der Mond beleuchtete ihm den Weg, und der Frost war wie ein Racheengel mit einem Schwert aus Eis.

Es war ihm nur halb bewußt, daß er endlich zu sich selbst gefunden hatte. In seinen Bewegungen lag eine gewisse Anmut, seine Augen blickten freundlich und klug, und das lange weiße Haar umrahmte seinen Kopf wie das Haupt eines Patriarchen.

Nun war er bereit, in jene lebensvollen Gemeinschaften einzutreten, von denen er bislang ausgeschlossen gewesen war. Nur: es gab diese Gemeinschaften ja längst nicht mehr! Er hatte bis zu einem guten Ende durchgehalten, ohne ein einziges Mal umarmt worden zu sein. Vermutlich gibt es andere, die so sind wie ich, sagte er sich. Vielleicht gibt es Legionen von ihnen. Und es wäre ungerecht, wenn so viele Menschen nach so langer Zeit der Einsamkeit am Ende nicht belohnt würden.

Aus diesem Gedanken schöpfte er den Mut für seinen letzten Gang über das Eis.

☆

Als plötzlich mit ungewöhnlicher Härte ein, wie sie glaubten, beispielloser Winter über die Stadt hereinbrach, waren die Leute begeistert. Selbst jene, die kaltes Wetter und Schnee fürchteten und haßten, ließen sich rasch von den silbernen Polarnächten verführen und schlossen sich dem bunten, mittelalterlich anmutenden Treiben an, zu dem Schlittenfahrten und Lagerfeuer unter dem Sternenhimmel gehörten. Fast schien es, als sollte die willkommene Unterbrechung des Alltags, die der Winter den Menschen manchmal kurz vor dem Weihnachtsfest beschert, kein Ende nehmen.

Mehrere Lagen Stoff machten körperliche Reize mysteriöser und verlockender, als sie es seit vielen Jahren gewesen waren; eine fast altmodische Höflichkeit stellte sich zwischen den Menschen ein, und der Kampf gegen die Elemente ließ sie bescheiden genug werden, um zu begreifen, daß eine der grundlegenden Eigenschaften des Menschen seine Zerbrechlichkeit ist. Die Bürger der Stadt waren nicht so umtriebig wie sonst und arbeiteten auch nicht so hart, ihr Leben aber war schöner als je zuvor.

Ein beliebter Zeitvertreib bestand darin, per Schlittschuh die Flüsse hinab bis zum Hafen zu laufen. Kräftige Winde fegten den Schnee von der Eisfläche und schichteten ihn an den Uferböschungen des Hudson, des East River und an den Küsten der Buchten zu haushohen Bollwerken auf, in die nach dem Vorbild römischer Katakomben hunderttausend Passagen und Tunnel getrieben wurden. Sie führten zu Schneesälen, in denen sich im Handumdrehen Restaurants, Hotels, Läden und Kneipen einrichteten, welche in ihrer bunten Vielfalt und Planlosigkeit viel attraktiver waren als die üblichen New Yorker Etablissements. Die Bewohner der Stadt ließen keine Gelegenheit aus, den Quadraten und Rechtecken Manhattans zu entkommen. Halbmondförmige und kreisrunde Räume, dämmrige, zum Teil leicht abschüssige oder ansteigende Gänge und Zimmer, die an Gemächer grenzten, die ihrerseits zu ganzen Ketten von Hallen, Tavernen und stillen Winkeln führten, bereiteten den Menschen, die von klein auf an rechte Winkel gewöhnt waren, großes Vergnügen. Schlittschuhläufer glitten von Ort zu Ort, verloren ihren Zeitsinn und verschwanden tagelang in den labyrinthischen Städten unter dem Schnee. Ganze Familien begaben sich dorthin, um in den Schneezimmern zu übernachten, an Spießen geröstetes Fleisch zu verzehren und an Eisrennen teilzunehmen. Irgendwann stellten sie dann verblüfft fest, daß sie schon seit Tagen von daheim fort waren und ihre herkömmlichen Pflichten und Termine auf sträfliche Weise vernachlässigt hatten. Nicht selten jedoch waren jene, mit denen sie Termine vereinbart hatten, genauso vergeßlich und trieben sich ebenfalls auf dem Eis herum. Die hohen Wälle aus Schnee und die zugefrorenen Flüsse waren jedoch letztlich nur ein Umweg, der am Hafen endete. Der sah tagsüber aus wie eine Ebene, in der sich ganze Armeen gesammelt hatten. Nachts wurde er zum Rummelplatz und zum Freilicht-Observatorium.

Tausende von Zelten waren auf dem Eis aufgeschlagen worden und machten den Schneepalästen Konkurrenz. Leicht konnte man sich in einem Gewirr schmaler Gassen und breiter Straßen verirren, in denen es von Schlittschuhläufern, Händlern, ganzen Mannschaften buntgekleideter Hockeyspieler, Rennläufern oder Eisstockschützen wimmelte, die zu irgendeinem Wettkampf unterwegs waren. Diese Turniere fanden auf großen Plätzen statt, die die Leute überall in der Zeltstadt ohne erkennbaren Plan freigelassen hatten. An unzähligen Feuerstellen dampfte es aus großen Kesseln, zappelnde Hummer wurden in kochendes Wasser geworfen, und viele, viele Dutzend Eier purzelten hysterisch durcheinander wie kleine kahlköpfige Wesen ohne Gliedmaßen. Überall gab es für wenig Geld gebratenes Fleisch, heiße Getränke und duftende Obsttorten. Schlittschuhläufer, Jongleure, Akrobaten, musizierende Studenten und tanzende Schweine zeigten an den belebteren Kreuzungen ihr Können. Kinder zischten auf Schlittschuhen herum wie überschallschnelle Insekten, mitten durch das Gedränge und unter Tischen hindurch, auf denen sich Waren und Speisen türmten. Die neunjährigen Knaben schienen die schnellsten und waghalsigsten zu sein. Dünn und elastisch wie Gummiband, scheuten sie keine Gefahr und hielten nur kurz an, wenn sie sich ein Stück Obstkuchen in den Mund stopfen wollten. Dann sausten sie wieder los, hakenschlagend und unberechenbar, und scheuchten jeden, der ihren Weg kreuzte, mit quäkender Stimme beiseite. Flink wie Pionen, Mesonen und verhexte Quarks waren sie überall gleichzeitig, beseelt von reiner, grenzenloser Energie.

Abends brannten die Feuer bis neun Uhr. Dann ließ man sie ausgehen und bedeckte die Glut mit Blechen, um ungestört das nächtliche Firmament beobachten zu können. Bis weit nach Mitternacht hielt sich noch ein seltsamer Hauch von Wärme in der Luft und gestattete eine eingehende Betrachtung. Findige Geschäftemacher verliehen dicke Matten und Steppdecken, und die Leute versenkten sich, auf dem Rücken liegend, in den

Anblick der himmlischen Kuppel. Ein ganzes Jahrhundert lang hatten die Bewohner von New York kaum gemerkt, daß es überhaupt so etwas gab wie Sterne, doch nun waren sie geradezu verliebt in sie.

Nicht nur Astronomen, sondern auch zahlreiche Astrologen, Scharlatane und Quacksalber mit spitzen Hüten auf den Köpfen und Stiefeln, die mit Ziermünzen benäht waren, hielten gegen Gebühr Vorträge über die Plejaden, über Sextans, Rigel, Kent, Pavo, Gacrux, Argo Navis, Beteigeuze, Bellatrix und Atria. Handliche kleine Bücher über Sternkunde ragten aus vielen Gesäßtaschen, Fernrohre auf Stativen bildeten einen Wald aus dreibeinigen Bäumen, und das Volk wurde seit langer Zeit zum erstenmal gewahr, daß es etwas gab, das alle Menschen lieben konnten und das sie nie im Stich lassen würde. Wer weiß, wie weit sie sich noch hätten mitreißen lassen (und wie sehr die Stadt davon hätte profitieren können), wäre dieser Zustand von Dauer gewesen. Aber Nacht für Nacht wurde das Wunder durch grimmig kalte Winde zunichte gemacht, die die Menschen bis zum Morgen vertrieben, die Zelte umbliesen und sogar die schwerfälligen Backsteinöfen, in denen der Kuchen gebacken wurde, vor sich herschoben, so daß sie aneinanderstießen wie Eisstöcke. Die Tage wurden kürzer, und Zug um Zug begrub der echte Winter das zauberhafte Vorspiel unter seiner unbarmherzigen Strenge. Das Eis wurde immer unwirtlicher, und die Zahl der Stunden, die der Beobachtung des Sternenhimmels gewidmet waren, nahm stetig ab.

Eines frühen Morgens begab sich Peter Lake zum Bootsschuppen der *Sun*, um Asbury beim Reparieren des Motors zu helfen.

Die Sonne stand noch nicht lange über dem Horizont, übergoß aber bereits alles mit frischem, kräftigem Licht. Die Luft war noch so kalt, daß den beiden Männern das Reden schwerfiel. Da sie bei der Arbeit mit kaltem Stahl in Berührung kamen, erstarb ihnen oft das Gefühl in den Fingern. Sie machten Feuer in einem Ölfaß und kletterten alle fünf oder zehn Minuten von der Barkasse herunter, um sich zu wärmen.

Um die Flammen gekauert, starrten sie über die verlassene Ebene aus Eis, in die sich der einst so geschäftige Hafen verwandelt hatte.

Noch am Abend zuvor hatten sich dort Hunderttausende aufgehalten, aber jetzt war keine Menschenseele zu sehen. Sämtliche Zelte waren zusammengepackt worden, und die Leute hatten sich in ihre Behausungen oder in die Schneestadt zurückgezogen. Nur ein paar Backsteinöfen, die wie Meilensteine oder aus dem Boden ragende dicke Baumstümpfe aussahen, standen noch auf dem Eis. Sobald die Sonne über die Dächer von Brooklyn Heights hinwegschien, war der ganze Hafen in Blau und Weiß gebadet. Ein heftiger Wind kam auf, als das Sonnenlicht die Luft über dem Eis weckte. Das Feuer in dem Ofen, neben dem Asbury und Peter kauerten, wurde zu heller Glut entfacht. Sie hielten den Kopf vornüber gebeugt, um die Augen gegen den Wind zu schützen. Papierfetzen wirbelten an ihnen vorbei durch die Luft, und allerlei Abfall – Konservendosen, kleine Holzscheite, Stöcke und Zeltheringe – schossen über das Eis wie Hockeypucks, um schließlich irgendwo in den Außenwänden der Schneestadt steckenzubleiben. Schon bald hatte der Wind das Eis spiegelblank gefegt, und nur die gewichtigen Backsteinöfen rutschten darauf noch schwerfällig hin und her wie kranke Elefanten.

»Was ist das?« sagte Asbury und zeigte auf ein sackförmiges Bündel, das über das Eis schlidderte. Aus der Art, wie es sich bewegte, schlossen sie, daß es von beträchtlichem Gewicht sein mußte. Manchmal wurde es von einer scharfen Kante im Eis aufgehalten, bis der Wind drehte und es wieder befreite. Dann glitt es weiter, zuerst langsam, dann immer schneller. Wenn es dann nach einer Weile wiederum zum Stillstand kam, geschah dies mit derselben Verzögerung, mit der es sich in Bewegung gesetzt hatte. Im Gegesatz zu den anderen Gegenständen, die wie Geschosse vorbeisausten, bewegte sich dieses Ding mit einer gewissen Anmut, hinter der sich eine Intention verbergen mochte.

Erst als Peter und Asbury die im Zeitlupentempo hin und her schlenkernden Arme erkennen konnten, begriffen sie, daß das

Bündel ein Mann war. Allem Anschein nach war er steifgefroren, und nur die Schultermuskeln waren wegen der ständigen Bewegung nicht erstarrt, so daß beide Arme neben dem Körper graziös wie fallende Rosenblätter auf- und abwippten.

Peter Lake und Asbury rannten aufs Eis hinaus, packten die Gestalt und drehten sie um. Zu einer Grimasse erstarrt, mit Rauhreif und Schnee bedeckt, blickte ihnen aus einem Knäuel handgewebter, zerlumpter Wollsachen und Tierfelle ein Nikolausgesicht entgegen.

Peter Lake stutzte. Um ein Haar hätte er die einmalige Gelegenheit verstreichen lassen, doch dann ließ er sich auf ein Knie nieder, schloß die Gestalt in seine Arme und hob sie hoch.

»Abysmillard«, flüsterte er.

Plötzlich fühlte er sich um ein ganzes Jahrhundert zurückversetzt, denn machtvoll überfiel ihn die Erinnerung an die Zeiten, da die Sumpfmänner dort geherrscht hatten, wo jetzt ein Hafen war. Vor seinem inneren Auge sah er ein schäbig gekleidetes Kind glücklich und selbstvergessen durchs Sumpfland streifen, wo ewiger Sommer zu herrschen schien. Angesichts der Stärke und Genauigkeit dieser Erinnerungen fühlte sich Peter, als durchlebte er jene längst vergangenen Tage noch einmal.

»Kennst du ihn?« fragte Asbury. »Wo kommt er her?« Stocksteif gefroren, hatte der knorrige Abysmillard mit einem Menschen unserer Tage noch weniger gemein als ohnehin.

»Von dort drüben«, antwortete Peter und blickte in die Richtung, wo sich einst das Sumpfland von Bayonne befunden hatte. »Dort hausten früher Menschen, die an Indianer erinnerten. Sie ernährten sich von Muscheln, Austern, Hummern, Fisch, allerlei Federvieh, gepökeltem Wildschwein und Beeren, und sie kochten mit Torf und Treibholz. Aber das ist lange her, und inzwischen ist alles anders geworden. Jetzt ist dort die Hölle, wo früher die Sümpfe waren.«

»Er ist wohl der letzte von ihnen«, sagte Asbury, den Abysmillards wildes, fremdartiges Gesicht beunruhigte.

»Nein«, sagte Peter Lake. »Der letzte bin ich.«

Ex Machina

Das instinktive Wissen um das Jüngste Gericht ist vielleicht deswegen so verbreitet, weil ein Leben, das mit dem Tod endet, ein perfektes Symbol für die Geschichte ist, über die eines Tages ein Urteil gesprochen werden wird: Beide werden angehalten, von allem Beiwerk entkleidet und von demselben gleißenden Licht beleuchtet. Oder vielleicht ist dies auch so, weil man sich wegen ein oder zwei unbestreitbar großer Augenblicke Jahr um Jahr durchs Leben schlägt. Obwohl diese Augenblicke auf dem Schlachtfeld, in einer Kathedrale, auf dem Gipfel eines Berges oder während eines Sturmes auf hoher See auftreten können, erlebt man sie weit häufiger auf dem Rand eines Bettes, am Strand, in muffigen Gerichtssälen oder während einer Fahrt über hitzeflirrende Schotterstraßen an einem unheilschwangeren Sommernachmittag. Denn die Burgen unserer Zeit sind in winzige Kammern unterteilt – Kammern, die nichtsdestoweniger oft vollgestopft sind mit einer großen Anzahl von Menschen. Die Geschichte hat nämlich etwas übrig für Massen, und sie verfährt am freigebigsten mit dem Geschenk der Größe, wenn alle Soldaten einer Armee an einem Ort zusammengezogen sind, wenn eine Kathedrale bis auf den letzten Platz besetzt ist, oder wenn der Nebel sich lichtet und die Schiffe einer Invasionsflotte feststellen, daß sie keineswegs allein sind, sondern Teil einer atemberaubenden Armada.

Auf seinen Wegen durch die magnetischen, hallenden Straßen der Stadt war Praeger de Pinto oft von einem Übermaß ungezügelten Lichts überwältigt worden, einem Energieschock, der durch die grauen Schluchten peitschte wie ein gerissenes Tau. Und manchmal, wenn die Stadt so sehr sie selbst war, daß sie zitterte und bebte, wurde sein Geist der Gegenwart enthoben, und er fand sich in jenen zeitlosen Korridoren wieder, die unweit der gleißenden Kraftfelder, die alle Form zusammenhalten, das Labyrinth der Straßen durchziehen. Die dumpfe Sirene des

Fährschiffes öffnete ihm Gang auf Gang durch den verlockenden Spitzenschleier des Nebels und weit darüber hinaus.

Erfahrungen dieser Art erwiesen sich als ausgezeichnete Vorbereitung auf Praegers Amtseinführung. Durch sie erhielt er, was er erstrebte, und verlor zugleich sich selbst. Obwohl er nicht getötet wurde, hatte die Zeremonie etwas von einer Hinrichtung. Sie riß ihn aus seinem gewohnten Leben heraus und grenzte ihn von den anderen Menschen ab. In früheren, freundlicheren Epochen war der Bürgermeister einfach nur einer von der Truppe gewesen. Heutzutage war er eingezwängt in schwere Verantwortung, und seine Jugend flatterte ihm davon — wie Tauben, die ins Blaue aufsteigen, sich umsichtig ihren Weg zwischen eisbedeckten Zweigen hindurch suchen und den Morgenhimmel in funkelnde Zellen zerlegen.

Der Hermelinbürgermeister erschien, angetan mit hermelinbesetzter Robe und Halskrause, mit Hermelinmütze, Hermelinumhang und Hermelinmuff. Aus dieser Masse purpurnen, weißen und schwarzen Pelzes hervorlugend, betrat er wie ein geziertes, von Explosionen geschocktes Waldhörnchen die Empore und stellte sich traurig neben seinen designierten Nachfolger.

Als Praeger sich umwandte, um den amtierenden Bürgermeister zu begrüßen, erblickte Praeger hinter dem Pelzwesen, das sich da auf ihn zuschob, eine Reihe von Parteibonzen auf dem Podium, dahinter eine weitere Reihe und so weiter bis hin zur cremefarbenen Mauer des Rathauses, an der die Tribüne endet. Warum nur waren all diese Parteigrößen fast ausnahmslos einen Meter neunzig hoch, zweihundertundfünfundzwanzig Pfund schwer und hatten rotnasige, rotwangige, fleischige Gesichter, die von einem Kranz silbrig-weißer Haare gekrönt waren? Diejenigen, die nicht so aussahen, waren dürre Männchen mit schmalen Schnurrbärten, heiseren Stimmen und Sonnenbrillen, die ihnen wie festgewachsen auf der Nase saßen. Die großen Dicken hatten keinen Hals, und die kleinen Dürren hinkten leicht. Gewiß ist das alles Teil eines göttlichen Plans, sagte sich Praeger.

Er war der erste Bürgermeister, der seine Wahl *nicht* den Parteibonzen zu verdanken hatte, und jetzt waren sie und alle Notablen der Stadt erschienen, um seine Rede zu hören. Sie wußten nicht, was sie von ihm zu erwarten hatten. Möglicherweise würde er über den Zauber des Winters reden, die böse Macht des Fernsehens geißeln oder laut über das Schicksal der Stadt nachdenken.

Da es bis zur Jahrtausendwende nur noch genau ein Monat war, hatte Praeger de Pinto sich entschlossen, über das metaphysische Gleichgewicht zu sprechen, das alle Ereignisse beseelte und für die Stadt so charakteristisch war, daß es fast ihr Wahrzeichen hätte sein können.

»Ich sehe viele verwirrte Gesichter«, sagte er. »Warum nur? Sehen Sie denn nicht, daß diese Stadt den Mechanismus nährt, der alles im Lot hält? Ach, ich weiß schon, Sie haben dafür fälschlicherweise den Begriff *Kontrast* gewählt, Sie haben einen Blick auf die Lektionen geworfen, die sich für die Gesellschaft ableiten lassen, und dann haben Sie sich abgewandt. Aber glauben Sie denn wirklich, daß der Patrizier im Hermelin auserwählter ist als der Obdachlose, der in einem Hauseingang kauert und langsam stirbt? Als ich ein kleiner Junge war, sagte mir meine Mutter: ›Wenn du nebenan bei dem Friseur, der in dem Speicher über seinem Laden Stunden gibt, Jiu-Jitsu lernst, dann wirst du jeden großen Mann mit einem einzigen Finger besiegen können.‹ Ich fragte sie: ›Wieviele große Männer mit einem einzigen Finger gibt es denn, Mama?‹ Damals nahm ich immer alles so wörtlich. Aber als ich schließlich begriff, was sie meinte, war ich nicht überrascht, denn schon vorher hatte ich erkannt, daß für jede Not ein Ausgleich gewährt wird und daß wir im Fallen, im Versagen erhöht werden. Es ist, als gäbe es hinter unserem Rücken eine Hand, die alles, was aus dem Gleichgewicht geraten ist, wieder zurechtrückt. Warum, glauben Sie wohl, hatten die Heiligen nur selten die weltliche Macht, in denen wir irrtümlich Früchte der Gerechtigkeit zu erkennen vermeinen? Glauben Sie etwa, sie hätten sie *benötigt* oder wären auf sie besonders erpicht gewesen?«

Trotz der Kälte begannen die Bonzen zu schwitzen. Dieser neue Bürgermeister redete nicht nur wie ein Pfaffe, sondern er zeigte auch das salbungsvolle Gehabe eines Klerikers. Sie hatten immer schon gewußt, daß eine Theokratie die einzige wirkliche

Bedrohung ihrer Macht war. Umgekehrt gerieten auch die Prälaten, die sich wie bunte Kakadus auf den hinteren Reihen des Podiums drängten, in gewaltige Erregung. Konnte es sein, so fragten sie sich, daß ihre schon seit langem aufgegebenen Träume sich durch diesen Mann erfüllen sollten, der das Rathaus mit einem Frontalangriff durch die Hintertür erobert hatte? Sie brannten darauf zu erfahren, welcher Religionsgemeinschaft er angehörte, damit sie Anspruch auf ihn erheben konnten. Der Name de Pinto ließ alle Möglichkeiten offen, der Mann konnte ebensogut Katholik, sephardischer Jude oder gar ein Griechisch-Orthodoxer sein.

»Machen Sie nicht den Fehler, meine Ansichten über weltliche Macht und materiellen Reichtum für ein Mittel zum Schutz der gegenwärtigen Gesellschaftsordnung zu halten! Ich sehe die Marxisten in Reihe dreißig auf ihren Stühlen zappeln. Hören Sie auf damit! Umverteilung der Güter? Wenn Sie das glücklich macht — meinetwegen! In gewisser Hinsicht stimme ich mit Ihrer Vorstellung von der Verwirklichung der Gleichheit überein — jedoch nicht soweit, daß ich bereit wäre, die Tyrannei hinzunehmen, die Leute wie Sie, die keine Augen haben für die Gnade Gottes, ausüben würden, gäbe man ihnen die Gelegenheit, ausschließlich nach ihren mechanistischen Maximen vorzugehen. Ich glaube, daß der Geizkragen in seinem Ohrensessel ebenso fähig ist, über die Grenzen dieser Welt hinauszuschauen wie der Obdachlose, den ich vorhin erwähnte. Daher habe ich nichts dagegen einzuwenden, wenn man jenen Obdachlosen von der kalten Straße hereinholt und auch ihm *Beef Wellington* zu essen gibt. Das ist nur gerecht. Aber das allein reicht nicht, sondern ist im Grunde genommen auch nur wieder eine primitive Theologie. Weit erhaben über diese Dinge ist jenes kunstvolle, allzeit gegenwärtige und sich stetig erneuernde Gleichgewicht. Es läßt sich beobachten in der Natur und ihren Gesetzen, in den Jahreszeiten, in der Landschaft, in der Musik und am großartigsten in den Vollkommenheiten der himmlischen Sphäre. Aber auch hier, in dieser Stadt, offenbart es sich: Überall, an jeder Straßenecke bietet die Stadt Bilder des Triumphs und Bilder der Hoffnungslosigkeit. Sie ist ein Kaleidoskop aus Sonnenlicht und Schatten, das unsere Lage weit besser repräsentiert, als das Rad des Schicksals, das in seiner Polarität zwar in sich schlüssig ist, jedoch nicht der Zersplitterung und dem fragmentarischen Charakter der Ereignisse und der Zeit Rechnung trägt. Das Heil des Menschen in seiner vollkommenen Schlichtheit ist an den von uns errichteten Gebirgen aus Stein zerschellt und in alle Winde verstreut worden. Nun ist es an uns, nach sorgfältiger Abwägung die Teile wieder zusammenzufügen — ein Unterfangen, das Geduld und Einsicht auf eine harte Probe stellt. Wir lernen, daß eine gerechte Tat nicht immer Gerechtigkeit zur Folge hat und daß Gerechtigkeit jahrelang schlafen kann, um schließlich zu erwachen, wenn man am wenigsten damit rechnet. Wir lernen daß ein Wunder nichts anderes ist als schlummernde Gerechtigkeit aus einer anderen Zeit, die erscheint, um jene zu entschädigen, die zuvor grausam im Stich gelassen wurden. Wer dies weiß, ist bereit zu leiden, denn er weiß, daß nichts umsonst geschieht.« Nach einer kurzen Pause wechselte Praeger das Thema: »Nun lassen Sie mich über die Brücke sprechen, die Jackson Mead bauen wird.«

Craig Binky saß an prominenter Stelle, so daß niemandem entging, was in der Folge geschah: Wie ein Mann, der gleichzeitig einen Schlag- und einen Herzanfall erleidet, griff er sich an die Stirn und an die Brust. Dann schnitt er in rascher Folge eine Reihe von Grimassen, bei deren Anblick ein Hanswurst vor Neid erblaßt wäre. Während Praeger fortfuhr, sank Craig Binky auf die Knie wie ein reuiger Sünder, wobei seine spastischen Zuckungen allerdings eher Gier und Gram ausdrückten als neugewonnene Erleuchtung oder Bußfertigkeit.

»Er hat mir die Baupläne gezeigt«, sagte Praeger. »In den Zeichnungen und Aufrissen, die ich zunächst sah, schien die Krümmung des mächtigen Tragseils der Brücke groß genug, um den gesamten Erdball in seinem glitzernden, juwelenfunkelnden Bogen zu halten. Sie können sich meine Verblüffung vorstellen, als Mr. Mead mir eröffnete, daß dies nur ein kleinerer Zubringer zur Hauptkonstruktion sei. Darauf breitete er ein paar Dutzend Konstruktionszeichnungen höchst erstaunlicher Brückenbauwerke aus und erklärte, dieselben würden sich wie Speichen von einer zentralen Nabe aus strahlenförmig ausbreiten. Von dieser zentralen Nabe selbst existiert allerdings kein Entwurf, denn sie soll aus Licht geschaffen werden. Jackson Mead spricht kenntnisreich davon, wie Meer und Eis als Linse eingesetzt werden können. Lichtstrahlen aller Wellenlängen – die Generatoren dafür sind bereits in Bau – werden so gemischt, gebändigt, verankert, gespeichert, verstärkt, reflektiert, abgelenkt, moduliert, arrangiert und gebündelt werden, daß sie sich aus eigener Kraft stützen. Das Geheimnis eines Strahls von unendlicher Stärke, erfuhr ich, liegt nicht in der Größe der Apparaturen, die ihn erzeugen, sondern in der Genauigkeit der Kontrollmechanismen. Unter optimalen Bedingungen kennt das Licht keine Grenzen. Jackson Mead beabsichtigt, eine wirre Vielzahl von Strahlen durch ein kompliziertes System von Verstärkungs- und Steuerungsrelais zu ordnen und zu bändigen und sie auf diese Weise zu einem kühlen, reinen und tragfähigen Lichtbalken zu bündeln. Das eine Ende des Bogens wird auf der Battery verankert sein, wohin aber diese Brücke führen soll, wollte er nicht verraten. Die Lösung dieses Rätsels überließ er meiner Phantasie – und ich überlasse sie der Ihren.«

Spontan regte sich Widerspruch in der Menge. Wohngegenden drohte die Zerstörung, Schnellstraßen würden verlegt werden müssen, und die Ressourcen der Stadt sollten auf den Bau einer Regenbogenbrücke ohne Ende verschwendet werden! Eher hätte man die Zuhälter vom Times Square dazu bringen können, die Kathedrale von Chartres wiederaufzubauen, als diese praktisch denkenden Bürger dazu bewegen, ihre Mittel für ein solches Vorhaben bereitzustellen. Sie würgten an ihrer Entrüstung wie an einem Knebel. War Praeger de Pintos Wahlkampagne nicht ursprünglich *gegen* Jackson Meads Pläne gerichtet gewesen?«

Der neue Bürgermeister war auf diesen Einwand vorbereitet. Er antwortete mit dem Hinweis, er sei nur gegen die damit verbundene Geheimhaltung gewesen. »Ich habe die Geheimniskrämerei nunmehr beendet«, sagte er.

Die Parteibonzen kochten vor Wut (und dafür wurden sie schließlich auch bezahlt). Wie immer, wenn sie sich aufregten, erglühten sie wie Leuchtzeichen, um den Wählern in ihren Bezirken zu signalisieren, welch harte Arbeit es war, sie zu vertreten. Sogar die Geistlichkeit begann, sich Gedanken zu machen. Die Prälaten fürchteten, die Brücke könnte ihre Kathedrale veröden lassen, wenn jeder, der auf ihr entlangspazierte, mir nichts dir nichts in den Wolken verschwände. Ein anderer sagte: »Die Stadt der Armen wird das nicht ohne weiteres hinnehmen. Man wird dort glauben, daß die Brücke nur ein weiterer Feind in einer Welt voller Feinde ist. Es wird zwar eine Weile dauern, bis sich die Leute dort zum Protest aufraffen, aber wenn es dann soweit ist, wird sie nichts mehr aufhalten können.«

Der letzte Programmpunkt der feierlichen Amtseinführung bestand in der Bekanntgabe des neuen Amtsnamens durch den Ältestenrat. Praeger schwante nichts Gutes. Die Ratsherren hatten während der letzten Legislaturperioden eine geradezu inflationäre Phantasie an den Tag gelegt. Nun, so fürchtete er, würde man Strenge walten lassen und ihn Schweinebürgermeister oder Blechbürgermeister nennen. Er war bereit, einen Kompromiß einzugehen, und hätte z. B. den Titel Vogelbürgermeister akzeptiert. Seit Menschengedenken hatte es immer wieder Knochenbürgermeister, Eierbürgermeister, Wasserbürgermeister und Holzbürgermeister gegeben. Nach dem letzten Knochenbürgermeister hatte dann der Rat ohne Begründung einen aufregenden neuen Kurs eingeschlagen und hintereinander einen Baumbürgermeister, einen Grünbürgermeister und schließlich einen Hermelinbürgermeister ernannt.

Als es zwölf Uhr mittags schlug und die eisbedeckten Bäume klirrten wie schellenbesetzte Tamburine, legte der Hermelinbürgermeister seine Amtsroben ab (die dann von seinem Stellvertreter zusammengefaltet wurden). Er kniete nieder und reichte Praeger das Szepter seines Amtes. Es gab keinen Beifall; die Menge war zornig und vollkommen durcheinander. Dann marschierten die Mitglieder des Ältestenrates, unter ihnen Harry Penn, einer nach dem anderen zum Podium. Der Vorsitzende warnte das Volk vor sinnlosen Spekulationen. »Unsere Entscheidung hat nicht unbedingt visionären Charakter, denn so weise, daß wir wissen könnten, was die Zukunft bringt, sind wir nicht. Aber ebenso wie Sie können auch wir träumen.« Nach dieser Einleitung gab er bekannt, daß Praeger de Pinto *Goldbürgermeister* heißen sollte.

Die Menge schnappte nach Luft, und die Parteibonzen erst recht. Ihre Maschinerie, so schien es, brach auseinander. Sie fürchteten nicht nur um ihren Lebensunterhalt, sondern auch um ihr Leben, denn sie wußten, daß eine Maschine, die während des Betriebs entzweigeht, eine tödliche Bedrohung darstellt. Wie eine geschlagene Armee stolperten sie von der Tribüne und jagten durch schneebedeckte Straßen nach Hause, um Vorräte an Nahrungsmitteln, Feuerholz und Whisky anzulegen.

☆

Es schien irgendwie unfair, daß Abby Marratta mit sterbenden Männern zusammengesperrt war und an ihnen vorbeimußte, wenn sie in einem langen Krankenbett, über dem Plastikbeutel mit Blut und Kochsalzlösung baumelten, von einem Ort zum anderen durch die Flure gerollt wurde. Sogar jene Alten, die es verstanden, ihrem Elend eine gewisse Würde abzuringen, vergaßen sich in diesem Augenblick völlig und waren tief bewegt, wenn sie sahen, daß das Kind in dem riesigen Bett nur eine ganz kleine Fläche in der Mitte beanspruchte.

Anfangs hatten Krankenpfleger sie von einem Ort zum anderen gefahren, und zwar zu allen möglichen Tageszeiten, sogar mitten in der Nacht. Sie taten so, als hinge ihr Leben davon ab, wieviele Räume sie besuchte und wieviele Menschen sie zu sehen bekam. Die langen Fahrten durch klinisch-sterile Korridore versetzten Hardesty und Virginia in Wut. Dann wurden sie eingestellt, und das machte die Eltern nur noch wütender. Jetzt beließ man Abby in ihrem Zimmer; die meisten der Spezialisten und Techniker hatten sie aufgegeben, und sie war allein bis auf ihre Eltern, einen jungen rothaarigen Arzt und eine oder zwei Krankenschwestern, die sich rund um die Uhr um sie kümmerten. Abby wachte häufig auf, und dann fiel ihren Pflegern die schwierige Aufgabe zu, sie zu stützen, ein wenig hin und her zu wiegen und dabei so zu tun, als gäbe es den Wald aus Plastikschläuchen, der sie umfing, gar nicht.

Dann gab es noch die Spezialisten, ein halbes, nein ein ganzes Dutzend. Sie kamen mit den besten Empfehlungen, und die Namen höchst vertrauenswürdiger Ärzte schwirrten durch die Luft wie Pergamentschnipsel in einer Gebetsmühle. Hardesty hatte so viele Zettel mit Telephonnummern von Ärzten bekommen, daß er schließlich der Ordnung halber alle auf eine Liste schrieb. Die Liste bedeckte schließlich eine volle Seite. Von jeder der aufgeführten Koryphäen hatte es geheißen, es handele sich um die jeweils größte ihres Fachs.

Schon nach einer Woche zermürbt vom ständigen Wechsel der Gesichter und ebenso umständlichen wie vorsichtigen Kommentaren, ahnte Hardesty das Schlimmste. Niemand machte ihm Hoffnung. Man reichte ihn schließlich einfach vom einen zum anderen, bis schließlich der letzte, den er konsultierte, Mitleid mit ihm hatte und ihm die Wahrheit sagte.

Eine größere Autorität gab es nicht, denn es handelte sich um den Chef aller Chefärzte in der angesehensten Klinik der Stadt. Freunde hatten ihm die Krankengeschichte vorgelegt, er hatte sie sorgfältig studiert und Abby nicht nur einmal, sondern sogar zweimal untersucht. Schließlich bat er Hardesty zu sich in sein Büro, dessen Fenster auf den East River gingen, denn er wußte, daß das Ehrfurchtgebietende dieses Ortes, das Gemälde von Lavoisier, das schwere Mobiliar, die Stille und der Blick auf schneebedeckte Gärten es Hardesty leichter machen würden, zu glauben, was er ihm sagen wollte.

»Es gibt in der ganzen Welt nichts besseres als die Wahrheit«, sagte der Arzt. »Früher oder später müssen Sie ihr ja doch ins Auge sehen.«

Mehr brauchte er natürlich nicht zu sagen. Hardesty kämpfte gegen die Tränen an.

»Machen Sie es Ihrer Tochter so leicht wie möglich, ersparen Sie ihr Schmerzen, und sagen Sie ihr nicht, wie es um sie steht. Sie haben doch noch andere Kinder, nicht wahr?«

»Ja«, antwortete Hardesty.

Der Arzt nickte, und die Andeutung eines Lächelns lag auf seinen Lippen.

Hardesty blinzelte, holte tief Luft und trat ans Fenster. Zuerst sah er die unter dem Schnee begrabenen Gärten, dann den dahinterliegenden Fluß. Der Wind fegte über das Eis und trug das Heulen und Tuten der Fähren und Schlepper mit sich, die im Hafenbecken gefangenlagen. Obwohl es erst später Nachmittag war, gingen unten am Fluß schon überall die Lichter an. In Queens stiegen aus vielen Kaminen dünne Rauchsäulen auf und verkündeten, daß in den Häusern schon zahlreiche Feuer brannten.

Es gibt vielleicht nichts Traurigeres als ersterbendes Licht über einer stillen Stadt.

☆

»Als meine Mutter starb, war ich noch ein Kind«, sagte Hardesty und starrte durch das Fenster von Abbys Krankenzimmer in den beständig fallenden Schnee. »Als mein Vater starb, war ich zu jung, um für ihn zu sorgen, obwohl ich eigentlich schon erwachsen war. Es war nicht meine Sache. Natürlich hätte ich mich um ihn kümmern und dafür sorgen können, daß er sich mehr ausruhte, sich anders ernährte oder sonst etwas tat, um sein Leben zu verlängern. Aber die Monate, die ihm das gebracht hätte, hätten ihm nichts genutzt. Er war mein Vater, und ich hatte kein Recht, ihm Vorschriften zu machen. Ich merkte, wie er immer schwächer wurde, und wußte nicht, was ich tun sollte. Ich war wie gelähmt. Aber für ihn war das ein gutes Zeichen. Er sagte: ›Heb dir deine Kraft für deine eigenen Kinder auf. Das ist das Beste, was du für mich tun kannst. Nur ein Dummkopf würde seine Energie an einen alten Mann wie mich verschwenden, und es freut mich, zu sehen, daß du so klug bist, deinen Mut für den Augenblick aufzusparen, in dem du ihn wirklich brauchen wirst.‹ Er ließ mich zurück mit dem Gefühl, daß ich ihn nicht im Stich gelassen hatte, und er hat mir gezeigt, wie man in Anstand stirbt. Aber weißt du —«, Hardestys Stimme verriet beherrschte Wut, und sein Gesicht bekam einen entschlossenen Ausdruck, — »in Abbys Fall kann ich das nicht zulassen. Es darf einfach nicht sein, es ist falsch! Und damit meine ich nicht bloß, daß es unangenehm ist, oder daß ich es nicht will. Ich meine, daß es *falsch* ist. Ihre Zeit ist noch nicht gekommen. Sie ist zu jung.«

Virginias Frage »Was können wir denn tun?« war nicht nur rein rhetorisch. Sie wollte daran glauben, daß etwas getan werden konnte, und sie glaubte auch, daß sie dafür verantwortlich waren, *daß* es getan wurde. Alle hatten sie davor gewarnt und gemeint, sie würden sich später nur unnötig Vorwürfe machen, weil sie sich eingebildet hatten, etwas ausrichten zu können, wo nichts auszurichten war.

»Aber wer sagt denn, daß es nicht in unserer Macht steht?« fragte Hardesty, der sich jetzt an diese Warnung erinnerte. »Ich bin sicher, daß es schon erheblich größere Wunder gegeben hat. Es heißt, daß ganze Armeen wiederauferstanden oder durch ein Meer gerettet worden sind, das sich hinter ihnen schloß. Feuersäulen erheben sich in der Wüste, Blitz und Donner wüten, und Hügel springen hin und her wie Schafböcke, um die Rechtgläubigen vor ihren bösen und wilden Feinden zu beschützen.«

»Glaubst du denn, daß sich in der Wüste wirklich eine Feuersäule erhoben hat?« fragte Virginia.

»Nein«, antwortete Hardesty, »daran glaube ich nicht. Die Geschichte ist sicher nur ein Gleichnis für etwas viel Größeres und Gewaltigeres, dem das Bild einer einfachen Feuersäule trotz all seiner Schönheit nicht einmal annähernd gerecht wird.«

»Ist es nicht Vermessenheit, zu glauben, wir könnten allein durch die Kraft unseres Willens aus derselben Quelle schöpfen?«

»Nein, ich denke nicht.« Hardesty zögerte. »Darauf zu hoffen, daß uns etwas ohne Anstrengung zufallen könnte, wäre meines Erachtens Selbstgefälligkeit. So, wie ich es verstehe, erleben nur *die* Menschen Wunder, die das Risiko einer Niederlage nicht scheuen. Wunder geschehen denen, die sich in dem Kampf, das Unmögliche wahr zu machen, vollständig verausgabt haben. Als mein Vater im Sterben lag, verhielt ich mich still, weil er es so für richtig hielt. Sein letzter Wunsch war, daß ich meine Kräfte für einen Kampf aufsparen sollte, den ich nicht verstehen würde. Er sagte: ›Der größte Kampf ist der, den du durchstehst, wenn deine Augen vor lauter Rauch nichts sehen können.‹«

☆

Peter Lake wollte ins Sumpfland gehen, um herauszufinden, woran er sich erinnern konnte. Da der Hafen zugefroren war, brauchte er kein Boot. Statt dessen kaufte er ein Paar Schlittschuhe und schnürte sie fest zu. Dann band er seine Schuhe zusammen und warf sie sich über die Schulter. Es war früh am Morgen, als er sich, die Hände in den Taschen, auf den Weg über das Eis machte. Ein starker Ostwind strömte, von der aufgehenden Sonne beschleunigt, durch die düsteren Straßen Brooklyns und jagte über den Hafen hinweg. Peter Lake stellte fest, daß er von sich aus gar nichts zu unternehmen brauchte, sondern es genügte, sich gegen den Wind zu lehnen und sich von ihm zu den Sümpfen tragen zu lassen. Auf diese Weise segelte er mühelos viele Meilen dahin. Er erkannte die vertraute Küstenlinie der riesigen Halbinsel von Bayonne, obgleich sie inzwischen von Fabriken, Werften und riesigen Baustellen bedeckt war. In der kalten Morgendämmerung waren dort Tausende von Männern im gleißenden Schein von Flutlichtlampen an der Arbeit.

Als Peter in den Kill van Kull hineinfuhr, den die Sumpfmänner *Allandrimore* genannt hatten, wandte er sich um und warf einen Blick zurück auf die Stadt. Er erschrak, denn die Perspektive war ihm so vertraut und seine Erinnerung daran so stark, daß er fürchten mußte, er habe nun die Verbindung mit *beiden* Welten verloren. Das Morgenlicht schien die gläsernen Klippen in Brand gesetzt zu haben; es durchdrang sie und legte sich in blassen Regenbögen über die Küste von Jersey. Aber zwischen den Glaspalästen standen noch immer genügend ältere Gebäude, so daß Manhattan wie eine Insel aus gezackten Felsen und die Battery wie ein hartes, vorspringendes Kinn aussah.

Peter schickte sich gerade an, den Kill van Kull hinaufzufahren, um die Buchten, schilfbewachsene Sandbänke und Salzwasserkanäle zu erkunden, als er ein paar Meilen hinter sich ein Häufchen kaum wahrnehmbarer schwarzer Punkte auf dem Eis erblickte, die sich ihm mit großer Geschwindigkeit und anmutigen, fließenden Bewegungen näherten. Daß Schlittschuhläufer schon in aller Frühe unterwegs waren, wunderte Peter nicht; verblüffend waren nur ihre Zielstrebigkeit und Schnelligkeit.

Statt im Kill zu verschwinden, wandte er sich nun nach

Osten, dem Wind entgegen. Mit betörender Eleganz folgten die Gestalten der Kursänderung und hielten ein wenig vor, um ihn abzufangen. Als Peter einen Haken nach Westen schlug, machten auch sie eine elegante Rechtswendung. Schließlich bremste er so unvermittelt, daß seine Schlittschuhe eine Kaskade winziger Eissplitter aufwirbelten, und blickte den näherkommenden Schlittschuhläufern unverwandt entgegen. Wie stetig sie vorankamen, so ganz ohne die typisch schwerfälligen, schlurfenden Bewegungen von Menschen, die mühsam gegen den Wind ankämpfen müssen. Sie steuerten genau auf ihn zu. Kein Zweifel – sie waren hinter ihm her!

Trotz der nun unverkennbaren Gefahr empfand Peter Lake regelrechte Freude über die Situation, die ihm seltsam vertraut vorkam. Ein Gefühl von Kraft und Begeisterung, das ihm für einen Mann seines Alters gänzlich unangemessen erschien, bemächtigte sich seiner. Ihm war, als hätte er nun all jene eigenartigen Kräfte in sich, die ihn während seines elenden Stadtstreicherdaseins zu Boden gezwungen hatten, ja – jene Mächte, die gegen ihn gewesen waren und ihn mit Blitz und Donner gestraft hatten, waren nun auf seiner Seite!

Das Sonnenlicht erfaßte seine Verfolger. Es waren ihrer mindestens ein Dutzend. Ihre Stetigkeit und Entschlossenheit wirkte bedrohlich. Peter hielt auf Shooters Island zu, das bei den Sumpfleuten *Fontarney Gat* geheißen hatte. Seine Jäger hatten den Wind im Rücken. Es gab keine Möglichkeit, ihnen nach links oder rechts zu entkommen, und es hatte auch keinen Sinn, weiter nach Westen zu fahren. Das Sumpfland hatte sich verändert, und Peter war sich ohnehin nicht sicher, ob er sich dort zurechtfinden würde. Die beste Strategie bestand darin, die Insel zu umrunden, an Land zu gehen und ungefähr in der Mitte abzuwarten. Sobald seine Verfolger dann, egal auf welcher Seite, hinter der Küste hervorkamen, wollte Peter wieder aufs Eis gehen und mit dem kleinen ihm verbleibenden Vorsprung erneut nach Nordosten laufen.

Ohne zu bremsen übersprang er den schmalen, überfrorenen Schilfgürtel am Ufer und landete auf dem Strand. Die Kufen seiner Schlittschuhe versanken in Schnee und Sand, als er mit unbeholfenen Schritten quer über die Insel lief. Am höchsten Punkt angelangt sah er, daß seine Verfolger sich nun in zwei Gruppen geteilt hatten, die in zwei weit auseinandergezogenen Reihen die Insel umrundeten.

Schon war er wieder auf dem Weg hinunter auf das freie Eis. Aber diese schwarzbejackten Schlittschuhläufer ließen sich nicht so leicht abschütteln. Ein paar Hundert Meter weit draußen auf dem Eis hatten sie zwei Wachtposten zurückgelassen, und Peter blieb nur noch eine Chance: Er mußte schnurgerade auf sie zuhalten.

Die Posten entdeckten ihn, kaum daß er das Eis wieder betreten hatte. Sie standen etwa hundert Schritt voneinander entfernt. Jeder von ihnen feuerte einen Schuß in die Luft, um die anderen zu alarmieren. Peter steuerte auf einen Punkt in der Mitte zwischen den beiden zu und gewann im Gegenwind langsam Fahrt. Die Posten legten auf ihn an und schossen. Peter hörte die Kugeln pfeifen und empfand dabei so etwas wie Dankbarkeit. Kugeln, die durch die Luft pfiffen, schienen seine Berufung zu sein.

Methodisch und sorgfältig zielten sie auf ihn, ohne ihn jedoch zu treffen. Peter Lake war schon zu schnell und vollführte zuckende, ruckartige Bewegungen, die sie nicht berechnen konnten. Einmal gelang es ihm, sie etwas genauer zu erkennen. Die schwarzen Jacketts waren von altmodischem Schnitt und ähnelten jenen, die die beiden kleinen Männer im Restaurant angehabt hatten. Noch immer wußte Peter nicht, mit wem er es zu tun hatte. Ihre Taktik war auf jeden Fall meisterhaft, und wenn er bisher unversehrt geblieben war, dann hatte er das einzig und allein seinem Glück zu verdanken.

Sie waren jedoch nicht so schlau, wie sie es hätten sein können. Das zeigte sich, als Peter zwischen ihnen hindurchfuhr. Sie hielten ihre Pistolen im Anschlag und warteten den Augenblick ab, da er ihnen am nächsten sein würde. Aber dies war natürlich der Punkt, an dem Peters Kurs die unsichtbare Gerade zwischen ihnen schnitt. Als er sich genau auf der imaginären Verbindungslinie zwischen ihnen befand, feuerten sie mit einer Akkuratesse, die sie als Kreaturen der Geometrie auswies. Peter, der dies vorausgesehen hatte, ließ sich in die Knie fallen und krümmte sich zusammen wie einer jener Zirkusartisten, die sich als lebende Kanonenkugeln durch die Luft schießen lassen. Er hörte, wie sich die beiden Geschosse dicht über ihm kreuzten. Es war gewissermaßen ein verdoppelter Doppler-Effekt, ein ungewöhnlich lang anhaltendes, spindelförmiges Geräusch. Als Peter sich wieder aufrichtete, stellte er zu seiner Freude fest, daß sich seine beiden Angreifer mit beneidenswerter Präzision gegenseitig erschossen hatten. Reglos lagen sie mit gespreizten Armen und Beinen auf dem Eis.

»Mein aufrichtigstes Beileid!« sagte Peter mit lauter Stimme und lief weiter, ohne noch einmal innezuhalten. Er gönnte sich nicht einmal einen Blick zurück, denn er wußte, daß die anderen nun alles daransetzen würden, um ihn einzuholen. Er hielt geradewegs auf die Eisflächen unter den East River-Brücken zu, wo sich inzwischen bereits viele Menschen tummelten. Dort, in der Nähe des Ufers, wollte er zwischen neu errichteten Zelten, Schneemauern und Schneehöhlen untertauchen.

Mühelos glitt er über das Eis. Er stieß sich so kraftvoll ab, als wollte er die stählernen Kufen seiner Schlittschuhe zerbrechen. Und dann, im Anmarsch auf Manhattan, fiel ihm plötzlich ein, daß er schon einmal über das Eis in die Stadt zurückgekehrt war, damals auf dem Rücken eines weißen Pferdes. Mittlerweile hatte er sich schon an solche bruchstückhaften Erinnerungen gewöhnt, die zwar seinem inneren Frieden nicht förderlich waren, aber doch immerhin eine Art Verheißung darstellten. Falls sich die Dinge weiterhin so zügig entwickeln, werde ich bald alles in Erfahrung bringen, dachte er und war sich seiner Sache sicher.

☆

Die Eisstadt unterhalb der Brooklyn-Brücke, der Manhattan-Brücke und deren weiter nördlich gelegenen Geschwistern war ein Niemandsland zwischen Manhattan und der Stadt der Armen. Wenngleich die Armen, im Gegensatz zu ihren reichen Vettern von der anderen Seite, außerhalb ihrer eigenen Wohnviertel nicht um Leib und Leben fürchten mußten, empfanden sie beim Anblick der glitzernden Enklaven größtes Unbehagen. Von Türstehern argwöhnisch beäugt und von Matronen mit mißbilligenden Blicken verfolgt zu werden, während man eine gepflegte Straße hinunterging – dies war ein Erlebnis, das es möglichst zu vermeiden galt. Seit langem schon hatten sich die beiden Städte wie entgegengesetzte Pole voneinander separiert, und wenn die Trennungslinie zwischen ihnen auch nicht physikalischer Natur war, so konnte an ihrer Existenz als solcher kein Zweifel bestehen. Die unsichtbare Grenze bei Five Points war Beweis genug.

Sobald indes der Fluß zugefroren war, bildete sich auf dem neuen Territorium eine neutrale Zone. Theoretisch hätte der Kontakt zwischen Arm und Reich für beide Seiten positive Folgen haben können, in der Praxis erwies sich jedoch, daß es eher krudere Gelüste waren, die die Menschen in die Stadt aus dem Eis trieben. Zwar begnügten sich die meisten Besucher damit, mit ihren Kindern auf der zugefrorenen Bucht herumzustehen und die Sternbilder zu betrachten, doch zur gleichen Zeit wurden die Eisflächen unter den Brücken zum Schauplatz einer zynischen Transaktion. Die Reichen kamen, um eben jene Tugenden zu verraten, die sie hätten einbringen können, und gaben sich einer zügellosen Parodie dessen hin, was sie für die Moral der Armen hielten. Die Armen ihrerseits strömten herbei, um wie beutegierige Haie über sie herzufallen. Wollten sich die einen mit ihrem Geld Sklaven und Speichellecker kaufen, so stand den anderen der Sinn nach Bargeld, Uhren und Schmuck.

Es herrschte ein grober Ton in der Eisstadt unterhalb der Brücken, und nicht nur darin unterschied sie sich grundlegend von ihren Pendants an anderen Stellen des Ufers. Da sich die Architektur auch in diesem Falle nach der Seelenverfassung der Erbauer und Bewohner richtete, stieß man hier vielerorts auf Häßlichkeit und Verfall.

Es war gerade Frühstückszeit, als Peter Lake auf seinen Schlittschuhen herangesegelt kam. Im Zickzack lief er durch das Straßengewirr aus Schnee und Eis, bis er sich völlig darin verloren hatte. Schließlich fand er sich im Hof einer Kneipe wieder. Schneemauern hielten den Wind ab, und in einem Backsteinofen, den man ein paar Kilometer weiter südlich vom offenen Eis gestohlen hatte, brannte ein Feuer. An einem großen Holztisch saßen hungrige Zecher und warteten auf das Frühstück, welches aus knusprigem Maisgrieß und milchigen Getreideflocken bestand, beides zu einer gelblichen Paste vermengt. Was für Gesichter sie hatten, die Reichen und die Armen, die Männer und Frauen, ja sogar die Hunde, die zusammengerollt neben dem Ofen lagen: gierige Augen, Kinn und Nase zu einer unförmigen Schnauze zusammengeflossen; trunkenes, unverbindliches, allzu bereitwilliges Lächeln; Bäuche, die wie Muschelfleisch in der Schale an Fäden zu hängen schienen, und hufeisenförmige Zahnreihen, die glanzlos und angriffslustig aus immerfort belfernden Mäulern herausragten.

Peter Lake setzte sich an den Tisch, und auch ihm setzte man eine Holzschale mit Brei vor. Die Mahlzeit wurde auf einer Art Tragbahre aus dicken Holzbohlen und Brettern gebracht; um elf kleine Schüsseln herbeizuschaffen, mußten zwei Männer ein zweihundertfünfzig Pfund schweres Ungetüm schleppen.

Das Zeug schmeckte nicht schlecht. Alle außer Peter Lake ließen ihrer Freßgier freien Lauf und schlangen wie die Schweine. Peter blickte sich immer wieder verstohlen um und nahm die Szenerie in sich auf. Prostituierte standen an den Fenstern der oberen Etage und knutschten mit ihren Freiern, als gälte es, einen ganzen Sumpf trockenzulegen. Und die Morastlöcher, an denen sie saugten, gehörten schmierigen, furunkelübersäten Kreaturen mit behaarten Rücken und fleischroten Lippen. Noch bevor Peter seine Schüssel zur Hälfte gelehrt hatte, waren ihm zwei Taschendiebstähle aufgefallen – und dann erlebte er sogar mit, wie einem der Taschendiebe die Taschen ausgeräumt wurden.

Peter Lake vergaß einen Augenblick lang, wo er sich befand. Er ging völlig in dem Versuch auf, sich an einen Vers aus seiner Kindheit in Five Points zu erinnern. Es hatte irgend etwas mit Elfen und Waldmurmeltieren zu tun. Dann aber, bei einem flüchtigen Blick über die Pfeiler hinweg, die den Hof begrenzten, sah er eine vielköpfige Schar mit schwarzen Jacken bekleideter Schlittschuhläufer herangleiten.

Schleunigst verschwand Peter unter dem Tisch, zwischen

fetten Waden und Schützengrabenfüßen. Er bemerkte, daß etwa die Hälfte dieser Leute ihre Hände beim Essen entweder auf ihren eigenen Geschlechtsteilen oder auf denen ihres Nachbarn ruhen ließen. Und er teilte seinen Zufluchtsort mit einem armseligen, namenlosen Weib, das kniend auf dem Eis hockte und Männern wie Frauen zwischen gespreizten Schenkeln zu Diensten war, so oft sich ihr eine Hand mit einer Münze entgegenstreckte – die Hand eines Menschen, der die Frau unter dem Tisch nicht einmal zu Gesicht bekam.

Die Schwarzjacken hatten inzwischen den Innenhof betreten. Sie stellten den Gästen mehrere Fragen, doch da diese von Peter überhaupt keine Notiz genommen hatten, konnten sie auch keine Auskunft über ihn geben. Betrunken wie sie waren, brachten sie ohnehin kein vernünftiges Wort heraus. Peter lugte vorsichtig durch ein Dickicht von Krampfadern hindurch und warf einen Blick auf die untere Hälfte seiner Verfolger. Sie trugen Jacken, deren Schwalbenschwänze einfach abgeschnitten worden waren.

»Mein Gott, das sind sie! Die Short Tails!« sagte er und stieß mit dem Kopf an die Tischplatte.

Die Short Tails hatten ihn gehört. Grob stießen sie die Gäste von den Bänken. Peter sprang so heftig auf, daß der Tisch gegen die Schneemauer prallte, neben der er gestanden hatte. Die Short Tails dicht auf den Fersen, rannte er in die Kneipe und die Treppe hinauf. Trotz der weißen Wände war es drinnen nahezu stockfinster. Im dritten Stock hielt er jäh inne und wäre fast zurückgetaumelt. Ein Mädchen, vermutlich die Tochter einer der Prostituierten und höchstwahrscheinlich an den Aktivitäten ihrer Mutter beteiligt, stolperte aus einem Zimmer in das Treppenhaus. Sie war erst vier oder fünf Jahre alt, aber sie trug ein schmutziges, weites Kleid und bewegte sich wie eine alte Säuferin. Peter war von diesem Anblick so verblüfft, daß ihn die Short Tails fast geschnappt hätten. Doch dann faßte er sich wieder und rannte weiter.

Das obere Ende der Treppe war eine Sackgasse. Wohin er sich auch wendete, überall waren Mauern aus Schnee, und hinter sich hörte er das Trappeln und Keuchen der Short Tails. Peter besann sich auf seine Tage als Obdachloser und ging buchstäblich mit dem Kopf durch die Wand.

Die an das Treppenhaus angrenzenden Räume gehörten zu einem Bordell. Er entschuldigte sich bei den dreißig Gästen, die sich dort wohlig seufzend in einem Bad aus dickflüssiger Kokosnußmilch suhlten, rannte die Treppe hinab und fuhr auf seinen Schlittschuhen in die Stadt zurück.

In der echten Stadt aus Stein und Beton waren die Short Tails mittlerweile überall, wie Würmer in einem Sack Mehl. Zwar wurde Peter nicht von allen erkannt, aber alle, die ihn erkannten, machten Jagd auf ihn. Er tat ihnen den Gefallen, aus Fenstern zu springen, er ließ sich spektakulär von oben auf schneebedeckte Markisen fallen und pflügte im Laufschritt durch arglose Passantengruppen. Wie Billardkugeln stieß er die Menschen beiseite, und ihre Päckchen und Taschen beschrieben ballistische Bahnen durch die Luft.

Peter liebte diese Flucht, so beschwerlich sie auch sein mochte, und er konnte sich keinen schöneren Sport vorstellen, als von Ort zu Ort gejagt zu werden, Fassaden hinaufzuklettern, sich in Abflußrohren zu verstecken und von Dach zu Dach zu springen. Das hielt ihn derart in Atem und war so spaßig, daß er alles andere vergaß. Er hatte die ganze Stadt in seinem Blut und bewegte sich in ihr mit großer Geschwindigkeit, ohne ein einziges Mal einen falschen Schritt zu machen. Er war zufrieden mit diesem Dasein und wäre enttäuscht gewesen, hätten seine Verfolger ihn einmal nicht aufgespürt. Mehrmals ließ er sich von einer Feuerleiter auf ein paar unter ihm vorbeihastende Short Tails herabfallen, um ihnen schmerzhaft die Köpfe zusammenzuschlagen. Ein anderes Mal trieb er einen von ihnen in einem verlassenen Gebäude in die Enge. Der verängstigte Gangster hatte langes, ölig schwarzes Haar, das er mit der Linken nervös zu kleinen Schweineschwänzen drehte, während er, die Pistole in der Rechten, zwischen den Schutthaufen herumirrte und nach Peter Lake suchte, der sich in einer Besenkammer versteckt hielt. Als der Kerl die Kammertür öffnete, schrie Peter Lake mit solcher Wildheit »Buh! Buhu!«, daß sein Verfolger vor Schreck zu schlottern begann, kleine Luftsprünge machte und zu alledem noch unbeherrscht und in unregelmäßigen Abständen in den Fußboden schoß. Als das Magazin leer war, sagte Peter Lake zu ihm: »Das war ein hübsches Tänzchen! Wenn du noch ein bißchen an dir arbeitest, kannst du damit im *Rainbow Room* auftreten.« Die Zähne des Mannes klapperten wie eine automatische Heftmaschine; ein paar von ihnen lösten sich sogar und fielen zu Boden. »Sobald du dich wieder abgeregt hast, wirst du einen guten Zahnarzt brauchen«, meinte Peter seelenruhig. »Eigentlich hatte ich ja vor, dich k.o. zu schlagen, aber das hier gefällt mir besser. Schade, daß ich jetzt gehen muß. Wenn du fertig bist, sei so nett und mach das Licht aus, ja?« Mit diesen Worten verschwand Peter in der Dunkelheit, im Schnee, im weiten Meer der Lichter und in den Dampfwolken, die die Stadt in Winternächten schmücken wie Federn einen Hut.

Peter wagte nicht, nach Hause in sein Zimmer zu gehen, denn dort würden ihn seine Verfolger sofort entdecken. Er wußte zwar inzwischen, daß sich diese Kerle *Short Tails* nannten und daß ihre Hauptaufgabe darin zu bestehen schien, ihn zu jagen, aber er verstand nicht warum und wußte nach wie vor sehr wenig über sich selbst.

Auf der Suche nach einem neuen Schlupfwinkel für die Nacht — irgendwo mußte er schließlich schlafen — stellte er dann hocherfreut fest, daß ihm wieder ein Fragment seiner eigenen, so außerordentlich ereignisreichen Vergangenheit einfiel. Auf dem kürzesten Weg begab er sich zur Grand Central Station.

Wie immer wimmelte es in der Weite der Halle von Reisenden und Pendlern, aber es herrschte dennoch eine merkwürdige Stille, die dazu einlud, die Augen zu erheben und den gewölbten Himmel zu betrachten. Fast hätte man meinen können, das Gebäude sei konstruiert worden, um das irdische Leben und alle sich aus ihm ergebenden Konsequenzen widerzuspiegeln, z.B. die Art. wie die Menschen ihren Geschäften nachgingen, ohne jemals aufzusehen und ohne sich bewußt zu machen, daß sie auf dem Grund eines unermeßlichen Meeres umherdrifteten. Peter Lake sah über sich den Himmel mit all seinen Sternbildern und Planeten-Konstellationen, majestätisch dargestellt auf dem riesigen, tonnenförmigen Deckengewölbe. Dies war einer der wenigen Orte auf der Welt, wo Licht und Dunkelheit wie Wolken unter einem Dach schwebten und aufeinanderprallten.

Seit Jahrzehnten hatte sich niemand um die Lampen dieses künstlichen Firmaments gekümmert. Der unbeleuchtete Himmel wirkte stürmisch und düster. Vielleicht wußte gar niemand mehr, wie all dies funktionierte und daß die Sterne angeschaltet werden konnten. Peter ging geradewegs zu der kleinen Geheimtür, deren Schloß ihm bekannt vorkam. »Ich weiß, wie man dich aufkriegt«, sagte er und zog eine kleine Ledertasche mit allerfeinstem Werkzeug hervor. Daß er selbst es gewesen war, der dieses Schloß vor fast hundert Jahren angebracht hatte, kam ihm nicht zu Bewußtsein. »Ein altes *McCauley No. 6* aus Messing«, sagte er und öffnete es mit einer solchen Geschicklichkeit, daß ihm plötzlich der Gedanke kam, er könnte früher vielleicht einmal Einbrecher gewesen sein. Aber da sich keine weiteren Erinnerungen dieser Art einstellen wollten, verwarf er den Gedanken wieder.

Als er sich endlich auf der Rückseite des künstlichen Himmels befand, betätigte er einen vertrauten Schalter, und sofort leuchteten alles Sterne auf. Nicht eine einzige Glühbirne war durchgebrannt, keine fehlte. Es war einfach nie jemand dagewesen, um das Licht anzuschalten. In dem Wald aus Stahlträgern und Verstrebungen am Deckengewölbe, unter dem sich die warme Luft staute, hörte Peter die leisen, unaufdringlichen Arbeitsgeräusche weit entfernter Maschinen, welche er früher einmal für das rhythmische Pochen einer Zukunft gehalten hatte, die sich wie ein heraufziehender Schneesturm ankündigte. Sein Bett, das fast hundert Jahre lang nicht benutzt worden war, fand er verstaubt, aber unversehrt vor. Konservendosen, deren Inhalt inzwischen wahrscheinlich tödlicher war als Nervengas, standen ordentlich gestapelt zwischen eisernen Streben. Neben dem Bett lagen ganze Stöße der *Police Gazette* und alte, vergilbte Zeitungen.

All dies betrachtete Peter mit Verwunderung. Nach einer Weile ließ er sich zufrieden aufs Bett sinken. Es war Winter, die Sterne funkelten wieder, und er selbst befand sich auf der Rückseite des Himmels in Sicherheit. Unten, auf dem cremefarbenen Marmorboden, glitten die Menschen noch immer ohne aufzusehen dahin. Hätten sie hinaufgeschaut, dann wäre ihnen aufgefallen, daß jetzt an einem meergrünen Himmel helle Gestirne funkelten.

☆

Wie hypnotisiert vor Wut stürzte Hardesty auf die Straße. Er unterschied sich kaum von all den Tausenden, die schon unterwegs waren. In keiner Stadt der Welt war es so einfach, in Rage zu geraten wie in New York. Man brauchte nur vors Haus zu gehen, und schon war man bereit, mit seinen kurzen Menschenbeinen gegen die Belmont-Ponys anzutreten. Hardesty wußte, daß auf den Hauptstraßen und Avenuen immer Sturmwarnung herrschte. Sein Plan bestand darin, nicht eher Ruhe zu geben, als bis er zufällig auf ein Geheimnis stieß, das die Rettung seiner Tochter ermöglichte. Ohne viel Zeit und ohne viel Hoffnung suchte er gierig nach etwas, dem Peter Lake in seinem Leben niemals hatte aus dem Weg gehen können. Er war bereit, alles zu riskieren.

Sein erster Impuls war, einen Kampf zu provozieren. Gelegenheit dafür gab es genug, denn in den Straßen wimmelte es von bewaffneten Desperados, die von Kindesbeinen an geraubt und gemordet hatten. Daß diese Leute vor nichts zurückschreckten und Gewalt suchten wie Bienen den Nektar, kümmerte ihn nicht.

»Was hast du hier zu suchen?« fragten ihn zwei Männer, die ihm zu vorgerückter Stunde auf der Eighty-Seventh Street den Weg versperrten.

»Wie bitte?« fragte Hardesty mit einem Lächeln zurück, aus dem sie den Wunsch, ungeschoren davonzukommen, herauslasen, das in Wirklichkeit aber Vorfreude ausdrückte.

»Ich meine: Was hast du hier in dieser Gegend verloren? Los, raus mit der Sprache!« sagte der eine und trat drohend einen Schritt näher.

»Ich wohne hier«, antwortete Hardesty seelenruhig.

»Wo denn?« schrien die beiden fast gleichzeitig, um ihn einzuschüchtern.

»In der Vierundachtzigsten!«

»Die gehört nicht zu diesem Viertel, Mann!« brüllte ihn der Größere der beiden an und zeigte mit dem Finger auf den Boden. »Ich habe dich gefragt, was du *hier* verloren hast!«

»Denken ist wohl nicht gerade eure Stärke, oder?« fragte Hardesty, ohne eine Antwort zu erwarten. Die Männer waren sprachlos. »Ich sag's euch auch warum: Ihr habt nämlich Spatzenhirne. Aber da ich nun mal eine Schwäche für Spatzenhirne habe, werde ich euch genau sagen, was ich hier suche. Ich bin hier, um ein Spielchen zu machen. Ich hab' mir zu Hause ein bißchen Bargeld geholt, welches sich jetzt in meiner linken Jackentasche befindet. Es ist immerhin so viel, daß ich es in einen großen Umschlag stecken mußte, weil es nicht in meine Brieftasche gepaßt hat. Aber damit ihr beiden Spatzenhirne auch wirklich kapiert, was ich meine: Ich rede von Geld, genauer gesagt von dreißigtausend Dollar. Weitere fünf- oder zehntausend habe ich in meiner Brieftasche.« Tatsächlich hatte Hardesty nicht einmal acht Dollar dabei.

Er rührte sich nicht vom Fleck. Seine Angreifer blinzelten und begannen zurückzuweichen. »Laß uns bloß in Ruhe!« sagten sie, aber Hardesty kam ihnen nach, und vor Kampfeslust verengten sich seine Augen zu Schlitzen.

»Was ist los? Wollt ihr mich nicht ausrauben? Habt ihr etwa Angst?« schrie er. Sie fingen an zu rennen, und Hardesty lief ihnen nach. Er jagte sie über zehn Straßenkreuzungen und brüllte dabei aus Leibeskräften. Als sie schließlich über die Umfassungsmauer des Parks kletterten, setzte er ihnen nach und verfolgte sie über den mondbeschienenen Schnee.

Die Schweißperlen auf ihren Gesichtern schimmerten wie winzige Monde. Sie drehten sich um und feuerten mit ihren Pistolen auf ihn, aber das ließ ihn nur noch schneller rennen, und er schrie noch immer. Da ließen sie ihre Pistolen fallen und liefen um ihr Leben. Schließlich gelang es ihnen, im dichten Gestrüpp unterzutauchen.

Hardesty verließ den Park und machte sich auf den Weg zur West Side. Es war ein Uhr morgens, und die Stadt begann gerade zu erwachen. Ihm schwebte vor, die Gegend um den Broadway abzuklappern.

Seine erste Station war ein Pool-Billard-Salon in einer der Achtziger-Straßen. Jede Geste und jede Bewegung der dort Anwesenden war so berechnet, daß sie den Eindruck jener für das Billardspiel unerläßlichen Geschmeidigkeit und Sicherheit vermittelte. Zweck der Übung war, andere glauben zu machen, man sei ein hervorragender Poolspieler, der sich dies jedoch nicht anmerken lassen wollte. Die wirklichen Profis brauchten solche Posen allerdings nicht, denn die, denen sie das Geld aus der Tasche zogen, waren zu sehr mit der Pflege ihres eigenen Images beschäftigt. Sie nahmen nichts anderes mehr wahr und konnten natürlich auch nicht gut Pool-Billard spielen. Für jeden Spieler war es ein Muß, auf irgend etwas herumzukauen – auf einer Zigarre, Zigarette, Pfeife oder einem Zahnstocher, als ergänzten diese Dinge das Queue wie ein Dolch das Schwert. Entsprechend geometrisch waren auch die einstudierten Bewegungen der Spieler, die, aufs sorgfältigste Winkel und Stoßkraft kalkulierend, die Tische umkreisten.

Hardesty, der den Salon mit nicht viel mehr als einem wildentschlossenen Gesichtsausdruck betrat, zog seine Jacke aus, zahlte fünf Dollar Eintritt und erkundigte sich nach dem besten Spieler. Alle Anwesenden verstummten in diesem Moment und sahen gebannt zu, wie Hardesty zwischen den Reihen hell beleuchteter Tische hindurch in eine Ecke des Raumes geführt wurde, wo der Champion des Salons Hof hielt. Profis dieser Kategorie waren gewöhnlich sehr dick und auch ansonsten äußerlich nicht sehr attraktiv. Eher wirkten sie wie völlig ausgebrannte Insassen von West Bend, die von einem Tick für Kellnerinnen in Fernfahrerkneipen besessen waren. Auf Zehenspitzen trippelten sie um den Tisch wie Pilze auf Rädern und waren ohne jede Extravaganz. (Extravagant waren nur die Angeber: Mit ihrer Geckenhaftigkeit wollten sie vermeiden, daß man ihnen zu hohe Wetten anbot, die sie sich nicht zu halten trauten.)

Der beste Spieler dieses Salons war jedoch nicht nur ein Geck, sondern obendrein mindestens zwei Meter groß, und er hatte die Statur eines Holzfällers. Er trug einen Smoking und ein modisches Hemd mit kleinen Diamantknöpfen. Er hatte eines jener Gesichter, bei denen sich, sofern es auf den Schultern eines so großen Körpers sitzt, sogar ein Mann wie Hardesty, der selbst alles andere als klein war, winzig wie eine Bohne vorkommt. Der Typ besaß einen gewaltigen Schopf welligen, nach hinten gekämmten Blondhaars. Zusammen mit dem draufgängerischen Schnitt und dem über alle Maßen selbstsicheren Ausdruck seines Gesichts ließ es ihn wie einen Drachenflieger aussehen, dem auch ein Sturm von Windstärke zehn nichts ausmacht.

Der Champion und sein Hofstaat waren entzückt über Hardestys Erscheinen. Die Schildpattbrille und seinen Anzug von *Brooks Brothers* (*Fippo's* konnte er sich nicht leisten) nahmen sie als Hinweis, daß er ein Mann war, der über ein gewisses Maß an finanziellen Mitteln, Verantwortungsgefühl und Aufrichtigkeit verfügte. Ob er Pool-Billard spielen konnte, wußten sie nicht, und es war ihnen auch gleichgültig. »Es ist mir egal, wie gut oder wie schlecht Sie sind«, sagte der Drachenflieger. »Ich habe zehntausend Dollar, und ich spiele um jeden Betrag zwischen tausend und zehntausend.«

»Dann sagen wir also zehn.«

»Haben Sie soviel dabei?«

»Nein, ich habe nur zwei Dollar und etwas Wechselgeld. Aber ich könnte Ihnen einen Schuldschein und meinen Ausweis dalassen.«

»Möchten Sie *eight-ball*, *tortoise* oder *planetarium* spielen?«

»*Tortoise* klingt gut«, antwortete Hardesty. »Allerdings müßten Sie mir vorher die Regeln erklären.«

»Moment mal . . .«, sagte der Drachenflieger.

»Keine Sorge«, beruhigte ihn Hardesty. »Wenn ich verliere, werde ich zahlen.« Und kaum hörbar fügte er hinzu: »Aber ich habe vor zu gewinnen.«

»Und weshalb muß ich Ihnen dann die Regeln erklären?«

»Wissen Sie«, sagte Hardesty, während er sein Queue einkreidete, »ich spiele eigentlich gar nicht Billard. Das letzte Mal habe ich gespielt, als ich noch das College besuchte, und das ist schon lange her. Ich war damals nicht besonders gut, und seitdem habe ich nicht gespielt.« Er sah auf. »Ich werde Sie schlagen!«

»Wie wollen Sie das anstellen?« fragte Drachenflieger. »Ich

falle nie auf einen Bluff herein. Wenn Sie mich bluffen wollen, schlagen Sie sich das lieber gleich aus dem Kopf.«

»Ich bluffe nie«, erklärte Hardesty. »Fangen wir an!«

Drachenflieger lächelte. »Ich kenne Sie«, sagte er. »Leuten wie Ihnen bin ich früher schon mal begegnet. Sie sind ganz verrückt darauf, das Unmögliche zu versuchen.«

»Im Augenblick trifft das auf mich zu, ja.«

»Und warum?« In Drachenfliegers Ton schwang ein gewisses Mitgefühl mit. Er zog die Jacke aus und konzentrierte sich auf den Beginn des Spiels, das ihm zehntausend Dollar einbringen sollte.

Hardestys Antwort machte Drachenflieger leicht nervös: »Um die Toten zurückzuholen.« Aber Hardesty achtete nicht auf die Wirkung seiner Worte. Sein ganzes Interesse galt dem mattglänzenden Filz des neuesten Tisches im Salon.

Nachdem Drachenflieger die Regeln für *tortoise* erklärt hatte, machten sie einen Stoß, um festzustellen, wer eröffnen sollte. Die Kugel des Profis kam einen Zentimeter vor der Bande zum Stillstand.

Während Hardesty sich auf seinen Stoß konzentrierte, ging ihm folgendes durch den Kopf: Er vergegenwärtigte sich, was er tat, und warum er es tat: Er tat es für Abby. Er war hier, um ein Gefühl für das Unmögliche zu bekommen und um zu erfahren, was er zu tun hatte, wenn der Augenblick kam, in dem man als Mensch nie weiß, was getan werden muß. Es war ein Akt der Herausforderung, gefährlich nicht deshalb, weil soviel Geld auf dem Spiel stand, sondern eher, weil er gegen die Allmacht aufbegehrte. Er wurde von Liebe getrieben, und er vertraute darauf, daß sein Versuch, eine Reihe von Toren zu durchschreiten, die nur selten geöffnet worden waren, erfolgreich sein würde. Aber dazu mußte er sich konzentrieren.

Und er konzentrierte sich! Wie Engel, die vom Himmel geschleudert werden, vertrieb er aus dem Kopf alle Gedanken und Wünsche, die nichts mit dem Tisch vor ihm zu tun hatten. Er sah und hörte nichts von den Zuschauern, von seinem Gegner oder von sonst irgend etwas Lebendigem oder Totem jenseits der grünen Filzfläche. Er dachte nicht an Gewinnen oder Verlieren, weder an Drachenfliegers wallendes Haar noch an sein diamantbesetztes Hemd, nicht daran, wieviel Uhr es war und wo er sich befand, und auch nicht an die Art des Risikos, das er einging. Er dachte nur an eines: an die geometrischen Probleme, die sich ihm stellten. Gott war hier und redete in seiner einfachen, absoluten Sprache; er gebrauchte dieselbe Grammatik, mit der er den gleichmäßigen und sanften Tanz der Planeten hatte beginnen lassen. Durch Klarheit und Konzentration würde Hardesty seine vollkommenen Augen dazu bringen, die Entfernungen korrekt einzuschätzen und ihn die richtigen Bewegungen machen zu lassen. Die Kraft seines Willens würde jede Zelle, jede Fiber eines jeden Muskels tun lassen, was ihnen aufgetragen war: dem Queue die nötige Stoßkraft und die korrekte Führung zu geben, damit die Kugel einen Stoß erhielt, der sie ihrerseits zur Dienerin eines höheren Willens machte.

Sie beobachteten ihn bei seinen Vorbereitungen und fühlten eine Hitze von ihm ausgehen, als brenne in der Mitte des Raumes ein Feuer. Sie sahen, daß er angespannt war wie eine Stahlfeder, und sie ahnten, daß Drachenflieger Schweres bevorstand. Hundertfünfzig Zuschauer drängten sich, um zu sehen, was sich hier abspielte. Viele von ihnen taten etwas, was es zuvor noch in keinem Billardsalon gegeben hatte: Sie standen auf den Tischen! Aber Hardesty hatte nichts im Sinn als reine Physik. Die gleißenden Lampen über dem Tisch leuchteten wie Doppelsonnen, aber außerhalb des Universums aus grünem Filz herrschte tiefe Schwärze.

Hardesty zwang seine schwitzenden Hände zur Ruhe und brachte das Queue in Position. Mit dem absoluten Gefühl für die exakte Kraft, die die Kugel bis an die Bande treiben würde, stieß er zu. Seine Augen folgten ihr, wie sie geräuschlos auf das andere Ende des Tisches zurollte. Ihr Aufprall auf die Gegenbande traf ihn, als wären vor seinen Augen zwei Schnellzüge zusammengestoßen. Dann kam sie zurück, mit einer verheißungsvollen, gleichmäßigen Verzögerung, die unter den Zuschauern Gemurmel hervorrief. Langsam, ganz langsam rollte sie an Drachenfliegers Kugel vorbei. Fast schien sie sich an die Bande zu schmiegen, dann lag sie still. Beifallsrufe wurden laut. Die Zuschauer waren begeistert. Aber Hardesty hörte es nicht – er bereitete sich schon auf den Eröffnungsstoß vor. Er achtete auch nicht auf Drachenflieger, dessen Gesichtsausdruck darauf hindeutete, daß auch er alles mobilisierte, was ihm zu Gebote stand. Hier wurde um zehntausend Dollar gespielt, aber es stand noch etwas weitaus Wertvolleres auf dem Spiel: die Idee der Gewißheit schlechthin. Der Ecktisch war jetzt von zweihundert Zuschauern umlagert, und schnell wie auf einem Gemüsemarkt wanderten Geldscheine von Hand zu Hand. Hardesty musterte die Anordnung der Kugeln und spürte, daß er dabei war, sein inneres Gleichgewicht zu verlieren, aber er war ruhig genug, um zu bemerken, daß sich die Wettenden auf den Tischen und Stühlen wie Zuschauer bei einem Hahnenkampf benahmen. Dies wiederum brachte ihn dazu, in dem Dreieck aus bunten Kugeln ein Arrangement frischbemalter Ostereier zu sehen. Weitere Assoziationen würden seine Konzentration gefährden, also bog er sie, statt ihnen zu folgen oder gegen sie anzukämpfen, zu einer gekrümmten Nadel, deren Spitze er wieder auf den Kern der Sache richtete. Dort befanden sich die Planeten, die sich in plötzlicher Unordnung auf einer einzigen Kreisbahn unter zwei Sonnen zusammendrängten. Nun stand er vor der Aufgabe, alles wieder ins Lot zu bringen und die Kugeln, diese Himmelskörper, auf die richtige Bahn zu schicken. Aber wie sollte er dies bewerkstelligen? Die weiße Kugel in unmittelbarer Nähe der Bande zum Stillstand kommen zu lassen, war eine Sache – hier aber war die Zahl der Variablen überwältigend. Drachenfliegers in vielen Jahren gesammelte Erfahrungen und seine weit auseinanderstehenden Augen, mit denen er die Winkel maß, ließen sich nicht einfach durch einen unerschütterlichen Vorsatz aufwiegen. Erneut fühlte Hardesty, wie sein inneres Gleichgewicht ins Wanken geriet, und seine Hände schwitzten so sehr, daß er sie immer wieder an der Hose abwischen mußte.

Je nervöser er wirkte, desto höher wurde gegen ihn gewettet. Während Drachenflieger aufzuatmen begann, zitterte Hardesty und war den Tränen nahe. Um sie zu verbergen, starrte er in die hellen Sonnen über dem Tisch. Ihre Strahlen brachen sich in dem Wasser, das ihm in den Augen stand, und schufen Regenbögen,

Straßen und Balken aus Licht, die den Raum zerschnitten wie die kristallenen Dornen einer Distel. Das diamantenzersprengende, donnernde Licht versetzte ihn zurück zu jener Kirche in North Beach, wo ihm eine Inschrift über dem Portal in Zeiten der Not stets Trost gespendet hatte. Es war ein Dante-Zitat, und er hatte oft vor jener Kirche im Park gestanden und die Zeilen mit tiefer Genugtuung gelesen:

La Gloria di Colui, che tutto muove
per l'Universo penetra e risplende

Immer schon war er davon überzeugt gewesen, daß die Gerechtigkeit am Ende durch Licht herbeigeführt werden würde, wobei er allerdings nicht daran gedacht hatte, daß der umgekehrte Fall nicht nur wahrscheinlicher, sondern auch glanzvoller wäre.

»Ruhe!« herrschte er die undisziplinierten Zuschauer an. Die Aufgabe, die er zu bewältigen hatte, erforderte absolute Stille. Er würde sich ins Gedächtnis rufen, was sein Vater ihn gelehrt hatte, und die Gesetze der Himmelsmechanik anwenden, um das von grellem Licht überstrahlte, jedoch ungeordnete Modell des Sonnensystems, das vor ihm lag, neu zu ordnen. Die Aufgabe war nicht leicht. Er mußte alle möglichen Auswirkungen von Geschwindigkeit, Beschleunigung, Schwung, Kraft, Reaktion, statischem Gleichgewicht, Winkelabweichung, Reibung, Elastizität, orbitaler Stabilität, Zentrifugalkraft, Energiekonstanz und Vektorenbestimmung einkalkulieren und gleichzeitig berechnen, inwieweit diese Faktoren auf die sechzehn Kugeln, die Anordnung der Löcher, die mechanischen Eigenschaften der Bande, den Rollwiderstand des Filzes und die Stärke des Eröffnungsstoßes, dieses kleinen Urknalls, einwirkten. Er mußte die Kalkulationen ohne genaue Meßwerte und in ziemlich knapp bemessener Zeit vornehmen. Er tröstete sich damit, daß alle ermittelten Größen relativ ungenau und niemals so perfekt sind wie die Theorien, die diese untermauern sollen. Folglich mußten sein Instinkt und sein Augenmaß ausreichen. Die Art, wie er an seine Berechnungen heranging, erzeugte bei seinen Zuschauern Nervosität. Er mußte so viele Werte ermitteln und dann zur späteren Verwendung zurückstellen, daß es ihm sogar jetzt in seinem geistigen Höhenflug schwerfiel, sich all die Zahlen zu merken und gleichzeitig mit ihnen zu rechnen. Dieses Problem löste er, indem er die Zuschauer im Geist in einen Abakus verwandelte. Dadurch, daß er die Gesichter und Kleidung mit Vektoren und Koeffizienten assoziierte, war er in der Lage, eine gewaltige Menge von Informationen zu speichern. Er zerlegte jeden der Umstehenden gewissermaßen in seine anatomischen Bestandteile und ordnete den Kniescheiben, Füßen, Köpfen, Hälsen und so weiter jeweils verschiedene Werte und Winkelgrade zu. Dadurch wurden ihm die Vergleiche innerhalb jeder Kategorie enorm erleichtert.

Aber der Erfolg dieses Unternehmens hing davon ab, daß sich niemand bewegte. Wenn auch nur ein einziger seinen Platz verließ, waren alle seine Gleichungen zum Teufel. »Keiner rührt sich!« befahl er. Drachenflieger und alle Zuschauer fanden das befremdlich. Aber das war noch gar nichts im Vergleich zu dem, was er dann tat: Er ging umher, starrte sie an und murmelte dabei rasend schnell irgend etwas vor sich hin. Er zeigte auf sie und hob mit Gesten seiner Finger unsichtbare Lasten — seine Zahlen — von einem zum anderen. Und wenn sie seine Befehle mißachteten, schnauzte er sie an, wobei er sie mit der Funktion bezeichnete, die sie für ihn innehatten: »Ruhe da, *Sigma*!« brüllte er einen kleinen dicken Mann in einem Hawaii-Hemd an. »*Cosinus*! Bleib wo du bist, verdammt noch mal!« schrie er und zeigte auf einen hochgewachsenen Schwarzen, der eine Lederjacke trug. Er dachte mit einer so atemberaubenden Geschwindigkeit, daß ihm der Schweiß in Strömen herunterlief; so schnell, daß seine Lippen nicht mehr mitkamen. So ging er dazu über, sich seine Berechnungen in einem seltsamen, überirdischen Singsang vorzusagen. Nach fünf Minuten hatte er sie abgeschlossen und war zu Tode erschöpft. Er hatte den Stoßpunkt des Queues, die Ausgangsposition der Spielkugel, die Koordinaten ihres Weges, den Zielpunkt auf den Schenkeln des Dreiecks und die aufzuwendende Kraft berechnet.

»Gut!« sagte er und wandte sich mit einer wegwischenden Handbewegung an seine Zuschauer, die mit offenen Mündern dastanden und nicht ahnten, daß sie ihm als Zahlenträger gedient hatten. »Löschen!« Er hatte es! Nur ein paar Kleinigkeiten mußte er sich noch merken, aber die meisten hatte er ohnehin vor seinem inneren Auge verankert.

»Ich werde jetzt eröffnen«, kündigte er an. »Die Eins geht in das linke Mittelloch; die Drei, die Fünf und die Vierzehn werde ich links hinten versenken; Zwei, Vier, Sechzehn und Sieben vorne rechts; Sechs und Zehn in das rechte Mittelloch; Neun, Elf und Zwölf gehen in das Loch links vorne; Dreizehn und Fünfzehn in das rechts vorne; und dann, zum Schluß, landet die Acht in dem Loch rechts hinten.« Er räusperte sich und fügte hinzu: »Vorausgesetzt, alles läuft so, wie ich es berechnet habe.« Nervös kreidete er sein Queue.

»Und mich wollen Sie wohl gar nicht ans Spiel lassen?« fragte Drachenflieger sarkastisch.

»Nein«, sagte Hardesty und ging in Stellung.

Er mußte die Spielkugel mit großer Kraft stoßen, denn die numerierten Kugeln sollten nicht nur in die ihnen zugewiesenen Löcher befördert werden. Einige von ihnen mußten zuvor noch einen weiten Weg über etliche Banden zurücklegen, und wieder andere waren ausersehen, ihren sich sträubenden Genossinnen einen ermunternden Schub zu geben. Andererseits durfte die Kraft nicht so groß sein, daß die Kugeln über die Bande sprangen. Es erübrigt sich wohl die Feststellung, daß Hardesty sich nun die Spielkugel sehr sorgfältig zurechtlegte. Er beugte sich vor, zielte, holte aus und stieß zu.

Das Dreieck aus Kugeln explodierte geradezu. An Drachenflieger gewandt, sagte Hardesty: »Das wird jetzt eine Weile dauern.« Er war völlig entspannt und sah beifällig nickend zu, wie die Kugeln in ihren Löchern verschwanden. Etwa vier oder fünf waren auf Anhieb versenkt worden. Die anderen schienen jedoch das Linienmuster einer Tätowierung nachzeichnen zu wollen; sie schossen über den Tisch, verfehlten sich, stießen manchmal zusammen und blieben gelegentlich sogar liegen. Aber jedesmal wurden sie von einer vorbeirasenden Genossin gestreift und trollten sich verschämt zum wartenden Schlund einer nahegelegenen Höhle. Wie Hardesty es vorausgesagt hatte, dauerte es seine Zeit, bis schließlich die Acht, nach einer langen Reise über die grüne Weite, mit zielstrebiger Beflissenheit in das hintere rechte Loch plumpste.

Niemand wagte zu sprechen oder sich zu rühren – bis auf Drachenflieger, der, ein Bündel Geldscheine in der Hand, tapfer auf Hardesty zuging. Kaum vermochte er ein Zucken in seinem großen Gesicht zu unterdrücken, so verblüfft und eingeschüchtert war er.

»Ich will das Geld nicht«, sagte Hardesty, der in Gedanken schon bei der nächsten Aufgabe war. »Ich habe dies nicht wegen des Geldes getan.« Damit ging er hinaus.

Sie wären ihm gefolgt, aber sie waren alle wie angewurzelt. Irgendwann überkam sie ein Zittern und Zucken, und dann schrien und heulten sie wie Erweckte, denen ein Engel erschienen ist. Sie waren hartgesottene Männer und gewiß keine Schwächlinge, aber ihre Schreie klangen schrill und spitz. Sie wußten nicht, wie ihnen geschehen war. Die Passanten auf der Straße sahen verwundert auf und kamen sich vor, als seien sie mitten in der Stadt in ein außer Rand und Band geratenes Voodoo-Ritual hineingestolpert.

Hardesty war bereits eine halbe Meile weiter südlich.

Es war früh am Morgen, als Hardesty nach mehreren Tagen des Hungers, schrecklicher Begegnungen und unbeschreiblicher körperlicher Prüfungen in einem Raum erwachte, der eine byzantinische Kathedrale zu sein schien, die man in eine Sporthalle umgewandelt hatte. Er konnte sich nicht erinnern, wie er dorthin gekommen war, sondern wußte nur, daß er gefroren und sehr unbequem auf einer gepolsterten Gummimatte geschlafen hatte. Durch einen langen Korridor gelangte er in eine menschenleere Eingangshalle und begriff, daß er sich in einem Fitness-Studio an der Wall Street befand. Er hatte es ganz für sich allein, und ein Blick auf die Stechuhr ergab, daß der erste Angestellte erst um zehn Uhr kommen würde.

Als es sechs Uhr schlug, sprang die Heizung an. Leise Pfeiftöne und der eigenartige, leicht salzige Geruch der Dampfwölkchen, die den Radiatoren entströmten, wetteiferten mit tickenden Heizungsrohren um Hardestys Aufmerksamkeit. Dicht unter der Decke des Raumes, in dem er aufgewacht war, fiel das Licht der aufgehenden Sonne in verschwommenen Bahnen durch eine Reihe überfrorener Fenster, tauchte Kletterseile und Schwebebalken in weiß und gelb, und erwärmte Hanf und Holz. Hardesty beobachtete die Sonne auf ihrer Bahn. Die Erschöpfung ließ ihn keinen klaren Gedanken fassen.

Noch vor ein paar Tagen hätte er an einem Ort wie diesem versucht, einen Kreuzhang an den Ringen auszuführen oder schwerelos am Reck zu schweben, um zu erfahren, was es über solche Dinge zu erfahren gab. Jetzt aber bereitete es ihm schon Schwierigkeiten, nur den Kopf zu heben, um die Sonne in den Fenstern hoch oben in der byzantinischen Kuppel zu betrachten.

Das klare Morgenlicht war bereits vom Fenster so gebrochen worden, daß es eine vollkommen runde Plattform schuf, die den schimmernden Schlußstein des Domes bildete. Hardesty erhob sich. Das im Zentrum der Kuppel befestigte Kletterseil schien plötzlich zur ersten Ebene des Himmels zu führen, und das Seil glänzte wie ein dicker goldener Zopf.

Die goldene Scheibe, einhundert Fuß über ihm, hatte sich verfestigt und wirkte massiv. Dort wollte Hardesty hin. Aber er konnte kaum stehen, geschweige denn klettern, und seine Handflächen waren zerschnitten, als habe er mit Stahltrossen hantiert. Die Sonne wanderte weiter und füllte die runde Öffnung mit Gold, bis es den Anschein hatte, als könnte die Kuppel das Gewicht nicht länger tragen. Hardesty begriff, daß es so, wie es gegeben wurde, auch wieder genommen werden würde. Er begann zu klettern.

Jetzt, beim Klettern, durchlitt er die vielfältigen Todesqualen, die er gesucht hatte, und je weiter er sich an dem goldenen Seil nach oben hangelte, desto weiter schwang er sich auch innerlich empor. Das Tau färbte sich rot vom Blut, das seinen Händen entströmte wie Wasser einer geborstenen Leitung. Hardesty aber kletterte unermüdlich weiter, denn er dachte, daß er, wenn er erst die Plattform aus goldenem Licht erreicht hätte, weder Blut noch Kraft brauchen würde. Das Fleisch seiner Handflächen scheuerte sich ab, und die Hanffasern wurden so schlüpfrig, daß er sich mit den bloßen Knochen daran festklammern mußte. Aus Qual und Verzückung entstand eine Vision: Ausgebleichte Knochenhände wiesen ihm den Weg und zogen ihn empor. Auf halber Höhe wurden seine Hände zu mechanischen Greifwerkzeugen, die ein Eigenleben besaßen. Das Gewicht, das er hochziehen mußte, schien größer und größer zu werden. Was für Fische mögen in diesem Netz sein, fragte er sich, daß es so bleischwer und unnachgiebig ist?

Dicht unter der goldenen Scheibe züngelten kleine weiche Flammen in einer samtigen Spirale um das Seil. Hardesty schob seine linke Hand hinein. Die Flammen waren heiß, aber sie versengten ihn nicht, und während er in sie hineinkletterte, begannen seine wunden Hände zu heilen, und das Blut in seinen Kleidern verschwand.

Die Plattform über ihm war so hell, daß seine Augen den Anblick fast nicht ertragen konnten. Auf den Fenstern leuchteten silbrige und weiße Eisblumen, in denen er unendlich viele genau und fein gezeichnete Bilder erblickte. Flügelähnliche Zacken schienen wie Schwärme von schwarzen Engeln in die Sonne zu fliegen. Tief im Dickicht der federzarten Zeichnungen gab es leuchtende Landschaften, und auf jedem Fenster führten die Muster im Eis den Blick des Betrachters in immer neue Welten. Je mehr Tiefe die Bilder durch lange, auf den Fluchtpunkt gerichtete Tunnel erhielten, desto weiter schienen sie sich zu öffnen und immerwährende Schlachten darzustellen. Himmlische Mächte kämpften über brennenden Gefilden, und runde Sonnen, die in feinen Tröpfchen goldenes Licht verströmten, jagten durch ein Meer von blauen Wellen. Das Sonnenlicht zog seine Bahn durch den Wald feiner Linien, der das Glas bedeckte, und schnitt sie zu Bündeln, die wie Weizengarben wogten.

Hardesty Marratta versuchte, seinen Kopf durch die goldene Scheibe zu stecken. Sofort wurde er zurückgestoßen. Er schloß seine Hände fester um das Seil und zog sich mit verzweifelter Kraft empor, aber eine unerbittliche Gewalt wehrte ihn ab. In einem letzten Versuch, die Undurchdringlichkeit der Scheibe über seinem Kopf zu bezwingen, nahm er schließlich all seine Kräfte zusammen. Wie ein Geschoß stieg er auf – und wurde zurückgeschlagen wie eine Fliege.

Mit ausgebreiteten Armen und gespreizten Fingern fiel er hundert Fuß tief. Auch wenn er sich wie eine Katze in der Luft hätte drehen können, um so zu landen, wie er es sich wünschte – es hätte ihm nichts genutzt. Die hundert Fuß waren eine Realität, daran gab es nichts zu rütteln. Während seines Sturzes aber bemerkte er, daß sanfte Pendelschwünge ihn hin- und herwiegten und die Fallgeschwindigkeit nur langsam war. Die Luft, die ihn umgab, schlug wie mit tausend unsichtbaren Schwingen, dämpfte den Sturz und setzte Hardesty so sanft auf, daß er einen oder zwei Augenblicke lang über der Gummimatte schwebte.

Er öffnete die Augen. Einige Männer in Trainingsanzügen hielten ihn an den Armen fest.

»Sind Sie einer von uns?« fragten sie.

»Und was sind *Sie*?« entgegnete Hardesty. Dann sah er den Ausdruck auf ihren Gesichtern. »Sie müssen Bankiers und Börsenmakler sein.«

»Sind Sie hier Mitglied?«

»Das steht doch alles in Ihren Zahlen«, sagte Hardesty. »Wenn Sie sie nur richtig lesen würden.«

»Er muß sich von der Straße hereingeschlichen haben«, sagte einer der Männer. »Einen Augenblick lang dachte ich, er sei Klubmitglied und habe einen Unfall gehabt.«

Sie hoben ihn auf und trugen ihn in einer Art unsichtbaren Sänfte hinaus. »Ich bin geflogen wie ein Schmetterling«, erklärte Hardesty. »Als ich das Feuer erreichte und zurückstürzte, dachte ich, ich würde auf dem Boden aufschlagen, aber ich bin geflogen wie ein Schmetterling.«

Sie kamen an der Uhr in der Eingangshalle vorbei, und Hardesty sah, daß die Zeiger auf elf standen. Mit jener Mischung aus Ehrerbietung und Verachtung, die man Verrückten entgegenbringt, setzten sie ihn auf die Straße.

»Da war noch etwas«, sagte er.

»Und das wäre?« antwortete einer von ihnen, während sie schon wieder die Stufen hinaufstiegen.

»Eure Turnhalle war randvoll mit Engeln.«
Sie hörten ihn nicht mehr.

☆

Keinen Cent in den Taschen und seit Tagen schon ohne einen Bissen im Magen, begann Hardesty in der Dezemberkälte durch Manhattan zu irren. Er hatte Abby und damit auch seinem eigenen Vater gegenüber versagt. Der Hochmut, der ihn verleitet hatte zu glauben, er habe die Kraft, dem Himmel zu trotzen, erfüllte ihn jetzt mit Abscheu und Furcht.

Er erkannte die Herrlichkeit in den Gesichtern der Menschen, die in den Straßen zu Tausenden an ihm vorbeieilten. Was immer es war, das sie zu mehr machte als zu bloßen Wesen aus Fleisch und Knochen – es begegnete ihm in ihren Augen, in ihren geröteten Wangen und in ihren Mienen, die Hoffnung, Entschlossenheit oder Zorn ausdrückten, denn das Leben in diesen Gesichtern reichte weit über die Grenzen des Stoffes hinaus, in den es sich verirrt hatte. Und dennoch: Sollte er versuchen, danach zu greifen, so würde er nur die Mantelaufschläge eines verschreckten Passanten in den Händen halten. Rings um ihn her leuchtete das Licht, nach dem er suchte, aber er konnte es nicht festhalten.

Er dachte an den kleinen Sarg, nicht größer als das Verkaufsmodell eines Bestattungsinstitutes, in dem man seine Tochter beerdigen würde. Aber dann durchpulste ihn wieder das geschäftige Treiben auf den Straßen, und aufs neue glaubte er, Abby retten zu können, wenn es ihm gelänge, die Kraft zu verstehen, die in den vielen lebendigen Szenen der Stadt wirkte: in dem gequälten Gesicht eines Jungen unter einer Kapuze, der einen Kleiderständer durch die verschneiten Straßen schob; in dem Schneider, der sich in der Kürschnerstraße über seine Maschine gebeugt ins Paradies der Schneider nähte; in der Kolonne von Straßenarbeitern, die mit dem geballten Einsatz von Preßlufthämmern über den Asphalt herfielen. Es gab etwas, das all diese Szenen miteinander verknüpfte und sie auf einem gemeinsamen Kurs vorantrieb. Die leeren Schächte zwischen den steil aufstrebenden Häuserfluchten bargen das Geheimnis, das unsichtbar wie eine Säule aus reiner Luft auf der Stadt ruhte. Und dennoch: Wenn er seine Faust ballte und das Geheimnis mit Gewalt lüften wollte, entzog es sich ihm. Vernichtend geschlagen wurde er von der Menge aufgesogen; er fühlte sich schwach und benommen und hatte der Menschenflut in den vorweihnachtlichen Straßen nichts mehr entgegenzusetzen.

Wie ein Stück Holz in der Brandung trieb er die Avenuen auf und ab. Er ließ sich von der Masse in große Kaufhäuser mitreißen und wieder hinausspülen, der Strom trug ihn hinab in die Schächte der U-Bahn, wo er ein oder zwei Stationen mitfuhr und wieder auf die Straße geschoben wurde. Dann hielt ihn eine Straßenkreuzung gefangen, als sei sie ein wilder Strudel. Immer wieder, sicherlich hundertmal, überquerte er die Straße. Ermattet, geschlagen und wie in einem Fieberwahn wurde er von Millionen Menschen ziellos herumgestoßen, die durch die Straßen hasteten, als ginge es um ihr Leben.

Nach Büroschluß um fünf färbte ein Sturzbach aus Gabardine und Wolle die Straßen grau und blau. Alle hatten es eilig. An manchen Stellen stauten sich die Wellen von Büroangestellten und Sekretärinnen zu Dreier- oder Viererreihen auf. Das Geräusch fließenden Wassers oder eines Steppenbrandes, der vom Wind vorwärts gepeitscht wird, erfüllte die Luft. Um Viertel nach fünf herrschte in den Straßen von Manhattan ein Gedränge wie in den Gängen eines Theaters, das in Flammen steht. Wie der Niagara am Hufeisenfall ergoß sich schließlich eine Sturzflut rastloser Menschen in Regenmänteln und mit verbissenen Gesichtern in die Grand Central Station und schwemmte Hardesty mit sich. Er hatte das Glück, nur am Rand des Stroms mitzudriften, und es gelang ihm, sich auf einem Balkon in Sicherheit zu bringen. Von dort aus konnte er die Halle überblicken. Hauptsächlich wegen seiner übermächtigen Angst, mit dem Fünf-Uhr-Zwanzig-Zug nach Hartsdale fahren zu müssen, lehnte er sich an eine Marmorbalustrade. Seine Hände umklammerten das Geländer, und er ruhte sich eine Stunde lang aus, bis die Flut verebbte und er nicht mehr fror.

Abgesehen von dem schmalen Strom der Pendler, die immer

noch durch die Türen und die Treppe hinunter in die Halle eilten, war die Galerie über der Vanderbilt Avenue fast menschenleer. In dem gewaltigen Gewimmel zeigten sich allmählich überall dort, wo sich auf dem karamellfarbigen Marmor leere Inseln gebildet hatten, kahle Stellen in dem Teppich, der seit 1912 aus dem Kommen und Gehen zahlloser Menschen geknüpft worden war. Niemand dort unten blickte jemals auf. Das Dachgewölbe war schon seit so langer Zeit dunkel und umwölkt, daß man es vergessen hatte. Für die meisten Menschen war es ohnehin zu hoch, als daß sie sich darüber den Kopf zerbrochen hätten. Hardesty aber legte jetzt langsam den Kopf in den Nacken, bis er es in seiner Gesamtheit überblicken konnte.

Da waren die Sterne! Sie schienen in sattem Gelb vor einem tiefgrünen Hintergrund. Seit wann? Sie sollten doch für alle Zeiten erloschen sein! Man nahm an, sie seien einer nach dem anderen ausgebrannt und würden nie wieder leuchten. Außerdem waren sie zu hoch angebracht, um ausgewechselt zu werden. Niemand hatte es versucht, und schließlich waren die Sterne ein für allemal vergessen worden. Aber nun waren sie wieder da. Nicht ein einziger fehlte.

»Sehen Sie doch!« forderte Hardesty eine junge Frau auf, die den weißen Kittel einer Zahnarztassistentin trug. »Wie die Sterne leuchten!«

»Was für Sterne?« fragte sie ohne aufzusehen und eilte zum Bahnsteig, um ihren gewohnten Zug nicht zu verpassen.

»Die Sterne da oben«, sagte Hardesty zu sich selbst und starrte in den grünen Himmel hinauf.

Als er seine Augen über das hohe Gewölbe wandern ließ, sah er, daß sich in der Mitte etwas bewegte. Es schien, als habe ein Himmelsbeben einen Teil des Firmaments aus seiner Verankerung gerissen. Erst glaubte er, Opfer einer optischen Täuschung zu sein. Aber tatsächlich tat sich ein Spalt auf. Er verschwand wieder, erschien jedoch ein zweites Mal und zitterte, als versuchte jemand, eine schwere Tür zu öffnen. Plötzlich wurde in der Decke ein dunkles Viereck sichtbar. Hardesty rang nach Luft. Die Tür konnte sich nicht von selbst geöffnet haben.

Obwohl niemand zu sehen war, wartete Hardesty geduldig

auf eine Erscheinung, und seine Geduld wurde schließlich belohnt, als hoch oben aus den Schatten ein Gesicht auftauchte, das unverwandt auf die eiligen Armeen in Gabardine und Wolle hinabblickte.

Für die Soldaten und Matrosen von Chelsea

Für einen hochbetagten Menschen sind Augenblicke großer Energie und geistiger Klarheit wie nasse Inseln in einem trockenen Meer. Wenn einen am Stock gehenden Greis heftige Wut packt, oder wenn er von plötzlicher Freude überkommen wird, dann mag ihm klarwerden, daß seiner Unwissenheit im Verlauf der vielen Jahre nur Erfahrungen und Erklärungen hinzugefügt worden sind, und daß er, mag er in seinem langen Leben noch soviel gelernt haben, nicht so weit schauen kann wie damals, als er erst sieben Jahre alt war. Harry Penn erlebte oft solche Augenblicke, in denen er wie elektrisiert war von dem Gefühl, etwas zu lernen, das er schon einmal gewußt hatte, als er noch nicht für jede Erkenntnis einen Preis bezahlen mußte.

Er war aufgewachsen mit der Jahrtausendwende vor Augen. Jetzt wünschte er sich, daß Jackson Meads Regenbogenbrücke so lang und hoch wurde, wie man es sich nur vorstellen konnte. Mehr noch: wie eine Lanze sollte sie den Wolkenwall durchbrechen! Damit dies geschehen konnte, das wußte er, mußten unten auf der Erde alle Voraussetzungen mit einer an Unwahrscheinlichkeit grenzenden Vollkommenheit erfüllt werden. Keine Einrichtung der Menschen konnte gewährleisten, daß die Dinge in die richtige Beziehung zueinander gebracht wurden, daß Auseinanderklaffendes zusammengefügt und daß die vollendete, erhabene Gerechtigkeit hergestellt wurde, ohne die alles vergebens wäre. Und dennoch mußte alles zur Stelle sein, jeder mußte sich flink auf der erleuchteten Bühne bewegen, genau wie es seine Rolle verlangte. Harry Penn war überzeugt, daß er seine Lebensaufgabe noch nicht erfüllt hatte, und das betrübte ihn. Es genügte nicht, einfach nur alt zu werden. Er sehnte sich nach Wundern. Er wünschte sich Leben, wo es kein Leben gab, er wollte, daß die Zeit aufgehoben würde und die Welt in goldenem Glanz erstrahlte – und sei es nur für einen einzigen, wunderbaren Augenblick. Er wollte die riesigen weißen Rauchpilze, die die

Form festlicher Federbüsche auf den Köpfen von Kutschpferden haben, über der Stadt sehen. Sein Vater hatte ihm versprochen, daß sie dereinst aufsteigen würden, um das Goldene Zeitalter anzukünden.

So vertiefte er sich denn sehnsüchtig in seine Bücher und Enzyklopädien, aber vergebens. Er rief sich so viel wie möglich von dem, was er gesehen und erlebt hatte, ins Gedächtnis zurück. Mit wachen Sinnen verfolgte er die Architektur des Geistes mit ihrem periodisch wiederkehrenden allegorischen Niedergang und anschließendem Neubeginn. Oft füllte er daheim die riesige Schieferwanne mit Wasser und sprang hinein, einfach um seinen Gedanken freien Lauf zu lassen. Aber sie schweiften nie frei genug, um ihn innerlich ganz auf die rasch herannahende Jahrtausendwende vorzubereiten.

Eines Abends wurde Jessicas Vorstellung abgesagt, weil ungewöhnlich bittere Kälte herrschte. Alles zog sich bei diesen tiefen Temperaturen zusammen, so daß überall in Manhattan die Geräusche reißender Stahltrossen und berstenden Mauerwerks erklangen – Peitschenhiebe, die der Winter hier und dort als Antwort auf den Blitz und den Donner des Sommers austeilte. Durch die vom Widerhall dieser kleinen Detonationen erschütterten Straßen fuhr Jessica in einem Schlitten vom Theater zum Haus ihres Vaters. Dort machte sie ein wenig Lammfleisch mit Erbsen heiß, und sie aßen zusammen vor dem Kamin. Da sie Praeger erst später erwarteten, waren sie allein. Christiana war bei Asbury, und Boonya war zu ihrer Schwester nach Malto Downs gefahren. Nachdem Jessica den Tisch abgeräumt und das Geschirr gespült hatte, kam sie mit zwei Tassen schwarzem Tee und einer Blechdose voll Buttergebäck zurück, auf der ein schottischer Hochland-Füsilier im Black-Watch-Kilt abgebildet war. Die Flammen, die im Kamin harziges Kiefern- und knochentrockenes Hickoryholz verzehren, boten den Anblick eines kleinen Waterloo mit vorwärtsstürmenden roten Schlachtreihen und dem Mündungsfeuer winzig kleiner Gewehre.

Eine Weile blieb Harry Penn noch in Gedanken versunken, doch dann holten der Tee und die wärmenden Flammen ihn zurück. »Was geschieht«, fragte er Jessica, »wenn du deinen Text vergißt?«

»Ich vergesse ihn nicht.«

»Nie?«

»Doch, aber nur sehr selten. Weißt du, ich lerne ja meinen Part, um die Person zu *werden*, die ich auf der Bühne darstellen soll. Sobald ich in ihre Haut geschlüpft bin, kann ich den Text nicht mehr vergessen. Das wäre undenkbar.«

»Du meinst, das Auswendiglernen von Rollen hat sehr wenig mit dem Gedächtnis zu tun?«

»Genau. Nur schlechte Schauspieler lernen einen Text auswendig. Gute Schauspieler schreiben ihn während der Aufführung ständig neu.«

»Obwohl er vom Dichter längst geschrieben worden ist?«

Sie nickte mit dem Kopf.

»Ist das nicht Anmaßung?«

»Ein Autor hat dafür Verständnis.«

»Du gerätst also in eine Art Trance?«

»Ja.«

»Nehmen wir an, ein Stück ist geschrieben worden, und für dich ist es noch ganz neu. Wenn du deinen Part zum erstenmal liest, dann gehört der Text genauso dir wie dem Verfasser. Wie kannst du das erklären?«

»Ich kann dazu nichts sagen, aber eines ist sicher: Gerade dieser Sachverhalt unterscheidet die guten Schauspieler von den schlechten.«

»Nehmen wir einmal an«, sagte Harry Penn, während er unverwandt auf den Deckel der Keksdose starrte, »du seiest nicht ganz in Form und du hättest am Ende eines langen, schwierigen Stückes deinen Text vergessen. Was würdest du tun?«

»Wahrscheinlich hätte ich gar keine Zeit, um mir etwas auszudenken. Ich würde das sagen, was mir gerade einfällt. Es wäre wie ein Geschenk, und ich würde den improvisierten Text auch wie ein Geschenk hinnehmen, allerdings als ein Geschenk aus einer anderen Quelle.«

Es klopfte laut an der Tür. »Das ist Praeger«, sagte Harry Penn.

»Der Bürgermeister«, korrigierte Jessica stolz.

»Das macht nicht den geringsten Unterschied«, meinte Harry Penn. »Er ist ein feiner Kerl. Laß ihn herein, bevor er erfriert. Weißt du, ein paar Jahre vor meiner Geburt, da ist in Newton Creek der Kranbeerenbürgermeister erfroren.«

Als Jessica mit Praeger in das Arbeitszimmer ihres Vaters zurückkehrte, stand jener vor dem Kamin und hielt den Deckel der Keksdose in der Hand. Er weinte.

»Was hast du?« fragte Jessica.

»Es ist der Hochland-Füsilier«, antwortete er. »Diese Dose war jahrelang in meiner allernächsten Umgebung, aber ich habe mir nie sein Gesicht aus der Nähe angesehen. Jetzt sehe ich es.«

»Was sehen Sie?« fragte Praeger.

»Erinnern Sie sich an dieses menschliche Wrack, das damals bei *Petipas* auftauchte?«

»Ja.«

»Sein Gesicht sah mehr oder weniger so aus wie dieses, nur daß es nicht sauber und rasiert war.«

Praeger warf einen Blick auf die Dose. »Ich weiß nicht recht«, meinte er. »Ich erinnere mich nicht mehr gut genug an ihn.«

»Sie erinnern sich nicht mehr genau, weil Sie ihn vorher noch nie gesehen hatten.«

»Sie denn?«

»Ja.«

»Wann?«

»Als Junge.« Harry Penn legte den Dosendeckel mit dem Füsilier auf den Kaminsims und trat zurück. Dann wandte er sich Praeger zu, dem Bürgermeister der Stadt. Er befahl ihm, in den Stall zu gehen und die drei besten Pferde vor den schnellsten Schlitten zu spannen.

»Ich will, daß wir zusammen nach Norden fahren.«

»Zum Coheeries-See?« fragte Jessica.

»Ja«, antwortete ihr Vater lächelnd. »Endlich habe ich meinen Platz in dieser Welt gefunden.«

Praeger ging hinaus. Als Harry Penn draußen im Hof das flackernde Licht einer Stallaterne sah, drehte er sich zu seiner

Tochter um und verkündete, ein Wunder sei geschehen, gerade zur rechten Zeit.

»Was für ein Wunder?« fragte sie.

»Peter Lake«, war die Antwort.

☆

Harry Penn war der einzige Mensch in New York, der dem Bürgermeister befehlen konnte, für ihn den Schlitten anzuspannen, aber darüber machte er sich keine Gedanken. Schließlich hatte Praeger für ihn gearbeitet und war mehr als zehn Jahre lang de facto sein Schwiegersohn gewesen. Außerdem darf sich ein rüstiger, hundertjähriger Greis über solche Formalitäten und Konventionen hinwegsetzen. Er muß sich nicht einmal vor Staatsoberhäuptern und Königen verneigen, denn sofern jene etwas taugen, stehen sie hoch über diesen Dingen und denken nur noch in geschichtlichen Kategorien. Und ein Hundertjähriger *ist* Geschichte.

Die drei Pferde, die Praeger vor den Rennschlitten spannte, waren kaum zu halten. Im Handumdrehen war der Riverside Drive erreicht, und die Fahrt ging wie im Flug nach Norden.

»Dort hinunter und an der 125. Straße hinauf auf den Fluß!« wies Harry Penn den Bürgermeister an.

»Wird der Fluß denn auch bei Spuyten Duyvil ganz zugefroren sein?« fragte Praeger besorgt. »Die Strudel selbst frieren ja niemals zu, und außerdem ist dort die Fahrrinne.«

»Keine Sorge. In einem Winter wie diesem gibt es immer eine feste Eisbrücke zwischen Spuyten Duyvil und der Fahrrinne«, stellte Harry Penn fest und blickte geradeaus. »Es geht in einem leichten Bogen nach Westen und danach wieder nach Osten. Dann steigt das Eis ein wenig an, wie eine überfrorene Wiese. Später ist die Bahn frei bis zur Abzweigung. Dort können wir fahren wie der Teufel.«

Praeger ließ die Zügel laut auf die Rücken der Pferde klatschen. Der Dreispänner schwenkte nach links und fuhr hinunter zum Fluß. »Woher wissen Sie das?«

»Ich mache diese Fahrt schon seit fast hundert Jahren. Wenn

man erst zwölf Winter erlebt hat, kommt einem alles völlig chaotisch vor. Aber nach hundert Wintern erkennt man allmählich, wie sich alles wiederholt und überschneidet. Ich weiß immer genau, wie das Wetter sein wird. Das ist einfach. Und ich kenne das Eis. Das ist genauso einfach.«

»Und wie steht es mit den Beziehungen der Menschen untereinander?«

»Haben Sie damit Probleme?«

»Nein, ich frage nur aus Neugierde.«

Eine Weile herrschte Stille. Dann sagte Harry Penn: »Damit ist es nicht so einfach.«

»Und Geschichte?«

»Die Geschichte ist sehr kompliziert. Eine fast unbegrenzte Anzahl von Wellen wirkt in einer schier endlosen Zahl von Konstellationen aufeinander ein. Sicherlich ist auch Ihnen aufgefallen, daß sich seit kurzem eine Entwicklung abzeichnet, die mit Macht auf eine Angleichung drängt. Viele verschiedene Wellen konvergieren. Ich glaube jedoch nicht, daß sie sich alle bis zum Jahr zweitausend vereinigt haben werden, es sei denn es tritt noch irgendein katastrophales Ereignis ein.«

»Und was dann?« fragte Praeger, denn auch er machte sich über diese Dinge seine Gedanken. Vor seinem inneren Auge hatte er gesehen, wie die Stadt in einem erschütternden, lautlosen Sturz in bodenlose Tiefe taumelte.

»Dann werden wir weitersehen«, erwiderte Harry Penn. Die Kufen des Schlittens prallten so hart auf das Eis, daß es einen feinen, eine halbe Meile langen Riß erhielt.

Nachdem der Dreispänner Spuyten Duyvil hinter sich gebracht hatte, war die Fahrt nach Norden frei. Sie reisten so schnell, daß die Männer von der Küstenwacht in den Städten entlang des Flusses in ihren Logbüchern lediglich notieren konnten, ein dunkler Schatten sei über das Eis gehuscht und verschwunden, bevor sie feststellen konnten, was es war. Praeger konnte nicht wissen, daß die Städte auf den Hügeln, die im Dunkeln wie Laternen auf den Felsen leuchteten, einer anderen Zeit angehörten. Und Harry Penn sagte es ihm nicht, denn da die nahe Zukunft so entscheidende Ereignisse versprach, wollte er nicht, daß Praeger durch das Wunder einer lebendig gewordenen Vergangenheit verführt wurde.

Sie passierten die Städte und wandten sich, den goldenen Laternenschein hinter sich lassend, nordwärts den Bergen zu, hinter denen der Coheeries-See lag.

Am Abend des folgenden Tages erreichten sie den See. Sie fühlten sich erschöpft, und ihre Kehlen waren ausgetrocknet. Im Gegensatz zu den Dörfern und Städten am Hudson waren alle Siedlungen an den Ufern des Sees dunkel.

Harry Penn stand aufrecht im Schlitten und suchte mit den Augen die Gestade ab. »Sie waren nie dunkel«, sagte er. »Irgend etwas stimmt dort nicht.«

Auf der Straße, die über das Plateau zum Coheeries-See führte, war seit dem letzten Schneefall niemand mehr gefahren. Gegen den grandiosen, sternenübersäten Himmelsvorhang zeichneten sich die Umrisse des kleinen Städtchens ab. Der Ort lag in völliger Finsternis. Langsam fuhren sie hinein und rumpelten mit dem Schlitten mitten auf der Straße über etwas hinweg, das aussah wie ein dicker Balken. Es war aber kein Balken – es war Daythril Moobcot.

Überall sahen sie nur Tote. Sie waren in Hauseingängen hingestreckt, und sie hingen über Gartenzäune gekrümmt, steifgefroren, wie erlegtes Wild, das in der Sonne trocknet. Neben den Leichen lagen Gewehre und Schrotflinten. Hier mußte ein schrecklicher Kampf stattgefunden haben. Auf der Straße verstreut waren Möbelstücke und kleine Gegenstände. Sie bewiesen, daß die Häuser ausgeräumt und geplündert worden waren. Die offenstehenden Türen schwangen unter heftigen Windböen hin und her, oder sie schlugen immer wieder knallend wie Pistolenschüsse zu.

»Fast hätte ich es geahnt«, sagte Harry Penn zu Praeger, »aber ich konnte nicht glauben, daß es wirklich so kommen würde.« Praeger brachte kein Wort heraus. »Aber wenn es denn geschehen mußte, so sei es«, fuhr Harry Penn fort. »Sie sind alle tot. Jetzt ist es vorüber. Dies bedeutet, daß hundert Epochen schließlich zu Ende gegangen sind. Fahren sie hier entlang.«

Sie fuhren am Aussichtsturm vorbei und auf den zugefrorenen See hinaus. Der Schlitten wurde wieder schneller. Ihr Ziel war das Haus der Penns, das auf einer Insel stand, inmitten eines Labyrinths anderer Inseln und Landzungen am gegenüberliegenden Ufer. »Etwas nach links!« oder: »Eine Idee weiter nach rechts!« war das einzige, das Harry Penn ab und zu sagte, um Praeger zu führen, und seine Stimme zitterte dabei. Sie umfuhren dicht mit Kiefern bewachsene Felseninseln, Orte, die schon vor langer Zeit den Füchsen überlassen worden waren. Schließlich gelangten sie zu einem riesigen Haus, das plötzlich hinter einer sanften weißen Kurve vor ihnen in der Dunkelheit auftauchte. Es war unversehrt.

»Immerhin ist ihnen dieser Ort verborgen geblieben«, sagte Praeger.

»Das spielt nun auch keine große Rolle mehr, wie Sie gleich sehen werden. Den Gegenstand, auf den es ankommt, hätten sie nicht mitgenommen, und wenn das Haus beschädigt worden wäre — nun ja, auf ein bißchen Schaden mehr oder weniger kommt es ohnehin bald nicht mehr an.«

Sie fuhren zuerst zur Scheune, wo Harry Penn einen ganzen Sack Hafer vor den Pferden auf den Boden schüttete. Er war sehr erregt, fast so, als würde der längst entschiedene Kampf in der kleinen Stadt noch immer andauern. »Nehmen Sie die mit!« befahl er Praeger und deutete auf zwei oder drei Reisigbesen, die weggeworfen worden waren, weil sie mit Pech verklebt waren. Nachdem sich die Männer durch den hüfttiefen Schnee gekämpft hatten, der die Insel bedeckte, erreichten sie die Eingangshalle des Hauses, eine riesige überdachte Veranda, mehr als hundert Fuß lang und fünfundzwanzig Fuß breit. Die Haustür war so solide und unerschütterlich wie eh und je.

»Wie würden Sie versuchen, dort hineinzukommen?« fragt Harry Penn und deutete mit dem Kopf auf die Tür.

»Mit einem Schlüssel«, antwortete Praeger.

Harry Penn lachte. »Sehen Sie sich das Schlüsselloch an! Es ist nur eine Attrappe. Mein Vater war besessen von dem Gedanken an Einbrecher, und er machte seine Spielchen mit ihnen. Damals war der Beruf des Einbrechers viel angesehener als heute. Es war so etwas wie ein Schachspiel. Mein Vater gab viel Zeit und Geld aus, um Diebe zu überlisten. Vermutlich würde ein moderner Einbrecher einfach eines der Fenster einschlagen, aber damals hatten solche Leute ein Berufsethos mit festen Regeln, an die sie sich hielten. Schauen Sie!« Er legte beide Hände an den Türknauf und bewegte ihn wie einen Hebel nach einer zehnstelligen Codezahl hin und her, bis sich die Tür, von Gegengewichten gezogen, schließlich von selbst öffnete.

Praeger war begeistert. »Das gefällt Ihnen, nicht wahr?« fragte Harry Penn. »Es freut mich, daß Sie es gesehen haben, denn dieser Mechanismus ist heute zum letztenmal in Bewegung gesetzt worden.« Er verschwand im dunklen Innern des Hauses, und Praeger folgte ihm nach.

Harry Penn zog ein Feuerzeug aus der Tasche und fuhr mit der bleistiftspitzen Flamme an den mitgebrachten Reisigbesen entlang. Sofort schlugen große gelbe Flammen empor. Praeger meinte, es sei ein Glück, daß die Zimmerdecken so hoch seien, denn sonst könnte das Haus leicht Feuer fangen. Harry Penn sagte nichts. Er führte den Bürgermeister von New York durch riesige, eiskalte Räume.

Mit den lodernden Fackeln in der Hand hielten sie hier und da an und streckten den Arm in die Höhe, um Gemälde zu beleuchten, die mit unermeßlicher Traurigkeit von den Wänden auf sie herabblickten. Ursprünglich hatten diese Porträts wohl zumeist fröhliche oder zufriedene Gesichtszüge gehabt, aber lange Jahre der Stille und Ruhe hatten ihnen den gekränkten Ausdruck verlassener Geister verliehen. Sie schienen es den Lebenden übelzunehmen, daß sie von ihnen vergessen worden waren. Vielleicht erschraken sie auch darüber, daß der zerbrechliche alte Mann, der nun da unten mit einer Fackel umherging, einst ein kleines Kind gewesen war, in das sie ihre Hoffnungen und ihre Zuversicht gesetzt hatten. Die Bilder wirkten verbittert und wütend darüber, daß sie für alle Zeiten zur Reglosigkeit verurteilt waren, und daß man ihr Haus trotz all ihrer Opfer und ihrer Sorge für kommende Generationen dem Wind und der Nacht ausgeliefert hatte.

»Das sind die Penns, meine Vorfahren«, sagte der alte Mann.

»Ich könnte Ihnen den Namen jedes einzelnen nennen und vieles über sie erzählen, denn es waren Menschen, die ich geliebt habe. Aber sie sind schon alle von mir gegangen. Wie sie wohl staunen werden, wenn sie wieder erwachen!«

»Wieder erwachen?«

»Ja. Ich bin mir sicher, daß dies möglich ist, und ich will Ihnen erklären warum. In der Mitte des Sees gibt es eine Insel, wo alle Penns begraben sind oder begraben sein werden. Meine Schwester, die schon vor dem Ersten Weltkrieg starb, wurde ebenfalls dort bestattet. Aber jetzt liegt sie nicht mehr da. Allem Anschein nach verließ sie jenen Ort schon bald. Damals erklärte man es sich so, daß ihr Grab von einem Meteoriten getroffen wurde. Ein Meteorit! Niemand scheint die Tatsache bedacht zu haben, daß Meteore *zur* Erde fallen, nie aber von ihr *fort*. Zu der Tatsache, daß das Grab völlig ausgelöscht wurde und einfach verschwand, paßt übrigens ihr Grabspruch, der lautete: EINGEGANGEN IN DIE WELT DES LICHTS. Ich kann Ihnen das nicht näher erklären, aber ich bin mir ganz sicher, daß meine Schwester genau das getan hat, was sie selbst angekündigt hatte.«

In der Tür des höhlenartigen Salons hielt Harry Penn inne und wandte sich zu Praeger um. »Auf ihrem Sterbebett hat sie mir gewisse Anweisungen erteilt, die ich damals nicht verstand. Ich dachte, sie redete im Fieber. Sie trug mir auf, diese Instruktionen an dem Tag auszuführen, an dem ich Peter Lake wiedersehen würde. Er hielt sich damals bei uns auf. Kurz nachdem sie gestorben war, ging er fort, und obwohl wir darauf gefaßt waren, daß er plötzlich zurückkäme, sah keiner von uns ihn je wieder – bis zu jenem Tag bei *Petipas*.«

»Wie können Sie sich so sicher sein, daß er es war?«

»Ganz sicher bin ich mir nicht.«

»Was für ein Mensch war dieser Peter Lake überhaupt?«

»Sehen Sie selbst!« Harry Penn führte Praeger in den Salon. Schatten bewegten sich rhythmisch auf und nieder, und es roch in dem kalten, ungelüfteten Raum muffig nach feuchten Teppichen und abgedeckten Möbeln. Allmählich füllte sich die Luft mit dem Rauch der Pechfackeln, der schon die Zimmerdecke vernebelte. Es kam den beiden Männern so vor, als stünden sie in einer Höhle ohne Decke oder unter einem Novemberhimmel. Harry Penn ging zum Kamin und hielt seine Fackel hoch. Strahlende Helligkeit fiel auf zwei Gemälde. Eines hing über dem Kamin, ein zweites an der gegenüberliegenden Wand. »Meine Schwester Beverly«, sagte Harry Penn. »Und das war Peter Lake.«

Bei all ihrer Zartheit und Zerbrechlichkeit war Beverly schön, und sie lächelte. Peter Lake hingegen wirkte eher verdutzt und fehl am Platz. »Als diese Porträts gemalt wurden, fühlte er sich in unserer Familie noch nicht wohl«, erzählte Harry Penn. »Er bildete sich ein, Beverly sei zu gut für ihn, und argwöhnte, daß wir ihn nicht mochten — wegen seiner Herkunft und wegen der Art und Weise, wie er sich seinen Lebensunterhalt verdiente.«

»Wie verdiente er sich denn seinen Lebensunterhalt?«

»Er war Einbrecher«, sagte Harry Penn. »Und offenbar ein guter. Ursprünglich war er Mechanikermeister gewesen. Dann bekam er irgendwelche Schwierigkeiten; ich habe nie erfahren wie und weshalb. Und jetzt, ein ganzes Jahrhundert später, ist er irgendwo in der Stadt und ist nicht um einen einzigen Tag gealtert. Sehen Sie sich den Hintergrund der Gemälde an: Kometen und Sterne. Betrachten Sie auch ihre Gesichter. Diese beiden sind nicht tot, da bin ich mir sicher. Bitte hängen Sie die Bilder ab.«

Als Praeger zurücktrat, nachdem er die Gemälde vorsichtig auf den Boden gestellt hatte, sah er, daß Harry Penn hinter ihm Vorhänge und Möbel anzündete. »Was tun Sie da?« schrie er.

»Ich führe Beverlys Anweisungen aus«, antwortete Harry Penn, und selbst aus seiner Stimme sprach so etwas wie Feuer.

»Und was geschieht mit den Bildern?«

»Eigentlich hätten sie auch verbrennen sollen, aber ich brauche sie. Nehmen Sie sie mit und kommen Sie!«

Rasch gingen sie durch die Hallen und Korridore. Überall setzte Harry Penn unterwegs die Möbel und Wandverkleidungen in Brand. Als sie schließlich die Eingangstür erreichten, leuchtete das Haus bereits heller als ein klarer Sommernachmittag, und in seinem Inneren tosten die Flammen. Sie verwandelten die Räume in hohle, orangerote Kammern und gleißende Feuerbälle.

An den Treppen züngelten sie wie riesige Schlangen, die dem See auf der Suche nach kleinen Kindern entstiegen waren. Fast schien es, als ob das Haus tanzte und sich drehte. Hundert Sommer schienen unter einem einzigen Vergrößerungsglas zu brennen, und hundert Winter erstanden mit ihrem klirrenden Frost. All die Feuer und Tänze und Küsse und Träume, die das Haus beherbergt hatte, wurden nun frei. Als heiße, bleiche Wirbelwinde drehten sie sich um sich selbst und entzündeten in plötzlichem Aufruhr das wehrlose Holz. Kreischend wie eine soeben gezündete Rakete schlug das Feuer nach oben und durchbrach das Dach.

Sie legten die Gemälde hinten in den Schlitten. Praeger hielt die scheuenden Pferde fest, während Harry Penn die Scheune anzündete. Die ganze grüne Bucht war taghell erleuchtet. Ein letztes Mal fuhren sie um das Haus herum, dann flogen die Pferde mit der Angst im Nacken dahin, der kleinen Stadt am anderen Seeufer entgegen. Der Wind verwandelte die Flammen der Fackeln in Kometenschweife, wie langes Haar, das aus der Stirn geweht wird. Funken verglühten in der Finsternis. Immer wieder wieherten die Pferde leise; die unmittelbare Nähe des Feuers erschreckte sie. Aber sie konnten ihm nicht entfliehen, denn sie zogen es auf dem Schlitten hinter sich her.

Gemeinsam setzten Harry Penn und Praeger nun auch das Dorf in Brand. Die Häuser fingen rasch Feuer, so daß aus den sich kreuzenden Straßen schon nach kurzer Zeit ein großer Flammenrost geworden war.

»Sie sind alle tot«, sagte Harry Penn, als sie das Dorf hinter sich ließen. »Ich frage mich, ob die Siegel der Vergangenheit tatsächlich aufgebrochen werden können, wie Beverly es wollte, oder ob sich ihre Erwartungen nicht erfüllen werden.«

Auf der Kuppe eines Hügels wendeten sie den Schlitten, so daß sie Dorf und See überblicken konnten. Auf der anderen Seite der Wasserfläche brannte das Haus der Penns noch immer gleichmäßig, und auch die Häuser im Dorf standen in Flammen, als hätte man sie zuvor mit Paraffin übergossen.

Es gab nichts mehr zu sagen. Ein sehr heller Mond war aufgegangen. Harry Penn löschte die Fackeln im Schnee. Praeger wendete die Pferde und lenkte sie fort vom Coheeries-See, den Bergen entgegen.

☆

Hardesty eilte die unteren Treppen zu den verglasten Umgängen hinauf, die, wie er annahm, ihrerseits zur Rückseite des Himmels führten. Als er am vierten Treppenabsatz ankam und um die Ecke bog, mußte er plötzlich anhalten, weil sechs blauuniformierte Polizisten und ein Sergeant wie ein Pfropf den Weg versperrten. Sie tranken Kaffe aus Pappbechern und waren bis an die Zähne mit Pistolen und Schlagstöcken bewaffnet. »Wohin wollen Sie?« fragte der Sergeant barsch.

»Auf den Zug um sechs Uhr zwanzig nach Cos Cob!« rief Hardesty, um sie irrezuführen. Sie waren hier postiert, damit niemand die Galerie betrat.

»Da lang!« sagten sie und wiesen ihm die Richtung. Hardesty rannte die Treppen wieder hinunter. Als er auf dem Balkon angelangt war, der auf die Vanderbilt Avenue hinausging, warf er einen Blick nach oben zu der Öffnung im Himmel. Da war es wieder, dieses Gesicht. Noch immer starrte es ruhig in die Tiefe. Um herauszufinden, wer das war, wollte Hardesty notfalls sogar die Polizisten angreifen. Gelang es ihm, sie zu überraschen, dann mochte er vielleicht gleich vier von ihnen töten oder verwunden können, und eventuell sogar alle sechs. Aber um dies zu schaffen, hätte er mindestens zwei Pistolen benötigt, und das bedeutete, daß er auf jeden Fall noch zwei weitere Polizisten ausschalten müßte. Es schien nicht eben vernünftig, daß acht Männer ihr Leben lassen mußten, nur damit er, Hardesty, einige Treppen hinaufsteigen konnte. Und wenn er versuchte, sie zu bestechen? Aber woher sollte er denn das Geld dafür nehmen? Selbst wenn er auf der Stelle fünfzig Menschen ausraubte, waren die Chancen ziemlich gering, die gewaltige Summe aufzubringen, die er für eine Bestechung benötigen würde. Aber er *mußte* einfach dort hinauf!

Die Falltür schloß sich, sie versiegelte den Himmel.

»Verdammt!« fluchte Hardesty leise. Er beschloß, die Polizisten zu umgehen. So stieg er über das Balkongeländer und begann, an der Marmorwand emporzuklettern, die hier, dicht vor den Laufstegen, im rechten Winkel auf die Glaswand traf. Vor langer Zeit hatten geduldige Kunsthandwerker Girlanden, Ovale und Zacken in diese Ecke eingemeißelt. Die Nischen und Vorsprünge, die sie bildeten, waren gerade groß genug, daß Hardestys Hände Halt finden konnten. Um sich abzustützen, mußte er sich mit dem Rücken gegen das Glas drücken.

Sein Mut reichte, um hinaufzuklettern, aber nicht, um hinunterzuschauen. Rasch und ohne Sicherung bewegte er sich vorwärts. Hätte er innegehalten, wäre er unweigerlich abgestürzt, nach ein oder zwei fürchterlichen Sekunden, in denen er verzweifelt versucht hätte, seine Finger in den glatten Marmor zu krallen. Es gab hier kein goldgelbes Hanfseil, dafür aber physikalische Widersprüchlichkeiten und Paradoxe, über die nachzudenken er selbst zwar keine Zeit hatte, die seinen Muskeln, seinen Fingern und seinem Herz jedoch bestens bekannt waren. Wenn er nicht ruhig in der Wand stehen bleiben konnte, ohne abzustürzen – woher hatte er dann die Kraft, sich aufwärts zu bewegen? War das Gleichgewicht so empfindlich, daß ihn die anfängliche Kraft, mit der er sich unten abgestoßen hatte, so lange nach oben befördern würde, wie es ihm beliebte, sofern sich nur die Kraft, die ihn an der Wand haften ließ, mit jener die Waage hielt, die ihn nach unten zog? Wenn das jedoch der Fall war, warum konnte er sich dann nicht in einem Zustand völliger Schwerelosigkeit an den Ovalen, Girlanden und Zacken festhalten? Auf jeden Fall war bei dieser tollkühnen, ganz auf die Kraft des Glaubens gegründeten Kletterpartie, bei der die Gesetzmäßigkeiten der Kräfteverhältnisse bis auf weiteres außer Kraft gesetzt wurden, auch ein wenig Zauberei im Spiel. Mit dem Segen, der Selbstvergessenheit und dem Mut, den gute Bergsteiger mit der Höhenluft einatmen, erklomm Hardesty eine fast glatte Steilwand in der Grand Central Station.

Als er schließlich in schwindelnder Höhe einen rußigen Vorsprung erreichte, hielt er sich mit der rechten Hand daran fest und atmete erleichtert auf. Obwohl ein Sturz in die Tiefe den sicheren Tod bedeutet hätte, fühlte er sich so sicher, als stünde er mit beiden Beinen auf festem Boden. Er ruhte sich kurz aus, dann schwang er sich hinauf.

Die Polizisten waren nun viele Stockwerke unter ihm. Sie hätten sich ohnehin nicht vorzustellen vermocht, daß es jemandem gelingen könnte, sich an ihnen vorbeizumogeln und dort oben fast so frei zu sein wie die Schwalben. Und selbst wenn die Reisenden hinaufgeschaut hätten, um die Sterne zu betrachten, wäre der Mann, der dort auf einem ungeschützten Mauervorsprung entlanglief, ihren Blicken wohl entgangen.

Eine der unteren Scheiben eines Bogenfensters war herausgebrochen. Vielleicht war ein Vogel dagegengeflogen, oder sie war von einer verirrten Kugel durchschlagen worden. Hardesty kroch durch die Öffnung und befand sich nun in einer dämmrigen Halle. Der Boden war von einer dicken Staubschicht bedeckt, in der sich Fußspuren abzeichneten, die verrieten, daß hier ein einsamer Mensch entlanggegangen war. Sie führten zu einer Wendeltreppe am Ende eines langen Ganges. Nachdem Hardesty die sieben Windungen der Treppe hinaufgeeilt war, stand er in einem kleinen Gewölberaum, der wie eine Kapelle aussah. Er fand eine niedrige Eisentür, die aber von innen abgeschlossen war.

Hardesty, der erbärmlich wenig über Einbrechen und Einsteigen wußte, begann, sich ein ums andere Mal gegen die Tür zu werfen, und tatsächlich gab sie allmählich ein wenig nach.

Peter Lake hatte sich gerade auf sein Bett zwischen den Eisenträgern zurückgelehnt und las in der *Police Gazette* vom November 1910. Inzwischen hatte er sich an viele seltsame Dinge gewöhnt. Ohne allzugroße Verwunderung, sondern eher mit Vergnügen hatte er die Bilder von übellaunigen Rowdys und schlauen Gaunern betrachtet. Er sah Fahndungsfotos von Leuten wie James Casey, Charles Mason, Dr. Long und Joseph Lewis. Obwohl sie ihm bekannt vorkamen, wußte er nicht zu sagen, was ihn mit ihnen verband. Warum rührte ihn eine alte Fotografie des Taschendiebes William Johnson so an? War es wegen der Melone und dem Anzug aus der Zeit König Eduards, die der Kerl trug? Weckten solche Dinge, die mit Sicherheit längst ebenso zu Staub zerfallen waren wie ihr Besitzer, in ihm die Vorstellung von einer Zeit, in der sich die Welt des Menschen und die Natur noch die Waage gehalten hatten? Da die Lebensumstände sogar dem Ungebildetsten genügend Kultur und eine Umgebung zugestanden, die es ihm erlaubten, mit beachtlichen Resultaten über die eigene Lage nachzudenken? Wie sonst sollte er sich ihren traurigen und wissenden Blick erklären? William Johnson (das war natürlich ein Deckname, einer von einem Dutzend), ein Taschendieb, bewies durch das Funkeln in seinen Augen, daß er über seine eigene Zeit hinausgeblickt hatte und jene verstand, die nach ihm kamen. Nachdem sich der Schaum der Tage erst einmal geglättet hatte, zeigte es sich, daß aus den Gesichtern von Taschendieben, Polizeispitzeln und kleinen Ganoven oft die Beseeltheit und Magie sprach, die die Maler der Renaissance den Gesichtern ihrer Engel und Heiligen verliehen hatten.

Peter Lake war seltsam erschüttert von dem gläubigen und väterlichen Blick dieses William Johnson. Gerade wollte er umblättern (und hätte er es getan, dann hätte ihn auf der nächsten Seite eine große Fotografie seiner selbst angestarrt), doch da ging ein Zittern durch sein bequemes Lager, weil Hardesty Marratta sich gegen die Metalltür geworfen hatte. Die *Police Gazette* flog Peter aus der Hand wie ein flatterndes Huhn und landete mit seinem Porträt nach unten im Staub.

Das Fahndungsfoto war damals entstanden, nachdem man ihn, ohne ihm etwas nachweisen zu können, kurz vor einem geplanten Coup festgenommen hatte. Dabei hatte er sich zu diesem Anlaß extra ganz groß in Schale geworfen. Da sie wußten, daß sie ihn bald wieder laufenlassen mußten, hatten die Polizisten ihn ziemlich hart in die Mangel genommen. Peter hatte seinen zerrissenen steifen Kragen und die Überreste seiner Fliege zurechtgerückt, aber kurz bevor sie den Magnesiumblitz zündeten, hörte er aus dem Nebenraum die Schreie eines Menschen in Todesqualen. Peter hatte dergleichen zwar schon oft erlebt, aber er war noch nicht abgestumpft. So hatte denn sein Gesicht auf dem Foto einen Ausdruck, der voller Mitleid war. Es war der Ausdruck eines Mannes, der sich mühte, durch eine Wand zu blicken, hinter der ein Kamerad ermordet wurde. Er war aufgeweckt und wachsam, aber zugleich sarkastisch und kühl, als wollte er sagen: »In Ordnung. Wenn ich als nächster dran bin, dann soll es mir recht sein. Aber fühlt euch nicht zu sicher!«

Genau der gleiche Ausdruck prägte nun Peter Lakes Gesicht, als Hardesty Marratta unbeirrbar und wie von Sinnen gegen die Tür anrannte. Er versuchte es wieder und wieder, wie ein übergeschnappter Ziegenbock, der einen Liter starken Tee aufgeschleckt hat. Peter Lake hatte vergessen, daß es noch eine andere Tür gab, die auf das Dach hinausging. Daher glaubte er jetzt, ihm sei jeder Fluchtweg abgeschnitten. Eine Weile verharrte er völlig reglos, dann jedoch betätigte er den Lichtschalter des Bahnhofshimmels. Die Sterne verloschen nicht, denn sie brannten inzwischen für die Ewigkeit. Ohne den Vorteil der Dunkelheit blieb Peter nur noch der Überraschungseffekt. Wenn ich die Tür in dem Augenblick öffne, überlegte er, wo der Kerl auf der anderen Seite wieder gegen sie anrennt, dann könnte es sein, daß er hier gegen den Eisenpfeiler prallt und sich selbst außer Gefecht setzt. Aber nein, das funktioniert nicht. Der Kerl scheint einen harten Schädel zu haben. Soll er sich ruhig noch eine Weile austoben. Danach lasse ich es einfach drauf ankommen.

Peter kletterte in das Gewirr der Eisenträger hinauf und lag nun halb im Schatten verborgen. Hardesty und die Tür litten mittlerweile furchtbar unter ihrem Zermürbungskrieg. Die Tür hätte wohl gewonnen, wäre ihr Gegner nicht der festen Überzeugung gewesen, daß er den Dingen endlich auf den Grund kommen würde, sobald er erst die andere Seite erreicht hatte. Die Zeiträume zwischen seinen Versuchen, durchzubrechen, wurden immer größer, und auch der Aufprall seines Körpers verlor an Wucht. Gleichzeitig aber lockerte sich die Tür zusehends, wie ein wackeliger Zahn kurz vor dem Herausfallen.

Endlich flog sie auf. Hardesty stolperte ein paar Schritte nach vorn, drehte sich um sich selbst, schwankte hin und her – und brach zusammen. Peter Lake wartete ab, ob nicht noch andere Männer hereingestürzt kämen, aber als niemand folgte, sprang er herab, schlug die Tür zu und schleppte Hardesty auf das Bett. Der Mann war übel zugerichtet und rang mühsam nach Luft. Um ihm zu helfen, nahm Peter eine Konservenbüchse, die vor neunzig Jahren einmal neuseeländischen Lammeintopf enthalten hatte, füllte sie mit warmem Wasser und besprengte damit Hardestys Gesicht.

Hardesty machte die Bewegungen und Geräusche eines Ertrinkenden, dann aber öffnete er die Augen.

»Warum sind Sie hier eingebrochen?« fragte Peter Lake.

»Ich sah, wie Sie von oben durch die Falltür schauten. Ich wollte herausfinden, wer Sie sind und wie Sie hierhergekommen sind.«

»Und warum haben Sie hochgeschaut? Das tut sonst niemand.«

»Ich weiß nicht. Als ich sah, daß die Sterne eingeschaltet waren, konnte ich meine Augen nicht mehr von ihnen abwenden.«

»Sie wollten also nicht zu einem Zug?«

»Nein.«

»Wie sind Sie hier heraufgekommen?« fragte Peter argwöhnisch. »Stecken Sie etwa mit der Polizei unter einer Decke?«

»Nein, ich bin die Wand hinaufgeklettert, an den Girlanden, Ovalen und diesen gemeinen kleinen Zacken.«

Peter blickte ihn skeptisch an. »Kaum zu glauben. Sind Sie vielleicht Bergsteiger?«

»Ja, das bin ich tatsächlich«, antwortete Hardesty, »das heißt, eigentlich bin ich . . .«

Er hielt mitten im Satz inne, wandte Peter sein pochendes Gesicht zu und starrt ihn an. Peter tat es ihm gleich, nur daß sein Gesicht nicht pochte. Jetzt wußten sie es beide! Sie waren sich bei *Petipas* begegnet. Ihre Kehlen zogen sich zusammen, und sie erschauerten wie Menschen bei der Entdeckung, daß höhere, zielstrebigere Mächte am Werk waren, die sich unbeirrbar, wenngleich mit nur geringer Überzeugungskraft, als Zufall ausgaben.

»Wer sind Sie?« fragt Peter Lake.

Hardesty schüttelte den Kopf. »Das ist unwichtig«, sagte er. »Aber wer sind *Sie*?«

☆

Jackson Mead entfesselte all die Kräfte, die er seit langem gesammelt und gebündelt hatte, in einem irrwitzigen, markerschütternden Schauspiel, das die letzten zehn Tage vor der Jahrtausendwende in Anspruch nehmen sollte. Es durfte auf keinen Fall unterbrochen werden, auch dann nicht, wenn die Stadt von Feuersbrünsten verzehrt und angesichts der Regenbogenbrücke ein heilloses Chaos unter den Menschen ausbrechen würde. In all den Jahrhunderten, die er mit dem Bau von Brücken zugebracht hatte, hatte Jackson Mead sein Handwerk gründlich gelernt. Er glaubte an die Existenz eines Gesetzes, das zwischen den Dingen für Ausgleich sorgte, so daß sich stets alles in perfektem Gleichgewicht einpendelte: Für alles, das errichtet wurde, mußte etwas anderes einstürzen, und es gab keine freie Form, denn jede Form hatte ihre Schattenseite und ihr Gegenstück, so wie er, Jackson Mead, seine Widersacher hatte. Er achtete auf sie, und es lag ihm nicht daran, sie auf seine Seite zu ziehen, hätte dies doch bedeutet, den tieferen Sinn ihres Kampfes nicht anzuerkennen. Er hätte sogar genausogut auf ihrer Seite stehen können, doch da es seine Aufgabe war, die Dinge voranzutreiben, mußte er seine Widersacher bekämpfen. Gern pflegte er zu sagen, es habe noch nie einen Baumeister gegeben, der nicht auch etwas vom Krieg verstanden hätte.

Fast ein ganzes Jahrhundert hatte er gebraucht, um die Ereignisse vorzubereiten, die wie ein Sturm über die letzten zehn Tage hereinbrechen würden. Dabei hatten ihm Cecil Mature und Reverend Mootfowl gewissermaßen als Generäle zur Seite gestanden, obwohl sie nicht eben wie Generäle aussahen. Aber trotz ihrer persönlichen Eigenarten waren die beiden für die Aufgaben, die sie zu erfüllen hatten, bestens geeignet. Seit zahllosen Jahren waren sie für ihn tätig, alterslos und nicht alternd, wie besessen von außergewöhnlichem Wissen, das sie ohne Arglist verbargen – nicht so sehr, um andere irrezuführen, sondern weil es ihrem Wesen entsprach.

Zur Wintersonnenwende erreichte eine Armada von riesigen Schiffen Sandy Hook. Es waren ihrer so viele, daß sie wie Wellenbrecher die Wogen des Meeres glätteten. Auf den Decks nahm der Transport einer noch nie dagewesenen Menge von

Materialien und Maschinen seinen Anfang. Hunderte von Lastenhubschraubern, an deren Rumpf über eine Länge von hundert Fuß ganze Reihen von Blinklichtern und durchdringend blauen Positionslampen leuchteten, donnerten durch die Luft. In ihrem Innern beförderten diese seltsam geformten, heuschreckenartigen Maschinen Dinge, die ein Mehrfaches ihres Eigengewichts und ihrer Größe hatten.

Das Brummen dieser Hubschrauber war meilenweit zu hören. Wenn sie näherkamen, bebte die Erde, und die paralysierenden Frequenzen, die von ihren geheimnisvollen Antriebsmaschinen ausgingen, ließen alles Lebendige erstarren. Ihre blinkenden Lichter und die Wellenlänge des bläulichen Scheinwerferlichts waren mit den rhythmischen Geräuschen auf vollendete Weise zu äußerst komplizierten Harmonien und Kontrapunkten synchronisiert. Die Helikopter konnten sich um jede Achse drehen und jede Position einnehmen. Sie waren grazil wie Schmetterlinge und so groß wie die größten Düsenflugzeuge. In rastlosem Hin und Her überquerten sie den Hafen, ohne daß es je zu einer Kollision gekommen wäre.

Hohe Tore öffneten sich in den Seitenwänden von Jackson Meads Schiff, das im Hudson vor Anker lag, und man konnte jetzt vom Ufer oder vom Eis aus in den riesigen Bauch des Schiffes blicken. Er war in mehrere Ebenen unterteilt, die jeweils in ein anderes Licht getaucht waren. Im Innern gab es zehn oder fünfzehn übereinanderliegende Straßen, auf denen schnelle kleine Fahrzeuge entlangflitzten. Manche zogen eine Reihe von Loren hinter sich her, andere rasten allein im hektisch blinkenden Scheinwerferlicht über die Arterien des Schiffes. In bestimmten Abständen und mit atemberaubender Schnelligkeit kam ein Lastenhubschrauber nach dem anderen aus dem Schiffsbauch geschossen, drehte und fegte mit dem Luftstrom seiner Rotoren das Eis glatt, eine Wolke von Schneeresten und losen Eiskristallen wirbelte empor bis zur halben Höhe der Wolkenkratzer. Transparente Türme, zwanzig Stockwerke hoch, wurden wie Teleskope aus dem Schiff ausgefahren. Von hier aus wurden sämtliche Operationen Tag und Nacht geleitet und überwacht. Aus diesen Türmen fiel gedämpftes, bronzefarbenes, konstantes

Licht, wie es eher zu einem August- als zu einem Märztag gepaßt hätte. Die Gerüste und Verkleidungen an den Baustellen fielen, und es kamen etwa fünfzig festungsartige Schanzwerke aus feinporigem Beton zum Vorschein, die fest im Boden verankert waren. Sie hatten ganz oben eine glatte Fläche, auf der die unterschiedlichsten, von Güterzügen und Schiffen herbeigeschafften Maschinerien plaziert waren. Die Eisenbahnzüge hatten den eigentlichen Hafen nie erreicht, sondern sie waren aus der Luft entladen worden. Danach hatten die Lastenhubschrauber einen Waggon nach dem anderen von den Gleisen gehoben, um nachfolgenden Zügen Platz zu machen, so daß auch deren Fracht ohne Zeitverlust gelöscht werden konnte.

Auf Fundamenten standen blockartige Unterbauten, und große, kastenförmige Gebilde ruhten auf zierlichem Gittergeflecht aus Eisenträgern. Am Himmel schwirrten Hubschrauber, die bunte Maschinen heranschleppten: riesige Konstruktionen aus glasigem Silikon, kugelförmige Aggregate, die nur aus Feuer zu bestehen schienen und wie kleine Sonnen ihre Bahnen zogen, geheimnisvolle, scheinbar veraltete und abwegige Apparaturen, die eher Priestleys gigantischem Brennglas oder Herschels Teleskop glichen als irgendeiner modernen Erfindung. Pulsierende Kristallspiralen — die eisigen Gegenstücke der kleinen Sonnen — und flexible Netze aus Drähten und Stromkabeln verliehen den Lastenhubschraubern das Aussehen von Quallen, die sich langsam durch die Luft treiben ließen.

Immer, wenn das fassungslos staunende Volk glaubte, aufatmen zu können, wurde plötzlich wieder eine dieser unerhört komplizierten und kostbaren Maschinen aus einem der Schiffe gehoben. Die Zahl der Transportfahrzeuge verdoppelte sich, und das Netz der vielen Geräusche wurde noch enger. Es gehörte zu Jackson Meads Strategie, die Spannung von Stunde zu Stunde zu steigern. Dahinter stand der Plan, seine Gegner ständig aufs neue aus dem Gleichgewicht zu bringen, sie zu schockieren, sie zu täuschen, auf ihren Nerven herumzutrampeln, sie mit Scheinwerfern zu blenden und ihnen immer härtere Schläge zu versetzen, bis ihr Widerstand erlahmte. Vielleicht würde dann die Brücke halten. Denn letzten Endes war diese Brücke trotz genauer Planung und großem Aufwand eine zarte und zerbrechliche Konstruktion. Ob sie tatsächlich hielt — das hing von Umständen ab, um die Jackson Mead nur beten konnte.

☆

Virginia saß auf Abbys Bettkante und sah zu, wie draußen das Licht des Tages schwand, während sanft und dicht der Schnee zur Erde fiel. Die Stunde, in der die Lichter angezündet werden und dem Abend Hoffnung und Kraft verleihen, verstrich in Gelassenheit und Stille. Da Abby intravenös ernährt wurde, blieb den an ihrem Bett Wachenden selbst das zweifelhafte Vergnügen der Krankenhausmahlzeiten erspart, die auf unansehnlichen, wie übergroße Münzen glänzenden Metalltellern serviert wurden.

Hardesty war bereits seit einer Woche fort. Es war nicht damit zu rechnen, daß er sein Kind würde retten können, und hätte er auch statt weniger Tage freiwillig tausend Jahre der Suche und des Leides auf sich genommen. Nichts, was er sah oder sich in seiner Phantasie ausmalte, vermochte Abby zu helfen. Auch Kinder sind sterblich. Früher, vor nicht allzulanger Zeit, waren sie dem Tod sogar viel näher als ältere Menschen.

Obwohl Virginia es sich selbst nicht erklären konnte, glaubte sie, sich ganz genau an einen Armenfriedhof zu erinnern. Es schneite, und ein halbes Hundert winziger Kindersärge stand im Schnee. Sie sollten in die Erde herabgelassen werden, und die Totengräber beeilten sich, vor Einbruch der Dunkelheit mit ihrer Arbeit fertig zu werden. Da Virginia in Wirklichkeit noch nie etwas Vergleichbares gesehen hatte, fragte sie sich, wie sich dieses Bild so lebendig ihrem Gedächtnis hatte einprägen können. Vielleicht treten Vergangenheit und Zukunft in schwierigen Zeiten leichter aus dem Schatten hervor, sagte sie sich. Und vielleicht ist die endlose Zahl der Bilder und Szenen irgendwo wie in einer Galerie aufbewahrt, so daß alle Geschehnisse stets zugänglich sind und nichts für immer verloren ist. Die Totengräber auf dem Armenfriedhof, die sich beeilten, vor Einbruch der Nacht fertig zu werden, taten dies auch, um die Dunkelheit für alle Ewigkeit zu bezwingen.

Virginia überließ sich einem abendlichen Traum: Nach einem plötzlichen Donnerschlag fand sie sich in knöcheltiefem, frischgefallenem Schnee wieder. Da flog eine dunkle Kutsche heran, von einem dunklen Pferd gezogen. Ihre Räder waren vier Paradebeispiele für die Wirkungsweise der Hypnose. Virginia wußte nicht, wo sie war, und so drehte sie sich um, zu sehen, was sich hinter ihr befand. Sie erblickte graue, beschneite Eisengitter, Bäume und Straßenlaternen. Langsam ging der Traum jedoch in eine sommerliche Szenerie über. Und dann sah sie sich selbst, sah sich einen Kinderwagen an einem Seeufer entlangschieben. Sie war in einem Park mit Bänken und einer gepflasterten Uferpromenade. Am anderen Ufer spiegelten sich die Bäume verschwommen im Wasser. Die ganze Stadt war von dunklen Wäldern durchzogen. Virginia beugte sich über den Kinderwagen, um nach dem Baby zu sehen, aber er war leer. Der See hatte sich das Kind geholt, und es lag jetzt irgendwo unter Wasser. Da verdunkelte sich der helle Sommernachmittag. Virginia stand nun in einem dämmrigen Treppenhaus. Die schäbige, abgewetzte Wandtäfelung schimmerte im Zwielicht. Der Fußboden war mit Schutt und Abfällen übersät. Als sich Virginias Augen an das Dunkel gewöhnt hatten, erblickte sie ein kleines Mädchen. Es trug ein altmodisches Kleid und lehnte am Treppengeländer. Das Haar war der Kleinen ausgefallen, sie lutschte am Daumen und wurde von einer Art Lähmung geschüttelt. Aufrecht stand sie da, ganz allein – und kämpfte mit dem Tod. Virginia streckte die Arme aus, um das Kind an sich zu ziehen, aber sie konnte sich nicht bewegen, weil sie an das Geländer gefesselt war. Mit erstickter Stimme sprach sie auf das Mädchen ein, aber das Kind hörte sie nicht, sondern schwankte nur immer hin und her, als wüßte es nicht, das eines der Anrechte Sterbender und Kranker darin bestand, sich hinlegen zu dürfen. Virginia versuchte verzweifelt, ihre Fesseln zu sprengen und weinte, weil sie sich nicht bewegen konnte.

»Wach auf, wach auf!« rief Mrs. Gamely und rüttelte ihre Tochter. »Du hast geträumt, wach auf!« Sie schaltete das Licht ein, und Virginia fuhr erschrocken hoch. »Wie geht es ihr?« erkundigte sich die alte Frau.

Virginia warf einen Blick auf Abby, die von einem Gewirr aus Schläuchen und elektrischen Leitungen umgeben war. Ihr Zustand hatte sich nicht verändert.

»Wenn die Ärztin heute abend kommt, meine ich, daß wir einen Spaziergang machen sollten, um etwas frische Luft zu schnappen. Du bist seit einer Woche nicht mehr im Freien gewesen.«

»Und wo bist *du* gewesen?« fragte Virginia, denn die Wangen ihrer Mutter waren geröteter als ein scharlachfarbener Apfel vom Coheeries-See.

»Ich war bei einem Vortrag, Liebes. Bitte reg dich nicht auf. Er wurde von diesem Mann gehalten, den du nicht ausstehen kannst, ich meine Mr. Binky. Mir gefiel er recht gut, obwohl sein Vokabular sehr zu wünschen übrigläßt. Er sprach sehr bewegend von seinem Ururgroßvater Lucky Binky, der mit der *Titanic* unterging. Es hat mich eigentümlich berührt, daß Mr. Binky immer *Gigantic* sagte, wenn er die *Titanic* meinte.«

Mrs. Gamely wußte nicht, daß Craig Binky sie während seines Vortrags unablässig beobachtet und anschließend Alertu und Scroutu befohlen hatte, sie zu finden. Sofort fingen sie an, in der ganzen Stadt nach der kräftig gebauten, klopsrunden, weißhaarigen Frau zu suchen, die ihnen Mr. Binky nur als »diese Seraphina, diese liebliche weiße Rose« beschrieben hatte.

Virginia blickte ihre Mutter fassungslos an. Wie hatte sie wegen eines Vortrags von – ausgerechnet! – Craig Binky Abbys Krankenbett verlassen können? Aber Mrs. Gamely fand das völlig normal. Im Gegensatz zu ihrer Tochter, den Ärzten und Experten war sie fest davon überzeugt, daß dem schwerkranken Kind nur eine ganz bestimmte Breipackung verabreicht werden mußte, um es auf den Weg der Genesung zu bringen. Sicherheitshalber trug sie diese Packung in der Tasche mit sich herum, doch jedesmal, wenn sie den Vorschlag machte, sie zu applizieren, brüllten die anderen sie an, als wäre sie eine Idiotin. Das hatte Mrs. Gamely sehr entmutigt. Ihrer Ansicht nach war es eine Schande, daß das Kind so leiden mußte, weil die Ärzte nur den seltsamen Apparaten und dummen Medikamenten vertrauten, die nichts taugten. Sie spielte mit dem Gedanken, sich einfach über das Verbot hinwegzusetzen. Dazu war sie durchaus in der Lage, denn zu all dem Kleinkram, den sie in ihrer Reisetasche mit sich führte (u. a. einen lebendigen, wenngleich total traumverlorenen Hahn), gehörte auch eine Schrotflinte, und einem solchen Gerät kann man eine gewisse Überzeugungskraft ja nicht absprechen. Allerdings war sich die alte Dame ihrer selbst nicht mehr so sicher, wie sie es einmal gewesen war. Sie befand sich hier nicht am Coheeries-See. Deshalb ließ sie die anderen gewähren, und obgleich sie die Breipackung ständig parat hielt, wagte sie es nicht, sie anzuwenden. Was wäre, wenn das Kind dadurch nur noch kränker würde?

Die Ärztin kam an diesem Abend später als sonst. Nachdem sie Abby untersucht hatte, gingen Mrs. Gamely und Virginia hinaus in den Schnee, während eine Krankenschwester bei dem kleinen Mädchen Wache hielt.

»Wohin möchtest du gehen?« fragte Virginia.

»Irgendwohin«, antwortete ihre Mutter. »Schau nur, wie du zitterst. Du brauchst Bewegung, um wieder etwas zu Kräften zu kommen.«

Sie gingen stundenlang spazieren, in Kreisen und großen Bögen. Mit leisen Schritten kamen sie an schäbigen, abweisenden Lagerhallen vorüber, die vom Schnee überpudert waren wie Zuckerkuchen. Virginia erzählte ihrer Mutter von dem Traum. Mrs. Gamely hörte schweigend zu. Erst gegen Ende des Berichts unterbrach sie ihre Tochter, und in ihrer Stimme lag plötzlich ein seltsames Drängen: »Tauchte das Baby wieder aus dem See auf und klatschte es in die Hände?«

»Nein, das Baby ist nie wieder aufgetaucht. Aber später, als es ein paar Jahre älter war, habe ich es noch einmal gesehen. Ich traf die Kleine im Treppenhaus einer Mietskaserne.« Virginia erzählte, wie der Traum ausgegangen war. »Ich glaube, es ist ziemlich eindeutig«, stellt sie am Ende fest.

»Du denkst wohl, das kleine Mädchen in deinem Traum sei Abby gewesen, und du glaubst, daß du alles nur geträumt hast, weil du so viel Angst um sie hast?«

»Was sollte es sonst bedeuten?«

»Möglicherweise bedeutet es nichts, sondern hat nur einen

Selbstzweck. Ein Traum ist kein Schlüssel zu dieser Welt, sondern eine Brücke zu einer anderen. Nimm ihn so, wie er ist.«

»Aber was soll ich damit anfangen?«

»Nichts. Er ist einfach nur etwas Schönes. Du mußt überhaupt nichts mit ihm anfangen.«

»Oh, Mutter!« sagte Virginia, den Tränen nahe. Abby wird sterben, und alles, was Hardesty und dir einfällt, ist, in der Stadt herumzuwandern und daherzuschwatzen wie irgendwelche Mystiker oder Vertreter. Herrgott, die Hälfte der Zeit weiß ich nicht, wovon ihr redet und was ihr meint, und Abby hilft es kein bißchen weiter!«

»Virginia!« sagte Mrs. Gamely und wollte ihre Tochter umarmen.

»Nein, laß mich!« sagte Virginia.

Die alte Frau nahm den Arm ihrer Tochter, und durch den Schnee traten sie den Rückweg zum Krankenhaus an. Wortlos schritten sie dahin, nur der Wind heulte, und alle Viertelstunde schlugen die Kirchenglocken. Trotz der nebeligen Kälte fühlten sich die beiden Frauen innerlich trocken und erhitzt.

Auf einem kleinen Platz in Chelsea erblickten sie die Statue eines Soldaten aus dem ersten großen Krieg. Er war den weißen Wolken aus Nebel und Schnee, die durch die Straßen heulten und sich auf den Plätzen zu kleinen Wirbelwinden verdichteten, hilflos ausgeliefert. Die beiden Frauen blieben stehen, um die Inschrift auf dem Sockel zu entziffern. Sie lautete:

Für die Soldaten und Seeleute von Chelsea.

»Erinnerst du dich an dieses Standbild?« fragte Mrs. Gamely.

»Nein«, erwiderte Virginia, ein wenig schuldbewußt.

»Als du ein kleines Mädchen warst, da fuhren wir in die Stadt, um deinen Vater abzuholen, der aus dem Krieg heimkehrte. Entsinnst du dich nicht daran?«

»Nein, daran kann ich mich überhaupt nicht erinnern.«

»Es war damals sehr schwierig, in die Stadt zu gelangen, aber wir schafften es. Wir warteten mehrere Monate. Ein Truppentransporter nach dem anderen lief in den Hafen ein. Viele Männer waren gefallen, aber ihre Familien hatten Telegramme erhalten. Von Theodore hatten wir zwar nichts gehört, nahmen aber gerade deshalb an, daß er noch am Leben war. Während der Wartezeit wohnten wir an der West Side, an der Grenze zu Chelsea, unten am Fluß. Manchmal sind wir in diesem Park spazierengegangen. Den anderen Kindern erzähltest du, diese Statue hier sei dein Vater. Dein Vater kam nie zurück. Er war schon vor Monaten gefallen, und die Nachricht hatte uns nur nicht erreicht.«

»Wie hast du es erfahren?« fragte Virginia.

»Als seine Division heimkehrte, fuhren wir nach Black Tom, wo die Truppen an Land gingen. Du warst sehr aufgeregt. Ich hatte dich schön angezogen, und du trugst den ganzen Tag über einen kleinen Blumenstrauß mit dir herum, sogar dann noch, als du es erfahren hattest. Du wolltest den Strauß auf keinen Fall hergeben. Erst nachdem du an jenem Abend eingeschlafen warst, konnte ich ihn dir aus der Hand nehmen. Übrigens erfuhr ich es von Harry Penn.«

»Harry Penn?«

»Ja, er war der Kommandeur des Regiments, in dem dein Vater diente. Alle Männer vom Coheeries-See waren zu einer Einheit zusammengefaßt. Harry Penn weinte bei deinem Anblick. Erinnerst du dich nicht?«

»Nein, wirklich nicht«, sagte Virginia und schüttelte den Kopf.

»Hat er es denn niemals erwähnt? Du kennst ihn doch schon seit vielen Jahren.«

»Er hat mich nie entlassen, obwohl ich eine ganze Menge angestellt habe. Vielleicht ist das seine Art, die Dinge zur Sprache zu bringen.«

»Er war deinetwegen so erschüttert, Virginia! Du warst außer dir vor Freude, aber er mußte dir sagen, daß dein Vater tot ist. Es brach ihm das Herz. Das war im Frühsommer. Du wurdest noch am selben Tag krank und hattest dann bis zum Einbruch des Winters Fieber. Du wolltest mit aller Macht zu deinem Vater, und mir wäre es wohl ähnlich ergangen, aber ich mußte mich ja um dich kümmern.«

»Falls das der Grund dafür sein sollte, daß Harry Penn immer seine Hand über mich gehalten hat — was ist denn dabei herausgekommen?« fragte Virginia.

»Wenn du die ganze Zeit über nicht einmal seine Beweggründe gekannt hast, wie kannst du dann annehmen, die Folgen zu kennen? Ein Akt der Barmherzigkeit ist wie eine Heuschrecke: Sie schläft solange, bis ihre Zeit gekommen ist. Niemand hat je behauptet, du würdest lange genug leben, um die Folgen deines Handelns zu sehen oder um die Garantie dafür zu erhalten, daß du nicht für alle Zeiten im Dunkeln herumirren mußt, oder daß alles hübsch ordentlich erwiesen und erforscht sein wird wie in der Wissenschaft. Nichts dergleichen! Jedenfalls nicht, was die Dinge betrifft, auf die es ankommt. Ich habe dich nicht großgezogen, damit du dich immer nur auf festem Boden bewegst. Ich habe dir nicht beigebracht zu denken, daß alles von uns kontrolliert oder verstanden werden muß. Oder habe ich das etwa doch getan? Wenn es so wäre, dann hätte ich falsch gehandelt. Und wenn du es nie darauf ankommen läßt, dann werden die Mächte, die du jetzt von dir weist, weil du sie nicht mit dem Verstand erklären kannst, einen Affen aus dir machen, wie die Leute zu sagen pflegen.«

»Das haben sie bereits getan.«

»Nun gut, Virginia«, sagte Mrs. Gamely. »Du hast ein wenig versagt, aber du bist ja noch am Leben. Mag sein, daß du keinen Weg findest, um dein Kind zu retten. Aber versuchen mußt du es trotzdem! Das bist du Abby schuldig, und es ist auch ganz allgemein deine Pflicht.«

Es schneite jetzt sehr heftig, und wie immer, wenn der Schnee ernst macht, war die Luft von einem leisen Zischen erfüllt.

Mutter und Tochter umarmten sich.

Stadt im Licht

Anfänglich merkten nicht einmal die Feuerwehr und die Polizei, daß etwas nicht stimmte. Die Besucher der Aussichtsplattformen auf den Wolkenkratzern, die bis zu einer Meile hoch waren, sahen in der grenzenlosen Ferne Flammensäulen, gingen aber wie alle Besucher hochgelegener Orte davon aus, daß dort unten auf der Erde alles unter Kontrolle war.

Die Flammensäulen, die über der Stadt der Armen in den Himmel ragten, wurden von den Behörden übersehen, weil alle Verantwortlichen wie gebannt auf die Aktivitäten Jackson Meads starrten. Zudem waren Feuer in der Stadt der Armen nichts Ungewöhnliches. Im Sommer wie im Winter schwelten dort Brände, als entzündete sich die Stadt ständig selbst. Diesmal schlugen die Flammen jedoch höher, und sie züngelten an viel mehr Stellen gleichzeitig. Während sich die Menschen in anderen Teilen der Stadt vor dem Frost in komfortable Häuser verkrochen, mit spielenden Kindern und wintermüden Hunden, die neben dem Kamin schliefen, schlug in den Straßen der Armen eine Armee los.

Zwei Tage nach Weihnachten tanzten junge Männer und Frauen im *Plaza*, Lastenhubschrauber donnerten über den Hafen, die Brücken in Brooklyn und Queens waren in den Lichterglanz des abendlichen Verkehrs gebadet, und die Fabriken hatten ihre rhythmische Arbeit wiederaufgenommen. Rechtsanwälte, die nie zum Schlafen kamen, saugten bündelweise Fakten und Verordnungen in sich hinein und spuckten simultan rund um die Uhr Argumente aus. Tief unter der Erde plagten sich Reparaturkolonnen mit Rohrleitungen und Kabeln ab, damit die Stadt über ihnen Licht und Wärme hatte. Sie bewegten sich mit der unermüdlichen Zielstrebigkeit von Panzerbesatzungen in einer Schlacht. Aus Leibeskräften mühten sie sich, zehn Fuß lange Hebelarme zu bewegen; sie waren Explosionen und Feuer ausgesetzt, schaufelten wie wild, hasteten in kleinen Gruppen und in ganzen Bataillonen durch dunkle Tunnel, auf dem Kopf eine auf- und abhüpfende Grubenlampe, deren Licht ihre besudelten, zeitlosen Gesichter erhellte. Polizisten waren überall in der Stadt in mörderische Auseinandersetzungen verstrickt, Devisenhändler bedienten mit jeder Hand sechs Telefone, Gelehrte saßen in ein und demselben Saal der Bibliothek über ein Buch gebeugt, aber während von oben der stetige Schein von tausend einzelnen Lampen auf sie fiel, war jeder für sich an tausend verschiedenen Orten allein. Und im *Plaza* wurde getanzt. Dort gab es Frauen in weißen oder lachsfarbenen Gewändern und Männer in Schwarz und Weiß mit Schärpe. Geigenspieler mit schütterem Haar, bleistiftdünnen Schnurrbärten und verblüffend nichtssagenden Gesichtern sorgten im Innenhof mit seinen Marmorsäulen für Musik. Die Decke und die Säulen waren reichlich mit Wimpeln und Fähnchen in Rosa und Gold geschmückt und tauchten die Tanzenden in einen sommerlichen Glanz. Über den Stuhllehnen hingen Biber, Nerze und andere Pelze; sie fühlten sich kalt an, als hätten sie sich der Erinnerung an den Frost bewahrt. Draußen trotteten Kutschen vorbei, und unstete Winde aus dem Norden zausten an den mit Eiszapfen bedeckten Bäumen, so daß es klang wie Kristallglöckchen. Doch mit der Eleganz und den feinen Bewegungen, mit Lebensfreude, Tanz und Gesundheit sollte es bald ein Ende haben.

Irgendwo in der Stadt der Armen, wo die Straßen und Wege in mit teebraunem Gras bewachsenen Ruderalflächen versickerten, welche mit Schlaglöchern übersät waren, hauste in einer windschiefen Bruchbude ein alter Mann mit seiner Frau. Die beiden hatten sich mit einem kleinen Laden durchs Leben geschlagen. Zwar waren die Holzregale immer fast leer, aber dann und wann gelang es ihnen, eine Anzahl Tüten mit Reis und Zucker aufzutreiben, oder ein paar Limonadenflaschen voll Kerosin, einige gebrauchte Haushaltsartikel und ein wenig verwelktes, unansehnliches Gemüse. In dem einzigen Zimmer brannte eine Lampe, die mit Rindertalg und Altöl gespeist wurde. An den kalten Tagen zogen sich die beiden Alten alle Kleidungsstücke an, die sie besaßen, und flüchteten sich hinter einen handgenähten

Vorhang aus Sackleinen im rückwärtigen Teil ihres Ladens. Manchmal zog der Greis los, um ein paar Holzreste aufzulesen, die er dann in einer Kaffeekanne verbrannte. Die beiden froren zu sehr, um zu zittern. Ihre Lippen waren blau. Sie rührten sich nicht, um den Frost nicht zu kränken, und klammerten sich an die Hoffnung, er möge sie am Leben lassen. Aber dadurch wurde der Bann des kalten Winters nicht gebrochen. Er dauerte noch an, nachdem sie längst nicht mehr am Leben waren. Sie fielen indes nicht der Kälte zum Opfer, sondern starben an der Hitze.

Ungefähr um die Zeit, als das Tanzvergnügen im *Plaza* seinen Höhepunkt erreichte, und als sich Frauen mit bloßen Schultern beim Walzer sinnlich an ihre Partner drängten, vernahmen der alte Mann und die alte Frau ein Brausen, das rasch anschwoll und halb wie Brandung, halb wie Feuer klang.

Durch die Geräusche des Windes hindurch hörten sie die Schritte von Menschen, die mit langen Sätzen näherkamen wie Tiere, die mit Riesensprüngen einem lodernden Waldbrand zu entkommen suchen.

Schon waren die Plünderer zur Stelle. Jemand klopfte an die Tür des kleinen Ladens. Der alte Mann schluckte schwer. Vor lauter Furcht konnte er sich nicht rühren. Seine Frau warf ihm einen Blick zu und begann zu weinen. In steter Folge rannen ihr die Tränen über die Wangen, eine nach der anderen. Doch bevor eine von ihnen auf den Stoff des Kleides tropfen konnte, wurde die Tür so heftig eingetreten, daß sie krachend aus den Angeln flog. Im Handumdrehen war der Raum mit rund fünfzig Personen gefüllt. Blitzschnell verschwanden alle Waren aus den Regalen, dann wurden die Regale selbst von den Wänden gerissen. Alles, was im Zimmer herumstand, wurde zerschlagen und zertreten. Kisten und Schachteln wurden gegen die Decke geschleudert oder prallten von den Wänden ab, brennende Fackeln strichen über Holz, so daß die armselige Behausung binnen kurzem Feuer fing. Als die Bande schon den Rückzug angetreten hatte, riß jemand noch schnell den Vorhang aus Sackleinen herunter. Ein halbes Dutzend Männer schienen es als persönliche Kränkung aufzufassen, daß die Besitzer des Ladens es gewagt hatten, ganz still auf der anderen Seite des Vorhangs auszuharren. Mit ihren Fackeln steckten sie sie in Brand.

Ihre Kleidung brannte lichterloh, und dann brannten sie selbst wie Talgkerzen. Alles ringsumher ging in Flammen auf; der schäbige Raum verwandelte sich in einen Glutofen aus Weiß und Silber. Unter den durchgebogenen Deckenbalken wölbte sich der goldene Feuerschein empor wie zum Dach einer Höhle. Von außen wäre aus einer gewissen Entfernung nur eine kleine, wirbelnde Flammensäule zu erkennen gewesen, die durch das Dach brach und sekundenlang über einem Bett aus Funken tanzte.

Überall in dieser düsteren Gegend, die von ihrer eigenen Armut kündete, indem sie sich in Dunkelheit hüllte, flackerten solche Flammensäulen auf und wurden rasch größer. Manche taten sich zusammen, bis kleine Feuerstürme wie wirbelnde Wasserstrudel alles in sich hineinrissen. Sie tasteten die Konturen des Geländes ab, waberten hin und her, gierten nach Holz, toten Bäumen und der ölgetränkten Erde an den Rändern halbversiegter Bäche und stinkender Kanäle.

☆

Jackson Mead saß, von völligem Schweigen umgeben, in einem dunklen Zimmer mit Blick auf den Hafen. Er hatte das dreizehnte Stockwerk eines mittelgroßen Gebäudes zu seinem letzten Beobachtungsposten erkoren. Gewiß hätte er sich auch viele Stockwerke höher einquartieren können. Doch angesichts des Schauspiels, dem er beizuwohnen hoffte, machte es kaum einen Unterschied, ob er sich dreißig Stockwerke oder zehn Meilen über dem Erdboden befand. Außerdem paßte ihm diese Perspektive – weder zu hoch noch zu niedrig – am besten, denn schließlich hatte er immer wieder den ziemlich rätselhaften Ausspruch getan: »Alle Zeitalter gehen äußerst flink durch die Mitteltüren.« Nicht einmal Mootfowl oder Mr. Cecil Wooley wußten genau, was er damit meinte. Eines allerdings war ihnen vollkommen klar: Alles, was Jackson Mead tat, war nur ein Widerhall seines zentralen Daseinszwecks, und wenn er sich für die Mitteltüren entschieden hatte, so war dies eine Entscheidung, die sich über Tausende von Jahren herauskristallisiert hatte und einem einzigen großen Ereignis entsprungen war. Damals war etwas Riesiges, Zerbrochenes, von Feuer Umkränztes durch die Luft getaumelt, nachdem es von einem strahlend hellen Ort fortgeschleudert worden war, im Vergleich zu dem die Sonne geradezu pechschwarz wirkte.

Die Maschinerie, die er aus dem Boden gestampft hatte, bedurfte nicht mehr seiner Aufsicht. Er brauchte jetzt nur noch zuzuschauen, während unter ihm ganze Hierarchien aufblühten. Tausend Abteilungsleiter saßen vor den Bildschirmen mächtiger Geräte. Sie selbst wurden von Kontrolleuren beaufsichtigt, die ihrerseits höheren und höchsten Führungskräften unterstanden. In großen Sälen tief unter der Erde und in Glastürmen auf den Schiffen wurde die Arbeit mit größter Eile und Genauigkeit vorangetrieben.

Aus der Ruhe seines sorgfältig abgeschirmten Refugiums sah Jackson Mead zu, wie sich sein Plan entfaltete. Bisweilen traten Cecil Mature und Mootfowl leise auf ihn zu und besprachen sich kurz mit ihm, die meiste Zeit über jedoch beobachtete er seine mit geschäftiger Eile hin und her hastenden Lastenhubschrauber und Schiffe sowie den Fortgang der Bauarbeiten auf dem Eis, ein wogendes Lichtermeer hinter den großen, leicht getönten Glasscheiben.

»Die Stadt beginnt zu brennen«, sagte Mootfowl an jenem Abend mit ruhiger Stimme. »Es herrscht allgemeiner Aufruhr.«

»Wo?« erkundigte sich Jackson Mead ruhig.

»In den abgelegeneren Teilen der Stadt der Armen, fünfzig Meilen von hier. Aber wahrscheinlich ist die Fünfzig-Meilen-Grenze zu diesem Zeitpunkt längst durchbrochen.«

»Gibt es Feuerstürme?«

»Ja, sie sind zwar noch klein, aber sie breiten sich aus. Von den höchsten Türmen aus wirken die Außenbezirke wie brennende Stoppelfelder oder wie ein langsam vorrückendes Grasfeuer.«

»In ein paar Tagen«, sagte Jackson Mead, »wird es draußen vor diesen Fenstern Flammensäulen geben, die bis zu den Wolken reichen. Und der Himmel, von Qualm und Rauch verdunkelt, wird so schwer über der Stadt liegen wie ein Gewölbe.«

»Soll ich den neuen Bürgermeister verständigen?«

»Weiß er es denn noch nicht?«

»Nein, allem Anschein nach nicht.«

»Dann lassen Sie ihn. Er soll es selbst herausfinden.«

»Wenn wir ihn jetzt warnen, dann schafft er es vielleicht, alles zu stoppen.«

Jackson Mead schüttelte bedächtig den Kopf und wandte sich seinem Untergebenen zu. »Doktor Mootfowl«, sagte er. »Wir haben bisher immer dicht vor dem Ziel versagt. Es lag jedoch nie an unserer mangelnden Befähigung, sondern eher an den ungünstigen Umständen.«

»Wie soll ich das verstehen, Sir?«

»Es stimmt doch, daß die von Ihnen so glänzend hervorgebrachten Gebete um Gnade sich akkumulieren, aber doch haben sie bis jetzt noch nicht das Ereignis herbeigeführt, das unserem Unternehmen zum Erfolg verhilft. Wir sind jetzt soweit, daß unsere Brücke geschlagen werden kann. Aber wenn nicht irgend etwas geschieht, das uns näher an das gegenüberliegende Ufer heranzieht, dann haben wir nicht die Spur einer Chance.«

»Sie meinen die Feuersbrunst?«

»Nicht das Feuer selbst, sondern das, was sich in ihm abspielt. Die hohe Energie und der Verfall, die Abstraktionen von Licht und Feuer und die Extreme, zu denen sie die Seele der Menschen treiben – all dies stellt die von uns ersonnenen Mechanismen bei weitem in den Schatten, mögen sie noch so schön sein. Die Stadt brennt, weil ihre Zeit abgelaufen ist. Alles in der Welt, mein lieber Mootfowl, reduziert sich am Ende auf Liebe und Kampf, die sich, wenn sie heiß genug sind, um offene Flamme zu werden, gemeinsam erheben und vereinigen. Sollte das Feuer eine menschliche Seele zum höchsten Zustand der Gnade emportragen, dann ist der Augenblick gekommen, unsere Brücke zu schlagen.«

»Ich verstehe«, sagte Mootfowl.

Aus dem Schatten tauchte Cecil Mature auf. »Das Feuer hat den Dreißig-Meilen-Ring überschritten«, berichtete er. »Bisher gibt es keine Erklärung für die plötzliche Beschleunigung.«

»Und was ist mit Peter Lake«, fragte Jackson Mead und wandte die Augen von dem Panorama ab.

Cecil schüttelte den Kopf und kniff seine Schlitzaugen zusammen. Er schnaufte vernehmlich, dann mußte er niesen. »Er ist spurlos verschwunden«, sagte er.

☆

Abby hatte solange stillgelegen, daß ihrer eigenen Mutter ihr Tod erst bewußt wurde, als auf dem Bildschirm des Monitors nur noch eine gerade Linie zu sehen war. Das Gerät schlug automatisch Alarm. Schnell kamen Krankenschwestern und Ärzte gelaufen, aber trotz all ihrer Bemühungen, und obwohl sie auf leisen Rädern allerlei Maschinen ins Zimmer rollen ließen, konnte Abby Marratta nicht wieder zum Leben erweckt werden. Sie hatte wahrscheinlich genug von Maschinen, nachdem sie so lange an sie angeschlossen gewesen war. Der elektronische Pfeifton des Monitors, der alle Lebensfunktionen überprüft hatte, klang in Virginias Ohren wie die Musik, die das Ende der Welt ankündet. Als der Apparat schon längst abgeschaltet war und ein weißes Laken Abbys Gesicht bedeckte, da hörte Virginia den Ton noch immer.

Mrs. Gamely ließ den Kopf sinken und weinte. Sie hatte einfach nicht glauben wollen, daß ein kleines Kind nach einem so kurzen Leben noch vor ihr sterben würde. In ihrer Sicht der Dinge paßte das nicht zu einer Zukunft, von der sie bis zum Schluß gemeint hatte, sie würde ihrer Enkelin gehören.

Virginia rang mühsam nach Atem. Sie fühlte sich so elend, daß sie sich nicht vorstellen konnte, jemals wieder Augenblicke ohne Schmerz und Grauen zu erleben. Sei starrte auf das Tuch, unter dem Abby lag, und versuchte, aus dem einfachen Muster des Gewebes einen Sinn abzulesen, aber sie konnte keinen finden. Sekunden verstrichen in reglosem Schweigen, dann lange Minuten und lange Stunden. Nichts geschah. Es gab keine Erlösung, keine Erweckung, kein Wunder.

Und dann erschien ein überdeutliches, strahlendes Bild vor Virginias Augen. Sie schämte sich, eine so lebendige Vision in sich zu beherbergen, wo doch die ganze Welt trostlos grau hätte sein müssen, und kam sich vor, als hätte sie während einer tiefernsten Predigt laut gelacht. Was sie sah, war schön und quicklebendig, ein Wachtraum, der sie in eine andere Welt versetzte.

Ein prachtvoller, strotzender Sommer. Auf dem Hafen lagert dichter, heißer Dunst, der alles in Sepia und Schwarz taucht. Aber was weiß ist, leuchtet durch den Kontrast ungewöhnlich stark und scheint schwerelos im sonnendurchglühten Dunst zu schweben. Wie aus dem Nichts erscheint eine Fähre mit hohem, dunklem Schlot und nähert sich langsam den weißgetünchten Pfählen ihres Anlegeplatzes unweit der Battery.

Ungläubig schaut Virginia zu. Dies ist kein Traum! Es ist stärker als alles, was sie bisher gesehen und erlebt hat. Aus der Position der Sonne – und aus der Hitze – schließt sie, daß es Juli sein muß, aber ein Juli, der schon neunzig oder hundert Jahre zurückliegt. Denn die Fähre ist blitzblank und noch ganz neu. Flußkähne fahren vorbei, die ganz anders aussehen als die abgetakelten Museumsstücke, die heutzutage müde und demütig im Hafenwasser dümpeln, sofern es nicht gefroren ist.

Die Passagiere des Fährschiffes drängen sich auf dem Vordeck. Sie warten darauf, an diesem längst vergangenen Julimorgen an Land gehen zu können. Schweigend beobachten sie, wie sich der Abstand zwischen Schiff und Landungsbrücke verringert, als stünden sie selbst oben auf der Brücke am Ruder. Dutzende von weißen Sonnenschirmen, leicht wie die schwebenden Samen von Pusteblumen und an den Rändern mit Langetten verziert, drehen sich ungeduldig und spenden ein wenig Kühle. Männer ohne Jacketts leuchten in ihren sorgfältig gebügelten Leinenhemden wie weiße Laternen. Geringschätzig blicken sie vom Pier zum Rudergänger hinauf, als wollten sie gegen das alles andere als perfekte Anlegemanöver protestieren. Aber schon stößt der Bug der Fähre gegen die Laderampe. Die Maschinen werden ausgekuppelt, und aus seitlichen Auslässen im Rumpf schießen ganze Wasserfälle, daß es klingt, als seufze das Schiff vor Erleichterung. Die Ladepforten werden heruntergelassen und bilden einen festen, begehbaren Steg aus Eisen. Alles strömt an Virginia vorbei, der ganz hinten in der Menschenmenge eine junge Frau auffällt, die sie nicht kennt oder wiedererkennt.

Dennoch folgt sie diesem zarten, hübschen Mädchen, das kaum älter als fünfzehn oder sechzehn Jahre sein kann, über die Rampe und durch die ganze Fährstation hindurch.

Virginia ist allein schon von ihrer Präsenz zutiefst berührt und beglückt. Doch dann geht das junge Mädchen durch ein Eisentor, das Virginia nicht passieren darf, und verschwindet in einer der dämmrigen, steilen Straßenschluchten, in denen der Sommer summt, als wäre sein Licht ein einziger Schwarm rastlos flirrender Stechmücken. Als sie das Mädchen entschwinden sieht, möchte sich Virginia am liebsten auf die Knie werfen und weinen, denn solange von dem Mädchen wenigstens noch der schon fast unwirklich anmutende, hüpfende Fleck der weißen Bluse zu sehen gewesen war, hatte sie sich von Dankbarkeit und Zuneigung durchströmt gefühlt.

Doch nun saß sie hier, blickte auf die Umrisse eines kleinen Körpers, die sich unter dem Laken abzeichneten, und fühlte nichts als schreckliche Verbitterung. Der Kontrast zwischen dem starken, tröstlichen Bild, das sich so klar vor ihrem inneren Auge abzeichnete, und der Tatsache, daß ihre Tochter Abby tot vor ihr lag, überstieg ihre Kräfte. Sie brauchte Hardesty. Wo in Gottes Namen war Hardesty?

☆

»Wissen Sie«, sagte Hardesty zwischen zwei Atemzügen, während er in der abgestandenen Luft eines dämmrigen U-Bahn-Tunnels hinter Peter Lake herlief, »wenn man so eine kleine Wertmarke kauft, dann erwirbt man sich damit nicht nur das Recht, hier unten herumzulaufen.«

»Ich weiß das«, antwortete Peter Lake und lief so leichtfüßig weiter, daß Hardesty kaum mit ihm Schritt halten konnte.

»Was soll denn die ganze Rennerei?«

»Haben Sie sie nicht gesehen?«

»Wen?«

»Die Kerle mit den schwarzen Jacken!«

Hardesty keuchte. Es war kein Kinderspiel, sich mit diesem Mechaniker zu unterhalten, der für einen Olympiateilnehmer hätte einspringen können, denn er flog geradezu über die Schwellen. Das Laufen schien ihn nicht nur nicht anzustrengen, sondern er hielt sich anscheinend sogar um seines Begleiters willen zurück.

»Meinen Sie die kleinen Kerle da hinten?« rief Hardesty.

»Ja, es sind Killer, Räuber und Brandstifter. Sie sind hinter uns her.«

Sie machten kurz halt. Nachdem er mehrmals tief Luft geholt hatte, verhielt Hardesty sich ganz still und hörte etwas, das wie das Trappeln von vielen hundert Rattenbeinchen klang. Und dann sah er sie! Wie eine Welle brandeten die Short Tails mit hüpfenden und schlenkernden Beinen heran. Es waren ihrer so viele, daß sich das ohnehin nur dämmrige Licht im Tunnel noch mehr verfinsterte.

»Sie sind immer überall«, sagte Peter Lake, »aber manchmal verschwinden sie auch einfach. Ich freue mich, daß es sie gibt. Wenn sie mich jagen, mache ich Dinge, die ich mir früher nie zugetraut habe.«

»Ich habe sie am Coheeries-See gesehen«, sagte Hardesty. »Ich hatte keine Ahnung, daß sie jetzt hier sind, aber ich hätte es mir denken können, denn sie wirkten so, als wollten sie mit aller Macht irgendwo hin. Leute, die sich derartig anstrengen, wollen meistens nach New York.«

»Der Coheeries-See«, wiederholte Peter. »Der Name kommt mir bekannt vor, aber ich weiß nicht warum.«

»Die Penns haben dort ein Sommerhaus.«

Peter schwieg.

»Harry Penn«, fuhr Hardesty fort, »unser Arbeitgeber . . .«

»Den kenne ich nicht«, antwortete Peter mit einer Schroffheit, die ihn selbst überraschte.

Als sie den U-Bahnhof an der Thirty-third Street erreichten, schwangen sie sich mit einer Flanke auf den Bahnsteig, sehr zum Erstaunen der dort wartenden Fahrgäste. Aber wie staunten die Leute erst, als hundert oder mehr Short Tails in ihrer billigen, aber irgendwie feierlichen, von Änderungsschneidern, vom Verschleiß und von den Jahren arg zugerichteten Kleidung aus dem 19. Jahrhundert mit gurgelnden Vogelrufen und schrillen

Schreien den Bahnsteig überschwemmten! Sie umklammerten Schlagringe aus Messing, Messer mit Perlmuttgriff und Pistolen, auf deren Knäufen nackte, sich einladend räkelnde Schönheiten eingraviert waren, wie man sie von Bildern über den Theken gewisser Bars kennt.

Hardesty und Peter Lake liefen schnurstracks durch den Gramercy Park. Das Tor am anderen Ende brauchten sie nicht zu öffnen. Es löste sich vor ihnen in Luft auf und nahm erst wieder feste Formen an, als die Short Tails gelaufen kamen. Sie saßen nun wie ein Haufen abgehetzter Wiesel in der Falle. Manche versuchten, über das eiserne Tor zu klettern, glitten dabei aber aus und blieben an ihren Hosenträgern hängen. Immerhin gelang es einigen, sich hindurchzuquetschen oder unten durchzukriechen, und so konnte die Jagd weitergehen. Sie führte zunächst über den Madison Square, vorbei an kitschig-bunten, auf nobel getrimmten Gebäuden und neuen Hauptquartieren großer Firmen, und schon bald hatte sich Hardesty so warmgelaufen, daß er dem scheinbar schwerelos dahineilenden Peter Lake mit ebenso schwerelosen Schritten zu folgen vermochte.

Eigentlich hatten sie vorgehabt, die Short Tails auf geschlungenen Umwegen abzuschütteln, aber wo immer sie sich hinwandten — die Kerle waren schon da, allgegenwärtig wie der dünne, beizende Rauch, der in der Luft lag und sich zu einem dämmrigen Dunst verdichtete, wenn man die längeren Avenuen hinauf- und hinabschaute. Stets gab es irgendwo einen Späher der Short Tails, der die anderen herbeirief, und schon ging die Fuchsjagd weiter, allerdings nicht mit Jagdhörnern und roten Reitkostümen, sondern mit Kehl- und Knacklauten, Höllengeschrei, Hexengekreisch und Zwergengeseufze.

Schließlich machte Peter Hardesty einen Vorschlag: »Da haben Sie es«, sagte er. »Die Kerle sind überall, und so wird es immer sein. Ehrlich gesagt, sie könnten einem ganz schön Angst machen, aber bisher habe ich immer gegen sie gewonnen. Anscheinend werde ich sogar mit jedem Kampf besser. Im Augenblick haben wir ungefähr fünfzig von ihnen am Hals. Mit so vielen habe ich es bisher nicht aufgenommen, aber als ich im Bahnhof hinter dem Himmel war, hatte ich irgendwie das

Gefühl, ich könnte etwas mit meinen Händen anstellen. Etwas Unerhörtes, das nichts mit den Gesetzen der Physik zu tun hat. Ich bin Mechaniker, und meine Arbeit ist bestimmt von universellen Prinzipien und unumstößlichen Gesetzmäßigkeiten. Aber in letzter Zeit sind seltsame Dinge passiert. Seitdem habe ich den Verdacht, daß diese Gesetze zwar noch immer dieselben sind und nicht umgangen werden können, daß wir möglicherweise jedoch sehr wenig von der Vielzahl ihrer Anwendungsmöglichkeiten wissen. Anders ausgedrückt spreche ich von Fähigkeiten, die nach allen Regeln der Logik —«

»Kommen Sie zur Sache!« unterbrach Hardesty ihn ungeduldig.

»Also gut: Warum suchen wir uns nicht eine hübsche Sackgasse und locken diese Teufel hinein, damit ich meine neuen Fähigkeiten ausprobieren kann?«

»Ja, warum nicht?« antwortete Hardesty.

»Wenn ich versage, bringen sie uns um, diese kleinen stupsnäsigen Bastarde.«

»Lassen Sie uns Ihre Zauberkünste gleich hier in der *Verplanck Mews* ausprobieren«, sagte Hardesty. »Das ist eine ziemlich breite Sackgasse.«

»Mit Zauberei hat es nichts zu tun«, erwiderte Peter. »Was ich meine, könnte man *konzentrierte und unerwartete Umverteilung der Mittel* nennen oder so ähnlich.«

»Wie auch immer«, sagte Hardesty, dem vor Aufregung fast die Stimme versagte. »Sie werden gleich Gelegenheit haben, Ihr Können zu zeigen.«

Die Short Tails erschienen am Ende der Sackgasse wie eine Schafherde am Eingang zu einer Schlucht: Sie bildeten eine Reihe, die sich langsam verlängerte, bis die Straße vollständig blockiert war. Dann rückten sie genauso bedächtig und methodisch vor. Als sie ihre Waffen entsicherten, die Klingen der Stilette herausspringen ließen, Würgeeisen hervorzogen und mit Ketten rasselten, die mit rasiermesserscharfen Schneiden besetzt waren, klang dieses metallische Klicken in Hardestys und Peters Ohren wie das geschäftige Treiben in einem Spielkasino, in dem auf allen Tischen die Kugel rollt.

»Okay«, sagte Peter, und als er fortfuhr, klang es, als wolle er in aller Ruhe zu einem längeren Vortrag ausholen. »Hinter dem Bahnhofshimmel habe ich mir ungefähr folgendes ausgedacht . . .«

»Nun machen Sie endlich!« schrie Hardesty. »Hören Sie auf zu dozieren! Die Burschen kommen schon!«

»Machen Sie sich wegen denen keine Sorge!« wies Peter ihn zurecht. »Schauen Sie!«

Er krempelte seinen rechten Ärmel hoch, schloß das linke Auge und streckte den Arm aus, so daß es so aussah, als zielte er mit einem Gewehr auf die Short Tails. Langsam ballten sich seine Finger zu einer Faust.

Einer der Short Tails ließ unvermittelt seine Waffen fallen und krümmte sich zusammen. Es war, als habe ihn ein krampfartiger, unheilbarer Anfall gepackt. Seine Arme wurden fest gegen den Körper gepreßt, und sein Gesicht war puterrot wie bei einem Erstickenden. Seine Kumpanen waren beeindruckt.

Mit steifem Arm hob Peter seine Faust. Der kleine, zusammengestauchte Short Tail hob vom Boden ab.

»Okay«, sagte Peter nun mit der Gelassenheit eines Gymnasiallehrers für Physik oder Chemie, »dann wollen wir mal sehen, ob es funktioniert.«

»Natürlich funktioniert es!« rief Hardesty, dem vor Begeisterung schwindelig geworden war.

»Nein, ich meine das hier«, erwiderte Peter und ließ seine Faust fallen. Der Short Tail schlug hart auf das Pflaster, aber schon hob Peter den Arm wieder mit einer raschen Bewegung und öffnete am höchsten Punkt die Hand.

Der Short Tail sauste davon wie eine Rakete. Sogar aus dieser Entfernung war zu erkennen, wie ihm bei der rasenden Beschleunigung die Gesichtshaut nach unten rutschte, so daß er die runden Hängebacken und die fleischige Nase einer Buddha-Statue bekam. Einen weißen Kondensstreifen hinter sich herziehend und wie ein Querschläger heulend, verschwand er in der rauchgeschwängerten Luft über der Stadt.

»Es klappt also tatsächlich«, stellte Peter fest. »Jetzt will ich einen neuen Lassotrick probieren.«

»O ja«, sagte Hardesty. »Den würde ich mir gern anschauen.«

Peter packte einen anderen Short Tail nach derselben Methode und hob ihn höher als die Hausdächer. Indem er die geballte Faust über dem Kopf kreisen ließ, bewirkte er, daß der Gangster mit phänomenaler Geschwindigkeit in der Luft herumwirbelte, zehn Fuß hoch über den Giebeln und Schornsteinen. Immer schneller sauste er herum, und seine Spießgesellen unten in der Gasse drehten ihre Köpfe hin und her wie eine Rotte von Hunden, die den Kreisen einer energischen Biene zu folgen versuchen. Der Mann dort oben begann eine Rauchfahne hinter sich herzuziehen – und dann brannte er plötzlich lichterloh. Alles, was von ihm übrigblieb, war ein Schauer kühler Funken. Da Pearly Soames nicht da war, der ihnen Mut hätte einbleuen können, wandten sich die Short Tails um und rannten davon. Peter Lake schnappte sich noch einen aus der Ferne, drehte ihn um und schüttelte ihn, bis alle Waffen und Münzen, die der Gauner mit sich führte, klimpernd auf das Pflaster fielen. Dann drehte er den Kerl wieder richtig herum und ließ ihn laufen.

»Wenn ich mich recht erinnere«, meinte Peter zögernd, als sie unbehelligt und friedlich durch das Village gingen, »haben mich diese Kerle mit den schwarzen Jacken, die sich Short Tails nennen, schon einmal verfolgt. Ich werde zwar immer besser mit ihnen fertig, aber sie werden auch immer zahlreicher.«

Zwei Häuserblocks vor dem St. Vincent's Hospital erblickten sie in dem erstickenden Brodem, der sich nach und nach in der ganzen Stadt ausgebreitet hatte, einen einzelnen Short Tail, der aus einer Seitenstraße heraus auf sie zulief. Sie duckten sich, um einen möglichen Angriff zu parieren, aber kurz bevor der Zwerg sie erreichte, warf er sich vor ihnen in den Schnee, robbte wie ein Seehund an sie heran, rutschte auf dem Bauch zu Peter Lake und begann, ihm wie wild die Füße zu küssen.

»Bitte! Bitte!« flehte er Peter Lake an. Dabei verschluckte er versehentlich Schnee und prustete. »Meister! Verschone mich!«

»Ich bin nicht hinter dir her«, sagte Peter Lake und hob den Short Tail auf. »Ich werde dir nichts tun, wenn du dich anständig benimmst.«

Der Short Tail klopfte sich den Schnee von der Jacke und von den Hosen mit Fischgrätmuster. Er trug einen scheußlichen Hut von schmeißfliegenhaftem, gallig-grünem Glanz.

»P- P- Pittsburgh!« stotterte er und spuckte noch immer Schnee. »P -Pittsburgh.«

»Was ist damit?« fragte Peter Lake.

»Womit?« fragte der Short Tail, und es klang direkt aufrichtig. Seine Nase war so stark gebogen wie ein Sattelhorn.

»Mit Pittsburgh«, sagte Peter.

»Oh, Pittsburgh«, antwortete der Short Tail fast mechanisch und schien sich plötzlich zu fürchten. »Ich wurde in Pittsburgh geboren. Aber sie haben mich gekidnappt und meine Eltern umgebracht. Oder, besser gesagt, sie brachten zuerst meine Eltern um, und dann haben sie mich gekidnappt. Ich mußte eine von ihren Schulen besuchen, eine verdammte Affenschule. Was da alles in der Luft herumflog! Eklige Insekten, Tod und Teufel! Ich mußte also in diese Schule und, na ja, lauter blödes Zeug lernen, und, na ja, ich möchte keine Minute länger bei ihnen bleiben. Ich möchte auf deiner Seite stehen.«

»Ich bin selbst auf keiner Seite«, erklärte Peter Lake.

Der Short Tail blickte ihn mit leeren Augen an. »Du meinst, es gibt nur dich und ihn da?«

»Ja, so könnte man es ausdrücken.«

»Und was ist mit dem Pferd?« Mit einem Schlag wurde Peter Lake von Traurigkeit ergriffen. Seine Miene erweckte den Eindruck, als stünde er kurz vor einer wichtigen Entdeckung.

»Du willst sagen, du hast das Pferd nicht??« fragte der Bandit.

»Nein . . . nein . . . ich . . . ich denke, ich . . .«, stammelte Peter.

»Vor *dir* haben wir keine Angst!« sagte der Short Tail fast triumphierend. »Wenn du nur diesen verdammten Gaul nicht hast!«

Mit einer einzigen raschen Bewegung, die Hardesty an die Grandezza eines Zauberers erinnerte, der etwas unter seinem Umhang hervorzieht, zückte der Short Tail ein Messer und stieß es Peter Lake in den Unterleib.

Plötzlich schien es ganz still um Peter Lake zu sein. Sekundenlang stand er da, ohne zu atmen. Er griff nach dem Messer und zog es heraus. In hellrotem Bogen schoß das Blut aus der Wunde. Peter taumelte leicht, machte einige Schritte nach vorn und bedeckte die klaffende Wunde mit der linken Hand. Der Short Tail lachte hämisch und platzte fast vor Selbstzufriedenheit, aber er hatte soviel Angst, daß er wie angewurzelt stehen blieb.

»Du lachst«, sagte Peter Lake mit großer Anstrengung, »obwohl du genau weißt, was dir jetzt blüht!«

»Du bist ein Idiot! Du bist ein Idiot!« schrie der Short Tail in heller Panik. »Ich komme gar nicht aus Pittsburgh! Und du hast mir geglaubt!«

Peter Lake ballte die Faust in der Luft. Plötzlich wurden dem kleinen Kerl die Arme an den Körper gepreßt. »Meine eigne Großmutter hätt' mit das nicht geglaubt, wenn ich eine gehabt hätte!« kreischte der Short Tail. Als er plötzlich in die Luft schoß, verzog sich sein Gesicht zu einer Grimasse. Peter Lake preßte eine Hand auf die Wunde. Den anderen Arm bog er wie ein Speerwerfer zurück und schleuderte den Short Tail mit ganzer Kraft fort. Der flog mit einem schrillen, hohen Zischen die Sixth Avenue hinauf, fing Feuer, segelte wie ein hell glühender Komet über Schlitten und Taxis hinweg und verdampfte schließlich in einem unscheinbar grauen, säuerlichen Rauchwölkchen.

☆

Praeger de Pinto war in ein riesiges, ledergebundenes Buch mit Berichten und Protokollen vertieft. Er versuchte, in der Geschichte des vergangenen Jahrhunderts eine metaphysische Lösung für die schier unlösbaren Finanzprobleme der Stadt zu finden. Die Uhr hatte gerade neun geschlagen. Als er durch das Fenster seines Büros blickte, war ihm aufgefallen, daß er die Sterne nicht sehen konnte, aber er nahm an, dies sei den dicken Schneewolken zuzuschreiben, die am Himmel aufgezogen waren.

Auf einmal stürzte einer seiner neuernannten Assistenten

ohne anzuklopfen ins Zimmer. Tränen rannen ihm über das Gesicht.

»Was ist denn los?« fragte Praeger.

Der fassungslose junge Mann wollte antworten, statt dessen brach nur ein tonloses Schluchzen aus ihm heraus, und die Tränen flossen noch reichlicher.

»Was soll dieses Theater?« schrie Praeger ihn eher erschrocken als wütend an.

Da erschien hinter dem jungen Assistenten Eustis P. Galloway, der Chef der Feuerwehr. Er war ein gewaltiger Mann von großer Autorität und Würde. Galloway legte den Arm um die Schultern des Jungen und gab eine Erklärung ab, die Praeger elektrisierte:

»Die Stadt brennt«, sagte er.

»Wo?«

»Überall.«

»Was meinen Sie mit *überall*?« fragte Praeger und schaute aus dem Fenster. Die Gebäude in der Nachbarschaft waren zwar noch unversehrt, aber der Himmel hinter ihnen glühte orangerot, wie auf den apokalyptischen Gemälden, die immer unbeachtet in den Kellern von Traditionsvereinen hängen. Selbst aus dieser großen Entfernung bot er einen außerordentlich grandiosen Anblick. Selbst Galloway, der starke Riese Galloway, der Felsen von Gibraltar, hatte ein leichtes Beben in der Stimme.

Jetzt verschwand Praeger der Mensch, und Praeger de Pinto der Amtsinhaber, kam zum Vorschein. Diese unvermittelte und magische Trennung und Erhöhung war ein Zug, der früher Stammeshäuptlingen und Herrschern von Sippen und Reichen zu eigen gewesen war. Die Amtsgewalt umgab Praeger mit einer Aura der Macht; sie verlieh ihm Härte und kalte Entschlossenheit, die es ihm leichtgemacht hätten, sein eigenes Leben oder auch das seiner Familie hinzugeben, denn er war nicht mehr er selbst. Er war jetzt nur noch Bürgermeister, und die Verantwortung dieses Amtes versetzte ihn in einen Zustand der Selbstvergessenheit, der seine Kräfte verstärkte, sein Urteilsvermögen schärfte und alle Furcht für immer von ihm nahm.

Der Bürgermeister wandte sich an seinen Feuerwehr-Chef: »Was haben Sie bis jetzt veranlaßt?«

»Jede Brigade schützt ihren Abschnitt so gut sie kann und achtet darauf, natürliche Feuerschneisen auszunützen. Aber das Feuer breitet sich viel schneller aus, als man eigentlich erwarten dürfte. Man könnte meinen, zehntausend Brandstifter trieben da draußen ihr Unwesen – eine Meinung, die im übrigen durch die Realität gedeckt wird.«

»Was ist mit den Reservisten? Und mit der Unterstützung aus anderen Städten?«

»Wir haben alle Städte im Umkreis von hundert Meilen um Hilfe angerufen. Selbst haben wir keine Reserven mehr, sie sind alle auf der Straße.«

»Gut«, sagte Praeger. Sein Büro füllte sich währenddessen mit Mitarbeitern und Behördenchefs. Er teilte sie für die verschiedenen Aufgaben ein und gab ihnen Anweisungen.

»Erstens: Holen Sie einen Lastwagen und verlegen Sie das Funktelefon und den drahtlosen Fernschreiber in das Obergeschoß des *Fifth Grand Tower*. Werfen Sie alle, die dort sind, raus und richten Sie eine Einsatzzentrale ein. Zweitens: Richten sie dem Polizeichef aus, er soll zu mir kommen und eine ständige Verbindung zu allen Polizeirevieren aufrechterhalten. Rufen Sie dann den Gouverneur an. Sagen Sie ihm, daß ich ihn so bald wie möglich sprechen will. Im Augenblick fordere ich von ihm, daß er die Miliz mobilisiert. Sagen Sie ihm, er soll so viele Truppen wie möglich von überallher zusammentrommeln und sie in die Stadt schicken. Noch vor ihrem Eintreffen werde ich Einsatzbereiche festsetzen. Wenn er Anstalten macht, sagen Sie ihm, daß hier absoluter Notstand herrscht und daß die ganze Stadt in Flammen steht. Drittens: Schicken Sie alle Behördenchefs zur Einsatzzentrale. Viertens: Organisieren Sie den Nachschub. Wir brauchen Feldbetten, Decken, Nahrungsmittel, Stühle und Schreibtische für den *Tower*.«

Ein Dutzend Blätter wurde von einem Dutzend Notizblöcken gerissen, und schon waren Praegers Untergebene unterwegs. Der Bürgermeister und der Chef der Feuerwehr begaben sich zur Aussichtsplattform der neuen Einsatzzentrale. Auf dem Weg durch die kleine Grünanlage vor dem Rathaus murmelte Galloway beständig Anweisungen in sein Sprechfunkgerät. Turmhohe Wolkenkratzer bildeten einen geschlossenen Ring um den Platz, weshalb Praeger sich hier immer wie auf dem Grund eines tiefen Schachtes fühlte.

Der *Fifth Grand Tower* war das höchste Gebäude der ganzen Stadt. Selbst mit einem Expreß-Aufzug dauerte es fünf Minuten, bis man ganz oben war. Als sie ankamen, wurden gerade die letzten Touristen in gläsernen Außenfahrstühlen zusammengepfercht, um die windige Fahrt nach unten anzutreten. Ein Wachmann übergab Praeger und Eustis Galloway starke Ferngläser und meldete ihnen, daß er den Zeitmechanismus der Münzfernrohre auf der Aussichtsplattform außer Kraft gesetzt habe.

Oben angelangt, wandten sich Eustis Galloway und der Bürgermeister zunächst nach Norden. Praeger hatte den Feuerwehr-Chef eigentlich maßregeln wollen, weil ihm die Dinge so aus der Hand geglitten waren. Als er jetzt jedoch sah, wie schnell sich das Feuer ausbreitete, unterließ er es. Ganz sicher waren Brandstifter am Werk, denn in den dunklen Bereichen, die bisher noch vom Feuer verschont waren, sprühten plötzlich ebenfalls Funken auf, aus denen sehr schnell Brände wurden, die sich dann zu wirbelnden Tornados und Feuerstürmen vereinten. Es schien, als habe die Welt begonnen, sich selbst zu verzehren, wie es seit alters her für jede Jahrtausendwende vorhergesagt worden war. Nur glaubte inzwischen kaum noch jemand an alte Sagen.

Die Stadt war gefangen in einer Kuppel aus orangerotem Rauch, die fest und glatt wie Alabaster schien. Kein einziger Stern war zu sehen, nicht einmal direkt über ihnen, wo ein gewaltiger Mahlstrom in Form einer Spirale mit rasender Geschwindigkeit aufwärts rotierte. Den Horizont entlang bewegten sich Wolken verschiedener Dichte im Uhrzeigersinn. Manche waren bauchig und schienen von innen heraus zu glühen, andere waren in kleine Flocken zerzupft. Alle jagten sie dem Hexenkessel in der Höhe entgegen und breiteten sich dann über den düsteren Himmel aus.

»Sehen Sie, dort!« sagte Praeger und wies auf einen Glasturm an den *Palisades*, der plötzlich wie ein Vulkan explodierte. Es war kaum eine Minute vergangen, da schossen schon Flammen wie lichterloh brennende Flügel aus dem Gebäude heraus und umgaben es kranzförmig. Selbst dem hartgesottenen Feuerwehrmann stockte bei diesem Anblick der Atem. Bevor das Gebäude in sich zusammenbrach, sahen sie sein Stahlskelett, das sich für kurze Augenblicke dunkel und rotglühend gegen die weiß und golden leuchtenden Flammenquadrate abhob, die einmal Zimmer gewesen waren.

Treibstofftanks explodierten. Benzin und Öl floß aus und entzündete sich. Riesige Feuerströme wälzten sich in die Flüsse und Buchten und schnitten flammende Schluchten in das mehrere hundert Fuß dicke Eis. Die Feuer, die in diesen Eisgräben brannten, schickten Wolken weißen Dampfes und schwarzen Ölqualm empor.

Sie verzweigten sich nach allen Seiten bis zu den Kavernen im Eis. So kam es, daß ein Teil des Hafens im Durchmesser einer halben Meile nur noch von einem zerbrechlichen Kristalldach überwölbt war. Das Feuer hatte eine Höhlung aus dem Eis herausgeschmolzen und ließ sie von innen wie eine gigantische Lampe erglühen. Wasser und Dampf schossen mit Macht durch Spalten in der Eiskruste und bildete Geysire, die bis zu tausend Fuß hoch in den Himmel spuckten.

Als das Kommunikationsnetz schließlich funktionierte, meldete ein Techniker dem Bürgermeister, er habe den Gouverneur in der Leitung. Er brauche nur zu sprechen, alles würde verstärkt, auch seine eigene Stimme.

»Was wollen Sie eigentlich mit all diesen Truppen dort unten?« dröhnte Praeger die Stimme des Gouverneurs aus dem Nichts entgegen. Die Worte hallten auf der Aussichtsplattform wider.

»Zu allererst möchte ich Ihnen sagen, daß hier bei uns zehntausend Brandstifter rumlaufen«, sagte Praeger.

»Die Truppen sind für so etwas nicht ausgebildet. Das ist die Arbeit der Polizei«, sagte die Stimme des Gouverneurs.

»Was meinen Sie mit Polizeiarbeit?« bellte Praeger zurück

und schaute sich um, um zu erfahren, woher die Stimme kam. »Sie sollen nicht die Arbeit der Polizei verrichten, sie sollen Brandstifter und Plünderer erschießen!«

»Und wohin soll das führen?« fragte der Gouverneur.

»Die ganze gottverdammte Stadt brennt!« gab Praeger grimmig zurück. »Je mehr Brandstifter und Plünderer erschossen werden, desto weniger Häuser werden bei uns geplündert und in Brand gesteckt. Versteht sich das denn nicht von selbst?«

»Und zu welchem Preis?«

»Was heißt hier *Preis*? Es wird sowieso nichts übrigbleiben.«

»Was soll dann das Ganze?« fragte der Gouverneur in einem Tonfall, aus dem seine langjährige Feindseligkeit gegenüber einer Stadt sprach, in die er sich nur selten hineinwagte.

»Ich werde Ihnen sagen, was es soll, Herr Gouverneur«, antwortete Praeger so laut, daß seine Stimme überall zu hören war. »Die Stadt wird nicht ewig brennen. Wir werden sie wieder aufbauen! Schon im Sommer, Sie werden sehen, wird hier eine Stadt entstanden sein, von der Sie nicht einmal zu träumen gewagt hätten. Und soll ich Ihnen noch etwas sagen? Wenn das Feuer noch diese Nacht aufhört, werden wir morgen früh mit dem Wiederaufbau beginnen. Wenn es erst morgen früh erlischt, fangen wir am Nachmittag an. Wann immer es soweit ist: Ich wünsche, daß dann kein Brandstifter mehr am Leben ist. Bei jedem Streichholz, das die Leute anzünden, sollen Sie sich daran erinnern, was mit den Urhebern dieses Feuers geschehen ist.«

»Was Sie hier über Wiederaufbau verkünden, glaube ich erst, wenn ich es mit eigenen Augen gesehen habe«, sagte der Gouverneur.

»Sie werden es schon sehen! Beim Wiederaufbau sind wir die Schnellsten in der Welt — wir handeln sogar noch schneller, als wir reden. Was das Feuer uns nimmt, das holen wir uns auf andere Art wieder. Wir tun einfach so, als sei es nur auf der Durchreise gewesen!«

Der Gouverneur lenkte schließlich ein. Er versprach, alsbald die Miliz in Bewegung zu setzen.

»Eustis«, sagte Praeger noch über den Lautsprecher, »ziehen Sie alle Lastwagen zusammen. Ich möchte sichere Inseln in diesem Flammenmeer schaffen. Notfalls werde ich dort jedes Gebäude einzeln schützen lassen.« Der Feuerwehr-Chef schüttelte den Kopf. Anscheinend hielt er alles, was Praeger verlangte, für hoffnungslos.

»Beeilen Sie sich!« sagte Praeger. »Entscheiden Sie selbst, wo diese Inseln geschaffen werden sollen, und schützen Sie sie dann! Jeder, der nicht sofort spurt, wird gefeuert . . .« Er hielt inne und verbesserte sich: »Das war vermutlich nicht ganz das richtige Wort.«

»Auf Manhattan hat das Feuer noch nicht übergegriffen«, meldete ein Assistent. »Sollen wir versuchen, Manhattan insgesamt zu halten?«

»Nein«, antwortete Praeger, »Manhattan ist zu groß. Das würde nie gelingen. Bilden Sie Inseln! Bilden Sie Inseln und sichern Sie sie!«

☆

Auf Abbys Etage im St. Vincent's Hospital eröffnete eine Reihe hoher Fenster einen Ausblick nach Norden. »Schaut mal!« sagte Peter Lake, als er die Färbung des Himmels sah.

»Was ist denn das?« fragte Hardesty und ging dicht an eines der Fenster heran. Der ganze Himmel war rot. Aber anders als bei Sonnenaufgang und Sonnenuntergang pulsierte und flackerte er. Übergroße Schneeflocken, die sich um Aschepartikel gebildet hatten, fielen so gerade herab, als wären sie aus Blei.

»Es muß ein Feuer sein«, sagte Peter Lake. »Damit wäre der helle Widerschein erklärt. Die Flammen sind bestimmt bis zu tausend Fuß hoch.«

Als jemand an die Tür klopfte, glaubte Virginia, es seien die Männer aus der Leichenhalle. Unwillkürlich fuhr sie zusammen und starrte ausdruckslos vor sich hin, denn sie hätte am liebsten niemanden in das Zimmer gelassen. Dann besann sie sich jedoch, stand auf und ging langsam quer durch den Raum zur Tür, die sie mit Tränen in den Augen öffnete.

Als sie sich Hardesty gegenübersah, senkte sie den Kopf. Er

traute seinen Augen nicht, als er sah, daß das Laken über Abbys Gesicht gezogen war.

»Sie ist tot«, sagte Virginia zu ihm.

»Dich kenne ich!« sagte Mrs. Gamely da fast vorwurfsvoll zu Peter Lake. »Du hast damals den Schlitten gelenkt. Seitdem bist du keinen Tag älter geworden. Wie ist das möglich? Warum bist du jetzt hier?«

»Sei still, altes Plapperweib!« befahl Peter. Bestimmt war die Alte hysterisch, und mochten ihre Worte in ihm auch eine vage Vorstellung wachrufen, so hatte er doch solche unerklärlichen, bruchstückhaften Erinnerungen inzwischen gründlich satt.

»Du weißt doch, worüber ich rede, oder?« fragte sie ihn. »Es war vor langer Zeit, am Coheeries-See. Beverly . . .«

Peter Lake schüttelte sich. »Halt den Mund, altes Weib!« schrie er. »Sei jetzt bloß still, sonst lasse ich dich um die halbe Welt segeln!«

Mrs. Gamely fuhr erschrocken zurück. Der kleine Martin eilte zu ihr und stellte sich an ihre Seite, als wollte er sie vor Peter Lake beschützen.

Mit der Miene eines Schlossermeisters, den man gerufen hat, um die Tür zu einer Schatzkammer aufzubrechen, trat Peter an das Krankenbett und zog das Leichentuch zurück. Er blickte eine kleine Weile unverwandt auf das tote Kind hinab, dann berührte er Abbys Stirn mit zwei Fingern der linken Hand und schaute ihr in die Augen. Hardesty dachte schon, dieser Mann – Mechaniker, Obdachloser oder was immer er sein mochte – sei im Begriff, seine Tochter wieder zum Leben zu erwecken, aber ihm wurde schnell klar, daß Peter dies nicht einmal zu versuchen beabsichtigte.

Der Ernst auf Peters Gesicht wich für kurze Augenblicke einem kaum merklichen Lächeln. »Dies ist das Kind . . .« sagte er. »Dies ist das Kind, das mir entgegengeflogen kam! Und es ist auch das Kind aus dem Treppenhaus. Aber das ist lange, lange her. Ich hatte immer geglaubt, es sei ein Junge gewesen, aber was macht das schon. Dieses kleine Mädchen war blind, und ich sah, wie es starb – stehend. Es wußte nicht, daß Menschen liegend sterben dürfen.«

Virginia wollte etwas sagen, aber sie brachte kein Wort heraus. Dort stand ein Mann vor ihr und sprach über ihren Traum, als sei es keiner gewesen, sondern die Realität einer anderen Zeit.

In diesem Moment gingen die Lichter aus, und die ganze Stadt lag plötzlich im Dunkeln da. Sogar die turmhohen, sonst so strahlenden Bauten in der Ferne waren nur mehr schwarze Klötze mit verschwommenen Umrissen. Patienten schrien, und Krankenpfleger rannten sich in den Gängen gegenseitig über den Haufen. Vom Schein der künstlichen Beleuchtung nicht mehr gedämpft, war die Feuersbrunst viel heller als zuvor und hell genug, um den Raum zu erleuchten. Aus einer Entfernung von mehreren Meilen reflektierten Rauchwolken den Feuerschein, der nun flackernd Gesichter und Wände bestrich. Die steilen Qualmsäulen waren schon so hoch, daß die Stadt zwergenhaft klein wirkte.

»Ich muß mich um die Maschinen bei der *Sun* kümmern«, verkündete Peter Lake. »Bei Stromausfall können die alten Aggregate einspringen, vorausgesetzt, jemand sorgt dafür, daß sie funktionieren. Die Generatoren müssen Strom erzeugen, und die Turbinen sollen mit voller Drehzahl laufen. Ich muß sie in Gang halten. Es bleibt mir keine andere Wahl.«

Von seiner Macht ebenso verwirrt wie von seiner Machtlosigkeit, ging Peter Lake durch die dunklen Straßen unter einem Himmel, an dem der Feuerschein pulsierte. Indem er eine Hand gegen die Wunde preßte, konnte er die Blutung fast gänzlich unterbinden. Aber die Schmerzen waren ziemlich stark, und er fürchtete, sein Herz könne plötzlich versagen. Jedesmal, wenn er einen Short Tail erblickte, schleuderte er ihn gnadenlos durch die Luft, so daß er die Straße vor Peter wie eine Fackel erhellte. Zwar hielten sie ihn jetzt für schlechthin unverwundbar, aber er selbst sagte sich: Was nützt mir diese Unverwundbarkeit, wenn ich nicht einmal ein Kind vor Leid bewahren kann?

Als er an der Houston Street nach Westen abbog, kam ein

halbes Dutzend Short Tails über ein leeres Grundstück auf ihn zugelaufen. Er hob sie hoch und verwandelte sie so flink in Kometen, daß sie gar nicht mehr mitbekamen, was ihnen geschah. Beim Überqueren der Chambers Street bemerkte er eine weitere Rotte. Der letzte Bandit der Gruppe war schon eine halbe Meile den Broadway hinaufgelaufen, als Peter sie allesamt mit der linken Hand packte und über der Manhattan Bridge wie Feuerwerkskörper verglühen ließ.

Bei der *Sun* war es genauso finster wie beim *Ghost* auf der anderen Seite des Printing House Square. Die Journalisten arbeiteten bei Kerzenlicht an ihren Artikeln, und in der Empfangshalle boten Reporter, Setzer und Laufburschen, die mit brennenden Kerzen in der Hand hin und her eilten, ein seltsames Bild.

»Wo bin ich?« entfuhr es Peter Lake. »In einem Kloster?« Aber die Menschen, die den Innenhof überquerten oder die Treppe hinaufstiegen, würdigten ihn keiner Antwort.

»In der ganzen Stadt gibt es keinen Strom, Mr. Überbringer«, informierte ihn ein Wachmann.

»Das sehe ich selbst«, erwiderte Peter Lake ungnädig. »Was ist mit unseren Maschinen?«

»Sie schaffen es nicht, sie in Gang zu bringen«, antwortete der Mann.

Die Wunde schmerzte fürchterlich, als Peter die Treppe hinunterging. Die Mechaniker und Lehrlinge im Maschinenraum arbeiteten ebenfalls beim Schein von Kerzen. Als sie ihn erblickten, kamen sie mit ölverschmierten Gesichtern herbeigelaufen, um ihm mitzuteilen, daß sie sich schon seit Tagen abmühten, die Maschinen instandzusetzen. »Alles restlos blockiert!« rief Trumbull, der ehemalige Chefmechaniker. »Ich glaube, nicht einmal Sie können das in Ordnung bringen. Man könnte manchmal glauben, bei jeder Maschine seien sämtliche Einzelteile zusammengeschweißt!«

»Mach den Gehäusedeckel wieder drauf!« befahl Peter Lake dem Lehrling, der ihm einst durch die Stadt gefolgt war.

»Aber Meister!« protestierte der junge Mann. Er stand inmitten eines kleinen Gartens aus Pleueln und Eisenstangen, die er aus der Maschine ausgebaut hatte. »Erst muß ich doch alles wieder zusammensetzen!«

»Rühr dich nicht!« kommandierte Peter Lake, und vor den Augen des fassungslosen Lehrlings flogen alle Metallteile wie wirbelndes Herbstlaub dahin, wo sie hingehörten: Pleuel fanden mit metallischem Klang ihren Platz, Zahnräder rasteten klickend ein, Flansche prallten mit dumpfem Geräusch aufeinander, und jede einzelne Schraube drehte sich flink wie ein Derwisch in das ihr zugedachte Loch.

Wenn ein Einzelteil nicht gleich passen wollte, wackelte es so lange hin und her, bis sich alles wie geölt zusammenfügte. Bei der verrückten Verfolgungsjagd über den Boden der Maschinenhalle mieden die einzelnen Teile, von denen manche ein furchteinflößendes Gewicht hatten, sorgsam die schlotternden Beine des Lehrlings, der vollkommen entgeistert das Spektakel begaffte.

»Was habt ihr denn sonst noch auseinandergefleddert?« fragte Peter die anderen.

Kaum hatten sie ihm die Namen der Maschinen aufgezählt, die sie in ihre Einzelteile zerlegt hatten, da vernahmen sie ein eiliges Klappern und Klirren von Metall, als wären tausend flinke, perfekt aufeinander eingespielte Mechaniker am Werk. Das klang wie eine Sparbüchse aus Blech, die über den Boden rollte, oder wie eine angreifende Armee mit Sporen und Kettenhemden. Es dauerte nicht lange, bis sich die letzten Gehäuseteile zusammengefügt und die letzten Schrauben ihre Löcher gefunden hatten.

Peter Lake taumelte die Gänge entlang und tätschelte jede einzelne Maschine, als wäre sie eine Kuh. Jede »Kuh« antwortete mit einem tiefen, kraftvollen, gutgeölten Summen, und von da an lief alles, als wäre das Geheimnis des Perpetuum mobile gelöst.

Als Peter Lake an einem der Generatoren vorbeikam, gingen in der großen Halle die Lichter an. Da brachen die zu Tode erschöpften Mechaniker in Hochrufe aus. Auch die großen Dampfmaschinen kamen langsam in Fahrt. Zischend und puffend entwichen ihnen kleine weiße Wolken. Ihre riesigen Pleuelstangen und Schwungscheiben lieferten die Kraft, die für die gleichmäßige Erzeugung von Licht vonnöten ist. Fügsam bauten sich Magnetfelder in den Spulen auf und bündelten sich zu elektrischen Strömen.

Während Peter Lake sich mühsam an den Maschinen entlangtastete, gingen nacheinander überall im Gebäude der *Sun* die Lichter an, und überall jubelten Arbeiter und Angestellte, wie es kurz zuvor die Mechaniker unten im Kellergeschoß getan hatten. Als in der Druckerei die Pressen zu arbeiten begannen, überkam die Drucker eine Woge der Begeisterung, denn sie liebten ihre Arbeit genausosehr wie Peter die seine.

Als alle Maschinen liefen, ließ Peter sich in der Nähe einer der gigantischen Pleuelstangen zu Boden gleiten. Beim Anblick des Blutes, das seiner Wunde entströmte, hätten die anderen Mechaniker ihm gerne geholfen, aber er schickte sie fort. Fest davon überzeugt, daß ihrem Mr. Überbringer nichts widerfahren konnte, das er nicht guthieß, zogen sie sich zurück.

Peter Lake fühlte die geballte Stärke der ihn umgebenden Maschinen. Hätten sie bei ihrem Hin und Her nicht selbst für ständigen Ausgleich gesorgt, so wäre er gewiß von den Kräften, die ihn durchströmten, in Stücke gerissen worden. Magnetfelder, irrlichternd wie ein Wetterleuchten am nördlichen Himmel, wollten ihn auf schwanenhalsgleich geschwungenen Kurven in die Höhe reißen. Die schiere Masse schwerer Schwungräder, die glatt und ohne die Spur einer Unwucht rotierten, schlug auf ihn ein wie ein Dampfhammer. Mochten sich einige dieser Räder auch so schnell drehen, daß ihre Speichen nur mehr ein verwischtes Schwirren waren, so empfand er doch absolute Sympathie für jedes einzelne von ihnen, und bei jedem lauten Klicken eines Bolzens meinte er, einen Trommelschlag zu hören. Aber noch stärker als Magnetismus und kinetische Energie wirkte auf ihn das Licht. Es entströmte altmodischen, klaren Glühbirnen in konisch geformten Lampenschirmen, die wie Früchte über den Maschinen hingen. Peter Lake folgte der Bewegung des Lichts. In langsam fließenden, fest umrissenen Strömen ergoß es sich über die Oberfläche öligglänzenden Stahls, erzeugte Regenbögen, Juwelengefunkel und glitzernde, distelförmige Gebilde, deren Zweige sich ihm wie Arme entgegenstreckten.

☆

Asbury und Christiana, die für die *Sun* etwas zu erledigen hatten, fuhren gerade am Rand der Stadt der Armen entlang über eine Schnellstraße in Richtung Manhattan, als sie den höllischen Feuerschein am Himmel sahen. Wenige Minuten später blieben sie im Stau stecken. Der Mob hatte eine Signalanlage quer über die Straße gestürzt. Asbury und Christiana waren eine halbe Meile von der Stelle entfernt und konnten von weitem sehen, wie der Pöbel über die eingekeilten Autos herfiel.

Da sie sich fürchteten, ihre Wagen zu verlassen und sich in die Stadt der Armen vorzuwagen, wo aus der Trümmerlandschaft jetzt ebenfalls Flammensäulen in den Himmel wuchsen, verriegelten die meisten Autofahrer die Türen. Gelähmt vor Angst sahen sie zu, wie Tausende von Plünderern die Schnellstraße überschwemmten. Autos wurden umgestürzt, Scheiben eingeschlagen, Benzintanks aufgebrochen und angezündet. Ganze Familien wurden aus den Autos gezerrt und einzeln in die Finsternis verschleppt. Die Straßenböschungen wurden zu einem Schlachthaus, wo blitzende Klingen zitternde Opfer aufschlitzten, so daß das Blut in Strömen floß. Während der Mob immer näher rückte und einen Wagen nach dem anderen demolierte, schlossen viele der Insassen die Augen und sagten ihr letztes Gebet.

Zehn Minuten lang überflogen die ersten Transporthubschrauber mit Truppen an Bord die Szenerie, aber der Qualm verbarg das Gemetzel in der Tiefe.

Asbury und Christiana ließen ihr Auto stehen. Sie sprangen über die Leitplanke und fanden sich auf einem Trümmergrundstück wieder.

»Wie weit reicht es?« fragte Christiana und blickte über die mit Ziegelsteinen übersäte Ebene.

»Meilenweit.«

»Immerhin ist hier niemand. Wenn wir uns zwischen den Schutthaufen verstecken, sind wir vielleicht sicher«, sagte Christiana, doch noch während sie sprach, erinnerte sie sich an das, was sie auf jener Fahrt durch die Stadt der Armen gesehen hatte.

Seither wußte sie, daß es Menschen gab, die sich zwischen den Trümmern mit der Geschwindigkeit von Gazellen bewegen konnten. Wie Raubtiere lauerten sie jenen auf, die sich auf das unübersichtliche und ungastliche Terrain verirrten.

»Schon möglich«, antwortete Asbury, »aber wir müssen es bis zum Fluß schaffen, bevor es hell wird. Bei Tagesanbruch entdeckt man uns hier sofort.«

Eilends machten sie sich auf den Weg und orientierten sich an der dunklen Masse der Hochhäuser von Manhattan. Zwischen ihnen und dem Fluß lagen mindestens fünf Meilen. Die eine Hälfte des Weges führte über Schutt und Trümmer, die andere durch eine unbekannte Öde verlassener Kellerlöcher, an die sich außer den ehemaligen Bewohnern niemand mehr erinnerte. Eigentlich hatten sie vorgehabt, zu Fuß über den zugefrorenen East River zu gehen, aber die Fahrrinne in der Mitte hatte sich inzwischen in einen reißenden Fluß verwandelt, dessen Bett sich immer tiefer in das schmelzende Eis schnitt. Die Wasseroberfläche war bedeckt mit brennendem Ölschlamm, und die Flammen schossen hundert Fuß hoch in die Höhe.

»Wir können nur eins tun«, sagte Asbury. »Wir müssen zum Hafen und außen herumgehen. Aber erst, wenn es wieder dunkel ist.«

In der Absicht, sich tagsüber irgendwo zwischen den Trümmern zu verstecken, huschten sie von einem ausgebrannten Haus zum anderen und wagten sich immer erst weiter, wenn sie sich vergewissert hatten, daß niemand in der Nähe war.

Sie verließen gerade eine verwahrloste Mietskaserne, an der die verrosteten Feuertreppen wie toter Efeu herabhingen, als sie plötzlich ein alter Mann anrief, der in einem Erdloch gekauert hatte. Er gab ihnen mit der Hand ein Zeichen, zu ihm hinüberzukommen. Als sie bei ihm waren, forderte der Alte sie in einer kaum verständlichen Mundart auf, ihm zur Kirche zu folgen.

»Was für eine Kirche?« fragte Asbury und erfuhr in demselben obskuren Dialekt, daß die Menschen in dieser heruntergekommenen Gegend sich bei Gefahr immer in die Sicherheit eines Kirchhofs begaben.

Der Schutt war zu riesigen Halden aufgetürmt, so daß der

Hof der Kirche von der Straße aus nicht zu sehen war. Außerdem wurde er von einem seit langem zweckentfremdeten Kreuzgang umschlossen. An die tausend Menschen drängten sich im Hof zusammen. Sie waren so verängstigt, daß sogar die Kinder keinen Ton von sich gaben. Der alte Mann war stolz, die Fremdlinge in Sicherheit gebracht zu haben, und er freute sich auch darüber, jemandem zeigen zu können, wie schlau er all die vielen Menschen versteckt hatte.

»Aber wenn Sie immer wieder aus- und eingehen, dann werden Sie irgendwann das Versteck verraten«, sagte Asbury.

»Da brauchen Sie sich keine Sorgen zu machen«, erwiderte der Alte. »Bei mir sind Sie sicher.« Er verzog seinen zahnlosen Mund zu einem Lächeln und schlug sich klatschend auf die Schenkel. »Der gute alte Flinner ist so schnell wie ein Kaninchen.« Und schon zog er wieder los, um noch mehr Menschen in den sicheren Hafen zu bringen.

Asbury und Christiana erblickten ringsumher Männer, Frauen und Kinder mit eingefallenen Augen und aufgedunsenen Bäuchen. Sie waren nur Haut und Knochen, Menschen, die nach einem kurzen Leben in einem namenlosen Grab verschwanden. Sie hausten in Kellerlöchern und hielten die Bewohner anderer Teile der Stadt der Armen für wohlhabend. Die Türme, die bis vor kurzem jenseits des Flusses geglitzert hatten, waren für sie Wohnsitze der Götter. Sie scheuten sich, zu Asbury und Christiana aufzuschauen, weil die beiden so hochgewachsen waren.

»Könnt ihr euch zur Wehr setzen, falls wir entdeckt werden?« fragte Asbury. Er erhielt keine Antwort.

»Es ist wohl am besten, wir warten ab, bis es dunkel wird«, meinte Christiana. »Aber dann müssen wir diese Leute hier sich selbst überlassen.«

Der alte Mann brachte noch mehr Überlebende, die sich benommen an die Ziegelpfeiler lehnten und zuschauten, wie an den Rändern glühendheißer Zyklone Wolken aus Rauch und Asche in den Himmel wuchsen. Man konnte kaum sagen, ob es Tag oder Nacht war. Der Lärm der Feuerstürme, Explosionen und Artilleriegeschosse kam aus allen Richtungen.

Als Asbury und Christiana irgendwann einmal aufblickten,

sahen sie, wie der Alte voller Stolz drei kleine, mit schwarzen Jacken bekleidete Männer in das Versteck führte.

»Das sind sie!« schrie Asbury. »Sie haben sie hereingelassen!«

Die Short Tails stießen den Alten zu Boden und wichen zurück. Asbury wandte sich an die anwesenden Männer und forderte sie auf, die Short Tails am Verlassen des Hofes zu hindern. Doch als die Banditen ihre Waffen zückten und sich rückwärts auf den Ausgang zu bewegten, rührte sich niemand.

Die Short Tails hatten den Hof schon zur Hälfte überquert, als Asbury sich ein Herz faßte und ihnen nachjagte. Christiana folgte ihm auf dem Fuße. Dem ersten Kerl, den er erreichte, versetzte er einen solchen Faustschlag auf die Brust, daß der Getroffene nach einem letzten unartikulierten Japser unverzüglich den Geist aufgab. Die anderen beiden begannen indessen, mit Ketten auf Asbury einzuschlagen.

In einem wilden Handgemenge gelang es Asbury einen seiner Gegner zu töten, während der andere entkam. Asbury und Christiana taten alles, um die im Kirchhof versammelten Leute von der Notwendigkeit einer schnellen Flucht zu überzeugen, aber es half nichts. Der Gangster, dem die Flucht geglückt war, hatte längst die anderen Short Tails herbeigeholt. Einige blockierten den Ausgang, andere liefen die Treppe hinauf und bezogen auf dem Dach Stellung; sie sahen dort aus wie Wasserspeierfratzen, die auf Klosterdächern über die Mönche wachen. Wie eine Flut ergossen sich die Short Tails in den Hof der Kirche, und einer, der die anderen zu immer größerer Eile antrieb, trat vor und trommelte sich wie ein Pavian auf die Brust. Als Asbury drohend mit einer Kette rasselte, verschwand der Oberpavian jedoch schleunigst wieder in den Reihen seiner Kameraden. Asbury und Christiana standen neben den beiden Leichen und fragten sich, was wohl geschehen würde, wenn die Short Tails den Mut zum Sturmangriff fänden. Die Kerle auf dem Dach waren mit Bogen bewaffnet, wagten aber nur ab und zu einen Pfeil auf die zitternde Menschenmenge abzuschießen. Wenn diese Pfeile trafen, klang es wie der Hieb einer scharfen Axt, die in totes Holz fährt. Dieses Geräusch flößte den anderen Short Tails schließlich so viel Mut ein, daß sie vorzurücken begannen.

Aber da kam Athansor aus dem wirbelnden Aschenwind herab.

Viermal überflog er in atemberaubender Manier das Dach und schleuderte die auf den Mauern und Türmen postierten »Wasserspeier« in die Tiefe. Dann bemerkten die anderen Short Tails, die gebannt zu dem fliegenden Pferd aufblickten, wie es sich langsam auf einer Bahn aus Licht herabsenkte und geradewegs auf sie zuraste. Christiana glaubte zuerst, sie phantasiere, aber er war es wirklich. Seine Hufe teilten die Luft, er tänzelte, krümmte seinen muskulösen weißen Hals und ließ die schönen Augen furchterregend funkeln.

Die Short Tails liefen auseinander. Athansor galoppierte im Hof herum, sprang mit solcher Wucht gegen das alte Gemäuer, daß es einstürzte, und packte sich einen der kleinen Wichte nach dem anderen mit den Zähnen. Er schlug sie zu Boden, schleuderte sie mit mörderischer Wucht gegen steinerne Pfeiler oder zertrampelte sie. Wenige stellten sich ihm zum Kampf, und ihretwegen stieg er auf die Hinterhand und fiel mit den Hufen über sie her. Während der weiße Hengst seine Feinde niederkämpfte, erbebten die Überreste des Kreuzgangs wie bei einem Erdbeben. Als alles vorbei war, blieb das Pferd vor Asbury und Christiana stehen, wieherte und kniete nieder. Christiana stieg auf. »Komm«, sagte sie, und Asbury tat es ihr gleich. Mit einem einzigen geräuschlosen Satz ließen sie die rauchgeschwärzten Kirchengemäuer hinter sich und stiegen über dem Fluß schräg in die Luft. Eine Million Feuer warfen ihr flackerndes Licht auf sie, und vor ihnen lag eine düstere, wogende Wolkenlandschaft. Qualm und Rauch zwangen sie, die Augen zu schließen und die Gesichter vornübergelehnt gegen das weiche, weiße Fell des erstaunlich breiten und bequemen Pferderückens zu pressen. Asbury kam alles wie ein Traum vor, aber Christiana wußte, daß dem nicht so war.

☆

Am letzten Tag im letzten Jahr des zweiten Jahrtausends legten Hardesty und Virginia ihr totes Kind in einen kleinen hölzernen Sarg und machten sich in südlicher Richtung zu Fuß auf den Weg durch die Stadt. Hardesty bestand darauf, daß Abby noch am selbigen Abend, vor Anbruch des neuen Jahrtausends, begraben wurde. Es schien ihm angemessen und geboten, sie in der tausendjährigen Epoche zurückzulassen, in die sie hineingeboren worden war, während sie, ihre Eltern, sich anschickten, die Schwelle zum nächsten Millennium zu überschreiten. Nicht eine Stunde, keinen einzigen Tag wollten sie ihrer Tochter von dieser neuen Zeit zumuten.

Es war eine seltsame kleine Prozession. Hardesty ging voraus, mit dem Sarg auf der Schulter. Virginia folgte ihm mit gesenktem Kopf, dann kamen Mrs. Gamely und Martin, der neben der Großmutter ging und ihre Hand hielt. Es war spät am Nachmittag. In den Straßenschluchten war es wegen des Aschenregens und des frühen Sonnenuntergangs schon dunkel. Die gläserne Stadt von einst, mit ihren zahllosen Fenstern, deren Scheiben früher millionenfach im Licht der Sonne geglänzt hatten, war nun schwarz wie Tinte.

Auf ihrem Weg durch die engen Straßen orientierte sich die kleine Familie an niedrigen Gebäuden, deren Silhouetten sich von dem pulsierenden, orangeroten Flammenhimmel abhoben.

Irgendwann erreichten die Marrattas die Battery. Dort vernahmen sie ein Geräusch, das wie das Zischen brennender Wunderkerzen klang. Es kam von den Glastürmen in der Stadtmitte, die einer nach dem anderen von der aus dem Norden heranrollenden Feuersbrunst verschlungen wurden.

Sie betraten die unsichere, hier und dort bereits brennende Eisdecke und schlugen den Weg zur Insel der Toten ein, der anderthalb Meilen quer über den Hafen führte. Normalerweise fuhr ein kleines Fährschiff mehrmals am Tag hin und her, doch im Winter pflegten die Menschen einfach hinter den Schlitten herzugehen, die die Särge transportierten. Heute war der riesige, glasfeste Eisklumpen, der die Inseln miteinander verbunden und bis auf den Grund des Hafenbeckens gereicht hatte, von gewaltigen Höhlen zerfressen. Aus Dutzenden von breiten Rissen schossen bisweilen mehrere hundert Fuß hohe Flammen in den Himmel, denn brennende Flüsse aus Öl hatten tiefe Schluchten in das Eis gegraben. Schwarzer Rauch und weißer Dampf bildeten dichte Vorhänge, die langsam in die Luft stiegen und sich weiter oben im Feuerschein rosig färbten. Geysire aus Kavernen unter dem Eis durchbrachen urplötzlich die glatte, durchsichtige Fläche und spuckten ein Gemisch aus trübem, grünem Wasser und flammendem Öl aus, das sie zusammen mit großen, messerscharfen Eissplittern meilenweit durch die Dunkelheit schleuderten. Auch die Oberfläche begann zu schmelzen, denn der wolkenverhangene Himmel reflektierte die Hitze der Feuersbrunst. Es konnte geschehen, daß weitflächige Schmelzwasserteiche, die bis zu zwanzig Fuß tief waren, plötzlich verschwanden, wenn das Wasser durch einen neuen Riß in die Tiefe rauschte und in einem unentwirrbaren Netz von Tunneln, Höhlen und unterirdischen Flüssen versickerte.

Hardesty und die Seinen wateten durch einen hüfthohen, warmen See. Kaum hatten sie ihn hinter sich gelassen, da war er auch schon verschwunden. Später mußten sie einen Umweg von gut einer Meile machen, um einer Höhle auszuweichen, in der Millionen Tonnen Öl brannten. Es galt, reißende Ströme an glitschigen Furten zu überqueren, und es ging mitten durch pechschwarze Rauchpilze hindurch, nach deren Durchquerung immer wieder neue Hindernisse auftauchten.

Und dann erschienen plötzlich Tausende von Lastenhubschraubern. Im Tiefflug flogen sie durch das Geschiebe aus Dampf und Rauch über ihren Köpfen. Die Rümpfe der hundert Fuß langen Maschinen waren im hin und her huschenden Scheinwerferlicht deutlich zu erkennen. Ihre Rotoren und Düsentriebwerke teilten und zerquirlten die Wolken. Auf ihrem Flug über das Eis zogen sie eine Schleppe aus kleinen Blitzen hinter sich her, die die Marrattas und die alte Mrs. Gamely in seltsamen Girlanden umzuckten und von Donnergrollen gefolgt wurden. Die Familie fand sich rasch mit ihnen ab. Hardesty fragte sich, was wohl aus Jackson Meads Plan werden sollte, da nun doch die große Eislinse irreparable Schäden erlitten hatte.

Auf der Insel der Toten suchten sie eine Weile herum, um einen Totengräber zu finden. Jene stammten von den Sumpfleuten und jenen Menschen ab, die den sogenannten »Spitälern für Tiefgefrorene« entkommen waren, und genauso sahen sie auch aus. Mit ihrer rauhen Haut, ihren wilden Bärten, ihrer wolfartigen, räudigen Gewandung aus ungegerbtem Leder und dem ewig verdutzten Blick ihrer Glotzaugen machten sie ihren seltsamen Vorfahren in jeder Hinsicht Ehre.

Hardesty gelang es schließlich, einen von ihnen aufzuspüren. Der Mann hob gerade unter einem riesigen, schiefen Baum eine Grube aus.

»Begrabe sie!« befahl Hardesty und zeigte auf den Sarg.

Der Totengräber protestierte und wies darauf hin, daß es schon fast Nacht sei.

»Bei dir wird es bis zum Ende aller Zeiten Nacht sein, wenn du nicht sofort zu graben beginnst«, drohte Hardesty.

»Dann bezahlen Sie mich!«

Hardesty ließ ein paar Münzen in die becherförmig gekrümmten Hände des Mannes fallen.

Es gab bereits eine offene Grube, die auf sie wartete. Sie traten hinzu und ließen den Sarg in die Erde hinab.

Lange vor Mitternacht war das Grab schon wieder geschlossen. Sie wußten, daß sie sich beeilen mußten, aber bevor sie sich auf den Rückweg übers Eis machten, das jetzt von heißen grünen Seen bedeckt war und bald ganz verschwinden würde, verharrten sie noch eine Weile in trostloser Bestürzung.

Virginia weinte.

»Lebe wohl, Abby!« sagte sie.

Ein Goldenes Zeitalter

Die ersten Stunden des neuen Jahrtausends verbrachte Peter Lake schlafend zwischen den Maschinen der *Sun*. Die anderen Mechaniker taten genau, was er ihnen gesagt hatte. Nachdem sie gesehen hatten, wozu er imstande war, empfanden sie große Ehrfurcht vor ihm und wagten nicht, ihn zu stören. Hätte er noch andere Anhänger, Förderer oder vielleicht Freunde gehabt, so hätten ihn die wohl kurz vor Mitternacht geweckt, vielleicht in Erwartung eines Wunders. Aber außergewöhnliche Ereignisse halten sich selten genau an Verabredungen, und so verschlief Peter Lake ganz allein den Augenblick, als die Uhr zwölf schlug und das Jahr Zweitausend begann. Seine rechte Hand bedeckte die Wunde auf seiner linken Seite, und sein Mund stand leicht offen, während er halb sitzend, halb liegend an einer Maschine lehnte, die er selbst wenige Sekunden zuvor in Gang gebracht hatte. Hier gab es zwar keine Uhren, aber in den anderen Räumen der *Sun* tickten sie Sekunde für Sekunde, als wäre nichts geschehen. Die Pflanzen blieben in ihren Töpfen und Kübeln, sie wurden nicht lebendig und liefen nicht herum, die Türen quietschten noch immer, wenn man sie öffnete, und ein Hausmeister streute irgendein grünes Zeug, um damit den Staub besser aufkehren zu können.

Die *Sun* und der *Whale* bereiteten eine gemeinsame Ausgabe vor, wie dies bei Ereignissen von besonderer Wichtigkeit üblich war. Doppelt soviele Leute wie gewöhnlich waren an der Arbeit. Das Zeitungsgebäude war mitten in der Nacht zum Leben erwacht, als aus all den Bezirken die Lokalreporter mit bestürzten Mienen hereinkamen, um ihre Berichte über die Zerstörung der Stadt zu verfassen. Da es eine Fülle von Geschichten darüber zu erzählen gab, wie das alte Zeitalter gestorben war, würde die Zeitung am nächsten Tag fast so dick sein wie eine typische Ausgabe des *Ghost* (den man übrigens wegen Stromausfalls hatte schließen müssen). Beispielsweise waren Tiere im Zoo und die

Reitpferde in den Ställen an der West Side dermaßen außer Rand und Band geraten, daß man sie freigelassen hatte. Durch die Brände in Panik geraten, galoppierten sie in Herden herum und rasten zwischen brennenden Häusern durch die Straßenschluchten. »Wenn sie um eine Straßenecke biegen«, schrieb der Reporter der *Sun*, »hat der verschwommene Anblick ihrer weichen Felle und muskulösen Rücken etwas von einem fließenden Strom an sich.«

Im Vergleich mit den Menschen jedoch waren die Tiere ein Musterbeispiel an Korrektheit und Selbstbeherrschung. In den Straßen flitzten zahllose Autos hin und her. Alle Verkehrswege, die aus der Stadt hinausführten, waren von Fahrzeugen und Menschen verstopft, die zwischen den Trümmern verzweifelt nach einem Ausweg suchten. Aber es führten keine Wege mehr aus der Stadt hinaus. Das Ergebnis war, daß die Menschen von einer blockierten Ausfallstraße zur anderen hetzten. Mit neunzig oder gar hundert Meilen in der Stunde rasten die Autos über die Straßen und Boulevards. Kam es zu Zusammenstößen — und deren gab es viele —, dann fuhren die, die heil davonkamen, einfach weiter. Jede Minute konnte man an jedem Häuserblock erleben, wie ein Wagen außer Kontrolle geriet und in einen Laden oder die verschreckte Menschenmenge auf dem Bürgersteig krachte. Die Spannung wurde nicht eben dadurch gemildert, daß alle Wagen der Feuerwehr und der Polizei in der Stadt mit Sirenengeheul hin und her fuhren. Panzer und Hubschrauber der Miliz vergeudeten ihren Treibstoff auf der Suche nach den Inseln, die sie auf Praeger de Pintos Geheiß bewachen sollten.

Auf den Brücken drängten sich Abertausende von Flüchtlingen. Sie strömten über die unbeleuchteten Fahrbahnen, und sie wußten nicht, daß der Vorstadtgürtel um Manhattan herum nur noch eine einzige Feuermauer war. Die Kinder auf dem Rücken, Aktentaschen und Bündel in den Händen, stapften sie in betäubtem Schweigen dahin. Die Straßen wurden zu einem riesigen Trödelladen, da die Leute eine unendliche Menge an Dingen wegtrugen, die sie retten wollten. Zu Tausenden flohen sie mit Büchern, Gemälden, Kandelabern, Vasen, Geigen, alten Uhren,

Elektrogeräten, Säcken voll Tafelsilber, Schmuckkästchen, und – man höre und staune – Fernsehapparaten. Die praktisch Gesinnten brachen beladen mit Rucksäcken voller Nahrungsmittel, Werkzeugen und warmer Kleidung über den Riverside Drive nach Norden auf. Doch hatte ein Mann mit einer Kettensäge über dem Rücken mitten im Winter und in einer Welt, die völlig aus den Fugen geraten war, wirklich noch eine echte Chance?

Nicht Zehntausende, sondern Hunderttausende von Plünderern strömten in die Geschäftsviertel. Da die ehrgeizigeren unter ihnen auf die Idee verfielen, die Wände der Bankgebäude mit Bulldozern zu durchbrechen, hörte man bald Dynamitladungen detonieren, mit denen ein Tresorraum nach dem anderen aufgesprengt wurde. Doch als die Brennstoffdepots Feuer fingen und die Miliz anfing, rund um die Inseln Feuerschneisen zu sprengen, waren die einzelnen Explosionen kaum noch voneinander zu unterscheiden. Außer sich vor Freude und vollbeladen mit Beutegut bewegten sich die Plünderer im Schneckentempo vorwärts; sie schoben, zogen oder schleiften Kühlschränke, große Möbelstücke, ganze Kleiderständer und Säcke voll Geld mit sich. Die verwaisten Geldsäcke waren am ärmsten dran, denn kaum hatten sie einen ›Vater‹ gefunden, wurde dieser erschossen, und ein anderer adoptierte sie. Dies wiederholte sich unablässig. Hätte man den Weg der Geldsäcke verfolgt, so wäre daraus so etwas wie eine Geschichte über hüpfende Bälle geworden, kunstvoll jongliert von den Mächten wahnwitziger Geldgier. Die auf den Straßen zurückbleibenden Sachen ließen auch die teuersten Stadtviertel wie verlassene, ausgebrannte Slums aussehen. Kaum jemand hätte zu sagen gewußt, wo die Menschen mit ihrem Diebesgut eigentlich hinwollten. Sie bewegten sich zumeist im Kreis, aber sie schienen außer sich vor Freude, daß sie nun dies oder jenes Neue besaßen. Da es keine Behausungen mehr gab, in denen sie hätten leben können, stand zu erwarten, daß sie wahrscheinlich nie auf den gestohlenen Möbeln würden sitzen oder liegen können, sondern sie wochen- oder monatelang auf dem Rücken mit sich herumschleppen mußten.

Plünderer anderer Art vereinigten sich zu trunkenen Banden, die inmitten der Trümmer nach ganz anderen Ausschweifungen suchten. So wurden die Möbel, die jene zurückgelassen hatten, denen sie zu schwer geworden waren, zu Stätten ungezügelten Beischlafs zwischen Menschen jeden Geschlechts und jeden Alters. Doch diese Vereinigungen von ganzen Gruppen oder einzelnen, zwischen Willigen und Unwilligen, waren grauenhaft und traurig.

Die Polizei wußte nicht, wen sie erschießen oder was sie verteidigen sollte, da alles mit allem im Krieg zu sein schien. Donner und Feuer waren überall, Kriminelle verschwanden einfach im düsteren Aschenwind, und in den Straßen wimmelte es von Verrückten, die Bündel auf dem Rücken schleppten.

Die Reporter der *Sun* konnten ebenso über Familien berichten, die zusammenhielten und sich gegen das Chaos wehrten, über Akte selbstloser Nächstenliebe wie über Mutige und Irre, die versuchten, der allgemeinen Auflösung Einhalt zu gebieten. Solche Handlungen waren jedoch die Ausnahme. Sie konnten die Flut nicht zurückdrängen. Ihre Schuld war das nicht; nur Zeit und Ort sprachen dagegen.

Jene von Harry Penns Berichterstattern, die nicht – wie zahlreiche ihrer Kollegen – umkamen, kehrten zur *Sun* zurück, um über ihre Erlebnisse zu schreiben. Sie fühlten, daß dies das Richtige war, auch wenn alles andere zum Teufel ging. Denn sie wußten genug, um die Gewißheit zu haben, daß der Welt nach jedem Untergang ein Neubeginn gelingt, und da wollten sie nicht fehlen.

Während die Stadt unter einem Himmel brannte, über den dichte, elektrisch geladene Unwetter krochen, funktionierten Peter Lakes Maschinen, die die *Sun* mit Strom und Licht versorgten, tadellos. Er selbst schlief.

Praeger de Pinto hatte sich kaum umgedreht, um Harry Penn zu begrüßen. Er stand in der Mitte des Vorderdecks und schaute durch ein auf einen Dreifuß montiertes Nachtglas durch das Fenster. Als Bürgermeister hatte er alle Hände voll zu tun. »Wer beobachtet Insel sechs?« fragte er über den Lautsprecher, fast wie ein Gott.

»Ich!« ertönte eine ganz normale menschliche Stimme aus einer

Reihe links von ihm. Es waren Polizeioffiziere mit ihren Assistenten und ein oder zwei Streifenbeamte, die man hierhergebracht hatte, damit sie, ein jeder wie der Bürgermeister mit Nachtgläsern ausgerüstet, die restlichen Lücken im Auge behielten.

»Sehen Sie die Schneise im Südwesten?« fragte Praeger.

»Im Augenblick sehe ich sie nicht, Sir«, war die Antwort. »Der Aschenregen ist zu dicht. Aber ich habe sie vorhin gesehen und Meldung erstattet.«

»Ist sie bestätigt worden?«

»Nein.«

»Die Verbindung mit Insel sechs ist gerissen«, meldete sich einer der Techniker.

»Seit wann?« fragte Praeger.

»Seit fünf Minuten.«

»Versuchen Sie, sie wiederherzustellen. Eustis, schicken Sie einen Mann zu Fuß zum dortigen Kommandoposten, damit er den Leuten dort Bescheid sagt. Und geben Sie ihm ein Funkgerät mit. Insel sechs ist in Chelsea. Wenn er sich beeilt, könnte er in zwanzig Minuten dort sein.«

Dialoge wie dieser wurden, während unten die Stadt brannte, mit äußerster Ruhe und Sachlichkeit abgewickelt, denn Praeger und die anderen bemühten sich, die Stellung zu halten und so viel zu retten, wie noch zu retten war. Nach mehreren Stunden hatten sie sich schon daran gewöhnt, daß die Stadt in Rauch und Flammen gehüllt war. Praeger de Pinto und andere Menschen seiner Generation hatten sich eigentlich schon fast von Geburt an mit dem Gedanken vertraut gemacht, daß sie irgendwann in der Zukunft auf ruhigen Kommandoposten inmitten apokalyptischer Schlachten stehen würden. Die meisten der Männer auf dem Oberdeck waren kühl und gefaßt. Sie erfüllten eine Aufgabe, auf die sie sich innerlich seit langem vorbereitet hatten. Die Logik der vorausgegangenen Jahrzehnte, die Kriege gegen Träume und Illusionen sowie die Erwartungen, die sie ein Leben lang in sich selbst gesetzt hatten, waren für diesen Stand der Dinge verantwortlich, und das war nicht weiter überraschend. Während sie sich darauf vorbereiteten, der Herausforderung des Unvermeidlichen gerecht zu werden, hatten sie das, was jetzt geschah, manchmal sogar herbeigewünscht.

Harry Penn allerdings war ein alter Mann, der andere Erwartungen gehegt hatte. Und es stimmte ihn zutiefst traurig, daß er mitansehen mußte, wie Abertausende von Flammen in der Dunkelheit loderten und wie sie nach allem gierten, das noch nicht verbrannt war. Bis ins Innerste war er verletzt von diesen sieghaften Wolken aus Rauch und Dampf, die orangefarbenes Licht widerspiegelten und sich über die Stadt wälzten und wie Teig aufblähten. Sie schienen die zerstörten, ausgebrannten Häuserblocks auszulachen, die sie so feige sich selbst überlassen hatten.

Im Unterschied zu den anderen erinnerte sich Harry Penn an die Zeit, da die Stadt noch jung gewesen war. Die Leute waren damals im allgemeinen freundlicher und auch fähiger als ihre Nachkommen, die Stadt selbst anders, nämlich unschuldiger gewesen. Die längst verschwundenen Straßen mit ihren Biegungen und Kutschen, die Flanken und Mähnen der Karrengäule – all dies gehörte ebenso der Vergangenheit an wie der weiche, fließende Schnitt der Kleidung. Allein schon diese Dinge waren eine Art Gebet gewesen, das stets gnädiges Gehör fand. Gott und die Natur hatten Wohlgefallen gefunden an der unsterblichen, vollendeten Linienführung der Kurven, an den Pferden, der tastenden Suche nach Ausdruck und der bemerkenswerten Fähigkeit der Stadt, sich ihrer Stellung in dieser Welt bewußt zu sein. Dafür war die Stadt mit klaren Nordwinden und einem tiefblauen Himmelsgewölbe belohnt worden. Diese Stadt, die Harry Penn gekannt und geliebt hatte, war jung und neu gewesen.

Während einer der kurzen Atempausen drehte sich Praeger zu Harry Penn um und sah, daß das vom grellen Feuerschein schwach erleuchtete Gesicht des alten Mannes voller Schmerz war. »Was ist los?« fragte er.

»Sagen wir es so«, antwortete Harry Penn. »Ein liebliches Kind, das ich einst kannte, ist alt geworden und innerlich verhärtet. Jetzt stirbt es einen häßlichen Tod.«

»Das stimmt nicht«, sagte Praeger. »Es stirbt nicht. Hier werden neue Wege gebahnt.«

»Ich nehme an, daß ich zu alt und einer bestimmten Zeit zu

sehr verhaftet bin, um jemals den Glauben an sie zu verlieren«, erwiderte Harry Penn.

»Schauen Sie«, sagte Praeger. Dort draußen, in der Nacht, sehe ich schon eine neue Stadt erstehen.«

Harry Penn blickte hinaus, aber er sah nur die Vergangenheit, von der er so oft träumte.

»Eigentlich hätte ich mir gedacht«, fuhr Praeger fort, daß gerade *Sie* begreifen würden, warum dies geschieht. Ich glaubte, Sie wüßten Bescheid. Die *Sun* wird doch weiterhin erscheinen, nicht wahr?«

»Wir sind noch keinen einzigen Tag ausgefallen.«

»Die *Sun* ist zur Zeit das einzige beleuchtete Gebäude in dieser Stadt — wie ein Leuchtturm.«

»Das kann nicht sein«, erwiderte Harry Penn. »Bei der *Sun* ist alles dunkel. Die Maschinen sind gestoppt, und die Mechaniker sagen, sie brauchen sechs Monate, um alles zu reparieren. Als ich vor ein paar Stunden ging, arbeiteten alle bei Kerzenlicht. Wir beschlossen, die Sonderausgabe der beiden Blätter notfalls per Hand durch mit Muskelkraft betriebene Pressen laufen zu lassen.«

»Dann muß ich Sie bitten, mit mir zu kommen«, sagte Praeger. Er legte die Arme um Harry Penns Schultern und führte ihn auf die Ostseite. Praeger liebte diesen alten Mann von ganzem Herzen.

Zunächst sahen sie nichts weiter als eine graue Wolke, die, schwer von Asche und Glut, vorbeischwebte. Doch dann, als würde sie hochgestemmt, hob sich diese Wolke langsam und schwerfällig, und ganz unten unter ihrem schmuddeligen Rocksaum schimmerte ein Licht hervor.

In der Dunkelheit, die am Printing House Square herrschte, glitzerte das Gebäude der *Sun* wie ein geschliffener Diamant. Überraschend scharf gebündelte und präzis ausgerichtete Lichtbalken brachen durch die Fenster und tauchten den Platz in einen diffusen Widerschein. Wie scharfe Schwerter zerteilten diese Strahlenbündel die Finsternis, den Zweigen einer Silberdistel oder den metallisch harten Darstellungen des Lichts auf dem Kreuz des heiligen Stephan vergleichbar.

»Da!« sagte Praeger. »Das ist der Lohn der Tugend.«

Doch Harry Penn wußte es besser. »Nicht einmal tausend Jahre Tugend sind stark genug«, erwiderte er, »um das Licht zu bändigen. Etwas . . . etwas weitaus Größeres als Tugend muß ganz nahe sein.«

Wenig später machte sich Harry Penn auf den Rückweg zur *Sun*, und Praeger übernahm wieder die Führung in dem schwierigen Kampf unten in der Stille, für den er wahrscheinlich geboren war.

☆

Während Harry Penn über den Printing House Square ging, war sein Blick unverwandt auf das Licht der *Sun* konzentriert, das den Aschenregen wie das Skalpell eines Chirurgen durchtrennte. Er bemerkte nicht, daß ihm drei Männer folgten. Halbverborgen in dem Miasma, das wie eine schmutzige Flut auf und ab schwappte, bewegten sie sich auf einem Kurs, der seinen eigenen Weg ungefähr zweihundert Fuß von den Türen der *Sun* entfernt schneiden mußte. Allein aus seinem Gang konnten die drei schließen, daß Harry Penn ein sehr alter und sehr reicher Mann war. Die majestätische, anmutige und staunenswerte Art, wie er dahinschritt, drückte nicht nur die Zuversichtlichkeit einer anderen Zeit aus, sondern sie vermittelte auch wie ein Telegraph die Botschaft, daß er eine ordentliche Summe Geldes, eine goldene Taschenuhr und wahrscheinlich Manschettenknöpfe, eine Krawattenspange oder eine Schlipsnadel am Leib trug.

Alte, steifbeinige Hagestolze wie Harry Penn hören nicht allzu gut, ihre Reflexe sind langsam, und ein einziger Schlag genügt, um sie niederzustrecken. Folglich waren die drei Männer, die sich auf dem Platz an ihn heranmachten, nicht eben vorsichtig. Wären sie Short Tails gewesen (was sie nicht waren), dann hätten sie mit äußerster Umsicht gehandelt. Schon in den besten Zeiten der Short Tails waren hundertjährige Greise großen Gefahren ausgesetzt gewesen, aber die meisten von ihnen waren damals immerhin Veteranen des Bürgerkriegs, der Kämpfe im Westen und anderer Unternehmungen, die viel härter gewesen waren als alles, was die Short Tails jemals erlebt hatten.

Die drei Männer waren sicher, daß sie leichtes Spiel haben würden, und fast hätten sie recht behalten. Denn kurz vor der *Sun* blieb Harry Penn stehen, um Atem zu schöpfen. Dröhnend flog einer von Jackson Meads riesigen Lastenhubschraubern gefährlich niedrig zwischen den hohen Turmbauten hindurch und zerteilte den Qualm. Harry Penn drehte sich bei dem Getöse um und sah die drei Männer auf sich zukommen. Im ersten Augenblick begriff er nicht, daß er in Gefahr war, doch dann sah er ihre Messer und Totschläger. Sein Blick füllte sich langsam mit Empörung, worüber die drei Männer gleichermaßen wütend wie belustigt waren.

Im Alter von hundert Jahren fürchtete sich Harry Penn vor absolut nichts mehr. Er zitterte nicht, er atmete nicht schwer und zuckte mit keiner Wimper. Sich selbst betrachtete er als Repräsentanten der Zeit von Theodore Roosevelt, Admiral Dewey, der großartigen Soldaten der Nordstaaten, der Indianerkriege und, um es in Craig Binkys potentieller Wortwahl zu sagen, von Wild Bill Buffalo.

Da seine Reflexe allerdings eher langsam waren, starrte er den drei Angreifern, die auf ihn zurückten, viel zu lange entgegen. Es gelang ihm jedoch, die Vergangenheit heraufzubeschwören, und die Vergangenheit trat hervor, um ihn zu beschützen. Seine Augen glitzerten. Er lächelte — und er faßte in seine Tasche und zog einen vierschüssigen Trommelrevolver heraus. Dieses kleine Ding sah lächerlich und untauglich aus, wirkte genauso harmlos wie eine altmodische Donnerbüchse. Gerade wollten sie ihm das sagen, als er den ersten Schuß abfeuerte und den ihm zunächst stehenden Mann in den Solarplexus traf. Die anderen beiden waren verblüfft. Der kurze Augenblick des Zögerns war tödlich, denn er genügte Harry Penn, um auch sie niederzuschießen. Er blieb einen Moment stehen und blickte auf die drei Leichen hinab, über die Nebel und Rauch hinwegwirbelten. In seinem ganzen langen Leben hatte er nie einen anderen Menschen getötet, nicht einmal in den diversen Kriegen. Er zitterte ein wenig, doch dann sagte er sich, daß er zu alt sei, um sich über dergleichen aufzuregen. Die schrecklichen Lektionen, die ein jüngerer Mann nach einer solchen Tat hätte lernen müssen, waren ihm längst bekannt, und so drehte er sich einfach um, steckte die veraltete Pistole in die Tasche und setzte den Weg zu seinem Büro fort.

Die *Sun* war ein Paradebeispiel für Helligkeit und Fleiß. Abgeschirmt durch die natürliche Feuerschneise des Printing House Square und von bewaffneten Wachen beschützt, die hinter Sandsäcken an den Eingängen und auf dem Dach postiert waren (diese Männer hatten Harry Penns Schüsse gehört, konnten jedoch aufgrund des Qualms nichts sehen), arbeiteten die Angestellten der *Sun*, wie sie noch nie zuvor gearbeitet hatten. Das betriebseigene Kraftwerk belieferte sie mit Strom. Ihre Familien hatten im Hof und innerhalb der riesigen Gebäude Zuflucht gefunden.

Als Harry Penn die Treppe hinaufstieg, wurde er immer wieder von aufgeregten jungen Männern und Frauen angehalten, die ihm zeigen wollten, daß sie ihre Arbeit taten und voller Hoffnung waren. Sie stellten ihm eine ganze Reihe überflüssiger Fragen. Er antwortete bedächtig, um ihnen Mut zu machen. Daß hier bei der *Sun* eine festliche Stimmung herrschte, trotz allem was draußen in der Stadt geschah, erklärte er sich mit der relativen Jugend seiner Reporter.

Oben auf dem letzten Treppenabsatz lief ihm Bedford über den Weg. »Wie kommt es, daß wir wieder Licht haben?« fragte Harry Penn ihn.

Bedford zuckte die Schultern. »Es ist einfach angegangen. Ich nehme an, die Mechaniker konnten die Maschinen reparieren.«

Bedford ging nach unten, um die Mechaniker zu fragen. Als er sich später in Harry Penns Büro meldete, saß der alte Herr auf einer Couch, rauchte eine Zigarre und starrte auf die Gemälde von Peter Lake und Beverly.

»Die Mechaniker sagen, die Maschinen seien hoffnungslos blockiert gewesen«, berichtete Bedford. Harry Penn wandte seinen Blick nicht von den beiden Porträts ab. »Sie hatten schon die Hälfte auseinandergenommen und die Einzelteile auf dem Boden ausgebreitet. Innerlich waren sie auf sechs Monate Arbeit gefaßt, als der Chefmechaniker zurückkam und alles in Ordnung brachte – im Handumdrehen, behaupten sie.«

»Wie bitte? Meinen Sie diesen Trumbull? Ich glaube nicht, daß der irgend etwas im Handumdrehen in Ordnung bringen könnte. Der braucht ja schon ein ganzes Jahr, um mein Schweizer Offiziersmesser zu schleifen. Da stimmt etwas nicht.«

»Aber ich habe mit Trumbull gesprochen.«

»Dieser Lügner!«

»Mr. Penn, Trumbull ist nicht mehr Chefmechaniker.«

»Ach nein? Seit wann? Wo habe ich nur meine Gedanken!«

»Die Mechaniker haben schon seit längerer Zeit einen neuen Chef. Sie haben ihn sich selbst ausgesucht.«

»Verdammt, Bedford!« sagte Harry Penn wütend. »Hier wird niemand ohne meine Zustimmung befördert! Niemand außer mir bestimmt, wieviele Anteile einer erhält.«

Bedford schüttelte den Kopf. »Er hat die Anteile eines Lehrlings. Sie haben ihn zu ihrem Chef gemacht, weil er so gut ist, daß sie nicht warten konnten – jedenfalls sagen sie das.«

»Wer ist er? Etwa einer von diesen Computertypen? Schikken Sie den verdammten Kerl zu mir! Ich will mit ihm reden.«

»Das geht nicht.«

»Verdammt noch mal!« sagte Harry Penn und blickte gereizt zur Decke. »Wer leitet diese Zeitung eigentlich?«

Bedford wollte antworten, doch er brachte kein Wort heraus. Harry Penns Wut war schon verflogen, er konnte nur noch staunen.

»Wie heißt der Mann?«

»Sie nennen ihn *Mr. Überbringer.*«

»Mr. Überbringer?« wiederholte Harry Penn.

»Ja, so ist es.«

Harry Penn wußte nicht, ob er seinen Trommelrevolver neu laden oder einen Wutanfall haben sollte. »Warum können Sie ihn nicht zu mir schicken?« fragte er.

»Er macht gerade ein Nickerchen.«

»Ein Nickerchen?«

»Ja, Sir. Die anderen lassen nicht zu, daß er gestört wird. Sie haben einen Heidenrespekt vor ihm. Anscheinend halten sie ihn für den König der Mechaniker.«

»Hören Sie mal!« sagte Harry erzürnt und erhob sich von der Couch. »Mir ist es egal, ob er der König der Zigeuner ist. Ich werde diesen Mr. Überbringer selbst aufwecken, ihm einen Tritt in den Hintern geben und ihn rausschmeißen. Aber dann werde ich ihn neu einstellen als Chefmechaniker und vor ihm niederknien, weil ich so dankbar bin, daß der Teufelskerl uns wieder mit Licht versorgt hat!«

Als Harry Penn gemessenen Schrittes die Treppe hinabging, Stufe für Stufe, fühlte er erst einen eiskalten Schauder, dann standen ihm die Haare zu Berge, und dann spürte er weder die Stufen unter seinen Füßen noch hörte er seine eigenen Schritte oder das Summen der Maschinen im Maschinenraum. Das kann nicht sein, sagte er sich, bevor er vor den Mechanikern stand. Oder vielleicht doch? Der beste Mechaniker der Welt, der alle Maschinen im Handumdrehen zu reparieren versteht, der von anderen Mechanikern zum Chef ernannt wird und sich dennoch mit den Anteilen eines Lehrlings begnügt — ja, das kann nur *er* sein!

Von Furcht und einer seltsamen Vorahnung geplagt, befragte Harry Penn die Mechaniker: »Wo ist dieser Mr. Überbringer? Ist er hier?«

»Ja, er ist hier«, antwortete einer der Männer.

»Dann sagen Sie mir, wo ich ihn finden kann.«

»Er sollte jetzt nicht gestört werden«, erklärte Trumbull. »Er schläft jetzt.«

»Aber gewiß doch!« sagte Harry Penn. Seine Stimme klang plötzlich genauso ehrfürchtig wie die Trumbulls. »Ich will ihn mir nur *anschauen*.«

»Er ist dort hinten«, sagte Trumbull und zeigte in die Richtung. »Zwei Reihen weiter, beim Kompressor um die Ecke und dann ein Stück den Gang zwischen den Generatoren entlang...«

Harry Penn war schon unterwegs. Er ging an zwei Maschinenreihen vorbei, bog beim Kompressor ab und folgte dem schmalen Gang, bis er vor einem Mann stand, der an eine leise vor sich hinschnurrende Maschine gelehnt saß und schlief.

Zuerst konnte Harry Penn sein Gesicht nicht sehen. Zitternd kniete er sich hin und schützte seine Augen vor dem hellen Licht einer Birne, die in einem trichterförmigen Blechschirm brannte. Und dann sah er es! Er sah, worauf kein Mensch einen Anspruch hat, auch wenn er hundert Jahre alt geworden ist. Er sah die Vergangenheit auferstehen, er sah die Vergangenheit triumphieren. Er sah Zeit und Tod besiegt. Er sah Peter Lake.

Peter Lake nach fünfundachtzig Jahren unverändert vor sich zu sehen, bedeutete nicht nur, daß die Zeit besiegt werden konnte, sondern auch, daß die, die man geliebt hatte, nicht einfach für alle Zeiten verschwunden waren. Wie er Peter Lake dort vor sich schlafen sah, wäre Harry Penn zufrieden an Ort und Stelle gestorben. Aber wie das Unglück, kommt auch das Glück selten allein, und so war dies nicht das letzte bedeutsame Ereignis, das Harry Penn erleben sollte. Auch er selbst wählte nicht diesen Augenblick, um zu sterben, sondern griff nach Peter Lakes Handgelenk und schüttelte es, um ihn zu wecken. Noch im Schlaf zog Peter seinen Arm zurück und sagte: »Das ist es nicht, was ich von Ihnen wissen wollte.«

»Aufwachen! Wachen Sie auf!« rief Harry Penn außer sich vor Freude, doch so sehr er ihn auch schüttelte – Peter Lake schlief weiter. Da griff Harry Penn auf den alten und wirksamen Weckruf zurück, den er damals im Krieg angewendet hatte. Er lehnte sich ganz nah über Peter Lakes rechtes Ohr und rief so laut er konnte: »Handgranate!«

Urplötzlich verwandelte sich Peter Lakes Körper in einen Blitzstrahl. Er fuhr in die Höhe und schaffte es irgendwie, so lange in der Luft zu schweben, bis er jeden Zollbreit des Fußbodens geprüft hatte. Als er landete, sah er einen sehr alten Mann mit einem breiten Lächeln vor sich stehen.

»Weshalb haben Sie das getan?« fragte Peter ihn.

»Sie wollten nicht aufwachen. Es ist gut – aber was sage

ich da? Es ist nicht nur gut, es ist großartig, es ist ein Wunder, das größte Glück meines Lebens, daß ich Sie wiedersehe!«

Peter Lake sah ihn besorgt an. »Sind wir uns schon einmal begegnet?«

Harry Penn warf den Kopf in den Nacken und lachte wie besessen.

»Ich bin Harry Penn!« sagte er.

»Sie sind der Verleger der *Sun*? Dann sind Sie mein Boß. Aber wir haben uns noch nie gesehen.«

»Oh doch«, erwiderte Harry Penn und wippte fröhlich in den Knien. »Vor mehr als fünfundachtzig Jahren! Ich war damals noch nicht einmal fünfzehn. Natürlich erkennen Sie mich jetzt nicht wieder, aber ich kenne Sie. Sie sind keinen Tag älter geworden. Ha!«

Peter Lake sah sich den alten Mann genauer an, während er auf die Fortsetzung der Geschichte wartete. Er versuchte sich vorzustellen, wie Harry Penn als Junge ausgesehen haben mochte, aber das erwies sich als recht schwierig.

Harry Penn hingegen, der immer noch hingerissen war (er sollte es bis zu seinem Tode bleiben), schlug sich auf die Schenkel. Dann besann er sich.

»Wissen Sie«, sagte er strahlend, »das erinnert mich an einen Tag in meiner Kindheit, als wir oben in den Bergen unterwegs zum Coheeries-See waren. Ich glaube, ich war vier Jahre alt. Es war ein herrlicher Junimorgen, und in dem Gasthof, in dem wir übernachteten, schickte mein Vater gerade ein Telegramm ab oder er wartete auf eins — ich weiß es nicht mehr. Ich konnte es kaum abwarten, zum Coheeries-See zu kommen, doch man sagte mir, wir würden erst am Nachmittag losfahren. Da kletterte ich zu einer hohen Stelle hinauf, die den halben Sonnenschein auf sich zu versammeln schien. Von dort konnte man die ganze Welt überblicken. Ich fand einen Flecken mit Blaubeeren und war schon bald ganz ins Pflücken vertieft. Sicher wäre ich noch länger dort geblieben, hätte mein Vater mich nicht gerufen und wäre da nicht ein Zug die Serpentinen heraufgekommen. Die Gleise waren ganz in meiner Nähe und ich wußte, er würde an mir vorbeikommen. Als ich ihn näherkommen sah, war ich furchtbar aufgeregt. Ich wollte ihn anhalten, denn ich wußte: Sobald er an mir vorbeifährt, verschwindet er für immer. Und weil ich schon im voraus traurig darüber war, daß er weiterfahren würde, beschloß ich, ihn anzuhalten, selbst auf die Gefahr hin, daß ich ihn zerstören mußte. Und wissen Sie, wie ich das bewerkstelligen wollte?«

Peter Lake schüttelte verneinend den Kopf.

»Ich wollte eine Blaubeere auf ihn werfen!« sagte Harry Penn. Seine Stimme war zu einem heiseren Flüstern geworden. »Ich nahm die größte Blaubeere, die ich finden konnte, und postierte mich neben den Gleisen, erfüllt von der Schuld, daß ich einen schönen Zug zerstören würde, nur weil ich ihn so sehr liebte. Ich erinnere mich noch, daß ich vor Gewissensbissen zitterte, als er näher und immer näher auf mich zukam. In dem Augenblick, als die Siebzig-Tonnen-Lokomotive neben mir war, verfluchte ich die ganze Welt und schleuderte meine Blaubeere gegen den Zug. Ich weiß nur noch, wie das Dienstabteil an mir vorbeizog. Der Zug fuhr quer durch die Wiesen, in die ich mich wegen der vielen Bienen zwischen den wilden Blumen nicht hineingetraut hatte, und verschwand oben an der Brücke in den hellen Schneefeldern. Nie im Leben war ich so erleichtert. Ein riesiger Stein war mir vom Herzen gefallen. Ich raste hinunter ins Hotel und beschloß, nie wieder mit Blaubeeren nach einer Lokomotive zu werfen.« Harry Penn machte eine kurze Pause und fuhr dann fort: »Als ich Sie sah, dachte ich, Sie würden über unser Wiedersehen genauso überrascht sein wie ich, aber Sie hatten nicht die leiseste Idee, wer ich bin, nicht wahr?«

»Nein, Sir, ehrlich gesagt nicht.«

»Zu glauben, Sie könnten mich wiedererkennen oder ich würde Ihnen etwas bedeuten, war wohl ebenso eitel wie die Vorstellung, eine siebzig Tonnen schwere Lokomotive mit einer kleinen Beere zum Entgleisen zu bringen. Schon damals kannten Sie mich kaum. Aber erinnern Sie sich nicht an meine Schwester?«

»Nicht daß ich wüßte. Sehen Sie, ich weiß, das alles stimmt, was sie da über die Zeit vor hundert Jahren erzählen. An vieles erinnere ich mich nur bruchstückhaft.«

»Sie wissen auch nicht, wer sie selbst sind?«
»Nein.«
»Aber ich!«
»Ich wäre sehr erleichtert, wenn Sie mich einweihen würden. Es liegt mir auf der Zunge, seit man mich aus dem Hafen gefischt hat.«
»Sie wissen nicht einmal Ihren eigenen Namen?«
»Nein, Sir, nicht einmal den.«
»Dann kommen Sie!« sagte Harry Penn. »Kommen Sie mit mir hinauf, und ich zeige Ihnen, wer Sie sind, nicht in Worten, sondern mit Hilfe schöner Bilder, die auf keinen Fall nachgemacht oder gefälscht sind. Dann werden Sie ganz genau wissen, wer Sie sind, für alle Zeiten, denn dann wissen Sie, was Sie lieben.«

Sie stiegen die außen am Gebäude angebrachten Feuertreppen empor. Peter Lake preßte die Hand auf seine Seite. Jeder Schritt bedeutete größeren Schmerz, denn die Wunde war nicht geheilt. Trotzdem glitt er fast fliegend die Stufen hinauf, und als sie oben ankamen, schwebte er über den Treppenabsatz hinauf und mußte sich irgendwo festhalten, sonst wäre er an die Decke gestoßen. Einem Lehrling, der das sah, fiel vor Staunen nicht nur der Unterkiefer herunter, sondern auch ein dicker Stapel Papiere, den er auf dem Arm trug. Ein leichter Windstoß wehte die Blätter mit derselben grazilen Unbeschwertheit in die Halle hinab, wie Peter Lake die Stufen hinaufgeschwebt war.

Nur mit eiserner Disziplin und Konzentration konnte sich Peter Schritt für Schritt durch die langen Gänge bewegen. Wenn er sich auch nur einen Augenblick lang gehenließe, das wußte er, würde er durch die Wände und ins Freie stoßen, um auf etwas zuzurasen, das ihn mit wachsender und grenzenloser Schnelligkeit an sich zog. Er fragte sich, woher die Kraft kam, die es ihm ermöglichte, so schnell zu laufen und sogar zu schweben.

All sein innerer Aufruhr legte sich, als er die goldene und blaue Aura der Gemälde erblickte, die auf einem langen Tisch in Harry Penns Büro standen. Sie waren leicht nach hinten geneigt, so daß Peter Lake und Beverly in die Ferne zu blicken schienen. Farben, zu einem Kranz gebündelt, brachen aus den lebensgroßen Porträts hervor, blau, rosé und gelb pulsierten sie in der Luft, entstehend und vergehend wie sonnendurchflirrte Gischt über der Brandung. Fast hätten Peter Lake und Harry Penn geglaubt, daß die Bilder tatsächlich lebten. Der dunkle Hintergrund mit seinem weichen Glanz war keineswegs flach. Ein starker, breiter Lichtstrahl, der nur durch verräterische Staubpartikel sichtbar wurde, schien ihn aufzuhellen. Und obwohl dieser Hintergrund nur aus einer wenige Millimeter dicken Farbschicht bestand, führte er das Auge in unbestimmte Tiefe und Weite. Der Anflug eines Lächelns umschwebte Beverlys Lippen. Aus ihrem Blick sprach nicht nur die Gnade und Verzeihung jener, die aus vergangenen Zeiten zu uns herüberschauen, sondern das Wissen um Erhabenes und Schönes brach ihr geradezu aus allen Poren. Daneben wirkte Peter Lake unsicher, verlegen und nicht im gleichen Maß in das strahlende Geheimnis eingeweiht, das Beverly mit solcher Macht und Zuversicht umgab — trotz der verhaltenen Art, mit der ihre linke Hand die Falten blauer Seide berührte, die über ihre Schulter fielen und von einer silbernen Agraffe zusammengehalten wurden. Etwas deutete darauf hin, daß Peter bald alles erfahren sollte. In ihrer Rechten hielt Beverly einen geschlossenen Fächer gegen das Perlgrau ihres Kleides. Zwar war es auf den Porträts nicht sichtbar dargestellt, aber beide hatten dicht nebeneinander gestanden, als der Künstler sie malte. Beverlys linke Hand war nach Peter Lake ausgestreckt, und obwohl sich ihre Hände nicht berührten, hätte jeder, der bei jener Sitzung zugegen gewesen wäre, geahnt, daß sie auf dem Weg zueinander waren.

Sie waren lebendig! Diese Feststellung war keine bloße Redewendung, keine Floskel oder kein Gleichnis. Sie waren lebendig — und *sie* hatte alles geschaut!

»Ihr Name ist Peter Lake, und das war meine Schwester Beverly«, ließ sich Harry Penn vernehmen.

Peter Lake streckte die Hand aus, als wollte er sagen: »Pst, ich weiß! Natürlich weiß ich es!« Er wußte es sogar genau, was er nun zu tun hatte, obwohl er nicht wußte, *wie* er es tun sollte. Um sich Mut zu machen, blickte er Beverly ein letztes Mal in die

Augen. Dann wandte er sich von dem Porträt ab und verließ den Raum. Harry Penn folgte ihm auf dem Fuße. Er konnte kaum mit ihm mithalten.

Ohne sich umzudrehen begann Peter zu sprechen: »Die Sitzung für diese Porträts war an einem herrlichen Tag. Ich wollte unbedingt ins Freie, aber sie brachte mich dazu, von morgens bis abends neben ihr zu stehen. Manchmal, wenn ich müde war vom Stehen, kniete ich auf einem kleinen Schemel hinter ihr. An jenem Tag sah ich nicht ein einziges Mal die Sonne, sondern nur den vollendet blauen Himmel durch den oberen Teil eines Fensters, das nach Norden ging. Später am Abend stellte ich verblüfft fest, daß ich einen ganz schönen Muskelkater hatte und einen Sonnenbrand auf Gesicht und Armen. Beverly sagte, das sei meine Belohnung. Es sei nur ein Teil dessen, das mir noch bevorstünde. Damals wußte ich nicht, was sie meinte, aber jetzt ist mir alles klar.«

Harry Penn blieb stehen und sah Peter Lake nach, der die Treppen hinab verschwand. Der alte Mann hatte die ihm zugedachte Rolle gespielt. Er kehrte in sein Büro zurück, um wieder die Leitung der *Sun* zu übernehmen.

☆

Der dicke, gemütliche, schlitzäugige Cecil Mature war in Rage.

»Tu dies! Tu das! Tu dies! Tu das!« sagte er zornig zu seinem Schreibtisch, auf dem stapelweise Bestellformulare, Lieferscheine, lose Blätter, Anfragen, Quittungen und mehrere Dutzend hellrote und blaue Memos herumlagen. Jackson Mead hatte sie ihm alle auf einmal mit dem folgenden Text geschickt: *Dringendst! Äußerst wichtig! Dringlichkeitsstufe 1! Tausendprozentige Priorität! Wäre ich ein König aus alten Zeiten, so würde ich Ihnen den Kopf abschlagen lassen, wenn Sie nicht sofort alles erledigen.*«

Cecil ballte die Faust und schlug mit ganzer Kraft auf die Tischplatte, so daß ein halbes Dutzend Monitore in schwachem Protest zu flimmern begannen. Er kochte derartig vor Wut, daß seine außerordentlich sanfte Veranlagung Schaden zu nehmen drohte. Diesmal wollte er wie andere Leute richtig außer sich geraten und böse werden. So steigerte er sich in etwas hinein, das nicht in seiner Natur lag. Er sah sich in einen Kampf verstrickt, bei dem böse Einflüsterungen von außen mit seiner leisen, jedoch unerschütterlichen inneren Sanftheit um die Oberhand kämpften.

»Der sitzt doch nur herum und rührt sich nicht!« schimpfte Cecil, um sich noch mehr in Fahrt zu bringen. »Er befiehlt und befiehlt und befiehlt. Er macht kaum den Mund auf, nur um Energie zu sparen. Mr. Wooley, schicken Sie zwanzigtausend Güterwagen zu den Erzfeldern von Minnesota. Mr. Wooley, lassen Sie die Supertanker, die wir in Sasebo auf der Werft haben, in Transporter für flüssigen Wasserstoff umbauen. Mr. Wooley, zeichnen Sie die Pläne für eine Titanschmelze in Botswana. Mr. Wooley, tun Sie dies, Mr. Wooley, tun Sie das! *Ich kann nicht mehr!*«

Mootfowl erschien wie aus dem Nichts. »Er will, daß Sie herausfinden, wie weit sich das Feuer schon ausgebreitet hat. Es kommt mit rasender Geschwindigkeit von Norden her, und er sagt, Sie sollen ganz nah rangehen, sich ein bißchen umsehen und vielleicht etwas über die Short Tails herausfinden.«

»Und was wird aus dem hier?« fragte Cecil und zeigte auf den Stapel Memos mit dem Vermerk *Dringend*. »Was ist mit dem Spannungsabfall in Black Tom, der Polarisierungsumkehr in Diamond Shoals und den Schaltrelais, die in South Bay ausgewechselt werden müssen? Wie soll das alles fertig werden?«

»Er sagt, darum brauchen Sie sich nicht weiter zu kümmern.«

»Mich nicht kümmern? Nach all den Jahren? Wollen Sie sagen, er selbst kümmert sich auch nicht mehr darum?«

»Genau.«

Cecil war verblüfft. »Und was ist mit Ihnen? Sind Sie nicht auch nervös? Ich bin es, bei Gott! Die Stadt brennt, wir sind von allen Seiten unter Druck, im Hafen geht es derart zu, daß ich wirklich nicht weiß, wie in aller Welt die Objektive stabil bleiben sollen – und sie müssen absolut stabil sein, damit die Strahlen perfekt ausgerichtet werden können, wo nun die Eislinsen futsch sind, und . . .«

»Machen Sie sich deswegen keine schlaflosen Nächte, Cecil«, sagte Mootfowl. »*Ich* tue es jedenfalls nicht.«

Cecil wollte seinen Ohren nicht trauen. »Wie ist das möglich?« fragte er. »Sie? Dabei kenne ich keinen Kirchenmann, der so nervös, sprunghaft, starrköpfig und überdreht ist wie Sie! Wir sind doch so dicht vor dem Ziel!«

»Begreifen Sie eigentlich, was passiert, wenn wir die Brücke schlagen und sie hält tatsächlich, Cecil?«

»Ewiges Heil, Himmel auf Erden, der Anblick Gottes, das Goldene Zeitalter, alles schön und schlank«, antwortete Cecil mit einer Ehrfurcht, in die sich flammende Begeisterung mischte.

»Genau das«, bestätigte Mootfowl. »Aber was bleibt dann für uns?«

»Was?« sagte Cecil und fiel beinahe vom Stuhl.

»Wir hätten nichts mehr zu tun. Wenn alles eitel Freude wäre, dann würde man uns nicht mehr brauchen, oder?«

»Aber wünschen Sie sich das denn nicht?«

»Offen gesagt, nein. Ich habe meine Meinung geändert. Und er scheint es sich auch noch einmal zu überlegen. Uns gefällt alles, wie es ist. Es macht uns Spaß, dieses Auf und Ab der Waagschalen, dieser dauernde Krieg zwischen Gut und Böse, diese wunderbaren kleinen Siege der Seele. Vielleicht ist es zu früh, um mit all dem ein Ende zu machen. Vielleicht brauchen wir noch etwas Zeit, um das alles zu durchdenken.«

»Noch einmal hundert Jahre?« fragte Cecil.

»Wir haben der herrlichen Zeiten gedacht, die uns vergönnt gewesen sind, und wir haben uns für weitere tausend Jahre entschieden, vielleicht sogar zweitausend.«

»Und was ist mit Peter Lake?«

»Muß sein Sieg denn absolut sein? Keiner hat das erreicht, nicht einmal Beverly Penn oder irgend jemand von denen, die vor ihr waren. Allerdings — wenn sein Augenblick gekommen ist, dann könnte es passieren, daß er seine Vorgänger ganz schön in den Schatten stellt und uns die ganze Angelegenheit aus der Hand nimmt. Bis jetzt hat das niemand geschafft, aber wer sagt uns, daß *er* es nicht tut? Soweit wir wissen, läuft bei ihm alles bestens.«

»Haben Sie ihn gefunden?«

»Gegen zwei Uhr morgens«, sagte Mootfowl. »Er schlief, an eine Maschine gelehnt. Das hat er von *mir*.«

»Von wegen!« zischte Cecil. »Erinnern Sie sich nicht, wo und wie Sie ihn aufgegabelt haben?«

»Nun ja, aber *ich* habe seine Sinne für das Wesen der Maschinen geschärft! Erinnern Sie sich nicht, daß er glaubte, Maschinen seien Tiere?«

»Wo ist er jetzt?«

»Sie haben ja immer zu ihm gehalten, mehr als jeder andere.«

»Er hat eine Menge durchgemacht.«

»Das haben wir alle«, sagte Mootfowl. »Soweit ich weiß, war er zuletzt bei der *Sun*. Bleiben Sie nicht zu lange fort! In wenigen Stunden schlagen wir die Brücke, und wenn sie hält . . . Wenn sie hält, nun, dann denke ich mir, daß Sie ganz gern dabei wären.«

☆

Auf dem Printing House Square wimmelte es von Überlebenden. Benommen hielten sie Ausschau nach Menschen, die sie liebten. Aus Angst, sich allzusehr von jenen abzuheben, die dem Untergang nah und allein waren, unterdrückten Familien, die sich wiedergefunden hatten, ihre Freude, aber dadurch wurde alles nur noch beklemmender. Die Marrattas trafen Asbury, Christiana und Jessica Penn im Gebäude der *Sun*, dicht am Eingang. Neben einer kleinen Palmengruppe, die von mehreren Spotlights angestrahlt wurde, setzten sie sich auf eine Bank. Die Dampfmaschinen des Kraftwerks zischten und stampften mit kraftvollem Rhythmus, um Strom für die Pressen und die vielen Lampen zu erzeugen. Beim *Ghost* auf der anderen Seite des Printing House Square war alles stockfinster; die Belegschaft starrte zur siegreichen Konkurrenz hinüber. Die Gesichter dieser Menschen, abwechselnd in den Schein des Feuers und das aus der *Sun* dringende Licht getaucht, waren traurig, bleich wie der Mond und in Hände gestützt, die nichts zu tun hatten.

Als Peter Lake am Fuß der Treppe ankam, sah er die Marrattas auf der anderen Seite der Halle und ging auf sie zu. Kurz bevor er die Palmengruppe erreichte, durchzuckte ihn ein so heftiger Schmerz, daß er sich am liebsten zusammengekrümmt hätte. Er legte eine Hand auf die Stelle, blieb ruhig stehen und hoffte, der Schmerz möge schnell nachlassen. Die anderen unterhielten sich miteinander. Hardesty und Asbury sprachen über den Tresorraum, wo Hardesty das Tablett deponiert hatte. Die mehreren Pfunde Gold, aus dem es bestand, das riesige, starke Pferd, die Barkasse, die vielen Kenntnisse und Fertigkeiten, über die die Gunwillows, die Marrattas und Mrs. Gamely verfügten — all dies würde für einen Neuanfang in der Stadt reichen, wie immer es dort aussehen mochte, nachdem das Feuer erstorben und der Morgen angebrochen wäre.

Peter Lake trat zwischen den Palmen hervor. Im selben Augenblick hastete Cecil Mature, der sich heftig atmend einen Weg durch die Menschenmenge gebahnt hatte, durch die Halle. Als er Peter erblickte, füllten sich seine kaum sichtbaren Augen mit Tränen, und auch Peter Lake fühlte so etwas wie brüderliche Liebe in sich aufsteigen. Als er sprach, bebte seine Stimme vor innerer Bewegung. »Hast du Werkzeug, um einen Tresor zu sprengen?« fragte er.

Cecil brach vor Glück fast zusammen. Alles war wieder genau wie früher! »Das kann ich besorgen«, antwortete er begeistert.

»Bohrmaschinen und Hämmer haben wir bei der *Sun*«, sagte Peter. »Aber hier sind alle Maschinen aus ziemlich weichem Metall. Was ich von dir brauche, sind Diamantbohrer in jeder Größe, verstellbares Bohrfutter, Nitro und Sonden, wie sie von Safeknackern verwendet werden. Den Rest bringe ich selbst mit.«

»Das habe ich schnell zusammen!« rief Cecil im Gehen. »Warte hier auf mich!«

Peter Lake wandte sich zu Asbury: »Erzählen Sie mir von dem Pferd, das Sie erwähnt haben. Ist es wirklich riesengroß, so daß man fast eine Leiter braucht, um hinaufzusteigen? Ist es weiß wie Schnee und schöner als die Pferde von Reiterstandbildern? Kämpft es so, wie Sie es bei einem Pferd nie für möglich halten würden, mit wirbelnden Vorderläufen und einem Kopf, der wie eine Keule hin und her schwenkt? Neigt es dazu, extrem weite Sprünge zu machen, wenn man ihm seinen Willen läßt, so daß es gewissermaßen fliegt? Jawohl, ich meine wirklich *fliegen*, nicht fliehen!«

»Ja, das stimmt alles«, schaltete sich Christiana ein.

»Dann ist es mein Pferd«, sagte Peter mit einer Stimme, daß Christiana die Augen senken mußte, denn sie wußte, daß sie den Hengst ein weiteres Mal verloren hatte. Peter wandte sich Virginia zu. »Wo ist Ihre kleine Tochter?« fragte er.

»Sie ist tot. Sie haben es doch selbst gesehen!«

»Aber wo ist sie jetzt?«

»Wir haben sie auf der Insel der Toten begraben«, sagte Hardesty.

Peter Lake schloß die Augen und dachte nach. Dann nickte er zustimmend mit dem Kopf, als wäre ihm gerade etwas klargeworden. Er öffnete die Augen und sagte: »Grabt sie wieder aus.«

»Was sagen Sie da?« erwiderte Hardesty in plötzlichem Zorn.

»Was ich sage? Ich sage, Sie sollen zur Insel der Toten gehen und sie wieder ausgraben! Exhumieren Sie sie, wenn Sie es lieber so sagen wollen. Holen Sie sie aus ihrem Grab heraus!«

»Aber warum denn?« fragte Hardesty. Er wußte nicht, was er davon halten sollte.

»Weil sie leben wird!« sagte Peter Lake ruhig. »Das weiß ich von Beverly.« Er hob eine Hand. »Tun Sie nur das, was ich Ihnen sage. Ich nehme das Pferd, weil es mir ohnehin gehört, doch als Gegenleistung werde ich den Tresor öffnen und das Tablett für Sie herausholen.«

»Sie sprachen eben von einer Beverly«, sagte Hardesty zu Peter. »Meinen Sie vielleicht Beverly Penn?«

»Ja«, antwortete Peter Lake. »Beverly Penn!«

»Dann weiß ich, wer Sie sind. Ich weiß es von den Bildern in den Archiven. Sie sind der Mann, der auf allen Fotos neben ihr stand und nie identifiziert wurde. Wie kommt es, daß Sie in all den Jahren nicht gealtert sind?«

»Das möchte ich selber gern wissen«, sagte Peter Lake. »Ich wundere mich schon die ganze Zeit darüber. Aber da kommt Cecil Mature zurück. Wenn Sie mir sagen, wo sich der Tresorraum befindet und welche Nummer das Schließfach hat, gehen wir das Tablett holen und überlassen es Ihnen statt des Pferdes. Wo ist das Pferd?«

»Ich bin Mr. Cecil Wooley«, korrigierte Cecil ihn. Er schleppte einen Sack voller Diamantbohrer und Titansonden und war völlig außer Atem. »Mr. Cecil Wooley. Nicht vergessen!«

»Ich werde daran denken«, antwortete Peter Lake. »Mr. Cecil Wooley, möchten Sie ein letztes Mal einen Safe knacken?« Cecil strahlte, aber er hielt den Blick auf den Boden gerichtet. Verlegen schlenkerte er seinen rechten Fuß hin und her. Hardesty teilte Peter die Nummer des Schließfaches und die Lage des Tresorraums mit.

»Den kenne ich noch von damals, als er das Nonplusultra eines Tresors war«, sagte Peter Lake. »Mit modernen Werkzeugen und Methoden sollte das nicht allzu schwierig sein.«

»Wollen Sie die Kombination von dem Schließfach und einen Schlüssel für das Schloß im Kastendeckel?« fragte Hardesty und zog einen Schlüsselring heraus, doch als er sah, daß seine Worte Peter Lake beleidigt hatten, steckte er ihn zurück in die Tasche. Christiana erklärte Peter, wo er das weiße Pferd finden konnte, nämlich in einem Hof an der Bank Street. Man merkte ihr an, daß sie sich nur ungern von dem Hengst trennte.

»Ich behalte Ihn auch nicht«, sagte er zu ihr. »Er wird dahin zurückkehren, woher er gekommen ist.«

Während dieses Gespräches hatte Mrs. Gamely abseits auf einer Bank vor sich hingeschmollt. Peter Lake ging zu ihr.

»Sarah, es tut mir leid, daß ich so grob zu Ihnen war. Ich habe mich wirklich an nichts erinnert. Können Sie mir verzeihen?«

»Aber ja«, antwortete sie. »Sie sind Peter Lake, nicht wahr?« Er nickte.

Peter und Mr. Cecil Wooley, wie sich Cecil lieber nennen ließ, weil er der Meinung war, *Wooley* würde im Unterschied zu den gewichtigeren Silben von *Mature* ganz leicht und anmutig klingen — Peter und Cecil gingen los, um den Tresor zu knacken.

Sie lehnten sich über den Fenstersims und ließen sich von den Mechanikern die restlichen Werkzeuge hochreichen. Dann gingen sie von der *Sun* in Richtung auf die Bank davon, für die sich Hardesty vor Jahren entschieden hatte, weil sie so nobel, vertrauenerweckend und einbruchssicher ausgesehen hatte.

Wenn man mit Willenskraft, Phantasie und Sehnsucht von einer Zeit in die andere springen kann, dann taten dies Peter Lake und Cecil Mature auf der halben Meile, die sie noch von ihrem Ziel trennte. In der Gegenwart existierten sie ohnehin nur für den Preis von viel Leid. Sie ahnten, daß sie sich bald erheben und davonfliegen würden. Nachdem sie nur noch mit einem Faden an diesem Zeitalter hingen, hörten sie beinahe schon die Chöre der Stimmen, die auf- und abschwellenden Töne, welche die Erde erbeben lassen und von jenseits des wirbelnden Rauchvorhangs zu ihnen dringen würden. Sie spürten zuinnerst, daß die Vereinigung von Chaos und Ordnung unmittelbar bevorstand, denn schon kam sie auf die turbulente, von ruhigen, blauen Buchten umgebene Stadt zu. Sie erblickten Bilder, die von weither auf den wogenden, in Stößen hervorquellenden Rauch projiziert waren. Peter Lake begriff augenblicklich, daß die Summe aller Dinge zwar einer wegelosen Unendlichkeit entgegenstrebte, jedoch einen starken, unauslöschlichen Abglanz hinterlassen würde. Im Geiste sahen er und Cecil noch einmal kurz die Stadt in ihrer Blütezeit, wie sie sie einst gekannt hatten: Pferde, die vor Wagen gespannt waren, schwer arbeitende Schneeräumer, Feuerwehrleute mit ihren urnenförmigen Löschfahrzeugen, das Gewirr von Telefondrähten voller Eiszapfen, alte Seidenstoffe und diamantenbesetzte Revers – lauter unschuldige, flüchtige Eindrücke, die erstanden, um ein unwissendes Gesicht bis ans Ende der Zeiten zu erhellen. Sie vernahmen das Hufegeklapper, das traurige Tuten vollbeladener Fährschiffe, das Rasseln von Pferdegeschirr, die Rufe der Straßenhändler und das Geräusch hölzerner Räder über dem Kopfsteinpflaster. Peter Lake wußte, das all diese Dinge für sich genommen keine Bedeutung hatten. Sie dienten nur dazu, ihn an jene zu erinnern, die er geliebt hatte. Sie ließen ihn daran denken, daß die Macht der Liebe, die er erfahren hatte, sich millionenfach fortpflanzte, von einer Seele zur anderen, jede in sich wertvoll, jede heilig, keine jemals verloren. Er glitt durch die Traumbilder hindurch, die tapfer für kurze Zeit auf dem

Rauchvorhang aufleuchteten, und er war tief berührt von dem Willen der Dinge, im Licht zu leben.

Die Bank war ein dräuendes, altes Steingebäude. Jedes Fenster und jede Tür hatte schmiedeeiserne Gitter, die so zart wie Spitze wirkten. Doch die Stäbe waren keineswegs zerbrechliche Ranken, sondern aus gehärtetem Stahl und so dick wie Craig Binkys Kopf.

»Das ist nun mal wirklich eine bewundernswerte Bank!« sagte Peter Lake und deutete auf das in vier Fuß hohen Lettern über dem Architrav eingravierte Motto: *Sei weder Verleiher noch Borgender!*

»So etwas haben wir eigentlich noch nie gemacht«, meinte Cecil besorgt.

»Ich schon«, war Peters Antwort. »Jedenfalls beinahe. Ein paar von den Safes, die ich geöffnet habe, waren vermutlich fast so groß wie der dort drin. Alles, was man braucht, sind die richtigen Werkzeuge, Geduld und etwas Übung. Es ist doch nur Metall!«

»Wie sollen wir reinkommen? Durch die Vordertür?«

»Wir könnten die Vordertür benützen, denn es ist keine Polizei unterwegs und außerdem dunkel. Aber Banken konzentrieren immer alle Anstrengungen auf die Stellen, die jeder sehen kann. Wir sparen fünfzehn Minuten, wenn wir durch ein Fenster im zweiten Stock auf der Rückseite einsteigen.«

Sie bogen um eine Ecke und kletterten auf den breiten Sims eines Fensters, vor dem dicke Eisengitter angebracht waren. »Früher hätten wir diese Gitter durchsägen, wegsprengen oder mit einer Schraubenwinde vom Durchmesser einer Telegraphenstange auseinanderdrücken müssen. Aber heutzutage haben wir ja dank der fleißigen Metallurgen diese wundervollen kleinen Dinger hier.« Er griff in seine Werkzeugtasche und zog zwei silbrig glänzende Hebewinden von der Größe eines runden Brotlaibes heraus. Auffallend an ihnen waren die in der Mitte angebrachte Übersetzung und etwas, das wie eine Kombination von einer Gewindestange und einer Bohrknarre aussah. Peter spannte sie zwischen zwei Gitterstäbe und befestigte zerlegbare Kurbeln an ihnen, an denen er und Cecil Mature zu drehen begannen. Nachdem sie eine Minute lang wie von Sinnen gekurbelt hatten, war noch immer keine sichtbare Veränderung festzustellen. Peter Lake erläuterte, Hunderte hauchdünner Zahnräder aus Speziallegierung seien so dicht gepackt, daß sie eine Untersetzung von 2000:1 ergäben. Zwar müßten Cecil und er deshalb lange kurbeln, aber es würde funktionieren, meinte er und deutete auf die kleinen Risse, wo die Gitter in der Wand verankert waren. Es gebe sogar batteriebetriebene Modelle, informierte er seinen Partner, aber wozu eigentlich? Was sollte man denn tun, während das Ding arbeitete? Auf dem Sims sitzen und Brotzeit machen oder Zeitschriften wie *Field and Stream* lesen? Ihm sei es darum gegangen, *mit* der Maschine zu arbeiten.

Bald begannen die Gitterstäbe zu singen wie alte irische Frauen, die im Nebel Schafe hüten. Nach zehn Minuten waren sie so weit auseinander, daß Peter Lake die Schraubenwinden zurückdrehen, sie herausziehen und sich selbst hindurchzwängen konnte. Doch Cecil blieb zwischen ihnen hängen und schaffte es erst, nachdem ihn Peter Lake mit Graphit eingeschmiert hatte und fest an ihm zog. Von der Anstrengung brach Peter Lakes Wunde von neuem auf, und er krümmte sich vor Schmerz.

»Es ist schon in Ordnung«, erklärte er. »Laß uns weitermachen.« Jetzt war ihnen wieder alles vertraut. Sie arbeiteten zusammen, mit den alten Werkzeugen und einer altmodischen Fenster- Alarmanlage. Sie bohrten ein Dutzend kleine Löcher durch das Band, das beim Zerreißen den Alarm ausgelöst hätte, und verbanden sie mit Kupferdrähten. Nachdem sie sicher sein konnten, daß der Strom nicht unterbrochen werden würde, schnitten sie behutsam ein Stück Glas aus, daß sie mit einem doppelten Saugnapf herauszogen und sorgsam zwischen das Fenster und das Gitter stellten. Es war eher ihrem Stolz, als ihrer Angst vor der Polizei zuzuschreiben (die ja alle Hände voll zu tun hatte), daß sie sich mit der Alarmanlage so anstrengten. Sie befestigten einen Flaschenzug an den Gittern, schoben sich und ihre Werkzeuge durch die Öffnung der Scheibe, stiegen in die Schlaufen des Seiles und ließen sich langsam auf den dreißig Fuß tiefer liegenden Boden hinunter.

Sie kamen ganz leicht und ohne Geräusch auf. Peter Lake

blickte in die wirbelnde Finsternis hoch über ihm. »Psst!«, flüsterte er in Cecils Richtung. Der dachte, die Polizei sei in der Nähe.

»Hörst du es?«

»Was ?« flüsterte Cecil zurück.

»Die Musik.«

»Was für eine Musik?«

»Klaviermusik, ein sehr weiches und schönes Klavier. Hör doch!« Cecil schloß die Augen, hielt den Atem an und konzentrierte sich. Aber er konnte nichts hören. Peter Lake sagte: »Ah . . . schön! Wie beruhigend!«

Cecil hielt noch einmal den Atem an und versuchte es von neuem. »Ich mag Musik«, sagte er eine Minute später, nachdem er wieder ausgeatmet hatte. »Aber ich habe nichts gehört.«

»Es ist ganz leise. Es schwebt da oben, fast in der Kuppel, wie eine kleine Wolke.«

Sie glitten über eine kurze Strecke spiegelblank gewienerten Marmors — ihr Weg war vom roten Schein der brennenden Stadt schwach erhellt — und gingen eine breite Treppe hinunter, die zu dem Gewölbe führte, in das man den Tresorraum eingebaut hatte. Ein lächerliches Tor aus bronzefarbenen Stahlstäben war leicht zu überwinden. Man mußte das Schloß lediglich mit einem gehärteten Meißel und einem Schmiedehammer aufstemmen. Als sie sich hinter dem Tor befanden, schalteten sie ihre Lampen ein und gingen zum Tresor.

Der Durchmesser der Tür betrug zehn Fuß, und ihre Scharnierbolzen waren zweimal so dick wie ein Hydrant. Die Edelstahlräder und -stangen, die über seine Vorderseite verteilt waren, ließen ihn aussehen wie das Innere eines Unterseebootes. Doch Peter Lake konnte das nicht entmutigen. Er verfiel sofort in eine Analyse in Form eines Monologs von der Art, wie Cecil ihn so oft fasziniert gehört hatte, wenn Mootfowl etwas Schwieriges und Unbekanntes zu verstehen suchte. »Diese Räder hier«, sagte Peter Lake und faßte beim Sprechen die Hälfte der Kreuzräder an, »sollen lediglich beim Tresorkunden Eindruck schinden. Sie werden nur deswegen angebracht, damit es aussieht, als könnte die Tür unmöglich bewegt werden. Sie drehen sich, siehst du?

Aber sie haben nicht das geringste mit dem wirklichen Problem zu tun. Diese beiden —«, er streichelte zwei große Speichenräder mit einem Durchmesser von einem Yard — »drehen die vier Riegel. Weiter nichts. Wenn wir sie in Bewegung setzen könnten, würden die Riegel aus den Halterungen herausgleiten, so wie Murmeltiere rückwärts aus ihrem Bau kriechen. Jeder Riegel ist so dick wie ein kleiner Baumstamm, hat also ungefähr den Durchmesser eines Eßtellers aus purem Vanadiumstahl. Früher konnte man die Schlösser, sogar die Zeitschlösser, manipulieren. Man mußte bohren, um an sie heranzukommen, aber es war möglich. Jetzt haben sie die Mechanismen umgerüstet, so daß sie von diesen kleinen Silikondingern gesteuert werden, groß wie Kekse, aber schlauer als wir. Wenn du sie austricksen willst, müßtest du mit einzelnen Elektronen umgehen können. Mootfowl kann das vielleicht, aber meine Sache ist es nicht. Wir müssen also die Steuerung umgehen, zu den vier Riegeln gelangen und sie zerstören. Das heißt, wir bohren drei Löcher für jeden Riegel und sprengen das eigentliche Schloß in den Safe hinein. Die Rückseite der Tür ist nur mit viertelzölligem Stahlblech verkleidet. Das ist nicht weiter problematisch, aber die Löcher müssen genau sitzen.«

Er kramte etliche Greifzirkel und Lineale aus der Ledertasche und begann, ein Euklidisches Diagramm in die zum Glück glatte Oberfläche des brünierten Stahls zu ritzen. Er sang beim Arbeiten, worüber Cecil begeistert war (obwohl er das Klavier in der Ferne, das Peter Lake begleitete, nicht hören konnte), denn es klang irgendwie druidisch, einschmeichelnd und orientalisch und erinnerte Cecil an seine Jahre als Tätowierer.

Nach etwa einer Stunde waren alle Bohrpunkte mit Diamanten markiert. Nachdem sie Ankerlöcher für die Dreifüße gebohrt hatten, die die Bohrer im richtigen Winkel halten sollten, spannten sie die Bohrmaschinen ein und fingen an. Sie arbeiteten mit einem der wassergekühlten elektrischen Düsenbohrer, die Peter Lake bei Zahnärzten gesehen und seinen eigenen Anforderungen bei der *Sun* angepaßt hatte. In kürzester Zeit waren die Löcher gebohrt. Sie gossen Nitroglyzerin aus einem Dutzend Flaschen hinein, versiegelten sie mit Guttapercha, schoben lange Kupferelektroden durch die weiche Dichtungsmasse, verbanden diese mit einem polypenähnlichen Verteiler, sammelten ihr Werkzeug zusammen und verlegten ein Kabel durch den Tresorraum und die höhlenartige Schalterhalle der Bank.

Als er die Zuleitungen an den Zünder anschloß, sagte Peter Lake: »Ich hasse es eigentlich, Tresore zu sprengen, aber hier ist höchste Eile geboten, und die kleinen elektronischen Biester lassen uns keine andere Wahl. Gleich werden die Riegel wie Panzergranaten in den Tresor hineingeschossen. Ich hoffe, sie treffen nicht das Tablett.« Er wandte sich Cecil zu: »Kannst du noch Mootfowls Nitro-Gebet?« Cecil nickte. »Dann sage es, und ich zünde.«

Cecil murmelte etwas von einem Feuerball, Peter Lake legte seine Hand auf den Griff der Zündvorrichtung, faßte sich noch einmal an die Seite und drückte den Hebel nach unten.

Die Bank wackelte wie bei einem Erdbeben. Über ihnen ging plötzlich ein riesiger Lüster an, und mehrere Tonnen Kristall schwangen hin und her und klirrten protestierend.

»Das war's. Sogar die Lichter sind angegangen. Notstromaggregate! Alle Banken haben solche Anlagen. Für Leute wie uns sind sie gerade richtig. Also los!« Sie rannten in das jetzt hell erleuchtete Gewölbe hinunter. »Dreh du die Räder«, befahl Peter Lake. »Ich kann nicht, meine Wunde schmerzt zu sehr.« Cecil drehte an den Rädern, um die Reste der Riegel aus den Halterungen zu entfernen. Dann zogen sie an der riesigen Tür, die perfekt auf ihren hydrantendicken Scharnieren gelagert war. Sie schwang auf. Der Tresorraum lag vor ihnen.

»Welche Nummer hat das Schließfach?« wollte Cecil wissen.

»Vierzehn achtundneunzig«, antwortete Peter Lake. Er litt unter starken Schmerzen.

Das Schließfach befand sich in Hüfthöhe, auf der rechten Seite des Tresorraumes. Peter Lake ging zu ihm hin, sank auf die Knie und machte sich an der Kombination zu schaffen. Er beobachtete sich dabei selbst in dem vom Boden bis zur Decke reichenden Spiegel und sah, daß Cecil, rund und dick wie er war, vor Aufregung auf und nieder wippte. Er sah auch, daß sich eine Blutlache auf den Marmorfliesen unter ihm bildete. Trotz des

Schmerzes schien er jedoch immer wacher und stärker zu werden. »Geschafft«, sagte er und zog am Riegel. Die Tür öffnete sich, und Cecil zog die Stahlkassette heraus. Sie knipsten das kleine Vorhängeschloß durch und entfalteten das Tuch, in dem das Tablett eingewickelt war.

Peter Lake hielt es hoch.

Dies war kein toter Gegenstand! Wie ein gutes Gemälde bewegte es sich, es bewegte sich wie das Licht. In dem für alle Zeiten lebendigen Wechselspiel reiner und unvermischter Metalle, aus denen es gemacht war, glänzte es in tausend Farben, in weißen, blauen, silbernen und goldenen Schattierungen. Ein Feuer ging von ihm aus, das ihre Gesichter beleuchtete.

»Es lebt«, sagte Peter Lake. »Niemand wird es jemals einschmelzen können.«

☆

Chelsea war zu einer dunklen und stillen Insel geworden, umzingelt von nervösen Milizsoldaten mit Gewehren und aufgepflanzten Bajonetten. Da Cecil klein und untersetzt war, konnte man ihn beim ersten Hinsehen für einen Short Tail halten, obwohl er weder deren Stupsnase noch ihr vorstehendes Kinn hatte. Die großenteils aus dem Norden stammenden, bäuerlichen Milizsoldaten wußten zwar nicht so richtig, wie ein Short Tail aus der Nähe aussah, waren aber über die Ledertaschen voller Diebeswerkzeug nicht sonderlich begeistert. Doch das Tablett blendete sie, und so ließen sie Peter Lake und Cecil durch.

Obwohl die Brände enorme Energien freigesetzt und zahlreiche Inversionen warme Luft direkt über dem Boden gestaut hatten (einige Stadtviertel waren daher so heiß wie im Sommer, während anderswo angenehm frühlingshafte Temperaturen herrschten), war es doch noch Winter. Fast wie kalte Strömungen in einem sonst lauen Gewässer schlängelten sich eiskalte Brisen durch die milden Inversionen, ließen Schmelzwasserpfützen wieder zufrieren, machten Bürgersteige eisglatt und verdichteten die Luft über ganzen Straßenzügen zu seltsam brodelnden Barrieren.

In Chelsea war es warm. Die Bäume trugen Blätter, die Sträucher waren buschiger geworden und drängten sich gegen Eisenzäune oder scharten sich auf Plätzen zusammen. Blumen hatten, selbstbewußt wie Katzen, die in einer Sommernacht im Freien schlafen, wieder von den Blumenkästen Besitz ergriffen.

Hier muß ein Gärtner vorbeigekommen sein«, meinte Cecil, der mit leicht geöffnetem Mund die Luft tief in sich hineinsog, um den Duft der Blumen zu genießen.

»Ja, wirklich, ein Gärtner«, antwortete Peter Lake. »Das sind Vorboten der Rauchsäulen. Manche werden eine Meile in die Höhe wachsen, andere werden nicht größer als ein Blatt sein.«

Sie bogen in eine enge Passage, die zu einem Innenhof mit Garten führte. Ein Eisentor versperrte ihnen den Weg. Es war mit einem Fahrradschloß gesichert, das der Chefmechaniker der *Sun* schneller knackte als man es mit dem dazugehörigen Schlüssel hätte öffnen können. Am Ende des Durchgangs war ein Innengarten, der sich in Ost-West-Richtung über zwei Blocks erstreckte. Die Bewohner der Gebäude, deren Wohnungen auf diesen Garten hinausgingen, hatten die trennenden Zäune niedergerissen, um aus dem schmalen Grundstück einen Privatpark zu machen.

Peter Lake sagte sich, daß es wohl besser wäre, Athansor alleine abzuholen. Er blieb stehen und wandte sich zu seinem Freund um, der sogleich begriff, daß wieder ein kurzer Lebensabschnitt vorüber war. Cecil wollte sich Peter Lake nicht ein zweites Mal so aufdrängen, wie zu Beginn des Jahrhunderts, als er ihn gebeten hatte, sein Kürbiskoch sein zu dürfen, und darüber hinaus versprochen, nebenbei Geld als Tätowierer zu verdienen. Er hatte an Peter geklebt, wo immer der auch hinging, obwohl es gar nicht leicht war, mit ihm Schritt zu halten.

Wenn jemand stirbt, denken die Hinterbliebenen oft: Hätten wir ihn doch nur noch für einen Tag! Wir würden die Zeit so gut nutzen – jede Stunde, ja sogar jede Minute. Cecil Mature hatte seine Zeit mit Peter Lake gehabt, doch nun war sie vorüber. Tränen wären ihm über die Wangen gelaufen, wenn Jackson Mead und Mootfowl ihn nicht gelehrt hätten, das Weinen zu unterdrücken. »Es ist nicht gut für die Verdauung«, hatte Mootfowl mit der Strenge des Leichenbestatters aus Connecticut gesagt, der er einst gewesen war.

»Alles ist jetzt anders«, sagte Peter Lake. »Für uns geht nun alles zu Ende. Doch du wirst sehen, wenn du schläfst, wird es in dir so aufwallen, daß du nicht mehr weißt, was Traum ist und was nicht. Und wenn schließlich nichts mehr von dir übrig ist, wird dich eine andere Zeit mit Macht überwältigen, eine Zeit, die dich *für sich* beansprucht – denke an meine Worte! Sie wird nach dir schnappen und dich hinabziehen wie eine Forelle, die nach dem Köder springt – alles ganz plötzlich, alles ganz überraschend, wie etwa Silbernes, das aus der Tiefe emporsteigt. Und dann kommt es dir vielleicht so vor, als würde alles von vorne anfangen, denn es hat nie geendet.«

»Das verstehe ich, aber einfacher wird es dadurch nicht.«

»Jetzt mußt du dich von mir abwenden und gehen.«

»Ich kann nicht.«

»Doch! Irgendwann mußt du es tun. Warum also nicht jetzt?«

Peter Lake lächelte, und Cecil war vielleicht wegen der Verheißung, die er in diesem Lächeln spürte, fähig, sich umzudrehen und zu gehen.

Jetzt war Peter Lake allein im Garten. Er bewegte sich langsam zwischen den Bäumen hindurch, bis er etwa auf halbem Wege eine kleine Anhöhe erreichte, von der aus er das andere Ende sehen konnte. Dort stand in vollkommener Ruhe, den Blick genau auf ihn gerichtet, sein weißes Pferd.

In dem Augenblick, da er das weiße Pferd sah, verließen ihn für alle Zeiten die Kräfte, die ihn bis hierher gebracht hatten, und er war nur noch ein Mann mit einer Wunde in der Seite. Auch das Pferd wirkte nicht mehr wie eine große Statue mit muskelstrotzenden Gliedern. Es schien kleiner zu sein, und auch nicht mehr ein so guter Kämpfer. Und da war irgend etwas, das einen an einen Gaul erinnerte, der einen Milchwagen zog. Das Tier folgte Peter Lake mit den Augen, und als er um ein Gebüsch herumging, verrenkte es seinen Hals. Als Peter wieder zum Vorschein kam, hatte Athansor die Ohren nach hinten gelegt, den Kopf nach vorne gereckt, und seine rechten Hufe berührten den Boden nur ganz leicht, ganz in der Art, wie er sich manchmal auf die Seite lehnte, wenn er im Sommer Milchkarren zog und am Bordstein unter einer Pferdedusche des Pferde-Schutzvereins anhielt.

Peter Lake sah Athansor in die Augen. Obwohl der Hengst jetzt kleiner wirkte und seine Wunden und Narben keinen schönen Anblick boten, und obwohl man ihn sich gut an einen Wagen angeschirrt vorstellen konnte, hatte er doch noch immer seine runden, vollendet schönen Augen.

Peter lehnte das Tablett gegen ein paar junge Zweige, die trotzig aus einem zurückgeschnittenen Baumstamm wuchsen. Er saß auf und lenkte den Hengst zu der Passage am anderen Ende des Hofes. Wie im Frühling oder Sommer streiften sie an grünem Laub vorbei, und als Peter Lake aufblickte, wußte er, daß es bald Morgen sein würde. »Komm«, sagte er, während er auf dem weißen Pferd durch das dunkle Laubwerk ritt. »Beeile dich! Bald bist du zu Hause!«

Als die Feuersbrunst endlich erstarb, hatte sie fast alles verschlungen. Die Eisenträger der ausgebrannten Gebäude glühten vor Hitze. Viel mehr als diese dunkelroten Gerippe war nicht übriggeblieben. Sie machten die Stadt zu einem kümmerlichen, düster glimmenden Abbild dessen, was sie einst gewesen war. Die geschützten Inseln standen inmitten einer Trümmerlandschaft, deren natürliche Geländebeschaffenheit zutage trat, und nach vielen hundert Jahren gab es in Manhattan wieder einmal so etwas wie freien Raum. Weiß, grau und silbrig stiegen Dampf und Rauch von den Flüssen auf. Die Straßen lagen verlassen da. Die Stadt war erobert und zerstört worden, und sie sah jetzt viel kleiner aus als zuvor.

Kurz vor Tagesanbruch galoppierte Peter Lake auf Athansor die Avenuen hinauf und hinunter. Mit unnachahmlicher Anmut trug ihn der weiße Hengst von einem Ende der Insel zum anderen und wieder zurück, wie ein Rasiermesser auf dem Wetzriemen oder das Schiffchen beim Weben einer Stoffbahn.

Sie segelten so mühelos hin und her, als glitten sie über eine Eisfläche. Im Vorbeireiten schien sich die Zeit in den Trümmern zu verdichten, so daß sie die Stadt sehen konnten, wie sie war und wie sie sein würde. Nie war ein vielfältigeres Gewebe ersonnen worden, denn hier ging es um die Zeit schlechthin. Zwar war die Stadt völlig zerstört, aber sie machte keineswegs einen toten Eindruck, sondern bestand fort, als ob ihre Seele der Materie, aus der sie einst bestanden hatte, nie bedurft hätte.

Sie sahen, wie an einem Sommertag ein dunkles Gewitter hereinbrach, wie Kinder im Park auseinanderliefen, wie ihr Haar von plötzlichen Windstößen zerzaust wurde, wie die Reifen von selbst rollten, wie die Bänder an den Sommerhüten der kleinen Mädchen so heftig flatterten wie die Flügel eines Vogels, der sich in einem Haus gefangen hat. Sie sahen, wie sich in der Nacht ein Flugzeug allein in die Luft erhob, wie sein mächtiges weißes Licht aus der Leere zu ihnen herabstrahlte, als hätte Gott einen Engel geschickt. Sie sahen Schiffe und Kähne von Norden nach Süden und von Süden nach Norden eilen, als müßten sie weit vorgerückte, in Bedrängnis geratene Regimenter mit Nachschub versorgen. Ihre Bugwellen durchschnitten das klare, blaue Band des Hudson wie Schwerter. Sie sahen, wie Ringer auf der Matte ihre Kräfte maßen, wie sie, ohne es zu wissen, mit ihren Körpern symmetrische Figuren bildeten – Parodien auf Brücken, Balken und Gesteinsformationen. Sie sahen, wie ein kleines Kind eine Puppe küßte. Sie sahen, wie eine große Menschenmenge um die Mittagszeit im Textilviertel wie hypnotisiert eine sechs Stockwerk hohe Dampframme anstarrte. Immer wieder schlug sie dröhnend zu, Metall prallte auf Metall. Sie vernahmen das aberwitzige Keuchen des Dampfes, der das schwere Gewicht hinaufstemmte, wieder und wieder, ganz wie die Arbeiter, die die Stunden und Tage ihres Lebens mit Nähen und Sticken verbrachten. Sie sahen eine Familie an einem Teich spazierengehen und schlossen aus dem Stil der Häuser mit ihren Holzwänden, daß die Enten auf dem Teich nie eine andere Sprache als Holländisch gehört hatten. Sie sahen mutige kleine Boote, die durch das *Hell Gate* eilten und zwischen Felswänden auf einer weißschäumenden Strömung tanzten. Sie sahen eine in rosiges Licht getauchte junge Schauspielerin, die ihre Rolle spielte und ihre Angst überwand. Im Sonnenlicht und in Schneestürmen sahen sie stahlgraue Brücken, die die Stadt wie riesige Eisenbetten umstanden.

All diese Bilder entfalteten sich vor ihnen wie Fahnen, die sich im Wind blähen. Sie schienen allein schon deshalb ein wichtiger Teil der Wahrheit zu sein, weil es immer die gleichen Kurven, die gleichen Farben, die gleichen fließenden Symmetrien, die gleichen Gefühle, Unternehmungen und Handlungen waren, die über die Zeiten hinweg mit *einer* Sprache und mit *einem* Lied von einer einzigen Schönheit kündeten und sangen.

Peter Lake ritt an Tanzpalästen und Symphonieorchestern vorbei, deren Klänge sich zehnfach überlagerten und zu einem einzigen vollkommenen Ton vereinten. Und über all diesen makellosen Bildern sah er Athansor als Anführer einer Phalanx von fünfzig oder mehr Pferden – Stuten und Hengste, Fohlen beiderlei Geschlechts, graue, braune, schwarze, gefleckte Ponys, rote Shetlands, Percherons mit Mähnen über den Hufen wie afrikanische Tänzer, Araber, Schlachtrosse, Vollblüter und Karrengäule. Als Peter Lake genauer hinsah, entdeckte er, daß es sie wirklich gab. Sie waren nicht nur Bilder, sondern bestanden aus Fleisch und Blut und hatten sich Athansor während der Jagd durch die Straßen angeschlossen. Aus ihren Verstecken auf Trümmergrundstücken herausgelockt, hatten sie sich zusammengeschart und folgten jetzt Athansor in der gleichen lockeren Gangart nach.

Sobald es hell genug war, um schon aus einiger Entfernung einzelne Gestalten erkennen zu können, sah Peter Lake eine Anzahl Short Tails mit vor Staunen weit aufgesperrten Mündern. An der Spitze der Prozession donnerte er an ihnen vorbei. Das war ganz nach seinem Geschmack. Schon bald würden sie durchschauen, welchen Plan er verfolgte. Sie würden Pearly benachrichtigen, und ihm erzählen, daß Athansor sich vervielfacht hatte und nun in fünfzigfacher, genau synchronisierter Ausführung durch die Straßen galoppierte.

Als Peter und Athansor das letzte Mal über den Nordteil der Insel kamen, schickten sie die fünfzig Pferde in den Fluß und sahen zu, wie sie nach Kingsbridge schwammen und am Ufer das Weite suchten. Jetzt gab es nur noch *ein* Pferd in Manhattan.

Bald würde die Sonne aufgehen. Im Galopp ritt Peter bis zur Südseite des Parks. Da es kaum mehr irgendwelche Orientierungspunkte gab, wußte er nicht mehr genau, wo er sich befand.

Peter stieg ab. Pferde kann man nicht so einfach umarmen – sie sind zu groß. Also blickte Peter Lake Athansor nur in die Augen. »Ich denke«, sagte er, »du weißt, wohin es geht.« Der Hengst nieste. »Du willst dort oben doch wohl nicht mit einer Erkältung ankommen?« fragte Peter ihn. »Auf jenen Weidegründen wird man sich kaum um so etwas kümmern. Aber möglicherweise gibt es dort eine Quarantänestation. Vielleicht bin ich deshalb nicht hineingekommen. Für dich ist jedenfalls jetzt der Augenblick gekommen, das zu tun, was du damals so gut konntest und meinetwegen so lange nicht getan hast. Los jetzt! Ich werde nicht bei dir sein, du mußt es alleine schaffen.«

Der Hengst rührte sich erst, als Peter Lake mit der Zunge schnalzte und ihm mit der Hand einen Wink gab. Da wieherte Athansor und begann zu laufen. Schon bald ergriff die Bewegung völlig von ihm Besitz, und er fing an zu galoppieren, schneller und schneller, bis der Boden unter ihm erbebte und er weit fort war von Peter Lake, den große Traurigkeit überkam. Nie würde er den weißen Hengst wiedersehen, doch er zweifelte keinen Augenblick, daß das Pferd zu seinem angestammten Platz zurückfinden würde – nach Hause.

☆

Athansor drückte sich so kraftvoll vom Boden ab, als wolle er in die Luft steigen. Er landete zwar jedesmal wieder, nachdem er zehn oder fünfzehn Fuß weit geschwebt war, aber das entmutigte ihn kaum. Er versuchte es noch einmal – ganz wie ein Mensch, der vorübergehend aus einem Traum erwacht, in dem er fliegen konnte, und wieder friedlich in dem Bewußtsein einschläft, daß er erneut fliegen können wird. Athansor fand eine lange Avenue, frei von Schutt, und begann zu laufen. Am Anfang war es nur ein leichter Galopp, denn er hielt sich noch zurück. Doch dann begann er wirklich zu galoppieren. Die Luft pfiff an seinen zurückgelegten Ohren vorbei. Seine Hufe schienen den Boden so leicht und selten zu berühren wie eine Hand, die scheinbar mühelos ein Töpferrad antreibt. Sicher mußte er bei seiner jetzigen Geschwindigkeit nur noch die Vorderläufe heben, den Nacken steif machen und seinen Kopf himmelwärts recken, wie er es früher immer getan hatte, und schon würde er sich in einer kraftvollen Aufwärtskurve in die Luft erheben. Er machte einen letzten riesigen Satz und verscheuchte tapfer den letzten Rest von Zweifel. Doch aller Mut war umsonst. Krachend landete er auf dem Pflaster. Er verlor das Gleichgewicht, schlug ein paar Purzelbäume und polterte gegen eine Reihe Mülltonnen, die eine einsame Barriere bildeten. Der fürchterliche Lärm schockte ihn allerdings nur halb so sehr wie die simple Tatsache, daß er plötzlich an diese Erde gebunden schien.

Gedemütigt zog er sich in den Park zurück. Allein auf einem freien Feld, beugte er sich nieder und steckte seinen Kopf so tief zwischen die Vorderläufe, daß er wie ein kompaktes Ganzes wirkte, wie eine Reiterstatue, die ein Kubist oder — Craig Binky hätte es wohl so ausgedrückt — ein »Kubaner« gestaltet hat.

Er beabsichtigte, so etwas wie eine Inspektion durchzuführen. Von der Straße aus hatte er oftmals erlebt, wie ein Automechaniker im Beisein des schweigsamen und eingeschüchterten Besitzers einen Wagen hochkurbelte und dessen Innereien von unten her überprüfte. So verfuhr Athansor nun mit sich selbst. Er war jedoch kein Mechaniker und auch kein Tierarzt, Anatom oder Flugingenieur, was der Sache schon näher gekommen wäre. Alles schien vollkommen in Ordnung zu sein: Seine Hufe glänzten, schwarz und hart; seine Muskeln waren straff; die Sehnen unter seinem Fell waren so stark wie Stahlseile, sein Bauch fest und stromlinienförmig.

Von der Tatsache ermutigt, daß nichts zu fehlen schien, machte er einen neuen Versuch. Wenn er den Weg zum Belvedere hinaufrasen, dann über den Fluß hinweg und an den ragenden Ruinen der Fifth Avenue vorbeisegeln würde, könnte er in einer atemberaubenden Schleife nach Süden abbiegen.

Die Steigung des Weges bewältigte er ohne jegliche Schwierigkeiten, auch dessen Stufen und Biegungen waren kein Hindernis. Wenn die Fliehkraft ihn aus einer Kurve zu tragen drohte, stemmte er sich mit seinen vier Hufen gegen die grasbewachsenen Wegränder und stürmte weiter, als ginge es einen Berg hinunter. Als er oben ankam, sprang er über die flache Plattform aus Stein und katapultierte sich mit der geballten Kraft seiner geduckten Hinterhand in die Luft. Es ging hoch hinaus, und verzaubert erlebte er den herrlichen leichten Aufwind, wie ihn die Engel spüren ... Und dann begann er zu fallen.

Aber es war beileibe nicht das kontrollierte Gleiten, mit dem er sonst zu landen pflegte, kein Fallen, bei dem jeder furchtsame Augenblick einen Waffenstillstand mit der Schwerkraft gebracht hatte, bis er und sie auf dem Boden einen Vertrag schlossen. Nein, mit allen Vieren um sich schlagend kam er ins Trudeln und stürzte steil in die Tiefe. Er drehte sich um sich selbst, seine Nüstern blähten sich, und mit weit aufgerissenen Augen fiel er einhundert Fuß tief unterhalb des Belvedere in den See. Weiße Gischt schwappte an seinen Flanken hoch, so daß es sekundenlang so aussah, als hätte er Flügel, doch dieser Ironie wurde sich der Hengst glücklicherweise nicht bewußt. Trotz des schweren Sturzes schwamm er sehr schön und kletterte mit so viel Würde das Ufer hinauf, wie noch nie ein Pferd einem Fluß oder einem See entstiegen war. Er wirkte verwirrt und schreckhaft, aber das mochte wohl daran liegen, daß er tropfnaß war und hinderte ihn nicht daran, sich erneut auf den Weg zu einer der langen, geraden Avenuen zu machen. Dort wollte er so viele Meilen im Galopp zurücklegen, bis er endlich flog.

☆

Nachdem sie, als die Feuer niedergebrannt waren und sich der Mond zwischen ungeheuerlichen Himalayawolken aus Dampf und Asche hervorgeschoben hatte, in dem eigenartigen Licht zwischen Dunkelheit und Dämmerung die Farbe des Hafens zuerst nicht hatten erkennen können, sahen sie jetzt, daß die Wasseroberfläche so glatt und grün wie ein Smaragd war.

Asbury steuerte die Barkasse durch das sich gefügig teilende Wasser und manövrierte sie zwischen umgekippten Eisblöcken hindurch, die im Glanz des Mondlichts weniger an Eisberge erinnerten als vielmehr an jene harmlosen Eisbären auf Gemälden, die, höchstens drei oder vier Zoll hoch, für alle Zeiten in Reglosigkeit verharren.

Der Totengräber auf der Insel der Toten war, als er die Barkasse gehört hatte, geflohen. Seinen Hut und seine Schaufeln hatte er dagelassen. Hardesty warf den Hut beiseite, nahm eine der Schaufeln und begann zu graben. Asbury durfte ihm nicht helfen, und er selbst wäre am liebsten gestorben und in einer anderen Welt aufgewacht, bevor die Schaufel auf Holz stieß. Während er die weiche Erde aushob, sahen ihm die anderen zu. Es dauerte nicht lange, dann war der kleine Sarg aus der Grube gehoben. »Was jetzt?« fragte Hardesty. Er hatte Angst und wollte ihn nicht öffnen.

»Nimm sie heraus!« sagte Virginia. »Sie liegt noch nicht lange hier, und der Boden ist kalt.«

Hardesty biß die Zähne zusammen und drückte die Schaufel unter den Sargdeckel. Er stemmte ihn auf, packte ihn und schleuderte ihn mit einer heftigen Geste zur Seite. Abby lag im Sarg — fast noch genauso, wie sie sie beim letzten Mal gesehen hatten. Von weitem hätte man denken können, sie schlafe nur.

Hardesty beugte sich über sie, zog sie an sich und lauschte nach einem Lebenszeichen. Doch da war nichts. Er trug sie zum Boot, wie er sie so oft am Abend nach Hause getragen hatte, wenn sie in seinen Armen eingeschlafen war.

Asbury zog die Barkasse gegen den Steg, während Hardesty einstieg, Abby von seiner Schulter nahm und sie auf den Lukendeckel legte. Virginia und Mrs. Gamely hoben Martin hinein und kletterten dann selbst an Bord. Christiana stieß ab und sprang geschickt aufs Heck. Unter dem Lukendeckel vibrierte die alte Maschine so sehr, daß Abby die Haare aus dem Gesicht fielen. Nur Martin bemerkte es, denn er allein wagte es, sie anzusehen, da er als einziger wirklich daran glaubte, daß sie erwachen würde. Er kniete neben ihr und wartete darauf, daß sich ihre Augen öffneten. Mrs. Gamely tastete nervös an dem

Breiumschlag herum, den sie in der Tasche hatte, doch sie wußte, er konnte höchstens Kranke heilen, nicht jedoch Tote zum Leben erwecken. Die anderen blickten überallhin, nur nicht auf Abby, aber Virginia hatte ihre rechte Hand auf die Schulter des kleinen Mädchens gelegt. Mitten durch die schmelzenden Eisschollen hindurch, mit einer kleinen Bugwelle und nur wenig Kielwasser, traten sie die Fahrt quer über das Hafenbecken an. Es begann hell zu werden.

☆

Ja, es wurde hell. Die Sonne ging gerade über dem ersten Tag des dritten Jahrtausends auf, um die verwüstete Stadt zu besichtigen und zu sehen, mit wieviel Freude, Entschlossenheit und Mut die Bewohner diesen brandneuen Tag angehen würden. Wie immer vor der Morgendämmerung herrschte eine Art Aufbruchsstimmung. Die Nachrichten und Kuriere, die während der vergangenen Stunden in ständig anschwellender Flut zu Jackson Mead gekommen waren, blieben plötzlich aus. Niemand trat ein, um das Schweigen zu brechen, und sogar Cecil Mature saß still auf seinem Platz und blickte traurig durch die großen Fenster, die auf den grünen Hafen hinausgingen. Zum erstenmal seit endlos langer Zeit war Mootfowl still und in sich gekehrt. Wie ein Hofnarr saß er schräg hinter Jackson Mead auf einem Schemel. Mindestens eine Stunde lang hatte er gebetet, doch niemand wußte genau, wofür.

In der Stille dachte Jackson Mead darüber nach, was zu tun er sich anschickte, und ihm kamen Zweifel an einem Erfolg. Es war ihm schon früher nie geglückt, als die Elemente einfacher, die Luft reiner waren, und als der Horizont von der unmittelbaren Präsenz des Wolkenwalls erzitterte. Doch jetzt gab es kaum noch jemanden, der den Wolkenwall als das erkannte, was er war, mochte er auch durch die Straßen brausen und die Seelen der Menschen weißwaschen. Zwar waren die Maschinen bereit, aber Jackson Mead selbst war sich nicht sicher, ob sich alle Voraussetzungen nahtlos zusammenfügten. Er zweifelte daran, daß das hehre, schimmernde Gold erscheinen würde, das ein Zeichen vollkommener, ausgewogener Gerechtigkeit setzen sollte, denn er konnte kaum noch glauben, daß sich irgendein Mensch an Gerechtigkeit erinnerte oder sie gar herbeiwünschte, sei sie nun irdisch oder göttlich. Die Menschen hatten sich die Gerechtigkeit immer so zurechtgelegt, wie sie ihnen am besten paßte – und das bedeutete, daß alles möglichst rasch und unkompliziert zu sein hatte.

Es hatte ganzer Zeitalter bedurft, bis Jackson Mead zu dem Schluß gelangt war, daß er aus Licht eine Brücke ohne sichtbares Ende bauen müßte. Davor hatte er wahre Wunder an herrlichen Proportionen und luftiger Anmut vollbracht, silberne Hängebrükken, die überall in der Welt hoch über windgefurchten Meerengen in der Brise sangen, die, über Schluchten hinweg, heidekrautbewachsene Steilhänge verbanden oder die beiden Hälften einer verarmten, nach Luft ringenden Stadt miteinander vermählten. Es war richtig und gut gewesen, diese weiten Bögen zu entwerfen, die allein schon in sich eine ideale Synthese von Aufstieg und Fall, von Hoffnung und Verzweiflung, von Aufruhr und Unterdrückung, von

Stolz und Demut darstellten. Indem sie das universale Wesen der Wellen nachahmten, waren sie die gewaltigsten Bauwerke aller Zeiten – und wahrscheinlich auch abgesehen vielleicht von Kirchtürmen, die in eine große Ferne hinaufwiesen, die frömmsten.

Jetzt hatte er, Jackson Mead, die dicken, präzis ausgerichteten, vollkommen parallel verlaufenden und reinen Lichtbündel zur Verfügung. Nun konnte er darangehen, sie zu einer so allmählichen Kurve zu krümmen, daß sie nach allen bekannten Meßmethoden absolut gerade erscheinen würde. Ihr Ausgangspunkt sollte der Battery Park sein. Von dort würde sie in einem Winkel von 45 Grad mit ihrem glatten, bunten Gebälk aus Licht wie ein Pfeil die Luft durchtrennen.

Jackson Mead ging hinüber zu einem zwölf Fuß hohen, getönten Fenster und schlug es mit einem Fußtritt ein. »Ich will die wirklichen Farben sehen!« sagte er, während er das Glas herausbrach. Die Scherben drehten sich im Wind und segelten in die Tiefe.

Eine scharfe Brise blies den Männern ins Gesicht und wehte ihr

Haar zurück. Sie mußten sich ein wenig gegen sie anstemmen, um das, was vor ihnen lag, betrachten zu können. Der Himmel war voller Dampf- und Rauchwolken. Hoch und weiß drehten sie sich langsam um die eigene Achse, und ihre Spitzen erreichten schon die Sonne. Sie bildeten ein goldenes Gebirge, das den Eindruck großer Ferne erweckte, dies jedoch nicht, weil es sich weit hinten über dem Horizont erhob, sondern weil es so hoch in den Himmel ragte. Jackson Mead neigte den Kopf und blinzelte bei diesem Anblick. Dann wandte er sich zu Mootfowl um. »Da sind die Säulen aus Rauch und Asche! Wir können nicht mehr länger warten.«

Mit entschlossenem Blick und einer gebieterischen Handbewegung erteilte er den Befehl, die Brücke zu schlagen.

Die Insassen der Barkasse glaubten, ein Blitz hätte sie getroffen. Das spektralfarbene Licht blendete sie, und die darauf folgende Druckwelle schleuderte sie auf die Planken des Bootes. Nur Abby blieb an ihrem Platz.

Am östlichen Rand des Parks blickte unterdessen das weiße Pferd eine scheinbar endlose Avenue entlang und versuchte, all seinen Mut zusammenzunehmen. Da verschlugen ihm das plötzlich aufflammende Licht und der tosende Donner, der über die Stadt rollte, den Atem. Sogar die Ruinen schienen aufzuhorchen.

Aus dem Battery Park stieg eine wunderschöne Bahn aus Licht in allen Farben schräg in die Höhe. Jeder Farbsektor war mannshoch, eine Elle breit — und wer weiß wie lang. Die wärmeren Farben Rot, Grün, Violett und Grau bildeten den Kern, die eher ätherischen und metallischen Farben die Hülle. Dichte, intensive Strahlen durchschnitten die Luft in einem Winkel von 45 Grad, durchstießen die pilzförmigen Wolken und verloren sich in der Höhe. Die blauen, weißen, silbernen und goldenen Strahlen, aus denen sich die äußere Hülle zusammensetzte, waren durchsichtig, blendeten die Augen und schimmerten wie Juwelen. Wo sie sich überlagerten, bildete sich eine die Kernstruktur nachahmende Straße aus diffusem, silbrig gleißendem Licht, die so fest gefügt schien, daß man vermeinte, auf ihr gehen zu können.

Minutenlang sah Jackson Mead dem Schauspiel zu. »Wie

lange noch?« fragte er immer wieder. Er wußte, daß es sogar bei Licht- oder (wegen der Krümmung) bei einer noch höheren Geschwindigkeit nicht Sekunden oder Minuten, sondern Stunden dauern würde, bis sie wüßten, ob die Brücke von Bestand sein würde. Ob der lange Bogen einen Ankerpunkt gefunden hatte, würden sie erst erfahren, wenn das Licht durch ihn zurückbranden und die Erde erbeben lassen würde. Falls dies nicht geschah, würde der Lichtbogen erlöschen, als hätte jemand eine Kerze ausgeblasen.

Sie waren nicht die einzigen in der Stadt, die wie verzaubert auf ihr Werk starrten. Aus Angst, den Bann zu brechen, wagte niemand, sich zu bewegen. Besonders jene, die nicht wußten, welche Prüfung noch zu bestehen war, schienen zu glauben, daß alles funktionierte. Die Rauchpilze stiegen weiter in die Höhe, und die Sonne war dem östlichen Horizont jetzt so nahe, daß man glauben konnte, ganz Europa stünde in Flammen. Anscheinend war die Brücke aus Licht auf dem richtigen Weg.

Doch plötzlich trat Mootfowl, der kundige Mechaniker, vor. Er hatte inmitten des Lichts etwas entdeckt, das nicht einmal Jackson Mead sehen konnte. Cecil Mature wandte sich zum erstenmal von der Brücke ab und sah Mootfowl an, und dann erblickte auch Jackson Mead, was Mootfowl entdeckt hatte.

Das Innere des Lichtbogens hatte zu vibrieren begonnen, ein sicheres Zeichen dafür, daß die Brücke keinen Halt finden würde. Zuerst kaum merklich, dann in einem regelmäßigen Rhythmus, begann sie zu oszillieren. Und dann brach sie in sich zusammen! So plötzlich, wie sie erschienen war, verschwand sie wieder. Sie hinterließ jenen, die sich nun im Licht des Morgens wiederfanden, die Erinnerung an ein herrliches und zugleich verwirrendes Bild, nach dessen Schönheit sie sich immer sehnen würden.

☆

Die Sonne war aufgegangen. Sie saß auf einem schwarzen Dachfirst in Brooklyn und verströmte ihr Gold in den Straßen. Als sie höher stieg, ließ sie geschmolzenes Metall die Hügel hinunter und in den Hafen fließen, so daß aus tausend dunklen Gassen tausend goldene Rinnen wurden.

In den Ruinen der *Maritime Cathedral* sah Peter Lake zu, wie das Licht hinter den Säulen und Strebepfeilern hervordrang, die Schatten vertrieb und sich in jeder Glasscheibe der letzten mehr oder weniger unversehrten Fenster spiegelte. Er stellte sich vor, daß die Kathedrale, vom Feuer umzingelt, schwärzer als Tinte gewesen sein mußte, und daß rotes Licht über die Wölbungen der hohen Decke getanzt war. Vielleicht hatten ein helles Feuer, eine explodierende Gasleitung oder das plötzliche Aufflammen eines Holzhauses Strahlen ausgesandt, die durch das weiße Auge des Wals schimmerten oder den Eindruck erweckten, daß sich die Segel der zarten Glasschiffchen blähten. Jetzt lagen verkohlte Balken über den Boden verstreut, und als das Sonnenlicht hereinschien, malte Peter sich aus, daß schon bald die ersten grünen Halme zwischen den Steinen hervorbrechen würden.

Da er nicht genau wußte, was er hier zu erwarten hatte, erschreckte ihn ein Geräusch, das sich anhörte, als schlüge eine behandschuhte Hand auf Metall. Er hielt die Hand über die Augen und sah zur Tür, wo jemand vor hellem Hintergrund herumstolperte und sich den Kopf hielt.

»Das mußt du sein, Pearly!« rief Peter, obwohl er wegen der Sonne, die ihm in die Augen schien, nicht genau sehen konnte. »Nur Pearly Soames schafft es, sich den Kopf an einer Tür anzuschlagen, die vierzig Fuß breit ist.«

Er begab sich zur Mitte der Kathedrale und merkte, wie sein Puls sich beschleunigte. Er hatte nicht mit so viel Angriffslust bei sich gerechnet, doch nun war sie auf einmal da. Pearly hatte sich mittlerweile den Kopf auch noch ziemlich heftig an einem Rohr gestoßen, das quer über dem Eingang hing, und hüpfte vor Schmerz von einem Bein aufs andere.

»Vielleicht ist das gar nicht Pearly Soames!« spottete Peter Lake. »Der hüpft so komisch herum wie ein Karnickel, das in einen Nagel getreten ist.«

Pearly hielt still. Seine Wut war größer als der Schmerz.

»Ist schon ein blöder, nichtsnutziger Bastard, dieser Pearly Soames! Zweimal am Tag fällt er die Treppe hinunter und erschießt aus Versehen ein paar von seinen eigenen Leuten. Beim Quatschen verheddert er sich, denn seine Zunge ist eine

Schlange, die ihm partout nicht gehorchen will. Und dann immer wieder diese fürchterlichen, ekelerregenden Anfälle! Jedesmal, wenn er wieder zu sich kommt, sind seine Hände voller Blut, weil er sich mit den langen, dreckigen Fingernägeln den Hintern aufgerissen und das Gesicht zerkratzt hat. Der Bastard — jawohl: *Bastard!* — hat noch nicht einmal gelernt, wie ein richtiges Karnickel zu hüpfen! Also, wer ist es denn nun? Ist da Pearly oder ein Karnickel?«

»Es ist Pearly, und du weißt es genau!« erwiderte eine tiefe, kratzige Stimme voll mühsam beherrschter Wut.

Pearly Soames ging langsam das Mittelschiff entlang, vorbei an einer Bankreihe, die von heruntergefallenem Mauerwerk zertrümmert worden war.

Er sah furchteinflößend aus. Peter Lake hatte ganz vergessen, wie groß Pearly Soames war. Da waren sie wieder, diese Augen, im Vergleich zu denen Rasputins Blick wie der eines sanften Lämmleins wirkte. Sogar Peter Lake, dem schon fast jede Art von Kraft innegewohnt hatte, war von der Beweglichkeit dieser Augen beeindruckt. Sie waren flache, sich selbst verzehrende Wirbel, die Schrecken einflößten, und zwar nicht so sehr wegen der Drohung, die in ihnen lag, sondern wegen ihrer Leere. Sofort registrierten diese Augen die Wunde in Peter Lakes Seite.

»Ich sehe, daß der kleine Gwathmi dich erwischt hat«, sagte Pearly, wobei ihm der Gedanke durch den Kopf schoß, Peter Lakes Unverwundbarkeit könnte sich im Sturm der Zeiten abgenützt haben. »Sein Bruder Sylvane hat mir davon erzählt. Er wollte eine Belohnung, aber ich habe es ihm nicht geglaubt und ihn getötet.«

»Sag mal«, unterbrach Peter Lake ihn spöttisch. »Welches von deinen Dingern mit Elfenbeingriff hast du denn benutzt, um ihn zu killen? Mit einem Zuhälter-Schlagring? Oder mit einem Biberschwanz?«

»Mit bloßen Händen! Sylvane war sehr klein, kleiner noch als Gwathmi. Mit meiner rechten Faust habe ich ihn im Genick gepackt und so lange zugedrückt, bis der Knochen knackte. Der Kerl wollte nach seiner Waffe greifen, aber es blieb ihm keine Zeit. Er hätte es wissen müssen!«

»Mit mir kannst du so was nicht machen, oder?« fragte Peter Lake und blickte Pearly furchtlos in die Augen. »Ich war für dich immer unantastbar, erinnerst du dich?«

»O ja, mit dir geht das nicht, das stimmt«, antwortete Pearly. »Eine *Frau* beschützt dich, Peter Lake, ein Mädchen. Ich habe es versucht, oder etwa nicht? Aber du hast einen Schutzschild – oder jedenfalls *hattest* du einen. Es sieht allerdings so aus, als hätte sie die Sache jetzt satt, denn diesen Gwathmi hat sie ja durchgelassen. Nichts ist ewig, Peter Lake, nicht einmal ihre Liebe zu dir.«

»Liebe überträgt sich von Seele zu Seele, Pearly. Sie währt tatsächlich ewig. Aber das kannst du nicht verstehen.«

»Vielleicht doch. Du würdest staunen, wenn du wüßtest, was ich alles gelernt habe. Meinetwegen, sie überträgt sich von Seele zu Seele, aber du mußt zugeben, daß es Liebe nur in begrenzten Mengen gibt und daß bei diesem Tauschgeschäft immer ein paar Seelen ganz allein und ohne Schutz dastehen.«

»Das glaube ich nicht«, entgegnete Peter Lake. »Ich glaube, daß Geben nichts mit Verlieren zu tun hat.«

»Das ist ein blödes Ammenmärchen!« schrie Pearly, »und es verstößt gegen alle Gesetze! Die Welt ist in vollkommenem Gleichgewicht. Wenn du gibst, verlierst du. Wenn du nimmst, erhältst du. Weiter nichts.«

»Nein«, sagte Peter Lake. »Die Gesetze, die du für absolut hältst, werden gelegentlich teilweise außer Kraft gesetzt. Überhaupt sind sie höchst kompliziert, und das, was ins Auge sticht, ist nicht immer unbedingt wahr.«

»Bist du dir sicher?« fragte Pearly.

Peter Lake zögerte, dann antwortete er: »Nein, ich bin mir nicht sicher.«

»Natürlich bist du das nicht, denn du wirst nicht mehr beschützt! Du bist jetzt alleine, Peter Lake. Ich habe es doch gewußt. Wenn ich nur lange genug durchhalte und warte, bis du am Ende bist, dann erwische ich dich.«

»Vielleicht habe ich keinen Schutz mehr«, gab Peter zurück. »Aber trotzdem mußt du erst mit mir kämpfen.« Er richtete sich auf und spuckte Pearly in die Augen; das hatte noch niemand gewagt.

Pearly hatte sofort sein Kurzschwert in der Hand und schlug zu, doch Peter Lake sprang zur Seite. Jetzt erst sah er die Short Tails, die auf Mauerresten kauerten, hinter zerbrochenen Säulen hockten und sich in dichten Reihen um den Altar drängten. Als Pearly laut brüllte und mit dem Schwert einen Schlag von links nach rechts ausführte, warf sich Peter Lake zurück und sprang flink auf den Sockel einer geborstenen Säule.

»Glaubst du vielleicht, ich könnte dich nicht einfach *so* fertigmachen?« sagte er und stieß seine Faust in die Luft. »Zweifelst du etwa an meiner Fähigkeit, all diese Wichte, die hier herumlungern, schneller als das Licht nach Canarsie befördern zu können?« Vor Wut schäumend vergaß Peter für einen Augenblick, was er sich vorgenommen hatte.

Pearly stürzte sich mit dem Schwert auf ihn und versuchte, ihm die Knöchel durchzuschlagen. Diesmal wich Peter Lake nicht aus, sondern trat blitzschnell mit dem linken Fuß auf die Klinge, so daß sie zwischen Schuh und Stein eingeklemmt wurde. So sehr sich Pearly auch anstrengte, er konnte das Schwert nicht herausziehen. »Wieso bist du so sicher, daß sich die Dinge geändert haben?« fragte Peter, den Fuß fest auf die Klinge gestemmt.

Pearly lächelte.

»Wieso?« fragte Peter Lake wieder.

»Weil wir das Pferd geschlachtet haben!«

»Das ist ausgeschlossen«, sagte Peter Lake, aber seine Augen begannen zu schwimmen.

»Ach ja? Aber es ist noch nicht einmal zehn Minuten her.«
»Das glaube ich dir nicht!«

»Du brauchst es mir auch nicht zu glauben«, sagte Pearly. »Du kannst dich selbst davon überzeugen.« Er gab den hinter ihm versammelten Männern einen Wink. Es kam Bewegung in die Reihen, und ein Gang öffnete sich, durch den ein Dutzend Short Tails kamen. Sie waren alle blutverschmiert und trugen die Gliedmaßen, die Kruppe und den Kopf eines Pferdes. Sie sahen aus wie die Leute in den Schlachthäusern, die ganze Lämmer oder Rinderhälften auf der Schulter tragen. Die Stücke, die sie schleppten, waren noch vom Fell bedeckt, und obwohl es über und über blutig war, war es dennoch ein weißes Fell.

Peter Lake war geschlagen. Er stieg von der Säule herunter und ließ das Schwert auf den Boden klirren, wo Pearly es aufhob.

»Da, sieh nur!« sagte Pearly und zeigte auf den Haufen Pferdefleisch. »Da ist deine Unverwundbarkeit! Das hier ist das Ergebnis deines Glaubens, dies haben dir deine Gefühle eingebracht. Und nun kommt das Ende, das du erleiden mußt.«

Peter Lake fiel auf die Knie.

Pearly hob das Schwert mit beiden Händen und ließ die Spitze zwischen Peter Lakes Schlüsselbein und dem Halsansatz ruhen.

»Weißt du, was jetzt geschieht?« fragte er.

Peter Lake blieb stumm.

»Du wirst auf dem Boden verfaulen, bis die Hunde in die Stadt zurückkommen. Sie werden sich auf das stürzen, was von dir und dem Pferd übrig ist, und die Stücke zu ihren Schlupfwinkeln unter den Piers schleppen – das heißt, wenn nicht zuerst die Ratten kommen. Was Beverly Penn angeht, so hast du sie zu Beginn des Jahrhunderts das letzte Mal gesehen und wirst sie nie mehr wiedersehen. Auf dich wartet ein ganz gewöhnliches, unvermeidliches Ende, obwohl du mit allen Mitteln gekämpft hast, um dein Ziel zu erreichen. Gleich wirst du für immer stumm und vergessen sein. Niemand wird sich an dich erinnern. Es war alles umsonst.«

Peter blickte in den Morgenhimmel hinauf und sah die großen Rauchpilze. Vollkommen in der Form, in reinem Weiß und viele Meilen hoch, standen sie unbeweglich in der kalten, blauen Luft.

»Nur Dampf- und Aschewolken«, sagte Pearly mit Nachdruck. »Das ergibt sich manchmal so nach einem Feuer.«

»Soweit ich verstanden habe«, sagte Peter, »sollten sie mehr sein als nur das . . .« Doch plötzlich verstummte er, und seine Augen suchten vergeblich nach der Quelle eines Geräuschs, das kaum vernehmlich an sein Gehör drang. Als auch Pearly den Kopf hob, um besser hören zu können, verließ die Schwertspitze Peters Schulter und schwebte über ihm in der Luft. Von Norden her rollte ein Donner heran, der immer lauter wurde, je näher er kam, und alle in seinen Bann schlug. Dann jagte es an ihnen vorbei – das Donnern von Pferdehufen! Die ganze Insel bebte.

Peter wandte sich wieder Pearly zu. »Ich dachte, wir hätten alle Pferde nach Kingsbridge schwimmen sehen«, sagte er. Mit einer Kopfbewegung deutete er auf die neben ihm aufgetürmten Kadaverteile. »Es sieht aber so aus, als ob zumindest ein unglückliches Tier den Fluß nicht überquert hat.« Er streckte den rechten Arm aus und wies in die Richtung, aus der der Donner gekommen war. »*Das* war der weiße Hengst!« erklärte er. »Und wie er läuft, wird er es schaffen.«

Pearly hatte sich nicht von der Stelle gerührt. Peter ergriff die Spitze des Schwertes und führte sie zu der Stelle dicht über seinem Schlüsselbein. »Und auch ich werde es schaffen, ja, auch ich, Pearly, wenngleich auf eine Weise, die du nie begreifen wirst. Siehst du, es funktioniert. Alles hält sich die Waage. Die Welt ist ein vollkommener Ort, so vollkommen, daß all dies auch dann genug wäre, wenn nichts mehr folgen würde. Jetzt verstehe ich, jetzt *weiß* ich, was ich zu tun habe. Und es muß schnell getan werden.«

Er drückte das Schwert gegen sich, daß es in sein Fleisch schnitt. Dann blickte er auf, an Pearly vorbei blickte er in die Weite.

»Nur die Liebe . . .« sagte er. »Stoß fest zu!«

Das Schwert wurde so tief in ihn hineingestoßen, daß nur noch der Griff aus seiner Schulter herausragte.

Peter Lake war tot.

☆

Diejenigen, die gesehen und gehört hatten, mit welchem Ungestüm und Getöse dieser vermeintliche Karrengaul vorbeigaloppiert war, mußten glauben, er sei mit Blitz und Donner in den Himmel gefahren.

Doch für den weißen Hengst selbst war es ein leichtes, glattes Abheben, bei dem Himmel und Erde zu einem seidenweichen Traum verblaßten, der zum Fliegen geradezu einlud. Immer schneller wurde er, bis die Konturen der Welt sich in verschwommene, dickflüssige Farben auflösten, und schon bald begann er mit elastischen Sätzen den Boden unter sich zu lassen, so daß er bei jedem Sprung nur noch vernahm, wie der Wind an seinen Ohren und Hufen vorbeizischte. Jedesmal, wenn er den Boden wieder berührte, erinnerte er sich daran, wie er in die Maschinerie der Welt eingespannt gewesen war und am eigenen Leib sowohl ihre Spannungen und Konflikte, als auch ihre Liebe kennengelernt hatte.

Doch nun fühlte er sich, als zöge ihn in seiner gewichtslosen Beschleunigung eine weiche und vollkommene Stille hinauf – eine Verheißung von Weidegründen, deren Blumen aus Sternen bestanden. Dort lebten riesige Pferde in ewiger Stille und waren dennoch unablässig in Bewegung. Zunächst, als er bei seinen weiten Sätzen immer wieder noch einmal den Boden berührte, wollte ihn seine Liebe zu jenen zurückhalten, die noch ganz in dieser Welt zu Hause waren.

Der klare Äther befreite ihn nun jedoch aus seinem langen Traum, und er stieg hoch in die Luft. Er sah, wie sich der weiße Wolkenwall um die Bucht und die Flußmündungen schloß, und als er in die Wolken hineinflog, wurde ihm bewußt, daß sie noch genauso beschaffen waren, wie er sie seit langer Zeit im Gedächtnis hatte.

Und so verschwand Athansor, der weiße Hengst, der so oft im Leben geschlagen worden war, ein zweites Mal jenseits des Wolkenwalls – um niemals mehr zurückzukehren.

In dem Hof, wo Christiana das weiße Pferd gehalten hatte, lag das Tablett im Schatten, doch auf die Wand genau über ihm traf Licht. Bei Sonnenaufgang senkte sich die klare Trennungslinie zwischen Sonnenschein und Schatten. Zuerst wurde das Tablett nur entlang eines dünnen Streifens am Rande beleuchtet, der brannte wie ein glühender Draht.

Dann, als das Licht in einem goldenen Vorhang einfiel, loderte das Tablett gleichsam auf. Fast so stark wie die Sonne erfüllte es die dunkle Seite des Gartens mit einem satten Leuchten, das der edlen
Reinheit des Metalls in blendenden Farben entströmte. Als das Feuer der Sonne auf die Inschrift fiel, begann der Hof in goldenem Licht zu erstrahlen.

☆

Die Barkasse der *Sun* tuckerte über die kalten Strömungen, die den Hafen jetzt grün, golden und weiß färbten. Der Motor sang in einem tiefen Ton, der die Passagiere verwundert aufhorchen ließ. Im Süden erhob sich vor ihren Augen eine senkrechte weiße Wand, die dem Hafenbecken die Unendlichkeit des offenen Meeres verlieh. Der Wolkenwall begann zu wabern und zu schwanken, er wölbte sich vor und zog sich wieder zusammen, stieg dann aber kerzengerade empor, bis er den Blicken gänzlich entschwand. Hardesty meinte, er sei gewiß mit dem Rauch und dem Staub der zertrümmerten Stadt angefüllt. Dergleichen könne besonders in der Morgensonne wundervoll aussehen.

Martin war der einzige, der den Wolkenwall nicht anstarrte, und er grübelte auch nicht darüber nach, was noch kommen würde. Er hatte Abby nicht aus den Augen gelassen, als sei alles eine Frage des Glaubens. Die Vibrationen der Maschinen unter dem Lukendeckel, auf dem sie lag, hatten ihr schon vor einiger Zeit das Haar aus dem Gesicht geschüttelt. Fast hätte man meinen können, sie bewege sich aus eigener Kraft, doch dem war nicht so. Manchmal rollten ihre Arme im Rhythmus des schaukelnden Bootes ein wenig hin und her. Als sich ihr linker Zeigefinger ausstreckte und wieder krümmte, hielt Martin den Atem an. Er glaubte zu sehen, daß sie ganz leicht ihre Lippen schürzte. Dann vermeinte er, sie sogar atmen zu sehen. Als die anderen ihn aufforderten, sich die weiße Wand anzusehen, konnte er sich nicht von Abby losreißen. Denn sie bewegte sich! Es mußten die Vibrationen der Maschine sein, nichts weiter. Doch jetzt streckte sie wieder einen Finger aus. Und jetzt atmete sie wirklich! Und jetzt, in einem kurzen, entscheidenden Augenblick, öffnete sie wie im Schock die Augen.

Nachdem sich Martin wieder gefaßt hatte, sagte er es den anderen: Abby hatte ihn angeblickt und sogar gelächelt! Als Asbury sah, daß das Kind tatsächlich die Augen geöffnet hatte, packte er die Ruderpinne ganz fest, denn jetzt, da er dem so nahe war, wonach er suchte, fiel es ihm schwer, das Schiff auf Kurs zu halten. Mrs. Gamely warf den zerknitterten Breiumschlag ins Hafenbecken und begann zu weinen.

Mit äußerster Selbstbeherrschung ging Virginia auf ihre Tochter zu, als sei jene gerade aus dem Mittagsschlaf erwacht. Obwohl sie zitterte und vor lauter Tränen nichts sehen konnte, handelte sie weder überschwenglich noch unüberlegt, sondern nahm Abby einfach auf den Schoß.

Wie es seine Art war, machte sich Hardesty einen Reim auf die Dinge: Er wußte, daß in den Augen Gottes alle Dinge miteinander verbunden sind; er wußte, daß Gerechtigkeit tatsächlich überraschend den Geschehnissen und Errungenschaften längst vergessener Zeiten entspringen kann; und er wußte, daß Liebe nicht an der Zeit zerbricht. Unklar war ihm jedoch, wie sein Vater all dies ohne jeglichen Beweis hatte wissen können, und wie er die Kraft zu glauben gefunden hatte. Seine Gedanken schweiften ab. Peter Lake kam ihm in den Sinn – doch da wurde er abgelenkt. Etwas Wunderbares geschah.

Vor sich sah er in überwältigender, unentwirrbarer Vielfalt die vielen reichen Stunden aller vergangenen Zeitalter und derer, die noch kommen würden, ein unendlich helles und tiefes Universum, die unschuldigen Augen seines Kindes und die zerstörte Stadt mit ihren hundert Millionen Formen und Linien, die von oben betrachtet so weich und schön waren wie ein Gemälde. Die Zeit hatte sich unendlich verdichtet.

Hardesty und die anderen schwankten wie Schilf im Wind, als ihnen voll bewußt wurde, was geschehen war und warum. Und dann ergriff sie ein plötzlich aufkommender Wind und trug sie in vollem, triumphierendem Glauben empor. Höher und höher stiegen sie und begriffen jetzt, daß die große Stadt ringsum unendlich vielfältig, heilig und lebendig war.

Dieses langsame, leise Emporschweben enthüllte ihnen, daß alle Teile der Stadt ein Ganzes bildeten, ein Gemälde aus getriebenem Gold und lebhaften Wolken, die in langen Federbüschen sanft aufwärtsstrebten, sich dem Himmel entgegenwölbten. Die schönen Buchten und Flüsse, die die Stadt umgaben, erstrahlten im Licht. Hundert Meilen weit erglänzten sie und das Meer selbst in schimmerndem Gold.

Epilog

Sie stiegen hoch genug, um zu erkennen, daß das wirbelnde Gold echt war, daß es alle Ozeane bedeckte und alle Dinge mit der sicheren Verheißung eines guten Endes umgab. Doch dann wurden sie sanft im Herzen einer neuen Stadt abgesetzt, in der alles Frühling und Sonne war.

Wir hingegen müssen weiter hinauf zu den Inseln und Meeren eiliger Wolken. Wir müssen die Menschen in ihrer neugeborenen Stadt zurücklassen, die uns zwischen den Wolken nun wie ein kleiner See erscheint. Die Wolken teilen sich, um uns die lebendigen Farben der Stadt und ihren neuen Atem zu zeigen. Bevor wir uns von ihr trennen, wollen wir noch von gewissen Dingen berichten, die wir erfahren haben:

Da Jackson Meads Brücke das Empyreum nicht durchdringen konnte, verschwanden er, Cecil Mature und Mootfowl spurlos und waren bald vergessen. Jackson Mead allerdings war wie immer überzeugt, daß er das nächste Mal mit neuen Mitteln die hohe Stellung wiedergewinnen würde, aus der er jetzt verstoßen worden war. Er war bereit, seine Zeit abzuwarten. Bei seiner Rückkehr würde ihn niemand kennen, und er hätte das große Privileg, von vorne beginnen zu dürfen.

Schon am Morgen des folgenden Tages begannen die Menschen, ihre Stadt neu aufzubauen. In langen Ketten erschienen Lastkähne, die den Schutt aufs Meer hinausfuhren, und der Lärm der Rammen, die gedämpften Detonationen unter Eisengeflecht, das optimistische, durchdringende Kreischen der Sägen und auch das Stampfen und Pfeifen der Maschinen bei der *Sun* waren wie Musik.

Harry Penn erlebte zwar noch den Baubeginn des neuen Verlagshauses, aber schon kurz danach starb er. Er starb von Glauben erfüllt, und bald darauf gebar Jessica Penn Praeger de Pinto einen Sohn, der ein echter Penn wurde und die *Sun* bis in eine Zeit leitete, die nicht einmal wir uns vorstellen können.

Pearly trieb sich weiter in den Straßen herum. Auch in einer neuen Stadt, die so jung und unschuldig war, daß sie das Böse noch nicht kannte, hatte er seinen Platz. Er kam auf seine Weise wieder auf die Beine und wartete ab, wie sich die Dinge entwickeln würden. Schließlich würde ohne ihn alles nur Milch und Honig sein, und das genügte nicht, um die Welt in Gold zu verwandeln.

Jetzt ist alles um uns weiß . . . Wir haben die Stadt verlassen. Aber noch immer gibt es einiges zu berichten.

So vieles wurde verändert und erneuert, daß uns gewisse Umstände wohl verwirren könnten. Beispielsweise heiratete Mrs. Gamely tatsächlich Craig Binky, und es wurde eine Ehe, als wäre sie im Himmel geschlossen worden. Der Löwe gesellte sich friedlich zum Lamm.

Erinnert ihr euch an die Kinder, die zu Marko Chestnut ins Atelier kamen? Sprachlos und verschreckt standen sie da, während er ihre Porträts malte und der Regen auf das Schieferdach prasselte und am Atelierfenster herunterrann. Die meisten von ihnen wurden selbst Maler, denn sie vergaßen jenen Tag nie.

All dies sollte Abby Marratta mit eigenen Augen erleben. Uns ihre Zukunft und die eine große Aufgabe vorzustellen, vor die sie schließlich gestellt werden sollte, dürfte uns wohl ebenfalls kaum gelingen – oder vielleicht doch, wenn wir an die gläubige Zuversicht ihrer Vorfahren denken.

Nun sehen wir keine Seen mehr zwischen den Wolken. Die Stadt ist in ihren neuen Traum vertieft. ›Und was wurde aus Peter Lake?‹ mögt ihr euch fragen. Wurde ihm die Vergangenheit vollends entschlüsselt? Konnte er die Zeit anhalten? Wurde er wieder mit der Frau vereint, die er liebte? Oder war es der Preis für die vollkommen gerechte Stadt, daß er, Peter Lake, unwiderruflich fallen mußte?

Dies ist eine Frage, die jeder in seinem eigenen Herzen beantworten muß – zumindest, bis sich neue Seen zwischen den Wolken über lebendigen Städten öffnen, die wir noch nicht kennen und vielleicht nie kennen werden.

ENDE

Ein grandioses Epos über den amerikanischen Bürgerkrieg

Als Band mit der Bestellnummer 10867 erschien:

Im Mittelpunkt stehen zwei Familien: die Hazards, ein Industriellenclan in Pennsylvania, und die Mains, Plantagenbesitzer und Sklavenhalter in South Carolina. Ihre Söhne begegnen sich auf der Militärakademie von West Point. Sie werden Freunde und sind wie Brüder zueinander. Noch ahnen sie nicht, daß ein mörderischer Krieg sie bald zu Todfeinden machen wird . . .